DIE COMPANY

Robert Littell

DIE COMPANY

Die weltumspannende,
faszinierende Saga über die CIA

Roman

Aus dem Englischen übersetzt von
Ulrike Wasel und Klaus Timmermann

Scherz

Dies ist ein Roman. Er beruht auf historischen Tatsachen und Personen, doch einige Ereignisse, Gespräche und Figuren sind frei erfunden.

Die Originalausgabe erschien
bei The Overlook Press, Woodstock und New York.

Dritte Auflage 2002
© 2002 by Robert Littell
Originally published in the United States of America by
The Overlook Press, Peter Mayer Publishers Inc.
Alle deutschsprachigen Rechte beim Scherz Verlag,
Bern, München, Wien.
Alle Rechte der Verbreitung, auch durch Funk,
Fernsehen, fotomechanische Wiedergabe,
Tonträger jeder Art und auszugsweisen
Nachdruck, sind vorbehalten.

www.scherzverlag.de

*Für die Zeugen Michael und Jimmie Ritchie
und den Schutzengel Ed Victor*

ANMERKUNG

Seit seiner Gründung im Jahre 1917 hat der sowjetische Geheimdienst sieben verschiedene Namen gehabt. Aus der anfänglichen Tscheka wurde die GPU, OGPU, der NKWD, NKGB, MGB und schließlich im März 1954 der KGB. Um die Leserinnen und Leser nicht mit einem unüberschaubaren Wust von Abkürzungen zu verwirren, verwende ich auch in den Teilen der Geschichte, die vor dem März 1954 spielen, die Bezeichnung KGB. Ähnliches gilt für den *Clandestine Service* der CIA; vor März 1973 wurde er *Directorate of Plans* genannt, und sein Leiter hatte den Titel *Deputy Director for Plans*, kurz DD/P. Im März 1973 erfolgte die Umbenennung in *Directorate of Operations*, und dementsprechend erhielt der Leiter die Bezeichnung *Deputy Director for Operations*, kurz DD/O, die ich, erneut um unnötige Verwirrung zu vermeiden, ausschließlich benutze.

ZWISCHENSPIEL

DER KALABRIER

«*Das muss der Wald sein, in dem nichts einen Namen hat*»,
sagte sie sich nachdenklich.

LEWIS CARROLL, *Alice hinter den Spiegeln*

ROM, DONNERSTAG, 28. SEPTEMBER 1978

Hoch über der Stadt trieben Wolken rasch vor dem Vollmond dahin. Auf einer menschenleeren Straße, die entlang einer langen Mauer verlief, hielt ein verdrecktes gelbes Fiat-Minitaxi vor der Porta Angelica und stellte Scheinwerfer und Motor ab. Eine schlanke Gestalt im knöchellangen Habit der Dominikaner stieg aus dem Fond. Der Mann war in der Stiefelspitze Italiens aufgewachsen, und die obskuren Organisationen, die seine Dienste von Zeit zu Zeit in Anspruch nahmen, nannten ihn den Kalabrier. Als junger Bursche war der Kalabrier ein schöner junger Mann mit den engelsgleichen Gesichtszügen eines Renaissance-*Castrato* gewesen und mehrere Jahre an einer Zirkusschule als Seiltänzer ausgebildet worden. Ein kaputter Knöchel nach einem Sturz vom Hochseil hatte jedoch seine Artistenkarriere beendet. Jetzt bewegte er sich trotz eines deutlich wahrnehmbaren Hinkens noch immer mit der katzenhaften Geschmeidigkeit eines Seiltänzers. Von den Hügeln über dem Tiber schlug eine Kirchenglocke die halbe Stunde. Der Kalabrier warf einen Blick auf das Leuchtzifferblatt seiner Armbanduhr, dann ging er die fünfzig Meter der Mauer entlang bis zu einer schweren Holztür. Er zog sich ein Paar Chirurgenhandschuhe aus Latex über und kratzte sacht am Lieferanteneingang. Sofort wurde innen ein schwerer Riegel zurückgestoßen, und die kleine blaue Tür, die in die größeren Türflügel eingelassen war, öffnete sich gerade so weit, dass er hindurchschlüpfen konnte. Ein blasser Mann mittleren Alters, der Zivil trug, aber die kerzengerade Haltung eines Offiziers hatte, hielt fünf Finger hoch und deutete mit dem Kinn auf das einzige Fenster des Wachgebäudes, aus dem Licht fiel. Der Kalabrier nickte. Der Offizier ging vor ihm die Einfahrt entlang, und beide duckten sich, als sie an dem erleuchteten Fenster vorbeikamen. Der Kalabrier spähte über das Fenstersims; zwei junge, uniformierte Soldaten spielten im Bereitschaftsraum Karten, drei andere dösten in Sesseln vor sich hin. Automatikwaffen und Patronengurte lagen auf dem Tisch neben einem kleinen Kühlschrank.

Der Kalabrier folgte dem Offizier in Zivil. Sie gingen vorbei am «Institut für religiöse Werke» bis zu einem Dienstboteneingang auf der Rückseite des weitläufigen *Palazzo*. Der Offizier holte einen großen Nachschlüssel aus der Jackentasche und schob ihn ins Schloss. Die Tür sprang mit einem Klicken auf. Er ließ einen zweiten Nachschlüssel in die offene Hand des Kalabriers fallen. «Der ist für die Tür an der Treppe», flüsterte er. Er sprach Italienisch mit Schweizer Akzent. «Den Schlüssel für die Wohnung zu besorgen hätte zu viel Aufmerksamkeit erregt.»

«Macht nichts», sagte der Kalabrier. «Dann knack ich das Schloss eben. Was ist mit der Milch? Und mit der Alarmanlage?»

«Die Milch ist gebracht worden. Sie werden ja sehen, ob sie getrunken wurde. Und die Verbindung der drei Türen zur Kontrollanzeige im Bereitschaftsraum der Wachen habe ich abgeklemmt.»

Als der Kalabrier schon fast durch die Tür war, fasste der Offizier ihn am Arm. «Sie haben zwölf Minuten, bevor die Wachen ihren nächsten Rundgang machen.»

«Ich kann die Zeit verlängern oder verkürzen», entgegnete der Kalabrier und blickte zum Mond hinauf. «Zwölf mit Sorgfalt verbrachte Minuten können einem wie eine Ewigkeit vorkommen.» Mit diesen Worten verschwand er im Gebäude.

Er kannte den Grundriss des *Palazzo* so genau wie die Lebenslinien in seiner Hand. Er raffte das Habit und nahm drei Stufen auf einmal, als er die enge Dienstbotentreppe zum zweiten Stock emporstieg. Oben angekommen, öffnete er die Tür mit dem Nachschlüssel und gelangte auf einen schwach erhellten Gang. Ein violetter Läufer, verblichen und in der Mitte abgetreten, erstreckte sich vom hinteren Ende des Gangs bis zu dem kleinen Tisch gegenüber dem altertümlichen Fahrstuhl und der Haupttreppe gleich daneben. Geräuschlos bewegte sich der Kalabrier den Gang hinunter auf den Tisch zu. Eine rundliche Nonne saß zusammengesunken am Tisch, den Kopf genau im Lichtkreis einer silbernen Schreibtischlampe. In einem leeren Glas neben dem altmodischen Telefon war noch ein kleiner Rest der Milch, die mit einem Betäubungsmittel versetzt worden war.

Aus einer der tiefen Taschen seines Habits zog der Kalabrier ein identisches Glas mit einem angetrockneten Rest nicht kontaminierter Milch und tauschte es gegen das Glas der Nonne aus. Dann ging er den Gang wieder zurück, wobei er die Türen abzählte. An der dritten schob er einen geraden Draht mit gebogenem Ende ins Schlüsselloch und bewegte ihn geschickt hin und her, bis das Schloss aufsprang. Er öffnete die Tür behutsam und lauschte einen Moment. Als er nichts hörte, schlich er durch das Foyer in einen großen, reich möblierten Salon mit einem Kamin an jeder Seitenstirnwand. Die Fensterläden an allen vier Fenstern waren geschlossen. Eine einzige Tischlampe mit schwacher Birne diente als Nachtlicht, genau wie es in seinen Instruktionen gestanden hatte.

Der Kalabrier huschte auf geräuschlosen Gummisohlen durch den Raum und einen kleinen Gang hinunter, bis er die Schlafzimmertür erreichte. Er drehte den Türknauf aus Porzellan, schob vorsichtig die Tür auf und lauschte erneut. Eine stickige Schwüle, der unangenehme Geruch eines Altmännerzimmers, drang aus dem Raum; die Person, die ihn benutzte, schlief offensichtlich nicht mit geöffneten Fenstern. Der Kalabrier knipste seine Minitaschenlampe an und inspizierte das Zimmer. Anders als der Salon war es spartanisch möbliert: solides Messingbett, Nachttisch, zwei Holzstühle, der eine mit ordentlich zusammengelegter Kleidung darauf, der andere mit Akten bedeckt, ein Waschbecken mit einem einzigen Wasserhahn, eine nackte Glühbirne an der Decke, ein schlichtes, hölzernes Kruzifix an der Wand über dem Kopfende des Bettes. Er durchquerte den Raum und blickte auf die Gestalt hinab, die unter der bis zum Kinn hochgezogenen Bettdecke schlief: ein gedrungener Mann mit dem runzeligen Gesicht eines Bauern; er hatte seine neue Stelle erst vor vierunddreißig Tagen angetreten, kaum genügend Zeit, um sich in dem *Palazzo* zurechtzufinden. Sein Atem ging gleichmäßig und tief, ließ die Haare zittern, die aus seiner Nase sprossen; er schlief fest unter dem Einfluss eines Betäubungsmittels. Auf dem Nachttisch standen ein Krug mit Milchspuren auf dem Boden und ein Foto in einem Silberrahmen – es zeigte einen kirchlichen Würdenträger, der über einem ausgestreckt auf dem Boden liegenden jungen Priester das Kreuzzeichen schlug. Unten auf dem Foto stand in energischer Handschrift: «Per Albino Luciani, Venezia, 1933», unterschrieben mit «Achille Ratti, Pius XI.». Neben dem Foto lagen eine Lesebrille, eine abgegriffene Bibel mit etlichen Lesezeichen darin sowie eine gebundene und nummerierte Ausgabe von *Humani Generis Unitas*, der nie verkündeten Enzyklika von Papst Pius XI., in der er Rassismus und Antisemitismus verurteilte und die an seinem Todestag im Jahre 1939 auf seinem Schreibtisch zur Unterschrift bereit gelegen hatte.

Der Kalabrier sah auf seine Armbanduhr und machte sich an die Arbeit. Er spülte das Milchglas am Waschbecken aus, trocknete es am Saum seines Habits ab und stellte es wieder genau an dieselbe Stelle auf dem Nachttisch zurück. Er nahm das Fläschchen mit Milch aus seiner Tasche und schüttete den Inhalt in das Glas, damit sich ein Rest giftfreier Milch darin befand. Die Taschenlampe zwischen die Zähne geklemmt, wandte er sich dem betäubten Mann im Bett zu, zog die Decke weg und drehte ihn auf den Bauch. Dann schob er ihm das weiße Baumwollnachthemd hoch, so dass die Vene in der Kniekehle frei lag. Die Leute, für die der Kalabrier arbeitete, hatten die Krankenakte von Albino Luciani in die Hände bekommen, nachdem er im Winter zuvor routinemäßig eine Darmspiegelung hatte vornehmen lassen; da er an Krampfadern litt, war der Patient vorsorglich gegen Venenentzündung behandelt worden. Der Kalabrier holte ein Metallkästchen aus der Tasche und öffnete es auf dem Bett neben dem Knie. Rasch und gekonnt – nach seinem Hochseilunfall hatte er mehrere Jahre als Krankenpfleger gearbeitet – steckte er eine dünne Nadel auf die mit einem Extrakt der Rizinuspflanze gefüllte Spritze, stach die Nadel in die Vene und injizierte eine Dosis von vier Milliliter Flüssigkeit in den Blutkreislauf. Laut seinem Auftraggeber würde es binnen Minuten zu einem Herz-Kreislauf-Kollaps kommen; binnen Stunden würde das Toxin sich spurlos aufgelöst haben und für den unwahrscheinlichen Fall einer Obduktion nicht mehr nachweisbar sein. Vorsichtig zog der Kalabrier die feine Nadel heraus, wischte den winzigen Tropfen Blut mit einem feuchten Schwämmchen ab, beugte sich dann ganz dicht vor, um zu sehen, ob er die Einstichstelle noch erkennen konnte. Eine leichte Rötung war auszumachen, so groß wie ein Sandkorn, aber auch die würde verschwunden sein, wenn man den Leichnam am Morgen fand. Zufrieden mit seiner Arbeit, ging der Kalabrier zu dem Stuhl mit dem Aktenstapel und durchsuchte ihn, bis er fand, wonach er suchte: eine Akte, auf der in lateinischen Buchstaben CHOLSTOMER stand. Er hob den Saum seines Skapuliers, klemmte sich die Akte unter den Gürtel und sah sich abschließend um, ob er auch nichts vergessen hatte.

Wieder im Korridor, zog der Kalabrier die Wohnungstür zu und hörte, wie das Schloss einrastete. Nach einem kurzen Blick auf seine Uhr – in vier Minuten würden die Wachen die nächste Runde machen – eilte er die Treppe hinunter und durch die Einfahrt zum Lieferanteneingang. Der Offizier in Zivil starrte ihn sichtlich mitgenommen an, scheute sich, die Frage zu stellen. Der Kalabrier lächelte nur, als er den Nachschlüssel zurückgab. Die Lippen des Offiziers öffneten sich, und er sog rasch die Luft ein. Er öffnete die kleine blaue Tür so weit, dass der Kalabrier hinausschlüpfen konnte, und verriegelte sie hinter ihm.

Das Taxi wartete mit angelehnter Tür. Der Kalabrier ließ sich in den Fond sinken und streifte gemächlich die Latexhandschuhe ab, Finger für

Finger. Der Fahrer, ein junger Korse mit einer gebrochenen, schlecht gerichteten Nase, fuhr die noch menschenleere Straße hinab, zunächst vorsichtig, um keinerlei Aufmerksamkeit zu erregen, beschleunigte dann, sobald er in einen breiten Boulevard eingebogen war, und fuhr in Richtung Civitavecchia am Tyrrhenischen Meer, fünfunddreißig Minuten von Rom entfernt.

Dort, in einem Lagerhaus in den Docks, einen Steinwurf entfernt von dem russischen Frachter *Wladimir Iljitsch*, der am Morgen bei einsetzender Flut in See stechen sollte, würde der Kalabrier seinen Führungsoffizier treffen, einen schlanken Mann mit dünnem weißem Bart und grüblerischen Augen, der sich schlicht Starik nannte. Er würde ihm die Mordwerkzeuge zurückgeben – die Handschuhe, den Dietrich, das Metallkästchen, das Glas mit den letzten Tropfen vergifteter Milch, das leere Fläschchen – und ihm die Akte mit der Aufschrift CHOLSTOMER aushändigen. Und er würde die Tasche entgegennehmen, die ein königliches Honorar enthielt, eine Million Dollar in gebrauchten Scheinen; nicht schlecht für fünfzehn Minuten Arbeit. Wenn die Nonne im Morgengrauen aus ihrer Betäubung erwachte und Albino Luciani tot in seinem Bett fand, würde der Kalabrier bereits an Bord des kleinen Fischerbootes sein, das ihn innerhalb von zwei Tagen ins Exil an die sonnengetränkten Strände von Palermo bringen würde.

VORSPIEL

ANATOMIE EINER EXFILTRATION

«Aber ich will doch nicht unter Verrückte gehen!»,
widersprach Alice.
«Ach, dagegen lässt sich nichts machen», sagte die Katze;
«hier sind alle verrückt. Ich bin verrückt. Du bist verrückt.»
«Woher weißt du denn, dass ich verrückt bin?», fragte Alice.
«Musst du ja sein», sagte die Katze,
«sonst wärst du doch gar nicht hier.»

LEWIS CARROLL, *Alice im Wunderland*

BERLIN, SONNTAG, 31. DEZEMBER 1950

Eine lädierte Kuckucksuhr an der Wand über dem Kamin, mit verbogenem Stundenzeiger und fehlendem Minutenzeiger, ließ die Sekunden in das schäbige Zimmer tropfen und von Wand zu Wand hallen. Der Mann, der als *The Sorcerer*, der Zauberer, bekannt war, sog langsam mit verzerrtem Gesicht die eisig kalte Luft ein, die ihm in die Nase stach. «Irgendwann werden diese verdammten Schriftsteller auch mal darüber schreiben, was wir hier gemacht haben.»

«Ich liebe Spionagegeschichten», sagte Silvan II kichernd von der Tür des Nebenzimmers aus.

«Die machen bestimmt ein Melodrama daraus», sagte Jack McAuliffe. «Die werden das so darstellen, als hätten wir Cowboy und Indianer gespielt, um etwas Heiterkeit in unser ödes Leben zu bringen.»

«Spionage – falls man das so nennen kann, was ich seit Jahren mache – heitert mein Leben kein bisschen auf», sagte Silvan II. «Vor jeder Operation krieg ich Magenkrämpfe.»

«Und ich bin nicht in diesem verdreckten Regenloch von Stadt, weil es mein Leben aufheitert», sagte *The Sorcerer*. «Ich bin hier, weil die verdammten Barbaren vor den verdammten Toren stehen.» Er zog einen abgenutzten Schal über die vor Kälte gefühllosen Ohrläppchen, steppte mit seinen schmuddeligen Cowboystiefeln auf dem Boden, um die Durchblutung der Zehen in Gang zu halten. «Hörst du, was ich sage, Kumpel? Hier spricht nicht der Alkohol, hier spricht der Boss der Berliner Basis. Irgendwer muss ja schließlich die Stellung halten.» Er sog an einer aufgeweichten Zigarette und spülte den Rauch mit einem kräftigen Schluck medizinischem Whiskey, wie er das nannte, hinunter. «Ich trinke, wie es in meinem Gesundheitsbericht heißt, eine toxische Menge von dem Zeug hier», fuhr er fort und sprach damit das Problem an, das Jack sich nicht traute zur Sprache zu bringen, «weil die verdammten Barbaren leider dabei sind, den verdammten Krieg zu gewinnen.»

Harvey Torriti, alias der Zauberer, stand von seinem Stuhl auf und ging zum Erkerfenster der Geheimwohnung, zwei Stockwerke über dem kleinen Ostberliner Kino. Durch die Dielenbretter drang von einem Kinofilm das ferne Geheul von Granaten, dann, als sie in die deutschen Stellungen krachten, eine Serie von dumpfen Explosionen. Mehrere von Torritis Nutten hatten in der Woche zuvor einen sowjetischen Kriegsfilm gesehen. Die junge Ukrainerin, die sich die Haare chromfarben bleichte, behauptete, der Film wäre mit den üblichen zigtausend Statisten auf einem Studiogelände in Alma-Ata gedreht worden; in einer Szene, so sagte sie, hätte sie im Hintergrund den schneebedeckten Gebirgszug Alatau erkannt, wo sie Schlitten gefahren war, als man sie während des Krieges nach Zentralasien evakuiert hatte. Schniefend hob der Zauberer mit zwei dicken Fingern seiner behandschuhten Hand die Lamellen einer imaginären Jalousie und spähte durch die verdreckte Scheibe. Bei Sonnenuntergang war von der polnischen Steppe, bloß dreißig Meilen östlich, ein senffarbener Dunst herangetrieben worden, der den sowjetischen Sektor Berlins in eine unheimliche Stille hüllte, die gepflasterten Rinnsteine mit etwas überzog, das wie Algen aussah. Ein Stück die Straße hinunter flogen Dohlen in die Luft und umkreisten krächzend den Turm einer baufälligen Kirche, die in ein baufälliges Lagerhaus umgewandelt worden war. Draußen vor dem Kino war Silvan I zu sehen, einer von den beiden rumänischen Zigeunern, die für Torriti als Leibwächter arbeiteten; eine Strickmütze tief ins Gesicht gezogen, zerrte er einen Hund mit Maulkorb durch den trüben Dunstkreis einer Straßenlaterne. Ansonsten wirkten die Straßen von «West-Moskau», wie die Profis der *Company* sagten, verlassen. «Wenn da draußen irgendwelche *Homo sapiens* das Ende des Jahres feiern», brummte Torriti düster, «dann machen sie das aber ganz schön diskret.»

Jack McAuliffe, auch «Zauberlehrling» genannt, der als Neuling mit Lampenfieber zu kämpfen hatte, rief bemüht lässig von der Tür: «Diese Ruhe find ich unheimlich, Harvey. Zu Hause in den Staaten gibt es an Silvester ein unglaubliches Hupkonzert.»

Der zweite Zigeuner, Silvan II, in dessen dunklen Augen Torriti schon einen unschönen Hinweis auf Dinge hatte aufglimmen sehen, die der Rumäne verzweifelt zu vergessen suchte, streckte den Kopf aus dem Nebenzimmer herein, ein schlaksiger junger Mann mit einem pockennarbigen Gesicht. Ursprünglich hatte er Geistlicher der orthodoxen Kirche werden wollen, war jedoch in der Spionagebranche gelandet, nachdem die Kommunisten sein Seminar dichtgemacht hatten. «Hupkonzerte verstoßen in der Deutschen Demokratischen Republik gegen das Gesetz», verkündete Silvan II, «ebenso wie in unserem kapitalistischen Deutschland.»

Am Fenster hauchte der Zauberer eine Scheibe mit seinem Whiskey-

Atem an und rieb sie mit dem Unterarm sauber. Über den Dächern ragten die obersten Stockwerke von einigen hohen Mietshäusern wie Eisbergspitzen aus der dunstigen Stadtlandschaft. «Das liegt nicht an den deutschen Gesetzen», sagte Torriti trübsinnig, «das liegt an der deutschen Wesensart.» Er drehte sich so plötzlich vom Fenster weg, dass er fast das Gleichgewicht verloren hätte. Er hielt sich an der Lehne eines Holzstuhls fest und schob seinen schweren Körper vorsichtig auf die Sitzfläche. «Zufällig bin ich in der *Company* Spezialist für deutsche Wesensart», behauptete er mit heller, aber seltsam melodischer Stimme. «Ich war bei einer Befragung des Lagerkommandanten von Auschwitz dabei, am Abend, bevor das Schwein gehängt wurde. Wie hieß er noch gleich? Höß. Rudolf Höß. Das Schwein hat behauptet, es könnte gar nicht sein, dass er fünftausend Juden am Tag ermordet hätte, weil die Züge nur zweitausend ranschaffen konnten. Das nennt man eine wasserdichte Verteidigung. Wir haben alle geraucht wie die Konzentrationslagerschlote, und man konnte förmlich sehen, dass Herr Höß es vor Lungenschmacht kaum noch aushielt, also hab ich ihm eine von meinen Camels angeboten.» Torriti unterdrückte ein säuerliches Kichern. «Und weißt du, was Rudi gemacht hat?»

«Was hat Rudi denn gemacht, Harvey?»

«*Am Abend vor seiner Hinrichtung* hat er die verdammte Zigarette abgelehnt, weil an der Wand ein ‹Rauchen verboten›-Schild hing. Tja, das nenn ich deutsche Wesensart.»

«Lenin hat mal gesagt, die einzige Möglichkeit, Deutsche dazu zu bringen, einen Bahnhof zu stürmen, wäre die, ihnen Bahnsteigkarten zu kaufen», steuerte Silvan II bei.

Jack lachte – eine Spur zu rasch, eine Spur zu herzhaft, für Torritis Geschmack.

Der Zauberer trug eine ausgebeulte Hose und einen knöchellangen, zerknitterten grünen Mantel. Er beäugte seinen Lehrling und fragte sich, wie Jack sich wohl in einer heiklen Situation bewähren würde; er selbst hatte mit Müh und Not das Studium an einem kleinen College im Mittleren Westen geschafft und sich bis zum Ende des Krieges zum Major hochgedient, weshalb seine Toleranzschwelle für Abgänger von Harvard, Yale und Princeton äußerst niedrig war. Dieses Vorurteil erhielt weitere Nahrung, als er direkt nach dem Krieg für kurze Zeit beim FBI in der Abteilung für organisiertes Verbrechen gearbeitet hatte (bis J. Edgar Hoover persönlich Torriti auf dem Flur mit einer hautengen Hose und ohne Krawatte erwischte und auf der Stelle feuerte). Egal! In der *Company* konsultierte keiner die Leute an vorderster Front, wenn sie an den Eliteuniversitäten

Rekruten anwarben und solche Pfeifen wie Jack McAuliffe auftrieben, einen Yale-Absolventen, der so grün hinter den Ohren war, dass er nicht mal auf die Idee gekommen war, eine Nummer zu schieben, als er sich von Torritis Nutten in der Woche, in der der Zauberer am Tripper erkrankt war, Informationen liefern lassen sollte.

Torriti griff nach der Whiskeyflasche, schloss ein Auge, kniff das andere zusammen und füllte das Wasserglas genau bis zum Rand. «Ohne Eis ist es nicht das Gleiche», murmelte er und rülpste, während er seine dicken Lippen vorsichtig zum Glasrand manövrierte. Er spürte, wie der Alkohol ihm in der Kehle brannte. «Kein Eis, kein Klimpern. Kein Klimpern, schlecht!» Er hob mit einem Ruck den Kopf und rief Jack zu: «Wie spät ist es, Kumpel?»

Jack, bemüht, eine gute Figur zu machen, warf einen lässigen Blick auf die «Bulova», die seine Eltern ihm zum Examen geschenkt hatten. «Er müsste seit zwölf, fünfzehn Minuten hier sein», sagte er.

Der Zauberer kratzte sich geistesabwesend das stopplige Doppelkinn. Er hatte keine Zeit zum Rasieren gehabt, seit die Berliner Basis vor achtundvierzig Stunden die Nachricht mit höchster Dringlichkeitsstufe empfangen hatte. Die Überschrift bestand aus einer Flut von internen Codes, ein Zeichen dafür, dass die Meldung direkt von der Spionageabwehr kam; von *Mother* persönlich. Wie alle Meldungen von der Spionageabwehr trug sie den Vermerk «CRITIC», was bedeutete, dass man alles stehen und liegen lassen und sich auf die aktuelle Angelegenheit konzentrieren musste. Wie manche Meldungen von der Spionageabwehr – in der Regel solche, bei denen es um Überläufer ging – war sie durch eines der polyalphabetischen Systeme von *Mother* verschlüsselt, die nicht zu knacken waren. Sie bestanden aus zwei Chiffre-Alphabeten, mit denen sich jeder Buchstabe im Text vielfach ersetzen ließ.

STRENG GEHEIM
Von: Hugh Ashmead [das interne Kryptonym für *Mother*]
An: Alice Reader [das interne Kryptonym für Torriti]
Betr.: Fette Beute

Die Meldung setzte Torriti davon in Kenntnis, dass jemand, der sich als hochrangiger russischer Nachrichtenoffizier ausgab, seine Fühler ausgestreckt hatte. Irgendwie war das auf dem Schreibtisch von *Mother* gelandet, wie nach Torritis Erfahrung einfach alles auf diesem Schreibtisch landete. In der Nachricht wurde der Möchtegern-Überläufer mit dem

Zufallskryptonym SNOWDROP bezeichnet, dem das Digraph AE vorangestellt war, was bedeutete, dass die Sache von der Sowjetrussland-Abteilung abgewickelt wurde; dann folgte der gesamte Inhalt der «201» – die Akte im Zentralregister der *Company* – über den Russen.

Wischnewski, Konstantin: geb. entweder 1898 oder 1899 in Kiew; Vater, Chemiker und Parteimitglied, gest., als betreffende Person noch Kind war; mit 17 Jahren Kadett an Kiewer Militärakademie; Abschluss vier Jahre später als Artillerieoffizier; anschließend Studium an der Artillerieschule für Offiziere in Odessa; Eintritt in den militärischen Abwehrdienst zu Beginn des Zweiten Weltkrieges; vermutlich Mitglied der KPdSU; verheiratet, ein Sohn, geb. 1940; nach dem Krieg Versetzung zum Komitee für Staatssicherheit (KGB); einjährige Ausbildung in Spionageabwehr an der Hochschule des KGB, anschließend für vier Monate nach Brest-Litowsk abkommandiert; einjähriger Besuch des diplomatischen Instituts des KGB in Moskau; nach erfolgreichem Abschluss sechsmonatiger Einsatz in der Informationsabteilung der Moskauer Zentrale des KGB; von Sommer 1948 bis Januar 1950 Einsatz in Stockholm, wo er sich anscheinend auf militärische Angelegenheiten spezialisierte; weitere Einsätze unbekannt. Antisowjetische Haltungen nicht aktenkundig. Resümee: als Kandidat für Rekrutierung bedenklich.

Mother war stets mütterlich um den Schutz guter Informationsquellen bemüht und hatte nicht erwähnt, woher der Tipp stammte, doch der Zauberer konnte mehr als eine bloße Vermutung anstellen, als die Berliner Basis die Deutschen – «unsere» Deutschen, also Reinhard Gehlens Süddeutsche Industrieverwertungs-GmbH, die von einem geheimen Gelände in Pullach bei München aus operierte – routinemäßig um Hintergrundinformationen über ein paar KGB-Offiziere bat, die in der sowjetischen Enklave im Ostberliner Karlshorst stationiert waren. Gehlens Leute, immer darauf bedacht, sich bei ihren amerikanischen Meistern einzuschmeicheln, stellten rasch ein dickes Dossier über die fraglichen Russen zusammen. In dem Bericht vergraben war ein Detail, das in der Akte 201 der *Company* fehlte: AESNOWDROP hatte vermutlich eine jüdische Mutter. Das wiederum weckte beim Zauberer den Verdacht, dass der israelische Mossad-Agent mit dem Decknamen «Rabbi» *Mother* etwas ins Ohr geflüstert hatte; in neun von zehn Fällen ging alles, was auch nur im Entferntesten einen Juden betraf, durch die Hände des Rabbi. Laut *Mother* wollte der betreffende

KGB-Offizier mit Frau und Kind überlaufen. Der Zauberer sollte sich mit ihm in der Geheimwohnung mit der Bezeichnung MALBOROUGH an einem bestimmten Tag zu einer bestimmten Uhrzeit treffen, seine Glaubwürdigkeit überprüfen, um absolut sicherzugehen, dass es sich nicht, wie *Mother* sagte, um einen «falschen Fuffziger» handelte – nämlich um einen Agenten mit einem Koffer voll gezielter Falschinformationen –, und dann herausfinden, was für Bonbons er im Austausch für politisches Asyl anzubieten hatte. Anschließend sollte der Zauberer *Mother* Bericht erstatten und abwarten, ob Washington die Exfiltration tatsächlich vornehmen wollte.

Im Nebenzimmer meldete sich rauschend das Funkgerät von Silvan I. Begleitet von statischen Störungen ertönten die Codewörter *Morgenstund hat Gold im Mund*. Jack schreckte auf und war sofort hellwach. Silvan II tauchte wieder an der Tür auf. «Er ist auf dem Weg nach oben», zischte er. Er küsste den Fingernagel seines Daumens und bekreuzigte sich hastig.

Eine über siebzigjährige Deutsche, die für den Zauberer als Beobachterin arbeitete und in der letzten Reihe des Kinos saß, hatte gesehen, wie die dunkle Gestalt eines Mannes auf die Toilette an der Seite des Saales verschwand, und murmelte die Meldung in ein kleines, batteriebetriebenes Funkgerät, das in ihrem Strickbeutel versteckt war. In der Toilette würde der Russe die Tür eines Besenschranks öffnen, Wischlappen und Teppichfeger beiseite schieben und durch die versteckte Öffnung in der Rückwand des Schranks steigen, dann über eine unglaublich schmale Stiege nach oben in die geheime Wohnung gelangen.

Der Zauberer war schlagartig nüchtern, schüttelte sich wie ein nasser Hund und kniff die Augen zusammen, um einen klaren Blick zu bekommen. Er winkte Silvan II ins Nebenzimmer, beugte sich zu einem Buchrücken vor und flüsterte: «Test, fünf, vier, drei, zwei, eins.» Silvan tauchte kurz in der Tür auf, streckte einen Daumen hoch, verschwand wieder, machte die Tür hinter sich zu und schloss ab.

Jack spürte, wie sein Puls schneller wurde. Er drückte sich gegen die Wand, so dass die Tür ihn verbergen würde, wenn sie aufging. Er zog eine Walther PPK aus dem Halfter hinten an seinem Gürtel, entsicherte sie und hielt sie dann unter dem Mantel versteckt.

«Oha, klasse Trick», sagte Torriti mit unbewegter Miene, und seine Knopfaugen blitzten spöttisch. «Die Waffe auf dem Rücken zu verstecken, meine ich. So laufen wir nicht Gefahr, dass der Überläufer verscheucht wird, bevor der Scheißkerl dazu kommt, uns Namen, Rang und Seriennummer zu nennen.» Torriti selbst trug einen Revolver mit Perlmuttgriff unter der verschwitzten Achselhöhle und einen kurzläufigen 38er Colt Detective Special in einem Halfter, das er mit Klebeband unten an der Wade befestigt hatte, doch er hatte es sich zur Regel gemacht, nur dann nach einer Waffe zu greifen, wenn er wirklich damit rechnen musste, sie auch zu benutzen. Falls McAuliffe lange genug bei ihm in Berlin bleiben sollte, würde auch er das noch lernen: Der Anblick einer Waffe machte die nervösen Menschen in der Spionagebranche nur noch nervöser; und je nervöser sie wurden, desto wahrscheinlicher wurde es, dass irgendwer am Ende irgendwen niederschoss, was für jede Operation ein unbefriedigender Abschluss war.

Soviel Torriti auch an Anfängern herumzunörgeln hatte, es verschaffte ihm dennoch einen gewissen Kitzel, solche Grünschnäbel unter seine Fittiche zu nehmen. Für ihn war die Spionagearbeit eine Art Religion – es hieß, der Zauberer könne auch dann mit einer Menschenmenge verschmelzen, wenn keine da war –, und es bereitete ihm instinktives Vergnügen, seine Jünger zu taufen. Und alles in allem schätzte er McAuliffe – mit der getönten Pilotensonnenbrille, dem struppigen Kosakenschnauzbart, dem flammend roten Haar, das er pomadig nach hinten gekämmt und mit Mittelscheitel trug, der tadellosen Höflichkeit, die einen Hang zu Gewalttätigkeit kaschierte – eine Stufe höher ein als das übliche Kanonenfutter, das ihm Washington zurzeit so schickte, und das trotz des Handicaps, dass der Neue in Yale studiert hatte. Er hatte etwas fast komisch Irisches an sich: der Nachfahre des unbesiegten Weltmeisters im Faustkampf, ein McAuliffe, dessen Motto «Einmal auf die Bretter geschickt ist noch kein Kampf» gelautet hatte; der sündige Moralist, der am Ende lachte und die Fäuste schwang und nicht aufhören wollte, bloß weil der Gong ertönte; der sündige Katholik, der mit jemandem, den er beim Frühstück kennen lernte, eine lebenslange Freundschaft schließen konnte, um ihn schon nachmittags zur Hölle zu wünschen.

An der Tür steckte Jack verlegen die Pistole wieder ins Halfter. Der Zauberer klopfte sich mit einem Fingerknöchel an die Stirn. «Krieg es endlich in deinen Dickschädel; wir sind die Guten, Kumpel.»

«Herrgott noch mal, Harvey, ich weiß, wer die Guten sind, sonst wäre ich nicht hier.»

Draußen auf dem Flur knarrten die Dielenbretter. Eine Faust pochte gegen die Tür. Der Zauberer schloss die Augen und nickte. Jack zog die Tür auf.

Ein kleiner, kräftig gebauter Mann mit kurz geschorenem, rabenschwarzem Haar, einem ovalen, slawischen Gesicht und einer feuchtwächsernen Haut stand auf der Schwelle. Sichtlich nervös blickte er rasch zu Jack, bevor er mit zusammengekniffenen, leicht asiatischen Augen die buddhaähnliche Gestalt musterte, die an dem kleinen Tisch tief in Gedanken versunken schien. Plötzlich erwachte der Zauberer zum Leben, begrüßte den Russen mit einer fröhlichen Geste und winkte ihn zu dem freien Stuhl. Der Russe ging zum Erkerfenster und spähte auf die Straße hinunter, wo gerade eines von den neuen ostdeutschen Autos mit heiser hustendem Motor an dem Kino vorbeituckerte. Beruhigt durch die Ruhe, die draußen herrschte, ging der Russe einmal durch den Raum, wobei er eine Fingerspitze über einen gesprungenen Spiegel gleiten ließ und versuchsweise die Klinke des Nebenzimmers drückte. Schließlich blieb er vor der Kuckucksuhr stehen. «Was ist mit den Zeigern passiert?», fragte er.

«Als ich das erste Mal in Berlin war», sagte der Zauberer, «das war eine Woche nach dem ‹Großen Vaterländischen Krieg›, wie ihr Witzbolde ihn bezeichnet, wimmelte es hier nur so von mageren Pferden, die vor Wagen gespannt waren. Die dürren Kinder, die ihnen zuschauten, aßen Eichelkuchen. Die Pferde wurden von russischen Soldaten geführt. Auf den Wagen türmte sich Beutegut – Betten, Kloschüsseln, Heizgeräte, Wasserhähne, Küchenspülen und Herde, so gut wie alles, was nicht niet- und nagelfest war. Ich habe mit eigenen Augen gesehen, wie Soldaten aus Hermann Görings Villa Sofas hinaustrugen. Nichts war ihnen zu groß oder zu klein. Ich wette, dass der Minutenzeiger der Kuckucksuhr auf einem von diesen Wagen war.»

Ein bitteres Grinsen zeichnete sich auf den Lippen des Russen ab. «Ich habe auch so ein Fuhrwerk geführt», sagte er. «Ich war Nachrichtenoffizier in einem Infanterieregiment, das sich in vier Wintern von Moskau bis zu den Trümmern des Reichstags durchgekämpft hat. Unterwegs kamen wir an Hunderten von Dörfern vorbei, die die Nazis auf der Flucht dem Erdboden gleichgemacht hatten. Wir begruben die verstümmelten Leichen unserer Partisanen – und die der Frauen und Kinder, die man mit Flammenwerfern hingerichtet hatte. Nur zweiundvierzig von den ursprünglich zwölfhundertsechzig Männern meines Bataillons haben Berlin erreicht. Die Zeiger Ihrer Kuckucksuhr, Mister CIA-Agent, waren eine kleine Vergeltung für das, was die Deutschen uns im Krieg angetan haben.»

Der Russe zog den Stuhl vom Tisch weg, so dass er sowohl Jack als auch den Zauberer beobachten konnte, und nahm Platz. Torritis Nasenflügel bebten, als er mit einem Nicken auf die Flasche Whiskey deutete. Der Russe, der nach billigem Eau de Cologne roch, lehnte kopfschüttelnd ab.

«Okay, kommen wir zur Sache. Ich erwarte jemanden namens Konstantin Wischnewski.»

«Der bin ich.»

«Das Komische ist bloß, dass wir im Berliner KGB-Verzeichnis keinen Wischnewski, Konstantin finden konnten.»

«Das liegt daran, dass ich unter dem Namen Wolkow geführt werde. Wie ist Ihr Name, bitte?»

Der Zauberer war jetzt in seinem Element und genoss es. «Tweedledum ist mein Name.»

«Tweedledum und weiter?»

«Tweedledum und nichts weiter.» Torriti drohte dem Russen, der eine Armlänge vom Tisch entfernt saß, mit dem Zeigefinger. «Hören Sie, mein Freund, Sie spielen das Spiel hier offenbar nicht zum ersten Mal – Sie kennen die Grundregeln genauso gut wie ich.»

Jack lehnte sich gegen die Wand neben der Tür und sah fasziniert zu, wie Wischnewski seinen Mantel aufknöpfte und ein ramponiertes Zigarettenetui hervorholte, aus dem er eine lange, dünne *Papyrosi* mit Pappfilter nahm. Aus einer anderen Tasche förderte er ein amerikanisches Luftwaffenfeuerzeug zutage. Sowohl seine Hände als auch die Zigarette zwischen seinen Lippen zitterten, als er den Kopf zur Flamme beugte. Das Anzünden schien seine Nerven zu beruhigen. Der Gestank von «Herzegovina Flor» durchwehte den Raum, die die russischen Offiziere in den überfüllten Varietés am Kurfürstendamm rauchten. «Bitte beantworten Sie mir eine Frage», sagte Wischnewski. «Ist hier ein Mikrofon? Nehmen Sie unsere Unterhaltung auf?»

Der Zauberer ahnte, dass sehr viel von seiner Antwort abhing. Den Blick unverwandt auf den Russen gerichtet, sagte er: «Ja.»

Wischnewski seufzte geradezu erleichtert. «Das habe ich erwartet. An Ihrer Stelle würde ich das auch tun. Wenn Sie nein gesagt hätten, wäre ich aufgestanden und gegangen. Überzulaufen ist wie ein Drahtseilakt ohne Netz und doppelten Boden. Ich lege mein Leben in Ihre Hände, Mr. Tweedle oder wie Sie heißen. Ich muss Ihnen vertrauen können.» Er zog an der Zigarette und blies den Rauch durch die Nase aus. «Ich bekleide den Rang eines Oberstleutnant beim KGB.»

Der Zauberer reagierte darauf nur mit einem kurzen Nicken. Es herrschte eisiges Schweigen, während der Russe sich auf die Zigarette konzentrierte. Torriti machte keine Anstalten, die Leere zu füllen. Er hatte solche Situationen unzählige Male durchexerziert. Er wusste, wie wichtig es war, dass er eine Richtung und ein Tempo einschlug, die den Überläufer überraschten, dass er ihm auf subtile Weise klar machte, wer hier die Bedingungen stellte.

«Ich fungiere offiziell als Kulturattaché und habe einen Diplomatenpass», sagte der Russe weiter.

Der Zauberer streckte eine Hand nach der Whiskeyflasche aus und ließ seine Finger liebevoll darüber gleiten. «Okay, die Sache läuft so», sagte er schließlich. «Betrachten Sie mich als einen Fischer, der sein Netz vor der preußischen Küste ausgeworfen hat. Wenn ich meine, dass ich etwas gefangen habe, hole ich das Netz ein und sehe nach. Die kleinen Fische werfe ich wieder ins Wasser, weil ich strikte Anweisung habe, nur große Fische zu fangen. Fassen Sie das nicht persönlich auf. Sind Sie ein großer Fisch, Genosse Wischnewski?»

Der Russe rutschte nervös auf seinem Stuhl hin und her. «Also gut: Ich bin stellvertretender Leiter des Ersten Direktorats der KGB-Basis in Berlin-Karlshorst.»

Der Zauberer holte ein kleines Notizbuch hervor und blätterte es durch bis zu einer Seite, die in winziger Schrift auf Sizilianisch voll geschrieben war. Er bekam regelmäßig Informationen von der Schwester einer Putzfrau, die in dem nur einen Steinwurf von Karlshorst entfernt liegenden Hotel arbeitete, wo die KGB-Offiziere aus der Moskauer Zentrale abstiegen, wenn sie nach Berlin kamen. «Am 22. Dezember 1950 ließ der KGB-Karlshorst seine Bücher von einem Revisor der Kontrollkommission des Zentralkomitees überprüfen. Wie war sein Name?»

«Ewpraksein, Fjodor Eremejewitsch. Man hat ihn an den freien Schreibtisch neben meinem gesetzt.»

Der Zauberer zog die Augenbrauen hoch, als wollte er sagen: Schön, du arbeitest also in Karlshorst, aber du musst schon einiges mehr bieten, um als großer Fisch in Frage zu kommen. «Was genau wollen Sie von mir?», fragte Torriti unvermittelt.

Der Überläufer räusperte sich. «Ich bin bereit überzulaufen», sagte er, «aber nur, wenn ich meine Frau und meinen Sohn mitbringen kann.»

«Warum?»

«Was ändert es, wenn ich sage, warum?»

«Glauben Sie mir. Es ändert alles. Warum?»

«Meine Karriere ist an einem Endpunkt angelangt. Ich bin von dem System desillusioniert. Ich meine nicht den Kommunismus, ich meine den KGB. Der Resident hat versucht, meine Frau zu verführen. Ich habe ihn zur Rede gestellt. Er hat alles abgestritten, mich bezichtigt, ich wollte ihn erpressen, damit er mich im Bericht zum Jahresende lobend erwähnt. In der Moskauer Zentrale hat man seiner Version Glauben geschenkt, nicht meiner. Also: Das hier ist mein letzter Auslandsposten. Ich bin zweiundfünfzig – ich werde aufs Abstellgleis geschoben. Ich werde den Rest meiner Laufbahn in Kasachstan Berichte von Informanten mit drei Durchschlägen tippen. Ich habe von wichtigeren Dingen geträumt... Das hier ist meine letzte Chance, mir, meiner Frau, meinem Sohn ein neues Leben zu bieten.»

«Weiß Ihr Resident, dass Sie Halbjude sind?»

Wischnewski fuhr zusammen. «Woher wissen Sie...» Er seufzte. «Mein Resident hat es herausgefunden, das heißt, die Moskauer Zentrale hat es herausgefunden, als meine Mutter letzten Sommer starb. Sie hat in ihrem Testament den Wunsch geäußert, dass sie auf dem jüdischen Friedhof in Kiew beerdigt werden möchte. Ich habe versucht, das Testament zu unterschlagen, bevor es bekannt wurde, aber –»

«Sie fürchten, aufs Abstellgleis geschoben zu werden – weil Moskau herausgefunden hat, dass Sie Halbjude sind, oder wegen Ihres Streits mit dem Residenten in Berlin?»

Der Russe zuckte müde die Achseln. «Ich habe Ihnen gesagt, was ich denke.»

«Weiß Ihre Frau, dass Sie Kontakt zu uns aufgenommen haben?»

«Ich sage es ihr, wenn der Zeitpunkt kommt zu gehen.»

«Woher wissen Sie, dass sie mitgehen wird?»

Wischnewski dachte über die Frage nach. «Es gibt Dinge, die man als Ehemann über seine Frau weiß... Dinge, die man nicht aussprechen muss.»

Ächzend hievte der Zauberer sich vom Stuhl und kam um den Tisch herum. Er blickte auf den Russen hinunter. «Wenn wir Sie und Ihre Familie rausschaffen, sagen wir nach Florida, würden wir für Sie eine Party geben wollen.» Torritis Gesicht verzog sich zu einem unangenehmen Lächeln, während er die Hände ausstreckte, Handflächen nach oben. «In den Vereinigten Staaten gilt es als unhöflich, mit leeren Händen zu einer Party zu kommen. Wenn ich die Leute, für die ich arbeite, dazu bringen soll, Ihnen zu helfen, müssen Sie mir schon sagen, was Sie zu der Party mitzubringen gedenken, Genosse Wischnewski.»

Der Russe blickte auf die Uhr über dem Kamin, sah dann wieder Torriti an. «Ich war zwei Jahre und zwei Monate in Stockholm stationiert, bevor ich nach Berlin versetzt wurde. Ich kann Ihnen die Namen unserer operativen Mitarbeiter in Stockholm nennen, die Adressen unserer geheimen Wohnungen –»

«Drei Leute aus Ostberlin zu exfiltrieren ist ungeheuer kompliziert.»

«Ich kann Ihnen den genauen Aufbau der KGB-Residentur in Karlshorst anbieten.»

Jack fiel auf, dass die Augen des Zauberers sich desinteressiert verschleierten; er nahm sich vor, diese schauspielerische Einlage in sein Repertoire aufzunehmen. Auch der Russe musste es mitbekommen haben, denn er stieß hervor: «Der KGB arbeitet getarnt als *Inspeksija po woprosam bezopasnosti* – Inspektorat für Sicherheitsfragen, wie Sie sagen. Das Inspektorat hat das Antonius-Krankenhaus übernommen und verfügt über sechshundertdreißig Vollzeitmitarbeiter. Der Resident, General Ilitschew, arbeitet getarnt als Berater der sowjetischen Kontrollkommission. Der stellvertretende Resident ist Ugor-Molodi, Oskar – er ist offiziell Leiter der Visa-Abteilung. General Ilitschew baut gerade ein gesondertes Direktorat für Illegale innerhalb des Ersten Direktorats in Karlshorst auf – unter der Bezeichnung Direktorat S. Seine Aufgabe wird sein, KGB-Illegale für Westeinsätze auszubilden und mit den notwendigen Papieren zu versorgen.»

Die Lider des Zauberers schienen ihm aus purer Langeweile zuzufallen.

Der Russe warf seine Zigarette auf den Boden und trat sie aus. «Ich kann Ihnen Mikrofone anbieten ... Telefonabhöranlagen ... Lauschposten.»

Der Zauberer warf vor offensichtlicher Enttäuschung einen Blick durch den Raum auf Jack. «Einen KGB-Offizier – angenommen, Sie sind einer –, seine Frau und seinen Sohn nach Westberlin zu holen und sie dann in den Westen auszufliegen, bedeutet für uns ein hartes Stück Arbeit. Menschen müssen dafür ihr Leben aufs Spiel setzen. Es kostet eine gewaltige Summe Geld. Ist der fragliche Offizier erst einmal im Westen, muss er versorgt werden, und auch das ist teuer. Er braucht eine neue Identität, ein Bankkonto, eine monatliche Geldzuwendung, ein Haus an einer ruhigen Straße in einer entlegenen Stadt, ein Auto.» Der Zauberer steckte sein Notizbuch wieder ein. «Wenn Sie nicht mehr zu bieten haben, mein Freund, fürchte ich, dass wir beide unsere Zeit verschwenden. Es soll siebentausend Spione in Berlin geben, die bereit sind, Bares für das hinzulegen, was unsere deutschen Freunde Spielmaterial nennen. Versuchen Sie Ihr Glück bei einem von denen. Vielleicht bei den Franzosen oder den Israelis –»

Jack, der aufmerksam zuhörte, begriff, dass Torriti ein Meister seines Fachs war.

Der Russe senkte die Stimme zu einem Flüstern. «Seit einigen Monaten arbeite ich als KGB-Verbindungsmann mit dem neuen Nachrichtendienst der DDR zusammen. Sie richten zurzeit ein Büro in einer ehemaligen Schule im Ostberliner Stadtteil Pankow ein, nicht weit von der Sperrzone, wo die führenden Partei- und Regierungsmitglieder wohnen. Der neue

Nachrichtendienst, Teil des Ministeriums für Staatssicherheit, hat einen Tarnnamen – ‹Institut für wirtschaftswissenschaftliche Forschung›. Ich kann Ihnen den genauen Aufbau des Instituts bis ins kleinste Detail liefern. Der Leiter ist Ackermann, Anton, aber es heißt, sein achtundzwanzigjähriger Stellvertreter ist als zukünftiger Chef vorgesehen. Sein Name ist Wolf, Markus. Vielleicht finden Sie ja Fotos von ihm – er war 1945 als Berichterstatter des Berliner Rundfunks bei den Nürnberger Prozessen dabei.»

Jack, der in den sechs Wochen, die er in Deutschland eingesetzt war, im Archiv der Berliner Basis Akten gewälzt hatte, warf mit, so hoffte er, gelangweilter Stimme ein: «Wolf war während des Krieges in Moskau und spricht perfekt Russisch. In Karlshorst nennen ihn alle bei seinem russischen Namen, Mischa.»

Wischnewski warf sich weiter ins Zeug, nannte Namen und Daten und Orte, in dem verzweifelten Versuch, den Zauberer zu beeindrucken. «Das Hauptdirektorat hat mit acht Deutschen und vier sowjetischen Beratern angefangen, aber es expandiert rasch. Innerhalb des Hauptdirektorats gibt es eine kleine, unabhängige Einheit, genannt Abwehr. Sie soll die westdeutschen Sicherheitsdienste überwachen und infiltrieren. Die Abwehr plant, mit Hilfe erbeuteter Naziarchive Prominente im Westen zu erpressen, die ihre Nazivergangenheit verschweigen. Ganz oben auf ihrer Liste steht Hans Filbinger, Politiker in Baden-Württemberg, der als Marinerichter unter den Nazis Todesurteile über Soldaten und Zivilisten verhängt hat. Architekt dieses Westprogramms ist der derzeitige Leiter des Hauptdirektorats: Richard Stahlmann –»

Jack schaltete sich erneut ein. «Stahlmann heißt mit richtigem Namen Artur Illner. Er ist seit dem Ersten Weltkrieg Mitglied der KPD. Er operiert schon so lange unter seinem Decknamen, dass selbst seine Frau ihn inzwischen Stahlmann nennt.»

Der Zauberer, erfreut, dass Jack so gut mitspielte, belohnte ihn mit einem schwachen Lächeln.

Jacks Einwürfe hatten den Russen nervös gemacht. Er zog ein übergroßes Taschentuch aus der Hosentasche und wischte sich damit über den Nacken. «Ich kann Ihnen –» Wischnewski zögerte. Eigentlich hatte er sein Wissen sparsam verteilen wollen und erst, wenn er sicher im Westen war, mit dem Clou herausrücken, nachdem er seinen Gastgebern ein großzügiges Versorgungspaket abgepresst hatte. Als er erneut sprach, waren seine Worte kaum hörbar. «Ich kann Ihnen die Identität eines sowjetischen Agenten im britischen Geheimdienst verraten. Jemand ganz oben im MI6 ...»

Jack hatte den Eindruck, dass der Zauberer auf der Stelle erstarrte.

«Sie kennen seinen Namen?», fragte Torriti mit gleichgültiger Stimme.

«Ich weiß Dinge über ihn, mit deren Hilfe Sie ihn enttarnen können.»

«Zum Beispiel?»

«Das genaue Datum, an dem er letzten Sommer in Stockholm Informationen weitergab. Das ungefähre Datum, an dem er letzten Winter in Zürich Informationen weitergab. Zwei Operationen, die seinetwegen aufflogen – bei einer war ein Agent beteiligt, bei der zweiten ging es um ein Mikrofon. Mit diesen Einzelheiten ist es ein Kinderspiel, ihn zu enttarnen.»

«Wie kommt es, dass Sie diese Informationen haben?»

«Ich war letzten Februar in Stockholm eingesetzt, als ein KGB-Offizier aus der Moskauer Zentrale auftauchte. Er war als Sportjournalist der *Prawda* getarnt. Er war ausschließlich wegen eines einmaligen Geheimkontakts gekommen. Er hat Informationen von einem schwedischen Staatsbürger bekommen, der diese wiederum von dem britischen Maulwurf hatte. Der KGB-Offizier war der Mann der Schwester meiner Frau. Wir haben ihn abends zum Essen eingeladen. Er hat sehr viel schwedischen Wodka getrunken. Er ist in meinem Alter und sehr ehrgeizig – er wollte Eindruck bei mir schinden. Er hat mit seiner Mission angegeben.»

«Wie heißt der KGB-Agent, der nach Stockholm gekommen ist?»

«Shitkin, Markel Sergejewitsch.»

Der Zauberer, jetzt ganz geschäftsmäßig, nahm wieder auf seinem Stuhl Platz, schlug sein Notizbuch auf, nahm einen Stift zur Hand und blickte den Russen an. «Okay, reden wir Tacheles.»

Im Sanktuarium des Zauberers, zwei Ebenen unter der Erde in einem Backsteinhaus an einer ruhigen Straße im vornehmen Berlin-Dahlem, saß Silvan II, die Augen rot vor Müdigkeit, auf einem Hocker und bewachte die gepanzerte Tür von Torritis Büro. Aus dem Innern drang der kratzige Klang einer '78er-Schallplatte, die Björling-Arien plärrte; der Zauberer, der gern von sich behauptete, eine ausgemachte Paranoia vor richtigen Feinden entwickelt zu haben, ließ die «Victrola» mit voller Lautstärke laufen, für den Fall, dass es den Russen gelungen war, das Zimmer zu verwanzen. Die Wände auf beiden Seiten seines großen Schreibtisches waren von Ständern mit geladenen Gewehren und Maschinenpistolen gesäumt, die er im Laufe der Jahre «organisiert» hatte; eine Schreibtischschublade war voll mit Handfeuerwaffen, eine andere mit Munitionsschachteln. Auf drei großen Safes lag je eine Brandbombe, falls die Russen, die nur einen Granatenwurf entfernt waren, eindrangen und Akten schnellstens vernichtet werden mussten.

Der Zauberer saß über seinen Bericht für Washington gebeugt, als Jack hereinkam und sich auf die Couch fallen ließ. Torriti blickte Jack mit zusammengekniffenen Augen an, als wüsste er nicht mehr genau, wo er ihn einordnen sollte. Dann funkelten seine Augen. «Also, was hältst du von ihm, Kumpel?», rief er über die Musik hinweg, während er mit dem Zeigefinger geistesabwesend das Eis in seinem Whiskey umrührte.

«Irgendwas stört mich an ihm, Harvey», rief Jack zurück. «Ich finde, er hat ziemlich herumgedruckst, als du ihm auf den Zahn gefühlt hast. Zum Beispiel, als er die Straße beschreiben sollte, wo er während seines ersten KGB-Einsatzes in Brest-Litowsk gewohnt hat. Oder als du ihn nach den Namen der Ausbilder am Diplomatischen Institut des KGB in Moskau gefragt hast.»

«Wo bist *du* eigentlich aufgewachsen, Kumpel?»

«In Jonestown, einem Kaff in Pennsylvania. Zur High School bin ich im Nachbarort Lebanon gegangen.»

«Dann beschreib mir doch mal die Straße, an der deine High School lag.»

Jack strich mit dem Zeigefinger die Enden seines Kosakenschnurrbarts glatt. «Oh. Klar. Also, wenn ich mich recht erinnere, war sie von Bäumen gesäumt.»

«Was für Bäume? War es eine Einbahnstraße oder nicht? Was war an der Ecke, ein Stoppschild oder eine Ampel? Durfte auf der Straße geparkt werden? Was war auf der anderen Straßenseite gegenüber der Schule?»

Jack inspizierte die Zimmerdecke. «Auf der anderen Straßenseite standen Häuser. Nein, das muss gegenüber der Grundschule in Jonestown gewesen sein. Gegenüber von der High School in Lebanon lag ein Spielplatz. Oder war der hinter der Schule? Die Straße war –» Jack verzog das Gesicht. «Ich seh schon, worauf du hinauswillst, Harvey.»

Torriti nahm einen kräftigen Schluck Whiskey. «Nehmen wir nur mal an, Wischnewski soll uns falsche Informationen zuspielen. Als wir mit ihm seine Vita durchgegangen sind, hätte er doch alles lückenlos parat haben müssen, wie aus dem Effeff, ohne den Eindruck zu erwecken, er hätte es sich zurechtgelegt.»

«Woher willst du wissen, dass die Russen dir nicht einen Schritt voraus sind? Woher willst du wissen, dass sie ihre Spitzel nicht absichtlich ein bisschen herumdrucksen lassen?»

«Die Russen sind zwar mit allen Wassern gewaschen, aber nicht clever.

Außerdem hat meine Nase nicht gezuckt. Meine Nase zuckt immer, wenn was faul ist.»

«Hast du ihm die Geschichte abgekauft, dass der Resident sich an seine Frau rangemacht hat?»

«He, auf beiden Seiten des Eisernen Vorhangs hat ein hoher Rang so seine Privilegien. Ich meine, was hast du davon, wenn du der Oberheini in Karlshorst bist und kannst nicht mal die Frau von einem deiner Untergebenen anbaggern, erst recht, wenn der schon in der Scheiße sitzt, weil er verheimlicht hat, dass er Halbjude ist? Hör zu, Kumpel, die meisten Überläufer wollen uns erzählen, was wir, wie sie glauben, hören wollen – dass sie vom Kommunismus ernüchtert sind, dass der Mangel an Freiheit sie erstickt, dass sie endlich begriffen haben, dass Stalin ein Tyrann ist, und den ganzen Schwachsinn.»

«Und was erzählst du Washington jetzt? Dass deine Nase nicht gezuckt hat?»

«Ich sage, die Wahrscheinlichkeit, dass der Bursche echt ist, liegt bei siebzig Prozent, und dass wir ihn exfiltrieren sollten. Ich sage, dass ich die Infrastruktur in achtundvierzig Stunden stehen habe. Ich sage, dass die Sache mit dem Maulwurf im MI6 untersucht werden muss. Wenn da nämlich was dran ist, sitzen wir ganz schön in der Scheiße; wir tauschen schon seit ewigen Zeiten alles mit unseren Vettern aus, es könnte also sein, dass unsere Geheimnisse via die Briten auf irgendwelchen Schreibtischen in Moskau landen. Und falls die in Washington kalte Füße kriegen, rufe ich denen ins Gedächtnis, dass es sich, auch wenn der Überläufer ein Spitzel ist, trotzdem lohnt, ihn rüberzuholen.»

«Da komm ich nicht ganz mit, Harvey.»

Der Zauberer drückte einen Knopf an der Sprechanlage. Seine Nachteule Miss Sipp steckte den Kopf ins Büro. Sie war so etwas wie eine Legende in der Berliner Basis, nachdem sie in Ohnmacht gefallen war, als Torriti einmal sein Hemd ausgezogen hatte, um ihr die Granatsplitterwunde zu zeigen, die die auf seinen Arm tätowierte nackte Frau geköpft hatte. Seitdem behandelte sie ihn, als hätte er eine ansteckende Geschlechtskrankheit, will heißen, sie hielt in seiner Gegenwart den Atem an und verbrachte möglichst wenig Zeit in seinem Büro. Der Zauberer schob den Bericht über den Schreibtisch.

«Frohes Neues Jahr, Miss Sipp. Irgendwelche guten Vorsätze für 1951?»

«Ich habe mir geschworen, dass ich in einem Jahr nicht mehr für Sie arbeite», konterte sie.

Torriti nickte zufrieden; er mochte Frauen mit scharfer Zunge. «Seien Sie doch so lieb und bringen das hier in den Funkraum. Sagen Sie Meech, er soll es verschlüsseln und gleich abschicken. Der verschlüsselte Text soll verbrannt werden, und das Original möchte ich in einer halben Stunde wieder auf meinem Schreibtisch haben.» Als die Nachteule aus dem Büro huschte, goss Torriti sich Whiskey nach, lehnte sich genüsslich in seinem Ledersessel zurück, den er billig auf dem Schwarzmarkt erstanden hatte, und legte die Füße auf den Schreibtisch. «So, jetzt will ich dir mal erzählen, wie das heikle Überläufer-Geschäft funktioniert, mein Lieber. Da du einen Abschluss von Yale hast, rede ich auch ganz langsam. Fangen wir mit dem schlimmsten Szenario an: Sagen wir, unser russischer Freund soll als Agent eingeschleust werden und uns falsche Informationen zuspielen. Damit er echt wirkt, schickt man ihn mit Frau und Kind, aber wir sind clevere CIA-Beamte, nicht wahr? Wir lassen uns nichts vormachen. Letzten Endes kann ein Überläufer seine Glaubwürdigkeit nur so beweisen – er muss eine gewisse Menge an echten Informationen mitbringen.»

«Hab ich kapiert. Sobald er echte Informationen liefert, vor allem echte Informationen, die von Bedeutung sind, wissen wir, dass er ein echter Überläufer ist, richtig?»

«Falsch, Kumpel. Ein Überläufer, der echte Informationen liefert, könnte trotzdem ein Spitzel sein. Auch ein Spitzel muss ein paar echte Informationen liefern, um uns zu überzeugen, dass er ein echter Überläufer ist, damit wir den Mist schlucken, den er uns zusammen mit den echten Informationen auftischt.»

Jack, der von der Kompliziertheit des Spiels fasziniert war, setzte sich auf. «Das haben wir in Washington aber ganz bestimmt nicht gelernt, Harvey. Ein Überläufer, der echte Informationen liefert, muss also noch lange kein echter Überläufer sein.»

«So ungefähr.»

«Wenn dem so ist, wieso nehmen wir dann überhaupt Überläufer auf?»

«Weil der Überläufer ja echt sein *könnte* und seine echten Informationen vielleicht nützlich für uns sind. Die Identität des russischen Maulwurfs im MI6 fällt einem nicht jeden Tag in den Schoß. Selbst wenn der Überläufer nicht echt ist, können wir, wenn wir es geschickt anstellen, die wahren Informationen verwerten und die falschen außer Acht lassen.»

«Mir dreht sich der Kopf, Harvey.»

Der Zauberer kicherte. «Genau, im Grunde drehen wir uns im Kreis, bis wir richtig wahnsinnig werden. Letztlich ist es ein verrücktes, intellektuelles Spiel – und um ein Spieler zu werden, muss man *über die Grenze in einen wilden Wald von Spiegeln*, wie *Mother* gern sagt.»

Dem Zauberer sank der Kopf auf die Brust. Das Whiskeyglas auf dem prallen Bauch balancierend, war er nach zwei schlaflosen Nächten erstmals eingeschlafen.

Der Bericht des Zauberers war – wie alle Nachrichten, die von ausländischen Funkstationen der *Company* nach Washington gesendet wurden – an den *Director, Central Intelligence*, adressiert und wurde Jim Angleton in einem Metallaktendeckel an den Schreibtisch gebracht. Das einzige Exemplar des entschlüsselten Textes war mit den Initialen des Direktors versehen und zur «sofortigen Erledigung» an Angleton, der den internen Codenamen *Mother* führte, weitergeleitet worden. Der Director, Walter Bedell Smith, Eisenhowers bärbeißiger Generalstabschef bei der Landung in der Normandie, hatte in einer fast unleserlichen Schrift, die wie Hieroglyphen anmutete, quer über die Meldung gekritzelt: «Scheint mir koscher. WBS.» Seine rechte Hand, Allen Dulles, Chef des OSS im Zweiten Weltkrieg, hatte hinzugefügt: «Bei allen Heiligen, Jim, den dürfen wir nicht vom Haken lassen. AD.»

Der Bericht des Zauberers begann mit den in der *Company* üblichen Formalien:

Von: Alice Reader
An: DCI
Kopie an: Hugh Ashmead
Betr.: AESNOWDROP/re. Nachricht v. 28.12.50/
Fette Beute

Angleton, hager, hängende Schultern, Kettenraucher, hatte ein großes Eckbüro im «L»-Gebäude, eines von den «provisorischen» hölzernen Ungetümen, die während des Zweiten Weltkriegs wie Strandgut zwischen Lincoln Memorial und Washington Monument angeschwemmt worden waren. Von Angletons Fenstern aus hätte man eine herrliche Aussicht auf das Lincoln Memorial gehabt, wenn jemand je die Jalousien geöffnet hätte. Tausende von Karteikarten und ein Wust von Krimskrams, den *Mother* im Laufe seiner Geheimdienstjahre angehäuft hatte, lagen verstreut auf dem Schreibtisch und den Regalen. Falls der Wahnsinn Methode hatte, so kannte nur Angleton sie. Er ging seine kostbaren Karten durch und hatte im Nu die Antworten auf die Fragen des Zauberers parat:

1. Ja, in Brest-Litowsk gibt es eine Straße namens Michail Kutusow; ja, in dem kleinen Park an der Kutusow-Straße gegenüber den Mietshäusern, wo die KGB-Offiziere wohnen, steht eine große Statue von einer Partisanin mit verbundenen Augen, die, an einen Pfahl gebunden, auf ihre Hinrichtung wartet.

2. Ja, 1947 gab es im Moskauer Diplomatischen Institut des KGB Ausbilder namens Piotr Maslow, Gennadi Brykin und Johnreed Archangelski.

3. Ja, der stellvertretende Resident von KGB-Karlshorst heißt Oskar Ugor-Molodi.

4. Ja, eine Einheit mit dem Namen Institut für wirtschaftswissenschaftliche Forschung hat die ehemaligen Räumlichkeiten einer Schule im Ostberliner Stadtteil Pankow bezogen.

5. Ja, für die *Prawda* schreibt tatsächlich ein Sportjournalist, der seine Artikel mit A. Shitkin zeichnet. Das Patronymikon Sergejewitsch war nicht verifizierbar. Er soll verheiratet sein, allerdings unbestätigt, dass seine Frau die Schwägerin von AESNOWDROP ist.

6. Nein, wir haben keinen Nachweis, dass Shitkin letzten Februar in Stockholm war, allerdings ist seine wöchentliche *Prawda*-Kolumne in der dritten Februarwoche nicht erschienen.

7. Ja, das Mikro in der Armlehne eines Sessels, den die Sowjetbotschaft in Den Haag erwarb und an das Büro des Botschafters lieferte, war bis 22.45 Uhr am 12. November 1949 in Betrieb; dann brach die Verbindung ab. Ein Angehöriger eines befreundeten Staates, der anschließend den sowjetischen Botschafter besuchte, berichtete, an der Unterseite der Armlehne des Sessels einen kleinen Hohlraum ertastet zu haben, was uns zu dem Schluss veranlasste, dass die KGB-Spionageabwehr das Mikrofon zufällig bei einer Routinedurchsuchung des Büros entdeckt und entfernt hatte.

8. Hier herrscht die einhellige Meinung, dass AESNOWDROP seine Glaubwürdigkeit ausreichend bewiesen hat, um für eine Exfiltration in Frage zu kommen. Er wird von meiner Quelle benachrichtigt, sich achtundvierzig Stunden nach seinem letzten Treffen mit Frau und Sohn und ohne Gepäck in MALBOROUGH einzufinden.

Angleton zeichnete die Meldung ab und ließ sie zum Verschlüsseln bringen. Zurück in seinem Büro, nahm er sich eine Zigarette und starrte, ohne sie anzuzünden, mit finsterer Miene vor sich hin. Für Angleton ging es bei der Spionageabwehr im Wesentlichen um Unterwanderung: um Unterwanderung der feindlichen Reihen entweder durch die Aufnahme von Überläufern wie bei dem aktuellen Fall in Berlin oder, was seltener gelang, durch Einschleusen von Agenten ins Herz des KGB, um an die Geheimnisse des Feindes heranzukommen. Und das begehrteste Geheimnis war, ob man selbst bereits vom Feind unterwandert worden war. Angletons Aufgabe war es, dafür zu sorgen, dass die Russen keinen Fuß in die Tür der CIA setzten. Und so war es gekommen, dass *Mother*, der sich im Zweiten Weltkrieg als Spionage-Ass des OSS, des *Office of Strategic Services*, des Vorläufers der CIA, einen hervorragenden Ruf erworben hatte, sämtliche Geheimoperationen überwachte, was so manch einem, darunter auch Torriti, gehörig gegen den Strich ging.

Angletons und Torritis Wege hatten sich 1944 gekreuzt. Damals, als die Deutschen sich durch Italien nach Norden zurückzogen, war *Mother*, der schon mit siebenundzwanzig Jahren als Meister des Spionagefachs galt, damit betraut, Nazi-Agenten auszuheben. Torriti, der fließend den sizilianischen Dialekt sprach, hatte als Verbindungsmann zur Mafia fungiert, die den alliierten Streitkräften bei der Invasion von Sizilien und später bei den Landungen in Italien geholfen hatte. In den Monaten nach der deutschen Kapitulation trat der Zauberer für die italienischen Sozialdemokraten ein, um die Kommunisten auszubooten, die von Moskau kräftig unterstützt wurden und bei den nächsten Wahlen sehr gut abzuschneiden drohten. Angleton, nach dessen Überzeugung der Dritte Weltkrieg an dem Tag begann, an dem der Zweite zu Ende ging, war der Ansicht, dass man nur an einem Sozialdemokraten kratzen müsse und schon käme ein vom Kreml gesteuerter Kommunist zum Vorschein. Die Mehrheit der führenden Köpfe in der Washingtoner Zentrale teilte seine Ansicht, so dass die *Company* den Christdemokraten mit zig Millionen Dollar, mit Werbekampagnen und der einen oder anderen Erpressung unter die Arme griff und schließlich zum Wahlsieg verhalf.

Aus Angletons Sicht war der Zauberer praxiserfahren genug, um einen Überläufer abzuwickeln, aber in einer Situation, die geopolitisches Feingefühl verlangte, war er überfordert; und er war zu beschränkt – und seit einigen Monaten zu betrunken –, um *Mother* «in den wilden Wald von Spiegeln» zu folgen, von dem T. S. Eliot in seinem Gedicht *Gerontion* spricht. Zugegeben, Torriti hatte durchaus begriffen, dass selbst falsche Überläufer richtige Geheimnisse mitbrachten, um ihre Glaubwürdigkeit zu untermauern. Aber es gab noch andere, komplexere Szenarien, die nur eine Hand voll Offiziere der *Company*, so vor allem Angleton, durchschauen konnten. Bei jedem Überläufer, der echte Informationen lieferte, galt es, so seine feste Überzeugung, sich stets vor Augen zu halten, dass hinter echten Informationen von großer Tragweite ein entsprechend großes Täuschungsmanöver der anderen Seite verborgen sein könnte. Wenn man das begriffen hatte, so musste man jeden Erfolg als potenzielle Katastrophe betrachten. So manche OSS-Veteranen, die für die *Company* arbeiteten, erfassten einfach nicht, wie doppelbödig Spionageoperationen sein konnten, und munkelten untereinander, dass *Mother* komplett paranoid war.

Angletons Sprechanlage summte und riss ihn aus seinen Gedanken. Gleich darauf tauchte ein vertrautes Gesicht in der Tür auf. Es gehörte *Mothers* britischem Freund und Mentor, dem MI6-Verbindungsmann in Washington.

«Schönen guten T-t-tag, Jimbo», rief Adrian mit dem überschwänglichen Tonfall, den Angleton zum ersten Mal gehört hatte, als sie beide sich während des Krieges ein winziges Zimmer im *Rose Garden Hotel* an der Londoner Ryder Street teilten. Damals diente das heruntergekommene Hotel als Zentrum der gemeinsamen Operationen des amerikanischen OSS und des britischen Geheimdienstes MI6. Der Brite, fünf Jahre älter als Angleton und während des Krieges Spionageabwehrspezialist für die Iberische Halbinsel, hatte den jungen amerikanischen Corporal, der frisch von der Uni kam und in Sachen Spionage keinen Schimmer hatte, in die Geheimnisse der Spionageabwehr eingeweiht. Inzwischen galt Adrian auf Grund einer langen Reihe von Glanzleistungen während des Krieges und auch danach als aufgehender Stern am Firmament des britischen Nachrichtendienstes, und er war als zukünftiger Chef des MI6 im Gespräch.

Der Brite räumte einige Schuhkartons mit Karteikarten von einem Stuhl vor dem Schreibtisch und nahm Platz. Angleton zündete seine Zigarette an. Zwischen ihnen warf eine schöne Tiffanylampe einen blassgelben, ovalen Lichtschein auf den Wust von Papier, der aus den Eingangskörben quoll. Angletons schmales Gesicht, das zwischendurch hinter einer Schwade Zigarettenrauch verschwamm, wirkte ungewöhnlich satanisch, wie der Brite fand.

«Komme eben vom Frühstück mit deinem Herrn und Meister», verkündete Adrian. «Er hat mir was von irgendeinem blödsinnigen Plan vorgesponnen, emigrierte Agenten nach Alb-b-banien einzuschleusen, ausgerechnet. Offenbar erwarten die Amis, dass wir aus Malta einen Zwischenstützpunkt machen und eine spanische Armada aus kleinen Booten zur Verfügung stellen. Willst du eine K-k-kopie von dem Papierkram, wenn du die Operation prüfst?»

«Und ob ich eine will.»

Der Brite nahm zwei dicke Briefumschläge aus der Innentasche seines Blazers. «Lass das hier doch d-d-durch die Mangel jagen, während wir quatschen.»

Angleton rief seine Sekretärin herein und deutete mit einem Nicken auf die Umschläge in der Hand seines Freundes. «Gloria, schicken Sie das da bitte sofort per Thermofax, und geben Sie ihm die Originale zurück, wenn er geht.» Er wedelte ein Loch in den Zigarettenqualm und sagte an Adrian gewandt: «Und? Was hältst du von unserem Bedell Smith?»

«Unter uns Pastorentöchtern, Jimbo, ich denke, er hat einen messerscharfen Verstand. Er hat das Dokument über die Albanien-Sache nur ein Mal d-d-durchgeblättert und kannte es gleich in- und auswendig. Himmel, ich hab eine ganze Nacht gebraucht, um mir das a-a-alles einzuprägen.»

«Ja, clever ist er.»

«Das Problem ist, dass er im Grunde seines Herzens Soldat ist und darauf vertraut, dass die kürzeste Entfernung zwischen zwei Punkten eine Gerade ist, was, wie du und ich in unserer unerschöpflichen Weisheit wissen, falsch ist. Zwischen zwei Punkten gibt es einfach keine kurze Entfernung. Nur eine Schlangenlinie. Du gehst an P-p-punkt A los, und der Teufel allein weiß, wo du ankommst. Dann hat dein ‹Pedell› Smith sich darüber beschwert, dass Einsatzleute ihm über Widerstandsgruppen in Albanien etwas ganz anderes erzählen als das, was er von seinen Analytikern hört.»

«Wie ich dich kenne, hast du ihm beigebracht, dass so was normal ist.»

Der Brite kippte seinen Stuhl nach hinten, bis er auf den Hinterbeinen balancierte. «Allerdings. Wie wir von Churchill gelernt haben, b-b-besteht wahre Genialität in der Fähigkeit, widersprüchliche Informationen auszuwerten. Du besitzt wahre Genialität, Jimbo. Du besitzt die Gabe, in einem Haufen von scheinbar widersprüchlichen Bagatellen Muster zu erkennen. Und Muster, wie jeder Spion weiß, der was taugt, sind die äußeren Hüllen v-v-von Verschwörungen.»

Angleton ließ sich zu einem seiner seltenen Lächeln hinreißen. «Alles, was ich weiß, hast du mir beigebracht», sagte er und unterdrückte ein trockenes Husten, indem er Luft durch die Nase einsog. «Du schmierst mir Honig ums Maul, was bedeutet, dass du was von mir willst.»

«Für dich, Jimbo, bin ich wirklich das sprichwörtliche offene Buch.» Adrian beugte sich vor. «Dein General Smith hat durchblicken lassen, dass er eine Exfiltration in der Mache hat und dass die Sache für mich und meine Leute von großem Interesse wäre. Als ich ihn nach den schmutzigen Einzelheiten fragte, hat er mir gestattet, d-d-diesbezüglich mein Glück bei dir zu versuchen. Also, raus mit der Sprache, Jimbo. Was hast du auf der Pfanne?»

Angleton fing an, in dem kleinen Papierberg auf seinem Schreibtisch zu wühlen, bis er den Bericht des Zauberers fand.

«Offen gestanden bist du der einzige Brite, dem ich in dieser Sache vertraue», sagte Angleton und wedelte mit dem Bericht in der Luft, um den Zigarettenrauch zu vertreiben.

«Verbindlichsten Dank, Jimbo.»

«Das heißt, du musst mir dein Wort geben, dass London vorläufig von dir kein Sterbenswörtchen erfährt.»

«Die Sache muss ja verdammt wichtig für dich sein.»

«Ist sie auch.»

«Du hast mein Wort, alter Knabe. Meine Lippen sind versiegelt, bis du sie entsiegelst.»

Angleton schob seinem Freund den Bericht über den Schreibtisch zu; Adrian setzte sich eine Kassenbrille auf und hielt den Bericht unter die Tiffanylampe.

Kurz darauf zogen sich seine Augenbrauen zusammen. «Himmel, kein Wunder, dass ich London nicht Bescheid geben soll. Sei vorsichtig, Jimbo – könnte sein, dass der Russe ein Spitzel ist, der dafür s-s-sorgen soll, dass mein und dein Laden sich gegenseitig an die Gurgel gehen. Weißt du noch, wie ich Falschinformationen in Spanien habe verbreiten lassen, damit die Deutschen glauben, wir hätten einen M-m-maulwurf bei ihnen eingeschleust? Die Abwehr hat ein halbes Jahr gebraucht, bis sie dahinterkam, dass das alles getürkt war.»

«Alles, was Torriti bei seinem ersten Gespräch aus ihm rausgekriegt hat, stimmt.»

«Auch das mit dem Mikro, das den Geist aufgegeben hat?»

Angleton nickte hinter der Qualmwolke.

Adrian, der große Erfahrung mit Überläufern hatte, sagte geschäftsmäßig: «Wir müssen höllisch aufpassen, Jimbo. Wenn im MI6 tatsächlich ein Maulwurf sitzt, macht er sich aus dem Staub, sobald er was wittert. Der KGB hat für den Fall sicherlich Notpläne. Wir müssen den Überläufer so lange wie möglich geheim halten.»

Angleton zog eine weitere Zigarette aus der Packung und zündete sie sich am Stummel der ersten an. «Torriti schmuggelt den Russen samt Familie nach Westberlin und lässt sie direkt von Tempelhof aus in die Staaten ausfliegen», sagte er. «Meine Leute werden die Informationen noch in der Maschine auswerten, bevor etwas von dem Überläufer durchsickert. Mit ein bisschen Glück kriegen wir die Identität des Maulwurfs raus, bevor der KGB-Karlshorst überhaupt gemerkt hat, dass der stellvertretende Chef des Ersten Direktorats die Fliege gemacht hat. Dann ist MI6 am Zug – und ihr müsst schnell handeln.»

«Gib mir einen Namen», sagte der Brite, «und wir werden den Mistkerl vierteilen.»

Torriti hatte während der Arbeit an der Exfiltration keinen Tropfen Alkohol angerührt, was den Nachteil hatte, dass er nervöser war als sonst. Er schlich in dem kleinen Zimmer der Geheimwohnung über dem Kino umher wie ein Tiger im Käfig, so dass Jack schon allein vom Zuschauen unruhig wurde. Vom Erkerfenster aus beobachtete Silvan II, wie Silvan I unten auf der Straße seinen Hund in endlosen Ovalen herumführte. Hin und wieder nahm er seine Mütze ab und kratzte sich die kahle Stelle auf dem Kopf, was bedeutete, dass von dem russischen Überläufer und dessen Frau und elfjährigem Sohn noch keine Spur zu sehen war. Das Funkgerät von Silvan II, das auf dem Fußboden an der Wand stand, die Antenne durch den Raum gespannt wie eine Wäscheleine, erwachte plötzlich zum Leben, und die Stimme der Beobachterin in der letzten Reihe des Kinos war flüsternd zu hören: «Der Film ist ... in acht Minuten zu Ende. Wo bleibt der denn?»

«Meine Nase zuckt wie verrückt», knurrte der Zauberer, der vor der Uhr über dem Kamin stehen blieb. «Irgendwas stimmt da nicht. Russen kommen meiner Erfahrung nach immer zu spät zu Besprechungen und zu früh, wenn sie überlaufen wollen.» Das gleichmütige Ticken der Kuckucksuhr war Torriti plötzlich unerträglich. Er riss seinen Revolver aus dem Schulterhalfter, fasste ihn am Lauf und zerschmetterte den Mechanismus der Uhr. «Jetzt habe ich wenigstens Ruhe zum Nachdenken», sagte er.

Sie waren auf die übliche Art und Weise in den sowjetischen Sektor von Berlin gelangt: Torriti und Jack flach ausgestreckt im Hohlraum unter dem Dach eines kleinen Lasters, der regelmäßig über einen wenig benutzten Grenzübergang fuhr, um Dünger aus Knochenmehl zu liefern; die beiden Silvans hatten sich in Arbeitermontur unter die Menschen gemischt, die über den Bahnhof Friedrichstraße nach Hause fuhren, nachdem sie den ganzen Tag Abwasserkanäle ausgehoben hatten. Silvan I, der früher als Koch für eine SS-Einheit in Rumänien gearbeitet hatte und fließend Deutsch sprach, war von einem Vopo kontrolliert, dann aber durchgelassen worden.

Die Exfiltration war jetzt im Gange. Der Überläufer Wischnewski und seine Frau würden in dem kleinen Lkw hinausgeschmuggelt werden, der in einer kleinen, unbeleuchteten Seitenstraße nicht weit vom Kino wartete; der Fahrer, ein Pole, der angeblich in Westberlin eine deutsche Frau und im Osten der Stadt eine russische Geliebte hatte, war von seinen Dünger-Lieferfahrten häufig erst weit nach Mitternacht zurückgekehrt, was die Grenzposten zu zotigen Bemerkungen veranlasst hatte. Ein Agent des französischen Spionagedienstes SDECE mit Diplomatenpass, der ihn als stellvertretenden Kulturattaché auswies, sollte um Mitternacht auf dem Rückweg von einem Abendessen in der sowjetischen Botschaft an dem Kino vorbeifahren. Die Diplomaten der Alliierten erkannten die Autorität der ostdeutschen Polizei nicht an und stoppten daher nicht für Passkontrollen. Sein Citroën, mit Diplomatenkennzeichen und einer kleinen französischen Flagge auf dem Kotflügel, würde den Zauberer und Jack an den Grenzposten vorbei nach Westberlin bringen. Die zwei Rumänen würden in Ostberlin untertauchen und am frühen Morgen, wenn die Arbeiter über die Grenze zur Arbeit gingen, in den Westen zurückkehren. Wischnewskis Sohn würde von einem holländischen Ägyptologen, der in Begleitung seiner Frau nach Ostberlin gekommen war, um in einem Berliner Museum Kunstwerke zu datieren, in den Westen geschmuggelt. Das Ehepaar würde mit einem gefälschten Familienpass, dessen Foto unscharf war und aufgenommen wurde, als der Junge angeblich fünf Jahre jünger war, sowie einem Visum für alle drei zurück nach Westberlin reisen. Der Zauberer hatte alles ein halbes Dutzend Mal durchexerziert; die schläfrigen Vopos an den Grenzübergängen hatten die Familie stets nach einem flüchtigen Blick auf das Passfoto durchgewinkt. Sobald die drei Russen in Westberlin waren, würden sie auf schnellstem Weg zum Flughafen Tempelhof gebracht, wo eine Frachtmaschine der US-Luftwaffe bereitstand, die sie zum Frankfurter Aufnahmezentrum für Überläufer und dann weiter zum Luftwaffenstützpunkt Andrews in Maryland fliegen sollte.

Doch der Erfolg der Exfiltration hing davon ab, dass Wischnewski und seine Familie ihre Beobachter abschütteln konnten und es in die Wohnung über dem Kino schafften. Torriti tigerte weiter durchs Zimmer und blieb nach jeder Runde am Fenster stehen, um über die Schulter von Silvan II auf die Straße zu spähen.

Wieder meldete sich die Beobachterin. «Der Film ist zu Ende. Alle müssen gehen. Gute Nacht. Vergessen Sie bitte nicht, das Geld auf mein Konto einzuzahlen.»

Unten auf der Straße kamen Gestalten in Wintermänteln aus dem Kino geeilt. Silvan I, der unter einer Straßenlaterne mit den Füßen stampfte, blickte kurz zu dem schwach erhellten Erkerfenster hoch und zuckte besorgt mit den Schultern. Jack nahm die Antenne ab und fing an, sie in den Tragekoffer des Funkgeräts zu packen. «Wie lange gedenkst du noch zu warten, Harvey?», fragte er.

Der Zauberer, der vom Alkoholentzug schwitzte, fuhr herum. «Wir warten, bis ich beschließe, nicht mehr zu warten», fauchte er.

«Er sollte vor Ende des Films hier sein», entgegnete Jack. «Wenn er jetzt noch nicht da ist, kommt er wahrscheinlich auch nicht mehr. Wenn er nicht aufgeflogen ist, können wir die Exfiltration auf einen anderen Abend verschieben.»

Silvan II sagte nervös: «Wenn der Russe aufgeflogen ist, dann ist es die Wohnung hier vielleicht auch, und wir stecken ganz schön tief in der Scheiße, Boss.»

Torriti kniff die Augen zu Schlitzen zusammen. Er wusste, dass sie Recht hatten; wenn der Russe nicht kam, war es unvernünftig, noch länger in der Wohnung zu bleiben. «Okay, wir geben ihm noch fünf Minuten, und dann nichts wie weg hier», sagte er.

Die Zeit verstrich mit quälender Langsamkeit, zumindest kam es Jack so vor, der den Sekundenzeiger seiner Armbanduhr nicht aus den Augen ließ. Am Fenster wiegte Silvan II den Kopf von einer Seite zur anderen, während er leise vor sich hin summend die Straße beobachtete. Plötzlich presste er die Stirn gegen die Scheibe und fasste sich an den Bauch. «Ach du grüne Neune», keuchte er, «Silvan hat den Hund hochgehoben.»

«Verdammt», rief Jack, der wusste, was das Zeichen bedeutete.

Der Zauberer blieb wie erstarrt stehen, beschloss, dass er dringend einen Schluck medizinischen Whiskey brauchte, um einen klaren Kopf zu bekommen.

Silvan II rief: «Da kommen sie – eins, zwei, ach du Scheiße, sieben, nein, acht Polizeiwagen. Silvan verzieht sich um die Ecke.»

«Zeit, dass wir uns auch verziehen», verkündete Torriti. Er nahm seinen zerknautschten Mantel von einer Stuhllehne, Jack packte das Funkgerät ein, und nacheinander schlüpften sie durch die Tür und stiegen die schmale Stiege hinauf. Diesen Weg wären sie mit den Überläufern gegangen. Von unten hörten sie Gewehrkolben gegen die schwere Doppeltür des Kinos hämmern, dann gedämpfte Rufe, während die Volkspolizisten – begleitet von einer Hand voll KGB-Agenten – im Gebäude ausschwärmten.

Oben angekommen, entriegelte Jack die Stahltür und schob sie mit der Schulter auf. Frostige Nachtluft blies ihm ins Gesicht und trieb ihm Tränen in die Augen. Der Halbmond tauchte das Dach in silbrige Schatten. Unten im Kino traten schwere Stiefel die Geheimtür auf der Toilette ein und kamen dann die schmale Stiege heraufgepoltert. Silvan II schloss die Tür hinter Jack und Torriti und verriegelte sie leise. Der Zauberer schnaufte vor Anstrengung. «Das wird sie etwas aufhalten», stieß er hervor. Die drei schlichen quer über die glitschigen Dachpfannen. Silvan II half dem Zauberer über eine niedrige Mauer, ging dann über das Nachbardach voraus zu einer Reihe von Schornsteinen und kletterte die Holzleiter hinunter, die er dort bei der Vorbereitung für die Exfiltration aufgestellt hatte. Anschließend stieg Jack ein Stück die Leiter hinab und sprang auf das untere Dach. Der Zauberer suchte vorsichtig mit dem Fuß die erste Sprosse und kletterte ebenfalls hinunter.

Einen Moment lang duckten sich die drei, lauschten dem eisigen Wind, der über die Dachfirste pfiff. Jack, dem das Adrenalin durch den Körper strömte und dem das Herz bis zum Halse klopfte, fragte sich, ob er Angst hatte; erfreut stellte er fest, dass dem nicht so war. Von irgendwo unten war gutturales Fluchen zu hören. Dann flog eine Tür zum Dach auf, und zwei silbrige Silhouetten erschienen. Der Strahl zweier Taschenlampen huschte über die Schornsteine und erhellte die Holzleiter. Eine der Silhouetten knurrte irgendetwas auf Russisch. Silvan II zog aus einer Tasche eine alte 9-mm-Beretta mit Schalldämpfer hervor. Torriti presste die Lippen an Silvans Ohr und flüsterte: «Schieß nur auf den Uniformierten.»

Silvan II stützte das rechte Handgelenk mit der linken Hand ab, zielte auf die größere der beiden Gestalten und drückte ab. Jack hörte ein schnelles Zischen, als wäre Luft aus einem Reifen gelassen worden. Eine der beiden Taschenlampen polterte zu Boden. Die Gestalt, die sie in der Hand gehalten hatte, schien mit den Schatten auf dem Dach zu verschmelzen. Schwer atmend hob der andere Mann beide Arme, in einer Hand die Taschenlampe, in der anderen eine Pistole. «Ich weiß, dass Sie es sind, Torriti», rief er mit heiserer Stimme. «Nicht schießen. Ich bin vom KGB.»

Jacks Blut war in Wallung. «Herrgott, erschieß den Mistkerl!»

Der Zauberer drückte Silvan II den Arm nach unten. «Deutsche sind Freiwild, aber nicht KGB-Leute. Wir schießen nicht auf die, und die schießen nicht auf uns.» Dem Russen rief er zu: «Waffe fallen lassen.»

Der Russe, ein stämmiger Mann in Mantel und Filzhut, musste gewusst haben, was kommen würde, denn er drehte sich um und legte vorsichtig Taschenlampe und Waffe hin. Er richtete sich wieder auf, nahm den Hut ab und wartete.

Auf Zehenspitzen ging Silvan II über das Dach von hinten auf den Russen zu und schlug ihn mit dem Griff seiner Pistole k.o. Geschickt fing er ihn unter den Armen auf und ließ ihn sachte zu Boden gleiten.

Gleich darauf eilten die drei über die halbdunkle Treppe des Mietshauses nach unten und huschten durch einen nach Urin stinkenden Flur hinaus in eine Gasse, in der Mülltonnen übereinander gestapelt waren. Hinter den Mülltonnen war der Düngemittellaster versteckt. Wortlos verschwand Silvan II in der Dunkelheit die Gasse hinunter. Torriti und Jack kletterten in den Hohlraum unter dem Dach, zogen die Leiter hoch und verschlossen die Luke. Der Motor sprang leise stotternd an, und der Laster fuhr langsam aus der Gasse hinaus in Richtung des französischen Sektors der geteilten Stadt.

Nicht einmal die alten Hasen in der Berliner Basis hatten Torriti jemals so außer sich erlebt. «Ich fasse es einfach nicht», wetterte er so laut, dass seine heisere Stimme durch die unterirdischen Flure hallte, «der KGB-Penner auf dem Dach kannte sogar meinen *Namen*.» Torriti schüttete Whiskey in ein Glas, kippte ihn in sich hinein und gurgelte, bevor er schluckte. Das Brennen des Alkohols beruhigte ihn. «Okay», wies er seine Nachteule an, «lassen Sie hören, aber schön langsam.»

Miss Sipp schlug die Beine übereinander und fing an, das Operationsprotokoll vorzulesen. Sie musste die Stimme heben, um die Schallplatte mit Tito Gobbis Interpretation von Scarpia zu übertönen.

«Erstens», sagte Miss Sipp. «Der Lauschposten der Berliner Basis hat verstärkten Funkverkehr zwischen Moskau und Karlshorst und umgekehrt bemerkt, und zwar fünfundachtzig Minuten bevor der Überläufer mit Frau und Kind am vereinbarten Treffpunkt sein sollte.»

«Die Scheißkerle haben ihren Marschbefehl direkt von Stalin erhalten», fauchte der Zauberer.

«Zweitens: Die Schwester der Putzfrau, die in dem Hotel bei Karlshorst arbeitet, rief ihre Kontaktperson in Westberlin an, die uns anrief, um uns zu sagen, dass die Russen wie aufgescheuchte Hühner herumliefen, was heißen will, irgendetwas war los.»

«Wann war das?», fragte Jack, der an einer Wand lehnte.

«Ungefähr sechzig Minuten vor Zeitpunkt X.»

«Die haben gewusst, dass da eine Exfiltration laufen sollte», sagte der Zauberer mehr zu sich selbst als zu den acht Leuten, die sich zur Manöverkritik in seinem Büro drängten. «Aber sie haben die Informationen erst spät in die Hände bekommen.»

«Vielleicht hat Wischnewski kalte Füße gekriegt», mutmaßte Jack. «Vielleicht ist er so sehr ins Schwitzen gekommen, dass er Verdacht erregt hat.»

Der Zauberer wischte die Möglichkeit mit einer Handbewegung vom Tisch. «Das war ein harter Bursche, Kumpel. Der ist nicht so weit gegangen, um im letzten Moment auszusteigen.»

«Vielleicht hat seine Frau die Nerven verloren.»

Torriti hob nachdenklich die Brauen. Dann schüttelte er den Kopf. «Er hatte alles genau durchdacht. Erinnerst du dich, dass er wissen wollte, ob wir ein Mikro versteckt hatten? Da hat er mich getestet. Seine Frau hat er ganz bestimmt auch getestet. Wenn er den Eindruck gehabt hätte, dass sie die Nerven verlieren würde, wäre er ohne sie abgehauen. Seinem Sohn musste er nur erzählen, sie würden ins Kino gehen.»

Torriti schloss die Augen und hob die Nase in Richtung von Miss Sipp. Sie blickte nach unten auf das Protokoll.

«Gott, wo war ich? Ach ja, drittens: Der Rabbi im deutsch-jüdischen Kulturzentrum hat gemeldet, dass Truppen von der ostdeutschen Hauptverwaltung Aufklärung auf dem Hof der Schule in Pankow antraten, wo Fahrzeuge bereitstanden. Das war fünfunddreißig Minuten vor Zeitpunkt X.»

«Der Zeitrahmen lässt vermuten, dass die Russen einen Tipp bekommen haben, nicht die Deutschen.»

Alle Köpfe wandten sich dem Sprecher zu, der relativ neu in der Berliner Basis war: E. Winstrom Ebbitt II., Ebby, wie seine Freunde ihn nannten. Ein kräftiger, breitschultriger Anwalt, war er in den letzten Kriegsmonaten für den OSS im Einsatz gewesen und erst seit kurzem bei der *Company* und gleich nach Berlin abkommandiert worden, wo er für das Einschleusen von Emigranten als Agenten in bestimmte Gebiete Osteuropas und der Sowjetunion zuständig war. Er hatte die ganze Nacht im Funkraum auf Nachricht von zwei seiner Leute gewartet, die über Polen mit dem Fallschirm abgesprungen waren. Neugierig, etwas über die abgebrochene Exfiltration zu erfahren, war er ins Büro des Zauberers gekommen. «Ich nehme an, die Russen haben *ihre* Deutschen im letzten Moment eingeschaltet», fügte Ebby hinzu, «die trauen denen nämlich genauso wenig wie wir *unseren* Deutschen.»

Der Zauberer warf dem jungen Mann mit den langen, welligen Haaren und den ausgefallenen breiten Hosenträgern, der auf einem der Bürosafes saß, einen bösen Blick zu. «Elementare Schlussfolgerung, mein lieber Watson», sagte Torriti spöttisch. «Übrigens, haben Sie was von den Lämmern gehört, die Sie zur Schlachtbank geschickt haben?»

«Leider nein, Harvey. Sie haben sich zur vereinbarten Zeit nicht gemeldet. Morgen Abend ist der nächste Termin.»

«Wie ich gesagt habe, die verdammten Barbaren gewinnen den verdammten Krieg.» Torriti wandte seine Aufmerksamkeit wieder Miss Sipp zu.

«Viertens: Gehlens Nachtdienst-Offizier hat übers rote Telefon aus Pullach angerufen und uns mitgeteilt, einer ihrer Späher in der sowjetischen

Zone habe beobachtet, dass die Volkspolizei die Zufahrtsstraßen zum sowjetischen Luftwaffenstützpunkt in Eberswalde absperrten. Minuten später – etwa zu der Zeit, als der Überläufer eigentlich munter in Ihrer Geheimwohnung sein sollte, Mr. Torriti – sah der Späher einen Konvoi Tatra-Limousinen aufs Rollfeld fahren. Mitten im Konvoi befand sich ein Sanitätswagen. Aus den Tatras stiegen Dutzende von Zivilisten – angeblich KGB-Leute, der Kleidung nach zu urteilen. Aus dem Sanitätswagen wurden zwei auf Tragen festgeschnallte Personen geholt und in das Flugzeug gebracht, das startbereit am Ende der Rollbahn stand.» Miss Sipp blickte auf und sagte mit einem strahlenden Lächeln: «Das bedeutet, dass Wischnewski und seine Frau zu dem Zeitpunkt noch am Leben waren. Ich meine» – ihr Lächeln erstarb, ihre Stimme stockte – «wenn sie tot gewesen wären, hätte man sie doch nicht auf den Tragen festschnallen müssen, oder?»

«Damit wissen wir noch nicht, was aus dem Sohn geworden ist», warf Jack ein.

«Wenn Sie mich fortfahren lassen», sagte die Nachteule eingeschnappt, «komme ich jetzt zu dem Kind.» Sie wandte sich wieder an den Zauberer. «Ein Junge – der Späher schätzt ihn auf irgendwo zwischen zehn und fünfzehn; er meinte, es sei schwer zu erkennen gewesen wegen der vielen Kleidung, die der Junge anhatte – wurde aus einem der Tatras gezogen und von zwei KGB-Männern ins Flugzeug gebracht. Der Junge weinte und rief ‹Papa› auf Russisch, was Gehlens Offizier zu dem Schluss brachte, dass die beiden Personen auf den Tragen Russen gewesen sein müssen.»

Der Zauberer schlug mit der flachen Hand bewundernd auf seinen Schreibtisch. «Der verdammte Gehlen ist das Geld wert, das wir zahlen. Alle Achtung, ein Späher von ihm war so nah dran, dass er gehört hat, wie der Junge nach seinem Papa rief. Hat wahrscheinlich noch einen SS-Experten aus seiner Zeit als Leiter der Wehrmachtsaufklärung auf der Gehaltsliste. Wieso haben wir nicht so gute Späher, wo wir uns schon dumm und dämlich zahlen?»

«Gehlen soll während des Krieges einen seiner Agenten aus der Abteilung Fremde Heere Ost in Stalins inneren Kreis eingeschleust haben», meldete sich die frühere Bibliothekarin von Yale, Rosemarie Kitchen, zu Wort.

«Hat ihm ja auch viel genützt», spöttelte Ebby, was einiges Gekicher auslöste.

«Was gibt's denn da zu lachen», explodierte Torriti. Mit funkelnden Augen starrte er Ebby an. «Die verdammten Russen haben einen Tipp bekommen – die KGB-Ärsche sind über alles genauestens im Bilde. Wischnewski muss damit rechnen, dass ihm mit aufgesetzter Waffe eine Kugel ins Genick geschossen wird, und das wurmt mich, okay? Es wurmt mich, dass er sich darauf verlassen hat, dass ich ihn raushole, und das hab ich nicht getan. Es wurmt mich, dass um ein Haar auch ich und Jack und die beiden Silvans nicht rausgekommen wären. Das alles bedeutet, dass wir von einem verdammten Maulwurf ans Messer geliefert werden. Wie kommt es, dass fast alle Agenten, die wir in die Tschechoslowakei und in Rumänien einschleusen, vor einem Erschießungskommando enden? Wie kommt es, dass uns die Emigranten, die wir in Polen absetzen, nicht über Funk melden, dass sie einen schönen Urlaub haben? Wie kommt es, dass der KGB offenbar weiß, was wir machen, bevor wir es selbst wissen?»

Torriti holte tief Luft. «Okay, wir machen Folgendes. Zunächst einmal will ich die Namen von allen, von Bedell Smith abwärts, in Washington und in der Berliner Basis, die gewusst haben, dass wir einen Überläufer rüberholen, der behauptet, er könne einen sowjetischen Maulwurf im MI6 enttarnen. Ich will die Namen von den Sekretärinnen, die die verdammten Nachrichten getippt haben, ich will die Namen von den Code-Mitarbeitern, die sie ver- und entschlüsselt haben, ich will die Namen von den Hausmeistern, die die verdammten Farbbänder der Schreibmaschinen verbrannt haben.»

Miss Sipp, die emsig mitstenografierte, blickte auf, die Augen wässrig vor Müdigkeit. «Wie dringend ist das, Mr. Torriti? In Washington ist es sieben Stunden früher. Die schlafen noch alle tief und fest.»

«Deklarieren Sie die Meldung als *Brandeilig*», schnauzte der Zauberer. «Wecken Sie die Penner auf.»

An Tisch 41 im *La Niçoise*, seinem Stammlokal auf der Wisconsin Avenue in Georgetown, kippte *Mother* den Bourbon hinunter und signalisierte dem Ober, doppelte Martinis zu bringen. Adrian, der sich gern zum Lunch das eine oder andere Gläschen genehmigte, stieß mit ihm an, als das Gewünschte serviert wurde. «Irgendwas Neues aus Berlin?», fragte er.

Mother musterte seinen Freund über den Tisch hinweg. «Es wird dir nicht gefallen.»

«Das werden wir ja sehen.»

«*Amicitia nostra dissoluta est.* Unsere Freundschaft ist aufgelöst. Ich weiß über dich und deine KGB-Freunde Bescheid!»

Der Brite, der den Scherz sofort als solchen erkannte, gluckste vor Vergnügen, als er das Zitat hörte. «Neros Nachricht an Seneca, als er meinte, dass für seinen Erzieher die Zeit gekommen war, Harakiri zu b-b-begehen. Herrgott, Jimbo, mich überrascht nur, dass ich dich so lange hinters Licht führen konnte. Im Ernst, was ist aus deinem Russen geworden, der in Berlin überlaufen wollte?»

«Der Zauberer hat mir gestern Nacht eine Blitzmeldung geschickt – seitdem laufen die Drähte zwischen uns heiß. Wischnewski ist nicht aufgetaucht. Aber der KGB. Die Sache ist ziemlich unangenehm geworden. Torriti hat länger gewartet, als gut war – musste einen von den Deutschen erschießen und einen Russen k.o. schlagen, um seine eigene Haut zu retten. Wischnewski und seine Frau wurden vermutlich unter Betäubungsmitteln zurück nach Moskau geschafft, wo sie die Suppe werden auslöffeln müssen. Ihr kleiner Sohn auch.»

«Gott, was ist da schief gelaufen?»

«Sag du's mir.»

«Was ist mit Wischnewskis Informationen? Was ist mit dem Maulwurf im MI6?»

Als Antwort fuhr einer von *Mothers* nikotingelben Fingern über den Rand des Glases, bis ein melancholischer Klagelaut ertönte.

Adrian sagte nachdenklich: «Wirklich Pech. Ich denke, es ist b-b-besser, wenn ich Wischnewskis Informationen an C weiterleite – sie geben zwar nicht viel her, aber immer noch besser als gar nichts. Hab ich die Sache noch richtig in Erinnerung, Jimbo? Die Russen haben letzten Sommer in Stockholm von jemandem beim MI6 Informationen gekriegt, im Winter davor in Zürich. Zwei geplatzte Operationen könnten ihn enttarnen – bei der einen ging es um einen Agenten, bei der anderen um ein Mikro in Den Haag –»

«Ich habe deine Lippen nicht entsiegelt», rief Angleton seinem Freund ins Gedächtnis.

«Er zerreißt mich in der Luft, wenn er erfährt, dass ich Bescheid wusste und ihm nichts gesagt habe.»

«Von mir erfährt er kein Sterbenswörtchen.»

«Was bringt denn das Abwarten?»

«Falls Wischnewski uns keine Falschinformationen gegeben hat, falls es einen Maulwurf im MI6 gibt, dann könnte es jeder sein, bis hinauf zu C und einschließlich ihm selbst.»

«Ich hätte gedacht, C wäre jenseits von Gut und Böse.» Der Brite zuckte die Achseln. «Ich hoffe inständig, dass du weißt, was du tust.»

Ein Kellner brachte die Rechnung zusammengefaltet auf einem kleinen, silbernen Teller. Adrian wollte sie nehmen, aber Angleton war schneller.

«Die Queen hat schon beim letzten Mal bezahlt», sagte er. «Jetzt bin ich dran.»

Harold Adrian Russell Philby – Kim für seine Kollegen beim MI6, Adrian für eine Hand voll Freunde wie Angleton – brachte ein schwaches Lächeln zustande. «Erst Malta. Jetzt der Lunch. Offenbar ist es unser Los, von der Großzügigkeit der Amis zu leben.»

Jack McAuliffe hatte Ebby mit in einen Nachtklub auf dem Kurfürstendamm genommen, einen schicken, in Neonlicht getauchten Laden, in dem es von Diplomaten und Spionen und Geschäftsleuten von allen vier Besatzungsmächten nur so wimmelte. Auf der kleinen Bühne spulte ein Transvestit in einem billigen Glitzerfummel einen Witz nach dem anderen herunter und lachte sich selbst darüber schief. «Nimm dich in Acht, man lacht nicht über antisowjetische Witze», sagte der Komiker zu einem imaginären Gesprächspartner und wedelte warnend mit dem Finger. «Dafür kannst du drei Jahre in den Knast wandern.» Eine Oktave höher stellte er die Stimme seines Gegenübers dar. «Immer noch besser als drei Jahre in einer von diesen neuen Mietskasernen in Friedrichshain.» Einige elegante Briten, die an einem Ecktisch saßen, brüllten vor Lachen über einen Witz, den einer von ihnen erzählt hatte. Der Komiker auf der Bühne, der das Gelächter auf sich bezog, blickte in ihre Richtung und machte einen Knicks.

An einem kleinen Tisch neben der Tür zu den Toiletten strich Jack mit dem Zeigefinger den Schaum von seinem Glas, legte den Kopf in den Nacken und trank mit hüpfendem Adamsapfel das Bier in einem langen Zug aus. Er wischte sich mit dem Handrücken über die Lippen und stellte das leere Glas neben die anderen beiden, die er bereits hinuntergekippt hatte. «Heiliger Jesus, Ebby, du gehst zu hart mit ihm ins Gericht», sagte er zu seinem Freund. «Der Zauberer ist wie ein streunender Hund, dem man über den Weg läuft. Du musst mucksmäuschenstill stehen bleiben, damit er in aller Ruhe deine Hose, deine Schuhe beschnüffeln kann, erst dann wird er dich akzeptieren.»

«Was mir am meisten gegen den Strich geht, ist sein Alkoholkonsum», sagte Ebby. «Ein Säufer kann doch nicht die Berliner Basis leiten.»

«Der Whiskey betäubt seinen Schmerz. Er leidet, Ebby. Ende des Krieges war er in Bukarest – hat für Wisner gearbeitet, der damals die dortige OSS-Station geleitet hat. Er hat miterlebt, wie die Sowjets alle Rumänen, die sich auf die Seite der Deutschen gestellt hatten, mit Güterwagen in die sibirischen Gefangenenlager abtransportierten. Er hat die Schreie der Gefangenen gehört, er hat mitgeholfen, die armen Teufel zu begraben, die sich lieber das Leben genommen haben, als in die Waggons zu steigen. Das hat ihn fürs Leben gezeichnet. Für ihn ist der Kampf gegen den Kommunismus ein persönlicher Kreuzzug – die Mächte des Guten gegen die Mächte des Bösen. Zurzeit hat das Böse die Oberhand, und das macht ihm ordentlich zu schaffen.»

«Also säuft er.»

«Ja. Aber seine Arbeit leidet nicht darunter. Im Gegenteil, der Whiskey nährt sein Genie. Falls mich der KGB irgendwann auf einem Ostberliner Dach in die Enge treibt, möchte ich Harvey an meiner Seite haben.»

Die beiden wechselten einen viel sagenden Blick; Ebby waren Gerüchte über die brenzlige Begegnung auf dem Dach nach der missglückten Exfiltration zu Ohren gekommen.

Auf der anderen Seite des Raums stand ein betrunkener russischer Attaché in einem Doppelreiher mit riesigen Revers schwankend auf und hob an, auf Russisch das Volkslied «Moskauer Nächte» zu singen. Zwei amerikanische Offiziere und Yale-Absolventen hievten sich an der Bar von ihren Hockern und begannen, den *Whiffenpoof Song* zu schmettern, die Yale-Hymne mit dem Text der letzten Strophe von Rudyard Kiplings Gedicht *Gentlemen-Rankers*.

We have done with Hope and Honor,
We are lost to Love and Truth ...

Jack sprang auf und fiel mit ein.

We are dropping down the ladder rung by rung ...

Ebby, der erst in Yale studiert und dann an der Columbia-Universität seinen Jura-Abschluss gemacht hatte, erhob sich ebenfalls und sang mit.

And the measure of our torment is the measure of our youth.
God help us, for we knew the worst too young!

Ein halbes Dutzend amerikanischer Zivilisten, die an einem großen Tisch in einer Ecke saßen, horchten auf. Einige von ihnen ließen sich mitreißen.

Our shame is clean repentance
For the crime that brought the sentence,
Our pride it is to know no spur of pride ...

Als noch mehr Stimmen im Nachtklub den Chor unterstützten, stolzierte der Transvestitenkomiker wütend von der Bühne.

> *And the Curse of Reuben holds us*
> *Till an alien turf enfolds us*
> *And we die, and none can tell*
> *Them where we died.*

Inzwischen waren überall im Lokal Amerikaner aufgestanden und grölten jetzt, die Gläser über dem Kopf schwenkend, den Refrain. Die russischen und ostdeutschen Diplomaten schauten mit amüsierter Verwunderung zu.

> *Gentlemen-Rankers out on the Spree,*
> *Damned from here to eternity.*
> *God ha' mercy on such as we,*
> *Baa! Yah! Bah!*

«Wir sind hier alle irre, Ebby.» Jack musste über den tosenden Applaus hinwegschreien. «Ich bin irre. Du bist irre. Die Frage ist: Wie zum Teufel bin ich in dieses Irrenhaus geraten?»

«Nach dem, was du mir damals im *Cloud Club* gesagt hast», brüllte Ebby zurück, «war es ein großer Fehler von dir, Ja zu sagen, als der Coach dich und deinen Ruderkumpel zum Punsch ins *Mory's* eingeladen hat.»

I

LADEN DER WAFFE

*Im Nu war ihm Alice nachgerannt,
ohne auch nur von fern daran zu denken,
wie in aller Welt sie wohl wieder herauskäme.*

LEWIS CARROLL, *Alice im Wunderland*

Foto: ein 8 x 13 Zentimeter großes Schwarzweißfoto, das mit den Jahren vergilbt ist. In verblichener Druckschrift steht auf dem gewellten weißen Rand: «Jack & Leo & Stella nach dem Rennen, aber vor dem Sündenfall.» Das Datum ist verwischt und unleserlich. Auf dem Foto posieren zwei Männer Anfang zwanzig vor einem Rennruderboot, sie schwingen lange Ruder, die sie mit den Trikots der besiegten Harvard-Mannschaft drapiert haben. Etwas abseits steht eine schlanke Frau in knielangem Rock und einem Männerpullover mit dem Universitäts-Emblem und streicht sich gerade die Haare aus den weit aufgerissenen, ängstlichen Augen. Die beiden jungen Männer sind identisch gekleidet: Ruderschuhe, Shorts und ärmellose Unterhemden mit einem großen Y auf der Brust. Der Größere der beiden trägt einen Kosakenschnurrbart und hält eine offene Sektflasche in der Hand. Sein Kopf ist zu dem Hemd, das wie eine Fahne an seinem Ruder flattert, geneigt, doch seine Augen verschlingen die junge Frau.

1

NEW LONDON, CONNECTICUT, SONNTAG, 4. JUNI 1950

Zwei Achter mit Steuermann jagten Bug an Bug zwischen den Bojen hindurch über den spiegelglatten Fluss. Träge Böen, durchtränkt vom salzigen Aroma des Meeres und den heiseren Schreien der Studenten am Ufer, trieben über sie hinweg. Jack McAuliffe, der für Yale ruderte, drehte eine Sekunde zu früh die Riemen flach und hörte den Steuermann Leo Kritzky leise fluchen. Gleich darauf gab Leo das Kommando zum Endspurt. Die Ruderer hinter Jack stöhnten jetzt bei jedem Schlag. Jack rutschte auf seinem Sitz vor, bis die Knie die Achselhöhlen streiften. Als sein Ruder von einer Welle gebremst wurde, spürte er einen stechenden Schmerz an der Rippe, die mehrmals gebrochen gewesen war. Der Griff des Ruders war glitschig vom Blut einer geplatzten Blase. Das glitzernde Sonnenlicht auf dem Wasser blendete ihn eine Sekunde lang. Als er wieder sehen konnte, erhaschte er einen kurzen Blick auf den Harvard-Achter, der auf seinem eigenen Spiegelbild in vollkommenem Gleichklang durchs Wasser glitt. Der Steuermann erhöhte das Tempo. Mit langen, fließenden Bewegungen von Armen und Beinen überließ Jack sich dem Rhythmus des Schmerzes. Als das Yale-Boot kurz vor dem Gegner über die Ziellinie glitt, sackte Jack über seinem Ruder zusammen und fragte sich, was für eine Laune des Wahnsinns ihn bewogen haben mochte, in die Mannschaft zu gehen.

«Rudern», rief Skip Waltz über den Lärm am Bahnhof von New Haven hinweg, «ist ein großartiges Übungsfeld für das wirkliche Leben, denn man macht etwas, das im Grunde ganz einfach ist, und perfektioniert es.»

«Was ist Ihrer Meinung nach der schwierigste Augenblick bei einem Rennen, Coach Waltz?», fragte die Reporterin von der Yale-Studentenzeitung.

Waltz spitzte die Lippen. «Ich würde sagen, wenn man zum nächsten Schlag ausholt, denn da bewegt man sich in die entgegengesetzte Richtung des Boots. Ich sage meinen Jungs immer, dass Rudern eine Metapher für das Leben ist. Wenn die Balance nicht stimmt, gerät das Boot ins Wanken, und das Rennen ist verloren.» Der Coach warf einen Blick auf die Bahnhofsuhr und sagte: «Wie sieht's aus, Jungs? Darf ich euch noch auf einen Punsch ins *Mory's* einladen?»

«Ein andermal, Coach», sagte einer der Ruderer. «Ich hab morgen um elf mündliche Prüfung in Philosophie, und ich muss noch mal einen Blick in Kants *Kritik der reinen Vernunft* werfen.»

Einer nach dem anderen entschuldigten die Ruderer sich und machten sich auf den Weg zurück zum College. Nur Jack und Leo und dessen Freundin Stella nahmen Waltz' Einladung an. Der Coach holte seinen Wagen vom Parkplatz und fuhr vor dem Bahnhof vor. Leo und Jack warfen ihre Sporttaschen in den Kofferraum, und die drei stiegen ein.

Das *Mory's* war fast leer, als sie eintrafen. Zwei Kellner und eine Hand voll Studenten, alle mit Jackett und Krawatte, beklatschten den Sieg über den Urfeind Harvard. Der Coach bestellte eine Runde Punsch, und die vier setzten sich an einen kleinen Tisch. Eine Weile fachsimpelten sie übers Rudern, und als die Getränke kamen, hob Coach Waltz sein Glas und prostete den beiden Ruderern zu. Dann neigte er den Kopf ein wenig und fragte die beiden jungen Männer beiläufig, ob sie Fremdsprachenkenntnisse hätten. Wie sich herausstellte, sprach Jack fließend Deutsch und einigermaßen Spanisch; Leo, der aus einer antikommunistischen, russisch-jüdischen Immigrantenfamilie stammte und mit einem Stipendium Slawistik und Geschichte studierte, sprach Russisch und Jiddisch wie seine Muttersprache und Italienisch wie ein Tourist. Der Coach nickte und fragte dann, ob sie überhaupt Zeit hätten, sich über die internationale politische Lage auf dem Laufenden zu halten, und als beide bejahten, lenkte er das Gespräch auf den Staatsstreich der Kommunisten in der Tschechoslowakei von 1948 und auf Kardinal Mindszenty, der 1948 im kommunistischen Ungarn verhaftet und zu lebenslänglicher Haft verurteilt worden war. Beide jungen Männer waren der Meinung, dass die Amerikaner und Briten Westeuropa verteidigen müssten, um zu verhindern, dass russische Panzer durch Deutschland und Frankreich bis zum Ärmelkanal vorstießen. Waltz fragte, was sie über den Versuch der Russen dächten, die Alliierten aus Westberlin zu verdrängen.

Jack befürwortete Trumans Luftbrücke, die Stalin gezwungen hatte, die Berliner Blockade aufzuheben. «Wenn Berlin irgendetwas beweist», sagte er, «dann dass Joe Stalin nur eines versteht, nämlich Gewalt.»

Leo war der Überzeugung, dass Amerika notfalls einen Krieg riskieren sollte, um Berlin nicht den Roten zu überlassen. «Der Kalte Krieg wird sich zwangsläufig in einen heißen Krieg verwandeln», sagte er, über den Tisch gebeugt. «Amerika hat nach der Kapitulation von Deutschland und Japan zu früh abgerüstet, und das war ein großer Fehler. Wir sollten schleunigst wieder aufrüsten, verdammt noch mal. Wir müssen aufhören, dem Kalten Krieg bloß zuzuschauen, wir müssen endlich kämpfen. Während wir den Kopf in den Sand stecken, machen die aus den Satellitenstaaten Sklavenstaaten und sabotieren freie Wahlen in Frankreich und Italien.»

Der Coach sagte: «Mich würde ja interessieren, wie ihr die McCarthy-Sache seht.»

Jack sagte: «Na schön, mag sein, dass Joe McCarthy übertreibt, wenn er sagt, dass es in der Regierung von Kommunisten nur so wimmelt. Aber in einem hat der Mann Recht: kein Rauch ohne Feuer.»

«Ich finde», sagte Leo, «diese neue *Central Intelligence Agency*, die Truman sich da ausgedacht hat, braucht ein bisschen Pep. Wir müssen sie so ausspionieren, wie sie uns ausspionieren.»

«Ganz genau», stimmte Jack von Herzen zu.

Stella, Sozialarbeiterin in New Haven und sieben Jahre älter als Leo, schüttelte angewidert den Kopf. «Also, ich sehe das ganz anders als ihr. Ich finde, wir sollten das Leben genießen, bevor der Krieg ausbricht, weil es nämlich danach unmöglich sein wird – die Überlebenden werden wie Würmer in unterirdischen Atomschutzbunkern hausen.»

Auf dem Rückweg zu der Wohnung, die Leo und Jack sich mit einem russischen Austauschstudenten namens Jewgeni Alexandrowitsch Tsipin teilten, versuchte Leo, Stella zu überzeugen, doch sie beharrte auf ihrem Standpunkt. «Ich sehe keinen Sinn darin, wieder zu den Waffen zu greifen, nur um in einer gottverlassenen Stadt wie Berlin zu bleiben.»

Leo war außer sich. «Mit deinem Pazifismus spielst du Stalin direkt in die Hände.»

Stella hakte sich bei Jack ein und streifte ihn dabei leicht mit einer Brust am Ellbogen. «Leo ist wütend auf mich, Jacky», sagte sie gespielt schmollend, «aber du verstehst mich doch.»

«Ich *spüre* dich vor allen Dingen», sagte Jack mit lüsternem Unterton.

«Ich hoffe, du hast nicht vor, mich auszubooten», warnte Leo.

«Ich dachte, Mannschaftskameraden teilen alles», erwiderte Jack.

Leo blieb abrupt stehen. «Was willst du damit sagen, Jack? Soll ich dir Stella für heute Nacht ausleihen?»

«Nun sei doch nicht gleich so giftig», entgegnete Jack heiter.

«Er kann nun mal nicht anders», sagte Stella zu Jack. Sie wandte sich an Leo. «Damit eins klar ist», sagte sie mit ernstem Gesicht. «Ich gehöre dir nicht, Leo, du hast lediglich das Nutzungsrecht. Niemand leiht sich Stella aus, wenn Stella sich nicht ausleihen lassen will.»

Sie setzten den Weg fort. Plötzlich schüttelte Jack den Kopf. «Verdammt! Leo, alter Knabe, alter Freund, was sind wir für Hohlköpfe – ich glaube, man hat uns Avancen gemacht!»

«Stella macht keine Avancen –»

«Ich meine nicht Stella, ich meine Coach Waltz. Wann hat er das letzte Mal mit irgendwem von seinen Ruderern über Politik gesprochen? Die ganzen Fragen, die er uns gestellt hat. Ob wir meinen würden, dass Patriotismus überholt ist. Ob wir meinen würden, dass jeder Einzelne etwas in einer Welt bewirken kann, die von Atomkriegen bedroht ist? Und was er am Schluss gesagt hat – dass wir das Gespräch besser für uns behalten, wo Jewgeni doch der Sohn eines russischen Diplomaten ist und so.»

«Heiliger Jesus, Jewgeni ist kein *Kommunist*», empörte sich Stella.

«Verdammt, ich sage ja gar nicht, dass er Kommunist ist», entgegnete Jack. «Allerdings, wenn man's recht bedenkt, *ist* sein Vater wahrscheinlich einer, was bleibt ihm auch anderes übrig, dort, wo er ist.» Er wandte sich an Leo. «Wieso haben wir das nicht gemerkt? Der Coach muss ein Talentsucher sein. Und wir sind die Talente.»

Leo setzte sein berühmtes mürrisches Lächeln auf. «Und was glaubst du, für wen er Talente sucht?»

«Für irgendwas, das mit der Regierung zu tun hat. Und ich wette mit dir, es ist nicht die staatliche Forstverwaltung.»

Als sie wenig später die Wohnung im fünften Stock eines heruntergekommenen Hauses an der Dwight Street betraten, saß ihr russischer Mitbewohner zusammengesackt am Küchentisch, den Kopf auf Trevelyans *American Revolution*. Jack rüttelte ihn an der Schulter, woraufhin Jewgeni gähnte und sagte: «Ich hab geträumt, ihr hättet als erste Yale-Mannschaft im Rennen gegen Harvard den dritten Platz geschafft.»

«Leo hat uns beim Endspurt richtig Feuer unterm Hintern gemacht», sagte Jack. «Yale hat mit einer Nasenlänge gewonnen. Zwei Ruderer sind an Erschöpfung gestorben und mit allen Ehren im Fluss bestattet worden.»

Stella setzte Wasser auf. Jack legte eine Cole-Porter-Platte auf. Die Troika, wie die drei Wohnungsgenossen sich nannten, machte es sich auf dem Fußboden des winzigen Wohnzimmers für ihre spätabendliche Männerrunde bequem. Jewgeni, kräftig, mit rotblonden Haaren und blassen Augen, die je nach seiner Stimmung die Farbe zu ändern schienen, studierte amerikanische Geschichte und war so etwas wie ein Experte für den Unabhängigkeitskrieg geworden. «Ich weiß jetzt, was der große Unterschied ist zwischen der amerikanischen und der bolschewistischen Revolution», sagte er. «Der amerikanischen fehlte eine zentrale, einigende Vision.»

«Die Amerikaner waren gegen die Tyrannei, für die Rechte des Einzelnen, vor allem für das Recht einer Minderheit, ihre Meinung zu äußern, ohne von der Mehrheit unterdrückt zu werden», erinnerte Jack seinen russischen Freund. «Wenn das keine einigende Vision ist.»

Jewgeni verzog die Lippen zu einem krausen Lächeln. «Jefferson hat in der Unabhängigkeitserklärung aber nicht von den Negersklaven auf seiner Plantage in Monticello gesprochen. Selbst Washingtons idealistische Kontinentalarmee funktionierte nach elitären Prinzipien – wer einberufen wurde, konnte jemand anderen schicken, den er dafür bezahlte, oder seinen Negersklaven.»

Stella löffelte Instantkaffee in Tassen, goss kochendes Wasser darauf und reichte sie herum. «Die zentrale Vision Amerikas war die, den *American way of life* von Küste zu Küste zu verbreiten», warf sie ein.

Jack sagte: «Und so schlecht sind die hundertfünfzig Millionen Amerikaner bisher mit ihrem *way of life* ja nicht gefahren – erst recht nicht, wenn man sich anguckt, wie der Rest der Welt sich so durchschlägt.»

Stella sagte: «He, ich arbeite mit schwarzen Familien, die sich nicht mal eine anständige Mahlzeit am Tag leisten können. Zählst du die zu deinen hundertfünfzig Millionen dazu?»

Jewgeni gab einen Schuss billigen Weinbrand in seinen Kaffee und reichte den Flachmann weiter. «Was Washington und Jefferson motiviert hat, was heute die Amerikaner motiviert, ist eine Art sentimentaler Imperialismus», sagte er, während er seinen Kaffee mit dem Radiergummiende eines Bleistifts umrührte. «Die Revolution breitete sich vom Osten bis zur Pazifikküste über die Leichen von zwei Millionen Indianern hinweg aus. Ihr Amerikaner habt euch dem Ziel verschrieben, die Welt für die Demokratie zu sichern, aber eigentlich wollt ihr die Welt für die *United Fruit Company* sichern.»

Leo war verstimmt. «Also, wie sollte die Welt denn deiner Meinung nach aussehen, Jewgeni?»

Jack erhob sich, um eine neue Platte aufzulegen. «Ja, erzähl uns von der einigenden Vision Stalins.»

«Meine zentrale Vision kommt nicht von Stalin, nicht mal von Marx, sondern von Leo Tolstoi. Der hat sein ganzes Leben lang nach einer einigenden Theorie gesucht, nach dem einzigen Schlüssel, der jede Tür aufschließen würde, der universellen Erklärung für unsere Leidenschaften und unsere wirtschaftliche Situation und unsere Armut und Politik. In Wahrheit bin ich Tolstoiist.»

Jack sagte mit ausdrucksloser Stimme: «Alle Visionen, die zu Konzentrationslagern führen, sind schlichtweg falsch.»

Stella hob die Hand, als wäre sie in einem Klassenzimmer. «Was ist mit den Konzentrationslagern in Amerika? Sie sind schwerer zu erkennen, weil sie keine Mauern oder Stacheldraht haben. Wir nennen sie Schwarzenghettos und Indianerreservate.»

Jewgeni sagte: «Da hat Stella natürlich Recht –»

«Und was ist mit dem Eisernen Vorhang?», fragte Jack heftig. «Was ist mit den Nationen, die dahinter gefangen sind? Verdammt, ein Schwarzer kann jederzeit aus dem Ghetto hinausspazieren, was man von einem Polen oder Ungarn nicht behaupten kann.»

«Schwarze Soldaten haben im Zweiten Weltkrieg in rein schwarzen Einheiten gekämpft, wurden aber von weißen Offizieren befehligt», sagte Jewgeni scharf. «Euer Truman hat es erst letztes Jahr geschafft, die Rassentrennung in den Streitkräften aufzuheben, vierundachtzig Jahre nach eurem Bürgerkrieg.»

«Mit euch beiden zu diskutieren ist fast so, als würde man mit dem Kopf gegen eine Wand schlagen», sagte Jack müde.

Jewgeni stand auf und holte hinter einem Stapel Bücher auf einem Regal eine weitere Flasche Weinbrand hervor, die er herumreichte. Die Mitglieder der Troika gossen sich einen Schuss davon in den Rest Kaffee in ihren Tassen. Jewgeni hob seine Tasse und rief seine Parole auf Russisch: *«Sa uspech naschego besnadjoshnogo dela!»*

«Sa uspech naschego besnadjoshnogo dela», wiederholten Jack und Leo.

Stella sagte: «Ich hab schon wieder vergessen, was das heißt.»

Leo übersetzte: «Auf den Erfolg unseres hoffnungslosen Unterfangens!»

Stella unterdrückte ein Gähnen. «Im Moment besteht mein hoffnungsloses Unterfangen darin, die Augen offen zu halten. Ich hau mich hin. Kommst du, Leo, Baby?»

«Kommst du, Leo, Baby?», säuselte Jack.

Leo warf ihm einen finsteren Blick zu, als er Stella folgte und in dem Zimmer am Ende des Flurs verschwand.

Früh am nächsten Morgen, im aschgrauen Licht der ersten Helligkeit, wachte Leo auf und stellte fest, dass Stella nicht neben ihm in dem schmalen Bett lag. Schläfrig tappte er durch die stille Wohnung. Im Wohnzimmer hörte er das Kratzen der Nadel, die sich endlos in der letzten Rille einer Schallplatte drehte. Jewgeni schlief tief und fest auf der alten Couch unter dem Fenster, die Fingerspitzen einer Hand wie ein Lesezeichen in Trevelyans Meisterwerk über die amerikanische Revolution geklemmt. Vorsichtig hob Leo die Nadel von der Schallplatte und schaltete Jewgenis Lampe aus. Als seine Augen sich an die Dunkelheit gewöhnten, sah er unter Jacks Tür Licht hervorschimmern. In der Annahme, dass Jack noch immer über seinen Büchern saß, drehte er den Knauf und öffnete die Tür einen Spalt.

Im Zimmer warf eine flackernde Kerze zittrige Schatten auf die wellige Tapete. Einer der Schatten war Stellas. Sie trug eines von Leos ärmellosen Ruderhemden und saß auf dem Bett, mit dem Rücken an der Wand, die langen, nackten Beine ausgestreckt und weit gespreizt. Ein weiterer Schatten stammte von Jack. Er kniete auf dem Boden zwischen Stellas silbrigen Schenkeln, den Kopf vorgebeugt. Für Leos schlafmüde Augen sah es fast so aus, als betete Jack an einem Altar.

Im Halbdunkel konnte Leo Stellas Gesicht ausmachen. Sie blickte ihn unverwandt an, ein schwaches, komplizenhaftes Lächeln auf den leicht geöffneten Lippen.

In dem leeren Büro, das ihm seine ehemalige Kanzlei zur Verfügung stellte, wenn er in Manhattan war, beendete Frank Wisner das Gespräch mit E. (für Elliott) Winstrom Ebbitt II. und brachte ihn zum Fahrstuhl. «Ich bin froh, dass Bill Donovan uns zusammengebracht hat», sagte er mit seinem Südstaatenakzent. Wisner, ein Mann mit markanten Gesichtszügen, war nach Allen Dulles der zweite Kopf in der von Journalisten Abteilung für schmutzige Tricks genannten neuen *Central Intelligence Agency* und ein alter Hase des OSS. Er bedachte seinen Besucher mit seinem legendären, zahnlückigen Lächeln und sagte, während er ihm entschlossen die Hand entgegenstreckte: «Willkommen an Bord, Ebby.»

Nickend nahm Ebby sie entgegen. «Ich war geschmeichelt, dass ein so ausgezeichnetes Team mich haben will.»

Als Ebby den Fahrstuhl betrat, schlug Wisner ihm auf den Rücken. «Mal sehen, ob Sie sich immer noch geschmeichelt fühlen, wenn ich Ihnen die Hölle heiß mache, weil Sie eine Operation vermasselt haben. *Cloud Club*, morgen halb fünf.»

Ebby stieg zwei Stockwerke tiefer aus dem Fahrstuhl, um eine Aktentasche mit Schriftsätzen aus seinem Büro zu holen. Er trat durch die Doppeltür, auf deren dickem Glas in goldenen Lettern «Donovan, Leisure, Newton, Lumbard & Irvine, Rechtsanwälte» stand. Außer zwei schwarzen Putzfrauen, die den Teppichboden saugten, war die Kanzlei verlassen. Auf dem Weg zurück zum Fahrstuhl schrieb er seiner Sekretärin eine Nachricht. «Bitte sagen Sie meinen Termin für 16.00 Uhr ab und halten Sie mir den Nachmittag frei. Versuchen Sie, mir am Vormittag fünfzehn Minuten für Mr. Donovan freizuschaufeln.» Er unterschrieb mit E. E. und legte den Zettel unter einen Briefbeschwerer.

Wenig später beförderte die Drehtür von Wall Street Nr. 2 Ebby in den heißen Nachmittag hinaus. Er lockerte die Krawatte, winkte ein Taxi heran, nannte dem Fahrer die Adresse Park Avenue Ecke 88th und sagte, er solle schön gemütlich fahren. Er hatte es nicht eilig, das Unwetter zu erleben, das ihn dort erwartete. Eleonora (die italianisierte Form von Eleonor, seit die junge Eleonor Krandal als Radcliffe-Studentin ein Auslandssemester in Rom verbracht hatte) lackierte sich gerade die Fingernägel für die Dinnerparty am Abend, als Ebby ins Schlafzimmer geschlendert kam. «Darling, wo bleibst du denn?», fragte sie mit finsterer Miene. «Wir sind um acht bei den Wilsons eingeladen, das heißt, wir dürfen keine Sekunde später als halb neun dort eintrudeln.»

«Hatte Manny einen schönen Tag?»

«Als Miss Utterback ihn abgeholt hat, hat seine Lehrerin ihr erzählt, Manny hätte Angst gekriegt, als die Luftalarmsirene losing und alle Kinder unter ihren kleinen Tischen Schutz suchen mussten. Ich finde diese Atom-Alarmübungen auch beängstigend. Wie war dein Tag?»

«Frank Wisner hat mich heute Nachmittag zu einem kleinen Plausch zu Carter Ledyard hochgebeten.»

Eleonora blickte leicht interessiert von ihren Nägeln auf. «Ach ja?»

Ebby beschloss, direkt mit der Sprache herauszurücken: «Wisner hat mir einen Job angeboten, und ich hab angenommen.»

«Ist Frank Wisner wieder bei Carter Ledyard? Dann war diese Sache in Washington wohl doch nichts für ihn. Ihr habt doch hoffentlich übers Gehalt geredet? Wie ich dich kenne, Darling, würdest du das unangenehme Thema nicht von allein ansprechen. Hat er dir eine Partnerschaft in Aussicht gestellt? Du solltest deine Karten vorsichtig ausspielen – könnte sein, dass Mr. Donovan dir eine Juniorpartnerschaft anbietet, um dich nicht zu verlieren. Andererseits ist Daddy bestimmt nicht enttäuscht, wenn du zu Carter Ledyard gehst. Er und Mr. Wisner kennen sich von Yale. Er könnte ein gutes Wort für dich einlegen –»

Ebby streckte sich auf dem cremefarbenen Bettüberwurf aus. «Frank Wisner ist nicht wieder bei Carter Ledyard.»
«Darling, zieh bitte die Schuhe aus.»
Er löste die Schnürsenkel und streifte die Schuhe ab. «Wisner arbeitet nach wie vor für die Regierung.»
«Aber du hast doch gesagt, du hast bei Carter Ledyard mit ihm gesprochen.»
«Frank kann dort ein Büro benutzen, wenn er in der Stadt ist. Er hat mich zu sich gebeten und mir einen Job angeboten. Ich gehe zu ihm nach Washington. Es wird dich sicherlich freuen, dass ich das unangenehme Thema Geld angesprochen habe. Ich fange mit sechstausendvierhundert Dollar an.»
Eleonora konzentrierte sich darauf, die Kappe wieder auf die Nagellackflasche zu drehen. «Darling, wenn das ein schlechter Scherz sein soll ...» Sie wedelte mit den Fingern in der Luft, um die Nägel zu trocknen, hielt aber inne, als sie seinen Blick sah. «Du meinst es ernst, Eb, nicht? Du lässt dich doch wohl nicht auf diese alberne *Central Agency* ein, über die du dich neulich abends beim Brandy mit Mr. Donovan unterhalten hast.»
«Ich fürchte doch.»
Eleonora löste den Knoten am Gürtel ihres Seidenmorgenrocks und ließ ihn von ihren zarten Schultern gleiten; er fiel auf den Fußboden, wo er liegen bleiben würde, bis das kubanische Hausmädchen am nächsten Morgen das Zimmer machte. Ebby sah, dass seine Frau einen von diesen modischen Unterröcken trug, die gleichzeitig als Büstenhalter dienten und ihre kleinen, spitzen Brüste betonten. «Ich hab gedacht, du wärst erwachsen geworden, Eb», sagte sie, während sie in ein schwarzes Kleid mit enger Taille und weitem Rock stieg. Überzeugt, ihm die alberne Idee ausreden zu können, trat sie rückwärts ans Bett, damit er ihr den Reißverschluss zumachte.
«Genau das ist der Punkt», sagte Ebby, der sich aufsetzte und mit dem Reißverschluss kämpfte. «Ich bin erwachsen geworden. Es steht mir bis hier, mich mit Firmenfusionen und Wertpapieremissionen und Treuhandvermögen für verwöhnte Enkelkinder rumschlagen zu müssen. Frank Wisner sagt, unser Land ist in Gefahr, und das denkt nicht nur er. Henry Luce hat gesagt, wir leben im amerikanischen Jahrhundert, aber es entpuppt sich mehr und mehr als sowjetisches Jahrhundert. Ganz Osteuropa ist inzwischen kommunistisch. Wir haben China an die Roten verloren. Wenn wir uns nicht beeilen, werden auch noch Frankreich und Italien kommunistisch, und unsere Position in Europa ist gefährdet.» Er gab es auf, mit dem

Reißverschluss zu kämpfen, und legte seine Hand auf Eleonoras Nacken. «Viele Ehemalige vom OSS sind mit von der Partie, Eleonora. Wisner war sehr überzeugend – er hat gesagt, Leute mit Erfahrung in Geheimoperationen findet er nicht an jeder Straßenecke. Ich konnte nicht ablehnen. Das verstehst du doch?»

Eleonora machte sich abrupt von ihm los und tappte auf Strümpfen zum großen Spiegel, um sich in Augenschein zu nehmen. «Ich habe einen hervorragenden Anwalt mit glänzenden Zukunftsaussichten geheiratet –»

«Liebst du mich oder meinen Beruf?»

Sie sah ihn im Spiegel an. «Um ganz ehrlich zu sein, Darling, sowohl als auch. Ich liebe dich im Zusammenhang mit deiner Arbeit. Daddy ist Anwalt, meine beiden Onkel sind Anwälte, mein Bruder macht in einem Jahr sein Juraexamen in Harvard und fängt dann in Daddys Kanzlei an. Wie soll ich ihnen erklären, dass mein Mann eine Position in einer der besten Kanzleien der Wall Street mit siebenunddreißigtausend Dollar im Jahr wegwirft für – ja für was? Du hast deinen Krieg gekämpft, Eb. Überlass diesen den anderen. Wie oft musst du noch den Helden spielen?» Eleonora fuhr herum und sah ihren Mann an. «Hör zu, wir regen uns jetzt erst mal ab und machen uns einen schönen Abend bei den Wilsons. Dann schläfst du noch mal drüber, Eb. Morgen früh sieht die Sache schon ganz anders aus.»

«Ich habe Franks Angebot angenommen», sagte Ebby mit Nachdruck. «Ich muss nicht noch mal drüber schlafen.»

Der Ausdruck in Eleonoras Augen verhärtete sich. «Was immer du auch tust, du wirst deinem Vater nicht ebenbürtig, es sei denn, jemand stellt dich vor ein Exekutionskommando.»

«Mein Vater hat nichts damit zu tun.»

Sie blickte sich suchend nach ihren Schuhen um. «Du glaubst doch nicht im Ernst, dass ich mit Immanuel in eine Doppelhaushälfte in irgendeiner schäbigen Siedlung am Rande von Washington ziehe, damit du für sechstausend im Jahr Kommunisten ausspionierst, die Amerikaner ausspionieren, die Kommunisten ausspionieren.»

«Sechstausendvierhundert», sagte Ebby trocken, «plus zweihundert Dollar Zulage für meine Zeit beim OSS.»

Eleonoras Stimme klang belegt. «Wenn du eine viel versprechende Karriere aufgibst, verlierst du auch eine Frau und einen Sohn. Ich bin nicht der Wo-du-hingehst-will-auch-ich-hingehen-Typ von Ehefrau.»

«Nein, das bist du wohl nicht», erwiderte Ebby mit melancholisch dumpfer Stimme.

Gekonnt griff Eleonora mit beiden Händen hinter ihre Schulterblätter und zog den Reißverschluss hoch. «Du ziehst dich besser um, wenn du nicht willst, dass wir zu den Wilsons zu spät kommen», zischelte sie. Sie entdeckte ihre Stöckelschuhe unter einem Stuhl, schlüpfte hinein und stürmte aus dem Schlafzimmer.

Im Fahrstuhl, der Ebby in den sechsundsechzigsten Stock des Chrysler Building brachte, wirbelten Zigarrenrauchwolken und neueste Nachrichten um die Wette. «Es ist kein Gerücht», sagte eine Frau in mittleren Jahren aufgeregt. «Ich hab's im Taxi im Radio gehört – die Nordkoreaner sind in Südkorea einmarschiert. Unser Alptraum ist wahr geworden – heute Morgen haben die Truppen den 38. Breitengrad überschritten.»

«Das geht bestimmt auf das Konto von Moskau», sagte ein Mann. «Stalin will uns herausfordern.»

«Glauben Sie, Truman wird kämpfen?», fragte eine junge Frau.

«Bei der Berlin-Geschichte war er hart wie Beton», warf ein anderer Mann ein.

«Berlin liegt nun mal im Herzen von Europa», warf ein älterer Gentleman ein. «Südkorea hingegen liegt vor Japans Haustür. Jeder Idiot kann sehen, dass das der falsche Krieg am falschen Ort ist.»

«Truman soll die Siebte Flotte mobilisiert haben», sagte der erste Mann. Die Fahrstuhlführerin, eine nicht mehr ganz junge Schwarze in einer flotten braunen Uniform, brachte den Aufzug sanft zum Stehen und schob die goldene Gittertür auf. «Die zweiundachtzigste Luftlandedivision ist in Alarmbereitschaft versetzt worden», verkündete sie. «Das weiß ich zufällig, weil mein Neffe da Funker ist.» Im selben Atemzug fügte sie hinzu: «Endstation: *Chrysler Cloud Club*.»

Ebby, der eine halbe Stunde zu früh war, schob sich durch das Gedränge an der Bar und bestellte einen Scotch *on the rocks*. Dem Klicken des Eises im Glas lauschend, ließ er sich die Auseinandersetzung mit Eleonora beim Frühstück noch einmal durch den Kopf gehen, als jemand ihn am Arm fasste. Er sah sich um. «Berkshire!», rief er aus, Bill Colbys OSS-Deckname während des Krieges. «Ich dachte, du wärst in Washington beim *Labor Relations Board*. Sag bloß, Wisner hat dich auch geangelt?»

Colby nickte. «Der Köder, den er ausgeworfen hat, war einfach zu verlockend. Hast du die Neuigkeiten schon gehört?»

«Man muss schon taub sein, um sie nicht zu hören. Sogar in Fahrstühlen wird darüber debattiert, ob Truman uns Krieg beschert.»

Mit ihren Drinks gingen die beiden Männer zu einem der großen Fenster, die einen atemberaubenden Blick auf Manhattan boten.

«Wie geht's Eleonora und Immanuel?»

«Den beiden geht's gut.» Ebby stieß mit Colby an. «Schön, dich wieder zu sehen, Bill. Was erzählt man sich in Washington?»

Colby vergewisserte sich, dass niemand ihr Gespräch mithören konnte. «Wir werden Krieg führen, Eb, das weiß ich von Wisner, und er muss es wissen.» Die blassen Augen hinter Colbys Armeebrille blickten wie immer gelassen. Der Anflug eines Lächelns auf seinen Lippen erinnerte an den unergründlichen Ausdruck eines Pokerspielers. «Wenn wir das den Kommunisten durchgehen lassen», fügte er hinzu, «werden sie uns woanders auf die Probe stellen. Und das könnten dann die iranischen Ölfelder oder der Ärmelkanal sein.»

Ebby und Colby waren während des Krieges zusammen in England im Morsen ausgebildet worden, bevor sie mit einer Fallschirmeinheit über Frankreich absprangen, wo sie Brücken sprengten, um General Patton den Rücken freizuhalten, während seine Panzer nördlich der Yonne zum Rhein vorstießen. Nach der deutschen Kapitulation wollte Ebby sich vom OSS in den Pazifik versetzen lassen, wurde aber in ein Zentrum bei Wiesbaden geschickt, wo russische Überläufer vernommen wurden. Vielleicht wäre er nach dem Krieg beim OSS geblieben, wenn es nach dem Krieg noch einen OSS gegeben hätte. Als die Japaner kapitulierten, löste Truman den Auslandsgeheimdienst auf, weil er ihn nicht mehr für erforderlich hielt. Ebby, inzwischen verheiratet, setzte sein Jurastudium an der Columbia-Universität fort, wo er seinen alten Freund Berkshire wieder traf, der ein Jahr über ihm war, aber bereits mit dem Gedanken spielte, das Studium an den Nagel zu hängen, als der Kalte Krieg schärfer wurde und Truman 1947 zu der Überzeugung gelangte, dass Amerika doch eine *Central Intelligence Agency* gebrauchen konnte.

«Ich habe läuten hören, dass Truman der CIA die Hölle heiß gemacht hat», sagte Colby, «weil sie nicht früh genug vor dem Angriff der Nordkoreaner gewarnt haben. Er hat natürlich Recht. Aber bei dem mageren Budget, das der Kongress gewährt, können sie froh sein, wenn sie außer Trumans Launen überhaupt was vorhersagen können. Es werden jedenfalls Köpfe rollen. Man munkelt, dass der Admiral» – er meinte den amtierenden Geheimdienstchef, Konteradmiral Roscoe Hillenkoetter – «sich noch vor Jahresende einen neuen Job suchen kann. Wisner glaubt, Bedell Smith, Generalstabschef unter Eisenhower in der Normandie, tritt die Nachfolge an.» Colby sah auf die Wanduhr, stieß erneut mit Ebby an, und beide kippten ihren Drink herunter. «Wir gehen besser rein», sagte er. «Wenn Wisner halb fünf sagt, dann meint er keine Minute später.»

Ein kleines Schild an den Fahrstühlen dirigierte die Besucher zum Management-Symposium der Firma S. M. Craw in einigen Privaträumen am Ende des Korridors. Im Eingangsbereich ließen sich zwei gut gekleidete junge Männer Colbys Ausweis und Ebbys Führerschein sowie seine alte eingeschweißte OSS-Dienstkarte zeigen. Sie hakten Namen auf einem Klemmbrett ab und winkten sie durch eine Tür mit der Aufschrift «S. M. Craw Symposium».

Einige Dutzend Männer und eine Frau drängten sich an einer provisorischen Bar. Die einzige weitere Frau, die zu sehen war, bekleidet mit einer legeren Hose und einer Männerweste über einer zerknitterten Bluse, füllte Punsch in Gläser, die sie auf den Tisch stellte. Ebby nahm sich ein Glas und wandte sich dann einem jungen Mann mit Kosakenschnurrbart zu. «Mein Name ist Elliott Ebbitt», sagte er zu ihm. «Freunde nennen mich Ebby.»

«Ich heiße John McAuliffe», sagte der andere, der groß gewachsen war und einen teuren, maßgeschneiderten Leinenanzug trug. «Freunde nennen mich alles Mögliche hinter meinem Rücken, aber wenn ich dabei bin, nennen sie mich Jack.» Er deutete mit einem Nicken auf den schmalgesichtigen, schlanken jungen Mann in einem zerknitterten Anzug von der Stange. «Das ist mein ehemaliger Freund Leo Kritzky.»

Ebby biss an. «Wieso ehemaliger?»

«Seine ehemalige Freundin ist einmal nachts zu mir ins Bett gekrochen», sagte Jack mit entwaffnender Offenheit. «Er meint, ich hätte sie von der Bettkante schubsen sollen. Ich halte ihm entgegen, dass sie wahnsinnig sexy ist und ich nun mal ein ganz normaler *Homo erectus* bin.»

«Ich war stinksauer, aber jetzt nicht mehr», bemerkte Leo trocken. «Ich habe beschlossen, die hübschen Frauen den Männern ohne Phantasie zu überlassen.» Er streckte Ebby die Hand entgegen. «Nett, Sie kennen zu lernen.» Einen Moment lang dachte Ebby, Jack wollte ihn auf den Arm nehmen, aber Leos finsterer Blick und seine zerfurchte hohe Stirn überzeugten ihn vom Gegenteil. Er wechselte rasch das Thema. «Wo kommt ihr beiden her? Und wie seid ihr hier gelandet?»

Leo sagte: «Wir machen Ende des Monats unseren Abschluss in Yale.»

Jack sagte lachend: «Gelandet sind wir hier, weil unser Rudertrainer uns im *Mory's* einen Drink spendiert hat. Er war offenbar Headhunter für» – unsicher, ob er die Worte *Central Intelligence Agency* aussprechen sollte, deutete er lediglich mit einer Handbewegung auf die anderen im Raum.

Leo fragte: «Und Sie, Elliott?»

«Ich bin im letzten Kriegsjahr von Yale zum OSS gegangen. Ich lasse mich sozusagen erneut dienstverpflichten.»

«Haben Sie noch Kämpfe miterlebt?», wollte Jack wissen.
«Ein paar.»
«Wo?»
«Frankreich, überwiegend. Als ich den Rhein überquert habe, hat Hitler sich eine Kugel in den Kopf gejagt, und die Deutschen haben das Handtuch geworfen.»

Die junge Frau, die den Punsch verteilt hatte, klopfte mit einem Löffel an ein Glas, und alle Anwesenden strebten zu den Klappstühlen, die in Reihen zu dem Panoramafenster hin aufgestellt waren, das einen Blick auf das Empire State Building und auf Manhattan bot. Sie trat an das Rednerpult und tippte mit einem Fingernagel an das Mikrofon, um zu prüfen, ob es funktionierte. «Mein Name ist Mildred Owen-Brack», begann sie. Offenbar gewohnt, mit Männern umzugehen, die es nicht gewohnt waren, mit Frauen umzugehen, sprach sie unbeirrt weiter. «Ich gehe mit Ihnen die Geheimhaltungsrichtlinien auf dem Formular durch, das die Aufgeweckteren unter Ihnen auf ihren Stühlen gefunden haben; die etwas Langsameren unter Ihnen werden feststellen, dass sie darauf sitzen.» Owen-Bracks Versuch, das Eis zu brechen, löste vereinzeltes nervöses Lachen aus. «Als Sie den Raum hier betreten haben, sind Sie quasi Teil einer geschlossenen Gesellschaft geworden. Die Richtlinien verpflichten Sie, der CIA während Ihrer Arbeit und nach Ihrem Ausscheiden alles und jedes vorzulegen, was Sie möglicherweise über die CIA zwecks Veröffentlichung schreiben. Das umfasst Artikel, Sachbücher oder Romane, Drehbücher, Gedichte, Operntexte etc. Es versteht sich zwar von selbst, aber ich sage es dennoch: Nur diejenigen, die die Einwilligungserklärung unterschreiben, werden in diesem Raum bleiben. Irgendwelche Fragen?»

Owen-Brack ließ den Blick über die Gesichter vor sich schweifen. Die einzige Frau inmitten der männlichen Rekruten, eine junge, hübsche Dunkelhaarige in knielangem Rock und eng anliegender Jacke, hob eine maniküre Hand. «Ich bin Millicent Pearlstein aus Cincinnati.» Sie räusperte sich verlegen, als ihr klar wurde, dass es keinen Grund gab zu sagen, wo sie herkam. «Okay. Sie wissen wahrscheinlich, dass die Einwilligungserklärung das verfassungsmäßige Recht auf freie Meinungsäußerung einschränkt und daher vor Gericht keinerlei Bestand haben wird.»

Owen-Brack lächelte süß. «Sie sind offenbar Anwältin, aber Sie verstehen nicht, worum es geht», erklärte sie mit übertriebener Höflichkeit. «Wir bitten Sie, das Formular zu Ihrer eigenen Sicherheit zu unterschreiben. Wir sind eine Geheimorganisation, und wir möchten unsere Geheimnisse für den Fall schützen, dass einer unserer Mitarbeiter versucht sein könnte, seine Arbeit für uns in gedruckter Form zu veröffentlichen. So etwas würde uns natürlich gegen den Strich gehen, und wir müssten ernsthaft in Erwägung ziehen, den Missetäter oder die Missetäterin gleichzeitig mit dem Vertrag einer endgültigen Lösung zuzuführen. Wir hoffen allerdings, dass die interessante Frage, ob die absolute Notwendigkeit der *Company*, ihre Geheimnisse zu schützen, schwerer wiegt als das verfassungsmäßige Recht auf freie Meinungsäußerung, niemals entschieden werden muss.»

Ebby beugte sich zu Colby, der neben ihm saß. «Wer ist denn diese Meduse?»

«Sie ist die *Consigliere* der *Company*», flüsterte er. «Wisner meint, mit ihr ist nicht gut Kirschen essen.»

Owen-Brack las den Vertrag vor, ging anschließend umher, um die unterzeichneten Formulare einzusammeln, steckte sie in eine Aktenmappe und nahm hinten im Raum Platz.

Frank Wisner trat ans Pult. «Seien Sie willkommen», sagte er. «Mein Name ist Frank Wisner. Ich bin die rechte Hand des stellvertretenden Direktors Allen Dulles.» Er nahm einen Schluck aus seinem Glas. «Die Truman-Doktrin von 1947 versprach, dass Amerika alle freien Völker der Welt im Kampf gegen den Totalitarismus unterstützen wird. Das Hauptinstrument der amerikanischen Auslandspolitik in diesem Kampf ist die *Central Intelligence Agency*. Bislang ist unsere Erfolgsbilanz durchwachsen. Die Tschechoslowakei ging an die Kommunisten verloren, aber wir haben Frankreich vor dem wirtschaftlichen Zusammenbruch nach dem Krieg bewahrt, wir haben Italien vor dem nahezu sicheren Sieg der Kommunisten bei den Parlamentswahlen bewahrt, wir haben Griechenland vor einer durch die Sowjets unterstützten Revolte bewahrt. Damit wir uns nicht falsch verstehen – die westliche Zivilisation wird angegriffen, und die Festungswälle sind nur mit sehr wenigen Patrioten besetzt. Es ist dringend erforderlich, diese patriotische Verteidigungslinie zu verstärken, und deshalb haben wir Sie heute hierher eingeladen. Wir suchen engagierte Männer und Frauen, die ihre Ziele offensiv verfolgen und kein Risiko scheuen, die sich wie Alice im Wunderland ins Ungewisse stürzen, ohne sich darüber Gedanken zu machen, wie sie wieder herauskommen. Aber: Es gibt keine Lehrbücher über Spionage, das Wichtigste müssen Sie in der Praxis lernen.»

Wisners Leibwächter hinten im Raum tippte auf seine Armbanduhr, woraufhin Wisner kaum merklich nickte. «Sie alle haben sicherlich Spionageromane gelesen. Sollte diese Lektüre Ihr Bild von der *Central Intelligence Agency* geprägt haben, werden Sie feststellen, dass es mit der Realität absolut nichts zu tun hat. Die reale Welt der Spionage ist weniger glamourös und gefährlicher, als Romane glauben machen. Wenn Sie unser Trainingsprogramm erfolgreich absolvieren, werden Sie Ihr gesamtes Berufsleben lang mit keinem Außenstehenden über Ihre Tätigkeit reden können, einschließlich Ehefrauen und Freunde. Wir suchen Leute, denen es nichts ausmacht, im Schatten zu stehen, und die Operationen durchführen können, für die, ob sie erfolgreich sind *oder* scheitern, die US-Regierung jede Verantwortung ablehnen kann. Was Sie tun, erscheint nicht als Schlagzeile auf der Titelseite – es erscheint auf keiner Seite –, es sei denn, Sie bauen Mist. Sie werden auf den Schlachtfeldern des Kalten Krieges arbeiten, und das ist bitterernst. Wem bei diesem Gedanken nicht recht wohl ist, dem rate ich, die Finger davon zu lassen.»

Wisner warf einen Blick auf seine Uhr. «So, genug gepredigt. Owen-Brack wird Ihnen nun die Details mitteilen, wo und wann Ihre Ausbildung anfängt, was Sie mitzubringen haben, ab wann Sie Gehalt beziehen, was Sie erzählen sollen, wenn Sie nach Ihrem Job gefragt werden. Sie wird Ihnen auch eine Postadresse und eine Telefonnummer geben, wo sich eine Sekretärin bereithält, die eventuellen Anrufern mitteilt, dass Sie nicht im Hause sind, und anbietet, eine Nachricht entgegenzunehmen. In den kommenden Monaten werden Sie ganz schön oft nicht im Hause sein.»

Die versammelten Neulinge lachten. Am Rednerpult tuschelte Wisner noch kurz mit Owen-Brack und verließ dann eilig den Raum, einen Schritt hinter seinem Aufpasser. Owen-Brack beugte sich zum Mikrofon und sagte: «Zunächst einmal möchte ich sagen, dass die *Company* Sie ausgewählt hat – und weder Kosten noch Mühen gescheut hat, Ihre Vergangenheit zu durchleuchten –, weil wir Leute brauchen, die mit allen Wassern gewaschen sind, die einen Safe knacken und Tee trinken können, ohne mit der Tasse zu klappern. Höchstwahrscheinlich beherrschen Sie bisher nur die zweite Fertigkeit. Wir werden Ihnen Erstere beibringen, außerdem die praktischen Grundlagen der Spionagebranche, bevor Sie Ihren Dienst antreten. Bitte merken Sie sich: Sie nehmen als Mitarbeiter von Sears, Roebuck am S. M. Craw Management-Symposium teil. Die erste Phase Ihrer Ausbildung – einschließlich eines Managementseminars für den Fall, dass Sie einmal in die Verlegenheit kommen sollten, detailliert Ihre Arbeit zu erläutern – findet in den Büroräumen von Craw hinter dem *Hilton Inn* in Springfield, Virginia statt; Beginn ist halb acht am ersten Montag im Juli.»

Owen-Brack redete noch zwanzig Minuten weiter und verteilte einige Unterlagen. «Das wäre im Großen und Ganzen alles», sagte sie schließlich. Sie setzte wieder ihr argloses Lächeln auf. «Mit etwas Glück sehe ich niemanden von Ihnen wieder.»

Jack blieb noch, nachdem die anderen alle gegangen waren. Owen-Brack sammelte ihre Papiere ein. «Was vergessen?», erkundigte sie sich.
«Ich heiße John J. McAuliffe. Meine Freunde nennen mich Jack. Ich hab mir bloß gedacht, es wäre doch wahrlich schade, im *Cloud Club* gewesen zu sein, ohne das Panorama genossen zu haben. Und die beste Art, das Panorama zu genießen, wäre mit Ihnen und einem Fläschchen Champagner ...»

Owen-Brack legte den Kopf schief und musterte Jack gründlich. Sie sah seinen eleganten Anzug, die Cowboystiefel, die getönte Brille, das dunkle Haar.

«Ihr Schönlinge werdet eines erst dann kapieren, wenn ihr keine Schönlinge mehr seid. Dass wir uns nämlich nicht von eurer Schönheit betören lassen, sondern von Stimme und Worten, vom Kopf, nicht von den Händen.» Sie blickte ungeduldig auf die Uhr. «Hören Sie, vielleicht sollte ich Ihnen sagen, dass Owen mein Mädchenname ist», erklärte sie ihm. «Brack ist der Name meines Mannes.»

«Macht doch nichts. Wir haben alle unsere Fehler. Ich nehm's Ihnen nicht übel, dass Sie verheiratet sind.»

Owen-Brack fand Jack nicht lustig. «Mein Mann hat für die *Company* gearbeitet und ist bei einem Gefecht getötet worden, über das nie was in der *New York Times* stand. Ich mag mich ja irren, aber das Panorama, das Fläschchen Champagner – darum geht's Ihnen nicht wirklich. Sie wollen wissen, ob ich bereit wäre, mit Ihnen zu schlafen. Die Antwort lautet: Ja, ich könnte es mir vorstellen. Wenn mein Mann noch lebte, wäre ich versucht, ihn mit Ihnen zu betrügen. Er hat mich hinreichend betrogen. Aber da er tot ist, stellt sich die Situation anders dar. Ich brauche keine flotte Nummer zwischendurch, ich brauche eine Liebesbeziehung. Und dafür sind Sie nicht der Typ, McAuliffe. Ich wünsche Ihnen viel Glück. Sie werden es brauchen.»

«Spione», sagte der Ausbilder, «sind geistig völlig gesunde Menschen, die eine neurotische Obsession für Kleinigkeiten entwickeln.» Robert Andrews, wie er auf der Namenliste von S. M. Craw in der Lobby aufgeführt war, hatte, als er acht Wochen zuvor in den Unterrichtsraum geschlurft kam, die Aufmerksamkeit der Teilnehmer am Managementseminar vom ersten Augenblick an gefesselt. Über seine Laufbahn beim OSS waren nur die wichtigsten Stationen bekannt. 1944 war er mit dem Fallschirm in Deutschland gelandet, um Kontakt zu der Widerstandsgruppe aufzunehmen, die ein Attentat auf Hitler plante. Monatelang hatte ihn die Gestapo in die Mangel genommen, bis Pattons Truppen das, was von ihm übrig war, am Ende des Krieges aus Buchenwald befreiten. Bei den Folterungen war ihm die rechte Gesichtshälfte verbrannt und der linke Arm regelrecht aus dem Schultergelenk gerissen worden. Der hochgesteckte leere Ärmel seines Jacketts schlug ihm gegen die Brust, als er jetzt vor den Auszubildenden auf und ab schritt. «Spione», fuhr er fort, «merken sich ganz genau die Einzelheiten, die ihnen eines Tages das Leben retten können. Zum Beispiel welche Seite einer x-beliebigen Straße beim aufgehenden Mond im Schatten liegt. Oder bei welchen Witterungsbedingungen ein Pistolenschuss wie die Fehlzündung eines Autos klingt.

Wir haben versucht, Ihnen einzubläuen, was unsere Arbeitgeber gern als das Rüstzeug unseres Handwerks bezeichnen», fuhr er fort. «Tote Briefkästen, unsichtbare Schrifttechniken, Microdots, Minikameras, einen Beschatter abschütteln, Wanzen anbringen – das alles beherrschen Sie inzwischen. Wir haben versucht, Sie mit den Methoden des KGB vertraut zu machen – dass er gut aussehende junge Männer herschickt, die Sekretärinnen mit Zugang zu Geheimnissen verführen, dass seine Kontaktleute sich mit ihren Agenten lieber im Freien treffen als in Geheimwohnungen, dass ostdeutsche Spione, die im Westen operieren, mit Hilfe der Seriennummern auf Zehn-Dollar-Scheinen die Telefonnummern entschlüsseln, die sich hinter den Lottozahlen verbergen, die im Lokalsender durchgegeben werden. Aber dieses so genannte Rüstzeug bildet eben nur die Grundlagen. Darüber hinaus müssen Sie sich für jeden Einsatz neu erfinden; Sie müssen die Person werden, die der Feind niemals in Ihnen vermuten würde, was bedeutet, dass Sie Dinge tun müssen, die der Feind von einem Geheimdienstler niemals erwarten würde. Ich kenne einen Agenten, der gehumpelt hat, als er jemanden verfolgen sollte – er dachte sich, dass niemand in einem Hinkenden auf der Straße einen Geheimdienstler vermuten würde. Leider wurde der Agent geschnappt, weil er, wie dem beschatteten Mann von der Abwehr auffiel, an einem Tag mit dem rechten und am nächsten mit dem linken Fuß gehumpelt hat. Der Agent war ich. Was mich wie keinen anderen dazu befähigt, Ihnen die wichtigste Maxime des Handwerks mit auf den Weg zu geben.» Mr. Andrews drehte sich zum Fenster um und blickte sein Spiegelbild in der Scheibe an.

«Machen Sie um Gottes willen», sagte das Spiegelbild, «keine Fehler.»

Mehrere Stunden nach dem Unterricht waren für Treffen mit Vertretern der diversen Abteilungen der *Company* vorgesehen, die hergekommen waren, um Nachwuchs zu rekrutieren. Wie immer durfte der stellvertretende

Leiter der elitären Sowjetrusslandabteilung, Felix Etz, die Sahne abschöpfen. Es überraschte niemanden, dass er sein Augenmerk vor allem auf Millicent Pearlstein richtete, die Anwältin aus Cincinnati, die an der Universität Chicago einen BA-Abschluss in Russisch gemacht hatte, bevor sie Jura studierte. Sie hatte im unauffälligen Öffnen und Wiederverschließen von Briefen sowie im Knacken von Schlössern hervorragend abgeschnitten; Bestnoten erzielte sie im Anwerben von Agenten wie auch im Verschlüsseln für Fortgeschrittene und Kommunismus in Theorie und Praxis.

Jacks Leistungen im theoretischen Unterricht waren zufrieden stellend, während er eine praktische Übung mit exzellentem Ergebnis absolvierte: Mit gefälschten Papieren gelang es ihm, sich Zugang zu einem Zerstörer der US-Marine zu verschaffen und streng geheimes Material von Bord zu schmuggeln. Seine Entschlossenheit sowie seine Deutsch- und Spanischkenntnisse weckten die Aufmerksamkeit von Etz, der ihn unbedingt haben wollte.

Ebby, der ja über Einsatzerfahrung beim OSS verfügte und blendende Noten in den Auffrischungskursen erzielte, stand ebenfalls ganz oben auf Etz' Liste. Leo dagegen überzeugte Etz weniger durch seine guten Noten oder seine Russisch- und Jiddischkenntnisse als vielmehr durch seine Motivation; er hatte den inbrünstigen Antikommunismus seiner Eltern geerbt, die bei ihrer Flucht aus Russland nach der Oktoberrevolution den Bolschewisten knapp entkommen waren.

Am frühen Abend gingen die Auszubildenden in ein italienisches Restaurant, um nach zwölf Wochen das Ende der Strapazen zu feiern. «Wie es aussieht, werde ich nach Deutschland kommen», sagte Ebby zu den anderen am Ende des langen Tisches, während er zuerst Millicent und dann sich selbst Chianti einschenkte. «Ihr werdet nicht glauben, weshalb sie mich genommen haben.»

«Ich nehme an, unter anderem weil du gut Deutsch sprichst», sagte Jack.

«Nicht jeder, der gut Deutsch spricht, kommt nach Deutschland», entgegnete Ebby. «Nein, aus einem ganz anderen Grund. Als ich sechzehn war, starb mein Großvater, und meine Großmutter, die ein bisschen exzentrisch war, nahm mich zur Feier ihrer neuen Witwenschaft mit auf eine Europareise, einschließlich eines Abstechers nach Albanien unter König Zogu. Wir schafften es gerade noch rechtzeitig, aus dem Land zu kommen, als Mussolinis Truppen einmarschierten. Anscheinend hat irgendein helles Köpfchen in der *Company* in meiner Personalakte unter ‹besuchte Länder› Albanien entdeckt und ist zu dem Schluss gekommen, dass ich mich für Albanien-Einsätze eigne, die von Deutschland aus durchgeführt werden.»

«Ich bin für Washington vorgesehen», gestand Leo. «Mr. Etz hat mir gesagt, Bill Colby könnte in seinem Team gut jemanden gebrauchen, der fließend Russisch spricht.»

«Ich soll auf eine Sprachenschule der Armee, um mein Italienisch aufzupolieren», sagte Millicent; «anschließend geht's nach Rom, wo ich kommunistischen Diplomaten schöne Augen machen soll. Und du, Jack?»

«Auf mich wartet auch die Sowjetrusslandabteilung, Leute. Sie schicken mich für drei Wochen auf einen geheimen Marinestützpunkt, wo ich den Umgang mit Waffen und Sprengstoff lerne; ich darf es mir aussuchen, ob ich anschließend nach Madrid gehe oder in Berlin für jemanden mit dem Spitznamen ‹Zauberer› arbeite, was mich dann wohl zum Zauberlehrling machen würde. Ich hab mich schon für Berlin entschieden, weil die deutschen Mädchen so gut im Bett sein sollen.»

«Ach, Jack, bei dir geht's auch immer nur um Sex», klagte Millicent.

«Er will dich nur ärgern», sagte Ebby.

«Stimmt gar nicht», widersprach Jack. «Ich will sie anmachen.»

«Das kannst du dir abschminken», stöhnte sie.

Nieselregen hatte den Rinnstein vor dem Restaurant in einen glänzenden Spiegel verwandelt, als Ebby, Jack, Leo und Millicent aus dem Restaurant kamen und sich auf den Rückweg zum *Hilton Inn* machten. Ebby blieb unter einer Straßenlaterne stehen, um noch einmal den Brief zu überfliegen, in dem sein Anwalt ihm mitteilte, dass die Scheidung durch sei. Als er die anderen einholte, diskutierten sie gerade über Trumans Entscheidung von vor wenigen Tagen, die Armee einzusetzen, um einen Generalstreik der Eisenbahner zu verhindern. «Harry Truman», sagte Jack, «ist ein harter Knochen.»

«Er ist ein harter Streikbrecher», erklärte Millicent.

«Ein Präsident, der was taugt, darf nicht bei einem Streik klein beigeben, während das Land in Korea kämpft», sagte Ebby.

In ihr Gespräch vertieft, bemerkten die vier den kleinen Lieferwagen nicht, der ein Stück voraus am Straßenrand parkte. Als sie in Höhe des Wagens waren, flogen die Hecktüren auf, und vier Männer mit Pistolen sprangen hinter ihnen auf den Bürgersteig. Weitere dunkle Gestalten tauchten aus einer Gasse auf und versperrten ihnen den Weg. Leo wurde ein Sack über den Kopf gestülpt, die Hände wurden ihm auf den Rücken gerissen und mit Draht festgebunden. Er hörte einen Faustschlag und Jack erstickt nach Luft schnappen. Die vier Überfallenen wurden von starken Händen in den Lieferwagen verfrachtet und unsanft auf Zeitungsstapel gestoßen, die auf dem Boden verteilt waren. Die Türen knallten zu, der Motor sprang an, und der Wagen schoss so schnell voran, dass die Gefangenen hart gegen die Seitenwand geschleudert wurden. Leo wollte die anderen fragen, ob alles in Ordnung sei, als er spürte, wie etwas Metallisches an sein Ohr gepresst wurde. Er hörte Jack wütend sagen: «Das muss eine Verwechs–», bevor er keuchend abbrach.

Der Wagen bog scharf nach links und dann wieder nach links, beschleunigte dann mit heulendem Motor auf einer geraden Strecke. Er hielt mehrmals an, wahrscheinlich an Ampeln, und bog noch einige Mal ab. Zunächst versuchte Leo, sich die Strecke einzuprägen, verlor aber bald die Orientierung. Nach vielleicht fünfundvierzig Minuten hielt der Wagen an. Leo meinte, den dumpfen Klang von Nebelhörnern zu vernehmen. Er hörte ein Feuerzeug schnappen und musste die Panik niederkämpfen, die ihm wie Galle in die Kehle stieg – wollten die Entführer die Zeitungen anzünden und sie bei lebendigem Leib verbrennen? Doch dann roch er Tabakrauch und beruhigte sich wieder. Er sagte sich, dass es sich bestimmt um eine Übung handelte, eine vorgetäuschte Entführung – das war die einzige Erklärung, alles andere war undenkbar –, mit der die Leute von der Sowjetrusslandabteilung ihre neuen Rekruten testen wollten. Doch leiser Zweifel keimte in ihm, als er an Mr. Andrews' Worte denken musste, dass Spione eine Obsession für Kleinigkeiten entwickeln. Plötzlich war seine Antenne auf Einzelheiten ausgerichtet. Warum waren die Entführer so schweigsam? Sprachen sie nicht seine Sprache oder sprachen sie mit Akzent? Oder *ohne* Akzent, was bedeuten könnte, dass sie CIA-Agenten waren? Aber wenn sie CIA-Agenten waren, wieso erinnerte ihn der Tabakgeruch an die groben «Herzegovina Flor», die sein Vater bis zu dem Tag geraucht hatte, an dem er sich umgebracht hatte? Leos Gedanken schweiften ab, und verschwommene Bilder tauchten vor seinem geistigen Auge auf: der Sarg seines Vater, der auf einem windgepeitschten jüdischen Friedhof auf Long Island in die Erde gesenkt wurde; der Regen, der auf die schwarzen Schirme trommelte; die Fehlzündung des Autos, die wie ein Pistolenschuss klang; die Tauben, die in Panik von den Zweigen toter Bäume aufflogen; die eintönige Stimme, mit der der Bruder seines Vaters stockend *Kaddisch* sagte; das schmerzgequälte Wimmern, mit dem seine Mutter ständig wiederholte: «Was soll bloß aus uns werden? Was soll bloß aus uns werden?»

Leo wurde jäh zurück in die Gegenwart geholt, als die Hecktüren aufgerissen wurden und eine frische Meeresbrise in den stickigen Lieferwagen strömte. Er und die anderen wurden von ihrem Zeitungsbett gezerrt und über eine Gangway in die Kajüte eines Bootes gestoßen. Sie mussten sich auf die Holzplanken legen, die nach Fisch stanken, und wurden mit einer schweren, von Motoröl durchtränkten Plane bedeckt. Die Planken vibrierten unter ihnen, als das Boot aufs Meer hinausfuhr. Die Motoren dröhnten eine Viertelstunde lang, wurden dann langsamer, bis sie im Leerlauf tuckerten, während das Boot wiederholt gegen irgendetwas Hartes stieß. Von dem schwankenden Boot wurde Leo auf einen hölzernen Anlegesteg geschleppt und eine lange, schmale Treppe hoch an Deck eines Schiffes gestoßen, dann zwei Treppen hinuntergezerrt. Er strauchelte, als es durch eine Tür ging, und meinte, einen der Entführer leise auf Polnisch fluchen zu hören. Je tiefer er in den Bauch des Schiffes kam, desto stärker roch die muffige Luft, die Leo durch den Leinensack in die Nase drang, nach *Mehl*. Jemand zwängte ihn durch eine weitere, niedere Tür in einen schwülheißen Raum. Grobe Hände zogen ihm die Schuhe von den Füßen und entkleideten ihn bis auf die Unterwäsche. Der Draht, der ihm schmerzhaft in die Handgelenke schnitt, wurde losgemacht und Leo auf einen Stuhl gestoßen und daran gefesselt, die Handgelenke hinter der Rückenlehne. Dann wurde ihm der Leinensack vom Kopf gezogen.

Blinzelnd, weil die Scheinwerfer an den Schotten ihm in den Augen brannten, blickte Leo sich um. Die anderen, ebenfalls bis auf die Unterwäsche ausgezogen, drehten den Kopf vom grellen Licht weg. Millicent wirkte blass und verwirrt. Drei Matrosen in schmutzigen Latzhosen und Rollkragenpullovern holten Brieftaschen und Papiere aus den Taschen der Kleidungsstücke und warfen sie in eine Ecke auf einen Haufen. Ein ausgemergelter Mann in einem schlecht sitzenden Anzug musterte sie von der Tür aus mit Augen, die aus einem so schmalen Schädel hervorquollen, dass er regelrecht deformiert aussah. Der Anflug eines Lächelns erschien auf seinen dünnen Lippen. «Hallo zusammen», sagte er mit einem Akzent, der für Leo osteuropäisch – vielleicht lettisch oder polnisch – klang. «Also, ich sage mir, je früher Sie mir alles erzählen, was ich wissen will, desto früher haben wir diese unerfreuliche Episode hinter uns. Bitte sprechen Sie jetzt untereinander darüber. Ich bin hungrig. Ich komme nach dem Essen wieder, und dann unterhalten wir uns, und wir werden sehen, ob Sie aus dieser Sache lebendig oder tot herauskommen, ja?»

Der Mann im Anzug verschwand geduckt durch die niedere Tür, gefolgt von den Matrosen. Dann schlug die Tür krachend zu. Von innen war zu sehen, wie sich die Riegel im Schott drehten.

«Mein Gott», hauchte Millicent mit bebender Stimme, wobei ihr Speichel aus dem Mundwinkel lief, «das ist alles nicht wahr.»

Ebby deutete mit dem Kinn in Richtung Schott. «Die haben Mikros», flüsterte er. «Die hören alles, was wir sagen.»

Jack war absolut sicher, dass die *Company* eine Übung mit ihnen veranstaltete, aber er spielte das Spiel mit, um einen möglichst guten Eindruck zu machen. «Wieso sollten irgendwelche Gangster Teilnehmer eines Managementseminars entführen?», fragte er.

«Es muss sich um eine Verwechslung handeln – eine andere Erklärung gibt's nicht», nahm Ebby den Ball auf.

«Vielleicht hat irgendwer einen Rochus auf Craw», sagte Jack.

«Oder auf Sears, Roebuck», meinte Leo.

Millicent hatte sich in ihre eigene Welt zurückgezogen. «Es ist eine Übung», sagte sie wie zu sich selbst. «Die wollen sehen, wie wir uns unter Stress verhalten.» Im grellen Licht blinzelnd, wurde ihr plötzlich bewusst, dass sie praktisch nackt war, und sie stöhnte leise. «Ehrlich gesagt, ich hab eine Scheißangst.»

Langsam durch die Nase atmend, um sich zu beruhigen, suchte Leo nach dem logischen Faden, der irgendwo in dem chaotischen Wust aus Gedanken verborgen sein musste. Im Grunde gab es nur zwei Möglichkeiten. Die wahrscheinlichere war, dass man sie einer sehr realistischen Übung unterzog; eine Bewährungsprobe für diejenigen, die sich für die elitäre Sowjetrusslandabteilung verpflichtet hatten. Die zweite Möglichkeit – dass sie tatsächlich von Sowjetagenten entführt worden waren, die Informationen über die Rekrutierungs- und Ausbildungsmethoden der CIA wollten – erschien ihm absurd. Aber war es vielleicht Wunschdenken, dass Leo die zweite Möglichkeit verwarf? Was, wenn es stimmte? Was, wenn die Russen herausgefunden hatten, dass die *Company* hinter Craw Management steckte, und sie gezielt das Netz nach ihnen ausgeworfen hatten?

Leo überlegte krampfhaft, was er im Seminar über Verhörmethoden gelernt hatte. Nach und nach fiel ihm das eine oder andere wieder ein. Ein Gefangener sollte unbedingt bei seiner Tarngeschichte bleiben, auch wenn der Gegner ihm im Verhör weiszumachen versuchte, dass er über dessen Arbeit für die CIA detailliert informiert sei. Mr. Andrews war in der letzten Sitzung unerwartet aufgetaucht und hatte das Wichtigste noch einmal zusammengefasst, aber Leo konnte sich einfach nicht erinnern, was Mr. Andrews gesagt hatte.

Nach einer halben Ewigkeit vernahm Leo ein Quietschen. Er sah, dass sich die Riegel an der Tür bewegten. Sie schwang auf. Der ausgemergelte Mann, die Augen hinter einer Sonnenbrille verborgen, betrat den Raum. Er hatte sich umgezogen und trug jetzt einen weißen Overall mit ausgewaschenen orangen Flecken. Hinter ihm kam einer der Matrosen mit einem Holzkübel halb voll Wasser. Er stellte ihn in eine Ecke, schöpfte mit einer Kelle brackiges Wasser aus dem Kübel und goss den Gefangenen etwas davon in die ausgetrockneten Kehlen. Der Mann im Overall zog einen Stuhl heran, drehte ihn mit der Rückenlehne zu den Gefangenen und setzte sich rittlings darauf. Er zog eine Zigarette aus einem Stahletui, klopfte den Tabak zusammen und zündete sie an. Leo roch wieder den russischen Tabak. Der Mann rauchte scheinbar in Gedanken versunken. «Nennen Sie mich Oskar», sagte er unvermittelt. «Geben Sie es zu, Sie hoffen, das hier ist eine CIA-Übung, aber sicher sind Sie nicht.» Ein spöttisches, gackerndes Lachen stieg aus seiner Kehle. «Es fällt mir zu, Ihnen die unerfreuliche Nachricht mitzuteilen – Sie sind auf dem lettischen Frachter *Liepaja*, der in eurer Chesapeake Bay vor Anker liegt und auf die Auslaufgenehmigung wartet, um mit einer Ladung Mehl Kurs auf Riga zu nehmen. Das Schiff ist bereits von der Küstenwache durchsucht worden. Sie lassen uns meistens viele Stunden warten, um uns zu schikanieren, aber wir spielen Karten und hören Negerjazz im Radio, und manchmal quetschen wir CIA-Agenten aus, die uns in die Hände gefallen sind.» Er holte ein kleines Notizbuch aus seiner Tasche und blätterte es durch. «Also», sagte er, als er gefunden hatte, was er suchte. «Wer von euch ist Ebbitt?»

Ebby räusperte sich. «Ich bin Ebbitt.» Seine Stimme klang unnatürlich heiser.

«Wie ich sehe, haben Sie ein Scheidungsurteil, das von einem Richter in Las Vegas unterzeichnet wurde.» Oskar blickte auf. «Sie haben einen Mitarbeiterausweis von Sears, Roebuck und einen zweiten Ausweis als Teilnehmer des S. M. Craw Managementseminars in Springfield, Virginia.»

«Das ist richtig.»

«Was genau machen Sie bei Sears, Roebuck?»

«Ich bin Anwalt. Ich setze Verträge auf.»

«Dann frage ich Sie Folgendes, Mr. Ebbitt – warum sollte ein Mitarbeiter von Sears, Roebuck zu seinen Freunden sagen» – Oskar blickte in sein Notizbuch – «‹Die haben Mikros. Die hören alles, was wir sagen.›»

Ebby hob das Kinn und blinzelte in die Scheinwerfer, als würde er sich sonnen. «Ich lese zu viele Spionageromane.»

«Meine Kollegen und ich wissen, dass S. M. Craw Management eine CIA-Schule für Spione ist. Wir wissen, dass Sie vier für die Sowjetrusslandabteilung der CIA ausgewählt wurden, eine Abteilung mit einem seltsamen Namen – seltsam, weil Russland nur eine von fünfzehn Republiken in der Union der Sozialistischen Sowjetrepubliken ist. Bevor euer berühmter Spionagedienst Geheimnisse in Erfahrung bringt, sollte er einen Atlas studieren.»

Leo fragte: «Was wollen Sie von uns?»

Oskar taxierte Leo. «Zunächst einmal will ich, dass Sie aufhören, sich als Mitarbeiter von Sears, Roebuck auszugeben. Als Nächstes will ich, dass Sie aufhören zu behaupten, S. M. Craw sei eine Managerschule. Wenn Sie das zugegeben haben, werden wir noch andere Dinge ans Licht bringen – die Namen Ihrer Ausbilder und die Einzelheiten Ihrer Ausbildung, die Namen und Beschreibungen der anderen Teilnehmer, die Einzelheiten der Verschlüsselungssysteme, die Sie auf der Spionageschule gelernt haben, die Namen und Beschreibungen der Agenten, von denen Sie angeworben wurden oder die Sie im Laufe Ihrer Ausbildung kennen gelernt haben.»

Oskar war, wie sich herausstellte, nur einer von vielen, die sie ohne Unterbrechung verhörten. Schon bald verloren sie im grellen Licht der Scheinwerfer jedes Zeitgefühl. Einmal bat Millicent um Erlaubnis, zur Toilette zu dürfen. Einer von den Verhörern riss ihren BH beiseite, kniff sie in die Brust, lachte laut und signalisierte dann einem der Matrosen, sie loszubinden und zu einem schmutzigen Abort zu führen; es war für Millicent besonders entwürdigend, dass der Matrose darauf bestand, die Tür weit offen zu lassen, um sie zu beobachten. Wenn einer der vier einnickte, erhielt er einen schmerzhaften Tritt gegen den Knöchel, so dass er wieder hellwach war. Mit Hilfe handschriftlicher Notizen gingen die Entführer mit den Gefangenen die Tarngeschichten durch, die sich so weit wie möglich an die wirklichen biografischen Daten hielten.

«Sie behaupten, Mitarbeiter der Kanzlei Donovan, Leisure, Newton, Lumbard & Irvine gewesen zu sein», sagte Oskar irgendwann an Ebby gerichtet. «Handelt es sich bei Mr. Donovan um William Donovan, der während des Großen Vaterländischen Krieges Chef des amerikanischen *Office of Strategic Services* war?»

«Um genau den», erwiderte Ebby müde.

«Mr. Donovan ist obendrein der William Donovan, der Präsident Truman nach dem Krieg zum Aufbau einer *Central Intelligence Agency* gedrängt hat.»

«Ich lese dieselben Zeitungen wie Sie», konterte Ebby.

«Da Sie damals Mitarbeiter von Mr. Donovans OSS waren, wäre es nahe liegend, dass er Sie den Leuten empfohlen hat, die heute die neue *Agency* leiten.»

«Da hätte er mich wohl vorher gefragt. Und ich hätte abgelehnt.»

«Wieso haben Sie Ihren guten Job aufgegeben, um bei Sears, Roebuck anzufangen?»

«Weil Mr. Donovan mir keine Partnerschaft in Aussicht gestellt hat. Weil Sears, Roebuck mit den Verträgen, die ich als Mitarbeiter von Donovan für sie aufgesetzt habe, sehr zufrieden waren. Weil sie eine Stange Geld für Rechtsanwälte ausgeben und sich gedacht haben, dass es für sie günstiger wäre, selbst wenn sie mir mehr bezahlen, als ich bei Mr. Donovan verdient habe.»

Oskar wollte gerade eine weitere Frage stellen, als einer der Matrosen hereinkam und ihm etwas ins Ohr flüsterte. Oskar sagte: «Eure Küstenwache hat uns endlich die Erlaubnis zum Auslaufen gegeben.» Unter den Füßen der Gefangenen begann der Boden zu vibrieren, zunächst schwach, dann deutlich spürbar. «Ich hoffe, dass keiner von Ihnen leicht seekrank wird», sagte Oskar. Er wechselte ins Russische und brüllte einem der Matrosen einen Befehl zu. Leo verstand, was er sagte – Oskar wollte, dass Eimer aufgestellt wurden, falls sich jemand übergeben musste –, doch er ließ sich nichts anmerken.

Millicent, die zusammengesackt auf dem Stuhl saß, hielt sich besser, als die anderen erwartet hatten; die Hartnäckigkeit, mit der sie sich alle an ihre Legenden hielten, schien ihr Kraft zu geben. Das Verhör drehte sich immer wieder um das Managementseminar, und als Millicent gefragt wurde, ob sie einen einarmigen Ausbilder namens Andrews kenne, schüttelte sie den Kopf. Sie könne sich zwar vage erinnern, mal einen einarmigen Mann im Postraum gesehen zu haben, aber sie habe keinen Kurs bei ihm besucht. Nein, es sei auch keine praktische Übung gemacht worden, bei der Militärgeheimnisse gestohlen werden sollten. Wieso in aller Welt sollte jemand an einem Managementseminar teilnehmen, um Militärgeheimnisse zu stehlen?

Plötzlich wurde es draußen auf dem Gang hektisch. Die Tür stand einen Spalt offen, Männer in Uniformen trabten vorbei. Die zwei Männer im Raum, die das Verhör durchführten, tauschten verdutzte Blicke aus. Oskar deutete mit dem Kopf zur Tür. Die beiden Männer gingen nach draußen und tuschelten auf Russisch mit einem kräftigen Mann, der an den Ärmeln die goldene Tresse eines Marineoffiziers hatte. Leo meinte, die Worte «Chiffriermaschine» und «bleibeschwerte Tasche» zu hören, aber eines verstand er genau: «... über Bord, wenn die Amerikaner uns aufhalten wollen.»

«Was reden die da?», knurrte Jack. Er zweifelte langsam daran, dass es sich hier tatsächlich um eine Übung der *Company* handelte.

«Sie wollen ihre Chiffriermaschine in einer beschwerten Tasche im Meer versenken, wenn die Amerikaner das Schiff aufhalten», flüsterte Leo.

«Jesus Christ», sagte Ebby. «Der letzte Befehl, der die japanische Botschaft in Washington am sechsten Dezember 1941 erreichte, lautete, die Geheimschriftschlüssel zusammen mit den Chiffriermaschinen zu zerstören.»

«Verdammt, anscheinend wollen die Russen einen Krieg anfangen», sagte Jack.

Millicent sank das Kinn auf die Brust, und sie fing an zu zittern.

Draußen auf dem Gang sagte Oskar irgendwas über «die vier Amerikaner», aber der Rest ging in Sirenengeheul unter. Der Marineoffizier fauchte wütend: *«Njet, njet.»* Er hob die Stimme, und Leo hörte ihn sagen: «Ich entscheide hier ... auf der *Liepaja* habe ich das ... In einer halben ... Sonnenaufgang ... über Funk ... Zement und über Bord mit ihnen ...»

Ebby und Jack sahen Leo an, damit er übersetzte. Sein verstörter Blick ließ nichts Gutes ahnen. «Sie sagen was von Zement», flüsterte Leo. «Sie wollen uns ins Meer werfen, wenn wir nicht reden.»

«Das gehört zu der Übung», sagte Ebby, der die Mikrofone im Schott vergaß. «Sie wollen uns einschüchtern.»

Mit aschfahlem Gesicht und zerfurchter Stirn kam Oskar allein in den Raum zurück. «Sehr schlechte Nachrichten», verkündete er. «In Berlin hat es eine Konfrontation gegeben. Es sind Schüsse gefallen. Auf beiden Seiten wurden Soldaten getötet. Unser Politbüro hat eurem Präsidenten Truman ein Ultimatum gestellt: Wenn ihr eure Truppen nicht binnen zwölf Stunden aus Berlin abzieht, betrachten wir uns als im Kriegszustand.»

Ein halbes Dutzend Matrosen kam hereingepoltert. Einige trugen Zementsäcke, andere leere Farbeimer. Ein weiterer brachte einen Schlauch in den Raum, eilte dann wieder hinaus, um ihn an einen Wasserhahn auf der Toilette anzuschließen. Oskar schüttelte verzweifelt den Kopf. «Bitte glauben Sie mir – ich wollte es nicht so weit kommen lassen», sagte er mit dumpfer Stimme. Er nahm die Sonnenbrille ab; seine hervorquellenden Augen glänzten vor emotionaler Erregung. «Die wir bisher entführt haben, denen haben wir zwar Angst eingejagt, aber am Ende haben wir sie laufen lassen.»

Tränen rannen Millicent über das Gesicht, und sie zitterte jetzt unkontrolliert trotz der drückenden Hitze im Raum. Ebby hörte einen Moment lang auf zu atmen und geriet dann in Panik, als er plötzlich nicht mehr wusste, wie er weiteratmen sollte.

Wasser tröpfelte aus dem Schlauch, und die Matrosen schlitzten die

Papiersäcke auf und fingen an, die vier Farbeimer mit Zement zu füllen. Oskar sagte: «Ich bitte Sie, ich flehe Sie an, geben Sie mir irgendetwas, damit ich Ihnen das Leben retten kann. Wenn Sie CIA-Rekruten sind, kann ich den Befehl rückgängig machen, ich kann darauf bestehen, dass wir Sie mit nach Lettland nehmen, damit unsere Experten Sie verhören. Aber ich kann Sie nur retten, wenn Sie reden.»

«Ich rede –», stieß Millicent hervor.

Oskar stach mit einem Finger in die Luft, und einer von den Matrosen band das Seil los, mit dem sie an den Stuhl gefesselt war. Krampfartig zitternd, ließ sie sich auf die Knie sinken. «Ja, ja, es stimmt ... wir alle ... mich hat man an der Uni angeworben ... weil ich gut aussehe, weil ich Italienisch kann ... für das Seminar von Craw ...» Ihre Stimme erstarb, dann holte sie tief Luft, und Namen und Daten und Orte sprudelten nur so aus ihr heraus. Als Oskar sie unterbrechen wollte, presste sie die Handflächen auf die Ohren und redete weiter, schilderte bis ins kleinste Detail, was im Seminar behandelt worden war. «Ich kann noch mehr erzählen, viel mehr. Ich sollte sie anlocken, Geld, Schmeicheleien, sie vögeln, der Einarmige, sein Name ist Andrews, aber, o Gott, ich weiß nicht mehr, ob das der Vor- oder Nachname ist.» Oskar wollte sie erneut unterbrechen, aber wieder flehte sie: «Lassen Sie mich weitererzählen, bitte, bitte –»

Dann blickte sie auf und sah durch ihre Tränen hindurch Mr. Andrews in der Tür stehen, mit gequält flackernden Augen, und sie verstummte, schluckte schwer und schrie: «Sie Scheißkerl ... Sie verdammter Scheißkerl», ließ sich dann nach vorn fallen und schlug mit dem Kopf gegen die Planken, bis Oskar und einer der Matrosen sie zurückhielten.

Als Leo sah, wie Mr. Andrews den Blick von Millicents halbnacktem Körper abwandte, fiel ihm plötzlich ein, was er am letzten Seminartag im Kurs über Verhörmethoden gesagt hatte; er hörte förmlich Mr. Andrews' Stimme. «Glauben Sie mir, ich spreche aus Erfahrung, wenn ich sage, dass jeder gebrochen werden kann, innerhalb von *sechs* Stunden. Höchstens. Ohne Ausnahme. *Jeder.*» Das hässlich vernarbte Gesicht von Mr. Andrews hatte einen unglaublich traurigen Ausdruck angenommen. «Seltsamerweise zerbricht man nicht am Schmerz – man gewöhnt sich so sehr an das Geheul der eigenen Stimme, dass man sich nicht mehr erinnern kann, wie es ohne Schmerz ist. Nein, man zerbricht nicht am Schmerz, sondern an der Angst. Und es gibt zig Methoden, jemandem Angst einzuflößen. Wenn Sie sich nicht brechen lassen wollen, haben Sie nur eine einzige Wahl: Beachten Sie das elfte Gebot der Geheimdienstarbeit – lassen Sie sich nie, niemals schnappen.»

Eine Manöverkritik fand nicht statt, zumindest nicht offiziell. Die Nachricht von der fingierten Entführung machte die Runde, was in der Absicht der *Company* lag; es sollte unmissverständlich klar sein, dass moralische Grundsätze in der Welt der Spionage keinen Platz hatten. Leo erfuhr, dass Millicent Pearlstein in eine Privatklinik der *Company* gebracht worden war. Selbstverständlich würde sie nicht bei der CIA bleiben können. Nicht etwa, weil sie geredet hatte, sondern weil es bei ihr eine Schwachstelle gab, und die *Company* musste Menschen mit solchen Schwachstellen von vornherein ausschließen. Sobald sie wiederhergestellt war, sollte sie eine kleine Abfindung erhalten und in einer ungefährlicheren Sicherheitsabteilung eingesetzt werden, entweder im Außen- oder Verteidigungsministerium.

Als die Rekruten gegen Ende der Woche ihre Sachen packten, kam ein Schwung Neulinge an. Zufällig kannten Jack und Leo zwei von ihnen aus Yale.

«Na und, wie hart ist es?», wollte der eine wissen.

«Das reinste Kinderspiel», sagte Jack.

«Leichter, als einen Eimer Wasser umzukippen», bestätigte Leo.

Beide versuchten sie zu lächeln. Aber keiner von ihnen konnte die Muskeln bewegen, die dafür gebraucht wurden.

2

MOSKAU, DIENSTAG, 5. SEPTEMBER 1950

Dergleichen hatte Moskau seit einem halben Jahrhundert nicht mehr erlebt. Eine Hitzewelle war aus der Kara-Kum-Wüste in Turkmenien herangeweht und hatte die Hauptstadt in einen glühenden Kessel verwandelt. Tausende Moskowiter suchten im verdreckten Wasser der Moskwa Erfrischung. Jewgeni hatte am späten Nachmittag Zuflucht bei einem Drink in der Bar des Hotel *Metropole* unweit des Roten Platzes gefunden und heftig mit einer hübschen österreichischen Austauschstudentin geflirtet. Doch dann fiel sein Blick auf die Uhr.

Nach einem vergeblichen Versuch, ein Taxi zu finden, fuhr er mit der Metro zum Maxim-Gorki-Ufer und lief die hundertfünfzig Meter bergauf zu dem von einer Mauer umgebenen Mietshauskomplex, in dem sein Vater seit seinem Ausscheiden aus dem Sekretariat der Vereinten Nationen wohnte. Am Eingang des Geländes trat ein Milizsoldat aus einem Häuschen und verlangte in forschem Ton Jewgenis internationalen Pass. Der Komplex in den Lenin-Hügeln, der hochrangigen Parteisekretären, höheren Diplomaten und sonstigen wichtigen Persönlichkeiten vorbehalten blieb, wurde rund um die Uhr bewacht. Der prominenteste Bewohner, so hatte Jewgenis Vater stolz am Telefon erzählt, war kein anderer als Nikita Sergejewitsch Chruschtschow, der stämmige Bauer aus der Ukraine, der inzwischen zu den «Frischlingen» in Stalins Politbüro gehörte. Der Wachmann inspizierte das Foto im Pass und verglich es genau mit Jewgenis Gesicht, fuhr dann mit einem Finger die Liste auf seinem Klemmbrett hinunter, bis er zu dem Namen Jewgeni Alexandrowitsch Tsipin kam. «Sie werden erwartet», sagte er gewichtig und winkte Jewgeni durch. Ein weiterer Milizsoldat bewachte die Eingangshalle, und ein dritter, der den Aufzug bediente, brachte den Besucher in den achten Stock, wo er bei geöffneter Fahrstuhltür wartete, bis Alexander Timofejewitsch Tsipin die Wohnungstür öffnete und ihm signalisierte, dass er den Gast kannte. Jewgenis Vater, der seit dem Tod seiner Frau vor elf Monaten eine schwarze Trauerbinde am Ärmel der Anzugjacke trug, zog seinen ältesten Sohn in die klimatisierte Wohnung, umarmte ihn verlegen und drückte ihm auf jede Wange einen kratzigen Kuss.

«Tut mir Leid, dass ich dich nicht früher sehen konnte», murmelte der ältere Tsipin. «Ich hatte Besprechungen, musste Berichte schreiben.»

«Das Übliche. Was macht dein Rheuma?»

«Es kommt und geht, je nach Witterung. Wann hast du dir denn den Spitzbart wachsen lassen?»

«Nachdem wir uns zuletzt gesehen haben, das war auf der Beerdigung meiner Mutter.»

Tsipin wich dem Blick seines Sohnes aus. «Tut mir Leid, dass ich dir hier kein Bett anbieten konnte. Wo bist du untergekommen?»

«Bei einem Freund. Ich kann dort auf der Couch schlafen.»

Durch die Doppeltür des geräumigen Wohnzimmers sah Jewgeni das riesige Panoramafenster, das einen atemberaubenden Blick auf den Fluss und auf Moskau bot. «*Otschen choroscho*», sagte er. «Die Sowjetunion behandelt ihre ehemaligen höheren Diplomaten ja wie Zaren.»

«Grinka ist da», sagte der ältere Tsipin, hakte sich bei seinem Sohn ein und führte ihn ins Wohnzimmer. «Er hat den Nachtzug aus Leningrad genommen, als er hörte, dass du kommst. Ich habe auch einen Freund eingeladen, und mein Freund hat ebenfalls einen Freund mitgebracht.» Er bedachte seinen Sohn mit einem geheimnisvollen Lächeln. «Du wirst meinen Freund bestimmt interessant finden.» Er senkte die Stimme und schob den Mund an Jewgenis Ohr. «Wenn er dich nach Amerika fragt, hebe bitte die negativen Seiten hervor.» Durch die Doppeltür sah Jewgeni seinen jüngeren Bruder Grinka. Er lief ihm entgegen und umarmte ihn stürmisch. Tsipins Haushälterin, eine schlanke Usbekin mittleren Alters mit den zarten Gesichtszügen eines Vogels, servierte den beiden Gästen gerade am Fenster *zakuski*. Sie stieß einen Seufzer purer Freude aus, als sie Jewgeni sah. Sie rief etwas auf Usbekisch, zog seinen Kopf nach unten und drückte ihm einen Kuss auf die Stirn und auf beide Schultern.

Jewgeni sagte: «Hallo, Njura.»

«Gott sei Dank, dass du lebend aus Amerika zurück bist», stieß sie hervor. «Man sagt, die Städte sind in den Händen bewaffneter Gangster.»

«Unsere Journalisten neigen dazu, das Schlimmste zu sehen», erwiderte er lächelnd. Er küsste sie auf beide Wangen, woraufhin sie den Kopf beugte und rot wurde.

«Njura hat Jewgeni während des Krieges praktisch aufgezogen, während seine Mutter und ich in der Türkei stationiert waren», erklärte Tsipin seinen Gästen.

«Ich war kurz vor dem Krieg wegen eines Geheimauftrags ein paar Tage in Istanbul», sagte der Ältere der beiden. «Ich habe die Stadt als chaotisch in Erinnerung.»

Jewgeni fiel auf, dass der Gast Russisch mit deutschem Akzent sprach. «Ich wäre für mein Leben gern mit meinen Eltern nach Istanbul gegangen», sagte er, «aber die Türkei war damals ein Zentrum internationaler Intrigen – es gab Entführungen, sogar Morde –, und es war sicherer für mich, mit Njura und Grinka in Alma-Ata zu bleiben.»

Tsipin machte seinen Sohn und die Gäste miteinander bekannt. «Jewgeni, darf ich vorstellen, Martin Dietrich. Genosse Dietrich, das ist mein ältester Sohn, der erst kürzlich von seiner Universität in Amerika zurückgekehrt ist. Und das ist Pawel Semjonowitsch Shilow, kurz Pascha, ein sehr guter Freund von mir seit ewigen Zeiten. Pascha ist bei den Genossen –»

«Vielleicht haben Sie ja das Glück, selbst einer zu werden», sagte Dietrich förmlich zu Jewgeni.

«– als Starik bekannt.»

Jewgeni gab beiden Männern die Hand, legte dann einen Arm um seinen jüngeren Bruder und musterte die Gäste seines Vaters. Martin Dietrich war eher klein, untersetzt, Anfang fünfzig, mit blassem Teint, müden, humorlosen Augen und Narben von einer Hauttransplantation auf den Wangen. Pascha Semjonowitsch Shilow, ein großer, gertenschlanker Mann, sah aus, als stammte er aus einem anderen Jahrhundert und fühlte sich im gegenwärtigen etwas fehl am Platz. Er war Mitte bis Ende dreißig, hatte den spärlichen grauen Bart eines Popen und grüblerische Augen, die sich leicht verengten und einen mit beunruhigender Eindringlichkeit fixierten. Seine Fingernägel waren dick und lang und kantig geschnitten, wie die Bauern es taten. Er trug eine ausgebeulte Hose und ein grobes weißes Hemd, dessen breiter, offener Kragen eine wunderbar gearbeitete Silberkette sehen ließ. Eine dunkle Bauernjacke fiel ihm bis zu den Knien. Während er dastand, knackte er geröstete Aprikosensteine aus Samarkand mit den Daumennägeln und steckte die Kerne in den Mund. An seinem Revers waren ein halbes Dutzend kleine seidene Bänder befestigt, und Jewgeni sagte mit nur leicht spöttischem Unterton: «Sie sind offenbar ein großer Kriegsheld. Vielleicht erzählen Sie mir irgendwann, welche Geschichten sich hinter Ihren Orden verbergen.»

Starik, der eine bulgarische Zigarette paffte, beäugte den Sohn seines

Gastgebers. «Entgegen dem Anschein lebe ich nicht in der Vergangenheit», sagte er ausdruckslos.

«Allein dadurch unterscheiden Sie sich von allen anderen in Russland», sagte Jewgeni. Er nahm sich eine mit Kaviar bestrichene Brotscheibe. «Starik – der alte Mann –, so wurde Lenin doch von den Genossen genannt, nicht wahr? Wie kommen Sie zu so einem Namen?»

Jewgenis Vater antwortete. «Lenin wurde so genannt, weil er zur Zeit der Revolution sehr viel älter war als die anderen um ihn herum. Pascha heißt so, weil es schon lange bevor er sich den Bart wachsen ließ, wie Tolstoi geredet hat.»

Mit einem frechen Grinsen fragte Jewgeni: «Und worüber reden Sie, wenn Sie wie Tolstoi reden?»

Sein Vater versuchte, das Thema zu wechseln. «Wie war dein Flug von Amerika, Jewgeni?»

Starik winkte ab. «Schon gut, Alexander Timofejewitsch. Neugierige junge Männer sind mir lieber als solche, die mit einundzwanzig bereits alles zu wissen glauben.»

Er bedachte Jewgeni zum ersten Mal mit einem verhaltenen Grinsen; Jewgeni wusste es zu deuten – es war der rätselhafte Ausdruck eines Menschen, der das Leben für ein kompliziertes Schachspiel hielt. Ein typisches Mitglied der kommunistischen Nomenklatura, in der jeder für die eigene Karriere über die Leichen seiner Kollegen ging!

Starik spuckte einen verdorbenen Aprikosenkern auf den Perserteppich. «Worüber ich rede», sagte er mit deutlich artikulierten Worten zu Jewgeni, «ist ein Staatsgeheimnis.»

Später beim Essen lenkte Starik das Gespräch auf Amerika und fragte Jewgeni nach seinen Eindrücken. Glaubte er, dass die Rassenspannungen zu einem Aufstand der Schwarzen führen würden? Würde das ausgebeutete Proletariat der Weißen eine solche Revolte unterstützen? Jewgeni erwiderte, er sei eigentlich gar nicht richtig in Amerika gewesen – er sei in Yale gewesen, einem Ghetto für Privilegierte. «Was den Aufstand der Schwarzen angeht», fügte er hinzu, «ehe das passiert, wird der Mensch auf dem Mond spazieren gehen. Wer Ihnen so etwas weismachen will, hat einfach keine Ahnung, wovon er redet.»

«Ich habe es in der *Prawda* gelesen», sagte Starik mit herausforderndem Blick, als wäre er gespannt, ob der Sohn seines Gastgebers einen Rückzieher machen würde.

Jewgeni kam sich auf einmal vor wie in einer mündlichen Prüfung. «Die Journalisten erzählen uns das, was wir ihrer Meinung nach hören sollten», sagte er. «Wenn wir es mit der gewaltigen Macht des kapitalistischen Amerika aufnehmen wollen, müssen wir zuerst mal verstehen, wie die Amerikaner denken.»

«Verstehen Sie, wie sie denken?»

«Ich verstehe sie inzwischen gut genug, um zu wissen, dass mit einem Aufstand der Schwarzen nicht zu rechnen ist.»

«Und was beabsichtigen Sie mit Ihrem Wissen über Amerika anzufangen?»

«Das habe ich mir noch nicht genau überlegt.»

Grinka fragte seinen Vater, ob er den *Prawda*-Artikel über den TASS-Journalisten in Washington gelesen habe, der unter Drogen gesetzt und mit einem splitternackten, minderjährigen Mädchen im Bett fotografiert worden war, woraufhin die CIA ihn durch Erpressung zwingen wollte, als Spion für sie zu arbeiten. Jewgeni meinte, vielleicht sei der TASS-Journalist ja auch KGB-Agent gewesen. Sein Vater füllte die Gläser mit kühlem ungarischem Weißwein nach und sagte, dass die Amerikaner Sowjetjournalisten und -diplomaten regelmäßig bezichtigten, Spione zu sein.

Jewgeni sah seinen Vater an. «Sind sie das denn nicht?», fragte er mit einem Lachen in den Augen.

Starik hob sein Glas auf Augenhöhe und musterte Jewgeni über den Rand hinweg, während er den Stiel mit den Fingern drehte. «Seien wir ehrlich: manchmal ja», sagte er gelassen. «Aber wenn der Sozialismus überleben will, muss er sich verteidigen.»

«Und versuchen wir bei denen nicht die gleichen Tricks wie die bei uns?», hakte Jewgeni unbeirrt nach.

Martin Dietrich erwies sich doch als nicht ganz so humorlos. «Das hoffe ich inständig», sagte er. «Bei ihrer gefährlichen Arbeit sind Spione unterbezahlt und brauchen ab und an zum Ausgleich etwas anderes als Geld.»

«Ich verstehe durchaus, dass ein Außenstehender manchmal den Eindruck hat, das Spionagegeschäft wäre ein amüsantes Spiel», räumte Starik ein, den Blick auf Jewgeni gerichtet. An seinen Gastgeber gewandt, erzählte er von einem französischen Militärattaché, der von einer jungen Frau verführt worden war, die im Ministerium für internationale Angelegenheiten arbeitete. «Eines Abends besuchte er sie in dem Zimmer, das sie sich mit einer anderen jungen Frau teilte. Bevor er wusste, wie ihm geschah, war er mit den beiden Frauen im Bett gelandet. Natürlich arbeiteten die Frauen für unseren KGB. Sie haben alles durch einen Einwegspiegel gefilmt. Als sie dem Attaché diskret Fotos vorlegten, fing er an zu lachen und fragte, ob er Abzüge haben könne, die er seiner Frau nach Paris schicken wollte, um ihr zu beweisen, dass seine Manneskraft in zwei Jahren Moskau nicht gelitten hatte.»

Jewgenis Augen wurden ein wenig größer. Wieso kannte der Freund seines Vaters so eine Geschichte? Hatte Pascha Semjonowitsch Shilow mit dem KGB zu tun? Jewgeni blickte seinen Vater an – er hatte schon immer vermutet, dass er irgendwie mit dem KGB in Verbindung stand. Schließlich wurde von Diplomaten im Ausland erwartet, dass sie Augen und Ohren offen hielten und ihren Führungsoffizieren Bericht erstatteten. Konnte es sein, dass Starik der Führungsoffizier seines Vaters war? Der ältere Tsipin hatte Starik als einen sehr guten Freund vorgestellt. Wenn Starik sein Führungsoffizier war, dann könnte sein Vater durchaus eine aktivere Rolle im sowjetischen Geheimdienst gespielt haben, als sein Sohn sich vorstellte.

Doch noch ein anderes Rätsel beschäftigte Jewgeni: Wer war der stille Deutsche, der sich Martin Dietrich nannte und aussah, als wäre sein Gesicht verbrannt gewesen – oder operativ verändert worden? Und mit welchem Dienst für das Vaterland hatte er sich das Band über der Brusttasche verdient, das ihn ebenfalls als Helden der Sowjetunion auswies?

Beim Cognac im Wohnzimmer entspann sich eine Diskussion darüber, was die vermeintlich unbesiegbaren Deutschen beim Angriff auf die Sowjetunion gestoppt hatte. Grinka, der Geschichte und Marxismus an der Leningrader Universität studierte, sagte: «Das Gleiche, das Napoleon aufgehalten hat – russische Bajonette und der russische Winter.»

«Weder noch», sagte Shilow. «Es waren unsere Spione; von ihnen haben wir erfahren, welche Vorstöße der Deutschen Scheinangriffe und welche echt waren; von ihnen haben wir erfahren, wie groß die Benzinvorräte für ihre Panzer waren, so dass wir ausrechnen konnten, wie weit sie damit kamen; von ihnen haben wir erfahren, dass die Wehrmacht, weil sie davon ausging, mit der Roten Armee kurzen Prozess machen zu können, kein Winteröl für die Panzer mitgebracht hatte, was bedeutete, dass sie mit Beginn des Winters gefechtsuntauglich sein würden.»

Jewgeni spürte, wie die Wärme des Cognacs ihm in die Brust drang. «Eins verstehe ich bis heute nicht: Das Vaterland hatte im Großen Vaterländischen Krieg zwanzig Millionen Opfer zu beklagen, trotzdem erinnern sich diejenigen, die an dem Blutbad teilgenommen haben, wehmütig daran zurück.»

«Das ist wie bei den osmanischen Sultanen», erwiderte Starik. «Sie räkelten sich auf Kissen in ihren luxuriösen Gartenpavillons in Istanbul, mit Bogenschützenringen am Daumen, die sie an lang zurückliegende Schlachten erinnerten.» Sein großer Kopf drehte sich langsam in Jewgenis

Richtung. «In gewisser Weise erfüllen die Bänder, die wir alten Kämpfer des Großen Vaterländischen Krieges am Revers tragen, die gleiche Funktion wie diese Ringe. Wenn unsere Erinnerungen an die heroische Zeit verblassen, haben wir immer noch unsere Orden.»

Später, während er auf den Fahrstuhl wartete, sprach Starik leise mit seinem Gastgeber. Als die Fahrstuhltür aufging, drehte sich Shilow nach Jewgeni um und reichte ihm beiläufig eine Visitenkarte. «Ich lade Sie zum Tee bei mir ein», murmelte er. «Vielleicht erzähle ich Ihnen bei der Gelegenheit ja doch die Geschichte, die sich hinter einem meiner Orden verbirgt.»

Wenn das Abendessen ein Test gewesen war, so wusste Jewgeni, dass er ihn bestanden hatte. Fast gegen seinen Willen war er fasziniert von diesem ungepflegten Mann. Und zu seiner eigenen Überraschung hörte er sich sagen: «Es ist mir eine Ehre.»

«Morgen Nachmittag um halb fünf.» Starik fragte nicht, er informierte. «Hinterlassen Sie bei Ihrem Vater, wo Sie sein werden, und ich schicke Ihnen einen Wagen. Die Visitenkarte dient als *laissez-passer* bei den Wachsoldaten am Tor.»

«Das Tor von was?», fragte Jewgeni, doch Starik war bereits im Aufzug verschwunden.

Jewgeni drehte die Visitenkarte um, als Grinka sie ihm aus der Hand riss. «Er ist *general polkownik* – Generaloberst – beim KGB», sagte er mit einem Pfiff. «Was er wohl von dir will?»

«Vielleicht will er, dass ich in die Fußstapfen unseres Vaters trete», erwiderte Jewgeni.

«Dass du Diplomat wirst!»

«Warst du das denn, Vater?», fragte Jewgeni mit einem unverschämten Lächeln.

«Ich war ein Diener meines Landes», entgegnete der ältere Tsipin gereizt. Dann drehte er sich abrupt um und verließ das Zimmer.

Jewgeni brachte seinen Bruder zum Bahnhof und ging dann über den Komsomolskaja-Platz zu dem Kiosk mit dem roten Ziegeldach und wartete im Schatten. Als die Bahnhofsuhr vier schlug, hielt vor ihm eine schwarze Zil-Limousine mit glänzendem Chrom und getönten Scheiben. Die Fenster waren geschlossen, was bedeutete, dass das Auto klimatisiert war. Ein rundgesichtiger Mann mit Sonnenbrille ließ die Seitenscheibe herunter.

«Kommen Sie von –», setzte Jewgeni an.

«Schon gut», sagte der Mann ungeduldig. «Steigen Sie ein.»

Jewgeni stieg hinten ein. Der Zil fuhr ein Stück auf dem Ring und brauste dann auf der Kaluga-Straße zur Stadt hinaus in Richtung Südwesten. Jewgeni klopfte an die dicke Trennscheibe zwischen sich und den beiden Männern auf den Vordersitzen. Der Mann mit dem runden Gesicht blickte über die Schulter.

«Wie lange dauert die Fahrt?», rief Jewgeni. Der Mann ließ dreimal fünf Finger hochschnellen und drehte sich wieder um.

Jewgeni lehnte sich zurück in das kühle Leder des Sitzes und schaute sich zum Zeitvertreib die Leute auf der Straße an. Er musste daran denken, wie er sich als Kind immer gefreut hatte, wenn sein Vater mit ihm und Grinka einen Ausflug in seinem Wolga machte. Chauffiert wurde die Limousine von einem uniformierten Milizsoldaten, einem dunklen, schlitzäugigen Mann mit einem birnenförmigen Gesicht, der den Jungen die Tür aufhielt. Wenn sie hinter den Vorhängen an den Scheiben des Wagens hervorlugten, spielten Jewgeni und sein Bruder, dass sie Helden von Mütterchen Russland wären, die Genosse Stalin persönlich ausgezeichnet hatte, und ab und zu winkten sie den Bauern auf der Straße nach Peredelkino, wo sein Vater eine Datscha besaß, gebieterisch zu. Jetzt, in dem Zil, drückte der Fahrer auf die Hupe, um die Fußgänger von der Straße zu scheuchen. An Ampeln verlangsamte der Wagen zwar das Tempo, hielt aber nicht an, da Milizsoldaten den Verkehr zum Stehen brachten, sobald sie den Zil kommen sahen.

Nach einer Weile bog die Limousine in ein schmales Sträßchen, an dessen Beginn ein Schild mit der Aufschrift «Studienzentrum – Zutritt verboten» stand, und sie fuhren drei oder vier Minuten durch einen Birkenwald. Zwischen den Bäumen erblickte Jewgeni eine kleine, verlassene Kirche, Tür und Fenster wie klaffende Löcher, die einzige zwiebelförmige Kuppel schief. Der Wagen schwenkte in eine Zufahrt, die mit feinem weißen Kies bestreut war, und hielt vor einem kleinen Backsteingebäude. In beide Richtungen erstreckte sich, so weit das Auge reichte, ein hoher Maschenzaun, der oben mit Stacheldraht verstärkt war. Zwei sibirische Huskys liefen an langen Stricken, die an Bäumen befestigt waren, hin und her. Ein Armeeoffizier trat an das hintere Seitenfenster des Wagens. Ein Soldat mit einer PPD-34 unter dem Arm stand hinter gestapelten Sandsäcken und sah zu. Jewgeni kurbelte das Fenster so weit herunter, dass er dem Offizier Stariks Visitenkarte durchreichen konnte. Ein heißer Wind blies in den Fond des Wagens. Der Offizier sah auf die Karte, gab sie zurück und winkte den Fahrer durch. Am Ende der Kieszufahrt ragte eine dreistöckige Villa aus vorrevolutionären Zeiten auf. Neben dem Haus kreischten zwei barfüßige Mädchen in kurzen kittelähnlichen Kleidern vor gespielter Panik auf einer

Wippe. In der Nähe graste ein weiß-braun geschecktes Pferd mit herabhängenden Zügeln. Ein junger Mann in einem eng sitzenden Anzug, von den Wachen am Tor verständigt, wartete an der offenen Tür, die Arme gewichtig vor der Brust verschränkt, die Schultern gegen die Hitze hochgezogen. «Bitte folgen Sie mir», sagte er, als Jewgeni die Stufen hochkam. Er ging durch eine mit Marmor ausgelegte Diele voraus, eine geschwungene Treppe hinauf, klopfte zweimal an eine Tür im ersten Stock, öffnete sie und trat zurück, um Jewgeni vorbeizulassen.

Pascha Semjonowitsch Shilow saß vor einem Ventilator am Fenster und las zwei kleinen Mädchen, die sich auf einem Sofa zusammengerollt hatten, aus einem schmalen Buch vor. Starik hielt inne, als er Jewgeni erblickte. «Komm, weiterlesen, Onkel», flehte eines der Mädchen. Das andere lutschte schmollend am Daumen. Ohne auf die Mädchen einzugehen, schritt Starik seinem Besucher entgegen und drückte ihm die Hand. Hinter Jewgeni schloss sich die Tür.

«Haben Sie eine Ahnung, wo Sie hier sind?», fragte Starik, der Jewgeni am Ellbogen packte und ihn durch eine Tür in ein großes Wohnzimmer steuerte.

«Ich habe keine Ahnung», gab Jewgeni zu.

«Ich darf Ihnen sagen, dass Sie südwestlich der Stadt in der Nähe des Dorfes Tscherjomuski sind. Das Grundstück war ursprünglich zigtausend Hektar groß und gehörte der Familie Apatow, bevor es Anfang der Zwanzigerjahre von der Tscheka übernommen wurde und seitdem als geheimer Schlupfwinkel dient.» Er bedeutete Jewgeni mit dem Kopf, ihm zu folgen, und ging durch einen Billardraum in ein Esszimmer mit einem großen, ovalen Tisch, der mit erlesenem Porzellan und tschechischen Gläsern gedeckt war. «Die Villa ist in drei Wohnungen unterteilt – eine wird von Viktor Abakumow genutzt, dem Leiter unserer Organisation SMERSCH. Die zweite steht dem Minister für innere Sicherheit, Genosse Beria, zur Verfügung. Er kommt hierher, wenn er der Hektik in Moskau entfliehen will.» Starik nahm eine Flasche Mineralwasser und zwei Gläser, jedes mit einer Zitronenscheibe darin, und ging weiter in eine geräumige, holzgetäfelte Bibliothek. An der einzigen Wand ohne Bücherregale hing ein lebensgroßes Porträt von L. N. Tolstoi. Unten rechts waren der Name des Malers – I. J. Repin – und das Datum 1887 zu sehen. Tolstoi, mit langem weißem Bart und angetan mit einem groben Bauernhemd, posierte auf einem Stuhl sitzend, ein aufgeschlagenes Buch in der linken Hand. Jewgeni fiel auf, dass die Fingernägel des berühmten Schriftstellers, wie bei Starik, dick und lang und kantig geschnitten waren.

Ein großer Holztisch mit säuberlich gestapelten Akten stand in der Mitte des Raums. Starik stellte das Mineralwasser und die Gläser auf den Tisch, setzte sich auf einen Stuhl und winkte Jewgeni, auf dem Stuhl gegenüber Platz zu nehmen. «Genosse Beria sagt, dass die Ruhe und die Landluft eine Wohltat für sein Magengeschwür sind – wirkungsvoller als die Wärmflaschen, die er sich ständig auf den Bauch legen muss. Wahrscheinlich hat er Recht.» Starik zündete sich eine von seinen bulgarischen Zigaretten an. «Sie rauchen nicht?»

Jewgeni schüttelte den Kopf.

Ein Mann mit geschorenem Kopf, mit schwarzer Jacke und blauer Hose bekleidet, erschien mit einem Tablett. Er stellte eine Untertasse mit Zuckerwürfeln und eine weitere mit Apfelscheiben auf den Tisch, goss dampfenden Tee aus einer Thermosflasche in zwei Gläser, die er daraufhin abstellte. Als er gegangen war und die Tür hinter sich geschlossen hatte, klemmte Starik sich einen Zuckerwürfel zwischen die Zähne und begann, geräuschvoll den Tee durch den Zucker zu schlürfen. Jewgeni sah, wie der Adamsapfel im sehnigen Hals seines Gegenübers auf und ab hüpfte. Unvermittelt fragte Starik: «Glauben die Amerikaner, dass es Krieg gibt?»

«Einige ja, einige nein. Jedenfalls ist die überwiegende Mehrheit dagegen. Die Amerikaner sind verweichlichte Pioniere, die sich heute alles kaufen, was ihr Herz begehrt, und dann ihr Leben lang Schulden abzahlen.»

Starik öffnete die Akte oben auf dem Stapel und blätterte den Bericht durch, während er einen Schluck Tee nahm. «Da bin ich anderer Ansicht. Das amerikanische Pentagon glaubt, dass es Krieg gibt – sie haben sogar vorhergesagt, dass er am ersten Juli 1952 anfängt. Nicht wenige Abgeordnete im amerikanischen Kongress halten die Pentagon-Prognose für richtig. Bei ihrer Gründung 1947 wurde die CIA in finanzieller Hinsicht als Stiefkind behandelt; mittlerweile erhält sie unbegrenzte Gelder und rekrutiert fieberhaft Agenten. Und was die Ausbildung angeht, kann von verweichlicht nicht die Rede sein. Die Sowjetrusslandabteilung, unser Hauptgegner, organisiert realistische Entführungen ihrer eigenen Rekruten durch Russen, die zu ihren Leuten gehören und sich als KGB-Agenten ausgeben; sie drohen den Rekruten mit dem Tod, wenn sie nicht zugeben, dass sie für die CIA arbeiten. Wer den Psychoschock übersteht, hat Aufstiegschancen.»

Starik blickte von der Akte auf. «Ich bin beeindruckt, dass Sie die nahe liegende Frage nicht stellen.»

«Wenn ich Sie fragen würde, wieso Sie das alles wissen, würden Sie es mir ohnehin nicht sagen, also kann ich es mir auch sparen.»

Starik nahm wieder einen Schluck Tee. «Ich schlage vor, wir sprechen miteinander, als würden wir uns schon so lange kennen, wie ich Ihren Vater kenne.» Als Jewgeni nickte, fuhr er fort: «Sie kommen aus einer angesehenen Familie, die eine lange Geschichte im Dienst der sowjetischen Geheimdienstorgane hat. In den Zwanzigerjahren, zur Zeit des Bürgerkrieges, war der Vater Ihres Vaters in der Tscheka und hat an der Seite von Felix Edmundowitsch Dserschinski gekämpft, der die ‹Außerordentliche Kommission zum Kampf gegen Konterrevolution und Sabotage› leitete. Der Bruder Ihres Vaters ist Leiter einer Abteilung im Zweiten Direktorat des KGB – aha, ich sehe, dass Sie das nicht wussten.»

«Mir wurde gesagt, er arbeitet für – aber es spielt ja keine Rolle, was mir gesagt wurde.»

«Und Ihr Vater –»

«Mein Vater?»

«Er hat jahrelang für das Erste Direktorat gearbeitet, während er als Diplomat eingesetzt war. Seit zwölf Jahren bin ich sein Führungsoffizier, also kann ich seine ungeheure Leistung im Dienste unserer Sache bestätigen, über die Sie, so mein Eindruck, recht zynische Ansichten haben. Im Grunde – was ist der Kommunismus? Der verrückte Gedanke, dass es eine Seite an uns gibt, die wir noch nicht erforscht haben. Die Tragödie des von uns so genannten Marxismus-Leninismus war, dass Lenins Hoffnung und Sinowjews Erwartung, die deutsche Revolution werde ein Sowjetdeutschland etablieren, vereitelt wurden. Das erste Land, das das Experiment gewagt hat, war nicht das proletarisch-reiche Deutschland, sondern das bäuerlich-arme Russland. Die Kapitalisten werden es einfach nicht müde, uns vorzuwerfen, wir wären ein rückständiges Land, aber bedenken Sie, wo wir herkommen. Ich bin der Ansicht, dass sich unsere Kommunisten in zwei Gruppen einteilen lassen: Zaren, die für Mütterchen Russland und die Sowjetmacht einstehen, und Träumer, die für das Genie und die Großzügigkeit des menschlichen Geistes einstehen.»

«Meine Mutter hat häufig vom Genie und der Großzügigkeit des menschlichen Geistes gesprochen.»

«Ich habe nichts gegen die Ausweitung der sowjetischen Macht, aber im Grunde meines Herzens gehöre ich, wie Ihre Mutter, zur zweiten Kategorie. Sind Sie vertraut mit Leon Tolstoi, Jewgeni? In einem seiner Briefe heißt es: ‹Die Veränderungen in unserem Leben dürfen nicht aus unserer geistigen Entschlossenheit resultieren, eine neue Lebensform zu wagen, sondern müssen aus der Unmöglichkeit resultieren, anders zu leben, als unser Gewissen es verlangt.›» Stariks Augen loderten vor Leidenschaft.

«Unser politisches System, soweit es einer geistigen Entschlossenheit entspringt, eine neue Lebensform zu wagen, ist fehlerhaft. (Was ich sage, bleibt bitte unter uns, sonst könnte ich wegen Hochverrats angeklagt werden.) Der Fehler hat zu Verirrungen geführt. Aber welches politische System kennt die nicht? Im vorigen Jahrhundert haben die Amerikaner Wolldecken von Soldaten eingesammelt, die an Pocken gestorben waren, und sie an die Indianer verteilt. In Frankreich haben die Katholiken den Protestanten schwere Gewichte an die Füße gebunden und sie in den Fluss geworfen. Die spanische Inquisition hat Hebräer und Muslime, die zum Christentum übergetreten waren, auf dem Scheiterhaufen verbrannt, weil sie die Aufrichtigkeit der Konversion in Zweifel zog. Die katholischen Kreuzritter haben während ihres heiligen Krieges gegen den Islam die Juden in den Tempeln von Jerusalem eingesperrt und bei lebendigem Leibe verbrannt. Mit all diesen Beispielen will ich sagen, dass unser kommunistisches System, wie andere politische Systeme vor ihm, die Verirrungen unserer Zaren überleben wird.» Starik füllte sein Glas erneut aus der Thermosflasche. «Wie lange waren Sie in Amerika?»

«Mein Vater hat kurz nach dem Krieg angefangen, für die UNO zu arbeiten. Ich war also, warten Sie, fast fünfeinhalb Jahre in den Staaten – dreieinhalb Jahre an der Erasmus High School in Brooklyn, dann zwei Jahre in Yale, dank meinem Vater, der Generalsekretär Lie dazu gebracht hat, seine Beziehungen spielen zu lassen.»

Starik zog eine Akte aus der Mitte des Stapels und hielt sie so, dass Jewgeni den Deckel sehen konnte. Sein Name – «Jewgeni Alexandrowitsch Tsipin» – stand darauf, mit dem Vermerk: «Streng geheim». Er schlug die Akte auf und nahm ein handbeschriebenes Blatt heraus. «Nicht Ihr Vater hat Generalsekretär Lie dazu gebracht, seine Beziehungen spielen zu lassen, sondern ich, über Außenminister Molotow. Sie können sich offenbar nicht erinnern, aber wir beide sind uns schon einmal begegnet, Jewgeni. Vor sechs Jahren in der Datscha Ihres Vaters in Peredelkino. Sie waren noch keine fünfzehn, gingen auf die Spezialschule Nummer 15 in Moskau und waren ein eifriger, intelligenter und sprachbegabter Schüler; Ihre Englischkenntnisse waren bereits so gut, dass Sie sich mit Ihrer Mutter in dieser Sprache unterhalten konnten – Ihre Geheimsprache, wenn ich mich recht erinnere, damit Ihr Bruder nicht verstand, was Sie sagten.»

Jewgeni musste lächeln. Jetzt, da er mit Starik sprach, begriff er, wie es sein musste, einem Priester zu beichten; man hatte den dringenden Wunsch, ihm Dinge zu sagen, die man normalerweise keinem Fremden erzählte. «Aus nahe liegenden Gründen wurde nicht darüber gesprochen, aber meine Mutter stammte aus einer aristokratischen Familie, die sich in direkter Linie bis zu Peter dem Großen zurückverfolgen lässt – und wie Peter hatte sie den Blick stets nach Westen gewandt. Sie interessierte sich leidenschaftlich für Fremdsprachen – sie sprach Französisch und Englisch. Als junge Frau hatte sie an der *Académie de la Grande Chaumière* in Paris Malerei studiert, was sie für ihr ganzes Leben geprägt hat. Ich glaube, die Ehe mit meinem Vater war für sie eine große Enttäuschung, obwohl sie begeistert war, als mein Vater ins Ausland geschickt wurde.»

«An dem Tag vor sechs Jahren in Peredelkino hatte Ihr Vater gerade von seinem Posten bei den Vereinten Nationen erfahren – er wollte zunächst nicht, aber Ihre Mutter bat mich, auf ihn einzuwirken. Ihr Bruder Grinka wurde schließlich an der sowjetischen Konsulatsschule in New York angemeldet, und da Sie älter waren als er, wollte Ihre Mutter, dass Sie auf eine amerikanische High School kamen, doch die Apparatschiks im Außenministerium waren dagegen. Erneut bat Ihre Mutter mich um Hilfe. Ich wandte mich direkt an Molotow und erklärte ihm, dass wir dringend Leute bräuchten, die in Amerika ausgebildet werden und die Sprache und Kultur des Landes in- und auswendig kennen. Ich weiß noch, dass Molotow mich fragte, ob Sie auch mit einer amerikanischen Ausbildung ein guter Sowjetbürger werden könnten, wofür ich mich verbürgt habe.»

«Wieso waren Sie da so sicher?»

«Das war ich nicht, aber um Ihrer Mutter willen war ich bereit, das Risiko einzugehen. Sie war eine entfernte Cousine von mir, wissen Sie, aber das war es nicht allein. Im Laufe der Jahre waren wir ... Freunde geworden, ja Seelenverwandte. Wir waren zwar nicht in allem einer Meinung, vor allem nicht in marxistischen Fragen, aber in anderen Dingen waren wir ein Herz und eine Seele. Und dann ... war da noch etwas, und zwar bei Ihnen, ein leidenschaftliches Verlangen, das ich in Ihren Augen entdeckte. Sie *wollten* an etwas glauben – an eine Sache, eine Mission, einen Menschen.»

Stariks Augen verengten sich. «Sie waren in vielerlei Hinsicht wie Ihre Mutter. Ihr hattet beide eine abergläubische Ader.» Er musste lachen. «Sie haben sich immer über die Schulter gespuckt, damit es Ihnen Glück bringt. Ihre Mutter setzte sich immer auf ihren Koffer, bevor sie eine Reise antrat. Sie hat sich auch nicht mehr umgedreht, sobald sie die Türschwelle überschritten hatte, und falls doch, hat sie sich im Spiegel angeschaut, bevor sie sich wieder auf den Weg machte.»

«Das mache ich noch immer.» Jewgeni überlegte einen Moment. «Als ich auf der Erasmus High School war, waren wir nicht sicher, ob ich die Erlaubnis erhalten würde, mich in Yale zu bewerben; und als ich angenommen wurde, war es fraglich, ob mein Vater die Devisen würde auftreiben können, um die Studiengebühren zu bezahlen.»

«*Ich* habe dafür gesorgt, dass Sie sich in Yale bewerben durften. Und *ich* habe dafür gesorgt, dass das Buch Ihres Vaters – *Aus sowjetischer Sicht* – in einigen Ländern Europas und der Dritten Welt linke Verlage fand, damit er genug Geld für die Studiengebühren hatte.»

Jewgeni sagte mit gedämpfter Stimme: «Was Sie mir da erzählen, verschlägt mir den Atem.»

Starik sprang auf, kam um den Tisch herum und blickte auf seinen jungen Besucher hinunter. Seine Jacke schwang auf, und Jewgeni sah flüchtig den abgewetzten Griff einer schweren Pistole im Hosenbund seines Gastgebers. Sein Herzschlag beschleunigte sich.

«Habe ich dich falsch eingeschätzt, Jewgeni?» Starik wechselte plötzlich zum Du. «Habe ich deinen Mut und dein Gewissen falsch eingeschätzt? Du beherrschst die amerikanische Sprache, du kennst Amerika, du kannst als Amerikaner durchgehen, damit könntest du einen unschätzbaren Beitrag leisten. Du weißt bisher nur, was du in Büchern gelesen hast; ich bringe dir Dinge bei, die nicht in Büchern stehen. Willst du in die Fußstapfen deines Großvaters und deines Vaters treten? Willst du wie einst unsere Tschekisten für den Traum eintreten, die Genialität und Großzügigkeit des menschlichen Geistes zu fördern?»

«Ja», rief Jewgeni, «das will ich, von ganzem Herzen.» Dann sagte er mit nie gekannter Inbrunst: «Ja, ja, ich folge Ihnen, wohin Sie mich führen.»

Starik umschloss Jewgenis Hand mit beiden Händen. Seine Lippen verzogen sich zu einem ungewohnten Lächeln. «Zum Beweis meines Vertrauens zu dir werde ich dir die Geschichte erzählen, die sich hinter einem meiner Orden verbirgt. Es ist ein Staatsgeheimnis – so geheim, dass nicht einmal dein Vater es kennt. Sobald du es kennst, gibt es kein Zurück mehr.»

«Erzählen Sie es mir.»

«Es geht um den Deutschen Martin Dietrich», begann Starik im Flüsterton. «Er war im Großen Vaterländischen Krieg sowjetischer Spion. Sein richtiger Name» – Stariks Augen brannten sich in Jewgenis – «ist Martin Bormann. Ja, *der* Martin Bormann, Hitlers rechte Hand. Er wurde Anfang der Zwanzigerjahre sowjetischer Agent; 1929 drängten wir ihn, die Tochter eines Hitler nahe stehenden Nazis zu heiraten, wodurch er Zugang zum engsten Kreis um Hitler erhielt. Als der Krieg anfing, hat Bormann uns Hitlers Strategie verraten, und als sich die deutsche Niederlage bei Stalingrad abzeichnete, war es Bormann, der entscheidend dazu beitrug, dass Hitler seiner eingeschlossenen Sechsten Armee einen Ausbruchsversuch untersagte. Und während der ganzen Zeit war ich Martins Führungsoffizier.»

«Aber Bormann soll doch in der Schlacht um Berlin ums Leben gekommen sein!»

«Einige Wochen vor Kriegsende fing die deutsche Abwehr Funksprüche auf, die den Verdacht nahe legten, Martin könnte ein sowjetischer Spion sein. Goebbels wurde informiert, doch der brachte es nicht über sich, Hitler davon in Kenntnis zu setzen. In der Schlacht um Berlin schaffte Martin es bis zum Lehrter Bahnhof, wo er aufgehalten wurde, da er in das Kreuzfeuer vorgeschobener Einheiten von Tschuikows Achter Gardearmee und einer SS-Einheit geriet. Doch schließlich gelang es ihm, die Linie zu überqueren. Unsere Fronttruppen hatten Befehl, auf einen deutschen Offizier in einem langen Ledermantel mit Kampfanzug darunter zu achten. Ich brachte ihn in Sicherheit.»

«Warum haben Sie die Geschichte geheim gehalten?»

«Martin brachte Dokumente über westliche Geheimdienste mit. Wir meinten, es wäre zu unserem Vorteil, wenn die Weltöffentlichkeit glaubt, dass Bormann bis zum Schluss Hitler treu ergeben war und auf der versuchten Flucht aus Berlin getötet wurde. Wir ließen sein Aussehen operativ verändern. Er ist mittlerweile im Ruhestand, aber er war ein hochrangiger Offizier unseres Geheimdienstes.»

Starik ließ Jewgenis Hand los und kehrte zu seinem Stuhl zurück. «So», sagte er mit triumphierender Stimme, «jetzt werden wir gemeinsam die ersten Schritte einer langen Reise machen.»

In den Wochen danach tauchte Jewgeni Alexandrowitsch Tsipin in eine geheime Welt ein, die von exzentrischen Figuren mit bizarren Fähigkeiten bevölkert wurde. Es war eine erfrischende Erfahrung: Zum ersten Mal überhaupt hatte er das Gefühl, dass ihm nicht nur deshalb Aufmerksamkeit geschenkt wurde, weil er der Sohn seines Vaters war. Er erhielt den Codenamen Gregori und suchte sich den Nachnamen Ozolin aus, den Starik sogleich als den Namen des Bahnhofsvorstehers von Astapowo erkannte, einem gottverlassenen Nest, wo Tolstoi auf der Flucht vor seiner Frau den letzten Atemzug tat. («Und was waren seine letzten Worte?», forderte Starik, der in seiner Jugend so etwas wie ein Tolstoi-Spezialist gewesen war, seinen Protegé heraus. «‹Die Wahrheit – sie liegt mir sehr am Herzen›», erwiderte Jewgeni wie aus der Pistole geschossen. «Bravo!», rief Starik. «Bravo!») Gregori Ozolin wurde Mitglied der Kommunistischen Partei der Sowjetunion, Mitgliedsnummer 01783753, und erhielt vom Innenministerium eine kleine geheime Wohnung in der Granowski-Straße 3, mit Kühlschrank (eine Seltenheit in der Sowjetunion) und einer tadschikischen Haushälterin, die für ihn kochte. An sechs Tagen der Woche wurde Jewgeni morgens in der Gasse hinter dem Gebäude von einem Lieferwagen abgeholt und zu einem unterirdischen Eingang der *Schkola Osobogo Naznatschenija* (Spezialausbildungsschule) gebracht, im Wald bei Balaschicha, knapp fünfundzwanzig Kilometer östlich vom Moskauer Ring. Aus Sicherheitsgründen wurde Jewgeni von den übrigen Auszubildenden getrennt und belegte Intensivkurse in Geheimschrift, Telegrafie, Kryptografie, Fotografie, marxistischer Theorie und der ruhmreichen Geschichte der Tscheka.

An den geraden Tagen im Monat hatte Jewgeni in einem mit Matten ausgelegten Raum Unterricht bei einem muskulösen Osseten mit Klumpfuß und kräftigen Armen, der ihn sieben verschiedene Methoden lehrte, einen Menschen mit bloßen Händen zu töten. An den ungeraden Tagen lernte er den Umgang mit diversen Schusswaffen amerikanischer Herkunft. Als er darin einigermaßen versiert war, durfte er in einem Speziallabor des KGB unweit von Moskau eine der dort entwickelten exotischen Waffen testen, eine lautlose Pistole, die in einem Zigarettenetui verborgen war und platinlegierte Kugeln so groß wie Stecknadelköpfe abfeuerte; die Nadelköpfe enthielten ein giftiges Extrakt der Rizinuspflanze, das unweigerlich einen Herz-Kreislauf-Kollaps auslöste.

Abends wurde er zurück zu seiner Wohnung gebracht, wo er noch einige Stunden «Hausaufgaben» zu erledigen hatte, nämlich Zeitschriften wie *Time*, *Life* und *Newsweek* zu lesen, um sich über das aktuelle Geschehen in den USA, vor allem im Sport, auf dem Laufenden zu halten. Sein besonderes Augenmerk galt der Lektüre von Material, das Oberstleutnant I. J. Prichodko, der als Diplomat getarnt in New York gearbeitet hatte, für die Kontaktaufnahme mit Agenten in den Staaten zusammengestellt hatte. «New York ist in fünf Bezirke unterteilt», begann ein Kapitel, das sich eindeutig an Neulinge richtete, «die, bis auf Richmond, ausgiebig von unseren Geheimdienstoffizieren genutzt werden. Große Kaufhäuser mit etlichen Ein- und Ausgängen, zum Teil mit direkter Verbindung zur U-Bahn, sind ideale Treffpunkte für Agenten, ebenso Prospect Park in Brooklyn oder Friedhöfe in Queens. Treffen sollten auf keinen Fall an einer bestimmten Stelle vereinbart werden (zum Beispiel an der südwestlichen Ecke der Kreuzung Fourteenth Street und Seventh Avenue), sondern auf einer Strecke, am besten einer kleinen Straße, die der Agent zu einer vereinbarten Zeit entlanggeht. So kann der sowjetische Geheimdienstoffizier vor der Kontaktaufnahme beobachten, ob der Agent beschattet wird.»

«Ich habe mir gestern das Material von Prichodko angesehen», sagte Jewgeni eines Sonntagmorgens zu Starik. Sie waren mit einem nagelneuen Wolga vom Ersten Direktorat unterwegs nach Peredelkino, wo bei der Datscha von Jewgenis Vater ein Picknick stattfinden sollte. Da Starik keinen Führerschein hatte, fuhr Jewgeni. «Das Ganze kommt mir ziemlich einfach vor.»

«Es ist für Agenten gedacht, die noch nie in Amerika waren, nicht für Yale-Absolventen», erwiderte Starik. «Doch auch für dich ist was Brauchbares dabei. Zum Beispiel die Informationen über Agententreffen. Die CIA bevorzugt geheime Wohnungen, weil sich überwachen lässt, wer kommt und geht, und weil das Treffen selbst mitgeschnitten oder gefilmt werden kann. Wir dagegen bevorzugen Treffen im Freien, weil man sich so besser vergewissern kann, ob man verfolgt wird.»

Im Autoradio berichtete die sonore Stimme eines Reporters aus Pjöngjang, dass die amerikanischen Aggressoren, die tags zuvor in der südkoreanischen Hafenstadt Inchon gelandet waren, von den Nordkoreanern aufgehalten wurden.

«Was halten Sie von der Landung der Amerikaner?», fragte Jewgeni seinen Führungsoffizier.

«Die Amerikaner sind nicht zurück ins Meer zu drängen. Und General MacArthur ist nicht zu unterschätzen. Er droht die nordkoreanischen Truppen im Süden abzuschneiden, was heißt, dass sie sich schleunigst zurückziehen müssen, wenn sie nicht umzingelt werden wollen. Die strategische Frage lautet, ob die Amerikaner am 38. Breitengrad Halt machen oder die kommunistischen Truppen nach Norden bis zum Jalu verfolgen, um Korea unter dem Marionettenregime in Seoul wieder zu vereinigen.»

«Wenn die Amerikaner bis zum Jalu vordringen, was werden die Chinesen dann machen?»

«Sie werden keine andere Wahl haben, als über den Fluss anzugreifen und die Amerikaner mit ihrer zahlenmäßigen Überlegenheit niederzukämpfen. Angesichts der drohenden Niederlage könnte es sein, dass die Amerikaner China mit Atomwaffen bombardieren, was bedeuten würde, dass wir einschreiten müssten.»

«Mit anderen Worten, es könnte sein, dass wir kurz vor einem Weltkrieg stehen.»

«Ich hoffe, nicht; ich hoffe, die Amerikaner sind so vernünftig, dass sie nicht bis zum Jalu vordringen, und falls doch, so hoffe ich, dass sie den unvermeidlichen Angriff der Chinesen aufhalten, ohne zu Atomwaffen zu greifen. Wenn die Chinesen mit ihrer Gegenoffensive scheitern, wäre das gut für unsere Beziehungen zu China, um die es zurzeit nicht so gut bestellt ist.»

«Wieso das?»

«Weil die chinesische Führung dann einsehen müsste, dass China gegen westliche Waffen machtlos ist und gut daran täte, unter dem atomaren Schirm der Sowjets zu bleiben.»

Jewgeni fuhr durch Peredelkino, das in der Hauptsache aus einer breiten, ungepflasterten Straße, einem Parteigebäude mit einem roten Stern über der Tür und einer Stalinstatue davor, einer Landwirtschaftskooperative und einer Schule bestand. Kurz hinter dem Dorf bog er ab und hielt neben einer Reihe Limousinen, die im Schatten von Bäumen parkten. Ein Dutzend Chauffeure dösten auf den Rücksitzen oder auf Zeitungen, die sie auf der Erde ausgebreitet hatten. Jewgeni ging voraus, einen schmalen, graswachsenen Weg entlang zum Landhaus seines Vaters. Als sie näher kamen, hörten sie durch den Wald Musik und Gelächter. Etwa zwei Dutzend Männer und Frauen schauten auf dem Rasen einem jungen Mann zu, der auf einer kleinen Handharmonika spielte. Auf einem langen Tisch drängten sich Flaschen mit armenischem Weinbrand und seltenem alten Wodka, genannt *starka*. Frauen in langen Bauernröcken und weißen Schürzen darüber reichten Teller mit Kartoffelsalat und kaltem Hühnchen herum. An einem Hähnchenschenkel kauend, schlenderte Jewgeni zur Rückseite der Datscha und entdeckte seinen Vater, der mit nacktem Oberkörper auf einem Milchschemel im Geräteschuppen saß. Ein alter Mann mit verhärmtem Gesicht drückte Tsipin die Öffnung einer mit Bienen gefüllten Flasche auf die Haut. «Die Bauern sagen, Bienenstiche sind gut gegen Rheuma», sagte Tsipin zu seinem Sohn und fügte, vor Schmerzen zusammenzuckend, als die Bienen ihren Stachel in ihn bohrten, hinzu: «Wo hast du denn die ganze Zeit gesteckt, Jewgeni? Du warst ja wie vom Erdboden verschwunden.»

«Dein Freund Pascha Semjonowitsch hat mich gebeten, amerikanische Zeitungsartikel und den Kongressbericht ins Russische zu übersetzen», erwiderte Jewgeni, getreu der Tarngeschichte, die Starik sich für ihn ausgedacht hatte.

«Wenn du in der Partei wärst», sagte sein Vater seufzend, «hätten sie wichtigere Arbeit für dich.» Er schnappte nach Luft, als er wieder gestochen wurde. «Es reicht, Dimitri», sagte er zu dem Bauern. «Ich glaube langsam, Rheuma ist mir lieber.»

Der alte Mann drehte den Verschluss auf die Flasche, tippte an seinen

Hut und ging. Jewgeni rieb seinem Vater die roten Hautschwellungen am knochigen Hals und auf den Schultern mit einer schmerzlindernden Salbe ein. «Selbst als Parteimitglied würde ich in deiner Welt nicht weit kommen», sagte Jewgeni. «Du musst schizophren sein, um zwei Leben zu leben.»
Sein Vater sah ihn über die Schulter an. «Wieso sagst du, *meine* Welt?» Jewgeni betrachtete seinen Vater mit großen, arglosen Augen. «Ich habe immer gedacht –»
«Du solltest aufhören, so viel zu denken, vor allem, wenn es um Verbindungen zu unseren Tschekisten geht.»

Am späten Nachmittag zeigte der unablässige Alkoholkonsum der Gäste endlich Wirkung, und sie lagen auf Sofas oder dösten in Liegestühlen im Garten. Starik war mit Tsipin in der Datscha verschwunden. Jewgeni saß gegen einen Baum gelehnt im Gras und genoss die Wärme der Sonnenstrahlen, die durch das Laubdach über seinem Kopf drangen, als sein Blick auf eine barfüßige junge Frau fiel, die sich mit einem älteren Mann unterhielt. Kurz darauf legte der Mann, der Jewgeni irgendwie bekannt vorkam, einen Arm um die Taille der Frau, und die beiden spazierten in den Wald. Eine Zeit lang sah Jewgeni die Frau und ihren Begleiter immer wieder flüchtig zwischen den Bäumen, ins Gespräch vertieft. Er trank seinen Weinbrand und schloss die Augen, um ihnen ein paar Minuten Erholung zu gönnen. Er wurde ruckartig wach, als er spürte, dass jemand zwischen ihn und die Sonne getreten war. Eine klangvolle Stimme sagte: «Eigentlich mag ich den Sommer nicht besonders.»

Jewgeni blickte auf zwei höchst wohlgeformte nackte Füße. Er grüßte sie respektvoll. «Wie kann denn jemand, der noch ganz bei Trost ist, ernsthaft was gegen den Sommer haben?»

«Weil er viel zu kurz ist. Weil unser arktischer Winter schon wieder angefangen hat, ehe unsere Haut genügend Sonnenschein abbekommen hat. Entschuldige, wenn ich dich geweckt habe.»

Jewgeni blinzelte, um die Schläfrigkeit zu vertreiben, und allmählich sah er die junge Frau deutlicher. Sie war Anfang bis Mitte zwanzig und bestimmt eins achtundsiebzig groß. Zwei übergroße Sandalen baumelten an einem Zeigefinger, ein kleiner Stoffrucksack hing über ihrer Schulter. Sie hatte eine leicht schiefe, aber ansonsten durchaus ansehnliche Nase, eine Lücke zwischen den Schneidezähnen, schwache Sorgenfalten in den Augen- und Mundwinkeln. Ihr Haar war kurz, glatt und dunkel und ordentlich hinter die Ohren gestreift.

«Mein Name ist Asalia Isanowa. Aber man nennt mich auch Asa», sagte sie. «Ich arbeite als Historikerin und übersetze nebenbei zum Vergnügen englischsprachige Bücher, die mich interessieren. Ich habe alles von Ernest Hemingway und F. Scott Fitzgerald gelesen – zurzeit übersetze ich einen Roman mit dem Titel *For Whom the Bell Tolls*. Kennst du den zufällig? Wie ich höre, warst du auf einer Universität in Connecticut. Ich freue mich, jemanden kennen zu lernen, der richtig in Amerika gelebt hat.»

Jewgeni klopfte auf das Gras neben sich. Sie lächelte schüchtern, setzte sich im Schneidersitz auf den Boden und streckte ihm die Hand hin.

Jewgeni ergriff sie. «Ich werde dich auch Asa nennen. Bist du mit deinem Mann hier, oder ist der ältere Herr von vorhin dein Geliebter?», fragte er.

Sie lachte heiter. «Ich wohne mit der Tochter von Genosse Beria zusammen.»

Jewgeni stieß einen Pfiff aus. «Jetzt weiß ich, wo ich den Mann schon mal gesehen habe – in der Zeitung!» Er beschloss, sie zu beeindrucken. «Wusstest du, dass Genosse Beria ein Magengeschwür hat? Dass er sich gegen die Schmerzen eine Wärmflasche auf den Bauch legt?»

Sie legte den Kopf schief. «Wer bist du?»

«Mein Name ist ... Gregori. Gregori Ozolin.»

Ihr Gesicht verfinsterte sich. «Nein, das stimmt nicht. Du bist Jewgeni Alexandrowitsch, der älteste Sohn von Alexander Timofejewitsch Tsipin. Das hat mir Lawrentij Pawolowitsch erzählt. Wieso erfindest du einen Namen?»

«Weil es mir Spaß macht, deine finstere Miene zu sehen, wenn du mich demaskierst.»

Ein schwarzer Zil mit Chauffeur fuhr am Holztor vor. Direkt dahinter hielt ein zweiter Wagen mit Männern in dunklen Anzügen. Auf der Veranda der Datscha gab Lawrentij Pawolowitsch Beria Tsipin und Starik die Hand und winkte seiner Tochter, die sich angeregt mit drei Frauen unterhielt. Berias Tochter rief: «Asa, komm. Papa will zurück nach Moskau.»

Asa sprang auf und schüttelte das Gras von ihrem Rock. Jewgeni fragte drängend: «Kann ich dich wieder sehen?»

Sie blickte kurz zu ihm hinunter, die Stirn nachdenklich gekraust. Dann sagte sie: «Das ist möglich.» Sie holte einen Block hervor, kritzelte eine Nummer, riss das Blatt ab und ließ es zu Jewgeni hinabflattern. «Du kannst mich anrufen.»

«Das werde ich», sagte er mit unverkennbarer Entschlossenheit.

Am nächsten Morgen begann Jewgeni mit Hilfe der Zwillingsschwestern Agrippina und Serafima, die für Stariks Direktorat S arbeiteten, zwei unterschiedliche Scheinidentitäten zu entwickeln, in die er nach Belieben schlüpfen konnte. «Wichtig ist», sagte Agrippina, «dass du die Legenden nicht auswendig lernst – du musst sie regelrecht *werden*.»

«Du musst deine wahre Identität abstreifen», sagte Serafima, «wie eine Schlange ihre Haut abstreift. Die jeweilige Legende muss zu deiner neuen Haut werden. Wenn jemand deinen richtigen Namen ruft, musst du automatisch denken: Wer mag gemeint sein? Ich jedenfalls nicht! Wenn du hart daran arbeitest, wird es dir mit der Zeit gelingen, mental eine Distanz zwischen der Person, die als Jewgeni Alexandrowitsch Tsipin bekannt ist, und deinen neuen Identitäten herzustellen.»

«Wieso eigentlich zwei Legenden?», fragte Jewgeni.

«Die eine ist die Legende, die du im Einsatz verwendest, die zweite ist die Reservelegende für den Fall, dass die erste aufgedeckt wird», sagte Agrippina. Sie lächelte mütterlich und signalisierte Serafima anzufangen.

«Also», sagte Serafima, «jede Legende deckt den Zeitraum von der Wiege bis ungefähr zu deinem jetzigen Alter ab. Um die beiden Legenden voneinander und von deiner wahren Identität unterscheiden zu können, solltest du jeweils unterschiedliche Gewohnheiten entwickeln; je nachdem, wer du gerade bist, musst du anders gehen und sprechen –»

«Dir die Haare anders kämmen, deine Brieftasche in einer anderen Tasche tragen, dich anders kleiden», fügte ihre Schwester hinzu.

In groben Zügen entwarfen sie die Legenden «A» und «B». «A» hatte die Kindheit in New Haven verbracht, wo Jewgeni sich gut auskannte; «B» war in Brooklyn aufgewachsen, und um Jewgeni mit dem Bezirk vertraut zu machen, wurden Stadtpläne und Dias sowie Artikel aus der amerikanischen Presse herangezogen. Als Adressen benutzten die Schwestern Gebäude, die inzwischen abgerissen worden waren, so dass das FBI nicht mehr würde überprüfen können, wer dort gewohnt hatte. Die Basis der Legenden waren echte Geburtsurkunden, im Standesamt von New Haven und New York ausgestellt auf die Namen zweier männlicher Weißer, die bei den Konvois der Alliierten nach Murmansk auf hoher See ums Leben gekommen waren. Ein weiterer wichtiger Bestandteil der Legenden waren zwei abgenutzte Sozialversicherungskarten. Serafima, Expertin für das amerikanische Sozialversicherungssystem, erklärte, dass die ersten drei Ziffern für den Bundesstaat standen, in dem die Nummer ausgestellt wurde, und die mittleren zwei für das Ausstellungsdatum. Die Karten, die Jewgeni erhalten würde, waren tatsächlich in der amerikanischen Behörde registriert. Da er in den Legenden zwei bis drei Jahre älter sein würde, sollte er neben den üblichen Ausweispapieren wie Führerscheine, Bibliotheksausweise mit Foto und dergleichen auch Wählerregistrierungskarten bekommen. Seine Schullaufbahn wurde von Unterlagen einer High School in New Haven sowie der Erasmus High School in Brooklyn (die Jewgeni tatsächlich besucht hatte) bestätigt. Des Weiteren sollten ein echt klingender, aber nicht überprüfbarer beruflicher Werdegang sowie medizinische Unterlagen von bereits verstorbenen Ärzten die beiden Identitäten untermauern. Pässe mit Reisestempeln würden das Ganze vervollständigen.

«Ihr habt wirklich an alles gedacht», sagte Jewgeni.

«Das hoffen wir im Interesse deiner Sicherheit», sagte Agrippina. «Aber da wären noch zwei kleinere Probleme.»

«Laut deinen zahnärztlichen Unterlagen», sagte Serafima, «sind die meisten deiner Füllungen in den Vereinigten Staaten gemacht worden. Aber zwei Füllungen stammen aus der Sowjetunion, eine wurde gemacht, bevor du nach dem Krieg zu deinen Eltern nach New York gegangen bist, die zweite, als du einmal während der Sommerferien in Moskau warst. Diese Füllungen müssen neu gemacht werden, von Zahnärzten, die sich mit amerikanischen Zahntechniken auskennen und auch Zugang zu den in Amerika benutzten Materialien haben.»

«Und das zweite Problem?»

Plötzlich tauchte Starik mit belegten Broten und einer Flasche *kwass* an der Tür auf. «Das zweite Problem hat keine Eile», sagte er. Er war sichtlich verärgert, weil die Schwestern es angesprochen hatten. «Das erfährt er noch früh genug.»

Jewgeni rief Asa an, als er seinen ersten freien Abend hatte, und die beiden trafen sich im Gorki-Park. Sie spazierten einen Weg entlang, der parallel zur Moskwa verlief, unterhielten sich über amerikanische Literatur, und dann konnte Jewgeni ihr auch ein paar persönlichere Dinge entlocken. Sie erzählte ihm, dass ihre Mutter, eine Hörspielautorin, und ihr Vater, ein Schauspieler am Jiddischen Theater, Ende der Vierzigerjahre verschwunden waren. Nein, sie wusste nichts Genaueres, da die Behörden, die sie vom Tod der beiden verständigt hatten, nichts Genaueres mitgeteilt hatten. Mit Berias Tochter Natascha hatte sie sich in einem Sommerlager im Ural angefreundet. Danach waren sie über Jahre Brieffreundinnen gewesen, und als ihre Bewerbung für ein Geschichts- und Sprachstudium an der Lomonosow-Universität wider Erwarten angenommen worden war, hatte es nahe gelegen, dass sie zu Natascha zog. Nataschas Vater war sie schon oft begegnet; er war ein warmherziger, freundlicher Mann, der seine Tochter über alles liebte und beruflich mit wichtigen Dingen befasst war. Er hatte drei Telefone auf seinem Schreibtisch, eins davon rot, und manchmal klingelten sie Tag und Nacht. Schließlich war Asa Jewgenis Fragen überdrüssig und zog aus der Tasche ihrer Bluse ein paar Schreibmaschinenblätter hervor. Auf ihnen hatte sie einige von Anna Achmatowas frühen Liebesgedichten sowie die Rohfassung ihrer Übersetzung ins Englische getippt. Geistesabwesend pflückte sie wilde Beeren von Büschen und steckte sie sich in den Mund, während Jewgeni laut eine Strophe las:

Welch süßen Hexentrank brauten wir
An jenem tristen Januartag?
Welch dunkle Leidenschaft schenktest du mir
Bis in den grauen Morgen? – Sag!

«Was mit ‹Hexentrank› gemeint ist, weiß ich», frohlockte Jewgeni. «Pure Lust.»

Asa richtete ihre ernsten Augen auf den jungen Mann. «Lust schürt bei Männern die Leidenschaft, wie man weiß, aber wir Frauen werden von einem anderen, subtileren Verlangen getrieben, das ausgelöst wird durch ...»

«Durch?»

«... die Ungewissheit, die wir im Blick eines Mannes sehen, das Zögern, das wir in seiner Berührung spüren, und vor allem durch das Zaghafte, das wir in seiner Stimme hören, denn das alles spiegelt sein innerstes Selbst wider.» Mit großer Ernsthaftigkeit fügte sie hinzu: «Deine Stimme gefällt mir, Jewgeni.»

«Und mir gefällt, dass sie dir gefällt», sagte Jewgeni, und das war sein Ernst.

Am Sonntag darauf gelang es Jewgeni, Karten für das Moskauer Künstlertheater zu ergattern, und er und Asa sahen die große Tarasowa in der Rolle von Anna Karenina. Nach der Vorstellung lud er Asa zum Essen in ein kleines Restaurant nicht weit vom Trubnaja-Platz ein, und anschließend schlenderten sie Arm in Arm über den Zwetnoi-Boulevard im Herzen Moskaus. Spontan kaufte er für Asa an einem Blumenstand einen Strauß weißer Nelken. Später, als er sie nach Hause brachte, grub sie vor der Haustür ihre Nase in die Blumen und atmete den Duft ein. Dann schlang sie die Arme um Jewgenis Hals, küsste ihn leidenschaftlich auf die Lippen und verschwand durch die Haustür, bevor er ein Wort sagen konnte.

Am nächsten Morgen rief er sie an, bevor er zu seinem nächsten Treffen mit den Zwillingsschwestern musste. «Ich bin's», sagte er nur.

«Ich weiß», erwiderte sie. «Ich erkenne dich schon am Klingeln des Telefons.»

«Asa, ich glaube, jedes Mal, wenn wir uns sehen, lasse ich ein wenig von mir bei dir.»

«Oh, ich hoffe, das stimmt nicht», sagte sie sanft. «Denn wenn du mich zu oft siehst, ist irgendwann nichts mehr von dir übrig.» Sie schwieg einen Moment; er konnte sie in die Sprechmuschel atmen hören. Schließlich sagte sie mit fester Stimme: «Nächsten Sonntag reist Natascha mit ihrem Vater auf die Krim. Dann bin ich allein in der Wohnung. Wir werden zusammen erkunden, ob deine Lust und mein Verlangen harmonieren.» Sie sagte noch etwas, das in einem plötzlichen Störrauschen unterging. Dann war die Verbindung unterbrochen.

Nach und nach *wurde* Jewgeni zu den Legenden, die die Schwestern für ihn ersonnen hatten – er kämmte sich die Haare in die Stirn, sprach so schnell, dass er häufig die Sätze nicht beendete, schritt dabei mit lauten, sicheren Schritten auf und ab, während er sein Leben in allen Einzelheiten herunterrasselte. Starik, der oft an den Sitzungen teilnahm, unterbrach ihn hin und wieder mit einer Frage. «Wo genau war der Drugstore, in dem du gearbeitet hast?»

«An der Kingston Avenue, einer Querstraße vom Eastern Parkway. Ich habe den Kindern Comics und Süßigkeiten verkauft.»

Die Schwestern waren von ihrem Schüler begeistert. «Damit wäre unsere Arbeit wohl beendet, wir müssen nur noch die ganzen Notizen vernichten», sagte Agrippina.

«Aber das zweite Problem muss noch gelöst werden», meldete sich Serafima zu Wort. Sie blickten Starik an, der nickte. Die Schwestern wechselten verlegene Blicke. «Du musst es ihm sagen», sagte Serafima zu ihrer Schwester. «Du hast schließlich dran gedacht.»

Agrippina räusperte sich. «Die Legenden, die wir zusammengestellt haben», sagte sie zu Jewgeni, «sind für junge Männer, die in den Vereinigten Staaten geboren wurden, was bedeutet, dass sie wie die Mehrheit der Amerikaner nach der Geburt beschnitten wurden. Tut mir Leid, dass ich die Frage stellen muss, aber ist unsere Vermutung richtig, dass du nicht beschnitten bist?»

Jewgeni verzog das Gesicht. «Ich ahne, worauf das hinausläuft.»

Starik sagte: «Wir haben einmal einen Agenten verloren, der sich als kanadischer Geschäftsmann getarnt hatte. Die kanadische Polizei fand seine ärztlichen Unterlagen und stellte fest, dass er beschnitten war. Unser Agent war es nicht.» Er zog einen Zettel hervor und las vor. «Die Operation findet morgen früh um neun in einer Privatklinik am Rande von Moskau statt.» Die Schwestern standen auf. Starik bedeutete Jewgeni, noch sitzen zu bleiben. Die zwei Frauen verabschiedeten sich von ihrem Schüler und verließen den Raum.

«Und da wäre noch etwas zu klären», sagte Starik. «Es geht um diese junge Frau, Asalia Isanowa. Wir haben deine Telefonate abgehört. Wir wissen, dass du mit ihr geschlafen hast –»

Jewgeni reagierte heftig: «Sie ist vertrauenswürdig – sie wohnt mit der Tochter von Genosse Beria zusammen –»

Starik verzog das Gesicht: «Aber begreifst du denn nicht, sie ist zu *alt* für dich!»

Jewgeni war verdutzt. «Sie ist zwei Jahre älter als ich, na und?»

«Da ist noch was», fuhr Starik fort. «Ihr Nachname ist Lebowitz. Ihr Vatersname Isanowa ist eine Abwandlung von Isaia. Sie ist eine *shid*!»

Das Wort traf Jewgeni wie ein Schlag ins Gesicht. «Aber Genosse Beria hat doch über sie Bescheid gewusst, als er sie mit seiner Tochter ...»

Stariks Augen verengten sich gefährlich. «Natürlich weiß Beria Bescheid. Viele hohe Funktionäre umgeben sich bewusst mit dem einen oder anderen Juden, um die westliche Propaganda, wir wären Antisemiten, zu entkräften. Molotow ist zu weit gegangen – er hat eine Jüdin geheiratet. Für Stalin war das eine untragbare Situation – der Außenminister mit einer jüdischen Ehefrau –, und er hat sie in die Verbannung geschickt.» Stariks knochige Finger umfassten Jewgenis Handgelenk. «Für jemanden in deiner Position ist jede Liebesbeziehung mit einer Frau eine heikle Sache. Eine Liebesbeziehung mit einer *shid* ist absolut ausgeschlossen.»

«Da habe ich ja wohl auch ein Wörtchen mitzureden.»

Aber Starik war unerbittlich. «Das hast du nicht», sagte er mit Nachdruck. «Du musst dich entscheiden zwischen einer Frau und einer glänzenden Karriere – du musst dich zwischen ihr und mir entscheiden.» Er sprang auf und warf eine Karte mit der Adresse der Klinik vor Jewgeni auf den Tisch. «Wenn du morgen früh nicht zu der Operation erscheinst, begegnen wir uns nie wieder.»

Am Abend stieg Jewgeni auf das Dach seines Hauses und blickte stundenlang auf den rötlich schimmernden Dunst über dem Kreml. Er wusste, dass er einen Drahtseilakt vollführte und dass er ohne weiteres auf der einen oder der anderen Seite hinunterspringen konnte. Er hätte es verstanden, wenn man ihn aus operativen Gründen gebeten hätte, Asa aufzugeben, aber nur weil sie Jüdin war, das war eine bittere Pille. Trotz seines ganzen Geredes von Genialität und Großzügigkeit hatte sich Starik als fanatischer Antisemit entpuppt. Jewgeni hörte das Wort *shid*, das in seinem Kopf brodelte. Und dann dämmerte es ihm, dass die Stimme, die er hörte, nicht die Stariks war; es war eine dünnere Stimme, zittrig vor Alter, Pessimismus und Panik, es war die Stimme von jemandem, der Angst vor dem Altwerden hatte, der den Tod herbeisehnte, aber das Sterben fürchtete. Das Wort *shid*, das Jewgeni im Ohr widerhallte, kam von dem großen Tolstoi persönlich; man brauchte nur an dem erhabenen Idealisten des Geistes zu kratzen, und es kam ein Antisemit zum Vorschein, nach dessen Überzeugung, wie Tolstoi selbst versichert hatte, der Makel des Christentums, die Tragödie der Menschheit, aus der rassischen Unvereinbarkeit zwischen dem Nichtjuden Christus und dem Juden Paulus entsprang.

Jewgeni lachte erst leise, dann schallend laut. Und dann öffnete er den Mund und schrie in die Nacht hinaus: «*Sa uspech naschego besnadjoshnogo dela!* Auf den Erfolg unseres hoffnungslosen Unterfangens!»

Die Beschneidung, unter örtlicher Betäubung vorgenommen, war eine Sache von Minuten. Jewgeni bekam Schmerztabletten und eine antiseptische Salbe. Er zog sich in seine Wohnung zurück, vertiefte sich in die Informationsbroschüre von Prichodko und stellte eine Liste mit Stadtteilen, Parks und Kaufhäusern in diversen amerikanischen Großstädten an der Ostküste zusammen, die sich als Treffpunkte für Kontaktaufnahmen mit Agenten eigneten. Das Telefon klingelte sieben Mal am Samstag, vier Mal am Sonntag und zwei Mal am Montag. Das eine oder andere Mal ging seine Haushälterin an den Apparat. Wenn sie am anderen Ende eine weibliche Stimme hörte, fluchte sie auf Tadschikisch und knallte den Hörer auf. Nach einigen Tagen ließ das Brennen in Jewgenis Penis nach, bis schließlich nichts mehr zu spüren war. Eines Morgens brachte ein Motorradkurier Jewgeni einen versiegelten Umschlag, in dem sich ein weiterer versiegelter Umschlag mit einem Pass auf den Namen Gregori Ozolin und ein Flugticket nach Oslo befanden. Dort würde Ozolin von der Erdoberfläche verschwinden, und ein junger Amerikaner namens Eugene Dodgson, der als Rucksacktourist durch Skandinavien reiste, an Bord eines norwegischen Frachters gehen, der nach Halifax in Kanada fuhr.

Am Abend vor Jewgenis Abreise erschien Starik mit einer Dose Importhering und einer gekühlten Flasche Wodka. Die beiden unterhielten sich bis spät in die Nacht über Gott und die Welt, aber nicht über das Mädchen Asa. Nachdem Starik sich verabschiedet hatte, starrte Jewgeni das Telefon an, hoffte fast, es würde klingeln und eine klangvolle Stimme am anderen

Ende der Leitung sagen: «Eigentlich mag ich den Sommer nicht besonders.»

Gegen sechs Uhr morgens klingelte es dann tatsächlich. Jewgeni sprang aus dem Bett und verharrte vor dem Apparat. Während das misstönende Klingeln durch die Wohnung schrillte, fiel sein Blick auf den gepackten Koffer neben der Tür. Er spürte, wie eine magnetische Kraft ihn förmlich zu seiner Aufgabe auf dem amerikanischen Kontinent zog. Mit einem traurigen Lächeln akzeptierte er sein Schicksal und setzte sich auf den Koffer, mit dem er auf eine sehr lange Reise gehen würde.

3

FRANKFURT, MITTWOCH, 7. FEBRUAR 1951

Die Deckenbeleuchtung wurde gedämpft, und die beiden den Joint Chiefs zugeteilten Colonels tauchten im Punktstrahler auf. Über den Brusttaschen ihrer gestärkten Uniformen schimmerten endlose Reihen von Kampfauszeichnungen. In der Gerüchteküche der *Company* hieß es, sie hätten den ganzen Flug von Washington über ihre Schuhe mit Spucke gewienert, bis sie glänzten wie Spiegel. «Gentlemen», begann der Colonel mit dem gestutzten Schnauzbart.

«Man merkt, dass er uns noch nicht gut kennt», brummte Frank Wisner, die Hemdsärmel hochgekrempelt, in seinem unnachahmlichen Südstaatenakzent, und die in Hörweite sitzenden Offiziere, darunter auch Ebby, lachten leise.

Die Versammlung fand im Auditorium der Frankfurter Dienststelle statt, in dem riesigen, langweilig-modernen Komplex der I. G. Farben in Höchst, und es sollten die neuesten, düsteren Prognosen des Pentagons erörtert werden. Wisner, Allen Dulles' rechte Hand, bereiste gerade wie ein Wirbelwind die europäischen Dienststellen der CIA und nahm deshalb an der Besprechung teil.

Mit einem Zeigestock auf eine große Karte klopfend, spulte der Colonel mit dem Schnauzbart die Namen der einsatzbereiten sowjetischen Divisionen in Ostdeutschland und Polen herunter und behauptete, dass der Kreml dreimal so viele Truppen zusammengezogen habe, als für Besatzungszwecke erforderlich seien. Ein Sergeant Major hängte eine neue Karte auf, und der Colonel setzte seine Zuhörer darüber ins Bild, dass die sowjetischen Panzer ihren Blitzkrieg von Norden her starten würden; binnen weniger Wochen würden sie den Ärmelkanal erreichen. Auf einer dritten Karte schließlich waren sowjetische Flugplätze in Polen und Ostdeutschland sowie in Böhmen zu sehen, von wo aus der Angriff aus der Luft unterstützt werden konnte. Der Colonel signalisierte, das Deckenlicht anzuschalten, trat an den Rand der Bühne und schaute auf Wisner, der in der dritten Reihe neben General Lucian Truscott IV., dem Deutschlandchef der *Company*, saß. «Die Joint Chiefs möchten», sagte der Colonel mit leicht erhobenem Kinn und stählernem Blick, «dass Sie auf jeden dieser Flugplätze bis zum 1. Juli 1952 Agenten einschleusen, die den Feind sabotieren, falls er losschlagen will.»

Wisner zupfte an einem seiner Ohrläppchen. «Tja, Lucian, das dürfte für uns ja ein Kinderspiel sein», sagte er bierernst zu Truscott. «Wie viele Flugplätze waren das noch mal, Colonel?»

«Etwa zweitausend», erwiderte der Colonel wie aus der Pistole geschossen. «Manche haben befestigte Start- und Landebahnen, manche unbefestigte.»

Wisner nickte nachdenklich. «Zweitausend, manche befestigt, manche nicht», wiederholte er, drehte sich auf seinem Sitz um und wandte sich an seinen Stellvertreter Dick Helms, der direkt hinter ihm saß. «Sag mal, Dick – wie kann ein Agent auf dem Boden eine Start- und Landebahn sabotieren?»

Helms sagte ausdruckslos: «Keine Ahnung, Frank.»

Wisner sah seine Leute an. «Hat hier jemand einen Schimmer, wie man eine Start- und Landebahn lahm legt?» Als niemand sich zu Wort meldete, wandte Wisner sich wieder an den Colonel. «Vielleicht können Sie uns das ja erklären, Colonel. Wie sabotiert man eine Start- und Landebahn?»

Die beiden Colonels tauschten Blicke. «Wir werden Ihnen die Antwort rechtzeitig übermitteln», sagte einer von ihnen, woraufhin sie die Besprechung beendeten und den taktischen Rückzug antraten.

Wisner stand auf, stützte sich auf die Rücklehne des Stuhls vor sich und sagte herzhaft lachend zu seinen Leuten: «Ich würde mich schwer wundern, wenn wir jemals wieder was von denen hören. Mit einem Bombenteppich aus der Luft lässt sich ein Flugplatz für zwei, höchstens drei Stunden lahm legen. Was ein einzelner Agent vom Boden aus anrichten soll, ist mir schleierhaft. Aber jetzt zurück zum Ernst des Lebens –»

Schallendes Gelächter erhob sich.

«Damit wir uns richtig verstehen – das sowjetische Reich ist ein Kartenhaus, das zusammenbricht, wenn man an der richtigen Stelle zum richtigen Zeitpunkt kräftig dagegenbläst. Ich bin nicht an führender Position im Geheimdienst, um Flugplätze zu sabotieren oder den Kommunismus einzudämmen. Unsere Mission ist es, den Kommunismus zu schlagen und die unterdrückten Nationen Osteuropas zu befreien. Haben Sie verstanden,

Gentlemen? Unsere Mission ist es, den Kommunismus und nicht Flugplätze zu zerstören.»

Ebby hatte, seit er im letzten November nach Deutschland gekommen war, bei Wisners Feldzug gegen den Kommunismus mitgewirkt. Sein erster Einsatz in der Berliner Basis hatte ein abruptes Ende gefunden, nachdem seine Bemerkung, eine Basis der *Company* werde von einem «pathologischen Trunkenbold» geleitet, dem Zauberer zu Ohren gekommen war, der sogleich eines seiner berüchtigten «Er-oder-ich»-Telegramme an den DD/O losschickte. Ebby hatte sich in das Unvermeidliche gefügt und sich in die Frankfurter Dienststelle versetzen lassen, wo er in der Abteilung Sowjetrussland/Osteuropa einem neuen und riskanten Unternehmen zugeteilt wurde: dem Einschleusen von Agenten in die ukrainischen Karpaten per Fallschirm.

Der erste Auftrag brach Ebby beinahe das Herz – und führte zu einem Vorfall, der ihn fast seine Karriere bei der *Company* gekostet hätte.

Er hatte seine Reisetasche noch nicht ganz ausgepackt, als sein direkter Vorgesetzter, ein graugelockter ehemaliger OSS-Offizier namens Anthony Spink, ihn schon mit dem Auto abholte. Sie würden, so erklärte Spink während der Fahrt, außerhalb von Frankfurt einen Agenten mit dem Decknamen SUMMERSAULT treffen, einen Ukrainer, der auf einem geheimen Militärstützpunkt ausgebildet worden war, um hinter dem Eisernen Vorhang mit dem Fallschirm abgesetzt zu werden. Der Mann war dreiundzwanzig Jahre alt, stammte aus der westukrainischen Stadt Luzk und hatte im Krieg unter dem abtrünnigen russischen General Wlasow für die Deutschen gekämpft. Wlasow war mit Hunderten seiner Offiziere nach der deutschen Kapitulation von den Russen gehängt worden, während SUMMERSAULT, dessen richtiger Name Aljoscha Kulakow war, mit den Deutschen nach Westen hatte fliehen können. Spink hatte sich mit dem jungen Mann unterhalten, nachdem ein Anwerber der *Company* auf ihn aufmerksam geworden war. SUMMERSAULT hatte behauptet, in den Südkarpaten würden nach wie vor Tausende bewaffneter ukrainischer Nationalisten gegen die Russen kämpfen, was eine abgefangene, entschlüsselte Nachricht vom ersten Sekretär der ukrainischen Parteiorganisation, einem unbekannten Apparatschik namens Nikita Chruschtschow, bestätigte. Die *Company* beschloss, SUMMERSAULT im Funken und Chiffrieren auszubilden und ihn mit dem Fallschirm über den Karpaten abspringen zu lassen, damit er Kontakt zwischen der CIA und der Widerstandsbewegung herstellte.

Auf dem Papier sah das alles ganz viel versprechend aus.

Spink fuhr über unbefestigte Straßen zwischen endlosen Feldern mit Winterweizen hindurch auf einen entlegenen Bauernhof. Als sie vor einem Kuhstall hielten, fanden sie dort einen jungen Mann mit kindlichen Gesichtszügen und blonden Haaren, der Wasser aus einem Brunnen zog. Er begrüßte Spink mit einem breiten Lächeln, schlug ihm auf den Rücken und fragte: «Wann schickt ihr mich endlich nach Hause in meine Karpaten?» «Sehr bald», versprach Spink und machte ihn mit Ebby bekannt (aus Sicherheitsgründen benutzte er ein Pseudonym), der mit SUMMERSAULT eine Legende erarbeiten und die entsprechenden sowjetischen Papiere fälschen sollte. «Ich habe dir was zum Geburtstag mitgebracht», sagte er, öffnete den Kofferraum und überreichte einem freudig erregten Aljoscha eine als Feuerzeug getarnte Minox-Kamera und ein Kurzwellenfunkgerät von der Größe eines Buches.

Sobald Spink sich auf den Rückweg nach Frankfurt gemacht hatte, bat Ebby Aljoscha, ihm die wichtigsten Stationen seines Lebens zu erzählen, als roten Faden für eine möglichst wahre Legende. Der Ukrainer druckste zuerst herum, und Ebby musste ihn einige Male ermuntern: Seine Kindheit hatte er in Luzk am Styr verbracht, wo sein Vater im geheimen Kreis ukrainischer Nationalisten mitgemischt hatte; als Heranwachsender hatte er oft Todesängste ausgestanden, als sein Vater und er in Wlasows Befreiungsarmee gegen die Russen kämpften («weil sie Russen waren, nicht weil sie Kommunisten waren»). Tränen traten ihm in die Augen, als er die Hinrichtung seines Vaters durch die Russen erwähnte, was ihn sichtlich Überwindung kostete. Auch Ebby bekam feuchte Augen, und er erzählte vom Tod seines Vaters, eines legendären OSS-Offiziers, der mit dem Fallschirm über Bulgarien abgesprungen war, das sich seit 1941 am Krieg der Achsenmächte beteiligt hatte. Winstrom Ebbitt war von einem angeblichen Partisanen verraten, gefasst und von den Deutschen gefoltert worden. Als die Rote Armee über die Donau in Bulgarien einmarschiert war, wurde Ebbitt auf einer Trage – man hatte ihm beide Fußknöchel gebrochen – auf einen Fußballplatz am Rande von Sofia gebracht, an einen Torpfosten gefesselt und von einem deutschen Erschießungskommando, dem die Munition ausgegangen war, mit Bajonetten erstochen.

Nachdem sie einander ihre traurigen Geschichten erzählt hatten, war das Eis zwischen den beiden jungen Männern gebrochen, und zwei Wochen lang waren sie praktisch unzertrennlich. In Sitzungen, die oft bis in die frühen Morgenstunden dauerten, erarbeiteten sie gemeinsam eine Legende für den Ukrainer, die selbst der gründlichsten Überprüfung durch KGB-Ermittler standhalten würde. Aljoscha polierte seine Morsekenntnisse auf, prägte sich die Silhouetten sowjetischer Flugzeuge ein und ackerte sich durch einen Berg Informationslektüre, um sich über das Alltagsleben in der Sowjetunion auf den neusten Stand zu bringen. Ebby besorgte derweil falsche sowjetische Dokumente zur Untermauerung der Legende und kam dabei auch in Kontakt mit der schattenhaften westdeutschen «Organisation Gehlen».

Tony Spink holte Ebby zum Mittagessen in die Kantine in einem der Gebäude der I. G. Farben ab und erzählte ihm Näheres über Reinhard Gehlen, dessen inoffizieller Deckname in der *Company* «Strange Bedfellow» lautete. General Gehlen hatte im Krieg als Leiter der Wehrmachtsaufklärung Fremde Heere Ost die Sowjetunion ausspioniert. Im März 1945 hatte er das umfangreiche Material auf Mikrofilm aufgenommen und vergraben. «Die Mikrofilme waren Gehlens Lebensversicherung», erklärte Spink. «Er nahm Kontakt zu amerikanischen Geheimdienstlern auf und bot ihnen die Unterlagen an.»

«Was wollte er dafür haben?»

«Gehlen wollte einen westdeutschen Geheimdienst unter seiner Leitung gründen, und die CIA sollte ihn finanzieren. Vielen Leuten ging es natürlich gegen den Strich, einen ehemaligen Wehrmachtsgeneral – noch dazu einen, der seinem Führer bis zum bitteren Ende treu ergeben war – mit einer solchen Aufgabe zu betrauen. Klar, wir wollten sein Material, aber das kriegten wir nur inklusive Gehlen. ‹Alles oder nichts›, war seine Devise. Um es kurz zu machen, der Kalte Krieg wurde langsam heißer, und Gehlens Mikrofilme waren eine Goldmine an Informationen über den Feind. Ohne Gehlen und seine Mikrofilme hätte wir ganz schön blöd dagestanden. Ich weiß, was mit Ihrem alten Herrn passiert ist, Ebby. Also, hören Sie auf meinen Rat: Zähne zusammenbeißen und durch.»

Am nächsten Nachmittag fuhr Ebby mit einem Dienstwagen nach Pullach bei München. Es war schon dunkel, als er in eine schmale Straße einbog, die an einer dichten Hecke mit Elektrozaun dahinter entlangführte, und zu einem kleinen Wachhaus kam. Eine nackte Glühbirne beleuchtete ein Schild mit der Aufschrift: «SÜDDEUTSCHE INDUSTRIEVERWERTUNGS-GmbH – Scheinwerfer aus- und Innenbeleuchtung einschalten.» Erst als Ebby der Aufforderung nachkam, trat ein uniformierter Wachmann an den Wagen. Ebby kurbelte die Scheibe runter und reichte ihm seinen amerikanischen Pass und seinen *Company*-Ausweis. Der Wachmann nahm die Ausweise mit ins Haus, griff zum Telefonhörer, wählte eine Nummer und las jemandem am anderen Ende der Leitung die Dokumente vor. Kurz darauf brauste ein Jeep heran, ein schlanker Mann mit beginnender Glatze stieg aus, ging durch ein Drehkreuz und setzte sich auf den Beifahrersitz von Ebbys Wagen. «Ich bin Doktor Upmann aus der Registratur», stellte er sich vor, ohne Ebby die Hand zu geben. «Sie können die Scheinwerfer jetzt wieder einschalten.» «Was ist mit meinen Ausweisen?», fragte Ebby. «Die bekommen Sie zurück, wenn Sie uns wieder verlassen. Bis dahin leiste ich Ihnen Gesellschaft.» Das Tor öffnete sich, und Ebby fuhr Dr. Upmanns Anweisungen folgend über das Gelände. «Sie sind zum ersten Mal unser Gast, nicht wahr?», sagte Upmann.

«Ja», erwiderte Ebby. Er spürte ein Prickeln im Nacken.

«Seien Sie versichert, dass wir uns freuen, unseren amerikanischen Freunden zu Diensten zu sein», sagte Upmann und zeigte nach rechts in eine beleuchtete Straße.

Ebby bog wie geheißen ab. «Fällt eigentlich jemand auf das Firmenschild am Tor herein?», fragte er.

Der Deutsche rang sich ein schwaches Lächeln ab. «Dr. Schneider» – das war Gehlens Deckname – «hat da eine Hypothese: Wenn man ein großes Geheimnis bewahren will, muss man es als langweiliges, belangloses Geheimnis tarnen, statt den Leuten weismachen zu wollen, dass es gar kein Geheimnis gibt. Sie wären erstaunt, wie viele Deutsche glauben, wir würden Industriegeheimnisse von den Amerikanern und Franzosen stehlen.»

Schließlich hielten sie neben einem lang gestreckten, flachen Gebäude und stiegen aus. Dr. Upmann holte einen Metallring mit einem halben Dutzend Schlüssel hervor, schaltete mit einem davon die Alarmanlage aus und öffnete mit einem anderen die beiden Schlösser an einer schweren Metalltür. Ebby folgte ihm in einen beleuchteten Korridor. «Wie lange sind Sie schon hier auf dem Gelände?», fragte er.

«Wir sind kurz nach dem Krieg hier eingezogen. Bis auf einige nachträglich hinzugefügte unterirdische Räume war das Gelände genau so, wie es heute ist. Es wurde ursprünglich für SS-Offiziere und ihre Familien gebaut und hat die Bombenangriffe wie durch ein Wunder unbeschadet überstanden.» Upmann ging mit Ebby in ein beleuchtetes Büro und schloss die Tür. Ebby sah sich um, registrierte die rustikalen Möbel und die mit zerquetschten Insekten übersäten grauen Wände. Er bemerkte ein Plakat, das an der Tür befestigt war. Darauf stand: «Aus sicherer Entfernung ist eine Atomexplosion einer der wunderschönsten Anblicke, die sich dem menschlichen Auge je dargeboten haben.»

«Glauben Sie das wirklich?», fragte Ebby seinen Gastgeber.

Doktor Upmann blickte irritiert. «Das soll bloß ein Scherz sein.»

«Ich hab gehört, wenn die Deutschen einen Scherz machen, bleibt einem das Lachen im Halse stecken», murmelte Ebby.

«Was meinen Sie?»

«Nichts.»

Upmann ging vor einem großen Safe in die Hocke, öffnete die Safetür, nahm einen Umschlag heraus und verschloss den Safe wieder gewissenhaft, bevor er zu einem Tisch ging, auf dem er den Inhalt des Umschlags ausbreitete. «Die Papiere hier hat die Abwehr in den letzten Kriegsmonaten gefälscht», teilte Upmann seinem Besucher mit. «Es sind erstklassige Fälschungen, in mancher Hinsicht besser als das, was wir in den ersten Kriegsjahren zustande gebracht haben. Viele Agenten, die wir hinter die bolschewistischen Linien geschleust haben, wurden exekutiert, weil wir den Fehler begangen haben, unsere eigenen, rostfreien Heftklammern zu benutzen statt der sowjetischen Fabrikate, die schon nach kurzer Zeit anfangen zu rosten. Daraus haben wir gelernt. Sehen Sie sich die Stempel an – es sind kleine Kunstwerke. Man muss schon ein Experte sein, um sie von echten unterscheiden zu können.» Er schob die Dokumente nacheinander über den Tisch. «Ein Pass für die Ukrainische Republik, ein Arbeitsbuch, ein Militärpass, ein Offiziersausweis, ein ukrainisches Bezugsscheinheft. Aber denken Sie beim Ausfüllen der Papiere an die russischen Gepflogenheiten; Arbeitsbücher zum Beispiel werden von den Fabrikleitern nur mit Initialen versehen, weil sie meistens gar nicht schreiben können. Und auch die Tinte sollte eine sein, die in der Sowjetunion verwendet wird. Aber das werden Ihre Experten in Frankfurt sicherlich wissen, Mr. Ebbitt.»

Er holte eine Flasche Cognac und zwei Gläser aus einem Schrank und schenkte ein. «Prost», sagte er mit einem vorsichtigen Lächeln und stieß mit Ebby an. «Auf den nächsten Krieg – diesmal machen wir sie zusammen fertig.»

Ebby stellte das Glas, ohne zu trinken, auf den Tisch. «Eine Frage, Doktor Upmann», sagte er mit vor Wut zitternder Stimme.

«Ich höre.»

«Haben Sie Bescheid gewusst?»

«Worüber?»

«Über die so genannte Endlösung.»

Der Deutsche legte einen Finger an die Nase. «Natürlich nicht. Ich hatte mit der Judenfrage nichts zu tun. Ich habe immer nur das gemacht, was ich heute mache – die Bolschewisten bekämpft. Ich war ein Mitarbeiter von

General Gehlen – dreieinhalb Jahre an der russischen Front. Der Bolschewismus ist der Feind, Mr. Ebbitt. Wenn Ihre und unsere Truppen sich früher zusammengetan hätten, hätten die Bolschewisten nicht Osteuropa und einen großen Teil von Deutschland schlucken können.»

«*Ihr* habt doch Osteuropa vor den Bolschewisten geschluckt – Polen, das Sudetenland, Jugoslawien.»

Upmann warf verächtlich den Kopf zurück. «Wir haben einen Puffer geschaffen zwischen dem christlichen Westen und den atheistischen Bolschewisten.» Er drehte sich zum Fenster und starrte auf die beleuchteten Straßen des Geländes hinaus. «Hitler», flüsterte er mit dumpfer Stimme, «hat Deutschland verraten. Er war mehr an der Vernichtung der Juden als an der Vernichtung der Bolschewisten interessiert.» Abrupt wandte sich Upmann wieder seinem Besucher zu und sagte mit bewegter Stimme: «Ich bin Hitler ein Mal begegnet, als praktisch schon alles verloren war – ich sollte ihm im Auftrag von Gehlen eine Einschätzung der russischen Offensive gegen Berlin überbringen. Sie können es sich nicht vorstellen ... eine gebückte Gestalt mit aufgedunsenem Gesicht, ein Auge entzündet, zusammengesunken in einem Sessel. Seine Hände zitterten. Er versuchte vergeblich zu verbergen, dass sein linker Arm zuckte. Als er zum Kartenraum ging, zog er das linke Bein nach. Diese Braun, die wir Todesengel genannt haben, war auch da: blass, hübsch, voller Angst zu sterben und gleichzeitig auch, nicht zu sterben. Und wissen Sie, was Hitler den Deutschen in dieser tragischen Stunde anzubieten hatte? Er hat den Befehl gegeben, das Geräusch rollender Panzer aufnehmen und auf Schallplatten pressen zu lassen, die dann für die Russen an der Front über Lautsprecher abgespielt werden sollten. Wir sollten die Bolschewisten mit *Schallplatten* aufhalten, Mr. Ebbitt. So etwas wird – das garantiere ich Ihnen – nie wieder passieren, *nie wieder.*»

Ebby presste eine Hand auf den Mund, um sich vom Sprechen abzuhalten. Doktor Upmann fasste das als Zeichen des Mitgefühls auf. «Vielleicht sehen Sie jetzt manches in einem anderen Licht.»

«Nein!» Ebby schritt auf den Deutschen zu. «Ich könnte kotzen. Ihr habt keinen Krieg geführt, ihr habt Massenvernichtungen durchgeführt. Eure Lösungen für Deutschlands Probleme waren Endlösungen.»

Upmann schien seine Worte direkt an ein Foto von Gehlen an der Wand zu richten. «Das ist doch alles jüdische Propaganda. Die Zahl sechs Millionen ist reine Erfindung, und die Siegermächte haben sie geschluckt.»

«Das Einzige, was von eurem tausendjährigen Reich übrig geblieben ist, ist die Erinnerung an eure Verbrechen – und diese Erinnerung wird tausend Jahre halten. Es widert mich an, auf derselben Seite mit euch zu stehen – mit Ihnen in einem Raum zu sein. Wenn Sie mich jetzt bitte zum Haupteingang zurückbringen würden –»

Der Deutsche erstarrte. Ein Muskel in seinem Hals zuckte. «Je eher Sie von hier verschwinden, desto eher können wir unseren Kampf gegen den Bolschewismus fortsetzen, Mr. Ebbitt.» Er leerte sein Glas und schleuderte es gegen die Wand. Die Scherben knirschten unter seinen Sohlen, als er aus dem Raum schritt.

Die offizielle Beschwerde ließ nicht lange auf sich warten. Ebby wurde vor einen Untersuchungsausschuss zitiert. Wisner flog extra aus Wien ein, um daran teilzunehmen. Ebby unternahm keinen Versuch, die «Affäre», wie man in der Frankfurter Dienststelle sagte, herunterzuspielen. Wie sich herausstellte, hatte Ebby ein Geschwür aufgestochen. Aus ganz Deutschland ließen Offiziere der *Company* ihm Memos zukommen, die Ebby zu einer Anklageschrift zusammenfasste und vor dem Untersuchungsausschuss vorlas. «General Gehlen hat schriftlich garantiert, keine ehemaligen Gestapo-Angehörigen und Kriegsverbrecher zu beschäftigen. Aber er ist von Ex-Nazis umgeben, die allesamt unter falschen Identitäten für ihn arbeiten.»

Frank Wisner, der auf einem Holzstuhl an einer Wand vor sich hin zu dösen schien, rief plötzlich, ohne die Augen zu öffnen: «Ich habe Sie gewarnt, Ebby. Ich habe Ihnen gesagt, ich mache Ihnen die Hölle heiß, wenn die Sache nicht so läuft, wie ich es erwarte.» Er erhob sich von seinem Stuhl und kam durch den Raum geschlendert. «Und jetzt mache ich Ihnen die Hölle heiß, Ebby. Ich werde Ihnen ein paar Dinge verraten – wissen Sie, wer der OSS-Offizier war, der mit Gehlen über die Herausgabe der gottverdammten Mikrofilme verhandelt hat? Das war ich, Ebby. Ich habe meinen Stolz und meinen Ekel überwunden und alle Bedenken in den Wind geschlagen, und ich habe mit einem Teufel einen Pakt geschlossen, um einen anderen Teufel besser bekämpfen zu können. Glauben Sie wirklich, wir wissen nicht, dass Gehlen Ex-Nazis für sich arbeiten lässt? Ich bitte Sie, Ebby – schließlich zahlen wir die Zeche in Pullach. Herrgott noch mal, Sie wollen einen Burschen aus einem Flugzeug ins kommunistische Russland springen lassen, und auf einmal schmeckt es Ihnen nicht, wo die Ausweise herkommen, die er braucht, damit er nicht vor einem Erschießungskommando landet. Ich persönlich würde auf allen vieren durch Hundescheiße kriechen und Hermann Göring den fetten Arsch küssen, wenn der mir liefern könnte, was einer meiner Leute zum Überleben braucht. Wachen Sie endlich auf, Ebby. In der Berliner Dienststelle haben Sie sich darüber aufgeregt, dass Harvey Torriti – der zufällig einer der kompetentesten Offiziere in vorderster Linie ist – den Tag nicht ohne eine Ration Alkohol übersteht. In der Frankfurter Dienststelle regen Sie sich über die Leute auf, mit denen die *Company* zusammenarbeitet. Hat Ihr Daddy Ihnen nicht beigebracht, dass der Feind Ihres Feindes Ihr Freund ist? Und da wir gerade von Ihrem Daddy sprechen: Bevor der mit dem Fallschirm in Bulgarien gelandet ist, war er in Madrid und hat mit spanischen Faschisten Geschäfte gemacht, um Infos über Rohstofflieferungen der Deutschen zu kriegen. Eins ist sicher, Ihr Daddy war aus einem härteren Holz geschnitzt als sein Sohn. Also, mein Junge, wollen Sie sich nun voll und ganz für Ihren Burschen einsetzen, oder wollen Sie uns weiter wegen ein paar ehemaligen Nazis die Ohren voll jammern?»

In seinem großen Eckbüro blätterte James Angleton die Einsatzberichte des Tages durch.

«Irgendwas p-p-passiert, was ich meinen Liebsten zu Hause schreiben muss, Jimbo?», fragte sein Freund Adrian, der MI6-Verbindungsmann in Washington.

Angleton nahm ein Blatt aus dem Aktenordner und schob es über den Schreibtisch. Kim Philby rührte seinen Whiskey-Soda mit einem hölzernen Zungenspatel um, den er aus einer Arztpraxis stibitzt hatte, beugte sich über den Bericht und roch daran. «Riecht nach ‹Streng geheim›», kicherte er. Er überflog ihn zuerst, las ihn dann gründlich durch und stieß einen leisen Pfiff aus. «Willst du meine Meinung hören? Darauf hätten wir schon vor Monaten kommen müssen. Wenn es in den Karpaten wirklich eine ukrainische Widerstandsbewegung gibt, wären wir verdammt b-b-blöd, uns nicht mit denen zusammenzutun.»

«Tu mir einen Gefallen, Adrian, behalt die Sache für dich, bis wir hören, dass unser Mann sicher gelandet ist», sagte Angleton.

«Jeder Wunsch von Ajatollah Angleton ist seinem Diener Befehl», erwiderte Philby mit unterwürfig gebeugtem Kopf. Sie lachten beide, stießen mit den Gläsern an, lehnten sich zurück, um ihre Drinks herunterzukippen.

SUMMERSAULT musste gegen den Motorenlärm der C-47 anschreien. «Ich danke dir, ich danke Präsident Truman, ich danke Amerika, dass ich zurückgeschickt werde. Wenn mein Vater mich doch jetzt sehen könnte – sein Sohn Aljoscha kommt mit einem Flugzeug nach Hause, in dem er der einzige Passagier ist.»

Ebby hatte SUMMERSAULT bei Sonnenuntergang zu dem geheimen Flugplatz in der amerikanischen Zone gebracht, wo zwei tschechische Piloten, die in der Schlacht um England Spitfires geflogen hatten, auf ihn warteten. Die C-47 hatte keinerlei Kennzeichnungen und war mit Zusatztanks unter den Tragflächen ausgestattet, mit denen sie es ohne Zwischenlandung zu den ukrainischen Karpaten und zurück schaffte. Ein Air-Force-Sergeant hatte persönlich den Haupt- und den Notfallschirm gefaltet und verpackt und dem jungen Ukrainer gezeigt, wie die Schultergurte festgeschnallt wurden. «Die Maschine geht für den Absprung auf dreihundert Meter runter», unterwies er Aljoscha, der noch nie mit einem Fallschirm gesprungen war. «Wenn das gelbe Licht aufleuchtet, gehst du an der offenen Tür in Position. Wenn das grüne Licht angeht, springst du. Du musst unbedingt bis fünf zählen, bevor du die Reißleine ziehst. Und langsam zählen. Einhunderteins. Einhundertzwei. Alles klar?»

«Alles klar», erwiderte Aljoscha.

Ebby half, das Gepäck zum Flugzeug zu bringen – den schweren Fallschirm, den kleinen Koffer (mit russischer Kleidung, dem Funkgerät und einer Menge deutscher Armbanduhren, um damit Leute zu bestechen) und Verpflegung. Jetzt, bei laufenden Propellern, nahm Ebby vorsichtig die Giftkapsel aus einer Streichholzschachtel und drückte sie in den kleinen Schlitz im Stoff unter Aljoschas Kragen. Er umarmte ihn herzlich und brüllte ihm ins Ohr: «Viel Glück, Aljoscha.» Er hätte gern mehr gesagt, doch er war so bewegt, dass er seiner Stimme nicht traute.

SUMMERSAULT grinste. «Ich wünsche uns beiden Glück und Joseph Stalin alles Pech der Welt!»

Kurz darauf erhob sich die Maschine in den Nachthimmel und verschwand in östlicher Richtung. Wenn alles planmäßig verlief, würde die C-47 in knapp sechs Stunden wieder da sein. Die tschechischen Piloten hatten strikte Anweisung, das Funkgerät ausgeschaltet zu lassen; vielleicht würden die Russen ja denken, die Maschine wäre auf einem Luftraumüberwachungsflug. In der Nissenhütte, die als Flugplatzzentrum diente, bekam Ebby ein warmes Frühstück und durfte sich in einem Nebenraum aufs Ohr legen. Während er im Dunkeln auf dem Feldbett lag, überschlugen sich seine Gedanken, so dass er kein Auge zutun konnte. Hatten er und Spink an alles gedacht? Die Etiketten in Aljoschas Kleidung – sie waren allesamt russisch. Die Sohlen seiner Schuhe – ebenfalls russisch. Die Armbanduhren – die konnte jemand, der in einer russischen Einheit in Deutschland gewesen war (Aljoschas Militärpass trug die gefälschte Unterschrift eines toten Offiziers), ohne weiteres als gestohlen ausgeben. Das

Funkgerät und die Minox – die würde SUMMERSAULT vergraben, sobald er seine sichere Landung gemeldet hatte. Aber was, wenn er sich bei der Landung einen Knöchel brach? Was, wenn er bewusstlos wurde und ein Bauer ihn der Miliz auslieferte? Würde die Legende, die Ebby sich ausgedacht hatte – dass Aljoscha zweieinhalb Jahre beim Bau eines Dammes im Norden der Ukraine gearbeitet hatte –, auch einer gründlichen Überprüfung standhalten? Die Zweifel, die Ebby befielen, wurden immer quälender.

Gut eine Stunde vor Tagesanbruch meinte Ebby, in der Ferne das Dröhnen von Motoren zu hören. Er erreichte den riesigen Hangar gerade, als die C-47 auf der Landebahn aufsetzte. Die Maschine rollte aus. Als einer der Piloten Ebby erspähte, schob er ein Cockpitfenster auf und hob den Daumen in die Luft. Ebby fiel ein Stein vom Herzen. Jetzt galt es nur noch, auf die verschlüsselte Nachricht zu warten, dass die Landung reibungslos geklappt hatte.

Am selben Morgen holte Ebby in der Frankfurter Dienststelle etwas Schlaf auf einer Büroliege nach, als Tony Spink ihn wachrüttelte. Ebby setzte sich kerzengerade auf. «Hat er sich gemeldet?»

«Ja. Er hat gesagt, Landung erfolgt, alle Knochen heil. Er hat gesagt, er vergräbt das Funkgerät und macht sich auf den Weg in die Berge zu seinen Freunden. Er hat gesagt, er ist froh, zu Hause zu sein. Er hat gesagt, er meldet sich in ein paar Tagen wieder. Er hat ... er hat gesagt: ‹Tausend Dank, Jungs.›»

Ebby musterte Spinks Gesicht. «Was ist los, Tony? Es war doch Aljoschas Morsekennung, oder?»

«Eindeutig. Der Mann, der ihm das Morsen beigebracht hat, schwört, dass die Meldung von Aljoscha kommt. Aber der Junge hat ein Gefahrensignal eingefügt – er hat mit Aljoscha unterschrieben, nicht mit SUMMERSAULT.»

Ebby klammerte sich an einen Strohhalm. «Vielleicht hat er vergessen –»

«Ausgeschlossen, Ebby. Er ist geschnappt worden und soll gegen uns ausgespielt werden. Wir tun so, als hätten wir nichts gemerkt. Aber der Junge ist so gut wie tot.»

4

BERLIN, FREITAG, 23. FEBRUAR 1951

Jacks Stammlokal war voll mit den «üblichen Verdächtigen», wie es in dem berühmten Film *Casablanca* so schön heißt. Freddie Leigh-Asker, Chef der MI6-Dienststelle, drängte sich durch zur Bar, um eine neue Runde zu besorgen. «Zwei Doppelte, ohne Eis», brüllte er. «Weißt du schon das Neueste?», fragte er Jack, der an der Bar saß und sich schon einen Doppelten *mit* Eis gegönnt hatte. Es war Jacks dritter Doppelter an dem Nachmittag, und er verstand allmählich, was den Zauberer trieb, seine Lebensangst in Alkohol zu ertränken.

«Die Spinner von der psychologischen Kriegsführung haben sich einen echten Gag ausgedacht – sie wollen, dass wir Russland mit extragroßen Kondomen bombardieren.»

«Ich glaube, ich kann dir nicht ganz folgen», rief Jack über die laute Musik der Jazzband hinweg.

«Die Kondome haben den Aufdruck ‹medium›!», erklärte Freddie. «Na, klingelt's endlich bei dir, alter Junge? Das soll die russischen Frauen demoralisieren. Jedesmal, wenn sie ihre Männer angucken, werden sie sich fragen, was sie verpassen. Ein Wahnsinnsplan, was?»

Freddie fischte ein paar Markstücke aus der Tasche, warf sie auf die Theke, nahm die Drinks und verschwand im Nebel des Zigarettenqualms. Jack war froh, ihn los zu sein. Er wusste, dass der Zauberer schon nervös wurde, wenn er Leigh-Asker nur sah; Torriti traute, wie er sagte, Leuten mit einem Bindestrich im Namen nicht über den Weg, doch Miss Sipp hatte eine bessere Erklärung. «Es liegt nicht an dem albernen Bindestrich», hatte sie einmal zu Jack gesagt. «Der arme Freddie hatte einen guten Krieg, wie die Briten es nennen – er ist sozusagen mit dem Fallschirm mitten in den Feuerofen gesprungen und hat sich nicht mal die Haare versengt. Seitdem ist er überzeugt, dass er steinalt wird. Angst ist für ihn ein Fremdwort. Mr.

Torriti arbeitet lieber mit Leuten zusammen, die Angst haben – er meint, die haben bessere Aussichten zu überleben. Er mag Sie, Jack, weil er ahnt, dass sich hinter Ihrem Tapferkeitsgetue ein Schuss gesunde Angst versteckt.»

Ein muskulöser Mann mit Bürstenhaarschnitt, etwa Mitte zwanzig, kletterte auf den Hocker neben Jack und hob einen Finger, um die Aufmerksamkeit des Barkeepers auf sich zu lenken. «Ein Bier», sagte er. Als er Jacks Gesicht im Spiegel erblickte, rief er: «McAuliffe! Jacko McAuliffe!» Jack hob die Augen zum Spiegel. Er erkannte den jungen Mann neben sich und wedelte mit dem Finger vor dessen Spiegelbild, während er krampfhaft versuchte, einen Namen mit dem Gesicht in Verbindung zu bringen. Der junge Mann half ihm auf die Sprünge. «Weltmeisterschaft? München? Achtundvierzig? Ich war im russischen Vierer Steuermann. Wir beide haben uns Hals über Kopf in australische Zwillingsschwestern verliebt, aber die Romanze beendet, als die Sonne aufging.»

Jack schlug sich gegen die Stirn, als ihm der Name einfiel. «Borisow!», sagte er. «Wanka Borisow! Mensch, was machst du denn hier?»

Der Barkeeper stellte das Glas Bier vor Borisow auf die Theke. Die beiden jungen Männer stießen an. «Ich arbeite für die sowjetische Import-Export-Kommission», sagte der Russe. «Wir führen mit der Deutschen Demokratischen Republik Gespräche über Handelsgeschäfte. Und du, Jacko?»

«Ich hab einen lauen Job im Pressebüro des State Department ergattert. Ich schreibe Verlautbarungen darüber, wie *unsere* Deutschen unter dem Kapitalismus gedeihen und wie schlecht es *euren* Deutschen unter dem Kommunismus geht.»

«Als wir uns zuletzt gesehen haben, hattest du blutige Blasen an den Händen.»

Jack zeigte dem Russen seine Handflächen, die mit dicken Schwielen bedeckt waren. «Als wir letztes Frühjahr Harvard geschlagen haben, habe ich mich so hart in die Riemen gelegt, dass ich dachte, mir würde die Rippe wieder brechen, die ich mir schon in München gebrochen hatte. Hat höllisch weh getan.»

«Was ist denn aus eurem Steuermann geworden? Leon oder so ähnlich?»

Jack beschlich ein leicht ungutes Gefühl. «Leo Kritzky. Den hab ich aus den Augen verloren», sagte er mit aufgesetztem Grinsen. Er fragte sich, ob der Russe wirklich im Import-Export-Geschäft war. «Wir hatten uns wegen einer Frau zerstritten.»

«Du warst schon immer ein Schwerenöter», sagte der Russe mit einem breiten Lächeln.

Die beiden Männer plauderten eine Weile übers Rudern. Unvermittelt sagte der Russe mit einem Seitenblick: «Ich war noch nie in den Staaten. Sag mal, Jacko – was ist für amerikanische Verhältnisse eine Menge Geld?»

Jacks ungutes Gefühl wurde stärker. «Kommt ganz drauf an», erwiderte er gleichmütig.

«Nur damit ich mir eine ungefähre Vorstellung machen kann», hakte Borisow nach. «Fünfundzwanzigtausend Dollar? Fünfzigtausend? Hunderttausend?»

Jack dachte jetzt, dass die Frage vielleicht doch harmlos war – jeder in Europa war neugierig, wie Amerikaner lebten. Er sagte, fünfundzwanzigtausend Dollar seien ein Haufen Geld, fünfzigtausend ein Vermögen. Borisow ließ die Antwort einen Moment lang auf sich wirken. Dann fragte er: «Wie viel verdienst du denn so im Jahr?»

«Rund sechstausend.»

Der Russe schob nachdenklich die Unterlippe vor. «Was würdest du sagen, wenn dir jemand – hier und jetzt – hundertfünfzigtausend Dollar bar auf die Hand bieten würde?»

Jack schwirrte der Kopf. Er hörte sich fragen: «Was müsste ich dafür tun?»

«Ab und an Informationen über einen gewissen Harvey Torriti liefern.»

«Sollte ich jemanden namens Harvey Torriti kennen?»

Borisow trank einen Schluck Bier und wischte sich über die Lippen. «Wenn hundertfünfzigtausend nicht genug sind, nenn eine Zahl.»

Jack fragte sich, wie Wanka wohl vom KGB angeworben worden war, vermutlich so wie er von der CIA. «Nur aus Neugierde», sagte Jack. «Wie viel ist ein Haufen Geld in der Sowjetunion?» Wanka rutschte unbehaglich auf seinem Hocker hin und her. «Würde ein Russe mit fünftausend US-Dollar auf einem Schweizer Nummernkonto als reich gelten? Nein? Wie wär's mit fünfundzwanzigtausend? Immer noch nicht? Okay, sagen wir, irgendwer würde – hier und jetzt – zu dir kommen und die Nummer eines Schweizer Geheimkontos aufschreiben, auf dem hundertfünfzigtausend US-Dollar auf deinen Namen eingezahlt wurden.»

Der Russe stieß ein beklommenes Lachen aus. «Und was müsste ich dafür tun?»

«Ab und an Informationen über Karlshorst liefern – Import-Export-Daten, die Namen der Russen, die den Import und Export abwickeln.»

Borisow rutschte vom Hocker. «War nett, dich wieder zu sehen, Jacko. Viel Glück in deinem Pressebüro.»

«Fand ich auch, Wanka. Viel Glück in deiner Import-Export-Kommission. Auf ein nächstes Mal.»

Jack stand im Schatten einer Haustür in der Hardenbergstraße und hielt den Eingang des Ballettstudios im Auge. Er war lange durch das Labyrinth der S-Bahn geirrt, immer wieder, kurz bevor die Zugtüren schlossen, hinein- und hinausgesprungen, um schließlich am Bahnhof Zoo auszusteigen und durch ein Gewirr von Seitenstraßen zu streifen, bis er absolut sicher war, dass niemand ihm folgte. Mr. Andrews wäre bestimmt stolz auf ihn.

Um zehn nach neun kamen die ersten Schülerinnen aus dem Studio, spindeldürre Mädchen, die mit dem typischen Entengang von Balletttänzerinnen davonstolzierten, Atemwolken vor dem Mund, während sie aufgeregt kicherten. Jack wartete noch zehn Minuten, überquerte dann die Straße und betrat den schmalen Korridor, in dem es nach Schweiß und Talkum roch. Er stieg die knarrende Holztreppe am Ende des Gangs zum Studio hoch. Oben angekommen, verharrte er einen Moment vor einer Tür und lauschte. Als er kein anderes Geräusch im Gebäude hörte, öffnete er die Tür.

Wie immer nach dem Unterricht am Dienstag und Freitag, wenn ihre Schülerinnen gegangen waren, machte die Agentin RAINBOW ein paar Übungen an der Ballettstange, barfuß, in einer lila Gymnastikhose und einem weiten, verblichenen Pullover. Sie musterte sich dabei intensiv im Spiegel. Ihr dunkles Haar war nach hinten gekämmt und mit Wollfäden zu einem langen Zopf geflochten. Jack traf sich das fünfte Mal mit ihr, und wieder raubte ihm die Schönheit ihres Körpers den Atem. Ihre Nase war einmal gebrochen gewesen und schlecht gerichtet worden, doch was eine andere Frau entstellt hätte, wirkte bei ihr auf rätselhafte Weise anziehend.

«Was sehen Sie, wenn Sie sich beim Tanzen im Spiegel beobachten?», fragte Jack von der Tür aus.

Erschreckt griff sie nach dem Handtuch auf der Stange, warf es sich um den Hals und kam Jack entgegen, wobei ihre Füße – so schien ihm – kaum den Boden berührten. Sie trocknete sich die zarten Finger ab und hielt ihm förmlich die Hand hin. Er schüttelte sie. Sie ging zu dem Stoß ordentlich gefalteter Kleidungsstücke auf einem der Holzstühle an der Wand. «Ich sehe meine Fehler – der Spiegel reflektiert nur Fehler.»

«Ich habe das Gefühl, Sie gehen zu hart mit sich ins Gericht.»

Sie widersprach mit einem Lächeln. «Mit achtzehn wollte ich eine berühmte Tänzerin werden. Jetzt bin ich achtundzwanzig und will nur noch tanzen.»

Der Zauberer hatte RAINBOW über einen Polen vermittelt bekommen, der wie viele andere im Untergrund von Berlin recht gut davon lebte, dass er Informationen oder Informanten verkaufte. Torriti – dem noch immer die missglückte Exfiltration von Wischnewski zu schaffen machte – hatte Jack gewarnt, es könnte sich um eine KGB-Falle handeln, aber seinen Lehrling dennoch auf RAINBOW angesetzt; er sollte sie, wenn möglich, ins Bett kriegen und auf Band aufnehmen, was sie ihm ins Ohr flüsterte. Jack, aufgeregt über seinen ersten richtigen Auftrag, hatte ein Treffen vereinbart.

RAINBOW war, wie sich herausstellte, eine ostdeutsche Balletttänzerin, die zwei Mal in der Woche nach Westberlin kam, um in einem kleinen Studio Ballett zu unterrichten. Sie hatte sich nur mit Lili vorgestellt und Jack unmissverständlich klar gemacht, dass sie den Kontakt zu ihm auf der Stelle abbrechen würde, falls er ihr in den Ostsektor der Stadt folgte. Sie hatte aus ihrem Dekolleté ein kleines, quadratisches Stück Seidenstoff gezogen, das in winziger Schrift voll geschrieben war. Als Jack es entgegennahm, war der Stoff noch warm von ihrer Haut. Er hatte sie für die Informationen bezahlen wollen, doch sie hatte rundheraus abgelehnt. «Ich hasse die Kommunisten», hatte sie gesagt. «Meine Mutter war eine spanische Kommunistin – sie wurde im Kampf gegen Franco getötet; deshalb genieße ich bei den ostdeutschen Behörden Vertrauen. Ich hasse die russischen Soldaten, weil sie mir Schreckliches angetan haben, als sie Berlin eroberten. Ich hasse die Kommunisten, weil sie meinem Heimatland Schreckliches antun. Es ist in Deutschland schon wieder so weit gekommen, dass wir nicht mehr sagen können, was wir denken, geschweige denn tun, was wir für richtig halten; irgendjemand muss etwas dagegen tun.»

Lili hatte behauptet, sie sei Kurierin für ein hohes Tier in der ostdeutschen Führung, einen Mann, den sie lediglich als «Professor» bezeichnete. In der Berliner Basis ließ Jack das Stück Seide fotografieren und übersetzen. Als er Torriti die Nachricht von Lilis Professor (dem sie inzwischen den Codenamen SNIPER gegeben hatten) zeigte, öffnete der Zauberer eine Flasche Champagner: Lili hatte ihnen eine detaillierte Zusammenfassung einer ostdeutschen Kabinettssitzung, Abschriften von Nachrichten zwischen der ostdeutschen Regierung und der sowjetischen Militärführung in Berlin sowie eine Liste von KGB-Offizieren, die in Karlshorst arbeiteten, geliefert. Seit sechs Monaten hatte Torriti Kontakt mit einem ostdeutschen Agenten, Codename MELODY, der im sowjetischen Büro für Frachtlieferungen zwischen Moskau und Berlin arbeitete. Anhand der Frachtbriefe hatte MELODY die richtigen Namen von zahlreichen Offizieren und Mitarbeitern in Karlshorst identifizieren können. Der Vergleich der von Lili gelieferten Namen mit den von MELODY identifizierten ergab, dass Lilis Professor echt war.

«Wer zum Teufel ist sie eigentlich, Kumpel?», hatte Torriti wissen wollen, als Jack nach dem zweiten Treffen wieder mit einem Stück eng beschriebener Seide zurückkam. «Und was noch wichtiger ist, wer zum Teufel ist ihr gottverdammter Professor?»

«Sie hat gesagt, wenn ich versuche das herauszufinden, wird die Quelle versiegen», hatte Jack Torriti ins Gedächtnis zurückgerufen. «Nach dem, was sie über ihn erzählt, scheint er ein Wissenschaftler zu sein. Auf meine Frage, was die Kommunisten in Ostdeutschland falsch machen, hat sie den Professor zitiert, der wiederum Albert Einstein zitierte – irgendwas von Perfektion der Mittel und Verwirrung der Ziele, die unsere Zeit charakterisieren. Außerdem spricht sie betont förmlich von ihm, wie man von einem sehr viel älteren Menschen spricht. Ich habe das Gefühl, er könnte ihr Vater oder Onkel sein. Jedenfalls hat er einen Draht nach ganz oben.»

«Hört sich eher nach einem Liebhaber an», hatte Torriti geknurrt. «Sex und Spionage gehen oft Hand in Hand.» Der Zauberer hatte eine leere Whiskeyflasche weggeworfen und aus dem offenen Safe eine neue hervorgefischt. Er hatte sich einen ordentlichen Drink eingeschüttet, etwas Wasser hinzugegeben, mit dem Mittelfinger umgerührt und den Finger säuberlich abgeleckt, bevor er das halbe Glas in einem Zug leerte. «Hör zu, Kumpel, ein altes russisches Sprichwort sagt, man soll den Bären waschen, ohne sein Fell nass zu machen. Genau das solltest du mit RAINBOW tun.»

Getreu dem Sprichwort hatte Jack eine minuziöse Überwachung organisiert, um herauszufinden, wo RAINBOW in Ostberlin wohnte und wer sie war. War ihre Identität erst festgestellt, wäre es nur noch eine Frage der Zeit, bis sie wussten, wer SNIPER war. Sollte sich der Professor als Kommunist in einer Führungsposition entpuppen, müsste überlegt werden, wie er kreativer zu nutzen wäre; er könnte gezwungen werden (unter Androhung, ihn oder seine Kurierin aufliegen zu lassen), Falschinformationen dort einzuschleusen, wo sie den größten Schaden anrichteten. Und falls er tatsächlich der regierenden Elite in der sowjetischen Zone angehörte, wäre es vielleicht möglich, die wenigen Personen über ihm zu diskreditieren oder zu eliminieren und SNIPER ganz an die Spitze zu befördern.

Der Zauberer hatte Jack für die Überwachung die beiden Silvans und eine Hand voll weiterer Beobachter zur Verfügung gestellt. Nach jedem Treffen mit Jack sollte RAINBOW schrittweise in einem immer größeren Radius auf ihrem Weg nach Ostberlin verfolgt werden.

Am ersten Abend der Operation, nach Jacks drittem Treffen mit RAINBOW, hatte Silvan II beobachtet, wie Lili sich in einem der teuren Läden auf dem Kurfürstendamm ein Paar hauchdünne Nylonstrümpfe kaufte, und war ihr dann zu der Ruine der Kaiser-Wilhelm-Gedächtniskirche gefolgt; Silvan I, mit seinem Hund an der Leine, hatte von da übernommen und sie bis zum Potsdamer Platz beschattet, wo er sie im Menschengedränge aus den Augen verlor. Zuletzt wurde sie an der Ostsektorengrenze gesichtet, als sie den kommunistisch kontrollierten Teil der Stadt betrat. Am zweiten Abend war die Verfolgung unter den Linden zu Ende. Als Jack sich das sechste Mal mit RAINBOW in dem kleinen, schmuddeligen Studio traf, übergab Lili ihm das noch hautwarme Stück Seide und streckte ihm dann die Hand entgegen. «Sie haben mir noch gar nicht Ihren Namen verraten», sagte sie.

«Ich heiße Jack», erwiderte er und nahm ihre Hand.

«Das klingt für mich wie ein typischer amerikanischer Name.»

«Ist es auch», bestätigte Jack lachend. Er hielt ihre Hand noch immer fest. Sie blickte mit einem freudlosen Lächeln darauf und entzog ihm dann sachte ihre Finger. «Hören Sie», sagte Jack rasch, «ich habe zufällig zwei Karten für ein Bartók-Tanzspiel, das in der Oper im britischen Sektor aufgeführt wird – *Der wunderbare Mandarin* mit Melissa Hayden.» Er nahm die Karten aus seiner Manteltasche und bot ihr eine an. «Die Vorstellung ist morgen Abend um sechs – sie fangen so früh an, damit die Ostdeutschen vor Mitternacht zu Hause sind.» Sie schüttelte langsam den Kopf. «He», sagte Jack, «völlig ohne Hintergedanken – wir gucken uns die Vorstellung an, anschließend spendier ich Ihnen ein Bier an der Bar, und dann verschwinden Sie wieder wie eine Spinne in Ihrem Riss in der Wand.» Als sie die Eintrittskarte noch immer nicht nahm, ließ er sie in ihre Handtasche fallen.

«Verlockend», gab sie zu. «Melissa Hayden soll die Schwerkraft überwunden haben. Aber ich weiß nicht ...»

Am Abend darauf verteilten sich die Beobachter in der Gegend um die Humboldt-Universität und fingen RAINBOW ab, als sie hinter dem Maxim-Gorki-Theater in eine Straße einbog, die von Grundstücken mit Schuttbergen gesäumt wurde, auf denen Kinder spielten. Streunende Katzen schlichen durch die zerbombten Gebäude auf der Suche nach Mäusen. Inmitten der Trümmer stand ein einziges unversehrtes Haus, etwas zurückversetzt in einem kleinen Park, dessen Bäume allesamt zu Brennholz verarbeitet worden waren. Riesige Eisenträger stützten die Seitenwände, die einst an die Nachbarhäuser grenzten. Lili nahm einen Schlüssel aus ihrer Handtasche, blickte sich um, und als sie sah, dass die Straße menschenleer war, öffnete sie die Haustür und verschwand im Treppenhaus.

Das Gebäude war bis auf ein großes Erkerfenster im ersten Stock dunkel. Silvan II. richtete ein kleines Teleskop auf das Fenster. Ein älterer Mann teilte den dünnen Vorhang und spähte auf die Straße. Er hatte weißes Haar und trug ein Hemd mit einem altmodischen Kragen, einen

Schlips und ein Jackett. Er musste gehört haben, wie hinter ihm eine Tür aufging, denn er drehte sich um, breitete die Arme aus, und Lili schmiegte sich an ihn.

Am Nachmittag darauf platzte Jack in Torritis Büro. «... stimmt, das mit SNIPER ... Wissenschaftler ... viel älter als RAINBOW», rief er aufgeregt mit lauter Stimme, um Caruso zu übertönen, der eine Arie aus Bizets *Perlenfischer* schmetterte.

«Krieg dich wieder ein, Kumpel. Ich versteh kein Wort.» Jack schnappte nach Luft. «Ich hab den Rat befolgt, den du mir gegeben hast, und bei deinem Mossad-Freund, dem berühmten Rabbi, wegen der Adresse nachgefragt. Der Rabbi hat eine dicke Kladde gewälzt und zwei Namen entdeckt, die mit der Adresse übereinstimmen. RAINBOW heißt mit richtigem Namen Helga Agnes Mittag-de-la-Fuente. Mittag war ihr deutscher Vater; de la Fuente war Mittags spanische Frau und RAINBOWs Mutter. Der Rabbi hat sogar bestätigt, dass eine spanische Journalistin namens Agnes de la Fuente im spanischen Bürgerkrieg für die Republikaner spioniert hat, geschnappt und vor ein Erschießungskommando gestellt wurde.»

«Und SNIPER?»

«Der Professor heißt Ernst Ludwig Löffler. Er ist Dozent für theoretische Physik an der Humboldt-Universität.»

Torriti setzte sich wieder in seinen Sessel und rührte mit dem Zeigefinger seinen Whiskey um. «Ein Physiker, verdammt! Wenn Wisner davon Wind bekommt ...»

«Das ist noch lange nicht alles, Harvey. Nach dem Krieg ließ Grotewohls SED zu, dass sich ein paar kleine Parteien zur Nationalen Front zusammenschlossen – so konnte sich die Deutsche Demokratische Republik einen demokratischen Anstrich geben. Eine dieser Parteien ist die Liberale Demokratische Partei Deutschlands. SNIPER ist zweiter Vorsitzender der Partei und stellvertretender Ministerpräsident der Deutschen Demokratischen Republik!»

«Heureka!», entfuhr es Torriti. «Tu mir einen Gefallen, Kumpel. Setz SNIPER eine Wanze ins Fell.»

«Wieso willst du ihn abhören? Er schickt dir doch alles, was er in die Hände kriegt.»

«Motivation, Kumpel. Ich will wissen, *warum* er mir schickt, was er schickt.»

«Eine Wanze.»

«Genau.»

5

BERLIN, DIENSTAG, 6. MÄRZ 1951

Mit angewiderter Miene schüttete der Zauberer das Natriumbikarbonat, das ihm Miss Sipp in einer Nachtapotheke besorgt hatte, in seinen Whiskey und rührte die Mischung mit dem kleinen Finger um, bis sich das weiße Pulver aufgelöst hatte.

«Runter damit, Mr. Torriti», sagte Miss Sipp aufmunternd. «Es wird Sie schon nicht umbringen.»

Harvey Torriti hielt sich die Nase zu und schluckte das Gebräu in einem einzigen langen Zug runter. Er schüttelte sich und fuhr sich mit dem zerknitterten Hemdsärmel über den Mund. Magenkrämpfe, Verstopfung, Appetitlosigkeit, permanentes Sodbrennen, ein dumpfer Kater, der in den nächsten überging, auch wenn er seinen Alkoholkonsum auf anderthalb Flaschen am Tag reduzierte, plagten ihn seit der gescheiterten Exfiltration des Russen Wischnewski. Jede Nacht schreckte er schweißgebadet aus dem Schlaf und sah vor sich, wie eine großkalibrige Pistole einen fleischigen Nacken mit Blei voll pumpte. Der kleine Russe hatte sein Leben in Torritis schwitzende Hände gelegt. Und das seiner Frau. Und das seines Sohnes. Torriti hatte die Sache vermasselt. In den Tagen danach hatte er verzweifelt nach einer Schwachstelle in der Berliner Basis gesucht; er hatte die Personalakten von allen durchforstet, die unmittelbar an der Operation beteiligt gewesen waren: Jack McAuliffe, die beiden Silvans, die Nachteule, der Codemitarbeiter, der die Nachrichten an und von Angleton chiffriert und dechiffriert hatte.

Falls Wischnewski wegen einer undichten Stelle hatte dran glauben müssen, dann war die jedenfalls nicht in Berlin.

Der Zauberer hatte *Mother* in einer vorsichtig formulierten Nachricht nahe gelegt, alle Mitarbeiter, die auf seiner Seite mit der Operation zu tun gehabt hatten, genauestens unter die Lupe zu nehmen. Er fand Angletons angesäuerte Antwort am nächsten Morgen auf seinem Schreibtisch. Mit scharfen Worten teilte Angleton ihm mit, dass es erstens nicht erwiesen sei, dass die Exfiltration aufgrund einer undichten Stelle misslungen war; Wischnewski hätte schließlich von seiner Frau oder seinem Sohn oder einem eingeweihten Freund verraten worden sein können; genauso gut hätte Wischnewski sich selbst durch eine unbedachte Äußerung oder verdächtige Handlung verraten haben können; und zweitens sei ausgeschlossen, dass die undichte Stelle in Washington war, die Verantwortung könne nur in Berlin liegen. Schluss aus. Ende der Diskussion.

Einige Tage nach dem Debakel war der Zauberer auf eindeutige Beweise gestoßen, dass Wischnewski tatsächlich verraten worden war. Torriti hatte die Ergebnisse seiner produktivsten Informationsquelle durchgesehen, einer hochtechnologischen Wanze, die in der Wand der Kommunikationszentrale der Karlshorst-Residentur versteckt war. Der KGB kommunizierte mit der Moskauer Zentrale via Verschlüsselungssysteme, die nach einmaliger Verwendung vernichtet wurden, so dass sie unmöglich geknackt werden konnten. Äußerst selten kam es vor, dass zur Beschleunigung der Nachrichtenübermittlung zwei KGB-Nachrichtenoffiziere die Verschlüsselung vornahmen – einer las den Text vor, der andere chiffrierte ihn. In der Nacht, als Wischnewskis Exfiltration gescheitert war, hatten zwei KGBler eine «Dringende Meldung» an die Moskauer Zentrale auf diese Weise verschlüsselt, so dass der vorgelesene Text von Torritis Wanze aufgenommen worden war. Die Übersetzung aus dem Russischen lautete: «Betr.: Meldung vom 2. Januar 1951 Stop Frühwarnung aus Moskauer Zentrale verhinderte Exfiltration von Oberstleutnant Wolkow-Wischnewski mit Frau und Sohn Stop Berliner Basis gratuliert herzlich allen Beteiligten Stop Wolkow-Wischnewski mit Frau und Sohn in Eberswalde sofort an Bord von Militärmaschine gebracht Stop Voraussichtliche Ankunftszeit Moskau null sechs fünfundvierzig.»

Die Formulierung «Frühwarnung» bestätigte, dass der KGB über die bevorstehende Exfiltration einen Tipp erhalten hatte. Doch von wem?

Der Zauberer musste an Wischnewskis Worte denken: «Ich kann Ihnen die Identität eines sowjetischen Agenten im britischen Geheimdienst verraten», hatte er gesagt. «Jemand ganz oben im MI6.»

Torriti überprüfte die verschlüsselten Meldungen, die zwischen Angleton in Washington und der Berliner Basis ausgetauscht worden waren, doch es deutete nichts darauf hin, dass jemand im MI6 – oder überhaupt irgendein Brite – in das Geheimnis eingeweiht gewesen war. Es war undenkbar, dass die Russen Angletons polyalphabetische Schlüssel geknackt hatten. War es möglich, dass der Sowjetagent ganz oben im MI6 über einen Hintermann von der geplanten Exfiltration Wind bekommen hatte?

Torriti musste das Rätsel lösen, nur so konnte er den Russen rächen, der ihm vertraut hatte und seinetwegen ums Leben gekommen war. Wie besessen machte er sich an die mühselige Arbeit, den Ablauf der missglückten Exfiltration wieder aufzurollen.

Angefangen hatte es damit, dass der israelische Mossad-Agent in Westberlin aus Ostberlin eine «Schwingung» (sein Kürzel für eventuelle Exfiltration) aufgefangen und sofort Angleton verständigt hatte. Der Israeli, der wegen seines struppigen Drahthaarbartes und seiner wuchernden Koteletten Rabbi genannt wurde, war Anfang vierzig und trug eine dicke Brille, die seine ohnehin schon hervorquellenden Augen noch größer erscheinen ließen. Seine Kleidung, so wurde in der Branche vermutet, war eine Art Mossad-Uniform, denn keiner erinnerte sich, ihn je in etwas anderem gesehen zu haben: ein weiter schwarzer Anzug, an dem die *zizit* unter dem Saum der Jacke baumelten, ein weißes Hemd ohne Krawatte, der Stehkragen zugeknöpft, ein schwarzer Filzhut (auch in geschlossenen Räumen, weil er Angst vor Zugluft hatte) und Basketballschuhe. «Du siehst vor dir einen leidenden Mann», gestand der Rabbi, sobald Torriti erfolgreich seine Leibesfülle auf einen der wackeligen Holzstühle gesenkt hatte, die aufgereiht an der Wand von Ezra Ben Ezras stickigem Sanktuarium im französischen Sektor von Berlin standen.

«Versuch's mal mit Natriumbikarbonat», riet ihm der Zauberer. Er wusste aus Erfahrung, dass ohne ein bisschen Smalltalk nicht daran zu denken war, zur Sache zu kommen.

«Ich leide nicht physisch, sondern psychisch. Und zwar wegen des Rosenberg-Prozesses, der heute Morgen in New York begonnen hat. Wenn der Richter ein *goj* wäre, kämen Julius und Ethel mit zwanzig Jahren davon und wären in zehn wieder draußen. Aber denke an meine Worte, Harvey: Die beiden landen auf dem elektrischen Stuhl, weil der Bundesrichter ein Juden hassender Jude namens Kaufman ist.»

«Sie haben die Pläne für die Atombombe gestohlen, Ezra.»

«Sie haben den Russen ein paar grobe Skizzen geliefert.»

«Es gibt Leute, die der Ansicht sind, dass die Nordkoreaner niemals in den Süden einmarschiert wären, wenn die Russen nicht mit der Atombombe hinter ihnen gestanden hätten.»

«Blödsinn, Harvey! Die Nordkoreaner sind in den Süden einmarschiert, weil das kommunistische China mit seinen sechshundert Millionen Seelen hinter ihnen steht, nicht eine zusammengepfuschte russische

Atombombe, die vielleicht schon hochgeht, während der Bomber noch die Startbahn runterklappert.»

Der Rabbi hielt jäh inne, als ein junger Mann mit rasierten Augenbrauen ein Tablett hereintrug, auf dem zwei dampfende Tassen Kräutertee standen. Ohne ein Wort machte er auf dem chaotischen Schreibtisch des Rabbi ein wenig Platz, stellte das Tablett ab und verschwand wieder.

Torriti nickte ihm nach. «Der ist neu.»

«Hamlet – so heißt er wirklich, ob du's glaubst oder nicht – ist Georgier und ein *Schabbat-goj*, wie er begabter nicht sein könnte. In meiner Position als Vertreter des Staates Israel, wenn auch geheimer Vertreter, wird nun mal von mir erwartet, dass ich den Schabbat achte, also macht Hamlet samstags für mich das Licht an und geht ans Telefon und bringt Leute um. Aber was verschafft mir das Vergnügen, Harvey?»

«Du warst es, der von Wischnewskis Exfiltration Wind bekommen und Angleton informiert hat, stimmt's?»

«‹*Datta. Dayadhvam. Damyata*. Diese Scherben hab ich gestrandet, meine Trümmer zu stützen.› Ein Zitat aus *Das wüste Land* von dem großen Dichter und kleinen Antisemiten Thomas Stearns Eliot. Die *Company* ist mir noch was schuldig.»

«Die Exfiltration ist schief gegangen. Es hat eine undichte Stelle gegeben, Ezra.»

Der Rabbi sog seine Wangen ein. «Glaubst du?»

«Ich weiß es. Ist es möglich, dass einer von deinen *Schabbat-gojs* nebenbei für den Gegner arbeitet?»

«Alle hier haben ihre Feuerprobe hinter sich, Harvey. Hamlet hat an der rechten Hand keine Fingernägel mehr; sie wurden ihm von KGB-Zangen gezogen, als er sich weigerte, die Namen von Antistalinisten in Georgien zu nennen. Wenn es hier eine Schwachstelle gäbe, wäre ich nicht hier, um dir zu garantieren, dass es keine gibt. Mein Laden ist klein, aber effizient. Ich tausche oder verkaufe Informationen, ich verfolge Nazi-Raketenspezialisten, die in Ägypten oder Syrien untertauchen, ich fälsche Pässe und schmuggle Juden nach Israel. Wenn es eine undichte Stelle gegeben hat, dann ist sie irgendwo zwischen *Mother* und dir zu suchen.»

«Ich habe alle Meldungen zwischen uns und Washington genau unter die Lupe genommen, Ezra. Ich habe keine undichte Stelle entdecken können.»

Der Rabbi zuckte mit den knochigen Schultern.

Der Zauberer nahm seinen Kräutertee, roch daran, verzog das Gesicht und stellte die Tasse wieder hin. «Als ich Wischnewski auf Herz und

Nieren geprüft habe, hat er mir erzählt, es gäbe einen sowjetischen Maulwurf im MI6.»

Der Rabbi merkte auf. «Im MI6! Das ist unvorstellbar.»

«Die Briten wurden über die Wischnewski-Sache nicht informiert. Also bin ich der Dumme. In Berlin operieren achtzig Geheimdienste, mit einem Wust an Filialen und Tarnorganisationen. Wo soll ich da anfangen, Ezra? Ich hab gedacht, ich bitte die Franzosen, mir eine Liste zu geben, welche SDECE-Operationen in den letzten ein, zwei Jahren gescheitert sind.»

Der Rabbi hob die Hände und studierte die frisch manikürten Fingernägel. Nach einer Weile sagte er: «Vergiss Berlin. Vergiss die Franzosen – die sind so traumatisiert, weil sie den Krieg verloren haben, dass sie den Gewinnern nicht mal die Uhrzeit sagen.» Ben Ezra nahm einen Bleistift und schrieb eine Nummer auf einen Block. Er riss das Blatt ab, faltete es und gab es Torriti. «An deiner Stelle würde ich in London anfangen», sagte er. «Setz dich mit Elihu Epstein in Verbindung – er ist ein wandelndes Lexikon. Vielleicht kann er dir helfen.»

«Wie helfe ich seinem Gedächtnis auf die Sprünge?»

«Erzähl ihm irgendetwas, das er noch nicht weiß. Dann soll er dir was über einen Russen namens Kriwitski erzählen. Lass ihn einfach reden. Wenn jemand weiß, wo die Leichen vergraben sind, dann Elihu.»

In einer Londoner Telefonzelle wählte der Zauberer die Geheimnummer, die der Rabbi ihm gegeben hatte.

Eine griesgrämige Stimme am anderen Ende fragte: «Ja?»

«Mr. Epstein bitte.»

«Wen soll ich melden?»

«Swan Song.»

Mit erheitertem Unterton sagte die Stimme: «Einen Moment bitte, Mr. Song.» Es knackte in der Leitung, als das Gespräch weitergeleitet wurde. «Harvey, guter Junge. Wie ich höre, ackerst du für die *Company* in Berlin. Was führt dich nach London?»

«Wir müssen uns unterhalten.»

«Ach ja? Wo und wann?»

«Kite Hill, am Musikpavillon in Hampstead Heath. Da stehen Bänke mit Blick auf London. Ich werde dort sitzen und die Luftverschmutzung bewundern, die wie eine Wolke über der Stadt schwebt. Passt dir zwölf Uhr mittags?»

«Ausgezeichnet.»

Unten am Hang ließ ein großer Mann im Nadelstreifenanzug einen chinesischen Drachen steigen, der mit akrobatischer Wendigkeit im Aufwind hin und her schoss. Irgendwo in Highgate schlug eine Kirchenuhr die volle Stunde. Ein kleiner Mann mit runden Schultern, die Zähne dunkel verfärbt, stapfte den Hügel hinauf und ließ sich schnaufend neben dem Zauberer auf einer Bank nieder.

«Sie erwarten jemanden, nicht wahr?», sagte er, während er seinen steifen Hut abnahm und neben sich legte.

«Allerdings», sagte der Zauberer. «Ist ein Weilchen her, Elihu.»

«Die Untertreibung des Jahrhunderts. Schön zu sehen, dass du noch voll da bist, Harv.»

Elihu Epstein und Harvey Torriti waren während des Krieges einige Monate im selben Haus in Palermo einquartiert gewesen, Elihu als Offizier einer der härtesten britischen Einheiten, die vom ehemaligen U-Boot-Stützpunkt in der Bucht von Augusta an der Ostküste Siziliens aus Luftangriffe auf den Stiefel von Italien gestartet hatte. Der Zauberer hatte unter dem Decknamen SWAN SONG eine OSS-Operation geleitet, deren Ziel es war, die Mafia-Bosse der Insel für die Zwecke der Alliierten einzuspannen. Mit Hilfe seiner persönlichen Mafia-Kontakte hatte Torriti Elihu mit Informationen beliefern können, die etlichen Kameraden von Elihus Einheit das Leben retteten. Das hatte Elihu ihm nie vergessen.

«Was führt dich nach London?», fragte Elihu jetzt.

«Der Kalte Krieg.»

Elihu wieherte auf, ein unverkennbarer, weinerlicher Ton, der von seinen ständig verstopften Nebenhöhlen herrührte. Er war die rechte Hand von Roger Hollis, dem Chef der MI5-Abteilung, die für Sowjetspionage in England zuständig war. Jetzt musterte er seinen Kumpel aus Kriegstagen.

«Du siehst fett, aber fit aus. Bist du fit?»

«Fit genug. Und du?»

«Ich habe leichte Gicht, und mein Quacksalber behauptet, schlechte Zähne sind ein Zeichen für moralischen Verfall. Außerdem plagt mich ein ständiges Summen im linken Ohr, seit im Krieg eine Mine ganz in meiner Nähe hochgegangen ist.»

«Bist du verdrahtet, Elihu?»

«Leider ja, Harv. Wegen meiner Pension. So lautet nun mal die Vorschrift. Ein Fehltritt, und sie schicken mich ohne einen Penny in den Ruhestand. Wenn ich mir nichts zuschulden kommen lasse, kann ich mir in neunundzwanzig Monaten einen schönen Lebensabend machen.»

Torriti hätte jetzt gern seine mittägliche Ration Whiskey gehabt. Er kratzte sich an der Nase und kam zur Sache. «Ich habe den begründeten Verdacht, dass in eurem MI6 ein sowjetischer Maulwurf steckt.»

«Im MI6? Gütiger Himmel.»

Der Zauberer schilderte Elihu kurz die wichtigsten Einzelheiten der gescheiterten Exfiltration und dass abgefangene Funkmeldungen darauf schließen ließen, dass der Russe sich nicht selbst verraten hatte, sondern verraten worden war.

Elihu, ein alter Hase auf dem Gebiet von Exfiltrationen, stellte die richtigen Fragen, und Torriti bemühte sich, den Anschein zu erwecken, als würde er sie beantworten: Nein, die Briten waren bewusst nicht informiert worden; nein, nicht einmal die Briten in Berlin, die die Ohren offen hielten, hätten was gehört davon; nein, die missglückte Exfiltration roch nicht nach einer KGB-Operation, um mit Hilfe von Falschinformationen Zwietracht zwischen Amerikanern und Briten zu säen.

«Angenommen, euer Russe wurde verraten», sagte Elihu nachdenklich, «wieso bist du so sicher, dass der Bösewicht nicht bei den Amerikanern zu suchen ist?»

«Die *Company* durchleuchtet ihre Leute genau, Elihu. Ihr Briten achtet doch bloß darauf, dass sie die richtige Schule besucht haben.»

«Euer Lügendetektor ist ungefähr so genau wie der chinesische Reistest. Weißt du noch? Wenn die Mandarine glaubten, jemand würde lügen, haben sie ihm den Mund mit Reis voll gestopft. Blieb der Reis trocken, bedeutete das, der arme Teufel hatte gelogen. Herrje, du glaubst tatsächlich, es ist ein Brite.» Elihu schüttelte verzweifelt den Kopf. «Schöner Mist! Wir könnten uns durchwursteln, wenn der sowjetische Maulwurf ein Ami wäre. Aber wenn du Recht hast – die Folgen wären nicht auszudenken.»

«Es gibt noch einen Grund, warum ich glaube, dass die undichte Stelle bei den Briten zu finden ist, Elihu.»

«Das habe ich mir schon gedacht», brummte Elihu vor sich hin. «Die Frage ist: Will ich das wirklich hören?»

Der Zauberer rückte so dicht an den Engländer heran, dass sich ihre Schultern berührten. *Erzähl ihm irgendetwas, das er noch nicht weiß*, hatte der Rabbi gesagt. «Hör zu, Elihu: Eure MI5-Techniker haben einen sagenhaften Durchbruch erzielt. Jeder Funkempfänger hat einen Oszillator, der das Signal, auf das der Empfänger eingestellt ist, auf eine Frequenz umlegt, die sich leichter filtern lässt. Eure Techniker haben herausgefunden, dass dieser Oszillator Schallwellen abgibt, die sich in zweihundert Metern Entfernung ermitteln lassen; ihr habt sogar Apparate, die die Frequenz lesen können, auf die der Empfänger eingestellt ist. Das heißt, ihr könnt einen Lieferwagen durch ein Wohnviertel fahren lassen und das Funkgerät eines Sowjetagenten anpeilen, das auf eine der Impulsfrequenzen der Moskauer Zentrale eingestellt ist.»

Elihu wurde bleich. «Das ist eines unserer am strengsten gehüteten Geheimnisse», stieß er hervor. «Das haben wir nicht mal unseren amerikanischen Vettern erzählt. Wie um alles in der Welt hast du das erfahren?»

«Ich weiß es, weil die Russen es wissen. Tu mir einen Gefallen, Elihu, stell dein Mikro ab.»

Elihu zögerte, griff dann in seine Manteltasche und holte eine Packung «Pall Mall» heraus. Er öffnete sie und drückte auf eine der Zigaretten. Torriti hörte ein deutliches Klicken. «Ich fürchte, irgendwann werde ich das bereuen», seufzte der Engländer.

Der Zauberer sagte: «Die KGB-Dienststelle Karlshorst ist mit der Moskauer Zentrale über ein unterirdisches Telefonkabel verbunden. Die Russen haben eine todsichere Schutzvorrichtung erfunden – sie haben das Kabel mit Druckluft gefüllt. Wenn der Draht angezapft wird, sinkt der Strom, der hindurchläuft, was sich auf einem Messinstrument ablesen lässt, so dass die Russen gleich wissen, dass sie abgehört werden. Unsere Leute haben eine todsichere Methode erfunden, wie die Leitung angezapft werden kann, ohne dass die Druckluft entweicht oder der Strom sinkt.»

«Ihr hört die Gespräche zwischen Karlshorst und der Moskauer Zentrale ab!»

«Und zwar alle. Und wir entschlüsseln sie zum Teil. In einer Nachricht, die wir entschlüsseln konnten, wird Karlshorst von der Moskauer Zentrale vor einem neuen britischen Gerät gewarnt, mit dem sich Sowjetagenten in den westlichen Besatzungszonen in Deutschland aufspüren lassen, indem ihre Funkempfänger angepeilt werden.»

«Mir dreht sich alles, Harv. Wenn das stimmt, was du sagst –»

Torriti beendete den Satz für seinen britischen Freund. «– haben die Russen einen Maulwurf im britischen Geheimdienst. Ich brauche deine Hilfe, Elihu.»

«Ich weiß nicht, was ich –»

«Sagt dir der Name Walter Kriwitski was?»

Elihus Stirn legte sich in Falten. «Und ob. Kriwitski war doch der Bursche der Roten Armee, der in den Dreißigerjahren in der holländischen Residentur die sowjetische Abwehr in Westeuropa geleitet hat. Ist '36 übergelaufen, oder war es '37? Ein paar Jahre später ist er in den Staaten ums Leben gekommen, aber die Amis waren so nett, ihn uns zu überlassen, bevor sie ihn mit ihren schnellen Autos und flotten Frauen über den Atlantik gelockt haben. Das war natürlich alles vor meiner Zeit, aber ich habe die Berichte gelesen. Kriwitski hat uns aufregende Informationen über einen jungen englischen Journalisten mit dem Decknamen PARSIFAL geliefert. Der Engländer war irgendwann von seiner damaligen Frau angeworben worden, einer fanatischen Kommunistin, und dann hat ihn ein legendärer Führungsoffizier, der nur unter dem Spitznamen Starik bekannt ist, während des Spanischen Bürgerkriegs nach Spanien verfrachtet.»

«Habt ihr die Informationen verifizieren können?»

«Leider nein. Über den Spanischen Bürgerkrieg haben mindestens drei oder vier Dutzend junge englische Journalisten berichtet.»

«Haben deine Vorgänger die Kriwitski-Informationen an die Amerikaner weitergegeben?»

«Natürlich nicht. Man wollte einen erneuten Versuch mit Kriwitski starten, aber da wurde er umgelegt – er hat 1941 in einem Washingtoner Hotel eine Kugel in den Kopf gekriegt. Seine Informationen sind mit ihm gestorben. Schließlich wäre es möglich gewesen, dass Kriwitski Informationen erfunden hat, die ihn in unseren Augen bedeutsamer erscheinen lassen. Warum hätten wir unseren amerikanischen Freunden Grund geben sollen, uns zu misstrauen? So war damals die Parteilinie.»

«Kriwitski hat keine Informationen erfunden, Elihu», sagte Torriti. «Ich habe nach dem Krieg mit Jim Angleton zusammengearbeitet, wenn du dich erinnerst. Wir konnten uns zwar nicht ausstehen, aber das ist eine andere Geschichte. Damals hatten wir eine Übereinkunft mit den Juden aus Palästina – sie wollten Waffen und Munition und Menschen durch die britische Blockade schmuggeln. Wir haben sie gelassen, dafür durften wir jüdische Flüchtlinge aus Osteuropa ausfragen. Einer der Juden aus Palästina war ein Wiener namens Kollek. Teddy Kollek. Er war Anfang der Dreißigerjahre in Wien. Er hat mal von einer Hochzeit erzählt – das ist mir in Erinnerung geblieben, weil der Bräutigam während des Krieges Angletons MI6-Guru in der Ryder Street war; er hat ihm von der Pike auf alles über Spionageabwehr beigebracht.»

Elihu warf den Kopf zurück und meckerte wie eine Ziege. «Kim Philby! Ach du lieber Himmel, ich spüre schon, wie mir meine Pension durch die Finger rinnt.»

«Kennst du ihn etwa persönlich, Elihu?»

«Und ob. Wir tauschen seit ewigen Zeiten Informationen über die Bolschewisten aus, fast so wie Kinder Zigarettenbildchen. Ich telefoniere zwei-, dreimal in der Woche mit Kim – ich bin so was wie ein Mittelsmann zwischen ihm und meinem Boss Roger Hollis.»

«Die Hochzeit, von der Kollek erzählt hat, fand 1934 in Wien statt. Philby war damals ein frischgebackener Cambridge-Absolvent, der nach Österreich gekommen war, um den sozialdemokratischen Aufstand gegen die Regierung zu unterstützen; dabei hat er offenbar eine Kommunistin namens Litzi Friedman kennen gelernt und geheiratet. Kollek kannte die Braut und den Bräutigam flüchtig, deshalb wusste er von der Hochzeit. Die Ehe ging bald darauf in die Brüche, was niemanden erstaunte. Philby war gerade einundzwanzig, und alle vermuteten, er habe die erste Frau geheiratet, die mit ihm ins Bett stieg. Schließlich kehrte er nach England zurück und hat sich dank seiner Hartnäckigkeit bei der Londoner *Times* einen Job als Berichterstatter für die Seite Francos im Spanischen Bürgerkrieg verschafft.»

Elihu legte die Fingerspitzen der rechten Hand auf das linke Handgelenk, um seinen rasenden Puls zu ertasten. «Gütiger Himmel, Harv, ist dir klar, was du da andeutest – dass der Leiter unserer Sektion IX, der Bursche, der noch bis vor kurzem verantwortlich für die Abwehroperationen gegen die Russen war, ein sowjetischer Maulwurf ist! Das kann doch nicht dein Ernst sein.»

«Mein voller Ernst.»

«Das muss ich erst mal verdauen. Gib mir neunundzwanzig Monate Zeit.»

«Die Zeit rinnt uns durch die Finger, Elihu.»

Elihu lehnte sich zurück, schloss die Augen und wandte das Gesicht in die Sonne. Als er sie wieder öffnete, hatte er eine Entscheidung getroffen. «Für das, was ich dir jetzt erzähle, könnte man mich über die Klinge springen lassen. Aber wie es so schön heißt, wer A sagt, muss auch B sagen. Jahre bevor Kim Philby Mitarbeiter der antisowjetischen Spionageabwehr wurde, war er in untergeordneter Stellung in der Sektion V tätig, die deutsche Operationen auf Philbys früherem Einsatzgebiet aufspüren sollte, der Iberischen Halbinsel. MI6 hatte und hat noch heute ein Zentralregister, in dem die Berichte von britischen Agenten weltweit gesammelt werden. Das Zentralregister ist geografisch geordnet. Philby hat sehr häufig die iberischen Bücher eingesehen, was plausibel ist, da es ja sein Operationsgebiet war. Vor gar nicht langer Zeit bin ich ins Zentralregister, um einen Blick in das Register über die Sowjetunion zu werfen, mein Operationsgebiet. Während es für mich geholt wurde, habe ich aus reiner Neugier das Ausleihbuch durchgeblättert, um zu sehen, wer sich alles dafür interessiert hat. Ich war ganz schön verdutzt, als ich sah, dass Philby das Register über die Sowjetunion eingesehen hatte, lange bevor er Chef unserer Sowjetabteilung wurde. Er hätte eigentlich Deutsche in Spanien jagen müssen und nicht sich über britische Agenten in Russland informieren.»

«Wer weiß noch von der Sache, Elihu?»

«Ich habe es außer dir nur noch einer Menschenseele erzählt.»

«Lass mich raten – Ezra Ben Ezra, besser bekannt als der Rabbi.»

Elihu war ehrlich überrascht. «Wie bist du darauf gekommen?»

«Der Rabbi hat mir einmal erzählt, es gebe eine internationale jüdische Verschwörung, und ich habe ihm geglaubt.» Torriti lachte leise. «Jetzt ist mir klar, warum Ben Ezra mich zu dir geschickt hat. Aber warum bist du mit deinem Verdacht nicht zu Roger Hollis gegangen?»

«Weil ich noch nicht völlig verrückt bin», erwiderte Elihu entsetzt. «Was habe ich denn in der Hand, Harv? Ein KGB-Überläufer, der versucht, etwas Wirbel zu machen, indem er behauptet, er könne einen sowjetischen Maulwurf im MI6 enttarnen, eine Heirat in Österreich, ein russischer General, der vage Andeutungen über einen britischen Journalisten in Spanien gemacht hat, irgendwelche einfach zu erklärenden Einsichtnahmen im Zentralregister – Philby könnte sich auf den Kalten Krieg vorbereitet haben, bevor sonst jemand gespürt hat, dass die Temperaturen fallen. Das reicht vorne und hinten nicht als Beweis, um die rechte Hand des MI6-Bosses zu bezichtigen, er wäre ein sowjetischer Spion!»

«Die reine, einfache Wahrheit hat immer Gewicht, Elihu.»

Elihu nahm seinen Hut von der Bank und setzte ihn sich ganz gerade auf den fast haarlosen Kopf. «Ich halte es da mit Oscar Wilde, der gesagt hat, die Wahrheit ist selten rein und niemals einfach.» Er spitzte die Lippen und schüttelte den Kopf. «Tja. Was du machen könntest, ist, ein paar Leuten Kontrastbrei verabreichen. Das haben wir ab und an während des Krieges gemacht.»

«Kontrastbrei! Daran habe ich noch gar nicht gedacht.»

«Ja. Ist aber eine knifflige Sache. Denk dran, er sollte schmackhaft sein – sonst schluckt der russische Maulwurf ihn nicht. Das Zeug muss erstklassig sein. Man muss Nerven haben, Geheimnisse zu verraten, um ein Geheimnis zu erfahren.» Elihu erhob sich, nahm einen Zettel aus seiner Uhrtasche und gab ihn Torriti. «Ich esse unter der Woche im *Lion and Last* in Kentish Town zu Abend. Hier ist die Telefonnummer. Sei so nett und ruf mich nie wieder im Büro an. Ach ja, falls jemand fragt, unser Treffen hier hat nie stattgefunden. Habe ich mich klar ausgedrückt, Harv?»

«Niemand wird etwas anderes von mir hören, Elihu.»

«Danke.»

«Ich danke dir.»

6

WASHINGTON, D.C., FREITAG, 30. MÄRZ 1951

Fünfzehn ernste, junge Sektionsleiter drängten sich in Bill Colbys Büro zum regelmäßigen «Kaffeeklatsch» über das *Stay-behind*-Netzwerk, das in Skandinavien aufgebaut wurde. «In Norwegen steht die Infrastruktur zu neunzig Prozent», berichtete eine junge Frau mit gebleichtem Blondhaar und rot lackierten Fingernägeln. «Wir rechnen damit, dass ein Dutzend gezielt ausgesuchter Standorte in den nächsten paar Wochen mit einer Funkausrüstung ausgestattet sind, damit unsere Geheimzellen mit der NATO und mit ihrer Exilregierung kommunizieren können, wenn die Russen in das Land einfallen.»

Colby berichtigte sie mit einem leisen Lachen. «*Falls* die Russen in das Land einfallen, Margaret. *Falls*.» Er wandte sich an die anderen, die auf Heizkörpern und Aktenschränken hockten oder wie Leo Kritzky an einer der Trennwände lehnten, die Colbys Büro von dem Labyrinth von Arbeitsplätzen rundherum abteilte. «Ich möchte zwei kritische Punkte unterstreichen», sagte Colby. «Erstens: Selbst wenn die betreffende Landesregierung beim Aufbau von *Stay-behind*-Zellen kooperiert, wie im Falle der meisten skandinavischen Länder, möchten wir eigene unabhängige Zellen schaffen. Und zwar aus folgendem Grund: Wir können nicht sicher sein, dass einige Regierungen die sowjetische Besatzung unter Druck nicht doch akzeptieren; wir können nicht sicher sein, dass Elemente in den Regierungen nicht mit der Besatzung kollaborieren und das *Stay-behind*-Netzwerk verraten. Zweitens: Ich kann die Sicherheitsfrage nicht genug betonen. Wenn über die *Stay-behind*-Netzwerke irgendetwas durchsickert, könnten die Russen die Zellen vernichten, *falls* sie in das Land einfallen. Und was vielleicht noch wichtiger ist, falls die Öffentlichkeit von der Existenz eines *Stay-behind*-Netzwerkes Wind bekommt, würde das die Moral unterminieren, es könnte nämlich so gedeutet werden, dass die CIA selbst nicht so ganz daran glaubt, dass es der NATO gelingen könnte, eine sowjetische Invasion aufzuhalten.»

«Aber so ganz glauben wir ja auch nicht daran», warf Margaret ein.

«Stimmt», sagte Colby. «Aber das müssen wir ja nicht unbedingt an die große Glocke hängen.» Colby, ohne Jackett und mit Hosenträgern, schwang seinen hölzernen Drehstuhl in Kritzkys Richtung. «Wie läuft's mit Ihren neuralgischen Punkten, Leo?»

Seit Leo in Colbys Abteilung arbeitete, war er damit betraut, in Skandinavien neuralgische topografische Punkte auszumachen – wichtige Brücken, Eisenbahnknotenpunkte, Reparaturwerkstätten für Lokomotiven, Kanalschleusen, Umschlagbahnhöfe –, sie einzelnen *Stay-behind*-Zellen zuzuteilen und in jedem Gebiet ausreichend Sprengstoff zu horten, mit dem die Zellen die neuralgischen Punkte im Falle eines Krieges zerstören könnten. «*Falls* es losgeht», sagte Leo, «könnten wir mit dem, was wir haben, den Schienen- und Flussverkehr in Skandinavien zur Hälfte zum Erliegen bringen.»

«‹Zur Hälfte› ist zehn Prozent besser, als ich erwartet habe, und halb so gut, wie wir sein müssen», erwiderte Colby. «Bleiben Sie dran, Leo.» An alle gerichtet, fuhr er fort: «Es ist nicht leicht, sich in vermeintlichen Friedenszeiten auf den Krieg vorzubereiten. Es herrscht allgemein das Gefühl vor, wir hätten mehr als genug Zeit, aber das stimmt nicht. General MacArthur versucht insgeheim, die Joint Chiefs zu überzeugen, ihn Ziele in China bombardieren zu lassen. Die endgültige Entscheidung liegt natürlich bei Truman. Aber man braucht nicht viel Phantasie, um sich vorzustellen, dass der Koreakrieg zum Dritten Weltkrieg eskaliert. Also bleiben Sie am Ball. Okay, das wär's für heute.»

«Willst du dir etwas Salbe auf die Striemen auf dem Rücken tun, Leo?», fragte Maud, die sich mit Leo ein paar Quadratmeter im Großraumbüro teilte. Als ausgebildete Historikerin, die während des Krieges beim OSS mit Recherchen betraut gewesen war, hatte sie nun die Aufgabe, nach Spuren für Operationen des sowjetischen Geheimdienstes in den einst von deutschen Truppen besetzten Gebieten zu suchen. Sie hoffte herauszufinden, ob irgendeiner der berühmten sowjetischen Spionageringe während des Kriegs in England oder Frankreich Agenten gehabt hatte, die möglicherweise noch immer dem Kreml treu ergeben waren und für Russland spionierten.

Leo setzte sich an seinen Schreibtisch und starrte lange an die Decke. «Egal, was wir Colby geben, er will mehr», sagte er verärgert.

«Deshalb hat er auch das Sagen und du nicht», bemerkte Maud trocken.

«Genau.»

«Das hier hat der Kurierdienst für dich abgegeben», sagte Maud. Sie warf ihm einen verschlossenen Briefumschlag auf den Tisch, zündete sich einen Zigarillo an und beugte sich wieder über ihre Dokumente.

Leo riss den Umschlag auf und zog einen Brief auf hauchdünnem Papier heraus, der von Jack war. «Leo, alter Gauner», begann er.

«Danke für deine Nachricht. Ich antworte dir auf die Schnelle, damit mein Brief noch heute Nacht per Kurier rausgeht, also entschuldige meine Klaue. Deine Arbeit in Washington klingt öde, aber wichtig. Hier in Deutschland munkelt man, dass Colby große Ziele hat, also häng dich an ihn dran, alter Knabe. Über die Berliner Basis kann ich dir nicht viel erzählen, weil (wie wir in der Branche sagen) du es nicht wissen musst. Es geht ziemlich heiß her. Jede Menge Leute laufen kopflos durch die Gegend. Erinnerst du dich an den OSS-Anwalt, den wir im *Cloud Club* kennen gelernt haben – Ebby Ebbitt? Der ist abserviert worden, weil er laut ausgesprochen hat, was die meisten (aber nicht ich) denken, nämlich dass der Boss der Berliner Basis zu viel trinkt. Ebby ist in die Frankfurter Dienststelle versetzt worden, und ich habe seitdem nichts mehr von ihm gehört. Der Zauberer ist zurzeit fuchsteufelswild wegen einer missglückten Exfiltration – er ist sicher, dass der Gegner einen Tipp bekommen hat. Die Frage ist: von wem? Ich habe meinen ersten Agenten zugeteilt bekommen, genauer gesagt, eine Agent*in*. Noch dazu eine hinreißende Schönheit. Riesige, traurige Augen und lange Beine, die einfach nicht aufhören. Mein Boss will, dass ich sie verführe, damit sie mir im Bett so einiges flüstert. Ich würde meinem Land natürlich nur allzu gern dieses Opfer bringen, aber ich komme bei ihr einfach nicht so richtig zum Zug. Eine ganz neue Erfahrung für mich. Lass mal wieder von dir hören. Ich hoffe, wir sehen uns, wenn ich Heimaturlaub kriege.»

Das Postskriptum lautete: «Hab neulich abends in einer Berliner Kneipe einen alten Bekannten getroffen. Erinnerst du dich an Wanka Borisow? War '48 bei der Weltmeisterschaft in München in der russischen Rudermannschaft, und wir sind einmal abends mit ihm durch die Kneipen gezogen. Wanka wusste, dass ich für die *Company* arbeite, das heißt, er ist beim KGB.»

Leo verschränkte die Hände hinter dem Kopf und lehnte sich zurück. Er wünschte sich fast, er hätte auch einen Posten in einer Stadt wie Berlin bekommen. Washington wirkte dagegen richtig lahm. Doch hier war das Auge des Sturms – hier, so hatte man ihm zu verstehen gegeben, konnte er am meisten bewirken. Sein Blick fiel auf den Wandkalender, auf dem der

30. März als Zahltag rot umkringelt war; er war auch blau umkringelt, um ihn daran zu erinnern, dass er nach der Arbeit mit seinem Hund zum Tierarzt musste.

Mit seinem betagten, an Arthritis leidenden Hund betrat Leo das Wartezimmer der Tierklinik Maryland und nahm Platz. Der Hund, überwiegend, aber nicht ganz ein Deutscher Schäferhund, ließ sich auf das Linoleum plumpsen, wo Leo ihm den Kopf streichelte.
«Was fehlt ihm denn?»
Leo blickte auf. Ihm gegenüber saß eine leicht übergewichtige, eher kleine Frau mit kurzem Lockenhaar, das ihr in die hohe Stirn fiel. Ihre Augen waren verweint. Sie trug einen schwarzen Rollkragenpullover, eine verwaschene orangefarbene Latzhose und Tennisschuhe. Auf ihrem Schoß lag schlaff eine braun-weiße, blutbefleckte Siamkatze.
«Er führt inzwischen ein elendes Hundeleben», sagte Leo traurig. «Ich möchte ihn von seinen Qualen erlösen.»
«Ach je», sagte die junge Frau, «das tut mir Leid. Wie lange haben Sie ihn schon?»
Leo blickte auf seinen Hund. «Manchmal kommt es mir so vor, als wäre er schon immer bei mir.»
Die Frau fuhr geistesabwesend mit den Fingern durch das Fell am Hals der Katze. «Das kann ich gut verstehen.»
Eine beklommene Stille trat ein. Leo deutete mit einem Nicken auf die Katze. «Was ist denn mit ihr passiert?»
«Im Sommer ist sie immer aus dem Fenster geklettert und hat auf der Fensterbank gehockt und die Vögel beobachtet, als ob sie auch gern geflogen wäre. Ich schlafe auch im Winter bei offenem Fenster, und ich hätte schwören können, dass ich es zugemacht habe, als ich heute Morgen zur Arbeit gefahren bin.» Einen Moment lang versagte ihr die Stimme. Dann sagte sie: «Sie muss vergessen haben, dass sie eine Katze ist, und wollte wohl mal eine Runde fliegen. Es heißt zwar, Katzen landen immer unversehrt auf den Füßen. Aber sie ist aus dem dritten Stock gesprungen und auf dem Rücken gelandet. Ich glaube, sie ist gelähmt. Ich will sie einschläfern lassen.»
Leo war als Erster an der Reihe. Als er zehn Minuten später wieder ins Wartezimmer kam, mit dem noch warmen Leichnam seines Hundes in einem Karton, war die Frau nicht mehr da. Er setzte sich und wartete. Kurz darauf kam sie ebenfalls mit einem Karton durch die Tür, tränenüberströmt. Leo stand auf.

Sie blickte auf den Karton in ihren Händen. «Sie ist noch warm», flüsterte sie.

Leo nickte. «Sind Sie mit dem Auto da?», fragte er unvermittelt. Sie bejahte.

«Wo bringen Sie Ihre Katze hin?»

«Ich wollte auf die Farm meines Vaters –»

«Was halten Sie davon, wenn wir eine Schaufel kaufen und hinaus aufs Land fahren und die beiden zusammen auf einem Hügel mit einem herrlichen Ausblick begraben?» Leo verlagerte das Gewicht verlegen von einem Fuß auf den anderen. «Es ist vielleicht eine verrückte Idee. Ich meine, Sie kennen mich ja gar nicht –»

Die junge Frau sah Leo durch ihre Tränen an. «Ich finde die Idee schön», sagte sie, klemmte sich den Karton unter einen Arm und streckte eine Hand aus. «Ich bin Adelle Swett.»

Etwas unbeholfen ergriff Leo ihre Hand. «Leo. Leo Kritzky.»

«Freut mich, Sie kennen zu lernen, Leo Kritzky.»

Er nickte. «Gleichfalls.»

Leo und Adelle hatten eine stürmische Romanze. Nachdem sie seinen Hund und ihre Katze auf einem Hügel in Maryland begraben hatten, lud Leo sie nicht weit von Annapolis in ein Gasthaus ein, das er kannte. Das Essen wurde auf einem Tisch serviert, der mit der *Baltimore Sun* bedeckt war; auf der Titelseite verkündete die Schlagzeile, dass die Rosenbergs wegen Spionage verurteilt worden waren. Eine Weile beschnupperten Leo und Adelle sich; sie sprachen über den Rosenberg-Prozess und über Bücher, die sie in letzter Zeit gelesen hatten. Nach dem ersten Rendezvous telefonierten sie fast täglich miteinander. Adelle hatte einen Abschluss in Politologie und arbeitete als Assistentin für einen Senator von Texas namens Lyndon Johnson, der bei den Demokraten als viel versprechender Politiker gehandelt wurde. Leo gab sich als Mitarbeiter des State Department aus, der für Hintergrundrecherchen zuständig war, doch als Adelle Näheres über seine Tätigkeit wissen wollte, hielt er sich bedeckt, was sie, die sich mit den Gepflogenheiten in Washington auskannte, zu der Überzeugung brachte, dass seine Arbeit irgendwie geheim war.

Als sie sich zwei Wochen kannten, wollte Adelle beim Essen nach einem Kinobesuch von Leo wissen, ob er ehrliche Absichten habe. Er bat sie, genauer zu erklären, was sie meinte. Sie errötete, sah ihm aber fest in die Augen. Sie erzählte ihm, dass sie noch Jungfrau sei und nur mit dem Mann schlafen wolle, den sie heiraten würde. Leo machte ihr auf der Stelle einen

Heiratsantrag. Adelle versprach, ernsthaft darüber nachzudenken. Beim Dessert fuhr sie ihm mit den Fingern über das Handgelenk und sagte, sie habe gründlich über seinen Antrag nachgedacht und wolle ihn annehmen.

Es gab nur noch eine Hürde zu überwinden: Ihr Vater, kein Geringerer als Philip Swett, ein Selfmademan aus St. Paul, der nach Chicago gegangen war und mit Warentermingeschäften ein Vermögen gemacht hatte. Er galt seit kurzem als einflussreicher Mann in der Demokratischen Partei und war ein Freund von Präsident Harry Truman, mit dem er zweimal in der Woche frühstückte. Um dem jungen Mann, der Adelle den Hof machte, unmissverständlich klar zu machen, dass er als Schwiegersohn nicht in Frage kam, lud Swett Leo zu einem seiner berühmt-berüchtigten Samstagabend-Dinners in Georgetown ein. Zu den Gästen zählten die Alsop-Brüder, die Bohlens, die Nitzes, Phil und Kay Graham, Randolph Churchill und Malcolm Muggeridge sowie etliche führende Mitarbeiter der *Company*, die Leo vom Sehen kannte – Wisner war mit seiner Frau da und auch Allen Dulles, der als zukünftiger CIA-Chef gehandelt wurde. Leo saß eine Tischlänge von Adelle entfernt, die verstohlen beobachtete, wie er sich hielt. Dulles, ihr Tischnachbar, unterhielt die Gesellschaft mit Anekdoten, bis Phil Graham ihn fragte, ob sich sein Verhältnis zu Truman verbessert habe.

«Nicht, dass ich wüsste», sagte Dulles. «Er hat mir nie verziehen, dass ich '48 für seinen Gegenkandidaten Dewey Partei ergriffen habe. Ständig versucht er, mich auf den Arm zu nehmen. Diese Woche habe ich Bedell Smith im wöchentlichen Meeting vertreten. Als ich ging, rief Truman mich zu sich und sagte, er wolle, dass die CIA ihm fürs *Oval Office* eine Karte beschafft, auf der die Standorte unserer Agenten auf der ganzen Welt mit Nadeln markiert sind. Ich habe erwidert, das sei völlig unmöglich, schließlich wäre nicht jeder, der ins *Oval Office* kommt, in sicherheitstechnischer Hinsicht unbedenklich.» Dulles musste selbst lächeln. «Truman hat sich kaputtgelacht, und mir wurde klar, dass er sich auf meine Kosten amüsierte.»

Nach dem Essen zogen die Gäste sich in das geräumige Wohnzimmer zurück, schoben die Möbel beiseite und tanzten zu Big-Band-Platten. Leo versuchte, Adelles Blick aufzufangen, als Swett sie beide zu sich winkte.

«Kommen Sie mit in mein Arbeitszimmer», wies er Leo an und bedeutete Adelle, ihnen zu folgen.

Das Schlimmste befürchtend, stieg Leo hinter ihm die Treppe hinauf und betrat einen getäfelten Raum mit offenem Kamin, in dem ein Feuer brannte. Adelle schloss die Tür. Swett bedeutete Leo, in einem Ledersessel Platz zu nehmen, und bot ihm eine dicke Havanna-Zigarre an.

«Ich bin Nichtraucher», sagte Leo und hatte das Gefühl, als würde er eine unverzeihliche Charakterschwäche eingestehen. Adelle setzte sich auf die Armlehne seines Sessels. Gemeinsam blickten sie Philip Swett an.

«Mann, Sie wissen ja nicht, was Ihnen entgeht», sagte Swett. Gegen die Kante eines Tisches gelehnt, schnitt er mit einer silbernen Schere die Spitze ab, zündete die Zigarre an. Eine große Qualmwolke quoll aus seinem Mund. «Den Stier bei den Hörnern packen, sage ich immer. Adelle hat mir erzählt, dass ihr beide viel Zeit zusammen verbringt.»

Leo nickte vorsichtig.

«Was machen Sie? Beruflich, meine ich.»

«Daddy, du guckst zu viele Hollywood-Filme.»

«Ich arbeite für die Regierung», erwiderte Leo.

Swett lachte spöttisch. «Wenn hier jemand etwas so Schwammiges sagt wie, dass er für die Regierung arbeitet, heißt das, er ist bei der *Company*. Sie arbeiten für Allen Dulles und Wisner?»

«Ich bin im State Department, Mr. Swett.» Er nannte eine Abteilung, einen Vorgesetzten, einen Zuständigkeitsbereich.

Swett sog an seiner Zigarre. «Was verdienen Sie, junger Mann?»

«Daddy, du hast versprochen, ihn nicht einzuschüchtern.»

«Wo ich herkomme, hat ein Vater das Recht, einen Mann, der seine Tochter heiraten will, nach seinen Aussichten zu fragen.» Er blickte Leo unverwandt an. «Wie viel?»

Leo spürte, dass mehr davon abhing, *wie* er die Frage beantwortete, als von der Antwort selbst. Adelle war zwar impulsiv, aber er bezweifelte, dass sie ihn gegen den Willen ihres Vaters heiraten würde. Er musste clever vorgehen, den Stier bei den Hörnern packen, wie Swett gesagt hatte. «Wie viel verdienen *Sie* im Jahr, Sir?»

Adelle hielt den Atem an. Ihr Vater stieß einige Stakkatowölkchen aus und musterte Leo durch den Rauch. «Rund eins Komma vier Millionen. *Nach* Abzug der Steuern.»

«Ich verdiene sechstausendvierhundert Dollar, Sir. *Vor* Abzug der Steuern.»

Drückende Stille erfüllte den Raum. «Ich will nicht drumherum reden, junger Mann. Nicht das Geld macht mir Sorgen – als ich geheiratet habe, habe ich vierzig Dollar in der Woche verdient. Aber mein Standpunkt ist folgender: Ich bin strikt gegen Mischehen. Nicht, dass Sie mich falsch verstehen, ich habe nichts gegen Juden, aber ich bin der Meinung, Juden sollten Juden heiraten, und Protestanten sollten Protestanten heiraten.»

«Im Grunde sind alle Ehen Mischehen», sagte Leo. «Mann und Frau.»

Dann beugte er sich vor. «Ich liebe Ihre Tochter. Wir haben nicht vor, Sie um Erlaubnis zu bitten, damit wir heiraten können.» Er griff nach Adelles Hand und verschränkte die Finger mit ihren. «Wir teilen es Ihnen bloß mit. Es wäre uns beiden lieber, wenn Sie uns Ihren Segen geben. Aber wenn nicht» – er drückte Adelles Hand fester – «dann nicht.»

Swett beäugte Leo mit missmutigem Respekt. «Eins muss ich Ihnen lassen, junger Mann – Sie haben einen besseren Geschmack als meine Tochter.»

«O, Daddy!», rief Adelle. «Ich wusste, du würdest ihn mögen!» Sie sprang auf und warf sich in seine Arme.

Auf den Tag genau einen Monat nachdem das junge Paar sich im Wartezimmer des Tierarztes kennen gelernt hatte, fand in Annapolis die Hochzeit statt. Adelles Schwester Sydney und Bill Colby waren Trauzeugen. Da Philip Swett von Harry Truman als politischer Feuerwehrmann nach Texas entsandt worden war, führte Adelles Chef Lyndon Johnson sie zum Altar. Als Leo seiner Schwiegermutter nach der Trauung einen Abschiedskuss gab, schob sie ihm einen Briefumschlag in die Jacketttasche seines funkelnagelneuen Anzugs. Darin waren ein Scheck über fünftausend Dollar und die Worte: «Lebt glücklich und zufrieden, sonst brech ich dir das Genick. P. Swett.»

Die Frischvermählten verbrachten die Hochzeitsnacht in einem Hotel mit atemberaubendem Blick auf den Sonnenuntergang über der Chesapeake Bay. Am nächsten Morgen ging Leo wieder zur Arbeit. Adelle hatte drei Tage frei bekommen, die sie nutzte, um mit dem Wagen Sachen aus ihrer Wohnung in Georgetown in ihr neues, gemeinsames Heim zu bringen, das sie in der Bradley Lane in Maryland gemietet hatten.

Schon bald stellte sich bei dem jungen Ehepaar die Alltagsroutine ein. Leo wurde morgens von seinem Kollegen Dick Helms mit zur Arbeit genommen. Helms, der ebenfalls beim OSS gewesen war und unter Wisner in der Abteilung Geheimoperationen arbeitete, wohnte in der Nachbarschaft und fuhr immer einen großen Umweg, um sein Ziel unkenntlich zu machen.

Einmal alle zwei Wochen hatte Leo die zweite Nachtschicht von vier Uhr morgens an und stellte mit seinen Kollegen den *Tagesbericht* für den Präsidenten zusammen. Dafür wurden die in der Nacht von den Operationsbasen in Übersee eingetroffenen Nachrichten gesichtet und nur die wichtigsten Themen aussortiert, die Truman zur Kenntnis gebracht werden sollten. Das «Buch», so die interne Bezeichnung – ein acht- bis zehnseitiges Dokument mit der Aufschrift «Nur für den Präsidenten» – wurde jeden Morgen frühzeitig zum Weißen Haus gebracht, so dass Truman es beim Frühstück lesen konnte.

An einem Sonntagmorgen kurz nach Leos Heirat erhielt der für die Überbringung zuständige Kollege, als er sich gerade auf den Weg machen wollte, einen Anruf von seiner Frau: Die Wehen hatten eingesetzt, und sie war schon im Krankenhaus. Der Kollege bat Leo, für ihn einzuspringen, und eilte zur Geburt seines ersten Kindes. Leos *Company*-Ausweise wurden am Südtor des Weißen Hauses überprüft, bevor er durch den Privateingang des Präsidenten geführt und mit dem Aufzug zu dessen Wohnung im ersten Stock gebracht wurde. Leo musste draußen im Flur warten. Gleich darauf öffnete sich eine Tür, und ein untersetzter Mann in einem Zweireiher mit flotter Fliege winkte ihn herein. Ziemlich verunsichert dadurch, dem Präsidenten direkt gegenüber zu stehen, trat Leo in das Zimmer. Zu seiner Überraschung sah er Philip Swett am Frühstückstisch sitzen.

«Du arbeitest also doch für die *Company*», knurrte Swett und zog amüsiert die Stirn kraus.

«Die Herren kennen sich?», fragte der Präsident.

«Der junge Bursche hat meine Tochter geheiratet, damit ist er wohl mein Schwiegersohn», erwiderte Swett. «Bei unserer ersten Unterhaltung besaß er die Stirn, mich zu fragen, wie viel ich verdiene.»

Truman blickte Leo an. «Ich habe viel übrig für Menschen mit Courage.» In seinen Augen blitzte der Schalk: «Was hat Phil geantwortet?»

«Ich fürchte, ich kann mich nicht erinnern, Sir.»

«Gut so!», sagte Truman. «Ich habe auch viel übrig für Menschen, die Diskretion bewahren können.»

7

WASHINGTON, D.C., DONNERSTAG, 5. APRIL 1951

In der Dachkammer über dem Getränkeladen *Kahn's Wine & Beverage* in der M Street in Washington befestigte Eugene Dodgson, der junge Amerikaner, der erst kürzlich von einem Rucksackurlaub in Skandinavien zurückgekehrt war, ein Ende der Kurzwellenantenne an einem Wasserrohr. Er wickelte den Draht ab und befestigte das andere Ende an einer Schraube an der Rückseite eines Geräts, das aussah wie ein ganz gewöhnliches Küchenradio. Er schaltete das Radio ein und drückte gleichzeitig den ersten und den dritten Knopf – der eine vermeintlich für den Ton, der andere für einen voreingestellten Sender –, was das Radio in einen modernen Kurzwellenempfänger verwandelte. Eugene warf einen Blick auf die Uhr, stellte eine Moskauer Frequenz ein und wartete, über das Gerät gebeugt, einen Stift in der Hand, ob sein persönlicher Code in der englischsprachigen Quizsendung ausgestrahlt würde. Die Quizmasterin stellte die Frage. «Hier nun ein Zitat aus einem weltberühmten Buch: ‹Und die Moral davon ist: Was du nicht willst, das man dir tu, das füg auch keinem andern zu.›» Der Literaturstudent der Moskauer Universität überlegte einen Moment und sagte dann: «*Alice im Wunderland* von Lewis Carroll!» Eugene hämmerte förmlich das Herz in der Brust. Plötzlich fühlte er sich mit der Heimat wie durch eine lange Nabelschnur verbunden, die sich von dem Radio aus über Kontinente und Meere hinweg erstreckte, um ihn daran zu erinnern, dass er nicht allein war. Er kritzelte die Gewinnzahl hin, die am Ende der Sendung zwei Mal wiederholt wurde. Ein Hochgefühl durchdrang Eugene – er sprang auf, presste den Rücken an die Wand, die nach frischer Farbe roch, und keuchte, als hätte er gerade einen Hundert-Meter-Lauf hinter sich. In der Hand hielt er die erste Nachricht von Starik! Laut lachend, ehrfürchtig den Kopf schüttelnd – all diese Codes, all diese Frequenzen, das funktionierte wirklich! –, stellte Eugene am Radio einen beliebten Musiksender ein, wickelte dann vorsichtig die Antenne auf und verstaute sie in einem Hohlraum unter dem Bodenbrett im Wandschrank.

Aus seiner Brieftasche nahm er den Glücksbringer, einen Zehn-Dollar-Schein (auf dem mit Tinte «Für Eugene, von seinem Dad zum achten Geburtstag» geschrieben stand), und subtrahierte die Seriennummer darauf von der Gewinnzahl aus der Moskauer Sendung. Das Ergebnis war die Washingtoner Telefonnummer seiner Mittelsperson, die den Kontakt zum Residenten hielt. Wenn er die Nummer um Punkt Mitternacht von einer Telefonzelle aus anrief, würde ihm eine Frau mit starkem osteuropäischem Akzent die Privatnummer des sowjetischen Agenten geben, den er in Amerika kontaktieren und dem er Anweisungen übermitteln sollte. Bei dem Mann handelte es sich um den hochrangigen Maulwurf mit dem Decknamen PARSIFAL.

Die Atlantiküberquerung – elf Tage bei schwerem Seegang von Kristiansand nach Halifax auf einem Frachter – war nicht ungewöhnlich verlaufen, das zumindest hatte der Kapitän seinem jungen amerikanischen Passagier versichert. Als Eugene schließlich in Halifax die Gangway hinuntertaumelte, dauerte es noch einige Stunden, bis der Asphalt unter seinen Wanderschuhen nicht mehr schwankte wie die Planken des Schiffs.

Eugene brauchte vier Tage, um per Anhalter mit Trucks von Halifax nach Caribou in Maine zu gelangen. Dort hatte er einen Greyhound-Bus bestiegen, der über Boston nach New York fuhr, wo er sich im Hotel *Saint George* ein Zimmer genommen hatte. Von einer Telefonzelle hatte er die Nummer angerufen, die er sich vor seiner Abreise aus Moskau auf Stariks Geheiß eingeprägt hatte. Eine übellaunige Stimme meldete sich am anderen Ende der Leitung.

«Kann ich Mr. Goodpaster sprechen?», fragte Eugene.

«Welche Nummer haben Sie gewählt?»

Eugene las die Nummer von dem Apparat ab, von dem er anrief.

«Sie haben sich verwählt.» Die Verbindung wurde abgebrochen.

Sieben Minuten später klingelte der Apparat in Eugenes Telefonzelle. Er nahm den Hörer ab und sagte: «Wer mit dem Teufel speist, braucht einen langen Löffel.»

«Ich habe Ihren Anruf schon vor drei Tagen erwartet», beschwerte sich der Mann. «Wieso melden Sie sich jetzt erst?»

«Die Fahrt mit dem Schiff hat nicht neun, sondern elf Tage gedauert.»

«Kennen Sie den Botanischen Garten in Brooklyn?»

«Klar.»

«Ich werde morgen früh um zehn vom Haupteingang aus auf der vierten Bank sitzen und die Tauben füttern. Um den Hals werde ich eine Leica hängen haben, und neben mir auf der Bank liegt ein mit rot-goldenem Weihnachtspapier verpacktes Paket.»

«Zehn Uhr morgen früh», bestätigte Eugene und legte auf.

Eugene erkannte den dünnen Mann mit schütterem Haar und Habichtgesicht augenblicklich von dem Foto her, das Starik ihm gezeigt hatte. Oberst Rudolf Iwanowitsch Abel war im Jahr zuvor in die Vereinigten Staaten eingereist und lebte getarnt irgendwo in Brooklyn. Der Oberst, eine Leica an einem Riemen um den Hals, riss Brotscheiben in Stücke und warf die Krumen den Tauben hin, die sich zu seinen Füßen scharten; er blickte nicht auf, als Eugene sich neben ihm auf die Bank plumpsen ließ. Zwischen ihnen lag das in Weihnachtspapier eingeschlagene Paket – es enthielt das Radio, eine Antenne und eine Taschenlampe, die funktionierte, obwohl in der ausgehöhlten Batterie ein Microdot-Lesegerät versteckt war, Pass, Führerschein und sonstige Papiere für Legende B, falls Eugene eine neue Identität annehmen musste, einen ausgehöhlten Silberdollar, in dem ein Mikrofilm-Dia mit Eugenes persönlichen Identifizierungscodes, Chiffriercodes und Telefonnummern in Washington und New York für den Notfall steckte, sowie ein Kuvert mit zwanzigtausend Dollar in kleinen Scheinen.

Eugene wollte die Losung wiederholen: «Wer mit dem Teufel speist –», doch Abel hatte den Blick gehoben und fiel ihm ins Wort.

«Ich erkenne Sie von Ihrem Passfoto wieder.» Ein unglückliches Lächeln zeigte sich in seinem unrasierten Gesicht. «Ich bin Rudolf Abel», sagte er.

«Starik lässt Sie herzlich grüßen, Genosse», sagte Eugene.

«Hier hört uns keiner außer den Tauben», sagte Abel. «Ich kann die kleinen Biester nicht ausstehen. Tun Sie mir einen Gefallen, sprechen Sie Russisch.»

Eugene beantwortete die neugierigen Fragen des sowjetischen Spionageoffiziers, der wissen wollte, was es Neues in der Heimat gab. Wie war das Wetter in Moskau gewesen, als Eugene abreiste? Waren inzwischen mehr Autos auf den Straßen? Welche Filme hatte Eugene zuletzt im Kino gesehen? Welche Bücher hatte er gelesen? War an der amerikanischen Propaganda etwas dran, dass in den staatlichen Geschäften die Konsumgüter knapp waren? Dass die Leute in Krasnojarsk wegen Brotmangels auf die Straße gingen? Dass jiddische Dichter und Schauspieler wegen Verschwörung gegen Genosse Stalin verhaftet worden waren?

Zwanzig Minuten später stand Eugene auf und reichte ihm die Hand. Oberst Abel schien ihn nur ungern gehen zu lassen. «Am schlimmsten ist die Einsamkeit», sagte er. «Und die Aussicht, dass mein Heimatland Amerika angreifen und mich mit einer seiner A-Bomben töten könnte.»

Zehn Tage blieb Eugene im *Saint George*, erkundete die Gegend, um sie sich einzuprägen, trank *Egg Cream* in der Milchbar, in der er als Jugendlicher angeblich viel Zeit verbracht hatte, ging in den Waschsalon und das Chinarestaurant, wo er entsprechend seiner Legende Stammkunde gewesen war. Er kaufte sich zwei Reisetaschen in einem Discountladen am Broadway und füllte sie mit Secondhandkleidung – Sportjackett und Hose, Slipper, vier Hemden, Krawatte, Lederjacke und Regenmantel –, die er in der Madison Avenue erstand. Am ersten April packte Stariks neuester Agent in Amerika seine Reisetaschen und setzte sich auf eine von ihnen, damit es ihm für die bevorstehende Reise Glück brachte. Dann bezahlte er seine Hotelrechnung in bar, fuhr mit der Subway zur Grand Central Station und bestieg einen Zug nach Washington, wo ein neues Leben als sowjetischer Illegaler auf ihn wartete.

In Washington angekommen, nahm er ein Taxi und erreichte sein Ziel, als Max Kahn gerade Feierabend machte und seinen Getränkeladen abschloss.

Kahn, ein kleiner, untersetzter Mann Anfang fünfzig mit widerborstiger weißer Mähne schrak auf, als er jemanden an die Scheibe klopfen hörte. Er winkte ab und rief: «Tut mir Leid, aber wir haben schon –» Dann nahm sein Gesicht einen erfreuten Ausdruck an, als er die beiden Reisetaschen sah. Er schritt zur Tür, schloss sie auf und umarmte Eugene stürmisch. «Ich hab dich schon vor Tagen erwartet», sagte er heiser flüsternd. «Herein mit dir, Genosse. Du wohnst im Dachappartement – ich habe es letzte Woche extra neu gestrichen.» Er nahm eine von Eugenes Taschen und ging voraus die schmale Treppe hinten im Laden hoch.

Wenn er von sich erzählte, was nicht oft vorkam, sagte Kahn gern, dass sich sein Leben an dem Abend verändert hatte, als er Anfang der Zwanzigerjahre auf dem Broadway zufällig in eine Diskussionsgruppe jüdischer Intellektueller geraten war. Zu der Zeit studierte er noch unter seinem richtigen Namen Cohen an der Columbia-Universität Betriebswirtschaft. Die marxistische Kritik am kapitalistischen System hatte ihm die Augen für eine Welt geöffnet, die er bis dahin nur undeutlich wahrgenommen hatte. Mit seinem Abschluss in der Tasche war er in die amerikanische Kommunistische Partei eingetreten und hatte bei der Parteizeitung *Daily Worker* angefangen, wo er bis zum Angriff der Deutschen auf die UdSSR im Juni 1941 Abonnements verkaufte und als Schriftsetzer arbeitete. Von diesem Zeitpunkt an hatte er auf Anweisung eines sowjetischen Diplomaten die Arbeit für die Partei eingestellt, jeden Kontakt mit ihr abgebrochen, seinen Namen in Kahn umgeändert und sich in Washington niedergelassen. Mit Geldern, die ihm sein Führungsoffizier beschaffte, hatte er einen Getränkeladen gekauft und *Kahn's Wine & Beverage* getauft.

«Man hat so einige von uns ausgewählt, um in den Untergrund zu gehen», erzählte er Eugene am Abend nach dessen Ankunft bei Spaghetti und Bier. «Wir waren keine Parteimitglieder mehr, aber wir standen unter Parteidisziplin – wir waren gute Soldaten, wir gehorchten Befehlen. Mein Führungsoffizier brauchte nur in eine Richtung zu zeigen, und ich marschierte los, ohne Fragen zu stellen, um für den Weltsozialismus zu kämpfen. Ich kämpfe noch immer für die gute Sache», fügte er stolz hinzu.

Kahn war lediglich gesagt worden, dass er einen jungen Parteigenossen aus New York bei sich unterbringen sollte, der vom FBI schikaniert wurde. Sein Untermieter würde abends an der Georgetown-Universität Seminare besuchen und tagsüber, als Bezahlung für die Wohnung, Waren für ihn ausfahren.

«Ich weiß, du stehst unter Parteidisziplin», sagte Kahn jetzt, während er Eugene den Rest Bier ins Glas schüttete. «Ich weiß, dass du nicht über alles reden kannst.» Er senkte die Stimme. «Diese Sache mit den Rosenbergs – davon wird mir speiübel.» Als Eugene verständnislos blickte, sagte er: «Hast du denn keine Nachrichten gehört – die beiden wurden zum Tode verurteilt. Sie kommen auf den elektrischen Stuhl! Ich hab die Rosenbergs Ende der Dreißigerjahre kennen gelernt – wir sind uns häufiger auf Parteiversammlungen begegnet. Ich sage dir, Ethel war absolut arglos. Julius war der Marxist. Ich hab ihn nach dem Krieg noch ein Mal getroffen. Da hat er mir erzählt, dass er seit '43 als Kurier arbeitete. Sein Führungsoffizier war im sowjetischen Konsulat in New York. Er hat Kuverts entgegengenommen und weitergegeben, klar, aber ich bezweifle, dass er wusste, was drin war. Ethel hat den Haushalt gemacht und sich um die Kinder gekümmert, während die Männer über Politik redeten. Falls sie die Hälfte davon begriffen hat, wäre ich überrascht. *Todesstrafe!* Was ist das für eine Welt?»

«Glaubst du, die Todesstrafe wird vollstreckt?», fragte Eugene.

Kahn kratzte sich am Hals. «Die antisowjetische Hysterie in diesem Land ist völlig außer Kontrolle geraten. Die Rosenbergs müssen als Sündenböcke für den Koreakrieg herhalten. Mag sein, dass der Präsident sie

aus politischen Gründen noch begnadigt.» Kahn stand auf. «Wir müssen alle auf der Hut sein. Bernice bringt dir morgen früh die Zeitungen.»
«Wer ist Bernice?»
«Bernice ist praktisch meine Adoptivtochter und eine von uns – eine richtige Genossin, eine proletarische Kämpferin. Sie macht morgens den Laden auf, und ich mache ihn abends zu. Gute Nacht, Eugene.»
«Gute Nacht, Max.»

Als er sich am nächsten Morgen vor dem gesprungenen Spiegel über dem Waschbecken in dem winzigen Badezimmer rasierte, hörte Eugene, wie jemand unten im Laden Kartons stapelte. Kurz darauf ertönten gedämpfte Schritte auf der Treppe und ein leises Klopfen an der Tür.
«Jemand zu Hause?», rief eine Frauenstimme.

Eugene wischte sich mit einem Handtuch die Reste Rasierschaum aus dem Gesicht und öffnete die Tür einen Spalt.
«Hi», sagte eine junge Frau. Sie hielt die Titelseite des *Washington Star* hoch, damit er das Foto von Julius und Ethel Rosenberg sehen konnte.
«Du musst Bernice sein.»
«Richtig geraten.»

Bernice war eine schlanke, dunkle Schönheit mit einer gebogenen Nase, buschigen Augenbrauen und tief liegenden Augen, die kampflustig blitzten, wenn sie sich bei einem Thema von ihrer Leidenschaft mitreißen ließ. Sie bezeichnete sich als marxistische Feministin in der Tradition von Alexandra Kollontai, der russischen Bolschewistin, die Mann und Kinder verlassen hatte, um Lenin und der Revolution zu dienen. Auch Bernice war bereit, die bürgerliche Moral aufzugeben und ihren Körper der Revolution darzubieten – falls jemand sie dazu aufforderte.

Bernice war nicht von gestern. Eugene betonte so deutlich, dass er in Brooklyn geboren und aufgewachsen war, dass sie sich schließlich fragte, ob er wirklich Amerikaner war; manchmal meinte sie, bei ihm kleine grammatikalische Schnitzer zu hören, was sie an ihren Großvater, einen jüdischen Immigranten aus Wilna, erinnerte, der noch nach Jahren in den Staaten ähnlich gesprochen hatte. Das Geheimnisvolle, das sie bei Eugene spürte, faszinierte sie.

«Ich habe dich durchschaut, Eugene», sagte sie einmal zu ihm, als er nach einer Auslieferungsfahrt den Kombi in der kleinen Straße hinter dem Getränkeladen geparkt hatte und zur Hintertür hereinkam. «Du bist ein kanadischer Kommunist und hast letztes Jahr die Streiks der Hafenarbeiter gegen die Ausschiffung der Marshall-Plan-Hilfsgüter mit organisiert. Du bist auf der Flucht vor der *Mounted Police*. Hab ich Recht?»

«Behältst du's für dich?»

«Von mir erfährt niemand ein Sterbenswörtchen. Nicht mal Max.»

«Die Partei weiß, dass sie sich auf dich verlassen kann.»

«Und ob sie das kann», sagte sie mit Nachdruck. Sie kam auf ihn zu, küsste ihn hungrig auf den Mund und keuchte dann: «Heute Abend kommst du mit zu mir, und wir treiben es, bis es hell wird.»

Und Eugene, der in Russland eine Jüdin abgewiesen hatte, nur um hier in den Armen einer anderen zu landen, erhob keine Einwände.

Am nächsten Morgen entdeckte Eugene das X, das mit blauer Kreide auf eine Seite des großen Metallmüllbehälters auf dem Parkplatz hinter dem Getränkeladen aufgemalt war. Nach seinem Literaturseminar am Abend ging er in den Lesesaal der Unibibliothek, nahm drei Bücher über Melville aus den Regalen und suchte sich einen Platz an einem Ecktisch. Von Zeit zu Zeit kamen Studenten herein, um sich Bücher zu holen oder sie zurückzustellen. Als die Zeiger der Uhr über der Tür auf neun Uhr sprangen, erhob sich an einem anderen Tisch lautlos eine große, dünne Frau mit rostbraunem Haar, das nachlässig zu einem Nackenknoten geschlungen war, und ging mit einem Stapel Bücher zu den Regalen. Minuten später kam sie ohne Bücher wieder, zog sich einen Mantel an und verschwand durch den Ausgang.

Eugene wartete bis kurz vor halb elf, als ein Glockenzeichen verkündete, dass die Bibliothek schloss. Inzwischen waren nur noch zwei Bibliothekarinnen und ein Mann mit zwei Krücken im Lesesaal. Eine der Bibliothekarinnen fing Eugenes Blick auf und deutete mit der Nase auf die Wanduhr. Er nickte, sammelte seine Bücher ein und ging zu dem Regal, um sie wieder einzuordnen. Mitten zwischen den Büchern über Melville stand ein dickes Buch über Stricken. Eugene vergewisserte sich, dass niemand ihn beobachtete, und steckte es in seine Mappe, holte seine Lederjacke von der Stuhllehne und begab sich zum Ausgang. Die Bibliothekarin spähte über ihre Lesebrille hinweg und lächelte ihn an. Eugene öffnete seine Mappe und hielt ihr das Strickbuch hin, damit sie sah, dass er kein Buch aus dem Lesesaal mitgehen lassen wollte.

«Sie sind bestimmt der einzige Student, der Melville liest *und* Stricken lernt», sagte sie lachend.

Eugene gelang es, verlegen dreinzuschauen. «Es gehört meiner Freundin.»

«Schade. Es wäre besser um unsere Welt bestellt, wenn Männer stricken würden.»

Max hatte Eugene den Kombi für den Abend geliehen. Statt nach Hause fuhr er ein Stück nach Virginia hinein, wo er eine halbe Stunde später an einer Tankstelle hielt. Während der Wagen betankt wurde, ging er ins Büro des Tankwarts und warf Münzen in den Schlitz des Wandtelefons. Er wählte die Washingtoner Nummer, die Starik ihm per Funk durchgegeben hatte.

Eine schläfrige Stimme meldete sich. «Hallo?»

Eugene sagte: «Ich rufe wegen Ihrer Annonce in der *Washington Post* an – wie viele Meilen hat der Ford, den Sie anbieten, auf dem Tacho?»

Der Mann am anderen Ende sagte mit einem deutlichen britischen Akzent: «Da sind Sie bei mir f-f-falsch. Ich verkaufe keinen Ford. Auch keine andere Marke.»

«Mist, da muss ich mich verwählt haben.»

Der Engländer zischte: «Ich nehme Ihre unausgesprochene Entschuldigung an», und legte auf.

Am nächsten Morgen wurden telefonisch vier Flaschen *Lagavulin Malt Whisky* bestellt. Der Anrufer sagte, er hätte sie gern bis Mittag geliefert. Bernice erwiderte, dass das machbar sei, und notierte die Adresse.

Eugene, der den Kombi durch den dichten Washingtoner Vormittagsverkehr steuerte, fuhr über die Canal Road und dann die Arizona Avenue hoch, von wo er in die Nebraska Avenue abbog, eine ruhige, von Bäumen gesäumte Straße mit stattlichen Häusern auf beiden Seiten. Er überprüfte die Adressen auf dem Bestellschein und hielt um Punkt elf vor Nummer 4100, einem zweigeschossigen Backsteinhaus mit großem Erkerfenster. Der Kunde, der den Whisky bestellt hatte, musste ihn durch das schmale Dielenfenster beobachtet haben, denn die Haustür öffnete sich, bevor Eugene klingeln konnte.

«Alle Achtung, da haben Sie aber einen schicken Wagen. Bitte k-k-kommen Sie herein.»

Der Engländer hatte langes, welliges Haar und trug einen weiten blauen Blazer mit matten Goldknöpfen. Seine Augen waren verquollen wie bei jemandem, der sehr viel Alkohol trinkt. Er zog Eugene in die Diele und sagte: «Ich nehme an, Sie haben eine Visitenkarte.»

Eugene hielt das halbe Stück Pappe hoch, das von einer Packung Weingummi abgerissen worden war (es hatte in dem ausgehöhlten Strickbuch aus dem Regal im Lesesaal gelegen), und der Engländer zog die andere Hälfte aus der Tasche. Die beiden Hälften passten haargenau zusammen. Der Engländer streckte ihm die Hand hin. «Freut mich», murmelte er. Ein nervöses Zucken zeigte sich in seinem fleischigen Gesicht. «Ehrlich gesagt habe ich nicht erwartet, dass Starik mir einen jungen Burschen wie Sie schicken würde. Ich bin P-P-PARSIFAL ... aber das wissen Sie ja.»

Eugene roch den Whisky im Atem des Engländers. «Mein Arbeitsname ist Eugene.»

«Amerikaner, nicht? Hab gedacht, Starik würde mir diesmal einen Russen besorgen.»

«Ich spreche zwar wie ein Amerikaner», teilte Eugene ihm mit, «aber ich bin Russe.» Und er sagte sein Motto in perfektem Russisch auf: «*Sa uspech naschego besnadjoshnogo dela!*»

Die Miene des Engländers hellte sich auf. «Ich spreche selbst kein Russisch. Aber ich höre es gern. Ich habe viel lieber mit Stariks Russen zu tun als mit diesen übernervösen amerikanischen Kommunisten.» Er nahm vier belichtete Minoxfilme aus seiner Tasche und reichte sie Eugene. «Leiten Sie den Kram, so schnell Sie können, an Starik weiter. Ich hab ein paar schrecklich gute Bilder von ein paar schrecklich geheimen Dokumenten geschossen, auf denen genau dargelegt wird, über welchen sowjetischen Städten die Amerikaner A-Bomben abwerfen wollen, wenn es zum Krieg kommt. Haben Sie auch was Schönes für mich?»

Eugene stellte die Flaschen *Lagavulin* auf den Boden und holte die anderen Dinge hervor, die in dem ausgehöhlten Strickbuch gewesen waren: ein Dutzend Filme für eine Minox-Minikamera, neue Chiffriercodes in Miniaturschrift auf der Innenseite von gewöhnlichen Streichholzschachteln, ein neues Microdot-Lesegerät, getarnt als Weitwinkelobjektiv für eine 35-mm-Kamera, und einen persönlichen Brief von Starik, natürlich verschlüsselt.

«Besten Dank», sagte der Mann. «Meinen Sie, Sie kommen bald mal wieder mit dem Residenten in Kontakt?»

«Möglich.»

«Je früher, desto b-b-besser. Sagen Sie ihm, uns steht da ein kleines Problem ins Haus. Angleton ist dahintergekommen, dass wir im *British Foreign Service* seit ewigen Zeiten einen Maulwurf mit dem Decknamen HOMER haben.» Das Stottern des Engländers war verschwunden, als er ins Reden kam. «Gestern hat er mir erzählt, dass seine Leute bei einigen alten abgefangenen Nachrichten noch ein paar zusätzliche Einzelheiten dechiffriert haben: Als HOMER in Washington stationiert war, hat er sich zwei Mal in der Woche in New York mit Ihrem Vorgänger, seinem Mittelsmann, getroffen. Über kurz oder lang wird Angleton rausfinden, dass nur Don Maclean in Frage kommt – er hat zwei Mal in der Woche in New York seine Frau Melinda besucht, die schwanger war und bei ihrer amerikanischen Mutter wohnte. Maclean leitet inzwischen die amerikanische Abteilung im *Foreign Service* in London. Er muss gewarnt werden, und jemand sollte Vorkehrungen treffen, ihn rauszuschleusen. Können Sie das alles behalten?»

Eugene war von Starik bereits über Angleton und HOMER und Maclean informiert worden. «Wo ist Burgess derzeit beschäftigt?», erkundigte er sich nach Philbys altem Freund vom Trinity College, Guy Burgess, der seit langem sowjetischer Agent war und Philby während des Kriegs für den MI6 angeworben hatte.

«In der britischen Botschaft in Washington; ab und an trinken wir ein Gläschen, und er übernachtet bei mir. Wieso fragen Sie?»

«Burgess ist doch ein alter Freund von Maclean, nicht?»

«Allerdings.»

«Starik hat gesagt, im Notfall sollten Sie überlegen, ob Sie nicht Burgess losschicken, damit er Maclean warnt.»

«Keine schlechte Idee! Wenn die beiden durch die Pubs ziehen, wird sich niemand was dabei denken. Falls es brenzlig wird, kann Guy sich bestimmt für einen Kurztrip nach Hause loseisen, um Maclean zu warnen.»

«Verwischen Sie Ihre Spur – falls Maclean sich aus dem Staub macht, könnte jemand Rückschlüsse von Maclean auf Burgess und von Burgess auf Sie ziehen.»

Der Engländer hob resigniert die Schultern. «Guy ist gerissen, ich schätze, er kann sich aus jeder Klemme rausmogeln», sagte er. «Außerdem hab ich ein plausibles Verteidigungsargument – wenn ich wirklich ein russischer Spion wäre, würde ich mir ganz bestimmt nicht mit einem anderen russischen Spion bei mir zu Hause einen hinter die Binde gießen.»

Eugene musste über die Kaltschnäuzigkeit des Engländers lächeln. «Es wäre besser, Sie bezahlen mir den Whisky», sagte er und reichte ihm die Rechnung.

Kim Philby gab ihm das Geld. «D-d-der Rest ist für Sie», sagte er wieder leicht stotternd.

8

HEIDELBERG, MONTAG, 9. APRIL 1951

Von der schmalen Straße aus wirkte die Studentenkneipe *Propyläen* dunkel und verlassen. Die metallenen Fensterläden waren geschlossen, die nackte Glühbirne über dem Wirtshausschild war erloschen, und auf einem handgeschriebenen Zettel an der Tür stand: «Heute ausnahmsweise geschlossen.» Ebby hatte einen Saal hinter dem Schankraum gemietet, um für seine albanische Kommandoeinheit ein Abschiedsessen zu geben. Er saß am Kopfende des langen Tisches, füllte Weinbrandgläser nach und reichte Filterzigaretten herum. Die schmalen, glatt rasierten Gesichter von sieben jungen Albanern, die mit zwei Dolmetscherinnen auf beiden Seiten des Tisches saßen, glänzten vor Schweiß und vor Stolz.

Am anderen Ende des Tisches saß Adil Azizi, der Kommandoführer, ein hübscher, junger Mann mit glatter Haut und langem, blonden Haar, und schälte mit einem Bajonett eine Orange. Der Mann im schwarzen Rollkragenpullover neben ihm machte eine Bemerkung, und alle lachten. Die Dolmetscherin neben Ebby übersetzte: «Mehmet hat gesagt, Adil soll die Klinge nicht mit der Orangenschale stumpf machen, er braucht das Bajonett noch, um den Kommunisten die Haut abzuziehen.»

Eine Standuhr an der Tür schlug Mitternacht. Kapo, mit seinen vierundzwanzig Jahren der Älteste im Kommando und nicht auf eine Dolmetscherin angewiesen, erhob sich. Er nahm sein Glas und hielt es in Ebbys Richtung. «Ich verspreche Ihnen, Mr. Trabzon, wir werden weder Sie noch unsere amerikanischen Freunde, noch unser Volk enttäuschen», sagte er, und die zweite Dolmetscherin übersetzte ins Albanische.

Adil murmelte Kapo etwas zu. Kapo sagte: «Adil erzählt, dass sein Halbbruder vor Gericht gestellt wurde, weil er amerikanische Musik im Radio gehört hat, und eine halbe Stunde später auf dem Parkplatz des Fußballstadions von Tirana erschossen wurde. Unser Todfeind ist Enver Hoxha, so viel ist klar.»

Dann zog Kapo ein in Zeitungspapier eingeschlagenes Päckchen aus der Lederjacke, die über seinem Stuhl hing. Er hielt es hoch. Alle lächelten. «Ich und meine Freunde möchten Ihnen ein Geschenk machen, damit Sie immer an uns denken, an die Zeit, die wir zusammen in der wunderschönen Stadt Heidelberg verbracht haben.»

Das Päckchen wurde zu Ebby durchgereicht, der vor Verlegenheit rot anlief. «Ich weiß gar nicht, was ich sagen soll –»

«Dann sagen Sie nichts, Mr. Trabzon. Öffnen Sie es einfach», rief Kapo. Die anderen lachten aufgeregt.

Ebby öffnete das Päckchen, und sein Gesicht erhellte sich, als er das Geschenk sah: ein britischer Webley-Mark-VI-Revolver mit einem polierten Holzgriff, in den das Jahr 1915 eingraviert war. Die Waffe sah aus wie neu. «Ich freue mich sehr über das schöne Geschenk», sagte Ebby leise. Er hielt die Waffe an sein Herz. «Vielen Dank.»

Adil sagte etwas auf Albanisch. Die Dolmetscherin übersetzte: «Adil sagt, das nächste Geschenk für Sie wird der Skalp von Enver Hoxha sein.» Alle am Tisch nickten ernst. Adil kippte sein Glas Weinbrand hinunter. Die anderen taten es ihm gleich und klopften dann mit den Gläsern auf den Tisch. Niemand lächelte.

Ebby stand auf. «Es war eine Ehre für mich, mit euch zusammenzuarbeiten», sagte er. «Es hängt sehr viel von diesem Kommando ab. Wir sind sicher, dass der Tod von Hoxha zu einem Aufstand der demokratischen Kräfte in Albanien führen wird. Die Truppen des Antikommunisten Balli Kombëtar im Norden können Tausende von Partisanen mobilisieren. Ein Aufstand in Albanien könnte nicht nur auf dem Balkan Revolten entfachen, sondern auch in den anderen Ländern Osteuropas und schließlich – warum nicht? – in der Ukraine, im Baltikum und in den zentralasiatischen Republiken. Die Sowjetunion ist wie eine Reihe von Dominosteinen – wenn der erste umgestoßen wird, fallen alle anderen um.» Ebby blickte in die eifrigen Gesichter. «Euch kommt die gefahrvolle Ehre zu, den ersten Dominostein umzustoßen.» Grinsend fügte er hinzu: «So viel ist klar.» Die jungen Albaner brachen in Gelächter aus. Als sie sich wieder beruhigt hatten, sagte Ebby ernst: «Viel Glück und Erfolg euch allen.»

9

BERLIN, DONNERSTAG, 12. APRIL 1951

Miss Sipp und Jack standen vor Torritis Büro und studierten die Titelseite der *Neuen Zeitung*, eines amerikanisch gesteuerten Blattes, das auf Deutsch erschien: Abgesehen von den üblichen Zahlen, wie viele Vopos in den letzten vierundzwanzig Stunden übergelaufen waren, meldete der Aufmacher Trumans Entscheidung, Douglas MacArthur den Oberbefehl in Korea zu entziehen, nachdem der General öffentlich Luftangriffe auf chinesische Städte gefordert hatte. Sie waren so vertieft in ihre Lektüre, dass sie das Gebrüll, das aus dem Büro ihres Bosses drang, kaum wahrnahmen, obwohl es die Orchesterversion von Bellinis *Norma* deutlich übertönte.

«Sogar der französische Geheimdienst fördert mehr zutage», brüllte General Lucian Truscott IV., der Deutschlandchef der *Company*.

«Die Franzosen sind nun mal ein kreatives Völkchen – sie reden mit den Händen und machen's mit dem Mund. Aber wir haben auch unsere Erfolge.»

«Nennen Sie mir einen.»

«Ich hab eine Stuhlprobe von Walter Ulbricht ergattert – wir lassen sie gerade in Washington analysieren.»

«Alle Achtung, dann werden Sie mir ja als Nächstes sagen können, wogegen Ulbricht allergisch ist.»

Miss Sipp verzog den Mund. Seit General Truscott, mit dem nicht gut Kirschen essen war und der nach drei, vier Whiskeys beleidigend werden konnte, an Bord gekommen war, hatte er in den Dienststellen in Deutschland ordentlich aufgeräumt: Etliche unnütze Operationen waren fürs Erste auf Eis gelegt und einige unerfahrene Offiziere in die finstere Provinz geschickt worden. Doch trotz der Wortgefechte, die er sich ab und an mit Torriti leistete, hatte Truscott einen gehörigen Respekt vor dem Berliner

Dienststellenleiter. Torriti hatte einiges vorzuweisen, und das wusste der General.

Die Tür von Torritis Büro flog auf, und die beiden Männer, halb volle Whiskeygläser in der Hand, kamen auf den Flur gestolpert und strebten zu der dicken Brandschutztür, die ins Treppenhaus führte. Die Hand schon an der Klinke, drehte Truscott sich plötzlich um: «Ich hab was läuten gehört, dass Sie dabei sind, eine Sache von hinten aufzurollen – was hat es damit auf sich?»

«Es geht um die Exfiltration, die ich durchführen sollte; die Sache ist schief gelaufen. Die Russen hatten einen Tipp bekommen, und ich werde rausfinden, von wem, da können Sie sich drauf verlassen.»

«Wie?»

«Mit Kontrastbrei.»

«Kontrastbrei?», wiederholte Jack an Miss Sipp gerichtet. «Was zum Teufel ist denn das?»

«Etwas, das nicht unbedingt satt macht», sagte sie mit einem viel sagend finsteren Blick.

«Kontrast... was?», fragte Truscott nach.

«...brei. Ich werde das Zeug immer nur einem Einzelnen verabreichen. Es ist sozusagen radioaktiv. Es wird die Spreu vom Weizen trennen. Wir werden sehen, welche Operationen scheitern, und daraus können wir schließen, wer uns verrät.»

«Sie wollen Familiengeheimnisse preisgeben», sagte Truscott unsicher.

«Der verdammte Maulwurf wird noch viel mehr davon preisgeben, wenn wir ihn nicht schnappen.»

«Ich hoffe, Sie wissen, was Sie tun», murmelte der General.

«Verlassen Sie sich drauf», sagte Torriti.

Ausgangspunkt für den Zauberer waren alle Personen, die an der Wischnewski-Exfiltration beteiligt oder darüber informiert gewesen waren: vom Direktor der *Central Intelligence Agency* bis hin zu Jim Angleton, dem Spionageabwehr-Boss, der alle potenziellen Überläufer auf Herz und Nieren prüfte, um die «Bösen» auszusieben.

Doch die Liste beschränkte sich nicht nur auf interne Personen. Kim Philby, Verbindungsmann des MI6 in Washington, hatte bekanntlich engen Kontakt zu den hohen Tieren der *Company*, einschließlich des Directors, dessen Tür ihm stets offen stand. Jeder von denen hätte Philby einweihen können, und es war durchaus möglich, dass er den Chef des MI6 davon in Kenntnis gesetzt hatte, dass die Amis einen Überläufer an der

Hand hatten, der behauptete, einen sowjetischen Maulwurf im MI6 enttarnen zu können. «C», wie der Chef genannt wurde, hätte dann bestimmt einen kleinen Kriegsrat einberufen, wie auf dieses wahrlich seismische Ereignis zu reagieren sei. Wenn Philby nicht der Bösewicht war – und dafür lagen noch keine eindeutigen Beweise vor –, konnte der Maulwurf jeder sein, der hintenherum von der Wischnewski-Sache Wind bekommen hatte.

Philby galt auch als Busenfreund von Jim Angleton. Nach dem, was der Zauberer am Rande mitbekommen hatte, trafen Philby und Angleton sich meistens freitags zum Lunch in einem Restaurant in Georgetown. Angleton hatte offenbar Vertrauen zu Philby. Konnte es sein, dass er seinen britischen Kumpel informiert hatte? Hatte sein Kumpel daraufhin «C» verständigt? Hatte «C» die Katze aus dem Sack gelassen, um auf das Schlimmste vorbereitet zu sein?

Torriti war entschlossen, das herauszufinden.

Bis spät in die Nacht, mit Unterstützung von Unmengen Whiskey, bereitete er minuziös seinen Kontrastbrei zu.

Erstens: Dem Zauberer war es vor kurzem gelungen, eine handgeschnitzte Holzbüste von Stalin in ein Büro des ostdeutschen Geheimdienstes in Pankow liefern zu lassen. In der Büste waren ein Mikro, ein winziges Tonbandgerät sowie ein Sender versteckt, der alle zwei Tage um zwei Uhr nachts die aufgezeichneten Gespräche übermittelte. Dabei war herausgekommen, dass die Ostdeutschen ein Programm mit dem Decknamen «Aktion J» gestartet hatten, um die Deutschen in den anderen alliierten Zonen in Misskredit zu bringen; es sollten Drohbriefe an Überlebende des Holocaust verschickt werden, die angeblich aus Westdeutschland stammten. Die Aufdeckung von «Aktion J» würde die Existenz des Mikros enthüllen, das in dem Raum versteckt war, in dem die Operation geplant wurde.

Zweitens: Der Rabbi hatte als Gegenleistung für die Bekanntgabe des Aufenthaltsortes eines ehemaligen hohen Nazis in Syrien die Namen von zwei KGB-Führungsoffizieren herausgerückt, die unter diplomatischem Schutz von der sowjetischen Botschaft in Washington aus arbeiteten. Wenn der Maulwurf davon erfuhr, würden die Russen diese beiden Männer unter irgendeinem Vorwand schnellstmöglich in die Sowjetunion zurückholen. Falls die beiden in Washington blieben, hieß das, dass Torritis Telegramm mit den Namen nicht aufgeflogen war.

Drittens: Torriti ließ das Telefon von Walter Ulbrichts Frau Lotte abhören, die im Zentralkomitee in Ostberlin arbeitete. Als «Kontrastbrei» war die Abschrift eines Gespräches zwischen Ulbricht und seiner Frau geplant, in dem Ulbricht Unverschämtheiten über seinen SED-Rivalen Wilhelm Zaisser äußerte. Falls die Russen über den sowjetischen Maulwurf von der Abhöraktion Wind bekamen, würden sie Lottes Büro überprüfen und die Wanze entdecken.

Viertens: Ein ostdeutscher Agent, der mit der Emigrantenflut über die offene Grenze nach Westberlin gekommen war, hatte einen Job bei der Firma Messerschmidt. Die Berliner Basis war durch einen Karlshorst-Überläufer auf dessen Identität gestoßen, und die «Organisation Gehlen» hatte aus ihm einen Doppelagenten gemacht, der seinen ostdeutschen Führungsoffizieren technische Berichte voller Falschinformationen lieferte, wenn er einmal im Monat seine betagte Mutter in Ostberlin besuchte. Ein «Kontrastbrei», der den Doppelagenten identifizierte, würde der Operation ein Ende machen, und der Agent würde nach seinem nächsten Besuch sicher nicht nach Westberlin zurückkommen.

Fünftens: Der Zauberer hatte persönlich eine Haushälterin angeworben, die im so genannten «Blauen Haus» arbeitete, der ostdeutschen Regierungs-Datscha in Prerow, dem offiziellen Seebad der Stasi an der Ostsee. Die Haushälterin war die Schwester von einer der Prostituierten in dem Bordell über dem Nachtklub in Berlin-Schöneberg, wo Torriti sich ab und zu Informationen von den leichten Damen einholte. Würde ein «Kontrastbrei» in Form von Auszügen von Gesprächen zwischen den Bonzen, die im «Blauen Haus» Urlaub machten, von dem Maulwurf an die Sowjets weitergegeben, würde die Haushälterin sicherlich verhaftet und als Quelle versiegen.

Sechstens: Torriti hatte einen Beobachter, der von einem Dachboden aus die Mitarbeiter fotografierte, die an den Fenstern der KGB-Basis in Karlshorst auftauchten. Anhand dieser Fotos stellte die Berliner Basis ein *Who's-Who*-Album des sowjetischen Geheimdienstes zusammen. Ein «Kontrastbrei» in Form eines Lageberichtes über die Operation würde die Verhaftung des Beobachters nach sich ziehen und das Ende des Fotoalbumprojektes bedeuten.

Siebtens: Torriti hatte die Kopie eines Feldberichtes von E. Winstrom Ebbitt II. gelesen, dem CIA-Offizier, den er aus der Berliner Basis gefeuert hatte, weil er über seinen Alkoholkonsum gelästert hatte. Ebbitt war jetzt in der Frankfurter Dienststelle eingesetzt und hatte vor kurzem die Leitung der Operationen in Albanien übernommen. Derzeit bildete er auf einem geheimen Stützpunkt bei Heidelberg eine Gruppe albanischer Emigranten aus. Irgendwann in den nächsten Tagen wollte Ebbitt sie mit einer Segeljacht in der Nähe der albanischen Hafenstadt Durrës ins Land schmuggeln. Sie hatten den Auftrag, sich nach Tirana durchzuschlagen und den stalinistischen Führer Enver Hoxha zu ermorden. Torritis «Kontrastbrei» in Form eines streng vertraulichen Telegramms an das Sonderkomitee zur Koordinierung britisch-amerikanischer Operationen gegen das albanische Regime sollte das Komitee, dem Kim Philby als hochrangiger MI6-Mann in Washington angehörte, darüber informieren, dass er Ebbitts Plan für unrealistisch halte, da an Hoxha praktisch nicht heranzukommen sei, weil er für den Weg von seiner Villa ins Büro angeblich einen unterirdischen Tunnel benutzte. Ein besseres Ziel seien die U-Boot-Bunker, die die Sowjets im albanischen Hafen Saseno bauten, um sich die Kontrolle über die Adria zu sichern. Falls Ebbitts Kommando am Strand von einem Empfangskomitee erwartet wurde, würde das bedeuten, dass der Maulwurf die Russen in Washington informiert hatte.

Achtens: Zu guter Letzt würde Torriti Angleton die letzten Informationen zukommen lassen, die die Kurierin RAINBOW von ihrer Quelle mit dem Decknamen SNIPER geliefert hatte. Einer der Punkte war besonders interessant: SNIPER nahm in der ostdeutschen Hierarchie eine so hohe Stellung ein, dass er zu einem Vortrag eingeladen worden war, den kein Geringerer hielt als Marschall Schukow – der Oberkommandierende bei der sowjetischen Einnahme von Berlin 1945 – und in dessen Verlauf der Marschall erwähnte, dass sowjetische Truppen im Falle eines Krieges innerhalb von zehn Tagen am Ärmelkanal stehen könnten. Wenn die Russen davon Wind bekamen, dass sich in der ostdeutschen Führungsriege eine undichte Stelle befand, würde die SNIPER-Quelle sehr bald versiegen, und RAINBOW würde nicht mehr zu ihrem Ballettunterricht in dem Studio an der Hardenbergstraße in Westberlin erscheinen.

10

BERLIN, DIENSTAG, 17. APRIL 1951

Um diplomatische Immunität zu genießen, galt Jack – wie alle in Berlin stationierten CIA-Offiziere – offiziell als Mitarbeiter des *Foreign Service* mit einem Büro im amerikanischen Konsulat. So war es nicht verwunderlich, dass er eine Einladung des Botschafters zu einem Umtrunk zu Ehren des Außenministers Dean Acheson erhielt, der den Konsulaten und Botschaften in Berlin eine Stippvisite abstattete. Während er mit den anderen jungen Kollegen vom CIA zusammenstand, hörte er nur mit einem Ohr zu, wie einer der Techniker von dem neuen Univac-Computer schwärmte, der in der *Company* installiert wurde. «Das Ding wird die Informationsbeschaffung revolutionieren», sagte der Techniker begeistert. «Der Nachteil ist, dass der Univac nicht gerade leicht zu transportieren ist – genauer gesagt, er füllt einen riesigen Raum. Der Vorteil ist aber, dass er die Telefonbücher von allen Großstädten der USA schluckt. Man gibt einen Namen ein, und vier oder fünf Minuten später spuckt er die Telefonnummer aus.»

«Diese verdammten Maschinen», witzelte jemand, «rauben einem noch den ganzen Spaß am Spionieren.»

Jack lachte mit den anderen, aber nur halbherzig; in Gedanken war er bei seinem bevorstehenden Rendezvous mit RAINBOW, seinem mittlerweile sechzehnten Treffen mit ihr. Die Gespräche zwischen ihnen waren mit der Zeit zu einer Art verschlüsselter Kurzschrift geworden; das, was unausgesprochen blieb, hatte mehr Gewicht als das, was gesagt wurde, und das wussten sie beide. Heute Abend wollte er seinen ganzen Mut zusammennehmen und sagen, was er dachte, fühlte. Er wusste nicht, wie sie reagieren würde, ob sie ihm die kalte Schulter zeigen oder ihm in die Arme sinken würde.

RAINBOW freute sich inzwischen richtig auf ihre Treffen mit Jack; bei ihm fühlte sie sich begehrenswert und begehrt, anders als in ihrer Beziehung zu dem siebenundzwanzig Jahre älteren Professor. Seit einigen Wochen drehte Lili sich auch nicht mehr verschämt weg, wenn sie unter ihren Pullover griff und das kleine, in winziger Handschrift voll geschriebene Stück Seide aus ihrem BH hervorholte. Diesmal nahm Jack es, noch warm von ihrer Haut, entgegen und drückte es sich an die Lippen. Lili senkte kurz den Blick, schaute ihn dann fragend an, als er ihr einen sanften Kuss gab. «Bitte, bitte, versteh, dass wir nicht weiter gehen können», sagte sie flehend. «Vielleicht in einer anderen Welt, einem anderen Leben ...» Sie brachte ein trauriges Lächeln zustande, und Jack meinte zu ahnen, wie ihr Gesicht aussehen würde, wenn sie alt war.

«Hast du dem Professor von mir erzählt?»

«Er fragt nie, und ich spreche das Thema von mir aus nicht an. Die Informationen, die er dir schickt – er macht das aus einem altmodischen Idealismus heraus. Der Professor trägt altmodische Hemden mit angeknöpften gestärkten Kragen, die er täglich wechselt; ihm behagen die neuesten Moden nicht, weder was Kleidung noch politische Ideen betrifft. Er sammelt die Informationen und schreibt sie akribisch auf Seide auf, um die Uhr zurückzudrehen. Die Zustellung überlässt er ganz allein mir.»

«Wir könnten ein Liebespaar werden», raunte Jack.

«In gewisser Weise sind wir das doch schon», entgegnete Lili.

«Ich will dich.»

«Du hast so viel von mir, wie ich dir geben kann.»

«Ich will mehr. Ich will mit dir schlafen.»

«Ich sage es dir in aller Deutlichkeit – das wird nicht passieren.»

«Wegen des Professors?»

«Er hat mir am Ende des Krieges das Leben gerettet. Ich wurde von einer Horde Russen vergewaltigt. Ich wollte mich in die Spree stürzen. Der Professor hat es verhindert ... er hat die ganze Nacht mit mir geredet ... von einem anderen Deutschland erzählt ... von Thomas Mann, Rilke ... im Morgengrauen hat er mich mit aufs Dach des Hauses genommen, um den Sonnenaufgang zu beobachten. Er hat mir klar gemacht, dass das der erste Tag meines restlichen Lebens war. Ich will dir nichts vormachen, Jack ... du bist mir nicht gleichgültig. Ich sage nur, dass ich ihm Treue schulde. Auch sexuelle Treue.»

Lili schlüpfte in einen Rock und zog ihre Gymnastikhose darunter aus. Sie faltete sie zusammen, steckte sie in ihre Ledertasche und wollte das Licht im Saal ausschalten. «Ich muss zurück.»

Jack fasste sie an der Schulter. «Er bringt dich in Gefahr.»

Lili entzog sich ihm. «Das ist unfair. Nur weil er manche Dinge für wichtiger hält, bedeutet das nicht, dass er mich weniger braucht.»

«Ich brauche dich mehr.»

«Nicht so wie er mich. Ohne mich –» Sie blickte weg, mit plötzlich versteinerter Miene.

«Red weiter, verdammt noch mal – ohne dich, was?»

«Ohne mich kann er nicht weiterleben. Aber du kannst es.»

«Würdest du das bitte näher erklären?»

«Nein.»

«Das bist du mir schuldig.»

«Ihm bin ich noch mehr schuldig. Bitte, lass mich jetzt gehen, Jack.»

Jack nickte finster. «Kommst du am Freitag?»

«Ja. Verlass bitte vor mir das Studio. Wir dürfen nicht zusammen gesehen werden.»

Jack legte ihr eine Hand in den Nacken und zog sie an sich. Einen Moment lang ließ sie die Stirn an seiner Schulter liegen. Dann trat sie zurück, schaltete das Licht aus, öffnete die Tür und wartete oben an der Treppe, während er hinunterging.

Er sah sich noch einmal um. Im Dunkel des Treppenhauses war Lili schon nicht mehr zu sehen.

«Tu mir einen Gefallen, Kumpel», hatte der Zauberer so beiläufig gesagt, als hätte er Jack bitten wollen, für ihn Eiswürfel aus dem Kühlschrank zu holen. «Bring in der Wohnung von SNIPER eine Wanze an.»

Das war leichter gesagt als getan, wie sich herausstellte. Jack hatte das Haus, in dem der Professor mit Lili wohnte, rund um die Uhr beobachten lassen. Nach zehn Tagen hatten sie genau erkundet, wann die beiden nicht in der Wohnung waren. Als stellvertretender Ministerpräsident war der Professor vormittags in seinem Büro und hielt nachmittags an der Humboldt-Universität Seminare ab. Sechsmal in der Woche fuhr Lili mit der U-Bahn zum Alexanderplatz, wo sie in einer der letzten Privatschulen des sowjetischen Sektors klassischen Tanz unterrichtete; an drei Nachmittagen in der Woche nahm sie in einem fensterlosen Proberaum des Maxim-Gorki-Theaters selbst Unterricht bei einer verkrüppelten russischen Tänzerin, die vor dem Krieg im Ensemble des Kirow-Balletts gewesen war. Aber auch wenn RAINBOW und SNIPER beide nicht zu Hause waren, gab es noch eine Hürde zu überwinden: die Hausmeisterin, die im Erdgeschoss wohnte, eine alte, an Arthritis leidende Frau, die meistens am Fenster saß und auf die verlassene Straße blickte.

Jack hatte Torriti das Problem unterbreitet. Wie konnte die Hausmeisterin lange genug aus dem Haus gelockt werden, um in die Wohnung einzudringen und eine Wanze anzubringen?

Torriti, der mit den Adressaten seines «Kontrastbreis» beschäftigt war, hatte aufgestöhnt. Seine Augen waren noch verquollener als sonst.

«Wie wär's mit umbringen?», hatte er gesagt.

Einen Moment lang hatte Jack ihn ernst genommen. «Wir können sie doch nicht einfach umbringen, Harvey – wir sind schließlich die Guten.»

«Das sollte ein Witz sein, Kumpel. Schenk ihr doch eine Eintrittskarte für irgendeinen Vergnügungsnachmittag der Kommunistischen Partei.»

«Sie ist alt. Und sie kann kaum noch gehen.»

Torriti hatte ungeduldig den Kopf geschüttelt. «Ich hab selbst genug Probleme», hatte er geknurrt. «Lass dir verdammt noch mal was einfallen.»

Nach einer Woche hatte Jack die rettende Idee. Eines Morgens, sobald der Professor und Lili die Wohnung verlassen hatten, war vor dem Haus ein ostdeutscher Krankenwagen mit zwei jungen Männern in weißen Kitteln vorgefahren. Die Männer hatten bei der Hausmeisterin geklopft. Als sie die Tür so weit öffnete, wie die Sicherheitskette es zuließ, hatten sie erklärt, sie kämen im Auftrag des Gesundheitsministeriums und sollten sie im Rahmen eines neuen Sozialprogramms für Ältere und Gebrechliche zu einem Arzt bringen, der sie untersuchen und ihr, falls erforderlich, die neuesten westlichen Medikamente gegen ihre Schmerzen verschreiben würde. Die Hausmeisterin hatte sie misstrauisch beäugt und dann gefragt, was das kosten sollte. Silvan II hatte sein engelgleiches Lächeln aufgesetzt und ihr versichert, dass die Untersuchung selbstverständlich kostenlos sei. Die Hausmeisterin hatte eine Weile überlegt und schließlich die Sicherheitskette gelöst.

Kaum hatten die beiden Silvans die alte Frau weggebracht, da hielt auch schon ein kleiner Lieferwagen vom ostdeutschen Stromkombinat vor dem Haus. Drei CIA-Techniker im Blaumann stiegen aus, trugen eine Holzleiter und zwei Holzkisten über den Bürgersteig und drangen in die Wohnung der Hausmeisterin.

Mit einem geräuschlosen Bohrer – für den Fall, dass der KGB die Wohnung von SNIPER abhörte – bohrten Jacks Leute durch die Decke ein Loch bis einen Zentimeter unter den Fußboden der Wohnung im ersten Stock, bevor sie das Dielenbrett mit einem hauchdünnen Spezialbohrer durchstießen, der kein verräterisches Sägemehl im Zimmer darüber hinterließ. Ein winziges Mikrofon wurde in das Loch gesteckt und mit der Stromleitung der Deckenlampe in der Wohnung der Hausmeisterin verbunden. Das kleine Bohrloch füllten sie mit schnell härtendem Gips und überpinselten es im gleichen Ton wie die Decke.

«Hast du dir was einfallen lassen, Kumpel?», fragte Torriti, als er Jack kurz darauf traf.

«Allerdings, Harvey. Ich habe deine Spezialisten –»

Der Zauberer fiel ihm ins Wort: «Keine Einzelheiten. So kann ich den Russen nichts verraten, falls sie mich je in die Mangel nehmen.»

11

FRANKFURT, MONTAG, 23. APRIL 1951

Gebannt starrten Ebby, Tony Spink und etliche andere Mitarbeiter der Abteilung Sowjetunion/Osteuropa das klobige Tonbandgerät an, das auf Spinks Schreibtisch stand. Der Techniker, der die Sonderradiosendung aus Tirana am frühen Nachmittag aufgezeichnet hatte, legte das Band ein. Spink warf der Dolmetscherin, die Ebby von der Abschiedsfeier des albanischen Kommandos in Heidelberg kannte, einen fragenden Blick zu. «Sind Sie soweit?» Sie nickte. Er drückte die Starttaste.

Ebby hörte die hohe Stimme eines Mannes, der Albanisch sprach. Er schien eine Schmährede zu halten. «Das ist der Staatsanwalt», sagte die Dolmetscherin, eine kleine Frau mittleren Alters mit kurzen Haaren. «Er erhebt Anklage gegen die Terroristen. Er sagt, sie sind am zwanzigsten April kurz nach Mitternacht in zwei Schlauchbooten mit Außenbordmotor an der Küste gelandet. Eine Küstenpatrouille hat sie zufällig entdeckt, als sie dabei waren, die Boote im Sand zu vergraben, nachdem sie die Luft abgelassen hatten.» Sie legte den Kopf schief, als eine andere Stimme eine Frage stellte. «Der Richter will vom Staatsanwalt wissen, was die Terroristen taten, als die Soldaten sie ergreifen wollten. Der Staatsanwalt sagt, die Terroristen hätten augenblicklich das Feuer eröffnet, drei Soldaten getötet und zwei weitere verwundet. In dem Feuergefecht kamen vier Terroristen ums Leben und drei, gegen die heute verhandelt wird, wurden festgenommen.» Die Dolmetscherin wischte sich mit den Fingern Tränen aus den Augen. «Jetzt will der Richter wissen, ob bei den Terroristen belastende Beweise gefunden wurden.»

«Verdammt, das hört sich an, als würden sie von einem Skript ablesen», knurrte Spink wütend.

«Der Staatsanwalt zählt folgende Beweismittel auf: zwei Schlauchboote amerikanischer Herstellung und sieben aufblasbare Schwimmwesten der amerikanischen Luftwaffe; außerdem fünf britische Gewehre der Marke Lee-Enfield, zwei amerikanische Gewehre der Marke Winchester 74 mit Schalldämpfer und Zielfernrohr, drei amerikanische Pistolen der Marke Browning mit Schalldämpfern, eine kleine Reisetasche, Inhalt ein britisches Funkgerät mit Kopfhörer, eine Karte von Albanien und ein Stadtplan von Tirana, beides auf Baumwolle gedruckt und in das Futter einer Jacke eingenäht, sieben Zyanidkapseln in kleinen Messingbehältern, die mit Sicherheitsnadeln an der Innenseite der Jackenaufschläge befestigt waren ... Der Vorsitzende unterbricht und fragt, ob Funkcodes bei den Terroristen gefunden wurden. Der Staatsanwalt sagt, die Terroristen hätten die Codes vor ihrer Ergreifung vernichten können. Er sagt weiter ...»

Die schrille Stimme des Staatsanwalts, gefolgt von der gedämpften Stimme der Dolmetscherin, leierte weiter. Spink zog Ebby ein Stück beiseite. «Machen Sie sich keine Vorwürfe», flüsterte er. «Es ist ein dreckiges Spiel. So was passiert ständig.» Er klopfte ihm auf die Schulter, und sie wandten sich wieder dem Tonbandgerät zu.

«... fragt, ob die Terroristen etwas zu sagen haben.»

Wütendes Gebrüll von den Zuschauerrängen brandete auf. Dann atmete jemand schwer ins Mikrofon. Ein junger Mann fing an, mit roboterhafter Stimme zu sprechen. «Er sagt –» Die Dolmetscherin sog die Atemluft ein. Sie hob unbewusst eine Hand an die Brust und zwang sich fortzufahren. «Er sagt, sein Name ist Adil Azizi. Er sagt, er ist der Kommandoführer. Er sagt, er und seine Kameraden wurden von Agenten der amerikanischen *Central Intelligence Agency* auf einem geheimen Stützpunkt bei Heidelberg in Deutschland ausgebildet. Ihr Auftrag war es, an der Küste der Albanischen Demokratischen Republik zu landen, sich zur Hauptstadt Tirana durchzuschlagen und mit Hilfe terroristischer Zellen den amtierenden Ministerpräsidenten und Außenminister, Genosse Enver Hoxha, zu ermorden. Der Vorsitzende fragt den Terroristen Azizi, ob er mildernde Umstände geltend machen wolle, bevor das Gericht das Urteil fällt. Adil Azizi sagt, es gebe keine. Er sagt, er und seine beiden Mitangeklagten verdienten die Höchststrafe für den Verrat am Vaterland ... Die Rufe, die Sie im Hintergrund hören, kommen von den Zuschauern, sie verlangen die Todesstrafe.»

Der Techniker drückte die Vorlauftaste und hielt das Zählwerk im Auge. Als er die Zahl erreichte, die er auf einem Zettel notiert hatte, startete er das Band erneut. «Der Radiosender hat zwölf Minuten lang patriotische Musik gespielt, während sich die Richter beraten haben», erklärte die Dolmetscherin. «Jetzt ist die Urteilsverkündung. Der Richter weist die drei Terroristen an, sich zu erheben. Er sagt, sie seien des Hochverrats und des Terrorismus gegen die Volksrepublik von Albanien und ihren höchsten politischen Führer, Enver Hoxha, überführt. Er sagt, das Gericht verurteilt die drei Terroristen zum Tode. Ich kann nicht mehr –»

«Übersetzen Sie, verflucht noch mal», schnauzte Ebby sie an.

«Er sagt, bei Kapitalverbrechen sei eine Berufung ausgeschlossen. Er ordnet an, die Strafe unverzüglich zu vollstrecken.»

«Wenn die sagen ‹unverzüglich›, dann meinen die auch ‹unverzüglich›», warnte der Techniker. Einige der CIA-Offiziere wandten sich betont beiläufig vom Tisch ab und zündeten sich Zigaretten an. Ebby bemerkte, dass einem von ihnen die Hände zitterten.

«Jetzt kommt die Stimme des Radiosprechers», fuhr die Dolmetscherin leise fort. «Er schildert, dass die drei Terroristen vor Angst schlottern, als ihnen die Hände auf dem Rücken gefesselt werden und Soldaten sie aus dem Gerichtssaal führen. Er schildert –» Die Dolmetscherin biss sich auf die Lippe. «Er schildert, dass er ihnen zwei Treppen hinunter zur Hintertür des Gebäudes folgt, die auf den Parkplatz geht. Er sagt, dass auf dem Parkplatz heute keine Autos stehen, dass sich eine große Menschenmenge am Rand des Parkplatzes versammelt hat, dass von allen Fenstern über ihm Menschen zuschauen. Er schildert, dass die Terroristen an Eisenringe in der Wand gebunden werden. Er schildert, wie ein Mann in Zivil jedem der Terroristen einen Schluck Pfirsichschnaps gibt. Er sagt, dass das Exekutionskommando die Gewehre entsichert und einer der Terroristen um Gnade fleht.»

Die Dolmetscherin konnte nicht weiterreden, sie schluchzte haltlos, stand auf und stolperte aus dem Raum.

Vom Tonbandgerät ertönte das Krachen von Gewehrschüssen, dann knallte es drei Mal aus kleinkalibrigen Waffen.

«Revolver», sagte Spink professionell. «Kaliber zweiundzwanzig, dem Geräusch nach.»

«Das waren junge Burschen», sagte Ebby gepresst. Seine rechte Hand tauchte in seine Jacketttasche und umfasste den Holzgriff des alten Webley-Revolvers, den die jungen Albaner ihm in Heidelberg geschenkt hatten. «Sie hatten keine Zeit mehr, Albanien zu befreien.»

Spink zuckte fatalistisch die Achseln. «Jedenfalls haben sie es versucht. Gott segne sie dafür.»

12

FRANKFURT, MITTWOCH, 2. MAI 1951

Eine Air-Force-Maschine hatte Jack nach Frankfurt mitgenommen, wo er General Truscott das Kuvert mit Torritis Nachricht persönlich übergeben sollte. Sobald er das Ja oder Nein des Generals hatte, sollte er die Nachricht eigenhändig vernichten und nach Berlin zurückkehren. Truscott, der wieder einmal übelster Laune war, stauchte jemanden so laut zusammen, dass es durch die geschlossene Tür seines Büros drang, während Jack im Vorzimmer wartete. Zwei Sekretärinnen – eine tippte einen Brief vom Diktafon, die andere manikürte sich die Fingernägel – schienen davon unbeeindruckt. «Und Sie haben die Dreistigkeit», brüllte der General, «mir ins Gesicht zu sagen, dass ihr fünfhundertsechzehn Ballons in den sowjetischen Luftraum geschickt habt und nur vierzig wieder zurückholen konntet?»

Eine gedämpfte Stimme stammelte eine Erklärung. Der General fiel ihr ins Wort. «Es ist mir scheißegal, ob der Wind sich gedreht hat. Die Aufklärungsballons sollten sowjetische Militäreinrichtungen fotografieren. Aber ihr habt achthunderttausend Dollar an Steuergeldern zum Fenster rausgeworfen. Das sieht mir verdächtig nach Inkompetenz aus.»

Die Tür öffnete sich, und ein angeschlagen wirkender CIA-Offizier kam aus dem Büro, gefolgt von Truscotts Zorn. «Verdammt, Mann, ich will keine Entschuldigungen, ich will Ergebnisse. Wenn ich sie nicht von Ihnen kriege, dann suche ich mir jemand anders. Miss Mitchel? Schicken Sie diesen McAuliffe rein.»

Die junge Frau, die mit ihren Nägeln beschäftigt war, deutete mit einer Kopfbewegung zur Tür des Generals. Jack verdrehte gespielt angstvoll die Augen. «Muss ich mir Sorgen machen?», fragte er.

Die Sekretärin verzog die Lippen zu einem frechen Lächeln. «Er bellt nicht nur, er beißt auch», sagte sie.

«Danke für die Aufmunterung», erwiderte Jack.

«Was heckt der Zauberer denn da aus, dass es persönlich überbracht werden muss?», fragte Truscott, als Jack in der Tür auftauchte.

«Sir, ich bin über den Inhalt nicht informiert.»

Er reichte den verschlossenen Umschlag dem General, der ihn mit einem Finger aufschlitzte und ein einzelnes Blatt Papier herauszog. Er strich das Blatt auf seinem Schreibtisch glatt, setzte sich eine Brille auf und begann stirnrunzelnd die handgeschriebene Nachricht von Torriti zu lesen. Jack sah sich in dem geräumigen Büro um, warf einen Blick auf die gerahmten Fotos, auf denen Truscott mit diversen Präsidenten und Premierministern und Feldmarschällen abgelichtet war. Er meinte zu hören, wie Truscott leise vor sich hin murmelte, während er sich etwas notierte; es klang wie «Dreißig, zwölf, fünfundvierzig.»

Truscott blickte auf. «Sagen Sie ihm Folgendes: Meine Antwort auf seine kaum leserliche Nachricht aus Berlin ist positiv.»

«Positiv», wiederholte Jack.

«Sagen Sie ihm bei der Gelegenheit, ich würde es sehr begrüßen, wenn er Schreibmaschine lernen würde.»

«Sie möchten, dass er seine Nachrichten in Zukunft auf der Maschine schreibt», wiederholte Jack.

«Verschwinden Sie», zischte Truscott und brüllte durch die offene Tür. «Verdammt, Miss Mitchel, wo bleibt der entschlüsselte Bericht von den Joint Chiefs?»

«Soll in zwanzig Minuten hier sein», rief die Sekretärin zurück.

«Das darf doch nicht wahr sein», stöhnte der General, «legen die denn nach jedem Satz eine Kaffeepause ein?»

Jack nahm Torritis Nachricht von Truscotts Schreibtisch und machte sich auf den Weg zur Verbrennungsanlage im Keller. Wände und Türen rochen frisch gestrichen. Im Korridor vor dem Verbrennungsraum konnte Jack seine Neugier nicht mehr bremsen, und er nahm Torritis Nachricht aus dem Umschlag. «General», begann sie, «ich habe beschlossen, den letzten Kontrastbrei an meinen Hauptverdächtigen zu schicken, mit dem Inhalt, Torriti kennt die Identität des sowjetischen Maulwurfs, der die Wischnewski-Exfiltration verraten hat. Falls ich den Nagel auf den Kopf getroffen habe, wird mein Verdächtiger seine KGB-Führungsoffiziere verständigen, und die Russen werden versuchen, mich zu entführen oder zu ermorden. Sollte es ihnen gelingen, finden Sie in dem kleinen Safe in der Ecke meines Büros einen an Sie adressierten Brief. Die Kombination ist: dreißig, dann nach links auf zwölf, dann nach rechts auf fünfundvierzig.

Notieren Sie sich die Zahlen bitte. In dem Brief befinden sich der Name des Maulwurfs und die Beweise, einschließlich meines letzten Kontrastbreis. Sollte ich weder entführt noch ermordet werden, fliege ich nach Washington und erledige die Sache selbst. Okay? Torriti.»

Jack faltete den Brief seines Chefs zusammen, steckte ihn wieder ins Kuvert und betrat den Verbrennungsraum.

Da er noch gut eine Stunde Zeit hatte, bevor die Air-Force-Maschine zurück nach Berlin flog, ging Jack in den vierten Stock, um Ebby einen Besuch abzustatten. Er klopfte an die Tür und trat ein. Ebby hatte die Füße auf die Fensterbank gelegt und starrte trübselig über die Dächer von Frankfurt, in der Hand einen alten Revolver, dessen Trommel er geistesabwesend kreisen ließ. Sein Bürokollege William Sloane Coffin war auf dem Weg nach draußen: «Vielleicht können Sie ihn ja etwas aufheitern», sagte Coffin zu Jack, als er an ihm vorbeikam.

Ebby winkte Jack auf Bill Coffins Stuhl. «He, was führt dich denn nach Frankfurt?»

Jack fiel auf, dass die Falten um Ebbys Augen herum tiefer geworden waren, was ihn nicht nur grimmiger, sondern auch älter aussehen ließ. «Musste dem General persönlich eine Nachricht überbringen.» Jack zog den Stuhl zu Ebbys Schreibtisch herüber. «Du hast auch schon mal besser ausgesehen», sagte er. «Willst du drüber reden?»

Ebby nagte an seiner Oberlippe. «Ich hab da eine Operation geleitet, ein Team nach Albanien geschickt», sagte er schließlich. «Meine Albaner, alle sieben, sind tot – vier haben am Strand eine Kugel abgekriegt, die restlichen drei wurden von einem Pseudogericht abgeurteilt und an die Wand gestellt.»

«Das tut mir Leid, Ebby. Aber hör mal, ich will dein Verlustgefühl nicht runterspielen –»

«– Versagergefühl. Sag ruhig, wie es ist.»

«Nein, ich meine, wir müssen alle mal einen Schlag einstecken», sagte Jack sanft. Er dachte an Wischnewski und dessen Frau auf der Trage. An Wischnewskis Jungen, wie er weinend ins Flugzeug gezerrt wurde und nach seinem Vater schrie. «So ist das nun mal in unserem Job.»

«Ich habe die beiden Männer verloren, die ich als Fallschirmagenten über Polen absetzen ließ – wir haben nie wieder was von ihnen gehört. Ich habe einen jungen Burschen namens Aljoscha verloren, der mit dem Fallschirm über den Karpaten abgesprungen ist. Er hat über Funk das Gefahrensignal gesendet. Er meldet sich noch immer alle zwei Wochen, aber immer mit dem Gefahrensignal – wir sind sicher, dass sie ihn gegen uns ausspielen. Wenn sie die Funkspielchen satt haben, erschießen sie ihn auch.» Ebby hievte sich vom Stuhl, ging zur Tür und knallte sie so fest zu, dass die leeren Kaffeetassen auf seinem Schreibtisch klapperten. «Es ist *eine* Sache, das eigene Leben aufs Spiel zu setzen, Jack», fuhr er fort, setzte sich auf die Fensterbank und lehnte sich gegen die Scheibe. «Es ist eine ganz andere, junge Männer in Gefahr zu bringen. Wir verführen sie und bilden sie aus und benutzen sie als Kanonenfutter. Sie sind entbehrlich. Ich will nicht sentimental werden, aber ich fühle mich – einfach beschissen. Ich habe das Gefühl, sie im Stich gelassen zu haben.»

Jack hörte geduldig zu. Er wusste, dass sein Freund nicht viele Menschen hatte, mit denen er reden konnte. Schließlich fiel sein Blick auf die Uhr. «Ach du Scheiße, ich muss los, sonst verpasse ich meinen Rückflug.»

Ebby brachte ihn hinunter zum Ausgang. «Danke, dass du vorbeigeschaut hast», sagte er.

«Geteiltes Leid ist halbes Leid.»

«Ja, da ist was dran.» Sie gaben sich die Hand.

Als Jack am Nachmittag in der Berliner Basis die Treppe zu Torritis «Bunker» hinuntergerannt kam, brachte Miss Sipp ihn abrupt zum Stehen, weil sie mit verschränkten Armen vor der geschlossenen Bürotür ihres Bosses stand. Aus dem Büro drangen die melodischen Klänge einer *Traviata*-Arie. «Er hat einen Durchhänger», verkündete sie mit Grabesstimme.

«Wieso?», fragte Jack.

«Er trinkt Gemüsesaft.»

«Ich meine, wieso hat er einen Durchhänger?»

«Ich weiß nicht genau. Irgendwas mit dem Kontrastbrei bereitet ihm Magenkrämpfe. Sie sind sein Lehrling, Jack. Können Sie sich denken, was mit ihm los ist?»

«Vielleicht.» Er klopfte an die Tür. Als Torriti nicht antwortete, klopfte er lauter. Dann öffnete er die Tür und trat unaufgefordert ein. Miss Sipp hatte nicht übertrieben: Torriti stand das schüttere Haar in alle Richtungen, das Hemd hing ihm aus der Hose, einer seiner Cowboystiefel stand auf dem Schreibtisch, und die Griffe von zwei Revolvern schauten heraus. *La Traviata* war zu Ende. Torriti bedeutete Jack zu schweigen, schwang mit seinem Drehstuhl zu seiner «Victrola» herum und legte eine neue Schallplatte auf. Dann senkte er vorsichtig die Nadel auf die Rille. Ein nervenzerreißendes Kratzen ertönte, und gleich darauf erklang die engelhafte Stimme von Galli-Curci, die «Ah, non credea mirarti» aus *La Sonnambula* sang.

Torriti schwang zu Jack herum und sagte: «Und, was hat der General zu vermelden?»

«Er hat gesagt, positiv. Er hat auch gesagt, du sollst in Zukunft deine Nachrichten tippen.»

«Zweifingersuchsystem ist nicht meine Sache, Kumpel.» Er füllte ein Glas mit Gemüsesaft und trank die Hälfte davon in einem langen, gequälten Schluck. Dann schauderte er. «Der Untergang des Abendlandes», stöhnte er. «Und, was gibt's Neues in Frankfurt?»

«Erinnerst du dich an Elliott Ebbitt – er war ein, zwei Monate hier und wurde dann nach Frankfurt versetzt.»

«Er wurde nicht *versetzt*», grollte Torriti. «Ich habe ihn höchstpersönlich abserviert, weil er den Mund nicht halten konnte; hat sich das Maul über meinen Alkoholkonsum zerrissen. Was treibt der Spinner zurzeit?»

«Er ist niedergeschlagen», erwiderte Jack. «Die Kollegen von der Abteilung Sowjetrussland/Osteuropa haben eine Gruppe Emigranten nach Albanien eingeschleust und sie allesamt verloren. Ebby war für die Operation verantwortlich.»

Der Zauberer durchwühlte geistesabwesend die Karteikarten in einem Ordner mit der Aufschrift «Kontrastbrei» und blickte dann auf, mit einem interessierten Funkeln in den Augen. «Wo ist das gelaufen? Und wann?»

«Albanien. Vor neun Tagen.»

Torritis Mund verzog sich langsam zu einem albernen Grinsen. «Albanien! Vor neun Tagen! Wieso erfahr ich das erst jetzt?»

«Es war eine Frankfurter Operation, Harvey.»

«Bist du sicher, dass die Emigranten dran glauben mussten?»

«Hat Ebby gesagt. Vier wurden am Strand getötet, drei von einem Erschießungskommando.»

«Heureka!», rief Torriti. «Damit bleibt nur das Sonderkomitee, das die Operationen gegen Albanien koordiniert.» Er zog die Revolver aus dem Cowboystiefel und steckte einen in sein Schulterhalfter, den anderen in das Halfter unten an seiner Wade. Er zog den Stiefel an, kämmte sich die Haare mit den Fingern, stopfte das Hemd wieder in die Hose, warf die Gemüsesaftflasche in den Papierkorb und förderte aus der scheinbar bodenlosen unteren Schublade seines Schreibtisches eine Flasche Whiskey zutage. «Das muss begossen werden», rief er und füllte zwei Gläser. Er schob eins zu Jack hinüber. «Auf den wunderbaren Kontrastbrei, Kumpel», erklärte er, eine Hand zum Toast erhoben.

«Harvey, es wurden Menschen getötet! Das ist doch kein Grund zum Feiern.»

Der Zauberer sah auf seine Armbanduhr. «Ist es in London zwei Stunden früher oder später als hier?»

«Früher.»

«Ein waschechter Engländer sitzt doch jetzt bestimmt im Pub beim Abendessen», sagte er. Hektisch wühlte er in seinen Taschen, stülpte sie nach außen, bis er fand, was er suchte – einen Zettel mit einer Nummer darauf. Er griff nach dem Telefonhörer. «Miss Sipp, Silvan II soll den Wagen vorfahren», befahl er. Er kippte den Whiskey hinunter, winkte Jack, ihm zu folgen, und strebte zur Tür.

«Wo wollen wir denn hin, Harvey?»

«Ich muss den Kreis noch mehr einengen. Dafür muss ich dringend telefonieren.»

«Wieso rufst du nicht vom Büro aus an – die Leitung ist sicher.»

«Die Russen haben auch gedacht, ihre Karlshorster Leitungen wären sicher», knurrte er, «bis es mir gelungen ist, sie unsicher zu machen. Die Sache hier ist eine Bombe – ich will kein Risiko eingehen.»

Torriti saß auf der Kante eines ungemachten Betts in einem der oberen Zimmer des Bordells in der Grunewaldstraße in Berlin-Schöneberg, den Hörer des altmodischen Telefons ans Ohr gepresst, während er mehrmals die Gabel drückte. Von unten aus dem Nachtklub drang gedämpft die Stimme einer Schnulzensängerin herauf. Eine Prostituierte in einem hauchdünnen Unterrock spähte zur offenen Tür herein. Jack verscheuchte sie, schloss die Tür und stellte sich mit dem Rücken davor.

«Ist da das *Lion and Last* in Kentish Town?», brüllte der Zauberer in den Hörer. «Können Sie mich hören? Ich muss mit einem Mr. Epstein sprechen. Er isst an Werktagen bei Ihnen im Pub zu Abend. Ja, das wäre nett, danke. Würden Sie sich beeilen? Das ist ein Ferngespräch aus dem Ausland.»

Torriti trommelte mit den Fingernägeln auf die Tischplatte. Dann hörte das Trommeln auf. «Elihu, erkennst du meine Stimme? Ich bin der Bursche, mit dem du dich *nicht* in Hampstead Heath getroffen hast. Hahaha. Hör zu, Elihu – du erinnerst dich doch, worüber wir an dem Tag gesprochen haben ... der Typ, der in Österreich die Kommunistin geheiratet hat ... ich muss ihm eine Nachricht zukommen lassen, aber sie soll nicht von mir kommen ... du hast gesagt, du telefonierst zwei, drei Mal in der Woche mit ihm ... ja, man sagt mir nach, ich hätte ein Gedächtnis wie ein Elefant ... könntest du meine Nachricht in das Gespräch irgendwie einfließen lassen, wenn du das nächste Mal mit ihm sprichst ... ihm erzählen, ein alter Kumpel aus deiner Zeit in Sizilien hätte dich angerufen, um dich auszuhorchen, er hätte wissen wollen, wie die Apparatschiks im MI5 reagieren würden, wenn er ihnen eine brisante Information liefern würde. Dein Mann in Washington wird dich fragen, ob du eine Ahnung hättest, um was für eine Information es sich handelt. Du druckst herum, du lässt ihn schwören, dass er Stillschweigen bewahrt, du sagst ihm, es ist absolut inoffiziell und dass dein Kumpel – du musst ihm unbedingt meinen Namen nennen –, dass dein Kumpel behauptet, er kann den sowjetischen Maulwurf identifizieren, der dem KGB den Tipp mit der Wischnewski-Exfiltration gegeben hat ... Natürlich ist es Kontrastbrei, Elihu ... Ich auch, ich hoffe, ich weiß, was ich tue ... Tut mir Leid, dass ich dich beim Essen gestört habe ... Schalom, Elihu.»

Torritis Leute bereiteten sich auf den Ernstfall vor. Die automatischen Waffen waren von den Wandgestellen im Büro ihres Bosses genommen worden und lagen jetzt säuberlich aufgereiht auf einem Tisch im Korridor; die beiden Silvans luden die Magazine. Jack und Miss Sipp probierten nagelneue Mini-Walkie-Talkies aus, winzige Mikrofone, die an der Krageninnenseite befestigt, und Lautsprecher, die wie ein Hörgerät im Ohr getragen wurden. «Test, zehn, neun, acht», flüsterte Jack in seinen Hemdkragen. Die Stimme der Nachteule klang blechern und hell. «Wunderbar, Jack, ich höre Sie laut und deutlich.»

Dann begann das Warten. Zwei Tage und Nächte ließ Torriti seine Bürotür ein Stück geöffnet, so dass eine Arie nach der anderen durch die Gänge hallte. Jedes Mal, wenn das Telefon klingelte, streckte Jack den Kopf zur Tür herein und sah seinen Boss in den Hörer sprechen, während er mit seinem Revolver spielte, ihn am Abzugsfinger herumwirbeln ließ, den Hahn spannte und auf das Bild eines Vogels auf dem Wandkalender zielte. «Fehlanzeige», sagte er kopfschüttelnd, sobald er wieder aufgelegt hatte.

«Woher weißt du, wann es der Richtige ist?», fragte Jack schließlich gereizt.

«Meine verdammte Nase wird zucken, Kumpel.»

Und dann, am dritten Tag, war es so weit.

«Otto, lebst du noch?», brummte Torriti in den Hörer und signalisierte Jack, der an der Tür auftauchte, aufgeregt, an den zweiten Apparat zu gehen. «Wo hast du dich denn die ganze Zeit verkrochen?», fragte er den Anrufer.

Jack nahm vorsichtig den Hörer des anderen Apparates ab. «...Leitung sicher?», fragte die Stimme am anderen Ende.

«Du fragst mich ernsthaft, ob die Leitung sicher ist? Otto, Otto, glaubst du wirklich, du könntest mich auf einer Leitung erreichen, die nicht sicher ist?»

«Ich habe da vielleicht einen Leckerbissen für dich, mein lieber Harv.»

«Aha? Und der wäre?»

«Einer meiner Leute hat nach einer Mission im Osten einen Abend mit seinem Cousin verbracht, bevor er in den Westen zurückgekehrt ist. Der Cousin hat eine Cousine, die als Stenotypistin im Büro des Stasi-Chefs arbeitet. Anton Ackermann diktiert ihr seine Briefe. Sie muss schnellstens Geld auftreiben, damit ihr Mann sich im Westen einer Augenoperation unterziehen kann. Sie bietet Durchschläge von sämtlichen Briefen zum Verkauf an, die Ackermann in den letzten drei Monaten diktiert hat.»

«Wieso spielst du nicht den Mittelsmann, Otto?»

«Aus zwei Gründen, mein lieber Harv. Erstens, sie verlangt zu viele US-Dollar, und zweitens, sie weigert sich strikt, mit einem Deutschen zu verhandeln. Sie will nur mit dem Chef der Berliner CIA-Basis sprechen. Mit Mr. Torriti, Harv. Und nur, wenn du allein kommst.»

«Woher kennt sie meinen Namen?»

«Ackermann kennt deinen Namen. Sie liest Ackermanns Post.»

«Wie viele US-Dollar will die Lady, Otto?»

«Fünfundzwanzigtausend in kleinen, gebrauchten Scheinen. Sie schlägt vor, heute Abend in den britischen Sektor zu kommen und dir eine Kostprobe zu liefern. Wenn dir zusagt, was sie zu verkaufen hat, könnt ihr ein zweites Treffen vereinbaren und das Geschäft perfekt machen.»

Torriti sah zu Jack hinüber und tippte sich mit dem Finger auf die Nasenspitze. «Wo? Wann?»

Otto schlug eine kleine katholische Kirche in Spandau vor, nicht weit von der U-Bahn-Station. «Sagen wir gegen elf.»

«Wenn die Sache hinhaut, schulde ich dir was», sagte Torriti.

«Harv, Harv, die Sache ist so gut wie geritzt.»

Mit Daumen und Zeigefinger legte der Zauberer langsam den Hörer auf die Gabel, als befürchtete er, der Apparat könne explodieren. «Harv, Harv, die Sache ist so gut wie geritzt», äffte er Otto nach. «Das wüsste ich aber.» Seine schlaffen Wangen verzogen sich zu einem schwachen Lächeln. Er holte tief Luft, warf einen Blick auf die Wanduhr und rieb sich dann voller Vorfreude die Hände. «Alle Leute an Deck!», brüllte er.

«Wieso hat beim Gespräch mit Otto deine Nase gezuckt?», wollte Jack wissen.

«Mein Freund Otto ist Doktor Otto Zaisser, der zweite Leiter einer Organisation namens ‹Kampfgruppe gegen Unmenschlichkeit›, die mit einer kleinen Finanzspritze von ihren Freunden beim CIA vor gut zwei, drei Jahren entstanden ist. Ihre Zentrale sind zwei baufällige Häuser in irgendeiner

Nebenstraße» – Torriti deutete mit einer Hand in die allgemeine Richtung des amerikanischen Sektors – «voll gestopft mit Kisten. Die Kisten sind voll mit Karteikarten, auf denen die Namen von Leuten stehen, die spurlos hinter dem Eisernen Vorhang verschwunden sind. Otto ist der Spezialist für subversive Schelmenstreiche. Letztes Jahr hat er Briefmarken mit dem Porträt von Stalin gefälscht und ihm eine Schlinge um den Hals verpasst; zigtausend Briefe wurden damit beklebt und in den Osten geschickt. Die Kampfgruppe schickt aber auch schon mal Agenten los, die die eine oder andere kommunistische Eisenbahnbrücke in die Luft jagen.»

«Du hast mir immer noch nicht gesagt, warum deine Nase gezuckt hat», wandte Jack ein.

«Wenn Otto wirklich an Durchschläge von Briefen von Anton Ackermann hätte rankommen können, hätte er sich die fünfundzwanzigtausend Dollar erbettelt oder geborgt und die Briefe selbst gekauft. Dann hätte er sie für fünfzig Riesen an den Rabbi verscheuert. Der Rabbi hätte uns das Zeug für die bescheidene Summe von fünfundsiebzig Riesen angeboten, oder umsonst, wenn wir ihm dafür verraten könnten, wo sich Israels Staatsfeind Nummer eins, der frühere Leiter der Gestapo-Abteilung für ‹Judenangelegenheiten› Adolf Eichmann in Südamerika versteckt hält.»

«Die Durchschläge könnten echt sein – das weißt du erst, wenn du sie siehst.»

Mit einem Augenzwinkern schüttelte Torriti den Kopf. «Zufällig weiß ich, dass Ackermann seine Briefe nicht diktiert – er ist paranoid, was Mikrofone angeht. Deshalb schreibt er seine Briefe mit der Hand und steckt sie selbst in spezielle Umschläge, die Spuren hinterlassen, wenn jemand sich daran zu schaffen macht.»

«Dann ist dein Freund Otto also gar nicht dein Freund?»
«Wissentlich oder unwissentlich legt er einen Köder aus.»
«Was willst du jetzt machen, Harvey?»
«Ich werde anbeißen, Kumpel.»

Jack steuerte das Taxi an den Bordstein vor der Kirche. Er senkte das Kinn auf den Hemdkragen und sagte: «Whiskey-Leiter – alle in Position?»

Die Beobachter meldeten sich einer nach dem anderen.
«Whiskey eins, roger.»
«Whiskey zwei, roger.»
«Whiskey drei und vier, auf Position.»
«Wie sieht's drinnen aus?», fragte Jack.
Ein Rauschen ertönte. «Whiskey fünf und sechs, alles klar.»

Torriti, bekleidet mit einem alten Regenmantel und in der Hand eine Flasche Gin, öffnete die hintere Tür des Taxis und stolperte auf den Bürgersteig. Er legte den Kopf nach hinten, kippte den Rest in der Flasche in sich hinein, warf die Flasche auf den Rücksitz und knallte die Tür mit dem Fuß zu. Jack beugte sich über den Beifahrersitz und kurbelte das Seitenfenster herunter. Torriti zog ein Portemonnaie aus der Gesäßtasche, hielt es dicht vor die Augen und nahm ein paar Scheine heraus. «Warten Sie hier», bellte er.

Jack fragte: «Wie lange?»

«Bis ich wiederkomme, verdammt noch mal.» Torriti richtete sich auf, rülpste und torkelte dann auf die Doppeltür der Kirche zu.

Jack zog sich die Kappe über die Augen, die Hand am Schaft des M3-Gewehrs, das unter dem Regenmantel auf dem Beifahrersitz lag, und lehnte sich zurück; unter dem Schirm seiner Kappe konnte er die Rückspiegel gut einsehen. Aus dem kleinen Knopf im Ohr hörte er die folgenden Meldungen:

«Whiskey zwei – er ist reingegangen.»

«Whiskey fünf – ich sehe ihn.»

«Whiskey sechs – ich sehe ihn auch.»

Torriti, der jetzt in der Kirche war, ging den Mittelgang hinunter. Auf den Bänken verteilt, saßen rund ein Dutzend Leute, in stilles Gebet vertieft. In der letzten Reihe, rechts und links des Gangs, knieten zwei schlanke Männer die nicht besonders fromm aussahen. Als Torriti sich dem Altar näherte, folgte ihm eine Frau mit Lodenmantel und Kopftuch, bis sie auf einer Höhe waren. «Mr. Torriti?», flüsterte sie.

«Höchstpersönlich», sagte er.

«Wo können wir uns ungestört unterhalten?», fragte sie.

Torriti zog sie am Ärmel und führte sie in den Schatten eines Seitenaltars. Er nahm erneut die Betenden in den Bänken in Augenschein; nur die beiden Männer in der letzten Reihe schienen Notiz von ihnen zu nehmen.

Torriti sagte: «Ein gemeinsamer Freund hat mir erzählt, Sie hätten einen Leckerbissen anzubieten.»

«Ich gebe Ihnen zwei Kostproben», sagte die Frau. Sie wirkte ausgesprochen nervös. «Wenn Sie zufrieden sind, treffen wir uns erneut und Sie bekommen die Briefe, ich die fünfundzwanzigtausend Dollar. Billig für das, was es ist.»

«Von wegen billig», brummte Torriti, aber er sagte es mit einem humorlosen Lächeln, und die Frau lächelte andeutungsweise zurück.

Sie griff in ihren Mantel, holte zwei gefaltete Blätter Papier hervor und reichte sie Torriti. Er blickte sich noch einmal um, entfaltete dann eines und hielt es ins Licht einer Kerze, die vor einer Madonnenstatue brannte. Er sah den Durchschlag eines getippten Briefs, der mit dem geschäftsmäßigen Gruß an den Genossen Ulbricht begann. Unter dem Brief war der Name A. Ackermann getippt und darüber Ackermanns deutlich lesbare Unterschrift zu sehen. Der zweite Brief war an den stellvertretenden sowjetischen Residenten von Karlshorst, Oskar Ugor-Molodi, adressiert und ebenfalls von Ackermann unterschrieben.

«Scheint in Ordnung», sagte Torriti und steckte die beiden Briefe in die Manteltasche. Er schaute sich wieder um und sah, wie zwei ältere, gut gekleidete Männer von ihren Plätzen aufstanden und Richtung Ausgang gingen. Die beiden Silvans hatten sie offenbar ebenfalls bemerkt, denn sie griffen unter ihre Jacken. Als die beiden älteren Männer in Höhe der letzten Reihe waren, drehten sie sich zum Altar um, beugten das Knie und verließen dann heftig miteinander flüsternd die Kirche. Torriti sagte zu der Frau: «Wo? Wann?»

«Hier», erwiderte sie, auf die Madonna deutend. «Morgen Abend.»

«Abgemacht», sagte Torriti.

Die Frau eilte zu einer Seitentür und verschwand. Die beiden Silvans blickten einander unsicher an.

Der winzige Lautsprecher in Torritis Ohr meldete sich: «Whiskey drei – weibliche Person ist aus dem Seiteneingang gekommen und geht in Richtung Breitestraße. Moment – ein alter Mercedes kommt aus der Breitestraße und hält neben ihr – die Frau steigt ein, der Wagen wendet, beschleunigt, biegt in die Breitestraße. Er ist weg.»

«Whiskey-Leiter – was passiert als Nächstes?»

Torriti flüsterte in seinen Kragen. «Hier Barfly – falls was passiert, dann jetzt. Haltet die Augen offen.»

Er griff in seinen Regenmantel und tätschelte abergläubisch den Perlmuttgriff seines Revolvers, dann schlenderte er ein wenig schwankend über den Steinboden zum Haupteingang der Kirche. Er drehte sich nicht um, weil er wusste, dass die Silvans ihm den Rücken deckten. In seinem Ohr hörte er, wie einer der Beobachter sich meldete. «Whiskey eins – zwei Männer kommen aus der Carl-Schurz-Straße», sagte er atemlos. Jacks Stimme ertönte gelassen. «Whiskey-Leiter – alle ruhig bleiben. Ich sehe sie im Seitenspiegel, Harvey. Sie gehen unter einer Straßenlaterne durch. Einer trägt einen langen Ledermantel, der andere eine Lederjacke. Sie gehen ganz langsam auf die Kirche zu.»

Torriti erinnerte sich, was für ein Nervenbündel Jack in der Nacht gewesen war, als sie über dem Kino auf Wischnewski gewartet hatten. Er hatte sich in den vier Monaten seitdem gemausert; Torritis anfängliche Einschätzung – dass Jack aus einem anderen Holz geschnitzt war als das Kanonenfutter, das normalerweise aus Washington kam – hatte sich bewahrheitet. Torriti sagte leise ins Mikrofon: «Whiskey drei und vier – bleibt an ihnen dran, aber nicht zu nah. Sie sollen den ersten Schritt machen.»

Als er durch die Tür auf die dunkle Straße trat, sah Torriti die beiden Männer unter einer anderen Laterne gut fünfzig Meter entfernt. Sie mussten Torriti gesehen haben, denn sie beschleunigten den Schritt. Der Zauberer schlurfte zum Taxi am Straßenrand. Er konnte Jack sehen, der hinter dem Steuer zu schlafen schien, den rechten Arm auf dem Beifahrersitz. Whiskey drei und vier kamen um die Ecke und hielten sich hinter den beiden Gestalten, die auf die Kirche zugingen.

Die zwei Männer waren nur noch wenige Schritte entfernt, als der Zauberer das Taxi erreichte. In dem Augenblick, als er die Hand nach dem Türgriff ausstreckte, zog einer von ihnen etwas Metallisches aus dem Gürtel und stürzte auf ihn zu. Mit erstaunlicher Behändigkeit für einen korpulenten Mann sprang Torriti zur Seite und duckte sich. Schon hatte er seinen Revolver in der Hand und drückte ab. Der Schuss hallte durch die Kopfsteinpflasterstraße, als die Kugel dem Angreifer in die Schulter drang und ihn zu Boden warf. Ein großes Messer fiel klirrend in den Rinnstein und Jack vor die Füße, als er mit dem M3 im Anschlag um das Taxi herumgerannt kam und auf den zweiten Mann zielte, der so vernünftig war, wie angewurzelt stehen zu bleiben. Whiskey drei und vier näherten sich im Laufschritt mit gezückten Pistolen. Einer von ihnen trat das Messer von dem Verletzten weg, der mit dem Rücken gegen die Stoßstange gelehnt saß und wimmerte. Der andere tastete den zweiten Angreifer ab, der stocksteif mit erhobenen Händen dastand, und nahm ihm eine Pistole und ein kleines Walkie-Talkie ab.

«Was für Stümper», sagte Jack und schüttelte ungläubig den Kopf.

Ein Streifenwagen mit Blaulicht und Sirene kam plötzlich die Straße hochgebraust und hielt mit quietschenden Bremsen ein Stück vom Taxi entfernt. Zwei Türen flogen auf, und zwei Männer in den Uniformen der westdeutschen Polizei eilten herbei, Maschinenpistolen im Anschlag.

«Wo kommen die denn so schnell her?», flüsterte Jack.

«Vielleicht haben wir's ja doch nicht mit Stümpern zu tun», erwiderte Torriti leise.

«Gibt es Probleme?», rief einer der Polizisten.

«Das ist eine Falle», rief Harvey, als Jack und er auch schon das Feuer eröffneten. Jack streckte den einen und Torriti den anderen nieder. Der Angreifer, der noch mit erhobenen Händen dagestanden hatte, fasste sich den Bauch und sank auf die Knie, von einem Querschläger getroffen.

«Nichts wie weg hier», befahl Torriti, auf dessen Lippen sich plötzlich ein Lächeln breit machte.

«Was amüsiert dich denn so?», fragte Jack, während sie ins Taxi sprangen.

«Kapierst du denn nicht, Kleiner? Die wollten mich kidnappen!» Das Taxi sauste los und verschwand in der gespenstischen Stille der Berliner Nacht.

13

BERLIN, FREITAG, 11. MAI 1951

Jack, der in Torritis Abwesenheit in der Basis die Stellung hielt, lockerte die Krawatte und lehnte sich in den Stuhl seines Chefs zurück. Seit neuestem trug er zusätzlich zu dem Pistolenhalfter im Kreuz noch ein Schulterhalfter. Der Mahagonigriff seiner Beretta ragte daraus hervor.

Miss Sipp brachte die Abschriften der aktuellen Aufzeichnungen von den Lauschposten der in ganz Ostberlin verteilten Mikrofone herein. Jack blätterte sie durch, um zu sehen, was das Mikro im Fußboden der Wohnung des Professors aufgenommen hatte. Seit die Abhöraktion lief, gab es jeden Morgen lange SNIPER-Transkripte, die nicht unbedingt sehr aufschlussreich waren. Heute Morgen gab es jedoch kein einziges. Jack setzte sich aufrecht hin und ging die Transkripte noch einmal durch.

«Wieso haben wir heute nichts über SNIPER?», rief er nach draußen zu Miss Sipp.

Sie steckte den Kopf zur Tür herein. «Das fand ich auch merkwürdig, also habe ich den zuständigen Lauschposten angerufen – er hat gesagt, das Mikro bringt nichts mehr.»

«Fragen Sie noch mal nach, ja?»

«Unverändert», berichtete Miss Sipp eine Weile später. «Die sagen, es gibt zwei Möglichkeiten. Erstens: Das Mikro wurde entdeckt und entfernt. Zweitens: RAINBOW und/oder SNIPER sind in den Händen des KGB.»

«Die Mistkerle haben die dritte Möglichkeit ausgelassen», fauchte Jack gereizt. «Das Mikro könnte defekt sein.»

«Angeblich haben sie es genauestens geprüft, bevor sie's installiert haben», sagte Miss Sipp leise. Sie strich sich den Rock glatt, kam um den Schreibtisch herum und berührte schwesterlich Jacks Hand. «Seien Sie ehrlich, Jack. Sie sind emotional engagiert. Das ist nicht gut für den Kontakt mit Ihrer Kurierin.»

Jack schüttelte ihre Hand ab. «Ich weiß sowieso nicht, warum Harvey SNIPER überhaupt abhören lässt, er kriegt doch alles, was SNIPER weiß, schwarz auf weiß von RAINBOW geliefert.»

«Mr. Torriti ist ein sehr systematischer Mensch, Jack. Glauben Sie mir, er lässt nichts unberücksichtigt.»

Jack erschien frühzeitig zu seinem regelmäßigen Freitagstreffen mit Lili am Haus in der Hardenbergstraße, wo er auf einem Zettel an der Tür las, dass der Ballettunterricht bis auf Weiteres ausfiel. Mit seiner Weisheit am Ende, schickte er eine Anfrage an alle Informanten der Berliner Basis, ob irgendeinem zu Ohren gekommen war, dass es im sowjetischen Sektor eine spektakuläre Festnahme gegeben habe. Die nach und nach eintreffenden negativen Antworten beruhigten ihn ein wenig. Es deutete nichts auf irgendwelche Verhaftungen im größeren Stil hin. Die KGB-Offiziere in Karlshorst waren durch eine von der Moskauer Zentrale erlassene Verfügung abgelenkt, die verlangte, dass Offiziere, die zurück in die Heimat geschickt wurden, für aus der Deutschen Demokratischen Republik mitgebrachte Waren wie Möbel, Kleidung, Autos, Motorroller und Fahrräder eine horrende Steuer zu zahlen hatten; es war sogar davon die Rede gewesen, eine Petition in Umlauf zu bringen, doch der Resident General Ilitschew hatte die Drahtzieher zusammengestaucht und die drohende Rebellion im Keim erstickt.

Vorsichtshalber ließ Jack sich die Protokolle des von der Berliner Basis abgehörten Funkverkehrs von Karlshorst bringen. Doch auch da war nichts Ungewöhnliches festzustellen. Er las die letzten Berichte der Beobachter durch, die für sowjetische Flughäfen zuständig waren. Alle Flüge in den vergangenen Tagen waren planmäßig gewesen. Jack schickte Silvan II zu der Privatschule am Alexanderplatz, wo Lili unterrichtete; dort hing die Mitteilung, dass der Unterricht bis auf Weiteres von einer Vertretung erteilt werde. Auf dem Weg zurück nach Westberlin schaute Silvan II bei der Hausmeisterin vorbei, um unter dem Vorwand, sich nach ihrem gesundheitlichen Befinden zu erkundigen, irgendetwas über den Verbleib des Paares im ersten Stock in Erfahrung zu bringen. Die neue Arthritismedizin habe nicht viel geholfen teilte sie ihm mit, und die Mieter im ersten Stock seien nicht da, Punkt aus.

Da er die Hoffnung nicht aufgeben wollte, dass es für Lilis Verschwinden eine harmlose Erklärung gab, ging Jack zu seinem Treffen am Dienstagabend. Der Zettel mit der Ankündigung, dass der Unterricht ausfiel, war nicht mehr da. Lili tauchte so plötzlich wieder auf, wie sie verschwunden war. Von einem dunklen Hauseingang auf der anderen Straßenseite aus beobachtete Jack, wie RAINBOW sich dem Studio näherte. Niemand schien sie zu beschatten. Zwei Stunden später kamen ihre Schülerinnen heraus. Jack eilte, drei Stufen auf einmal nehmend, die Treppe hoch, wo Lili wie gewohnt an der Stange stand und ihre Übungen machte.

Er packte ihr Handgelenk und zog sie von der Stange weg. «Wo warst du?», fragte er barsch.

«Nicht, du tust mir weh –»

«Ich hatte Angst, du wärst –»

«Ich wusste nicht, wie ich dich verständigen sollte –»

«Wenn du festgenommen worden wärst –»

Jack ließ ihr Handgelenk los. Sie holten beide tief Luft. «Jack», flüsterte sie. Sie legte die Hand flach auf seine Brust, stieß ihn zurück, schüttelte den Kopf und ließ sich dann seufzend in seine Arme fallen. «Der Bruder des Professors ist unerwartet gestorben … wir mussten nach Dresden zur Beerdigung. Wir sind ein paar Tage dort geblieben, um der Witwe zu helfen, alle Formalitäten zu erledigen. Oh, Jack, das geht doch nicht mehr. Was sollen wir bloß machen?»

«Lass mir Zeit», sagte er. «Ich überlege mir was.»

«Was gibt dir die Zuversicht, dass wir beide Zeit haben?»

Jack drückte sie an sich. «Lass uns eine Nacht zusammen sein, Lili», flehte er. «Nur ein Mal.»

«Nein», sagte sie, an ihn geklammert. «Ich darf nicht …»

Lili drehte sich in dem engen Bett auf die Seite, so dass sie mit dem Rücken zu Jack lag. Er schmiegte sich an sie, drückte den Mund in ihren Nacken und fuhr mit einer Hand ihre Hüfte entlang. Über die Schulter hinweg sagte sie mit einer Stimme, die von den letzten Stunden ihrer Leidenschaft ganz heiser klang: «Ist dir schon mal aufgefallen, wenn ein Zug vorbeirast, dass alles in der Nähe der Schienen verschwommen aussieht? Aber wenn man schnell blinzelt, kann man die Bewegung für einen Augenblick stoppen, die Bilder einfrieren. Du rast heute Nacht mit Lichtgeschwindigkeit an mir vorbei, Jack. Mit meinem inneren Auge –»

«Ja?»

«Mit meinem inneren Auge blinzele ich und friere die Bilder unserer körperlichen Nähe ein.»

«Genau wie ein Fotoapparat – der friert die Bilder auch ein. Beschreib deine Bilder.»

«Ich versuch's. Ich sehe mich, wie mir die Worte fehlen, um dich zu begrüßen, und wie ich die Hände hebe, um mir die Ohrringe abzunehmen.»

«Die Geste hat mir den Atem geraubt, Lili. Für mich war das so, als würde jede Intimität, die das Leben zu bieten hat, damit anfangen, dass du dir die Ohrringe abnimmst.»

«Ich sehe, wie du dir das Hemd über den Kopf ziehst. Ich sehe, wie du einen hässlichen Gegenstand aus deinem Gürtel ziehst und ihn unter das Kopfkissen schiebst. Ich sehe zu, wie du mir das Kleid aufknöpfst. Ich falte jedes Kleidungsstück zusammen, das du mir auszieshst, und lege die Sachen ordentlich auf einen Stuhl, was dich belustigt – ich vermute, dir als Amerikaner wäre es lieber, ich würde sie einfach auf den Boden fallen lassen. Ich spüre, wie du mir mit dem Handrücken über die Brust streifst. Ich stelle fest, dass du ein guter Liebhaber bist.»

«Das kommt immer auf die Frau an», sagte Jack, und als er sich das sagen hörte, merkte er, dass es stimmte. «Wir Männer sind bei sehr wenigen Frauen gute Liebhaber, durchschnittliche bei den meisten und lausige bei einigen.»

Eine Weile dösten sie, wurden dann hellwach, als die ersten Geräusche von der Straße und die ersten grauen Streifen Tageslicht ins Zimmer drangen. Lili stand auf, wusch sich hinter dem Wandschirm und zog sich an. Dann gingen sie hinunter in das kleine Frühstückszimmer der Pension im französischen Sektor.

Draußen auf dem Bürgersteig verfinsterte sich Lilis Gesicht. «Und wie sagen wir jetzt Auf Wiedersehen?»

«Gar nicht», erwiderte Jack. «Wenn ich als Kind am Meer war und bis zu den Knien im Wasser stand, ist mir immer ganz schwindlig geworden, wenn ich zusah, wie die Wellen mir den Sand unter den Füßen weggezogen haben. Wenn du gehst, fühle ich mich genauso.»

«Ich bin der Sand unter deinen nackten Füßen.» Lili wandte sich zum Gehen. «Das Leben ist eine Anhäufung von kleinen Fehlern», sagte sie unvermittelt.

«Wieso sprichst du von Fehlern?», fragte Jack verärgert. «Willst du damit sagen, unsere gemeinsame Nacht war ein Fehler?»

«Nicht doch. Damit will ich dir nur in ein, zwei Sätzen die Geschichte meines Lebens erzählen», erklärte sie. «Ich bin zu dem Schluss gekommen, dass das Problem nicht so sehr die Anhäufung von kleinen Fehlern ist, es sind die großen, die wir dabei machen, wenn wir die kleinen korrigieren wollen.»

Am selben Abend nahm die Wanze in SNIPERs Fußboden Stimmen wahr und aktivierte den Sender, der in der Deckenlampe in der Wohnung darunter verborgen war. Am nächsten Morgen hatte Jack das Transkript der Aufzeichnung auf dem Schreibtisch liegen: im Großen und Ganzen das belanglose Alltagsgeplauder eines Paares in den eigenen vier Wänden. Irgendwann wurde eine Weile nichts gesagt, und dann folgte ein leises, intensives Gespräch zwischen einem älteren Mann (offenbar SNIPER) und einem jüngeren Mann mit polnischem Akzent.

Jacks Interesse war geweckt. Das Gespräch drehte sich um bakterielle Waffen, die auf der Ostseeinsel Rügen getestet wurden, um Uranherstellung in Joachimsthal am Grimnitzsee und die neuesten Kernspaltungsexperimente der Sowjets in Zentralasien. Dann plauderten die beiden Männer über gemeinsame Freunde und darüber, was aus ihnen geworden war. Plötzlich erwähnte der Pole, dass er den Verdacht habe, die Russen hätten einen wichtigen Spion im britischen Geheimdienst sitzen. Woher er das wisse, wollte der ältere Mann wissen, der offenbar verblüfft war. Die Unterhaltung wurde unterbrochen, als leise Schritte ins Zimmer kamen und RAINBOW etwas sagte. Die Männer bedankten sich für Weinbrand, und es wurde angestoßen. Schritte entfernten sich, wohl weil RAINBOW das Zimmer wieder verließ. Der ältere Mann wiederholte seine Frage: Woher sein Gast von einem russischen Spion im britischen Geheimdienst wisse. Der polnische Geheimdienst UB sei im Besitz eines streng geheimen Dokuments, erwiderte der Pole. Er habe das Dokument mit eigenen Augen gesehen. Es sei die Kopie einer vom britischen MI6 zusammengestellten Liste mit Namen polnischer Staatsbürger, die von der MI6-Dienststelle in Warschau als potenziell verwertbar und förderungswürdig erachtet wurden. Die Liste könnte doch von britischen Geheimdienstagenten in Warschau gestohlen worden sein, wandte der ältere Mann ein. Nein, nein, entgegnete der Pole. Die Kopie sei mit internen Dienstvermerken und Initialen versehen und nur einer begrenzten Anzahl von MI6-Offizieren zugegangen, von denen keiner in Warschau stationiert war.

Dann ging es um andere Themen, bis der Pole irgendwann sagte, er müsste gehen. RAINBOW war wieder zu hören, als sie den Gast verabschiedete. Es folgten schwere Schritte auf der Treppe, eine Tür, die sich schloss, und das Klirren von Gläsern, die abgeräumt wurden.

Jack blickte von dem Transkript auf; vor seinem geistigen Auge sah er, wie SNIPER sein Hemd und den gestärkten Kragen auszog, wie RAINBOW sich die Ohrringe abnahm, wie sie in einem Baumwollnachthemd aus dem Bad kam, wie sie die Decke des Ehebettes hochschlug und sich neben den Mann legte, dem sie so viel schuldete.

Jack schüttelte die Bilder ab und las die Passage über den sowjetischen

Spion im MI6 noch einmal durch. Wenn der Zauberer nicht schon auf dem Weg nach Washington wäre, um *Mother* seinen Kontrastbrei ins Gesicht zu schleudern und den sowjetischen Maulwurf zu enttarnen, würde er ihm diese Neuigkeit umgehend zukommen lassen. Egal. SNIPER würde ihm ja das Wesentliche von der Unterhaltung mit dem Polen in seiner unverwechselbaren Handschrift auf dem kleinen Stück Seide liefern, das Jack mit eigener Hand aus Lilis BH zutage fördern würde.

14

ARLINGTON, SONNTAG, 20. MAI 1951

James Jesus Angleton, angetan mit verdreckter Gärtnerschürze, fegte das Gewächshaus, das er sich kürzlich im Garten seines Hauses im Washingtoner Vorort Arlington hatte bauen lassen. Eine durchweichte Zigarette klebte ihm an der Unterlippe, und unter seinen Augenlidern lauerte eine beginnende Migräne. «Ich versuche», sagte er mit verrauchter Stimme, «eine hybride Orchideenart zu züchten. Wenn es mir gelingt, nenne ich die neue *Cattleya* Ciceley Angleton nach meiner Frau.»

Der Zauberer lockerte seine Krawatte und hängte sein Sportjackett über die Lehne eines Bambusstuhls. Er schnallte sein Schulterhalfter ab, in dem der Revolver mit Perlmuttgriff steckte, und hängte es an den Griff eines Belüftungsfensters. «Von Blumen verstehe ich nicht die Bohne, Jim. Wie kreuzt man denn eine Orchidee?»

«Um Gottes willen, nicht hinsetzen», rief Angleton, als Torriti Anstalten machte, seinen massigen Körper auf den Bambusstuhl hinabzulassen. «Der bricht unter Ihrem Gewicht zusammen. Tut mir Leid.»

«Schon gut.»

«Es tut mir Leid.» Angleton fegte weiter. Aus den Augenwinkeln beobachtete er Torriti, der ziellos herumschlenderte, mit den Fingern über Tontöpfe und Gartengeräte strich. «Das Kreuzen von Orchideen ist ein sehr langwieriges und mühseliges Verfahren», rief er durch das Gewächshaus, «in etwa vergleichbar der Gegenspionage.»

«Was Sie nicht sagen.»

Angleton hörte abrupt auf zu fegen. «Allerdings. Um eine Hybride zustande zu bringen, muss man die Pollen von einer Blüte nehmen und eine andere damit befruchten. Kennen Sie die Kriminalromane von Rex Stout? Darin gibt es einen Detektiv namens Nero Wolfe, der in der Freizeit Orchideen züchtet. Sollten Sie mal lesen.»

«Mein Job ist schon spannend genug», erwiderte Torriti. «Also, inwiefern ist Orchideenkreuzen vergleichbar mit Gegenspionage?»

Auf den Besenstiel gestützt, zündete Angleton sich an der Glut der Zigarette in seinem Mund eine neue an. Dann warf er die abgebrannte Zigarette in einen Porzellanspucknapf, der vor Stummeln überquoll. «Für beides braucht man eine Engelsgeduld. Und die haben Sie nicht, Harvey. Orchideenzüchten und Gegenspionage sind nichts für Sie.»

Torriti trat auf Angleton zu: «Wieso sagen Sie das, Jim?»

«Ich denke dabei an Italien gleich nach dem Krieg. Sie haben sich des Kapitalverbrechens der Ungeduld schuldig gemacht.» Angletons kratzige Stimme hatte einen scharfen Unterton angenommen. «Sie waren wie besessen, es allen heimzuzahlen, von denen Sie meinten, hereingelegt worden zu sein – Ihre Freunde von der Mafia, die Russen, ich.»

«Und die Leute behaupten, *ich* hätte ein Elefantengedächtnis!»

«Wissen Sie noch, in Rom, Harvey? Sommer '46? Sie haben einen Agenten verloren, er wurde auf einer Müllkippe gefunden, ohne Finger und ohne Kopf. Sie haben ihn anhand einer alten Schussverletzung identifiziert, die bei der Obduktion mit einer Blinddarmnarbe verwechselt worden war. Sie waren außer sich, haben es persönlich genommen, als hätte man Ihnen ins Gesicht gespuckt. Wochenlang haben Sie praktisch kein Auge zugetan, während Sie die Sache von hinten aufgerollt haben. Sie haben die Verdächtigen auf acht Personen eingegrenzt, dann auf vier, zwei, bis eine übrig blieb. Die Geliebte des Toten. Leider konnten wir sie nicht mehr befragen, um herauszufinden, für wen sie gearbeitet hatte. Sie starb, wie es im Bericht der Carabinieri hieß, unter mysteriösen Umständen. Sie soll um Mitternacht von einem Boot aus schwimmen gegangen sein. Seltsam war bloß, dass sie weder ein Boot hatte noch schwimmen konnte.»

«Sie konnte nicht schwimmen, weil an ihren Fuß ein schweres Eisenstück gebunden war», sagte Torriti, leise lachend. «Ich war damals jung und ungestüm. Heute, wo ich erwachsen bin, würde ich mir die Lady zunutze machen, bevor ich ihr ein Stück Eisen an den Fuß binde und sie über Bord werfe.» Torriti zog sich die ausgebeulte Hose ein Stück hoch, und Angleton sah, dass der Zauberer ein weiteres Halfter unten an der Wade trug. «Zwischen einem Agenten und seinem Führungsoffizier besteht eine enge Verbindung, in etwa so wie zwischen Vater und Sohn», fuhr der Zauberer fort. «Sie sind dafür zu analytisch, Jim. Sie packen alles in ihre glänzenden Theorien. Ich habe keine Theorien. Was ich weiß, muss ich mir hart erarbeiten – in der Praxis.»

«Sie operieren nur auf der Oberfläche. Ich grabe tiefer.» Angleton war das Geplänkel leid. «Was haben Sie mir unbedingt mitzuteilen, das nicht bis Montag Zeit hat?»

«Ich bin dabei, ein Memo an den Director zu schreiben, in dem ich Beweise darlege, dass Ihr Freund Philby ein sowjetischer Spion ist. Und das schon seit Anfang der Dreißigerjahre. Da Sie der Chef der Gegenspionage sind, dachte ich, es wäre nur fair, Sie vorher darüber zu informieren. Außerdem denke ich, wir sollten Vorsichtsmaßnahmen treffen, dass Philby sich nicht aus dem Staub macht.»

«Sie machen sich nur selbst zum Narren, Harvey.»

«Ich hab den Mistkerl an den Eiern, Jim.»

«Würden Sie mir sagen, was Sie für Beweise haben?»

«Deshalb bin ich hier.»

Angleton lehnte den Besen gegen die Wand des Gewächshauses und zog einen kleinen Schreibblock aus der Gesäßtasche. «Stört es Sie, wenn ich mir Notizen mache?»

«Nicht im Geringsten.»

Angleton rückte den Bambusstuhl an den Bambustisch, schob die Gartengeräte beiseite, um Platz für den Schreibblock zu schaffen, und setzte sich. Er nahm einen Bleistift zur Hand und blickte auf, den Anflug eines herablassenden Lächelns auf den Lippen.

Der Zauberer, der hinter ihm auf und ab ging, zählte zunächst einige Stationen in Philbys Leben auf: Mitglied im sozialistischen Studentenbund von Cambridge Anfang der Dreißigerjahre, Aufenthalt in Wien zur Zeit des sozialdemokratischen Februaraufstands, Heirat mit einer fanatischen Kommunistin, nach seiner Rückkehr nach England Teilnahme an Festen in der deutschen Botschaft, um seine linken Neigungen zu übertünchen und sich einen deutschfreundlichen Ruf zu verschaffen, Berichterstatter für die *Times* im Spanischen Bürgerkrieg, zuständig für die Seite Francos.

Angleton blickte auf. «Adrian ist im Laufe der Jahre Dutzende Male auf Herz und Nieren geprüft worden – was Sie erzählen, ist nichts Neues.»

Torriti fuhr ungerührt fort, erwähnte die Informationen von Walter Kriwitski, die die Briten laut Elihu Epstein ihren amerikanischen Kollegen nicht mitgeteilt hatten.

«Als Kriwitski auf unserer Seite des Atlantiks eintraf, wurde er lange vernommen», erinnerte sich Angleton. Er schloss die Augen und zitierte die Informationen aus dem Gedächtnis. «Es gibt im britischen Geheimdienst einen sowjetischen Maulwurf mit dem Decknamen PARSIFAL, sein Führungsoffizier ist ein Meisterspion mit dem Decknamen Starik. Der Maulwurf hat eine Zeit lang als Berichterstatter in Spanien während des

Bürgerkriegs gearbeitet.» Angleton öffnete die Augen und lachte. «Kriwitski hat uns von einer Nadel im Heuhaufen erzählt, in der Hoffnung, wir würden ihn ernst nehmen.»

«Irgendjemand hat ihn ernst genommen – er wurde 1941 in Washington umgebracht.»

«Dem offiziellen Polizeibericht zufolge war es Selbstmord.»

Torriti drehte sich einmal im Kreis, als wollte er sich hochschrauben, und fragte dann, ob Angleton bekannt sei, dass Philby in der MI6-Registratur die Register über die Sowjetunion eingesehen hatte, lange bevor er in der Sowjetabteilung anfing.

«Nein, das wusste ich nicht, aber da ich Adrian kenne, da ich weiß, wie gründlich er ist, wäre ich überrascht, wenn er die Register nicht eingesehen hätte.»

«Womit wir zu Wischnewski kommen», sagte der Zauberer, «der uns helfen wollte, einen sowjetischen Maulwurf zu enttarnen, wenn wir ihn in den Westen holen.»

«Womit wir zu Wischnewski kommen», pflichtete Angleton bei.

«Nach der gescheiterten Exfiltration hat KGB-Karlshorst eine dringende Nachricht an die Moskauer Zentrale geschickt und sich für die frühzeitige Warnung bedankt, durch die die Exfiltration verhindert werden konnte», sagte Torriti. «Ich habe die Briten vorsichtshalber nicht über Wischnewski informiert. Also würde mich eins interessieren, Jim. Es ist bekannt, dass Sie sich regelmäßig mit Philby in *La Niçoise* treffen und dass er, wenn er in der *Company* zu tun hat, auf einen Sprung bei Ihnen im Büro vorbeischaut. Haben Sie Ihrem britischen Freund von Wischnewski erzählt? Raus mit der Sprache, Jim. Haben Sie ihm erzählt, wir hätten jemanden an der Hand, der behauptet, er könne einen sowjetischen Maulwurf im MI6 identifizieren?»

Angleton legte den Bleistift beiseite. Er schien mit sich selbst zu reden. «Erstens einmal gibt es keine zwingenden Verdachtsmomente, dass es im MI6 einen sowjetischen Maulwurf gibt –»

«Wischnewski hat das Gegenteil behauptet –»

«Wischnewski wäre nicht der erste Überläufer, der sich als wertvoll verkaufen will, indem er behauptet, er hätte einen Goldbarren.»

«Es passt alles zusammen», entgegnete Torriti unbeirrt.

«Es sind alles vage Vermutungen», sagte Angleton kühl. «Da kämen gleich zwei oder drei Dutzend Briten in Frage.» Er nahm einen Zug aus seiner Zigarette und drehte sich auf dem Bambusstuhl so weit um, bis er Torriti ansehen konnte. «Ich kenne Adrian in- und auswendig», sagte er mit

Vehemenz. «Ich weiß, was in ihm vorgeht, ich weiß, was er sagen wird, ehe er den Mund aufmacht. Ich vertraue ihm durch und durch. Er könnte niemals für die Russen spionieren! Er repräsentiert alles, was ich an den Briten bewundere.» Ein Schleier aus Zigarettenqualm verhüllte den Ausdruck auf Angletons Gesicht, als er gestand: «Adrian ist der Mensch, der ich gern geworden wäre.»

Torriti förderte ein zerknautschtes Taschentuch zutage und wischte sich die feuchten Handflächen ab. «Wir haben Fallschirmagenten nach Polen und in die Ukraine eingeschleust, alle sind geschnappt worden. Als MI6-Verbindungsmann in Washington war Philby über die Operationen informiert.»

«Ihr lasst einen Haufen mutiger, aber unerfahrener Rekruten mit dem Fallschirm in die Höhle des Löwen springen und wundert euch, wenn sie mit Haut und Haaren gefressen werden», erwiderte Angleton.

Torriti holte sein Notizbuch hervor, befeuchtete einen Daumen, blätterte es durch und berichtete Angleton von den Kontrastbrei-Meldungen, die er an *Company*-Mitarbeiter in Washington verschickt hatte. Jeder, der die Wischnewski-Operation hätte verraten können, habe eine separate erhalten; getarnt als interne Meldung an alle Mitarbeiter, seien sie aber jeweils nur an *eine* Person oder *ein* Büro gegangen. Sämtliche Operationen, über die er in den Meldungen informiert habe, seien ungestört über die Bühne gegangen – alle bis auf die Albanien-Operation. Und die betreffende Meldung sei ausschließlich an das gemeinsame Sonderkomitee von CIA und MI6 gegangen, und diesem Komitee gehöre Philby an.

«Das Komitee hat sechzehn Mitglieder», entgegnete Angleton, «das Verwaltungspersonal nicht mitgerechnet, und das ist angehalten, alles zu lesen, was durch die Hände der Mitglieder geht.»

«Ich weiß», sagte Torriti. «Deshalb habe ich noch einen letzten Kontrastbrei abgeschickt. An Philby persönlich. Ich habe ihn wissen lassen, ich wüsste, wer der sowjetische Maulwurf im MI6 ist. Zwei Tage später haben die Russen versucht, mich zu entführen.»

Angleton schüttelte den Kopf. «Die Russen entführen andauernd irgendwen – kein Wunder, dass sie ihr Glück auch mal bei dem Leiter der Berliner Basis versuchen.» Plötzlich zeigte sich ein Funkeln in Angletons dunklen Augen. Er klappte seinen Notizblock zu und stand auf. «*Einen* Kontrastbrei haben Sie nicht erwähnt, Harvey. Leider Gottes reißt er ein klaffendes Loch in Ihre Beweiskette gegen Adrian. Wer ist Ihre beste Informationsquelle im sowjetischen Sektor von Berlin? Doch wohl SNIPER. Der ist nicht nur Physiker mit Zugang zu den sowjetischen Atomgeheimnissen, sondern auch stellvertretender Ministerpräsident der DDR, ein hohes Tier – jemand mit guten Aussichten, einmal Ministerpräsident zu werden. Wer arbeitet für SNIPER? Eine Kurierin mit dem Decknamen RAINBOW. Diese Informationen haben Sie in Ihrem so genannten Kontrastbrei an mich geliefert. Ich sage Ihnen ganz offen, dass ich Adrian davon erzählt habe. Wenn Adrian Ihr sowjetischer Maulwurf ist, wie kommt es dann, dass SNIPER und RAINBOW nicht aufgeflogen sind?»

Der Zauberer nahm sein Schulterhalfter und schnallte es sich um die voluminöse Brust. «Sie haben noch nicht meine Frage beantwortet, ob Sie Ihrem Freund erzählt haben, was Wischnewski in petto hatte.»

Angleton, wieder wie im Selbstgespräch versunken, sagte: «Adrian kann kein sowjetischer Maulwurf sein – all die Jahre, all die Operationen. Es ist undenkbar.»

15

GETTYSBURG, SAMSTAG, 26. MAI 1951

Eugene stand auf dem Kamm von Cemetery Hill und ließ den Blick über das Schlachtfeld schweifen. «Sie sind von da gekommen», sagte er, auf den Wald am Ende des Feldes zeigend. «Am Nachmittag rückten 13 000 Südstaatler über das Niemandsland vor, mit Bajonetten, flatternden Fahnen, schlagenden Trommeln, bellenden Hunden, und die Hälfte der Männer machte sich vor Angst in die Hose. Wenn sie russische Soldaten gewesen wären, hätten sie gerufen: ‹Auf den Erfolg unseres hoffnungslosen Unterfangens!› Es war ein einziges Gemetzel; als die Kanonen und Musketen verstummten, war das Schlachtfeld übersät mit verstümmelten Leichen und ein See aus Blut. Nur die Hälfte der Soldaten konnte sich in den Wald retten. General Lee soll zu Pickett geritten sein und ihm befohlen haben, seine Division wieder zu sammeln, woraufhin Pickett geantwortet haben soll, er habe keine Division mehr, die er sammeln könne.»

Philby schirmte die Augen mit der Hand gegen die Sonne ab und schaute blinzelnd über das Gelände. «Wieso k-k-kennt sich ein Bolschewist wie Sie so gut mit dem amerikanischen Bürgerkrieg aus?»

Angesichts der Lage zog Eugene es vor, keine persönlichen Informationen zu geben, die dem FBI vielleicht eines Tages helfen könnten, ihn zu identifizieren. Wie viele russische Austauschstudenten hatten denn schon amerikanische Geschichte in Yale studiert? «Ich war auf der Moskauer Lomonosow-Universität», erwiderte er.

Philby lachte. «Klar, und ich bin der Mann im Mond. Vergessen Sie, dass ich gefragt habe.»

Sie schlenderten weiter, vorbei an Touristengruppen, an einer Familie, die unter einem Baum picknickte, bis sie ungestört waren. «Sind Sie sicher, dass man Ihnen nicht gefolgt ist?»

«Deshalb habe ich mich etwas verspätet», sagte Philby. «Ich bin wild durch die G-g-gegend gefahren, hab so getan, als wüsste ich nicht, wo's langgeht. Habe sogar an einer Tankstelle nach dem Weg gefragt. Sie müssen mir schon was verdammt Wichtiges mitzuteilen haben, wenn Sie mich an einem Samstag aus der wohlverdienten Wochenendruhe reißen, Eugene.»

«Ich habe keine gute Nachricht», gab Eugene zu.

Philby blickte nachdenklich über das Schlachtfeld. «Das habe ich mir schon gedacht», murmelte er.

Am Vorabend hatte Eugene an seinem Motorola-Radio die Moskauer Frequenz eingestellt und in dem Quizprogramm seinen persönlichen Code aufgefangen. («Das ist korrekt.» *Aber wenn ich nicht mehr dieselbe bin, muss ich mich doch fragen: Wer in aller Welt bin ich denn dann? Ja, das ist das große Rätsel!* «Das ist eindeutig aus *Alice im Wunderland*.») Mit Hilfe der Gewinnzahl und seines Zehn-Dollar-Scheins hatte er eine Washingtoner Telefonnummer ermittelt und sie um Mitternacht von einer Telefonzelle aus angerufen. Es meldete sich wieder die Frau mit dem polnischen Akzent. «Gene, sind Sie das? Auf dem Parkplatz ist an der Rückseite einer Abfalltonne ein kleines Päckchen festgeklebt», sagte sie in geschäftsmäßigem Ton. «Darin ist ein Kuvert. Prägen Sie sich den Inhalt ein, verbrennen Sie die Anweisungen und führen Sie sie umgehend aus.» Die Frau räusperte sich. «Ihr Mentor, der Alte Herr, möchte, dass Sie unserem gemeinsamen Freund ausrichten, wie sehr er die Entwicklung bedauert. Er wünscht ihm eine sichere Reise und kann es kaum erwarten, ihn wieder zu sehen. Ich würde mich gern noch ein Weilchen mit Ihnen unterhalten, aber das ist mir nicht gestattet.» Dann war die Leitung tot.

Eugene wählte Bernice' Nummer. «Ich hatte einen tollen Tag», sagte sie atemlos. «Ich habe noch vierundvierzig Unterschriften für meine Rosenberg-Petition gesammelt.»

«Ich kann heute Abend nicht kommen», sagte er.

«Wirklich?»

«Ich muss was Dringendes erledigen.»

Er hörte die Enttäuschung in ihrer Stimme. «Schade. Dann morgen.»

«Morgen ganz bestimmt.»

Hinter dem Getränkeladen tastete Eugene die Rückseite der dicht an der Wand stehenden Mülltonne ab, bis er das mit Klebeband befestigte Päckchen fand. In seiner Wohnung unter dem Dach riss er das Kuvert auf und zog ein Blatt Papier heraus, das dicht mit vierstelligen Zahlencodes beschrieben war. Mit dem Dechiffriercode auf der Innenseite eines Streichholzbriefchens entschlüsselte er die Nachricht, die von Starik persönlich stammte. Eugene prägte sie sich gründlich ein, verbrannte den Brief und den Dechiffriercode in einem Topf und spülte die Asche im Klo hinunter. Er nahm zwei Flaschen *Lagavulin Malt Whisky* von einem Regal im Laden, sprang in den Kombi und fuhr durch die Canal Road zur Arizona Avenue, von wo er in die Nebraska einbog und in der Einfahrt des zweigeschossigen Backsteinhauses mit dem großen Erkerfenster hinter Philbys Wagen hielt. Eugene ließ den Motor laufen, stieg aus und klingelte. Gleich darauf ging in der Diele das Licht an, und die Haustür öffnete sich. Ein zerzauster Philby, das Hemd vorne mit Wein besudelt, stierte ihn an, die Augen von Alkohol und Schlafmangel verquollen. Einen Moment lang schien er Eugene nicht zu erkennen. Sobald ihm dämmerte, wer da vor ihm stand, wirkte er verdutzt. «Ich habe n-n-nichts bestellt –», murmelte er, über die Schulter nach hinten schielend.

«Doch», erwiderte Eugene.

«Wer ist denn da, Adrian?», rief jemand aus dem Innern des Hauses.

«Getränkelieferung, Jimbo. D-d-damit uns der Fluss nicht austrocknet.»

Durch die offene Tür sah Eugene eine hagere Gestalt, die ein Buch aus einem Regal nahm und es durchblätterte. «Auf der Innenseite von einem der Kartons steht unverschlüsselt, wo und wann wir uns treffen, sowie ein paar Anweisungen», flüsterte Eugene. «Verbrennen Sie sie anschließend.» Er reichte Philby die Rechnung. Philby verschwand im Haus, kam mit einem Frauenportemonnaie wieder und bezahlte. «Der Rest ist für Sie, junger Mann», sagte er so laut, dass es im Haus zu hören war.

«Sie erraten niemals, wer da g-g-gestern bei mir war, als Sie bei mir aufgetaucht sind», sagte Philby jetzt. Sie waren an dem Gedenkstein angekommen, der an den weitesten Vorstoß der Konföderierten am 3. Juli 1863 erinnerte. «Der berühmte Jimbo Angleton höchstpersönlich, der Chef der Gegenspionage, wie er leibt und lebt; er wollte mir sein Mitgefühl ausdrücken – offenbar hat einer aus den unteren Chargen der *Company*, ein Schluckspecht in der Berliner Basis mit einem italienisch klingenden Namen b-b-beschlossen, dass ich der Schweinehund bin, der CIA-Geheimnisse an den bösen KGB verrät.»

«Das hat Angleton Ihnen erzählt!»

«Jimbo und ich kennen uns seit einer halben Ewigkeit», erklärte Philby. «Er weiß, dass ich unmöglich ein sowjetischer Maulwurf sein kann.» Er lachte, aber es kam nicht von Herzen.

«Die Sache ist leider nicht lustig», sagte Eugene. «Haben Sie Ihre Siebensachen dabei?»

«Alles hier in der Tüte», erwiderte Philby mürrisch.

«Sie haben auch wirklich nichts zurückgelassen? Tut mir Leid, aber ich muss Sie das fragen.»

Philby schüttelte den Kopf.

Eugene nahm die Papiertüte mit den Dingen, die Philbys Schicksal besiegeln würden, sollten sie von den Amerikanern entdeckt werden – Chiffriercodes, Minikameras, Filmdosen, Microdot-Lesegeräte. «Ich schaff das Zeug weg – ich fahre über Umwege zurück und vergrabe es irgendwo.»

«Was soll die ganze Aufregung? Nur weil irgend so ein dreister Knabe sich wichtig machen will und mit dem Finger auf mich zeigt, muss man doch nicht so eine P-p-p» – Philby, sichtlich enerviert, hatte Probleme, das Wort auszusprechen – «Panik machen.» Verärgert über sich selbst, holte er tief Luft. «Schon nicht einfach, immer so auf Messers Schneide zu leben», knurrte er. «Geht an die Nerven. So, jetzt wollen wir die Katze mal aus dem Sack lassen, ja? Was liegt an? Ist Maclean nicht rechtzeitig von Burgess gewarnt worden? Hat er sich nicht mehr aus dem Staub machen können?»

«Maclean hat England gestern Abend verlassen. Er ist auf dem Weg nach Moskau über Ostdeutschland.»

«Phantastisch. Wo liegt dann das P-p-problem?»

«Burgess hat die Nerven verloren und ist mit ihm abgehauen.»

«Burgess hat sich verdünnisiert!» Philby wandte rasch den Blick ab. Er atmete hechelnd und wischte sich mit dem Handrücken über die Lippen. «So ein verdammter kleiner Scheißkerl!»

«Die Briten werden merken, dass Maclean weg ist, wenn sie ihn Montagmorgen wegen der HOMER-Sache ins Gebet nehmen wollen. Sie werden rasch dahinterkommen, dass er mit Burgess verduftet ist. Und dann gehen in London und Washington die Alarmglocken los.»

«Und alle Äuglein werden sich auf meine Wenigkeit richten», sagte Philby düster.

«Burgess hat Sie in den britischen Geheimdienst geholt», sagte Eugene. «Bis zu seiner Rückkehr nach England hat er in Washington mit Ihnen zusammengewohnt. Dann sind da noch die diversen Informationen, die in Ihre Richtung weisen. Sie wussten von Angleton, dass die Amerikaner Nachrichten entschlüsselt haben, die Maclean als den Sowjetagenten HOMER identifizierten. Sie wussten, dass die Briten ihn einkassieren wollten, um ihn zu verhören. Außerdem sind da noch die katastrophal gescheiterten Emigrantenoperationen und die Wischnewski-Sache.» Eugene dachte, er hätte genug überzeugende Argumente vorgebracht. «Der Resident schätzt, dass Ihnen sechsunddreißig Stunden bleiben, um aus dem Land zu kommen. Sie haben doch hoffentlich Ihren zweiten Pass dabei?»

«Dann will Starik also, dass ich das Weite suche?»

«Er meint, dass Sie keine andere Wahl haben.» Eugene nahm das Päckchen aus seiner Jacke. «Hier drin sind Haarfärbemittel, falscher Bart, Brille, 4800 Dollar in Zehn- und Zwanzig-Dollar-Scheinen. Im Auto habe ich einen alten Regenmantel für Sie. Wir entfernen an Ihrem Wagen die Nummernschilder und lassen ihn hier stehen – bis die Polizei ihn findet, vergehen mindestens zwei Tage, dann sind Sie längst über alle Berge. Ich setze Sie am Greyhound-Bahnhof in Harrisburg ab. Die Route steht in dem Päckchen – von Harrisburg über Buffalo zu den Niagarafällen, wo Sie die kanadische Grenze überqueren. Dort wartet ein Wagen, der Sie in unser *Safe House* in Halifax bringt. Stariks Leute werden Sie auf einem Frachter nach Polen unterbringen.»

Eugene konnte förmlich sehen, dass sich Ärger anbahnte; Philbys Blick umwölkte sich. Er legte dem Engländer eine Hand auf die Schulter. «Sie sind seit zwanzig Jahren in der Schusslinie. Es wird Zeit, dass Sie nach Hause kommen.»

«Nach Hause!» Philby trat einen Schritt zurück. «Ich bin K-k-kommunist und M-m-marxist, aber nicht Russland ist mein *Zuhause*. Sondern England.»

Eugene wollte etwas sagen, aber Philby kam ihm zuvor. «Tut mir Leid, alter Junge, aber ich kann mir einfach nicht vorstellen, in Moskau zu leben. Abgesehen davon, dass ich der großen Sache dienen wollte, hat mich in all den Jahren vor allem das *große Spiel* fasziniert. In Moskau wäre damit ein für alle Mal Schluss, da erwarten mich nur stickige Büros und schnöde Routine und langweilige Bürokraten.»

Eugene hatte keine Anweisungen für den Fall, dass Philby Stariks Fluchtbefehl verweigern würde. «Wenn man Sie verhört, werden Sie es mit geschickten Leuten zu tun kriegen – man wird Ihnen Immunität anbieten, wenn Sie kooperieren; man wird versuchen, Sie umzudrehen, Sie zum Tripelagenten zu machen –»

Philby schnaubte. «Ich war nicht mal Doppelagent – ich habe von Anfang an nur einem Herrn und Meister gedient –, wie kann ich dann ein Tripelagent werden?»

«Ich wollte damit nicht sagen, dass es denen gelingt –»

Philbys Augen verengten sich, und er schob das Kinn vor, während er seine Chancen abwog. Ein schmales Lächeln erhellte sein Gesicht, so dass er fast gesund aussah. «Die Regierung hat nichts als unbewiesene Vermutungen in der Hand. Ein kommunistisches Miststück als Ehefrau vor zwanzig Jahren ist schließlich kein Verbrechen, oder? Eine Hand voll fader Informationen, ein paar Zufälle, für die ich einleuchtende Erklärungen habe. Und ich habe schließlich noch einen Trumpf in der Hand, oder?»

«Einen Trumpf in der Hand?»

«Die Berliner Basis führt zurzeit eine wichtige Operation durch – jemand in einer hohen Position liefert zwei Mal in der Woche heiße Informationen. Ich habe das der Moskauer Zentrale gemeldet, aber aus irgendwelchen unerfindlichen Gründen haben sie den Hahn nicht abgedreht. Ich kann förmlich hören, was die von der CIA sagen werden: Wenn er wirklich für den KGB arbeitet, wäre die Operation doch wohl längst zu Ende? Mensch, unterm Strich haben die rein gar nichts gegen mich in der Hand. Wenn ich die Nerven behalte, kann ich den Bluff durchziehen.»

«Klaus Fuchs haben sie weich gekocht – am Ende hat er gestanden.»

«Sie sind relativ neu in der Branche, Eugene», sagte Philby. Er stand jetzt aufrechter, schöpfte Zuversicht aus dem Klang der eigenen Stimme. «Sie müssen bedenken, dass die Leute, die mich in die Mangel nehmen werden, in einer ungemein schwachen Position sind. Ohne Geständnis haben sie nur Vermutungen, mit denen sie vor Gericht nichts anfangen können. Außerdem, wenn sie mich tatsächlich vor Gericht bringen, müssten sie Agenten und Operationen auffliegen lassen.» Philby umkreiste Eugene jetzt fast tänzelnd vor Aufregung. «Solange ich nicht gestehe, können die Mistkerle mir kein Haar krümmen. Gut, meine Karriere wäre schlagartig zu Ende, aber ich bin frei wie ein Vogel. Das große Spiel kann weitergehen.»

Eugene spielte seine letzte Karte aus. «Sie und ich, wir sind einfache Soldaten in einem Krieg», sagte er. «Unser Gesichtsfeld ist beschränkt – wir sehen nur den Teil des Schlachtfeldes, der direkt vor unseren Augen liegt. Starik hat den Gesamtüberblick – er sieht den ganzen Krieg, die komplizierten Manöver und Gegenmanöver von jeder Seite. Starik hat Ihnen einen Befehl gegeben. Als Soldat bleibt Ihnen keine andere Wahl, als zu gehorchen.» Er hielt ihm das Päckchen hin. «Nehmen Sie's und machen Sie, dass Sie wegkommen.»

16

WASHINGTON, D.C., MONTAG, 28. MAI 1951

Die regelmäßige Mittagsbesprechung des Director war gestrichen und in aller Hast ein Kriegsrat einberufen worden. In dem kleinen, fensterlosen Konferenzraum gegenüber von seinem Büro saß Bedell Smith am Kopfende des ovalen Tisches, an dem sich die Barone versammelt hatten: Allen Dulles, Frank Wisner, Wisners rechte Hand Dick Helms, General Truscott, der zufällig wegen einer Pentagon-Angelegenheit in Washington war, Jim Angleton und, wie Angleton es vorher im Kreis seiner Kollegen ausgedrückt hatte: «Der Star der Show, der große ... Harvey Torriti!»

General Smith, der am Wochenende das Memo des Zauberers und Angletons schriftliche Widerlegung studiert hatte, war, wie er es taktvoll formulierte, «nicht gerade begeistert» darüber, dass auch er einen Kontrastbrei von Torriti erhalten hatte. «Wenn Sie glauben, dass die undichte Stelle im Büro des Director zu suchen ist», sagte er ärgerlich, «dann ist hier nichts mehr heilig.»

Torriti, rasiert, gestriegelt und geschniegelt, mit Krawatte und Sakko und einem frisch gewaschenen Hemd, war ungewöhnlich zurückhaltend, um nicht zu sagen nüchtern. «Ich konnte nicht beweisen, dass Philby die undichte Stelle ist, ohne die Alternativen auszuschließen», stellte er klar.

Dulles, der seine Pfeife paffte, warf vergnügt ein: «Jim sagt, dass Sie keine eindeutigen Beweise haben.» Er streifte die Pantoffeln ab, die er im Büro wegen seiner Gicht stets trug, und legte die bestrumpften Füße auf einen leeren Stuhl. «Wir müssen in dieser Sache hundertprozentig auf Nummer Sicher gehen», fuhr er fort und beugte sich vor, um sich die Knöchel zu massieren. «Eine falsche Anschuldigung könnte das Verhältnis zu unseren britischen Freunden für immer ruinieren.»

Helms, ein kühler, reservierter Bürokrat, eher ein Kopfmensch als ein Mann der Tat, neigte zu Angletons Ansicht. «Ihre Argumentation ist zwar interessant», sagte er zu Torriti, «aber Jim hat Recht – wenn man die Sache auf die wesentlichen Punkte reduziert, könnte man das, was übrig bleibt, durchaus als eine Kette von Zufällen betrachten.»

«In unserer Arbeit», konterte Torriti, «gibt es keine Zufälle.»

Wisner, die Hemdsärmel bis über die Ellbogen hochgekrempelt, den Stuhl nach hinten gegen die Wand gekippt, die Augen halb geschlossen, gab zu, dass an dem Verdacht des Zauberers etwas dran sein könnte. Deshalb habe er gleich nach der Lektüre von Torritis Memo einen Blick in diverse Protokolle geworfen. Er bedachte Angleton mit seinem typischen arglosen Lächeln. «Am Montag, dem 1. Januar», sagte er, von seinen Notizen ablesend, die er sich auf der Rückseite eines Briefumschlags gemacht hatte, «landete Torritis Telegramm auf Jims Schreibtisch. Am Dienstag, dem 2. Januar, hat Philby, wie aus dem Buch des Sicherheitsdienstes in der Lobby ersichtlich ist, sowohl General Smith als auch Jim besucht. Ab dem späten Nachmittag desselben Tages haben wir, wie aus den entsprechenden Protokollen hervorgeht, eine drastisch erhöhte Zahl an verschlüsselten Funkmeldungen zwischen der sowjetischen Botschaft und Moskau abgefangen.» Wisner spähte hinüber zu Bedell Smith. «Das sieht für mich ganz danach aus, als hätte jemand drüben den Alarmknopf gedrückt.»

Torriti legte einen Zeigefinger an die Nase. «Wenn sich doch alles nahtlos ineinander fügt», sagte er, «müssten wir schön verrückt sein, Philby weiter zu trauen. Ich meine, wir sollten ihn schnellstens zurück nach England verfrachten, den Briten beibringen, was wir gegen ihn in der Hand haben, damit sie ihn ordentlich in die Mangel nehmen. Die haben Fuchs weich gekriegt. Die kriegen auch Philby weich.»

«Wir stehen ganz schön blöd da, wenn wir Anschuldigungen erheben, die wir nicht beweisen können», sagte Helms träge.

«Ich traue meinen Ohren nicht», stöhnte Torriti. «Der Kerl war im sozialistischen Studentenbund, hat eine kommunistische Aktivistin in Wien geheiratet ...» Er ließ den Blick über den Tisch wandern, um zu sehen, ob unter all den Flaschen Mineralwasser irgendetwas Alkoholisches aufgetaucht war. «Verdammt, der Mistkerl verrät eine Operation nach der anderen –»

«Nicht alle Operationen, über die er Bescheid wusste, sind verraten worden», zischte Angleton.

Der Zauberer explodierte. «Er hat gewusst, dass ich einen sowjetischen Maulwurf, der die Wischnewski-Operation verraten hat, identifizieren könnte, denn das habe ich ihm in einem Kontrastbrei gesteckt. Und schon lockt man mich in eine Kirche und versucht, mich aus dem Verkehr zu ziehen. Wie erklären Sie sich das?»

Angleton zog an seiner Zigarette. «Philby hat gewusst, dass Ihre heißeste Quelle in Ostdeutschland –»

General Smith fuhr mit dem Daumen die nummerierten Absätze in Angletons Widerlegung hinab. «Ich hab's – Nummer drei – Sie reden von SNIPER.»

«Philby war von Anfang an über das SNIPER-Material informiert», sagte Angleton. «Der KGB hätte SNIPER anhand dessen, was wir von ihm bekommen haben, problemlos identifizieren können. Als Harvey herausfand, dass SNIPER Physikprofessor und stellvertretender Ministerpräsident von Ostdeutschland ist, haben wir die Information routinemäßig an den MI6-Verbindungsmann in Washington weitergegeben, an Philby.» Er wandte sich an den Zauberer. «SNIPER liefert doch noch immer, nicht wahr, Harvey?»

«Allerdings, Jim.»

Angleton lächelte beinahe, als wollte er sagen: Meine Beweisführung ist abgeschlossen.

Torriti sagte sehr schnell: «Er liefert noch, weil er im Auftrag der Sowjets Falschinformationen liefert.»

Die hohen Tiere am Tisch tauschten Blicke aus. Truscott lehnte sich zurück und beäugte den Zauberer durch den Dunst aus Pfeifen- und Zigarettenrauch. «Würden Sie uns das bitte erläutern?»

«Gern», erwiderte Torriti. Er kramte zwei zerknitterte Nachrichtenformulare aus der Brusttasche seines Sakkos, strich sie auf dem Tisch glatt und las von dem ersten ab. «Das hier ist eine Eilmeldung, die ich am Samstagmorgen erhalten habe. ‹Von: Der Zauberlehrling. An: Der Zauberer. Betr.: AESNIPER. Erstens: Irgendwas ist hier faul, Harvey.›»

General Smith beugte sich vor. «Da steht ‹Irgendwas ist hier faul, Harvey›?»

«Ganz genau, General.»

«Ist das ein Kryptogramm?»

«Nein, Sir. Es ist Klartext.»

Der CIA-Chef nickte skeptisch. «Verstehe. Und was genau soll *faul* sein?»

Torriti lächelte zum ersten Mal in der Besprechung. «Es geht um Folgendes», sagte er. «Vor einer Weile hat mein Lehrling, ein Mann namens Jack McAuliffe, auf meine Anweisung hin in der Wohnung von SNIPER ein Mikrofon angebracht. McAuliffe ist es auch, der SNIPERs Kurierin mit dem Decknamen RAINBOW betreut ...»

Sobald er nach seinem Freitagabendtreffen mit Lili wieder in Berlin-Dahlem war, schob Jack das Stück Seide zwischen zwei Glasplättchen, rückte die Schreibtischlampe zurecht und machte sich daran, mit einer Lupe die neueste Lieferung von SNIPER zu studieren. Wie zu erwarten, ging es um Tests von bakteriologischen Waffen auf Rügen, Uranherstellung in Joachimsthal, die jüngsten Kernspaltungsexperimente der Sowjets in Zentralasien. Anschließend wurde ausführlich aus einem Brief zitiert, in dem Walter Ulbricht sich bei dem sowjetischen Botschafter darüber beschwerte, dass Wilhelm Zaisser angeblich Ulbrichts mangelndes Engagement für den Kommunismus beanstandet habe. Am Schluss waren Namen von westdeutschen Politikern und leitenden Firmenangestellten aufgelistet, die ihre Nazivergangenheit verschleierten und deshalb erpressbar waren.

Es war ein langer Tag gewesen. Hundemüde schaltete Jack die Schreibtischlampe aus und rieb sich die Augen. Doch ehe er sich's versah, starrte er in die Dunkelheit und dachte angestrengt nach. Irgendwas war da faul! Er machte das Licht wieder an und holte aus dem kleinen Safe das Transkript der letzten Gespräche, die in SNIPERs Wohnung abgehört worden waren. Über den Schreibtisch gebeugt, verglich er die Aufzeichnung mit dem jüngsten Material von SNIPER. Die Informationen über die Tests von bakteriologischen Waffen auf Rügen, die Uranherstellung und die sowjetischen Kernspaltungsexperimente lasen sich auf dem Stück Seide von SNIPER leicht anders als in dem Transkript. Es waren zwei verschiedene Versionen derselben Informationen. Noch entscheidender aber war, dass auf dem Stück Seide mit keinem Wort erwähnt wurde, dass eine Liste des MI6 mit Namen potenziell nützlicher polnischer Staatsangehöriger in die Hände des polnischen Geheimdienstes gelangt war, und es war ebenfalls nicht davon die Rede, dass diese Liste möglicherweise von einem sowjetischen Spion im britischen Geheimdienst geliefert worden war.

Bedeutete das, was er vermutete?

Jack griff nach einem Nachrichtenformular und schrieb eine Blitzmeldung an den Zauberer in Washington. «Irgendwas ist hier faul, Harvey.»

Jack, bekleidet mit einem Blaumann, lehnte an dem Kiosk auf der Südseite des Alexanderplatzes und aß ein Käsebrot, während er die Titelseite der Samstagsausgabe vom *Neuen Deutschland* überflog und immer wieder über den oberen Rand der Zeitung hinweg zur anderen Seite des Platzes hinüberspähte. «Stell sie zur Rede», hatte Torriti ihm auf die Blitzmeldung geantwortet. «Noch heute. Ich will ihre Antwort haben, wenn ich mich Montagmorgen in die Höhle des Löwen begebe.»

Jack sah Lili kurz nach zwölf Uhr mittags aus der privaten Schule kommen. Sie blieb kurz inmitten des Menschenstroms stehen, hielt das Gesicht in die Sonne und genoss die Wärme. Dann schlang sie sich die Netztasche über eine Schulter und ging den Mühlendamm hinunter. An einem Gemüsewagen kaufte sie Rüben und verschwand anschließend kurz in einer Apotheke, um dann ihren Weg fortzusetzen. Jack winkte Silvan II, der in einem kleinen Lkw zu dösen schien. Er erspähte Lili und ließ den Motor an. Jack überquerte den Alexanderplatz und holte Lili ein, als sie an einer Fußgängerampel wartete. «Guten Morgen, Helga», sagte Jack gepresst und hakte sich bei ihr ein. «Wie geht's?»

Lili wandte den Kopf. In ihren Augen stand blanke Panik. Sie blickte sich hektisch um, als wollte sie die Flucht ergreifen, und sah ihn dann wieder an. «Du weißt, wie ich richtig heiße?», flüsterte sie.

«Ich weiß noch viel mehr», sagte er leise. Er hob die Stimme und fragte: «Wie geht's Professor Löffler?»

Lili riss sich frei. «Woher weißt du das alles?»

Jack deutete mit einer ruckartigen Kopfbewegung auf ein Café auf der anderen Straßenseite. Er war sichtlich aufgewühlt. «Komm, ich lade dich zu Kaffee und Kuchen ein.»

Leicht schwindlig, so dass sie befürchtete, ihr würden die Knie nachgeben, ließ Lili sich von Jack zu dem Café führen. Sie nahmen an einem Resopaltisch im hinteren Teil Platz, und Jack bestellte zwei Kaffee mit Kuchen. Dann ergriff er Lilis Hand.

Sie riss sie zurück, als hätte sie sich verbrannt. «Wieso kommst du am helllichten Tage hierher? Das ist viel zu riskant.»

«Ich konnte nicht warten, ich muss dir dringend was sagen. Hier wird bald der Teufel los sein. Ich will nicht, dass du dann noch im sowjetischen Sektor bist.»

«Wie lange kennst du schon unsere richtigen Namen, vom Professor und von mir?»

«Das ist unwichtig», sagte Jack.

«Und was ist wichtig?»

«Es geht um deinen Professor Löffler, Lili – ich hab per Zufall die Wahrheit herausgefunden. Er hat dich verraten. Er arbeitet für den KGB, er ist ein Agent, der uns Falschinformationen liefern soll.»

Lili sank das Kinn auf die Brust, und sie rang nach Luft. Der Ober kam und brachte Kaffee und Kuchen.

Lili blickte auf und blinzelte heftig, als wollte sie sich ein Bild einprägen. «Jack, ich verstehe nicht, was du da sagst!»

«Doch, du verstehst sehr wohl», sagte er grimmig. «Ich sehe es in deinem Gesicht, in deinen Augen. Deine Lieferung von Freitagabend –»

«Das waren jede Menge Informationen. Ich habe sie zum Teil gelesen, bevor ich sie dir gegeben habe. Was ist damit?»

«Das waren lausige Informationen. Alles Sachen, die wir bereits wussten oder die falsch waren. Die wirklich wichtigen Sachen waren ausgelassen.»

Jetzt blickte sie wirklich verdutzt. «Woher willst du wissen, dass was ausgelassen wurde?»

«Wir hören eure Wohnung ab.»

Lili war sprachlos und schüttelte den Kopf.

«Vor sechs Tagen hattet ihr Besuch von einem Mann, der mit polnischem Akzent gesprochen hat, erinnerst du dich, Lili? Ihr drei habt zusammen zu Abend gegessen. Danach hast du die beiden allein gelassen. Worüber die zwei unter vier Augen gesprochen haben, war ungemein interessant für uns. Das Problem ist nur, dass die interessanten Sachen bei deiner letzten Lieferung fehlten. Wenn dein Professor wirklich für uns arbeiten würde, hätte er sie nie und nimmer weggelassen. Was bedeutet, dass er für die Kommunisten arbeitet.»

Lili tauchte den Mittelfinger in den Kaffee und fuhr sich damit langsam über die Lippen, als würde sie Lippenstift auftragen. Jack sagte: «Lili, das sind zwar schlechte Nachrichten für meine Leute – aber es ist gut für uns. Für dich und mich.»

«Wie kannst du sagen, dass es gut für uns ist?», brachte sie heraus.

«Du bist dem Professor jetzt nichts mehr schuldig. Er hat dich verraten.» Jack nahm wieder ihre Hand. Diesmal zog sie sie nicht zurück. «Komm rüber in den amerikanischen Sektor, Lili. Komm zu mir. Sofort. Komm mit und schau nicht zurück. Ganz in der Nähe wartet ein kleiner Lkw – er hat ein doppeltes Dach – wir quetschen uns da rein und fahren an einem wenig benutzten Kontrollpunkt über die Grenze.»

«Ich muss nachdenken –»

«Du fängst ein neues Leben an. Wir fahren nach London und sehen uns das *Royal Ballet* an. Und dann heiraten wir in Amerika.»

Lilis maskenhaftes Gesicht wurde von einem bitteren Lächeln entstellt. «Lieber Jack, hast du vergessen, dass ich der Sand unter deinen nackten Füßen bin? Ich mache dich leichtsinnig, was? Wenn alles nur so einfach wäre, wie du sagst. Du verstehst nichts. *Gar nichts.*»

Lili fuhr sich mit den Fingerspitzen über die Lider. Dann seufzte sie und blickte Jack in die Augen. «Nicht der Professor arbeitet für die Sowjets», sagte sie. «Sondern ich. Ich bin eine sowjetische Agentin. Ich bin es, die *ihn* verraten hat.»

Jack spürte, wie ihm ein stechender Schmerz durch die Brust fuhr. Er dachte, dass er vielleicht einen Herzinfarkt bekam; seltsamerweise erschien es ihm wie die Lösung seiner Probleme. Er nippte an seinem Kaffee und zwang sich zu schlucken. Dann hörte er sich sagen: «Also schön, erzähl mir, was passiert ist», obwohl er nicht sicher war, ob er es überhaupt hören wollte.

Sie starrte einen Moment lang ins Leere. «Ernst ist ein deutscher Patriot. In seinen Augen wird Deutschland von den Kommunisten gelähmt, und er möchte, dass Ost- und Westdeutschland wieder ein Staat werden; um etwas dafür zu tun, hat er beschlossen, dem Westen Informationen zuzuspielen. Bei seinem Bekanntheitsgrad, als Universitätsprofessor und Politiker, konnte er sich natürlich nicht frei bewegen. Ich dagegen bin zwei Mal in der Woche im Westen, um Ballettstunden zu geben. Also haben wir beschlossen – es war auch mein Entschluss, Jack –, dass er die Informationen sammelt und aufschreibt und ich sie überbringe ...»

Jack beugte sich vor. «Weiter», flüsterte er.

Lili fröstelte. «Der KGB ist dahintergekommen. Bis jetzt weiß ich nicht, wie. Vielleicht haben sie uns ja auch abgehört. Als ich mich zu unserem ersten Treffen auf den Weg machte, wurde ich nicht weit von unserer Wohnung in ein Auto gestoßen und mit verbundenen Augen irgendwohin gebracht und schließlich in einen Raum gestoßen, in dem es nach Insektenpulver stank ...» Sie schnappte nach Luft. «Fünf Männer standen um mich herum – einer von ihnen sprach Russisch. Der Russe hatte offenbar das Sagen. Er konnte fließend Deutsch und befahl mir, mich auszuziehen. Schließlich stand ich vor den fremden Männern splitternackt da. Sie haben das Stück Seide gefunden – sie wussten, dass es in meinem BH versteckt war. Sie sagten, man würde Ernst wegen Hochverrats verurteilen und erschießen. Und ich würde für viele Jahre ins Gefängnis kommen. Sie sagten, ich würde nie wieder tanzen können, sie würden mir die Knie ... die Knie –»

«Lili!»

«Dann sagte der Russe, ich sollte mich wieder anziehen. Und er sagte ... es gäbe einen Ausweg für Ernst, für mich. Ich sollte ihnen das Stück Seide von Ernst bringen, und sie würden es ersetzen, dann sollte ich das zweite Stück mit den manipulierten Informationen dem amerikanischen Spion bringen, mit dem ich mich dienstags und freitags traf. Ernst würde kein Haar gekrümmt, solange ich kooperierte –»

Jack musste daran denken, was Lili einmal gesagt hatte: *Ohne mich kann er nicht weiterleben.* Für ihn war die Bedeutung ganz klar gewesen – der Professor hätte es nicht ertragen, von der geliebten Frau verlassen zu werden. Jetzt begriff Jack, dass Lili es wörtlich gemeint hatte; sie *konnte* nicht in den Westen überlaufen, weil es für Ernst Löffler das Todesurteil bedeutet hätte.

«Nach jedem Treffen mit dir», sagte sie jetzt mit Zorn in der Stimme, «schrieb ich einen Bericht. Sie wissen, wer du bist, Jack.»

«Hast du ihnen erzählt –»

«Kein Wort. Sie wissen nichts von uns ...»

Jack überlegte verzweifelt, wie er sie überreden könnte, mit ihm in den Westen zu kommen. «Der Professor – Löffler – ist verloren, Lili. Kapier das. Das Spiel kann nicht ewig so weitergehen. Sobald es zu Ende ist, werden sie ihn bestrafen, und wenn nur, um ein Exempel zu statuieren für andere, die vielleicht versucht wären, in seine Fußstapfen zu treten. Du kannst immer noch gerettet werden. Komm mit mir – jetzt.»

«Wenn ich gehe, bringt es ihn um, bevor er von denen umgebracht wird.»

Dann hatten Lilis Worte: *Ohne mich kann er nicht weiterleben* also doch zwei Bedeutungen.

Jack gingen die Argumente aus. «Dann erzähl ihm irgendwo, wo ihr nicht abgehört werden könnt, was ich dir gesagt habe – sag ihm, dass der KGB ihn benutzt. Sag ihm, ich kann euch beide rausschleusen.»

«Du kennst Ernst nicht. Er wird seine Universität, seine Arbeit, seine Freunde, seine Heimat niemals verlassen. Nicht einmal, um sein Leben zu retten.» Ihre Augen trübten sich. «Er hat immer gesagt, für den Fall, dass es soweit käme, hätte er eine Kleinkaliberpistole. Er hat gewitzelt, die Kugel sei so klein, dass sie nur dann tödlich wäre, wenn man den Mund voll Wasser nimmt, die Pistole in den Mund steckt und sich so den Kopf wegsprengt ...»

«Er liebt dich – er will bestimmt, dass du dich rettest.»

Lili nickte dumpf. «Ich werde ihn um Rat fragen ...»

«Das erklärt, warum die SNIPER-Quelle *nicht* versiegt ist, als Philby den KGB informiert hat», sagte Torriti jetzt in der Krisensitzung. «Der KGB wusste bereits über SNIPER Bescheid – die ganze Sache war eine KGB-Operation zur Verbreitung von Falschinformationen.»

Eine nervöse Stille trat im Konferenzraum ein, als der Zauberer zum Ende seiner Geschichte kam. Truscotts Bleistift kritzelte hörbar etwas auf einem Block. Dulles ließ die Flamme eines Feuerzeugs in den Kopf seiner Pfeife flackern. Wisner trommelte mit den Fingern auf dem Metallarmband seiner Uhr.

Angleton massierte sich die Stirn, in der eine ausgewachsene Migräne pulsierte. «Alle Fakten lassen sich auf vielfache Weise deuten», sagte er. «Ich brauche Zeit, um mir darüber klar zu werden, was –»

Es klopfte heftig an der Tür. General Smith rief barsch: «Herein.»

Eine Sekretärin streckte den Kopf in den Raum. «Ich habe hier eine Eilmeldung, für Sie persönlich. Vom Leiter der Londoner Dienststelle.»

Helms nahm die Nachricht entgegen und reichte sie an den General weiter. Smith setzte eine Lesebrille auf und überflog die Nachricht. Er blickte auf und winkte die Sekretärin aus dem Raum. «Nun, Gentlemen, jetzt ist die Kacke am Dampfen», verkündete er. «Am Freitag hat das britische Auswärtige Amt den MI5 beauftragt, Maclean Montagmorgen wegen der HOMER-Geschichte zu verhören. Aber als das Verhör heute Morgen stattfinden sollte, hatte Maclean sich abgesetzt. Das ist leider noch nicht alles. Guy Burgess scheint ebenfalls verschwunden zu sein.»

Angleton wurde leichenblass und sank, wie vor den Kopf gestoßen, auf seinem Stuhl in sich zusammen. General Truscott pfiff durch die Zähne. «Burgess – ein Sowjetagent!», sagte er. «So ein Mistkerl! Er ist bestimmt zurück nach England, um Maclean zu warnen, dass wir HOMER auf die Schliche gekommen sind. Dann hat er die Nerven verloren und ist mit ihm zusammen getürmt.»

Wisner stieß seinen Stuhl von der Wand ab. «Wie hat Burgess rausgefunden, dass wir HOMER enttarnt haben?»

«Burgess hat in Washington mit Philby zusammengewohnt», sagte Torriti betont.

General Smith schüttelte angewidert den Kopf. «Burgess hat sich einen Austin gemietet und ist zu Macleans Haus in Tatsfield gefahren», sagte er, während er mit dem Finger an der Nachricht aus London hinabfuhr. «Um 23 Uhr 45 am Freitag sind Burgess und Maclean an Bord eines Schiffs namens *Falaise* gegangen und über den Ärmelkanal nach Saint-Malo gefahren. Den Austin haben sie am Pier stehen lassen. Auf die Frage eines Matrosen, was mit dem Wagen geschehen soll, hat Burgess gesagt: ‹Ich bin Montag zurück.› Der MI5 hat auf der französischen Seite einen Taxifahrer ausfindig gemacht, der Burgess und Maclean auf einem Foto als die beiden Männer wieder erkannte, die er von Saint-Malo nach Rennes zum Bahnhof gebracht hat. Von dort sind sie nach Paris gefahren, wo die Spur endet.»

«Die Spur endet in Moskau», sagte Wisner.

General Truscott legte die Stirn in Falten. «Wenn Philby tatsächlich ein Sowjetagent ist, hat er sich vielleicht auch aus dem Staub gemacht.»

Torriti wandte sich an Angleton. «Ich habe Ihnen dringend geraten, Vorsichtsmaßnahmen zu treffen.»

«Philby hat sich nicht aus dem Staub gemacht», erwiderte Angleton heiser, «weil er kein Sowjetagent ist.»

Truscott griff nach dem Hörer des Telefons auf einem Tisch hinter sich und schob es zu Angleton hinüber. General Smith nickte. «Rufen Sie ihn an, Jim», befahl er.

Angleton zog ein kleines schwarzes Adressbuch aus der Brusttasche, schlug eine Seite auf und wählte eine Nummer. Er hielt den Hörer ein wenig vom Ohr weg; alle im Raum konnten es am anderen Ende der Leitung klingeln hören. Als nach längerer Zeit niemand abhob, gab er es auf. «Er ist nicht zu Hause», sagte er. Smith und Truscott tauschten Blicke aus. Angleton wählte die Nummer des MI6 in Washington. Eine Frau meldete sich beim ersten Klingeln. Angleton sagte: «Ich möchte Mr. Philby sprechen.»

«Wie ist Ihr Name?»

«Hugh Ashmead.»

«Einen Moment, Mr. Ashmead.»

Alle am Tisch hielten den Atem an.

Eine joviale Stimme ertönte im Hörer. «Bist du das, Jimbo? Ich nehme an, du hast die schlechte Nachricht schon gehört. Das Telefon steht hier nicht mehr still. Mann, wer hätte das gedacht? Ausgerechnet Guy Burgess! Er und ich kennen uns seit ewigen Zeiten.»

«Das könnte ein Problem aufwerfen», sagte Angleton vorsichtig.

«Das habe ich mir schon gedacht, alter Knabe. Keine Sorge, ich habe ein dickes Fell – ich nehme es nicht persönlich.»

«Treffen wir uns auf einen Drink», schlug Angleton vor.

Philby unterdrückte hörbar ein Lachen. «Willst du dich wirklich mit mir sehen lassen? Ich könnte ansteckend sein.»

«In der Bar des *Hay-Adams*? Halb zwei?»

«Abgemacht, Jimbo.»

Nachdenklich legte Angleton den Hörer auf. Torriti sagte: «Eins muss man dem Kerl lassen – Mumm hat er.»

«Wenn Philby ein Sowjetagent wäre», dachte Angleton laut, «hätte der KGB ihn zusammen mit Maclean und Burgess zurückbeordert.» Für die anderen im Raum hörte es sich an, als wollte er sich selbst überzeugen.

General Smith schob seinen Stuhl zurück und stand auf. «Dass eins klar ist, Jim. Philby ist kontaminiert. Ich will, dass er unsere Gebäude ab sofort nicht mehr betritt. Ich will, dass er die USA binnen vierundzwanzig Stunden verlässt. Sollen die Briten ihn in die Mangel nehmen und herausfinden, ob er für die Russen spioniert hat.» Er blickte auf Angleton hinab. «Verstanden?»

Angleton nickte. «Verstanden, General.»

«Nun zu Ihnen, Torriti: Sie sind zweifellos der unkonventionellste Mitarbeiter auf unserer Gehaltsliste. Nach allem, was ich weiß, bin ich nicht sicher, ob ich Sie eingestellt hätte, aber ich werde ganz bestimmt nicht derjenige sein, der Sie feuert. Verstanden?»

Torriti unterdrückte ein Grinsen. «Verstanden, General.»

Das *Hay-Adams* auf der anderen Seite des Lafayette Park am Weißen Haus war wie immer um die Mittagszeit überfüllt, als Angleton sich neben Philby auf einen Barhocker schob. Der Barkeeper hatte drei doppelte Martinis vor dem Engländer aufgereiht. Philby hatte die ersten beiden hinuntergekippt und war jetzt mit dem Versuch beschäftigt, eine von den Oliven auf einem Tellerchen mit einem Zahnstocher aufzuspießen. «Hast du die Burschen im Dreiteiler an der Tür gesehen, Jimbo?», fragte er leise. «J. Edgar Hoovers Eunuchen. Sie lassen mich nicht aus den Augen. Am Straßenrand parkt ein ganzer Wagen voll mit denen. Verdammtes FBI! Man könnte meinen, ich hätte euer Fort Knox gestürmt.»

«Ein paar von meinen Leuten sehen das auch so», sagte Angleton. Er hob einen Finger, um den Barkeeper auf sich aufmerksam zu machen, zeigte auf Philbys Martinis und hielt zwei Finger hoch. «Sie meinen, du hast Burgess zurückgeschickt, um Maclean zu warnen. Und sie meinen, das ist nur die Spitze des Eisbergs.»

«Im Ernst?»

«Stimmt das, Adrian? Hast du Burgess zurückgeschickt, um Maclean zu warnen?»

Philby richtete seine rot geränderten Augen langsam auf Angleton. «Das tut weh, Jim. Das von dir zu hören ...» Er schüttelte den Kopf. «Meine Welt gerät aus den Fugen, hab ich Recht?»

«Bedell Smith hat deinem ‹C› ein scharfes Telegramm geschickt; er will dich aus dem Land haben. Euer MI5 wird dich durch die Mangel drehen, Adrian.»

«Das ist mir klar.» Er nahm den dritten Martini und kippte ihn in einem Zug in sich hinein. «Ich wäre abgehauen, wenn ich ein Maulwurf wäre», sagte er zu dem Glas.

«Ich weiß noch, wie wir einmal abends auf der Ryder Street waren und die Raketenbomben um uns herum explodierten», sagte Angleton. «Wir haben theoretisiert, Adrian, und plötzlich hast du gesagt, eine Theorie sei ja so weit ganz nett. Du hast den Gründer des britischen Geheimdienstes zitiert, aus dem sechzehnten Jahrhundert –»

«Francis Walsingham, alter Knabe.»

«Ich kann zwar seinen Namen nicht behalten, aber ich werde nie vergessen, welches Zitat du von ihm zum Besten gegeben hast.»

Philby brachte ein Grinsen zustande. «‹Spionage ist der Versuch, Fenster zu finden, durch die man den Menschen in die Seele blicken kann.›»

«Genau, Adrian. Fenster, durch die man den Menschen in die Seele blicken kann.»

Der Barkeeper stellte die beiden doppelten Martinis auf die Theke. Angleton rührte den ersten um. «Ich habe das Fenster noch nicht gefunden, durch das ich dir in die Seele blicken kann, Adrian. Wer bist du?»

«Ich dachte, das wüsstest du.»

«Das dachte ich auch. Jetzt bin ich nicht mehr sicher.»

«Ich schwöre dir, Jimbo, ich habe meine Seite nie verraten –»

«Welches ist deine Seite, Adrian?»

Die Frage verschlug Philby für einen Moment die Sprache. Dann sagte er mit gespielter Unbekümmertheit: «So, ich muss mich auf die Socken machen. Tut mir Leid, aus dem Lunch wird nichts. Hab noch einiges zu tun, Koffer packen, das Haus dichtmachen, sehen, dass ich die Maschine erwische und so weiter.» Er fiel mehr oder weniger von seinem Hocker, hielt sich mit einer Hand an der Theke fest, schob einen Fünf-Dollar-Schein unter das Tellerchen mit den Oliven und streckte seine Hand aus. Angleton schüttelte sie. Philby nickte, als hätte ein Gedanke, den er eben gehabt hatte, etwas bestätigt, was er bereits wusste. «Lass dich nicht unterkriegen, Jimbo.»

«Bestimmt nicht.»

Angleton schaute Philby nach, wie er durch die Schwingtür wankte. Hoovers Männer hefteten sich sofort an seine Fersen. Er trank seinen Martini aus und dachte darüber nach, dass sich Fakten stets auf vielfältige Weise deuten ließen. Angenommen, Adrian war wirklich ein sowjetischer Spion. Dann war er ein wichtiger Mann, für den bestimmt der leitende Führungsoffizier, bekannt als Starik, zuständig war. Angleton hatte über Starik eine Akte angelegt, als ihm dessen Name erstmals in einer Information von dem sowjetischen Überläufer Kriwitski untergekommen war. Die Akte war noch ziemlich dünn, aber trotzdem war er überzeugt, dass der geheimnisvolle Starik ein verschlagener und pedantischer Planer war, stolz darauf, dem Feind immer einen Schritt voraus zu sein. Die entscheidende Frage war also nicht, was Philby verraten hatte – darum sollte sich der MI5 kümmern –, sondern, wer seinen Platz einnehmen würde. Denn es war nicht davon auszugehen, dass Starik die Quelle versiegen lassen würde.

Angleton nahm einen Schluck von seinem zweiten Martini und schwor sich im Stillen: Er würde nie wieder einer Menschenseele so vertrauen, wie er Philby vertraut hatte. Niemandem. Nie wieder. Im Grunde konnte jeder ein sowjetischer Spion sein.

Wirklich jeder.

17

BERLIN, SAMSTAG, 2. JUNI 1951

Der Zauberer klopfte an Jacks Tür. «Äh, kann ich reinkommen?», fragte er auf der Schwelle, den schweren Körper respektvoll vorgebeugt. Die Frage erstaunte Jack. «Herein mit dir», sagte er hinter seinem kleinen Schreibtisch. Er deutete auf die einzige andere Sitzgelegenheit in dem winzigen Büro, einen metallenen Hocker auf Rollen. Jack nahm eine Flasche Whiskey aus einem Karton zu seinen Füßen, stellte zwei Gläser auf den Schreibtisch und füllte beide exakt bis zur Hälfte. Torriti ließ sein Gewicht vorsichtig auf den Hocker nieder, rollte näher an den Schreibtisch heran und legte die Finger um das Glas. «Du hast nicht zufällig Eis da?», fragte er.

«Der Kühlschrank im Flur ist kaputt.»

«Kein Eis, kein Klicken. Kein Klicken, schlecht!»

«Das hast du damals bei der Wischnewski-Sache auch gesagt», erinnerte sich Jack. «‹Kein Klicken, schlecht!›»

«In den fünf Monaten ist allerhand passiert.»

«Das kann man wohl sagen.»

«Die SNIPER-Sache hast du gut gemacht», sagte der Zauberer. «Auf dich.»

Sie kippten ihren Whiskey.

«Ich bin das erste Mal hier oben», sagte der Zauberer. Er sah sich in Jacks Büro um. «Nett hier.»

«Klein.»

«Klein, aber nett. Wenigstens hast du ein Fenster. Was sieht man, wenn die Jalousie oben ist?»

«Die Backsteinwand vom Haus gegenüber.»

Torriti lachte. «Na ja, du bist ja nicht wegen der schönen Aussicht nach Deutschland gekommen.»

«Wie kommen die in England mit Philby voran?»

«Die Inquisitoren vom MI5 haben ihn auf der Streckbank. Bisher bleibt er dabei, dass alles Zufall ist.»

«Meinst du, sie bringen ihn zum Reden?»

«Mein Kumpel Elihu Epstein vom MI5 sagt, Philby ist eine harte Nuss.»

Einen Moment lang fiel keinem von beiden etwas ein. Dann brach Jack das Schweigen: «Sie ist zwei Mal nicht zum Treffen erschienen, Harvey.»

Torriti nickte unbehaglich.

«Die Wanze in SNIPERs Wohnung sendet nichts mehr. Die Stille ist ohrenbetäubend.»

Der Zauberer blickte sich in dem kleinen Raum um, als suchte er nach einem Weg nach draußen. «Jack, ich habe schlechte Nachrichten für dich.»

«Über RAINBOW?»

«Über RAINBOW. Über SNIPER.»

«Ich höre.»

«Du weißt ja, dass wir das Telefon von Ulbrichts Frau in ihrem Büro im Zentralkomitee angezapft haben.»

«Klar.»

Torriti schob das Glas zum Nachfüllen über den Schreibtisch. Sein Lehrling füllte es. Der Zauberer kippte den zweiten Whiskey hinunter, klopfte dann suchend seine Taschen ab. Er wurde in einer Hemdtasche unter seinem Schulterhalfter fündig und zog ein gefaltetes Blatt Papier heraus. «Das ist das Transkript eines Telefonats, das Ulbricht vor zwei Tagen mit seiner Frau Lotte geführt hat.»

Torriti wollte das Blatt auf den Schreibtisch legen, aber Jack sagte: «Was steht drin, Harvey?»

Der Zauberer nickte. «Ulbricht erzählt seiner Frau, dass die Jungs in Karlshorst Ernst Löffler im Haus seines Bruders in Dresden aufgespürt haben. Sie wollten ihn wegen Hochverrats verhaften. Als niemand aufmachte, haben sie die Tür aufgebrochen. Löffler hatte sich erhängt.»

«Verstehe.»

«Lotte fragt Ulbricht nach Helga.»

«Und?»

«Er sagt, sie hatte sich auf dem Klo eingeschlossen. Die Jungs von Karlshorst haben sie aufgefordert rauszukommen. Dann haben sie einen Schuss gehört.» Torriti räusperte sich. «Die Einzelheiten erspare ich dir lieber ... Hörst du zu, Kumpel?»

Jack ließ einen Finger über den Rand seines Glases kreisen. «Sie hat die

Sache angefangen, ohne je zu überlegen, wie sie wieder rauskommen könnte.»

«Schätze, sie hat es dir ganz schön angetan.»

«Wir hatten keine Zeit für uns. Keiner von uns beiden hatte Zeit übrig.»

Der Zauberer wuchtete sich hoch. «Was soll ich sagen, Jack. Es ist nicht deine Schuld. Du hast ihr das Angebot gemacht, sie da rauszuholen. Ihr Problem, wenn sie's nicht angenommen hat.»

«Ja, ihr Problem», sagte Jack. «Sie hat es gelöst, mit einem Mund voll Wasser und einer Kleinkaliberpistole.»

Der Zauberer beäugte seinen Lehrling. «Woher weißt du das mit dem Mund voll Wasser? Und dass die Pistole ein kleines Kaliber hatte?»

«Ein Schuss ins Blaue.»

Torriti wandte sich zur Tür. Jack sagte: «Eine Frage, Harvey.»

Der Zauberer drehte sich um. «Klar, mein Junge. Was willst du wissen?»

«Waren SNIPER und RAINBOW auch ein Kontrastbrei von dir? Wenn ja, Harvey, dann weiß ich nicht, ob ich noch weiter –»

Torriti hob beide Hände. «SNIPER war für die Berliner Basis nicht mit Gold aufzuwiegen, Kumpel. Ich hätte so manches hergegeben. Ich hätte die Wanze in Lottes Telefon hergegeben. Aber nicht SNIPER.» Er schüttelte nachdrücklich den Kopf. «Nie und nimmer hätte ich ihn ans Messer geliefert.» Er hob die rechte Hand. «He, ich schwöre, Kleiner. Auf das Grab meiner Mutter.»

18

TSCHERJOMUSKI BEI MOSKAU, MONTAG, 4. JUNI 1951

Starik war über die eiserne Wendeltreppe auf das Flachdach der dreistöckigen Villa gestiegen, um den unaufhörlich klingelnden Telefonen eine Weile zu entfliehen. Stimmte es, hatte Beria wissen wollen, dass die beiden Engländer, die für die Sowjetunion spioniert hatten, bereits in Moskau eingetroffen waren? Wann, so eine Anfrage von der *Prawda*, würden die beiden für eine Pressekonferenz zur Verfügung stehen, um der Weltöffentlichkeit zu versichern, dass sie aus freien Stücken übergelaufen waren? Das Politbüro müsse wissen, so hatte Nikita Chruschtschow vermelden lassen, ob an den im Kreml kursierenden Gerüchten, es gebe noch einen dritten englischen Überläufer, etwas dran sei oder ob das reines Wunschdenken sei.

Starik zertrat eine bulgarische Zigarette und ging zur südöstlichen Ecke des Daches, wo er sich auf die Balustrade setzte. Von den Äckern hinter dem Birkenwald wehte der kräftige Geruch von Dung herüber.

Pascha Shilow, genannt Starik, war im Kaukasus geboren und aufgewachsen. Sein Vater, ein frommer Mann, der am Sabbat gefastet und seinen sechs Kindern jeden Abend beim Zubettgehen aus der Offenbarung vorgelesen hatte, war an Typhus gestorben, als Starik sechzehn Jahre alt war. Der Junge war daraufhin zum Bruder seines Vaters in die Ukraine geschickt worden. Vor der Zwangskollektivierung Anfang der Dreißigerjahre begleitete er seinen Onkel, einen kleinen bolschewikischen Beamten, der überprüfen musste, ob die privaten Bauernhöfe auch die vorgeschriebenen Quoten an den Staat abführten, auf seinen Reisen über Land. Die stärkste Erinnerung, die Starik noch daran hatte, war der unverfälschte Geruch der dampfenden Misthaufen nach einem Sommerregenguss. Da Stariks Onkel bei den ukrainischen Bauern verhasst war – gelegentlich wurden ihm die Autoreifen zerstochen oder Sand in den Benzintank geschüttet –, fuhr ein

Wagen mit bewaffneten Milizsoldaten mit, und der junge Starik durfte manchmal mit einem ihrer Gewehre auf Bierflaschen schießen, die sie auf einem Zaun aufstellten.

Der Junge hatte sich als miserabler Schütze erwiesen, denn sosehr er sich auch bemühte, er konnte einfach nicht verhindern, dass er zusammenzuckte, bevor er abdrückte. Offensichtlich, so sagte sein Onkel lachend, lagen Paschas Talente auf anderen Gebieten.

Starik blickte über die Birken und konnte in der blassen Lücke zwischen den dunklen Gewitterwolken und dem Horizont ein Passagierflugzeug ausmachen, das sich im Landeanflug auf den Militärflugplatz befand, von dessen Existenz nur wenige in Moskau wussten. Wenn alles nach Plan verlaufen war, mussten die Engländer Burgess und Maclean an Bord sein. Um den Überläufern das Gefühl von Wichtigkeit zu geben, würden sie von ein paar Generälen in vollem Staat begrüßt, dann auf schnellstem Wege zur ausführlichen Befragung in die Ausbildungsschule des KGB gebracht werden. Anschließend würden sie den Partei-Leuten übergeben und Journalisten aus aller Welt präsentiert werden, um möglichst viel propagandistisches Kapital aus ihnen zu schlagen.

Starik widmete sich indessen anderen Aufgaben, obwohl keine drei Leute in der Sowjetunion – ja, auf der ganzen Welt! – wirklich verstanden, was für ein großes Ziel er eigentlich verfolgte: die Zerstörung der amerikanischen CIA *von innen.*

Die erste Phase seiner Kampagne hatte darin bestanden, ausgewählte Chiffriercodes in die Hände von Experten der CIA fallen zu lassen, damit sie Teile von Meldungen über den Sowjetagenten mit dem Decknamen HOMER knacken konnten; so waren die Amerikaner dem britischen Diplomaten Maclean auf die Spur gekommen. Nach Ansicht von Starik war Maclean entbehrlich. Seine Enttarnung war ohnehin nur noch eine Frage von Monaten gewesen; Starik hatte das Ganze lediglich beschleunigt.

Das Timing war entscheidend. Starik wusste, dass Philby von Angleton erfahren würde, dass die Amerikaner das Netz um Maclean zuzogen. Sobald feststand, dass die Briten Maclean verhören würden, hatte Starik Philby auf den Gedanken gebracht, Burgess nach England zu schicken, um Maclean zu warnen. Dann war der Geniestreich gekommen: Burgess hatte nicht die Nerven verloren, wie die westlichen Zeitungen berichteten; Starik hatte ihm *befohlen*, zusammen mit Maclean überzulaufen. Burgess hatte zunächst beim Londoner Residenten protestiert, als er den Befehl erhielt; da er Philby zum britischen Geheimdienst geholt hatte, fürchtete er, wenn er überliefe, würde sein alter Freund auffliegen; außerdem hatten sie seit einiger Zeit in einem Haus in Washington zusammengewohnt. Der Resident hatte Burgess entsprechend Stariks Anweisungen überzeugt, dass Philbys Tage als Spion gezählt seien: Seit der gescheiterten Wischnewski-Operation in Berlin werde es für Philby immer brenzliger, und er werde zurückgeholt, bevor die Amerikaner ihn verhaften könnten; die drei Engländer würden in Moskau vor den Augen der ganzen Welt ein triumphales Wiedersehen feiern.

Burgess war kein großer Verlust; er war ein Paria, der vielen seiner britischen und amerikanischen Kollegen auf die Nerven ging, meistens alkoholisiert war, ständig Angst hatte und nur wenig brauchbare Informationen lieferte.

Ganz anders Kim Philby: Er stand Angleton nahe, hatte Kontakt zu anderen hohen Tieren der CIA und lieferte nach wie vor wertvolle Geheimnisse. Aber Starik hatte durch abgefangene Funkmeldungen erfahren, dass Torriti, der gerissene Leiter der Berliner CIA-Basis, Philby auf der Spur war. Mit einem so genannten Kontrastbrei würde er ihn über kurz oder lang enttarnen. Überhaupt war es nur noch eine Frage der Zeit, bis die Kriwitski-Informationen und die vielen unlängst gescheiterten Infiltrationen von CIA-Emigranten Philby auffliegen lassen würden.

Das Rätsel an der Geheimdienstarbeit war, wie sehr sie die Nerven und die geistigen Kräfte eines erfolgreichen Agenten verschliss – das war weder zu messen noch zu lindern.

Nach zwanzig Jahren in der Branche machte Philby zwar noch immer eine recht gute Figur, aber auch er schaute gern einmal zu tief ins Glas, und seine Nerven lagen blank. Es war höchste Zeit, ihn zurückzuholen. Und es würde einem höheren Zweck dienen.

Denn Starik spielte ein subtileres Spiel. Die Gegenspionage war das Herzstück eines jeden Geheimdienstes. Angleton war das Herz der amerikanischen Gegenspionage. Starik studierte Angleton schon, seit Philby erstmals während des Krieges von der Ryder Street aus über ihn berichtet hatte. Starik hatte ihn weiter aus der Ferne beobachtet, als Angleton nach dem Krieg in Italien war, und später, als er in Washington die Gegenspionage der CIA leitete. Er hatte über den Berichten gebrütet, in denen Philby seine langen spätabendlichen Gespräche mit Angleton festgehalten hatte. Angleton hatte endlose Theorien darüber gesponnen, wie wichtig es war, jede gegebene Situation bis ins Kleinste zu analysieren. Aber Angleton hatte eine Achillesferse – er konnte sich nicht vorstellen, dass irgendjemand subtiler war als er, *eleganter* als er. Was bedeutete, dass jemand, der noch analytischer dachte, Angleton gegenüber gewaltig im Vorteil war.

Wie alle operativen Mitarbeiter der Gegenspionage hatte Angleton eine ausgemachte Paranoia. Jeder Überläufer war ein potenzieller Maulwurf, jeder Mitarbeiter des Geheimdienstes ein potenzieller Verräter. Jeder bis auf seinen Mentor und engen Freund Kim Philby.

Indem er Philby enttarnte, würde Starik Angletons Paranoia noch verstärken. Sie würde vollends von ihm Besitz ergreifen. Er würde Schatten nachjagen, jeden verdächtigen. Von Zeit zu Zeit würde Starik einen «Überläufer» schicken, um Angletons Paranoia weiter zu schüren. Wenn Starik es geschickt anstellte, würde Angleton den sowjetischen Interessen weit mehr dienen als ein richtiger Sowjetagent im Innern der CIA – er würde mit seiner Jagd nach Gespenstern die CIA lahm legen.

Nur eines war nicht nach Plan verlaufen: Philby hatte eigenmächtig beschlossen, sich nicht abzusetzen. Offenbar wollte er auf die materiellen Annehmlichkeiten des Kapitalismus nicht verzichten. Er würde bis in alle Ewigkeit seine Unschuld beteuern, und der MI5 hatte womöglich nicht genug in der Hand, um ihn vor Gericht zu bringen.

Aber Angleton wusste Bescheid!

Und Angleton war Stariks Ziel. Wenn Philby aufflog, wäre Angleton ein gebrochener Mann. Und ein gebrochener Angleton würde wiederum die CIA lähmen. Dann stände der Operation CHOLSTOMER nichts mehr im Weg, Stariks heroischem Plan, den westlichen Industrienationen das Rückgrat zu brechen, sie in die Knie zu zwingen und den Marxismus-Leninismus bis in die entlegensten Winkel der Erde zu tragen.

Es gab noch einen weiteren Grund, Philby aufs Abstellgleis zu schieben – Starik hatte seinen letzten, seinen besten Maulwurf mit dem Decknamen SASHA in Washington postiert. Er hatte Zugang zu den Führungskreisen sowohl der CIA als auch des Weißen Hauses. SASHA würde da weitermachen, wo Philby aufgehört hatte.

Eine warme Brise trug das satte Aroma der frisch gepflügten Erde von den Äckern herüber. Starik genoss den Duft einen Moment lang. Dann machte er sich wieder auf den Weg in sein Büro.

Der Kalte Krieg war noch lange nicht zu Ende.

Drei der Mädchen räkelten sich in ihren hauchdünnen Blusen auf dem großen Bett und kitzelten mit nackten Zehen verspielt Stariks Oberschenkel unter seinem langen, groben Bauernkittel. Das vierte Mädchen lag ausgestreckt auf dem Sofa, ein Bein über der Rückenlehne; das Kleidchen war hochgerutscht, so dass der verwaschene Baumwollschlüpfer zum Vorschein kam.

«Pssst, Mädchen», stöhnte Starik. «Wie soll ich euch vorlesen, wenn ihr die ganze Zeit herumzappelt.»

«Pssst», ermahnte das Mädchen auf der Couch die anderen.

«Pssst», pflichtete ein anderes Mädchen mit blonden Locken bei.

«Wir müssen still sein», sagte ein Mädchen mit Porzellanhaut und Großmutterbrille, «sonst wird Onkel böse.»

«Also», sagte Starik. Er schlug die Seite auf, wo er tags zuvor aufgehört hatte, und begann vorzulesen.

«Von allen Erlebnissen auf ihrer Reise hinter den Spiegeln ist Alice dieses am deutlichsten in Erinnerung geblieben. Noch Jahre später hat ihr dieses Bild vor Augen gestanden, als habe sie es erst gestern gesehen – die sanften blauen Augen und das gütige Lächeln des Ritters –»

«Den Ritter fand ich toll», seufzte das Mädchen mit den blonden Locken.

«Unterbrich Onkel doch nicht», sagte das Mädchen auf der Couch tadelnd.

«– die untergehende Sonne, vor der sein Haar und seine Rüstung so hell aufleuchteten, dass sie davon ganz geblendet war – das Pferd, das ruhig mit seinen hängenden Zügeln umherging und ihr zu Füßen graste – die dunklen Waldesschatten im Hintergrund ...»

«Ich habe Angst vor dunklen Schatten», sagte das Mädchen mit der Porzellanhaut und erschauerte.

«Und ich habe Angst vor dem Wald», gestand das blonde Mädchen.

«Ich hab Angst vor Krieg», warf das Mädchen auf der Couch ein.

«*Djadja* Stalin glaubt, es gibt Krieg», sagte das Mädchen, das bisher geschwiegen hatte. «Das hab ich im Kino in der Wochenschau gehört.»

«Onkel, glaubst du, es gibt Krieg?», fragte der blonde Lockenkopf.

«Nicht unbedingt», erwiderte Starik. «Vor einigen Monaten habe ich die These eines schlauen Wirtschaftswissenschaftlers gelesen. Zuerst kam sie mir ungeheuerlich vor, doch dann wurde mir klar, was für Möglichkeiten –»

«Was ist eine These?»

«Und was ist ein Wirtschaftswissenschaftler?»

«Ihr fragt zu viel, Mädchen.»

«Wie sollen wir lernen, wenn wir nicht fragen?»

«Ihr könnt lernen, indem ihr mucksmäuschenstill seid und mir aufmerksam zuhört.» Starik dachte jetzt laut. «Die These, die ich gelesen habe, könnte die Antwort ...»

«Eine These ist eine Waffe», rief das Mädchen mit der Porzellanhaut. «Wie ein Panzer, nur größer. Stimmt's?»

Bevor er etwas erwidern konnte, fragte das Mädchen auf der Couch: «Und was wird aus unseren Feinden, Onkel?»

Starik fuhr ihr mit den Fingern durch die blonden Locken. «Ganz einfach, Mädchen – es dauert vielleicht einige Zeit, aber wenn wir Geduld haben, besiegen wir sie, ohne auf sie zu schießen.»

II
___

DAS ENDE DER UNSCHULD

«*Man hat ja hier eine schrecklich große Vorliebe fürs Köpfen; mich wundert bloß, dass überhaupt noch jemand am Leben ist!*»

LEWIS CARROLL, *Alice im Wunderland*

Foto: Die Druckfahne einer Seite der Zeitschrift *Life*, die eigentlich im November 1956 veröffentlicht werden sollte, was jedoch von der CIA verhindert wurde, da einige ihrer Mitarbeiter darauf deutlich zu erkennen waren. Das mit starkem Teleobjektiv aufgenommene und dementsprechend grobkörnige Foto zeigt einige Menschen in schweren Wintermänteln – darunter auch Frank Wisner, Jack McAuliffe und CIA-Rechtsberaterin Mildred Owen-Brack. Sie stehen auf einer Anhöhe und beobachten, wie Flüchtlinge eine Landstraße entlangstapfen, manche tragen schwere Koffer, andere führen kleine Kinder an der Hand. Durch den morgendlichen Bodennebel hindurch scheint Jack jemanden erkannt zu haben, denn er hat grüßend eine Hand erhoben, und es sieht so aus, als würde schräg gegenüber ein großer Mann mit einem kleinen Mädchen auf den Schultern zurückwinken.

1

MOSKAU, SAMSTAG, 25. FEBRUAR 1956

In einem überheizten Büro der Lubjanka in Moskau lauschte eine Gruppe von hochrangigen Offizieren und Direktoratsleitern aufmerksam der rauen Bauernstimme des Ersten Sekretärs der Kommunistischen Partei, Nikita Chruschtschow, die aus einem Armeeradio drang. Chruschtschow beendete gerade seine geheime Rede vor der Delegiertenversammlung des XX. Parteitages. Starik starrte durchs Fenster hinaus auf den eisbedeckten Platz vor der Lubjanka, zog nachdenklich an seiner bulgarischen Zigarette und versuchte, die Auswirkungen dieser Geheimrede auf den Kalten Krieg im Allgemeinen und auf die Operation mit dem Codenamen CHOLSTOMER im Besonderen auszuloten. Sein Instinkt sagte ihm, dass Chruschtschows Entscheidung, die Verbrechen des verstorbenen (und zumindest in KGB-Kreisen betrauerten) Jossif Wissarionowitsch Dschugaschwili, besser bekannt als Stalin, beim Namen zu nennen, die kommunistische Welt in ihren Grundfesten erschüttern würde.

Das wurde auch Zeit, fand Starik. Je mehr man sich einer Idee, einer Institution, einer Lebenstheorie verschrieb, desto schwieriger wurde es, mit deren Fehlern zu leben.

«Jeder Mensch kann irren», hörte er Chruschtschow gerade sagen, «aber Stalin hielt sich für unfehlbar. Niemals gab er zu, einen Fehler gemacht zu haben, obwohl er sowohl in theoretischen Fragen als auch in der Praxis so manchen Fehler beging.»

«Was denkt er sich denn dabei!», rief einer der Direktoratsleiter.

«Nicht ungefährlich, in der Öffentlichkeit schmutzige Wäsche zu waschen», murmelte ein anderer. «Wo will man da aufhören, wenn man erst mal angefangen hat?»

«Stalin hat eine Revolution gefestigt», zischte ein großer Mann, der mit einem Seidentaschentuch seine Nickelbrille putzte. «Und das war kein Kindergeburtstag.»

«Wer ein Omelett machen will», pflichtete jemand bei, «muss Eier zerschlagen.»

«Wenn Stalins Hände blutbefleckt waren», sagte einer der jüngeren Leiter, «dann aber auch Chruschtschows. Was hat er denn die ganze Zeit in der Ukraine gemacht? Dasselbe wie Stalin in Moskau – Feinde des Volkes eliminiert.»

Chruschtschows Stimme im Radio wurde lauter. «Stalin war der Hauptvertreter des Personenkultes, indem er seine eigene Person glorifizierte. Genossen, wir müssen diesem Kult des Individuums mit aller Entschiedenheit ein für alle Mal ein Ende bereiten.» Aus dem Radio ertönte der dröhnende Applaus der Delegierten. Gleich darauf war die Übertragung zu Ende. Die unvermittelte Stille verunsicherte die versammelten Männer, die sich abwandten und es geflissentlich vermieden, einander in die Augen zu sehen. Einige gingen zu einem Wandbrett und gossen sich dort einen Wodka ein. Ein kleiner, fast glatzköpfiger Mann um die sechzig, Leiter der auf Entführungen und Liquidationen spezialisierten Dreizehnten Abteilung des Ersten Direktorats, trat neben Starik ans Fenster.

«Gut, dass die Rede geheim war», bemerkte er. «Andernfalls würden Chruschtschows Enthüllungen das Aus für die Kommunistischen Parteiführer bedeuten, die in den sozialistischen Staaten Osteuropas in Stalins Namen und mit Stalins Methoden regieren.»

Starik nahm die Zigarette aus dem Mund und starrte sie an, als verberge sich in ihrer Glut ein Geheimnis. «Sie wird nicht lange geheim bleiben», erklärte er seinem Kollegen. «Diese Sache wird wie eine Flutwelle über das sowjetische Lager hereinbrechen. Und dann wird der Kommunismus entweder reingewaschen – oder weggewaschen.»

Eine halbe Stunde nach dem offiziellen Schluss des XX. Parteitages empfing der Rabbi eine «Bebenmeldung» von einer kommunistischen Quelle in Ostberlin: In Moskau hatte es ein politisches Erdbeben von Stärke neun auf der Richterskala gegeben.

Da es Samstag war, bat der Rabbi seinen *Schabbat-goj* Hamlet, die Privatnummer des Zauberers in Berlin-Dahlem zu wählen und ihm den Hörer ans Ohr zu halten. «Bist du das, Harvey?», fragte der Rabbi.

Torritis whiskeyverschleierte Stimme knisterte in der Leitung. «Himmel, Ezra, du rufst mich an einem Samstag an? Hast du vergessen, dass so ein samstägliches Telefonat dir Ärger mit dem Schöpfer einbringt?»

«Ich telefoniere nicht», beteuerte der Rabbi. «Ich spreche einfach nur so vor mich hin. Es ist ein absoluter Zufall, dass mein *Schabbat-goj* gerade den Hörer in der Nähe meines Munds hält.»

«Was ist los?», fragte der Zauberer.

Der Rabbi gab kurz die Meldung seiner Quelle in Ostberlin wieder, und der Zauberer knurrte dankbar: «Ich bin dir was schuldig, Ezra.»

«Allerdings bist du das. Sobald der *Schabbat* zu Ende ist, werde ich mir das in mein kleines Notizbuch schreiben, das unter meinem Kopfkissen liegt.» Der Rabbi gluckste ins Telefon. «Mit unauslöschbarer Tinte, Harvey.»

Torriti hängte sich ans Telefon und zog selbst einige diskrete Erkundigungen ein, dann schickte er eine «Top secret»-Meldung an Wisner, der mittlerweile *Deputy Director for Operations* geworden war, nachdem man seinen Vorgänger Allen Dulles zum *Director, Central Intelligence* befördert hatte. Die Gerüchteküche in Moskau sei außer Rand und Band, so meldete der Zauberer. Chruschtschow habe in seiner Rede vor dem XX. Parteitag scharfe Kritik an Stalins Kult des Individuums geübt, was angeblich nur ein Euphemismus für dessen siebenundzwanzigjährige Schreckensherrschaft sei. Die Enthüllungen würden sich wie ein Lauffeuer in der kommunistischen Welt ausbreiten und hätten mit Sicherheit starke Auswirkungen auf den Kalten Krieg.

In Washington war Wisner so beeindruckt, dass er Torritis Meldung umgehend persönlich zu Dulles brachte.

Dulles erkannte auf Anhieb die propagandistischen Möglichkeiten; falls die *Company* den Text der Chruschtschow-Rede in die Hände bekäme, könnte man sie in den Satellitenstaaten und der Sowjetunion bekannt machen. Die Folgen wären nicht auszudenken. Hartgesottene Kommunisten in der ganzen Welt würden sich desillusioniert vom Sowjetsystem abwenden; in Frankreich und Italien wäre die Kommunistische Partei auf Dauer als mögliche Regierungspartei diskreditiert; die stalinistischen Regierungschefs in Osteuropa, vor allem Polen und Ungarn, könnten Angriffsziele für revisionistische Kräfte werden.

Dulles instruierte Wisner, sämtliche *Company*-Dienststellen von Chruschtschows Rede in Kenntnis zu setzen und Anweisung zu geben, dass sie alles Menschenmögliche versuchen sollten, um eine Abschrift davon aufzutreiben.

Letztlich war es dann der Mossad, dem Chruschtschows Geheimrede in die Hände fiel. Auf einem Schreibtisch der kommunistischen Parteizentrale in Warschau entdeckte ein polnischer Jude eine polnische Übersetzung der Rede, und es gelang ihm, sie in die israelische Botschaft zu schmuggeln, wo sie von Mossad-Leuten fotografiert und nach Israel geschickt wurde.

James Angleton studierte gerade die Personalakte eines CIA-Offiziers, als seine Sekretärin ihm eine versiegelte Dokumententasche ins Büro brachte, die soeben von einem jungen israelischen Diplomaten abgegeben worden war. Angleton brach das Siegel mit einer Schere auf und zog einen großen Umschlag hervor. Quer darüber hatte der Chef des Mossad eine Notiz gekritzelt. «Jim – betrachten Sie dies als Anzahlung auf die Informationen, die Sie mir versprochen haben bezüglich der ägyptischen Truppenaufstellung entlang des Suezkanals.» Als Angleton den Umschlag öffnete, fand er darin ein gebundenes Skript mit der Überschrift: «Geheime Ansprache des sowjetischen Ersten Parteisekretärs N. Chruschtschow vor dem XX. Parteitag».

Einige Tage später gab Dulles (gegen den heftigen Widerstand von Angleton, der die Rede zunächst «bearbeiten» wollte, um die Russen noch mehr zu beschämen) den Text der Geheimrede an die *New York Times*.

Dann lehnten er und Wisner sich zurück, um in Ruhe zuzuschauen, wie die Sowjets sich wanden.

Ein Freund von Asalia Isanowa, ein Redakteur der Parteizeitung *Prawda*, teilte ihr das Geheimnis mit, als sie in der Kantine auf einer kleinen Straße hinter dem Kreml für Tee und Gebäck anstanden: Die *New York Times* hatte den Wortlaut einer Geheimrede abgedruckt, die Nikita Sergejewitsch Chruschtschow vor dem XX. Parteitag gehalten hatte. Chruschtschow hatte bei den Delegierten einen Skandal ausgelöst, so die amerikanische Zeitung, als er die «wahren Verbrechen» von Jossif Stalin anprangerte und den großen Steuermann des Machtmissbrauchs und Personenkults bezichtigte. Asalia wollte der Nachricht zuerst nicht glauben; sie vermutete, die amerikanische *Central Intelligence Agency* habe die Story lanciert, um Chruschtschow Schwierigkeiten zu bereiten und innerhalb der kommunistischen Hierarchie Uneinigkeit zu säen. Nein, nein, die Story stimmte, beteuerte ihr Freund. Die Schwester der Frau seines Bruders war mit einem Mann verheiratet, der an einem nicht öffentlichen Treffen seiner Parteizelle in Minsk teilgenommen hatte, und dort war Chruschtschows Rede bis ins Kleinste analysiert worden. Es würde Tauwetter in Russland geben, jetzt da Chruschtschow persönlich das Eis gebrochen hatte, prophezeite Asalias Freund übermütig. «Wenn sich das Klima weiter verändert», so fügte er im Flüsterton hinzu, «veröffentlichst du vielleicht ja sogar bald deine –»

Asalia hob einen Finger an die Lippen und schnitt ihm das Wort ab.

Asalia – studierte Historikerin und seit vier Jahren Archivarin im Historischen Institut von Moskau, eine Stelle, die sie auf Empfehlung des Vaters einer Freundin, des KGB-Chefs Lawrentij Pawolowitsch Beria, erhalten hatte – war heimlich damit beschäftigt, eine Kartei über die Opfer Stalins zusammenzutragen. Vor Jahren hatte sie die Schwarzdruckausgabe eines Lyrikbändchens von Achmatowa in die Hände bekommen, und zwei Zeilen des Gedichts «Requiem» hatten sie ungeheuer bewegt:

Ich würde euch gern alle mit Namen nennen,
Doch sie haben die Listen verloren ...

Asalia hatte Stalins Tod im Jahre 1953 gefeiert, indem sie begann, die verlorenen Listen zusammenzustellen, und die Katalogisierung von Stalins Opfern war zu ihrer geheimen Leidenschaft geworden. Auf den ersten beiden Karteikarten standen die Namen ihrer Eltern, die Ende der Vierzigerjahre von der Geheimpolizei verhaftet und (wie sie aus Unterlagen wusste, die sie im Archiv des Historischen Institutes ausgegraben hatte) im Schnellverfahren «als Volksfeinde» zum Tode verurteilt worden waren; man hatte sie in den Kellerverliesen des riesigen KGB-Hauptquartiers am Lubjanskaja-Platz hingerichtet. Ihre Leichname, wie die von Dutzenden anderen, die am selben Tag das gleiche Schicksal ereilte, waren in einem Krematorium der Stadt eingeäschert worden (auf dem Hof musste ein kleiner Leichenberg gelegen haben, und Augenzeugen berichteten, Hunde hätten auf einem Gelände in der Nähe an menschlichen Armen oder Beinen genagt), und die Asche hatte man in einen Graben am Rande Moskaus geschüttet. Die überwiegende Mehrheit der Namen hatte Asalia aus Akten, die in verstaubten Kisten im Archiv lagen. Andere Informationen verdankte sie persönlichen Kontakten zu Schriftstellern und Künstlern und Kollegen, von denen fast jeder einen Elternteil oder einen Verwandten oder Freund durch Stalins blutige Säuberungen verloren hatte oder jemanden kannte, der den Tod eines ermordeten Menschen betrauerte. Als Chruschtschow seine geheime Rede hielt, umfasste Asalias Kartei bereits 12 500 Karten, auf denen sie den Namen, das Geburtsdatum sowie das Datum der Verhaftung und Hinrichtung oder des spurlosen Verschwindens von jedem der bis dahin namenlosen Opfer der stalinschen Tyrannei aufgelistet hatte.

Anders als Achmatowa würde Asalia sie mit Namen nennen können.

Auf Anraten ihres Freundes von der *Prawda* verabredete Asalia sich mit einem entfernten Cousin, einem Redakteur bei der Wochenzeitschrift *Ogonjok*, die für ihre relativ liberalen Ansichten bekannt war. Asalia deutete ihm gegenüber an, sie sei im Historischen Institut per Zufall auf längst vergessene Akten gestoßen. Angesichts der Anprangerung von Stalins Verbrechen durch Chruschtschow sei sie bereit, einen Artikel zu schreiben, in dem sie die Namen von einigen Opfern des Stalinismus nennen und auch Einzelheiten über die Umstände ihres Todes schildern wolle.

Wie andere Moskauer Intellektuelle waren dem Redakteur Gerüchte über Chruschtschows Angriff auf Stalin zu Ohren gekommen. Allerdings scheute er sich, Stalins Verbrechen publik zu machen; Redakteure, die sich zu weit vorwagten, waren schon öfter tief gestürzt. Ohne Asalias Namen zu nennen, wolle er bei den Chefredakteuren der Zeitschrift vorhorchen, sagte er. Selbst wenn sie ihrem Angebot zustimmten, sei es unwahrscheinlich, dass ihr Artikel abgedruckt würde, ohne die Sache zuvor mit hochrangigen Parteifunktionären abzuklären.

In derselben Nacht wurde Asalia von polternden Schritten im Treppenhaus aus dem Schlaf gerissen. Sie wusste sogleich, was das zu bedeuten hatte; selbst in Häusern mit funktionierenden Aufzügen benutzten die KGB-Schergen stets die Treppe, damit ihre lärmende Ankunft für alle in Hörweite als Warnung diente. Eine Faust hämmerte an ihre Tür. Asalia musste sich rasch etwas anziehen und wurde in einen stickigen Raum in der Lubjanka gebracht, wo sie bis zum Mittag des folgenden Tages zu ihrer Arbeit im Institut vernommen wurde. Ob es stimme, wollte man von ihr wissen, dass sie Daten über Volksfeinde sammle, die während der Dreißiger- und Vierzigerjahre in Gefangenenlagern gestorben waren? Ob es ebenfalls stimme, dass sie sich nach der Möglichkeit erkundigt habe, einen Artikel zu dem Thema zu veröffentlichen? Einer der Männer, die sie verhörten, fragte nach einem kurzen Blick in eine Akte ganz nebenbei, ob sie dieselbe Isanowa, Asalia sei, eine Frau hebräischer Abstammung, die im Jahre 1950 vom KGB nach ihrer Beziehung zu einem gewissen Jewgeni Alexandrowitsch Tsipin befragt worden war? Trotz ihrer großen Angst war Asalia noch klar genug bei Verstand, um möglichst vage zu antworten. Ja, sie habe einmal einen Tsipin gekannt, ihr sei aber gesagt worden, dass es nicht im Interesse des Staates wäre, wenn sie ihn weiter sehen würde; zu dem Zeitpunkt sei die Beziehung zu ihm, wenn es überhaupt eine war, längst beendet gewesen. Die KGB-Leute schienen von ihren Karteikarten (die sie in einem Metallkoffer auf dem Dachboden eines Hauses auf dem Land versteckt hatte) keine Ahnung zu haben. Nach zwölfeinhalb Stunden Verhör ließ man sie mit einer eindringlichen Warnung wieder gehen: Stecken Sie in Zukunft Ihre Nase nicht in Parteiangelegenheiten.

Einer der Männer, mit rundem Gesicht und randloser Brille, brachte

Asa über eine breite Treppe hinunter zum Hintereingang der Lubjanka. «Vertrauen Sie uns», sagte er mit kalter Höflichkeit an der Tür zu ihr, «wenn es an der offiziellen Geschichte der Sowjetunion Korrekturen vorzunehmen gilt, werden das die Historiker der Partei im Interesse der Massen erledigen. Stalin mag ja kleinere Fehler gemacht haben», fügte er hinzu. «Welchem Politiker passiert so etwas nicht? Aber es darf nicht vergessen werden, dass Stalin an die Macht gekommen ist, als die russischen Felder noch von Ochsen gepflügt wurden; als er starb, war Russland eine Weltmacht mit Atomwaffen und Raketen.»

Asa hatte verstanden; trotz Chruschtschows Rede würde es in Russland erst dann eine echte Reform geben, wenn Geschichte wieder Sache der professionellen Historiker, nicht der parteitreuen, war. Und solange der KGB diesbezüglich ein Wörtchen mitzureden hatte, war vorerst nicht damit zu rechnen. Asa schwor sich, an ihren Karteikarten weiterzuarbeiten. Doch bis sich die Dinge änderten, und zwar radikal, würden sie in dem Metallkoffer versteckt bleiben müssen.

2

NEW YORK, MONTAG, 17. SEPTEMBER 1956

Ein des Kalten Krieges müder E. Winstrom Ebbitt II. kehrte nach neunzehn Monaten wieder in die Vereinigten Staaten zurück zu seinem ersten Heimaturlaub. Unter der Woche schilderte er den schlauen Köpfen der *Company* die nach Chruschtschows Rede immer angespanntere Lage in den Satellitenstaaten; an den Wochenenden fuhr er nach Manhattan, um seinen Sohn Manny zu sehen, einen schmalen Jungen mit ernsten Augen, der kürzlich neun Jahre alt geworden war. Ebbys Exfrau Eleonora war inzwischen mit einem erfolgreichen Scheidungsanwalt verheiratet und lebte in einer Luxuswohnung an der Fifth Avenue. Sie machte deutlich, dass ein abwesender Vater ihr lieber war als derjenige, der samstags und sonntags an ihrer Tür klingelte, um Immanuel abzuholen. Manny wiederum begrüßte seinen Vater mit schüchterner Neugier, doch allmählich taute er auf. Auf Anraten geschiedener Kollegen, von denen es in der *Company* viele gab, schraubte Ebby die Erwartungen nicht allzu hoch, wenn er mit seinem Sohn zusammen war. Einmal besuchte er mit Manny ein Baseball-Spiel, ein anderes Mal nahmen sie die U-Bahn nach Coney Island (was an sich schon ein Abenteuer war, denn Manny wurde im Wagen zu seiner Privatschule gebracht) und fuhren Riesenrad und Achterbahn.

Frank Wisner leerte seine Bloody Mary und signalisierte einem Kellner, zwei neue zu bringen. Ebby und Wisner hatten sich zum Lunch im *Cloud Club* oben im Chrysler Building getroffen. Als die beiden frischen Gläser auf dem Tisch standen, hob Wisner, der angespannter und sorgenvoller aussah, als Ebby ihn in Erinnerung hatte, seinen Drink und prostete Ebby zu. «Auf Sie und Ihre Familie. Wie verkraften Sie es, wieder auf heimatlichem Boden zu sein, Eb?»

«Ganz gut.» Ebby schüttelte niedergeschlagen den Kopf. «Manchmal habe ich das Gefühl, ich bin auf einem anderen Planeten. Neulich abends war ich mit drei Anwälten aus meiner alten Kanzlei essen. Sie sind reich geworden und weich – große Wohnung in Manhattan, Wochenendhaus in Connecticut, Country Club in Westchester. Einer ist inzwischen Juniorpartner. Er verdient in einem Monat mehr als ich in einem Jahr.»

«Bereuen Sie Ihre Entscheidung?»

«Nein, absolut nicht, Frank. Wir sind in einer Art Kriegszustand. Die Leute hier scheinen sich da bloß keine Gedanken drüber zu machen. Die Energie, die sie aufbringen, um über Aktienkäufe und Übernahmen nachzudenken! Verdammt, und ich muss immer wieder an die jungen Albaner denken, die in Tirana hingerichtet wurden.»

«Hört sich ganz so an, als wären Sie bereit, wieder an die Arbeit zu gehen», sagte Wisner. «Und damit wären wir beim Anlass unseres Treffens. Ich biete Ihnen einen neuen Auftrag an, Eb.»

«*Anbieten* heißt doch, dass ich ablehnen kann.»

«Sie müssten sich freiwillig melden. Die Sache ist gefährlich. Wenn Sie am Köder knabbern, erzähle ich Ihnen mehr.»

Ebby beugte sich vor. «Ich knabbere, Frank.»

«Hab ich mir doch gedacht. Der Auftrag ist wie für Sie gemacht. Ich möchte, dass Sie Ihre müden Knochen nach Budapest bewegen, Eb.»

Ebby stieß einen leisen Pfiff aus. «Budapest! Haben wir da nicht schon Leute – in der Botschaft?»

Wisner wandte den Blick ab. «All unsere Botschaftsleute werden beschattet, ihre Büros und Wohnungen abgehört. Vor zehn Tagen dachte der Dienststellenleiter, er hätte seine Beschatter abgeschüttelt, und warf einen Brief an einen der Dissidenten, der uns mit Informationen versorgt hatte, in einen öffentlichen Briefkasten. Die müssen den Kasten geleert und sämtliche Briefe geöffnet haben und sind so auf den Dissidenten gekommen. Der arme Teufel wurde noch am Abend verhaftet und landete an einem Fleischerhaken im Kühlraum eines Gefängnisses.» Wisner fixierte Ebby. «Im Klartext: Wir brauchen dringend ein neues Gesicht in Budapest, Eb. – Aus Sicherheitserwägungen und weil es die Dringlichkeit der überbrachten Nachricht unterstreicht, wenn jemand von außen sie überbringt.»

«Warum gerade ich?»

«Gute Frage. Erstens, Sie haben während des Kriegs hinter den deutschen Linien operiert, und in unserem Geschäft ist Erfahrung durch nichts zu ersetzen. Zweitens, Sie sind Anwalt, was bedeutet, dass wir für Sie eine wasserdichte Tarnung ausarbeiten können, eine plausible Geschichte, warum Sie in Budapest sind. Wir haben uns Folgendes überlegt: Mitte Oktober fährt eine Abordnung des Außenministeriums nach Ungarn, um über die Entschädigung für ungarische Vermögenswerte zu verhandeln, die in Amerika eingefroren wurden, als sich Ungarn im Zweiten Weltkrieg auf die Seite Deutschlands schlug. Ihre alte Kanzlei vertritt Ansprüche von Amerikanern ungarischer Abstammung, die Vermögenswerte verloren haben, als Ungarn nach dem Krieg kommunistisch wurde – es geht da um Fabriken, Geschäfte, große Ländereien, Kunstsammlungen, Wohnungen und dergleichen. Ihr alter Boss, Bill Donovan, hat ein Büro und eine Sekretärin zur Verfügung gestellt – auf dem Schreibtisch dort stapeln sich die Akten dieser Amerikaner ungarischer Herkunft. Wir haben uns gedacht, Sie verkriechen sich da für ein paar Wochen und machen sich mit der Sachlage vertraut. Anschließend reisen Sie mit der Delegation vom Außenministerium nach Ungarn und machen sich dort für die Interessen Ihrer Mandanten stark. Falls irgendwer Sie überprüfen will, halten Donovans Leute Ihnen den Rücken frei – Sie arbeiten dort schon seit Adams Zeiten, das wird Ihre Sekretärin jedem erzählen, der danach fragt.»

«Sie haben mir noch nicht erklärt, was meine eigentliche Mission sein soll», stellte Ebby fest.

Wisner warf einen Blick auf seine Uhr; Ebby bemerkte ein leichtes Zucken in einem seiner Augenwinkel. «Der DCI hat ausdrücklich gesagt, dass er Ihnen das selbst erläutern will.»

«Dulles?»

«Allerdings. Ab sofort halten Sie sich von unserem Gebäude in Washington fern. Dulles erwartet uns übermorgen um sechs Uhr auf einen Drink im *Alibi Club*.»

Ebby kaute auf einem Stückchen Eis aus seinem Glas. «Sie waren verdammt sicher, dass ich anbeiße.»

Wisner grinste. «Ja, ich denke, das kann man so sagen.»

Die Männer, die sich an der Bar des exklusiven *Alibi Club* um DCI Allen Welsh Dulles drängten, unterhielten sich prächtig. «Es war gleich nach dem Ersten Weltkrieg in der Schweiz», erzählte er gerade. «Ich erhielt die Nachricht, dass jemand mich in meinem Büro aufsuchen wollte, aber ich dachte mir, der kann mich mal, und ging lieber Tennis spielen. Und so verpasste ich eine Begegnung mit Wladimir Iljitsch Uljanow, der den anwesenden Gentlemen besser unter dem Namen Lenin bekannt sein dürfte.»

Als er Wisner und Ebby an der Tür erblickte, schob Dulles sich durch die Menge und dirigierte die beiden in ein winziges Büro gleich neben der

Garderobe, das er häufig für vertrauliche Besprechungen benutzte. Wisner stellte Ebby vor und hielt sich von da an im Hintergrund, wusste er doch, dass Dulles die operative Seite der CIA-Arbeit am meisten genoss.

«Sie sind also Ebbitt», sagte Dulles, bedeutete seinem Gast, Platz zu nehmen, und setzte sich ihm so dicht gegenüber, dass ihre Knie sich berührten. Er paffte seine Pfeife, musterte Ebby und sagte dann unvermittelt: «Wisner hat mir erzählt, dass Sie sich bereit erklärt haben, die Mission in Budapest zu übernehmen. Haben Sie eine Ahnung, warum wir Sie dahin schicken?»

«Nicht so ganz.»

«Was meinen Sie denn?»

«Ich hab mir so meine Gedanken gemacht», gab Ebby zu. «Chruschtschows geheime Rede hat den Stalinisten in den Satellitenstaaten den Boden unter den Füßen weggezogen. In Polen brodelt es. Ungarn scheint ein Pulverfass kurz vor der Explosion zu sein – ein totalitärer Staat, an dessen Spitze ein unpopulärer Stalinist mit Hilfe von vierzigtausend Geheimpolizisten und anderthalb Millionen Spitzeln herrscht. Ich vermute, ich soll Kontakt zu den ungarischen Widerständlern aufnehmen und die Lunte anzünden.»

Dulles kniff die Augen zusammen, warf Wisner einen kurzen Blick zu und sah Ebby eindringlich an. «Sie liegen um genau hundertachtzig Grad daneben, Ebbitt. Wir wollen, dass Sie diesen Leuten sagen, sie sollen sich abregen.»

«Radio Freies Europa hat sie zum Aufstand aufgerufen –», setzte Ebby an.

Dulles fiel ihm ins Wort. «Radio Freies Europa ist kein Organ der Regierung der Vereinigten Staaten. Tatsache ist: Wir wollen nicht, dass die Sache in Ungarn losgeht, bevor wir wirklich bereit sind. Dass wir uns richtig verstehen: Das Zurückdrängen des Kommunismus ist und bleibt unser erklärtes Ziel. Aber wir rechnen damit, dass wir noch anderthalb Jahre brauchen, bis alles vorbereitet ist. General Gehlens Organisation hat eine ungarische Abteilung, aber es dauert nun mal seine Zeit, Waffenlager in Ungarn anzulegen, ungarische Emigranten auszubilden und mit Ausrüstung ins Land zu schmuggeln, so dass ein Aufstand koordiniert werden kann.»

«Sie gehen also davon aus, dass die Widerständler ihre Leute nicht kontrollieren können», sagte Ebby. «Aber den Hintergrundberichten nach, die ich gelesen habe, ist ein spontaner Aufstand nicht auszuschließen.»

«Das glaube ich nicht», entgegnete Dulles. «Eine Straßendemonstration kann spontan sein. Ein Volksaufstand ist etwas völlig anderes.»

«Im Augenblick ist unsere größte Sorge die», schaltete Wisner sich ein, «dass die Widerständler sich Chancen ausrechnen, die USA würden sich verpflichtet fühlen, ihnen zu Hilfe zu kommen, sobald sie das Fass zum Überlaufen gebracht haben. Oder dass wir zumindest damit drohen werden, einzumarschieren, um die Russen in Schach zu halten.»

«Das wäre eine gefährliche Fehleinschätzung der Lage», warnte Dulles. «Weder Präsident Eisenhower noch sein Außenminister, mein Bruder Foster, sind bereit, wegen Ungarn einen Dritten Weltkrieg anzuzetteln. Ihre Aufgabe, Ebbitt, ist es, die Widerständler von dieser traurigen Tatsache zu überzeugen. Sollten sie dennoch einen Aufstand entfachen wollen, kann uns niemand einen Vorwurf machen. Andererseits, falls sie noch eine Weile abwarten können, sagen wir achtzehn Monate –»

«Ein Jahr könnte schon reichen», warf Wisner ein.

«Ein Jahr, achtzehn Monate, wenn die Ungarn – mit unserer heimlichen Unterstützung – die Infrastruktur für einen Aufstand geschaffen haben, wäre die Lage vielversprechender.»

«Es gibt da noch ein Problem, von dem Sie wissen sollten», sagte Wisner. «Die Situation im Nahen Osten spitzt sich immer weiter zu. Nasser hat mit seiner Verstaatlichung des Suezkanals und seiner Weigerung, den Kanal zu internationalisieren, die Briten und Franzosen immer mehr in die Ecke gedrängt. Israelische Teams reisen hektisch zwischen Tel Aviv und Paris hin und her. Die hecken was aus, da können Sie Gift drauf nehmen. Der verschlüsselte Nachrichtenverkehr zwischen dem israelischen Oberkommando und dem französischen Generalstab könnte reger nicht sein. Wir meinen, dass die Israelis möglicherweise einen britisch-französischen Angriff gegen Nasser anführen wollen, um den Kanal zu besetzen.»

«Und bei der ganzen Aufregung würde eine Revolution in Ungarn regelrecht untergehen», sagte Dulles. Er stand auf und streckte eine Hand aus. «Viel Glück, Ebbitt.»

Vor dem *Alibi Club* ging ein Zeitungsverkäufer zwischen den vor einer Ampel wartenden Autos hindurch und pries die *Washington Post* an. «Das Neuste von der Börse», rief er immer wieder. «Dow Jones erreicht mit 521 Punkten neuen Höchststand.»

«Die Reichen werden reicher», sagte Wisner mit einem sardonischen Grinsen.

«Und die Weichen werden weicher», fügte Ebby hinzu.

3

BUDAPEST, DIENSTAG, 16. OKTOBER 1956

Der Orientexpress von Paris nach Istanbul ratterte durch die Ebene am Ufer der Donau Richtung Budapest. Ebby saß am Fenster seines Erste-Klasse-Abteils, trank Kaffee aus der Thermoskanne und starrte nach draußen, wo *Czikos*, die ungarischen «Cowboys», auf drahtigen Pferdchen ihre Rinderherden hüteten. Häuser und Scheunen glitten vorbei, kleine Gemüsegärten und umzäunte Höfe mit Scharen von Hühnern und Gänsen. Nach einiger Zeit kamen die ersten flachen Fabrikgebäude in Sicht. Als der Zug durch die Vororte von Buda rollte, wurde der Verkehr auf der parallel zu den Schienen verlaufenden Landstraße immer dichter, bis sich die klapprigen, alten Laster schließlich stauten. Minuten später hielt der Orientexpress im Westbahnhof hinter dem Burgberg.

Ebby, eine dicke Aktentasche und einen Lederkoffer in den Händen, ging durch den von einer Glaskuppel gekrönten Bahnhof hinaus auf die Straße. Ein junger Mann, der wartend neben einem Ford gestanden hatte, sprach ihn an. «Sir, ich möchte wetten, Sie sind Mr. Ebbitt», sagte er.

«Wie kommen Sie darauf?»

«Nehmen Sie's mir nicht übel, aber so edel, wie Ihr Gepäck aussieht, kann es nur einem New Yorker Anwalt gehören», antwortete der junge Mann mit einem breiten Lächeln. Er nahm den Lederkoffer und wuchtete ihn in den Kofferraum. «Ich bin Jim Doolittle, Botschaftsrat», erklärte er dann und reichte Ebby die Hand. «Willkommen in Budapest, Mr. Ebbitt.»

«Elliott.»

«Elliott, auch gut.» Er schob sich hinters Lenkrad, und Ebby machte es sich auf dem Beifahrersitz bequem. Der junge Botschaftsrat steuerte den Wagen geschickt durch den Verkehr Richtung Donauufer. «Sie sind im Hotel *Gellért* untergebracht, genau wie die Delegation vom Außenministerium. Die sind gestern angekommen. Ich soll Ihnen vom Botschafter ausrichten, dass Sie sich sofort melden sollen, falls Sie irgendwelche Unterstützung brauchen. Der erste Verhandlungstermin ist um zehn Uhr morgen früh. Die Delegation wird in einem von unseren Minibussen zum Außenministerium gekarrt. Falls Sie mitfahren möchten, kein Problem. Waren Sie schon mal in Ungarn?»

«Nein», antwortete Ebby. «Wie lange sind Sie schon hier?»

«Dreiundzwanzig Monate.»

«Haben Sie viel Kontakt mit den Einheimischen?»

«Mit den Ungarn! Elliott, man merkt, dass Sie nicht viel über das Leben hinter dem Eisernen Vorhang wissen. Ungarn ist ein kommunistisches Land. Die einzigen Einheimischen, die wir hier kennen lernen, arbeiten für die *Allamvédelmi Hatóság*, die Geheimpolizei, kurz AVH. Alle anderen haben zu viel Angst. Dabei fällt mir ein, der Sicherheitsoffizier der Botschaft hat mich gebeten, Sie zu warnen ...»

«Wovor denn?»

«Vor ungarischen Frauen, die allzu bereit und willig scheinen, wenn Sie verstehen, was ich meine. Vor ungarischen Männern, die Sie liebend gern zu einem besonders schönen Nachtklub bringen würden, den sonst keiner kennt. Vor allen Dingen, tauschen Sie um Gottes willen kein Geld auf dem Schwarzmarkt. Und nehmen Sie keine Päckchen an, die Sie für irgendwelche Verwandten in Amerika mitnehmen sollen – da könnten nämlich Geheimdokumente drin sein. Und eh Sie sich's versehen, landen Sie als Spion im Gefängnis.»

«Danke für die Tipps», sagte Ebby. «Dieser Spionagekram ist nicht gerade mein Fall.»

Doolittle warf ihm einen amüsierten Seitenblick zu. «Hätte mich auch gewundert. Der kleine blaue Skoda hinter uns ist Ihnen wohl nicht aufgefallen, was?»

Er war ihm allerdings aufgefallen, aber das sollte Jim Doolittle nicht wissen. Ebby drehte sich betont auffällig um. Der blaue Skoda, in dem zwei Personen saßen, hielt sich etwa zwei Wagenlängen hinter dem Ford. Doolittle lachte. «Wir von der Botschaft werden rund um die Uhr beschattet», sagte er. «Man gewöhnt sich dran. Ich wäre schwer überrascht, wenn Sie nicht auch einen Aufpasser bekämen.»

Als Doolittle den New Yorker Anwalt vor dem Jugendstil-Eingang des *Gellért* abgesetzt hatte und ihn durch die Drehtür ins Hotel verschwinden sah, schüttelte er den Kopf. «Noch so eine Unschuld vom Lande», murmelte er. Dann gab er Gas und fuhr zurück zur Botschaft.

Der kleine blaue Skoda mit der langen Peitschenantenne an der hinteren Stoßstange fuhr in die Einfahrt zum Schwimmbad des *Gellért* und parkte hinter der Hecke. Von hier aus hatte man den Haupteingang des Hotels im Blick. Der Ungar auf dem Beifahrersitz nahm ein kleines Mikrofon aus dem Handschuhfach und stöpselte es in das Funkgerät unter dem Armaturenbrett ein. Er betätigte den Schalter, wartete eine halbe Minute, bis die Vakuumröhren sich erwärmt hatten, und sprach dann in das Mikro.

«*Szervusz, szervusz.* Meldung von mobiler Einheit siebenundzwanzig. Der *amerikai* Ebbitt ist im *Gellért* angekommen. Mikros in Zimmer zwei null drei aktivieren. Ende.»

«*Viszlát*», sagte eine Stimme.

«*Viszlát*», wiederholte der Mann im Skoda.

Die ganze Woche nahm Ebby an ermüdenden Verhandlungen teil, die sich unentwegt im Kreis drehten und keinerlei Erfolge verzeichneten. Die ungarischen Verhandlungsführer schienen sich bei den langen Sitzungen im Außenministerium an eine Art Drehbuch zu halten. Sie leierten endlose Listen von unverschämt hoch taxierten ungarischen Vermögenswerten in Amerika herunter und scheuten sich nicht einmal, einige Dutzend Firmen mit einzubeziehen, die, wie der Wirtschaftsexperte der amerikanischen Delegation klarstellte, längst Konkurs gegangen waren. Als Ebby schließlich argumentierte, dass ein mögliches Entschädigungsabkommen auch die Ansprüche der Amerikaner ungarischer Abstammung berücksichtigen müsse, die ihr Vermögen nach der kommunistischen Machtergreifung in Ungarn verloren hatten, entgegnete der Leiter der ungarischen Delegation lapidar, diese Ansprüche seien laut Gesetz am 31. Dezember 1950 verfallen.

«Regen Sie sich nicht auf», sagte der amerikanische Delegationsleiter, ein alter Hase im Umgang mit den Kommunisten, am selben Abend auf einem Botschaftsempfang zu Ebby. «Das ist doch hier nur eine Pflichtübung. Die Vereinigten Staaten denken nicht im Traum daran, einem sowjetischen Satellitenstaat Goldbarren zu schenken, damit er noch mehr Panzer und Flugzeuge bauen kann.»

Am Samstagvormittag sah Ebby sich die Stadt an (der kleine blaue Skoda war immer in seiner Nähe) und besichtigte die Burg, in der ungarische Könige und das Haus Habsburg einst Hof gehalten hatten. Er besuchte die Krönungskirche, die während der Türkenherrschaft in eine Moschee umgewandelt worden war. Gegen Mittag ging er in ein gemütliches Caféhaus am Fluss und bestellte sich ein belegtes Brot und ein Bier; an seinem Tisch saß eine kleine alte Frau mit einer abgetragenen Fuchsstola um den Hals und einer Skimütze auf dem Kopf und trank ein Glas Tokajer. Plötzlich flüsterte sie Ebby irgendwas auf Ungarisch zu. Als sie seine Verwirrung bemerkte, erkundigte sie sich höflich auf Deutsch, ob er Ausländer sei. Als er sagte, er sei Amerikaner, wurde sie ganz hektisch. «Ach du je, entschuldigen Sie bitte», raunte sie. Sie ließ ihren Wein stehen, legte ein paar Münzen auf den Tisch und hastete nach draußen. Durchs Fenster konnte Ebby sehen, wie sie auf der anderen Straßenseite von zwei Männern in langen, dunklen Mänteln angesprochen wurde. Die alte Frau kramte aus ihrer Handtasche einen Ausweis hervor, und man riss ihn ihr aus der Hand. Einer der Männer deutete mit einem knappen Kopfnicken an, dass sie mitkommen müsse. Die beiden Männer verschwanden mit der winzigen Frau in ihrer Mitte aus Ebbys Gesichtsfeld.

Ebby sorgte sich um die alte Frau, deren einziges Vergehen darin bestand, dass sie mit einem Amerikaner an einem Tisch gesessen hatte. Oder steckte doch mehr dahinter? Wurde er beobachtet, weil man routinemäßig jeden Amerikaner auf ungarischem Boden beschattete, oder hatte einer der Dissidenten, mit denen er sich treffen sollte, den Geheimdienst auf seine Anwesenheit – und seine Identität – hingewiesen? Ebby schob einen Geldschein unter eine Untertasse, zog seinen Mantel an und ging die Straße hinunter. Gelegentlich sah er sich ein Schaufenster an – und benutzte die Scheibe, um zu überprüfen, was hinter ihm passierte. Der blaue Skoda folgte ihm im Schritttempo, doch jetzt saß nur noch ein Mann darin. Der zweite Mann, so stellte Ebby fest, ging jetzt vor ihm her. Ein junger Bursche in Wanderstiefeln blieb jedes Mal stehen und las Zeitung, wenn Ebby stehen blieb. Auf der anderen Straßenseite bewegte sich eine Frau mittleren Alters in exakt dem gleichen Tempo weiter wie Ebby.

Ihm zog sich der Magen zusammen, als er weiterging. Gelegentlich blieb er stehen, um den Stadtplan zu konsultieren, doch schließlich stand er vor dem Kunstmuseum. Als er die Treppe hinaufging, sah er in der gläsernen Eingangstür, wie der Skoda unten am Straßenrand hielt.

Drinnen kaufte Ebby sich eine Eintrittskarte. Ein Schild am Kassenhäuschen bestätigte, was man ihm in Washington gesagt hatte: Jeden Tag um 14.30 Uhr fand eine Führung in englischer Sprache statt. Ebby gesellte sich zu der Gruppe ausländischer Touristen, die am Fuß der Treppe warteten. Pünktlich um halb drei öffnete sich eine Tür, und eine schlanke junge Frau trat aus einem Büro. Sie war Anfang dreißig, ganz in Schwarz gekleidet – enger gerippter Rollkragenpullover, Flanellrock, dicke Winterstrümpfe und robuste flache Schuhe – und hatte ungebärdiges, aschblondes

Haar, das aussah, als wäre es im Nacken grob abgehauen worden. Sie trug kein Make-up. Auf dem Namensschildchen an ihrem Pullover stand: E. Németh.

«Guten Tag – ich begrüße Sie herzlich zu der Führung», erklärte sie. Der Hauch eines nervösen Lächelns huschte über ihr Gesicht, während ihr Blick über die Anwesenden hinwegglitt. Bei Ebby verweilte er einen Wimpernschlag, nicht länger, und wanderte dann weiter. «Wenn Sie mir bitte folgen würden», sagte E. Németh. Mit diesen Worten drehte sie sich auf dem Absatz um und schritt einen langen Gang hinunter, in dem riesige Gemälde in schauerlichen Einzelheiten von den Schlachten der Ungarn gegen die Türken berichteten.

Ebby hielt sich am Rand der Gruppe und hörte mit halbem Ohr einige Namen von Schlachten und Malern. Als sie die Treppe zum zweiten Stock hochstiegen, bekam er mit, wie eine ältere Frau die Museumsführerin fragte: «Sagen Sie, meine Liebe, wo haben Sie denn so wunderbar Englisch gelernt?»

«Ich bin eine halbe Engländerin», erwiderte E. Németh. «Ich wurde in der Toskana geboren und bin in England aufgewachsen.» Sie sah kurz über die Schulter und fing Ebbys Blick auf. Wieder huschte das angespannte Halblächeln über ihr Gesicht, das Angst verriet und zugleich Entschlossenheit, der Angst nicht nachzugeben.

«Und darf ich fragen, was Sie hier nach Budapest verschlagen hat?»

«Meine Heirat», erklärte E. Németh knapp.

«Gratuliere, meine Liebe. Gratuliere.»

Als sie fünfzig Minuten später den letzten Raum des Rundgangs erreichten, erklärte E. Németh ihren Schützlingen: «Hier sehen Sie sechs Gemälde des berühmten spanischen Künstlers El Greco. Das Museum besitzt noch ein siebtes Gemälde, aber das wird zurzeit in einer Werkstatt im Keller gereinigt. Es handelt sich um die umfangreichste Sammlung von El Grecos außerhalb Spaniens. El Greco wurde 1541 als Domenikos Theotokopulos auf Kreta geboren. Er lernte in Venedig bei Tizian und ließ sich danach in Toledo nieder. Im Lauf der Jahre trugen ihm seine gleißenden Farben und tiefen Schattierungen, seine expressiv verzerrten Figuren den Ruf eines Meisters religiöser Ekstase ein. Viele der Figuren, die Sie hier sehen, waren spanische Edelleute –»

Ebby trat um die Gruppe herum nach vorn. «Stimmt es eigentlich, dass El Greco seine Modelle mit verlängerten Gesichtern sah und sie auch so malte, weil er unter Sehstörungen litt?»

Den Kopf leicht geneigt, legte E. Németh eine Hand (deren Fingernägel abgekaut waren, wie Ebby bemerkte) an die Unterlippe. «Natürlich habe ich auch schon von dieser Theorie gehört», erwiderte sie ruhig, «doch soweit ich weiß, beruht sie lediglich auf Mutmaßungen und ist nicht medizinisch belegt.»

Als die Gruppe die lange Treppe zum Haupteingang des Museums hinunterging, ließ Ebby sich ein wenig zurückfallen, bis er neben E. Németh ging. Er nahm einen schwachen Rosenduft wahr.

«Sie scheinen viel über El Greco zu wissen», bemerkte sie.

«Ich bin ein großer Bewunderer seiner Werke.»

«Würde es Sie vielleicht interessieren, sich den El Greco anzusehen, der gerade im Keller restauriert wird?»

«Unbedingt.»

Auf halber Höhe der Treppe befand sich ein Absatz, von dem eine schmale Tür abging. Die Museumsführerin blickte sich um. Als sie sah, dass niemand hinter ihnen war, trat sie rasch auf die Tür zu, öffnete sie und zog Ebby hinter sich her. Nachdem sie die Tür wieder geschlossen hatte, erklärte sie: «Man ist Ihnen zum Museum gefolgt. Ich hab sie durchs Fenster gesehen. Hinter Ihnen war ein ganzes Team – ein Wagen und mindestens drei Leute zu Fuß.»

«Die hab ich auch gesehen», sagte Ebby. «Wahrscheinlich machen sie das routinemäßig bei allen Amerikanern.»

E. Németh ging eine enge, von schwachen Glühbirnen auf jedem Absatz erhellte Holztreppe hinunter. Die Stufen knarrten unter ihren Füßen. Am Fuß der Treppe angekommen, öffnete sie eine weitere Tür und spähte nach draußen. Die Luft schien rein zu sein, denn sie winkte Ebby, ihr zu folgen. Sie gingen über den Zementboden eines großen Lagerraums voller Plastiken und Gemälde zu einer Tür, die von innen verriegelt war.

«Wofür steht das E. auf Ihrem Namensschild?», flüsterte Ebby.

«Elizabet.»

«Mein Name ist Elliott.»

Ihre dunklen Augen betrachteten ihn. «Ich wusste, dass Sie es sind, noch bevor Sie die vereinbarten Sätze gesagt hatten.» Sie riss einen Dufflecoat von einem Haken an der Wand und warf ihn sich über die Schultern. Dann zog sie einen großen Schlüssel aus der Tasche, entriegelte die Tür, schloss sie auf und hinter ihnen wieder zu. Sie befanden sich auf einem tiefer liegenden Innenhof hinter dem Hauptgebäude, stiegen eine stählerne Treppe hinauf zu einer Tür in dem hohen Drahtzaun, die sie mit einem zweiten Schlüssel öffnete und ebenfalls wieder verschloss. Rasch überquerten sie die dahinter liegende Straße, und Ebby folgte ihr zu einem verbeulten kleinen Fiat. Elizabet schloss die Fahrertür auf, stieg ein und öffnete von innen die Beifahrertür. Dann brausten sie die Straße hinunter und fädelten sich in den fließenden Verkehr ein.

Elizabet steuerte den kleinen Wagen mit äußerster Konzentration durch die belebten Straßen von Pest. Nach einer Weile brach Ebby das Schweigen. «Wo bringen Sie mich hin?»

«Árpád und seine Freunde erwarten Sie in einer Wohnung in Buda, hinter dem Südbahnhof.»

«Was passiert denn am Museum, wenn ich nicht wieder herauskomme?»

«Die werden eine Weile warten und dann nach Ihnen suchen. Wenn sie merken, dass Sie nicht mehr da sind, fahren sie zum *Gellért* und warten dort auf Sie. Wir haben das schon öfter erlebt – die haben Angst, dass sie von ihren Vorgesetzten was zu hören kriegen, und werden Ihr Verschwinden wahrscheinlich nicht melden. Nach Ihrem Treffen mit Árpád setze ich Sie an einer der Brücken ab, und Sie gehen einfach zu Fuß zum *Gellért*, als wäre alles ganz normal.»

«Ich habe mitbekommen, wie Sie der Frau im Museum gesagt haben, dass Sie mit Árpád verheiratet sind.»

Sie warf ihm einen Seitenblick zu. «Ich habe nicht gesagt, dass ich mit Árpád verheiratet bin. Ich bin mit einem anderen Ungarn verheiratet. Ich bin Árpáds Geliebte.»

Ebby verzog das Gesicht. «Ich wollte nicht indiskret –»

«Natürlich wollten Sie. Sie sind ein Spion der CIA. Indiskretion ist Ihr Geschäft.»

Ein eisiger Wind fegte von der Donau her und rüttelte an den Fenstern der Dachgeschosswohnung im Gewirr der Straßen von Buda. Als Ebby eintrat, kam ein massiger Mann von etwa Ende dreißig mit wildem, vorzeitig ergrautem Haar und der flachen Stirn und leicht gebogenen Nase eines römischen Zenturio auf ihn zu. Mit seinen schweren Schnürschuhen, der Kordhose und dem abgetragenen Pullover war er gekleidet wie ein Arbeiter. «Ich heiße Sie von ganzem Herzen in Budapest willkommen», erklärte er, ergriff mit beiden Händen die ausgestreckte Hand des Besuchers und betrachtete ihn forschend aus dunklen, unsteten Augen.

«Das ist Árpád Zelk», sagte Elizabet leise.

«Es ist mir eine Ehre, einen so berühmten Dichter kennen zu lernen», sagte Ebby.

Árpád schnaubte verächtlich. «Da ich meine Gedichte auf Ungarisch schreibe, einer Sprache, die von nur zehn Millionen Menschen auf dem Planeten Erde gesprochen wird, ähnelt mein Ruhm dem eines Vogels, der aus voller Kehle in einem schalldichten Käfig zwitschert.»

Árpád bot Ebby einen Stuhl an und stellte ihm die beiden Männer vor, die mit am Tisch saßen. «Das ist Mátyás, und das ist Ulrik», sagte er. «Sie sind Kameraden aus der ungarischen Widerstandsbewegung.»

Ebby reichte beiden Männern die Hand – Mátyás trug die typische kurze Jacke eines Studenten; Ulrik dagegen war mit Anzug, Weste, Hemd und Nickelbrille wie ein Büroangestellter gekleidet – und nahm dann Platz. Elizabet setzte sich auf eine Couch.

«Darf ich Sie bitten», sagte Árpád sehr förmlich, «welche Nachricht bringen Sie uns aus den Vereinigten Staaten?»

«Ich überbringe Ihnen die besten Wünsche hochstehender Regierungsmitglieder. Ich überbringe Ihnen ihre Hochachtung vor Ihrem Mut und –»

Árpád schlug so heftig mit der flachen Hand auf die Glasplatte des Tisches, dass Ebby schon dachte, sie würde zerspringen. «Meine Freunde und ich sind keine Diplomaten auf einer Teeparty», sagte er gereizt und gestikulierte heftig in der Luft. «Wir brauchen weder eure guten Wünsche noch eure Hochachtung. Wir brauchen eure Zusage, dass ihr uns materiell unterstützt, falls die Lage sich zuspitzt.»

«Die amerikanische Regierung will die Sowjets nicht zu weit treiben –»

«Wegen etwas so Unwichtigem wie Ungarn», führte Árpád den Satz beißend zu Ende. «Sprechen Sie es doch unverblümt aus.»

«Ungarn ist uns nicht unwichtig. Deshalb möchten wir, dass ihr den Aufstand verschiebt, bis die Bedingungen besser sind, bis Chruschtschow die Falken im Politbüro besser unter Kontrolle hat.»

«Wie lange?»

«Ein Jahr bis höchstens achtzehn Monate. Wir müssen umsichtig und geduldig sein. Die amerikanische Regierung ist auf keinen Fall an einem Krieg mit den Sowjets interessiert –»

«Ich will Ihnen sagen, was Trotzki den Russen 1917 vor der Revolution gesagt hat», erklärte Árpád, die Augen unverwandt auf Ebby gerichtet. «‹Ihr mögt ja nicht am Krieg interessiert sein, aber der Krieg ist an euch interessiert.›» Mátyás sagte leise etwas, und Árpád nickte. «Mátyás meint, wir können den Aufstand gegen die Kommunisten weder anfangen noch aufhalten, und ich sehe das auch so. Was geschieht, wird geschehen, mit oder ohne uns und mit oder ohne euch. Wir leben in einem Land, das es satt hat, in ständiger Angst vor der Geheimpolizei zu zittern. Ich selbst bin fünf Mal verhaftet worden, zwei Mal von den Faschisten, drei Mal von den

Kommunisten. Ich habe elf Jahre und vier Monate meines Lebens hinter Gittern verbracht. Ich wurde in demselben Gefängnis, in *derselben Zelle* vor dem Krieg von den ungarischen Faschisten und nach dem Krieg von den Kommunisten gefoltert.»

Ulrik winkte ab und sprach lange auf Ungarisch mit Árpád, der mehrmals zustimmend nickte. «Ich soll Ihnen sagen, dass euer Radio Freies Europa immer wieder davon spricht, den Kommunismus zurückzudrängen», übersetzte er.

«Radio Freies Europa ist kein Organ der US-Regierung», wandte Ebby ein.

«Und wer, bitte, finanziert den Sender?», wollte Árpád wissen.

Die Frage ließ Ebby verstummen. Ulrik trommelte mit den Fingern auf den Tisch und sprach wieder ungarisch. Árpád nickte und übersetzte dann. «Er sagt, der Augenblick der Wahrheit steht bevor. Er sagt, ihr müsst einen Aufstand, falls es dazu kommt, materiell und moralisch unterstützen. Er sagt, wenn ihr nur die Russen von einer Intervention abhalten könntet, mehr nicht, wird der Kommunismus in Ungarn in den Mülleimer der Geschichte gefegt werden.»

Aus den Augenwinkeln sah Ebby, dass Elizabet sich auf der Couch zusammengerollt hatte. Er spürte, dass sie ihn betrachtete. «Niemand zweifelt an eurer Entschlossenheit, die stalinistische Diktatur abzuschütteln», sagte er zu Árpád. «Aber unserer Meinung nach müsst ihr nun mal den Tatsachen ins Auge sehen. Und diese Tatsachen sind eindeutig und sprechen für sich selbst. Zwei sowjetische Panzerdivisionen sind fünfzig Kilometer von Budapest entfernt stationiert; die könnten die Stadt innerhalb einer Stunde erreichen. Wir haben Beweise, dass die Sowjets genau wissen, wie brenzlig die Lage hier ist. Ich kann euch sagen, dass uns Informationen vorliegen, nach denen sie große Truppenkontingente auf der ukrainischen Seite der ungarischen Grenze zusammenziehen. Ich kann euch sagen, dass sie dabei sind, Pontonbrücken über die Theiß zu bauen, so dass diese Truppen im Handumdrehen in Ungarn einrücken können.»

Árpád und Elizabet wechselten Blicke; offensichtlich waren diese Informationen für sie neu. Elizabet übersetzte rasch für die anderen, was Ebby gesagt hatte.

Ulrik, der als politischer Analyst in einem Ministerium arbeitete, gab zu, dass sie nichts von den Pontonbrücken gewusst hatten, aber er bezweifelte Ebbys Einschätzung, dass Chruschtschow Truppen über die Theiß schicken würde, sollte es zu einem Aufstand kommen. «Der Kreml», so argumentierte er, «hat genug mit den Problemen im eigenen Land zu tun.»

Árpád holte einen kleinen Stoffbeutel aus der Hosentasche. «Und deshalb», so pflichtete er ihm bei, während er sich geistesabwesend eine Zigarette drehte, «haben die Russen 1955 die österreichische Neutralität akzeptiert; deshalb hat Chruschtschow Jugoslawien öffentlich als ein Land auf dem Weg zum Sozialismus anerkannt, obwohl es nicht zum Sowjetblock gehört. In Polen hat der Druck der Bevölkerung dafür gesorgt, dass der Reformer Gomulka aus dem Gefängnis entlassen wurde. Wahrscheinlich wird er demnächst sogar zum Ersten Sekretär der Kommunistischen Partei Polens ernannt.» Er drehte die Zigarette fertig, klopfte den Tabak darin fest, steckte sie sich zwischen die Lippen und tastete nach Streichhölzern. «Selbst die Falken in Chruschtschows Politbüro scheinen sich mit der Situation in Polen abzufinden», fügte er hinzu. Er fand die Streichhölzer und zündete die Zigarette an. Rauch drang aus seinen Nasenlöchern. «Wieso sollten ungarische Reformkräfte sich vor der Bedrohung durch russische Panzer verkriechen, wenn die Polen Erfolg hatten?», fragte er.

«Weil die Situation hier anders ist als in Polen», argumentierte Ebby. «Die polnischen Reformer sind eindeutig Kommunisten, die gar nicht die Absicht haben, den Kommunismus hinwegzufegen oder Polen aus dem Sowjetblock herauszulösen.»

«Wir wären töricht, wenn wir uns damit begnügen würden», brach es aus Mátyás heraus.

«Aber ihr müsst den Kern des Problems sehen», gab Ebby grimmig zu bedenken.

Als Elizabet Ebbys Bemerkung übersetzte, schob Mátyás wütend seinen Stuhl zurück, stand auf und ließ sich neben ihr auf die Couch fallen. Die beiden flüsterten auf Ungarisch und schienen heftig zu debattieren. Es war offensichtlich, dass Elizabet ihn von etwas zu überzeugen suchte, aber keinen Erfolg damit hatte.

Am Tisch starrte Árpád lang an Ebby vorbei auf einen Kalender, der an der Wand hing. Als er sich schließlich wieder seinem Besucher zuwandte, schien in seinen Augen ein Fieber zu brennen. «Ihr kommt hierher mit eurer westlichen Logik und euren westlichen Tatsachen», begann er. «Aber keiner von euch bedenkt, wie verzweifelt unsere Lage ist und dass unsere besondere ungarische Mentalität uns dazu treibt, zu kämpfen, selbst wenn es aussichtslos ist. Für Ungarn wird eine Lage umso faszinierender, je hoffnungsloser sie ist.»

Ebby beschloss, Klartext zu reden. «Ich bin hierher geschickt worden, um dafür zu sorgen, dass ihr eure Risiken richtig abwägt. Falls ihr euch für einen bewaffneten Aufstand entscheidet, müsst ihr euch darüber im Klaren sein, dass der Westen euch nicht gegen die russischen Panzer zu Hilfe kommen wird, die sich an der Grenze sammeln.»

Die drei Männer lächelten einander schwach zu, und Ebby erkannte, dass seine Mission gescheitert war. «Ich und meine Freunde danken Ihnen, dass Sie unter großen persönlichen Risiken nach Budapest gekommen sind», sagte Árpád. «Ich werde Ihnen eine Botschaft mit zurück nach Amerika geben: Der athenische Geschichtsschreiber Thukydides hat vor rund zweitausendvierhundert Jahren über den schrecklichen Konflikt zwischen Athen und Sparta nachgedacht und geschrieben, dass es drei Dinge gibt, die Menschen in den Krieg treiben – Ehre, Furcht und Eigennutz. Falls wir Ungarn in den Krieg ziehen, geschieht das aus Ehre und Furcht. Wir hoffen nach wie vor, dass die amerikanische Regierung dann aus Eigennutz abwägen wird, welche Vorteile es hätte, uns zu helfen.»

Als die Klosterglocken auf dem Gellért-Hügel elf schlugen, bemerkte einer der AVH-Männer in dem blauen Skoda eine männliche Gestalt, die über die Szabadság-Brücke ging. Der AVH-Mann spähte durch sein Fernglas und konnte die Gestalt positiv identifizieren. Die Röhren des Funkgeräts waren schon warm, also schaltete er das Mikro ein. «*Szervusz, szervusz*, mobile Einheit siebenundzwanzig. Ziel auf Szabadság-Brücke gesichtet. Operationsplan ZARVA ausführen. Ich wiederhole: Operationsplan ZARVA ausführen.»

Während Ebby sich mühsam aus einer schmerzerfüllten Benommenheit kämpfte, spielte er mit dem tröstlichen Gedanken, das Ganze wäre nur ein böser Traum gewesen – die quietschenden Bremsen, die beiden Männer, die plötzlich aus der Dunkelheit aufgetaucht waren und ihn in den Wagen stießen, das dunkle Lagerhaus, das vor ihm aufragte, der endlose Gang, über den er gezerrt wurde, die grellen Lampen, die ihm in den Augen brannten, selbst wenn er sie schloss, die Fragen, die man ihm aus der Dunkelheit entgegenschleuderte, die gezielten Hiebe in den Magen, die ihm die Luft raubten. Aber das Klingeln in seinen Ohren, das ledrige Gefühl im ausgetrockneten Mund, das Pochen im Brustkorb, der Knoten aus Angst in der Magengrube, all das holte ihn in die grausame Wirklichkeit zurück. Er lag ausgestreckt auf einem Holzbrett und versuchte mit aller Willensanstrengung, die Augen zu öffnen. Nach einer halben Ewigkeit, wie es ihm schien, bekam er das Augenlid auf, das nicht zugeschwollen war. Die Sonne hoch über ihm wärmte ihn seltsamerweise nicht. Allmählich dämmerte es Ebby, dass das Licht nicht die Sonne war, sondern eine nackte

Glühbirne, die an einem Draht von der Decke hing. Ächzend stemmte er sich in eine sitzende Position, und es gelang ihm, den Rücken gegen die Zementwand zu lehnen. Er befand sich in einer großen Zelle mit einem schmalen, vergitterten Fenster hoch oben in der Wand, was bedeutete, dass die Zelle sich im Keller befand. In einer Ecke war ein Holzeimer, der nach Urin und Erbrochenem stank. Die hölzerne Zellentür war mit rostigen Metallbeschlägen verstärkt. Durch ein Guckloch in der Tür beobachtete ihn ein starres Auge.

Es irritierte ihn, dass er nicht erkennen konnte, ob es ein linkes oder ein rechtes Auge war.

Er konzentrierte sich darauf, dringende Fragen zu formulieren. Um die Antworten kümmerte er sich nicht; falls es welche gab, würden sie später kommen.

Wie lange war er schon in Haft?

Hatte er bei dem Verhör irgendwas gesagt, was seine Tarnung gefährdete?

Würden die Amerikaner im Hotel bemerken, dass er verschwunden war?

Würden sie die Botschaft benachrichtigen?

Wann würde die Botschaft sich mit Washington in Verbindung setzen?

Würde Árpád erfahren, dass er verhaftet worden war?

Falls ja, würde er ihm helfen können?

Und natürlich die alles entscheidende Frage: Wieso hatten die Ungarn ihn verhaftet? Hatte der Geheimdienst die ungarische Widerstandsbewegung infiltriert? Wussten sie, dass die CIA jemanden nach Budapest geschickt hatte, um Kontakt mit Árpád aufzunehmen? Wussten sie, dass er derjenige war?

Die Fragen hatten Ebby erschöpft, und er nickte ein, das Kinn auf die Brust gelegt.

Das Quietschen der Tür weckte ihn ruckartig. Zwei Männer und eine schwergewichtige Frau, die als Sumo-Ringerin hätte auftreten können, traten in die Zelle. Die Männer trugen ordentliche blaue Uniformen, die Frau einen Trainingsanzug und eine lange weiße Metzgerschürze mit Flecken darauf, die aussahen wie getrocknetes Blut. Mit einem Grinsen kam die Frau auf Ebby zugetrottet, packte sein Kinn und riss ihm den Kopf nach hinten ins Licht. Mit dem Daumen schob sie geschickt das Lid des nicht zugeschwollenen Auges hoch. Anschließend maß sie seinen Puls. Sie hielt die kohlschwarzen Augen auf den Sekundenzeiger ihrer Armbanduhr gerichtet und sagte dann mürrisch etwas auf Ungarisch. Die beiden Polizisten zogen Ebby auf die Beine und schleiften ihn einen langen Gang hinunter in einen Raum, in dessen Mitte ein Hocker, der am Boden verschraubt war, von grellen Lampen angestrahlt wurde. Ebby wurde auf den Hocker gesetzt. Eine Stimme, an die er sich vom letzten Verhör her erinnerte, drang aus der Dunkelheit.

«Seien Sie so nett und nennen Sie uns Ihren vollen Namen.»

Ebby rieb sich den Unterkiefer. «Sie wissen doch, wie ich heiße.»

«Nennen Sie Ihren vollen Namen, bitte.»

Ebby seufzte. «Elliott Winstrom Ebbitt.»

«Welchen Rang bekleiden Sie?»

«Ich habe keinen Rang. Ich bin Anwalt bei –»

«Ich bitte Sie, Mr. Ebbitt. Gestern Abend haben Sie uns schon sträflich unterschätzt. Ich hatte gehofft, dass Sie mit ein bisschen Nachdenken zur Vernunft kommen und mit uns zusammenarbeiten würden, und wenn auch nur, um sich vor den Sanktionen zu retten, die Sie erwarten, wenn Sie sich weiterhin widersetzen. Sie sind schon seit 1950 nicht mehr als Anwalt tätig. Sie sind Offizier der CIA und arbeiten in der Sowjetrusslandabteilung, in Mr. Frank Wisners Direktorat für Geheimoperationen. Seit Anfang der Fünfzigerjahre waren Sie für die CIA in Frankfurt und haben mit großem Engagement, aber beträchtlich wenig Erfolg Emigranten zu Agenten ausgebildet, die dann in Polen, Sowjetrussland und Albanien abgesetzt wurden. Ihr unmittelbarer Vorgesetzter in Frankfurt war Anthony Spink. Als Spink 1954 zurück nach Washington versetzt wurde, machte man Sie zu seinem Nachfolger.»

Ebbys Gedanken überschlugen sich. Er war verraten worden, das war klar, und zwar von jemandem, der ihn persönlich kannte oder der Zugang zu seiner Personalakte hatte. Damit war es so gut wie ausgeschlossen, dass ein Spitzel der ungarischen Widerstandsbewegung ihn verraten hatte. Er schirmte die Augen ab und blinzelte ins Licht. Er meinte, etwa ein halbes Dutzend Männer im Raum auszumachen. Sie alle trugen Hosen mit hohen Aufschlägen und spiegelblank geputzte, schwarze Schuhe. «Ich fürchte», sagte Ebby mit heiserer Stimme, «Sie verwechseln mich. Ich war während des Krieges beim OSS, das stimmt. Aber nach dem Krieg habe ich mein Jurastudium beendet und dann in der New Yorker Kanzlei Donovan, Leisure, Newton, Lumbard und Irvine –»

Ebby sah ein Paar schwarzer Schuhe auf sich zukommen. Eine Sekunde später verdeckte die massige Gestalt eines Mannes in Zivil das Licht der Lampen, und ein kurzer, harter Schlag landete in Ebbys Bauchhöhle, raubte ihm die Luft zum Atmen und ließ einen Stromstoß des Schmerzes bis hinunter in seine Zehen rasen. Grobe Hände rissen ihn vom Boden hoch und setzten ihn wieder auf den Hocker, wo er nach vorn klappte und sich den Bauch hielt.

Wieder drang die ruhige Stimme aus der Dunkelheit. «Nennen Sie bitte Ihren vollen Namen.»

Ebbys Atem kam stoßweise. «Elliott ... Winstrom ... Ebbitt.»

«Vielleicht verraten Sie uns jetzt Ihren Rang.»

Ebby presste die Worte einzeln zwischen den Lippen hervor. «Ihr ... könnt ... mich ... mal.»

Der Mann in Zivil kam erneut auf ihn zu, doch die ruhige Stimme bellte etwas auf Ungarisch, und der Mann verschwand wieder im Dunkeln. Die Lampen gingen aus, und im Raum wurde es stockfinster. Zwei Hände zerrten Ebby von dem Hocker, stießen ihn quer durch den Raum zu einer Wand und hielten ihn dort aufrecht. Ein schwerer Vorhang direkt vor seinem Gesicht teilte sich und gab den Blick auf eine dicke Glasscheibe und einen grell erleuchteten Raum direkt dahinter frei. In der Mitte des Raums befand sich ein Hocker, der am Boden festgeschraubt war, und darauf saß eine geisterhafte Porzellanfigur. Ebby blinzelte hektisch mit seinem offenen Auge, und allmählich wurde die Gestalt klarer.

Die Museumsführerin, die Frau eines Ungarn namens Németh, die Geliebte des Dichters Árpád Zelk, saß zusammengesunken auf dem Hocker. Sie war nackt bis auf eine verdreckte, blassrosa Unterhose, die schlaff über eine Hüfte hing, weil der Gummizug gerissen war. Sie hatte einen Arm über die Brust gelegt. Mit den Fingern der anderen Hand befingerte sie einen abgebrochenen Schneidezahn. Die dunklen Männergestalten in dem Raum waren offensichtlich dabei, sie zu verhören, obwohl kein Laut durch die dicke Glasscheibe drang. Elizabet wehrte die Fragen mit einem nervösen Kopfschütteln ab. Eine der Gestalten trat hinter sie und riss ihr die Arme auf den Rücken. Dann trottete die schwergewichtige Frau mit der langen, weißen Metzgerschürze auf sie zu. Sie hatte eine Zange in der Hand. Ebby wollte sich abwenden, doch kräftige Hände pressten seinen Kopf gegen die Scheibe.

Elizabets verquollene Lippen öffneten sich zum Schreien um Erlösung von den Schmerzen, als die Frau ihr eine Brustwarze zerquetschte.

Ebby musste würgen, aber es stieg ihm nur Schleim in die Kehle.

«Mein Name», erklärte er, nachdem zwei Männer ihn zurück zu dem Hocker geschleift hatten, «ist Elliott Winstrom Ebbitt. Ich bin ein Offizier der *Central Intelligence Agency* der Vereinigten Staaten. Meine Gehaltsstufe ist GS-15.»

Mit kaum verhohlenem Triumph fragte die Stimme aus der Dunkelheit: «Mit welchem Auftrag sind Sie nach Budapest gekommen? Welche Nachricht sollten Sie dem Konterrevolutionär Árpád Zelk überbringen?»

Das grelle Licht brannte in Ebbys offenem Auge. Er wischte sich mit dem Handrücken die Tränen ab, die daraus hervorquollen, und plötzlich hörte er in seinem Kopf eine Stimme. Es war die von Mr. Andrews, seinem einarmigen Ausbilder von damals. «Man zerbricht nicht am Schmerz, sondern an der Angst.» Er hörte, wie Mr. Andrews diese Warnung unablässig wiederholte: *Nicht am Schmerz, sondern an der Angst! Nicht am Schmerz, sondern an der Angst!*

Die Worte wurden immer leiser, und Ebby, der sie verzweifelt festhalten wollte, lauschte tief in sich hinein. Und zu seiner Verwunderung, eine Verwunderung, die ihn nie mehr verlassen sollte, erkannte er, dass er keine Angst vor dem Schmerz hatte, dem Sterben, dem Nichts nach dem Tod; *er hatte Angst davor, Angst zu haben.*

Die Erkenntnis erleichterte ihn – und befreite ihn. Er hatte das Gefühl, als wäre ein großer, bösartiger Knoten aus seinem Innern entfernt worden.

«Die Nachricht, wenn ich bitten darf?», drängte die Stimme aus der Dunkelheit. «Ich möchte Sie daran erinnern, dass Sie keine diplomatische Immunität genießen.»

Wieder presste Ebby die Worte zwischen seinen Lippen hervor. «Leck ...mich ... Kumpel.»

4

WASHINGTON, D.C., SONNTAG, 21. OKTOBER 1956

Auf den Fluren des CIA-Gebäudes herrschte gedrückte Stimmung. Man munkelte, dass ein Mitarbeiter der *Company* bei einer Mission in Gefahr geraten war. Leo Kritzky, seit kurzem stellvertretender Leiter der Sowjetrusslandabteilung im Direktorat für Geheimoperationen und frischgebackener Vater von Zwillingstöchtern, wusste mehr als die meisten. Allen Dulles, den der Dienst habende Offizier um drei Uhr morgens geweckt hatte, um ihm eine dringende Meldung vom Chef der CIA-Basis in Budapest vorzulesen, hatte die wichtigsten Leute am Sonntagmorgen zur Krisensitzung zusammengetrommelt, und Leo, der seinen erkrankten Boss vertrat, nahm daran teil. Zunächst informierte Dulles alle Anwesenden über den Stand der Dinge: E. Winstrom Ebbitt II., der sich ohne diplomatische Immunität als Undercover-Agent in Budapest aufhielt, war am Vorabend nicht in sein Hotel zurückgekehrt. Anfragen bei Krankenhäusern und Polizei waren ergebnislos geblieben. Der ungarische AVH, der Amerikaner in Ungarn routinemäßig überwachte, stellte sich dumm; ja, sie wussten, dass ein New Yorker Anwalt namens Ebbitt im *Gellért* wohnte; nein, sie wussten nicht, wo er sich aufhielt; selbstverständlich würden sie der Sache nachgehen und die Amerikaner verständigen, falls sie etwas herausfanden.

«Die Schweinebacken lügen, wenn sie den Mund aufmachen», erklärte Dulles den Männern, die sich in seinem Büro versammelt hatten. «Falls Ebbitt untergetaucht wäre, hätte er sich sofort bei uns gemeldet – wir haben ihm eine ungarische Kontaktperson genannt, die über Funkgerät und Chiffriercodes verfügt.»

Eine halbe Stunde nach Beginn der Sitzung meldete sich Frank Wisner telefonisch aus London, seiner ersten Station auf einer Europareise, und erinnerte alle daran, wie eng der ungarische AVH mit dem sowjetischen KGB zusammenhing. «Wenn der KGB niest, kriegt der AVH Schnupfen.»

«Vielleicht hat Frank da einen guten Riecher», überlegte Bill Colby, nachdem das Telefonat beendet war. «Beim AVH beißen wir auf Granit. Aber der KGB hat ein echtes Interesse daran, den unausgesprochenen Modus Vivendi zwischen unseren Geheimdiensten nicht zu gefährden.»

Zwanzig Minuten lang wurden verschiedene Vorschläge abgewogen und verworfen, bis Leo eine Hand hob und sich zu Wort meldete. Er spürte Dulles' durchdringenden Blick auf sich ruhen, während er die Idee vortrug, den Zauberer auf den Fall anzusetzen. Der könnte sich doch in Berlin mit seinem Pendant vom KGB treffen, schlug Leo vor, und auf die Nachteile für beide Seiten hinweisen, falls der KGB zuließe, dass seine untergeordneten Geheimdienste auf einmal anfingen, Skalps zu nehmen. Einer der Analysten wandte ein, dass Ebbitts Tarnung auffliegen würde, wenn sie sich bei den Russen für ihn einsetzten.

Leo schüttelte nachdenklich den Kopf. «Wenn sie Ebbitt geschnappt haben», sagte er, «dann nur, weil sie seine Tarnung durchschaut haben. Jetzt geht es darum, ihn heil da rauszuholen.»

In seiner Wolke aus Tabakrauch nickte Dulles bedächtig. «Wie war noch mal Ihr Name?», fragte er.

«Kritzky. Leo Kritzky.»

«Die Idee, dass Torriti den Russen klar macht, worum es hier geht, gefällt mir», erklärte Dulles, während er Leo über den Rand seiner Brille hinweg beäugte. «Wenn der Zauberer den Russen mit Vergeltung droht, dann wird sie das beeindrucken. Torriti macht keine halben Sachen.» Dulles blickte auf die Uhr. «In Berlin ist jetzt früher Nachmittag. Vielleicht kann er heute schon was anleiern. Schreiben Sie das, Kritzky. Ich segne es dann ab.»

Torritis korpulenter Körper war im Laufe der Jahre langsamer geworden, nicht jedoch sein Kopf. Die entschlüsselte Version von Dulles' Nachricht mit dem Vermerk «Dringlichkeitsstufe eins» landete auf seinem Schreibtisch, an dem er gerade mal wieder einen Rausch ausschlief. Torriti schüttelte sich, setzte seine Lesebrille auf, die er seit einiger Zeit brauchte, las Dulles' Anweisungen durch und brüllte dann durch die offene Tür: «Miss Sipp, McAuliffe soll seinen Hintern sofort hierher bewegen.»

«Von Washington aus sieht sich das an wie ein Kinderspiel», bemerkte Jack – inzwischen stellvertretender Leiter der Berliner Dienststelle –, als die Meldung gelesen hatte. «Einer von unseren Leuten ist in Budapest dem AVH in die Hände gefallen. Und wir werden dem KGB die Füße rösten, wenn unserem Mann was passiert. So weit, so gut. Aber, Herrgott noch mal, wie sollen wir denn so kurzfristig Kontakt mit dem KGB-Residenten in Karlshorst kriegen – ich meine, wir können ihn ja schließlich nicht einfach anrufen und ihn auf eine Tasse Tee nach Westberlin einladen.»

«Hab ich doch gewusst, dass du dir was Schlaues einfallen lassen würdest», sagte Torriti. Er zog das Telefon näher an sich heran, fuhr sich mit den gespreizten Fingern durch das schüttere Haar, um sich für das Telefongespräch präsentabel zu machen, das er zu führen gedachte. Aus der Tasche seiner zerknitterten Hose förderte er einen kleinen Schlüssel zutage, der an einer langen Kette am Gürtel hing. Mit zusammengekniffenen Augen schob er den Schlüssel ins Schloss der oberen rechten Schreibtischschublade und kramte zwischen den Patronenschachteln herum, bis er sein kleines Adressbuch gefunden hatte. «Schreibt sich Karlshorst mit C oder mit K?», fragte er Jack.

«Mit K, Harvey.»

«Da haben wir's ja schon. Karlshorst-Residentur.» Der Zauberer wählte die Nummer, und Jack konnte hören, wie es am anderen Ende klingelte. Eine Frau meldete sich auf Russisch.

Torriti sprach betont langsam: «Ho-len Sie je-man-den, der Eng-lisch spricht.» Er wiederholte das Wort «Englisch» mehrere Male.

Nach einer ganzen Weile meldete sich jemand anderes. «Hören Sie, mein Freund», sagte Torriti. «Sagen Sie bitte Oskar Ugor-Shilow, dass Harvey Torriti ihn sprechen möchte.» Die Stirn des Zauberers legte sich in Falten, als er seinen Namen buchstabierte. «T-O-R-R-I-T-I.» Wieder musste er lange warten. Dann: «Na, Oskar, wie geht's denn so? Ja, ich bin's, *der* Harvey Torriti. Wir müssen uns mal unterhalten. Nein, nicht am Telefon. Unter vier Augen. Ich hab von meinen Oberbossen eine Nachricht bekommen, die Sie an Ihre Oberbosse weiterleiten müssen. Je eher, desto besser.»

Torriti hielt den Hörer vom Ohr weg und verzog das Gesicht. Jack hörte eine blechern klingende Stimme, die sich abmühte, einen korrekten englischen Satz zu bilden. «Das soll wohl ein Witz sein», bellte Torriti ins Telefon. «Ich setze keinen Fuß nach Ostberlin. Ich hab eine bessere Idee. Kennen Sie den Spielplatz in Spandau im britischen Sektor? Da gibt es eine Eislaufbahn, die mitten auf der Grenze liegt. Wir treffen uns um Mitternacht in der Mitte der Eisbahn.» Der KGB-Resident knurrte etwas. Torriti sagte: «Sie können so viele Leute mitbringen, wie Sie wollen, solange Sie allein aufs Eis kommen. Ach ja, und bringen Sie zwei Gläser mit. Ich sorge für den Whiskey», fügte er mit einem kleinen Kichern hinzu.

Der Vollmond hatte die Eisfläche in blanken Marmor verwandelt. Punkt Mitternacht tauchten zwei gespenstische Gestalten aus den kleinen Wäldchen zu beiden Seiten der Eisbahn auf und gingen mit vorsichtigen, kleinen Schritten aufeinander zu. Oskar Ugor-Shilow, ein drahtiger Mann von Mitte fünfzig, trug sackartige Hosen, Gummigaloschen und eine Fellmütze mit hochgeklappten Ohrenwärmern. In einer Hand hielt er zwei Weingläser, in der anderen ein unhandliches Walkie-Talkie. Der Zauberer presste seinen knöchellangen grünen Mantel mit beiden Händen an den Körper (zwei Knöpfe fehlten) und hatte eine Whiskeyflasche unter den Arm geklemmt. Als die beiden Männer sich in der Mitte der Eisbahn misstrauisch umkreisten, flog ein riesiges amerikanisches Transportflugzeug über ihre Köpfe hinweg Richtung Flughafen Tegel.

«Wir sind genau im Luftkorridor», rief Torriti dem Russen zu.

Ugor-Shilow hob das Walkie-Talkie an den Mund und murmelte etwas hinein. Der Zauberer hob die Flasche, der Russe nickte und hielt die beiden Gläser hin, die Torriti mit Whiskey füllte. Er nahm eines und leerte es, ohne mit der Wimper zu zucken, in einem Zug. Ugor-Shilow wollte sich von einem Amerikaner nicht beschämen lassen, warf den Kopf in den Nacken und tat es ihm gleich.

«Haben Sie Familie?», erkundigte sich Torriti. Er war fasziniert von dem kleinen, gelockten Haarbüschel unter Ugor-Shilows Unterlippe.

Torritis Frage amüsierte den Russen. «Sie treffen sich mitten in der Nacht im Niemandsland mit mir, um sich nach meiner Familie zu erkundigen?»

«Ich weiß gern ein bisschen was über die Leute, mit denen ich es zu tun habe.»

«Ich bin verheiratet», sagte der Russe. «Ich habe zwei Söhne, die beide in Moskau leben. Und Sie, *Gospodin* Harvey Torriti – haben Sie Familie?»

«Ich hatte mal eine Frau», sagte der Zauberer wehmütig. «Jetzt nicht mehr. Sie mochte meinen Beruf nicht. Ebenso wenig wie meine Trinkerei. Sagen Sie, Oskar – ich darf Sie doch Oskar nennen, oder? –, Sie wollen nicht vielleicht überlaufen, oder?» Als der Zauberer die finstere Miene des Russen sah, lachte er laut auf. «Schon gut, Mann, das war bloß ein Scherz.» Plötzlich wurde Torriti ernst. «Der Grund, warum ich nach Ihrer Familie gefragt habe, Oskar, mein Guter», sagte er und legte den Kopf schräg, als taxiere er die Größe des Russen für einen Sarg, «ist der ...»

Torriti bot Ugor-Shilow an, sein Glas nachzufüllen, was der Russe mit einem nachdrücklichen Kopfschütteln ablehnte, goss sich selbst ein und stellte die Flasche dann behutsam auf dem Eis ab. «Mal angenommen, Sie würden den Löffel abgeben, Oskar, ich meine ins Gras beißen, *sterben* – würde Ihre Familie dann Rente kriegen?»

«Falls Sie mir drohen wollen, kann ich nur sagen, dass in diesem Augenblick zwei Scharfschützen Ihren Kopf im Visier haben.»

Torritis Lippen verzogen sich zu einem Grinsen. «Falls ich hier nicht wieder vom Eis runterkomme, mein Bester, dann Sie auch nicht, darauf können Sie wetten. Hören Sie, Oskar, ich wollte Ihnen nicht drohen. Ich habe das rein hypothetisch gemeint. Ich mache mir *Sorgen*, was wohl aus Ihrer Familie wird, wenn wir anfangen, uns gegenseitig umzubringen. Mit *wir* meine ich den KGB und die CIA. Ich meine, wir sind ja schließlich keine Mafia-Clans, oder? Wir sind zivilisierte Organisationen auf beiden Seiten einer Grenze, die sich nicht in allen Punkten einig sind, wie zum Beispiel über freie Wahlen und so einen Kram. Aber wir achten sehr genau darauf, dass wir nicht anfangen, uns gegenseitig wehzutun.»

Ugor-Shilow blickte verunsichert. «Soweit ich weiß, tun wir niemandem von der CIA was zuleide.»

«Dann sind Sie nicht auf dem Laufenden», unterbrach der Zauberer ihn eisig. «Tatsache ist, ihr habt einen unserer Leute in Gewahrsam.»

«Ich weiß von keinem –»

«In Budapest, Kumpel. Die fragliche Person ist vor vierundzwanzig Stunden von unseren Radarschirmen verschwunden.»

Der Russe wirkte ehrlich erleichtert. «Ach, in Ungarn. Das kompliziert die Sache. Der ungarische AVH ist völlig autonom.»

«Autonom, von wegen! Erzählen Sie keinen Scheiß, Oskar. Der KGB kontrolliert den AVH genau wie jeden anderen Geheimdienst in Osteuropa. Wenn ihr aufs Klo geht, drücken die die Spülung.» Über die Schulter des Russen hinweg sah Torriti am Waldrand eine Taschenlampe aufleuchten, einen Kreis beschreiben und dann wieder ausgehen. Er schlitterte näher an Ugor-Shilow heran. «Was würde denn jetzt passieren, wenn ich einen Revolver rausholen und ihn dir auf den Bauch drücken würde?»

Die Augen des Russen verengten sich; er war eindeutig ein Mann, der sich nicht leicht einschüchtern ließ. «Das wäre ein großer Fehler, Torriti», sagte er leise. «Sozusagen eine Art Selbstmord.»

Der Zauberer nickte, leerte sein Glas und leckte sich geräuschvoll die Lippen, während er das Glas auf dem Eis abstellte. Dann schob er ganz bedächtig die rechte Hand unter den Mantel und zog einen Revolver mit Perlmuttgriff hervor. Der Russe erstarrte. Der lange Lauf schimmerte im Mondlicht, als Torriti den Revolver über den Kopf hob, so dass er von beiden Seiten der Eisbahn aus gut sichtbar war. Ugor-Shilow hielt den Atem an, wartete auf das Krachen eines Gewehrschusses. Mit einem säuerlichen Lächeln spannte der Zauberer den Hahn und stieß dem Russen die

Mündung in den Bauch. «Sieht ganz so aus, als wären Ihre Leute da drüben im Dienst eingeschlafen», bemerkte er. Dann drückte er ab.

Der Hahn schlug mit einem hohlen Klicken auf den Schlagbolzen.

«Verdammt noch mal», sagte Torriti. «Hab doch glatt vergessen, das Scheißding zu laden.»

Ugor-Shilow begann, wild auf Russisch zu fluchen, drehte sich um und ging zurück auf seine Seite der Eisbahn.

«Wenn unserem Mann in Budapest irgendwas passiert», rief Torriti ihm nach, «lade ich das Ding hier und komme hinter dir her. Dann gibt es in ganz Deutschland keinen Ort mehr, an dem du sicher bist. Hast du verstanden, Oskar? Wie mein Freund, der Rabbi, sagen würde, Auge um Auge, Zahn um Zahn. Wenn unser Mann aufhört zu atmen, bezieht deine Frau Witwenrente.»

Torriti hob das Glas und die Flasche auf und goss sich erneut ein. Während er vorsichtig zurück übers Eis ging, summte er leise vor sich hin und genehmigte sich einen wohlverdienten Drink.

«Also, wie viele waren es?», fragte der Zauberer Jack. Sie saßen mit Agenten der Berliner Dienststelle zusammengedrängt hinten in einem Kombi. Silvan I fuhr, ein zweiter Kombi folgte ihnen gemächlich.

«Sechs. Zwei mit Präzisionsgewehren, zwei mit leichten Maschinenpistolen, einer mit Fernglas, einer mit Walkie-Talkie.»

«Haben sie kräftig Widerstand geleistet?»

Jack schmunzelte. «Sie waren alle ganz vernünftig, zumindest nachdem sie unsere schweren Geschütze gesehen hatten», sagte Jack. Er zog ein kleines Zeiss-Fernglas aus seiner Manteltasche und hielt es dem Zauberer hin. «Ich dachte, du hättest vielleicht gern eine Trophäe.»

Torriti war plötzlich so müde, dass ihm die Augen zufielen. «Behalt du es, Jack. Du hast es dir verdient.»

«Na schön, Harvey, aber wir wissen beide, wer es verdient hat.»

5

BUDAPEST, DIENSTAG, 23. OKTOBER 1956

Ebby hing an einem Fleischerhaken, der in die Wand des Kühlraums eingelassen war, die Gliedmaßen taub vor Kälte, und war froh, als die Tür sich mit einem Quietschen öffnete. Bei den Verhören konnte er sich wenigstens zwischen den Schlägen im Licht der grellen Lampen aufwärmen. Ein Wachmann packte ihn um die Taille und hob ihn leicht an, während der andere sich auf eine Kiste stellte und Ebbys Jacke und Hemd vom Haken löste. Als seine nackten Füße die eisigen Bodenfliesen berührten, hob Ebby die Ellbogen, so dass sie ihm unter die Arme greifen und ihn leichter wegschleifen konnten. Seltsamerweise behandelten die beiden Wachmänner ihn ungewohnt sanft, und Ebby ahnte, dass irgendetwas passiert sein musste. Sie führten ihn in gemäßigtem Tempo aus dem eiskalten Raum, einen Gang hinunter und zu einem Fahrstuhl, der sie in ein höher gelegenes Stockwerk trug. Dort wurde er über einen mit Teppich ausgelegten Flur in ein geheiztes Zimmer gebracht, in dem ein Holzbett mit Laken, Kissen und Decke stand. Noch erstaunlicher war die kleine Tischlampe, die vermutlich sogar ausgeschaltet werden konnte. Außerdem sah er in einer Ecke eine Toilette und eine kleine Badewanne, und es gab ein Fenster mit Lamellenläden, durch die Verkehrsgeräusche drangen.

Das Hupen eines Autos irgendwo auf der Straße klang wie Musik in seinen Ohren.

Eine kleine matronenhafte Frau mit grauem Haar, um deren Hals ein Stethoskop baumelte, klopfte an die Tür und trat ein. Sie lächelte Ebby kurz an und untersuchte ihn dann. Sie horchte sein Herz ab, schob ihm ein Thermometer unter die Zunge und überprüfte, ob er Rippenbrüche davongetragen hatte. Dann massierte sie ihm Arme und Beine, um den Blutkreislauf wieder in Gang zu bringen. Bevor sie ging, desinfizierte sie die Striemen auf seiner Brust, rieb das zugeschwollene Auge mit einer Salbe ein und legte ihm zwei Tabletten hin, die er vor dem Schlafengehen einnehmen sollte. Eine andere Frau brachte ihm frische Kleidung und ein Tablett mit Essen – eine Schale klare Fleischbrühe, eine Scheibe Brot, ein Teller mit Gulasch und sogar eine in Zellophanpapier eingewickelte Süßigkeit. Ebby trank die Fleischbrühe, die seinem schmerzenden Hals wohl tat, und nahm ein paar Bissen von dem Gulasch. Dann humpelte er zum Fenster und starrte durch die Lamellen auf die Straße hinunter. Dem Licht nach zu schließen, musste es später Nachmittag sein. Es waren nicht viele Autos zu sehen, aber die Straße war voller junger Leute, die alle laut rufend in eine Richtung liefen. Ein Lastwagen mit Studenten auf der Ladefläche, die ungarische Fahnen schwenkten und irgendwelche Parolen skandierten, fuhr ebenfalls in diese Richtung.

Ebby ging zurück zum Bett, schaltete das Licht aus, zog sich komplett aus und ließ seine schmutzigen Sachen einfach auf den Boden fallen. Er stieg ins Bett, streckte seinen schmerzenden Körper langsam unter der Decke aus und begann erneut, Fragen zu formulieren.

Wieso fing der AVH auf einmal an, ihn mit Glacéhandschuhen zu behandeln?

Hatte der KGB den bekanntermaßen höchst brutalen AVH zurückgepfiffen?

Sollte er gegen einen KGB-Offizier, der in amerikanische Hände gefallen war, ausgetauscht werden?

Und was war mit diesen jungen Leuten draußen auf der Straße? Wollten sie zu einem Fußballspiel oder zu einer Parteiveranstaltung? Wohl kaum, denn ihm war aufgefallen, dass Hammer und Sichel aus den Fahnen herausgeschnitten worden waren, die die Studenten auf dem Lastwagen geschwenkt hatten.

In den frühen Morgenstunden klopfte es leise an der Tür. Einen Moment später ging die Lampe an. Ebby setzte sich schwerfällig auf und zog die Decke unters Kinn. Ein zwergenhafter Mann – Ebby schätzte ihn auf kaum einen Meter fünfzig – mit Spitz- und Schnurrbart und dunkel geränderter Brille in dem runden Gesicht schob sich einen Stuhl heran. Als er sich setzte, berührten seine Füße kaum den Boden. Er bot Ebby eine Zigarette an. Als der ablehnte, nahm der Besucher selbst eine und steckte sie sich zwischen die auffällig dicken Lippen. Er zündete sie an, inhalierte tief und wandte den Kopf ab, um den Rauch auszustoßen. «Nennen Sie mich Wassili», sagte er mit russischem Akzent. «Zunächst möchte ich mein Bedauern aussprechen über den – wie soll ich sagen? – den *Eifer*, mit meine ungarischen Kollegen Sie vernommen haben. Trotzdem, man muss sie verstehen. Im ganzen Land gärt der Aufruhr. Da ist es doch nachvollziehbar, dass meine nervösen ungarischen Kollegen möglichst schnell in Erfahrung bringen wollten, welche Anweisungen Sie dem Aufrührer Á. Zelk überbracht haben. Ich muss sagen, Sie haben sich achtbar gehalten, Mr. Ebbitt. Wir sind zwar Gegner, aber ich kann Ihnen meinen Respekt nicht versagen.» Der Russe räusperte sich verlegen. «Die Engländerin, die in derselben Nacht verhaftet wurde wie Sie, konnte sich den überzeugenden Vernehmungstechniken des AVH nicht widersetzen. Wir kennen also jetzt den Inhalt der Botschaft.»

«Ich habe die *überzeugenden* Vernehmungstechniken des AVH durch ein Fenster mit angesehen», bemerkte Ebby schneidend.

«Mr. Ebbitt, Sie sind ein erfahrener Nachrichtenoffizier. Sie werden doch nicht über Vernehmungsmethoden streiten wollen.»

«Lebt die Frau noch?»

Der Russe zog nachdenklich an seiner Zigarette. «Sie lebt und wird noch immer verhört», sagte er schließlich. «Meine ungarischen Kollegen hoffen, mit ihrer Hilfe Á. Zelk dingfest machen zu können, bevor –»

Von draußen war Gewehrfeuer zu hören; es klang wie Feuerwerkskörper zu Silvester. Der Russe lachte bitter auf. «... bevor es zum Ausbruch offener Kampfhandlungen kommt. Ich kann Ihnen sagen, dass in der Stadt Unruhe herrscht. Á. Zelk soll heute angeblich vor einer Studentenmenge unter der Statue des ungarischen Dichters Petöfi revolutionäre Gedichte vorgelesen haben. Vielleicht haben Sie ja die Studenten gesehen, die Richtung Erzsébet-Brücke und Petöfi-Denkmal unterwegs waren –»

Von einer Straßenkreuzung in der Nähe ertönte eine Salve aus einer Automatikwaffe.

«Unruhe ist wohl kaum der passende Ausdruck, Wassili. Da draußen bricht gerade ein Aufstand los», sagte Ebby.

Ein junger Ungar mit einer zerknitterten AVH-Uniform kam in den Raum gestürzt und machte atemlos auf Russisch Meldung. Wassili trat seine Zigarette aus, ging zum Fenster und blickte hinaus. Offenbar war er alles andere als begeistert von dem, was er da sah.

«Ziehen Sie sich bitte rasch an», befahl er. «Der Mob will das Gebäude stürmen. Wir verlassen es durch den Hinterausgang.»

Ebby zog die frischen Sachen an und folgte dem Russen steifbeinig vier Treppen hinunter bis in eine Tiefgarage. Der Ungar, der Wassili vorhin die Meldung gebracht hatte, ein knochiger junger Mann mit einem nervös zuckenden Augenlid, saß schon am Steuer einer glänzenden schwarzen Zil-Limousine. Ein massiger AVH-Offizier, eine Maschinenpistole unter einem Arm, schob sich auf den Beifahrersitz. Wassili winkte Ebby auf die Rückbank und setzte sich dann neben ihn. Der Fahrer fuhr los und steuerte den Zil eine Rampe hinauf bis zu einem Metalltor, das sich langsam hob. Als die Öffnung groß genug war, trat der junge Mann das Gaspedal durch, und der Zil schoss hinaus auf eine dunkle, menschenleere Straße. An der ersten Kreuzung schlingerte der Wagen auf zwei Rädern um die Ecke. Die Scheinwerfer beleuchteten einen großen Trupp junger Leute, die mit wehenden Fahnen und erhobenen Transparenten auf sie zumarschiert kamen. Wassili schnauzte einen Befehl. Der Fahrer machte eine Vollbremsung und legte krachend den Rückwärtsgang ein. Ebby sah, wie ein junger Mann mit einem Gewehr sich hinkniete, anlegte und schoss. Der rechte Vorderreifen des Wagens platzte, und der Zil schleuderte unkontrolliert gegen einen Laternenpfahl. Sofort sprang der AVH-Offizier aus dem Wagen, ging dahinter in Deckung und feuerte ein ganzes Magazin in die Menschenmenge, die auf sie zugestürmt kam. Einige Gestalten stürzten zu Boden. Die Studenten brüllten vor Wut, als sie den Zil umzingelten. Der AVH-Mann versuchte verzweifelt ein neues Magazin in die Maschinenpistole zu schieben, wurde jedoch von zwei Gewehrschüssen niedergestreckt. Hände rissen die Türen auf und zerrten die Insassen auf die Straße. Der Fahrer, Wassili und Ebby wurden an eine Backsteinwand gepresst. Hinter sich hörte Ebby, wie Gewehre durchgeladen wurden. Er hob beide Hände vor die Augen, um sie vor den Gewehrkugeln zu schützen, und schrie in die Nacht hinein: «Ich bin Amerikaner! Ich war ihr Gefangener!»

Eine Stimme rief etwas auf Ungarisch. Im schwachen Licht der Straßenlampen sah Ebby, dass die Menge sich teilte, um jemanden durchzulassen.

Und dann trat Árpád Zelk aus der Dunkelheit. Er trug eine schwarze Lederjacke, ein schwarzes Barett und eine enge, schwarze Hose. In der Hand hielt er ein Gewehr. Er erkannte Ebby und rief einen Befehl. Ein Student zog Ebby beiseite. Hinter ihm sank der junge AVH-Fahrer auf die Knie und flehte um sein Leben. Mit einem ironischen Lächeln zog der zwergenhafte Wassili ruhig sein Zigarettenetui aus der Jackentasche und steckte sich eine Zigarette zwischen die Lippen. Er riss ein Streichholz an, hielt die Flamme an die Zigarette, lebte aber nicht mehr lange genug, um sie anzuzünden.

Eine Gruppe Studenten, die sich spontan zu einem Erschießungskommando aufgestellt hatte, streckte die beiden Männer mit einer Gewehrsalve nieder.

Árpád trat auf Ebby zu. «Elizabet – wissen Sie, wo sie ist?», fragte er. Die Frage klang wie ein Gebet.

Ebby sagte, er habe sie im Gefängnis gesehen. Er erklärte, dass es hinter dem Gefängnis einen Eingang in eine Tiefgarage gebe. Árpád schwang sein Gewehr und rief den Studenten zu, ihnen zu folgen. Er packte Ebby am Arm und stürmte los. Als sie vor dem Garagentor ankamen, trat einer der Studenten mit der erbeuteten Maschinenpistole des AVH-Offiziers vor und zerschoss das Schloss. Eifrige Hände zerrten an dem Tor und schoben es hoch. Aus dem Innern der Garage drangen Pistolenschüsse. Die Studenten stürmten die Rampe hinunter in die undurchdringliche Finsternis. Schüsse hallten durch die Garage. Ein Molotow-Cocktail detonierte unter einem Wagen, der Tank fing Feuer und explodierte. Flammen züngelten bis zur Decke hinauf. In dem zuckenden Lichtschein sah Ebby, wie einige Studenten ein halbes Dutzend Männer in zerfetzten AVH-Uniformen gegen eine Wand drängten. Die Studenten traten zurück, bildeten eine unregelmäßige Linie, und Árpád schrie ein Kommando. Gewehrschüsse prasselten, und die AVH-Männer, die sich aneinander gedrängt hatten, sanken in einem Haufen zu Boden.

Ebby hielt sich dicht hinter Árpád, als die Studenten die Treppe hinaufstürmten, sich im Gebäude verteilten und alle AVH-Leute niederstreckten, die sie entdeckten, Zellen öffneten und Gefangene befreiten. In einer Toilette fanden sie drei AVH-Frauen, darunter auch diejenige, die wie ein Sumo-Ringer aussah; sie zerrten sie heraus und töteten sie mit Genickschüssen. Ebby zog Árpád mit sich, bis sie auf einen Korridor gelangten, der ihm bekannt vorkam, und fing an, Riegel zurückzuschieben und Türen aufzureißen. Hinter einer Tür erkannte er seine eigene Zelle wieder, mit dem Holzbrett als Bett und dem Fenster hoch oben in der Wand. Dann kam er an eine besonders dicke Tür, deren Verriegelung mit einem Chromrad geschlossen wurde, und als er sie öffnete, wehte ihm die Eiseskälte des Kühlraums entgegen.

Elizabet hing an einem Fleischerhaken, der durch den Kragen ihrer zerfetzten Bluse gebohrt war. Ihre nackten Beine zuckten wie in einem grotesken Tanz. Sie hatte den Mund geöffnet, und ihre Lippen formten Worte, aber die rasselnden Laute, die aus ihrer Kehle kamen, hatten nichts Menschliches an sich. Árpád und Ebby hoben sie von dem Haken, trugen sie aus dem Kühlraum und legten sie behutsam auf den Boden. In einer Ecke des Gangs fand Árpád eine schmutzige Decke und warf sie über sie, um ihre Nacktheit zu bedecken.

Zwei junge Männer – in dem einen erkannte Ebby den zornigen Studenten Mátyás wieder – kamen den Gang herunter und stießen die grauhaarige Ärztin und einen älteren Mann vor sich her. Er trug die Uniform eines AVH-Obersten. Ein Arm hing ihm schlaff herab, und er blutete aus der Nase. Ebby sagte zu Árpád: «Die Frau ist Ärztin.»

Árpád sprang auf und signalisierte der Frau, sich um Elizabet zu kümmern. Überglücklich, dass ihr das Schicksal der anderen AVH-Leute im Gebäude erspart blieb, sank sie auf die Knie und tastete nach Elizabets Puls. Árpád zog eine Pistole aus seinem Gürtel und winkte Mátyás, den Gefangenen näher heranzubringen. Der AVH-Offizier starrte Ebby an und sagte auf Englisch: «Um Gottes willen, halten Sie ihn auf. Ich habe Informationen, die für Ihre CIA von großer Wichtigkeit sein könnten.»

Ebby erkannte die Stimme – sie hatte aus der Dunkelheit in dem Vernehmungsraum zu ihm gesagt: «Nennen Sie Ihren vollen Namen, bitte.»

«Er heißt Száblakó», sagte Árpád zu Ebby, die Pupillen in seinen Augen zu hasserfüllten Stecknadelköpfen geschrumpft. «Er ist der Kommandant dieses Gefängnisses und allen von uns, die schon einmal vom AVH verhaftet wurden, nur allzu gut bekannt.»

Ebby trat näher an den Mann heran. «Woher haben Sie gewusst, dass ich bei der CIA bin? Woher wussten Sie, dass ich für Wisner arbeite? Woher wussten Sie, dass ich mal in Frankfurt gearbeitet habe?»

Száblakó klammerte sich an den Strohhalm, der ihm das Leben retten konnte. «Nehmen Sie mich in Gewahrsam. Retten Sie mich vor diesen Leuten, und ich sage Ihnen alles.»

Ebby wandte sich an Árpád. «Überlasst ihn mir – seine Informationen können sehr wichtig für uns sein.»

Árpád zögerte, blickte von Elizabet zu Száblakó und dann zu Mátyás, der aufgebracht den Kopf schüttelte. «Gib ihn mir», flüsterte Ebby, aber die Muskeln um die Augen des Dichters zogen sich zusammen, verwandelten sein Gesicht in eine einzige Maske des Hasses. Plötzlich nickte Árpád Richtung Kühlraum. Mátyás verstand ihn auf Anhieb. Ebby wollte sich ihnen in den Weg stellen, doch Árpád stieß ihn rasend vor Wut beiseite. Száblakó begann heftig zu zittern. «Die Zentrale hat es uns mitgeteilt», rief er, als Árpád und Mátyás ihn in den Kühlraum zerrten. Ein Entsetzensschrei hallte durch den Gang, gefolgt von einem kläglichen Wimmern. Und dieses Wimmern hielt an, bis Árpád und Mátyás aus dem Kühlraum kamen und die schwere Tür schlossen. Sie drehten das Chromrad, bis die Verriegelung einrastete.

Als er wieder auf dem Flur stand, warf Árpád einen raschen Blick auf Elizabet, die ausgestreckt auf dem Boden lag. Einen kurzen Moment lang schien er unschlüssig, ob er bei ihr bleiben oder weiterstürmen sollte, um die Revolution zu führen. Die Revolution trug den Sieg davon; Árpád packte sein Gewehr und ging hastig mit Mátyás davon. Die Gefängnisärztin desinfizierte Elizabets Wunden und zog ihr mit Ebbys Hilfe ein Flanellhemd und eine Männerhose an, die sie mit einem Stück Kordel festbanden. Elizabets Augen öffneten sich flatternd, und sie starrte Ebby ausdruckslos ins Gesicht, schien ihn zunächst nicht zu erkennen. Dann presste sie die rechte Hand auf ihre linke Brust, und ihre Lippen formten seinen Namen.

«Elliott?»

«Da sind Sie ja wieder, Elizabet», flüsterte Ebby.

«Die haben mir wehgetan ...»

Ebby konnte nur nicken.

«Es war so kalt da drin.»

«Jetzt sind Sie in Sicherheit.»

«Ich glaube, ich habe denen gesagt, wer Sie sind –»

«Das ist egal.»

«– und warum Sie nach Budapest gekommen sind.»

Ebby riss ein Stück Stoff aus dem Flanellhemd, ging zu einem verdreckten Waschbecken am Ende des Ganges und benetzte den Fetzen. Dann wischte er ihr damit das getrocknete Blut von den Lippen.

«Was ist denn passiert?», fragte sie matt.

«Der Aufstand hat begonnen!», sagte Ebby.

«Wo ist Árpád?»

Ebby gelang sogar ein müdes Grinsen. «Er versucht gerade, die Revolution einzuholen, damit er sie anführen kann.»

Als das erste graue Morgenlicht den östlichen Himmel erhellte, kamen Gerüchte auf, dass russische Panzer die Stadt erreicht hatten. Ebby entdeckte den ersten T-34-Panzer, als er und Elizabet in einem kleinen Lieferwagen zum Corvin-Kino gebracht wurden. Eine magere junge Frau namens Margit saß am Steuer, Ebby neben ihr. Elizabet lag hinten auf einer Matratze. Am Kalvin-Platz hatten sich fünf russische Panzer ringförmig aufgestellt, die Geschütze nach außen, und aus den geöffneten Luken beobachteten ihre Kommandanten die umliegenden Straßen mit Ferngläsern.

Ebby schrieb die Adresse auf, die er in Washington auswendig gelernt hatte. Es war die Anschrift des ungarischen Kontaktmanns, der mit Funkgerät und Chiffriercodes ausgestattet war, und es gelang Margit, sie auf Umwegen unbehelligt dorthin zu bringen. Wie sich herausstellte, war die Kontaktperson ein unbeschwerter junger Zigeuner namens Zoltán, mit sichelförmigen Koteletten und zwei Stahlzähnen, die aufblitzten, wenn er lächelte. Ebby hatte keinerlei Schwierigkeiten, Zoltán davon zu überzeugen, dass er mitkommen müsse. Er nahm bloß einen Rucksack mit, in dem sich ein Funkgerät befand, ein langes gebogenes Messer, das dem Vater seines Vaters bei Auseinandersetzungen mit den Türken gute Dienste geleistet hatte, und eine Geige in einer selbst gemachten Leinenhülle.

«Das Funkgerät und das Messer leuchten mir ja noch ein», sagte Ebby zu ihm, als sie sich auf den Vordersitz des Lieferwagens quetschten. «Aber was willst du mit der Geige?»

«Ohne Geige kann man nicht in den Krieg ziehen», erwiderte Zoltán ernst. «Zigeunergeigen haben die Magyáren in die Schlacht gegen die gottverdammten Mongolen geführt, ja, deshalb ist es eine verdammt gute Sache, wenn ich als Zigeunergeiger die Ungarn in die Schlacht gegen die gottverdammten Russen führe.» Er bekreuzigte sich und wiederholte für Margit auf Ungarisch, was er gesagt hatte; sie musste so heftig lachen, dass ihr die Tränen kamen.

In der Rákóczi-Straße wurde der Wagen plötzlich von Studenten umzingelt, die mehrere Straßenbahnwagen umgekippt hatten, so dass die Autos nur im Zickzack durch die Sperre fahren konnten. Die Oberleitungen baumelten von den Masten. Die Studenten trugen Armbinden mit den ungarischen Nationalfarben und schwenkten große Marinepistolen, veraltete deutsche Gewehre aus dem Ersten Weltkrieg, und einer von ihnen trug ein Kavallerieschwert. Sie hatten Margit offenbar erkannt, denn sie winkten den Wagen durch. Eine alte Frau auf dem Bürgersteig hob salutierend ihren Gehstock. «*Eljen!*», rief sie. «Ein langes Leben!» An der nächsten Ecke tauchten aus einem Warenhaus weitere Studenten auf; sie hatten die Arme voller Anzüge und häuften sie auf dem Bürgersteig auf. Eine junge Frau in der grauen Uniform eines Straßenbahnschaffners, die lederne Fahrscheintasche prall voll mit Handgranaten, rief einer Gruppe vorbeikommender Studenten zu, dass jeder, der sich ihnen anschließen würde, einen Anzug und fünf Molotow-Cocktails bekäme. Ein halbes Dutzend Studenten nahm das Angebot an.

Sie erreichten das Corvin-Kino, ein rundes blockhausähnliches Gebäude, das in eine Festung und Kommandozentrale des hastig zusammengestellten «Corvin-Bataillons» umgewandelt worden war. Im Keller fabrizierten junge Frauen mit Benzin von einer nahe gelegenen Tankstelle Molotow-Cocktails. Der eigentliche Kinosaal war von einer Art Volksversammlung mit Beschlag belegt worden. Delegierte aus Schulen und Fabriken und der ungarischen Armee kamen und gingen, und während sie da waren, beteiligten sie sich per Handzeichen an irgendwelchen Abstimmungen. Immer wieder beteuerten Sprecher der Versammlung, dass das

Ziel des Aufstands das Ende der sowjetischen Besatzung und die Befreiung des Landes vom Kommunismus sei; die Menschen, die sich im Corvin-Kino zusammenfanden, wollten sich nicht mit einer bloßen Reform der bestehenden kommunistischen Regierung abspeisen lassen.

Studenten, die Armbinden des Roten Kreuzes trugen, brachten Elizabet auf einer Trage in die improvisierte Krankenstation im dritten Stock des Gebäudes. Ebby und sein Zigeuner bauten das Funkgerät in einem Büro im obersten Stockwerk auf. Zoltán brachte die Kurzwellenantenne auf dem Dach an einem Schornstein an und verschlüsselte dann Ebbys erste Meldung an den Lauschposten der *Company* in Wien. Darin berichtete er kurz von seiner Verhaftung, von dem KGB-Offizier, der ihn hatte wegbringen wollen, aber dann von den Aufständischen erschossen wurde, die das Gebäude der Geheimpolizei gestürmt hatten. Weiter meldete er, dass russische Panzer in Budapest eingerückt seien, diese aber nicht, soweit er das beurteilen konnte, von Bodentruppen begleitet wurden, was bedeutete, dass die Russen nicht in der Lage sein würden, den Aufstand ohne Hilfe der ungarischen Armee und der regulären Polizeikräfte niederzuschlagen. Zu Beginn des zweiten Tages der Volkserhebung, so berichtete er, waren die ungarische Armee und die Budapester Polizei entweder auf die Seite der, wie Ebby sie nannte, Freiheitskämpfer übergelaufen (ein Ausdruck, den die Presse aufgreifen würde) oder hatten sich für neutral erklärt.

6

WIEN, MONTAG, 29. OKTOBER 1956

Sobald der Aufstand Ungarn erschütterte, beorderte die *Company* Verstärkung aus sämtlichen europäischen *Company*-Dienststellen nach Wien. Auch Jack McAuliffe meldete sich in dem schäbigen Hotel, das die *Company* am Rande des Donaukanals gemietet hatte. Jack sollte mit einer kleinen Abteilung die Flüchtlinge unter die Lupe nehmen, die zunächst noch vereinzelt von Ungarn nach Österreich kamen. Man rechnete damit, es bald mit einem richtigen Flüchtlingsstrom zu tun zu haben, und Jacks Aufgabe war es, einerseits hochrangige Kommunisten aufzuspüren und zu vernehmen und andererseits nach Flüchtlingen Ausschau zu halten, die man für die *Company* rekrutieren und als Agenten wieder nach Ungarn einschleusen konnte.

Am späten Montagnachmittag kam einer der Neulinge frisch vom «S. M. Craw Management»-Lehrgang in sein Büro und teilte ihm mit, dass die Mitarbeiter in zwanzig Minuten oben im Festsaal des Hotels über die neusten Entwicklungen in Ungarn unterrichtet werden sollten.

Er machte es sich gerade auf einem der Klappstühle im Festsaal bequem, als eine junge Frau durch die Flügeltür zur Küche kam. Jack sah genauer hin, weil sie ihm irgendwie bekannt vorkam. Sie trug einen blauen Rock, eine weiße Rüschenbluse und eine taillierte Reitjacke. Ihr Mund war mit himbeerrotem Lippenstift geschminkt. Sie ging quer durch den Saal zum Podium und kratzte mit einem sehr langen, sehr roten Fingernagel über das Mikro, um festzustellen, ob es eingeschaltet war. Dann ließ sie den Blick über die etwa neunzig *Company*-Mitarbeiter wandern, die sich im Festsaal drängten. «Mein Name», verkündete sie mit energischer Stimme, «ist Mildred Owen-Brack.»

Natürlich! Owen-Brack! Vor einer halben Ewigkeit hatte Jack im piekfeinen *Cloud Club* in Manhattan dummerweise versucht, sie anzumachen, aber sie war nicht an einem Abenteuer für eine Nacht interessiert gewesen.

Auf dem Podium lieferte Owen-Brack eine Zusammenfassung der letzten Nachrichten aus Ungarn. Die alte stalinistische Garde in Budapest war davongejagt, und Imre Nagy, der ehemalige Ministerpräsident, zum Kopf der neuen Regierung gemacht worden. Nagy, der für ein System eintrat, das kommunistische Intellektuelle als Marxismus mit einem menschlichen Gesicht bezeichneten, hatte den Russen mitgeteilt, er könne keine Verantwortung dafür übernehmen, was passieren würde, falls die sowjetischen Truppen nicht aus Budapest abgezogen würden. Wenige Stunden danach hatten die russischen Panzer an den größten Kreuzungen der Stadt die Motoren angeworfen und den Rückzug angetreten.

Laut Owen-Brack war nun die alles entscheidende Frage: Würden die Sowjets untätig bleiben, wenn Nagy Ungarn aus dem russischen Machtbereich löste? Holten sie ihre Panzerdivisionen nur zurück, um Zeit zu gewinnen und anschließend mit verstärkten Kräften aus der Ukraine das gesamte Land zu besetzen?

Nachdem Owen-Brack fertig war, erörterte Jack noch ein paar knifflige Probleme des Flüchtlingssichtungsprogramms mit seinen jüngeren Mitarbeitern, dann schlenderte er zur Bar im hinteren Teil des Festsaals. Owen-Brack war schon da und plauderte mit zwei Besuchern. Jack bestellte sich einen Whiskey und beobachtete sie. Als sie sich eine Salzbrezel von der Bar nehmen wollte, trafen sich ihre Blicke.

«Es wäre doch jammerschade, im obersten Stock des Hotels gewesen zu sein, ohne das Panorama genossen zu haben», sagte er. «Von dem Fenster da drüben sieht man die schöne blaue Donau auf ihrem Weg nach Ungarn.»

Owen-Brack musterte Jack und überlegte, woher sie ihn kannte. Dann schnippte sie mit den Fingern. «New York. *Cloud Club*. Ihren Namen habe ich leider vergessen.» Sie lachte. «Ehrlich gesagt, ohne den Schnurrbart hätte ich Sie nicht wieder erkannt ... Sie haben sich verändert.»

«In welcher Weise?»

«Sie wirken älter. Ihre Augen ...» Sie sprach nicht weiter.

«Älter und weiser, hoffe ich.»

«Nur wenn Sie mit weiser weniger arrogant meinen», sagte sie mit einem melodischen Lachen. «Sie waren ganz schön von sich eingenommen.»

Jack lächelte, und Owen-Brack gab ihm die Hand. «Meine Freunde nennen mich Millie.»

Jack erwiderte den Händedruck. «Jack McAuliffe.»

Er bestellte ihr einen Daiquiri, und gemeinsam schlenderten sie zu dem Panoramafenster mit Blick auf die Donau. Wegen der Kronleuchter hinter ihnen konnten sie bloß ihr eigenes Spiegelbild sehen. «Was haben Sie denn so gemacht seit damals im *Cloud Club*?», fragte sie sein Spiegelbild im Fenster.

«Dies und das.»

«Und wo haben Sie ‹dies und das› gemacht?»

«Hier und dort.»

Um Owen-Bracks braune Augen bildeten sich kleine Lachfältchen. «He, Top-Secret-Nachrichten sind bei mir gut aufgehoben. Ich darf alles lesen, was Allen Dulles auf den Tisch kriegt.»

Jack sagte: «Ich bin in Berlin stationiert.»

«Berlin soll ein harter Job sein.»

«So sagt man.»

«Jetzt verstehe ich, warum Ihre Augen älter aussehen.»

Jack wandte sich von ihrem Spiegelbild ab und sah sie direkt an. Sie gefiel ihm. «Mein Vorgesetzter Harvey Torriti leidet an Magenbeschwerden, Appetitlosigkeit, mehr oder weniger chronischen Schmerzen im Solarplexus. Ich auch. Aber bislang hatte ich Glück und habe alle Gefechte überlebt, anders als Ihr Mann.»

Millie war gerührt. «Danke, dass Sie das nicht vergessen haben», sagte sie leise.

Sie prosteten sich zu und tranken auf die Gefechte innerhalb und außerhalb des Büros, die sie beide überlebt hatten. Jack lud sie zum Essen ein, und sie nahm an. Sie gingen in ein kleines Wiener Restaurant in der Nähe, bestellten Forellen und eine Flasche Burgenländer. Allmählich entspannte Jack sich. Er erzählte von seiner Kindheit in Pennsylvania, seiner Studentenzeit in Yale, die ihm rückblickend vorkam wie die beste Zeit seines Lebens.

Als sie die zweite Flasche in Angriff nahmen, schwelgte Millie schon in Erinnerungen an ihre Jugend in Santa Fe. Sie hatte an der Uni in Colorado Jura studiert und dort ihren Mann kennen gelernt. Aufgrund seiner Erfahrungen im Fernen Osten und seiner Chinesischkenntnisse war er von der *Company* angeworben worden, und sie gleich mit. Die CIA beschäftigte gern auch die Ehefrauen ihrer Offiziere, weil die Geheimnisse so eher in der Familie blieben. Eines unvergesslichen Tages dann waren Allen Dulles und sein Stellvertreter Frank Wisner in ihr Büro gekommen und hatten ihr die schreckliche Nachricht beigebracht: Ihr Mann, der von Burma aus

Saboteure nach China einschleusen sollte, war in einen Hinterhalt geraten und getötet worden. Wisner hatte die junge Witwe unter seine Fittiche genommen und ihr Aufstiegsmöglichkeiten eröffnet. So kam es, dass sie jetzt die Mitarbeiter über die neuesten Entwicklungen in Ungarn informierte, während sie darauf wartete, dass ihr Boss Wisner, der gerade die europäischen Dienststellen bereiste, in Wien eintrudelte.

Es war schon nach elf, als Jack um die Rechnung bat. Während er Geldscheine aus seiner Brieftasche hinblätterte, hob er plötzlich den Blick und sah ihr direkt in die Augen. «Jetzt ist wohl der Augenblick, wo ich die Frage stellen sollte: dein Zimmer oder meins?»

Millie stockte, trank dann den letzten Schluck Wein. «Ich hab meine Meinung über Abenteuer für eine Nacht nicht geändert.»

«Ich aber.» Jack sah sie unverwandt an. «Ich bin nicht mehr so daran interessiert, wie ich es mal war.»

Es war nicht zu übersehen, dass sie in Versuchung war. «Ich hab Sie doch gerade erst kennen gelernt. Sie könnten ein Serienmörder sein.» Sie lachte ein bisschen zu laut. «Sind Sie das, Jack? Ein Serienmörder?»

«Ich habe schon getötet», erklärte er, ohne sie aus den Augen zu lassen. «Aber nicht serienmäßig.»

Seine Antwort ärgerte sie. «Wenn das ein Witz sein soll», konterte sie, «kriegt der auf meiner Humorskala null Punkte.» Dann bemerkte sie den abwesenden Blick in seinen Augen, und sie begriff, dass er die Wahrheit sagte.

«Gottverdammt!», stöhnte sie.

«Was ist denn?»

«Jedes Jahr Silvester schwöre ich mir, mich niemals mit jemandem einzulassen, der für die *Company* arbeitet.»

Jack griff über den Tisch und berührte ihre Hand. «Wir fassen unsere guten Vorsätze zum neuen Jahr», sagte er ernst, «um die Befriedigung zu erleben, sie in den Wind zu schlagen.»

7

BUDAPEST, FREITAG, 2. NOVEMBER 1956

Eine gespenstische Ruhe hatte Budapest erfasst – die Ruhe nach dem Sturm, denn in den heißen Tagen des Aufstands waren bewaffnete Studenten unablässig durch die Straßen gezogen und hatten Angehörige der verhassten Geheimpolizei aufgespürt und auf der Stelle erschossen oder am nächsten Laternenpfahl aufgehängt.

Nun hatte sich in der Nacht eine dünne Schneedecke über die Buda-Hügel gelegt. Am Morgen begannen Glaser damit, die bei den Kämpfen zerschossenen Schaufenster zu ersetzen. Die Ungarn waren stolz darauf, dass es trotz der kaputten Scheiben fast keine Plünderungen gegeben hatte. In den Kirchen der Stadt brannten Kerzen zu Allerseelen, um der Toten zu gedenken.

Gegen Mittag hatte die Sonne den Schnee weggeschmolzen und den nasskalten Wind gewärmt, der von der Donau herüberwehte. In geborgten Mänteln spazierten Ebby und Elizabet an der Pest-Seite am Ufer entlang. Als Elizabet die Glocken hörte, die das Ende des Allerseelengottesdienstes verkündeten, klangen sie in ihren Ohren wie die Siegesglocken der Revolution, die eine neue Epoche für Ungarn einläuteten, und das sagte sie.

Ebby war weniger optimistisch. Es habe zu viele Tote gegeben, meinte er. Zugegeben, die beiden russischen Divisionen seien aus Budapest abgerückt, aber falls sie mit größeren Truppenverbänden zurückkämen, würden die AVH und die Kommunisten mit ihnen zurückkommen, und dann würde es eine blutige Abrechnung geben.

Elizabet reagierte gereizt. «Die haben uns jahrelang gequält, gefangen gehalten, wie Vieh behandelt», sagte sie mit Inbrunst, «und du redest davon, dass sie mit uns abrechnen würden!» Seit ihrer Gefangenschaft hatte sie nahe am Wasser gebaut, und jetzt atmete sie mehrmals tief durch, um die Tränen zu unterdrücken.

«Die Russen werden nicht einmarschieren», prophezeite sie mit bebender Stimme, «und zwar aus demselben Grund, aus dem sie nicht in Jugoslawien einmarschiert sind: weil sie wissen, dass unsere jungen Leute bereit sind, für die Revolution zu sterben, und sie würden viele russische Soldaten mit in den Tod nehmen.» Jetzt kamen ihr doch die Tränen, und sie wischte sie mit dem Handrücken weg. Sie blickte über den Fluss zu der Statue von Erzbischof Gellért, der als Märtyrer starb. «Die Hölle hat nicht genug Platz für all die russischen Soldaten, die sterben würden, wenn die Russen den Fehler begehen zurückzukommen», sagte sie.

Sie schob eine Hand unter den Mantel und massierte ihre misshandelte Brust. Wieder standen ihr Tränen in den Augen. «Die Wahrheit ist, ich habe Angst zu weinen», gestand sie.

«Du hast alles Recht der Welt, dich richtig auszuweinen», sagte Ebby.

«Niemals», stieß sie hervor. «Denn wenn ich einmal anfange, kann ich vielleicht nie wieder aufhören.»

Als die Wunde an ihrer Brust verheilte, begann Elizabet das Gebäude des Corvin-Kinos zu durchstreifen. Sie nahm an allen Versammlungen im Kinosaal oder Besprechungen in den angrenzenden Räumen teil oder sie zog Ebby mit durch den langen Tunnel, der das Corvin mit der Kilian-Kaserne auf der anderen Straßenseite verband, um mit den Offizieren des neunhundert Mann starken Pionierbataillons zu reden, das sich auf die Seite der Revolution geschlagen hatte. Abends lauschten sie (wobei Elizabet laufend übersetzte) den endlosen hitzigen Diskussionen auf den Gängen, die als Schlafquartier für die vierhundert Studenten in dem überfüllten Kino dienten. Gelegentlich wurde Árpád gebeten, eines seiner Gedichte vorzutragen, doch meistens wurde darüber debattiert, wie schnell und wie weit die Studenten und Arbeiter die neue Führung unter Leitung des Reformers Nagy voranzutreiben wagten, um mit der Sowjetunion und der kommunistischen Vergangenheit ihres Landes zu brechen.

Den Nachrichten im Radio zufolge waren bereits Verhandlungen über den Abzug sämtlicher Sowjettruppen aus Ungarn im Gange; die russische Delegation unter der Leitung des groß gewachsenen, humorlosen sowjetischen Botschafters Juri Andropow und des sowjetischen Politbüro-Ideologen Michail Suslow forderte lediglich, dass den Truppen erlaubt wurde, das Land mit wehenden Fahnen und klingendem Spiel zu verlassen, um eine öffentliche Demütigung zu vermeiden. Auf den Gängen des Corvin wurden die wenigen Stimmen niedergebrüllt, die den Mut hatten, den Rückzug aus dem Warschauer Pakt und den Ruf nach freien Wahlen als unklug zu bezeichnen. Die Revolution hatte gesiegt, wie Árpád auf einer der Debatten verkündete. Was brachte es da, Zugeständnisse zu machen, die den Sieg unterminieren würden?

«Und wenn die Russen finden, dass wir zu weit gegangen sind, und in Ungarn einmarschieren?», wollte ein blonder junger Mann wissen.

«Dann besiegen wir sie erneut», erwiderte Árpád.

«Und wenn sie mit zweitausend Panzern zurückkommen?», gab eine Studentin zu bedenken.

«Die Amerikaner», versprach Árpád, wobei er zur Unterstreichung seiner Worte mit einer selbst gedrehten Zigarette in die Luft stach, «werden uns unterstützen. NATO-Flugzeuge werden die russischen Panzer bombardieren, bevor sie Budapest erreichen. Aus der Luft wird die NATO uns mit Panzerfäusten beliefern, so dass wir die paar Panzer, die durchkommen, selbst zerstören können.» Árpád ließ den Blick über die Köpfe der Studenten schweifen und starrte Ebby trotzig an. «Wenn wir nicht die Nerven verlieren», sagte er, «leben wir bald in einem freien und demokratischen Ungarn.» Mit einem vor frommem Eifer glühenden Gesicht stieß er dann die Faust in die Luft. «*Ne Bántsd a Magyart!*», rief er. Und die Studenten fielen Beifall klatschend im Chor mit ein.

«Mit solchen Soldaten», rief Elizabet Ebby ins Ohr, «wie können wir da noch verlieren?»

Ebby konnte bloß den Kopf schütteln. Er hoffte inständig, dass Árpád Recht behielt, hoffte inständig, dass die Russen in Russland blieben. Falls sie tatsächlich zurückkamen, dann in überwältigender Zahl und mit überwältigender Feuerkraft. Und die Welt würde tatenlos zuschauen, wie Árpád und andere seines Formats die mutigen ungarischen Lämmer zur Schlachtbank führten.

Elizabet und Ebby schliefen in einem Raum im Corvin-Kino. Eines Nachts hörte Ebby, wie sie sich von einer Seite auf die andere wälzte, nach einer Position suchte, in der ihre verletzte Brust weniger schmerzte. Ein fröhlicher junger Maurer mit einem bandagierten Ohr hatte die Einschusslöcher in der Außenwand zugemauert, was den Raum zwar weniger zugig machte, aber den Nachteil hatte, dass Ebby nicht mehr vom Morgenlicht geweckt wurde. Von Zeit zu Zeit hörte er Angehörige des «Corvin-Bataillons» auf dem Gang. Die ganze Nacht hindurch herrschte ein Kommen und Gehen, wenn sich die Wachen ablösten. Auf der anderen Seite des Raums schob Elizabet ihre Matratze über den Boden und lehnte sie zur

Hälfte gegen die Wand. Sie schien weniger Schmerzen zu haben, wenn sie in halb sitzender Position schlief.

«Elliott –»

Ebby stützte sich auf einen Ellbogen. «Was ist?»

«Es tut weh. Ich hab Schmerzen. Kann nicht schlafen. Mache mir schreckliche Sorgen.»

Ebby zog seine Matratze neben ihre. Er spürte, dass sie in der Dunkelheit nach seiner Hand tastete, und schob seine Finger zwischen ihre.

«Ich bin froh, dass du da bist», gestand sie im Flüsterton.

«Möchtest du reden?», fragte er.

«Ich habe ein Kind ... eine Tochter ...»

«Wie heißt sie?»

«Nellie. Im Januar wird sie sechs.»

«Ist Árpád ihr Vater?»

«Ja.» Ebby konnte hören, wie sie sich die Tränen abwischte. «Ich habe noch mit meinem Mann zusammengelebt, als Árpád und ich ... als wir ...»

«Hab schon verstanden», sagte Ebby. «Wo ist dein Mann denn jetzt – wie heißt er noch mal?»

«Németh. Nándor Németh. Sein Vater war ein hochrangiger Kommunist. Als wir heirateten, war Nándor Untersekretär im Ministerium für Auswärtige Angelegenheiten. Vor zwei Jahren wurde er an die ungarische Botschaft in Moskau versetzt. Damals wusste er schon von Árpád. Ich beschloss, nicht mit ihm nach Moskau zu gehen ...»

«Was ist mit Nellie?»

«Sie lebt bei Nándors Schwester in einem landwirtschaftlichen Kollektiv bei Györ, etwa neunzig Kilometer von Budapest entfernt. Bis das hier anfing» – Elizabet seufzte in die Dunkelheit – «bin ich jedes zweite Wochenende rausgefahren, um sie zu besuchen. Bevor Árpád in den Untergrund ging, hat die AVH ihn regelmäßig ein- oder zweimal im Monat abgeholt; manchmal haben sie ihn eine ganze Woche lang verhört. In der Zeit habe ich Nellie immer zu mir nach Budapest geholt.»

«Wieso hast du sie nicht auch bei dir behalten, wenn Árpád da war?»

Elizabet überlegte einen Moment lang. «Du musst Árpád verstehen – er ist ein leidenschaftlicher Kämpfer für die Freiheit der Menschen im Allgemeinen, aber individuelle Freiheiten, das Recht, die eigene Tochter bei sich zu haben, unterliegen seinem Veto.» Sie räusperte sich. «Ehrlich gesagt, er hat nicht gerne Kinder um sich. Natürlich hätte ich ihn jederzeit verlassen können. Und einige Male habe ich es auch versucht. Aber am Ende bin ich doch immer wieder zu ihm zurückgekommen. Ich bin abhängig von Árpád – er ist wie eine Sucht, die ich nicht abschütteln kann ...»

Der hohle Klang von Elizabets Stimme war Ebby unheimlich. Um sie abzulenken, erzählte er ihr von seinem Sohn, der drei Jahre älter war als Nellie. «Er heißt Manny, das ist die Kurzform für Immanuel. Er ist ein kluges Kerlchen, klug und ernsthaft. Er wohnt bei meiner Exfrau ... ich kenne ihn eigentlich nicht sehr gut ... ich bin zu viel im Ausland unterwegs.»

«Das muss schwer sein für dich.»

Ebby sagte nichts.

Elizabet fasste seine Hand fester. «Wenn alles vorbei ist – die Revolution, das Töten, die Schmerzen, die Anspannung –, müssen wir beide mehr Zeit mit unseren Kindern verbringen.»

«Ja. Irgendwie werden wir das einrichten.»

«Sie sehen aus, als wären Sie von einer Dampfwalze überrollt worden», sagte Botschaftsrat Jim Doolittle zu Ebby. Es war Freitagabend, und sie blickten beide im ersten Stock des Parlamentsgebäudes aus einem Fenster, das eine herrliche Aussicht auf den riesigen Platz bot. Kurz zuvor war die Sonne in einem feurigen Spektakel untergegangen, doch inzwischen waren auch die letzten Spuren von Farbigkeit am Himmel von der Dunkelheit verschluckt worden.

Doolittle wandte sich vom Fenster ab und sah, wie der amerikanische Botschafter, sein politischer Geschäftsträger (Doolittles unmittelbarer Vorgesetzter) und der Dienststellenleiter der *Company* am anderen Ende des großen, verspiegelten Empfangssaales im dringenden Flüsterton auf den ungarischen Ministerpräsidenten Imre Nagy einredeten. In einer Ecke warfen Nagys Berater Dokumente in das Feuer, das im offenen Marmorkamin brannte. «Washington hätte uns darüber informieren sollen, dass Sie bei der *Company* sind», sagte Doolittle. «Dann hätten wir früher Alarm schlagen können, als Sie vermisst wurden.»

Ebby berührte sein noch immer empfindliches Auge. «Hätte auch nichts geändert», bemerkte er.

«Wohl kaum», gab Doolittle zu.

Árpád und ein hoch aufgeschossener Offizier in der Uniform des Panzerkorps kamen durch die Flügeltür und marschierten im Gleichschritt über den Marmorboden zu Nagy und den Amerikanern.

«Wer ist der Mann mit Zelk?», fragte Ebby.

«Das ist Nagys Verteidigungsminister, Pal Maléter. Er hat mit den Russen über ihren Abzug verhandelt.»

Der Dienststellenleiter winkte Ebby herbei. Nagy sprach kurz auf Ungarisch mit Maléter und sagte dann zu den Amerikanern: «Würden Sie ihm bitte erzählen, was Sie mir gerade mitgeteilt haben?»

Der Botschafter, ein Diplomat alter Schule, holte eine entschlüsselte Top-Secret-Meldung hervor, die früher am Tag in der Botschaft eingegangen war. «Uns liegen Berichte vor –», begann er und musste sich dann räuspern. Ihm war, als müsse er ein Todesurteil verlesen. «– dass zwei Züge mit den neusten sowjetischen T-54-Panzern bei Záhony die Grenze überquert haben. Unsere Nachrichtendienste melden, dass die alten russischen T-34-Panzer, die vor wenigen Tagen aus Budapest abgezogen wurden, nur bis Vecses, neun Meilen außerhalb der Stadt, gerollt sind, dort angehalten, gewendet und Straßenkreuzungen blockiert haben. Französische Diplomaten, die in den letzten vierundzwanzig Stunden von Budapest abgeflogen sind, haben sowjetische Panzer gesehen, die in Richtung auf die drei Budapester Flughäfen vorrücken. Und schließlich hat eines unserer Aufklärungsflugzeuge bei Vác und Ceglédopen zweihundert Panzer und eine lange Kolonne neuer sowjetischer Panzerfahrzeuge ausgemacht, die sich in Richtung Budapest bewegen.»

Nagy paffte aufgeregt an einer amerikanischen Zigarette. Asche fiel auf seine braune Anzugjacke, aber er schien es gar nicht zu merken. «Wir haben auch Informationen vorliegen», sagte er zum Botschafter, «dass russische Panzer über die Theiß in Ungarn eingerückt sind.» Er wandte sich seinem Verteidigungsminister zu. «Haben Sie diese Berichte bei den Verhandlungen mit der sowjetischen Seite zur Sprache gebracht?»

«Das habe ich», erwiderte Maléter. «Botschafter Andropow reagierte sehr erbost und behauptete, das sei eine Provokation der amerikanischen CIA, um offene Kampfhandlungen zwischen der russischen Seite und Ungarn herbeizuführen, bevor wir die Bedingungen des sowjetischen Truppenabzugs geklärt hätten. Er hat davor gewarnt, den Amerikanern in die Falle zu gehen.»

«Wem vertrauen Sie», fragte Ebby schroff, «Andropow oder uns?»

Maléter betrachtete Ebby prüfend. «Ich kann sagen, dass wir ihm vertrauen müssen. Die Alternative ist zu tragisch, um darüber nachzudenken. Falls die Sowjets Ungarn besetzen, werden wir natürlich kämpfen. Aber dann gibt es für uns nur einen Ausweg – einen ehrenvollen Tod.»

Árpád Zelk fügte grimmig hinzu: «Wir machen uns keine Illusionen – ohne eine amerikanische Intervention stehen wir gegen die Russen auf verlorenem Posten.»

«Sir, glauben Sie, dass die Russen einmarschieren werden?», fragte der amerikanische Geschäftsträger Nagy.

Der Ministerpräsident ließ sich mit seiner Antwort Zeit. «Wenn man die Geschichte befragt», sagte er schließlich, «muss die Antwort ja lauten. Die Russen marschieren immer ein.»

«Betrachten wir die Sache realistisch», sagte Maléter. «In der sowjetischen Führung gibt es einige, die den Standpunkt vertreten, dass andere Satellitenstaaten dem ungarischen Beispiel folgen würden, wenn man Ungarn aus dem russischen Machtbereich entlässt.»

Nagy bemerkte die Asche auf seiner Jacke und schnippte sie weg. «Die Geschichte wird uns hart beurteilen, wenn wir zu schnell zu weit gegangen sind», gestand er heiser. «Die alles entscheidende Frage ist letztlich die: Wie wird Amerika sich verhalten, falls es zum Krieg kommt?»

«Wir haben unsere Haltung diesbezüglich von Anfang an klar gemacht», sagte der Botschafter. «Mr. Ebbitt hat unter großer persönlicher Gefahr eine eindeutige Nachricht an Mr. Zelk überbracht. Und an dem Tag, als Sie Ministerpräsident wurden, habe ich Ihnen das Gleiche mitgeteilt, Mr. Nagy – weder die Amerikaner noch die NATO sind bereit, in Ungarn zu intervenieren.»

«Dann ist unsere einzige Hoffnung die, dass die Russen unsicher sind, wie die Amerikaner sich verhalten werden», sagte Maléter. «Solange sie zweifeln, könnten Chruschtschow und die Tauben im Politbüro Schukow und die Falken zurückhalten.»

Als die Amerikaner das Parlamentsgebäude verließen, nahm der Dienststellenleiter Ebby beiseite. «Ich halte es für besser, wenn Sie mit mir in die Botschaft kommen. Wir geben Ihnen diplomatischen Schutz –»

«Was ist mit Zoltán, meinem Funker? Und mit Elizabet Németh?»

«Wenn sich herumspricht, dass wir Ungarn Asyl gewähren, werden wir bald überschwemmt – die Leute werden uns die Türen einrennen.»

«Viele von diesen Leuten haben viel für uns riskiert.»

«Was sie getan haben, haben sie für Ungarn getan, nicht für uns. Wir stehen nicht in ihrer Schuld.»

Ebby sagte: «Das sehe ich anders. Ich bleibe bei ihnen.»

Der Dienststellenleiter zuckte die Achseln. «Ich kann Ihnen keine Befehle erteilen – Sie sind direkt Dulles unterstellt. Aber falls die Russen einmarschieren, rate ich Ihnen dringend, Ihre Meinung zu ändern.»

«Danke für den guten Rat.»

«Guter Rat ist billig.»

Ebby nickte zustimmend. «Ihrer auf jeden Fall.»

8

WASHINGTON, D.C., SAMSTAG, 3. NOVEMBER 1956

Bei Sonnenaufgang rutschte Bernice von ihrer Seite des schmalen Betts zu Eugene hinüber und schmiegte sich an seinen Rücken. Er war später als gewöhnlich zu ihr gekommen – die Kerzen, die sie immer anzündete, wenn sie wusste, dass er kommen würde, waren fast schon heruntergebrannt gewesen –, und sie hatten sich länger geliebt als sonst.
«Bist du schon wach?», flüsterte Bernice in seinen Nacken. «Ich glaube, ich muss dir was sagen, Baby.»
Eugene räkelte sich, öffnete ein Auge und blinzelte in das Sonnenlicht, das durch die Jalousien strömte. «Was denn?»
«Ich hab herausgefunden, wo du *nicht* herkommst.»
«Wie bitte?»
«Du kommst nicht aus Kanada, Baby.»
Eugene rollte sich auf den Rücken, und Bernice schob sich auf ihn, ihr langer, knochiger Körper leicht wie eine Feder. Sie griff nach unten und streichelte seine Schamhaare.
«Wenn ich nicht aus Kanada komme, woher denn dann?»
Ihre Zungenspitze liebkoste sein Ohr. «Du kommst aus ... Russland, Baby. Du bist Russe.»
Jetzt hatte Eugene beide Augen weit auf. «Wie kommst du darauf?»
«Du sprichst manchmal leise im Schlaf, Sachen, die ich nicht verstehe, in einer fremden Sprache.»
«Vielleicht spreche ich ja Kanadisch.»
Bernice' Körper bebte vor lautlosem Lachen. «Du hast so was Ähnliches gesagt wie *knigi*.»
«Ich finde, *knigi* klingt kanadisch.»
«Max kann ein paar Brocken Russisch. Er war ja vor dem Krieg mal in Moskau. He, keine Sorge – ich hab ihm erzählt, ich hätte gehört, wie zwei

Kunden sich unterhalten haben und dass ich meinte, das wäre Russisch gewesen. Max sagt, ich hätte Recht – er sagt, *knigi* heißt ‹Buch› auf Russisch.»

«Buch?»

«Jawohl, Baby. *Buch!* Also tu nicht so unschuldig. Du sagst auch andere Sachen, die russisch klingen. Du sagst so was Ähnliches wie *starik*. Max sagt, *starik* ist Russisch und heißt ‹alter Mann›. Er sagt, *Starik*, groß geschrieben, wäre Lenins Spitzname gewesen, weil alle um ihn herum viel jünger waren als er. Ganz ehrlich, Eugene, ich krieg schon Gänsehaut, wenn ich es mir bloß vorstelle – ich meine, dass du tatsächlich im Schlaf mit Genosse Lenin sprichst.»

Eugene versuchte, sich mit einem Scherz aus der Affäre zu ziehen. «Vielleicht war ich ja in einem früheren Leben Russe.»

«Vielleicht bist du in diesem Leben Russe. Ich hab ja noch mehr auf Lager.»

Eugene setzte sich auf und nahm eine Zigarette aus der Packung neben dem Bett. Er zündete sie an, reichte sie Bernice und machte sich dann selbst eine an.

«Also, willst du hören, was ich sonst noch auf Lager habe?»

«Unbedingt.»

«Weißt du noch, wie Max uns vor zwei Wochen den Wagen geliehen hat und wir nach Key West gefahren sind? Da hast du was ganz Komisches gemacht – als dein Koffer fertig gepackt war, hast du dich draufgesetzt.»

«Ich wollte ihn zukriegen.»

«Er war schon zu, als du dich draufgesetzt hast, Eugene.»

Eugene zog nachdenklich an seiner Zigarette.

«Als wir schon unterwegs waren, ist dir eingefallen, dass du die Antenne für dein Motorola-Radio vergessen hattest. Dabei wusste ich nicht mal, dass das Ding eine Antenne braucht. Wir sind also zurück, und ich bin hier noch mal aufs Klo gegangen. Du hast die Antenne aus dem Schrank genommen, und dann hast du wieder was Komisches gemacht – du hast dich im Spiegel neben dem Klo angesehen.»

«Das macht mich noch lange nicht zum Russen, Bernice. Höchstens zum Narzissten.»

«Ich hab dir doch erzählt, dass mein Großvater aus Wilna stammt, nicht? Tja, und der hat sich immer auf seinen Koffer gesetzt, wenn er verreisen musste. Er hat gesagt, das bringt Glück. Er hat sich geweigert, noch einmal zurückzugehen, wenn er losgefahren war. Und wenn es denn doch unbedingt sein musste, wie einmal, als meine Großmutter ihre Herztabletten vergessen hatte, hat er sich im Spiegel angesehen, bevor er wieder aufbrach.» Sie schnippte Asche von ihrer Zigarette in eine Untertasse auf dem Nachttisch. «Ich weiß nicht, wo du Amerikanisch mit Brooklyn-Akzent gelernt hast, aber wenn du kein Russe bist, fresse ich 'nen Besen.»

Eugene betrachtete die Frau, die seit fünf Jahren seine Freundin war. «Bernice, allmählich wird's langweilig.»

Sie beugte sich vor und legte die Lippen an sein Ohr. «Als ich gestern in deiner Wohnung Staub gesaugt habe, bin ich auf das Versteck unter den Dielenbrettern gestoßen. Ich hab die Antenne entdeckt. Ich hab Geldbündel gefunden, jede Menge davon. Mehr Geld, als ich je in meinem Leben gesehen habe. Ich hab *Zeug* gefunden – eine Minikamera, Filmrollen, ein kleines Teil, das in eine Hand passt und aussieht wie ein Mikroskop. Ich hab Streichholzbriefchen mit Zahlenrastern und Buchstabenkombinationen auf der Innenseite gefunden.» Bernice überlief ein stolzer Schauer. «Ich bin ja so stolz auf dich, Eugene. Ich bin stolz darauf, deine Freundin zu sein. Ich bin stolz darauf, mit dir zu vögeln.» Sie griff mit der rechten Hand nach unten und legte sie beschützend über sein Geschlecht. «Ach Baby, mir bleibt die Spucke weg. Du bist ein Spion, du spionierst für Sowjetrussland, Eugene! Du bist ein kommunistischer Kämpfer an vorderster Front in der Schlacht gegen den Kapitalismus. Keine Sorge, Eugene. Bernice würde eher sterben, als irgendwem zu erzählen, wer du in Wirklichkeit bist.»

«Auch Max nicht, Bernice. Vor allem nicht Max.»

Freudentränen schossen aus Bernice' geschlossenen Augen. «Auch Max nicht, Baby», hauchte sie atemlos. «Mein Gott, ich liebe dich so sehr, Eugene. Ich liebe das, was du tust, ich liebe dich, so, wie eine Frau einen Soldaten liebt. Dieses Geheimnis ist wie ein Verlobungsring für uns. Das schwöre ich dir.»

Am Abend zuvor hatte Eugene sich mit SASHA an der Statue von General McClellan in der California Avenue getroffen. Ein Treffen zwischen einem Agenten und seinem Kontaktmann war selten. Normalerweise holte Eugene Filme und verschlüsselte Botschaften immer bei toten Briefkästen ab.

«Weißt du, wer General McClellan war?», fragte Eugene mit einem Blick auf die Statue.

«Er hat im Bürgerkrieg irgendeine Schlacht gewonnen», sagte SASHA.

«McClellan hat Lee eine ordentliche Abreibung verpasst, aber dann war er für Lincolns Geschmack zu vorsichtig, um genug Vorteile aus dem Sieg zu schlagen, und wurde gefeuert.»

«Chruschtschow ist zu vorsichtig, wenn du mich fragst», sagte SASHA mürrisch. «Wenn er diesen gottverdammten Aufstand in Ungarn nicht bald beendet, bricht ganz Osteuropa weg. Und dann gibt's keine Pufferzone mehr zwischen der Sowjetunion und der NATO.»

«Chruschtschow lässt sich Zeit, weil er keinen Weltkrieg riskieren will», vermutete Eugene.

«Es wird keinen Weltkrieg geben», sagte SASHA kategorisch, «zumindest nicht wegen Ungarn. Deshalb hab ich im Getränkeladen angerufen und die Bestellung aufgegeben. Deshalb hab ich um dieses Treffen gebeten.» Er hielt Eugene eine kleine braune Papiertüte hin, die mit Erdnüssen gefüllt war. «Unter den Erdnüssen sind zwei Mikrofilmrollen, die den Lauf der Geschichte ändern werden. Sie enthalten Notfallpläne, Protokolle von Telefonkonferenzen auf höchster Ebene, Meldungen aus der Dienststelle in Wien, sogar die Mitschrift einer Sitzung, auf der die CIA Präsident Eisenhower über die militärische Bereitschaft Amerikas in Europa informiert hat. Ich war bei der Sitzung dabei. Am Ende hat Eisenhower den Kopf geschüttelt und gesagt: ‹Ich wünschte bei Gott, ich könnte ihnen helfen, aber ich kann es nicht.› Merk dir diese Worte, Eugene, die sind nämlich auf keinem Mikrofilm.»

«‹Ich wünschte bei Gott, ich könnte ihnen helfen, aber ich kann es nicht.›»

«Starik löchert mich mit Anfragen, seit diese Geschichte in Budapest losgegangen ist. Hier ist die Antwort: Die Amerikaner werden keinen einzigen Panzer und keine einzige Einheit in Bewegung setzen, um den Ungarn zu helfen, falls Chruschtschow Schukow von der Leine lässt.»

Eugene fischte eine Erdnuss aus der Tüte, knackte sie und schob sich die Kerne in den Mund. Dann nahm er die Tüte entgegen. «Ich sorge dafür, dass Eisenhowers Bemerkung innerhalb von zwei Stunden bei Starik ist.»

«Wie kann ich wissen, dass sie angekommen ist?», wollte SASHA wissen.

«Lies die Schlagzeilen in der *Washington Post*», empfahl Eugene.

Tief über einen kleinen Tisch in der Bibliothek der Abakumow-Villa außerhalb Moskaus gebeugt, entschlüsselte Starik die Meldung von seinem Agenten in Rom; er wollte nicht, dass Nachrichten, die mit CHOLSTOMER zu tun hatten, durch die Hände der Dechiffrierleute gingen. Etliche hohe Summen US-Dollar, die in den letzten sechs Monaten von «SovGaz» und der Sowjetischen Import-Export-Kooperative auf Schweizer Konten überwiesen, dann diskret an verschiedene Mantelfirmen in Luxemburg ausgezahlt worden waren, um von dort an die größte italienische Privatbank, die *Banco Ambrosiano*, und schließlich an die Vatikanbank weitergeleitet zu werden, waren angekommen. Starik verbrannte die verschlüsselte Nachricht zusammen mit dem Dechiffriercode in einem Kohleneimer und schob den entschlüsselten Text in einen altmodischen Karteikasten mit einem eisernen Verschluss. Auf dem Eichenholzdeckel stand in schöner kyrillischer Schrift *Soverscheno Sekretno* («streng geheim») und CHOLSTOMER. Er schob den Karteikasten in den großen Safe, der hinter dem Lenin-Porträt in die Wand eingelassen war, aktivierte den Selbstzerstörungsmechanismus, machte die schwere Tür zu und schloss sie oben und unten mit dem einzigen existierenden Schlüssel ab, den er immer an einer schön gearbeiteten Silberkette um den Hals trug.

Dann wandte er sich der nächsten Meldung zu, die soeben von den Dechiffrierleuten im obersten Stock entschlüsselt worden war. Sie war mit höchstem Dringlichkeitsvermerk vierzehn Minuten zuvor eingegangen, und der Mitarbeiter, der Starik die Meldung überbrachte, hatte darauf hingewiesen, dass die Washingtoner Residentur außerplanmäßig gesendet hatte, was unterstrich, wie wichtig die Angelegenheit war.

Als Starik SASHAs kurze Nachricht durchlas, leuchteten seine Augen auf. «Ich wünschte bei Gott, ich könnte ihnen helfen, aber ich kann es nicht.» Er griff nach dem Telefon und wählte die Nummer des Wachhauses am Tor. «Sofort einen Wagen vorfahren lassen», befahl er.

Starik angelte die letzte bulgarische Zigarette aus der Packung und klemmte sie sich zwischen die Lippen. Er zerknüllte die leere Packung und warf sie bei seinem nächsten Rundgang durch das Vorzimmer in den verrosteten Papierkorb. Einer der schwergewichtigen KGB-Gorillas, die auf Holzbänken herumsaßen und in Illustrierten blätterten, bemerkte, dass Starik seine Taschen abklopfte, und bot ihm Feuer an. Pascha Semjonowitsch Shilow beugte sich vor und inhalierte tief den ersten Zug.

«Wie lange sind die schon dran?», rief er dem Sekretär zu, einem jungen Mann mit dicker Brille, der an dem Schreibtisch neben der Tür saß.

«Seit neun Uhr heute Morgen», bekam er zur Antwort.

«Sieben Stunden», brummte einer von den Leibwächtern.

Durch die Tür zum Sitzungssaal des Politbüros drang der gedämpfte Klang hitziger Diskussionen. Dann und wann hob jemand die Stimme so laut, dass man Bruchstücke verstehen konnte. «Einfach nicht möglich, eine schriftliche Garantie zu bekommen.» «Keine andere Wahl, als uns zu unterstützen.» «Höchstens eine Frage von Tagen.» «Die Folgen abwägen.» «Wenn Sie sich weigern, tragen Sie die Verantwortung.»

Starik blieb vor dem Sekretär stehen. «Sind Sie sicher, dass er weiß, dass ich hier bin?»

«Ich habe ihm Ihre Nachricht vorgelegt. Was kann ich noch tun?»

«Ich muss ihn unbedingt sprechen, bevor eine Entscheidung gefällt wird», sagte Starik. «Rufen Sie an.»

«Ich habe die strikte Anweisung, ihn nicht zu stören –»

«Und ich erteile Ihnen die strikte Anweisung, ihn zu stören. Falls Sie sich weigern, wird das schlimme Folgen für Sie haben.»

Der junge Mann wand sich unentschlossen. «Wenn Sie mir noch eine weitere schriftliche Nachricht geben, Genosse Generaloberst, werde ich versuchen, dafür zu sorgen, dass er sie auch ganz bestimmt liest.»

Starik schrieb hastig eine zweite Notiz auf einen Block und riss den Zettel ab. Der Sekretär atmete einmal tief durch, stürmte dann in den Raum und ließ die Tür halb offen. «Gehen unverantwortliche Risiken ein, falls wir nicht intervenieren.» «Erholen uns noch immer vom letzten Krieg.» «Die einzige Sprache, die Konterrevolutionäre verstehen, ist die Sprache der Gewalt.»

Die Tür öffnete sich weiter, und der Sekretär kam zurück, gefolgt von der rundlichen Gestalt Nikita Sergejewitsch Chruschtschows. Die drei Bodyguards sprangen sofort auf. Starik warf die Zigarette auf den Boden und trat sie mit der Stiefelspitze aus.

Chruschtschow war gereizt. «Was zum Teufel ist denn so wichtig, dass es nicht warten kann, bis ...»

Starik holte einen schlichten braunen Umschlag aus der Innenseite seiner langen Bauernjacke, zog einige Unterlagen daraus hervor und reichte sie Chruschtschow. «Das hier spricht für sich.»

Der Erste Sekretär der Kommunistischen Partei setzte sich eine Lesebrille auf und begann, die Dokumente durchzusehen. Während er das erste Blatt las, teilten sich seine dicken Lippen. Von Zeit zu Zeit blickte er auf und stellte eine Frage.

«Wie sicher ist die Quelle dieser Informationen?»

«Absolut sicher.»

«Das ist offenbar das Protokoll einer Sitzung –»

«Es gab eine Telefonkonferenz über eine gesicherte Leitung zwischen dem CIA-Direktor Dulles, seinem Bruder John Foster Dulles, der sich derzeit in einem Washingtoner Krankenhaus erholt, und dem Verteidigungsminister Charles Wilson. Ein Stenograf im CIA-Büro von Dulles hat das Gespräch mitgeschrieben.»

Chruschtschow lachte leise. «Ich werde Sie nicht fragen, wie diese Mitschrift in Ihre Hände gelangt ist.»

Starik lächelte nicht. «Wenn Sie es täten, ich würde es Ihnen nicht sagen.»

Chruschtschow wurde ärgerlich. «Wenn ich Ihnen den Befehl gebe, es mir zu sagen, dann sagen Sie es mir.»

Starik blieb standhaft. «Vorher würde ich meinen Dienst quittieren.»

Nikolai Bulganin, der ehemalige Bürgermeister von Moskau, der im Vorjahr auf Chruschtschows Drängen hin zum Ministerpräsidenten ernannt worden war, erschien in der Tür.

«Nikita Sergejewitsch, Marschall Schukow drängt auf eine Antwort –»

Chruschtschow reichte Bulganin die Blätter, die er bereits gelesen hatte. «Sehen Sie sich die an, Nikolai Alexandrowitsch», befahl er knapp. Er las die restlichen Seiten durch, manche davon zweimal, dann blickte er auf. Seine kleinen Augen funkelten aufgeregt in dem runden Gesicht. «Die Bemerkung in Klammern hier oben», sagte er leise, «besagt, dass diese Worte im Weißen Haus gefallen sind.»

Starik gestattete sich ein dünnes Lächeln.

Chruschtschow zeigte Bulganin das letzte Dokument, dann gab er Starik die Papiere zurück. «Ich danke Ihnen, Pascha Semjonowitsch. Natürlich ermöglicht uns das, die Situation in einem ganz anderen Licht zu betrachten.» Mit diesen Worten kehrten der Erste Sekretär und der sowjetische Ministerpräsident in den Sitzungssaal zurück und schlossen die Tür hinter sich.

Die KGB-Gorillas ließen sich wieder auf ihre Bänke nieder. Der junge Sekretär atmete erleichtert auf. Hinter den dicken Holztüren schien sich der Sturm gelegt zu haben, und stattdessen hörte man die gemäßigten Stimmen gelassener Männer, die sich rasch auf eine vernünftige Entscheidung einigten.

9

BUDAPEST, SONNTAG, 4. NOVEMBER 1956

Auf der Bühne des Corvin-Kinos warteten die Darsteller des Dramas in einem Wirrwarr von Orangenschalen, leeren Sardinenbüchsen, aufgebrochenen Munitionskisten, Kleiderhaufen und Waffen aller Art darauf, dass sich der Vorhang zum letzten Akt hob. Ein paar junge Mädchen füllten kichernd Patronengurte für Maschinenpistolen auf. Einige ältere Frauen saßen im Halbkreis vor der Bühne, füllten Benzin in leere Bierflaschen und stopften Stoffstreifen als Lunten hinein. In einer Ecke schärfte Zoltán der Zigeuner, Ebbys Funker, die lange, gebogene Messerklinge des Vaters seines Vaters und fuhr hin und wieder prüfend mit dem Daumen darüber. Ebby döste hinten im Zuschauerraum auf einem der hölzernen Klappsitze, den Kopf auf einen zusammengerollten Vorhang gelegt. Elizabet lag in der Reihe hinter ihm ausgestreckt über drei Sitze, einen Mantel der ungarischen Armee über sich gebreitet, eine Strickmütze über Augen und Ohren gezogen, die Licht und Geräusche fernhielt, aber nicht die Anspannung.

Kurz vor vier Uhr morgens kam Árpád in das Kino getrottet und sah sich um. Er entdeckte Ebby, ging durch den Zuschauerraum und ließ sich müde auf den Sitz neben ihm sinken.

Ebby war schlagartig hellwach. «Stimmen die Gerüchte?», fragte er.

Árpád, die Augen vor Müdigkeit verquollen, nickte niedergeschlagen. «Sie müssen die Nachricht an Ihre amerikanischen Freunde in Wien funken. Pál Maléter und die anderen Delegierten wurden zur Fortsetzung der Verhandlungen in den russischen Kommandoposten auf der Donauinsel Tokol eingeladen. Kurz nach elf Uhr gestern Abend hat Maléter angerufen und gesagt, es sei alles in Ordnung. Eine Stunde später ist sein Fahrer im Parlament aufgetaucht und hat berichtet, dass Maléter und die anderen verhaftet worden sind. Der KGB ist während einer Kaffeepause in den

Sitzungssaal gestürmt. Maléters Fahrer hat gerade in der Garderobe ein Nickerchen gemacht und wurde in dem Durcheinander einfach übersehen. Später hat er sich dann wegschleichen können. Er hat gesagt, der russische General, der mit Maléter verhandelt hat, wäre wütend auf den KGB gewesen. Er hatte Maléter sein Wort als Soldat gegeben, dass die ungarische Delegation sicheres Geleit habe. Der Anführer der KGB-Leute hat den General beiseite genommen und ihm irgendwas ins Ohr geflüstert. Der General hat angewidert abgewinkt und ist aus dem Raum gegangen. Die KGBler haben unseren Unterhändlern Säcke über den Kopf gestülpt und sie weggeführt.»

«Das kann nur eines bedeuten», flüsterte Ebby.

Árpád nickte finster. «Wir sind von allen verraten worden», sagte er stumpf. «Jetzt können wir nur noch im Kampf sterben.»

Jenseits der dicken Mauern des Corvin-Kinos ertönte dumpfes Kanonenfeuer. Es klang, als würde irgendwo jemand dezent an eine Tür klopfen. Ein paar Artilleriegranaten detonierten und erschütterten das Gebäude. Überall im Zuschauersaal rappelten sich junge Leute verstört auf und begannen, wild durcheinander zu reden. Ein Armeeoffizier stieg auf eine Klappleiter, befahl Ruhe und fing dann an, Befehle zu erteilen. Die Studenten griffen nach ihren Waffen, füllten sich die Manteltaschen mit Molotow-Cocktails und eilten zu den Ausgängen.

Elizabet stand in der Reihe hinter Ebby und Árpád und schlotterte unter dem Mantel, den sie sich um die Schultern gelegt hatte. Eine Hand auf ihre verletzte Brust gelegt, lauschte sie kurz dem fernen Donner und den Explosionen. Das Blut wich aus ihren Lippen. «Was ist passiert?», wisperte sie.

Árpád stand auf. «Die Russen sind zurückgekommen, meine Liebste. Sie haben unserer Revolution den Krieg erklärt.» Er wollte noch etwas sagen, doch seine Stimme verlor sich in der Detonation einer Granate, die zwischen dem Corvin-Kino und der Kilian-Kaserne auf der anderen Straßenseite einschlug. Der Strom fiel aus, und die Lichter im Kino erloschen, während feiner, pulvriger Staub von der Decke rieselte.

Überall im Saal gingen Taschenlampen an. Ebby suchte Zoltán, und zu zweit stiegen sie unters Dach zu ihrem improvisierten Funkraum. Mit einem Bleistiftstummel kritzelte Ebby rasch eine Eilmeldung an die Dienststelle in Wien. «Die muss nicht mehr verschlüsselt werden», sagte er zu Zoltán. «Wichtig ist jetzt vor allem, dass –»

Das Heulen russischer MiGs übertönte Ebby. Als die Flugzeuge abdrehten, hörte er das trockene Stakkato ihrer Geschütze. Er sah Flammen aus dem Dach neben der Kilian-Kaserne schlagen. Zoltán schloss das Funkgerät an eine Autobatterie an und drehte am Einstellknopf herum, bis er die richtige Frequenz gefunden hatte. Ebby schrieb seine Meldung zu Ende, reichte sie Zoltán und hielt dann die Taschenlampe, während der Funker die Nachricht morste:

Pest seit 4 Uhr früh unter Granatbeschuss durch sowjetische Artillerie – überall Detonationen – Sowjet-Jets greifen Rebellenstellungen an – Nagys Verteidigungsminister Pál Maléter laut unbestätigten Berichten gestern Abend von KGB verhaftet – Freiheitskämpfer bereiten Widerstand vor doch ohne Aussicht auf Erfolg

Tief über die Morsetaste gebeugt, beendete Zoltán die Meldung mit Ebbys Codenamen, als die ersten Panzer in die Straße vor dem Kino rollten.

«Und jetzt nichts wie weg hier», sagte Ebby.

Das ließ sich Zoltán nicht zweimal sagen. Während Ebby die Antenne einholte, stopfte der Zigeuner die Batterie und den Sender in seinen Rucksack. Dann hasteten die beiden zurück ins Kino und durch ein Loch in der Mauer hinaus auf eine schmale Treppe, die in die Gasse hinter dem Gebäude führte. Die Wolken am Himmel waren von der Feuersbrunst, die inzwischen in der Stadt tobte, rosenrot verfärbt. Junge Männer und Frauen in kurzen Lederjacken mit schwarzen Baskenmützen und rot-weiß-grünen Armbinden kauerten in der Gasse und warteten darauf, bis sie an der Reihe waren, auf die Straße zu stürmen und Molotow-Cocktails gegen die Panzer zu schleudern, die das Kino und die festungsartige Fassade des massiven Kasernenbaus auf der anderen Seite unter Beschuss genommen hatten.

Dann und wann hörte man von der breiten Straße Maschinengewehrsalven. Augenblicke später kam ein Trupp Freiheitskämpfer zurück in die Gasse gerannt und schleppte einige Verwundete mit sich. Auf ausgehängten Holztüren trugen Medizinstudenten mit weißen Armbinden die Verletzten zurück ins Kino.

Die Studenten, die am weitesten vorne waren, entzündeten die Lunten an ihren Molotow-Cocktails. Ein sommersprossiges Mädchen mit Rattenschwänzen, höchstens sechzehn Jahre alt, brach in Tränen aus. Ihr Freund wollte ihr den Molotow-Cocktail aus der Hand winden, doch sie hielt ihn fest umklammert. Als sie an der Reihe war, stand sie unsicher auf und taumelte aus der Gasse. Einer nach dem anderen stürmte auf die Straße hinaus, um Molotow-Cocktails gegen die Panzer zu schleudern. Das metallische Bellen der russischen Maschinengewehre hämmerte durch die staubige Morgenluft. Kugeln prallten auf die Backsteinwand gegenüber der Gasse und fielen zu Boden.

Zoltán hob eine auf; sie fühlte sich noch warm an. Er beugte sich zu Ebby hinüber. «Ich schlage vor, wir sehen zu, dass wir unseren Hintern schleunigst in die amerikanische Botschaft befördern.»

Ebby schüttelte den Kopf. «Da kommen wir niemals lebend an.»

Auf der Treppe vor der Tür zum Kino debattierten Árpád und Elizabet heftig auf Ungarisch. Einige Male wollte Árpád sich abwenden und gehen, doch Elizabet hielt ihn fest und redete weiter auf ihn ein. Sie traten beiseite, um zwei Medizinstudenten vorbeizulassen, die ein totes Mädchen – die sommersprossige Sechzehnjährige, die geweint hatte, bevor sie auf die Straße lief – in die Leichenhalle im Keller trugen. Árpád hob verzweifelt einen Arm, als die Leiche vorbeigetragen wurde, dann zuckte er in verbitterter Resignation die Achseln. Elizabet kam zu Ebby gelaufen und kniete sich hinter ihn. «Es gibt einen Tunnel unter der Straße durch in die Kilian-Kaserne. Ich habe Árpád überredet, mit uns rüberzugehen – da drüben sind Hunderte von bewaffneten Freiheitskämpfern und reichlich Munition. Die Wände sind bis zu drei Meter dick. Da können wir tagelang durchhalten. Selbst wenn der Rest der Stadt fällt, können wir die Glut des Widerstands in Gang halten. Vielleicht kommt der Westen ja doch noch zur Vernunft. Vielleicht können die westlichen Intellektuellen ihre Regierungen zwingen, sich den Russen entgegenzustellen.» Sie deutete mit dem Kinn auf Zoltáns Rucksack. «Ihr müsst unbedingt mitkommen und Berichte über den Widerstand nach Wien senden. Wenn die Meldungen von dir kommen, werden sie sie glauben.»

Zoltán erkannte sofort die Vorteile. «Wenn es in der Kaserne brenzlig wird», erklärte er Ebby, «können wir durch unterirdische Gänge in die Stadt flüchten.»

«Die Berichte, die ich sende, werden nichts ändern. Irgendwann muss jemand, der noch einen Funken gesunden Menschenverstand besitzt, einen Waffenstillstand aushandeln und das Massaker beenden.»

«Du musst deine Berichte senden, solange der Kampf andauert», beharrte Elizabet.

Ebby nickte ohne Begeisterung. «Ich werde ihnen erzählen, wie die Ungarn sterben, aber es wird nichts ändern.»

Zu viert stiegen sie die Eisentreppe hinunter in den Keller, der inzwischen zur Leichenhalle umfunktioniert worden war. Hinter ihnen wurden immer mehr Tote hinuntergetragen und in gerade Reihen gelegt, als könnten diese ordentlichen Reihen dem Chaos aus Gewalt und Sterben eine Art Ordnung aufzwingen. Manche Toten waren grausam entstellt, andere wiesen keine offensichtlichen Wunden auf. Der Geruch in dem unbelüfteten Keller wurde unerträglich, und Elizabet zog sich mit Tränen in den Augen den Rollkragen ihres Pullovers über die Nase.

Sie suchten sich ihren Weg zwischen den Leichen hindurch und erreichten eine Stahltür, die in einen engen Tunnel voller Elektrokabel führte. Nach etwa vierzig Metern – sie befanden sich jetzt ungefähr unter der Straße – konnten sie die Ketten der Panzer hören, die auf der Suche nach Zielen nervös hin und her schlingerten. Árpád, der als Erster ging, klopfte mit dem Knauf seiner Pistole gegen die Metalltür, die das Ende des Tunnels versperrte. Zwei Mal, dann Pause, dann noch zwei Mal. Sie hörten das Schaben schwerer Riegel, die auf der anderen Seite zurückgeschoben wurden, dann das Quietschen der sich öffnenden Tür. Ein Priester mit struppigem grauem Bart über der verdreckten Soutane stierte sie aus weit aufgerissenen Augen an. Einige Soldaten mit Kindergesichtern leuchteten ihnen mit ihren Taschenlampen ins Gesicht. Als der Priester Árpád erkannte, grinste er verzerrt. «Willkommen in der Hölle», rief er hysterisch, und mit einer schwungvollen Geste leckte er sich den Daumen und malte jedem von ihnen ein Kruzifix auf die Stirn, als sie durch die Tür gingen.

10

WIEN, MITTWOCH, 7. NOVEMBER 1956

Wisner war eiligst eingeflogen, hatte sich bei Llewellyn Thompson, seinem alten Freund aus Studentenzeiten und jetzigem Botschafter der Vereinigten Staaten in Wien, niedergelassen und in der Botschaftsbibliothek sein Hauptquartier eingerichtet. Millie Owen-Brack rekrutierte einen Teewagen, um die dicken Stapel von Telegrammen und Telexe zu ihm zu schaffen; immer und immer wieder schob sie den Wagen durch die Bibliothekstüren, stapelte das eingegangene Material vor Wisner auf, bis er hinter dem Papierberg verschwand. Völlig übermüdet, mit hektischen, blutunterlaufenen Augen, das Hemd durchgeschwitzt, machte Wisner sich mit trauriger Verbissenheit über jeden neuen Stapel her, als könnte er die Situation unter Kontrolle bringen, wenn er nur genug darüber las, was jenseits der nur wenige Meilen entfernten Grenze vor sich ging. Am Tag zuvor war Dwight Eisenhower mit überwältigender Mehrheit wieder gewählt worden, aber Wisner hatte kaum Notiz davon genommen. «Russische Einheiten kämmen auf der Suche nach den Rädelsführern des Aufstands Block für Block und Haus für Haus durch», las er aus einer Meldung vor, die von der Budapester Botschaft eingetroffen war. «Tausende von Freiheitskämpfern werden in Güterwaggons geschafft und in Richtung Ukraine abtransportiert.» Wisner zerknüllte die Meldung und warf sie auf den kleinen Berg auf dem Boden.

«Heilige Muttergottes», stöhnte er und sog geräuschvoll die Luft durch die Nase ein. «Hier ist wieder eine von Ebbitt, datiert vom 5. November. ‹Kilian-Kaserne hält noch durch. Jugendliche binden sich Dynamitstangen um den Leib und werfen sich unter die Ketten der sowjetischen Panzer. Munition geht zu Ende. Die Hoffnung ebenso. Freiheitskämpfer haben tote Kameraden aufgerichtet an Fenster gestellt, damit die Russen auf sie schießen und Munition verschwenden. Alle fragen, wo bleiben die

Vereinten Nationen, wann kommt amerikanische Hilfe. Was soll ich ihnen sagen?›»

Mit Tränen in den Augen hielt Wisner Ebbitts Meldung hoch und sah Owen-Brack an. «Sechs Jahre lang – *sechs Jahre!* – haben wir den armen Schweinen erzählt, sie sollen sich gegen ihre sowjetischen Herren erheben. Wir haben Millionen ausgegeben, um dafür geheime Vorkehrungen zu treffen – wir haben in ganz Europa Waffenlager angelegt, wir haben Tausende von Emigranten ausgebildet. Himmelherrgott noch mal, die Ungarn in Deutschland treten ihren Ausbildern fast die Türen ein und betteln, dass sie ins Land geschickt werden. Und was machen wir? *Was machen wir, Millie?* Wir vertrösten sie mit ein paar frommen Sprüchen von Eisenhower.»

«Die Suezkrise hat die Sachlage nun mal verändert», sagte Owen-Brack leise, aber Wisner, der schon die nächste Meldung studierte, hörte ihr nicht zu.

«Verdammt, hören Sie sich das hier an. Der Korrespondent von *Associated Press* in Budapest schreibt: ‹STEHEN UNTER SCHWEREM MASCHINENGEWEHRFEUER. IST HILFE IN AUSSICHT? SCHNELL, SCHNELL. JEDE SEKUNDE ZÄHLT.› Hier hab ich noch eine. ‹SOS SOS. DIE KÄMPFE KOMMEN NÄHER. WEISS NICHT, WIE LANGE WIR WIDERSTAND LEISTEN KÖNNEN. GRANATEXPLOSIONEN IN DER NÄHE. GERÜCHTEN ZUFOLGE SOLLEN AMERIKANISCHE TRUPPEN IN EIN ODER ZWEI STUNDEN HIER SEIN. IST DAS WAHR?›» Wisner warf die Telegramme beiseite und griff nach dem nächsten, als könnte er es nicht erwarten, die Fortsetzung zu erfahren. «‹LEBT WOHL, FREUNDE. GOTT ERBARME SICH UNSER. DIE RUSSEN SIND DA.›» Und so ging es weiter. Wisner sprach vor sich hin, las zusammenhanglose Fetzen aus Meldungen, warf sie zu Boden, ohne sie zu Ende zu lesen, fing neue in der Mitte an. «Massenhinrichtungen ... Flammenwerfer ... verkohlte Leichen ... Tote mit Kalk bestreut und in flachen Gräbern in Parks beigesetzt ... Nagy mit Amnestieversprechen aus jugoslawischer Botschaft gelockt und festgenommen ...»

Botschafter Thompson kam in die Bibliothek. «Du brauchst mal eine Pause, Frank», sagte er, als er durch die Papierberge auf dem Boden watete, um den Tisch herumging und Wisner einen Arm um die Schulter legte. «Du brauchst eine warme Mahlzeit in den Bauch und ein paar Stunden Schlaf. Dann kannst du auch wieder klarer denken.»

Wisner schüttelte den Arm ab. «Ich will nicht klarer denken», schrie er. Plötzlich schien alle Energie aus seinem Körper zu entweichen. «Ich will nicht denken», verbesserte er sich in einem gepressten Flüstern. Mit beiden

Händen zog er einen neuen Papierstapel zu sich heran, wie einen Berg Chips, den er soeben beim Roulette gewonnen hatte, hielt das oberste Blatt hoch, auf das der entschlüsselte Text aufgeklebt war. Er kam von DCI Allen Dulles. «Hier haben wir ein paar Zeilen aus Washington», fauchte Wisner. «‹ZENTRALE WEIST DIENSTSTELLE WIEN AUF DIE COMPANY-STRATEGIE HIN, NICHT AKTIV ZU WERDEN.› Nicht aktiv zu werden! Wir erleben gerade, dass die westliche Zivilisation überrannt wird, aber wir sollen nicht aktiv werden! Die Ungarn sind aktiv geworden, weil wir dazu aufgerufen haben, den Kommunismus zurückzudrängen. Die Russen sind aktiv geworden, weil die Ungarn uns beim Wort genommen haben. Wir sind die Einzigen, die hier nicht aktiv werden, gottverdammt.»

Thompson warf Owen-Brack einen Blick zu. «Bringen Sie ihm keine Meldungen mehr», wies der Botschafter sie an.

Wisner stand mühsam auf und trat den Papierkorb voller zusammengeknüllter Meldungen quer durch den Raum. Thompson klappte der Unterkiefer runter. «Leite du deine Scheiß-Botschaft», sagte Wisner in eisigem Ton zu seinem Freund. «Ich leite hier die CIA-Operation.» Mit dem Kinn deutete er auf den Teewagen. «Schaffen Sie mir neue Meldungen ran», befahl er Owen-Brack. «Schaffen Sie mir alles ran, was Sie in die Finger kriegen. Ich muss mich da einlesen ... muss einen Weg finden.» Als Owen-Brack unsicher zum Botschafter hinüberschaute, funkelte Wisner sie wütend an. «Setzen Sie Ihren Hintern in Bewegung!», schrie er. Er fiel wieder zurück in seinen Sessel. «Schaffen Sie mir um Gottes willen die Meldungen ran», flehte er, blinzelte hektisch, rang nach Atem, klammerte sich an der Tischkante fest. Dann kippte er nach vorn, vergrub den Kopf in den Papierstapeln und weinte lautlos.

Aus heiterem Himmel erklärte Wisner, dass er sich den Strom ungarischer Flüchtlinge ansehen wolle, die über die Grenze nach Österreich kamen. Millie Owen-Brack überredete Jack McAuliffe, als Aufpasser mitzukommen.

Der Exodus aus Ungarn hatte als kleines Rinnsal begonnen und war mittlerweile zu einem reißenden Strom geworden. Jede Nacht riskierten Hunderte von Ungarn den Weg über die Minenfelder und vorbei an den sowjetischen Fallschirmjägern, die in einigen Sektoren die regulären ungarischen Grenztruppen ersetzt hatten, weil die oft in die andere Richtung sahen, wenn sie Flüchtlinge erspähten.

Nach fünfundzwanzig Minuten Autofahrt von Wien aus hielt ihr Wagen am ersten Aufnahmelager. Es war in der Aula eines Kleinstadtgymnasiums eingerichtet worden. Die etwa zweihundert Ungarn, die in der letzten Nacht über die Grenze gekommen waren – überwiegend junge Männer und Frauen, manche mit Kindern, ein paar ältere Leute –, lagen ausgestreckt auf Matratzen. Manche rauchten geistesabwesend amerikanische Zigaretten, andere starrten blicklos vor sich hin. In einer Ecke teilten österreichische Rote-Kreuz-Helfer Suppe und Brot, dampfende Tassen Kaffee und Gebäck aus. Am nächsten Tisch half ein junger amerikanischer Freiwilliger beim Ausfüllen der Anträge auf politisches Asyl. Einige von Jack rekrutierte *Company*-Mitarbeiter, die Ungarisch sprachen, wanderten mit Fragebögen durch den überfüllten Raum. Dann und wann knieten sie neben Flüchtlingen nieder, unterhielten sich leise flüsternd mit ihnen und schrieben Informationen über russische Armee-Einheiten oder russisches Material auf. Gelegentlich luden sie jemanden, der zum Ausdruck brachte, mit «den Bolschewiken abrechnen» zu wollen, zu einem ausführlicheren Gespräch in ein Privathaus auf der anderen Straßenseite ein.

Frank Wisner, den Kragen seines alten Wintermantels gegen nicht vorhandene Zugluft hochgestellt, einen Schal um den Hals geschlungen, ließ den Blick über die Szenerie wandern. Kopfschüttelnd murmelte er *Déjà vu* vor sich hin – er hatte das alles schon einmal gesehen, sagte er. Das war gegen Ende des Krieges gewesen. Er war der OSS-Chef in Bukarest, als die Rote Armee anfing, Rumänen zusammenzutreiben, die gegen sie gekämpft hatten, und sie in Viehwaggons in sibirische Arbeitslager zu transportieren. Ob einer der Anwesenden Harvey Torriti kenne, erkundigte er sich. Als Jack sagte, dass er für den Zauberer arbeite, merkte Wisner auf. Guter Mann, dieser Torriti. Dickes Fell. Man brauchte ein dickes Fell, um in dieser Branche zu überleben, obwohl es Zeiten gab, in denen einem auch ein dickes Fell nicht weiterhalf. Harvey und er hatten sich innerlich gekrümmt, als sie die Schreie der Rumänen hörten. Mit eigenen Händen hatten Harvey und er Gefangene begraben, die sich lieber umgebracht hatten, als in die Waggons zu steigen. «Déjà vu», sagte Wisner leise. Die Geschichte wiederholte sich. Amerika überließ unschuldige Menschen einem Schicksal, das schlimmer war als der Tod. Rumänen. Polen. Ostdeutsche. Jetzt die Ungarn. Die Liste war unerträglich lang.

Ein kleiner Junge in einem viel zu großen zerrissenen Mantel kam auf Wisner zu und streckte ihm die Hand entgegen. «*A nevem* Lórinc», sagte er.

Einer von Jacks Helfern, der Ungarisch verstand, übersetzte: «Er sagt, er heißt Lórinc.»

Wisner ging in die Hocke und gab dem Jungen die Hand. «Ich heiße Frank.»

Dann kramte er in seinen Taschen nach etwas, das er dem Jungen schenken könnte. Das Einzige, was er zutage förderte, war eine Packung Hustenbonbons. Er zwang seine starren Lippen zu einem Lächeln und hielt dem Jungen die Packung hin. Der Junge nahm sie mit großen, ernsten Augen.

«Er meint bestimmt, es wäre was Süßes», sagte Wisner. «Na ja, er wird es verschmerzen. Schließlich hat er mit uns eine viel schlimmere Enttäuschung erlebt.»

Das Lächeln erstarb, Wisner richtete sich auf und ließ den Kopf von einer Seite zur anderen rollen, als könnte er den Kummer nicht mehr ertragen. Jack und Millie Owen-Brack sahen einander verunsichert an. Wisner blickte sich fast panisch um. «Ich krieg keine Luft hier drin», erklärte er. «Könnte mir wohl jemand freundlicherweise den Weg nach draußen zeigen?»

Das ungarische Restaurant in einem mit einer Glaskuppel überspannten Garten abseits der Prinz-Eugen-Straße, einer von Wiens beliebten Flaniermeilen, war zum Bersten voll mit den üblichen Gästen nach einem Theater- oder Opernbesuch, als Wisner und seine Begleiter von der Fahrt zur Grenze zurückkamen. Korken knallten, Champagner floss, die Kasse neben der Garderobe klingelte. Damen in schicken, tief ausgeschnittenen Kleidern lachten perlend über den Gesprächslärm hinweg oder beugten sich über Kerzenflammen, um sich Zigarillos anzuzünden, während die Männer geflissentlich vermieden, ihnen in den Ausschnitt zu schielen. Wisner, der über einen L-förmigen Tisch in der Ecke präsidierte, kannte Wien gut genug, um seine Gäste – als da waren Botschafter Thompson, Millie Owen-Brack, Jack McAuliffe, ein Korrespondent der Zeitungsgruppe Knight-Ridder mit einem Namen, den sich niemand merken konnte, und mehrere untergeordnete Mitarbeiter der CIA-Basis – daran zu erinnern, wo sie waren: Sie waren nämlich, so verkündete Wisner, mit dem Handrücken einen Rülpser unterdrückend, nur einen Steinwurf entfernt von der berüchtigten Kammer für Arbeiter und Angestellte, wo Adolf Eichmann die, wie die Nazis sie zynisch nannten, «Zentralstelle für jüdische Auswanderung» geleitet hatte. Schwankend erhob Wisner sich und klopfte mit einem Messer gegen eine Flasche Wein, um einen Toast auszusprechen.

«Ich weiß nicht, ob ich zu tief ins Glas geschaut habe oder noch nicht tief genug», begann er und erntete nervöses Lachen. «Trinken wir auf Eisenhowers Sieg über Stevenson – möge er in seiner zweiten Amtsperiode mehr Schneid an den Tag legen als in der ersten.» Botschafter Thompson stand ebenfalls auf, um seinerseits einen Toast auszubringen, doch Wisner sagte: «Ich bin noch nicht fertig.» Er sammelte seine Gedanken. «Mag sein, dass es gegen die Statuten des Außenministeriums verstößt, aber was soll's – trinken wir auf das Wohl der verrückten Magyaren», rief er und hob sowohl sein Glas als auch die Stimme. «Es würde an ein Wunder grenzen, wenn von ihnen noch welche am Leben sind.»

«Auf die verrückten Magyaren», wiederholten die anderen an Wisners Tisch, tranken einen Schluck Wein und hofften, dass es damit erledigt wäre; Wisners Stimmungsschwankungen waren mittlerweile Besorgnis erregend.

Einige Gäste an den Nachbartischen warfen peinlich berührte Blicke in Richtung der ungehobelten Amerikaner.

Wisner legte den Kopf schief und spähte nach oben zur Kuppel, als würde er dort nach Inspiration suchen. «Auf einen heutzutage rar gewordenen Rohstoff», fuhr er fort. «Mag man ihn nennen, wie man will – Kaltblütigkeit in Krisenzeiten, Tapferkeit, Unerschrockenheit, Mut, zu den eigenen Überzeugungen zu stehen, Beherztheit, aber, verdammt, am Ende läuft es doch nur auf ein und dasselbe hinaus.» Und dann brüllte er übermütig das Wort. «*Schneid!*»

Jack sagte ernst: «Verdammt, darauf trinke ich gern.»

«Ich auch», stimmte Millie zu.

Wisner beugte sich über den Tisch, um mit ihnen anzustoßen. Jack und Millie prosteten einander zu; sie beide und Wisner waren auf einer Wellenlänge. Wisner nickte bitter und kippte den Rest seines Weins hinunter. «Wo war ich?», fragte er, und seine Augen trübten sich, als er wieder in eine dunklere Stimmung fiel.

Botschafter Thompson signalisierte, dass er die Rechnung haben wollte. «Ich denke, wir sollten für heute Schluss machen», sagte er.

«Ja, machen wir Schluss für heute», pflichtete Wisner bei. «Und was hatten wir nicht heute für einen Tag! Einen Tag, den wir nie vergessen werden, einen Tag der Niedertracht.» Er sank wieder auf seinen Stuhl und drehte den langen Stiel seines Weinglases zwischen den Fingern. «Das Problem in unserer Welt ist», brummte er, «die Menschen glauben, sie können das große Los ziehen, auch wenn sie die Augen verschließen. Aber das stimmt nicht. Denn dann greift man daneben.»

11

BUDAPEST, DONNERSTAG, 8. NOVEMBER 1956

In der kleinen Kapelle der Kilian-Kaserne rührte Elizabet in dem Topf, der auf einem offenen Feuer stand. Es war die dritte Suppe, die sie aus denselben Hühnerknochen gekocht hatte. Hin und wieder kamen ein paar von den rund achtzig Überlebenden hinunter in die «Kilian-Küche» und füllten ihre Blechnäpfe aus dem Topf. Sie hockten sich neben das Feuer, um sich zu wärmen, tranken die dünne Hühnerbrühe und witzelten über das Restaurant, das Elizabet aufmachen würde, sobald die Russen aus Budapest verjagt worden waren.

In einem Zimmer unter dem Dach schrieb Ebby eine weitere Nachricht nach Wien und reichte sie Zoltán, der das schwache Funksignal suchte. Die Autobatterie war fast leer, und der Zigeuner ging davon aus, dass das ihre letzte Meldung sein würde. So oder so war klar, dass Kilian – umzingelt von russischen Fallschirmjägern, unter dauerndem Granatbeschuss, im Trommelfeuer der Maschinengewehre – nicht mehr lange durchhalten würde. Zoltán begann, die Morsetaste zu bearbeiten:

Situation völlig hoffnungslos – Proviant und Munition ausgegangen – russische Lautsprecher versprechen Amnestie für alle, die sich ergeben – Überlebende unsicher ob sie weiterkämpfen oder verhandeln sollen – alle einig Russen nach Verrat an Nagy und Maléter nicht vertrauenswürdig aber keine anderen Möglichkeiten mehr – falls sie kapitulieren gebe ich mich aus als –

Der Spannungsanzeiger an Zoltáns Sender flackerte kurz und erlosch dann. Der Zigeuner schüttelte die Batterie, überprüfte die Kontakte und erklärte finster: «Das Scheißding hat den Geist aufgegeben.»

Während Scharfschützen die russischen Truppen in Schach hielten und auf alles schossen, was sich auf der Straße bewegte, versammelten sich die übrigen Überlebenden, darunter auch die Verwundeten, die noch gehen konnten, im Kasernenhof vor der Kapelle. Árpád, das volle Haar verfilzt, die Augen vor Müdigkeit tief in die Höhlen gesunken, verteilte Zigaretten und drehte sich selbst eine mit den letzten Krümeln Tabak. Er zündete sie an, stieg auf ein Geländer und musterte die angespannten jungen Gesichter. Dann begann er, leise auf Ungarisch zu sprechen.

«Er sagt, das Corvin-Kino ist gestern an die Russen gefallen», übersetzte Elizabet für Ebby. «In der Stadt wird geschossen, was vermuten lässt, dass noch vereinzelte Kommandos unterwegs sind, aber es wird von Stunde zu Stunde stiller. Er sagt, uns fällt die Ehre zu, die letzte Bastion des organisierten Widerstands in der Stadt zu sein. Wir haben nichts mehr zu essen. Wir haben noch einige hundert Molotow-Cocktails, aber nur noch zwölf Schuss Munition für jeden Kämpfer. Die unausweichliche Frage kann nicht länger aufgeschoben werden. Seit die Tunnel geflutet wurden, ist jeder Fluchtweg abgeschnitten. Damit haben wir nur die Wahl, bis zum bitteren Ende zu kämpfen oder den Russen zu glauben und um Amnestie zu bitten.»

Einige der jungen Soldaten begannen einen erbitterten Wortwechsel, den Elizabet nicht übersetzen musste – es war klar, dass einige meinten, es wäre an der Zeit, die Waffen niederzulegen, während andere weiterkämpfen wollten. Árpád sagte nichts und betrachtete die jungen Leute mit dem gehetzten Blick eines Menschen, der tragische Fehler begangen hat. Schließlich hob er die Hand, und es trat Stille ein.

«Er will sie per Handheben abstimmen lassen», erläuterte Elizabet.

Zögernd reckten sich immer mehr Hände in die Luft. Árpád konzentrierte sich auf seine Zigarette. Er war offensichtlich gegen die Kapitulation. Elizabet hielt beide Arme eng an den Körper gepresst. Sie machte sich keine Illusionen über die Russen und wollte lieber kämpfen, als in einem russischen Gefängnis zu landen.

Einer der jungen Soldaten stieg auf eine Kiste und zählte die Stimmen.

«Die Mehrheit will aufgeben», sagte Elizabet zutiefst enttäuscht. «Árpád wird mit einer weißen Fahne rausgehen und die Bedingungen der Amnestie aushandeln. Dann wird er die Verwundeten hinausbringen. Wenn alles gut geht, ergeben wir Übrigen uns morgen.»

Man brachte die Verwundeten aus allen Winkeln der riesigen Kaserne zum Haupttor. Viele humpelten an selbst gebastelten Krücken. Wer gehen konnte, half denjenigen, die es nicht mehr konnten. Árpád band ein schmutziges weißes Unterhemd an einen Stock. Einige Freiheitskämpfer wandten sich tränenblind ab, als Árpád nach einem letzten verzweifelten Blick zu Elizabet das wuchtige Stahltor öffnete und hinaus auf die Straße trat.

Ebby und Elizabet hasteten hinauf in den dritten Stock, um die Geschehnisse durch einen schmalen Mauerschlitz zu beobachten. Ein russischer Offizier in einem langen grauen Mantel mit golden schimmernden Schulterklappen trat hinter einem Panzer hervor und traf Árpád auf halbem Weg. Der Russe bot dem Dichter eine Zigarette an und zuckte die Achseln, als dieser ablehnte. Die beiden Männer sprachen einige Minuten miteinander, wobei der Russe immer wieder den Kopf schüttelte. Er wollte offensichtlich keine Zugeständnisse machen. Schließlich nickte der Dichter. Der Russe streckte ihm die Hand entgegen. Árpád betrachtete sie einen Moment angeekelt, dann schob er beide Hände in die Taschen seiner Lederjacke, machte auf dem Absatz kehrt und ging zurück zur Kaserne.

Augenblicke später trat er wieder auf die Straße, diesmal gefolgt von einer jämmerlichen Prozession Verwundeter. Manche wurden auf Stühlen getragen, andere zogen die Beine nach, während ihre Kameraden sie auf die Reihe russischer Panzer zuschleiften. Der graubärtige Priester trug einen blutigen Kopfverband und stützte sich auf eine junge Frau mit einer Rote-Kreuz-Binde am Arm. Auf halber Strecke blieb Árpád unvermittelt stehen, und die anderen verharrten hinter ihm. Manche sanken erschöpft zu Boden. Ebby sah, wie Árpád wütend in Richtung der Russen deutete, die auf den Dächern gegenüber postiert waren; sie hatten ihre mit Zielfernrohren ausgestatteten Gewehre auf den Mauerbrüstungen in Anschlag gebracht. Árpád schüttelte heftig den Kopf, als erwache er aus einem tiefen Schlaf. Er riss eine schwere Armeepistole aus der Jackentasche, machte einen Schritt nach vorn und presste die Mündung an die Stirn. «*Eljen!*», schrie er heiser – «Langes Leben!» – und drückte ab. Er kippte rückwärts auf die Straße, ein Bein grotesk unter den Körper geknickt. Blut schoss aus dem riesigen Loch in seinem Kopf. Die Verwundeten in seiner Nähe drängten weg von der Leiche, und im selben Moment war von dem Dach gegenüber ein Pfiff zu hören. Dann mähte eine Salve der Scharfschützen sie alle nieder. Es dauerte nur wenige Sekunden. Elizabet, vor Schock sprachlos, wandte sich von dem Mauerschlitz ab und presste sich mit dem Rücken gegen die Wand, kalkweiß und zitternd. Einen Augenblick lang herrschte Totenstille. Dann drang ein animalisches Heulen aus der Kaserne. Einige junge Ungarn nahmen die Scharfschützen auf dem Dach unter Feuer, bis ihnen jemand zurief, sie sollten keine Munition verschwenden.

Die Arme eng um den Körper geschlungen, starrte Elizabet nach draußen auf Árpáds Leiche, die in einer Blutlache auf der Straße lag. Sie zog einen alten Revolver aus dem Gürtel und drehte die Trommel. «Ich habe noch vier Kugeln – drei sind für die Russen, die letzte für mich ...»

Ebby ging hinüber zu einem Toten, der mit Zeitungspapier abgedeckt worden war, und hob das Gewehr auf, das neben ihm lag. Er verscheuchte die Fliegen und tastete die Taschen des Soldaten nach Patronen ab. Er fand zwei, legte eine ein und lud durch. «Ich werde an deiner Seite kämpfen», sagte er.

Es war fast drei Uhr morgens, und Ebby war in einen unruhigen Schlummer gefallen. Er saß gegen die Wand gelehnt, das Gewehr griffbereit im Schoß, als ihn jemand sachte wachrüttelte. Er schlug die Augen auf und sah Zoltán neben sich kauern.

«Es gibt einen Fluchtweg», flüsterte der Zigeuner aufgeregt. «Durch die Tunnel.»

Elizabet, die in eine Decke eingerollt neben Ebby auf dem Zementboden lag, schreckte aus dem Schlaf auf.

«Zoltán meint, wir können hier rauskommen», sagte Ebby leise.

«Die Jungs und ich sind seit Stunden mit Brechstangen zugange», sagte Zoltán. Seine weißen Zähne blitzten, als er vor Stolz lächelte. «Wir haben das Mauerwerk in einem der schmalen Tunnel an der niedrigsten Stelle aufgebrochen, so dass das meiste Abwasser in die Kellerräume geflossen ist. In einer Viertelstunde kann man da durchgehen. Alle bereiten sich vor. Folgt mir ganz leise.»

Zoltán führte sie tastend durch die Dunkelheit über mehrere Stahltreppen hinunter in die Tiefen der Kaserne. Dann stiegen sie durch eine Luke und eine Holzleiter hinab, bis sie im ehemaligen Magazin ankamen. Der höhlenartige Raum wurde von mehreren Kerosinlampen erhellt und enthielt lediglich Holzkisten, in denen früher Pulver für die Kanonen transportiert worden war. Die Mauern waren grün vor Feuchtigkeit. Langsam trafen auch die letzten Widerständler unten im Magazin ein. Zwölf russische Deserteure, die sich in einem Verlies versteckt gehalten hatten, wurden hergeholt. Man hatte ihnen Zivilkleidung von gefallenen Freiheitskämpfern gegeben, ungarische Pässe und Geld sowie Straßenkarten, auf denen die Routen zur jugoslawischen Grenze markiert waren. Sollten sie gefasst werden, würde man sie mit Sicherheit vor ein Exekutionskommando stellen.

Die überlebenden Kämpfer und die russischen Deserteure teilten sich in

Fünfergruppen auf, die jeweils mit fünf Minuten Abstand in ein Loch am hinteren Ende des Magazins hinunterstiegen, das aussah wie ein ummauerter Schacht. Zoltán, Ebby, Elizabet und zwei Russen bildeten die vorletzte Gruppe. Nacheinander ließen sie sich in den Schacht hinunter und kamen in einem Tunnel heraus, in dem knöcheltiefes, nach Fäkalien stinkendes Abwasser stand. Elizabet, die zwischen Zoltán und Ebby ging, hielt sich Mund und Nase zu, aber der Gestank machte sie schwindlig. Ebby sah, wie sie von einer Wand zur anderen taumelte, und packte sie fest am Gürtel, um sie aufrecht zu halten. Zoltán ging voraus und beleuchtete mit einer Kerosinlampe den Weg. Nach etwa hundertfünfzig Metern stieg das Abwasser plötzlich rasch an. Zoltán beschleunigte seine Schritte, watete durch die Brühe, die ihm schon bis zu den Knien reichte. Von hinten hörten sie das panische Keuchen der letzten Gruppe, die sich durch das steigende Wasser kämpfte.

Das Abwasser stand schon hüfthoch, als sie eine Biegung im Tunnel erreichten und im schwachen Lichtschein der Kerosinlampe stählerne Sprossen in der Wand erblickten. Sie waren einzeln ins Mauerwerk getrieben und verloren sich in der Dunkelheit über ihren Köpfen. Zoltán stieg ein Stück hinauf und reichte Elizabet die Hand, um sie auf die erste Sprosse zu ziehen, die über dem Wasserspiegel lag. Einer nach dem anderen kletterten sie hinauf.

Als von tief unten wildes Keuchen und hektisches Platschen zu hören war, hielt Zoltán auf einer Sprosse inne und rief etwas auf Ungarisch hinab. Eine rasselnde Stimme antwortete. Zoltán sagte: «Nur zwei von der letzten Gruppe haben es geschafft», dann wandte er sich um und kletterte weiter.

Über ihren Köpfen schimmerte ein Licht, und leise Stimmen riefen ihnen Ermutigungen zu. Schließlich wurden sie von starken Armen gepackt und über den Rand gezogen, wo sie sich auf einen lehmigen Boden fallen ließen. Rundum an den Wänden des Raumes lehnten erschöpfte Freiheitskämpfer.

«Wo sind wir?», fragte Ebby.

Einer der Widerständler sagte knapp: «Wir sind im Keller eines alten Fabrikgebäudes, über uns ist eine Großbäckerei. Hör nur.»

Und wirklich, von oben drang das dumpfe Stampfen irgendwelcher Maschinen. Zoltán beratschlagte sich mit einigen Mitstreitern, dann setzte er sich neben Ebby und Elizabet. «Sie sagen, es wird erst in zweieinhalb Stunden hell. Wir ruhen uns ein Weilchen aus. Dann bilden wir kleine Gruppen und sehen zu, dass wir möglichst weit weg kommen, ehe die Russen spitzkriegen, dass wir abgehauen sind. Studenten, die sich in Pest auskennen, werden uns rausführen.»

«Wo wollen wir denn hin?», fragte Elizabet.

Zoltán grinste. «Nach Österreich.»

Sie wandte sich an Ebby. «Du kannst es doch bestimmt bis zur amerikanischen Botschaft schaffen.»

Er schüttelte den Kopf. «Die wird von russischen Truppen umstellt sein, damit keine Ungarn dort Asyl suchen.» Er lächelte sie an. «Am besten, ich schlage mich mit euch nach Österreich durch.»

Die zwölf russischen Deserteure, die bei einer Festnahme am meisten zu verlieren hatten, gingen als Erste los. An der Tür drehte sich einer von ihnen um und hielt eine kurze Rede auf Russisch. Er verbeugte sich tief vor den Freiheitskämpfern, brachte noch ein tapferes kleines Lächeln zustande, bevor er sich umwandte und über eine Holztreppe nach oben verschwand. Minuten später machten sich Ebby und Elizabet und Zoltán mit einer Gruppe auf den Weg. Sie schlichen über eine Laderampe, kletterten über einen Zaun und befanden sich plötzlich auf einem Fußballfeld hinter einer Schule. Ein kalter, trockener Wind wehte von der Donau herüber, und Elizabet reckte ihm das Gesicht entgegen, atmete in tiefen, gierigen Zügen. In der Ferne züngelten Flammen in den Nachthimmel über der Stadt. Der Anführer ihrer Gruppe, ein schmalgesichtiger junger Mann mit Brille, der ein altes Gewehr über die knochige Schulter gehängt hatte, führte sie durch ein Gewirr von kleinen Gassen bis in die südlichen Vororte von Pest. Unterwegs durchquerten sie gepflegte Villengärten, kletterten über Mauern und Maschendrahtzäune, gingen durch Lagerhäuser voller schweigender Frauen und Kinder und durch enge Sträßchen. Einmal kamen sie zu einer Hauptstraße, die auf einen Platz mündete. So weit das Auge reichte, waren die Wohnhäuser auf beiden Seiten der Straße zu Schutthaufen zusammengeschossen worden und die Straße selbst mit Trümmern übersät. Als sie um eine Häuserecke spähten, sahen sie russische Soldaten, wie sie sich mitten auf dem Platz die Hände an einem offenen Feuer wärmten. Die Äste der Bäume hoben sich scharf gegen das Mattrot des glühenden Himmels ab.

Von den Ästen baumelten die Körper von zwölf Freiheitskämpfern und drehten sich sacht im Wind.

Tief gebückt, überquerten sie zu zweit und zu dritt die Straße im Laufschritt, ohne dass die Russen sie bemerkten. Als die Sonne im Osten sichtbar wurde, befanden sie sich schon am südlichen Stadtrand von Pest. Linker Hand tauchten die ersten Felder auf. Ihre dunkle Erde glänzte vom Tau.

Unterhalb der Insel Csepel entdeckten sie ein paar Touristenpedalos, die an einen Landungssteg gekettet waren. Sie brachen die Schlösser der Ketten auf und fuhren mit den Tretbooten zum anderen Donauufer. Dort folgten sie einer Landstraße, die am Ufer entlangführte. Nach etwa zwei Kilometern gelangten sie zum Rote-Fahne-Milchhof, einem landwirtschaftlichen Kollektiv, von dem bekannt war, dass es mit den Aufständischen sympathisierte. Inzwischen war es hell geworden, und ein bärtiger Nachtwächter scheuchte sie in einen Lagerschuppen. Wenige Minuten später hatten sie sich auf den Heuballen ausgestreckt und schliefen tief und fest.

Im Lauf des Tages kamen immer mehr Flüchtlinge in den Schuppen: ein älterer Universitätsprofessor und seine ausgezehrt wirkende Frau, der Dirigent der Budapester Philharmoniker, ein Puppenspieler, der zwei riesige Koffer voller Marionetten mitschleppte, ein bekannter Sportreporter mit seiner Freundin und der ebenso bekannte Torhüter der ungarischen Fußball-Nationalmannschaft mit Frau und Baby. Gegen Mittag brachten einige Frauen ihnen Körbe voll Brot und Käse, und die ausgehungerten Flüchtlinge stürzten sich gierig darauf; für viele von ihnen war es die erste Mahlzeit seit Tagen. Als es dämmerte, fuhr der alte Skoda-Lastwagen des Kollektivs vor. Elizabet nahm den Fahrer beiseite und redete eine Zeit lang in drängendem Flüsterton auf ihn ein. Als er unschlüssig schien, kramte sie im Handschuhfach, bis sie eine Straßenkarte fand, entfaltete sie und zeigte ihm die Route. Dann nahm sie seine Hand und wiederholte ihre Bitte. Der Fahrer sah kurz auf seine Armbanduhr, nickte dann resigniert, und Elizabet, mit Tränen in den Augen, dankte ihm überschwänglich.

Die Flüchtlinge zwängten sich in den Hohlraum, den man hinten auf der Ladefläche in einen Berg Stroh gemacht hatte. Die Bauern legten Bretter über sie und packten Strohballen darauf. In der Dunkelheit lehnte Elizabet den Kopf an Ebbys Schulter. Er legte den Arm um sie und zog sie näher an sich. Aneinander geschmiegt, hörten sie, wie der Motor des Skoda stotternd ansprang.

Gut drei Stunden lang kurvte der Laster in westlicher Richtung über holprige, unbefestigte Straßen, um Städte und Dörfer zu meiden. Gegen zehn spürten die Flüchtlinge, dass der Wagen auf eine gepflasterte Straße einbog und wenige Augenblicke später hielt. Der Motor wurde abgestellt. Jemand kletterte seitlich am Laster hoch, und Hände nahmen zuerst die Strohballen, dann die Bretter weg. Plötzlich tat sich ein wolkenloser Sternenhimmel über ihnen auf. Die Flüchtlinge kletterten hinaus, um sich ein paar Minuten die Beine zu vertreten. Ein paar verschwanden in der Dunkelheit, um zu urinieren. Der Wagen stand im Fahrzeugschuppen eines landwirtschaftlichen Kollektivs; Arbeiter im Blaumann bildeten eine Kette und begannen, aus einem Dieselbehälter Plastikkanister zu füllen, die sie in den Tank des Lastwagens leerten. Elizabet blickte sich nervös um. Eine kräftige Frau erschien in der Tür des Schuppens. An der Hand hielt sie ein mageres kleines Mädchen mit kurz geschnittenem, aschblondem Haar. Das Mädchen trug einen viel zu großen Mantel und presste eine Puppe fest an sich. Als die Kleine Elizabet entdeckte, schrie sie auf und warf sich ihr in die ausgebreiteten Arme. Sobald der Tank des Lasters gefüllt war, erklärte der Fahrer, sie hätten keine Zeit zu verlieren, da sie spätestens um drei Uhr den Mann treffen mussten, der sie über die Grenze führen würde. Die kräftige Frau sank auf die Knie und drückte das Mädchen an sich. Dann umarmten sie und Elizabet sich. Ebby hob die Kleine auf die Ladefläche des Lasters und über die Strohballen in den Hohlraum. Als der letzte Ballen auf den Brettern über ihren Köpfen zurechtgerückt wurde, beugte Elizabet sich zu Ebby und flüsterte: «Das ist meine Tochter Nellie.» Sie deutete auf Ebby und sagte leise etwas auf Ungarisch zu Nellie. Nellie hielt sich an ihrer Puppe fest und nickte.

Nellie schlief auf Elizabets Schoß ein. Die Minuten verstrichen quälend langsam, während der Laster weiter über Landstraßen Richtung Westen fuhr. Von Zeit zu Zeit schaltete einer kurz eine Taschenlampe an, und Ebby sah seine geisterhaft aussehenden Gefährten. Manche schliefen, andere starrten mit weit aufgerissenen Augen vor sich hin. Kurz nach ein Uhr morgens hielt der Wagen erneut, und die Flüchtlinge hörten Stimmen, die mit dem Fahrer sprachen. Elizabet wagte kaum zu atmen und reichte Ebby ihren Revolver. Er tastete nach den Patronen in der Trommel, um sich zu vergewissern, dass eine unter dem Schlagbolzen war. Zoltán flüsterte ihm ins Ohr: «Ungarische Straßensperre, nicht russische. Alles in Ordnung. Fahrer sagt ihnen, sollen nicht unter Stroh nachsehen, weil dann alle aufwecken. Soldaten lachen und fragen, wie viele. Fahrer sagt achtzehn, ein Kind und ein Baby. Soldat bittet um Zigaretten, sagt, wir sollen auf russische Grenzpatrouillen aufpassen, und wünscht Glück.»

Weiter rumpelte der Lastwagen über unwegsame Straßen. Gegen halb drei bog er ab und hielt in der Nähe eines Flusses. Wieder wurden die Strohballen weggenommen, und die Flüchtlinge kletterten vom Wagen. Elizabet machte ein Taschentuch im Fluss nass und wusch zuerst Nellies Gesicht, dann das eigene.

«Ich hab Hunger», sagte Nellie auf Ungarisch. Der Professor hörte das und bot ihr das letzte Stück seines Käsebrots an.

Kurz darauf hörte Ebby das gedämpfte Klappern von Hufen auf einem Feldweg, und Augenblicke später tauchte ein Mann mittleren Alters auf, der Reitstiefel, Reithosen und eine Lederjacke trug und einen graubraunen Hengst am Zügel führte. Er stellte sich auf Ungarisch mit dem Namen Márton vor. Die Flüchtlinge drängten sich um ihn, während er leise sprach.

«Er sagt, es sind vierzig Minuten zu Fuß bis zur Grenze», übersetzte Elizabet für Ebby. «Wir müssen durch ein Gebiet, das von der ungarischen Armee kontrolliert wird. Falls sie uns entdecken, werden sie hoffentlich nichts unternehmen. Er sagt dem jungen Paar, sie sollen dem Baby Schlafpulver geben. Er streitet mit den anderen – er sagt, mit Gepäck wären wir zu langsam. Aber der Puppenspieler besteht darauf – er sagt, sein ganzes Leben steckt in diesen Koffern. Ohne sie kann er im Westen nicht existieren. Márton sagt zu ihm, wenn er nicht Schritt halten kann, ist das sein Problem. Er sagt, wir sollen uns direkt hinter ihm und seinem Pferd halten. Er kennt den Weg durch die Minenfelder. Er geht ihn schon seit Wochen jede Nacht.»

Márton holte ein Fläschchen mit Schlafpulver hervor, und das junge Paar schüttete etwas davon dem Baby in den Mund. Die anderen suchten die Wertgegenstände aus ihrem Gepäck und warfen den Rest weg. Als sie losgingen, sah Ebby, wie der Puppenspieler sich mit seinen Riesenkoffern abmühte. Er streckte den Arm aus und nahm einen davon.

Der zartgliedrige Mann brachte ein schwaches Lächeln zustande. «Danke, Mister», flüsterte er.

Dichter Bodennebel legte sich um die Flüchtlinge, als sie die Sicherheit des kleinen Wäldchens verließen. Sie überquerten die Landstraße 10 von Budapest nach Wien und gingen über weite Felder, die mit niedrigen Steinmauern eingefasst waren. Von dem eisigen Wind froren alle bis auf die Knochen. Raureif knisterte unter den Füßen. Irgendwo rechts von ihnen heulte ein Hund den Mond an, und andere Hunde im Umkreis fielen mit ein. Ein Leuchtgeschoss zerplatzte lautlos über der Landstraße und schwebte an einem Fallschirm zur Erde zurück. Mártons Pferd schnaubte in dem plötzlichen Licht und scharrte leise mit den Hufen. Die Flüchtlinge blieben wie angewurzelt stehen. Márton stieg auf eine niedrige Mauer und beobachtete angestrengt den Horizont. Schließlich sagte er etwas.

«Er meint, die Russen verfolgen wahrscheinlich andere Flüchtlinge, die weiter nördlich über die Grenze wollen», erklärte Zoltán.

Als der Lichtschein wieder schwächer wurde, winkte Márton sie weiter. Der Dirigent, der unmittelbar vor Ebby ging, drehte sich zu ihm um. Sein knöchellanger Ledermantel war tropfnass vom Nebel. «Kennen Sie vielleicht Mahlers *Kindertotenlieder*?», fragte er. Als Ebby verneinte, sagte er: «Die hätte ich heute Abend in Budapest dirigieren sollen.» Seine Wangen bebten, als er fassungslos den Kopf schüttelte. «Wer hätte gedacht, dass es einmal soweit kommt?» Dann wandte er sich um und stapfte weiter über die eisigen Felder.

Nellie, die auf Ebbys Schultern saß, tippte ihm auf den Kopf. «Mir ist kalt», flüsterte sie. Er verstand, was sie meinte.

«Wir sind bald da», sagte Elizabet beruhigend zu ihr.

Nach etwa einer halben Stunde tauchte am Fuß eines sanften Hangs ein weiß gekalktes Bauernhaus auf. Es erhob sich plötzlich aus dem Nebel wie eine Fata Morgana. Márton versammelte die Flüchtlinge um sich und sprach leise auf sie ein. Einige reichten ihm die Hand.

«Er sagt, hier trennen sich unsere Wege», übersetzte Elizabet. «Das Bauernhaus liegt genau hinter der österreichischen Grenze. Dort bekommen wir eine heiße Suppe. Wenn wir uns ausgeruht haben, müssen wir noch zwei Kilometer weiter, bis zu einem Dorf, in dem eine Rote-Kreuz-Station eingerichtet worden ist.»

Als Márton sich auf den Rückweg machte, kam er dicht an Ebby vorbei. Die beiden sahen sich kurz in die Augen, und Ebby gab ihm die Hand. «Ich danke Ihnen», sagte er.

Márton nickte und sagte etwas auf Ungarisch. Elizabet erklärte: «Er bittet dich, Ungarn nicht zu vergessen, wenn du es verlassen hast.»

«Sag ihm, ich werde Ungarn nie vergessen – und ihn auch nicht», erwiderte Ebby.

Márton schwang sich behände auf sein Pferd, wendete es und verschwand im Nebel. Zoltán übernahm die Führung der Gruppe und marschierte auf das Bauernhaus zu. Als sie auf halber Höhe des Hangs waren, tauchten vor ihnen plötzlich fünf Männer in schweren Armeemänteln aus einem Entwässerungsgraben auf. Jeder von ihnen hielt ein Gewehr im Anschlag. Zoltán griff nach seinem gebogenen Messer. Ebby hob Nellie von den Schultern und stellte sie hinter sich, dann zog er Elizabets Revolver aus der Tasche. In der Stille hörte man den Professor ein Gebet murmeln. Einer der fünf Soldaten ging auf Zoltán zu und fragte ihn etwas.

Elizabet atmete erleichtert auf. «Er spricht Ungarisch», sagte sie. «Er sagt, heute Nacht sind keine Russen in diesem Grenzabschnitt. Er fragt, ob wir Zigaretten haben, und wünscht uns Glück.»

Die Soldaten winkten den Flüchtlingen zu und setzten ihre Patrouille fort.

Vier junge Österreicher kamen aus dem Bauernhaus, um dem Flüchtlingstrupp über die letzten fünfzig Meter zu helfen. Drinnen brannte ein Feuer in einem Kanonenofen, und darauf köchelte eine Suppe. Die Geflüchteten massierten ihre steif gefrorenen Zehen und löffelten die wärmende Suppe. Kurz darauf kamen noch vier weitere Flüchtlinge ins Haus, dann zwei Ehepaare mit drei Kindern. Allmählich löste sich die Anspannung im Raum, und auf manchem Gesicht erschien ein müdes Lächeln. Stunden später, als ein feuriges Morgenrot den östlichen Himmel erglühen ließ, führte einer der Österreicher sie über einen Feldweg in das Dorf. Ebby, mit Nellie auf den Schultern und in einer Hand den Koffer des Puppenspielers, hatte gerade den Kirchturm ausgemacht, als er einige Gestalten auf einer Anhöhe stehen sah.

Eine davon hob die Hand und winkte ihm zu. «Ebby!», rief der Mann und kam auf ihn zugelaufen.

«Jack!», sagte Ebby. Die beiden Männer klopften sich gegenseitig auf den Rücken.

«Wisner ist da oben –» Jack wandte sich um und rief: «Er ist es wirklich.» Dann sah er wieder Ebby an. «Frank nimmt das alles sehr persönlich», sagte er und deutete mit dem Kinn auf die Flüchtlinge, die die Straße entlangstolperten. «Wir sind jeden Morgen hier gewesen und haben gehofft ... verflucht, ich bin so froh, dich zu sehen.» Er nahm Ebby den Koffer ab. «Komm, ich helf dir – meine Güte, Ebby, was hast du denn da drin?»

«Das glaubst du mir nie.»

Jack lachte fröhlich. «Nun sag schon, Kumpel.»

«Marionetten, Jack.» Ebby wandte sich um und blickte zurück nach Ungarn. «Marionetten.»

12

WASHINGTON, D.C., FREITAG, 23. NOVEMBER 1956

Die Abteilung Spionageabwehr der *Company* hatte unter der Leitung von James Jesus Angleton beträchtlich expandiert. Mittlerweile hüteten drei Vollzeitsekretärinnen die Tür zu seinem Büro, und allein in den letzten zwölf Monaten war *Mothers* Personalliste um fünfunddreißig CIA-Offiziere länger geworden. Aber noch immer war das Herzstück der Spionageabwehr Angletons stets halbdunkles Allerheiligstes (man munkelte, dass *Mothers* Jalousien *zugeklebt* worden waren) mit seiner Sammlung von rot markierten Karteikarten.

«Nett von Ihnen, dass Sie so kurzfristig vorbeischauen konnten», sagte Angleton zu Ebby und dirigierte ihn durch das Wirrwarr von Karteikästen zu dem einzigen halbwegs anständigen Sessel im Raum.

«Bis auf die Veranstaltung mit Dulles heute Nachmittag habe ich keine dringenden Termine», sagte Ebby.

«Bourbon?», fragte Angleton, ließ sich hinter seinem Schreibtisch nieder und musterte seinen Besucher im Licht der Tiffanylampe. Die letzten Ausläufer einer Migräne, die ihm fast die ganze Nacht den Schlaf geraubt hatte, lauerten dicht hinter seinem Stirnbein.

«Da sag ich nicht nein.»

Angleton goss zwei doppelte Whiskey in Wassergläser und schob eines über den Schreibtisch. «Auf Sie und die Ihren», sagte er und hob sein Glas.

«Auf die Ungarn, die naiv genug waren, das ganze Gerede über das Zurückdrängen des Kommunismus zu glauben», konterte Ebby mit gereizter Stimme und trank einen Schluck.

«Sie klingen verbittert –»

«Ach ja?»

Angleton verstand sich nicht auf Smalltalk, unternahm aber dennoch einen Versuch. «Wie war Ihr Rückflug?»

«Vor allem lang – siebenundzwanzig Stunden insgesamt, die anderthalb Tage in Deutschland nicht mitgerechnet, in denen die Air Force einen hustenden Propeller repariert hat.»

«Ich habe gehört, dass Sie eine Frau mitgebracht haben –»

«Eine Frau und ihre sechsjährige Tochter.»

«Haben Sie sich inzwischen ein bisschen erholen können?»

«Frank Wisner hat uns dreien zehn Tage in einem Gasthof bei Innsbruck spendiert. Lange Spaziergänge in den Bergen. Stille Abende am offenen Kamin. Während wir da waren, sind noch zwölftausend Ungarn über die Grenze geflohen.»

Angleton zündete sich eine Zigarette an und verschwand für kurze Zeit in einer Rauchwolke. «Ich habe» – kurzes, trockenes Husten – «den Bericht von unseren Leuten in Wien gelesen, die Sie befragt haben ...»

«Das dachte ich mir.»

«Interessant ist vor allem Ihr Verdacht, dass ein sowjetischer Maulwurf –»

«Ich habe keinen Verdacht – ich bin sicher.»

«Aha.»

«Ich habe unseren Leuten schon so ziemlich alles erzählt, was ich weiß.»

«Würden Sie das Ganze noch einmal mit mir durchgehen?»

«Ich bin undercover nach Ungarn gefahren – meine alte Anwaltskanzlei in New York hätte mich gedeckt, falls jemand Erkundigungen eingezogen hätte. Die AVH-Leute haben mich festgenommen –»

«Vor oder nach Ihrem Kontakt mit Árpád Zelk?»

«Danach.»

Angleton dachte laut. «Dann hätte auch jemand aus dem Kreis um Zelk Sie verraten können.»

«Hätte, hat aber nicht. Der AVH-Generaloberst, der mich verhört hat, kannte meine Personalakte. Er wusste, dass ich Wisners Direktorat zugeteilt war; er wusste, dass ich in der Sowjetrusslandabteilung des DD/O war. Er wusste, dass ich in der Frankfurter Dienststelle für Agenten verantwortlich war, die in Polen, Russland und Albanien abgesetzt wurden.»

Angletons Augen hinter der Rauchwolke waren nur noch schmale Schlitze der Konzentration.

«Und sie wussten das mit Tony Spink», sagte Ebby.

«Von Spink steht nichts in Ihrem Bericht.»

«Das ist mir erst auf einem meiner langen Spaziergänge in den Bergen wieder eingefallen – als ich die Verhöre noch mal im Kopf durchgegangen bin. Dieser Generaloberst wusste, dass Tony Spink in Frankfurt mein unmittelbarer Vorgesetzter war und ich seine Nachfolge angetreten habe, als Spink 1954 nach Washington versetzt wurde.»

«Er wusste, in welchem Jahr?»

«Allerdings.» Ebby schloss die Augen. «Kurz bevor Árpád Zelk ihn in den Kühlraum geschleift und an einen Haken gehängt hat, hat der Generaloberst noch geschrien, er hätte die Informationen über mich von der Zentrale erfahren ...»

Angleton beugte sich vor. «In der großen weiten Welt der Geheimdienste gibt es viele Zentralen.»

«Er hat die Moskauer Zentrale gemeint.»

«Woher wollen Sie das wissen?»

«Davon bin ich ausgegangen ...» Ebby zuckte die Achseln.

Angleton notierte etwas auf einer rot markierten Karteikarte. Eines der Telefone auf seinem Schreibtisch summte. Er klemmte sich den Hörer zwischen Schulter und Ohr und lauschte einen Moment lang. «Nein, das ist kein Gerücht», sagte er. «Meine *Cattleya*-Kreuzung ist erblüht, und das achtzehn Monate früher, als ich es mir in meinen schönsten Träumen erhofft hatte. Und sie ist atemberaubend schön. Hör zu, Fred, ich bin im Gespräch. Ich ruf zurück.» Er legte den Hörer auf.

«Was ist eine *Cattleya*-Kreuzung?»

Angleton lächelte dünn. Auf Ebby, der ihn über den Schreibtisch hinweg musterte, machte der reizbare Chef der Gegenspionage einen fast glücklichen Eindruck. «Eine hybride Orchidee», erklärte Angleton mit ungewohnter Verschämtheit. «Ich versuche seit Jahren, eine zu züchten. Am Wochenende hat das Prachtstück Blüten bekommen. Ich werde sie nach meiner Frau benennen – sie wird als *Ciceley Angleton* registriert werden.»

«Gratuliere.»

Angleton hörte den ironischen Unterton nicht. «Danke.» Er nickte. «Vielen Dank.» Er räusperte sich und warf einen Blick auf seine Karteikarte. Als er weitersprach, lag in seiner Stimme keine Spur mehr von Stolz auf seinen Erfolg. «Gibt es noch mehr, das Sie vergessen haben, unseren Leuten in Wien zu erzählen?»

«Mir fällt noch eine Menge ein. Und das meiste, was mir einfällt, sind Fragen.»

«Als da wären?»

«Als da wären: Wieso sind sämtliche Versuche, Emigranten als Agenten abzusetzen, *nach* Juni 1951 gescheitert, also nachdem Maclean und Burgess nach Moskau abgehauen sind und Philby einkassiert wurde? Wieso haben wir vor zwei Jahren die Doppelagenten in Deutschland verloren? Woher wusste der KGB, welche von den Diplomaten in unserer Moskauer Botschaft für die *Company* arbeiteten? Die Liste ist lang. Wo sickern diese Informationen durch? Wieso wusste der ungarische Generaloberst so genau, dass ich für Frank Wisner arbeite? Woher wusste er, dass ich Spinks Nachfolger war? Wenn er das vom KGB erfahren hat, woher wussten es die Russen?»

Angleton, die Schultern unter der Last von Geheimnissen gebeugt, stand auf und kam um den Schreibtisch herum. «Danke, dass Sie mir Ihre Zeit geopfert haben, Elliott. Ich bin froh, dass Sie wieder gesund und munter bei uns sind.»

Ebby lachte gezwungen. «Gesund vielleicht. Aber munter bestimmt nicht.»

Als Ebbitt gegangen war, sank Angleton in seinen Sessel und goss sich noch einen Bourbon ein. Natürlich hatte Ebbitt Recht: Die Russen hatten einen Maulwurf in der CIA, vielleicht sogar in der Sowjetrusslandabteilung. Angleton fischte Spinks Karteikarte aus einem Kasten und markierte sie rot. Spink interessierte ihn. Was nämlich Ebbitt und die anderen Mitarbeiter der Frankfurter Dienststelle nicht wussten, war, dass Spink 1954 von Angleton zurückbeordert worden war, weil er ein Verhältnis mit einer Deutschen gehabt hatte, deren Schwester in Ostberlin lebte. Damals hatte Spink den Lügendetektortest bestanden, aber mit einer kräftigen Dosis Beruhigungsmittel intus konnte schließlich jeder den Test bestehen. Es konnte nichts schaden, Spink noch einmal unter die Lupe zu nehmen. Und wo er gerade dabei war, vielleicht auch die beiden Mitarbeiter, die von Spinks Affäre gewusst und ihn gedeckt hatten. Und dann war da noch der stellvertretende Dienststellenleiter in Prag, der siebentausend Dollar auf das Konto seiner Frau bei einer kleinen Bank eingezahlt hatte. Und der Dechiffrierspezialist in Paris, der sieben Mal nach Istanbul telefoniert hatte, angeblich, um mit seiner Tochter zu sprechen, die dort Urlaub machte. Und die Sekretärin in Warschau, die Blumen von einem polnischen Staatsangehörigen bekommen hatte. Und der *Marine*, der als Wachmann in der Moskauer Botschaft stationiert war und auf dem Schwarzmarkt Dollar in Rubel eingetauscht hatte, um eine russische Prostituierte zu bezahlen. Und natürlich war da E. Winstrom Ebbitt II. Was, wenn er im Gefängnis «umgedreht» worden war? Was, wenn er nie im Gefängnis war? Falls Ebbitt selbst ein sowjetischer Maulwurf war, könnte Meister Starik ihn instruiert haben, *Angleton das zu erzählen, was er bereits wusste*, um von sich selbst abzulenken. Auch diese Möglichkeit musste in Betracht gezogen werden.

Angleton presste die Hände an die Schläfen. Seine Migräne meldete sich zurück – ein wildes Pochen, das das Gespenst von Starik heraufbeschwor; es würde ihm durch die Stirnlappen spuken, so dass er weder schlafen noch klar denken konnte, bis es wieder verschwand.

Mit postkoitaler Trägheit kletterte Bernice auf einen Hocker an der Theke im *Peoples Drugstore*, einen Katzensprung von ihrer Wohnung entfernt. «Worauf hast du Hunger?», fragte sie Eugene, der sich auf den Nachbarhocker setzte.

«Dich.»

«Mich hattest du gerade», erwiderte Bernice. «Ich spreche vom Abendessen, Schätzchen.»

«Vielleicht Würstchen», beschloss Eugene. Er rief dem Griechen hinter der Theke zu: «Würstchen, Loukas. Eine ganze Pfanne voll. Mit Bratkartoffeln und eins von Ihren Omeletts mit reichlich Eiern und Zwiebeln. Und Kaffee.»

«Ihr beiden Turteltäubchen habt euch wohl wieder einen Mordsappetit geholt», sagte Loukas mit einem lüsternen Grinsen. Er kannte sie inzwischen gut genug, um zu ahnen, woher ihr Heißhunger rührte. «Was darf's für die junge Dame sein?»

«Für mich das Gleiche bis auf die Bratkartoffeln», sagte Bernice zu dem Griechen. «Dazu eine Cola und anschließend einen Himbeermilchshake.»

«Kommt sofort», sagte Loukas, während er mit einer Hand Eier in eine Schüssel schlug.

Fünfunddreißig Minuten später räumte Loukas die leeren Teller ab, und Bernice nahm den Milchshake mit zwei Strohhalmen geräuschvoll in Angriff. Als sie zwischendurch Luft holte, hob sie den Kopf und blickte Eugene aus den Augenwinkeln an. «Du wirkst in den letzten paar Wochen ziemlich zufrieden mit dir, Schätzchen. Es macht mich glücklich, dich glücklich zu sehen.»

Eugene sah zu dem Griechen hinüber, der am anderen Ende der Theke Bratpfannen scheuerte. «Ich hab auch allen Grund dazu. Die Konterrevolution in Ungarn hat sich eine blutige Nase geholt. Der Kolonialismus in Ägypten hat eins aufs Dach gekriegt. Es war ein guter Monat für den Sozialismus.»

«Mann, du haust mich echt um – nicht nur im Bett bist du leidenschaftlich. Ich hab in meinem Leben schon so allerhand Sozialisten gekannt, aber du bist wirklich einsame Spitze.» Sie nahm wieder einen Schluck von ihrem Milchshake. «Eugene, Schätzchen, berichtige mich, wenn ich falsch liege», sagte sie plötzlich sehr angespannt, «aber wenn der Kommunismus siegt, wenn Amerika sozialistisch wird, dann heißt das für dich, ab nach Hause.»

Eugene rührte Zucker in seine zweite Tasse Kaffee. «Vermutlich.»

«Kannst du das denn?»

«Ob ich was kann?»

«Du lebst schon so lange hier, hast dich an all das hier gewöhnt» – sie deutete mit einer Hand auf den dichten Verkehr auf der Avenue hinter ihnen – «kannst du dann wieder im Kommunismus leben?»

«Ich habe mich vom Materialismus nicht korrumpieren lassen, Bernice.»

«Das behaupte ich ja gar nicht, Schätzchen. Ich meine nur, na ja, die Übergangszeit könnte hart werden.» Sie lächelte bei dem Gedanken. «Lass es langsam angehen, wie ein Tiefseetaucher, bevor er an die Oberfläche kommt.»

Bei dem Bild musste er lachen. «Du bist vielleicht 'ne Marke, Bernice. Ich bin doch kein Tiefseetaucher!»

«In gewisser Weise schon. Du bist ein *russischer* Tiefseetaucher, der den Haien und Stachelrochen trotzt, um das kapitalistische Wrack in den düsteren Tiefen zu erkunden.» Sie sah den finsteren Ausdruck in seinen Augen und sagte rasch: «He, Lukas kann uns nicht hören.» Sie lächelte sehnsüchtig. «Bitte, bitte – nimm mich mit, Eugene, wenn du nach Hause fährst.» Sie warf einen prüfenden Blick zu dem Griechen hinüber, wandte sich dann wieder Eugene zu und flüsterte: «Ich möchte mit dir in Russland leben, Schätzchen. Davon träum ich.»

«Es ist dort nicht so, wie du denkst», sagte er leise.

«Wie ist es *denn*?»

«Es herrscht große Wohnungsnot – manchmal leben zwei oder drei Familien in einer Wohnung. Vor den Geschäften stehen die Menschen Schlange – man muss sich dreimal anstellen, bevor man irgendwas kriegt.» Er überlegte, womit er sie noch abschrecken konnte. Wenn er tatsächlich irgendwann zurückging, wer weiß, vielleicht konnte er ja mit Asalia Isanowa dort weitermachen, wo sie aufgehört hatten. Vorausgesetzt, sie war nicht verheiratet. Vorausgesetzt, sie erinnerte sich an ihn. Nach all den Jahren klang ihm noch immer ihre Stimme in den Ohren. *Wir werden zusammen erkunden, ob deine Lust und mein Verlangen harmonieren.* «Da ist noch etwas, das dir nicht gefallen würde, Bernice», fügte er ernsthaft hinzu, «in Russland gibt es keinen Jazz.»

Unbeirrt raunte sie: «Aber dem Proletariat gehören die Produktionsmittel, was bedeutet, dass die Arbeiter nicht von den kapitalistischen Klassen ausgebeutet werden. Mit anderen das Klo zu teilen macht mir nichts aus. Und das mit den engen Wohnverhältnissen und den Warteschlangen und dass es keinen Jazz gibt, das kriegen die schon hin, sobald sie es vom Sozialismus zum richtigen Kommunismus geschafft haben. Hab ich nicht Recht, Schätzchen?»

«Das mit den Wohnverhältnissen und den Warteschlangen kriegen sie vielleicht geregelt. Mit dem Jazz bin ich nicht so sicher.»

«Ich wäre bereit, auf den Jazz zu verzichten, wenn ich dafür im sozialistischen Mutterland leben könnte», sagte sie mit feierlichem Ernst. «Es ist natürlich nur hypothetisch, aber es ist wichtig für mich, Eugene. Also, nimmst du mich mit, wenn du zurückgehst, ja oder nein?»

Eugene sah ihr an, dass sie nicht lockerlassen würde, bevor sie nicht eine befriedigende Antwort bekam.

«Wir beide stehen unter Parteidisziplin, Bernice. Das heißt, selbst wenn Amerika kommunistisch wird, könnte es sein, dass die Zentrale nicht möchte, dass du deinen Posten verlässt. Die brauchen hier Leute wie dich.»

Bernice blickte kläglich drein. «Du willst also damit sagen, dass ich womöglich bis an mein Lebensende in Amerika bleiben muss?»

«Du und Max, ihr seid Frontkämpfer», erklärte Eugene. «In einem kommunistischen Amerika wird man Straßen nach euch benennen. Mensch, wahrscheinlich kriegst du sogar einen hohen Führungsposten.»

«Zum Beispiel?»

«Bei dem, was du geleistet hast, könnte ich mir durchaus eine Position im Weißen Haus vorstellen.»

Ihre Miene erhellte sich. «Das sagst du doch nur, um mir zu schmeicheln.»

«Nein, großes Ehrenwort, ich halte das durchaus für möglich.»

Bernice drehte sich auf ihrem Hocker von Eugene weg, schüttelte lachend den Kopf und drehte sich wieder zu ihm zurück. «Ich sag dir jetzt was, das ich noch nie einer Menschenseele erzählt habe. Ich quatsche zwar ständig von der permanenten Revolution und der Diktatur des Proletariats und Ausbeutung und Entfremdung und dem ganzen Zeugs, aber im Grunde verstehe ich das alles gar nicht richtig.»

«Was bedeutet Kommunismus für dich, Bernice?»

Sie überlegte. «Für mich», sagte sie schließlich, «ist Kommunismus der Widerstand gegen Gleichgültigkeit. Dass man mehr an andere denkt als an sich selbst.»

Eugene beugte sich vor und küsste sie auf den Mund. «Du bist eine tolle Waffengefährtin, Bernice.»

«Und du ein toller Waffengefährte, Eugene, Schätzchen.»

Der regelmäßige Umtrunk um halb sieben beim DCI verspätete sich. Etliche leitende Mitarbeiter der *Company*, darunter auch Leo Kritzky, waren im Weißen Haus aufgehalten worden, wo sie auf Vizepräsident Richard Nixon gewartet hatten, um ihn über die Lage in Ungarn zu informieren. Allen Dulles selbst hatte sich mit einem Team von Psychiatern der *Company* beraten, um eine Lösung zu suchen, wie mit Frank Wisner weiter zu verfahren war. Wisners unberechenbares Verhalten gab immer häufiger Anlass zu Gerede. Der gescheiterte Ungarnaufstand hatte ihn offenbar schwer getroffen. Zunächst hatten die Mitarbeiter des DD/O die heftigen Stimmungsschwankungen ihres Chefs auf Stress und Erschöpfung zurückgeführt; sie hofften, er würde sich mit der Zeit schon wieder fangen. Dick Helms, Wisners *Chief of Operations*, vertrat seinen Boss immer häufiger, so dass sich die Mitarbeiter mit ihren Problemen und Projekten zunehmend an ihn wandten und Wisner einfach übergingen. Helms, ein geduldiger Bürokrat, der riskanten Operationen instinktiv misstraute, zog aus dem Debakel in Ungarn die nahe liegende Konsequenz und ordnete das Ende der Operation «Rollback» an. Die paramilitärischen Emigranteneinheiten in Deutschland wurden aufgelöst, geheime Waffenlager aufgegeben. «Radio Freies Europa» und «Radio Liberty» wurden an die kurze Leine genommen; es war nicht mehr nötig, dass sie weiterhin Anleitungen zum Bau von Molotow-Cocktails sendeten und die «unterdrückten Nationen» zum Aufstand aufriefen. Unter Helms zog die CIA den Kopf ein und konzentrierte sich auf die ermüdende Aufgabe, Geheiminformationen über den Hauptgegner, die Sowjetunion, zu sammeln und auszuwerten.

Um halb sieben kam Dulles in Pantoffeln in den privaten Speisesaal des DCI geschlurft.

«Sieh dir seine Füße an», flüsterte Elizabet Ebby zu, als der DCI durch den Raum ging und hier und da mit Mitarbeitern plauderte, die an Kanapees knabberten und Champagner tranken.

«Er hat Gicht», erklärte Ebby. «Er trägt im Büro Pantoffeln, weil ihm sonst die Füße anschwellen.»

«Gicht ist eine Krankheit der englischen Oberschicht», sagte Elizabet mit unbewegter Miene. Sie nippte an ihrem Glas. «Dein Mr. Dulles ist Amerikaner. Da kann er unmöglich Gicht haben.»

«Ich bin sicher, er wird erleichtert sein, das zu hören», entgegnete Ebby. Dulles arbeitete sich zu Ebby durch und reichte ihm die Hand. «Seit unserem Treffen im *Alibi Club* ist viel Wasser die Donau runtergeflossen.»

«Das war kein Wasser, Sir», erwiderte Ebby. «Es war Blut. Darf ich Ihnen Elizabet Németh vorstellen?»

Der DCI musterte Ebby einen Moment lang, versuchte, seine Bemerkung zu deuten. Als er sich der schlanken Frau an Ebbys Seite zuwandte, erhellte sich seine Miene schlagartig. «Ich habe einiges über Ihr tapferes Verhalten gelesen, junge Dame», erklärte er in seiner dröhnenden Stimme und ergriff mit beiden Händen ihre Hand. «Wenn Sie für uns arbeiten würden, bekämen Sie heute auch einen Orden, so wie unser Ebbitt.»

«Elliott hat den amerikanischen Interessen gedient und seinen Orden verdient», sagte sie und entwand ihm ihre Hand. «Ich habe ungarischen Interessen gedient.» Ein verzerrtes Lächeln huschte über ihr Gesicht. «Vielleicht wird sich eines Tages ein freies und demokratisches Ungarn seiner toten Söhne und Töchter erinnern.»

«Da bin ich ganz sicher», stimmte Dulles ihr enthusiastisch bei.

Das leise Stimmengewirr im Raum verstummte, und angespannte Stille trat ein. Ebby sah, dass Frank Wisner, dessen emotionales Verhalten während des Ungarnaufstands sich inzwischen herumgesprochen hatte, in der Tür aufgetaucht war. Während Wisner durch den Raum ging und sich ein Glas Champagner vom Tisch nahm, schossen seine Augen wild umher. Er leerte sein Glas in einem einzigen Zug, griff sofort zum nächsten und kam dann auf Dulles und Ebby zugeschlingert.

«Na, Frank, irgendwelche Neuigkeiten?», fragte Dulles.

«In Anerkennung meiner Verdienste für den Weltsozialismus», verkündete Wisner mit gut nachgeahmtem russischen Akzent, «hat der Kreml mich zum Generaloberst des KGB befördert.» Er hob sein Glas, um dem DCI zuzuprosten. «Genosse Direktor, Sie und Ihre Leute haben die beste Tradition des russischen Surrealismus hochgehalten. Marx, Engels, die Nomenklatur, die in ihrem Namen regiert, alle sind stolz auf Sie. Ohne die Ermutigungen vonseiten der *Company* hätten sich die fehlgeleiteten Arbeiter und Bauern der ungarischen Bananenrepublik niemals gegen ihre Brüder in der Roten Armee erhoben. Wenn Sie und Ihre Genossen sie nicht im Stich gelassen hätten, wer weiß? Vielleicht hätte ihr antisozialistischer Wahn sogar Erfolg gehabt.»

Dulles sah sich nervös um. «Sie haben zu viel getrunken, Frank», raunte er.

«*Bingo*», gab Wisner zu. «Alkohol ist das Problem. Sobald ich nüchtern bin, sehe ich die Dinge wieder, wie sie sind. Die zwanzigtausend toten Ungarn, die zweihunderttausend, die aus ihrer Heimat geflohen sind – und das war erst unser Anfangsgebot. Wir erhöhen den Einsatz. Wir schicken noch mehr Leute los, um für uns zu sterben.» Er kaute auf der Unterlippe, dann stieß er Ebby leicht gegen die Schulter. «Du hast es versaut, Kumpel. Du hast sie nicht aufgehalten. Was ist falsch gelaufen?»

«Sagen Sie's mir.»

«Das werde ich. Falsch gelaufen ist, dass keiner, mich eingeschlossen, die Sache richtig durchdacht hatte –»

Das Glas fiel Wisner aus der Hand und klirrte zu Boden, zerbrach aber nicht. Er stieß es mit dem Fuß unter den Tisch. «Aus den Augen, aus dem Sinn», sagte er. Sein Mund bewegte sich weiter, brachte aber keine Worte mehr hervor. Mit dem Zeigefinger wild gestikulierend, debattierte er leise mit sich selbst. Die Menschen im Saal wandten sich verlegen ab.

Einigen Mitarbeitern gelang es, Wisner in eine Ecke zu manövrieren, und Dulles beeilte sich, die Zeremonie hinter sich zu bringen. Seine Ansprache war kurz und prägnant: E. Winstrom Ebbitt II. erhielt wegen seines außerordentlich tapferen und mutigen Einsatzes den zweithöchsten Orden der CIA, die *Distinguished Intelligence Medal*. Er habe seinem Land und der CIA alle Ehre gemacht. Dulles schob noch einige humorige Bemerkungen darüber nach, wo Ebbitt den Orden wohl tragen könnte. Da CIA-Orden naturgemäß geheim waren, nannte man sie auch Unterhosendekoration. Im ganzen Saal wurden die Gläser gehoben, und man bat Ebby, ein paar Worte zu sagen. Er trat vor, blieb einen Moment stehen und blickte auf den Orden in seiner Hand. Dann atmete er einmal tief durch und sah sich um.

«Vergesst Ungarn nicht, bitte.» Er fing Elizabets Blick auf. Mit der Faust wischte sie sich eine Träne weg und nickte kaum merklich. «Vergesst um Gottes willen nie, was wir falsch gemacht haben, damit wir nicht noch einmal einen solchen Fehler begehen.»

Als Ebby anschließend mit Elizabet im Flur auf den Aufzug wartete, war er leichenblass. Nachdem sie eingestiegen waren, schoss Leo Kritzky im letzten Moment herein und drückte den Knopf des Erdgeschosses. Auf der Fahrt nach unten schielte Leo zu Ebby hinüber.

«Du siehst aus, als hättest du einen Geist gesehen», sagte er. «Geht's dir gut?»

Ebby schüttelte den Kopf. «Nein, mir geht's nicht gut. Ich bin zu schnell wieder hochgekommen.»

Leo verstand ihn nicht. «Hochgekommen? Von wo denn?»

Ebby musste an den graubärtigen Priester mit dem wilden Blick denken, der ihm, Árpád und Elizabet die Tür am Ende des Tunnels zur Kilian-Kaserne geöffnet hatte. «Aus der Hölle», sagte er zu Leo.

III

TEUFELSKREISE

*Irgendetwas stimmte nicht mit dem Wasser, so schien ihr,
denn ab und zu blieben die Ruder ganz fest darin stecken und ließen
sich kaum mehr herausziehen.*

LEWIS CARROLL, *Alice hinter den Spiegeln*

Foto: Eine Amateuraufnahme, auf See von der Brücke eines amerikanischen Zerstörers aus geschossen, zeigt Matrosen, die einen Mann in Khakiuniform aus einem Schlauchboot retten. Da das Bild unscharf und die Männergestalt bärtig ist, erhob das Pentagon keine Einwände gegen den Abdruck des Fotos in der Zeitschrift *Time* Ende April 1961. Einzige Bedingung war, dass der Gerettete nicht als amerikanischer Staatsbürger identifiziert werden konnte.

1

WASHINGTON, D.C., FREITAG, 9. SEPTEMBER 1960

Wenn Sie das in einem Ihrer Bücher bringen würden», ereiferte sich Dick Bissell gegenüber E. Howard Hunt, einem politischen CIA-Mitarbeiter und Gelegenheitsverfasser von Spionagethrillern, «würde Ihnen das kein Mensch abkaufen.» Bissell, ein großer, schlanker, leicht cholerischer Mann, der Nachfolger des als manisch-depressiv diagnostizierten Wisner geworden war, tigerte auf und ab, Hände auf dem Rücken, Schultern gebeugt. Hunt, ein eleganter Mann, der nach Miami geschickt worden war, um die rund siebenhundert Anti-Castro-Splittergruppen so lange zu bearbeiten, bis sie eine einigermaßen passable Exilregierung gebildet hatten, nickte eifrig. «Jemand, der hier ungenannt bleiben soll», fuhr Bissell fort, «hat die haarsträubende Idee gehabt, dass eines unserer U-Boote nachts vor der kubanischen Küste auftauchen und Feuerwerkskörper abschießen sollte, damit die Kubaner meinen, die Wiederkunft Christi stehe unmittelbar bevor, woraufhin die kubanischen Katholiken in Castro den Antichrist erkennen und ihn in die Wüste schicken würden.»

«Elimination per Illumination», witzelte Hunt.

Bissell schüttelte angewidert den Kopf und sagte: «Das Blöde ist bloß, dass das noch einer der besseren Pläne war, die es bis auf meinen Schreibtisch geschafft haben.»

Die Sprechanlage auf Bissells Schreibtisch meldete sich. «Er ist da», sagte eine helle Frauenstimme. «Aber ich fürchte, wenn Sie mit ihm sprechen wollen, müssen Sie erst runter in die Lobby gehen, um ihn zu retten.»

Bissell, in Hemdsärmeln und Hosenträgern, entdeckte den Zauberer im Raum hinter dem Empfang, wo er von uniformierten Sicherheitsbeamten an die Wand gedrückt und nach Waffen abgetastet wurde. Ein Beamter holte vorsichtig Torritis Revolver mit dem Perlmuttgriff aus dem schweißfleckigen Schulterhalfter. Der Zauberer, ein Lächeln auf dem aufgedunsenen Gesicht, paffte an einer dicken Havanna, während seine Knopfaugen die Vorgänge aufmerksam beobachteten.

«Sie müssen Harvey Torriti sein», sagte Bissell.

«Und Sie Dick Bissell», erwiderte der Zauberer.

«Er ist durch die Lobby gestürmt wie ein wild gewordener Stier», beschwerte sich ein Wachmann, der plötzlich argwöhnte, sie könnten jemand Wichtiges brüskiert haben. «Als wir ihn um seinen *Company*-Ausweis gebeten haben, hat er uns bloß einen zerknitterten Fetzen Papier hingehalten und ist weitergestürmt in Richtung Aufzug.»

«Man konnte sehen, dass er bewaffnet war», beteuerte ein anderer Wachmann, «weil die eine Schulter tiefer war als die andere.»

Bissell sah sich das Stück Papier an. Es war die dechiffrierte Kopie einer Dringlichkeitsmeldung an Alice Reader (das interne Kryptonym des Zauberers), die Harvey Torriti von der Berliner Basis nach Washington zurückbeorderte.

«Und außerdem sieht er nun wirklich nicht aus wie jemand, der Alice heißt», warf der dritte Sicherheitsmann ein.

«Schon gut. Ich verbürge mich für diese Alice», beruhigte Bissell die Sicherheitsleute mit einem unterdrückten Lachen.

Er hielt dem Zauberer die Hand hin, und weiche, verschwitzte Finger schüttelten sie flüchtig. Torriti nahm seinen Revolver und folgte Bissell Richtung Tür. Als er fast schon draußen war, wirbelte er mit der Behändigkeit eines Ballettänzers herum. «Sie sollten diese Witzbolde zu Nachtwächtern degradieren», sagte er zu Bissell. Er bückte sich, zog ein Hosenbein hoch und zückte blitzschnell seinen .38er mit dem kurzen Lauf, den er mit Klebeband unten am Knöchel befestigt hatte. «Das Schätzchen hier haben sie nämlich übersehen», verkündete er belustigt. Er lächelte den wutschnaubenden Wachmännern zu. «Echt, wenn Blicke töten könnten, wäre ich jetzt mausetot.»

«Sie hätten sie wirklich nicht so provozieren sollen», sagte Bissell, sobald sie in seinem Büro waren.

Torriti hatte seinen wohlgenährten Körper in einen Sessel gepresst und einen Arm über die Lehne gelegt, während er in der anderen Hand die Zigarre drehte. Er wollte das Verhältnis zum DD/O in die richtigen Bahnen lenken. «Ich lass mich nicht gerne schikanieren», stellte er fest.

«Nach Ihrem Ausweis zu fragen ist doch keine Schikane, Harvey», gab Bissell freundlich zu bedenken.

«Die haben nicht gefragt. Sie haben befohlen. Außerdem hab ich meinen Ausweis schon längst verloren. In Berlin brauchte ich keinen. Da kannte mich jeder.»

«Hier wird Sie wohl auch bald jeder kennen», bemerkte Bissell trocken. Bissell deutete mit einem Nicken auf ein Sideboard voller Spirituosenflaschen. «Kann ich Ihnen einen Schluck Feuerwasser anbieten?»

Der Zauberer spähte durch den Zigarrenrauch und studierte das Sideboard. Der Whiskeyvorrat des DD/O enthielt Flaschen mit gälischen Markennamen, die sich damit brüsteten, sechzehn Jahre im Fass gereift zu sein; Torriti vermutete, dass die Brennereien kleine Familienbetriebe gewesen waren, die kurz vor der Pleite gestanden und als letzten Ausweg ihren Whiskey abgefüllt und auf den Markt gebracht hatten. Für ihn war es eine Sache, ein erklärter Alkoholiker zu sein, diese vornehme Plärre zu trinken eine ganz andere. Guter Whiskey brannte einem in der Kehle. Basta. «Heute ist Freitag», sagte er schließlich. «Für mich ist das was Religiöses. Freitags lebe ich abstinent.»

«Seit wann?»

«Seit ich die Etiketten von Ihrem Whiskey gesehen habe. Das Zeug ist für meinen Geschmack zu feudal.»

Der Zauberer beäugte den DD/O über den Schreibtisch hinweg, entschlossen, ihn auf die Palme zu bringen. Er kannte Bissells Herkunft und Werdegang – Studium in Yale, Abschluss in Wirtschaftswissenschaft, durch und durch Akademiker, ein Offizier und ein Gentleman von Haus aus, einer, der vom Instinkt her risikobereit war. Und Letzteres hatte Dulles' Aufmerksamkeit erregt, als der Director (indem er Wisners *Chief of Operations*, Dick Helms, überging) nach einem Ersatz für Frank Wisner suchte, der als manisch-depressiv diagnostiziert worden war und sich angeblich auf seine Farm in Maryland zurückgezogen hatte, wo er den lieben langen Tag vor sich hin starrte.

Bissell griff geistesabwesend nach einer Büroklammer und verbog sie mit seinen langen Fingern. «Ihr Ruf eilt Ihnen voraus, Harvey.»

«Und ich hetze hinterher und versuche nach besten Kräften, ihm gerecht zu werden.»

«Hört sich an wie der Schwanz, der mit dem Hund wackelt», bemerkte Bissell. Er steckte sich ein Ende der Büroklammer zwischen die Lippen und spielte damit herum. «Ich habe ein neues Projekt, Harvey. Deshalb habe ich Sie kommen lassen. Ich möchte Sie mit dabei haben. Es geht um viel. Sehr viel. Drei Mal dürfen Sie raten.»

«Kuba, Kuba und Kuba.»

Bissell nickte zufrieden. «Vor kurzem hat Chruschtschow getönt, die

Monroe-Doktrin sei eines natürlichen Todes gestorben. Präsident Eisenhower hat mich befugt, geheime Aktionen gegen das Castro-Regime einzuleiten. Der Plan sieht die Schaffung einer Exilregierung vor, eine intensive Propaganda-Offensive, den Aufbau von Widerstandsgruppen in Kuba und die Ausbildung paramilitärischer Kräfte außerhalb Kubas für eventuelle Guerilla-Aktionen. Das Ganze läuft unter dem Codenamen JMARC.»

Der Zauberer nahm einen Zug aus seiner Zigarre. «Welche Rolle soll ich dabei spielen?»

Der DD/O kam um den Schreibtisch herum und sprach unbewusst leiser. «Ich brauche Sie, um noch einen Pfeil mehr im Köcher zu haben, Harvey. Ich möchte innerhalb der *Company* ein Ressort zur Ausschaltung ausländischer Regierungschefs aufbauen. Diese Abteilung werden wir *Executive Action* nennen, und das interne Kryptonym lautet ZR/RIFLE. Die erste Aufgabe von ZR/RIFLE wird sein, Fidel Castro zu eliminieren. Falls Ihnen das gelingt, würde die militärische Option überflüssig oder zumindest sehr viel einfacher.»

«Erzählen Sie mir nicht, Sie hätten nicht schon versucht, Castro zu ermorden.»

Bissell begann wieder, auf und ab zu schreiten. «Wenn ich Ihnen erzählen würde, was sich einige Leute so ausgedacht haben –»

«Erzählen Sie's mir, damit ich nicht die gleichen Fehler mache.»

«Wir haben eine Kiste von Castros geliebten Cohiba-Zigarren vergiftet und sie einem unserer Spione zugespielt, aber der hat bloß unser Geld genommen, die Zigarren weggeschmissen und ist untergetaucht. Wir haben mit der Idee gespielt, LSD in das Belüftungssystem von Castros Sendestudio zu leiten, damit er während einer seiner Marathonreden an das kubanische Volk anfängt, wirres Zeug zu erzählen. Es gab Überlegungen, seinen Tauchanzug mit Pilzsporen zu präparieren, die eine chronische Hautkrankheit ausgelöst hätten, seine Sauerstoffflaschen mit Tuberkulosebazillen anzureichern oder an der Stelle, wo er gerne taucht, eine exotische Muschel auf den Meeresboden zu legen, die explodiert wäre, wenn er sie aufgehoben hätte.»

Eines der vier Telefone auf dem Schreibtisch klingelte. Bissell nahm ab, lauschte einen Moment und sagte dann: «Hör mal, Dave, das Problem ist, ihr seid zu perfekt. Das wirkt alles viel zu amerikanisch, und das bedeutet, es kann bis zur *Company* zurückverfolgt werden. Ich will Grammatikfehler, wenn eure Kubaner die Nachrichten sprechen, ich will, dass die Plattennadel hängen bleibt, wenn sie ihre Erkennungsmelodie spielen, ich will, dass die Sendungen mal zu früh und mal zu spät anfangen. Ecken und Kanten, Dave, darauf kommt's an. Einfach kubanisch!»

Bissell legte auf. «Schon mal was von Swan Island gehört, Harvey? Das ist ein Haufen Guano vor Honduras mit einem Mittelwellensender drauf, der Propaganda nach Kuba sendet.»

Torriti sagte: «Hab ich Sie richtig verstanden, Dick? Sie bemängeln, dass die Propaganda zu professionell ist und die *Executive Action* zu amateurhaft.»

Bissell musste lachen. «Sie haben mich richtig verstanden.» Er ließ sich wieder hinter seinem Schreibtisch nieder. «Sprechen Sie noch immer Sizilianisch?»

«So was verlernt man nicht. Ich bin Halbsizilianer, mütterlicherseits.»

«Während des Krieges haben Sie für den OSS Kontakte zur Mafia unterhalten.»

Der Zauberer zuckte die Achseln. «Man darf einen Mann, der für einen Geheimdienst arbeitet, nicht danach beurteilen, mit wem er Umgang pflegt.»

«Ich möchte, dass Sie wieder mit der Mafia Umgang pflegen.»

Torriti beugte sich vor. «Sie wollen, dass die von der *Cosa Nostra* Fidel erledigen!»

Bissell lächelte. «Diese Leute sind bekannt für derlei Aktivitäten. Und sie sollen ziemlich gut darin sein. Gut und verschwiegen.»

«Was ist für sie drin?»

«Zunächst mal viel Geld. Der Mann, mit dem Sie anfangen sollen – Johnny Rosselli –, ist als Teenager illegal in die USA gekommen. Ihm droht die Ausweisung. Falls er mit uns kooperiert, könnten wir das verhindern. Vor Castros Machtübernahme hat Rosselli die Casinos der *Cosa Nostra* in Havanna kontrolliert. Jetzt hat er seine Finger im Glücksspiel in Las Vegas und vertritt die Chicago-Mafia an der Westküste.»

«Gibt's einen Zeitplan für JMARC?»

«Vor den Wahlen im November soll gar nichts passieren. Wir mögen Nixon nicht besonders, und er soll nicht die Lorbeeren für Castros Sturz einheimsen und deswegen die Wahlen gewinnen. Ich verrate Ihnen jetzt ein Staatsgeheimnis, Harvey – der Vizepräsident ist nicht nach unserem Geschmack. Allen Dulles steht Jack Kennedy nahe. Er will, dass er der nächste Präsident wird und dass er dann der *Company* noch einen Gefallen schuldig ist.»

«Und der wäre, dass wir seine Wahl abwarten, bevor wir Castro aufs Korn nehmen.»

«Haargenau. Andererseits müssen wir vor dem kommenden Sommer aktiv werden. Castro hat fünfzig kubanische Piloten zur Ausbildung auf russischen MiGs in die Tschechoslowakei geschickt. Die Flugzeuge werden im Sommer '61 geliefert.»

«Weiß Kennedy von JMARC?»

«Nur ganz vage.»

«Welche Garantie haben Sie dann, dass er als Präsident sein Plazet dafür gibt?»

«Sie stellen genau die richtigen Fragen, Harvey. Wir halten es für unwahrscheinlich, dass der nächste Präsident vor einer paramilitärischen Aktion zurückschrecken wird, die von unserem großen amerikanischen Kriegshelden Dwight Eisenhower in die Wege geleitet wurde. Die Republikaner würden ihm vorwerfen, er habe keinen Mumm.»

«Die Leute um Kennedy könnten ihm die Sache ausreden.»

Bissell spitzte die Lippen. «Kennedy scheint clever zu sein, und ein harter Bursche. Seine Leute stehen mehr auf seine Härte als auf seine Cleverness.»

«Weiß unser großer amerikanischer Kriegsheld Eisenhower von dem Plan?»

Der DD/O schüttelte heftig den Kopf. «Das ist einfach kein Thema, das wir im Weißen Haus zur Sprache bringen würden.»

Torriti zog ein zusammengeknülltes Taschentuch hervor und wischte sich über die Stirn. «Darf ich?» Er deutete mit dem Kopf hinüber zu der Ansammlung von Flaschen auf dem Sideboard.

«Aber gern. Dafür ist es doch da, Harvey. Eis ist im Kühler.»

Der Zauberer nahm eine Flasche mit einem unaussprechlichen gälischen Wort darauf und goss sich vier Fingerbreit Whiskey ein. Er gab einen Eiswürfel dazu und nahm dann einen tiefen Schluck.

«Schön weich, nicht?»

«Zu weich. Guter Whiskey braucht Ecken und Kanten, wie gute Propaganda.» Torriti schlenderte zum Fenster hinüber, teilte die Lamellen der Jalousie und starrte hinaus auf das, was er von Washington sehen konnte. Er fühlte sich nicht wohl in dieser Stadt mit ihren vielen Schnelldenkern und Schnellrednern, aber Bissell hatte ihm Respekt abgenötigt. Dieser DD/O hatte zwar seine Schwächen – Bissell hatte nie in seinem Leben auch nur einen Agenten oder eine *Company*-Dienststelle geführt. Andererseits stand er in dem Ruf, gute Arbeit zu leisten. Er hatte dafür gesorgt, dass das Aufklärungsflugzeug U-2 – ausgestattet mit Kameras, die aus zwanzig Kilometern Höhe noch Kreml-Nummernschilder lesen konnten – binnen achtzehn Monaten von den Zeichentischen in die Stratosphäre über Russland kam, etwas, wofür die Air Force acht Jahre gebraucht hätte. Und jetzt wollte dieser DD/O aus Yale mit einer Vorliebe für edlen Whiskey jemanden kaltmachen lassen, und er rückte einfach so mit der Sprache heraus, klipp und klar. Er redete wirklich nicht um den heißen Brei herum. Torriti drehte sich zu Bissell um. «Ich übernehme die Sache», sagte er.

Der DD/O sprang auf. «Ich bin so froh –»

«Aber zu meinen Bedingungen.»

«Heraus damit, Harvey.»

Torriti tänzelte durch das Büro, stellte sein Glas auf einen Stapel Top-Secret-Unterlagen und zählte die einzelnen Punkte an den Fingern ab.

«Erstens, ich will eine gute Tarnung.»

«Offiziell übernehmen Sie die Leitung von Sektion D, einer kleinen CIA-Unterabteilung, zuständig für das Abfangen von Funksprüchen und dergleichen.»

«Ich will nicht, dass dieser blöde Angleton mir im Nacken sitzt.»

«Wenn es Probleme mit ihm gibt, kommen Sie zu mir. Und wenn ich sie nicht lösen kann, wende ich mich an den Director. Wir beide werden Ihnen Angleton vom Leib halten.»

«Sie wollen, dass ich Fidel die Lampe ausblase, gut. Aber ich will nicht, dass sonst irgendwelche Regierungsbehörden mitmischen. Und innerhalb der *Company* darf alles nur mündlich ablaufen.»

«Keine Papierspur», pflichtete Bissell ihm bei.

«Die Ausführenden von ZR/RIFLE müssen ausländische Staatsbürger sein, die niemals in Amerika gewohnt haben oder im Besitz eines US-Visums waren. Die Akten im Zentralregister müssen gefälscht und rückdatiert werden, damit es so aussieht, als wären die Leute, die ich rekrutiere, seit ewigen Zeiten Agenten der Sowjets oder Tschechen.»

Bissell nickte; ihm wurde klar, dass es ein genialer Einfall gewesen war, Torriti aus Berlin zurückzuholen.

Der Zauberer zählte den fünften Finger ab, konnte sich aber nicht an den fünften Punkt auf seiner Liste erinnern.

«Was noch, Harvey?», fragte Bissell aufmunternd.

«Was noch?» Er zermarterte sich das Gehirn. «Noch so einiges. Zum Beispiel, ich will ein Kellerbüro. Ich bin wie ein Maulwurf und fühle mich wohler unter der Erde. Aber es muss groß sein. Ich will, dass es morgens und nachmittags nach Wanzen abgesucht wird. Ich will einen unerschöpflichen Nachschub an billigem Whiskey und abgesicherte Telefonanschlüsse und einen Plattenspieler, damit ich Opern abspielen kann, wenn ich rede, für den Fall, dass irgendwelche Wanzen übersehen wurden. Ich will meine Berliner Sekretärin Miss Sipp. Ich will ein Auto in egal welcher Farbe, bloß nicht in Fuhrpark-Khaki. Ich will meine rumänischen Zigeuner, die beiden Silvans, als Leibwächter. Was noch? Ach ja. Ich brauche so einen blöden eingeschweißten Ausweis mit Foto, damit ich an den Witzbolden am Eingang vorbeikomme.»

«Kriegen Sie, Harvey. Kriegen Sie alles.»

Der Zauberer schnaufte, als hätte er einen Hundert-Meter-Lauf hinter sich, und nickte bedächtig. «Ich denke, Sie und ich, wir werden gut miteinander klarkommen, Dick.»

«Ich kenne nicht viele Leute, die sich eine Gartenschaufel über den Kamin hängen», bemerkte Philip Swett. «Als wär's ein Familienerbstück.»

«Ist es auch irgendwie, Daddy», erklärte Adelle. «Das ist die Schaufel, die Leo an dem Tag gekauft hat, an dem wir uns kennen gelernt und seinen Hund und meine Katze beerdigt haben. Er hat sie neulich beim Aufräumen im Keller gefunden.»

Die Zwillinge, Tessa und Vanessa, die inzwischen sechseinhalb waren, hatten sich gerade mit Küsschen auf die kratzige Wange ihres Großvaters verabschiedet und waren losgesaust, um den Schulbus zu erwischen. Adelle stellte ihrem Vater seine Lieblingsmarmelade hin.

«Und, wo ist dein erster Mann?», knurrte Swett.

«Der Erste und Einzige, Daddy», stöhnte Adelle, weil sie den Witz leid war. Ihr Vater würde es zwar nie zugeben, aber im Laufe der Jahre hatte er Leo doch ins Herz geschlossen. «Leo telefoniert, wie immer.» Ihre Stimme klang stolz. «Er ist nämlich befördert worden, zu Bissells Stellvertreter. Das bedeutet Gehaltserhöhung. Das bedeutet eine eigene Sekretärin.» Sie seufzte. «Das bedeutet auch noch mehr nächtliche Telefonate. Dieser Bissell schläft nie ...»

Die Katze, ein Hochzeitsgeschenk von Lyndon B. Johnson, kam in die Küche, und Adelle stellte ihr gerade ein Schälchen Milch hin, als Leo Kritzky die Tür aufstieß, die Krawatte noch locker um den Hals gebunden. Er schüttelte seinem Schwiegervater die Hand und setzte sich ihm gegenüber.

«Wie geht's dir, Phil?», fragte Leo.

«Ich bin hundemüde. Glaub bloß nicht, dass es ein Kinderspiel ist, den Leuten Geld für einen katholischen Präsidentschaftskandidaten aus der Tasche zu ziehen.»

«Ich dachte, sein Vater finanziert ihn», sagte Leo.

«Joe Kennedy hat ihm durch die Vorwahlen geholfen. Jetzt müssen die dicken Demokraten mal was springen lassen. Oder Nixon spaziert ins Weiße Haus.»

Adelle stellte zwei riesige Kaffeetassen vor ihnen auf den Tisch. «Wo ist Kennedy denn heute?», fragte sie ihren Vater.

Swett löffelte großzügig Marmelade auf seinen Toast. «Wieder auf Wahlkampfreise durch den Mittleren Westen.» Er beäugte seinen Schwiegersohn über den Frühstückstisch hinweg. «Was ist eigentlich mit Kuba?», fragte er unvermittelt.

Leo blickte rasch zu Adelle hinüber, dann sagte er: «Über Kuba weiß ich nur das, was in den Zeitungen steht.»

«Leo, Leo, ich bin's, Phil Swett. Ich bin der Bursche, der auf die Idee gekommen ist, dass Lyndon Johnson nicht abgeneigt wäre, wenn Jack Kennedy ihm die Vizepräsidentschaft anbieten würde. Wenn Jack tatsächlich ins Weiße Haus einzieht, stehen die Leute Schlange, um mir die Hand zu schütteln. Du könntest wirklich aufhören, mich wie einen russischen Spion zu behandeln. Gott und die Welt wissen, dass sich in der Karibik irgendwas zusammenbraut. In Jacks Wahlkampftruppe ist es ein offenes Geheimnis, dass er über irgendeine bevorstehende Anti-Castro-Operation unterrichtet worden ist.»

Leo blickte seinem Schwiegervater in die Augen. «Phil, ich kann dir nur sagen, dass ich auch nicht mehr weiß als du.»

Adelles Augen funkelten belustigt. «Der Gedanke, dass Leo mehr wissen könnte als du, macht dich wahnsinnig, nicht wahr, Daddy?»

Swett war kurz davor, aus der Haut zu fahren. «Herrgott noch mal, Harry Truman und Eisenhower und Jack Kennedy behandeln mich wie einen patriotischen Amerikaner. Aber mein eigener Schwiegersohn tut gerade so, als würde ich für den Kreml arbeiten.»

«Phil, du kannst mir glauben, wenn ich was über eine Operation in Kuba wüsste, würde ich es dir sagen. Ich finde, wenn Jack Kennedy davon unterrichtet wurde, kannst du es ruhig auch wissen. Aber die *Company* besteht aus vielen Abteilungen. Ich habe nun mal mit diesem Winkel der Welt nichts zu tun. Okay?»

Swett brummte. «Wahrscheinlich hast du wirklich keinen blassen Schimmer. Ich hab gesehen, wie verblüfft du warst, als ich dir von dem offenen Geheimnis unter Jacks Wahlkampfleuten erzählt habe.»

«Leo würde dich wirklich nicht anlügen, Daddy.»

«Ehrlich gesagt, ich war wirklich überrascht», gab Leo zu.

Leo wartete, bis der Wachmann seinen Ausweis überprüft hatte, dann durchquerte er die Lobby von *Quarters Eye*, einer ehemaligen Kaserne in der Nähe des Ohio Drive in Washington, die Bissell für JMARC requiriert hatte, und ging durch den engen, schwach erhellten Flur zu einer grünen Tür mit der Aufschrift: ZUTRITT NUR FÜR BEFUGTE. Er tippte die Codenummer in das Kästchen an der Wand und hörte ein leises Summen, als das Schloss sich öffnete. In Bissells Kuba-Kommandozentrale hingen zwei riesige Karten an der Wand. Eine zeigte die Insel Kuba, die andere die Karibik, und beide waren mit Plastikfolien bespannt, auf die taktische Details aufgezeichnet werden konnten. Leos Sekretärin, eine mütterliche, grauhaarige Frau namens Rosemary Hanks, saß an ihrem Schreibtisch vor Leos Büro und sortierte gerade die Post. Sie wedelte mit einem Nachrichtenformular und sagte: «Gute Neuigkeiten: Wir haben noch mehr B-26-Bomber aufgetrieben, eine ganze Flotte davon in Tucson, Arizona.»

«Das sind wirklich gute Neuigkeiten», bestätigte Leo. Er nahm die Meldung, ging in sein Büro, setzte sich an den Schreibtisch und las sie durch. Bissell hatte beschlossen, hauptsächlich alte B-26-Bomber aus dem Zweiten Weltkrieg in der kleinen Luftwaffe der kubanischen Exilbrigade einzusetzen, weil nach dem Krieg Hunderte dieser Maschinen in alle Welt verkauft worden waren, was bedeutete, dass Washington plausibel abstreiten konnte, den Exilkubanern die Flugzeuge zur Verfügung gestellt zu haben. Die Flugzeuge würden «sterilisiert» – das heißt alle Nummern und Insignien, die verraten konnten, wo die Bomber herkamen, würden entfernt – und dann zu dem Flugplatz geflogen werden, der unterhalb der Helvetia-Basis in Retalhuleu errichtet wurde. Anschließend würden Piloten, die man aus der Exilgemeinde in Miami angeworben hatte, für Kampfeinsätze über Kuba ausgebildet werden. Leo ging den Postordner durch, Meldung für Meldung, und leitete einiges an JMARC-Offiziere im Gebäude weiter.

Anschließend nahm er sich den Metallordner mit dem roten Strich quer über dem Deckel vor. An diesem Morgen enthielt er nur eine Nachricht, eine entschlüsselte Meldung von einem der *Company*-Agenten in Havanna. Der Mann hatte an einer Cocktailparty für Fidel Castros Bruder Raoul teilgenommen. Seinem Bericht nach war Ernesto «Che» Guevara, der argentinische Arzt, der an Castros Seite gekämpft und es zur zweitmächtigsten Figur in Kuba gebracht hatte, gerade aus Moskau zurückgekehrt, zusammen mit Castros in Amerika ausgebildetem Chef der *Dirección General de Inteligencia*, dem bärtigen, weltgewandten Manuel Piñeiro. Beide Männer brüsteten sich damit, Nikita Chruschtschow sowie einem geheimnisvollen Russen begegnet zu sein, der als führender Kopf des KGB galt und unter dem Spitznamen Starik, *der alte Mann*, bekannt war; die Kubaner bezeichneten ihren russischen Gesprächspartner spaßeshalber als *Weißer Bart*, um ihn von Piñeiro zu unterscheiden, der *Barba Roja*, *Roter Bart*, genannt wurde.

Leo markierte die Meldung für Bissell und drehte sich dann zu dem abgeschlossenen Aktenschrank um. Er öffnete das Zahlenschloss und zog die oberste Schublade heraus. Nach kurzem Suchen fand er die Akte, die er haben wollte, legte sie auf seinen Schreibtisch und schlug sie auf. Als sein Schwiegervater ihn am Morgen nach Kuba gefragt hatte, war Leo *tatsächlich* verblüfft gewesen. *In Jacks Wahlkampftruppe ist es ein offenes Geheimnis, dass er über irgendeine bevorstehende Anti-Castro-Operation unterrichtet worden ist.* Das stimmte, und es war sogar Leo selbst gewesen, der den Präsidentschaftskandidaten der Demokraten davon unterrichtet hatte. Er hatte Senator Kennedy in seinem Zufluchtsort in Miami aufgesucht. Wie sich herausstellte, war es die Luxusvilla von Frank Sinatra. Kennedy und drei der fünf Mitglieder von Hollywoods legendärem *Rat Pack* – Sinatra, Dean Martin und Sammy Davis Jr. – hatten sich hinter dem Haus am Pool geräkelt, zusammen mit einem kleinen, fast kahlköpfigen Mann namens Sam Flood. Ach, wie hatte Leo sich über Adelles Gesichtsausdruck amüsiert, als er ihr erzählte, dass Sinatra höchstselbst ihm einen Drink gereicht und mit ihm geplaudert hatte, während Senator Kennedy einen Anruf entgegennahm.

Wieder zurück in Washington, hatte Leo für Bissell einen Bericht über das Gespräch mit Kennedy geschrieben und selbst eine Kopie behalten. Leos Notizen zufolge hatte Kennedy geäußert, das Thema müsse ja ganz schön wichtig sein, wenn er den weiten Weg auf sich genommen habe, nur um ihn darüber zu informieren. Leo hatte erwidert, die CIA halte die beiden Präsidentschaftskandidaten üblicherweise auf dem Laufenden. Kennedy, der in seiner weißen Flanellhose und dem offenen Hemd ausgeruht und entspannt wirkte, hatte sich noch einen Gin Tonic gemacht und dann mit Leo angestoßen. Ich bin ganz Ohr, hatte der Kandidat gesagt. Es geht um Kuba, hatte Leo angefangen. Kennedy hatte genickt. Dachte ich mir, hatte er gesagt. Dann hatte Leo sehr allgemein über die Exilkubaner gesprochen, die auf einer geheimen CIA-Basis auf einer entlegenen Kaffeeplantage in Mittelamerika ausgebildet würden. Ob Eisenhower diese Operation befürwortet habe, war Kennedys erste Frage gewesen. Absolut, hatte Leo erwidert. Ein solches Projekt hätte die CIA niemals ohne Genehmigung des Präsidenten gestartet. Falls alles nach Plan liefe, so hatte er weiter gesagt, würde die Infiltration der Exilbrigade zeitlich sowohl mit der

Bildung einer provisorischen kubanischen Regierung als auch mit konzentrierten Guerilla-Aktivitäten in den verschiedenen Inselprovinzen zusammenfallen. Achten Sie darauf, hatte Kennedy eingeworfen, nicht so viel Krach zu machen, damit nicht gleich alle Welt vermutet, dass die USA dahinterstecken. Dann hatte er ganz beiläufig gefragt, ob es schon einen Zeitplan gebe. Vizepräsident Nixon dränge die CIA, das Ganze noch vor den Wahlen im November über die Bühne zu bringen, hatte er den Senator informiert.

«Werden Sie das?»

«Wir halten das nicht für empfehlenswert.»

«Hmmmm. Verstehe.» Kennedy hatte sich am Ohrläppchen gekratzt. «Gibt es sonst noch etwas, das ich wissen müsste?», hatte er gefragt.

Leo hatte den Kopf geschüttelt. «Das wäre im Augenblick alles. Es versteht sich von selbst, Senator, dass diese Informationen streng geheim sind und an niemanden weitergegeben werden dürfen, auch nicht an Ihre engsten Mitarbeiter.»

«Selbstverständlich», hatte Kennedy gesagt. Er hatte ihm die Hand gereicht. «Ich danke Ihnen für die Unterredung.»

Am Abend hatte Leo eine Rede des Senators im Fernsehen verfolgt, in der er die Eisenhower-Regierung scharf dafür kritisierte, dass sie den Eisernen Vorhang bis auf neunzig Meilen an die amerikanische Küste hatte herankommen lassen und nichts dagegen unternahm. *Nichts dagegen unternahm!* Kennedy wusste, dass sie etwas dagegen unternahmen, wusste auch, dass Nixon sich nicht verteidigen konnte, weil er fürchten musste, die gesamte Operation zu gefährden. Mit einem Gesicht, das eine Maske der Aufrichtigkeit war, hatte Kennedy geschworen, dass er im Falle seiner Wahl die kubanischen Freiheitskämpfer in ihren Bemühungen unterstützen würde, Kuba die Demokratie zu bringen.

Das Gespräch mit Kennedy hatte im Juli stattgefunden. Leo blickte von der Akte auf und dachte überrascht, wie sehr sich doch das Profil der Kuba-Operation in den letzten zwei Monaten verändert hatte. Das, was anfänglich auf dem Zeichenbrett als eine Reihe von kleinen Guerilla-Aktionen geplant gewesen war, die Castro zur panischen Flucht veranlassen sollten, war dank Bissell und seinem aus Führungskräften bestehenden Planungsteam zu einer regelrechten Landung wie im Zweiten Weltkrieg in der Normandie geworden: Siebenhundertfünfzig Guerillas würden an einem Strand unweit der kubanischen Stadt Trinidad an Land gehen, und eine Flotte von B-26-Bombern würde ihnen aus der Luft Deckung geben. Es war nicht Leos Aufgabe, das Für und Wider der Operation abzuwägen, aber er hatte das starke Gefühl, dass JMARC außer Kontrolle geriet. Und er meinte, den Grund zu kennen. Theoretisch war Bissell oberster Chef des gesamten *Clandestine Service*, des Geheimdienstes der CIA: fünfzig Undercover-Stationen um den ganzen Globus, Hunderte von verdeckten Operationen, von dem Sahnehäubchen ganz zu schweigen – ein Hundert-Millionen-Dollar-Etat zur Finanzierung der Operationen. In der Praxis jedoch überließ er alles seiner rechten Hand, Dick Helms, während er selbst sich auf sein Hauptinteresse konzentrierte, das inzwischen zur Obsession geworden war: den erklärten Marxisten und Machthaber Kubas zu stürzen, Fidel Castro.

Das interne Telefon auf Leos Schreibtisch summte. Bissells Stimme dröhnte aus dem Hörer. «Prima Arbeit, dass Sie diese B-26 aufgetrieben haben, Leo.»

«Da ich Sie gerade am Apparat habe», sagte Leo. «Da ist etwas, das Sie wissen sollten.»

«Schießen Sie los.»

Leo erzählte dem DD/O von dem Gerücht, das Phil Swett aus dem Umfeld von Kennedy zu Ohren gekommen war. «Ich habe mir gerade noch mal meine Notizen durchgesehen», fügte er hinzu. «Ich habe den Senator darauf hingewiesen, dass das Material streng geheim ist, und ich habe ihn ausdrücklich gebeten, niemandem davon zu erzählen, auch nicht seinen engsten Mitarbeitern.»

Leo konnte Bissells Achselzucken am anderen Ende fast hören. «Wir können uns nicht wegen jedem Gerücht aufregen, das in Georgetown kursiert –»

«Dick, vor einigen Wochen hat eine Zeitung in Guatemala einen Artikel über eine schwer bewachte CIA-Basis in Retalhuleu gebracht. Zum Glück hat die amerikanische Presse das nicht aufgegriffen. Aber eines Tages wird es ein Gerücht zu viel geben. Dann zählen die *Times* oder die *Post* oder sonst wer einfach zwei und zwei zusammen und ...»

«Ich treffe Kennedy heute Abend auf einer Dinnerparty in Georgetown», sagte Bissell. «Wenn ich ihn einen Moment allein erwische, werde ich das Thema zur Sprache bringen.»

Für Leo hörte Bissell sich halbherzig an. Dulles würde sich bald zur Ruhe setzen, und Bissell machte sich Hoffnungen, Dulles' Nachfolge anzutreten. Offensichtlich wollte er dem Präsidentschaftskandidaten der Demokraten nicht auf die Füße treten. Man konnte nie wissen – vielleicht, nur vielleicht, würde sich der erste katholische Präsidentschaftskandidat der amerikanischen Geschichte ja doch irgendwie durchsetzen und die Wahl gewinnen.

Vier Stunden nach dem Start von dem geheimen CIA-Flugplatz Opa-Locka bei Miami erwachte Jack McAuliffe im Rumpf der C-54 und fühlte sich schrecklich luftkrank. Der Motorenlärm dröhnte ihm im Kopf. Der Chef der Crew, ein Kubaner, der wegen seines stattlichen Bierbauches den Spitznamen Barrigón bekommen hatte, brachte ihm ein Glas Whiskey, in den er mit dem kleinen Finger Dramaminpulver einrührte. «Wenn Sie kotzen müssen, kotzen Sie in den Kotzbeutel», schrie er über den Lärm hinweg. Jack war der einzige Passagier auf dem wöchentlichen Postflug nach Guatemala. Barrigón grinste von einem Ohr zum anderen, während Jack das Gebräu hinunterschluckte.

«Wissen Sie was? Ohne den Krach wär's schlimmer!», rief der Kubaner.

Jack schauderte. «Wie um alles in der Welt könnte es denn ohne den Krach noch schlimmer sein?», rief er zurück.

«Ohne Krach, keine Motoren», erklärte der Kubaner. «Und ohne Motoren würde es im freien Fall nach unten gehen.» Mit diesen Worten watschelte er zurück Richtung Cockpit.

Jack war alles andere als begeistert gewesen, dass er Washington schon so kurz nach der Geburt seines Sohnes Anthony verlassen musste, aber andererseits wollte er sich einen so aufregenden Sonderauftrag nicht entgehen lassen. Anthony, ein Rotschopf, war genau drei Jahre nach der Heirat von Jack und Millie Owen-Brack zur Welt gekommen. Jacks ehemaliger Kommilitone und Wohngenosse während des Studiums, Leo Kritzky, war nicht nur sein Trauzeuge gewesen, sondern jetzt auch Pate des Jungen; Ebbys Frau Elizabet, die sich mit Millie angefreundet hatte, war seine Patin. Elizabets Tochter Nellie hatte alle entzückt, als sie auf Anthonys Taufe Hand in Hand mit Ebbys Sohn Manny auftauchte, beide mit großen Augen und todernst, wie ein Zwergenpaar. Der Geistliche, der von Anthonys seltsamem Muttermal in Form eines dunklen Kreuzes auf dem kleinen Zeh des rechten Fußes fasziniert gewesen war, hatte das Baby mit Weihwasser getauft, und anschließend waren alle zu einem Gruppenfoto hinaus ins Sonnenlicht getreten. Ein gerahmter Abzug hing jetzt in Jacks Apartment in Arlington; darauf posierte Millie mit dem kleinen Täufling auf dem Arm und blickte ihren Mann liebevoll an.

Der Whiskey und das Dramamin hatten eine wohltuende Wirkung, und Jack schlenderte nach vorn ins Cockpit, um sich die Beine zu vertreten.

«Da rechts unten ist die texanische Küste!», rief der Pilot. «In gut einer

Stunde müssten wir den Golf von Honduras überfliegen. Und dann ist es nur noch ein Katzensprung.»

«Den Ausblick bei der Landung sollten Sie sich nicht entgehen lassen», empfahl der Copilot. «Wir kommen direkt vor einem Vulkan rein. Die Landschaft ist umwerfend.»

Und wirklich, die Landung in Retalhuleu war ein Erlebnis. Der noch aktive Vulkan namens Santiaguita ragte über der Kaffeeplantage auf, die man der Wildnis der Sierra Madre abgerungen hatte. Die C-54 umflog ihn und tauchte dann so schnell hinunter in einen dichten Nebel, dass Jack das Herz in die Hose rutschte. Im letzten Augenblick klärte sich der Nebel, und ein langer Teerstreifen – die nagelneue Landebahn der CIA – kam in Sicht. Das Transportflugzeug setzte hart auf, hob kurz wieder ab, setzte erneut auf und rollte dann mit vibrierendem Rumpf am Ende der Landebahn aus. Ein alter orangefarbener Löschwagen, einige Armeelaster und ein Jeep kamen über die Landebahn angebraust und hielten nahe der Ladeluke. Jack warf seinen Seesack zur Flugzeugtür hinaus und sprang hinterher. Ein dünner Kubaner in blank gewichsten Kampfstiefeln und frisch gewaschenem Overall stieg aus dem Jeep und kam auf ihn zu.

«Ich bin Roberto Escalona», erklärte er.

«Jack McAuliffe», sagte Jack.

«Willkommen am Arsch der Welt», sagte Escalona mit einem ironischen Grinsen.

Jack warf seinen Seesack in den Jeep und stieg neben Escalona ein. Der Kubaner war Feldkommandeur der Brigade 2506 und Berufsoffizier. Er hatte eine Revolte gegen den kubanischen Diktator Batista angeführt und deswegen im Gefängnis gesessen, bevor Castro ihn vertrieben hatte. Escalona ließ die Kupplung kommen, und der Jeep schoss von der Landebahn auf einen Feldweg, holperte dann von einem mit Regenwasser gefüllten Erdloch zum nächsten den Berg hinauf.

Jack hielt sich mit aller Kraft fest. Schließlich erreichten sie eine Lichtung, auf der mehrere Reihen von Nissenhütten standen. Der Brigadekommandeur stieg auf die Bremse, und der Wagen kam rutschend vor der Scheune zum Stehen, in der früher Kaffee sortiert wurde und die jetzt den achtunddreißig «Beratern» der Brigade als Unterkunft diente. Ein Holzplankenweg führte zum Eingang der Scheune. Auf beiden Seiten des Weges zitterten sorgsam gehegte, hüfthohe Marihuanapflanzen in der frischen Morgenluft.

«Möchten Sie meinen Wunschzettel hören, Mr. McAuliffe?», fragte der Kubaner.

«Sie verschwenden wirklich keine Zeit», bemerkte Jack.

«Drei Dinge verschwende ich nie: Munition, Worte und Zeit», sagte der Kubaner sachlich. «Davon gibt es nämlich nie genug.»

«Mein Auftrag lautet, als Vermittler zwischen Ihnen und Washington zu fungieren», sagte Jack. «Sie schildern mir die Probleme hier vor Ort, und ich leite diejenigen weiter, die ich für wichtig genug erachte.» Jack zückte ein Notizbuch und einen Stift.

Escalona zog einen kleinen, zerknitterten Block aus der Hemdtasche und setzte seine Lesebrille auf. «Also dann. Erstens, die CIA muss die Rekruten in Miami besser unter die Lupe nehmen, bevor sie sie herfliegen. Letzte Woche hab ich einen Mann bekommen, der ein verurteilter Mörder ist. Ein anderer ist geistig zurückgeblieben und hält Castro für eine Getränkemarke. Das Problem ist, wenn sie erst einmal hier sind, können wir sie nicht mehr zurückschicken, weil sie wissen, dass es uns gibt.»

«Rekruten in Miami gründlicher überprüfen», schrieb Jack auf. «Was noch?»

«Man hat mir Duschen versprochen, aber keine geliefert. Eure Berater waschen sich im Swimmingpool der *Finca*, haben aber ein Schild aufgestellt mit der Aufschrift ‹Nur für Offiziere›, was bedeutet, dass meine Kubaner nur in den Bächen baden können. Und die sind eiskalt.»

«Zunächst einmal nehmen wir das Schild weg», sagte Jack. «Dann sorge ich dafür, dass ihr eure Duschen bekommt.»

«Wir sollten eine voll ausgerüstete Lazarettapotheke kriegen», fuhr Escalona fort. «Aber bis jetzt haben wir nur eine Kiste mit Pflaster, Aspirin und Insektenschutzmittel erhalten. Hier in den Bergen wimmelt es nur so von Giftschlangen – und wir haben nicht mal Serum gegen Schlangenbisse.»

Jack schrieb eifrig mit, während Escalona weitere Punkte seiner Wunschliste vortrug.

Irgendwo in den Bergen über ihnen ertönte das Stakkatogeknatter von Maschinengewehrfeuer, und nach jeder Salve folgte ein flüsterndes Echo.

«*Last not least*», sagte Escalona, «wir haben ein ernsthaftes Sicherheitsproblem. Tag für Tag verschwinden etwa fünfzehn Prozent meiner Leute.»

Jack warf einen Blick auf die Berge rundherum, in denen es von Schlangen nur so wimmelte. «Und wohin verschwinden die?», fragte er.

«Nach San Felipe, ein Dorf neun Meilen von hier über die Berge.»

«Wie zum Teufel kommen sie nach San Felipe?»

«Einige klauen einen Jeep oder einen Pick-up, andere gehen zu Fuß. Hin und zurück. In einer Nacht.»

«Was ist an San Felipe so verlockend, dass sie dafür achtzehn Meilen durch die Berge marschieren?»

«Huren.»

Jack nickte langsam. «Huren.»

«Natürlich schärfen wir den Jungs ein, nichts auszuplaudern – aber die Mädchen müssten schon taubstumm und verblödet sein, um nicht zu merken, dass wir hier in Helvetia ein militärisches Trainingslager haben. Ich könnte mir denken, dass einige von den Huren für Castro spionieren.»

«Das ist allerdings ein Problem, das dringend gelöst werden muss», pflichtete Jack bei. «Ich lass mir was einfallen.»

Anschließend kletterte der Kubaner aus dem Jeep, nahm Jacks Seesack und stellte ihn auf die Holzplanken des Wegs. Jack steckte sein Notizbuch ein und stieg ebenfalls aus. Escalona betrachtete Jack einen Moment lang verlegen, dann räusperte er sich und senkte den Blick. «Hören Sie –»

«Ich bin ganz Ohr.»

«Diese Leute hier – die kubanischen Jungs, die lernen, wie man eine M-1 auseinander nimmt und blind wieder zusammensetzt, wie man mit Granatwerfern umgeht, ich, wir alle – stecken mit Haut und Haaren in dieser Sache drin. Entweder wir gewinnen oder wir sterben.»

«Warum sagen Sie mir das?», fragte Jack.

Escalona zuckte die Achseln. «Einfach so», sagte er. Er wollte schon weggehen, drehte sich aber noch einmal um. «Ich habe Ihnen das gesagt, damit Sie wissen, wo Sie sind. Damit Sie wissen, wer wir sind. Damit Sie das hier nicht für ein Ferienlager der kubanischen Pfadfinder halten, obwohl es so aussieht, selbst für mich.»

Jack fuhr sich mit dem Zeigefinger über seinen Kosakenschnurrbart. «Ich war schon öfter in vorderster Linie. Und ich erkenne eine Front, wenn ich sie sehe. Ich werde alles tun, um Ihnen zu helfen, Señor Escalona.»

«Roberto», verbesserte Roberto Escalona ihn.

Jack nickte. «Jack.»

Die beiden Männer schüttelten sich zum ersten Mal die Hand.

In den Tagen danach entspann sich ein reger Nachrichtenaustausch, der zur Belustigung der Hand voll Mitarbeiter in der Kommandozentrale im *Quarters Eye* in Washington beitrug.

TOP SECRET
Von: Carpet Bagger [Jack McAuliffes Kryptonym]
An: Ozzie Goodfriend [Leo Kritzkys Kryptonym]
Betr.: Schäferstündchen

Gravierende Sicherheitslücke festgestellt: Dutzende Rekruten verlassen täglich Basis zwecks Schäferstündchen im nächsten Dorf neun Meilen entfernt. Diskrete Erkundigungen haben ergeben, dass es sich bei den Damen des horizontalen Gewerbes um guatemaltekische Staatsangehörige handelt, die für einen Drogendealer arbeiten, der nebenbei ein Bordell betreibt. Wöchentlich werden neue Mädchen herbeigekarrt als Ersatz für diejenigen, die ausgebrannt oder krank sind oder die Nase voll haben. Daher unmöglich, in Erfahrung zu bringen, wer was von wem erfahren hat.

Bitte um Erlaubnis, Portugiesisch sprechende Brasilianerinnen anzuwerben, die mit Spanisch sprechenden Rekruten nicht kommunizieren können außer durch Körpersprache, sowie in der Nähe von Basis Bordell mit dem Codenamen PROJECT PHOENIX zu errichten.

Sorgt um Gottes willen dafür, dass meine Frau nicht erfährt, was ich hier mache.

TOP SECRET
Von: Ozzie Goodfriend
An: Carpet Bagger
Betr.: Dein *Schäferstündchen*

Delikates Thema PROJECT PHOENIX mit Kermit Coffin [Dick Bissells Kryptonym] besprochen, der sofort an die Decke ging. Er sagt, es kommt nicht in Frage, Steuergelder für Schäferstündchen zu verschwenden. Er bittet dich, dir Reaktion vorzustellen, wenn Kongress davon Wind bekommt, was für Dienste du den Rekruten anbietest. Coffin meint, strenge Patrouillen in der Umgebung des Lagers würden Problem lösen.

Keine Sorge wegen deiner Frau. Sie glaubt, du bildest Exilkubaner zu Ministranten aus.

Du bist am Zug, Kumpel.

TOP SECRET
Von: Carpet Bagger
An: Ozzie Goodfriend
Betr.: Schäferstündchen ohne Ende

Helvetia ist über 2000 Hektar groß, mit sechzig Meilen Privatstraßen. Über den Daumen gepeilt, wäre für Patrouillen in der Umgebung die gesamte Washingtoner Polizei nötig, was unmöglich, da Kongress es merken und peinliche Fragen stellen würde.

Habe nicht vor, Steuergelder zur Finanzierung von Bordell in Anspruch zu nehmen. Schlage vor, Brasilianerinnen anzuwerben und PROJECT PHOENIX mit Geheimfonds auf die Beine zu stellen. Sobald Unternehmen nach kapitalistischem Profitprinzip läuft und Gewinn abwirft – eine der Doktrinen, die wir ja in dieser Hemisphäre verteidigen –, werden Geheimfonds zurückerstattet. Schlage vor, alle weiteren Gewinne, die PROJECT PHOENIX abwirft, zur Verbesserung der Lebensbedingungen hier zu nutzen.

Du bist wieder an der Reihe.

TOP SECRET
Von: Ozzie Goodfriend
An: Carpet Bagger
Betr.: Schäferstündchen mit PHOENIX

Kermit Coffin möchte nichts mehr über PROJECT PHOENIX hören. Sagt, deine Aufgabe ist es, Rekruten auszubilden und einsatzbereit zu machen. Wenn du dazu Entscheidungen treffen musst, die nur als kreativ zu bezeichnen sind, dann soll es eben so sein. Du sollst tun, was du für notwendig erachtest, damit die Brigade sich geistig und körperlich guter Gesundheit erfreut.

Mit schweißnassem Hemd nach einem zweitägigen Übungsmarsch, auf dem er seine Leute durch die Berge geführt hatte, betrat Roberto Escalona die ehemalige Kaffeesortierscheune, wo Jack ausgestreckt auf seinem Feldbett lag und Siesta machte. «*Hombre*», sagte Escalona.

Jack, der Schnurrbart klebrig vom Schweiß, stützte sich auf einen Ellbogen. «Wie ist es gelaufen, Roberto?»

«Prima. Abgesehen von drei verstauchten Knöcheln und einer Gruppe, die die Karte falsch gelesen und einen Treffpunkt verpasst hat, waren alle großartig. Das Schlangenserum war eine echte Beruhigung – die Männer hatten weniger Angst beim Nachtmarsch. Auf dem Rückweg haben sie das Tempo angezogen, ohne dass ich ein Wort sagen musste. Und am Ende waren sie wie Pferde, die Stallduft wittern. Die Männer mit Coupons für dein *bordello* haben sich in der *Finca* gewaschen und sind dann schnurstracks zur Phoenix-Hütte.»

«Wann geht das endlich in deinen Schädel, dass es nicht *mein bordello* ist, Roberto?»

Escalona setzte sich auf das benachbarte Feldbett und fing an, die Schnürriemen seiner Stiefel zu lösen. «Dass die Jungs so gut drauf sind, liegt nicht nur an dem Bordell. Das liegt an den Kühlschränken, die du uns besorgt hast, weil wir jetzt kalte Getränke haben. Das liegt an den Duschen hinter den Nissenhütten. Das liegt an den Spielfilmen, die du jeden Abend in der Kantine vorführst. Das liegt an den Kisten mit Munition für die M-1, so dass jeder von uns jetzt zwei Stunden in der Woche Schießübungen machen kann. Die Moral der Leute ist himmelhoch. Allmählich begreifen sie, dass wir nicht allein sind. Jetzt, wo Kennedy zum Präsidenten gewählt worden ist, glauben sie wirklich, dass Amerika hinter uns steht. Und mit Amerika hinter uns können wir nicht verlieren.»

«Wir können verlieren, Roberto. Amerika liefert euch B-26-Bomber und bildet eure Piloten aus und liefert euch so viel Munition, wie ihr braucht. Aber ihr müsst Castro ganz allein besiegen. Falls ihr bei der Landung in Schwierigkeiten geratet, wird Amerika keinen Finger rühren, um euch da rauszuhelfen.»

Escalona lächelte wissend. «Ich kenne den offiziellen Text genauso gut wie du.»

Jack war jetzt hellwach und schüttelte beunruhigt den Kopf. «Das ist nicht der offizielle Text, Roberto. Das ist die offizielle Politik. So läuft das Spiel. Wir helfen euch heimlich, aber nicht offen.»

«Ja ja, schon klar, Jack.»

«Verflucht, ich hoffe bei Gott, du musst nicht erst auf die harte Tour erkennen, dass ich Recht habe.»

2

NEW YORK, DIENSTAG, 22. NOVEMBER 1960

«Wir kennen diesen Jack Kennedy, okay. Wir kennen auch seinen Vater Joe, okay», sagte Johnny Rosselli. «Aber wir kennen nicht –» Rosselli wandte bedächtig den Kopf und starrte durch seine Sonnenbrille zu Silvan II hinüber, der vor dem kleinen Park am Kühler des schmutzig orangen Chevrolet lehnte, der dem Zauberer zur Verfügung gestellt worden war. Silvan II hatte das Gesicht in die Sonne gereckt und die Augen geschlossen. «Was haben Sie gesagt, wie der heißt?»

«Ich habe nichts gesagt», antwortete Harvey Torriti. «Er heißt Silvan II.»

«Klingt nicht sehr amerikanisch.»

«Er ist Rumäne.»

Der Zauberer fragte sich, ob Rossellis Interesse rein professioneller Natur war, nach dem Motto: Ein Killer zollt dem anderen Respekt oder so. Rosselli, groß, grau meliertes Haar, makellos gekleidet, sah aus wie ein Leichenbestatter Marke Hollywood. Er hatte seine Laufbahn in der *Cosa Nostra* unter Al Capone in Chicago begonnen und war seitdem in mehr als ein Dutzend Morde verwickelt gewesen. Torriti brachte das Gespräch wieder auf das eigentliche Thema. «Sie sprachen gerade von Jack Kennedy, dass Sie ihn kennen –»

«Ich wollte sagen, Jack ist in Ordnung. Wen wir nicht kennen, das ist sein kleiner Bruder. Wer ist denn dieser Bobby Kennedy? Was geht in seinem Kopf vor, dass er überall rumrennt und das Maul aufreißt, wie er das organisierte Verbrechen bekämpfen will? Vielleicht sind die Iren neidisch auf die Italiener, vielleicht geht's darum.»

«Das glaube ich nicht», sagte Torriti. «Dabei geht's um Politik.»

Rosselli schüttelte den Kopf. «Von Politik versteh ich nix.»

«Meiner Meinung nach», sagte der Zauberer, «ist die Politik die Fortsetzung des Krieges mit anderen Mitteln.»

«Ach was!»

Der Zauberer ließ den Blick durch den Park schweifen. Bis auf die fünf Gorillas von Rosselli, die sich auf die Bänke verteilt hatten, war kein Mensch zu sehen, und das war seltsam. Es war Mittagszeit. Die Sonne schien. Um diese Zeit spielten normalerweise Sizilianisch sprechende alte Männer auf den Parkwegen Boccia. Rosselli hatte also den Park für die Öffentlichkeit gesperrt. Einer von den Gorillas beugte sich vor, um den Tauben, die um seine Schuhe herumtrippelten, Brotkrumen zuzuwerfen. Unter dem karierten Sportjackett war der Ledergurt eines Schulterhalfters zu sehen; aus irgendeinem unerfindlichen Grund erinnerte das Torriti an die Male, wenn er einen Blick auf Miss Sipps Hüftgürtel erhascht hatte.

«Vor der Revolution», sagte der Zauberer jetzt, «waren Sie Chef im *Sanssouci-Casino* in Havanna.»

«Nette Stadt, dieses Havanna. Nette Menschen, diese Kubaner. Das war alles zu Ende, als Castro von der Sierra Maestras runterkam.» Ohne seinen Tonfall oder die Mimik zu verändern, fügte Rosselli hinzu: «Castro kenne ich *nicht*.»

«Was wissen Sie denn über ihn, abgesehen davon, dass er die Casinos geschlossen hat?»

Das Sonnenlicht glänzte auf Rossellis manikürten Fingernägeln. «Ich weiß nicht, was in den Kommunisten vor sich geht. Keine Ahnung, was die gegen freies Unternehmertum haben. Für uns Italiener hat sich das bisher immer ausgezahlt.»

Torriti glaubte zu wissen, was Rosselli mit freiem Unternehmertum meinte. Nach seiner Zeit in Chicago hatte der Italiener die Mafia in Hollywood vertreten. Inzwischen hatte er die Konzession für den Eisverkauf auf dem Strip in Las Vegas. Den Krokodillederschuhen, der Platinuhr und dem Brillantring an seinem kleinen Finger nach zu urteilen, musste er Eis in rauen Mengen verkaufen.

«Ich vertrete einen Knaben, der einige Wall-Street-Leute mit Nickelbeteiligungen und Grundbesitz in Kuba vertritt», sagte Torriti. «Meine Mandanten sähen es gerne, wenn das freie Unternehmertum auf der Insel wieder zu seinem Recht käme.»

Rosselli beobachtete ihn, die Spur eines Lächelns auf den Lippen. Es war klar, dass er Torriti kein Wort abnahm. «Damit das passiert, müsste Castro verschwinden», sagte er.

«Sie haben Kontakte nach Kuba. Sie könnten doch bestimmt jemanden auftreiben, der ihn verschwinden lässt.»

«Sie wollen, dass wir Castro umlegen!»

«Es wäre eine schöne Stange Geld drin, für Sie, für den Killer –»

Rossellis kummervolles Gesicht verzog sich zu einem Ausdruck gequälter Unschuld. «Ich würde nicht mal einen Cent nehmen», sagte er mit Nachdruck. «Die Vereinigten Staaten von Amerika sind immer gut zu mir und meinen Leuten gewesen. Ich bin ein echter Patriot. Wenn es gut für das Land ist, Castro kaltzumachen, dann ist es auch gut für mich.»

«Vielleicht gibt es ja andere Möglichkeiten, unsere Dankbarkeit zu zeigen.»

Rossellis muskulöse Schultern hoben und senkten sich in seinem maßgeschneiderten Jackett. «Ich bitte um nichts.»

«Wollen Sie damit sagen, Sie können die Sache organisieren?»

«Ich will damit sagen, dass die Sache organisiert werden *könnte*. Ich will damit sagen, dass es kein Kinderspiel wird – Castro ist kein leichtes Ziel. Ich will damit sagen, dass ich Sie mit einem Bekannten zusammenbringen könnte, der Freunde in Havanna hat, die den Job erledigen lassen könnten.»

«Wie heißt denn Ihr Bekannter?»

Auf der Straße vor dem Park hatte ein Wagen eine Fehlzündung. Blitzartig waren Rossellis Gorillas aufgesprungen und griffen unter ihre Jacken. Die Tauben flatterten verstört auf. Rosselli zielte mit dem ausgestreckten Zeigefinger auf eine und sagte: «Peng, peng, das war eine Freifahrkarte für dich in den Vogelhimmel.» Und an den Zauberer gewandt, antwortete er: «Leute, die mit meinem Bekannten befreundet sind, nennen ihn Mooney.»

Martin Macy winkte, als der Zauberer in der Tür des *La Niçoise* auftauchte, eines Restaurants in Georgetown, das viele hohe Tiere der *Company* zu seinen Stammgästen zählte. Torriti schlängelte sich zwischen den voll besetzten Tischen hindurch, blieb kurz stehen, um Dick Bissell und seinem Stellvertreter Leo Kritzky die Hand zu schütteln, und setzte sich schließlich an den Tisch gegenüber von seinem alten FBI-Kumpel.

«Und, gibt es ein Leben nach der Pensionierung, Martin?», erkundigte er sich. Er winkte dem Kellner, zeigte auf Macys Drink und bestellte noch zwei davon.

Macy, ein drahtiger Mann mit kantigem Kinn und Blumenkohlohren, die Folge einer glücklosen Karriere als College-Boxer, schüttelte traurig den Kopf. «Mein Puls ist noch messbar, falls du das meinst», sagte er. Er fuhr sich mit den Fingern durch das schüttere Haar. «Nach neunundzwanzig Jahren einen Tritt in den Hintern zu kriegen – *neunundzwanzig*, Harvey –, das hat wehgetan.»

«Stimmt, die haben dir übel mitgespielt», pflichtete Torriti ihm bei.

«Das kannst du laut sagen.»

«Was hatte Hoover denn auf einmal gegen dich?»

Macy verzog das Gesicht. «Einer von Bobby Kennedys Leuten wollte die Akte über Hoffa und die Gewerkschaft der Lastwagenfahrer haben, und ich hab den Fehler gemacht, sie rauszugeben, ohne mich vorher zu vergewissern, ob das auch genehm war.» Macy leerte sein Glas, als der Kellner zwei neue Drinks brachte. «Hoover hasst die Kennedys, Harvey. Jeder, der ihnen auch nur die Uhrzeit sagt, kommt auf seine schwarze Liste. Ich musste mir sogar einen Anwalt nehmen, damit ich überhaupt meine Rente kriege.»

«Kennedy ist doch nicht von gestern. Wenn Hoover ihn so verdammt hasst, wieso behält Jack ihn dann als FBI-Chef?»

Macy verdrehte viel sagend die Augen.

«Hoover hat was gegen ihn in der Hand?», mutmaßte Torriti.

«Von mir hast du kein Sterbenswörtchen gehört.»

«Was hat er in der Hand?»

Macy vergewisserte sich, dass niemand sie hören konnte. «Frauen, zum Beispiel. Da wäre diese Hollywood-Sexkönigin, Marilyn Monroe. Eine von Sinatras Bienen, ein hübsches Flittchen namens Exner, hüpft von Bett zu Bett – und wenn sie nicht gerade mit Kennedy Händchen hält, treibt sie es mit dem Boss der *Cosa Nostra* von Chicago. Und wenn die üblichen Gespielinnen nicht verfügbar sind, lädt der Präsident die Mädchen aus der Poststelle zum Tee in seine Büros, immer gleich zwei auf einmal.»

«Hab gar nicht gewusst, dass Kennedy so ein geiler Bock ist», sagte Torriti. «Was treibst du denn so in letzter Zeit, Martin?»

«Ich mache den Berater für einige Bezirksstaatsanwälte, die sich damit profilieren wollen, dass sie sich mit ein paar kleineren *Cosa-Nostra*-Paten anlegen. Falls Jack auf seinen Vater hört und Bobby zum Justizminister macht, werde ich den auch beraten – Bobby wird Hoffa aufs Korn nehmen, darauf kannst du wetten.»

Torriti setzte sich seine Lesebrille auf. «Schon was ausgesucht?», fragte er, und beide studierten sie die Speisekarte. Dann winkte Torriti dem Kellner, und sie bestellten.

Macy beugte sich über den Tisch und flüsterte: «Ist das da drüben nicht euer Haus-Paranoiker?»

Der Zauberer spähte über den Rand seiner Brille. Tatsächlich, James Angleton residierte an seinem Stammtisch, den Rücken zum Restaurant, eine Zigarette in der einen, einen Drink in der anderen Hand, im angeregten Gespräch mit zwei Männern, die Torriti nicht kannte. Während er sprach, behielt Angleton mit Hilfe des großen Spiegels ihm gegenüber den Saal im Auge. Er sah, dass Torriti herüberschaute, und nickte ihm zu. Der Zauberer hob als Antwort leicht das Kinn.

«Allerdings, das ist Angleton», sagte er.

«Klingt nicht so, als ob ihr euch sonderlich mögen würdet.»

«Der ruiniert die *Company* mit seinen verdammten Verdächtigungen. Eine Menge guter Leute werden nicht befördert, weil sie auf Angletons Liste als mögliche Maulwürfe stehen, und dann sagen sie irgendwann ‹Ihr könnt mich mal› und gehen in die Privatwirtschaft, wo sie doppelt so viel verdienen und ihnen kein Angleton auf der Pelle hockt. Glaub mir, Martin, so kann man keinen Geheimdienst führen.»

Eine Weile waren beide mit ihrem *Cassoulet* beschäftigt, das derweil serviert worden war. Dann hob Macy den Blick. «Welchem Umstand habe ich dieses Mittagessen zu verdanken, Harvey?»

«Meinst du, du könntest noch einen Beraterjob in deinen Zeitplan einbauen?»

Macy merkte auf. «Für dich?»

«Mein Geld ist ja wohl genau so viel wert wie das von Bobby Kennedy, oder?» Torriti nahm einen Stift, kritzelte ein Dollarzeichen und eine Zahl auf die Innenseite eines Streichholzbriefchens und schob es über den Tisch.

Macy pfiff durch die Zähne. «Der Ruhestand sieht von Minute zu Minute rosiger aus.»

«Ich würde dich für jedes Gespräch bezahlen. Bar. Keine Rechnungen, keine Quittungen.»

«Du hättest mich auch kostenlos ausfragen können, Harvey.»

«Das weiß ich doch.» Der Zauberer kratzte sich verlegen die Stirn. «Du bist ein alter Freund, Martin.»

Macy nickte. «Danke.»

«Es ist mir ein Vergnügen. Sagt dir der Name Mooney irgendwas?»

Macy kniff die Augen zusammen. «Du hast doch nicht etwa wieder mit der Mafia zu tun?»

Der Zauberer schnaubte: «Ich hatte ein Gespräch mit einem Typen namens Rosselli in einem Park in Brooklyn. Er organisiert für mich ein Treffen mit einem Typen namens Mooney.»

«Vergiss deine Waffe nicht», riet Macy. «Nimm Leute mit, die dir Deckung geben. Mooney nennt sich auch Sam Flood, aber sein richtiger Name ist Sal ‹Mo-Mo› Giancana – er ist der *Cosa-Nostra*-Boss in

Chicago, von dem ich eben sprach, der sich diese Exner mit Jack Kennedy teilt.»

«Wie sagt man so schön in Hollywood: Die Spannung steigt!»

Macy, ein ehemaliger FBI-Experte für die *Cosa Nostra*, lehnte sich zurück, schloss die Augen und leierte aus dem Gedächtnis herunter: «Giancana, Salvatore, geboren 1908. Er ist ein völlig gewissenloser *Cosa-Nostra*-Killer, der auf seinem Weg nach oben Dutzende ermordet hat. Schließlich hat er es zum Paten der Chicagoer *Cosa Nostra* gebracht. Man sagt, dass er sechs Wahlbezirke in der Tasche hat. In den Fünfzigerjahren hat er mit von der Mafia kontrollierten Casinos in Havanna und Las Vegas Millionen gemacht. Wenn er nicht in Chicago ist, zieht er mit Sinatra herum, und dabei hat er auch Judy Exner kennen gelernt.»

Die kleinen Augen des Zauberers glühten vor Interesse.

«Da ist noch was», sagte Macy. «Wir hören Giancana schon seit Jahren ab – seine Telefone, sein Haus, seine Hotelzimmer, wenn er unterwegs ist, unter anderem auch einen Laden namens *Armory Lounge*, wo er herumlungert, wenn er sich in Chicago aufhält. Wir haben Unmengen von Bändern. Und die sind das eigentliche Druckmittel, das Hoover gegen Kennedy in der Hand hat. Nicht die Frauen – selbst wenn das durchsickern würde, es würde doch keiner drucken. Es sind die Giancana-Bänder.»

«Versteh ich nicht.»

«Wir haben Joe Kennedy auf Band, wie er Mooney bittet, die Stimmen für die Wahl seines Jungen zusammenzukriegen. Joe besitzt den Großmarkt in Chicago; er ist ein Mann, auf den die Leute hören, sogar Leute wie Giancana. Mooneys Gorillas sind in die Wahlbezirke gegangen. Jack Kennedy hat Illinois mit einem Vorsprung von rund neuntausend Stimmen gewonnen. Die gesamte Wahl hat er mit einem Vorsprung von hundertdreizehntausend Stimmen von neunundsechzig Millionen gewonnen. Es war kein Zufall, dass die Staaten, wo die *Cosa Nostra* das Sagen hat – Illinois, Missouri und Nevada –, alle auf Kennedys Seite waren.»

«Die Mafia arbeitet nicht umsonst. Es muss eine Gegenleistung gegeben haben.»

«Papa Kennedy hat Giancana versprochen, wenn sein Sohn Präsident wird, macht der Bobby zum Justizminister. Hoover ist dem Justizminister unterstellt, zumindest auf dem Papier. Joe hat angedeutet, dass Bobby der Chicagoer *Cosa Nostra* das Leben leichter machen würde.» Macy griff nach der Flasche Sancerre im Weinkühler, füllte ihre Gläser nach und trank einen Schluck. «Hoover hat noch andere Bänder. Letztes Jahr im August, ein paar Wochen bevor er die Nominierung in Los Angeles gewann, war Jack vierundzwanzig Stunden lang aus dem Hotel *Carlyle* in Manhattan verschwunden. Seine Secret-Service-Leute sind fast wahnsinnig geworden. Zufällig kriegten wir ihn auf Band – er war in Judy Exners Hotelsuite, und es wurde wie üblich rumgevögelt. Zwischendurch sagte Jack zu Judy, sollte er bei der Wahl nicht gewinnen, würde er sich wahrscheinlich von Jackie trennen. Und dann klopfte ein Türsteher und kündigte einen Besucher namens Flood an.»

«Kennedy hat sich mit Giancana getroffen!»

Macy nickte. «Es war alles ganz harmlos. Judy hat sich zurückgezogen, und Jack hat die Tür aufgemacht. Die beiden Männer haben sich ein Weilchen im Wohnzimmer unterhalten. Zum Beispiel übers Wetter und über Floyd Pattersons K.-o.-Sieg über Johansson in der fünften Runde. Flood hatte nämlich Plätze direkt am Ring. Jack hat gesagt, er hätte von seinem Vater gehört, dass Sal –»

«Die haben sich mit Vornamen angeredet?»

Macy nickte. «Sal, Jack – Jack, Sal, aber sicher. Jack hat gesagt, er hätte gehört, dass Sal in Chicago für die nötigen Stimmen sorgen würde, und hat sich für seine Hilfe bedankt. Judy ist zurückgekommen und hat ihnen Drinks gemacht. Als Mr. Flood sich dann verabschieden wollte, wurde von einer Tasche in einem Schrank geredet – Judy wurde gebeten, sie zu holen und Sal zu geben.»

«Was war drin?»

«Das kannst du dir doch denken, Geld vermutlich. Um die Leute zu bezahlen, die in Giancanas sechs Wahlbezirken die Mühe auf sich genommen haben, früh und oft zu wählen.»

Der Zauberer sah kurz in Angletons Richtung. Der Spionageabwehrchef hatte sich vom Spiegel abgewendet, um mit jemandem zu sprechen, der gerade an seinem Tisch vorbeikam. Torriti holte einen Umschlag heraus und schob ihn über den Tisch zu Macy, der ihn rasch einsteckte.

«Sei auf der Hut», sagte Macy. «Rosselli, Giancana – mit den Burschen ist nicht zu spaßen.»

«Das Ganze wird allmählich zur reinsten Schlangengrube», raunzte der Zauberer. «Ich glaube, wir sind auf dem falschen Dampfer – vielleicht sollten wir uns überlegen, die Sache anderweitig erledigen zu lassen.»

Hinter seinem Schreibtisch begann Dick Bissell wieder, eine Büroklammer zu deformieren. «Wo haben Sie diese Informationen her, Harvey?»

«Ich hab mich mit einem alten Kumpel aus Hoovers Laden unterhalten. Hören Sie, Dick, Johnny Rosselli war nur allzu hilfsbereit. Ich soll mich morgen Nachmittag mit Mooney in Miami treffen. Der wird dasselbe Verschen aufsagen. Die Kerle haben nichts zu verlieren. Wenn sie uns helfen, Castro umzulegen – ob es ihnen gelingt oder nicht, ob sie es wirklich versuchen oder nicht –, verschafft ihnen das Schutz vor Strafverfolgung. Bobby wird nämlich nicht zulassen, dass irgendein Bundesstaatsanwalt sie in den Zeugenstand ruft und sie beeiden lässt, dass sie die Wahrheit sagen, die reine Wahrheit und nichts als die Wahrheit, weil er Angst hat, dass sie genau das tun könnten.»

«Andererseits», sagte Bissell, «hat die *Company* in Kuba keine andere Wahl. Fast alle unsere Agenten sind aufgeflogen. Diese Burschen haben Kontakte nach Havanna. Und sie haben einen Grund, uns zu helfen – wenn Castro aus dem Weg geschafft ist, können sie nämlich wieder ihr Casino-Geschäft ankurbeln. Ich weiß, dass es ein gewagtes Spiel ist, Harvey. Aber es ist einen Versuch wert. Vielleicht erledigen sie den Job ja wirklich, und wenn auch nur, um gegenüber dem Justizministerium mehr in der Hand zu haben, falls es ihnen gelingt, Castro umzulegen. Und ohne Castro wäre der Weg der Brigade von den Landungsstränden nach Havanna das reinste Kinderspiel.» Er schüttelte nachdenklich den Kopf. «In meiner Position muss ich die Alternativen gegeneinander abwägen. Unterm Strich betrachtet, sind zwei Ganoven, die ungeschoren davonkommen, ein niedriger Einsatz für die Ausschaltung Castros.»

Der Zauberer konnte den Blick nicht von Mooneys Fingern abwenden. Lang und knochig, mit schwarzen Haarbüscheln zwischen den Knöcheln und einem Saphirring (ein Geschenk von Frank Sinatra) am kleinen Finger, trommelten sie auf der Bar, fuhren um den überfüllten Aschenbecher herum, streichelten ein Glas mit Scotch, pulten in einem Ohr und fuhren dann durch die Luft, um ein Argument zu unterstreichen. «Bobby Kennedy ist ein durchtriebener Sausack», höhnte Mooney. «Da hat er mich doch letztes Jahr vor diesem beschissenen Senatsausschuss verhört. Ich hab die ganze Zeit nur gelächelt wie blöde, kein Wort gesagt, wie mein dämlicher Rechtsverdreher mir geraten hat, und was sagt dieser Scheißkerl?»

«Was sagt der Scheißkerl?», fragte Rosselli.

«Der Scheißkerl sagt: ‹Ich dachte, nur kleine Mädchen kichern, Mr. Giancana›, das sagt er. Richtig laut. Vor diesen Scheißsenatoren. Vor diesen Scheißreportern. Und ein paar von denen lachen laut auf. Und am nächsten Tag schreibt jede Scheißzeitung in diesem Scheißland was darüber, wie dieser Scheißkerl von Bobby Kennedy mich, Mooney Giancana, ein kleines Mädchen genannt hat.» Giancanas Finger rupften die Havanna von seinen Lippen und richteten die glühende Spitze auf Torritis Augen.

«Mooney Giancana lässt sich von keinem beleidigen. Von keinem. Ich werd diesen kleinen Wichser wegpusten, das garantiere ich Ihnen.»

Sie saßen zu dritt an der Bar einer menschenleeren Cocktaillounge, nicht weit vom Flughafen Miami entfernt. Schwere Vorhänge vor den Fenstern verdunkelten den Raum und dämpften den Verkehrslärm. Rossellis Leute waren an der Eingangstür und an der Flügeltür postiert, die zu den Toiletten und zur Küche führte. Die Bardame, eine Wasserstoffblondine mit rosafarbenem BH unter der transparenten Bluse, hatte ihnen ihre Drinks serviert, die Flasche und einen Kühler Eis auf die Theke gestellt und war verschwunden.

Rosselli sprach sein Urteil über Bobby Kennedy. «Der Schleimscheißer hat sich wichtig machen wollen.»

«Keiner macht sich auf meine Kosten wichtig.» Giancana kaute auf seiner Zigarre und musterte den Zauberer durch die Rauchkringel hindurch. «Unser Johnny hier hat mir gesagt, Sie wären in Ordnung», sagte er.

Rosselli, der in seinem zweireihigen Nadelstreifenanzug ausgesprochen elegant wirkte, sagte: «Ich habe Bekannte in Sizilien, die sich noch vom Krieg her an ihn erinnern – die sagen, er ist okay.»

Der Zauberer griff nach der Flasche und goss sich erneut ein. «Ich denke, wir müssen zuerst das Grundsätzliche klären, wenn wir zusammenarbeiten wollen», sagte er.

«Lassen Sie hören», sagte Giancana gut gelaunt.

«Erstens: Das ist eine einmalige Angelegenheit. Wenn es vorbei ist, sehen wir uns nie wieder, und es ist nie passiert.»

Giancana wedelte mit seiner Zigarre, als sei das das Selbstverständlichste von der Welt.

«Johnny», fuhr der Zauberer fort, «hat schon jede Entschädigung abgelehnt –»

Giancana riss erstaunt die Augen auf.

«Mooney, ich hab dir doch gesagt, er ist bereit, bar zu zahlen, aber wenn wir uns entscheiden mitzumachen, dann aus reinem Patriotismus.»

«Patriotismus, genau», stimmte Giancana zu, die Hand aufs Herz gelegt. «Amerika ist verdammt gut –»

«– zu euch», sagte der Zauberer. «Ich weiß.»

«Wir sollen also Castro für euch erledigen?» Giancana stieß ein kurzes, nervöses Kichern aus.

«Ich hatte gehofft, dass Sie Geschäftspartner in Havanna haben, die ihn neutralisieren könnten.»

«Was heißt 'n das, *neutralisieren*?», wollte Giancana von Rosselli wissen.

«Er will, dass wir ihn umlegen», erklärte Rosselli.

«Hab ich doch gesagt – ihr wollt, dass wir ihn erledigen. Irgendwelche Terminwünsche?»

«Je eher, desto besser», sagte der Zauberer.

«So was braucht seine Zeit», mahnte Giancana.

«Sagen wir, irgendwann vor dem kommenden Frühjahr.»

Giancana nickte bedächtig. «Wie hatten die Leute, die Sie vertreten, sich die Ausführung gedacht?»

Der Zauberer wusste, dass sie jetzt zur Sache kamen. «Wir haben uns vorgestellt, dass Ihre Geschäftspartner Castros routinemäßigen Tagesablauf herausfinden, seinen Wagen abfangen und ihn erschießen. So was in der Art ...»

Giancana sah Rosselli an. Seine Unterlippe schob sich über die Oberlippe, und er schüttelte ungläubig den Kopf. «Da sieht man mal wieder, dass diese Wall-Street-Pinkel von so was keinen Schimmer haben. Schusswaffen sind viel zu riskant. Weil nämlich kein Schwanz entkommen würde, bei den vielen Gorillas, die Castro ständig im Schlepptau hat. Dafür würden wir niemanden finden.»

«Und was schlagen Sie vor, Mooney?»

Giancana zog nachdenklich an seiner Zigarre, dann nahm er sie aus dem Mund und betrachtete sie prüfend. «Ich schlage Gift vor. Nur mal angenommen, Sie würden mir 'nen kleinen Giftvorrat liefern. Castro trinkt gerne Milchshakes ...»

Rosselli erklärte Torriti: «Mooney ist ein ernsthafter Mensch. Er hat sehr ernsthaft über Ihr Problem nachgedacht.»

«Ich bin tief beeindruckt», sagte der Zauberer.

«Wie schon gesagt, er steht auf Milchshakes. Schokoladenmilchshakes, wenn ihr's genau wissen wollt. Er holt sie sich immer im Café vom Hotel *Libre*. Zu meiner Zeit war das noch das *Havanna Hilton*. Er will immer für seine Milchshakes bezahlen, aber die nehmen kein Geld von ihm. Manchmal geht er auch in so ein brasilianisches Fresslokal – ein kleiner Laden am Hafen von Cojímar, wo dieser Hemingway vor der Scheißrevolution immer rumgelungert ist. Castro geht da oft mit seiner Freundin hin, irgend so 'ne abgemagerte Braut, heißt Celia Sánchez, oder mit diesem Argentinier, wie heißt der Scheißkerl noch mal?»

«Che Guevara», sagte Torriti.

«Genau. Wenn einer ein schnelles Boot hätte, könnte er Castros Milchshake im Hotel oder sein Essen bei dem Brasilianer mit 'ner kleinen Prise würzen und dann übers Meer verduften.» Giancana schob sich vom Hocker und knöpfte sein Sportjackett zu. «Ich würde sagen, wir treffen uns Mitte Januar noch mal. Wenn Sie mich brauchen, weiß unser Johnny hier, wo er mich finden kann. Ich hör mich mal in Havanna um und seh, was sich machen lässt. Sie hören sich mal auf der Wall Street um» – Rosselli grinste viel sagend, und Giancana kicherte – «und erkundigen sich, ob Ihre Freunde ein brauchbares Gift besorgen können. Es muss leicht zu verstecken sein und harmlos aussehen, wie ein normales Alka-Seltzer oder so. Es muss schnell wirken, bevor sie ihn zum Magenauspumpen in irgendein Krankenhaus schaffen können.»

«Ich sehe, ich habe für mein kleines Problem den richtigen Ansprechpartner gefunden», sagte Torriti.

«Und ob», sagte Rosselli. «Mooney baut keinen Scheiß.»

«Ich baue niemals Scheiß», pflichtete Giancana ihm bei.

3

PALM BEACH, DIENSTAG, 10. JANUAR 1961

Ein ganzer Schwarm von Secret-Service-Agenten, mit dunklen Sonnenbrillen und auffälligen Pins am Revers, stürzte sich auf die Besucher, als sie den Kiesweg heraufkamen.

«Wären die Gentlemen bitte so freundlich, sich auszuweisen», sagte der Anführer der Truppe.

Allen Dulles, der wegen einer Gichtattacke stark humpelte, schien sich beleidigt zu fühlen, weil man ihn nicht erkannt hatte. «Ich bin der Leiter der CIA», sagte er eingeschnappt. «Die Gentlemen und ich haben eine Besprechung mit dem zukünftigen Präsidenten.»

«Wir wären Ihnen dankbar, wenn Sie sich ausweisen würden», beharrte sein Gegenüber.

Dulles, Dick Bissell, Leo Kritzky und der Zauberer zogen ihre Ausweise hervor. Der Mann nahm sie entgegen, studierte jedes Foto und verglich es mit dem jeweiligen Besitzer. «Sind Sie bewaffnet?», wollte er wissen.

Dulles stöhnte auf. «Jesus heiliger Christ, ich hab seit dem Krieg keine Waffe mehr getragen.»

Bissell und Leo Kritzky verneinten kopfschüttelnd. Torriti zog ein wenig verlegen seinen Revolver mit dem Perlmuttgriff hervor und überreichte ihn einem der Agenten, der ihn in eine Papiertüte steckte. Bissell hüstelte diskret. «Ach ja, hätte ich fast vergessen», sagte Torriti. Er nestelte die kleine Pistole aus dem Halfter am Fußknöchel und übergab sie ebenfalls dem verdutzten Agenten.

Am Ende des Kieswegs hakte ein junger Mann ihre Namen auf einem Klemmbrett ab und führte sie dann durch die luxuriöse Villa von Joseph Kennedy, durch einen penibel gepflegten Garten zu einem Pavillon im hinteren Teil des Anwesens. Jenseits einer Hecke ertönten Frauenlachen und die Geräusche von Menschen, die in einem Swimmingpool planschen. Als sie an einer Lücke in der Hecke vorbeikamen, sah Leo ganz kurz eine schlanke, sonnengebräunte junge Frau, die sich, nur mit einem Bikinihöschen bekleidet, sonnte. Weiter vorne erblickte er Jack Kennedy in einem Schaukelstuhl.

Bissell, der hinter Leo ging, murmelte: «Wollen wir wetten, das Erste, was er sagt, hat was mit der *New York Times* zu tun?»

«Das hätte ich Ihnen auch sagen können.»

Kennedy stand auf, um Dulles zu begrüßen. «Ich nehme an, Sie haben den Artikel in der *Times* gelesen», sagte er sichtlich verärgert. Er nahm eine Ausgabe des Blattes von einem Zeitungsstapel auf einem niedrigen Korbtisch. «Noch dazu auf der Titelseite. *USA bilden Anti-Castro-Truppen auf einer geheimen Basis in Guatemala aus*. Die haben sogar einen Lageplan von dem Camp abgedruckt! Castro braucht gar keine Spione in Amerika. Er hat ja die *New York Times*!» Er reichte den CIA-Männern die Hand. «Dick, schön, Sie wieder zu sehen. Kritzky, Sie haben mir doch letzten Sommer Bericht erstattet.»

Bissell stellte den Zauberer vor. «Das ist Harvey Torriti, ein wichtiger Mann in unserem Team.»

Kennedy hielt Torritis Hand fest. «Ich habe schon von Ihnen gehört – Sie sind wohl unsere Antwort auf James Bond.»

Der Zauberer lachte leise. «Wie Sie sehen, Mr. Kennedy, bin ich nicht gerade der Typ für die Bondsche Art von erotischen Eskapaden.»

Kennedy bedeutete ihnen, sich zu setzen. Sein Bruder Bobby und sein Vater Joe Kennedy kamen vom Pool herüber. Jack ballte die Faust, und sein Vater umschloss sie mit den Fingern. Die beiden lächelten sich an. Joe Kennedy nahm auf dem letzten Gartensessel Platz. Bobby setzte sich einfach auf den Boden, den Rücken gegen einen Pavillonpfosten gelehnt. Jack ließ sich wieder in seinem Schaukelstuhl nieder. «Legen Sie los, Allen», sagte er.

«In zehn Tagen», begann Dulles, «werden Sie den Amtseid des Präsidenten der Vereinigten Staaten ablegen. Es ist daher von höchster Wichtigkeit, dass wir Sie mit den Details der Operation vertraut machen, die von Präsident Eisenhower genehmigt wurde.»

«Soweit ich weiß, hat Präsident Eisenhower die CIA ermächtigt, Pläne und die dazugehörige Infrastruktur für diese Operation zu erarbeiten, die eigentliche Operation jedoch nicht genehmigt», warf Kennedy ein.

Dulles räusperte sich. «Ich dachte, das wäre klar, Jack.»

Kennedy schaukelte sachte mit seinem Stuhl und sagte leise: «Ich wollte nur sichergehen, dass wir uns richtig verstehen, Allen.» Er nickte Dulles auffordernd zu.

Dulles war leicht aus dem Konzept gebracht und warf einen Blick auf die Notizen, die er mitgebracht hatte. «Eines ist klar, Moskau hat eine kommunistische Marionettenregierung neunzig Meilen vor der Küste Floridas eingesetzt. Castro hat Wahlen manipuliert, die Presse geknebelt, Zuckerplantagen und Industrieunternehmen verstaatlicht, die überwiegend im Besitz von Amerikanern waren. Er hat über fünfhundert politische Gegner hinrichten lassen und Tausende ins Gefängnis geworfen. Derzeit lässt er fünfzig kubanische Piloten in der Tschechoslowakei auf sowjetischen MiGs ausbilden. Ab nächsten Sommer werden die Flugzeuge einsatzfähig sein. Und zudem liegen der CIA Informationen vor, laut denen er kleine Einsatztruppen entsendet, die in der Dominikanischen Republik, in Panama, Haiti und Nicaragua Revolutionen anzetteln sollen.»

Bobby Kennedy rieb sich ein Auge. «Niemand bezweifelt, dass Castro eine Landplage ist, Mr. Dulles», sagte er gedehnt. «Die Frage ist: Was wird die Kennedy-Regierung» – er sprach das Wort mit offensichtlichem Genuss aus – «dagegen unternehmen?»

Dulles sagte: «Die Anti-Castro-Operation mit dem Codenamen JMARC wird von Dick Bissell geleitet. Dick, ich würde sagen, Sie erläutern das Ganze.»

Bissell, ganz in seinem Element, begann, die drei Kennedys mit dem, wie er es nannte, «neuen paramilitärischen Konzept des Trinidad-Plans» vertraut zu machen. «Wir haben vor, etwa sechshundert bis siebenhundertfünfzig Mann der Brigade bei Trinidad an Land zu bringen, einer Küstenstadt im Süden Kubas, die in dem Ruf steht, castrofeindlich zu sein. Unmittelbar vor der Aktion sollen kubanische Piloten mit alten B-26-Bombern eine Reihe Luftangriffe fliegen. Wir erwarten natürlich nicht, dass die Brigade Castros zweihunderttausend Mann starke Armee im Kampf besiegen kann. Aber wir rechnen damit, dass die Landung einen Volksaufstand gegen das Regime auslösen wird, zumal sie mit der Bildung einer provisorischen Regierung auf kubanischem Boden einhergehen soll. Wir gehen davon aus, dass die Brigade sich innerhalb von vier Tagen auf das Doppelte vergrößern wird. Uns liegen Schätzungen vor, dass fast achtzig Prozent der kubanischen Armee unzufrieden mit dem politischen System sind. Außerdem dürfte die bäuerliche Bevölkerung im Westen der Insel rebellieren, sobald die ersten Schüsse fallen.»

«Wie wollt ihr die ganzen Bauern und Zivilisten bewaffnen?», fragte Kennedy.

Leo Kritzky, der für die Logistik der Brigade zuständig war, sagte: «Die Schiffe, die die Exilkubaner nach Kuba bringen, werden voll gestopft sein mit Waffen – genug Gewehre, Mörsergeschütze, Munition, Granaten und Funkgeräte, um fünfzehnhundert Mann auszurüsten.»

«Wie lange kann die Brigade sich halten, falls sie nicht den erwarteten Zulauf erfährt?», wollte der zukünftige Präsident wissen.

«Wir schätzen, mit Luftunterstützung vier Tage», sagte Bissell.

Jack Kennedy hörte unvermittelt auf zu schaukeln. «Und was passiert dann?»

«Dann», erwiderte Bissell, «schlägt sie sich in die Berge durch und schließt sich den bestehenden Guerillatruppen an. Zumindest hätte Castro Probleme, seine Revolution nach Lateinamerika zu exportieren, solange er mit einer Konterrevolution in Kuba beschäftigt ist.»

Jack Kennedy begann wieder zu schaukeln. Die CIA-Männer warfen sich Blicke zu. Es war schwer abzuschätzen, wie die Besprechung ausgehen würde. Von jenseits der Hecke drangen schrille Schreie, dann ein lautes Platschen. «Teddy schubst schon wieder die Mädchen in den Pool», schmunzelte Jack Kennedy.

«Wir erwarten natürlich keine Entscheidung von Ihnen, bevor Sie sich nicht gründlicher mit JMARC befassen konnten», sagte Dulles.

Kennedy nickte nachdenklich. Er sah zu Bobby hinunter, der die Stirn kraus zog. «Zu laut», sagte der zukünftige Präsident schließlich.

Dulles beugte sich vor. «Wie bitte?»

«Ich weiß sehr wohl, je kleiner das politische Risiko, desto größer ist das militärische», erklärte Kennedy. «Es kommt darauf an, zwischen beiden ein ausgewogenes Gleichgewicht zu finden. Trinidad ist zu spektakulär, zu laut. Das Ganze klingt ja fast wie eine ausgewachsene Invasion. Ich möchte, dass Sie den Geräuschpegel runterschrauben. Wenn ich die Aktion genehmige, wäre mir wohler, wenn die Landung an einem entlegenen Strand und vorzugsweise nachts stattfinden würde. Ich will, dass die Schiffe bei Morgengrauen außer Sicht sind. Auf diese Weise können wir jegliche amerikanische Beteiligung abstreiten – eine Gruppe Exilkubaner landet an irgendeinem Strand, und ein paar ausrangierte B-26, geflogen von desertierten Piloten aus Castros Armee, unterstützt sie aus der Luft, so was in der Art.»

Joe Kennedy schüttelte den Kopf. «Was wollt ihr wegen Castro unternehmen? Er müsste auf alle Fälle vor der Invasion eliminiert werden, sonst geht sie schief.»

Peinliches Schweigen machte sich breit. Torriti wollte etwas sagen, aber Bissell hielt ihn zurück. Jack Kennedy sagte sehr sanft zu seinem Vater: «Dad, das sind Themen, über die wir nicht sprechen wollen.»

Joe Kennedy verstand sofort. «Natürlich, natürlich. Ich ziehe die Frage zurück.»

Der zukünftige Präsident erkundigte sich noch nach diversen Einzelheiten der Operation JMARC, und Bissell und Leo Kritzky standen Rede und Antwort. Ja, Castro hatte eine kleine Luftwaffe: ein paar Dutzend flugtaugliche Maschinen, alte Sea Furies und eine Hand voll T-33-Trainingsjets, möglicherweise behelfsmäßig mit Geschützen ausgerüstet, ein Geschenk von den Vereinigten Staaten an Batista. Mit Sicherheit waren die B-26-Bomber der Brigade in der Lage, die Invasion von der Luft aus zu unterstützen, ohne dass ihnen US-Jets von Flugzeugträgern zu Hilfe kommen müssten. Die Moral der Brigade war zweifellos gut, und die Exilkubaner waren ausgezeichnete Kämpfer; jeder einzelne Rekrut hatte mehr Salven abgefeuert als der durchschnittliche GI in seiner Ausbildung. Ja, es hatte tatsächlich einen kleineren Aufstand in der Provinz Oriente gegeben, der aber von der kubanischen Armee niedergeschlagen worden war. Ja, die CIA hatte erste Berichte aus der Provinz Camaguey vorliegen, wonach Castros Regime am Ende war und bürgerkriegsähnliche, ja anarchische Zustände im Bereich des Möglichen lagen, weshalb sie glaubten, dass die Landung der Brigade und die Einrichtung einer Übergangsregierung eine Revolte auf breiter Front auslösen würde.

Nach einer Weile schaute Bobby auf die Uhr und erinnerte seinen Bruder daran, dass er in zehn Minuten ein Telefonat mit Charles de Gaulle führen sollte. Kennedy dankte den CIA-Männern für ihr Kommen und bat Allen Dulles, ihn zurück zum Haus zu begleiten. «Eisenhower hat mich bedrängt, die Sache abzusegnen», sagte er zu Dulles, der neben ihm herhumpelte. «Aber eins muss klar sein, Allen. Ich werde unter gar keinen Umständen eine militärische Intervention Amerikas befürworten. Alles, was wir in Lateinamerika erreichen wollen, meine gesamte ‹Allianz für den Fortschritt›-Initiative, würde scheitern, wenn die Welt erfährt, dass wir ein kleines Land niederknüppeln. Die Brigade muss es allein schaffen oder untergehen.»

Währenddessen ging Bobby mit Bissell, Leo und dem Zauberer durchs Haus zur Bar und bot ihnen einen Drink an. Er wusste, dass Bissell der Nachfolger von Dulles werden sollte, und er wollte sich gut mit ihm stellen und ihm gleichzeitig vermitteln, dass er, Bobby Kennedy, der zweitwichtigste Mann in Washington war. «Ich denke, Ihre Erläuterungen waren sehr effektiv», sagte er jetzt zu Bissell. «Mein Bruder mag die CIA – er sagt immer, wenn man etwas schnell braucht, ist die CIA genau die richtige Anlaufstelle. Die Bürohengste im Außenministerium brauchen vier, fünf Tage, um eine einfache Frage mit Ja oder Nein zu beantworten.»

Durch eine offene Tür sah man Jack Kennedy, der angeregt ins Telefon sprach, während sein Vater mit verschränkten Armen daneben stand und dem Gespräch zuhörte. «Eins kann ich Ihnen sagen», fuhr Bobby fort. «Kuba hat für meinen Bruder höchste Priorität. Alles andere ist sekundär. Es soll weder an Zeit noch an Geld, Mühe oder Männern gespart werden. Wir wollen, dass ihr Castro abserviert, egal wie.» Bobbys Augen wurden plötzlich eisig, und er sprach leise und präzise. «Außerdem drängt die Zeit. Wir wollen die Regierung Kennedy mit einem Paukenschlag beginnen.» Er sah Bissell eindringlich an. «Offen gestanden, wir sind in Sorge, dass die CIA doch noch die Nerven verliert.»

Der Zauberer, der sich mit dem Alkohol im Blut schon besser fühlte, setzte ein böses Lächeln auf. Bobbys Arroganz hatte ihn gereizt. «Wir werden schon nicht die Nerven verlieren», knurrte er. «Aber wir fürchten, das könnte Ihnen passieren.»

Bobbys Augen verengten sich. «Gebt eurem Plan den letzten Schliff. Mein Bruder wird ihn genehmigen. Und, wie mein Vater schon andeutete, die Entscheidung wäre sicher um einiges leichter, wenn Castro von der Bildfläche verschwunden wäre.»

Die Leute von der Technikabteilung lebten in einer ganz eigenen Welt: ein abgeriegeltes Labyrinth im obersten Stock eines der «provisorischen» Gebäude der *Company* in Washington. Der einzige Eingang, der vom Treppenhaus in ihre Räume führte, war eine hermetisch verschlossene Tür mit Totenschädel und gekreuzten Knochen darauf, die Tag und Nacht von bewaffneten Sicherheitsleuten bewacht wurde. Der Kopf der Abteilung, Dr. Aaron Sydney, ein streitsüchtiger, auffallend kleiner Biochemiker mit drahtigen Haarbüscheln auf den Wangenknochen, hatte für einen großen Pharmakonzern gearbeitet, bevor er zur *Company* kam. Sein jüngster Triumph war die Erfindung eines mit Krankheitserregern infizierten Taschentuchs, das die CIA an General Abd al-Karim Kassem geschickt hatte, den irakischen Militärputschisten, der den führenden Köpfen der amerikanischen Außenpolitik ein Dorn im Auge gewesen war. «Gott, nein, wir wollen den armen Mann bestimmt nicht umbringen», soll Dr. Sydney zu Dulles gesagt haben, als er ihm das fertige Produkt brachte. «Wenn wir Glück haben, wird er nur für den Rest seines Lebens krank.»

«Ich hab Ihren Namen nicht mitbekommen, als Mr. Bissell anrief, um unser Treffen zu arrangieren», sagte Dr. Sydney, als der Zauberer in sein Büro trat.

«Torriti, Harvey.»

«Was können wir für Sie tun, Mr. Harvey?»

Der Zauberer sah sich etwas unbehaglich in dem Raum um. Auf den Regalen an den Wänden standen lauter versiegelte Gefäße mit in Formaldehyd eingelegten weißen Mäusen und kleinen Affen. Auf jedem Gefäß war ein säuberlich mit roter Tinte beschriftetes Etikett: *Clostridium botulinum, Toxoplasma gundii,* Typhus, Pocken, Beulenpest, Lupus. Torriti wiederholte die Frage und lieferte die Antwort gleich mit. «Was Sie für mich tun können? Sie können mir ein Alka-Seltzer geben.»

«Ach, haben Sie Magenbeschwerden?»

«Ich möchte, dass jemand anderes Magenbeschwerden bekommt.»

«Ahhh, verstehe. Männlich oder weiblich?»

«Spielt das eine Rolle?»

«Allerdings. Wegen der Höhe der Dosierung.»

«Männlich.»

Dr. Sydney nahm einen Füller und machte sich eine Notiz. «Wäre es zu viel verlangt, wenn Sie mir ein paar Angaben zu Alter, Größe, Gewicht und Allgemeinzustand des Mannes machen würden?»

«Er ist Anfang dreißig, groß, robust und erfreut sich bester Gesundheit, soweit ich weiß.»

«Beste Gesundheit ...», wiederholte Dr. Sydney beim Schreiben. Er beäugte den Zauberer durch seine Lesebrille. «Und wie stark sollen die Magenbeschwerden genau sein?»

Allmählich fand Torriti Gefallen an dem Gespräch. «Ich möchte, dass ihm sein Magen nie mehr Beschwerden macht.»

Dr. Sydney blieb völlig unbeeindruckt. «Plötzlich oder langsam?»

«Je plötzlicher, desto besser.»

«Hmmm. Sie möchten also nicht, dass jemand Zeit hat, ihm den Magen auszupumpen.»

«Könnte man so sagen, ja.»

«Soll das Produkt getarnt sein, um durch eine Zollkontrolle geschmuggelt werden zu können?»

«Das wäre nicht schlecht. Ja. Die Antwort lautet ja.»

«Dann würde ich von einem Pulver abraten – Grenzpolizisten bestimmter Länder reagieren äußerst empfindlich, wenn sie Pulver sehen. Vielleicht eine Tablette?»

«Ein Alka-Seltzer wäre wohl genau das Richtige.»

«O je, Mr. Harvey, ich sehe, dass Sie auf diesem Gebiet unerfahren sind. Ein Alka-Seltzer ist viel zu groß. Ich fürchte, Sie brauchen etwas Kleineres. Je kleiner, desto leichter ist es, das Mittel unbemerkt in eine Flüssigkeit zu geben. Möchten Sie, dass der Täter nach vollbrachter Tat entkommen kann?»

«Ich denke schon.»

«Sie sind nicht sicher?»

«Ehrlich gesagt, ich hab noch gar nicht darüber nachgedacht.» Der Zauberer kratzte sich die Nase. «Okay, ich hab's mir überlegt. Ich möchte, dass der Täter nach vollbrachter Tat entkommen kann.»

«Wie viele Exemplare werden Sie benötigen, Mr. Harvey?»

Torriti zögerte. «Eins.»

Dr. Sydney blickte verwundert. «Eins?»

«Spricht etwas dagegen?»

«Normalerweise liefern wir mehr als eins, für den Fall, dass etwas bei der Verabreichung schief geht, Mr. Harvey. So könnte das Produkt beispielsweise in das falsche Glas gegeben werden. Oder das richtige Glas wird aus irgendwelchen Gründen nicht geleert. Falls der Täter – oder, warum nicht, die Täterin – noch ein Ersatzpräparat hat, wäre ein zweiter Versuch im Bereich des Möglichen.»

«Stimmt, daran hatte ich nicht gedacht. Wenn Sie sich schon so viel Mühe machen, können Sie mir auch gleich mehrere Tabletten geben.»

«Wie wär's mit drei?»

«Drei wären prima.»

Dr. Sydney kritzelte die Zahl drei auf seinen Block. «Darf ich fragen, ob Sie unter großem Termindruck stehen, Mr. Harvey?»

«Na, sagen wir, der Druck ist groß, aber nicht erdrückend.»

«Ach ja, das ist schön gesagt.» Dr. Sydney erhob sich und blickte zu dem Zauberer hoch. «Ich wünschte, alle hier in der *Company* würden so arbeiten wie Sie, Mr. Harvey. Mr. Bissell zum Beispiel will immer alles schon vorgestern haben. Wenn Sie vielleicht in, sagen wir, vier Tagen wieder hereinschauen könnten, müsste ich alles bereit haben, was Sie brauchen.»

Leo Kritzky heftete gerade die Fotos an die Wand, als Dick Bissell und sein Kuba-Sonderdezernat in den Einsatzraum kamen. «Wie sieht's aus?», fragte Bissell. Er setzte eine Brille auf, wippte auf den Fußballen und betrachtete die Schwarzweißvergrößerungen. Sie waren am Vortag aus rund zwanzig Kilometern Höhe über der Südküste von Kuba aufgenommen worden und zeigten ein langes Stück Strand.

«Vielleicht sogar besser als Trinidad», sagte Leo.

Bissell winkte die anderen auf die Holzstühle, die im Halbkreis vor der Wand aufgestellt waren, und bat Leo, ihnen die Fotos zu erläutern.

«Dick, Gentlemen, was Sie da vor sich sehen, ist die *Bahía de Cochinos* – die Schweinebucht. Sie ist etwa dreizehn Meilen lang und durchschnittlich vier Meilen breit. Auf der einen Seite sind die Bucht und die Karibik, auf der anderen die Zapata-Sümpfe, die so gut wie undurchdringlich sind. Da wimmelt es nur so von Dornengebüsch, giftigen Pflanzen und Schlangen und den *cochinos cimarrones*, wilden Schweinen, die sogar Menschen angreifen und denen die Bucht ihren Namen verdankt.»

«Hört sich an wie eine Beschreibung von Capitol Hill», witzelte jemand.

«Es gibt drei Straßen durch die Sümpfe, auf Dämmen angelegt, die mit Erdreich aufgeworfen wurden.»

«Wissen wir ungefähr, was Castro truppenmäßig da unten hat?», fragte Bissell.

Leo zeigte auf vier längliche Gebäude an einer unbefestigten Straße hinter dem Ort Girón, der aus ein paar Dutzend Holzhäusern bestand. «In diesen Baracken sind ungefähr einhundert Milizsoldaten vom 338. Milizbataillon stationiert. Sehen Sie die Antennen auf dem dritten Gebäude? Da muss der Funkraum sein. Das da ist eine vergrößerte Aufnahme von ihrem Fahrzeugpark. Insgesamt sieben Wagen, keine Panzerfahrzeuge, keine Artillerie zu sehen.»

E. Winstrom Ebbitt, der kürzlich zu Bissells Leiter der Logistikabteilung ernannt worden war, beugte sich vor. Wer Ebby kannte, wusste sehr wohl, dass er JMARC sehr skeptisch betrachtete, aber dass er wie alle anderen vor einer direkten Konfrontation mit Bissell und seinem Planungsstab zurückscheute. «Das da unten, das sieht auch wie Kasernen aus, Leo, nördlich der Straße, die parallel zum Strand verläuft.»

«Nein, unsere Fotospezialisten sagen, das sind zivile Unterkünfte», sagte Leo. «Für Arbeiter, die am Strand die Ferienanlage *Playa Girón* bauen. Die beiden Anlegestellen scheinen in gutem Zustand zu sein – eine aus Beton, die andere aus Holz. Das Stück dazwischen ist im Grunde ein kleiner Hafen und offenbar tief genug für Landungsboote. Ich lasse gerade Gezeitentabellen erstellen –»

Bissell fiel ihm ins Wort. «Mich überzeugt vor allem der Flugplatz.»

«Der ist natürlich ein Gottesgeschenk», sagte Leo. Er deutete auf die Landebahn, die hinter Girón zu sehen war. «Hier, neben dem Kontrollturm, steht eine Piper. Anhand dieses Anhaltspunktes konnten wir die Länge der Bahn berechnen, und sie ist lang genug für unsere B-26, was bedeutet, dass die Luftangriffe gleich vom Tag X an kubanisch aussehen können. Wenn der Brückenkopf gesichert ist und wir Treibstoff an Land gebracht haben, könnten die Maschinen tatsächlich von diesem Flugplatz aus starten.»

«Mir gefallen diese Dammstraßen», sagte einer der militärischen Planer. «Falls die Brigade die Punkte, wo die Straßen in den Strandbereich münden, einnehmen und halten kann, sitzen Castros Truppen auf den Dämmen fest und sind eine leichte Beute für die B-26.»

Ebby schüttelte den Kopf. «Diese Schweinebucht hat einen Nachteil», sagte er zu Leo. «Die Guerilla-Option fällt weg, falls die Sache schief läuft.»

«Wieso das?», fragte jemand.

Ebby ging zu der riesigen Kubakarte an der anderen Wand. «Trinidad liegt am Fuß der Escambray-Berge. Von eurer Schweinebucht aus sind diese Berge achtzig Meilen durch unpassierbare Sümpfe entfernt. Falls die B-26 Castros Truppen nicht von den Straßen vertreiben können, sitzt die Brigade am Strand in der Falle.»

«Dafür gibt es aber auch einen Vorteil», sagte Bissell. «Havanna liegt näher.»

«Es gibt keine Rückzugsmöglichkeit, falls Castros Panzerfahrzeuge nicht aus der Luft zerstört werden», beharrte Ebby.

«Die Brigade wird keine Rückzugsmöglichkeit brauchen», sagte Bissell gereizt.

«Es kann einiges schief gehen ...»

«Hören Sie», sagte Bissell, «wir haben einen Flugzeugträger vor der Küste. Falls die B-26 es nicht schaffen, fliegen wir eben Angriffe vom Flugzeugträger aus.»

«Kennedy hat DCI Dulles unmissverständlich klar gemacht, dass er keine offene amerikanische Intervention genehmigen wird», bemerkte Leo ausdruckslos.

«Wenn es hart auf hart geht», erwiderte Bissell, «wird ihm wohl nichts anderes übrig bleiben, oder?»

Dr. Sydney hockte sich so vor den Bürosafe, dass das Kombinationsschloss vor Blicken geschützt war, drehte an den Zahlenrädern und öffnete die schwere Tür. Er nahm einen Metallkasten heraus und stellte ihn auf den Schreibtisch. Mit einem Schlüssel aus der Tasche seines Laborkittels öffnete er das Vorhängeschloss und klappte den Deckel auf. In dem Kasten lag in einem Schaumstoffbett ein Fläschchen, das allem Anschein nach herkömmliches Aspirin der Firma Bayer enthielt. Dr. Sydney hob das Fläschchen heraus und stellte es auf den Schreibtisch. «Sieht aus wie ganz normales Aspirin, nicht wahr, Mr. Harvey?», sagte er stolz. «Und bis auf drei Tabletten enthält es auch herkömmliches Aspirin.»

«Wie weiß der Täter, welche drei nicht ganz so herkömmlich sind?», fragte Torriti.

«Kinderspiel», sagte Dr. Sydney. Er schraubte den Verschluss ab und schüttete die Tabletten auf den Tisch: «Los, versuchen Sie, sie herauszufinden», sagte er auffordernd.

Der Zauberer setzte seine Lesebrille auf und schob die Tabletten mit den Fingerspitzen hin und her. Nach einer Weile schüttelte er den Kopf. «Die blöden Dinger sehen doch alle gleich aus.»

«Genau so würde ein Zollbeamter reagieren», meinte Dr. Sydney. Er beugte sich vor. «Wenn Sie meine kostbaren Tabletten aufmerksam betrachten, Mr. Harvey, werden Sie feststellen, dass auf dreien davon das Wort *Bayer* falsch geschrieben ist, nämlich *Bayar*.» Der Leiter der Technikabteilung trennte drei Tabletten von den anderen. Torriti nahm eine in die Hand und musterte sie prüfend. Tatsächlich, da stand *Bayar*.

«Die drei Tabletten enthalten ein Botulismustoxin, das ich persönlich an drei Affen getestet habe – alle waren innerhalb weniger Minuten klinisch tot. Es gibt da einige Dinge, auf die Sie achten müssen. Diese speziellen Aspirintabletten sollten nicht in heißen Flüssigkeiten verwendet werden – ich denke da an Suppe oder Kaffee oder Tee. Sie können eingesetzt werden in Wasser, Bier, Wein –»

«Milchshakes?»

«O ja, Milchshakes wären ideal. Aber ich muss Sie darauf hinweisen, dass die Wirksamkeit nicht ewig hält.»

«Wie viel Zeit habe ich?»

«Ich rate dringend, dass meine kleinen Kostbarkeiten innerhalb der nächsten drei Monate zum Einsatz kommen. Nach Ablauf dieser Zeit könnten die Tabletten nämlich instabil werden – sie könnten Ihnen zwischen den Fingern zerbröseln, bevor Sie sie benutzen können, und vielleicht nur noch schwere Magenkrämpfe auslösen.»

«Sie haben das großartig gemacht», sagte der Zauberer. Vorsichtig tat er die Tabletten mit dem Wort *Bayar* zurück in das Fläschchen. «Muss ich sonst noch irgendwas beachten, Doc?»

«Warten Sie ... Ach ja, meine Güte, Mr. Harvey, da ist noch was – Sie sollten sich sehr gründlich die Hände waschen, bevor Sie zum Mittagessen gehen.»

Mit quälender Langsamkeit glitt der große Lastenaufzug hinauf in den dritten Stock des Lagerhauses in der Printer's Row in Chicago. Zwischen den Stahlträgern über seinem Kopf hindurch konnte der Zauberer die riesige Spule sehen, die das Seil aufwickelte. Zwei von Giancanas Jungs zogen die Gittertüren auf, und Torriti trat aus dem Fahrstuhl in den größten Raum, den er je gesehen hatte. Bis auf einige hundert gestapelte Kartons mit Alkoholika, auf denen *Duty Free Only* stand, war alles leer. Etwa ein Fußballfeld entfernt, so kam es Torriti zumindest vor, sah er Mooney Giancana an dem einzigen Möbelstück weit und breit sitzen, einem außerordentlich langen Tisch, auf dem früher vielleicht mal Stoff zugeschnitten worden war. Hinter Giancana fielen schwache Lichtstrahlen durch die schmutzigen Fensterscheiben. Einige Männer in Sportjacketts mit breiten Schulterpolstern – oder war das ihre Statur? – standen im Raum verteilt.

Einer der beiden Leibwächter am Fahrstuhl streckte dem Zauberer einen Schuhkarton hin und deutete mit dem Kinn auf dessen Brust und Fußknöchel. Torriti nahm die Schusswaffen ab und legte sie in den Karton. «Krieg ich denn auch 'ne Garderobenmarke?», fragte er mit einem frechen Grinsen.

Der Mann nahm die Frage ernst. «Sie sind der Einzige hier – wir verwechseln schon nix.»

Giancana, eine dicke Havanna rauchend, rief quer durch den Raum: «Schnell, her mit Ihnen, Kennedy wird vereidigt.»

Der Zauberer schlenderte durch den Raum. Giancana starrte durch eine dunkle Brille auf einen Fernseher, deutete auf einen Stuhl, ohne seinen Besucher eines Blickes zu würdigen. Einer von Giancanas Gorillas schüttete Champagner in einen Plastikbecher und reichte ihn Torriti.

«Irgendeinen Grund zum Feiern, Mooney?», fragte der Zauberer.

«Und ob – ich feiere Kennedys Einzug ins Weiße Haus.» Giancana lachte. Seine Männer lachten mit.

Auf dem Bildschirm war zu sehen, wie Kennedy im Cut am Rednerpult stand und mit seiner unverkennbaren nasalen Stimme die Antrittsrede hielt: «In der langen Geschichte dieser Welt ist es nur wenigen Generationen vergönnt gewesen, die Rolle der Verteidigung der Freiheit in der Stunde ihrer höchsten Gefahr zu spielen ...»

«Wer hätte gedacht, dass Joes Kleiner es zum Präsidenten schaffen würde?», fragte einer der Gorillas.

«Ich, wenn du's genau wissen willst», sagte Giancana.

«... die Energie, der Glaube und die Hingabe, die wir diesem Unterfangen entgegenbringen ...»

«Auf JFK, den alten Racker», sagte Giancana und hob seinen Plastikbecher in Richtung Fernseher. «*Salute.*»

«Ich hab gar nicht gewusst, dass Sie sich für Politik interessieren, Mooney», sagte der Zauberer mit unbewegter Miene.

«Sie wollen mich wohl verscheißern», sagte Giancana. «Ich hab dem Mistkerl meine Stimme gegeben. Man könnte sogar sagen, ich hab für ihn den Wahlkampf gemacht. Ohne mich wär er jetzt nicht im Weißen Haus.»

«... und so, meine amerikanischen Mitbürger: Fragt nicht ...»

«Sie haben ihm Stimmen verschafft», sagte der Zauberer.

Giancana warf ihm einen Seitenblick zu. «Und ob. Ich hab ihm so viele Stimmen verschafft, dass er Illinois gewonnen hat.»

«... fragt, was *ihr für euer Land* tun könnt.»

«So, genug von dem Schwachsinn», brummte Giancana.

«Soll ich den Apparat ausschalten, Mooney?», fragte einer von seinen Leuten.

«Stell den Ton ab, lass das Bild laufen.» Giancana drehte sich mit seinem Stuhl um und sah Torriti über den großen Tisch hinweg an. «Also, was führt Sie nach Chicago?»

«Stadtbesichtigung.» Er beäugte die vier ledernen Hundehalsbänder, die an der Tischplatte festgeschraubt waren, und fragte sich, wofür sie wohl gedacht waren. «Der Michigansee soll ja eine Reise wert sein.»

Giancana lachte. «Den hab ich schon so oft gesehen, dass ich gar nicht mehr hingucke.»

Torriti leerte seinen Becher und hielt ihn dem Gorilla hin, um ihn auffüllen zu lassen. Giancana schrie los: «Zum Donnerwetter noch mal, ihr sollt ihm nachgießen, *bevor* er darum bittet. Wo seid ihr denn erzogen worden? Auf 'ner Scheißmüllhalde?»

Ein Gorilla kam herbeigestürzt und füllte den Becher des Zauberers wieder auf. Torriti kippte den Champagner runter wie Wasser und winkte ab, als der Mann ihm erneut nachgießen wollte. «Meinen Sie, Sie könnten –» Er nickte in Richtung der Leibwächter.

«Lasst die Scheißflasche auf dem Tisch stehen und verdünnisiert euch», ordnete Giancana an.

Die Männer zogen sich auf die andere Seite der Lagerhalle zurück.

«Wie steht's? Haben Sie in unserer Angelegenheit Fortschritte gemacht?», erkundigte sich Torriti.

«Und ob. Ich hab 'nen Typen, der im Hotel *Libre* in Havanna arbeitet. Genauer gesagt in dem Hotel-Café, wo Castro ein-, zweimal die Woche seine Milchshakes trinkt.»

«Erzählen Sie mir was über den Mann», sagte der Zauberer. «Wieso ist er bereit, so ein Risiko einzugehen?»

«Er schuldet mir noch einen Gefallen», erwiderte Giancana mit einem brutalen Zug um den Mund. «Haben Sie das Alka-Seltzer besorgt?»

Torriti zog das halb volle Aspirinfläschchen aus der Jackentasche. «Ganz unten sind drei besondere Tabletten – jede davon ist stark genug, um ein Pferd umzubringen.»

Giancana hielt die Augen auf das Fläschchen gerichtet und sog nachdenklich an seiner Zigarre. «Woran kann der Typ in Havanna erkennen, welche drei die Richtigen sind?»

Torriti erklärte es ihm.

Auf Giancanas Gesicht machte sich tatsächlich ein Lächeln breit. «Also schön», sagte er. «Wir sind im Geschäft.»

Der Zauberer stand schwerfällig auf. «Was meinen Sie, wann die Sache über die Bühne gehen kann?»

Der *Cosa-Nostra*-Boss von Chicago musterte Torriti. «Ich hab mal 'nen Mann gekannt, der von den Lippen lesen konnte, obwohl er nicht taub war», sagte er. «Er hat gesagt, er hätte das gelernt für den Fall, dass er mal taub würde. Die Moral von der Geschichte ist, man muss im Voraus planen. Ich hab Ihnen ja schon in Miami gesagt, so Sachen brauchen Zeit. Ich muss das Aspirin nach Havanna schaffen. Ich muss das Schnellboot organisieren, das meinen Freund hinterher einsammelt. Danach muss er wieder einen Job haben.»

«Also von welchem Zeitraum reden wir hier?»

Giancana kicherte. «Sagen Sie mir doch, was Ihren Wall-Street-Freunden lieb wäre.»

«Wir haben Mitte Januar», sagte Torriti. «Sie müssen dafür sorgen, dass Ihr Freund sich, sagen wir, bis zum zehnten April für den Gefallen, den er Ihnen schuldet, revanchiert hat.»

«Zehnter April», wiederholte Giancana. «Das müsste klappen.»

Philip Swett war auf dem Rückweg von einem Mittagessen mit Präsident Kennedy, und er war richtig zufrieden mit sich. Es war ein Essen im kleinen Kreis gewesen. Dean Rusk, Kennedys Außenminister, und McGeorge Bundy, der Sonderberater des Präsidenten in Fragen der nationalen Sicherheit, waren zu ihnen gestoßen. Im letzten Moment war auch noch CIA-Chef Allen Dulles dazugebeten worden, der den ganzen Vormittag mit Bundy und seinen Mitarbeitern in den Souterrainräumen des Weißen Hauses konferiert hatte. Während des Essens hatte Kennedy Swett ausdrücklich für seine finanzielle Unterstützung während des Wahlkampfs gedankt. «Mein Vater hat immer gesagt, er wäre bereit, mir den Wahlsieg zu kaufen», hatte Kennedy gewitzelt, «aber er hat sich rundheraus geweigert, für die überwältigende Mehrheit zu sorgen, deshalb war das Ergebnis dann auch so knapp. Scherz beiseite, Sie waren wirklich eine große Hilfe, Phil.»

«Glauben Sie mir, Mr. President», hatte Swett geantwortet, «eine Menge Leute, mich eingeschlossen, schlafen nachts besser, weil sie wissen, dass Sie am Ruder sind und nicht Nixon.»

Bei Kaffee und Dessert war das Gespräch auf Kuba gekommen. Rusk hatte dem Präsidenten den Inhalt eines Telegramms aus Moskau mitgeteilt: Der politische Attaché in der amerikanischen Botschaft hatte von einem sowjetischen Journalisten mit guten Kontakten zum Politbüro erfahren, dass Chruschtschow einen offenen amerikanischen Angriff auf Kuba damit beantworten würde, dass er Berlin abriegeln und eine Mauer zwischen Ost- und Westdeutschland bauen lassen würde. Kennedy hatte ein langes Gesicht gezogen und in Abwandlung der ersten Zeilen aus T. S. Eliots *Das wüste Land* bemerkt: *«Dann wird April also doch der grausamste Monat.»* Worauf Dulles mit dröhnender Stimme einwarf: «Vorausgesetzt, er erlebt es noch, wird die Schweinebucht Fidel Castros Waterloo werden, Mr. President. Das kann ich Ihnen versprechen.»

Kennedy hatte Dulles mit einem freudlosen Lächeln bedacht. «Sie und Bissell haben den Scheck gegengezeichnet, Allen.»

McGeorge Bundy hatte den Blick des Präsidenten aufgefangen und unmerklich mit dem Kopf in Swetts Richtung genickt, und Kennedy hatte prompt das Thema gewechselt. Aber Swett konnte zwei und zwei zusammenzählen: Irgendwann in dem *grausamsten Monat*, April, würden von der CIA ausgebildete und bewaffnete Kubaner an einem Strand namens Schweinebucht landen. *Vorausgesetzt, er erlebt es noch!* Natürlich! Wie hatte er das übersehen können? Dulles und seine Leute müssten komplette Vollidioten sein, wenn sie Castro nicht aus dem Weg räumten, bevor das Feuerwerk losging.

Mein lieber Schwan, die Leute in der *Company* mochten ja so manches sein, dachte Swett, aber ganz sicher keine Vollidioten.

4

WASHINGTON, D.C., SAMSTAG, 11. FEBRUAR 1961

Eugene hatte den ganzen Nachmittag Getränke ausgeliefert und beschloss, nicht mehr in seine Wohnung über dem Laden zu gehen, sondern direkt zu Bernice zu fahren. Er parkte Max' Kombi in einer Seitenstraße in Georgetown und ging dann die Wisconsin Avenue hinunter. Als er in die Whitehaven Street einbog, in der Bernice wohnte, spürte er sofort, dass etwas nicht stimmte. Es war zwanzig nach neun, und normalerweise war die Straße um diese Zeit menschenleer. Jetzt standen ein Mann und eine Frau vor einem Hauseingang schräg gegenüber von Bernice' Wohnhaus; aus der Ferne hätte man sie für ein Liebespaar halten können, das sich gerade stritt. Ein Mann mittleren Alters, den Eugene in all den Jahren, die er mit Bernice schlief, noch nie gesehen hatte, führte einen Hund aus, den er auch noch nie gesehen hatte. Eugene kam an einem weißen Lieferwagen mit der Aufschrift *Slater & Slater Radio – TV* vorbei, der vor einem Hydranten stand. Wieso sollte die Firma Slater ihren Wagen die ganze Nacht im Parkverbot vor einem Hydranten stehen lassen, wo es doch in der ganzen Gegend reichlich reguläre Parkplätze gab? Weiter vorn sah er einen grauen viertürigen Ford in einer Einfahrt stehen; Eugene konnte zwei Gestalten auf den Vordersitzen ausmachen und eine lange Antenne erkennen, die von der hinteren Stoßstange aufragte. Aus den Augenwinkeln nahm er wahr, dass Bernice' Erkerfenster hell erleuchtet war. Dabei legte Bernice doch immer Wert darauf, das Zimmer in schummriges Kerzenlicht zu tauchen, wenn sie ihn erwartete.

Eugene hörte den Klang seiner eigenen Schritte durch die frostige Nacht hallen. Panik stieg in ihm auf, und er kämpfte sie mühsam nieder. Parolen aus seiner Grundausbildung kamen ihm ins Gedächtnis: *Unschuldige Menschen verhalten sich unschuldig*, das hieß, sie rannten nicht sofort los, wenn ihnen etwas seltsam erschien. Zum Glück hatte er den Wagen um die Ecke geparkt: Falls das FBI Bernice' Wohnung überwachte, würden sie bestimmt nach Max' Kombi Ausschau halten. Und zum Glück ging er auf der falschen Straßenseite, das würde sie verunsichern. Sie hatten bestimmt Bedenken, die falsche Person anzuhalten, weil sie fürchten mussten, dass die richtige genau in dem Moment kommen und gewarnt werden könnte. Eugene zog die Wollmütze tiefer, schob das Kinn unter den hochgeschlagenen Kragen und ging weiter – vorbei an dem Mann mit dem Hund, vorbei an dem streitenden Paar, vorbei an dem viertürigen Ford mit den beiden Männern darin. Er spürte, dass ihre Augen ihm folgten. An der Ecke bog er nach rechts ab und ging weiter, bis er zu einem Imbiss kam, in dem Bernice und er öfter etwas aßen.

Er bestellte sich Spiegeleier mit Speck und eine Tasse Kaffee bei Loukas dem Griechen und ging dann hinüber zu dem Telefon an der Wand und wählte Bernice' Nummer. Vielleicht war er nur übernervös. Philby war am Ende mit den Nerven fertig gewesen, erinnerte er sich. Andererseits wollte er nun wirklich nicht so enden wie der russische Oberst, den er 1951 bei seiner Ankunft im Botanischen Garten in Brooklyn getroffen hatte. Rudolf Abel war sechs Jahre später vom FBI verhaftet worden, und wenn er nicht das Glück hatte, gegen einen amerikanischen Spion ausgetauscht zu werden, würde Oberst Abel vermutlich den Rest seines Lebens im Gefängnis schmoren.

Eugene hörte, wie es etliche Male klingelte. Auch das war seltsam; wenn sie wusste, dass er kommen wollte, und er nicht rechtzeitig da war, hob sie immer sofort ab. Nach dem siebten Klingeln meldete sie sich.

«Hallo.»

«Bernice?»

«Bist du das, Eugene?» Ihre Stimme klang angespannt. Es entstand eine lange Pause, die Eugene nicht versuchte zu füllen. «Wo bist du?», fragte sie schließlich.

«Ich musste noch tanken. Alles okay?»

Plötzlich schrie sie: «Hau ab, Baby! Die haben Max geschnappt und das Zeug in deinem Schrank gefunden –»

Man hörte rasche Schritte. Bernice stieß einen Schmerzensschrei aus. Dann sprach eine Männerstimme, schnell, um die Nachricht zu übermitteln, bevor die Leitung unterbrochen wurde. «Zu Ihrem eigenen Besten, Eugene, legen Sie nicht auf. Wir können ein Geschäft machen. Wir wissen, wer Sie sind. Sie kommen nicht weit. Wenn Sie mit uns zusammenarbeiten, wenn Sie die Seiten wechseln, könnten wir Ihnen eine neue Identi–»

Eugene drückte auf die Gabel. Dann sagte er «Ihr könnt mich mal» in die tote Leitung, die mit Sicherheit abgehört wurde. Er ging zurück zur Theke, legte zwei Dollarscheine darauf und murmelte: «Loukas, mir ist was dazwischengekommen.»

«Du musst nichts bezahlen, was du nicht isst», wandte Loukas ein, aber Eugene ließ das Geld liegen. «Dann esst ihr beim nächsten Mal auf Kosten des Hauses», rief der Grieche ihm nach.

«Alles klar», sagte Eugene, dann schloss sich die schwere Tür hinter ihm.

Draußen schien die Nacht plötzlich kälter zu sein als zuvor, und Eugene fröstelte. Es würde kein nächstes Mal geben, wurde ihm klar. Sein altes Leben – Max, Bernice, sein Job, seine Wohnung über dem Laden, seine Identität als Eugene Dodgson – es war vorbei; selbst Max' Lieferwagen konnte ihm nichts mehr nützen.

Er ging los. Er musste nachdenken, durfte keinen Fehler machen. Ein Bus hielt weiter vorn an einer Haltestelle, und Eugene begann zu laufen. Der Fahrer hatte ihn wohl gesehen, denn er wartete, bis Eugene hereingesprungen war. Atemlos dankte Eugene ihm, löste einen Fahrschein und torkelte zu den hinteren Plätzen in dem fast leeren Bus.

Er dachte an Serafima und Agrippina, die Zwillingsschwestern, die ihm in Russland Tag für Tag seine beiden falschen Identitäten eingetrichtert hatten: Unter der ersten würde er als Eugene Dodgson leben; die zweite, Gene Lutwidge, würde er annehmen wie eine neue Haut, falls die erste aufflog. Nur das konnte ihn davor bewahren, das gleiche Schicksal wie Oberst Abel zu erleiden.

Aber wie war das FBI ihm auf die Spur gekommen? Max Kahn hatte die Kontakte zu seinen alten kommunistischen Parteifreunden abgebrochen, als er in den Untergrund ging. Aber vielleicht hatte er mal zufällig einen von ihnen getroffen oder um der alten Zeiten willen angerufen. Und der war vielleicht inzwischen ein Informant für das FBI, oder sein Telefon wurde abgehört. Wenn das FBI erst mal auf Max aufmerksam geworden war, hatten sie bestimmt auch seine beiden Angestellten unter die Lupe genommen, Bernice und Eugene.

«Die haben das Zeug in deinem Schrank gefunden», hatte Bernice noch gerufen. Durch dieses «Zeug» – die Motorola-Antenne, das Microdot-Lesegerät, die Chiffriercodes, das Bargeld – musste ihnen klar geworden sein, dass sie einem sowjetischen Agenten auf die Spur gekommen waren, der *undercover* in der Hauptstadt lebte, und dass Max und Bernice einem größeren Spionagering angehörten. Das FBI hatte vermutlich beschlossen, sie beide nicht sofort zu verhaften, um so vielleicht noch weitere Spione enttarnen zu können. J. Edgar Hoover hatte die Operation bestimmt höchstpersönlich geleitet, wenn auch nur, um die Lorbeeren zu ernten, wenn die Spione ins Netz gingen. Als schließlich klar war, dass durch Max und Bernice niemandem sonst auf die Spur zu kommen war – Eugene hatte SASHA seit Wochen nicht kontaktiert –, musste Hoover es für besser gehalten haben, sie verhaften zu lassen, um sie gegeneinander auszuspielen, vermutlich durch eine Kombination aus Drohungen und versprochener Straffreiheit. Es war reines Glück, dass Eugene nicht in die Falle getappt war. Und Bernice, tapfer bis zum Schluss, hatte ihn im letzten Moment gewarnt. Jetzt würden mit Teleobjektiv aufgenommene, grobkörnige Fotos von Eugene Dodgson in Washington kursieren. Sie würden einen unrasierten, langhaarigen Mann Anfang dreißig zeigen. Die Polizei würde die Bahnhöfe und Flughäfen überwachen, sie würde das Foto Hotelportiers und den Aufsehern von Obdachlosenunterkünften vorlegen. Falls sie ihn erwischten, würde Eugenes Festnahme genauso Schlagzeilen machen wie die von Oberst Abel vor ihm.

Eugene hatte sich natürlich schon vor langer Zeit überlegt, was er tun würde, falls er aufflog. Zunächst einmal hatte er zehn Fünfzig-Dollar-Noten mehrfach gefaltet und glatt gebügelt im Hosenaufschlag versteckt; mit diesen fünfhundert Dollar konnte er sich über Wasser halten, bis er Kontakt mit dem Residenten in der sowjetischen Botschaft aufnahm. Entscheidend war jetzt, für die Nacht einen sicheren Platz zu finden. Am Morgen würde er sich unter eine Touristengruppe mischen, sich nachmittags einen Film ansehen und dann das Kästchen holen, das er in der Gasse hinter dem Kino versteckt hatte. Erst danach würde er den Telefonanruf tätigen, um den Residenten und letztlich auch Starik zu informieren, dass seine Identität aufgeflogen war und seine Chiffriercodes dem FBI in die Hände gefallen waren.

Eugene wechselte zwei Mal den Bus und fuhr ins Stadtzentrum. Er durchstreifte die dunklen Straßen hinter dem Busbahnhof, bis er ein paar frierende Prostituierte sah.

«Ziemlich kalt heute Nacht», sagte er zu einer kleinen, stämmigen Blondine, die einen schäbigen Wollmantel mit ausgefranstem Fellkragen und Strickhandschuhe trug. Eugene schätzte sie auf höchstens achtzehn Jahre.

Das Mädchen kniff sich in die Wangen, damit sie etwas Farbe bekamen. «Ich kann dich ein wenig aufwärmen, Süßer», antwortete sie.

«Wie viel würde mich das kosten?»

«Kommt drauf an, was du willst. Nur 'ne kurze Nummer oder das volle Programm?»

Eugene schaffte ein müdes Lächeln. «Was muss ich für das volle Programm hinblättern?»

«Fünfzig Dollar, aber du wirst es nicht bereuen, Süßer.»

«Wie heißt du?»

«Iris. Und du?»

«Billy, wie *Billy the Kid*.» Eugene schob ihr einen Fünfzig-Dollar-Schein in den Handschuh. «Noch mal das Gleiche, wenn ich es mir bis morgen früh bei dir gemütlich machen kann.»

Iris hakte sich bei Eugene unter. «Abgemacht, *Billy the Kid*.»

Das «volle Programm» erwies sich letztlich als eine ziemlich routinierte Beischlafnummer. Doch dann stellte sich heraus, dass Iris andere Talente besaß, die ihren Freier mehr interessierten als Sex. Sie war nämlich Friseuse in New Jersey gewesen, bevor sie nach Washington kam. Mit einer Küchenschere verpasste sie Eugene einen Kurzhaarschnitt und färbte ihm dann an der Spüle mit ihrem eigenen Blondiermittel die Haare blond. Für einen weiteren Fünfziger war sie sogar bereit, ein paar Einkäufe für ihn zu tätigen, während er sich Frühstück machte. Nach einer Dreiviertelstunde kam sie wieder mit einem schwarzen Anzug und einem Mantel – beides aus einem Secondhandladen, aber noch ganz passabel –, einer schmalen Krawatte und einer Brille mit so schwachen Gläsern, dass Eugene sie tragen konnte, ohne davon Kopfschmerzen zu bekommen. Während ihrer Abwesenheit hatte Eugene ihren Damenrasierer benutzt, um sich zu rasieren und die Koteletten zu stutzen. In seiner neuen Staffage sah er, so Iris, wie ein arbeitsloser Leichenbestatter aus.

Am späten Vormittag machte er sich auf den Weg und ging sogar absichtlich an zwei Polizisten vorbei, die vor dem Bahnhof die Menschenmenge musterten. Keiner der beiden schaute ihn auch nur länger an.

Um die Zeit totzuschlagen, machte Eugene eine Stadtrundfahrt mit, aß anschließend ein Käsesandwich und ging dann zu *Loew's Palace* in der F Street, wo er sich Hitchcocks *Psycho* ansah, den er erst eine Woche zuvor mit Bernice angeschaut hatte. Als er daran dachte, wie sie den Kopf an seiner Schulter vergraben hatte, als Janet Leigh unter der Dusche erstochen wurde, erfasste ihn plötzlich schmerzliches Mitleid für Bernice. Was musste sie jetzt wohl durchmachen? Sie war eine gute Kameradin gewesen, und im Laufe der Jahre hatte er sich an sie gewöhnt. Vermutlich würde sie wegen Beihilfe zur Spionage im Gefängnis landen. Eugene zuckte im dunklen Kinosaal die Achseln. Die einfachen Frontsoldaten wie Max und Bernice waren nun mal das Kanonenfutter des Kalten Krieges.

Nach dem Film wartete Eugene, bis sich das Kino geleert hatte, bevor er durch einen Notausgang hinaus auf die rückwärtige Gasse schlüpfte. Es war bereits dunkel. Dicke Schneeflocken dämpften den Verkehrslärm von der Straße. Eugene ging vorsichtig durch die düstere Gasse, bis er zu dem großen Müllcontainer hinter dem Chinarestaurant kam. Er wuchtete ihn zur Seite und fuhr mit der Hand über die Mauer. Schließlich ertastete er den lockeren Ziegelstein und zog ihn heraus. In der Höhlung dahinter befand sich ein Metallkästchen, das er vor fast zehn Jahren dort deponiert hatte. Jahr für Jahr hatte er nachgesehen, ob es noch an Ort und Stelle war, und die Dokumente und Ausweise auf den neusten Stand gebracht.

Er nahm ein Päckchen heraus – ein Pass auf den Namen Gene Lutwidge mit etlichen Visumsstempeln versehen, eine Sozialversicherungskarte, ein im Staat New York ausgestellter Führerschein, eine Wähler-Registrierungskarte. Eugene fiel ein Stein vom Herzen; er schlüpfte in seine neue Haut und war vorläufig in Sicherheit.

Der Telefonanruf in der sowjetischen Botschaft erfolgte gemäß einem genau einstudierten Text. Eugene bat darum, den Kulturattaché zu sprechen, und wusste, dass er mit dessen Sekretärin verbunden werden würde, die zufällig auch die Ehefrau des Attachés war, des dritthöchsten KGB-Offiziers an der Botschaft.

«Bitte nennen Sie den Grund für Ihren Anruf», leierte sie ausdruckslos wie eine Bandansage herunter.

«Der Grund für meinen Anruf ist folgender: Sagen Sie dem Attaché» – jetzt brüllte Eugene in den Hörer, wobei er genau auf die Reihenfolge achtete – «ich scheiß auf Chruschtschow, ich scheiß auf Lenin, ich scheiß auf den Kommunismus.» Dann legte er auf.

Er wusste, die Ehefrau des Kulturattachés würde umgehend dem Residenten Meldung machen. Die beiden würden einen Safe öffnen und Eugenes Botschaft mit den geheimen Codeworten aus Stariks Liste vergleichen. Sie würden sofort Bescheid wissen: Eugene Dodgson war aufgeflogen, seine Chiffriercodes waren der Gegenseite in die Hände gefallen (falls das FBI versuchen würde, sie zu verwenden, würde der KGB wissen, dass die damit verschlüsselten Botschaften nicht von Eugene stammten), Eugene selbst war der Verhaftung entgangen und operierte von nun an unter seiner zweiten Identität.

Exakt einundzwanzig Stunden nach Eugenes Anruf hielt ein Bus der russischen Schule der sowjetischen Botschaft vor den Toren des Zoologischen Gartens in Washington. Die Schüler waren zwischen sieben und siebzehn

Jahre alt und wurden von drei russischen Lehrern und drei Erwachsenen aus der Botschaft (darunter auch die Frau des Attachés) beaufsichtigt. Sie schlenderten durch den Zoo, bestaunten die Riesenpandas und Nashörner, beugten sich über das Geländer, um die lustigen Seelöwen beobachten zu können, die in ihrem Becken Kunststückchen machten. Zwei der russischen Teenager trugen Rucksäcke mit Keksen und Saftflaschen für einen Nachmittagssnack; ein dritter hatte eine Umhängetasche von *American Airlines* dabei. In der Vorhalle des Reptilienhauses verteilte die Frau des Attachés die Erfrischungen an die Kinder. Einige von den Jungen, auch der mit der Umhängetasche, verschwanden auf die Toilette. Als sie Minuten später wieder herauskamen, war die Umhängetasche nicht mehr zu sehen.

Ihr Verschwinden entging den beiden FBI-Agenten, die den Schulausflug aus der Ferne beobachteten.

Als die Russen zu dem wartenden Bus zurückkehrten, senkte sich bereits die Dämmerung über Washington. Eugene, der aus der anderen Richtung durchs Reptilienhaus kam, ging auf die Toilette, kam wieder heraus und entfernte sich in die entgegengesetzte Richtung der Schulgruppe.

Er trug eine Umhängetasche von *American Airlines*.

Zurück in dem kleinen Apartment, das er am Stadtrand von Washington gemietet hatte, packte er die Tasche aus. Sie enthielt einen kleinen Radiowecker und Anweisungen, wie er in einen Kurzwellenempfänger umgewandelt werden konnte; eine Antenne, zusammengerollt und in einem Hohlraum auf der Rückseite versteckt; ein Microdot-Lesegerät, verborgen in der Mitte eines funktionierenden Füllfederhalters; ein Kartenspiel mit Chiffren und neuen Standorten für tote Briefkästen, zwischen Vorder- und Rückseite der Karten; ein Schachbrett, das sich mit einer Büroklammer öffnen ließ und eine Microdot-Kamera und einen Vorrat an Filmen barg; eine Dose Rasierschaum mit einem Hohlraum für die belichteten Filme, die SASHA liefern würde; und zwölftausend Dollar in kleinen Scheinen.

Um Mitternacht wählte Eugene von einer Telefonzelle aus eine bestimmte Nummer.

«Gene, bist du das?», fragte die Frau. Wie üblich sprach sie mit starkem osteuropäischen Akzent. «Ich habe in der *Washington Post* eine Anzeige aufgegeben und einen 1923er Duesenberg zum Verkauf angeboten, silberfarben, in einwandfreiem Zustand. Davon wurden in dem Jahr bloß hundertvierzig verkauft.»

«Verstehe», sagte Eugene. Starik hatte SASHA verständigt, dass Eugene Dodgson verschwunden war und Gene Lutwidge seinen Platz eingenommen hatte. Durch dieses rätselhafte Inserat wurde automatisch eine Reihe von neuen toten Briefkästen aktiviert.

«Es haben sich neun Interessenten gemeldet», fuhr die Frau fort. «Einer von ihnen hat mir angeboten, den Duesenberg gegen einen schwarzen, viertürigen Packard von 1913 einzutauschen, der allerdings reparaturbedürftig sei.»

«Was haben Sie ihm gesagt?»

Die Frau am anderen Ende seufzte. «Ich habe gesagt, ich würde es mir überlegen. Der Anrufer hat gemeint, er würde sich in zwei Tagen wieder melden. Der vereinbarte Zeitpunkt war heute Abend um sieben, aber er hat nicht angerufen.»

Eugene sagte: «Ich hoffe, Sie finden einen Käufer für Ihren Duesenberg.» Dann fügte er hinzu: «Auf Wiedersehen und viel Glück.»

Die Frau sagte: «Oh, ich muss dir Glück wünschen, du lieber Junge.» Dann legte sie auf.

Zu Hause schlug Eugene in der neuen Liste mit toten Briefkästen nach. *Ein schwarzer, viertüriger, reparaturbedürftiger Packard von 1913* – das war das Codesignal dafür, dass SASHA vier belichtete Mikrofilmrollen in einem ausgehöhlten Ziegelstein hinter der Statue von James Buchanan im Meridian Hill Park hinterlegen würde.

Hundemüde stellte Eugene den Radiowecker auf sechs Uhr und legte sich ins Bett. Er wollte bei Tagesanbruch im Park sein. Er schaltete das Licht aus und starrte in die Dunkelheit.

Eugene Dodgson war vom Erdboden verschwunden. Gene Lutwidge, ein Absolvent des *Brooklyn Graduate College*, der in Brooklyn, in der Gegend von Crown Heights, aufgewachsen war und sich als Verfasser von Kurzgeschichten über Wasser hielt, hatte seinen Platz eingenommen und war nun einsatzbereit.

Der große, schlanke Russe mit dünnem grauem Bart trat gebückt durch die Tür der Iljuschin-14 nach draußen und blieb geblendet vom strahlenden kubanischen Sonnenlicht stehen. Ein dünner Metallaktenkoffer war mit einer Stahlkette an seinem linken Handgelenk befestigt. Als er die Gangway hinunterging, erblickte er in der Nähe des Flugzeugs einen glänzenden schwarzen Chrysler, an dessen Tür eine vertraute Gestalt lehnte. Als er darauf zuging, wollten ihn zwei kubanische Polizisten aufhalten, doch der Mann am Wagen bellte etwas auf Spanisch, und sofort wichen die beiden zurück. Der Kubaner trat vor und umarmte den Russen verlegen, dann zog er ihn am Arm zu der Limousine und bugsierte ihn auf den Rücksitz. Ein

Leibwächter sprach kurz in ein Walkie-Talkie und setzte sich dann neben den Fahrer. Ein kubanischer Übersetzer schob sich auf einen Klappsitz gegenüber dem Russen und seinem kubanischen Gastgeber, und der Wagen setzte sich in Bewegung.

Während der Fahrt zu der Villa in Nuevo Vedado am Rande von Havanna, nur zwei Häuser von *Point One* entfernt, Castros militärischem Nervenzentrum, plauderten der kubanische Sicherheitschef Manuel Piñeiro und Starik angeregt miteinander. Doch erst als die beiden Männer und der junge Übersetzer allein in dem abhörsicheren Raum in Piñeiros Villa waren, kamen sie zur Sache.

«Ich bin hier, um Sie vor einer großen Gefahr zu warnen, die der kubanischen Revolution droht», erklärte Starik. Mit einem kleinen Schlüssel schloss er die Handfessel auf, öffnete den Aktenkoffer und nahm vier Umschläge heraus. Er machte den ersten auf, beäugte dann den Übersetzer und runzelte unsicher die Stirn. Piñeiro lachte und sagte auf Englisch: «Der Junge ist mein Neffe. Sie können ohne weiteres in seinem Beisein sprechen.»

Starik taxierte den Übersetzer, dann nickte er und wandte sich wieder Piñeiro zu. «Die Informationen, die wir gesammelt haben, sind zu wichtig und zu geheim, um sie über die üblichen Kanäle zu schicken, es ist nämlich gut möglich, dass die Amerikaner unsere und Ihre Chiffriercodes geknackt haben. Die CIA bildet eine bewaffnete Einheit von Exilkubanern, die in Miami rekrutiert wurden, für eine geplante Invasion in Kuba aus. Der Verband besteht aus einer Brigade von Bodentruppen und einigen Dutzend B-26-Piloten; die Bomber stammen aus einer Flotte ausrangierter Flugzeuge in Tucson, Arizona.»

Piñeiro zog eine Hand voll entschlüsselter Meldungen aus einem Umschlag und fuhr mit dem Fingernagel am Rand entlang. «Was Sie da sagen, ist uns nicht neu», ließ er übersetzen. «Wir haben natürlich Himmel und Hölle in Bewegung gesetzt, um Agenten in Miami zu platzieren, von denen einige sogar für die CIA-Dienststelle in Miami arbeiten. Soweit ich weiß, werden die kubanischen Söldner unter der Bezeichnung ‹Brigade 2506› von den Amerikanern in Retalhuleu in Guatemala ausgebildet; es sollen mittlerweile viertausend sein.»

Starik, ein ernster Mann, der in einer früheren Inkarnation Mönch gewesen sein könnte, erlaubte sich ein schwaches Lächeln, ein Ausdruck, der so selten bei ihm war, dass er irgendwie gänzlich fehl am Platz wirkte. «Die Zahl viertausend ist inkorrekt», sagte er zu Piñeiro. «Man hat mit der Zählung bei zweitausendfünfhundert angefangen, um Sie in die Irre zu führen. Der Söldner mit der Nummer fünfundzwanzig-null-sechs ist von einem Felsen zu Tode gestürzt, und die Brigade hat sich offiziell mit seiner Nummer nach ihm benannt.»

«Dann sind es also nur fünfzehnhundert? Fidel wird froh sein, das zu hören.»

«Die Invasion soll Anfang April erfolgen», sagte Starik. «Derzeit ist vorgesehen, dass drei zivile Frachter die halbe Söldnerbrigade, also etwa siebenhundertfünfzig Mann, nach Kuba bringen, obwohl die Zahl auch noch steigen könnte.»

Piñeiro nahm eine weitere entschlüsselte Meldung zur Hand. «Wir wissen, dass einer der Frachter, die *Río Escondido*, auf dem Mississippi vor Anker liegt. Das Schiff hat einen Fernmeldewagen, große Munitionsvorräte und Flugbenzin an Bord.»

«Ein Teil des Flugbenzins befindet sich in Tanks unter Deck, der Rest ist in großen Fässern auf Deck verstaut», erklärte Starik dem Kubaner. «Damit wäre das Hauptdeck der *Río Escondido* ein fettes Ziel für eure Flugzeuge. Wichtig ist auch, dass die B-26-Bomber vor der Landung dreimal angreifen werden, zwei Tage, einen Tag vorher und am Morgen des Landungstages. Hauptziele der ersten beiden Angriffe werden eure Luftwaffenstützpunkte sein. Der dritte Angriff wird sich gegen die Flugzeuge richten, die die ersten beiden Bombardierungen überstanden haben, gegen eure Kommandozentralen, eure Nachrichtenstellen und gegen Panzerfahrzeuge und Artillerie, die sich in der Nähe der Invasionsstelle befinden.»

«Wir wissen, dass die kubanischen Konterrevolutionäre bei Trinidad an Land gehen sollen», sagte Piñeiro, der sein Gegenüber mit der guten Arbeit der kubanischen Aufklärungsdienste beeindrucken wollte. «Sie haben sich für Trinidad entschieden, weil es in der Nähe des Escambray-Gebirges liegt. Vermutlich sollen sich die Invasoren, falls die Landung scheitert und sie weder einen allgemeinen Aufstand entfachen noch die Armee auf ihre Seite ziehen können, in die Berge schlagen, um dort Guerilla-Gruppen zu bilden, die dann mit Unterstützung aus der Luft ein Dorn im Fleische der Revolution sein könnten.»

Starik blickte in seine Unterlagen. «Es stimmt, dass das ursprünglich geplant war, doch der neue Präsident hat darauf bestanden, eine entlegenere Landungsstelle zu wählen. Selbst der Anführer der Brigade, Roberto Escalona, ist noch nicht davon unterrichtet worden. Der endgültige Plan sieht vor, an zwei Stränden in der Schweinebucht einen Brückenkopf zu errichten.»

Piñeiro hatte schon immer angenommen, dass der KGB vorzügliche Informationsquellen in Amerika hatte, aber wie vorzüglich sie wirklich waren, wurde ihm erst jetzt klar. Er erkannte, dass Starik einen Agenten in der Spitze der CIA haben musste, vielleicht sogar mit Zugang zum Weißen Haus.

«Die Zapata-Sümpfe, die Schweinebucht», sagte er aufgeregt zu Starik und zog eine Karte von Südkuba aus einer Schublade. «Ich kann mir nicht vorstellen, dass sie so töricht sein werden. Von dort führen nur drei Straßen ins Land – Dammstraßen, die leicht zu blockieren sind.»

«Ihr müsst eure Panzer und Artillerie dorthin schaffen, und zwar nachts. Tagsüber müssen sie getarnt werden, damit die CIA sie nicht mit Aufklärungsflugzeugen entdeckt und durchschaut, dass ihre Pläne euch bekannt sind.»

«Auf so etwas versteht Fidel sich meisterhaft», sagte Piñeiro. «Die Söldner werden am Strand in der Falle sitzen und von Artillerie- und Panzerbeschuss aufgerieben werden.»

«Falls die amerikanische Marine nicht eingreift.»

«Haben Sie Informationen, dass sie das tun wird?»

«Ich habe Informationen, dass sie das *nicht* tun wird. Die Amerikaner werden den Flugzeugträger *Essex* und Zerstörer vor der kubanischen Küste haben, und dann sind da natürlich noch die Luftwaffenstützpunkte auf Key West, fünfzehn Minuten Flugzeit von Kuba entfernt. Der junge Kennedy hat die CIA ausdrücklich gewarnt, dass er amerikanische Streitkräfte unter keinen Umständen offen zum Einsatz kommen lassen wird. Aber die CIA-Leute sind überzeugt, dass der Präsident es sich anders überlegen wird, sollte sich abzeichnen, dass die kubanische Brigade vernichtend geschlagen wird.»

«Was denken Sie?»

«Der junge Präsident wird von CIA und Militär enorm unter Druck gesetzt werden, falls ein Desaster droht. Aber ich habe das Gefühl, rein instinktiv, dass er sich diesem Druck widersetzen wird; er wird die Verluste abschreiben und sich dem nächsten Abenteuer zuwenden.»

Sie sprachen über diverse, den Russen bekannte Einzelheiten der CIA-Operation: die Waffen und Munition, über die die kubanischen Invasoren verfügen würden, die Kommunikationskanäle, über die sie vom Strand aus mit der amerikanischen Flottille Kontakt halten würden, die Zusammensetzung der kubanischen Exilregierung, die zum Landekopf geflogen würde, falls und sobald die Invasion gelungen war. Piñeiro wollte wissen, wie die Sowjetunion reagieren würde, falls der amerikanische Präsident dem Druck nachgab und offen amerikanische Schiffe und Bomber einsetzte. Starik erklärte seinem kubanischen Kollegen, dass er persönlich Nikita Chruschtschow über die von der CIA geplante Invasion auf Kuba unterrichtet hatte. Sie hatten nicht näher erörtert, wie die Antwort der sowjetischen Seite im Falle einer offenen – statt einer geheimen – amerikanischen Aggression aussehen würde; das musste Fidel Castro mit Chruschtschow entweder direkt oder über diplomatische Kanäle klären. Entscheidend war, dass jeder Gedankenaustausch zwischen den beiden Seiten ausschließlich brieflich erfolgen durfte und die Korrespondenz von Diplomaten per Hand zugestellt wurde, damit die amerikanischen Code-Knacker nicht erfuhren, dass die CIA-Pläne durchgesickert waren. Auf Drängen seines Gesprächspartners äußerte Starik seine persönliche Meinung: Im Falle einer offenen amerikanischen Invasion wäre die sowjetische Seite gut beraten, ebenfalls mit einer Invasion zu drohen, zum Beispiel in Berlin. Dann würde dem amerikanischen Präsidenten klar, welche Risiken er heraufbeschwor.

Piñeiro deutete mit dem Kinn auf Stariks Umschläge. «Da ist ein Umschlag, den Sie noch nicht geöffnet haben», sagte er.

Starik sah Piñeiro direkt in die Augen. «Unmittelbar in Zusammenhang mit der Invasion plant die CIA, Castro ermorden zu lassen.»

Der junge Übersetzer zuckte zusammen, und Piñeiros hohe Stirn legte sich in Falten. Starik zog ein einzelnes Blatt aus dem vierten Umschlag und las laut davon ab. Die CIA hatte den langjährigen Leiter ihrer Berliner Basis, Torriti, nach Hause zurückbeordert. Der Mann war sizilianischer Abstammung und hatte während des Krieges gute Kontakte zur Mafia gehabt. Er hatte den Auftrag erhalten, eine Art Unterabteilung ins Leben zu rufen, die unliebsame ausländische Spitzenpolitiker ausschalten sollte. Castro stand ganz oben auf seiner Liste. Torriti hatte sich umgehend mit dem Boss der Chicagoer *Cosa Nostra*, Salvatore Giancana, in Verbindung gesetzt. Der wiederum hatte einen Kubaner auf der Insel engagieren können, Castro zu vergiften. «Giancana hat den Namen des Killers nicht genannt. Wir wissen nur, dass er irgendwann im nächsten Monat ein Fläschchen Aspirin erhält, in dem drei Tabletten ein tödliches Gift enthalten», sagte Starik.

Piñeiro wollte wissen, wie die Giftpillen von den anderen zu unterscheiden seien, und Starik musste zugeben, dass er diese wichtige Frage nicht beantworten könne. Piñeiro machte sich fieberhaft Notizen und fragte, ob noch weitere Einzelheiten, seien sie noch so klein, bekannt seien. Der Russe warf wieder einen Blick auf sein Blatt Papier. Da gebe es tatsächlich noch ein Detail, sagte Starik. Die *Cosa Nostra* plane anscheinend, den Killer nach der Ermordung mit einem Schnellboot von der Insel zu schaffen. Piñeiro schloss sogleich, dass der Anschlag auf Castros Leben vermutlich nicht weit von einem Hafen entfernt stattfinden werde.

Starik konnte nur die Achseln zucken. «Ich überlasse es Ihren Leuten», sagte er, «die fehlenden Puzzleteilchen einzufügen.»

Piñeiro sah ihn mit einem kalten Glitzern in den Augen an. «Das werden wir.»

Kurz nach elf ertönte ein leises Trommeln an der Tür der Suite im obersten Stock des Hotels am Rande von Havanna. Starik, dessen spindeldürre Beine unter einem groben Nachthemd hervorragten, tapste zur Tür und spähte durch den Spion. Drei kleine Mädchen, deren schmächtige Körper durch die Fischaugenlinse gedrungen und perspektivisch verkürzt aussahen, standen kichernd auf dem Flur. Starik entriegelte die Tür und öffnete sie. Die Mädchen huschten in ihren weißen Baumwollunterhemden auf nackten, schmutzigen Füßen an ihm vorbei ins Zimmer. Die größte von den dreien, mit einem ovalen Gesicht, das von blonden Locken umspielt wurde, wollte etwas auf Spanisch sagen, doch Starik legte einen Finger an seine Lippen. Er ging um die Mädchen herum, betrachtete ihre vorspringenden Schulterknochen, die flache Brust und falschen Wimpern. Dann hob er nacheinander ihre Hemden hoch. Die gefärbte Blondine hatte bereits Schamhaare und wurde umgehend weggeschickt. Die beiden anderen durften sich in das große Bett legen, das direkt unter den Spiegeln an der Decke stand.

In der ewigen Dämmerung seines Eckbüros saß James Jesus Angleton über den Schreibtisch gebeugt und zündete sich eine neue Zigarette an. Von zweieinhalb Packungen am Tag waren seine Fingerspitzen nikotingelb, und sein Büro und alles darin war von Tabakrauch durchdrungen; seine Mitarbeiter behaupteten, sie müssten nur an den Unterlagen riechen, die sie zu bearbeiten hatten, um sagen zu können, ob sie schon über den Schreibtisch ihres Chefs gegangen waren. Er nahm wieder seine Lupe zur Hand und hielt sie über ein Foto. Es war mit einem starken Teleobjektiv von einem Dach eine halbe Meile vom Flughafen entfernt aufgenommen worden und zeigte, nach mehrfacher Vergrößerung, das grobkörnige Bild eines Mannes, der aus einer soeben in Havanna gelandeten Iljuschin ausstieg. Der Mann schien sich gegen die grelle Sonne zu ducken, die ihm ins Gesicht schien. Lichtreflexe tanzten auf etwas Metallischem in seiner linken Hand. Zweifellos ein Kurierkoffer, der vermutlich mit einer Kette an seinem Handgelenk befestigt war.

Aber dieser Mann war kein gewöhnlicher Kurier. Er war groß, hatte ein schmales Gesicht, tief liegende Augen, schütteres Haar und trug einen schlecht sitzenden Anzug. Ein langer, dünner, weißlicher Bart fiel ihm auf die Brust.

Angleton kramte ein bisschen herum und zog dann die Meldung eines *Company*-Agenten in Havanna hervor, der von einem Gespräch berichtete, das er auf einer Cocktailparty mit angehört hatte; Che Guevara und Manuel Piñeiro waren in Moskau mit einem führenden KGB-Mann namens Starik zusammengekommen, dem die Kubaner den Spitznamen «Weißer Bart» gegeben hatten.

Die Zigarette zwischen Angletons Lippen bebte angesichts der Möglichkeit – ja, der großen Wahrscheinlichkeit! –, dass er nach all den Jahren auf ein Foto seines Erzfeindes, des berüchtigten Starik, blickte.

Unwillkürlich kam ihm das Wort CHOLSTOMER in den Sinn, und er sprach es laut aus. Kürzlich hatte ein Rechtsgehilfe im Büro der Staatsanwaltschaft in Rom, der einer von Angletons Informanten war, von Gerüchten berichtet, dass die Vatikanbank möglicherweise große Geldsummen aus Osteuropa gewaschen habe. Der ursprüngliche Tipp war von einem italienischen Kommunisten gekommen, der als Informant für die Staatsanwaltschaft arbeitete; dem Informanten zufolge lief diese Geldwäsche-Operation, in die auch die größte italienische Privatbank, die *Banco Ambrosiano* verwickelt war, unter dem Codenamen CHOLSTOMER. Die Summen, um die es angeblich ging, waren derart horrend, dass der leitende Staatsanwalt laut aufgelacht hatte, als ihm die Gerüchte zu Ohren kamen. Ein ganz junger Staatsanwalt war mit der Sache betraut worden, doch seine Ermittlungen fanden ein jähes Ende, als er mit seinem Motorboot in der Lagune von Venedig kenterte und ertrank. Kurz darauf wurde der kommunistische Informant tot aus dem Tiber gefischt, angeblich Opfer einer Überdosis Rauschgift. Der leitende Staatsanwalt, der von dem zeitlichen Zusammentreffen der beiden Todesfälle unbeeindruckt blieb und überzeugt war, die ganze Affäre sei nichts als politische Propaganda, hatte die Untersuchung eingestellt.

Angleton betrachtete ein zweites Foto, auf dem Piñeiro zu sehen war, wie er den größeren Mann ungelenk umarmte. Die Tatsache, dass Piñeiro persönlich zum Flughafen gekommen war, um den Russen zu begrüßen, untermauerte die Vermutung, dass der Besucher und der Grund seines Besuches außerordentlich wichtig waren.

Angenommen, der Mann auf dem Foto war wirklich Starik, was machte er dann in Havanna? Angleton spähte in das Zwielicht seines Büros, suchte nach dem Faden, der ihn zu den richtigen Antworten führen würde. Das Einzige, was einen Mann wie Starik nach Kuba führen würde, waren Geheiminformationen, die er niemandem sonst anvertrauen wollte. Castro wusste bereits, was jeder Kubaner wusste, dass nämlich die *Company* in Guatemala Exilkubaner ausbildete, die in Kuba landen und eine Gegenrevolution auslösen sollten. Was Castro nicht wusste, war, wo und wann sie landen würden. Innerhalb der CIA wurde diese Information strengstens geheim behandelt. Es gab kaum fünfzig Leute, die wussten wo, und höchstens zwei Dutzend, die wussten wann.

Im Laufe der Jahre hatte man immer wieder Bruchstücke verschlüsselter sowjetischer Botschaften dechiffrieren können und war dabei auf Hinweise gestoßen, die auf die Existenz eines sowjetischen Spions namens SASHA hindeuteten, der in Washington tätig war. Angleton ging davon aus, dass dieser Maulwurf im Zentrum der *Company* arbeitete, und das bedeutete, dass man mit dem Schlimmsten rechnen musste: dass er nämlich zu den wenigen zählte, die Zeitpunkt und Ort der Invasion kannten. Vielleicht wusste SASHA sogar von dem supergeheimen Plan, Castro zu töten. Vor seinem geistigen Auge sah Angleton eine Kette: von SASHA zu einer Kontaktperson zu Starik zu Piñeiro zu Castro.

Die Kontaktperson interessierte Angleton besonders. Einige Wochen zuvor hatte ein FBI-Mitarbeiter ihm aufschlussreiche Dinge berichtet. Seine Abteilung hatte einen alten Kommunisten namens Max Cohen aufgespürt, der 1941 seinen Namen geändert hatte und in den Untergrund gegangen war, vermutlich auf Anweisung des KGB. Das FBI war rein zufällig über ihn gestolpert. Er hatte seinem alten Parteifreund, dessen Trauzeuge er gewesen war, zur Silberhochzeit eine Glückwunschkarte geschickt: «Von deinem alten Waffengefährten, der unsere Freundschaft nie vergessen hat und nie vom rechten Weg abgekommen ist, Max.» Das FBI hatte die Karte in die Finger bekommen, auf Fingerabdrücke untersucht und festgestellt, dass sie von einem Max Cohen stammten, der 1941 untergetaucht war. Das Postamt, wo die Karte abgestempelt worden war, lag in einem Stadtteil von Washington, D.C. Man hatte das Telefonbuch des Bezirks durchforstet und einhundertsiebenunddreißig Teilnehmer mit dem Vornamen Max gefunden. Von da an war es nur noch eine Frage unermüdlicher Laufarbeit, bis das FBI die Suche auf einen Max Kahn eingeengt hatte, den Besitzer eines Getränkeladens. Agenten hatten ihn und seine beiden Angestellten wochenlang beschattet und dann die Wohnungen der Verdächtigen durchsucht. Es war ein Volltreffer gewesen: In der Wohnung über dem Laden hatten die Agenten ein Versteck mit Chiffriercodes,

Mikrofilmen, einem Microdot-Lesegerät, einem kleinen Vermögen in bar und einem Radio, das auf Kurzwellenempfang eingestellt werden konnte, entdeckt. FBI-Chef Hoover hatte gehofft, dass einer von den dreien ihn zu Amerikanern führen würde, die für die Sowjetunion spionierten, doch nach zehn Tagen verlor er die Nerven und beschloss, sie festzunehmen. Der Angestellte, der sich Dodgson nannte – männlich, 31, mittelgroß, kräftig –, war dem FBI irgendwie durch die Lappen gegangen und spurlos verschwunden, was Angleton vermuten ließ, dass er mit einer zweiten Identität ausgestattet war.

Angleton hätte glatt das Rauchen aufgegeben, wenn er dafür diesen Dodgson hätte verhören können. Auf der Suche nach weiteren Anhaltspunkten hatte er das FBI gebeten, ihm eine Liste aller Kunden des Getränkeladens seit Anfang der Vierzigerjahre zu geben. Dabei war er auf Philbys Namen gestoßen. *1951 hatte Eugene Dodgson mehrfach Alkoholika an Philbys Adresse geliefert.* Plötzlich passte alles zusammen: Dodgson war die Kontaktperson zwischen Philby und seinem sowjetischen Führungsoffizier gewesen. Was bedeutete, dass Dodgson auch der Kontaktmann zwischen SASHA und dem KGB war.

Bei der genauen Durchsicht der Kundenliste von dem Zeitpunkt an, als Philby aus Washington verschwunden war, stieß Angleton auf Nachnamen, die denen von einhundertsiebenundsechzig derzeitigen festen CIA-Mitarbeitern und vierundsechzig freien Mitarbeitern entsprachen.

Zur Beruhigung trank er noch einen Schluck, dann machte er sich an die Arbeit ...

5

WASHINGTON, D.C., DIENSTAG, 4. APRIL 1961

«Lassen Sie mich kurz rekapitulieren», sagte Jack Kennedy zu Dick Bissell, nachdem der DD/O den Präsidenten und die anderen im Raum über den Ablauf der Invasion auf Kuba informiert hatte. «Zunächst greifen sechzehn B-26-Bomber der Brigade von Guatemala aus die drei Hauptflughäfen von Castro an. Etwa eine Stunde später landen zwei andere B-26, die mit kosmetischen Einschusslöchern frisiert sind, in Miami. Die kubanischen Piloten dieser beiden Maschinen behaupten dann, sie seien Überläufer aus Castros Luftwaffe und hätten seine Start- und Landepisten bombardiert, bevor sie sich nach Miami abgesetzt haben, um politisches Asyl zu beantragen.»

Bissell, der sich die Brille mit der Spitze seiner Krawatte putzte, nickte. «Das ist der grobe Plan, Mr. President.»

Kennedy, die Augenwinkel vor Anspannung verkniffen und die Stirn vor Konzentration in Falten gelegt, schüttelte langsam den Kopf. «Das haut nicht hin, Dick. Wahrscheinlich – hoffentlich – werden Ihre sechzehn Bomber Castros Luftwaffe einen Schaden zufügen, wie es eben mit sechzehn Bombern möglich ist. Castro wird natürlich Fotomaterial vom Ausmaß der Schäden haben, vielleicht sogar Fotomaterial vom Angriff. Wie in Gottes Namen wollen Sie dann verkaufen, dass nur *zwei* Maschinen im Spiel waren? Das glaubt Ihnen doch kein Mensch.»

«Der Plan, jede amerikanische Beteiligung zu bestreiten, wird also von Anfang an gefährdet sein», warf Außenminister Dean Rusk ein.

Jack Kennedy saß am Kopf eines langen Konferenztisches, der mit Kaffeetassen und Zigarettenpackungen übersät war. Der Präsident war am späten Nachmittag zur Vereidigung des neuen amerikanischen Botschafters in Spanien ins Außenministerium gekommen und um 17.45 Uhr, unmittelbar nach der Zeremonie, in den kleinen Sitzungssaal hinter Dean

Rusks Büro verschwunden. Es war «D-Day», Landungstag, minus dreizehn. Ein Dutzend Menschen drängten sich im Raum. Manche, wie Bissell, Dulles und Leo Kritzky, hatten stundenlang gewartet; damit die Besprechung kein Aufsehen erregte, hatten sie das Gebäude im Laufe des Nachmittags durch Seiteneingänge betreten. Jetzt warfen sich Bissell und Dulles viel sagende Blicke zu. Leo Kritzky unterstrich zwei Sätze in seinem Lagebericht und reichte das Blatt an Bissell weiter, der einen kurzen Blick darauf warf und sich dann wieder Jack Kennedy zuwandte. «Mr. President, es liegt auf der Hand, dass der Erfolg der Invasion von einer erfolgreichen Landung abhängt. Und der Erfolg der Landung, wie bereits deutlich gemacht, hängt davon ab, dass wir den Luftraum über den Stränden vollständig kontrollieren. Castro verfügt über eine kleine Luftwaffe – wir zählen zwei Dutzend flugbereite und sechzehn kampfbereite Maschinen. Für den Erfolg unseres Projektes ist es unumgänglich, dass die Maschinen vor dem ‹D-Day› am Boden zerstört werden. Wenn Sie Bedenken wegen unserer Tarngeschichte haben –»

«Ich habe Bedenken», warf Kennedy barsch ein, «weil kein Mensch, der im Vollbesitz seiner geistigen Kräfte ist, diese Geschichte glauben wird. Wir können damit rechnen, dass der kommunistische Block bei den Vereinten Nationen Zeter und Mordio schreien wird. Die Welt wird zuschauen. Adlai Stevenson muss überzeugend klingen, wenn er dementiert –»

«Vielleicht könnten wir ein paar B-26-Bomber mehr nach Miami fliegen lassen –», schlug Dulles vor.

«Natürlich auch mit Einschusslöchern in den Tragflächen», bemerkte Kennedy ironisch.

Rusk beugte sich vor. «Seien wir ehrlich, jede Tarngeschichte, die wir uns ausdenken, klingt nur dann plausibel, wenn Ihre Kubaner die Start- und Landebahn in der Schweinebucht eingenommen haben. Erst dann können wir überzeugend behaupten, dass kubanische Freiheitskämpfer oder Castro-Überläufer von einem Flugplatz starten, der nichts mit den Vereinigten Staaten zu tun hat.»

Kennedy fragte: «Besteht die Möglichkeit, mit weniger B-26-Bombern anzugreifen, Dick, damit die Geschichte mit den übergelaufenen Piloten plausibel klingt?»

Bissell ahnte, woher der Wind wehte; falls er nicht nachgab, würde es vor dem «D-Day» überhaupt keine Angriffe geben. «Ich könnte das Kontingent möglicherweise auf sechs Maschinen reduzieren – zwei für jeden der drei Flughäfen Castros. Alles, was wir nicht am D-Day minus zwei zerstören, erledigen wir eben am D-Day minus eins.»

Kennedy wirkte erleichtert. «Mit sechs Maschinen kann ich leben», sagte er.

Der Präsident blickte Rusk an, der widerwillig nickte. «Keine Maschinen wären mir lieber», sagte der Außenminister, «aber mit sechs bin ich einverstanden.»

Die Leute am Tisch löcherten Bissell nun mit Fragen. War die kubanische Brigade motiviert? Waren die Kommandeure der Sache gewachsen? Hatten die *Company*-Mitarbeiter in Miami eine glaubwürdige Übergangsregierung aufgestellt? Wie zuverlässig waren die Informationen, dass große Teile von Castros Armee sich weigern würden zu kämpfen? Dass die Bauern sich den Freiheitskämpfern in Scharen anschließen würden?

Bissell antwortete mit einer Mischung aus Ernst und gelassener Zuversicht. Die Brigade war motiviert und konnte es kaum erwarten, dass es losging. Wenn die Stunde der Wahrheit kam, würde die Übergangsregierung sich bewähren. Laut dem neusten CIA-Geheimbericht, der am frühen Morgen rausgegangen war, verlor Castro zunehmend an Popularität: zahlreiche Sabotageakte, Kirchenbesuche in Rekordhöhe, alles deutliche Anzeichen einer Opposition gegen das Regime. Die Frustration unter den Bauern hatte sich auf alle Regionen Kubas ausgeweitet. Castros Ministerien und reguläre Truppen waren durch oppositionelle Gruppen infiltriert, die die Landung zusätzlich unterstützen würden.

Am anderen Ende des Tisches fragte Paul Nitze, Kennedys stellvertretender Verteidigungsminister, was aus der Brigade werden sollte, falls die Invasion abgeblasen würde. Bissell räumte ein, dass die *Company* dann ein Entsorgungsproblem hätte. Die fünfzehnhundert Mann der Brigade könnten nicht nach Miami zurückgebracht werden, sie müssten irgendwohin, wo die amerikanische Presse nichts von ihnen mitbekam.

«Wenn wir sie loswerden müssen», sagte Kennedy mit bitterem Fatalismus, «würde einiges dafür sprechen, sie in Kuba loszuwerden.»

Im letzten Moment hatte der Präsident auch noch Senator Fulbright dazugebeten. Der Senator hatte Wind von JMARC bekommen und ein langes, vertrauliches Memorandum an Kennedy gesandt, in dem er darlegte, warum er mit aller Entschiedenheit gegen die Operation war. Jetzt wandte Kennedy sich an ihn und bat ihn, seine Meinung zu äußern. Fulbrights außenpolitischer Sachverstand nötigte selbst seinen Gegnern Respekt ab. Er lehnte sich in seinem Sessel zurück und musterte Bissell über den Tisch hinweg. «Wenn ich Sie richtig verstanden habe, Mr. Bissell, wird Ihre Brigade von der Landungsstelle aus Richtung Havanna vorrücken und auf dem Weg dorthin möglichst viele Mitstreiter rekrutieren.»

Bissell nickte argwöhnisch. Dass Fulbright plötzlich mit von der Partie war, behagte ihm ganz und gar nicht.

Fulbright bedachte den DD/O mit einem matten Lächeln. «Hört sich an wie Napoleons Strategie von 1815, als er aus Elba zurückkehrte.»

«Napoleon hat auch mit fünfzehnhundert Mann angefangen», konterte Bissell. «Als er Paris erreichte, hatte er eine Armee.»

«Der Traum hat nur hundert Tage gedauert», bemerkte Fulbright. Er wandte sich an den Präsidenten. «Lassen wir mal einen Moment die Frage außer Acht, ob dieses Abenteuer gelingen kann, und wenden wir uns einem anderen Aspekt zu, nämlich dem, dass die Invasion Kubas diverse Staatsverträge verletzt und obendrein gegen amerikanisches Recht verstößt, das nicht nur die Rekrutierung ausländischer Streitkräfte, sondern auch die Vorbereitung ausländischer Militärexpeditionen sowie die Ausrüstung ausländischer Schiffe zum Einsatz gegen ein Land, mit dem wir uns nicht im Kriegszustand befinden, verbietet.»

Rusk winkte ab. «Meiner Ansicht nach legitimiert der Erfolg sich selbst. Er hat Castro nach der Machtergreifung legitimiert. Er hat die Gründerväter dieses Landes legitimiert, als sie gegen die britische Herrschaft rebellierten. Ich bin überzeugt, dass man Jefferson und Washington als Verräter aufgehängt hätte, wenn die Revolution gescheitert wäre.»

Fulbright schüttelte heftig den Kopf. «Die Vereinigten Staaten verurteilen Moskau ständig wegen seiner Einmischung in die inneren Angelegenheiten souveräner Staaten, Mr. President. Die Intervention in Kuba wird der sowjetischen Intervention überall in der Welt Tür und Tor öffnen –»

Dulles sagte: «Die Sowjets intervenieren bereits überall in der ganzen Welt, Senator.»

Fulbright gab nicht nach: «Wenn wir in Kuba einmarschieren, verlieren wir den moralischen Boden, um die Sowjets zu verurteilen.»

«Sie vergessen, dass es so aussehen soll, als wäre die Operation eine rein kubanische Angelegenheit», warf Bissell ein.

Fulbright betrachtete ihn eindringlich. «Ganz gleich, wie es aussehen soll, die ganze Welt wird die Vereinigten Staaten und die Regierung Kennedy dafür verantwortlich machen.» Der Senator blickte erneut den Präsidenten an. «Wenn Kuba tatsächlich eine solche Gefahr für unsere nationalen Interessen darstellt, sollten wir dem Land den Krieg erklären und die Marines hinschicken.»

Kennedy sagte: «Ich würde gerne noch die Meinung der anderen hören.»

Er blickte nach rechts zu Adolf Berle, dem für Lateinamerika zuständigen Spezialisten des Außenministeriums. Berle, der schon unter Franklin Roosevelt tätig gewesen war, setzte an, das Für und Wider darzulegen, aber Kennedy fiel ihm ins Wort. «Adolf, ganz kurz: ja oder nein?»

Berle erwiderte: «Ich würde sagen, ziehen wir's durch, Mr. President.»

Rusk war zwar nicht davon überzeugt, dass die Operation gelingen würde, meinte jedoch, dass er als Außenminister seinem Präsidenten den Rücken stärken müsse, was er nun tat, indem er die Invasion halbherzig befürwortete. Auch Verteidigungsminister Robert McNamara, Sicherheitsberater McGeorge Bundy und Bundys Stellvertreter Walt Rostow sprachen sich für JMARC aus.

Kennedy blickte auf seine Armbanduhr. «Also gut, ich weiß, dass jeder hier bei dieser Frage feuchte Hände kriegt.» Er sah Bissell an und nickte nachdenklich. «Wie viel Zeit habe ich für meine Entscheidung?»

«Die Schiffe stechen D-Day minus sechs von Guatemala aus in See, Mr. President. Sonntag zwölf Uhr, D-Day minus eins, wäre der spätestmögliche Zeitpunkt, die Sache abzublasen.»

John F. Kennedy kniff die Augen zusammen und schien einem Gedanken nachzuhängen; in dem voll besetzten Raum wirkte er plötzlich völlig allein. «Zwölf Uhr», wiederholte er. «Am sechzehnten April.»

Die Moskitoküste Nicaraguas war nur noch eine blasse Erinnerung am Horizont hinter den fünf klapprigen Frachtern, die in einer Reihe nach Norden Richtung Kuba stampften. Auf dem Hauptdeck des ersten Schiffes, der *Río Escondido*, saß Jack McAuliffe, den Rücken an einen Reifen des Fernmeldewagens gelehnt. Durch seinen Feldstecher konnte er kurz die typische sprungfederförmige Radarantenne auf dem Mast eines amerikanischen Zerstörers ausmachen. Irgendwo dahinter musste der Flugzeugträger *Essex* sein. Der Gedanke beruhigte ihn, dass sich die US-Navy nur knapp jenseits des Horizonts befand und die 1453 kubanischen Freiheitskämpfer auf den Frachtern beschirmte. Um ihn herum an Deck lagen zwischen den festgezurrten Flugbenzinfässern die hundertachtzig Mann des sechsten Bataillons der Brigade auf ihren Schlafsäcken.

«D-Day minus sechs», sagte Roberto Escalona und setzte sich neben Jack. «So weit, so gut, mein Freund.»

«D-Day minus sechs», bestätigte Jack. «So weit, so schlecht.»

«Was hast du für ein Problem, *hombre*?»

Jack schüttelte bekümmert den Kopf und sah sich um. «Zum Beispiel die Logistik, Roberto – rein logistisch betrachtet, ist unsere Operation das reinste Pulverfass. Wann hast du schon mal von einem Truppentransporter gehört, der mit tausend Tonnen Munition unter Deck und zweihundert Fässern Flugbenzin an Deck zum Kampfeinsatz in See sticht?»

«Das haben wir doch schon x-mal durchgesprochen», sagte Roberto. «Castro hat bloß sechzehn einsatzfähige Kampfflugzeuge. Unsere B-26 zerstören die schon auf dem Boden, bevor wir überhaupt den Strand erreichen.»

«Vielleicht verfehlen sie das eine oder andere», sagte Jack. «Oder Castro könnte ein paar Flugzeuge für schlechte Zeiten versteckt haben.»

Roberto stöhnte ärgerlich. «Wir werden einen Luftabwehrschild über der *Bahía de Cochinos* haben», sagte er. «Wenn tatsächlich noch ein paar von Castros Flugzeugen intakt sind, holen die Jets von eurem Flugzeugträger sie aus der Luft.»

«Du denkst immer noch, Kennedy lässt die Marine von der Kette, wenn die Sache zu heiß wird», stellte Jack fest.

Roberto legte sich die geballte Faust aufs Herz. «Ich glaube an Amerika, Jack. Wenn ich das nicht täte, würde ich meine Männer nicht in diesen Kampf führen.»

«Ich glaube auch an Amerika, Roberto, aber Amerika hat mir nicht gesagt, wie wir fast zweihundert Kilo schwere Benzinfässer vom Schiff an den Strand bringen sollen. Und wenn wir sie nicht an Land schaffen, können die B-26 nicht von dem Flugplatz in der Schweinebucht starten, nachdem ihr ihn eingenommen habt.»

Roberto lächelte bloß. «Wenn meine Jungs den Sieg wittern, werden sie Berge versetzen.»

«Berge versetzen ist nicht nötig», sagte Jack. «Mir würden Benzinfässer reichen.»

Ein junger Bursche brachte ihnen zwei Gläser *Anejo*, einen Rum, den man auf Kuba mit Kaffee trank, aber an Bord der *Río Escondido* ohne, weil die Kaffeemaschine defekt war. Roberto stieß mit Jack an und nahm einen Schluck. «Hast du noch mit deiner Frau sprechen können?», fragte er.

«Ja. Der Lademeister in Puerto Cabezas hat mich sein Telefon benutzen lassen. Ganz kurz vor der Abfahrt hab ich noch eine Verbindung gekriegt.»

Jack wandte den Kopf ab und lächelte bei der Erinnerung an das Gespräch. «Ach Jack, bist du das wirklich? Ich traue meinen Ohren nicht», hatte Millie ins Telefon gerufen. «Von wo rufst du an?»

«Die Leitung ist nicht sicher, Millie», hatte Jack gewarnt.

«Schon gut, vergiss die Frage. Ich weiß ja auch so, wo du bist. Alle hier wissen es. Und alle wissen auch, was du da machst.»

«Tut mir Leid, das zu hören», hatte Jack ehrlicherweise geantwortet. «Wie geht's meinem Sohn?»

«Anthony ist ein richtiger Goldjunge. Stell dir vor, gestern hat er sich zum ersten Mal ganz allein auf seine Beinchen gestellt, zur Feier des Tages, dass er acht Monate alt geworden ist. Und er ist auch wieder ganz allein hingefallen. Aber er hat nicht geweint, Jack. Er hat sich gleich wieder hochgerappelt.»

«Und wie geht's dir, Schatz? Hältst du die Ohren steif?»

Einen Moment lang war es ganz still in der Leitung. Jack konnte Millie atmen hören. «Ich schaff es schon irgendwie», sagte sie schließlich. «Jack, du fehlst mir so. Mir fehlt dein warmer Körper neben mir im Bett. Mir fehlt das Kitzeln von deinem Schnurrbart. Ich muss nur an Wien denken, und schon wird mir ganz anders ...»

Jack hatte gelacht. «Heiliger Jesus, wenn die Verbindung sicher wäre, würde ich dir erzählen, was mir so alles fehlt.»

«Erzähl's mir trotzdem», hatte Millie gefleht.

In dem Moment hatte der Lademeister auf die *Río Escondido* gezeigt, die vertäut am Pier lag. Durch das dreckige Bürofenster konnte Jack sehen, wie die Matrosen die schweren Halteaue lösten. «Schatz, ich muss aufhören», hatte Jack gesagt. «Gib Anthony einen dicken Kuss von seinem Daddy. Mit ein bisschen Glück müsste ich bald wieder zu Hause sein.»

Millie hatte bedrückt geklungen. «Komm nach Hause, wann du kannst, Jack. Hauptsache, du kommst. Ich könnte es nicht ertragen, wenn –»

«Mir wird nichts passieren.»

«Jack, ich liebe dich.»

«Und ich liebe dich, Millie.» Er hatte noch einen Moment lang ihrem Atmen gelauscht und dann ganz sachte den Hörer aufgelegt.

«Was ich dich schon die ganze Zeit fragen wollte, *hombre*», sagte Roberto jetzt.

«Nur zu.»

«Ich weiß, warum ich hier bin. Ich weiß, warum die hier sind», sagte er, mit einer Hand auf die Kubaner deutend, die auf dem Deck verteilt lagen. «Ich weiß nicht, warum du hier bist, Jack.»

«Ich bin hier, weil ich den Befehl erhalten habe, herzukommen und dir die Hand zu halten, Roberto.»

«Das ist Schwachsinn, und das weißt du. Ich hab gehört, du bist freiwillig hier.»

«Für einen jungen Offizier, der befördert werden will, ist das hier ein heißer Auftrag.»

«Noch mehr Schwachsinn, *hombre*.»

Es war ganz plötzlich dunkel geworden, wie es für die Karibik typisch ist. Über den Spitzen der schwankenden Maste tanzten die Sterne auf der Stelle. Die Bugwelle, voll mit phosphoreszierendem Seetang, schwappte an den Seiten des alten Rumpfes entlang. Jack kippte seinen Rum hinunter. «Am Anfang», sagte er zu Roberto, «war es Trägheit. Ich war in Bewegung – bin in Bewegung, seit ich vor zehn Jahren nach Berlin geschickt wurde. Und ein Körper in Bewegung neigt dazu, in Bewegung zu bleiben. Dann war es Neugier, denke ich. Da, wo ich herkomme, wird man dazu erzogen, sich selbst auf die Probe zu stellen.» Er dachte an Anthony. «Man rappelt sich auf, man fällt hin, man rappelt sich wieder auf. Nur indem man sich selbst auf die Probe stellt, entdeckt man sich selbst.»

«Und was hast du entdeckt?»

«Ein Zentrum, ein Fundament, den eigentlichen Kern der Sache. Auf einer Ebene bin ich der Sohn eines irischen Immigranten, der sich seine Einreise in Amerika erkauft hat. Aber das ist nur ein Teil der Geschichte. Ich bin hier, weil ich hoffe, ansatzweise die Antwort auf die ewige Frage nach dem Sinn des Lebens zu finden. Anders gesagt, Roberto, ich denke, ich habe entdeckt, dass es noch etwas anderes gibt als nur Schnelligkeit, wofür es sich zu rudern lohnt.»

Dick Bissells Kuba-Kommandozentrale im *Quarters Eye* war zum Zwecke einer, wie ein Witzbold der *Company* es ausgedrückt hatte, *prä*mortalen Obduktion des als JMARC bekannten Kadavers umfunktioniert worden, einer letzten großen Lagebesprechung vor der Landung der kubanischen Freiheitskämpfer. Rund fünfzig Klappstühle waren in halbkreisförmigen Reihen vor einem Rednerpult aufgestellt worden. Auf einer Seite standen Klapptische mit Sandwiches, Mineralwasser und Thermoskannen mit Kaffee. Innen an der Tür hing ein handgeschriebenes Schild mit dem Hinweis, dass Teilnehmer sich Notizen für eine Diskussion machen konnten, sie aber vor dem Verlassen des Raumes in dem bereitgestellten Verbrennungsbehälter deponieren sollten. Dick Bissell, die Hemdsärmel aufgerollt, die Krawatte gelockert, hatte eineinviertel Stunden lang ohne Unterbrechung geredet. Jetzt zeigte er auf die Karte an der Wand und erklärte, wo sich die fünf Frachter mit der Brigade 2506 an Bord auf ihrem Weg zur Schweinebucht gerade befanden. «Wir haben D-Day minus drei», sagte er. «Flugzeuge der *Essex* im kubanischen Luftraum haben keine außergewöhnlichen Truppenbewegungen festgestellt. Wir haben die U-2-Flüge über Kuba nicht erhöht, damit Castro keinen Verdacht schöpft. Der einzige Flug an D-Day minus vier hat ebenfalls keine ungewöhnlichen Aktivitäten bemerkt.»

Ein Marineoberst in der ersten Reihe sagte: «Dick, die Fernmelder auf Swan Island haben einen deutlich erhöhten, chiffrierten Funkverkehr zwischen *Point One* und einigen Milizeinheiten auf der Insel registriert. Außerdem meldet das Pentagon erhöhten Funkverkehr zwischen der russischen Botschaft in Havanna und Moskau.»

Leo meldete sich zu Wort. «Und die kubanische Exilregierung in Miami meldet, dass letzte Nacht zwei kubanische Milizsoldaten mit einem Fischerboot nach Florida geflohen sind – die beiden gehören zum 312. Bataillon, das auf der Fichteninsel stationiert ist, und von ihnen wissen wir, dass für alle Soldaten bis auf weiteres jeder Urlaub gestrichen ist.»

Bissell nahm einen Schluck Wasser und sagte dann: «Wir wissen doch seit letztem Februar, dass der kubanische Generalstab für irgendwann Anfang April eine überraschende Übung geplant hat, um die Bereitschaft der Truppe zu überprüfen. Die Alarmbereitschaft hat doch sogar einen Codenamen.»

Leo sagte: «Operation Culebras.»

«Genau», sagte Bissell. «*Culebras*. Schlangen.»

«Bleibt immer noch der erhöhte russische Funkverkehr», warf Ebby von der zweiten Reihe aus ein.

«Der Funkverkehr zwischen russischen Botschaften in der ganzen Welt und Moskau unterliegt gewissen Schwankungen. Ich denke nicht, dass sich daraus irgendwelche Schlüsse ziehen lassen. Vielleicht hat ein russischer Chiffrierer in Havanna eine heiße Affäre mit einer Chiffriererin in Moskau.»

«Klingt nicht sehr überzeugend», murmelte Ebby.

Bissell fixierte ihn. «Wie würden Sie das denn deuten, Eb?»

Ebby blickte auf. «Es liegt in der Natur der Sache, dass sich jede noch so kleine nachrichtendienstliche Information unterschiedlich deuten lässt. Aber Tatsache ist, dass wir für jede Information, die uns vor JMARC zu warnen scheint, irgendwie eine einleuchtende Erklärung finden.»

Und damit war es für alle Anwesenden unübersehbar: Einer der angesehensten Offiziere aus der mittleren Führungsebene der *Company*, ein Veteran der gescheiterten CIA-Operationen Anfang der fünfziger Jahre, Agenten hinter den Eisernen Vorhang zu schleusen, einer, der für seine Leistungen in Budapest 1956 mit dem Verdienstorden ausgezeichnet worden war, hatte Zweifel.

Plötzlich wurde es still im Raum – so still, dass man hören konnte, wie sich ganz hinten eine Frau die Nägel feilte. Bissell sagte sehr leise: «Wollen Sie damit andeuten, dass wir nicht in der Lage sind, eine Operation kritisch zu beurteilen?»

«Ich glaube ja, Dick, ich glaube, genau das ist das Problem – die *Company* hat für Kuba die Verantwortung, und deshalb verteidigt sie alle Maßnahmen, anstatt sie zu kritisieren. Keiner fragt je, ob die Operation selbst nicht von Grund auf falsch ist.»

«D-Day minus drei ist ein bisschen spät für solche Einwände.»

«Ich habe die ganze Zeit über Einwände erhoben. Ich habe das Problem angesprochen, dass die so genannte Guerilla-Option wegfällt, wenn wir die Landung von Trinidad in die Schweinebucht verlegen. Ich habe schriftlich darauf hingewiesen, dass der Wunsch, das amerikanische Engagement bei der Invasion zu verschleiern, zu falschen Entscheidungen hinsichtlich des Materials geführt hat – wir benutzen alte, langsame Frachtschiffe mit begrenztem Stauraum unter Deck, wir benutzen antiquierte B-26-Bomber, die nicht von Florida, sondern von Stützpunkten in Mittelamerika aus starten und so weniger Zeit über dem Ziel haben. Aber vielleicht hätte ich diese Einwände ja noch deutlicher vertreten sollen.»

Ebby, den die Angst quälte, die *Company* könnte die kubanischen Freiheitskämpfer möglicherweise genauso behandeln, wie sie die Ungarn fünf Jahre zuvor behandelt hatte, schloss die Augen und massierte sich die Lider mit Daumen und Mittelfinger der rechten Hand.

Bissell wedelte mit der Hand durch die Luft, als belästige ihn ein Insekt. «Wenn das Ihre einzigen Bedenken sind –»

Ebby unterbrach ihn. «Nein, bei weitem nicht –»

«Mr. Ebbitt scheint zu vergessen, dass wir eine ähnliche Operation bereits in Guatemala durchgeführt haben», sagte eine junge Frau aus dem Propagandateam, die in der letzten Reihe saß.

Ebby wurde ärgerlich. «Seit wir Arbenz Guzmán los sind, herrscht in Guatemala pure Unterdrückung», sagte er, nach hinten gewandt. «Fragen Sie doch die *Campesinos*, ob wir erfolgreich waren. Fragen Sie sie, ob –»

Um die Gemüter zu beruhigen, sagte Bissell: «Okay, Eb. Dazu sind wir hier. Lassen Sie Ihre Einwände hören.»

«Zunächst einmal», begann Ebby, «ist es beileibe nicht sicher, ob das so genannte Guatemala-Modell in Kuba funktioniert. Castro wird nicht gleich die Flucht ergreifen wie Arbenz in Guatemala, bloß weil eine Brigade von Emigranten an einem seiner Strände gelandet ist. Der Mann ist aus härterem Holz geschnitzt. Man muss sich nur mal seinen Werdegang ansehen. Er ist mit einer Hand voll Guerilleros mit einem kleinen Boot nach Kuba gefahren, hat sich in die Berge geschlagen und alles überstanden, was Batista ihm entgegensetzen konnte. Und schließlich ist er in Havanna reinspaziert, als Batista die Nerven verlor und sich aus dem Staub gemacht hat. Castro ist heute zweiunddreißig, ein selbstbewusster und energischer Mann, mit treuen Anhängern im Militär und in der zivilen Infrastruktur.»

Ebby stand abrupt auf, ging zu einem der Tische und goss sich eine Tasse Kaffee ein. Hinter ihm herrschte Totenstille. Er tat Zucker in die Tasse, rührte mit einem Plastiklöffel um und wandte sich wieder Bissell zu. «Betrachten wir das Ganze mal aus einer anderen Perspektive, Dick. Selbst wenn die Invasion gelingt, wird die ganze Welt sie für das halten, was sie ist: eine CIA-Operation von Anfang bis Ende. Tatsache ist, dass JMARC der *Company* vermutlich auf Jahre hinaus schaden wird. Wir sind dazu da, um Geheimnisse auszukundschaften und sie zu analysieren. Basta. Wie kommen wir eigentlich dazu, die Invasion eines Landes zu planen, bloß weil den Kennedys der Mann an der Spitze ein Dorn im Auge ist? Für Invasionen sind schließlich immer noch die Armee, die Marines und die Luftwaffe zuständig.» Ebby öffnete den Mund, um noch etwas zu sagen, doch dann gab er mit einem Achselzucken auf.

Bissell hatte so heftig mit seinem Ehering herumgespielt, dass die Haut wund war. Etwas beklommen sagte er: «Jeder, der meint, wir hätten uns über all diese Fragen keine Gedanken gemacht, unterschätzt uns. Was Sie sagen, Eb – was wir uns selbst auch schon zigmal gesagt haben –, läuft doch nur darauf hinaus, dass alles, was wir tun, riskant ist, egal was. Es ist riskant, kein Risiko einzugehen. Es ist riskant, den Invasionsort in die Schweinebucht zu verlegen. Es ist riskant, veraltete B-26 zu benutzen. Wir an der Spitze haben die Aufgabe, eben diese Risiken abzuwägen. Und Sie können mir glauben, das haben wir getan.» Bissells Stimme klang heiser. Er trank einen Schluck Wasser, dann nahm er Haltung an wie ein Soldat auf dem Exerzierplatz. «Eines will ich Ihnen sagen – ich befürworte den Gebrauch von Macht für legitime Zwecke. Die Welt von Castro und das kubanische Volk von der kommunistischen Unterdrückung zu befreien, das sind eindeutig legitime Zwecke. Und deshalb werden wir jetzt handeln und unseren kleinen Krieg neunzig Meilen vor der Küste Floridas gewinnen.»

Der Oberst des Marine Corps fuchtelte mit der Faust in der Luft. Rund ein Dutzend Leute im Raum applaudierten sogar. Bissell blätterte verlegen in seinen Notizen. «Jetzt möchte ich ein Wörtchen zu den chiffrierten Falschmeldungen sagen, die wir von Swan Island aus senden werden ...»

Später am Tag lief Ebby auf der Herrentoilette zufällig Tony Spink über den Weg. Sein alter Chef aus Frankfurter Tagen war jetzt für die Luftunterstützung von Rebellen in den kubanischen Bergen zuständig, und er sagte zu Ebby, dass Bissell und seine Leute sich ihrer Sache so sicher schienen, dass er allmählich den Verdacht hatte, ob es nicht noch einen Aspekt in der Sache JMARC gab, von dem er nichts wusste, irgendetwas, das ausschlaggebend dafür war, die Operation durchzuziehen.

«Wovon reden wir hier eigentlich?», überlegte Ebby, «was könnte deiner Meinung nach den Ausschlag geben?»

«Vielleicht hat Kennedy Bissell insgeheim zu verstehen gegeben, dass er bereit wäre, amerikanische Truppen zu schicken, falls sich abzeichnet, dass Castro die Oberhand gewinnt.»

Ebby dachte einen Moment darüber nach. «Möglicherweise *spekuliert* Bissell darauf, dass Kennedy angesichts einer bevorstehenden Niederlage klein beigibt und die Skyhawks einsetzt», sagte Ebby. «Aber falls Bissell das tatsächlich glaubt, macht er sich was vor. Wieso sollte Kennedy sich die ganze Mühe machen, eine sündhaft teure *verdeckte* Operation zu starten, wenn er am Ende doch vorhätte, sie mit einer *offenen* Intervention zu retten? Das ergibt doch einfach keinen Sinn.»

«Du hast sicher Recht», sagte Spink. «Es muss sich um etwas anderes handeln, etwas wie beispielsweise ...» Spink, der sich bereits darauf freute, bald in den Ruhestand gehen zu dürfen, legte nachdenklich das Gesicht in Falten. «Hast du nicht für Torriti in Berlin gearbeitet, bevor du in die Frankfurter Dienststelle gekommen bist?», fragte er.

«Ja», bestätigte Ebby, «bis ich eine Bemerkung über seinen Alkoholkonsum gemacht habe.»

«Und was macht der Zauberer dann bitte schön hier in Washington?», fragte Spink und beantwortete die Frage gleich selbst: «Er leitet irgendeine Unterabteilung, die Gruppe D heißt und sich angeblich mit Abfangen und Auswerten von Funksprüchen befasst. Aber Ende des Krieges war er der Verbindungsmann zur sizilianischen Mafia», erinnerte er sich.

Ebby verstand, worauf er hinauswollte. Er lächelte düster. «Nein», sagte er. «Das kann nicht sein. Selbst Bissell würde das nicht wagen. Kannst du dir vorstellen, was hier los wäre, wenn das irgendwie durchsickern würde? Niemals.»

Spink zog viel sagend die Brauen hoch. «Vielleicht doch.»

«Nie im Leben.»

Aber der Gedanke setzte sich in Ebbys Kopf fest und ließ ihn nicht mehr los.

Als er spätabends in das kleine Haus zurückkehrte, das er und Elizabet in Arlington gemietet hatten, saß seine Frau im Wohnzimmer auf der Couch, einen Scotch in der Hand, die halb leere Flasche vor sich auf dem Boden. Ebby zog sein Jackett aus und setzte sich müde neben sie.

«Weißt du, was heute passiert ist?», fragte Elizabet. «Die Schule hat mich angerufen. Nellie hat sich schon wieder geprügelt. Diesmal mit einem Jungen, der ein Jahr älter und einen Kopf größer ist als sie, aber das hat sie nicht abgeschreckt. Der Schulleiter hat mich gewarnt. Wenn sie noch mal eine Prügelei anfängt, will er die Polizei einschalten. Mein Gott, Elliott, er hat über sie geredet, als wäre sie eine Kriminelle.» Elizabet lachte nervös. «Sie bringt es noch zur ersten steckbrieflich gesuchten Elfjährigen. Sie hat mir gesagt, der Junge hätte sie als dreckige Kommunistin bezeichnet, weil sie aus Ungarn kommt. Und da hat sie ihm eine verpasst. Was soll ich nur mit ihr machen, Elliott? Sie kann doch nicht durchs Leben gehen und einfach jedem eine verpassen, der für sie ein rotes Tuch ist?»

Ebby sagte verbittert: «Wieso nicht? Unsere Regierung tut's doch auch.»

Die kalte Wut in seiner Stimme ließ Elizabet aufmerken. «Elliott, ist irgendwas passiert? Was ist los?»

«Ich kann nicht drüber reden.»

«Wieder eins von deinen gottverdammten Geheimnissen?»

Er antwortete nicht.

«Wie ernst ist es denn?»

«Die Leute, für die ich arbeite, planen etwas, das mit Sicherheit scheitern wird, und ich will nichts damit zu tun haben. Ich habe beschlossen, meine Kündigung einzureichen. Den Brief habe ich schon fertig. Morgen überreiche ich ihn Dulles persönlich.»

«Du solltest noch mal drüber schlafen, Elliott.»

«Das wird auch nichts ändern. Ich muss aus Protest gegen ihre Pläne kündigen. Wenn es sich rumspricht, folgen andere vielleicht meinem Beispiel. Und vielleicht, nur vielleicht, können wir Bissell aufhalten –»

«Wenn es um Bissell geht, heißt das, wir reden über Kuba. Das heißt, die Exilkubaner, die wir in Guatemala ausbilden, sollen aktiv werden. O Gott, die planen eine Invasion!» Sofort musste Elizabet an den Ungarnaufstand denken. «Wird Kennedy amerikanische Flugzeuge zu ihrer Unterstützung schicken?»

«Damit rechnet Bissell wahrscheinlich. Er denkt, er kann Kennedy dazu zwingen.»

«Und was denkst du?»

«Ich denke ... ich denke, dass es wieder wie damals in Ungarn sein wird.

Menschen nehmen große Gefahren auf sich, und auf einmal merken sie, dass sie ganz allein dastehen, und am Ende sind viele von ihnen tot.»

Am nächsten Morgen war Ebby noch immer fest entschlossen, aus Protest seine Kündigung einzureichen. Die CIA schickte nach wie vor Angehörige anderer Staaten für amerikanische Interessen in den Krieg und schaute in der sicheren Festung Amerika erwartungsvoll zu, wie viele von ihnen wohl überleben würden. Um zehn Uhr schritt Ebby an zwei Sekretärinnen und einem Wachmann vorbei und trat durch die halb geöffnete Tür in Dulles' geräumiges Büro. Der DCI, der angespannter als sonst aussah, saß über seinen Schreibtisch gebeugt und las ein Porträt von sich, das im *New York Times Magazine* erscheinen sollte. «Ebbitt», sagte er, als er aufblickte, ohne einen Hehl aus seiner Verärgerung zu machen; nur die wenigen *Deputy Directors* sowie der Leiter der Gegenspionage, Jim Angleton, durften das Allerheiligste des DCI betreten, ohne anzuklopfen.

«Director, das hier wollte ich Ihnen persönlich geben», sagte Ebby und legte ihm einen Umschlag auf den Schreibtisch.

«Was ist das?»

«Meine Kündigung.»

Dulles zog das Schreiben aus dem Umschlag und las es rasch durch. Dann faltete er es wieder zusammen und klopfte ungeduldig damit auf die Tischplatte. Mit finsterer Miene sagte er: «Ich weigere mich, Ihre Kündigung zu akzeptieren. Und es gefällt mir nicht, wenn Leute das Schiff verlassen, kurz bevor wir in die Schlacht ziehen.»

«Ich habe wirklich nicht verdient, dass –», setzte Ebby an.

Dulles fiel ihm ins Wort. «Es gibt zwei Möglichkeiten, Ebbitt. Erstens: Die Sache wird ein Erfolg, und dann würde Ihre Kündigung ziemlich töricht wirken. Zweitens: Die Sache wird ein Fehlschlag. Wenn das passiert, wird Kennedy nicht etwa Eisenhower die Schuld geben, weil er JMARC angeleiert hat, oder sich selbst, weil er den Ort, wo die Landung stattfinden soll, hat verlegen lassen. Kennedy wird der CIA die Schuld geben, und so muss es auch sein. Irgendjemand muss als Schuldiger herhalten, und dieser Jemand kann nun mal nicht der Präsident sein. Also müsste ich meinen Hut nehmen. Und auch Dick Bissell. Die Presse wird danach schreien, dass Köpfe rollen. Der Kongress wird einen Untersuchungsausschuss auf uns ansetzen, um herauszufinden, wo wir Mist gebaut haben; und es wird niemanden scheren, dass wir Mist bei dem Versuch gebaut haben, den Kommunismus in unserer Hemisphäre und anderswo zu bekämpfen. Falls JMARC ein Debakel wird, braucht die *Company* Leute wie Sie, die die

Trümmer aufsammeln, die retten, was zu retten ist, die sich weiter der mühsamen und oft gefährlichen Aufgabe widmen, dieses Land zu verteidigen. Gott helfe den Vereinigten Staaten von Amerika, wenn die CIA just auf dem Höhepunkt des Kalten Krieges fertig gemacht wird. Amerika braucht eine Verteidigungslinie an vorderster Front, ganz gleich, wie unvollkommen sie auch sein mag. Haben Sie gehört, Ebbitt?»

«Jedes Ihrer Worte, Director.»

«Schön. Dann vergessen Sie sie nicht.» Er gab Ebby die Kündigung zurück. «Und jetzt raus aus meinem Büro und an die Arbeit.»

«Ich würde furchtbar gern, ehrlich, aber es ist einfach nicht möglich.»

Die Stimme der Frau am anderen Ende der Leitung sagte: «Bisher war es doch möglich.»

«Du musst das verstehen», sagte der Mann eindringlich. «Wir können einfach nicht so oft zusammen sein, wie wir möchten. Schon gar nicht hier. Hier sind wir wie auf dem Präsentierteller. Moment mal, ja?» Er hatte wohl die Hand auf die Sprechmuschel gelegt, weil seine Worte gedämpft klangen. Sie meinte, ihn sagen zu hören: «Sag ihm, ich kann jetzt nicht ans Telefon kommen. Sag ihm, ich muss drüber nachdenken. Dann sieh zu, dass Bobby herkommt. Mach ihm klar, dass es wichtig ist.» Die Stimme des Mannes war wieder laut und klar. «Bist du noch dran?»

«Klar, ich steh doch immer für dich auf Abruf parat –»

«Das ist nicht fair, und das weißt du.»

«Was macht dein Rücken?»

«Hält sich zurzeit ganz friedlich. Jacobson ist vorgestern aus New York eingeflogen und hat mir eine von seinen Wohlfühlspritzen verpasst.»

«Ich mach mir deinetwegen Sorgen. Ich mach mir Sorgen, ob es gut ist, wenn du dauernd diese Amphetamininjektionen kriegst.»

«Jacobson ist Arzt. Er weiß schon, was er tut. Hör mal, Samstagabend muss ich nach New York zu einem Bankett.»

«Kommt deine Frau mit?», fragte die Frauenstimme am anderen Ende der Leitung.

«Sie hasst diese politischen Veranstaltungen. Sie will mit den Kindern übers Wochenende nach Hyannisport zu meinen Eltern.»

«Soll ich dann vielleicht nach New York kommen?»

«Das wollte ich gerade vorschlagen, Judy. Ich lass unter deinem Mädchennamen ein Zimmer für dich im *Carlyle* reservieren.» Er räusperte sich. «Ist Sal in der Nähe?»

«Im Wohnzimmer mit seinen Freunden.»

«Kannst du ihn mal ans Telefon rufen? Aber sag vor den anderen nicht, wer am Apparat ist.»

«Ich bin doch nicht von gestern. Bleib dran, ja? Und bis Samstag.»

Nach einer Weile hörte man die Schritte eines schweren Mannes näher kommen.

«Hallo, Jack, wie geht's?»

«Ordentlich. Wie ist das Wetter in Chicago?»

«Windig wie immer. Nächstes Wochenende fahre ich nach Vegas – Mr. Voice ist auch da. Frank würde sich riesig freuen, wenn du auch kämst.»

«Im Augenblick habe ich leider wenig Zeit für Freunde. Aber ich habe nicht vergessen, wer meine Freunde sind. Hast du die Tasche bekommen, Sal?»

«Judy hat sie mir direkt gegeben, als sie aus dem Zug stieg. Danke, Jack.»

«Hör mal, Sal, wie steht's denn mit dieser anderen Angelegenheit?»

«Du meinst die Sache, um die der Dicke mich gebeten hat?»

Jack war verwirrt. «Welcher Dicke?»

Sal lachte. «Der Sizilianisch spricht und saufen kann, ohne betrunken zu werden. Keine Ahnung, wie er das macht.»

Der Groschen fiel. «Ja, ich weiß, wen du meinst.»

«Also, was diese Sache angeht – die ist geritzt, Jack.»

«Bist du sicher? Ich muss Entscheidungen treffen. Und es hängt enorm viel davon ab.»

«Was heißt hier sicher? *Sicher* sind nur zwei Dinge, mein Freund, der Tod und die Steuern.» Sal lachte laut auf. «He, Spaß beiseite, Jack, die Sache ist unter Dach und Fach.»

«Für wann?»

«Kann jeden Tag passieren.»

«Ich kann mich also drauf verlassen?»

Sal klang beleidigt. «Jack, Jack, würd ich dir denn bei so 'ner Sache was vormachen?»

«Es steht viel auf dem Spiel.»

«Es steht immer viel auf dem Spiel, Jack. Überall. Andauernd.»

«Alles klar.»

«Sicher. Und hast du eigentlich mitgekriegt, dass die verdammten Russen diesen Astronauten Gagarin ins Weltall katapultiert haben?»

Jack erwiderte sarkastisch: «Ich hab hier Leute, die mich über so was auf dem Laufenden halten, Sal.»

«Ich weiß nicht ... das scheint dich ja nicht sonderlich zu jucken. Ich hätte gedacht, wir Amerikaner hätten so 'ne Erdumkreisung schneller hingekriegt als die Russen. Ganz schöne Blamage für uns.»

«Wenn du die Sache erledigt hast, über die wir gesprochen haben, Sal, ist Chruschtschow am Ende der Blamierte.»

«Keine Sorge. Übrigens, was hab ich da gehört? Dein Bruder will Jimmy Hoffa fertig machen?»

«Wo hast du denn das aufgeschnappt?»

«Hat mir ein Vögelchen ins Ohr gezwitschert. Hör zu, Jack, mir ist es schnurzegal, was er mit Hoffa macht, Hauptsache, er hält sich an den Deal, den dein Vater und ich ausgehandelt haben. Dein Bruder kann von mir aus ganz Detroit auf den Kopf stellen. Aber Chicago ist tabu.»

«Lass dir wegen Bobby keine grauen Haare wachsen, Sal.»

«Schön, das zu hören. Ich bin erleichtert, Jack. Ehrlich.»

Jack lachte leise. «Grüß Frank von mir, wenn du ihn siehst.»

«Mach ich. Lass dir keine grauen Haare wachsen, Jack.»

«Bis dann, Sal.»

«Ja. Alles klar. Bis dann.»

Arturo Padrón radelte auf seiner chinesischen «Fliegenden Taube» durch heruntergekommene Gassen in Havannas Stadtzentrum und bog auf die Straße hinter dem Hotel *Libre* ein, wo bis zu Castros Machtübernahme reiche Kubaner logiert hatten. Inzwischen hatten sich in den Häusern, die etwas zurückversetzt von der Straße standen und aussahen wie ans Ufer gespülte Schiffswracks, Obdachlose eingenistet, die einfach weiterzogen, wenn die Dächer einstürzten. Die Veranden sackten in das wuchernde Gestrüpp der Gärten, wo sich streunende Katzen tummelten. Unmittelbar hinter dem einst vornehmen Hotel kettete Padrón, ein Mann in mittleren Jahren, dem das leicht schüttere Haar über seine großen Ohren fiel, sein Fahrrad an einen rostigen Eisenzaun. Dann ging er durch den Personaleingang, stieg eine lange Treppe hinunter und kam in den Umkleideraum. Er schloss seinen Spind auf und zog rasch die braune Uniform mit den schwarzen Schuhen an. Die Schuhe waren ihm zu eng und quietschten beim Gehen, aber man hatte ihm ein neues Paar versprochen, wenn die nächste Lieferung kam. Er band sich noch die schwarze Fliege, als er schon auf dem Weg nach oben in die Küche neben dem Hotel-Café war, durch die breite Schwingtür trat und den vier Köchen, die schwitzend an dem gewaltigen Gasherd standen, eine knappe Begrüßung zurief. Einer von ihnen, ein alter Mann, der schon im *Libre* gearbeitet hatte, als es noch das *Havanna Hilton* war, starrte Padrón an, als wollte er ihm etwas sagen. Dann deutete er mit dem Kinn auf die Tür zum Büro des Managers. Padrón hob beide Handflächen, als wollte er fragen, *Was ist denn?* Genau in dem Augenblick öffnete sich die Bürotür, und zwei Polizisten in grüner Uniform winkten ihm hereinzukommen. Padrón überlegte kurz, ob er fliehen sollte. Doch als er über die Schulter blickte, sah er zwei weitere Polizisten durch die Tür hinter ihm treten. Padrón zwang sich zu einem arglosen Grinsen und schlenderte an den beiden Polizisten vorbei in das Büro. Er hörte die Tür hinter sich zufallen. Ein elegant gekleideter Mann mit akkurat gestutztem Bart stand hinter dem Schreibtisch des Managers.

«Padrón, Arturo?», fragte er.

Padrón wischte sich mit dem Handrücken einen Schweißtropfen von der Stirn. «Der bin ich. Padrón, Arturo.»

«Du hast einen Vetter namens Jesús, der ein Criscraft-Kabinenboot mit Doppelmotor besitzt, das im Hafen Cojímar liegt. Es ist bekannt, dass er gegen Geld Kubaner nach Miami bringt.»

Padrón spürte einen stechenden Schmerz in der Brust, eine plötzliche Atemnot. Er hatte Fotos von dem Mann hinter dem Schreibtisch in der Zeitung gesehen. Er war niemand anderes als Manuel Piñeiro, der Chef der Geheimpolizei. «Mein Vetter hat ein Boot, *Señor*», sagte er. «Was er damit macht, weiß ich nicht.»

Piñeiro krümmte einen Zeigefinger, Padrón bekam von einem Polizisten einen Stoß in den Rücken und trat mit quietschenden Schuhen vor. «Dein Vetter Jesús hat gestanden, dass er Anweisung bekommen hat, an jedem Abend dieser Woche in der Nähe seines Telefons zu bleiben und auf ein Signal zu warten. Wenn dann ein Anrufer einen bestimmten Satz aus dem Korintherbrief zitieren würde – *Und wenn die Posaune einen undeutlichen Ton gibt, wer wird sich zum Streit rüsten?* –, sollte er sofort mit seinem Boot zum Strand von Miramar fahren, nur wenige Fahrradminuten von hier entfernt, und dich dort abholen. Anschließend sollte er dich nach Miami bringen. Dafür sollte er zwölftausendfünfhundert amerikanische Dollar bekommen.»

Inzwischen war alles Blut aus Padróns Gesicht gewichen.

«Ich bin kein frommer Mensch», fuhr Piñeiro in beruhigend freundlichem Tonfall fort, «auch wenn ich in meiner Jugend so manchen Gottesdienst besuchen musste, meinen Großeltern zuliebe. Ich erinnere mich an einen anderen Satz aus der Bibel, und zwar aus dem Buch des heiligen Matthäus: *Weh dem Menschen, durch welchen des Menschen Sohn verraten wird! Es wäre ihm besser, dass derselbe Mensch nie geboren wäre.*»

Sein Ton verhärtete sich. «Leer deine Taschen aus!»

Mit zitternden Fingern tat Padrón wie geheißen. Piñeiro schob die einzelnen Gegenstände mit spitzen Fingern auseinander: ein Taschenmesser, ein bisschen Wechselgeld, ein paar Kaugummistreifen, ein zerknülltes Taschentuch, zwei Stück Zucker in der auffälligen braunen Papierverpackung des Cafés, eine ungeöffnete Packung russische Zigaretten, eine Streichholzschachtel, eine Armbanduhr ohne Band, ein Lotterielos, ein Fahrradschlüssel, ein halb volles Fläschchen Aspirin von Bayer, ein Foto von einem Kind im Bettchen und ein anderes von einer Frau mit teilnahmslosen Augen, ein Ausweis mit einem Foto von einem jüngeren und schlankeren Padrón.

«Ich werde dir jetzt einige Fragen stellen», erklärte Piñeiro dem Kellner, der auf der Unterlippe kaute. «Frage eins: Wie viel Geld solltest du für die Ermordung Fidel Castros bekommen?»

«Ich weiß von nichts», stieß der Kellner hervor. «Ich schwöre beim Grab meiner Mutter. Ich schwöre beim Leben meines Sohnes.»

«Frage zwei: Wer hat dir den Befehl gegeben?»

«Ich hab keinen Befehl bekommen –»

«Frage drei: Wer in Havanna ist mit an der Verschwörung beteiligt?»

«Gott ist mein Zeuge, es gibt keine Verschwörung.»

Piñeiro reagierte mit einem nachdenklichen Lächeln auf diese Beteuerungen. Er nahm das Aspirinfläschchen, schraubte den Deckel ab und schüttete den Inhalt auf den Schreibtisch. Dann klappte er Padróns Taschenmesser auf und schob damit die Tabletten hin und her. Zunächst konnte er keinen Unterschied erkennen. Er blickte auf, sah das Entsetzen in den Augen des Kellners und nahm die Tabletten eine nach der anderen erneut unter die Lupe. Dann sagte er plötzlich «Aha!» und schob eine Tablette zur Seite, dann noch eine und dann noch eine. Schließlich richtete er sich auf, sah dem Kellner in die Augen und sagte: «Es wäre besser für dich, du wärest nie geboren.»

Padrón begriff, dass dieses Urteil schlimmer war als der Tod.

Als Piñeiro den beiden Polizisten ein Zeichen gab, schoss Padróns Hand vor. Er griff eine der drei Tabletten und stopfte sie sich in den Mund. Mit einem tiefen Schluchzen biss er fest darauf. Die Polizisten packten ihn und drehten ihm die Arme auf den Rücken, doch da wurde sein Körper schon schlaff. Sie hielten ihn einen Moment lang fest, dann ließen sie den Leichnam zu Boden gleiten und sahen ängstlich ihren Chef an.

Piñeiro räusperte sich: «Das erspart uns die Mühe, ihn hinzurichten», sagte er.

Mit verrutschtem, whiskeybeflecktem Schlips und einem Hemd, das er seit Tagen nicht gewechselt hatte, stand der Zauberer in der Kuba-Kommandozentrale über den *United-Press*-Ticker gebeugt und sichtete die eingehenden Meldungen. «Irgendwas aus Havanna?», rief Dick Bissell von seinem Platz vor der großen Landkarte herüber, auf der die fünf Frachter mit der Brigade an Bord inzwischen nur noch ganz wenig von der kubanischen Küste entfernt waren.

«Der übliche Wochenendmist!», rief Torriti zurück, und Bissell begann erneut, hektisch auf und ab zu tigern.

Die Uhr an der Wand tickte nervenzerreißend laut; der große Zeiger schien eine Folge von dumpfen Detonationen auszulösen mit jeder Minute, die er sich zwölf Uhr mittags näherte, dem letztmöglichen Zeitpunkt, an dem der Präsident laut Bissell die Invasion noch abbrechen konnte.

Am Vortag hatte JMARC einen lausigen Auftakt gehabt, wie aus den Berichten hervorging, die nach dem ersten Angriff gegen Castros drei wichtigste Luftwaffenstützpunkte eingingen. Die Fotos, die das Pentagon nach einem U-2-Flug herüberschickte, bestätigten, dass nur fünf kubanische Flugzeuge zerstört worden waren. Außerdem machte Adlai Stevenson, der amerikanische Botschafter bei den Vereinten Nationen, Außenminister Rusk wüste Vorwürfe, man habe ihn wie einen Volltrottel aussehen lassen. Als die Russen nämlich wegen des Angriffs auf Kuba scharf protestierten, hatte Stevenson Fotos der beiden B-26 vorgelegt, die in Miami gelandet waren, und beteuert, dass desertierte Piloten aus Castros Luftwaffe für die Angriffe verantwortlich seien und nicht etwa von Amerika unterstützte Exilkubaner. Diese Erklärung, die Stevenson aufgrund höchst vager Informationen von der CIA wirklich geglaubt hatte, wurde rasch widerlegt, als Journalisten die verräterischen Metallnasen der beiden B-26 in Miami auffielen. Castros B-26 hatten nämlich bekanntermaßen Kunststoffnasen. Stevenson kochte, weil er von der eigenen Regierung «vorsätzlich hinters Licht geführt worden war», und richtete seinen Zorn gegen Rusk. Noch am Sonntagmorgen waren die Schockwellen dieses Skandals zu spüren.

Ebby und Leo gossen sich Kaffee ein und schlenderten aus dem Hauptraum in Leos kleines Büro. «Ich wollte schon kündigen wegen dieser Sache», gestand Ebby seinem Freund und ließ sich erschöpft auf einen Stuhl sinken. «Ich hab Dulles sogar meine Kündigung überreicht.»

«Und dann?»

«Hat er mir ziemlich deutlich zu verstehen gegeben, dass das nicht der richtige Moment sei, das sinkende Schiff zu verlassen.»

Leo schüttelte den Kopf. «Ich weiß nicht, Ebby – JMARC könnte doch ein Erfolg werden.»

«Das wäre das reinste Wunder.»

Leo senkte die Stimme. «Die Nachricht, auf die Bissell aus Havanna wartet – die könnte alles entscheiden.»

Ebby trank einen Schluck Kaffee. «Gibt es dir eigentlich nicht zu denken, dass die Vereinigten Staaten von Amerika, die mächtigste Nation der Welt, das streitbare Oberhaupt eines kleinen Inselstaates ermorden lassen wollen, bloß weil der seinen Yankee-Nachbarn eine lange Nase dreht? Das ist doch ein klassischer Fall von Mücke und Elefant, Herrgott noch mal.»

Leo zuckte die Achseln. «In meiner Gehaltsklasse macht man sich keine Gedanken um moralische Spitzfindigkeiten.»

«Es scheint ganz so, als würde man sich in keiner Gehaltsklasse darum Gedanken machen», konterte Ebby.

Draußen im Hauptraum klingelte das rote Telefon. Sämtliche Gespräche erstarben abrupt, und alle Köpfe fuhren herum. Der Zauberer ließ den *UP*-Ticker aus den Augen und kam näher, Ebby und Leo sprangen auf. Mit mühsamer Selbstbeherrschung ging Bissell langsam zum Telefon, hielt kurz inne und hob dann den Hörer ab.

«Bissell», sagte er.

Er lauschte eine Weile. Allmählich entspannte sich seine Miene. «Richtig, Mr. President», sagte er. «Darauf können Sie sich verlassen. Danke, Mr. President.» Dann legte er auf, ließ den Blick über seine Mitarbeiter wandern und hob beide Daumen in die Höhe.

«Na, was hat er gesagt?», fragte Torriti.

«Er hat gesagt: ‹Es kann losgehen!›» Bissell lachte. Und dann drehte er auf. «Also, los geht's. Leo, schicken Sie das codierte Signal an die *Essex* und an Jack McAuliffe auf dem Frachter.»

Und dann sprachen alle durcheinander, und es brach hektische Betriebsamkeit aus. Am späten Nachmittag war ein revidierter Zielbefehl verschlüsselt an die CIA-Basis in Retalhuleu geschickt worden, wo die B-26 gerade mit Bomben und Munition für den wichtigen zweiten Luftangriff bestückt wurden.

Am frühen Abend nahm Bissell einen Anruf von Dean Rusk entgegen, und die beiden plauderten eine Weile über Adlai Stevenson. Bissell erwähnte, dass die Planung des entscheidenden zweiten Luftangriffs so gut wie abgeschlossen sei. Rusk schwieg einen Augenblick und sagte dann: «Darüber muss ich noch mit Ihnen sprechen.»

Bissell war verwundert. «Wieso denn das?»

«Ich werde den Präsidenten in Glen Ora anrufen, wo er das Wochenende verbringt», erklärte Rusk. «Es gibt einige Bedenken, ob der zweite Angriff wirklich klug wäre.»

«Der ist schon genehmigt –»

«Ich rufe Sie gleich wieder an», wehrte Rusk ab. Wenige Augenblicke später meldete er sich erneut und teilte mit, dass der Präsident angesichts des Fiaskos bei den Vereinten Nationen beschlossen habe, den zweiten Angriff abzusagen. Es werde keine Luftangriffe mehr geben, erklärte der Außenminister, bis die Brigade die Start- und Landebahn in der Schweinebucht eingenommen habe und Amerika glaubwürdig argumentieren könne, die B-26 würden von kubanischem Boden aus starten.

Rusks Erklärung entfachte in der Kommandozentrale einen Sturm der Entrüstung. Ebby sprach für diejenigen, die der Ansicht waren, dass die CIA die Brigade im Stich lasse. «Es wäre ein Verbrechen, die Landung unter diesen Bedingungen durchzuziehen», schrie er und schlug mit der Faust gegen die Wand. «Den ersten Luftangriff haben sie von sechzehn B-26 auf sechs gekürzt. Jetzt wird der zweite ganz gestrichen. Die Brigade hat nicht den Hauch einer Chance, wenn Castro sie in der Schweinebucht aus der Luft angreifen kann.»

Es gab hitzige Auseinandersetzungen, ungeachtet der Rangordnung tat jeder lautstark seine Meinung kund. Mitarbeiter ließen alles stehen und liegen, um dem Fortgang der Debatte zu folgen. Letztendlich führten die Gespräche zu nichts: Die meisten Anwesenden teilten Bissells Meinung, dass die Würfel längst gefallen seien; es sei zu spät, um die Schiffe, die in diesem Augenblick hinter zwei US-Zerstörern in die Schweinebucht vorrückten, noch zurückzurufen.

Bissell versuchte, der Situation noch etwas Gutes abzugewinnen. Es bestand immerhin die Möglichkeit, dass die Mehrzahl von Castros Kampfflugzeugen neutralisiert worden war. Einige T-33 mochten zwar noch einsatzfähig sein, aber die T-bird, wie die T-33 auch genannt wurde, war eine relativ lahme Ausbildungsmaschine – die CIA war nicht mal sicher, ob sie überhaupt Waffen an Bord hatte. Außerdem war der Präsident ja nicht dumm. Er hatte für die Operation grünes Licht gegeben, und das hieß doch, dass er letztlich nachgeben und Jets von der *Essex* eingreifen lassen würde, falls Castros Flugzeuge über den Stränden auftauchten.

«Und was, wenn Kennedy nicht nachgibt?», wollte Ebby wissen.

Bissell wandte sich ab und schritt wieder, mit hängenden Schultern, durch den Raum. «Irgendwelche Meldungen im Ticker?», rief er dem Zauberer zu, der wieder am Fernschreiber stand.

Torriti trat gegen den Karton zu seinen Füßen, in dem sich die langen Papierstreifen sammelten. «Noch nichts», murmelte er.

«Verdammt, was haben Sie gesagt?»

«NOCH NICHTS!», brüllte Torriti aus vollem Hals.

Kurz vor Mitternacht nahm Bissell einen weiteren Anruf des höchst nervösen Außenministers entgegen. Der Präsident wollte wissen, wie die Dinge standen, sagte Rusk. Bissell verglich die Codewörter auf dem schwarzen Brett mit den operativen Codes, die an einer weiteren Tafel aufgehängt waren. Die Froschmänner der Brigade waren an Land gegangen und hatten begonnen, den Weg mit blinkenden Landungslichtern zu markieren. Die erste Welle würde in fünfzehn Minuten zu den als Rot und Blau bezeichneten Strandabschnitten aufbrechen. In der Morgendämmerung würden die 1453 Männer der Brigade an Land sein.

Rusk murmelte, dass die fünf Handelsschiffe bei Sonnenaufgang außer Sicht sein müssten. Dann, wie einen Nachsatz, fügte der Außenminister noch hinzu, Kennedy wollte absolut sichergehen, dass kein Amerikaner mit den Kubanern zusammen an Land ging.

Bissell konnte ihn beruhigen. Amerikaner mit an Land zu schicken, wäre nun wirklich das Letzte, was er tun würde.

6

SCHWEINEBUCHT, MONTAG, 17. APRIL 1961

Die Männer in der ersten Angriffswelle schnallten die Patronengurte quer über die Brust, neigten dann die Köpfe und bekreuzigten sich, während der Brigadegeistliche sie und ihren Feldzug segnete. Dann begannen die Kubaner des Sechsten Bataillons über die Strickleitern hinunter in die Landungsboote zu klettern, die unten neben der *Río Escondido* schaukelten. Zwei größere, mit Panzern und Lastwagen beladene Landungstransporter stampften vorbei, und die Dünung schlug gegen ihren stumpfen Bug.

Jack trug Tarnkleidung und Springerstiefel. Er hatte eine .45er umgeschnallt, und sein salzverkrusteter Kosakenschnurrbart zitterte in den Windböen, als er als Letzter auf die Leiter stieg. Er hatte diesen Coup schon seit Wochen geplant. Es war ihm nach der langen Zeit mit Roberto Escalona und der Brigade einfach unmöglich, jetzt auf dem Frachter zu bleiben und die Invasion durchs Fernglas zu beobachten.

Im Landungsboot packte eine Hand Jacks Arm. «*Hombre*, was hast du vor?», fragte Roberto Escalona.

«Ich gehe mit euch an Land», sagte Jack.

«Nein», sagte Roberto. «Versteh mich nicht falsch. Ich bin dir dankbar für deine Hilfe, aber das hier ist unsere Sache.»

«Du kannst sicher sein, dass ich euch das allein durchziehen lasse», sagte Jack. «Ich will mich nur am Strand ein bisschen umsehen, um einen Bericht aus erster Hand nach Washington schicken zu können. Dann bin ich schon wieder weg.»

In der Dunkelheit knurrte Roberto zustimmend. Einige Männer, die Jack kannten, begrüßten ihn leise auf Spanisch, und sie schienen nicht traurig darüber, dass er mitkam. Roberto winkte den Matrosen zu, seine Leute stießen das Landungsboot von der Bordwand des Frachters ab, und sie nahmen Kurs auf die blinkenden roten Lichter am Ufer.

Jack kauerte zwischen den Kubanern und hörte zu, wie sie sich angespannt unterhielten. Er blickte über die Schulter und sah Roberto neben dem Steuermann stehen, mit einer Hand die Augen gegen die Salzgischt schützend. Roberto zeigte nach rechts, und der Steuermann manövrierte das Boot auf das blinkende rote Licht am Ende der Steinmole zu. «Noch hundert Meter», rief Roberto über die klatschenden Wellen und den Wind hinweg.

Plötzlich ertönte unter dem Boot ein entsetzliches Knirschen. Messerscharfe Korallen schlitzten den Doppelrumpf auf. Der Mann neben Jack schnappte keuchend nach Luft und griff sich an den Fuß, als das Boot jäh nach vorn kippte und stoppte. Jemand knipste eine Taschenlampe an und richtete sie auf den stöhnenden Mann. Vom Schock betäubt, blickte der Soldat auf den Stumpf seines Fußes, den ihm die messerscharfen Korallen über dem Knöchel amputiert hatten. Blut schoss aus der offenen Wunde. Etwas weiter lag ein Springerstiefel, aus dem rohes Fleisch hervorquoll. Ein Sanitäter riss sich seinen Gürtel ab und band damit straff das Bein ab, aber der Blutstrom hielt unvermindert an. Um sie herum füllte sich der Rumpf langsam mit Meerwasser. Roberto stieß einen gepressten Fluch aus. «Eure Leute haben geschworen, der Fleck auf den Fotos wäre Seegras, kein Riff», schrie er Jack ins Ohr.

«Verflucht noch mal, stell den verdammten Motor ab», schrie Jack dem Steuermann zu.

Roberto befahl seinen Männern: «Schnell über Bord. Es sind höchstens achtzig Meter bis zum Strand – das Wasser kann nicht tief sein.»

«*Qué haremos con él?*», fragte der Sanitäter, der noch immer den Gürtel um den Beinstumpf festhielt, doch im selben Moment sackte der Soldat zur Seite.

Roberto legte die Finger an den Hals des Mannes und tastete nach seinem Puls. Dann schüttelte er zornig den Kopf. «*Muerto!*», sagte er.

Zu zweit und zu dritt ließen sich die Kubaner über den Rand des sinkenden Boots gleiten, die Waffen hoch erhoben. Jack merkte, dass ihm das Wasser bis zur Taille ging, als er mit den anderen schemenhaften Gestalten Richtung Ufer watete. Als sie noch etwa vierzig Meter vor sich hatten, hörten sie vom Strand her Bremsen quietschen. Ein Lastwagen mit Milizsoldaten war herangebraust. Die Soldaten sprangen herunter, und der Lastwagen rangierte so, dass seine Scheinwerfer das Wasser und die Brigadekämpfer beleuchteten. Die Männer erstarrten. Jack entriss einem Mann eine Maschinenpistole und feuerte das Magazin leer. Jede dritte Patrone war ein Leuchtspurgeschoss, daher konnte er deutlich erkennen, dass der Lastwagen von Kugeln durchsiebt wurde. Andere Brigadekämpfer begannen zu schießen. Am Ufer blitzte Mündungsfeuer auf, als die Milizsoldaten zurückschossen. Dann zogen sie sich, ihre Verwundeten und Toten mitschleifend, in dichtes Buschwerk am Rand des Strandes zurück. Die Lichter der Autoscheinwerfer erloschen. In der Dunkelheit rief Roberto seinen Männern zu, das Feuer einzustellen, und sie wateten durchs Wasser zum Strand.

Rechts von ihnen hatte ein anderes Bataillon bereits die Felsmole erreicht, und die Männer rannten schießend auf das Gebäude zu, auf dessen Dach in Neonschrift *Blanco's* stand. Weiter links kamen die Kämpfer eines weiteren Bataillons von einem sinkenden Landungsboot an Land gewatet und stürmten wild feuernd über den Sand auf die kleinen Bungalows zu, die in ordentlichen Reihen am Rand des Strandes standen. Ein Brigadekämpfer ließ sich neben Jack auf die Knie sinken. Er richtete sein .75er-Gewehr auf einen Bungalow, in dessen Fenstern kleine Funken glühten, und drückte ab. Der Schuss schlug ins Dach ein und setzte es in Flammen. Im gelben Schein der Flammen sah man die letzten Milizsoldaten flüchten.

Und dann war die Nacht plötzlich beängstigend ruhig; Grillen zirpten im Gebüsch, ein Generator irgendwo hinter den Bungalows brummte leise vor sich hin. Roberto hob eine Hand voll Sand auf und hielt eine kurze Rede. Die Männer, die ihn hören konnten, jubelten heiser. Dann marschierten sie landeinwärts, um die Straße, den Ort Girón und die drei Dammstraßen durch den Sumpf zu sichern. Ein Trupp entdeckte einen altersschwachen Chevrolet hinter einem Bungalow, warf den Motor an und fuhr los, um den Flugplatz einzunehmen.

Jack sah sich den Strandabschnitt genauer an. Einige verwundete Brigadekämpfer wurden in ein improvisiertes Lazarett getragen, das man in einem der Betonbungalows einrichtete. Einen anderen benutzte Roberto Escalona als Hauptquartier. Jack entdeckte die Leichen von drei Castro-Soldaten mit den Insignien des 339. Milizbataillons auf den Ärmeln. Sie lagen mit dem Gesicht nach unten im Sand, und Blut sickerte aus ihren Wunden. Er betrachtete die Toten eine Weile und versuchte, sich zu vergegenwärtigen, mit welchem Ziel die Brigade nach Kuba gekommen war, versuchte abzuwägen, ob dieses Ziel das Töten und die Toten rechtfertigte.

Als er am Strand entlangging, sah Jack einen Brigade-Unteroffizier – fast noch ein Kind – mit einem wuchtigen Funkgerät auf dem Rücken. Er kauerte hinter einem zerschossenen Jeep und wiegte den Kopf eines toten Kameraden in den Armen. Jack zog den Jungen sachte hoch und bedeutete ihm, mit in *Blanco's Bar* zu kommen. Drinnen spielte noch immer die Musikbox. Herumliegende Bierdosen und verstreute Dominosteine zeugten davon, dass die Bar hastig verlassen worden war. Jack ließ sich auf einen Stuhl sinken; er hatte gar nicht gemerkt, wie ausgepumpt er war, bis er sich setzte. Er winkte dem jungen Unteroffizier, das Funkgerät einsatzbereit zu machen.

«Wie heißt du, *amigo*?», fragte er den Funker.

«Orlando, *Señor*.»

«Willkommen in der Heimat, Orlando.» Jack reichte ihm ein Stück Papier, auf dem zwei Notruffrequenzen standen, die von der *Essex* abgehört wurden. Der Funker war stolz, dem einzigen Yankee am Strand helfen zu können. Er zog die Antenne heraus und stellte die Frequenz ein. Mühsam wuchtete Jack sich auf die Beine und blieb schwankend wie ein Betrunkener stehen. Er schüttelte den Kopf, um wieder klar denken zu können, dann stolperte er zu dem Funkgerät. Er nahm das kleine Mikrofon in die Hand und sagte: «Whistlestop, hier Carpet Bagger, hört ihr mich? Over.»

Zunächst war nur Knistern und Rauschen zu hören. Dann meldete sich eine träge Stimme: «Roger, Carpet Bagger. Hier Whistlestop. Wir hören Sie laut und deutlich. Over.»

«Whistlestop, bitte geben Sie folgende Meldung an Kermit Coffin weiter: Phase Eins der Operation abgeschlossen. Erste Zielobjekte sind in unserer Hand. Leichte Verluste. Wenigstens ein Landungsboot und ein Landungstransporter sind auf ein Riff gelaufen und vor der Küste gesunken. Wir warten jetzt auf Munition und den Fernmeldewagen von der *Río Escondido* und auf das Feldlazarett von der *Houston*.»

Jack wollte sich schon abmelden, als der Funker von der *Essex* sagte, es komme gerade eine Meldung für ihn durch. Dann las er sie vor: «Das Gefechtsinformationszentrum berichtet, dass Castro noch einsatzfähige Flugzeuge hat. Stellt euch auf Angriff im Morgengrauen ein. Truppen und Nachschub so schnell wie möglich entladen und die Schiffe sofort zurück auf See.»

Jack brüllte ins Mikrofon: «Was ist denn mit der gottverdammten Luftunterstützung?»

Der Funker auf der *Essex* wiederholte die Meldung ungerührt: «Ich wiederhole: Stellt euch auf Angriff im Morgengrauen ein. Truppen und Nachschub so schnell wie möglich entladen und die Schiffe sofort zurück auf See.»

«Whistlestop, wie sollen wir denn Truppen und Nachschub entladen?

Die Landungsfahrzeuge, die noch nicht gesunken sind, kommen erst bei Flut über das Riff, und die setzt erst in ein paar Stunden ein.»

«Moment, Carpet Bagger.»

Drei Minuten später meldete er sich wieder. «Kermit Coffin sagt, das muss ein Fehler sein – es gibt kein Korallenriff, nur Seegras. Over.»

Jack sprach betont langsam. «Whistlestop, hier Carpet Bagger. Bitte geben Sie folgende Information an Kermit Coffin: Haben Sie schon mal gehört, dass Seegras einen Schiffsrumpf aufschlitzt und einem Mann den Fuß abtrennt?»

Mit dem Daumen schaltete Jack das Mikrofon aus.

Bissell ging an die Decke, als Leo ihm die Meldung von der *Essex* brachte. Was ihn so aufbrachte, war weniger das, was Jack McAuliffe berichtete, sondern vielmehr der Ort, von dem aus er berichtete. «Der ist mit an Land gegangen», rief er fassungslos.

«Er ist beim Sechsten Bataillon in Strandabschnitt *Blue*», sagte Leo.

«Wer in Gottes Namen hat ihm erlaubt, an Land zu gehen?»

«Es scheint ein persönlicher Entschluss gewesen zu sein –»

Der DD/O riss sich zusammen. «Also gut. Die *Essex* soll folgenden Befehl an ihn weitergeben: Der Funkkanal mit der *Essex* soll so lange offen gehalten werden, bis der Fernmeldewagen von der *Río Escondido* abgeladen ist und wir eine direkte Verbindung zu den Strandabschnitten haben. Und McAuliffe soll seinen Hintern zurück aufs Schiff bewegen, aber dalli, selbst wenn er schwimmen muss.»

Bissell blickte auf die Karte, und was er da sah, gefiel ihm nicht. Bald würde es hell werden über der Schweinebucht, aber die fünf Frachter waren ganz in der Nähe vom Strand. Mittlerweile hätten sie ihre kostbare Ladung längst abgesetzt haben müssen und wieder in sicheren, internationalen Gewässern sein sollen. Während Bissell auf die Karte starrte, meinte er, das ferne, dumpfe Heulen einer Katastrophe zu vernehmen – der Klang schien von irgendwo tief in seinem Ohr zu kommen. Und er ging nicht mehr weg.

Bei Flut begannen die Landungsboote, Ausrüstung und Nachschub über das Korallenriff an den Strand zu bringen. Roberto küsste den ersten der drei Panzer, die an Land rollten, und schickte sie dann weiter zu den Einheiten, die die Dammstraßen blockierten. Draußen in der Bucht, etwa zwanzig Meilen nördlich, stieg eine dünne Rauchfahne in den klaren Himmel. Bei Tagesanbruch war ein einsames Jagdflugzeug dicht über dem Meer auf die *Houston* zugeflogen und hatte sie mittschiffs unterhalb der Wasserlinie mit einer Rakete getroffen. Das Zweite Bataillon war schon zum Strandabschnitt *Red* gebracht worden, doch das Fünfte Bataillon und das Feldlazarett sowie Tonnen von Munition waren noch an Bord, als die brennende *Houston* mit dem Heck voraus unterging. Dutzende Soldaten des Fünften Bataillons ertranken bei dem Versuch, an Land zu schwimmen, und diejenigen, die es schafften, waren nicht mehr kampftauglich.

Am Ende der Mole auf Strandabschnitt *Blue* suchte ein Soldat an einem der wenigen Luftabwehrgeschütze den nördlichen Himmel mit dem Fernglas ab. Plötzlich erstarrte er. «*Sea Fury!*», schrie er. Andere am Strand gaben den Warnruf weiter und warfen sich in hastig ausgehobene Gräben. *Sea Fury! Sea Fury!*

Jack, der gerade auf dem Fußboden von *Blanco's Bar* etwas Schlaf nachzuholen versuchte, hörte die Schreie und rannte genau in dem Moment nach draußen auf die Veranda, als zwei von Castros Jagdbombern im Tiefflug über den Zapata-Sumpf herangebraust kamen. Das eine Flugzeug beschrieb einen Kreis und nahm den Strand unter Maschinengewehrfeuer. Jack hechtete in ein Loch, das er im Sand unter der Veranda ausgehoben hatte. Brigadekämpfer lagen auf dem Rücken in den Gräben und schossen mit ihren Maschinenpistolen auf das Flugzeug, das über ihre Köpfe hinwegfegte. Die zweite *Sea Fury* flog direkt auf die *Río Escondido* zu, zwei Meilen vor der Küste. Das Flugzeug feuerte acht Raketen ab und stieg dann steil hoch, um den .50-Kaliber-Maschinengewehren zu entkommen, die es vom Frachter aus unter Beschuss genommen hatten. Sieben Raketen klatschten vor dem Ziel ins Meer. Die achte traf das Schiff unter der Brücke. Die Explosion entzündete einige Fässer Flugbenzin auf Deck. Von seinem Unterschlupf im Sand aus konnte Jack sehen, wie Matrosen das Feuer mit Handlöschern bekämpften, aber er wusste, dass sie gegen das brennende Benzin machtlos waren. Kurz darauf erfolgte eine kleine Explosion. Und dann erschütterte eine gewaltige Detonation den Frachter, als die Munitionslager unter Deck hochgingen. Männer mit orangefarbenen Schwimmwesten sprangen ins Meer, und Flammen schossen hoch in die Luft. Einige Minuten lang verhinderte Rauch die Sicht auf das Schiff. Als er sich verzog, sah Jack das Heck der *Río Escondido* steil aufragen, und die beiden Schiffsschrauben rotierten noch, als der Frachter hinunter in das ölige Wasser der Schweinebucht glitt.

Schwarzer Rauch stieg aus den Schornsteinen der anderen Frachter, die jetzt Fahrt aufnahmen und hinaus aufs offene Meer steuerten.

Die beiden Flugzeuge jagten noch einmal über den Strand hinweg und zerschossen Jeeps und Lastwagen, die gerade entladen wurden, dann verschwanden sie wieder über dem Sumpf. In der Bar sprach Jack schon mit der *Essex*. «Whistlestop, Whistlestop, hier Carpet Bagger. Zwei Flugzeuge haben soeben Strand und Schiffe angegriffen. Die *Río Escondido* wurde getroffen und versenkt. Ich wiederhole, die *Río Escondido* wurde versenkt, bevor das Flugbenzin oder der Fernmeldewagen oder die Munitionsvorräte entladen werden konnten. Die anderen Frachter mit Munition an Bord sind schleunigst davon aufs offene Meer.» Jack musste beinahe lächeln: «Tun Sie mir einen Gefallen, Whistlestop, melden Sie Kermit Coffin, dass ich nicht zurück auf die *Río Escondido* kann, weil die auf dem Meeresgrund liegt.»

Die lakonische Stimme von der *Essex* antwortete: «Roger, Carpet Bagger. Ohne Fernmeldewagen müssen wir diese Frequenz offen halten. Die einzigen Meldungen aus Strandabschnitt *Blue* kommen von Ihnen.» Man hörte ein atmosphärisches Rauschen. Dann kam die lakonische Stimme von der *Essex*, vielleicht jetzt ein klein wenig atemlos: «Gefechtsinformationszentrum hat eine Meldung von einem unserer *Skyhawks* vorliegen. Ein feindliches Bataillon mit zirka neunhundert Mann wurde auf der mittleren Dammstraße gesichtet, die nach Girón und dem Flugplatz führt. Unser Pilot hat sechzig Fahrzeuge gezählt, darunter etwa ein Dutzend Panzer.»

Jack sagte: «Whistlestop, wann können wir die versprochene Deckung aus der Luft erwarten?»

«Carpet Bagger, wir melden drei B-26 im Anflug, siebenundfünfzig Meilen entfernt. Viel Glück.»

Jack sagte: «Wir werden mehr brauchen als bloß Glück», und schaltete das Mikrofon aus. Er trat wieder auf die Veranda und sah zu den flirrenden Hitzeschwaden hinüber, die am Horizont über dem Zapata-Sumpf aufstiegen. Er konnte das dumpfe Dröhnen der Geschütze hören, als Castros Kolonne sich der Einheit auf der mittleren Dammstraße näherte. Vogelschwärme kreisten hoch über dem Schlachtfeld.

Der junge Unteroffizier trat hinter ihn und zeigte auf die Vögel. «*Buitres*», flüsterte er.

Jack stockte der Atem. «Geier», wiederholte er.

In Washington erweckte Millie Owen-Brack recht überzeugend den Eindruck, als würde sie arbeiten. Sie sollte einen Text für Allen Dulles vorbereiten, der einem gemeinhin als CIA-freundlich geltenden Journalisten ein inoffizielles Interview geben würde. Darin sollte Dulles klar machen, dass

Amerika zwar mit den kubanischen Rebellen sympathisierte, die *Company* jedoch keineswegs die Landung in der Schweinebucht organisiert oder in irgendeiner anderen Weise unterstützt hatte. Millie war unkonzentriert und überarbeitete gerade zum zehnten Mal den zweiten Absatz. Sie änderte ein paar Formulierungen und starrte dann zum Fenster hinaus. In der Woche zuvor waren die ersten Kirschbäume auf der Mall erblüht, aber ansonsten lag noch kein Hauch von Frühling in der Luft; auch nicht in ihrem Herzen.

Die beiden anderen Frauen, die mit ihr im Büro saßen, blickten kurz auf und warfen sich Blicke zu. Sie wussten beide, dass Millie sich um ihren Mann ängstigte, der irgendwie in diese Schweinebuchtgeschichte verwickelt war.

Am späten Vormittag rief eine Sekretärin von oben an und erkundigte sich bei einer der Frauen, ob Millie Owen-Brack an ihrem Schreibtisch sei. «Ja, natürlich, sie ist da», bestätigte die Frau und legte wieder auf.

Millie blickte auf. «Wer war denn dran?»

«Eine von oben, die wissen wollte, ob du im Büro bist.»

Die Frage beunruhigte Millie. «Heute ist Montag. Wo soll ich denn wohl sonst sein?»

Wenige Augenblicke später waren draußen die Schritte eines Mannes zu hören, der es nicht gerade eilig hatte, sein Ziel zu erreichen. Millie hielt den Atem an. Sie erinnerte sich noch lebhaft an den Tag vor zwölf Jahren, als Allen Dulles, damals DD/O, und sein Stellvertreter Frank Wisner in ihr kleines Büro gekommen waren, um ihr mitzuteilen, dass ihr Mann an der Grenze zwischen China und Burma erschossen worden war.

Die Tür öffnete sich, und Allen Dulles trat ein. Er war in den letzten Monaten sichtlich gealtert, und er wirkte erschöpft. Der optimistische Klang seiner Stimme war längst verschwunden. Jetzt schlurfte er durch den Raum auf Millies Schreibtisch zu. «Bitte bleiben Sie sitzen», sagte er zu ihr. Er ließ sich langsam auf den Stuhl sinken und sog einen Moment lang an seiner erloschenen Pfeife. Schließlich hob er den Blick und bemerkte die Panik in Millies Augen. «O je», sagte. «Ich hätte es Ihnen sofort sagen sollen – ich habe keine schlechten Nachrichten, falls Sie das dachten.»

Millie atmete tief durch, doch ihr Herz schlug immer noch wie wild.

«Ich habe auch keine guten Nachrichten», fuhr Dulles fort. Er sah zu Millies Kolleginnen hinüber. «Vielleicht könnten Sie beide uns einen Augenblick allein lassen ...»

Die Frauen griffen nach ihren Handtaschen und eilten aus dem Zimmer.

«Also schön, es sieht folgendermaßen aus. Castros Flugzeuge haben heute Morgen zwei Schiffe versenkt. Darunter auch die *Río Escondido*, auf der Jack gefahren ist. Aber er war nicht mehr an Bord – offenbar hatte er eigenmächtig beschlossen, mit der ersten Angriffswelle an Land zu gehen. Zum Glück. Der Fernmeldewagen ist nämlich mit der *Río Escondido* untergegangen, so dass wir die einzigen direkten Meldungen vom Strand über eine improvisierte Funkverbindung bekommen, die Jack mit der *Essex* hält.»

«Wann haben Sie das letzte Mal von ihm gehört?», fragte Millie.

Dulles sah auf die Uhr und zog sie geistesabwesend auf. «Vor etwa einer Dreiviertelstunde. Da haben wir das mit der *Río Escondido* erfahren.»

«Wie ist die Lage am Strand?»

«Nicht gut.» Dulles schloss die Augen und massierte sich die Stirn. «Ehrlich gesagt, furchtbar. Castros Truppen rücken vor. Die Brigade hat es nicht geschafft, die Munition von den Frachtern zu holen.»

«Das könnte sie doch noch –»

«Die Schiffe, die nicht versenkt wurden, sind aufs offene Meer geflohen –»

«Aber Sie können doch bestimmt aus der Luft für Nachschub sorgen», sagte Millie hoffnungsvoll.

«Nicht, solange Castro noch Flugzeuge in der Luft hat. Jack Kennedy hat sich kategorisch geweigert ...» Dulles sprach den Satz nicht zu Ende.

«Falls es richtig brenzlig wird», sagte Millie, «holen Sie Jack doch da raus, oder?»

«Natürlich tun wir das», sagte Dulles, wobei wieder ein Hauch der alten Beherztheit in seiner Stimme mitschwang. «Wir wollen auf keinen Fall, dass ein CIA-Offizier Castro in die Hände fällt.» Er räusperte sich. «Ich weiß, Sie haben so etwas schon einmal durchgemacht. Ich wollte Sie persönlich informieren – weil Sie natürlich von den untergegangen Schiffen erfahren und sich dann Sorgen gemacht hätten, ob Jack noch an Bord gewesen ist.»

Millie ging um ihren Schreibtisch herum und reichte Dulles die Hand. «Das ist sehr aufmerksam von Ihnen, wo Sie im Augenblick an so vieles denken müssen –»

Dulles erhob sich. «Meine Liebe, das ist doch das Mindeste, was ich tun konnte.»

«Sie halten mich weiter auf dem Laufenden, was mit Jack ist?»

«Ja.»

«Ich danke Ihnen.»

Dulles nickte. Er überlegte, was er sonst noch sagen könnte. Dann spitzte er die Lippen und ging zur Tür.

Am Dienstagmorgen teilten Jack und Roberto Escalona sich im Hauptquartier ein paar trockene Kekse und dünnen Instantkaffee, während sie Zwischenbilanz zogen. Castros schwere Artillerie rückte immer näher auf den Strand vor. Seine Panzer und Granatwerfer würden bald nahe genug sein, um sie unter Beschuss zu nehmen. Das improvisierte Lazarett der Brigade quoll über vor Verwundeten; die improvisierte Leichenhalle war übervoll. Die Munitionsvorräte gingen gefährlich zur Neige. Und dann war da noch das Problem mit der Unterstützung aus der Luft. Die veralteten B-26, die von Guatemala aus kamen, hatten gegen Castros T-33 und *Sea Furies* keine Chance; drei von ihnen waren am Morgen abgeschossen worden, als sie versuchten, Castros Truppen auf den Dammstraßen anzugreifen. Die Brigadeeinheiten, die die Straßen blockierten, hatten schwerste Verluste erlitten. Roberto wusste nicht, wie lange sie noch würden durchhalten können.

Jack eilte zurück zu *Blanco's Bar*. Orlando, sein Funker, rief die *Essex*, und Jack gab den morgendlichen Lagebericht durch. Kurz vor Mittag ging er hinaus auf die Veranda und suchte die Bucht mit dem Fernglas ab. Noch immer keine Frachter in Sicht. Er kletterte aufs Verandageländer und weiter aufs Bungalowdach. Dann richtete er das Fernglas auf den nordöstlichen Horizont, wo die Schlacht um die Dammstraßen tobte. «Es war gemein von mir», murmelte er vor sich hin und schüttelte niedergeschlagen den Kopf.

Was er meinte, war, dass es Millie gegenüber gemein von ihm gewesen war, mit der Brigade an Land zu gehen. Es war eine Sache, sich um des Nervenkitzels wegen in ein halsbrecherisches Abenteuer zu stürzen, und eine ganz andere, die eigene Frau davor zu bewahren, zum zweiten Mal Witwe zu werden.

Eine Stimme rief: «Ladys und Gentlemen, der Präsident und Mrs. Kennedy!»

Im eleganten Frack mit weißer Krawatte betrat Jack Kennedy den East Room des Weißen Hauses, während das Musikkorps der Marines, allesamt in ihren roten Galauniformen, «Mr. Wonderful» intonierte. Jackie, mit grünen Ohrringen und einem bodenlangen, seegrünen Plisseekleid, das eine Schulter freiließ, hatte sich bei dem Präsidenten eingehakt. Die rund achtzig Gäste im Saal applaudierten. Mit breitem Lächeln und völlig unbekümmerter Miene nahm Jack seine Frau in die Arme und eröffnete den Tanz.

Als sich die Tanzfläche füllte, trennte das Paar sich schließlich und schlenderte durch den Saal. «Oh, vielen Dank», sagte Jackie, leicht außer Atem, zu einem Kongressabgeordneten, der ihr zu der Party ein Kompliment gemacht hatte. «Als die Eisenhowers im Weißen Haus waren, wurden wir öfters eingeladen. Es war einfach unerträglich. Es wurden nie Getränke serviert, und als wir ins Weiße Haus einzogen, haben wir uns vorgenommen, dass niemand sich je so langweilen sollte, wie wir uns immer gelangweilt haben.»

Jack plauderte gerade mit Senator Smathers aus Florida, als Bobby, auch mit weißer Krawatte, ihn von der Tür aus zu sich winkte. Die beiden Brüder trafen sich auf halbem Weg. «Jetzt haben wir den Schlamassel», sagte Bobby leise zu dem Präsidenten. «Die Sache ist völlig aus dem Ruder gelaufen. Bissell und seine Leute sind auf dem Weg hierher.» Bobby warf einen Blick auf die Uhr. «Ich hab die üblichen Verdächtigen zusammengetrommelt – wir treffen uns um Mitternacht im Kabinettssaal.»

Jack nickte. Er rang sich zu einem Lächeln durch und wandte sich der Frau eines Zeitungskolumnisten zu.

Um zwei Minuten vor Mitternacht betrat der Präsident, noch immer im Frack, den Kabinettssaal, in dem ihn neben seinem Bruder unter anderem auch Vizepräsident Johnson und die Minister Rusk und McNamara erwarteten. Dicht hinter ihm folgten General Lemnitzer und Admiral Burke. Etwa ein Dutzend Berater aus dem Stab des Weißen Hauses waren von zu Hause herzitiert worden; die meisten hatten sich nur rasch Kordhosen und Sweatshirts übergezogen und sahen aus, als hätte man sie aus dem Tiefschlaf gerissen. Die CIA-Leute – Bissell, Leo Kritzky und eine Hand voll anderer – waren unrasiert und trugen noch dieselben zerknitterten Sachen, in denen sie schon seit Tagen schliefen. Alle standen auf, als der Präsident zum Kopfende des Tisches ging, und nahmen erst wieder Platz, als Kennedy sich in einen Sessel hatte sinken lassen. Bissell blieb stehen.

«Mr. President, wir haben keine guten Nachrichten», begann der DD/O.

«Das ist ja wohl die Untertreibung des Jahrhunderts», warf Bobby Kennedy ein. «Diese Regierung ist gerade neunzig Tage im Amt, und Sie und Ihr Verein –»

Jack sagte geduldig: «Lass ihn berichten, was los ist.»

Mit mühsamer Selbstbeherrschung informierte Bissell die Anwesenden über den Stand der Dinge. Castros Panzer und Granatwerfer beschossen inzwischen die beiden Strandabschnitte, wo die Brigade gelandet war. Die Verluste waren beträchtlich. Den Einheiten, die die Dammstraßen hielten, ging allmählich die Munition aus. Falls Castros Truppen durchbrachen, würden seine Panzer in wenigen Stunden auf den Strand rollen.

«Dennoch», sagte Bissell abschließend, «ist noch nicht alles verloren, Mr. President.»

«Welche Möglichkeit hätten wir denn noch?», fragte Kennedy.

«Wenn Sie den Jets auf der *Essex* den Einsatzbefehl geben, könnten sie binnen fünfundvierzig Minuten die Dammstraßen von feindlichen Truppen säubern.»

Zu seiner Überraschung erhielt Bissell Unterstützung von Admiral Burke. «Geben Sie mir zwei Jets, und ich schieße alles ab, was Castro uns entgegenschickt», erklärte der Marinechef knapp.

«Nein», sagte Kennedy kategorisch. «Ich habe wieder und wieder gesagt, dass ich keine amerikanischen Soldaten in den Kampf schicken werde, um diese Operation zu retten.»

Bobby meldete sich zu Wort. «Das Problem ist meiner Ansicht nach, dass die CIA und Admiral Burke noch immer hoffen, die Situation zu retten, während der Präsident nach einem Weg sucht, unsere Verluste zu begrenzen. Die ganze Welt wartet doch nur darauf, uns die Sache anzuhängen.»

Kennedy blickte über den Tisch zu Bissell hinüber, der noch immer als Einziger stand. «Dick, ich denke, der Zeitpunkt ist gekommen, wo die Brigade sich den Guerillas in den Bergen anschließen muss, finden Sie nicht auch?»

Alle im Raum schienen auf die Antwort zu warten. Leo blickte aus den Augenwinkeln zu seinem Chef hinüber. Bissell war absolut allein, ein übermüdetes emotionales Wrack. Er schwankte leicht hin und her und schien den Tränen nahe. «Mr. President, das ist nicht möglich –»

Kennedy schien verwirrt. «Ich habe gedacht ... Sie hatten mir versichert ...» Er blickte fragend in die Runde.

General Lemnitzer deutete mit einem anklagenden Finger auf Bissell. «Sie haben ausdrücklich gesagt, im schlimmsten Fall würde die Brigade sich in die Escambray-Berge durchschlagen und als Guerillatruppe weiterkämpfen.»

Bissell flüsterte fast: «Das war eine Option im Trinidad-Plan, den wir auf Veranlassung des Präsidenten aufgegeben haben. Von der Schweinebucht aus müsste die Brigade sich durch achtzig Meilen Sumpfgebiet kämpfen, um in die Berge zu gelangen.» Bissell schaute sich verzweifelt um, sank dann in den Stuhl hinter sich. «Mr. President –»

«Ich höre, Dick.»

«Mr. President, um es klipp und klar zu sagen, unsere Leute sitzen an den Stränden in der Falle. Castro hat zwanzigtausend Soldaten in der Gegend aufmarschieren lassen. Wenn wir Castros Truppen – seine Panzer – in Schach halten können, so dass sie von der Dammstraße in den Sümpfen nicht wegkommen, dann könnten wir doch die Munitionsschiffe näher an die Küste holen, oder? Die Brigade könnte sich neu formieren, frischen Wind bekommen.» Die Leute am Tisch blickten jetzt an die Wände oder zur Decke. Auch Bissell bekam frischen Wind. «Die Übergangsregierung könnte in Kraft treten, Mr. President. Wir hätten einen Fuß auf der Insel –»

«Sie meinen, einen *Zeh* –», warf Bobby ein, doch Bissell, dem der Sarkasmus entging, fuhr fort.

«Sobald die Übergangsregierung an Ort und Stelle ist, werden Castros Soldaten in Scharen desertieren. Wir haben das doch alles schwarz auf weiß, nicht wahr, Leo? Wo ist der Lageplan, den wir erarbeitet haben?» Leo durchsuchte umständlich einen Stoß Akten. Bissell fing vor Ungeduld an, aus dem Gedächtnis zu zitieren. «Zahlreiche Sabotageakte. Und Kirchenbesuche in Rekordhöhe, alles deutliche Anzeichen einer Opposition gegen das Regime. Die Frustration unter den Bauern hat sich auf alle Regionen Kubas ausgeweitet. Castros Ministerien und reguläre Truppen sind durch oppositionelle Gruppen infiltriert. Wenn die Brigade ins Landesinnere vorstößt, werden die sie mit Sicherheit unterstützen ...» Bissell blickte in die Runde. «Unterstützen», wiederholte er schwach. Dann schloss er den Mund.

Eine bleierne Stille trat ein. Der Präsident räusperte sich. «Burke, Sie können morgen früh eine Stunde lang sechs Kampfjets einsetzen, unter der Bedingung, dass die amerikanischen Markierungen übermalt werden. Sie dürfen keine Bodenziele angreifen –»

«Und wenn sie unter Beschuss geraten, Mr. President?», fragte Admiral Burke.

«Das dürfte nicht passieren, wenn sie außer Reichweite von Castros Luftabwehrbatterien bleiben. Dick, während dieser Stunde können Sie die B-26-Bomber von Guatemala aus Angriffe fliegen lassen. Die Jets werden ihnen Deckung geben. Falls Castros T-33 oder *Sea Furies* auftauchen, haben die Jets die Erlaubnis, sie abzuschießen. Mehr nicht.»

«Zu Befehl, Sir», sagte Burke.

«Ich danke Ihnen, Mr. President», stammelte Bissell.

Als die Konferenz sich gerade auflöste, eilte ein Sicherheitsberater mit einem Zettel zu dem Präsidenten. Kennedy las die Nachricht darauf und reichte sie kopfschüttelnd an Bobby weiter. Einige von den Teilnehmern im

Raum spürten, dass etwas Ernstes geschehen war, und drängten sich um den Präsidenten und seinen Bruder. Bobby sagte: «Um Gottes willen! Vier von den Piloten der Nationalgarde aus Alabama, von denen die Kubaner in Guatemala ausgebildet wurden, sind ohne Befehl einen Einsatz geflogen – mit zwei B-26. Beide Bomber wurden über Kuba abgeschossen.»

«Was ist mit den Piloten?», fragte General Lemnitzer.

«Das ist noch unklar», sagte Bobby. Der Bruder des Präsidenten wandte sich an Bissell. «Verdammt, ich hoffe, es hat die vier erwischt», schäumte er, und seine Stimme klang schrill.

Im Laufe des Mittwochvormittags hatten die stark dezimierten Brigadeeinheiten an den Dammstraßen den Rückzug nach Girón angetreten. Als diese Nachricht den Strand erreichte, brach Panik aus. Castros Panzer, die vom Flugplatz aus anrollten, nahmen Ziele in Sichtweite aufs Korn. *Blanco's Bar* geriet unter Beschuss, und Jack und sein Funker beschlossen, sich zu Roberto Escalona durchzuschlagen, der mit einer Hand voll Kämpfer direkt am Wasser kauerte. Granaten schlugen um sie herum ein und wirbelten Sand auf, der die Sonne verdunkelte.

Roberto hielt eine Maschinenpistole umklammert, doch die beiden Patronengurte, die sich auf seiner Brust kreuzten, waren fast leer. Er starrte durch die rußige Luft hinaus aufs Meer. Ein amerikanischer Zerstörer mit übermalter Nummer auf dem Rumpf kreuzte eine Meile vor der Küste. Jack rief: «Ich kann sie herkommen lassen, damit sie uns rausholen.»

Roberto schüttelte den Kopf. «Wenn es enden muss, dann soll es hier enden.»

Das Schicksal der Brigade war früher am Morgen besiegelt worden, als Bissells Planer in Washington, die vor Übermüdung nicht mehr klar denken konnten, den einstündigen Zeitunterschied zwischen Kuba und Guatemala außer Acht ließen. So kam es, dass die sechs Jets von der *Essex* eine Stunde zu früh zu ihrem gemeinsamen Einsatz mit den B-26 aufstiegen, die von Retalhuleu anflogen. Als die Flugzeuge der Brigade schließlich eintrafen, waren die amerikanischen Kampfjets schon auf dem Rückweg zur *Essex*, und Castros T-Birds hatten leichtes Spiel, zwei weitere B-26 abzuschießen.

Am Strand schrie ein halb durchgedrehter kubanischer Kämpfer in Jacks Nähe Beschimpfungen zu dem Zerstörer hinüber, hob sein Gewehr und schoss zwei Mal auf das Schiff, bevor Roberto den Lauf nach unten schlug. Wohin man auch blickte, hasteten Männer verzweifelt umher und suchten Deckung in den flachen Granatkratern. Orlando, der die Kopfhörer des Funkgeräts aufhatte, packte Jack am Arm. «*Quieren hablar con usted, señor*», rief er.

Jack presste einen Kopfhörer ans Ohr. «Carpet Bagger, hier Whiskey Sour auf Patrouille vor Strandabschnitt *Blue*. Können Sie mich hören?»

Jack packte das Mikrofon und watete ins Wasser, Orlando direkt hinter ihm. «Whiskey Sour, hier Carpet Bagger. Ich höre Sie. Over.»

«Carpet Bagger, ich habe einen Befehl für Sie von Kermit Coffin. Sie haben Anweisung, den Strand sofort zu verlassen. Ich wiederhole –»

Jack unterbrach. «Whiskey Sour, ich werde diesen Strand unter keinen Umständen allein verlassen.»

Roberto drehte sich zu Jack um. «Mach, dass du wegkommst», schrie er. «Du kannst uns nicht mehr helfen.»

«Ich gehe erst, wenn alle gehen.»

Zwei Granaten explodierten kurz hintereinander. Einen Moment lang nahm der aufspritzende Sand allen die Sicht. Als er sich wieder gelegt hatte, kam ein bärtiger Kämpfer auf sie zugetaumelt. Blut schoss ihm aus einer klaffenden Wunde, wo einmal sein Ohr gewesen war. Dann kippte er mit dem Gesicht nach vorn in den Sand. Ein anderer Soldat rollte den Verwundeten auf den Rücken, sah zu Roberto hinüber und schüttelte den Kopf. Jack spürte plötzlich eine klebrige Nässe an seinem Oberschenkel. Ein Schrapnell hatte sein Bein gestreift, die Hose zerfetzt und ihm die Haut aufgerissen. Roberto riss Jack die .45er aus dem Halfter und zielte damit auf den Kopf des Amerikaners. «Wenn Castro dich gefangen nimmt», rief er mit brechender Stimme, wobei ihm Tränen der Wut über die sandverschmierten Wangen liefen, «erzählt er der ganzen Welt, wir wären von amerikanischen Offizieren angeführt worden. Um Christi willen, Jack, nimm uns nicht noch unsere Würde. Sie ist alles, was uns geblieben ist. Okay, Jack? Hast du mich verstanden, Jack? Ich schwöre bei Gott – ich werde dich eher töten als zulassen, dass du ihnen lebend in die Hände fällst.»

Jack wich zurück. Wasser wirbelte ihm um die Knie. «Du bist ein Scheißkerl», schrie er Roberto an.

«*Gringo carajo!* Ich puste dir den Schädel weg, du wärst bloß eine Leiche mehr in der Brandung.»

Jack drehte sich um und watete tiefer ins Wasser, dann verloren seine Füße den Halt, und er begann, vom Strand wegzuschwimmen. Von Zeit zu Zeit blickte er sich um. Die ersten Panzer kamen zwischen den Bungalows hervorgerollt, Flammen schossen aus ihren Geschützrohren. Einer der Brigadepanzer am Strand flog in die Luft; der Geschützturm rutschte seitlich weg, und das Geschützrohr grub sich in den Sand. Hinter den Panzern liefen geduckt Soldaten über die Dünen. Aus den Granattrichtern und ausgehobenen Gräben tauchten Männer mit hoch erhobenen Armen auf. Jack drehte sich weg und schwamm weiter. Ein Stück vor sich sah er ein halb aufgeblasenes Schlauchboot. Er schwamm darauf zu, hievte sich hinein und blieb dann lange Zeit einfach liegen, das Gesicht der Sonne zugewandt, die Augen fest geschlossen. Bilder des Schreckens stritten mit Bildern von Millie, wie sie seine Wunden mit ihren sanften Lippen bedeckte.

Er verlor jedes Zeitgefühl. Schließlich richtete er sich ein wenig auf und blickte zum Strand zurück. Es wurde nicht mehr geschossen. Reihen von Männern, die Hände hinter dem Kopf verschränkt, wurden die Dünen hinaufgetrieben. Nicht weit vom Boot entfernt trieb eine geborstene Holzplanke – vermutlich von den Bänken der gesunkenen Landungsboote. Jack fischte sie auf, um sie als Ruder zu benutzen, legte sich im Boot möglichst flach, um nicht vom Strand aus gesehen zu werden, und paddelte los. Nach einer Weile hatte er Blasen an den Händen. Sie platzten auf, und sein Paddel wurde glitschig von Blut. Das tanzende Sonnenlicht auf den Wellen blendete ihn, die Sonne brannte ihm im Nacken. Von Zeit zu Zeit überkam ihn trotz der Hitze ein unkontrolliertes Zittern, das er nur unterdrücken konnte, wenn er an Millie dachte. Er konnte ihre Stimme hören: *Komm nach Hause, wann du kannst, Jack. Solange du nur kommst. Ich könnte es nicht ertragen, wenn …*

Als er das nächste Mal aufsah, war der Zerstörer so nah, dass er die frische Farbe am Bug erkennen konnte, wo die Nummer übermalt worden war. Matrosen riefen ihm Ermutigungen zu. Er schätzte, dass inzwischen genug Distanz zwischen Schlauchboot und Strand lag, und setzte sich auf. Bei jedem Paddelschlag stöhnte er heiser auf, und dann spürte er, wie sein Ruder tief in die Meeresdünung tauchte. Mit einem stechenden Schmerz meldete sich seine mehrfach gebrochene Rippe wieder. Um ihn herum drehte sich alles. Er meinte, die dumpfen Anfeuerungsschreie der Studenten auf beiden Seiten des Flusses zu hören. Während er in langen, fließenden Bewegungen vor und zurück glitt, sah er schon die Ziellinie vor sich.

Und dann blieb die Planke, die er in Händen hielt, im Wasser stecken, und er wusste plötzlich wieder, dass er nicht in einem schlanken Wettkampf-Achter ruderte. Er zerrte an dem Brett, bekam es aber nicht frei. Er blickte zur Seite – das Wasser war irgendwie seltsam. Es war schmutzigrot und spülte durch Unmengen grünliches Seegras. Und dann sah er, dass das Ende der Planke im Bauch einer aufgeblähten Leiche steckte, die im Seegras trieb. Jack ließ das Brett los, würgte und erbrach sich, wieder und wieder, bis seine Kehle schmerzte und er das Gefühl hatte, dass nichts mehr in ihm war – kein Herz, keine Lunge, kein Magen.

Dieses Gefühl völliger Leere übermannte ihn, und ihm wurde schwarz vor Augen.

Am späten Nachmittag rief Ebby von seinem Büro aus Elizabet an. «Hast du Nachrichten gehört?», fragte er.

«Alle hier kleben förmlich am Radio», sagte sie. «Es ist die Rede von Hunderten von Toten und über tausend Gefangenen.»

«Hier ist die Hölle los», sagte Ebby. «Ich kann jetzt nicht lange sprechen. Leo und ich meinen, es wäre gut, wenn du Adelle abholst und ihr beide zu Millie fahrt, damit sie nicht so allein ist.»

«Wieso ist sie zu Hause?»

«Sie hat sich heute Morgen krank gemeldet. Sie sagte, es wäre nichts Körperliches – sie könne sich einfach nicht konzentrieren.»

Elizabet wagte kaum zu atmen. «Habt ihr schlimme Nachrichten über Jack?»

«Wir haben gar keine Nachrichten», antwortete Ebby. «Aber sie könnten schlimm sein.»

Adelle stand schon wartend vor dem Haus, als Elizabet sie abholte. Die beiden waren im Laufe der Jahre enge Freundinnen geworden, doch auf dem Weg zu Millie sprachen sie kaum ein Wort. Sie gingen um das Haus herum, und als sie durch die Küchentür eintraten, sahen sie Jacks Frau am Tisch sitzen. Sie starrte auf den Fernseher, in dem eine Quizsendung lief, und wartete auf die neusten Kurznachrichten. Eine offene Flasche Scotch stand in Reichweite. Im Spülbecken stapelte sich schmutziges Geschirr, und vor der Waschmaschine lag ein Berg Wäsche.

Millie sprang auf und betrachtete ihre Freundinnen mit schreckgeweiteten Augen. «Keine Umschweife bitte», flehte sie. «Wenn ihr etwas wisst, dann sagt es mir.»

«Wir wissen nur, was in den Nachrichten gekommen ist», sagte Elizabet.

«Schwört ihr, dass ihr mir nichts verschweigt?»

«Wir wissen, dass es eine Katastrophe ist», sagte Adelle. «Mehr nicht.»

«Jack ist mit an Land gegangen», sagte Millie.

Die Frauen umarmten sich. «Du kannst dich drauf verlassen, dass sie Himmel und Hölle in Bewegung setzen werden, um ihn da rauszuholen», beruhigte Adelle sie.

«Wo ist denn Anthony?», fragte Elizabet.

«Meine Mutter ist gekommen und hat ihn und Miss Aldrich mit zu sich nach Hause genommen.»

Millie goss ihnen Scotch ein, und sie stießen an.

«Auf die Männer in unserem Leben», sagte Elizabet.

«Auf den Tag, an dem sie die Nase endlich so voll von der *Company* haben, dass sie ihre Brötchen lieber als Autoverkäufer verdienen.»

«Wenn sie Autos verkaufen würden, wären sie nicht mehr die Männer, die wir geheiratet haben», sagte Millie.

Sie setzten sich um den Küchentisch. «Diesmal hat die *Company* wirklich Mist gebaut», sagte Millie. «Dick Bissell und Dulles können bald Arbeitslosengeld beantragen.»

Und dann klingelte das Telefon. Elizabet und Adelle tauschten Blicke. Millie griff zum Hörer. Ihre Lippen wurden weiß, als sie Dulles' Stimme hörte.

«Ja, am Apparat», sagte sie. «Ich verstehe. Sie sind ganz sicher? Es besteht nicht die geringste Möglichkeit, dass Sie sich irren? Nein, ich komme zurecht, danke. Zwei Freundinnen sind hier bei mir. Danke, Director. Ich bin stolz auf Jack. Sehr. Ja. Auf Wiederhören.»

Millie drehte sich zu ihren Freundinnen um. Tränen standen ihr in den Augen. Sie war so erschüttert, dass sie nicht sprechen konnte. Adelle kam schluchzend um den Tisch und schloss sie fest in die Arme.

«Es ist nicht, was ihr denkt», brachte Millie schließlich heraus. «Jack ist in Sicherheit. Er konnte sich retten. Ein Zerstörer hat ihn aus dem Meer gefischt –» Inzwischen strömten ihr Tränen über die Wangen. «Seine Hände sind voller Blasen. Er hat Schrapnellwunden – aber Dulles schwört, das seien nur Kratzer, mehr nicht.» Sie begann, unter Tränen zu lachen. «Er lebt. Jack lebt!»

Spät am Mittwochabend brannte im Westflügel des Weißen Hauses noch immer Licht. Eine sehr müde Sekretärin döste an ihrem Schreibtisch unmittelbar vor dem Büro des Präsidenten. Ausschussvorsitzende des Parlaments trotteten herein, blieben eine Weile bei dem arg mitgenommen aussehenden Präsidenten, gingen wieder und fragten sich laut, wie ein derart kluger Mann sich in so eine blödsinnige Geschichte hatte hineinziehen lassen können. Kurz nach elf kam Leo mit dem jüngsten Lagebericht. Jack Kennedy und sein Bruder Bobby standen in einer Ecke und sprachen mit McGeorge Bundy, dem Berater für nationale Sicherheit. Leo, der an der Tür wartete, schnappte Gesprächsfetzen auf. «Dulles ist eine Legende», sagte der Präsident gerade. «Mit einer Legende zu arbeiten ist schwer – er wird sich in sein Schwert stürzen müssen.»

«Auch Bissell muss gehen», warf Bobby ein.

«Es war ein Fehler, dass ich Bobby zum Justizminister gemacht habe», sagte Kennedy an Bundy gerichtet. «Auf dem Posten ist er nutzlos. Bobby sollte bei der CIA mitmischen.»

«Die Einsicht kommt aber ein bisschen zu spät», sagte Bobby.

Bundy stimmte Bobby zu, aber aus einem anderen Grund. «Wer eine Behörde im Griff haben will, muss wissen, wie sie funktioniert. Die CIA hat ihre eigene Kultur –»

«Und die ist mir ein völliges Rätsel», gab Bobby zu.

«Du durchschaust das schon», wandte Kennedy ein.

«Am Ende deiner zweiten Amtszeit bestimmt», witzelte Bobby.

Der Präsident sah Leo an der Tür und winkte ihn zu sich. «Wie lauten die neusten Nachrichten von Waterloo, Kritzky?»

Leo reichte ihm den Bericht. Kennedy überflog ihn und las Bobby und Bundy einzelne Sätze vor: «Hundertvierzehn Tote, elfhundertdreizehn Gefangene, einige Dutzend Vermisste.» Er sah Leo an. «Irgendwelche Hoffnung, dass ein paar von den Vermissten noch gerettet werden?»

Leo erkannte den PT-109-Kommandeur aus dem Zweiten Weltkrieg wieder, der um die Sicherheit seiner Männer besorgt war. «Ein paar von unseren Kubanern haben es in die Sümpfe geschafft», erwiderte er. «Ein paar sind in einem Segelboot entkommen und wurden auf hoher See von einem Zerstörer aufgenommen.»

Als Kennedy laut seufzte, hörte Leo sich selbst sagen: «Es hätte schlimmer kommen können, Mr. President.»

«Wie?», wollte Bobby wissen; er würde die CIA nicht so schnell wieder vom Haken lassen.

Leo nahm all seinen Mut zusammen. «Es hätte gelingen können.»

Kennedy quittierte das mit einem mutlosen Kopfschütteln. «Ein neuer Präsident tritt sein Amt in dem Glauben an, dass Geheimdienstleute verborgene Fähigkeiten besitzen, die weit über die normaler Sterblicher hinausgehen. Diesen Fehler mache ich kein zweites Mal.»

«Das Problem jetzt ist Chruschtschow», sagte Bobby. «Er wird dich für einen schwachen Staatenlenker halten, für jemand, der nicht die Nerven hat, eine angefangene Sache zu Ende zu führen.»

«Er wird denken, Sie lassen sich einschüchtern», stimmte Bundy zu.

Kennedy wandte sich ab. Leo hörte ihn sagen: «Es gibt da einen Fleck auf dieser Erde, wo wir Chruschtschow beweisen können, dass wir uns nicht herumstoßen lassen, dass wir bereit sind, Einsatz zu zeigen und zu kämpfen, und das ist Vietnam.»

«Vietnam», sagte Bobby bedächtig, «könnte die Antwort auf unsere Gebete sein.»

Der Präsident schob die Hände in die Taschen seines Jacketts und trat durch die Verandatür hinaus in den Garten. Der erste unverkennbare Hauch von Frühling lag in der Luft. Kennedy schlenderte in die Dunkelheit, tief in Gedanken versunken, wie er das erste politische Desaster seines Lebens bewältigen sollte.

7

WASHINGTON, D.C., FREITAG, 5. MAI 1961

Bobby Kennedy saß mit hochgerollten Hemdsärmeln in der Kriegszentrale im Erdgeschoss von *Quarters Eye* und fragte Leo aus. Die großen Kubakarten waren entfernt worden. Jetzt hingen vergrößerte U-2-Aufklärungsfotos von der Schweinebucht, die nach dem Debakel aufgenommen worden waren, an den Wänden. Sie zeigten halb im Sand begrabene zerstörte Panzer, Lastwagen und Jeeps, die Wracks von Landungsbooten und eine riesige Kubafahne, die über dem Neonschild von *Blanco's Bar* flatterte. Bobby hatte die letzten zehn Tage mehr oder weniger hier bei der CIA verbracht, weil Jack Kennedy wollte, dass ein Mitglied des Kennedy-Clans sich mit den Funktionsweisen der *Company* vertraut machte.

«Meiner Meinung nach», sagte Leo, «stecken wir in einer Zwickmühle. Je mehr sachverständige Meinungen wir einholen, desto mehr verlieren wir an Sicherheit. Je mehr Menschen von einer Operation wissen, desto höher ist die Wahrscheinlichkeit, dass etwas nach außen dringt.»

«Wenn mehr Leute an der Schweinebucht-Sache beteiligt gewesen wären, hätte das Desaster dann verhindert werden können?», wollte Kennedy wissen.

Leo schüttelte den Kopf. «Darf ich offen reden?»

Kennedy nickte. «Wenn Sie das nicht tun, kriegen wir beide Schwierigkeiten.»

Leo kratzte sich am Ohr. «Das Hauptproblem war nicht mangelnder Sachverstand. Das Hauptproblem war, dass der Präsident eine Operation aus der Eisenhower-Zeit geerbt hat, sie nicht abbrechen wollte und nur halbherzig dabei war. Dick Bissell dagegen war mit mehr als nur ganzem Herzen dabei. Es lag in der Natur der Sache, dass Kompromisse unerlässlich sein würden, um die beiden Sichtweisen kompatibel zu machen. Und ebendiese Kompromisse haben der Operation den Todesstoß versetzt. Es war ein Kompromiss, die Landung von Trinidad weg zu verlegen. Es war ein Kompromiss, alte B-26 zu verwenden. Es war ein Kompromiss, den ersten Luftangriff viel kleiner ausfallen zu lassen als ursprünglich geplant. Es war ein tragischer Kompromiss, den zweiten Luftangriff ganz zu streichen. Ich denke, ich verstehe, warum der Präsident die Operation klein halten wollte; als Oberbefehlshaber muss er den Kalten Krieg aus weltweiter Sicht betrachten. Wenn er amerikanische Flugzeuge oder Schiffe nach Kuba geschickt hätte, wäre Chruschtschow vielleicht gegen Berlin vorgegangen. Unser Problem hier war, dass an einem gewissen Punkt jemand in den sauren Apfel hätte beißen und sagen müssen, dass wir einen Kompromiss zu viel geschlossen haben. Das Risiko-Nutzen-Gleichgewicht stimmte nicht mehr. Die ganze Sache hätte abgeblasen werden müssen.»

Bobby richtete seine eisblauen Augen auf Leo. «Was hat euch davon abgehalten?»

Leo dachte über die Frage nach. «Hier koexistieren zwei Mentalitäten unter einem Dach. Es gibt die einen, die meinen, wir wären dazu da, der Gegenseite Geheimnisse zu stehlen und diese Geheimnisse dann zu analysieren. Und dann gibt es die anderen, die meinen, wir sollten Einfluss auf Ereignisse nehmen und sie nicht bloß vorhersagen – Wahlen manipulieren, Aufstände fördern, Beamte in hohen Positionen bestechen, damit sie Sand ins Getriebe streuen, schließlich sogar für uns unangenehme politische Köpfe eliminieren. Die Anhänger der zweiten Meinung hatten bei der Schweinebucht das Sagen. Und als die Karten gemischt waren und sie ein halbwegs viel versprechendes Blatt in der Hand hatten, wollten sie nicht mehr passen.»

«Zu welcher Seite gehören Sie denn?»

Leo lächelte. Es war ihm nicht entgangen, dass Bobby während seines zehntägigen Intensivkurses Geschmack an der Geheimdienstarbeit gefunden hatte, an den technischen Hilfsmitteln und den toten Briefkästen und so weiter. «Ich habe ein Bein in jedem Lager», erklärte er schließlich.

«Immer schön vorsichtig?»

«Immer schön umsichtig. Wieso sollte man den Kalten Krieg mit nur einer Hand führen?»

Bobby zog die Augenbrauen hoch. «Sie haben mir ordentlich Stoff zum Nachdenken gegeben, Kritzky.» Er sah zur Wanduhr, dann stand er auf und schlenderte zu einer Gruppe von Mitarbeitern hinüber, die sich vor dem Fernseher versammelt hatten. Commander Alan Shepard war am Morgen als erster Amerikaner in einer Mercury-Kapsel von Cape Canaveral aus in den Weltraum gestartet; sollte Shepard lebend zurückkommen, könnten die Vereinigten Staaten – *die Kennedy-Regierung* – die Russen im Wettlauf um die Vormachtstellung im Weltraum einholen. Im Fernsehen vermeldete Walter Cronkite soeben, dass Shepard den höchsten Punkt seines Fluges erreicht hatte, hundertsechzehn Meilen über der Erde. Ein Telexgerät gleich neben dem Fernseher spuckte eine lange Papierschlange aus. Bobby ließ sie geistesabwesend durch die Finger gleiten und beugte sich dann interessiert vor, um den bereits entschlüsselten Text zu lesen.

TOP SECRET
Von: Dienststelle Mexico-City
An: Kermit Coffin
Betr.: Gerüchte aus Castro-Land
Der Dienststelle in Mexico-City sind Gerüchte aus linken Kreisen Lateinamerikas zu Ohren gekommen, dass Castro möglicherweise bereit ist, die in der Schweinebucht gefangen genommenen Soldaten gegen Lebensmittel und Medikamente im Wert von $ 50 Millionen, wiederhole, $ 50 Millionen, auszutauschen.

Bobby war über diese Geheiminformation so aufgeregt, dass er die Meldung abriss und damit zur Tür ging.

Harvey Torriti, gerade von einer seiner Martini-Kaffeepausen zurück und denkbar schlecht gelaunt, sah den Justizminister mit der Top-Secret-Meldung in der Hand zum Ausgang schlendern. «He, wo wollen Sie denn damit hin?», fragte er.

Bobby starrte den dicken Mann, der ihm die Tür versperrte, mit wütenden Augen an. «Was glauben Sie eigentlich, mit wem Sie reden?»

Der Zauberer verzog das Gesicht zu einem verächtlichen Grinsen. «Ich rede mit Ihnen, Sportsmann. In den Zeitungen steht, Sie wären der zweitmächtigste Mann hier in Washington, und vielleicht stimmt das sogar. Aber Sie schleppen hier keine Meldungen ab, auf denen *Company*-Codenamen stehen. Ums Verrecken nicht, Kumpel.»

«Mir gefällt Ihr Ton nicht, Torriti –»

Der Zauberer watschelte näher an Bobby heran, packte ihn am Handgelenk und entriss ihm die Nachricht. Die ganze Kriegszentrale erstarrte und beobachtete den Streit wie gebannt. Leo kam herbeigeeilt. «Harvey, Sie übertreiben – der Justizminister kennt doch die Regeln –»

«Sie und Ihr Bruder haben Scheiße gebaut», fauchte Torriti Bobby an. «Die Schweinebucht geht auf eure Kappe. Wegen euch verfaulen die kubanischen Freiheitskämpfer jetzt in Castros Gefängnissen.»

Bobby war aschfahl geworden. «Sie sind weg vom Fenster», schnarrte er und wandte sich dann Leo zu. «Ich will ihn raus haben aus diesem Gebäude, raus aus dieser Stadt, raus aus diesem Land.»

«Leck mich doch», zischte Torriti. Er wedelte mit fünf dicken Fingern in Bobbys Richtung, als wollte er ein Taxi herbeiwinken. «Der kann mich mal», sagte er an die anderen gerichtet. Dann schob er seine massige Gestalt durch die Tür und trottete den Gang hinunter.

«Du hättest das sehen müssen», sagte Jack leise zu Millie. «Es war wie Moses, der einen Blick ins Gelobte Land wirft, in dem er nie leben wird. Alle Welt sieht ein, dass Dulles' Kopf rollen muss. Und trotzdem tut es vielen von uns Leid.»

Über den Schrapnellwunden auf Jacks Oberschenkel hatten sich Krusten gebildet. In der Dunkelheit des Schlafzimmers fuhr Millie sacht mit den Fingern darüber. «Seit du wieder da bist, habe ich keine Nacht durchgeschlafen», flüsterte sie ihm ins Ohr. «Ich wache ständig auf und vergewissere mich, dass du nicht bloß eine Fata Morgana bist.»

Jack zog sie näher an sich. «Heute Abend war ich aber keine Fata Morgana, oder?»

Über das Babyfon hörten sie, wie Anthony sich unruhig im Schlaf bewegte. Sie lachten beide leise. Dann sagte Millie: «Du hast gerade von Dulles gesprochen.»

«Er hat sich gut gehalten. Der perfekte Gentleman. Man hätte nicht meinen sollen, dass er demnächst von irgend so einem reichen katholischen Reederfreund von JFK ersetzt wird. Er hat Kennedy durch das neue Gebäude geführt, mit seiner Pfeife auf besondere Neuheiten gezeigt –»

«Wie ist es da draußen in Langley?»

«Sehr modern, sehr gut durchorganisiert. Nach all den Jahren in dem alten Gebäude haben wir endlich mal richtig Platz. Jede Abteilung hat ihre eigenen Räumlichkeiten. Sowjetrussland ist im dritten und vierten Stock untergebracht. Dein Büro liegt direkt unter denen von den hohen Tieren im sechsten.» Jack kicherte. «Die haben die Public-Relations-Abteilung gern in ihrer Nähe.»

«Wir geben ihnen Rückendeckung», sagte Millie.

«Ja. Obwohl ich nicht verstehe, wieso. Im Grunde sagt ihr doch immer bloß *Kein Kommentar*.»

«Entscheidend ist, *wie* wir es sagen, Jack.»

«In Langley wird die Arbeit jedenfalls um einiges angenehmer sein», fuhr er fort. «Für die Büros des DCI gibt es verschiedene Wartezimmer, damit die Besucher sich nicht über den Weg laufen. Es gibt parallele Telefonsysteme, mit Nummern, die besondere Durchwahlen haben – wer diese Nummern anruft, kommt über eine externe Leitung und nicht über die Zentrale; die Anrufe werden dann von Sekretärinnen entgegengenommen, die so tun, als würden sie in anderen Regierungsbüros arbeiten.» Jack ahmte eine Sekretärin nach: «*Tut mir furchtbar Leid, aber Mr. McAuliffe befindet sich nicht an seinem Platz. Möchten Sie vielleicht eine Nachricht hinterlassen?*»

Millie lauschte eine Weile Jacks Atem, und es kam ihr wie das beruhigendste Geräusch vor, das sie je in ihrem Leben gehört hatte. «Das war ein schönes Willkommensfest», sagte sie. «Richtig lieb von Adelle, dass sie sich die ganze Mühe gemacht hat.»

«Leo und ich kennen uns schon ewig», sagte Jack verschlafen.

«Leo und Ebby und du – diese Sache mit der Schweinebucht hat euch noch mehr zusammengeschweißt, nicht?»

«Wir sehen vieles auf gleiche Art. Manche nennen uns schon ‹Die drei Musketiere›, weil wir ständig zusammenhocken. Wir arbeiten zusammen. Wir machen zusammen Mittagspause. Und am Wochenende sehen wir uns auch oft.» Jack schwieg einen Moment. «Ich mag Ebby sehr – er gehört zu den besten Leuten in der *Company*, zur Elite unserer Generation. Er scheut nicht vor brenzligen Situationen zurück, wie damals in Budapest, er kann aber auch in Ruhe abwarten, bis er sich eine Meinung gebildet hat. Und er nimmt kein Blatt vor den Mund. Er ist der beste Mann für die Leitung der Sowjetrusslandabteilung. Ich habe so das Gefühl, dass er es noch weit bringen wird ...»

«Was hatte Adelles Vater eigentlich so lange mit Leo und dir zu bereden?»

«Phil Swett wird ziemlich regelmäßig ins Weiße Haus eingeladen. Er hat erzählt, bei einem Mittagessen letzte Woche hätten die Kennedy-Brüder die ganze Zeit nur über Vietnam geredet. Adelle hat das auch schon im Büro des Vizepräsidenten mitbekommen. Lyndon Johnson hat sie gebeten, ein Positionspapier zu Vietnam aufzusetzen.»

«Was ist denn in Vietnam los, Jack?»

«Bis jetzt nicht viel. Ein kleiner kommunistischer Aufstand. Nach Kuba hat Kennedy anscheinend das Gefühl, er müsste Chruschtschow zeigen, dass er auch hart sein kann. Hart und zugleich unberechenbar. Und Vietnam wird das Paradebeispiel abgeben. Die *Company* baut ihre Basis dort aus. JFK will ein paar hundert Green Berets rüberschicken, die die antikommunistischen Soldaten ausbilden sollen.»

«Er soll lieber aufpassen, dass er da nicht in irgendwas reingezogen wird. Ich glaube nicht, dass das amerikanische Volk einen Krieg in Asien unterstützen würde.»

«Vietnam ist zu weit weg», gähnte Jack. «Das merkt doch keiner.»

Die beiden neuen Mädchen und die beiden, die schon seit einem halben Jahr in der Villa lebten, hockten im Kreis auf dem Boden und spielten Mikado. Keines von ihnen trug einen Fetzen Stoff am Leib. «Ich bin noch immer dran», sagte das knochige Mädchen mit den langen goldenen Locken, die ihm über den bloßen Rücken fielen.

«Du hast gemogelt», beschwerte sich eines der neuen Mädchen. «Kein Wunder, dass du dauernd gewinnst.»

«Ich hab nicht gemogelt», beteuerte das Mädchen mit dem goldenen Haar.

«Doch», schaltete sich ein anderes ein.

«Gar nicht.»

«Wohl wahr.»

«Onkel, die sagen, ich würde mogeln», rief das Mädchen mit dem goldenen Haar.

«Regelt das unter euch, meine Kleinen, ich hab zu tun», brummte Starik vom anderen Ende des Raumes.

«Pah», schmollte das Mädchen. «Dann spiel ich eben nicht mehr mit, wenn ihr nicht verlieren könnt.»

Starik, der an seinem Arbeitstisch saß, schlürfte kochend heißen Tee durch ein Zuckerstück, das er zwischen die Zähne geklemmt hatte, und las noch einmal den Text der letzten Meldung von SASHA. Ein Neuzugang, ein mageres Mädchen mit einem Gang wie eine Balletttänzerin, kam durchs Zimmer und schlang von hinten die Arme um ihn. «Onkel, da hast du aber ein schönes Buch», raunte sie ihm ins Ohr.

«Das nennt man einen Weltatlas», erklärte er; er war stolz darauf, dass seine «Nichten», wie er die Mädchen nannte, wenn sie ihn wieder verließen, klüger waren als bei ihrer Ankunft.

«Und was ist das, ein Atlas?», fragte das Mädchen und ließ dabei eine dünne Hand unter sein grobes Bauernhemd gleiten.

«Der Atlas, das ist die Welt. Sieh mal – auf jeder Seite sind Karten mit verschiedenen Ländern.»

«Gibt es so viele Länder auf der Welt, dass man ein ganzes Buch damit voll kriegt?»

«Allerdings, meine Süße.»

«Und was ist das für ein Land da, auf das du gerade guckst?»
«Das heißt Vietnam.»
Das Mädchen kicherte. «Von so einem Land hab ich aber noch nie gehört.»
«Ich kann dir versichern, das wirst du noch zur Genüge», sagte Starik.

Der Einsatz des Zauberers als Leiter der Dienststelle in Rom begann mit einem üblen Missklang, weil er während der ersten Besprechung mit dem amerikanischen Botschafter einschlief. Der politische Attaché war mitten in seinem Vortrag, als der Kopf des Zauberers auf die Brust sank und er in seinem Sessel zur Seite kippte. Sein kariertes Sportjackett klaffte auf, der Revolver mit dem Perlmuttgriff rutschte aus dem Schulterhalfter und schepperte zu Boden.

«Haben wir Sie geweckt?», erkundigte sich der Botschafter, als Torriti hochschreckte.

«Ich ruhe nur meine Augen aus, nicht mein Gehirn», konterte der Zauberer und bückte sich, um seine Waffe aufzuheben. «Ich lausche jedem seiner Worte.»

«Es wäre sehr viel überzeugender, wenn es Ihnen gelänge, seinen Worten mit geöffneten Augen zu lauschen», bemerkte der Botschafter trocken.

«Wieso gerade Rom?», fragte der Botschafter bei Foggy Bottom in Washington an, als Torriti drei Tage später betrunken zu einem Botschaftsempfang für den italienischen Außenminister erschien. «Es gibt Dutzende von Botschaften auf der ganzen Welt, wo man ihn vor Bobby Kennedy hätte verstecken können.»

Der Zauberer wiederum war nicht widerstandslos ins Exil gegangen. «Der Patriot Torriti wird nach Italien deportiert, während die *Cosa-Nostra*-Säcke Rosselli und Giancana weiter in Amerika bleiben dürfen», hatte er auf der diskreten Abschiedsparty, die der scheidende DD/O Dick Bissell für ihn gab, ins Mikrofon geknurrt. Eine Hand voll Leute, die wussten, wovon Torriti sprach, hatten aufgelacht. Angleton, dünner und düsterer, als alle ihn in Erinnerung hatten, war erschienen und hatte dem Mann, den er bekanntermaßen hasste, ein Abschiedsgeschenk überreicht: ein von ihm selbst gemachtes Lederhalfter für Torritis kleine .38er. «Meine Güte, James, ich weiß gar nicht, was ich sagen soll», hatte der Zauberer gestottert, tatsächlich einmal um Worte verlegen.

In Rom versuchte der Zauberer einige Monate lang wirklich, seine Arbeit zu tun, doch die Situation wurde allmählich unhaltbar. Ein Oberst der *Carabinieri* nahm ihn mit zu einer Inspektionsfahrt an die jugoslawische

Grenze und musste feststellen, dass Torriti im Fond des Fiat kräftig vor sich hin schnarchte. Es gab nächtliche Sauftouren, die vertuscht werden mussten, eine Affäre mit einer italienischen Schauspielerin, die in den Klatschspalten der römischen Presse landete, ein in aller Öffentlichkeit ausgetragener Streit mit dem Botschafter. Es gab zwei leichte Verkehrsunfälle, der erste mit einem Botschaftswagen, der zweite mit einem Auto, das ihm, so beteuerte ein Gebrauchtwagenhändler, gestohlen worden war und für das Torriti keinen Kaufbeleg vorweisen konnte. Auch diese Angelegenheit wurde vertuscht. Als der Juli kam, hatte der Zauberer sich angewöhnt, regelmäßig zu nostalgischen Wochenenden nach Berlin zu fliegen. Begleitet von ein oder zwei seiner ehemaligen Untergebenen aus der Berliner Basis, zog er dann durch die Kneipen, wo sein Name noch eine Legende war, oder streifte durch die dunklen Straßen in der Gegend vom Checkpoint Charlie, um ein bisschen Abenteuerluft zu schnuppern, wie er es ausdrückte. Am Sonntag, dem 13. August, stieg er um zwei Uhr morgens mit seinem alten Mossad-Freund Ezra Ben Ezra auf das Dach eines Mietshauses und sah zu, wie sowjetische Panzer in Position rollten und ostdeutsches Militär Stacheldraht an der Grenze zwischen West und Ost spannte. Hinter den Panzern und Soldaten tauchte eine ganze Armada von Bulldozern auf, die im Licht ihrer Scheinwerfer ein breites Niemandsland freiräumten, das später vermint werden sollte. «Das erreicht neun auf meiner Richterskala», sagte der Rabbi zu seinem alten Freund. «Laut meinen Quellen ist das Chruschtschows Antwort auf die Schweinebucht – die werden eine große Chinesische Mauer quer durch Deutschland bauen und die kommunistische Zone von der freien Welt abriegeln.» Der Zauberer holte einen Flachmann aus der Tasche und bot dem Rabbi einen Schluck an. Ben Ezra winkte ab. «Es gibt nichts zu feiern», sagte er bekümmert. «Von jetzt an wird es praktisch unmöglich, Juden da rauszuholen.»

Als Torriti noch in der Nacht nach Rom zurückkehrte, standen auf seinem Schreibtisch eine billige Flasche Whiskey und zwei Wassergläser. Ausgestreckt auf der Couch lag Jack McAuliffe. Bis zum Morgen tranken die beiden zusammen und schwelgten in Erinnerungen. Schließlich zog der Zauberer seinen Revolver mit dem Perlmuttgriff heraus, drehte die Trommel und legte sich die Waffe so aufs Knie, dass der Lauf direkt auf Jacks Magengrube zielte. «Ich bin nicht von gestern, Freundchen», grollte er. «Du bist nicht den weiten Weg hergeschickt worden, um mit mir zu plaudern. Was verschweigst du mir?»

«Ich verschweige dir, dass du die *Company* in Verlegenheit bringst, Harvey.»

«Wer sagt das?»

«Der Botschafter hier in Rom sagt das. Der neue DD/O Dick Helms ist seiner Meinung. Und der neue DCI John McCone ebenfalls.»

«Die können mich alle mal.»

«Ich verschweige dir, Harvey, dass du schon zu lange dabei bist.»

«Du verschweigst mir, dass ich Schluss machen sollte, richtig?»

«Alles in allem wäre das wahrscheinlich das Beste, Harvey.»

«Ich bin froh, dass sie dich geschickt haben, Jack.» Der Zauberer, schlagartig nüchtern, setzte sich auf. «Soll ich noch weitermachen, bis mein Nachfolger hier ist?»

«Ich bin dein Nachfolger, Harvey.»

Torriti nickte teilnahmslos. «Na, dann viel Spaß, Kumpel.»

Der Zauberer organisierte sein eigenes Abschiedsfest im Ballsaal des *Hilton*. Als Hintergrundmusik liefen Arien, gesungen von einem viel versprechenden, jungen italienischen Tenor namens Luciano Pavarotti. Es wurde viel getrunken, und es wurden viele Reden gehalten. Die Formulierung «Ende einer Ära» wurde häufig bemüht. Gegen Mitternacht gelang es Jack endlich, Millie in Washington anzurufen; sie und Anthony würden in der nächsten Woche mit dem Flugzeug kommen, ihre Möbel mit einem Frachter Ende des Monats eintreffen, sagte sie. Ob Jack schon eine Wohnung gefunden hatte? Er versprach, sich gleich am Montag auf die Suche zu machen.

Als Jack in den Ballsaal zurückkehrte, stellte er fest, dass der Nachtmanager des *Hilton* die Klimaanlage abgestellt hatte. Die letzten Gäste schlenderten allmählich zu den Ausgängen. Zwei Sekretärinnen wehrten einen sehr besoffenen Torriti ab, der sie überreden wollte, die Party oder das, was davon übrig war, «in ein renommierteres Hotel als das *Hilton*» zu verlagern. Um zwei Uhr morgens torkelten Jack und sein alter Boss hinaus auf den Bürgersteig vor dem Hotel in die stickige Augusthitze.

Jack ächzte. «Wir brauchen eine Klimaanlage.»

«Wir brauchen was Hochprozentiges», pflichtete Torriti ihm bei. Eingehakt schlenderten sie die Straße hinunter zum *Excelsior* auf der Via Veneto, wo sie den Barkeeper bestechen mussten, damit sie noch einen letzten Drink bekamen.

Torriti kaute auf einer Olive und schielte zu Jack hinüber. «Du hast sie geliebt, nicht wahr, Kumpel?»

«Wen?»

«Diese Deutsche. Die Tänzerin. Mit dem Decknamen RAINBOW. Die sich den Mund mit Wasser gefüllt und dann erschossen hat.»

«Du meinst Lili. Ja, Harvey. Ich habe sie geliebt.»

«Dachte ich mir.» Torriti nahm einen tiefen Schluck. «Sie war nicht bei meinem Kontrastbrei dabei, Jack.»

«Das hast du mir damals schon gesagt. Ich konnte mir auch nichts anderes vorstellen.»

«Es war Krieg, aber bestimmte Grenzen überschreite ich nicht.»

«Das weiß ich, Harvey.»

«Junge, du glaubst mir doch, oder?»

«Aber ja doch.»

«Weil es mir wirklich was ausmachen würde, wenn du es nicht tätest, verstehst du?»

«Ich hab dir nie die Schuld gegeben.»

Der Zauberer boxte Jack gegen die Schulter. «Das bedeutet mir viel, Kumpel.» Er winkte dem Barkeeper, sein Glas aufzufüllen.

«Das ist dann bitte der Letzte», flehte der Barkeeper. «Ich hab noch einen zweiten Job, wo ich um halb neun anfangen muss. Da bleiben mir nur fünfeinhalb Stunden Schlaf.»

Torriti stieß mit Jack an. «Mein Kontrastbrei hat sich gelohnt, Kumpel. Schließlich war ich es, der Philby auf die Schliche gekommen ist, als Jesus James Angleton ihm noch im *La Niçoise* das Essen spendiert hat.»

«Die *Company* schuldet dir viel, Harvey.»

Torriti beugte sich so weit zu Jack vor, dass er fast vom Barhocker gefallen wäre. «Es gibt noch einen russischen Maulwurf in der *Company*», raunte er. «Der berühmte SASHA. Und ich weiß auch, wer er ist.»

«Du weißt, wer SASHA ist?»

«Ich vertrau dir jetzt mal ein kleines Geheimnis an, Junge. SASHA ist niemand anderes als Jesus James Angleton höchstselbst.» Als Jack lächeln musste, wurde Torriti ärgerlich. «Ich hab viel darüber nachgedacht, Kumpel. Okay, ich hab nur Indizienbeweise, zugegeben. Aber sieh es doch mal so: Wenn der KGB tatsächlich einen Maulwurf in der *Company* hat, könnte keiner mehr Schaden anrichten als Angleton.»

«Ich glaube, ich verstehe nicht ganz, was –»

«Seit zehn Jahren stellt Angleton die CIA auf den Kopf, weil er nach Maulwürfen sucht, hab ich Recht? Und jetzt verrat mir mal eins: Hat er je einen gefunden? Die Antwort ist negativ. Aber mit seinen Verdächtigungen hat er die Sowjetrusslandabteilung aufs Schwerste behindert. Ich hab mal nachgezählt – Jesus James hat etwa hundert CIA-Karrieren ruiniert. Er sitzt schließlich in dem Ausschuss, der über Beförderungen entscheidet.»

«Wusste ich gar nicht.»

«Ich aber. Er hat Beförderungen blockiert. Er hat gute Leute gezwungen, vorzeitig aus dem Dienst auszuscheiden. Einmal ist der dämliche Jesus James sogar nach Paris geflogen und hat der französischen Spionageabwehr erzählt, der Leiter unserer dortigen CIA-Basis sei ein sowjetischer Maulwurf. Die blöden Franzosen haben sofort alle Kontakte abgebrochen.»

Der Barkeeper hatte die letzten Gläser gespült. «Gentlemen, bitte, haben Sie ein Herz. Ich muss jetzt schließen.»

Der Zauberer rutschte vom Sitz und zog seine ausgebeulte Hose hoch. «Denk dran, von wem du es zuerst gehört hast», sagte er. «Jesus James Angleton ist SASHA.»

«Ich werd's mir merken, Harvey.»

«Der Idiot hat gedacht, er könnte mich mit dem Halfter rumkriegen, aber ich bin ihm eine Nasenlänge voraus. Verdammt, vielleicht dreh ich mich ja im Teufelskreis, aber das tu ich schneller als alle anderen.»

Vor dem *Excelsior* blickte Torriti die menschenleere Straße hinauf und hinunter und überlegte, in welche Richtung er gehen und was er mit dem Rest seines Lebens anfangen sollte. Mit Jack im Schlepptau taumelte er auf die amerikanische Botschaft zu, nur eine Querstraße weiter. Als er vor dem Tor ankam, erkannte ihn der junge Wachsoldat.

«Guten Morgen, Mr. Torriti, Sir.»

«Ganz bestimmt nicht», rief der Zauberer Jack über die Schulter zu, als er an dem Wachmann vorbei Richtung Haupteingang watschelte. «Mein Kontrastbrei hatte nichts mit RAINBOW zu tun.» Er erreichte die Mauer, machte seine Hose auf, beugte die Knie und pinkelte gegen die Botschaft. «Das wüsste ich noch, Kumpel. So was würde sich mir im Schädel festsetzen wie ein gottverdammter Tumor.»

Jack holte den Zauberer ein. «Das kann ich mir vorstellen, Harvey.» Plötzlich sah er im Geist Roberto und Orlando und die anderen Kubaner in einem von Castros finsteren Kerkern zusammengepfercht. Er kniff die Augen zusammen, um das Bild zu vertreiben, und pinkelte ebenfalls gegen die Botschaft.

Torriti schien die Pfütze, die sich um seine Schuhe bildete, nicht zu bemerken. «Du bist noch immer der Zauberlehrling, hab ich Recht, Kumpel?»

«Der bin ich, Harvey. Der Zauberlehrling. Und darauf bin ich stolz.»

IV

SCHLAFENDE HUNDE

Sie versuchte, sich vorzustellen, wie eine Kerzenflamme aussieht, nachdem sie ausgegangen ist.

LEWIS CARROLL, *Alice im Wunderland*

Foto: Ein Schwarzweißfoto, nachts mit einem ASA-2000-Film im Licht schmiedeeiserner Straßenlaternen aufgenommen, zeigt zwei Personen, die in der Mitte einer verlassenen Brücke aneinander vorbeigehen. Sie scheinen kurz stehen geblieben zu sein, um ein paar Worte zu wechseln. Der Ältere der beiden, ein hagerer Mann mit dicker Brille, fährt sich mit langen, knochigen Fingern durch das schüttere Haar. Die Geste lässt auf Nervosität schließen. Der andere Mann ist jünger und größer und trägt einen formlosen Regenmantel; er scheint zu lächeln, als hätte der andere einen Scherz gemacht. Das Foto stammt von einem *Spiegel*-Journalisten, der sich nach einem Tipp von der Organisation Gehlen in Pullach an der Brücke auf die Lauer gelegt hatte. Die CIA bekam Wind von dem Foto, bevor es abgedruckt werden konnte, und ließ das Negativ und sämtliche Abzüge von der deutschen Staatsanwaltschaft beschlagnahmen; sie wurden dem Leiter der Berliner Basis übergeben, der sie bis auf einen Abzug für das Archiv vernichtete. Quer über das Foto gestempelt sind die Worte «Streng geheim» und «Nur fürs Archiv».

1

WASHINGTON, D.C., SONNTAG, 12. MAI 1974

Die jährliche Grillparty der Sowjetabteilung (der anachronistische Name *Sowjetrusslandabteilung* war endlich aufgegeben worden) im Garten von Leo Kritzkys neuem Haus in Georgetown war vom Regen überrascht worden, und die Gäste hatten sich ins Haus geflüchtet. So herrschte in der Küche, im Ess- und Wohnzimmer ein solches Gedränge, dass einige unten im Hobbykeller Zuflucht suchten. Leo, der Leiter der Abteilung, und seine Frau Adelle verteilten Hotdogs, während sich Ebby, seit zwei Jahren DD/O, durch das Gewühl schob und die Gäste mit frischen Flaschen Beaujolais versorgte. Dabei entdeckte er seinen Sohn Manny, der in einer Ecke mit Elizabets Tochter Nellie debattierte. Die beiden jungen Leute hatten sich seit neunzehn Monaten nicht gesehen. Nellie, inzwischen eine bezaubernde junge Frau von dreiundzwanzig Jahren, hatte gleich nach ihrem Juraabschluss in Harvard bei einer Versicherung in Hongkong gearbeitet und war nach Washington gekommen, um sich für einen neuen Job vorzustellen. Manny, ein zurückhaltender junger Mann mit ernster Miene, war kurz nach seinem Abschluss in Yale von der *Company* angeworben worden; er sprach fließend Russisch, leidlich Paschto, das in Afghanistan gesprochen wurde, und ein paar Brocken Tadschikisch.

«Vietnam ist der falsche Krieg am falschen Ort zur falschen Zeit», sagte Manny, achtundzwanzig Jahre alt und Junioroffizier in Leos Sowjetabteilung.

«Du vergisst den verdammten Dominoeffekt», konterte Nellie. «Wenn Vietnam fällt, glaub mir, dann dauert es nicht lange, und Laos, Kambodscha und Thailand fallen auch. Ganz Südostasien wird kommunistisch, Japan steht ganz allein da, und die amerikanischen Interessen in Asien sind gefährdet. Man braucht nicht viel von Politik zu verstehen, um zu begreifen, dass wir irgendwo die Grenze ziehen müssen.»

«Du hörst dich an wie Joe Alsop von der *Washington Post*», sagte Manny. «Du übersiehst genau wie er, dass der Krieg in Vietnam ein politisches Problem ist, das eine politische Lösung verlangt, keine militärische.»

«Mag sein, dass ich mich anhöre wie Joe Alsop, aber ich sehe nicht aus wie er», entgegnete sie sanft.

Manny musste grinsen; irgendwie schaffte Nellie es immer, ihn aus der Reserve zu locken. «Nellie, wie konnte das mit uns nur passieren …» Manny blickte sich nervös um, senkte dann die Stimme. «Ich meine, wir sind doch praktisch Geschwister.»

Nellie schob sich näher an ihn heran. «Wie uns die Bibel lehrt, ist Inzest ein Fest, Manny.»

«Sei doch mal ernst.»

«Lass dich nicht von dem Lächeln täuschen – ich bin immer ernst. Ich finde, wenn Gott strikt gegen Inzest wäre, hätte er mit zwei Paaren in zwei Gärten angefangen. Also vermute ich, dass er Inzest nicht ganz so schlimm gefunden hat. Wie wär's, wenn wir einen neuen Anlauf machen? Unser Abenteuer für eine Nacht damals im Studium hat einen Monat gedauert. Wenn wir es auf einen Monat anlegen, wer weiß? Vielleicht dauert es dann ja ein Jahr.»

Manny, dem unbehaglich zu Mute war, flüchtete sich in einen Scherz. «Ausgeschlossen, Nellie. Ich bin allergisch gegen Zigaretten. Ich kann unmöglich mit einer Raucherin zusammen sein.»

Nellie fasste ihn am Arm. «Wenn du mich nur ein klitzekleines bisschen lieb hättest, würdest du auch rauchen. Was hältst du davon, wenn wir heute Abend ins Kino gehen?»

«Ich kann nicht – ich habe Nachtschicht von acht bis acht.»

«Dann eben morgen Abend.»

«Ich verstehe dich nicht, Nellie. Du könntest doch an jedem Finger zehn haben. Warum ich?»

Nellie betrachtete Manny einen Augenblick lang. «Glaub mir, das frage ich mich auch. Vielleicht weil unser Abenteuer für eine Nacht einen Monat gedauert hat. Irgendwas … war anders.»

Manny zog zustimmend die Augenbrauen hoch. «Du jagst mir einen Heidenschiss ein, Nellie.»

«Wenn es dich tröstet, ich mir auch. Also, was ist nun mit morgen Abend?»

«Dienstag.»

«Abgemacht.»

In dem schmalen Durchgang zur Küche gelang es Jacks schlaksigem, vierzehn Jahre altem Sohn Anthony, seinen Patenonkel Leo Kritzky in ein Gespräch zu verwickeln. «Verfolgst du die Anhörungen in der Nixon-Sache?», fragte der Junge.

«Klar, geht ja durch alle Medien», sagte Leo.

«Glaubst du, die leiten wirklich ein Amtsenthebungsverfahren gegen ihn ein?»

«Könnte schon sein.»

«Eins versteh ich nicht, Leo.» Anthony schüttelte sich eine flammend rote Haartolle aus den Augen. «Wie kann Nixon so blöd sein, alle Gespräche im *Oval Office* aufzunehmen, auch die, die beweisen, dass er mit der Watergate-Affäre zu tun hat?»

Leo zuckte die Achseln. «Ich vermute, das hängt mit seiner Persönlichkeit zusammen. Nixon spürt, dass die feine Gesellschaft an der Ostküste ihn nicht ausstehen kann. Deshalb verbarrikadiert er sich im Weißen Haus und hadert mit seinen Feinden, den echten und den eingebildeten. Mit den Tonbandaufnahmen wollte er der Nachwelt vielleicht zeigen, wie schwer er es hatte.»

«Hast du schon mal mit Nixon persönlich zu tun gehabt?»

«Schon oft. Ich musste ihn über bestimmte Aspekte meiner Abteilung auf dem Laufenden halten.»

«Was denn zum Beispiel?»

Leo musste lächeln; er hing sehr an seinem Patensohn und bewunderte ihn insgeheim für seine unverhohlene Neugier. «Du müsstest eigentlich wissen, dass du mich so etwas nicht fragen darfst, Anthony.»

«Mann, ich bin doch kein russischer Spion. Du kannst mir vertrauen.»

«Ich weiß, dass du kein russischer Spion bist. Aber ich werde dir trotzdem nichts erzählen, was du nicht zu wissen brauchst. So arbeiten wir nun mal in der *Company*.»

«Ich hab schon längst beschlossen, dass ich nach dem College bei der *Company* anfange», sagte der Junge. «Wo doch meine beiden Eltern dort arbeiten.»

«Mach erst mal die High School zu Ende. Dann suchst du dir ein gutes College. Und nach deinem Abschluss sehen wir weiter.»

Jack McAuliffe kam in die Küche auf der Suche nach Wein. Er winkte Anthony zu, schnappte sich zwei Flaschen Beaujolais und verschwand wieder in Richtung Hobbykeller. Jack, inzwischen Ebbys *Chief of Operations*, trug noch immer seinen auffallenden Kosakenschnurrbart, doch sein dunkles Haar war ein wenig lichter geworden, und um die Taille hatte er sichtlich zugelegt. Für die jüngere Generation in der *Company* war er so etwas wie eine Legende: Der Mann, der entgegen allen Befehlen in der Schweinebucht mit an Land gegangen war.

«Wo waren wir?», fragte Jack, als er im Hobbykeller Weingläser füllte.

«Am Strand in der Schweinebucht», half ihm ein Neuling der Sowjetabteilung auf die Sprünge.

«Nicht unbedingt für einen Badeurlaub zu empfehlen», witzelte Jack und erntete beifälliges Lachen.

«Wäre die Invasion geglückt, wenn Kennedy noch einen zweiten Luftangriff bewilligt hätte?», fragte eine junge Frau.

«Wahrscheinlich nicht», sagte Jack nachdenklich. «Aber Chruschtschow hätte es sich bestimmt zweimal überlegt, ob er Raketen in Kuba stationiert, wenn er Kennedy nicht für einen Hosenscheißer gehalten hätte.»

«Wollen Sie damit sagen, die Kubakrise war Kennedys Fehler?»

«Es war Chruschtschows Fehler, dass er mit der Stationierung von Raketen auf Kuba das Machtgleichgewicht aus dem Lot gebracht hat», erwiderte Jack. «Kennedys Fehler war es, Chruschtschow glauben zu lassen, er käme damit durch.»

Ebby kam hereingeschlendert und setzte sich auf den Rand der Tischtennisplatte. Angesprochen auf die Rolle der CIA im Ungarnaufstand von 1956, gab der DD/O einen kurzen Abriss der Ereignisse, die er selbst miterlebt hatte. Jack erzählte, wie er Ebby mit einer Gruppe Flüchtlinge über die österreichische Grenze hatte kommen sehen. «Frank Wisner war damals DD/O», sagte er. «Er hatte Tränen in den Augen, als er Ebby sah.»

«Was ist eigentlich aus Wisner geworden?», wollte jemand wissen.

Jack und Ebby vermieden es, sich anzusehen. «Nach Ungarn war er ein gebrochener Mann», sagte Ebby schließlich. «Er ist trübsinnig geworden, und schließlich depressiv. 1962 ist er in Pension gegangen. Aber da war er schon so paranoid, dass er nicht mehr zweimal im selben Restaurant essen ging, aus Furcht, der KGB würde ihm auflauern ...»

«1965 hat er sich auf seiner Farm in Maryland erschossen», beendete Jack die Erzählung und holte tief Luft.

«Frank Wisner war derjenige, der mich damals angeworben hat», erklärte Ebby den jungen Mitarbeitern. «Er war ein leidenschaftlicher Mann mit einem scharfen Verstand und grenzenloser Energie. Ich bin stolz, ihn gekannt zu haben – stolz, an seiner Seite im Kalten Krieg gekämpft zu haben.»

Als der Regen am frühen Abend nachließ, löste sich die Party auf. Manny fuhr nach Langley zu seiner Nachtschicht. Leo und Jack und Ebby setzten sich auf einen letzten Drink zusammen. Leo blickte seine Freunde an. «Wer kommt zuerst zur Sache?», fragte er.

Ebby sagte: «Ich nehme an, du meinst Giancana.»

«Harvey Torriti hat mich von Santa Fe aus angerufen, als er es in der Zeitung gelesen hat», sagte Jack.

«Was meint er?»

«Dass es ganz nach einer Mafia-Aktion aussieht – Alarmanlage lahm gelegt, alle im Haus betäubt, Giancana ans Bett gefesselt mit einem Kissen auf dem Gesicht und sieben Schusslöcher im Kissen.»

«Ich ahne schon ein Aber», sagte Leo.

«Es gibt auch ein Aber», erwiderte Jack. «Und zwar Rossellis Verschwinden. Der Zauberer meint, das sei ein zu großer Zufall – die beiden *Cosa-Nostra*-Bosse, die Castro für uns aus dem Weg räumen sollten, werden zur gleichen Zeit umgelegt.»

«Er geht also davon aus, dass Rosselli auch tot ist», warf Ebby ein.

Jack lachte boshaft. «Herrgott, Typen wie Rosselli verschwinden nicht einfach so von der Bildfläche. Er war bei einer Frau und verließ um Mitternacht ihre Wohnung. Die Polizei von Miami fand seinen Wagen verlassen auf einem Parkplatz im Hafen von North Miami Beach. Die Türen standen sperrangelweit auf, der Schlüssel steckte im Zündschloss. Der Zauberer sagt, in einschlägigen Kreisen geht man davon aus, dass Rosselli ebenfalls erledigt wurde.»

«Möglich, dass Castro da seine Finger im Spiel hat», sagte Ebby.

«Fidel wusste, dass die *Company* ihn aus dem Weg räumen wollte», sagte Leo. «Er wusste, wer unsere Mittelsmänner waren.»

Ebby überlegte: «Wenn Castro dahintersteckt, wirft das ziemlich beunruhigende Möglichkeiten auf.»

Eines der beiden Telefone auf Leos Schreibtisch summte, und er nahm ab. «Kritzky.» Nachdem er einen Moment zugehört hatte, sagte er: «Tun Sie das vorläufig in die Präsidentenmappe. Wir verreisen noch heute Abend. Ich bin zwei Wochen nicht erreichbar, außer der Dritte Weltkrieg bricht aus ... Danke, das hab ich vor.» Leo legte auf. «Die Wiener Dienststelle hat einen russischen Journalisten, der behauptet, dass Indien noch diesen Monat eine Kernexplosion auslöst.»

«Dann werden wir demnächst wieder mit den üblichen ‹Alles andere stehen und liegen lassen›-Anfragen von Kissinger überhäuft.»

«Kommen wir noch mal zurück auf die beunruhigenden Möglichkeiten», sagte Jack leise.

«Wisst ihr noch, was Castro angeblich nach der Schweinebucht-Sache gesagt hat?», fragte Ebby. «So was in der Art wie, die Regierungsvertreter der USA sollten bedenken, dass sie selbst nicht sicher sind, falls sie Terroristen mit der Eliminierung von kubanischen Regierungsvertretern beauftragen.»

«Bei dem Thema habe ich jedes Mal das Gefühl, den Boden unter den Füßen zu verlieren», gestand Leo.

«Die Sache wird wohl für immer ein Rätsel bleiben», sagte Jack.

«Vielleicht ist es ja besser so», sagte Ebby. «Es spricht so manches dafür, schlafende Hunde nicht zu wecken.»

«Adelle hat mir mal erzählt, was Lyndon Johnson zu ihr gesagt hat, ein paar Tage nachdem Kennedy in Dallas erschossen worden war», ergriff Leo das Wort. Er rührte die Eiswürfel in seinem Drink mit der Klinge eines Brieföffners um. «Kennedy wollte Castro umbringen lassen, aber Castro hat ihn vorher erwischt.»

«Wenn Johnson dafür auch nur den Hauch eines Beweises hätte, wäre er damit rausgerückt, als die Warren-Kommission das Attentat untersucht hat», sagte Ebby. «Ich glaube, das war nur so ein instinktives Gefühl von ihm.»

«Die Warren-Kommission war ein Witz», sagte Jack. «Wisst ihr noch, was Torriti in einer nicht öffentlichen Sitzung ausgesagt hat? Er hat kein Wort verlauten lassen von der Verbindung der CIA zur *Cosa Nostra* und den diversen Versuchen, Castro aus dem Weg zu räumen. Er hat nichts davon gesagt, dass Oswald bei einem Besuch in der sowjetischen Botschaft in Mexico-City gesehen wurde, bevor er Kennedy erschoss, oder dass Oswald sich mit einem gewissen Waleri Kostikow, seines Zeichens Eliminierungsspezialist des KGB, getroffen hat, der Verbindungen zu Leuten aus Castros engerem Kreis hatte.» Jack musste lachen. «Ich hab Harvey mal gefragt, wieso er der Warren-Kommission nichts von alledem erzählt hat. Wisst ihr, was er gesagt hat? Er hat gesagt, er hätte denen nichts erzählt, weil sie nicht gefragt haben.»

Ebby schüttelte unbehaglich den Kopf. «Angenommen, Castro hat Giancana und Rosselli auf dem Gewissen, dann lautet die Frage: Hat er auch John Kennedy auf dem Gewissen?»

«Vielleicht schreibt Fidel ja irgendwann mal seine Memoiren», sagte Leo. «Vielleicht kriegen wir ja dann die Antwort.»

Er blickte Leo an. «Du und Adelle, wo fahrt ihr eigentlich hin?»

«Abrupter Themenwechsel», sagte Jack vorwurfsvoll.

«Ins Loire-Tal», erwiderte Leo. «Wir machen eine Schlösser-Tour mit dem Fahrrad. Abends nach Herzenslust schlemmen und tagsüber alle überflüssigen Kalorien wieder abstrampeln.»

«Wann warst du zuletzt in Urlaub?», fragte Ebby.

«Im vorletzten September haben wir eine zehntägige Radtour in Neuschottland gemacht», sagte Leo. «Also vor zwanzig Monaten.»

«Du hast dir ein bisschen Erholung verdient», sagte Ebby.

«Fahren Tessa und Vanessa mit?», wollte Jack wissen.

«Die Zwillinge finden es am schönsten, das Haus zu hüten, wenn die Eltern nicht da sind», sagte Leo.

Ebby stand auf und streckte sich. «Ich schlage vor, wir setzen ein paar Leute auf die Giancana-Rosselli-Sache an», sagte er zu Jack. «Für den Fall, dass Castro ein paar Fingerabdrücke hinterlassen hat.»

«Das Fehlen von Fingerabdrücken ist ein Fingerabdruck», sagte Leo.

«Du bist schon im Urlaub», sagte Jack.

Manny machte es sich in der Operationszentrale bequem, streifte die Schuhe ab und legte die Füße auf einen Schreibtisch voller Telefonapparate. Die Nachtschicht, für die er alle einundzwanzig Tage eingeteilt wurde, entsprach nicht gerade seiner Vorstellung von einem aufregenden Abend; viel lieber säße er jetzt mit Nellie im Kino. Die ersten ein bis zwei Stunden, in denen er die Berichte über die laufenden Operationen las, vergingen zwar schnell, doch dann setzte unweigerlich Langeweile ein; um die Nacht über die Runden zu bringen, griffen manche der rund ein Dutzend Mitarbeiter zu den zerlesenen Ausgaben von Spionageromanen, die sich auf einem Bücherregal stapelten.

Auch heute Nacht war alles wie immer. Als Erstes blätterte Manny den *National Intelligence Daily* durch, einen hausinternen Rundbrief, der frisch aus der Druckerei im Keller gekommen war und nur für eine äußerst begrenzte Leserschaft am Morgen bestimmt war. Hinter ihm inspizierten Techniker vom Sicherheitsbüro in blütenweißen Overalls die Geräte, die die Fensterscheiben vibrieren ließen, um zu verhindern, dass der KGB mit Laserstrahlen Gespräche abhörte. Auf einem Regal stand eine Reihe Fernsehapparate, auf denen die wichtigsten Sender eingeschaltet waren, um ständig die Nachrichten verfolgen zu können. Rangniedrigere Offiziere aus den verschiedenen Abteilungen saßen an einem riesigen ovalen Tisch und sichteten die Telexe, die laufend aus den Stationen auf der ganzen Welt eintrafen, um sie je nach Sicherheitsstufe zu sortieren und die dringlichsten in den Eingangskorb des Dienst habenden Offiziers zu werfen. Manny sah auf die Wanduhr – er hatte noch gut zehn Stunden vor sich – und nahm sich, ein Gähnen unterdrückend, die Telegramme vor, die von den Dienststellen rund um den Globus eingegangen waren.

Im ersten Packen war nichts, wofür er einen seiner Vorgesetzten aus dem Bett hätte klingeln müssen. Eine Meldung aus Kairo berichtete von personellen Veränderungen im ägyptischen Geheimdienst *Muhabarat*. Die Beiruter Filiale meldete erneut, dass sich im Libanon ein Bürgerkrieg zwischen islamischen Fundamentalisten und christlichen Arabern anbahnte. Die PLO, die sich in den wachsenden palästinensischen Flüchtlingslagern fest etabliert hatte, hortete Waffen und kündigte großspurig an, vom Norden des Libanon aus Raketenangriffe auf Israel zu starten. Saigon schlug Alarm: die Lage in Vietnam spitzte sich rascher zu als erwartet; die CIA bereitete zusammen mit der Marine Pläne zur Evakuierung von fünfzehnhundert amerikanischen Zivilisten vor, falls die nordvietnamesischen Truppen die südvietnamesischen Linien durchbrachen und zur Hauptstadt vorstießen. Paris prophezeite einen Wahlsieg des Republikaners Valéry Giscard d'Estaing gegen den Sozialisten François Mitterrand. Die Lissabonner Dienststelle war besorgt darüber, dass die Kommunisten in der sozialistisch ausgerichteten Militärjunta, die soeben durch einen Putsch in Portugal an die Macht gekommen war, NATO-Geheimnisse an Moskau verraten würden.

Um 22.00 Uhr leuchtete die grüne Lampe über der Tür der Operationszentrale auf. Der Wachmann spähte durch das Einwegfenster und rief dann: «Kaffee ist fertig.» Die Mitarbeiter, froh über die kleine Abwechslung, eilten nach draußen und kamen mit dampfenden Kaffeebechern zurück. Als Manny gerade wieder den Raum betrat, setzte eine junge Telefonistin ihren Kopfhörer ab und rief: «Mr. Ebbitt, ich hab hier eine Frau auf der externen Leitung, die den Chef vom Dienst sprechen möchte. Sie sagt, es geht um Leben und Tod.»

«Stellen Sie sie durch», sagte Manny. Er nahm den Hörer von dem grünen Telefon auf seinem Schreibtisch. «Ja?»

Die nervöse Stimme der Anruferin drang an sein Ohr. «Ich muss dringend den Chef vom Dienst sprechen. Schnell.»

«Würden Sie mir bitte sagen, wie Sie heißen und worum es geht –», setzte Manny an, doch die Frau fiel ihm ins Wort.

«Verflixt noch mal, lassen wir das Gerede. Das Leben eines Mannes hängt von diesem Anruf ab. Wir haben nicht viel Zeit – er muss um elf wieder in der Botschaft sein. Verbinden Sie mich mit jemandem, der bei Ihnen das Sagen hat.»

Manny setzte sich aufrecht hin und drückte die Aufnahmetaste des Tonbandgeräts, das an das Telefon angeschlossen war. «Sie sprechen mit dem Dienst habenden Offizier, Ma'am.»

Die Frau holte tief Luft. «Gut, es geht um Folgendes. Mein Name ist Agatha Ept, E-p-t. Ich arbeite im Patentamt. Freitag vor einer Woche habe ich bei einer Ausstellungseröffnung im *Smithsonian* einen russischen Diplomaten kennen gelernt. Er hat sich mir als politischer Attaché vorgestellt, und wir sind ins Plaudern gekommen. Er hat gesagt, er würde mich gern wiedersehen, und ich dachte, warum nicht? Also haben wir uns letzten Sonntag zum Lunch getroffen.» Die Frau legte eine Hand auf die Sprechmuschel und sprach mit jemandem im Raum. «Dazu komme ich gleich», hörte Manny sie sagen. Dann war sie wieder in der Leitung. «Wo war ich stehen geblieben?»

«Sie haben sich zum Lunch getroffen», sagte Manny.

«Ach ja. Also, mein russischer Bekannter –»

«Dürfte ich seinen Namen erfahren?»

«Nicht am Telefon, darum hat er mich ausdrücklich gebeten. Jedenfalls, wir haben uns nett unterhalten und sind dann anschließend unserer Wege gegangen. Heute Abend, so gegen halb neun, stand er bei mir unten vor der Haustür. Keine Ahnung, wie er meine Adresse herausgefunden hat, ich stehe nämlich nicht im Telefonbuch. Er bat mich, raufkommen zu dürfen, und ich habe es gestattet. Er hat gesagt, es gehe um Leben und Tod, und das halte ich nicht für übertrieben nach dem, was er mir erzählt hat. Jedenfalls, um es kurz zu machen, er möchte politisches Asyl. Er sagt, als Russe würde man nicht viele Amerikaner kennen lernen und ich sei die einzige Person, an die er sich wenden könnte. Er hat mich gebeten, für ihn bei der CIA anzurufen – er möchte in den USA bleiben, und dafür will er euch Informationen liefern.»

«Was für Informationen?»

Manny hörte, wie Ept die Frage an den Russen weitergab. Im Hintergrund antwortete ein Mann mit starkem Akzent. Die Frau sagte: «Er sagt, er hat eine Menge Informationen zu bieten. Also, was soll ich jetzt machen?»

Manny erwiderte: «Sie machen jetzt Folgendes: Sie geben mir Ihre Telefonnummer und Ihre Adresse. Dann rühren Sie sich nicht von der Stelle. Sie kochen eine Kanne Kaffee und plaudern ein wenig, bis ich bei Ihnen bin. In Ordnung?»

«Ich denke, ja. Ich meine, mir bleibt ja wohl kaum was anderes übrig?»

Manny notierte Namen und Adresse und las ihr beides sicherheitshalber noch einmal vor. Agatha wollte seinen Namen wissen, und er sagte, sie könne ihn Manny nennen. Sie lachte und erwiderte, sein richtiger Name wäre ihr zwar lieber, aber gegen Manny hätte sie auch nichts einzuwenden.

«Sie gefallen mir, Agatha», sagte Manny. «Bis gleich.»

Sobald er aufgelegt hatte, brüllte er: «Marv, ich brauche zwei Wagen und sechs Sicherheitsbeamte, bewaffnet und in Zivil, in zehn Minuten in der Garage. Waldo, besorg mir Infos über eine Amerikanerin namens Ept, Vorname Agatha, sie arbeitet im Patentamt.» Er griff nach dem Hörer des roten Telefons und wählte eine Nummer. Nach viermaligem Klingeln meldete sich Jack McAuliffe, *Chief of Operations* des DD/O. «Mr. McAuliffe, hier ist Manny Ebbitt, der Dienst habende Leiter der Nachtschicht in der Operationszentrale –»

«Was soll das Mr.-McAuliffe-Getue, Manny?»

«Ich rufe dienstlich an, Jack, deshalb dachte ich –»

«Falsch gedacht. Was gibt's?»

«Sieht aus, als hätten wir einen Überläufer.» Er erzählte, was er von der Anruferin erfahren hatte, als Waldo auch schon angehastet kam und ihm einen Zettel vor die Nase hielt. «Ich kriege eben eine Bestätigung, Jack – die Angaben der Anruferin scheinen zu stimmen. Ept, Agatha, zweiundvierzig, geschieden, seit neun Jahren im US-Patentamt. Normalerweise hätte ich als Erstes meinen Abteilungsleiter informiert, aber Leo ist unterwegs nach Europa, wie du wahrscheinlich weißt. Also hab ich gedacht, ich ruf dich an.»

Jack, der seinen ersten Überläufer vor einer halben Ewigkeit in einem *safe house* in Berlin gesehen und seitdem ein halbes Dutzend Exfiltrationen persönlich abgewickelt hatte, kam direkt zur Sache. «Also, ich ermächtige dich, mit dem Russen zu sprechen. Geh auf Nummer Sicher, dass er kein Journalist ist, der die *Company* austricksen will. Wenn er ein echter Russe ist, ein echter Diplomat mit Zugang zu Geheimnissen, halt ihn hin. Versuch rauszukriegen, was er zu bieten hat, was er dafür haben will. Mach keinerlei Zusagen. Denk dran, die optimale Lösung für uns ist die, dass er als Agent in der sowjetischen Botschaft bleibt, zumindest bis seine Dienstzeit ausläuft. Und vergiss nicht, auch wenn er echt wirkt, könnte er trotzdem ein russischer Agent sein, der uns irgendwelchen Schrott anbieten soll. Wenn du ihn für echt hältst, sag ihm, er soll diese Ept am Dienstag anrufen. Da alle russischen Diplomaten für den KGB arbeiten, direkt oder indirekt, könnte er so tun, als hätte er eine Affäre mit der Frau vom Patentamt oder würde es zumindest versuchen, um an amerikanische Patente ranzukommen. Wir könnten ihm sogar welche beschaffen.»

Marv kam zurück in die Operationszentrale und signalisierte mit erhobenem Daumen, dass die Wagen bereitstanden. «Alles klar, ich muss los», sagte Manny.

«Nimmst du Sicherheitsleute mit?»

«Zwei Wagen. Sechs Leute.»

«Sie sollen sich verteilen, damit du nicht in eine Falle marschierst. Einer soll vorsichtshalber mit reingehen. Nimm das Gespräch mit dem Russen auf Band auf, wenn er nichts dagegen hat. Ruf mich anschließend sofort an. Ich verständige deinen Vater und die Gegenspionage. Angleton will natürlich informiert werden. Wir treffen uns morgen als Erstes im Büro des DD/O und besprechen, ob wir die Sache weiterverfolgen.»

Agatha Ept wohnte in einem schmucklosen sechsstöckigen Miethaus, das, wie über der Eingangstür zu lesen war, im Jahre 1946 erbaut worden war. Damals suchten heimkehrende amerikanische Soldaten nach dem Krieg scharenweise in Washington und Umgebung eine Bleibe. Mit seinen hässlichen Feuertreppen, die wie Kletten an den seitlichen Backsteinmauern klebten, hätte man das Gebäude auch für ein Obdachlosenheim halten können, wäre es nicht so auffallend gepflegt gewesen. Gestutzte Hecken säumten den Weg zu einer schweren Glastür, die in eine hell erleuchtete Eingangshalle führte. Fünf von Mannys mit Walkie-Talkies ausgestatteten Sicherheitsleuten hatten sich unauffällig um das Gebäude herum verteilt, und der sechste stand hinter Manny, der jetzt den Klingelknopf neben dem Namen «Ept, A.» drückte.

Fast im selben Moment ertönte eine Frauenstimme aus der Sprechanlage. «Wer ist da?»

«Ich bin derjenige, mit dem Sie vorhin gesprochen haben», erwiderte Manny.

«Marty?»

Manny erkannte, dass sie ganz schön auf Draht war. «Nicht Marty. Manny.»

«Ich wohne im fünften Stock, zweite Tür rechts, wenn Sie aus dem Fahrstuhl kommen.»

Das Schloss in der Glastür summte, und Manny und sein Begleiter betraten das Haus. Agatha stand an der Wohnungstür, als sie aus dem Fahrstuhl traten, eine große, gertenschlanke Frau mit strahlenden Augen und zarten Gesichtszügen. Als sie nervös lächelte, zeigte sie blendend weiße Zähne. «Wer von Ihnen ist Manny? Und wer verdammt noch mal ist der, der nicht Manny ist?», wollte sie wissen.

«Ich bin Manny, und er hier ist mein Schutzengel», erklärte Manny.

«Er kann nicht mit reinkommen», erwiderte Agatha kategorisch. «Mein Russe hat gesagt, er redet nur mit Ihnen.»

«Ich will mich nur kurz umsehen», sagte der Sicherheitsmann. «Wenn alles koscher aussieht, warte ich hier draußen.»

«Habe ich eine Wahl?», fragte Agatha.

Manny verzog das Gesicht.

«Also schön. Aber nur ganz kurz.»

Agatha ließ die beiden Männer herein, schloss die Tür und legte die Kette vor. Der Sicherheitsmann ignorierte den Russen, der von der kleinen Küche aus zusah, öffnete Türen und fuhr mit der Hand unter Tischplatten und Armlehnen entlang. Er verschwand im Schlafzimmer, kam dann wieder heraus und nickte Manny zu. «Ich bin im Treppenhaus, wenn Sie mich brauchen», sagte er.

Manny trat auf den Russen zu und streckte die Hand aus. «Mein Name ist –», setzte er an.

Der Russe ergriff die Hand mit festem Händedruck und sagte: «Sie sind Manny von dem Telefongespräch. Ich bin Sergei Semjonowitsch Kukuschkin.»

Manny stellte den Recorder auf einen Couchtisch und wollte den Lederdeckel öffnen. «Was haben Sie mit dem Gerät vor?», fragte der Russe.

«Ich würde unser Gespräch gerne aufzeichnen.»

Der Russe schüttelte energisch den Kopf; seine langen, recht hellen und ohnehin schon wirren Haare flogen in alle Richtungen. «*Njet, njet.* Bitte, ich möchte das nicht.»

Manny blickte Agatha an. «Würde es Ihnen was ausmachen?», fragte er und nickte Richtung Schlafzimmertür.

«Was bleibt mir denn anderes übrig?» Sie lächelte dem Russen aufmunternd zu und verschwand im Schlafzimmer.

Kukuschkin nahm ein Glas von der Küchentheke, das mit einer gelblichen Flüssigkeit gefüllt war. «Karottensaft», sagte er. «Möchten Sie welchen?»

Manny schüttelte den Kopf. «Ich hatte gehofft, es wäre Whiskey.»

Der Russe sagte unglücklich: «Die Lady ist Vegetarierin.»

Manny bat ihn durch einen Wink, auf der Couch Platz zu nehmen, und setzte sich ihm dann gegenüber in einen Sessel. «Was glauben die KGB-Wachhunde in der sowjetischen Botschaft, wo Sie jetzt sind?»

«Ich habe gesagt, ich gehe ins Kino», erwiderte der Russe.

«In welchen Film?»

«*Frankenstein junior.*»

«Wann ist der zu Ende?»

«Halb elf. Mit dem Bus bin ich um elf, Viertel nach elf in der Botschaft.»

Manny sah auf die Uhr. «Dann haben wir vierzig Minuten, wenn wir Sie zu einer Bushaltestelle in der Nähe des Kinos bringen. Wissen Sie, wovon der Film handelt?»

«So ungefähr – ich habe eine Kritik in der Zeitung gelesen.»

Manny musterte den Russen. Er war etwa fünfundvierzig, mittelgroß, gut aussehend auf eine grobe Art, mit den breiten Schultern und dem massigen Körper eines Ringers. Sein Blick war direkt und offen. Das Einzige, was auf Nervosität hindeutete, war, dass er ständig den Nagel des Mittelfingers gegen den Daumennagel schnippen ließ.

Manny hatte das ungute Gefühl, dass er es mit einem Profi zu tun hatte. «Agatha hat gesagt, Sie seien politischer Attaché ...»

Kukuschkin grinste säuerlich. «Politischer Attaché ist meine Tarnung. Mein richtiger Name ist Klimow. Sergei Klimow. Mein derzeitiger Rang ist Hauptmann beim KGB.» Die Fingernägel des Russen klickten wie ein Metronom. «Offen gesagt, ich habe jemanden mit einem höheren Rang erwartet. Sie sind zu jung. Wenn ich mich einer Gehirnoperation unterziehen müsste, würde ich keinen jungen Chirurgen wollen. Das Gleiche gilt für Spione.»

«Mein Rang ist hoch genug, um diese Sache abzuwickeln, das versichere ich Ihnen. Würden Sie mir jetzt ein paar Hintergrundinformationen geben?»

Kukuschkin nickte widerwillig. «Ich habe mich im Studium mit dem kapitalistischen System befasst. Bevor ich nach Washington versetzt wurde, war ich im Direktorat S des Ersten Hauptdirektorats tätig, also in der Abteilung, die für KGB-Offiziere und -Agenten zuständig ist, die getarnt im Ausland operieren. Dabei sind sehr viele Telegramme durch meine Hände gegangen. Ich bin seit vierzehn Monaten in Washington. Meine Hauptaufgabe hier ist die Analyse der Beziehung zwischen dem Weißen Haus und dem Kongress. Normalerweise endet mein Einsatz hier in sieben Monaten, manchmal wird die Dienstzeit auf zweieinhalb, höchstens drei Jahre verlängert.»

«Und Sie möchten auf unsere Seite wechseln?», fragte Manny vorsichtig.

«Ich möchte politisches Asyl.» Der Russe sah aus, als müsste er gleich kotzen. «Für mich», fügte er hinzu, «für meine Frau und für meine siebenjährige Tochter.»

«Warum?»

«Ich verstehe die Frage nicht.»

«Was hat Sie zu der Entscheidung gebracht, die Seite zu wechseln?»

«Hören Sie, ich verstehe, dass Sie das Motiv wissen möchten, damit Sie einschätzen können, ob ich ein echter oder ein falscher Überläufer bin, aber dafür haben wir heute Abend nicht viel Zeit. Ich sage Ihnen, dass eine der Absurditäten des Kalten Krieges darin besteht, dass operative Mitarbeiter des KGB, vor allem die im Westen stationierten, die Stärken und Schwächen der kapitalistischen Welt besser verstehen als der russische Durchschnittsbürger. Ich bin das lebende Beispiel dafür. Die Korruption, die Untauglichkeit des sowjetischen Sozialismus haben mich desillusioniert. Ich glaube an Russland, nicht an Sowjetrussland.» Kukuschkin beugte sich vor und sprach mit gebremster Leidenschaft. «Ich sage Ihnen ganz ehrlich, dass es noch einen Grund gibt. Meine Frau ist herzkrank – sie nimmt seit vielen Jahren Medikamente. Sie wird in der Botschaft von einem russischen Arzt behandelt. Ich möchte, dass sie einen amerikanischen Arzt und amerikanische Medikamente bekommt.»

«Wie lange sind Sie schon desillusioniert?»

Kukuschkin hob langsam eine Hand hoch, die Innenfläche nach oben. «Desillusionierung wächst nicht wie ein Pilz über Nacht. Sie wächst viele, viele Jahre, bis sie den Kopf und das Herz vergiftet.»

«Waren Sie bereits desillusioniert, als Sie vor vierzehn Monaten nach Washington kamen? Brauchte Ihre Frau da bereits ärztliche Hilfe?»

Der Russe nickte müde; er war nicht sicher, wohin die Fragen führten.

Manny beugte sich weit vor. «Warum sind Sie dann nicht schon vor vierzehn Monaten übergelaufen?»

Kukuschkins Blick schweifte zum ersten Mal von Manny ab. «*Ne wosmoshno!*», sagte er leiser und mit Inbrunst in der Stimme.

Manny hakte nach. «Es war nicht möglich? Wieso nicht?»

Nur das Klicken seiner Nägel durchbrach die Stille, während der Russe über die Frage nachdachte. «Der KGB-Resident in Washington, Borisow, ist ein früherer Kommilitone von der Lomonosow-Universität – wir haben zwei Jahre zusammengewohnt. Der Resident ist sehr offen zu mir, er erzählt mir so einiges, wenn wir spätabends in seinem Büro Whiskey trinken. Von ihm weiß ich, dass der KGB einen, wie ihr sagt, Maulwurf in eurer CIA hat; sein Deckname ist SASHA. Dieser SASHA hat eine sehr wichtige Position» – eine von Kukuschkins massigen Händen deutete Sprossen auf einer Leiter an – «irgendwo hoch oben in eurer Organisation. Es ist nicht möglich überzulaufen, wenn SASHA in Washington ist – er wäre einer der Ersten, die es erfahren würden, er würde unsere Leute verständigen. Der Russe, der es versucht hat, seine Familie» – er fuhr sich mit einem Zeigefinger an der Kehle vorbei – «kaputt.»

«Wollen Sie damit sagen, dass SASHA zurzeit *nicht* in Washington ist?»

Der Russe nickte grimmig. «Borisow sagt, dass sowohl SASHA als auch seine Kontaktperson nicht in der Stadt sind.»

Manny fragte leise: «Können Sie SASHA identifizieren?»

Kukuschkins Fingernägel verstummten. «Ich glaube, nicht einmal der Resident kennt seine Identität, er weiß nur, dass es ihn gibt. Aber jetzt wissen Sie bereits, dass SASHA nicht in Washington ist. Ich kann Ihnen weitere Hinweise geben ... Ich kann Ihnen sagen, wann er schon einmal für einige Zeit nicht in Washington war. Ich kann Ihnen den Anfangsbuchstaben seines Nachnamens sagen, und noch weitere wichtige biografische Details. Wenn ich politisches Asyl für mich und meine Familie bekomme, helfe ich Ihnen, den Kreis der Verdächtigen einzuengen.»

«Sie beide kennen sich?», sagte DCI Bill Colby, als der legendäre Chef der Gegenspionage James Jesus Angleton seinen gebrechlichen Körper behutsam auf einen Stuhl am Kopfende des Tisches sinken ließ.

«Wir sind uns nie begegnet», murmelte Angleton.

Jack McAuliffe übernahm die Vorstellung. «Das ist Manny Ebbitt – einer der vielversprechendsten jungen Mitarbeiter in unserer Sowjetabteilung.»

«Es ist mir eine Ehre, Sie kennen zu lernen, Mr. Angleton», sagte Manny.

Angleton sah Manny über den Tisch hinweg an und fixierte ihn mit seinen dunklen Augen. «Sie sind also Elliotts Sohn», sagte er.

Ebby, der neben Colby saß, reagierte gereizt. «Allerdings, das ist er.»

«Jeder hat sein Kreuz zu tragen», witzelte Jack in der Hoffnung, die Stimmung etwas aufzulockern. Niemand lächelte.

Angleton unterdrückte ein Kettenraucherhusten und zündete sich eine neue Zigarette an der alten an. «Ich würde gern anfangen», sagte er ungeduldig. «Ich hab um elf einen Termin.»

Die Anwesenheit dieser CIA-Legende, die seit über zwanzig Jahren auf der Suche nach einem russischen Maulwurf in der *Company* war, schüchterte Manny gehörig ein. In der Sowjetabteilung sprach man nahezu ehrfürchtig von *Mother*. Dann und wann erzählte einer stolz, er habe ihn zufällig im Korridor gesehen, eine müde, graue, gebeugte Gestalt, die im Gebäude umherschlich, die Hände auf dem Rücken und ein geistesabwesendes Schimmern in den Augen. Man munkelte, dass Angleton seinen Zenit überschritten habe, dass seine Tage gezählt seien, dass er nach vier

Martinis zum Lunch mit den Telegrammen und Akten, die sich auf seinem Schreibtisch häuften, überfordert sei. Auf den regelmäßigen Dienstbesprechungen der Chefetage schwadronierte Angleton angeblich gern über seine jeweils neueste Theorie. So behauptete er beispielsweise, der chinesisch-sowjetische Bruch und die vermeintliche Unabhängigkeit von Dubcek in der Tschechoslowakei oder von Ceausescu in Rumänien oder von Tito in Jugoslawien seien das schmutzige Werk von KGB-Spezialisten, die mit solchen Falschinformationen dem Westen vorgaukeln wollten, das Sowjetreich sei dem Zusammenbruch nahe. Oder er ließ sich wieder einmal über seine Nemesis Philby aus, der Anfang der Sechzigerjahre nach seiner endgültigen Enttarnung als sowjetischer Spion nach Moskau geflohen war, und vertrat die Überzeugung, sein früherer Freund habe den sowjetischen Geheimdienst gänzlich neu strukturiert; unter Philbys Regie sei der KGB raffinierter geworden, sogar die operativen Mitarbeiter seien nicht mehr mühelos an ihren ausgebeulten Hosen zu erkennen, sondern trügen jetzt maßgeschneiderte Anzüge. Innerhalb der *Company* wurde scharfe Kritik an Angletons paranoider Jagd auf Maulwürfe laut; er habe der Company mehr geschadet, als es irgendein sowjetischer Maulwurf je gekonnt hätte. Doch Angleton hatte nach wie vor seine Anhänger, obwohl sich ihre Reihen von Jahr zu Jahr immer mehr lichteten. Jeder Geheimdienst brauche in seiner Mitte einen Paranoiker wie Angleton, so ihr Argument, und die Tatsache, dass er in der CIA noch keinen einzigen sowjetischen Maulwurf aufgespürt hatte, bedeutete nicht, dass es keinen gab.

Colby lehnte sich zurück, schlug die Beine übereinander und blickte Manny über seine Brille hinweg an. «Fangen Sie bitte an», sagte er.

«Ja, Sir. Ungefähr um neun Uhr zweiunddreißig erhielt ich den Anruf einer Frau namens Ept, Agatha –»

«Neun Uhr dreißig wäre *ungefähr*», unterbrach Angleton ihn. «Neun Uhr zweiunddreißig ist *genau*.»

Manny blickte von seinen Notizen auf und lächelte schwach. «Da haben Sie Recht, Sir. Agatha Ept gab an, für das US-Patentamt zu arbeiten, was ich verifizieren konnte –»

«Sie konnten verifizieren, dass jemand namens Ept, Agatha im Patentamt arbeitet», warf Angleton ein. «Sie haben nicht verifiziert, dass es sich bei der Frau, die sich als Ept, Agatha ausgab, um ebendiese Ept, Agatha handelt, die beim US-Patentamt beschäftigt ist.»

Ebby hielt sich bedeckt. Colby sah Angleton an. «Das ist Erbsenzählerei, Jim. Lassen Sie ihn bitte ausreden.»

«Fürs Erbsenzählen werde ich bezahlt, Bill», entgegnete Angleton.

Es war nicht zu übersehen, dass die beiden Männer sich nicht grün waren, und das aus gutem Grund. Kurz nach seiner Ernennung zum DCI im Jahre 1973 hatte Colby eine von Angletons Lieblingsoperationen, Codename HT/LINGUAL, eingestellt, die darin bestand, dass sämtliche über New York gehenden Briefe in die und aus der Sowjetunion gelesen wurden; begründet hatte Colby seine Entscheidung damit, dass die CIA nicht befugt sei, auf US-amerikanischem Festland Operationen durchzuführen. Nach einem beleidigenden Wortwechsel hatte der Direktor Angletons Imperium drastisch verkleinert, indem er dessen Personal von dreihundert Leuten auf achtzig kürzte. Der CIA-Direktor beäugte seinen Spionageabwehrchef. «Tun Sie mir einen Gefallen, Jim», sagte er zu ihm. «Zählen Sie Ihre Erbsen, wenn es nur Ihre Zeit kostet, und in Ihrer eigenen Abteilung.» Colby wandte sich wieder an Manny und nickte.

«Ein russischer politischer Attaché, den Ept vor einiger Zeit auf einer Ausstellungseröffnung im *Smithsonian* kennen gelernt hatte, war bei ihr zu Hause aufgetaucht.»

Angleton schloss die Augen und zog an seiner Zigarette. «Ept steht nicht im Telefonbuch. Woher wusste der Russe, wo sie wohnt?»

Jack fing Ebbys Blick auf und signalisierte ihm mit einer Hand, die Ruhe zu bewahren.

Manny blickte Angleton direkt an. «Ich wusste von Ept, dass sie sich Sonntag vor einer Woche mit ihm zum Lunch verabredet hatte. Auf meine Frage, wieso er ihre Adresse kannte, wo sie doch nicht im Telefonbuch stand, antwortete der Russe, er sei ihr nach dem Lunch gefolgt.»

Ebby sagte kühl: «Das wäre dann wohl geklärt.»

Manny fragte sich, ob Besprechungen in der Chefetage immer so nervtötend waren. «Jack – Mr. McAuliffe – hat mich am Telefon beauftragt, den ersten persönlichen Kontakt mit dem Russen herzustellen. Ich habe mich mit ihm in Epts Wohnung in der Nähe von Rockville getroffen. Ept war bei dem Gespräch nicht anwesend. Der Russe, dem ich das Kryptonym AE-Schrägstrich-PINNACLE gegeben habe, bat mich, das Gespräch nicht auf Band aufzunehmen.»

Angleton blickte auf. «Die übliche Vorgehensweise bei falschen Überläufern. Die Leute, die ihn rübergeschickt haben, wollen nicht, dass ich mit dem Erbsenzählen anfange, bevor ihr den Köder schluckt.»

«Himmelherrgott, Jim. Manny hat sich an die Vorschriften gehalten», entfuhr es Ebby. «Ein echter Überläufer setzt sein Leben aufs Spiel. Ist doch wohl klar, dass er nervös ist. Es ist die übliche Vorgehensweise, seine Wünsche zu erfüllen, solange sie unsere Sicherheit nicht gefährden.»

«Danke für diese aufschlussreiche Unterweisung im Umgang mit Überläufern», sagte Angleton mit ausdrucksloser Stimme.

Colby sagte grimmig: «Manny, ich wäre Ihnen sehr verbunden, wenn Sie fortfahren würden.»

«Ja, Sir. AE/PINNACLE gab sich als sowjetischer politischer Attaché namens Kukuschkin, Sergei Semjonowitsch aus, der in Washington damit betraut ist, die Beziehungen zwischen dem Weißen Haus und dem Kongress zu beobachten. Kurz darauf sagte er, sein richtiger Name sei Klimow, Sergei, Hauptmann im KGB» – Manny schlug ein neues Blatt mit Notizen auf – «der neben seiner Tätigkeit als politischer Attaché für die KGB-Residentur arbeitet. Ich habe mich heute Morgen in der Zentralregistratur erkundigt. Wir haben eine Akte über einen Klimow, Sergei, geboren 1927; er wäre also siebenundvierzig, was Kukuschkins Aussehen entspricht. Der Akte nach hat Klimow, Sergei vier Jahre an der Moskauer Lomonosow-Universität Politologie studiert. Anschließend muss er vom KGB angeworben worden sein, denn seine nächste Station ist eine Stelle beim Ersten Direktorat, wo er für die Auswertung abgefangener amerikanischer Funksprüche und politischer Artikel in der amerikanischen Presse zuständig ist. Irgendwann in dieser Zeit hat er die Tochter eines Generaloberst der Artillerie geheiratet. In der Akte ist allerdings nichts von einer Tochter erwähnt, was seltsam ist, denn wenn sie heute sieben ist, wie Klimow sagt, müsste sie etwa in diesem Zeitraum zur Welt gekommen sein. Als Nächstes wird Klimow im Direktorat S eingesetzt – die Abteilung für sowjetische Illegale im Ausland –, und danach haben wir nichts mehr über ihn. Der Mann, der behauptet, Klimow zu sein, hat mir erzählt, er habe im Direktorat S des Ersten Direktorats gearbeitet. Wenn wir beschließen, an ihm dranzubleiben, können wir ihm zur Bestätigung mit weiteren Fragen auf den Zahn fühlen – ihm Listen vorlegen, aus denen er die Namen von ehemaligen Kommilitonen an der Lomonosow-Universität und von Kollegen und Vorgesetzten aus seiner Zeit im Direktorat S auswählen muss.»

Angleton schüttelte langsam den Kopf.

Colby fragte: «Was stört Sie denn nun wieder?»

«Wenn euer Kukuschkin ein echter Überläufer ist, was ich für äußerst unwahrscheinlich halte, wird er die Antworten auf die Fragen wissen. Auch wenn er ein Falschinformant ist. Dass er die Antworten kennt, sagt uns nicht das Geringste.»

Jack zwirbelte seinen Kosakenschnurrbart. «Da hat Jim natürlich Recht», stellte er fest. Er wandte sich an Manny. «Welchen Grund hat Kukuschkin-Klimow genannt, warum er überlaufen will?»

«Das Übliche, desillusioniert vom kommunistischen System –»

Angleton schnaubte. «Hört sich an wie jemand vom Schmierentheater.»

«Er hat noch einen Grund genannt», fuhr Manny fort. «Er hat behauptet, seine Frau sei herzkrank – seit Jahren. Er möchte, dass sie von amerikanischen Ärzten behandelt wird. Diese Information lässt sich überprüfen. Sie wird keine Herzkrankheit vortäuschen können.»

Colby sagte: «Der entscheidende Test werden die Informationen sein, die er uns liefert.»

Angleton schüttelte noch immer den Kopf. «Ein falscher Überläufer wird uns natürlich eine gewisse Menge an richtigen Informationen auftischen, um uns davon zu überzeugen, dass er kein falscher Überläufer ist.»

«Kommen wir zu den Informationen, die er uns anbietet», sagte Colby.

Manny blickte auf seine Notizen. «Ich habe bisher nur die Oberfläche ankratzen können», schränkte er ein. «Doch AE/PINNACLE hat mir zu verstehen gegeben, dass er mit einem Aktenkoffer voller Geheimnisse kommen wird, wenn wir ihn rüberholen. Ich gebe Mr. Angleton natürlich Recht – einige oder alle Informationen könnten wahr sein, selbst wenn der Überläufer in Wirklichkeit ein Falschinformant ist. Also. Zunächst etwas zum Einstimmen, bis ich dann mit dem großen Clou rausrücke.» Manny wünschte, sein Abteilungschef Leo Kritzky wäre da, um ihn moralisch zu unterstützen; Angletons blutunterlaufene Augen, die durch Zigarettenqualm hindurch über den Tisch starrten, gingen ihm langsam auf die Nerven.

«Er bietet uns den hierarchischen Aufbau der sowjetischen Botschaft in Washington an – Namen, Ränge und so weiter. Plus Einzelheiten über die Methoden, mit denen der KGB hier arbeitet – Standorte von toten Briefkästen zum Beispiel sowie die verschiedenen Codes, darunter Kleinanzeigen, mit denen signalisiert wird, dass die toten Briefkästen gefüllt oder geleert worden sind.»

Angleton hob spöttisch die knochigen Schultern. «Kleinkram», sagte er mürrisch.

«AE/PINNACLE behauptet, die Moskauer Zentrale habe kürzlich ein spezielles Direktorat eingerichtet, das eine weltweite Desinformationskampagne koordinieren soll. Er selbst sei als Mitarbeiter vorgesehen gewesen. Da er aber nicht nach Moskau versetzt werden, sondern im Ausland bleiben wolle, habe er den Vater seiner Frau gebeten, seinen erheblichen Einfluss geltend zu machen.»

Angleton schien zum ersten Mal beeindruckt. «Weiß Ihr Russe, was für

Falschinformationen das Direktorat verbreitet hat? Hat er was über Dubcek oder Ceausescu oder Tito gesagt?»

«Dazu müssen wir uns erst eingehender mit AE/PINNACLE unterhalten», sagte Manny.

«Was hat er noch zu bieten, Manny?», fragte Jack.

«Er behauptet, Informationen über den derzeitigen britischen Premierminister Harold Wilson zu haben, doch als ich nachhakte, hat er sich sehr bedeckt gehalten – er hat lediglich gesagt, die Informationen seien durch die Hände eines KGB-Offiziers gegangen, mit dem er in Moskau ein gemeinsames Büro hatte.»

«Er ziert sich», bemerkte Colby.

«Er schnürt mit uns sein Ruhestandspaket», sagte Ebby. «Wenn er uns alles auf einmal gibt, kann er nicht mehr so viel verlangen.»

Manny blickte wieder auf seine Notizen. «Jetzt wird's allmählich spannend. AE/PINNACLE behauptet, er habe vor zirka einem Jahr im Büro das Gerücht gehört, dass die Residentur einen Überläufer von unserem militärischen Abschirmdienst NSA führt – der Überläufer hatte offenbar eine Schwäche für Frauen und Glücksspiel und brauchte dringend Geld. Um keine unnötigen Risiken einzugehen, fanden die persönlichen Treffen mit dem NSA-Überläufer immer dann statt, wenn er Urlaub im Ausland machte. Die Kontakte in Washington liefen über tote Briefkästen. Der KGB-Oberstleutnant, der für den Überläufer zuständig war, hat letzten Dezember auf einer privaten Feier in der Botschaft einen Orden verliehen bekommen, für AE/PINNACLE ein eindeutiges Zeichen dafür, wie wichtig der NSA-Überläufer war. Mitte Januar – um genau zu sein, am sechzehnten, einem Mittwoch – wurde Kukuschkin vom KGB-Residenten gebeten, für den grippekranken Oberstleutnant einzuspringen. Er sollte einen toten Briefkasten auf der Herrentoilette im *Jefferson Hotel* in der Washingtoner Innenstadt bedienen. Natürlich konnte Kukuschkin sich denken, dass die Meldung, die er zustellen sollte, für den Maulwurf im NSA bestimmt war. Der Resident gab Kukuschkin eine verschlüsselte Nachricht, die aufgerollt in der Kappe eines Füllfederhalters versteckt war, und erzählte ihm entgegen den Vorschriften lachend, was drinstand. Mit dem Inhalt der Nachricht, so Kukuschkin, können wir den Verräter im NSA identifizieren.»

Colby pfiff durch die Zähne. Falls es diesen Agenten im NSA gab, hatte der KGB Zugang zu Amerikas strengst gehüteten Geheimnissen des Kalten Krieges. Die Enttarnung eines NSA-Maulwurfs wäre ein schwerer Schlag für den KGB.

«Ein sowjetischer Maulwurf im NSA, wenn das noch nicht der versprochene Clou war, dann schwant mir Fürchterliches», sagte Jack.

«Lassen Sie hören», sagte Colby zu Manny.

Manny warf seinem Vater einen Blick zu. Ebby nickte ihm aufmunternd zu; Manny konnte seinem Gesichtsausdruck entnehmen, dass er seine Sache gut machte. «Der Clou, Mr. Colby», sagte Manny. Er schlug die letzte Seite seiner handschriftlichen Notizen auf. «Der letzte Punkt auf meiner Liste» – Manny blickte verstohlen auf Angleton, der sich gerade wieder eine Zigarette anzündete – «ist SASHA.»

Angletons schläfrige Augen wurden schlagartig hellwach.

«AE/PINNACLE behauptet, innerhalb der *Company* sitze ein Agent mit dem Decknamen SASHA, der von der Moskauer Zentrale – nicht von der Residentur in Washington – betreut werde. Der führende Kopf der Operation ist jemand mit dem Spitznamen Starik, was auf Russisch *alter Mann* bedeutet. In der Residentur munkelt man, dass dieser Starik auch Philby betreut haben soll. Zwischen der Residentur und SASHA besteht keine direkte Verbindung – alles läuft über eine verdeckt in den USA lebende Kontaktperson.»

«Nicht sehr aufschlussreich», nörgelte Angleton, doch es war unübersehbar, dass Mannys Geschichte einen wunden Punkt getroffen hatte.

«Kukuschkin behauptet, der KGB-Resident, der Leiter des Konsulats in der Botschaft, ein Mann namens Kliment Jewgenewitsch Borisow, sei ein alter Freund von ihm aus der Studienzeit. Die beiden trinken spätabends oft zusammen was im Büro des Residenten. Kukuschkin sagt, er habe sich entschieden, gerade jetzt überzulaufen, weil er bei einem Plausch mit dem Residenten erfahren hat, dass sowohl SASHA als auch seine Kontaktperson derzeit nicht in der Stadt sind. Er behauptet, er könne nicht überlaufen, wenn SASHA in Washington ist, weil er als einer der Ersten davon Wind bekäme. Kukuschkin sagt, wir müssen uns beeilen, weil die günstige Gelegenheit, also die Zeit, in der SASHA nicht in Washington ist, rasch vorbei sein wird – in zwei Wochen, um genau zu sein. Sobald wir ihn und seine Familie in Sicherheit gebracht hätten, werde AE/PINNACLE uns den Anfangsbuchstaben des Nachnamens von SASHA nennen, außerdem wird er uns ein wichtiges biografisches Detail verraten und sagen, wann genau SASHA schon einmal für einige Zeit nicht in Washington war. Anhand dieser Informationen, so sagt er, müssten wir ihn identifizieren können.»

Angleton wedelte sich den Zigarettenrauch aus den Augen. Es war seine feste Überzeugung, dass alle potenziellen sowjetischen Überläufer Agenten waren, da der sowjetische Maulwurf in der *Company* die Moskauer

Zentrale informiert hätte, sobald er von der geplanten Exfiltration erfuhr. Ein echter Überläufer würde eliminiert werden, ehe er seine Flucht organisieren konnte. Jetzt hatte er etwas gehört, das ihm plausibel erschien: Ein potenzieller Überläufer konnte tatsächlich echt sein, *wenn SASHA nicht in Washington war und daher nicht sofort von der Exfiltration erfuhr.* Angletons kratzige Raucherstimme fragte: «Hat Ihr Russe nähere Angaben über die Kontaktperson gemacht?»

«Ich habe nachgefragt, Mr. Angleton. Er hat lediglich gesagt, die für SASHA zuständige Kontaktperson sei auf Heimaturlaub; die Order, nach Russland zu kommen, sei der Kontaktperson von einer Frau übermittelt worden, die zwischen der Residentur und SASHAs Kontaktperson zwischengeschaltet ist. AE/PINNACLE kann nicht mit Sicherheit sagen, ob die Kontaktperson nicht da ist, weil SASHA nicht da ist, oder umgekehrt. Das versprochene Detail aus SASHAs Biografie und die Information, wann genau SASHA schon einmal länger nicht in Washington war, hat er zufällig erfahren, als er im Direktorat S in der Moskauer Zentrale war; SASHAs frühere Abwesenheit aus Washington falle zeitlich mit einer Auslandsreise des Führungsoffiziers Starik zusammen.»

Die Männer am Tisch schwiegen eine Weile, während sie Mannys Bericht verdauten. Ganz in Gedanken nickte Ebby mehrmals vor sich hin; er war von der Existenz eines sowjetischen Maulwurfs in der CIA überzeugt, seit er 1956 in die Hände der ungarischen Geheimpolizei geraten war, weil ihn jemand verraten hatte. Colby stand auf und fing an, den Tisch zu umkreisen. «Haben Sie ein zweites Treffen mit Ihrem russischen Freund vereinbart?», fragte er.

Manny sagte: «Nein. Ich dachte, ich bräuchte dafür eine Genehmigung.»

Ebby sagte: «Wie will er sich wieder mit dir in Verbindung setzen?»

«Ich habe mich an die Anweisungen von Mr. McAuliffe gehalten – AE/PINNACLE wird Agatha Ept am Dienstagabend anrufen. Er soll den Leuten in der Botschaft sagen, er habe sie zufällig im *Smithsonian* kennen gelernt und wolle versuchen, ihr Liebhaber zu werden, um an amerikanische Patente heranzukommen. Wenn sie ihn zum Abendessen einlädt, weiß er, dass wir den Dialog fortsetzen wollen. Wenn sie ihn abblitzen lässt, bedeutet das, wir wollen die Angelegenheit nicht weiterverfolgen.»

Angleton schob seinen Stuhl zurück, blieb aber sitzen. «Es ist ja wohl klar, dass ab jetzt die Gegenspionage für die Sache zuständig ist», verkündete er.

Jack brauste auf: «Für Sie vielleicht, aber für mich ist das nicht klar. Die Sowjetabteilung ist durchaus in der Lage, die Sache abzuwickeln.»

Colby nahm wieder Platz und zupfte sich am Ohrläppchen. «Und schon fangen die Revierkämpfe an.»

Angleton drückte seine Zigarette aus. «Es besteht eine geringe Chance, dass wir es mit einem echten Überläufer zu tun haben», sagte er bedächtig. «Aber es ist genauso gut möglich, dass der KGB – dieser Starik persönlich – uns einen Köder vor die Nase hält.»

«Nehmen wir den schlimmsten Fall an», sagte Colby. «Kukuschkin ist ein Köder. Er bietet uns ein paar Bröckchen über ein Desinformationsdirektorat und den britischen Premierminister an, und einen saftigen Brocken – ein Maulwurf in der CIA. Sie sagen selbst immer, ein falscher Überläufer würde echte Informationen mitbringen, um seine Glaubwürdigkeit zu untermauern, damit wir die falschen Informationen schlucken. Wenn wir unsere Karten geschickt ausspielen, müssten wir eigentlich die Spreu vom Weizen trennen können.»

«Das ist praktisch unmöglich», erwiderte Angleton, «wenn wir nicht ein erfahrenes Gegenspionageteam auf den Fall ansetzen. Es steht allerhand auf dem Spiel. Wenn AE/PINNACLE echt ist, müssen wir uns durch ein Gewirr von Informationen durcharbeiten. Wenn er ein Agent ist, der uns mit Falschinformationen versorgen soll, dann müssen wir uns fragen, warum der KGB so einen Aufwand betreibt.» Angleton, plötzlich atemlos, schnaufte kurz. Dann sagte er direkt an Ebby gewandt: «Ihr Junge hat seine Sache gut gemacht, Elliott. Fehlerfrei, soweit ich sehen kann. Aber er ist noch zu jung, zu unerfahren. Einen Überläufer abzuwickeln ist eine Kunst für sich – es geht nicht nur darum, die richtigen Fragen zu stellen, sondern auch darum, sie nicht zu früh zu stellen; Fragen führen zu Antworten, und Antworten führen zum Abschluss des Denkprozesses; und das darf man nicht überstürzen.»

Jack sagte an Colby gewandt: «Manny wäre ja nicht allein, Bill. Er hätte schließlich die ganze Sowjetabteilung hinter sich.»

Ebby sagte trocken: «Ich enthalte mich der Stimme, aus nahe liegenden Gründen.»

Jack sagt: «Ich aber nicht. Wenn Leo Kritzky hier wäre, würde er das Gleiche sagen wie ich. Die Sowjetabteilung sollte die Sache abwickeln. Die Spionageabwehr hat schon etliche potenzielle Überläufer abgelehnt, von denen bestimmt manche – viele – echt waren.»

«Wenn die Gegenspionage von Exfiltrationen abrät», widersprach Angleton hitzig, «dann doch nur, um die *Company* vor Falschinformanten zu schützen –»

«Also schön», sagte Colby. «Jim, wir wissen beide, dass ein vertrautes Gesicht für einen potenziellen Überläufer Gold wert ist. Und Sie selbst haben gesagt, dass Manny alles richtig gemacht hat.» Er wandte sich an Ebby. «Ich möchte, dass der DD/O eine Sondereinheit zur Abwicklung dieser Exfiltration bildet. Nicht mehr als die paar Leute hier im Raum und ihre wichtigsten, engsten Mitarbeiter. Ich möchte vermeiden, dass irgendwer außerhalb dieses kleinen Kreises von der Sache Wind bekommt. Ich möchte binnen dreizehn Tagen wissen, was die Sondereinheit empfiehlt, ein Zeitrahmen, der nicht zufällig dem Zeitraum entspricht, in dem SASHA sich nicht in Washington aufhält. Manny, Sie spielen die Schlüsselrolle – Sie treffen sich mit AE/PINNACLE und gewinnen sein Vertrauen und bringen die Ernte ein. Jim, Sie vertreten in der Sondereinheit die Gegenspionage. Wenn Sie wegen irgendwelcher Operationen Bedenken haben, die Sie mit dem DD/O oder seinem Stellvertreter nicht aus der Welt schaffen können, wenden Sie sich direkt an mich. Sobald wir den Russen gemolken haben, können Sie, wenn Sie nicht zu den gleichen Ergebnissen kommen wie der DD/O, bei mir offiziell Ihre anders lautende Meinung aktenkundig machen.» Colby sah auf die Uhr. «Jim, wenn Sie sich nicht beeilen, kommen Sie noch zu spät zu Ihrem Termin.»

«Schon gut. Ist wirklich nicht schlimm.»

«Ich hör dir doch an, dass es wohl schlimm ist.»

«He, ich werde schon jemanden auftreiben, der mit mir ins Kino geht. Danach nehme ich ihn mit zu mir, wir machen eine gute Flasche Wein auf, drehen das Licht schummrig und legen Paul Anka auf. Wie es weitergeht, kannst du dir ja denken.»

«Tut mir wirklich Leid, Nellie. Es ist was Wichtiges dazwischengekommen –»

«Bei euch kommt immer was Wichtiges dazwischen. Das höre ich ständig von meiner Mutter. Elizabet sagt, eine Frau, die sich ernsthaft mit jemandem von der CIA einlässt, muss völlig verrückt sein; sie fängt als *Company*-Witwe an, und dann geht's nur noch bergab. Willst du eigentlich nicht die gute Nachricht hören?»

«Du hast den Job!»

«Ja, ich hab ihn, ich hab ihn. Ich könnte vor Freude ausflippen, Manny. Ich hab ihnen mein Harvard-Zeugnis unter die Nase gehalten, und sie waren hin und weg. Ist zwar nur eine kleine Kanzlei, aber vom Feinsten. Und ich bin die allererste Frau, die sie nicht bloß als Tippse einstellen. Das wird noch was werden – ich im Minirock unter all den stocksteifen Anzügen!»

«Toll, Nellie. Ich hab gewusst, dass du sie umhaust –»

«Willst du wissen, wie viel ich verdiene?»

«Lieber nicht.»

«He, du hast doch hoffentlich kein Problem damit, dass deine Freundin mehr nach Hause bringt als du.»

«Nein. Ich habe nur ein Problem mit Inzest.»

Nellies Lachen perlte durchs Telefon. «Da bin ich aber froh. Wann sehen wir uns wieder?»

«Vielleicht am Wochenende. Vielleicht.»

«Wieso vielleicht?»

«Wie ich schon sagte, wegen einer wichtigen Sache.»

«Okay, dann bleibt mir bis dahin wohl nichts anderes übrig, als bei mir selbst Hand anzulegen.»

«Nellie, du bist unmöglich –»

«Im Gegenteil, Manny. Ich bin *möglich*.»

Jack hatte die Leitung der Sondereinheit übernommen, und unter seinen wachsamen Augen machte Manny sich an die Vorbereitung der eventuellen Exfiltration. Für Agatha Ept war es eine spannende Abwechslung, im Interesse der nationalen Sicherheit eine Affäre mit einem verheirateten russischen Diplomaten vorzutäuschen. Der Verwalter des Hauses, in dem Ept ihre Wohnung hatte, ein pensionierter Regierungsbeamter, überschlug sich förmlich vor Hilfsbereitschaft und sagte, Ende des Monats werde eine der Nachbarwohnungen von Agatha Ept frei. Manny klopfte an die Tür von 5F und wies sich als Sicherheitsbeamter des State Department aus. Als er den Mietern, einem jungen Pärchen, anbot, die Umzugskosten zu übernehmen, wenn sie auf der Stelle auszögen, ließen sie sich nicht lange bitten. Sobald 5F frei war, zog ein Team von Technikern ein und baute die elektronischen Geräte auf. Die Zimmer in Epts Wohnung, 5D, wurden verdrahtet und das Telefon und die Wohnungsklingeln von 5D und 5F miteinander verbunden, so dass sie jeweils gleichzeitig anschlugen. Es konnte losgehen.

Am Dienstagabend saß ein erschöpfter Manny in 5F und trank mit zwei Technikern lauwarmen Kaffee, als plötzlich das Telefon klingelte. Einer der Männer schaltete das Tonbandgerät ein und drückte einen Knopf an einem Lautsprecher. Man konnte hören, wie Agatha Ept in ihrer Wohnung ans Telefon ging.

«Hallo?», sagte sie fragend.

«Hallo.»

Manny nickte dem zweiten Techniker zu, der den Hörer eines Telefons abnahm, das eine offene Standleitung hatte, und sagte leise: «Er hat angerufen – Anruf zurückverfolgen.»

«Ach, Sie sind's», sagte Agatha leicht atemlos; Manny hoffte, dass sie ihre Rolle nicht übertrieb, schließlich war denkbar, dass die Botschaft das Gespräch ebenfalls abhören ließ. «Ehrlich gesagt, ich hatte gehofft, dass Sie anrufen.»

AE/PINNACLE wirkte erleichtert. «Das freut mich sehr.»

Agatha kam zur Sache. «Hätten Sie vielleicht, ich meine, natürlich nur, wenn Sie noch nichts vorhaben ... hätten Sie vielleicht Lust, morgen Abend zum Essen zu mir zu kommen?»

Der Russe räusperte sich. «Nein, ich habe nichts vor – ich komme natürlich sehr gern.»

«Wissen Sie noch, wo ich wohne?»

AE/PINNACLE lachte aufgeregt; auch er spielte seine Rolle gut – aber war das überhaupt eine Rolle? «So etwas vergesse ich nicht so schnell», sagte er.

«Von wo rufen Sie an?», fragte Agatha.

«Von einer Telefonzelle nicht weit von der ... meiner Arbeitsstelle entfernt.»

«Sie haben den Anruf zurückverfolgt – er ruft von der sowjetischen Botschaft an», sagte der Techniker zu Manny.

«Also, abgemacht», sagte Agatha. «Gegen halb sieben wäre mir recht. Ich komme um halb sechs vom Patentamt nach Hause» – sie hatte das Patentamt auf Mannys Bitte hin in die Unterhaltung einfließen lassen – «dann habe ich noch Zeit, mich etwas vorzeigbar zu machen.»

«Sie sind ausgesprochen vorzeigbar», sagte AE/PINNACLE.

Agatha hielt kurz den Atem an. «Dann bis morgen, ja?»

«Ja. Bis morgen, vorzeigbare Lady.»

«Auf Wiedersehen, Sergei.»

Gleich darauf klingelte es in 5F. Manny riss den Hörer von der Gabel.

«Er kommt», sagte Agatha aufgeregt.

«Ich weiß. Ich habe mitgehört.»

«Wie war ich?»

«Großartig. Sie sollten überlegen, ob Sie nicht Schauspielerin werden.»

Agatha lachte nervös. «Ehrlich gesagt, ich war so nervös, mir schlug das Herz bis zum Hals.»

«Agatha, es ist jetzt ganz wichtig, dass Sie so weiterleben, als wäre alles ganz normal. Wir überwachen Ihre Wohnung rund um die Uhr, damit niemand von der anderen Seite bei Ihnen einbricht, um ein Mikro anzubringen. Wenn irgendjemand Unbekanntes sich bei Ihnen meldet – irgendjemand anruft, den Sie nicht kennen –, rufen Sie umgehend die Nummer an, die ich Ihnen gegeben habe.»

«Sind Sie hier, wenn er kommt?»

«Ich bin draußen vor Ihrer Wohnungstür, wenn er aus dem Fahrstuhl tritt.»

Obwohl Angleton ihm versichert hatte, dass AE/PINNACLE nicht verdrahtet sein würde, fand Manny, dass es nicht schaden könne, auf Nummer Sicher zu gehen. Als der Russe aus dem Fahrstuhl trat, legte Manny einen Zeigefinger an die Lippen, um ihm zu signalisieren, dass er still sein solle, und hielt dann eine Karteikarte hoch, auf der «Sind Sie verdrahtet?» stand.

«Ich bin nicht verdrahtet, Manny», erwiderte Kukuschkin. Er hob die Arme und spreizte die Beine. «Sie können mich durchsuchen. Mein Resident war sehr froh, als ich ihm von diesem Kontakt erzählt habe. Er brüstet sich gegenüber der Moskauer Zentrale gern mit neuen Informationsquellen.»

Manny bedeutete ihm, die Arme zu senken und ihm zu folgen. Er holte einen Schlüssel hervor, öffnete die Tür von 5D und verschloss sie wieder, sobald sie in Epts Wohnung waren.

Agatha kam auf sie zu. «Hallo», sagte sie, streckte schüchtern eine Hand aus, die der Russe kräftig schüttelte.

«Hallo, Sie vorzeigbare Lady», sagte er mit einem breiten Grinsen.

«Ich lasse Sie beide jetzt allein», sagte sie, drehte sich auf dem Absatz um und verschwand im Schlafzimmer.

Manny signalisierte dem Russen, auf der Couch Platz zu nehmen, und setzte sich ihm gegenüber in einen Sessel. Der Russe lockerte seine Krawatte und knurrte etwas, das Manny als einen Fluch auf Tadschikisch erkannte. «Sie sprechen Tadschikisch?», fragte Manny überrascht.

«Ich spreche es nicht – ich fluche darin», sagte Kukuschkin. «Mein Großvater väterlicherseits war Tadschike. Wieso wissen Sie, dass das Tadschikisch war?»

«Ich habe auf dem College zentralasiatische Sprachen studiert.» Er holte einen dicken Stoß voll getippter Seiten hervor. «Zeit für Fragen und Antworten», verkündete er.

«Ich kenne die Spielregeln. Sie wollen sichergehen, dass ich der bin, der ich behaupte zu sein.»

«So ungefähr.» Manny beäugte den Russen. «Als Sie Agatha gestern anriefen, haben Sie gesagt, Sie würden von einer Telefonzelle aus anrufen. War das der Fall?»

Kukuschkin blickte sich um. «Wo sind die Mikrofone?»

Manny sagte: «Überall verteilt.»

Kukuschkin nickte grimmig. «Ich habe von der Botschaft aus angerufen, nicht aus einer Telefonzelle. Der Resident Kliment Borisow hat von einem Nebenapparat mitgehört. Das Gespräch wurde aufgenommen. Borisow hat mir gesagt, ich soll sagen, dass ich von einer Telefonzelle aus anrufe, da ich ja angeblich eine außereheliche Affäre anfange und nicht will, dass meine Frau oder irgendwer in der Botschaft davon erfährt.» Der Russe verschränkte kurz die Beine und stellte seine großen Füße dann flach auf den Boden. «Haben Sie Patentdokumente, die ich mitnehmen kann?»

Manny zog sich einen Gummihandschuh über und zog die Fotokopien von drei Patententwürfen aus einem Umschlag. Er reichte sie Kukuschkin, der die Blätter kurz überflog. «Sind Agathas Fingerabdrücke da drauf?», fragte er.

«Sie denken wirklich an alles», sagte Manny und zog sich den Handschuh aus. «Ich habe sie gebeten, die Entwürfe zu lesen und in den Umschlag zu stecken.»

Der Russe faltete die Blätter und steckte sie in seine Jackett-Innentasche. «Sie sind es, der an alles denkt, Manny.»

«Also fangen wir an», sagte Manny. Er blickte auf die erste Frage auf dem Blatt Papier. «Wie hieß der Dozent, der an der Lomonosow-Universität das Seminar ‹Bürgerliche Demokratie – ein Widerspruch in sich› abhielt?»

Kukuschkin schloss die Augen. «Ihr habt in eurer CIA ein gutes biografisches Archiv. Der Dozent war ein Jude namens Lifschitz. Er hat im Großen Vaterländischen Krieg ein Auge verloren und trug eine schwarze Augenklappe; die Studenten haben ihn hinter seinem Rücken Mosche Dajan genannt.»

Manny ging die Fragen der Reihe nach durch, und Kukuschkin beantwortete sie, so gut er konnte. Auf einige wusste er keine Antwort, andere beantwortete er falsch, doch die meisten richtig. Irgendwann brachte Agatha ihnen Tee und setzte sich zu ihnen, während sie ihn tranken. Kukuschkin fragte sie nach ihrer Arbeit und was für Dokumente durch ihre Hände gingen, um Einzelheiten für den Bericht zu sammeln, den er schreiben musste. Dann machten sie mit Mannys Fragen weiter. Als sie die Liste fast durch hatten, klingelte das Telefon. Der Russe und Manny starrten es an. Agatha erschien in der Schlafzimmertür. «Das könnte meine Mutter sein», sagte sie hoffnungsvoll.

«Gehen Sie ran», sagte Manny.

«Und wenn sie's nicht ist?»

«Dann sagen Sie nichts. Sie fangen gerade eine Affäre mit einem verheirateten Mann an. So was erzählt man nicht am Telefon, während er da ist.»

Agatha nahm zaghaft den Hörer ab. «Hallo?» Dann: «Welche Nummer haben Sie denn gewählt?»

Sie blickte Manny an und formte lautlos mit den Lippen: Keine Ahnung. «Tja, die Nummer stimmt zwar, aber hier wohnt niemand, der so heißt … Macht nichts, auf Wiederhören.» Sie legte auf. «Da wollte jemand eine Maureen Belton sprechen.» Sie zwinkerte nervös und ging zurück ins Schlafzimmer.

Manny ging zum Telefon und nahm den Hörer ab. «Habt ihr den Anruf zurückverfolgt?» Er lauschte einen Moment lang, legte den Hörer wieder auf und setzte sich. «Die Zeit hat nicht gereicht. Es war ein Mann – er hat mit Akzent gesprochen.»

«Vielleicht wollten sie überprüfen, ob eine Frau hier ist.»

«Kann sein», pflichtete Manny bei.

«Und wie habe ich bei Ihrem Quiz abgeschnitten?», fragte Kukuschkin, als Manny die letzte Frage gestellt hatte.

«Ausgezeichnet», sagte Manny.

«Dann können wir ja jetzt darüber sprechen, wie ich rüberkommen kann, nicht wahr?»

Manny schüttelte den Kopf. «Wenn das nur so einfach wäre, Sergei. Vorher müssen unsere Leute von der Gegenspionage Ihre Antworten auswerten –»

«Euer Mr. Angleton», sagte Kukuschkin.

«Sie wissen von Mr. Angleton?»

«Jeder in der Botschaft weiß von eurem Mr. Angleton.»

«Wenn die Gegenspionage uns grünes Licht gibt, müssen wir ein *safe house* auf dem Land vorbereiten und mit Personal besetzen, erst dann können wir die Exfiltration organisieren – dazu brauchen wir einen Zeitpunkt, an dem Sie mit Frau und Tochter das russische Gelände unter einem Vorwand verlassen. Sie müssen in der Lage sein, den Aktenkoffer mit den Geheimnissen zu füllen, die Sie uns versprochen haben, und ihn aus der Botschaft schmuggeln.»

Kukuschkins Miene verfinsterte sich. «Wie lange?»

«Wenn alles glatt geht, in fünf bis sechs Wochen.»

Der Russe sprang auf. «In fünf Wochen ist SASHA längst wieder in Washington!» Er ging zum Fenster, teilte den Vorhang und spähte auf die dunkle Straße. «In fünf Wochen, Manny, bin ich ein toter Mann.»

«Beruhigen Sie sich, Sergei. Es gibt einen Ausweg.»

«Aus einem Sarg gibt es keinen Ausweg.»

Manny trat zu Kukuschkin ans Fenster. «So weit wird es nicht kommen, Sergei, wenn Sie mir die Informationen über SASHA jetzt geben – verraten Sie uns den Anfangsbuchstaben von SASHAs Nachnamen, verraten Sie uns das biografische Detail, sagen Sie uns, wann SASHA schon einmal für einige Zeit nicht in Washington war.»

Kukuschkin drehte sich um und lief hinter der Couch auf und ab, wie ein Panther, der nach einem Ausweg aus der Falle sucht, in die er gestürzt ist. «Und, wie fühlen Sie sich bei diesem Erpressungsspiel, das Sie mit mir veranstalten?»

Manny wich Sergeis Blick aus. «Mies. Ganz mies. Aber wir machen alle bloß unseren Job ...»

Der Russe stöhnte. «An Ihrer Stelle würde ich das Gleiche machen. Wir beide sind in einer miesen Branche.»

«Ich habe SASHA nicht erfunden, Sergei», sagte Manny vom Fenster aus. «Ich kann nichts dafür, dass er in gut einer Woche wieder in Washington ist.»

«Woher weiß ich, dass ihr mich nicht wegwerft wie eine ausrangierte Puppe, wenn ich euch die Informationen über SASHA gebe?»

«Ich gebe Ihnen mein Wort, Sergei –»

«Euer Mr. Angleton ist nicht an Ihr Wort gebunden», erwiderte Kukuschkin und setzte sich wieder auf die Couch. «Was ist mit der ärztlichen Hilfe für meine Frau?»

«Wir können sie innerhalb weniger Tage von Spezialisten untersuchen lassen. Falls nötig, bekommt sie die Behandlung, die sie braucht.»

«Was heißt innerhalb von Tagen?»

«Die Russen in der Botschaft lassen sich alle hier in Amerika die Zähne machen – sie gehen zu einem bulgarischen Zahnarzt nicht weit von der Subwaystation Dupont Circle; er spricht Russisch, und die Honorare sind bezahlbar. Wenn Ihre Frau plötzlich Zahnschmerzen bekäme, würde sie bei ihm einen Termin vereinbaren. Wenn sie eine Wurzelbehandlung bräuchte, müsste sie drei-, viermal zu ihm über einen Zeitraum von drei oder vier Wochen. Wir könnten einen Herzspezialisten besorgen, der sie in einem anderen Raum im selben Gebäude untersucht.»

«Und der bulgarische Zahnarzt?»

«Der wird kooperieren. Er tut so, als würde er sie tatsächlich behandeln, und niemand wird etwas merken.»

«Woher wissen Sie so genau, dass er kooperiert?»

Manny lächelte nur.

Kukuschkin dachte nach. Manny ging zu ihm und setzte sich auf die Couchlehne. «Vertrauen Sie mir, Sergei – geben Sie mir die Informationen über SASHA. Wenn wir SASHA identifizieren können, haben Sie keine Probleme mehr. Wir holen Sie und Ihre Familie unter Bedingungen herüber, die nahezu risikofrei sind. Dann machen wir Ihnen ein Angebot, bei dem Ihnen Hören und Sehen vergeht. Sie werden es nicht bereuen.»

2

WASHINGTON, D.C., FREITAG, 24. MAI 1974

Die Zeit wurde knapp. Kukuschkin blieben noch achtundvierzig Stunden, dann waren die zwei Wochen, in denen die Gelegenheit zum Überlaufen günstig war, verstrichen; falls seine Informationen richtig waren, würde SASHA am Sonntag nach Washington zurückkehren und am nächsten Morgen wieder an seinem Schreibtisch sitzen. Obwohl sich die Sondereinheit um größtmögliche Diskretion innerhalb der *Company* bemühte, würde SASHA sicherlich von der Operation Wind bekommen und die sowjetische Botschaft alarmieren.

Angleton war von Anfang an argwöhnisch gewesen. Doch seine natürliche Neigung, bei Überläufern das Schlimmste anzunehmen, bekam Risse, als Manny erwähnte, dass Kukuschkin ihm von dem Desinformationsdirektorat berichtet hatte, mit dem der KGB eine weltweite Falschinformationskampagne durchführte. Angleton hegte seit langem den Verdacht, dass ein solches Direktorat existierte, da die Welt im Allgemeinen und die amerikanischen Medien im Besonderen sowohl die Gerüchte von dem chinesisch-sowjetischen Bruch als auch die Geschichten geschluckt hatten, Dubcek und Ceausescu und Tito wollten sich von Moskau distanzieren. Angleton, der sich damit brüstete, zwischen KGB-Desinformationen und realen politischen Ereignissen in der realen Welt unterscheiden zu können, wusste intuitiv, dass es sich um lancierte Falschmeldungen handelte, die die westlichen Staaten in Sicherheit wiegen sollten, damit sie den Militär- und Geheimdienstetat kürzten.

Die Informationen, mit denen Manny von seinem zweiten Treffen mit AE/PINNACLE zurückkam, eröffneten Angleton ungeahnte Möglichkeiten. Seit gut zwei Jahren war er SASHA auf der Spur, schränkte er ganz allmählich die Liste der Verdächtigen mit Hilfe eines komplizierten Eliminationsverfahrens ein, indem er die missglückten und die gelungenen

Operationen analysierte. Es war, so seine Überzeugung, nur noch eine Frage von Monaten, bis er SASHA enttarnen würde. Doch während dieser Zeit konnte SASHA natürlich weiterhin großen Schaden anrichten. Umso wichtiger waren die Informationen von AE/PINNACLE, und Angleton setzte in seiner Abteilung umgehend ein Team von Experten auf sie an.

SASHA würde laut AE/PINNACLE bis Sonntag, dem 26. Mai, nicht in Washington sein, was wahrscheinlich bedeutete, dass er am Montag, dem 27., wieder in Langley an seinem Schreibtisch sitzen würde. Er sprach Russisch, sein Nachname begann mit dem Buchstaben K., und als Kukuschkin im Direktorat S der Moskauer Zentrale arbeitete, war er direkt Starik unterstellt. Im September 1972 sollte er für Starik, der eine seiner seltenen Auslandsreisen plante, diesmal in die ostkanadische Provinz Neuschottland, logistisches Material besorgen – Straßenkarten und Stadtpläne, Bus- und Zugfahrpläne, Adressen von Mietwagenfirmen. Als Kukuschkin ihm das Gewünschte in seine Privatwohnung in der Apatow-Villa in der Nähe eines Dorfes namens Tscherjomuski brachte, deutete Starik nebenbei an, er unternehme die Reise, um sich mit jemandem zu treffen. Erst später, als Kukuschkin von der Existenz eines hochrangigen KGB-Agenten in der CIA mit dem Decknamen SASHA erfuhr, zählte er zwei und zwei zusammen; nur SASHA war so wichtig, dass Starik eine Reise nach Übersee unternahm.

Während die Gegenspionage sich an die mühselige Arbeit machte, die Zentralregistratur zu durchforsten – es mussten Tausende von Akten von Hand gesichtet werden –, organisierte Manny den Arztbesuch von Kukuschkins Frau, einer kleinen, korpulenten Frau mit kurz geschnittenem, graumeliertem Haar. Ihr Name war Elena Antonowa. Wie verabredet, klagte sie über Zahnschmerzen und fragte in der russischen Botschaft nach, ob man ihr einen Zahnarzt empfehlen könne. Sie erhielt die Telefonnummer des Russisch sprechenden Bulgaren, zu dem alle Botschaftsangehörigen gingen. Zum Glück hatte jemand seinen Termin abgesagt, so dass sie gleich am folgenden Tag kommen konnte. Der Zahnarzt, natürlich im Dienst der *Company*, hatte Mrs. Kukuschkin ein Attest gegeben, ohne sie untersucht zu haben – sie leide an einem Wurzelabszess, und die Behandlung würde drei oder vier Termine erfordern.

Manny schlenderte im Korridor auf und ab, als Elena Antonowa aus der Zahnarztpraxis kam, ein Terminkärtchen in der Hand. Er bedeutete ihr, ihm zu folgen, und sie gingen zwei Stockwerke hoch in ein Büro mit der Aufschrift *Proffit & Proffit, Rechtsanwälte* an der Glastür. Sie traten ein, und Manny stellte Kukuschkins Frau einem Herzspezialisten vor, der bei Bedarf für die *Company* arbeitete. Der Arzt, der sich für seine Sondereinsätze M. Milton nannte, sprach fließend Russisch. Er führte seine Patientin in einen angrenzenden Raum (der in der Nacht zuvor in aller Eile mit allem Nötigen ausgestattet worden war) und untersuchte sie eine Dreiviertelstunde lang. Dann stellte er in Mannys Anwesenheit eine vorläufige Diagnose: Aller Wahrscheinlichkeit nach litt Elena Antonowa an Angina pectoris. Falls die medikamentöse Behandlung keinen Erfolg brachte, würde sie sich irgendwann einer Bypass-Operation unterziehen müssen.

Manny begleitete Mrs. Kukuschkin zum Fahrstuhl und erläuterte ihr, dass sie bei ihrem nächsten Zahnarzttermin die notwendigen Tabletten erhalten werde. «Danke», flüsterte sie und versuchte zu lächeln. «Ich sage Ihnen – ich habe schreckliche Angst. Wenn sie die Sache herausfinden, wird es schrecklich für uns werden: für Sergei, für mich, für unsere Tochter Ludmilla ...»

«Wir tun alles, was in unseren Kräften steht, um das zu verhindern», versprach Manny.

In Langley kam Angleton zur regelmäßigen Besprechung der Sondereinheit eingepackt in Mantel und Schal; er hatte wegen einer Grippe das Bett hüten müssen und war noch immer fiebrig. Als er sich schwerfällig auf seinen Stammplatz am Kopfende des Tisches niederließ, wirkte die Haut an Handgelenken und Gesicht fast durchscheinend, das Hemd war durchgeschwitzt, und an der Nase rannen ihm Schweißperlen herab. Zum Erstaunen aller Anwesenden zündete er sich nicht als Erstes eine Zigarette an. «Meine Leute haben die Informationen genaustens unter die Lupe genommen», verkündete er mit leiser, angespannter Stimme. «Und wir haben noch eine Information hinzugefügt, die uns seit Jahren vorliegt. Ich bin zu folgendem vorsichtigen Schluss gelangt: AE/PINNACLE könnte eine äußerst seltene Orchidee sein, ein echter Überläufer mit echten Geheimnissen.»

Colby blickte über den Tisch seinen DD/O Elliott Ebbitt an. Sie waren beide sichtlich verblüfft.

«Wollen Sie damit sagen, dass Sie SASHA identifiziert haben?», fragte Jack.

Angleton sagte nur: «Es wird Ihnen nicht gefallen.»

«Nun schießen Sie schon los», sagte Colby ungeduldig.

Angletons schlaksiger Körper zitterte merklich unter dem Mantel. «Anhand der vier Informationen von AE/PINNACLE», begann er, «haben meine Leute die Zahl der Verdächtigen drastisch eingrenzen können. Ich fange mit den ersten drei Informationen an. Die *Company* beschäftigt einhundertvierundvierzig Russisch sprechende Mitarbeiter, deren Nachname mit K beginnt und die bis Sonntag nicht in Washington sind. Von diesen hundertvierundvierzig waren dreiundzwanzig ebenfalls irgendwann in demselben Zeitraum nicht in der Stadt, in dem laut Kukuschkin SASHA nicht in Washington war, nämlich im September 1972.»

Colby malte eine überaus kunstvolle «Dreiundzwanzig» auf seinen Block und verzierte sie mit Kringeln. Manny am anderen Ende des Tisches beobachtete Angleton, der wie ein Raubtier vor dem Sprung wirkte.

«Damit komme ich zu der Information, die ich seit nunmehr dreizehn Jahren auf Eis liegen habe.» Angletons maskenhaftes Gesicht verzog sich zu einem gequälten Lächeln. «*Dreizehn Jahre!* Und die ganze Zeit habe ich gehört, wie hinter meinem Rücken geflüstert wurde, *Mother* ist besessen, *Mother* ist paranoid. Glauben Sie mir, ich habe jedes Wort gehört, jedes Wort.»

Colby versuchte, Angleton sanft wieder auf das Thema zurückzubringen. «Die fünfte Information, Jim.»

«Die ... fünfte ... Information», sagte Angleton gedehnt, als wollte er seine Zuhörer auf die Folter spannen. «Im Jahr 1961 spürte das FBI einen alten Kommunisten namens Max Cohen auf, der zwanzig Jahre zuvor untergetaucht war. Sie erinnern sich sicher, Bill. Cohen alias Kahn hatte einen Getränkeladen in Washington eröffnet. Kahn hat einem sowjetischen Kontaktmann die perfekte Tarnung verschafft: der Kontaktmann hat bei ihm gewohnt und Getränke ausgeliefert. Sein Deckname war Dodgson, was interessanterweise der richtige Name von Lewis Carroll war, dem Autor von *Alice im Wunderland*; man muss sich fragen, ob der KGB-Führungsoffizier, der damals Philby betreut hat und heute SASHA betreut, nicht vielleicht für uns, wie Dodgson, Welten im Innern von Welten im Innern von Welten erschafft, um uns in die Irre zu führen.» Angleton schloss die Augen und schien einen Moment lang zu meditieren, bevor er fortfuhr. «Das FBI fand unter den Dielenbrettern in Dodgsons Wohnung Chiffriercodes und Mikrofilme, ein Microdot-Lesegerät, viel Bargeld und einen Kurzwellenempfänger. Dodgson selbst ist ihnen entwischt, als sie Kahn und eine Mitarbeiterin verhafteten. Aber ich habe ihn nicht vergessen. Nicht eine Sekunde. All die Jahre.» Seine Stimme verlor sich, und seine Augen wurden glasig.

Colby drängte erneut. «Die fünfte Information?»

«Ja, natürlich ... Ich habe Kahns Rechnungen aus den vorherigen zehn Jahren überprüft und festgestellt, dass Dodgson irgendwann Anfang der Fünfzigerjahre Whisky geliefert hat an» – Angleton spuckte die Worte förmlich aus – «meinen ehemaligen Kollegen Adrian Philby; ich selbst war bei Adrian zu Hause an dem Abend, als Dodgson ihm zwei Flaschen

Lagavulin Malt Whisky lieferte. Ich habe mir natürlich nichts dabei gedacht. Erst jetzt begreife ich, dass direkt vor meiner Nase ...» Der Satz verlor sich. Angleton schüttelte frustriert den Kopf. «Natürlich lag der Gedanke nahe, dass ebendieser Dodgson nach dem Verschwinden von Philby den Kontaktmann für Philbys Ersatz spielen würde, für SASHA.» Angleton griff in die Tasche, holte eine Packung Zigaretten hervor und legte sie auf den Tisch. Der Anblick der Zigaretten schien ihn zu beleben. «Bei der Überprüfung von Kahns Lieferscheinen entdeckte ich unter den Kunden die Namen von einhundertsiebenundsechzig Mitarbeitern der *Company*.»

Jack kam ihm zuvor. «Sie haben die Kundenliste von Kahn mit den dreiundzwanzig Namen verglichen, die Sie mit Hilfe von Kukuschkins Informationen ermitteln konnten.»

«Es war zu schön, um wahr zu sein», gab Angleton zu. «Auf Kahns Lieferscheinen stand keiner der dreiundzwanzig Namen.»

«Hört sich an, als wären Sie wieder in eine Sackgasse geraten.»

Angleton zog eine Zigarette aus der Packung und drehte sie zwischen den Fingern. «Ja, für den normalen Betrachter mag es durchaus wie eine Sackgasse ausgesehen haben. Aber nicht für mich. Ich wusste, dass die Identität von SASHA dort verborgen war – irgendwo da, wo sich die beiden Listen überschnitten.» Er klemmte sich die Zigarette zwischen die aufgesprungenen Lippen, zündete sie aber nicht an. «Letzte Woche», fuhr er fort, seine Stimme ein kehliges Grollen, «hörte ich zufällig mit an, wie meine Frau telefonisch für uns ein Hotelzimmer in New Haven reservierte. Aus Sicherheitsgründen lasse ich alle Reservierungen und dergleichen von meiner Frau vornehmen, unter ihrem Mädchennamen. Und plötzlich fiel es mir wie Schuppen von den Augen – mein Gott, wieso hatte ich nicht daran gedacht? SASHA könnte verheiratet sein. Um einen möglichst großen Abstand zwischen sich und Dodgson herzustellen, hatte er vielleicht seine Frau gebeten, die Bestellungen bei Kahn unter ihrem Mädchennamen aufzugeben. Ich schickte meine Leute erneut an die Arbeit. Wir haben die Mädchennamen von den Ehefrauen der dreiundzwanzig Mitarbeiter überprüft, die wir anhand von Kukuschkins Informationen ermittelt hatten, und nahmen uns noch einmal Kahns Kunden vor – die Leute, die von dem Kontaktmann Dodgson zwischen Philbys überstürzter Abreise und Kahns Verhaftung zehn Jahre später beliefert worden waren.»

Inzwischen saßen alle im Raum vorgebeugt, die Augen auf Angletons Lippen gerichtet, als erwarteten sie, den Namen aus seinem Mund auftauchen zu sehen, bevor sie ihn hörten.

«Und?», flüsterte Colby.

«Der einzige Mädchenname, der auf beiden Listen identisch war, lautet ... Swett», sagte Angleton.

Sowohl Jack als auch Ebby erkannten den Namen sofort. «Adelle Swett ist Philip Swetts Tochter», sagte Jack.

«Und Leo Kritzkys Frau», murmelte Angleton.

«Da sind Sie völlig auf dem Holzweg –», setzte Ebby an.

«Wollen Sie damit etwa sagen, Leo Kritzky ist SASHA?», fragte Jack ungläubig.

Manny sagte: «Das muss ein gewaltiger Irrtum sein –»

Jack schlug mit der flachen Hand auf den Tisch. «Ich kenne Leo seit Yale. Wir waren zusammen in der Rudermannschaft. Wir haben zusammengewohnt. Er ist der Patenonkel meines Sohnes. Ich lege meine Hand für ihn ins Feuer –»

Angleton förderte ein Feuerzeug zutage und hielt die Flamme an die Spitze der Zigarette. Er inhalierte tief und ließ den Rauch durch die Nase ausströmen. «Lassen Sie das lieber, Jack. Sie würden sich verbrennen.»

Colby fuhr sich mit der Hand über die Bartstoppeln auf der Wange, tief in Gedanken. «Woher wissen Sie so genau, dass es nicht Adelles Vater, Philip Swett, war, der bei Kahn was bestellt hat?»

«Oder irgendjemand anders mit dem Namen Swett», zischte Jack.

Die Dosis Nikotin wirkte beruhigend auf Angleton; das Zittern hatte nachgelassen, und seine Haut hatte wieder einen Hauch Farbe bekommen. Sogar seine Stimme klang kräftiger. «Die Adressen beweisen es», erklärte er. «Anfang der Fünfzigerjahre lieferte Dodgson die Swett-Bestellungen an eine Wohnung an der Bradley Lane hinter dem *Chevy Chase Club*, wo Kritzky gewohnt hat, als er Adelle heiratete. Von 1954 an gingen Lieferungen für Swett zur Jefferson Avenue in Georgetown, an ein kleines Haus, das Philip Swett für seine Tochter gekauft hat, als seine Enkeltöchter geboren wurden.»

«Ich bin sprachlos», gab Colby zu. «Wie vor den Kopf gestoßen. Wenn das stimmt ... großer Gott, wenn Leo Kritzky all die Jahre für die Sowjets spioniert hat, ist Ihnen klar, was das bedeutet? Er war über Wisners Operationen Anfang der Fünfzigerjahre gegen sowjetische Ziele informiert. Kritzky wusste über Ihre Ungarn-Mission Bescheid, Eb. Er war Bissells engster Mitarbeiter bei der Schweinebucht-Sache – er wusste, wann und wo die Landung stattfinden sollte, er wusste, welche Boote Munition und Treibstoff an Bord hatten. Wenn der Mann, der die Sowjetabteilung leitet, ein KGB-Maulwurf ist, dann ...»

«Es wäre nicht das erste Mal», rief Angleton Colby in Erinnerung.

«Philby war nach dem Krieg Leiter der antisowjetischen Spionageabwehr des MI6.»

Colby kam ein weiterer Gedanke. «Seine Frau war Rechtsberaterin im Weißen Haus unter Johnson. Denken Sie bloß, was für Insider-Informationen er von ihr erfahren haben könnte! Mir wird ganz schlecht bei der Vorstellung.»

«Ich glaube das nicht», erklärte Ebby. «Leo ist ein loyaler amerikanischer –»

Angleton schien mit jedem Zug an der Zigarette ruhiger zu werden, während die anderen sich immer mehr aufregten.

«Es fügt sich alles ineinander, wie die Teile eines komplizierten Puzzles», sagte er. «Leo Kritzky spricht Russisch, und sein Nachname beginnt mit K. Im September 1972 hat er in Neuschottland zwei Wochen Urlaub gemacht. Der Kontaktmann Dodgson – der Getränke an Philbys Adresse in der Nebraska Avenue geliefert hat – hat auch eine Person namens Swett beliefert, die sich als Kritzkys Frau entpuppt hat.» Angleton konzentrierte sich auf Colby. «Die Beweise sind überwältigend, Bill. Kritzky macht eine zweiwöchige Radtour in Frankreich und kommt Sonntagnachmittag zurück –»

«Herrgott», entfuhr es Manny am anderen Ende des Tisches. «Was wollen Sie denn machen, ihn verhaften?»

«Uns bleibt wohl keine andere Wahl», entgegnete Angleton.

«Wir haben bloß Indizien in der Hand», wandte Jack ein. «Die Beweislage ist alles andere als wasserdicht.»

«Deshalb müssen wir auf Nummer Sicher gehen und alles genau abklopfen», sagte Colby. «Wir dürfen nicht vergessen, dass AE/PINNACLE in großer Gefahr schwebt – wenn Kritzky tatsächlich SASHA ist, dürfen wir auf keinen Fall zulassen, dass er wieder seine Arbeit in Langley aufnimmt.» Er blickte Angleton an. «Sie sind am Zug, Jim.»

Jack sagte empört: «Verdammt, Bill, damit geben Sie ihm freie Hand.»

Angleton sammelte seine Unterlagen zusammen. «Wir sind hier nicht auf einer Gartenparty, Gentlemen.»

Colby sagte: «Freie Hand, innerhalb gewisser Grenzen.»

«Wessen Grenzen?», fragte Jack.

Manny klingelte erneut. Als niemand öffnete, drehte er versuchsweise den Knauf von Nellies Wohnungstür. Sie war unverschlossen. Er streckte den Kopf hinein. «Jemand zu Hause?», rief er. «Nellie, bist du da?» Er trat ein, schloss die Tür mit dem Fuß und sah sich um. Das lange, schmale

Wohnzimmer strahlte vom Licht flackernder Kerzen. Blätter Schreibmaschinenpapier, auf jedem ein nasser Fußabdruck, waren auf dem Fußboden ausgelegt. Lachend folgte Manny den Fußabdrücken, die ihn zu einer nicht ganz geschlossenen Tür am Ende des Flurs führten. Auf dem Boden davor standen eine Flasche Dom Perignon in einem silbernen Kübel voll mit zerstoßenem Eis und zwei Gläser. Kerzen in zwei Kandelabern tauchten den dunstigen Raum in schwefelgelbe Farben. Genüsslich ausgestreckt in einer Wanne mit dampfendem Wasser lag Nellie; nur ihr Kopf und ein einzelner Zeh durchbrachen die Wasserfläche. «Du kommst zehn Minuten zu spät», sagte sie in heiserem Flüsterton. «Das Eis schmilzt schon. Ich auch.»

«Um Gottes willen, Nellie –»

«Ich liege hier nicht splitterfasernackt um Gottes willen, sondern um deinetwillen.» Sie grinste ihn lüstern an. «Also los, zieh dir was Bequemeres an, zum Beispiel dein Adamskostüm, und wir schlürfen Champagner in der Wanne, während du meine Annäherungsversuche abwehrst.»

Manny füllte zwei Gläser mit Champagner, reichte ihr eins und setzte sich auf den Wannenrand.

Nellie nahm einen Schluck Champagner. «Elizabet sagt, die Arbeit in der *Company* gefährdet die geistige Gesundheit. Ich habe heute Abend mit ihr telefoniert – Mom hat gesagt, dein Vater hätte wie eine wandelnde Leiche ausgesehen, als er nach Hause kam; ungefähr so wie du jetzt, wenn ich's recht bedenke. Habt ihr Probleme?»

«Wir haben immer Probleme», sagte Manny ausweichend.

«Willst du drüber reden?»

«Kann nicht.»

«Versuch's.»

Er schüttelte den Kopf.

«Gib mir einen Wink! Kollidiert die Erde mit einem Asteroiden? Planen die Russen einen atomaren Erstschlag? Will der Kongress euren Etat um ein, zwei Milliarden kürzen?»

«Psychologisch gesprochen, alles zusammen und noch schlimmer. Jemand, den ich kenne – jemand, den ich mag und respektiere –, steckt in Schwierigkeiten …» Er ließ den Satz unvollendet.

«Wird das unsere gemeinsame Nacht ruinieren?»

«Es wird keine gemeinsame Nacht geben, Nellie. Ich bin gekommen, um dir das zu sagen. Ich dachte, du verstehst es, wenn ich es dir persönlich sage … Verstehst du es?»

Nellie leerte ihr Glas in einem Zug, und hielt es ihm entgegen, damit er es nachfüllte. Sie trank auch das zweite Glas in einem Zug aus, stieg dann aus der Wanne, wickelte sich in ein weißes Badetuch und stürmte aus dem Bad. Manny folgte ihren Fußabdrücken mit der Flasche in der Hand. «Wie soll ich es verstehen, wenn du nichts erzählst?», schäumte sie und warf sich auf die Couch.

Manny sagte: «Hör zu, ich muss in einer Dreiviertelstunde irgendwo sein. Die Lage ist so prekär, dass alle gebraucht werden. Ich würde ja bleiben und dir mehr erzählen –»

«Wenn du könntest, aber du kannst nicht.»

Manny stellte die Flasche zu ihren Füßen ab, beugte sich über sie, um sie zu küssen, aber sie drehte sich weg.

«Dabei hatte ich mich gerade mit dem Gedanken angefreundet, dass du in mich verknallt bist», sagte er.

«Ich bin nicht in dich verknallt, Manny. Ich liebe dich.»

«Im Moment siehst du so aus, als würdest du mich hassen.»

Sie wandte sich ihm wieder zu. «Ich hasse den Teil von dir, den ich nicht liebe.»

«Ich ruf dich an, sobald ich kann.»

«Mach das. Aber denk ja nicht, dass ich mich mit den Krumen zufrieden gebe, die du mir zuwirfst. Ich will alles, Manny. Alles oder nichts.»

Der Air-France-Airbus landete wenige Minuten nach vier Uhr nachmittags im *Dulles International Airport*. Leo und Adelle, steif von dem langen Flug, mussten an der Passkontrolle anstehen, bevor sie ihr Gepäck holen und zum Ausgang streben konnten. Sie sahen Vanessa, die ihnen zuwinkte und ihnen entgegenkam.

«Daddy, Mom, willkommen zu Hause», rief sie, gab ihrer Mutter einen Kuss und warf sich dann ihrem Vater in die Arme. «Wie war der Urlaub?»

«Toll, bis auf einen Abend, da ist dein Vater nämlich erst um elf Uhr im Schloss gewesen, wo unsere Gruppe übernachtet hat.»

«Ich bin irgendwo falsch abgebogen und hab die anderen verloren», erklärte Leo verlegen. «Und ich wusste nicht, wie das Schloss heißt.»

«Und dann?»

«Wir haben die Polizei verständigt», sagte Adelle. «Die haben ihn dann in einem Bistro zwanzig Kilometer entfernt aufgespürt; er hatte sich mit Calvados getröstet.»

«Ihr seid echt klasse», sagte Vanessa. «Eine Radtour durch Frankreich, das glaubt mir keiner.»

Leo bemerkte einen jungen Mann, der einen Trenchcoat trug und ihn vom Ausgang her beobachtete. Der Mann kam näher. «Sir, sind Sie Mr. Kritzky?», fragte er.

Leo war schlagartig auf der Hut. «Wer sind Sie?»

«Sir, ich habe einen Brief für Mr. Kritzky von seinem Büro.»

«Für so was gibt es doch die Post.»

Der junge Mann lächelte nicht einmal andeutungsweise. «Ich soll ihn persönlich überbringen, Sir.»

Leo sagte: «Ja, ich bin Kritzky.»

«Sir, könnte ich Ihren Pass sehen?»

Leo fischte ihn aus seiner Tasche. Der junge Mann betrachtete das Foto und dann Leos Gesicht und gab den Pass zurück. Er reichte Leo einen verschlossenen Umschlag.

«Was hat das zu bedeuten, Daddy?», fragte Vanessa.

«Das weiß ich noch nicht.» Er riss den Umschlag auf und zog ein gefaltetes Blatt Papier heraus. Er öffnete es und schaute sofort auf die Unterschrift: *Bill* stand in blauer Tinte über den Worten *William Colby, DCI*. «Lieber Leo», begann der Brief.

Es tut mir Leid, dass ich Sie gleich am Flughafen mit einer beruflichen Angelegenheit überfalle, aber es ist eine Situation eingetreten, für die wir Sie dringend benötigen. Kommen Sie bitte auf der Stelle nach Langley – alles Weitere erfahren Sie dort.

«Sir», sagte der junge Mann. «Draußen wartet ein Wagen mit Fahrer.»

Leo musterte den jungen Mann. «Wissen Sie, was in dem Brief steht?»

«Sir, ich weiß nur, was mir gesagt wurde. Ich habe lediglich Anweisung, Sie mit einem Wagen abzuholen und zu der Person zu bringen, die den Brief geschrieben hat.»

Adelle fragte: «Was ist denn los, Leo?»

«Bill Colby möchte, dass ich sofort nach Langley komme», sagte er mit leiser Stimme. «Vanessa, bring deine Mutter nach Hause. Ich komme irgendwann nach. Wenn es später wird, rufe ich an.»

«Sir, wenn Sie mir bitte folgen wollen ...»

Leo gab seiner Tochter einen Kuss auf beide Wangen und lächelte Adelle an, folgte dann dem jungen Mann im Trenchcoat.

Der junge Mann stieß eine Tür auf, ließ Leo passieren und folgte ihm. Am Bordstein stand eine graue viertürige Ford-Limousine. Der Fahrer hielt die hintere Tür auf, und Leo nahm im Fond Platz. Zu seinem Erstaunen zwängte sich ein stämmiger Mann neben ihn und schob ihn in die Mitte der

Rückbank. Die linke Tür öffnete sich, und ein weiterer Mann mit dem Gesicht eines Preisboxers stieg auf der anderen Seite ein.

«Was soll denn –»

Die beiden Männer packten Leos Arme, und einer von ihnen legte ihm geschickt Handschellen an. Draußen vor dem Wagen sprach der junge Mann im Trenchcoat in ein Walkie-Talkie. Der Fahrer setzte sich hinters Lenkrad und fuhr langsam los. «Runterbeugen, den Kopf zwischen die Knie», wies der stämmige Mann Leo an. Als er nicht umgehend gehorchte, verpasste der Preisboxer ihm einen so heftigen Schlag in den Bauch, dass Leo nach vorn klappte und sich auf die Schuhe übergab. «Ach du Scheiße», stöhnte der stämmige Mann, während er Leos Nacken mit der Hand nach unten presste.

Der Ford steckte offenbar im Stau. Leo hörte ein Hupkonzert um sich herum. Der Rücken tat ihm langsam weh von der gebeugten Sitzhaltung, aber die Hand in seinem Nacken ließ nicht locker. Etwa vierzig Minuten später spürte er, wie der Wagen von der Straße abbog und eine Rampe hinunter fuhr. Ein Garagentor öffnete und schloss sich gleich wieder, und Dunkelheit hüllte sie ein. Der stämmige Mann nahm die Hand aus Leos Nacken. Leo streckte sich und sah, dass sie in einer schwach beleuchteten Tiefgarage waren, in der überall Autos parkten. Der Ford hielt vor einem Lieferantenfahrstuhl. Der stämmige Mann stieg aus und zog Leo hinter sich her. Der Preisboxer folgte sogleich. Die Fahrstuhltür öffnete sich, und die drei Männer traten ein. Der Preisboxer drückte einen Knopf. Der Motor summte. Gleich darauf öffnete sich die Tür erneut, und Leo wurde über einen dunklen Flur gezerrt und in einen cremeweiß gestrichenen Raum mit grellen Neonlampen an der Decke gestoßen. Zwei Frauen mittleren Alters in langen Kitteln warteten auf ihn. Der Preisboxer holte einen Schlüssel hervor und nahm die Handschellen ab. Während Leo sich die Handgelenke massierte, bauten sich die beiden Männer links und rechts von ihm auf.

«Sie tun jetzt genau das, was wir Ihnen sagen», befahl eine der Frauen. «Legen Sie Ihre Kleidung Stück für Stück ab, und zwar ganz langsam. Schön. Zuerst den linken Schuh.»

«Wonach suchen Sie denn?», brachte Leo heraus.

Der stämmige Mann schlug ihm hart ins Gesicht. «Kein Wort, wenn Sie nicht gefragt werden. Den Schuh, Mr. Kritzky.»

Mit brennender Wange und tränenden Augen bückte Leo sich und zog seinen linken Schuh aus. Er reichte ihn dem Mann, der ihn geschlagen hatte, der ihn an eine der Frauen weitergab. Sie nahm ihn genau in Augenschein, drehte ihn in den Händen, als hätte sie dieses spezielle Modell noch nie gesehen. Mit einer Kneifzange entfernte sie den Absatz, trennte mit einer Rasierklinge das Leder auf und überprüfte, ob in der Sohle oder unter der Zunge etwas versteckt war. Als sie nichts fand, warf sie Leos linken Schuh beiseite und zeigte auf den rechten. So ging es weiter, bis Leo splitternackt in dem grellen Licht stand. Eine der Frauen zog sich Gummihandschuhe über. «Beine spreizen», befahl sie. Als Leo nicht gleich gehorchte, trat der Preisboxer ihm die Beine auseinander. Die Frau ging in die Hocke, um ihn zwischen den Zehen und unter den Füßen abzutasten. Dann untersuchte sie jede Falte in seiner Leistengegend. Leo biss sich auf die Unterlippe, während sie seine Achselhöhlen befühlte und mit den Fingern sein Haar durchkämmte. «Weit aufmachen», wies sie ihn an. Sie steckte ihm einen Zungenspatel in den Mund, drehte seinen Kopf schräg ins Licht und untersuchte seine Zähne. «Jetzt sehen wir uns mal Ihren After an, Mr. Kritzky.»

«Nein», sagte Leo. Er stieß das Wort hervor wie einen Schluchzer. «Ich verlange –»

«Ihr Arschloch, Sie Arschloch», sagte der Preisboxer. Er schlug ihm hart in den Magen und drückte ihn mit einem geschickten Judogriff nach unten. Die Frau tauchte einen behandschuhten Finger in ein Töpfchen Vaseline, kniete sich hinter ihn und ging zu Werke.

Als Leo sich wieder aufrichten durfte, keuchte er: «Wasser.»

Der stämmige Mann blickte die Frau mit den Gummihandschuhen an. Als sie mit den Achseln zuckte, ging er hinaus und kam mit einem Pappbecher Wasser zurück. Leo trank ihn gierig aus und fragte dann keuchend: «Bin ich noch in Amerika?»

Der Preisboxer lachte. «Wir sind hier auf exterritorialem Gebiet, wie der Vatikan, Kumpel – die *Habeas-corpus-Akte* gilt hier nicht.»

Eine der Frauen warf Leo einen weißen Pyjama und ein Paar Schlappen vor die Füße. «Ziehen Sie das an», sagte sie mit gelangweilter Stimme.

Leo stieg in die Pyjamahose, die keinen Gummizug hatte, so dass er sie oben festhalten musste. Langsam zog er sich die Jacke an. Seine Hände zitterten so sehr, dass er Mühe hatte, die Jacke mit der freien Hand zuzuknöpfen. Schließlich erledigte der Preisboxer das für ihn. Den Bund der Pyjamahose festhaltend und in den Schlappen schlurfend, folgte Leo dem stämmigen Mann durch eine Tür und einen langen, dunklen Korridor hinunter. Am Ende des Ganges klopfte der Mann zweimal an eine Tür, holte einen Schlüssel hervor, schloss die Tür auf und trat zurück. Nervös atmend, ging Leo an ihm vorbei.

Der Raum, in dem er sich jetzt befand, war groß und fensterlos. Die Wände und die Innenseite der Tür waren mit Schaumgummi gepolstert. Drei nackte Glühbirnen baumelten an Stromkabeln von einer sehr hohen Decke. Ein Klo ohne Deckel war an einer Wand befestigt, und auf dem Boden daneben stand eine Blechtasse. Auf dem Fußboden lag eine ordentlich gefaltete, grobe Wolldecke. Mitten im Raum befanden sich zwei Stühle und ein kleiner Tisch mit einem Recorder darauf; Tisch und Stühle waren am Boden festgeschraubt. James Jesus Angleton saß an dem Tisch, den Kopf über einen aufgeschlagenen Aktendeckel mit losen Blättern gebeugt. Eine Zigarette hing ihm von den Lippen; der Aschenbecher auf dem Tisch war übervoll. Ohne aufzublicken, deutete Angleton mit der Hand auf den Stuhl gegenüber und drückte die Aufnahmetaste des Bandgeräts.

«Sie waren in Yale, Abschlussjahrgang 1950, wenn ich mich nicht irre», sagte Angleton.

Leo ließ sich auf den Stuhl sinken, psychisch erschöpft. «Yale. 1950. Ja.»

Angleton nahm eine weitere Seite seiner Papiere, überprüfte irgendetwas, nahm wieder die vorherige Seite. «Fangen wir bei Ihrem Vater an.»

Leo beugte sich vor. «Jim, ich bin's, Leo. Leo Kritzky. Diese Schlägertypen haben mich am Flughafen verschleppt. Sie haben mich misshandelt. Sie haben eine Leibesvisitation bei mir vorgenommen. Was geht hier vor?»

«Erzählen Sie von Ihrem Vater.»

«Jim, zum Donnerwetter ...» Leo blickte auf die surrenden Spulen des Bandgeräts, fröstelte und holte tief Luft. «Der Name meines Vaters war Abraham. Abraham Kritzky. Er wurde am achtundzwanzigsten November 1896 in Wilna geboren, im jüdischen Viertel. Während der Pogrome 1910 ist er nach Amerika ausgewandert. Er hat dann in einer Näherei gearbeitet, bis 1911 in der Fabrik ein Großbrand ausbrach, bei dem einhundertfünfzig Menschen ums Leben kamen. Er konnte sich mit einer Nähmaschine auf dem Rücken nur deshalb retten, weil die Feuerwehr einen verschlossenen Notausgang aufbrach.»

«Hat ihn das Erlebnis verbittert?»

«Natürlich.»

«Hat es ihn gegen den Kapitalismus aufgebracht?»

«Wonach suchen Sie, Jim? Ich habe die ganze Prozedur durchgemacht, als ich angeworben wurde. Es gibt keine verborgenen Geheimnisse. Mein Vater war Sozialist. Er war ein Anhänger von Eugene Debs. Er ist in Debs' Sozialistische Partei eingetreten, als sie 1918 gegründet wurde. Er war

Streikposten, als Debs ins Gefängnis kam, das war, glaub ich, um 1920 herum. Er hat den *Jewish Daily Forward* gelesen. Er hat uns immer die Leserbriefe auf Jiddisch vorgelesen. Er war ein Mann, der für seine Überzeugungen eingetreten ist, was bis zu McCarthys Ausschuss zur Untersuchung unamerikanischer Umtriebe kein Vergehen war.»

«Sie wurden am neunundzwanzigsten Oktober 1929 geboren –»

Leo lachte laut auf. «Am Tag des großen Börsenkrachs. Wollen Sie mir den anlasten?»

«Ihr Vater hatte zu der Zeit einen kleinen Handwerksbetrieb in der Grand Street in Manhattan.» Angleton nahm eine weitere Seite auf. «Er hat Hüte hergestellt und geflickt. Der Börsenkrach hat ihn ruiniert.»

«Die Bank hat die Kredite gekündigt – er hatte das Haus in der Grand Street gekauft. Wir haben oben im Haus gewohnt. Das Geschäft war unten. Er hat alles verloren.»

«Und was ist dann passiert?»

«Kann ich einen Schluck Wasser haben?»

Angleton deutete mit einem Nicken auf die Blechtasse neben der Toilette. «In der Kloschüssel ist Wasser.»

Leo schüttelte entsetzt den Kopf. «Sie sind nicht ganz bei Trost, Jim. Sie glauben doch nicht im Ernst, dass ich aus dem Klo trinke.»

«Sie werden, wenn Sie es vor Durst nicht mehr aushalten. Was passierte nach dem Börsenkrach?»

Als Leo nicht antwortete, sagte Angleton: «Damit wir uns richtig verstehen. Sie bleiben in diesem Raum, bis Sie alle meine Fragen beantwortet haben, und zwar mehrmals. Wir werden Ihr Leben vor und nach Ihrem Eintritt in die *Company* immer wieder durchkauen. Und es juckt mich nicht, wenn es Wochen, ja Monate dauert. Ich habe keine Eile. Möchten Sie weitermachen, oder soll ich morgen wiederkommen?»

Leo flüsterte: «Sie Drecksack.»

Angleton wollte seinen Aktendeckel zuklappen.

«Schon gut, schon gut. Ich beantworte Ihre verdammten Fragen. Was nach dem Börsenkrach passiert ist? Mein Vater hat sich umgebracht.»

«Wie?»

«Das wissen Sie doch.»

«Sagen Sie's trotzdem.»

«Er ist von der Brooklyn Bridge gesprungen.»

«Wann war das?»

«Im März 1936.»

Angleton sagte: «Siebter März, um genau zu sein. Ist Ihr Vater nach dem

Börsenkrach Kommunist geworden, oder war er bereits einer, als er aus Russland kam?»

Leo lachte leise. «Mein Vater war Jude und wie der alte Prophet Amos der Überzeugung, dass jeder, der mehr hat, als er braucht, ein Dieb ist, weil man das, was man zu viel besitzt, denjenigen gestohlen hat, die zu wenig haben. Amos konnte von Glück sagen, dass es zu seiner Zeit noch keinen Joe McCarthy gab.»

«Joe McCarthy scheint eine fixe Idee von Ihnen zu sein.»

«Er war ein Scheißkerl.»

«Waren Sie auch wie Amos und Ihr Vater der Meinung, dass persönlicher Besitz denjenigen gestohlen wird, die nicht genug haben?»

«In einer vollkommenen Welt könnte da etwas dran sein. Aber ich bin schon vor langer Zeit in die unvollkommene Welt übergewechselt.»

«Hat der Kapitalismus Ihren Vater umgebracht?»

«Mein Vater hat sich selbst umgebracht. Der Kapitalismus, wie er in den Zwanziger-und Dreißigerjahren praktiziert wurde, hat Bedingungen geschaffen, die sehr viele Menschen in den Selbstmord getrieben haben, einschließlich der Kapitalisten, die sich 1929 in der Wall Street aus dem Fenster gestürzt haben.»

Angleton zündete sich eine neue Zigarette an. Der Anflug eines Lächelns hing in seinem Mundwinkel, und seine Pupillen glühten. Leo fiel ein, dass Angleton ein leidenschaftlicher Angler war; es hieß, er konnte mit unendlicher Geduld stundenlang am oberen Wasserlauf des Brule im Norden Wisconsins ausharren, bis die Forellen anbissen. Jetzt, so dachte Leo, warf der Leiter der Gegenspionage für ihn den Köder aus in der Hoffnung, er werde hier und da von der Wahrheit abweichen, bei der einen oder anderen Kleinigkeit lügen, bis er ihn am Haken hatte.

Angleton blätterte seine Papiere durch, hakte hier einen Punkt ab, strich dort ein Wort durch und schrieb ein neues darüber. Er wollte wissen, wie Leo während des Zweiten Weltkrieges zu Sowjetrussland gestanden habe. Er sei noch jung gewesen, erwiderte Leo, er könne sich nicht erinnern, überhaupt darüber nachgedacht zu haben. «Sie sind nach dem Krieg dem Klub *Ethical Culture* in Brooklyn beigetreten», sagte Angleton. Das sei nicht ganz richtig, entgegnete Leo; er sei dort hingegangen, um Schach zu spielen. «Was für Leute haben Sie dort kennen gelernt?»

Leo musste lachen. «Leute, die Schach gespielt haben», sagte er.

«Sie haben eine junge Frau namens Stella dort kennen gelernt, nicht wahr?», fragte Angleton. Leo bejahte. Er erinnere sich an Stella. Sie hatte alle damit genervt, dass sie ständig ihre Züge zurücknahm, am Ende war er dann der Einzige gewesen, der noch mit ihr spielen wollte. Angleton fragte: «Erinnern Sie sich an ihren Nachnamen?» Leo überlegte einen Moment und verneinte. Ein schwaches Lächeln zeigte sich in Angletons Gesicht. «Könnte es sein, dass sie Bledsoe hieß?», wollte er wissen.

«Der Name kommt mir irgendwie bekannt vor», sagte Leo.

Angleton blickte von seinen Papieren auf. «War Stella Bledsoe Kommunistin?»

Leo lachte. Sie war Sozialarbeiterin, und da viele in dem Beruf sozialistisch eingestellt waren, konnte das durchaus sein. «Wenn sie Kommunistin war, als ich sie in den Vierzigerjahren kennen lernte, so habe ich zumindest nichts davon gewusst», schloss er.

Angleton zog an seiner Zigarette. «Sie war der Parteilinie treu – einseitige atomare Abrüstung, Berlin den Russen überlassen –, damit war sie doch Kommunistin, oder sehen Sie das nicht so?»

«Wenn ja, spielt das eine Rolle?»

«Nein, Leo. Aber es würde die Sache vereinfachen.»

«Für wen?»

«Für Sie. Für mich. Für die *Company*.»

Leo hievte sich hoch und schlurfte, die Pyjamahose am Bund festhaltend, zum Klo und starrte auf das Wasser in der Schüssel. Er schluckte schwer, um seiner ausgetrockneten Kehle Linderung zu verschaffen, und kehrte zum Stuhl zurück. «Wo sind wir hier?», fragte er und wies auf die gepolsterten Wände. Er glaubte es zu wissen; in der 23rd Street gab es ein ehemaliges Marinehospital – eine Gruppe von gelben Gebäuden gegenüber vom State Department –, wo die CIA geheime Forschungen betrieb. Weil der Komplex so sicher war, wurden dort gelegentlich Überläufer vernommen.

Angleton blickte zu Leo auf. «Was Sie angeht, könnten wir auf einem anderen Planeten sein.» Es lag keine Bosheit in seiner Stimme, nur kühle Sachlichkeit.

«Meine Frau wird Fragen stellen, wenn ich nicht nach Hause komme.»

Angleton sah auf seine Uhr. «Der Director», sagte er, «müsste Adelle inzwischen angerufen und sich überschwänglich dafür entschuldigt haben, dass er Sie so kurzfristig nach Asien geschickt hat. ‹Eine dringende Mission›, wird er ihr gesagt haben. ‹Sie verstehen sicher, dass ich Ihnen keine Einzelheiten mitteilen darf.› Ihre Frau wird die Nachricht tapfer aufgenommen haben; ganz bestimmt hat sie gefragt, wann Sie zurückkommen. ‹Es kann einige Zeit dauern›, wird der Director erwidert haben. ‹Er hat nichts zum Anziehen›, wird Ihre Frau besorgt gesagt haben. ‹Seien Sie doch so nett, und packen Sie ihm eine Tasche, ich lasse sie dann abholen›, wird der Director geantwortet haben. ‹Ruft er mich an?›, könnte Adelle noch gefragt haben. ‹Ich habe absolute Funkstille angeordnet›, hat der Director vielleicht erwidert. ‹Aber ich versichere Ihnen, ich werde mich persönlich bei Ihnen melden, sobald ich was von ihm gehört habe.› – ‹Ist sein Auftrag gefährlich?›, könnte sie noch gefragt haben. ‹Ganz und gar nicht›, wird der Director entgegnet haben. ‹Darauf gebe ich Ihnen mein Wort.›»

Leo hatte das Gefühl, als hätte er erneut einen Schlag in die Magengrube bekommen. «Bis heute war mir nicht klar, was für ein Schwein Sie doch sind», murmelte er.

Seelenruhig blätterte Angleton zurück bis zur ersten Seite und starrte auf das einzige Wort, das darauf stand. Leo konzentrierte sich auf die Großbuchstaben, versuchte sie umgedreht zu lesen. Die Buchstaben wurden scharf. Das Wort lautete: SASHA.

Angleton klappte die Mappe zu und stoppte das Bandgerät. Er verstaute beides und den Aschenbecher in einer Tragetasche und ging ohne ein Wort zur Tür. Er klopfte zwei Mal, und der Preisboxer ließ ihn heraus. Sobald er allein war, bedauerte Leo, dass Angleton nicht mehr da war. Zumindest hatte er mit ihm reden können. Er breitete die Wolldecke aus, faltete sie doppelt, legte sich darauf und versuchte zu dösen. Die drei nackten Glühbirnen waren greller als zuvor – Leo begriff, dass sie sich dimmen ließen und aufgedreht worden waren. Während er so dalag, ganz klein zusammengerollt, verlor er jedes Zeitgefühl. Irgendwann wurde die Tür geöffnet, und jemand schob einen Blechteller in die Zelle, dann knallte die Tür wieder zu. Leo schlurfte zur Tür und stopfte sich mit den Fingern Brocken von kaltem Kohl in den Mund. Ihm kamen die Tränen, als er merkte, dass der Kohl stark versalzen war. Lange stand er da und starrte auf die Toilette. Schließlich ging er hin, tauchte den Becher ins Wasser und trank. Er würgte und kauerte sich hin, hielt den Kopf nach unten und atmete tief, damit er sich nicht übergeben musste. Als er sich besser fühlte, legte er sich wieder auf die Decke, die Augen weit geöffnet, und dachte nach.

SASHA.

Manny mochte Kukuschkin mehr und mehr. Sein offenes Gesicht, die Sorgenfalten, die sich auf seiner Stirn zeigten, wenn das Gespräch auf seine Frau oder Tochter kam, sogar die Ruhelosigkeit, die das metronomhafte Klicken seiner Fingernägel verriet – das alles untermauerte den Eindruck, dass AE/PINNACLE ein echter Überläufer mit echten Informationen war. Anders wäre es Manny lieber gewesen; er wünschte, Sergei würde ihm nicht unverwandt in die Augen sehen, wenn sie sich unterhielten, wünschte, er könnte eine leichte Zurückhaltung spüren, ein Zaudern, irgendetwas, das darauf hindeutete, dass er nicht so offen war, wie es schien. Denn wenn Kukuschkin echt war und Jim Angleton Recht hatte, dann war Leo Kritzky SASHA.

«Hat Elena Antonowa heute Morgen die Tabletten abgeholt?», fragte er Kukuschkin, sobald Agatha Ept in ihrem Schlafzimmer verschwunden war.

Ein Lächeln lauerte in den Augen des Russen. «Sie hat gleich die ersten zwei genommen, als sie wieder in der Botschaft war», sagte er. «Es ging ihr sofort besser.» Kukuschkins Fingernägel verstummten, ein Zeichen dafür, dass ihm eine wichtige Frage auf der Zunge lag. «Und SASHA? Was ist mit SASHA?»

Mit Mühe hielt Manny dem Blick des Russen stand. «Mr. Angleton behauptet, seine Identität zu kennen.»

«Und ist SASHA in Gewahrsam genommen worden?», fragte Kukuschkin flüsternd.

Manny nickte.

«Sie scheinen nicht glücklich darüber zu sein?»

«Meine Aufgabe ist es, Treffen mit Ihnen zu arrangieren, Codes und Zeichen zu vereinbaren, die Sie verwenden können, falls sich die Umstände ändern, Fragen an Sie weiterzugeben und die Antworten zu übermitteln. Was mit den Informationen von Ihnen passiert, liegt in den Händen anderer.»

«Und sind Sie überzeugt, dass der SASHA, der in Gewahrsam genommen wurde, wirklich SASHA ist?»

«Wir haben Donnerstag», sagte Manny. «Laut Ihren Informationen müsste SASHA seit Montag wieder an seinem Schreibtisch in Langley sein. Zwar kennen nur ganz wenige Leute Ihre Identität, aber eine ganze Reihe von Leuten in verschiedenen Abteilungen arbeiten an dieser Sache mit. Es wird zwangsläufig durchsickern, dass wir eine brisante Exfiltration in der Mache haben. Wenn Sie mit SASHA Recht haben – wenn er jemand Wichtiges ist –, dann müsste er mittlerweile von der Operation erfahren haben. Haben Sie bemerkt, dass Ihre Leute irgendwelche besonderen Vorsichtsmaßnahmen ergriffen haben?»

Kukuschkin schüttelte den Kopf.

«Ist Ihre Frau beschattet worden, als sie heute Morgen zum Zahnarzt ging?»

«Ich glaube nicht, dass sie das bemerkt hätte.»

«Aber wir, Sergei. Als sie aus der Subwaystation am Dupont Circle kam, ist ihr niemand gefolgt. Auch nicht, als sie anschließend wieder in die Subwaystation ging. Ist Ihnen irgendwas Ungewöhnliches in der Botschaft aufgefallen? Ist Ihnen mehr Beachtung als sonst geschenkt worden?»

«Der Resident hat mich in sein Büro gerufen und ein Glas Whiskey mit mir getrunken.»

«Dann ist er zufrieden mit den Patentberichten, die Sie beschafft haben?»

Kukuschkin überlegte. «Ich denke, ja. Er hatte letztes Jahr im Dezember Ärger mit der Moskauer Zentrale. Ein KGB-Offizier in der Botschaft wurde nach Moskau zurückbeordert, der behauptet hatte, er würde von einem amerikanischen Überläufer Geheimnisse beziehen – es stellte sich aber heraus, dass dieselben Informationen in einer Luftfahrtzeitschrift standen.» Der Russe hob die Hände. «Wir stehen alle unter großem Druck, Geheimnisse zu präsentieren.»

Manny hielt den Zeitpunkt für gekommen, die entscheidende Frage zu stellen: «Wie sieht's aus, Sergei? Riskieren Sie es? Bleiben Sie vor Ort, jetzt, da SASHA keine Bedrohung mehr für Sie darstellt?»

«Und wenn ich zustimme ...»

Manny begriff, dass der Russe noch einmal die Bedingungen hören wollte. «Wir holen Sie Weihnachten rüber, wenn Sie mit Ihrer Familie *Disney World* in Florida besuchen. Sie erhalten eine Pauschalsumme von zweihundertfünfzigtausend Dollar, die auf ein Bankkonto überwiesen werden, plus ein monatliches Beraterhonorar von fünfzehnhundert Dollar über mindestens zehn Jahre. Sie erhalten eine völlig neue Identität und die amerikanische Staatsbürgerschaft, plus ein zweigeschossiges Haus in einem Wohnbezirk in Florida nach Ihrer Wahl. Und einen viertürigen Oldsmobile.»

«Und wenn ich vor Dezember das Gefühl habe, dass sie mir auf der Spur sind?»

«Dann holen wir Sie und Ihre Familie auf der Stelle herüber; wir vereinbaren spezielle Signale und Verfahrensweisen für den Notfall.»

Kukuschkin inspizierte seine Fingernägel. «Ich muss verrückt sein, Manny, aber ich vertraue Ihnen. Ich glaube nicht, dass Sie mich belügen, dass Sie mich verraten würden. Ich mache es – nicht wegen des Geldes, obwohl es meiner Familie Sicherheit bietet. Ich mache es, um Ihrer Organisation zu beweisen, dass ich der bin, für den ich mich ausgebe – dass ich Amerika gegenüber loyal bin.»

Die beiden Männer schüttelten sich die Hände. «Sie werden es nicht bereuen, Sergei, das verspreche ich Ihnen.» sagte Manny. Er blickte auf seine Uhr. «Wir haben noch eine Dreiviertelstunde.»

Kukuschkin stellte selbst das Tonbandgerät an und zog das Mikrofon an den Rand des Küchentisches. «Heute möchte ich Ihnen erzählen, was die Nachricht enthielt, die ich auf der Herrentoilette im Hotel *Jefferson* für einen Agenten deponiert habe, den die Residentur in Ihrer *National Security Agency* hat.» Als der Russe zögerte, lächelte Manny aufmunternd. «Gut, ich habe Ihnen ja bereits erzählt, dass der Resident mir eine verschlüsselte Notiz gegeben hat, die zusammengerollt in der Kappe eines Füllfederhalters steckte. Da sie keine operationellen Informationen betraf, hat Borisow mir verraten, was sie zum Inhalt hatte. Die Nachricht lautete, *Glückwunsch zum Zweiten Mann*. Sie müssen wissen, dass die KGB-Richtlinien für die Agentenführung vorschreiben, dem Privatleben von amerikanischen Agenten besonderes Augenmerk zu schenken. Der Inhalt dieser speziellen Nachricht legt die Vermutung nahe, dass die Frau des Amerikaners, der innerhalb Ihrer NSA spioniert, einen zweiten Sohn zur Welt gebracht hat, vermutlich irgendwann Anfang Januar ...»

3

MOSKAU, SONNTAG, 9. JUNI 1974

Außer den Fältchen um die Augen und einigen Pfund mehr auf den Hüften hatte PARSIFAL sich kaum verändert, seit Jewgeni sich mit ihm vor dreiundzwanzig Jahren auf dem Schlachtfeld von Gettysburg getroffen hatte. «Furchtbar nett, dass Sie vorbeischauen», murmelte Harold Adrian Russell Philby, als er seinen Besucher über einen engen, nach Desinfektionsmittel riechenden Flur in ein kleines Wohnzimmer führte, das mit Möbeln und Stapeln von Büchern und Zeitschriften voll gestopft war. Ein Ventilator, der unten in ein Fenster eingelassen war, summte im Hintergrund. «D-d-das Ding macht einen Höllenlärm, aber zumindest verschafft es ein bisschen Kühlung. Wenn ich mich recht erinnere, hießen Sie bei unserer letzten Begegnung Eugene, nicht wahr? Wie darf ich Sie jetzt nennen?»

«Das russische Äquivalent – Jewgeni.»

«Na, alter Junge, Sie haben sich gut gehalten, das muss ich Ihnen lassen, was man von anderen, die ich kenne, nicht behaupten kann. Sie sind immer noch in den Staaten, was?»

Jewgeni hob entschuldigend die Augenbrauen.

«Ach Gott, mir ist wirklich nicht mehr zu helfen! T-t-tut mir Leid, tut mir schrecklich Leid», brummte Philby. «Idiotisch, einen Spion so was zu fragen, was?» Es war noch nicht vier Uhr am Nachmittag, und Philbys Atem roch schon nach Alkohol. «Ich nehme an, Starik hat Sie geschickt, um bei mir nach dem Rechten zu sehen, was?»

«Nein», log Jewgeni, «*ich* habe ihn gefragt, wo ich Sie finden kann. Ich hab gedacht, es wäre doch nett, ein bisschen über alte Zeiten zu plaudern.»

«Richtig. Und ob das nett wäre. Mit dem guten alten PARSIFAL über alte Zeiten plaudern.» Blinzelnd griff er nach einer halb leeren Flasche *Lagavulin* und goss Jewgeni einen Whisky ein, bevor er sein eigenes Glas bis zum Rand nachfüllte. «Eis? Wasser? Beides? Pur?»

«Eis, danke. *Lagavulin* habe ich Ihnen doch immer nach Hause in die Nebraska Avenue geliefert. Wie schaffen Sie es, in Moskau guten Malt-Whisky aufzutreiben?»

Philby knöpfte sich den alkoholbefleckten Blazer auf und sank behutsam in einen schäbigen Sessel, dessen Sprungfedern quietschten. «Ich kriege in Moskau alles, was ich brauche», brummte er. «Ein Kinderspiel. Ich mache einfach eine Einkaufsliste – M-m-mango-Chutney von Harrod's, maßgeschneiderte Blazer von Savile Row, Beluga vom Kaspischen Meer, Oliven aus Italien, die *Times* aus London, sieben Tage verspätet per Luftpost – egal was, meine Aufpasser besorgen es.»

«Stört es Sie, dass Sie Aufpasser haben?», fragte Jewgeni und setzte sich auf ein abgewetztes kleines Sofa mit grellbuntem Blumenmuster. Er hatte Bekanntschaft mit Philbys Aufpassern gemacht, als er das heruntergekommene Gebäude am Patriarchenteich betrat; der in der Eingangshalle hatte seinen Ausweis sehen wollen und seinen Namen auf einer Liste abgehakt; der auf dem Flur im dritten Stock hatte ihm knapp zugenickt; der vor der Tür von Philbys schäbiger Drei-Zimmer-Wohnung hatte erneut seinen Ausweis sehen wollen.

Philby lachte. «Ich muss mich mit denen abfinden, alter Junge. Angeblich muss ich rund um die Uhr bewacht werden, damit der MI6 mich nicht erledigt. Aber in Wirklichkeit haben sie Angst, dass Jimbo Angleton aus mir einen Tripelagenten gemacht hat. Herrgott, so ein Schwachsinn – das Leben als Doppelagent hab ich ja noch ganz gut hingekriegt, aber als Tripelagent würde ich nachts kein Auge mehr zutun, weil ich mich dauernd fragen müsste, für welche Seite ich eigentlich arbeite.» Er lachte schallend.

Jewgeni nahm einen Schluck von seinem Whisky. «Wie war das», fragte er, Philby über den Rand seines Glases musternd, «nach all den Jahren nach Hause zu kommen?»

«Wie ich Ihnen schon damals gesagt habe, als Sie wollten, dass ich mich aus dem Staub mache: England ist mein Zuhause, alter Junge, nicht Russland», sagte Philby mit unverhohlener Bitterkeit. «Mit Russland fühlte ich mich ideologisch verbunden, aber ich hätte mir nicht im Traum vorstellen können, hier zu *leben*. Wenn man das hier leben nennen kann. Immerhin, die Wohnung ist luxuriöser als der Knast in England.» Er presste erneut ein Lachen durch zusammengebissene Zähne.

Philbys neue Frau – nach seiner Flucht nach Moskau im Jahre 1963 hatte er Donald Macleans Frau geheiratet – streckte den Kopf ins Zimmer. «Kim, bleibt dein Bekannter zum Tee?», fragte sie mit einer fröhlichen Stimme, die in dem tristen Ambiente fehl am Platz wirkte.

«Ja, b-b-bleiben Sie doch», sagte Philby hoffnungsvoll.

«Nett von Ihnen, aber ein andermal», erwiderte Jewgeni.

«Da kann man nichts machen», sagte Philby und winkte seine Frau aus dem Raum. Er fixierte seinen Besucher mit blutunterlaufenen Augen. «Die trauen mir nicht, alter Junge, stimmt's?»

«Nicht, dass ich wüsste.»

«Natürlich wissen Sie's.» Philby wischte sich mit dem Handrücken über die Lippen. «Starik ist unsicher, er weiß nicht, was er von mir halten soll. Der KGB hat mir den Lenin-Orden an den B-b-blazer geheftet – damals war ich noch richtig stolz drauf, aber inzwischen habe ich so meine Zweifel. Der KGB-Oberboss, Genosse Andropow, hält mich sich vom Leibe – hat n-n-nicht mal den Anstand besessen, mir den Rang eines KGB-Offiziers zu verleihen. Für ihn bin ich noch immer ein kleiner Agent. Jeden Freitagabend lässt er mich antanzen, damit ich irgendwelchen Leuten, deren Gesichter schön im Schatten bleiben, verklickere, wie das Leben in England und den Staaten ist.» Philby schloss einen Moment die Augen. «Ich erzähle ihnen auch, wie James Jesus Angletons Verstand arbeitet. Ich bin nun wirklich der Experte für Jimbo, was, Kumpel? Für uns ist Jimbo Angleton ein wahrer Gewinn. Dank meiner Wenigkeit misstraut er absolut jedem, deshalb nimmt ihn auch keiner richtig ernst.»

Philby nahm einen kräftigen Schluck *Lagavulin*. «Ich verrate Ihnen ein Geheimnis, Kumpel, wenn Sie versprechen, es nicht gerade Hinz und Kunz zu erzählen. Als ich nach meiner Flucht hier ankam, hat Jimbo mir eine Nachricht zukommen lassen – handschriftlich, auf der Titelseite eines Buches, das ich in London bestellt hatte. Er hat sie sogar unterschrieben – mit einem dicken, fetten J für Jimbo.»

«Wie lautete die Nachricht?»

«*Amicitia nostra dissoluta est* – unsere Freundschaft ist beendet. Das hat Nero an Seneca geschrieben, als er seinen früheren Erzieher aufgefordert hat, Selbstmord zu begehen.» Philby kicherte wie ein Schulmädchen. «Der gute Jim hatte wohl ein bisschen den Realitätssinn verloren, wenn er tatsächlich geglaubt hat, ich würde mir die Pulsadern aufschneiden, nur weil er mir die Freundschaft aufkündigt.»

Er verfiel in trübseliges Schweigen. Nach einer Weile sagte Jewgeni: «Dachten Sie schon mal daran zurückzugehen?»

«Wenn ja, würde ich Ihnen das bestimmt nicht unter die Nase reiben, Kumpel. So verrückt bin ich noch nicht.» Er nahm noch einen großen Schluck. «Ehrlich gesagt, selbst wenn ich zurückkönnte, die Genugtuung würde ich den Scheißkerlen nicht gönnen.»

Sie plauderten noch eine halbe Stunde weiter, über das laufende Amtsenthebungsverfahren gegen Nixon, über Breschnew und über die Dissidenten. Ja, sagte Philby, er habe in der englischen Presse über die russischen Dissidenten gelesen und Solschenizyns *Archipel Gulag* in London bestellt, erwarte es jeden Tag. Einer von Andropows Lakaien sei kürzlich bei ihm mit einer Unterschriftenliste gegen systemkritische Schriftsteller aufgekreuzt, doch er habe ihn zum Teufel geschickt.

Als Philby schließlich Jewgeni zur Tür brachte, in einer Hand einen Drink, mit der anderen an der Wand Halt suchend, sagte er leicht lallend: «Die Russen sind ein bisschen schizo, nicht? Ich denke, das kommt daher, dass ein Russe, Peter der Große, versucht hat, Deutsche aus ihnen zu machen, und eine Deutsche, Katharina die Große, versucht hat, Russen aus ihnen zu machen.» An der Tür, auf der Philbys sowjetischer Deckname – SYNOK, TOM – unter der Wohnungsnummer stand, ergriff Philby Jewgenis Revers. «Schon das Neuste gehört? Die Briten wollen einen Film über mich drehen. Und M-m-michael York soll mich spielen. Schlechte Wahl, finde ich. K-k-kann mir nicht vorstellen, wie er das hinkriegen soll. M-m-michael York ist schließlich kein Gentleman, oder?»

Jewgeni hatte SASHAS tote Briefkästen im Schnitt ein Mal alle drei, vier Wochen mit solcher Regelmäßigkeit beliefert oder geleert, dass ihm nie der Gedanke an einen Heimaturlaub gekommen war. Doch eines Abends, etwa einen Monat vor seinem Wiedersehen mit Philby, hatte er in seiner kleinen Wohnung über der Garage in Tysons Corner die Antenne gespannt, den Radiowecker auf die Frequenz von Radio Moskau eingestellt und die Quizsendung empfangen. Als er einen seiner persönlichen Codes aus *Alice hinter dem Spiegel* erkannte – *Ich möchte doch nicht einfach von jemand anderem geträumt werden* –, hatte er wie immer mit seinem Zehn-Dollar-Schein und der Gewinnzahl eine Washingtoner Telefonnummer ermittelt. Um Punkt Mitternacht hatte er sie von einer Telefonzelle aus gewählt. Die ältere Frau mit dem osteuropäischen Akzent war gleich am Apparat gewesen.

«Gene?»

«Ja, ich bin's.»

«Ah, mein lieber Junge» – er hörte sie erleichtert aufatmen – «es tut gut, Ihre Stimme zu hören. Schön zu wissen, dass Sie wohlauf sind.»

Aus Sicherheitsgründen fasste Jewgeni sich gerne kurz, denn es war nicht auszuschließen, dass das Gespräch abgehört, der Anruf zurückverfolgt wurde. Aber diesmal war die Kontaktperson zum Residenten in Plauderlaune. Und er mochte ihre Stimme.

«Wissen Sie, Gene, dass das unser siebzehntes Gespräch in dreiundzwanzig Jahren ist?»

Jewgeni musste lachen. «Ehrlich gesagt, ich hab nicht mitgezählt.»

«Aber ich», sagte die Frau mit Nachdruck. «Sie sind meine einzige Aufgabe – der Grund, warum ich immer noch in diesem gottverlassenen Amerika bin. Siebzehn Gespräche in dreiundzwanzig Jahren! Nach jedem Telefonat mit Ihnen muss ich umziehen – in eine neue Wohnung mit einer neuen Telefonnummer. Und dann warte ich auf den Bescheid, dass Sie anrufen, auf die Instruktionen, die ich an Sie weitergeben soll.»

«Sie sind ein wichtiges Bindeglied –», setzte Jewgeni an, doch die Frau sprach ungerührt weiter.

«Inzwischen habe ich das Gefühl, Sie zu kennen, Gene. Manchmal sind Sie für mich wie der Sohn, den mir die Faschisten in Polen vor einer Ewigkeit genommen haben.»

«Das tut mir Leid –»

Die Frau merkte wohl, dass sie ins Plaudern geraten war. «Sie müssen mir verzeihen, Gene – aber ich bin ziemlich allein auf der Welt. Und ich freue mich immer, wenn ich mit Ihnen sprechen kann.» Sie räusperte sich abrupt. «Umso mehr schmerzt es mich, Ihnen eine traurige Nachricht mitteilen zu müssen. Ihr Vater ist vor zehn Tagen an beiden Knien operiert worden, da er sonst den Rest seines Lebens im Rollstuhl hätte sitzen müssen. Sein Herz war schwächer, als die Ärzte vermutet hatten, denn zwei Tage später hat er einen Schlaganfall erlitten. Er ist halbseitig gelähmt. Er kann hören, aber nicht sprechen. Ihr Mentor, der alte Mann, hat ihm von Ihrer Aufgabe erzählt, und Ihr Vater war sehr stolz, dass Sie in seine Fußstapfen getreten sind.»

In der engen, stinkenden Telefonzelle hatte Jewgeni sich gefragt, wie seine Gefühle für seinen Vater waren; und er hatte sich eingestehen müssen, dass er nichts für ihn empfand. Er hatte seinen Vater nie geliebt, ja kaum gemocht; er fühlte sich der unbekannten Frau, mit der er telefonierte, näher als seinem Vater. Jetzt, da er das Schattenleben eines *Undercover*-Agenten führte, wusste er zumindest, dass sein Vater – der ebenfalls für Starik *undercover* gearbeitet hatte – starke Nerven und eine gehörige Portion Mut gehabt haben musste.

«Gene, sind Sie noch da?»

«Ja.»

«In Anbetracht des bedenklichen Gesundheitszustands Ihres Vaters hält Ihr Mentor es für angebracht, dass Sie nach Hause kommen. Sie haben sich längst einen Urlaub verdient –»

Jewgeni hätte beinahe ins Telefon gelacht. Das Wort Urlaub klang nach einem geregelten Acht-Stunden-Job in einer Bank. «Ich weiß nicht ... Es ist dreiundzwanzig Jahre her ...»

«Ach, lieber Junge, Sie brauchen keine Angst zu haben, nach Hause zu fahren.»

«Sie haben natürlich Recht. Und außerdem folge ich stets den Empfehlungen meines Mentors. Sagen Sie mir, was ich zu tun habe.»

Es war alles ganz einfach gewesen: Jewgeni hatte eine Reisetasche gepackt, über die Schulter gespuckt, damit es ihm Glück brachte, und sich dann kurz auf die Reisetasche gesetzt, bevor er zum Flughafen fuhr und eine Chartermaschine nach Paris bestieg. Von dort war er mit einem Nachtzug nach Wien gefahren, wo er (unter Verwendung eines kanadischen Passes) ein ungarisches Schiff bestieg, das ihn auf der Donau nach Budapest brachte. In einem Café in Pest war er von der ungarischen Geheimpolizei abgeholt und zur KGB-Residentur gebracht worden, wo er einen australischen Pass erhalten hatte, bevor er mit einer Aeroflot-Maschine weiter nach Moskau flog. Am Flughafen Scheremetjewo angekommen, hatten ihn zwei Männer in Zivil mit einem schwarzen Zil abgeholt.

«Der *general polkownik* erwartet Sie», sagte einer von ihnen.

Fünfundvierzig Minuten später war der Wagen in eine schmale Straße eingebogen, neben der ein Schild mit der Aufschrift «Studienzentrum – Zutritt verboten» angebracht war. Die bewaffneten Wachleute in dem kleinen Torhaus hatten den Wagen durchgewinkt. Kurz darauf erhob sich am Ende der Kieszufahrt die Apatow-Villa, die Jewgeni Anfang der Fünfzigerjahre zum ersten Mal besucht hatte. Drei kleine Mädchen in Badeanzügen kreischten vergnügt in einem Plastikplanschbecken. Gleich darauf hatte Pawel Semjonowitsch Shilow persönlich die Tür seiner Wohnung im ersten Stock geöffnet und Jewgeni verlegen umarmt.

«Willkommen, Jewgeni Alexandrowitsch», murmelte er. «Willkommen zu Hause.»

«Zu Hause», wiederholte Jewgeni. «Die lange Reise, wieder hier zu sein, das alles kommt mir so unwirklich vor wie ein Traum.»

Starik wirkte nach all den Jahren noch hagerer. Seine Haut war fleckig und ledern, sein dünner Bart war weiß geworden, doch das Glimmen in seinen grüblerischen Augen brannte noch genau so, wie Jewgeni es in Erinnerung hatte, und wenn er konzentriert die Augen zusammenkniff, meinte man, er könne allein durch seinen Blick eine Kerze entzünden.

«Du hast unserer großen Sache und mir vortrefflich gedient», sagte

Starik jetzt, als er Jewgeni durch mehrere Zimmer hindurch in die geräumige, holzgetäfelte Bibliothek führte.

Zwei kleine Mädchen in kurzen Kleidchen hockten auf dem Boden und spielten Mikado. Starik scheuchte sie nach draußen. «So, jetzt haben wir unsere Ruhe», sagte er zu Jewgeni und bedeutete ihm, auf einem Stuhl an dem großen Holztisch in der Mitte des Raums Platz zu nehmen. Er setzte sich ihm gegenüber, füllte zwei Gläser mit Mineralwasser und schob eines seinem Gast zu. «Auf dein Wohl», sagte er, sein Glas hebend. «Nur wenige setzen sich so unerschütterlich und so selbstlos für unseren großen Kampf ein, die Genialität und Großzügigkeit des menschlichen Geistes zu fördern. Nur wenige halten so treu an unserer gemeinsamen Vision fest, dass die Menschheit imstande ist, eine auf Gleichheit gestützte Gesellschaft zu schaffen, sobald sie die kapitalistische Ausbeutung und Entfremdung abgeschüttelt hat.»

«Nur wenigen wird die Gelegenheit gegeben zu dienen», erklärte Jewgeni.

Starik befeuchtete sich die Lippen mit Mineralwasser. «Du musst erschöpft sein –»

Jewgeni lächelte. «Es geht schon wieder.»

«Sobald du dich etwas eingelebt hast – in den Lenin-Hügeln steht dir eine Wohnung zur Verfügung –, sprechen wir ausführlich über operative Angelegenheiten. Jetzt würde ich gerne wissen ...»

Als Starik zögerte, sagte Jewgeni: «Fragen Sie, was Sie möchten.»

Starik beugte sich vor, seine Augen brannten sich in Jewgenis. «Wie ist es?», fragte er mit feierlichem Ernst.

«Wie ist *was*?»

«Amerika. Wie ist Amerika wirklich? Ich war schon mal in der Deutschen Demokratischen Republik und in Kuba und ein Mal in Kanada, aber noch nie in Amerika. Ich erfahre alles immer nur gefiltert. Und deshalb bitte ich dich, Jewgeni: Beschreibe mir Amerika.»

Jewgeni war verblüfft, eine solche Frage von einem Mann zu hören, der Zugang zu allen erdenklichen Geheimdienstdokumenten hatte, der jeden Tag die *New York Times* lesen konnte, die der KGB übersetzen ließ. «Die Amerikaner sind ein großartiges Volk», begann Jewgeni, «sie sind in einem schrecklichen System gefangen, das ihre schlechtesten Seiten zutage fördert, so wie unser System unsere besten Seiten. Der Kapitalismus fördert Besitzerwerb und -vermehrung. Die Menschen sind konditioniert, sich selbst und andere nach ihrem materiellen Wohlstand zu beurteilen. Das erklärt, warum sie sich ständig mit irgendwelchen Trophäen schmücken –

dicke, neue Autos, Diamantschmuck, Rolex-Uhren, jüngere zweite Ehefrauen, Sonnenbräune im Winter, Designer-Kleidung, Psychoanalytiker.»

«Und was sind ihre besseren Eigenschaften, Jewgeni?»

«Amerikaner sind intelligent und offen und einfallsreich und arglos. Weil sie so offen sind und andere unbefangen akzeptieren, machen sie einem Spion die Arbeit verhältnismäßig leicht. Ihre Arglosigkeit ist eine Art psychische Blindheit; sie werden dazu erzogen, ihr System für das Beste auf der Welt zu halten, und sie sind außerstande, die negativen Seiten zu sehen – sie sehen nicht die fünfundzwanzig Millionen Landsleute, die jeden Abend hungrig zu Bett gehen, sie sehen nicht, wie die Schwarzen in den Ghettos leben, sie sehen nicht, wie die Arbeiterklasse für die Profite einer Minderheit, die die Produktionsmittel besitzt, ausgebeutet wird.»

Von draußen drang das Gequietsche von kleinen Mädchen herauf, die ins Planschbecken sprangen. Starik schlenderte zum Fenster und blickte hinunter in den Garten. «Nach dem, was du erzählst, scheinen deine Amerikaner eine merkwürdige Ähnlichkeit mit der Hauptfigur der Geschichten zu haben, die ich meinen Nichten vorlese. Auch sie ist intelligent und offen und einfallsreich und arglos.»

Jewgeni trat zu seinem Mentor ans Fenster. «Wieso fragen Sie mich nach den Amerikanern?»

«In einem Kampf, wie wir ihn ausfechten, besteht die Neigung, den Feind zu dämonisieren.»

«Die Amerikaner dämonisieren zweifelsohne die Sowjetunion», bestätigte Jewgeni.

«Es ist ein großer Fehler, den Feind auf einen Dämon zu reduzieren», sagte Starik. «Dadurch ist man deutlich im Nachteil, wenn man ihn überlisten will.»

Moskau hatte sich sehr verändert. Von dem kleinen Balkon der Wohnung hoch oben in den Lenin-Hügeln ließ Jewgeni den Blick über die Stadt schweifen, die sich unter ihm ausbreitete. Die Innenstadt, einst berühmt für ihre eintönige Stalin-Gotik, war mit modernen Hochhäusern durchsetzt, neben denen die zwiebelförmigen Kuppeln verlassener Kirchen winzig wirkten. Von den breiten Straßen drang das ununterbrochene Dröhnen des Verkehrs.

Jewgenis Besuch bei seinem Vater im Krankenhaus war besser verlaufen, als er befürchtet hatte. Sein jüngerer Bruder Grinka war mit seiner zweiten Frau ebenfalls da gewesen; Grinka, ein Parteiapparatschik, war vom KGB extra angewiesen worden, Jewgenis dreiundzwanzigjährige Abwesenheit nicht anzusprechen, und so gaben die beiden Brüder einander die Hand, als hätten sie sich erst vor einer Woche gesehen. «Du siehst gut aus», sagte Grinka. «Das ist meine Frau Kapitolina Petrowna.»

«Hast du Kinder?», fragte Jewgeni, als sie gemeinsam über einen nach Kohl riechenden Korridor zum Zimmer ihres Vaters gingen.

«Zwei aus meiner ersten Ehe. Mädchen, Gott sei Dank. Die Ältere heißt Agrippina, nach unserer Mutter.» Grinka fasste Jewgeni am Arm. «Vater liegt im Sterben.»

Jewgeni nickte.

«Ich habe Anweisung, dich nicht zu fragen, wo du all die Jahre gesteckt hast. Aber du sollst wissen, dass es für mich eine große Belastung war, mich allein um ihn kümmern zu müssen.» Grinka senkte die Stimme. «Worauf ich hinauswill, ist, dass Vaters Wohnung in den Lenin-Hügeln dem Staat gehört. Die Datscha in Peredelkino gehört allerdings ihm. Und sie lässt sich schlecht zwischen zwei Familien aufteilen.»

«Mach dir deshalb keine Gedanken», knurrte Jewgeni. «Ich will sie nicht. Ich bleibe ohnehin nicht lange in Russland.»

«Schön, Jewgeni, ich habe Kapitolina gesagt, dass du ein vernünftiger Mensch bist.»

Alexander Timofejewitschs rechtes Auge öffnete sich zuckend, und er versuchte, die Laute, die ihm tief aus der Kehle stiegen, durch die Lippen zu pressen. «Jew ... Jew ...» Speichel rann ihm aus einem Mundwinkel. Ein Pfleger holte ein Kissen aus dem Schrank und stützte Jewgenis Vater damit den Rücken, so dass er seinen älteren Sohn ansehen konnte.

Die graue Gesichtshaut des alten Mannes sah aus wie eine Totenmaske. Der Mund stand offen und die Lippen zitterten. Jewgeni nahm eine Hand seines Vaters und streichelte sie. «Wie ich höre, hat Pawel Semjonowitsch dir so einige Geschichten über mich erzählt ...»

Alexander Timofejewitschs knochige Finger gruben sich mit überraschender Kraft in Jewgenis Handfläche. Das einzige Gefühl, das Jewgeni für diesen Wrack empfand, war Mitleid. Er fragte sich, ob sein Vater sich an ihn klammerte oder ans Leben?

«Sto ... stolz», brachte Alexander Timofejewitsch mit Mühe hervor. «Ei ... einsam.»

«Ja, es ist ein einsames Leben.» Er lächelte seinen Vater an. «Aber es verschafft auch Befriedigung, wie du ja aus eigener Erfahrung weißt.»

Ein Mundwinkel des alten Mannes zuckte, als versuchte er, die Muskeln dazu zu bewegen, ein Lächeln zustande zu bringen. «Wo? W ... wann?»

Jewgeni verstand die Fragen. «Wieder dort. Bald.»

Das starr auf Jewgeni gerichtete Auge blinzelte, und Tränen quollen hervor. Der Pfleger berührte Jewgeni an der Schulter. «Überanstrengen Sie ihn nicht», flüsterte er. Jewgeni drückte noch einmal die jetzt schlaffe Hand seines Vaters. Das Augenlid schloss sich, und das einzige Geräusch im Raum war das Schnaufen seines Vaters, der durch die verstopfte Nase Luft holte.

Die Tage vergingen wie im Flug. Jeden Morgen besprach Starik mit Jewgeni haarklein dessen Treffen mit SASHA, und sie erörterten gemeinsam die Sicherheitsvorkehrungen, die einen Schutzwall sowohl zwischen der Washingtoner Residentur und der polnischen Verbindungsfrau als auch zwischen der Polin und Jewgeni bildeten und die dafür sorgten, dass Jewgeni bis auf den äußersten Notfall keinen direkten Kontakt mit SASHA hatte. Eines Nachmittags erschien ein Techniker in der Apatow-Villa, um Jewgeni mit den neuesten Spionagespielereien vertraut zu machen: ein Microdot-Projektor, der in einer Kodakboxkamera versteckt war, die sogar Fotos machen konnte; ein Kurzwellensender in Form eines Rasierapparates, mit dem sich verschlüsselte Nachrichten auf Lochstreifen übermitteln ließen; eine in einem gewöhnlichen Bleistift verborgene Pistole, mit der man eine einzige 6.35-Millimeter-Kugel abschießen konnte.

Abends wanderte Jewgeni durch die Moskauer Straßen und studierte neugierig die Gesichter der von der Arbeit nach Hause eilenden Menschen. Manchmal ging er in das chinesische Restaurant im Hotel *Peking* oder aß etwas in dem Prager-Restaurant-Komplex am Arbat-Platz.

Eines Abends wurde Jewgeni, nachdem er seinen Vater im Krankenhaus besucht hatte, zu einem Bankett mit Starik und einigen hohen Tieren des KGB in einem privaten Restaurant in der obersten Etage des Hotels *Ukraine* eingeladen. Und so kam es, dass er, während zunächst Beluga-Kaviar und Champagner gereicht wurde, neben niemand anderem saß als dem berühmten Vorsitzenden des KGB, Juri Wladimirowitsch Andropow, der 1956 als sowjetischer Botschafter in Ungarn den russischen Angriff auf Budapest und die Verhaftung von Imre Nagy geleitet hatte. Die Unterhaltung gestaltete sich recht banal – Andropow interessierte sich offenbar mehr für Klatsch und Tratsch über amerikanische Filmstars als für den Watergate-Skandal oder die Aussichten, dass gegen Nixon ein Amtsenthebungsverfahren eingeleitet würde. Ob es stimme, dass John Kennedy mit Marilyn Monroe geschlafen habe, wollte er wissen. Hatte der berühmte Frauenheld Errol Flynn wirklich mit einer Sechzehnjährigen auf einer Yacht vor der Küste von Cannes gewohnt? War an dem Gerücht etwas dran, dass Soundso – er nannte ein legendäres Hollywood-Paar – nur eine Scheinehe führten, weil eines der Filmstudios verschleiern wollte, dass beide homosexuell waren?

Als die beiden Kellner das Geschirr abgeräumt und einen erlesenen Cognac serviert hatten, verschwanden sie, und die Doppelflügeltür wurde von innen verschlossen. Andropow, ein großer, humorloser Mann, der angeblich melancholische Gedichte über verlorene Liebe und Entsagungen im Alter verfasste, stand auf und klimperte mit einem Messer gegen einen Cognacschwenker. «*Towarishi*», begann er. «Ich habe das Vergnügen – ich darf sagen, die Ehre –, heute Abend, in diesem notgedrungen kleinen Kreis, die bemerkenswerte Karriere eines unserer herausragenden operativen Mitarbeiter zu feiern. Aus Sicherheitsgründen muss ich meine Worte allerdings mit Bedacht wählen. So genügt es wohl, wenn ich sage, dass der zu meiner Rechten sitzende Genosse Jewgeni Alexandrowitsch Tsipin als leuchtender Stern am Spionagefirmament aufgegangen ist und an die Leistungen des legendären Richard Sorge, der, wie wir alle wissen, während des Großen Vaterländischen Krieges eine entscheidende Rolle in Japan gespielt hat, heranreicht, ja sie vielleicht sogar übertrifft. Heute steht vermutlich noch mehr auf dem Spiel. Ich kann Ihnen versichern, dass Jewgeni Alexandrowitsch, sollte für ihn die Zeit kommen, in die Heimat zurückzukehren, sein Porträt neben denen anderer sowjetischer Geheimdienstheiden im Gedenksaal des Ersten Direktorats finden wird.» Andropow griff in die Tasche seines Jacketts, holte ein flaches Kästchen heraus und öffnete es. Es war mit blauem Samt ausgeschlagen und enthielt einen sowjetischen Orden am Band. Er bedeutete Jewgeni, sich zu erheben. «In meiner Funktion als Vorsitzender des KGB verleihe ich Ihnen den Orden der Roten Fahne.» Der General streifte Jewgeni das Band über den Kopf und richtete es am Hals gerade, so dass die Metallscheibe vorn auf dem Hemd ruhte. Dann beugte er sich vor und küsste ihn auf beide Wangen. Die acht Leute am Tisch klopften mit ihren Messern an die Gläser. Jewgeni blickte Starik verlegen über den Tisch hinweg an.

Sein Mentor nickte beifällig. Und plötzlich wurde Jewgeni klar, dass ihm Stariks Anerkennung weitaus mehr bedeutete als die seines Vaters, dass Starik – der von Anfang an sein Tolstoi gewesen war – in einem tiefen Sinne der Vater geworden war, den er sich immer gewünscht hatte: der autoritäre Idealist, der ihm die richtige Richtung weisen konnte, so dass er sich lediglich auf seine Vorwärtsbewegung konzentrieren musste.

Am Morgen darauf rief Grinka seinen Bruder an und teilte ihm die schlechte Nachricht mit: Ihr Vater war in der Nacht ins Koma gefallen und am frühen Morgen gestorben. Der Leichnam sollte am Vormittag eingeäschert werden, und Grinka schlug vor, mit Jewgeni zur Datscha in Peredelkino zu fahren, um die Asche dort im Birkenwald zu verstreuen. Zu Grinkas Überraschung lehnte Jewgeni ab. «Ich habe genug zu tun mit den Lebenden und wenig Zeit für die Toten», sagte er.

«Und wann sehen wir uns wieder?», fragte Grinka. Als Jewgeni nicht antwortete, sagte Grinka: «Vergiss nicht – ich brauche noch deine Unterschrift wegen der Datscha.»

«Ich werde jemanden beauftragen, alles in deinem Sinne zu regeln», entgegnete Jewgeni und legte auf.

Doch Jewgeni wollte noch etwas anderes erledigen, bevor er Moskau verließ. Er ging in ein Postamt in der Gorki-Straße, wies sich als Offizier des militärischen Abschirmdienstes aus und ließ sich ein Moskauer Telefonbuch bringen, das der allgemeinen Öffentlichkeit nicht zugänglich war. Er schlug in dem dicken Buch den Buchstaben L auf, sah die Spalten mit dem Namen Lebowitz durch, bis er auf den Eintrag «Lebowitz, A. I.» stieß. Dann ging er in die nächste Telefonzelle auf der Straße und wählte die Nummer, die er auf einen Zettel geschrieben hatte. Nach zweimaligem Klingeln meldete sich eine wohltönende Stimme.

«Bist du das, Marina? Ich habe die Unterlagen für deine –» Die Frau stockte. «Wer ist denn da?»

«Asalia Isanowa?»

«Am Apparat.»

Jewgeni wusste nicht, wie er seinen Anruf erklären sollte; er zweifelte, ob er selbst den Grund kannte. «Ich bin ein Geist aus deiner Vergangenheit», brachte er über die Lippen. «Wir sind uns in einer früheren Inkarnation begegnet –»

Asalia schnappte nach Luft. «Ich erkenne dich an dem Zaudern in der Stimme», hauchte sie. «Bist du von den Toten auferstanden, Jewgeni Alexandrowitsch?»

«In gewisser Weise, ja. Können wir ... uns unterhalten?»

«Worüber? Über das, was hätte sein können? Aber es gibt kein Zurück, und wir können nicht mehr dort weitermachen, wo wir aufgehört haben.»

«Ich hatte damals keine Wahl –»

«Sich in eine Situation zu begeben, in der man keine Wahl hat, *ist* eine Wahl.»

«Das stimmt natürlich ... Geht's dir gut?»

«Ja, mir geht es gut. Und dir?»

«Bist du verheiratet?»

Sie antwortete nicht gleich. «Ich war verheiratet», sagte sie schließlich. «Ich habe eine Tochter. Sie wird diesen Sommer sechzehn. Meine Ehe ist leider gescheitert. Mein Mann war in vielen Dingen anderer Ansicht als ich ... Kurz gesagt, ich bin geschieden. Bist du verheiratet? Hast du Kinder?»

«Nein. Ich habe nie geheiratet.» Er lachte verlegen. «Auch das war wohl eine Wahl, die ich getroffen habe. Was machst du beruflich?»

«Immer noch dasselbe ... Ich arbeite für das Historische Institut in Moskau und übersetze nebenbei englische Bücher.»

Ein Lastwagen donnerte an der Telefonzelle vorbei, so dass Jewgeni nicht verstand, was sie weiter sagte. Er hielt sich das freie Ohr zu und presste den Hörer gegen das andere. «Ich habe dich nicht verstanden.»

«Ich habe gefragt, ob du einsam bist.»

«Zurzeit mehr denn je. Mein Vater ist gerade gestorben.»

«Das tut mir Leid. Ich erinnere mich noch an die Gartenparty in Peredelkino – ein alter Mann presste ihm eine Flasche voller Bienen auf den nackten Rücken, als Genosse Beria mich ihm vorstellte. Du musst sehr traurig sein ...»

«Das ist das Problem. Ich bin überhaupt nicht traurig, zumindest nicht über den Tod meines Vaters. Ich habe ihn kaum gekannt. Und er war kalt wie ein Fisch ...»

«Na, wenigstens ist er alt geworden. Meine Eltern sind nach dem Krieg gestorben.»

«Ja. Ich erinnere mich, du hast mir erzählt, dass sie verschwunden sind –»

«Sie sind nicht verschwunden, Jewgeni. Sie wurden ermordet.»

«In seinen letzten Jahren ist Stalin von der sozialistischen Norm abgewichen –»

«Abgewichen! Hast du den Kopf in den Sand gesteckt? Anfang der Dreißigerjahre hat er Bauern ermorden lassen, und Mitte bis Ende der Dreißigerjahre seine Parteigenossen. Während des Krieges hat er eine Pause eingelegt und anschließend gleich wieder weitergemacht. Dann kamen die Juden an die Reihe –»

«Es war nicht meine Absicht, mit dir über Politik zu diskutieren, Asa.»

«Was war denn deine Absicht, Jewgeni? Weißt du das überhaupt?»

«Ich wollte nur ... ich dachte ...» Er schwieg einen Moment. «Um ehrlich zu sein, ich habe mich erinnert –»

«Woran?»

«An die kleine Lücke zwischen deinen Vorderzähnen. Und daran, wie sehr meine Lust und dein Verlangen harmoniert haben.»

«Es ist taktlos, das Thema anzuschneiden –»

«Ich wollte dich nicht kränken ...»

«Du bist wirklich eine frühere Inkarnation, Jewgeni. Ich bin nicht mehr der Mensch, den du damals kennen gelernt hast. Ich bin nicht mehr unschuldig.» Hastig schob sie nach: «Natürlich nicht im sexuellen Sinne. Ich meine politisch.»

«Ich wünschte, die Umstände wären anders gewesen –»

«Das glaube ich dir nicht.»

Eine Frau, die vor der Telefonzelle wartete, klopfte ungeduldig mit einem Finger auf ihre Armbanduhr.

«Bitte glaub mir, ich wünsche dir alles Gute. Leb wohl, Asalia Isanowa.»

«Ich weiß nicht, ob ich froh über deinen Anruf bin. Ich wünschte, du hättest die Erinnerungen ruhen lassen. Leb wohl, Jewgeni Alexandrowitsch.»

Stariks Augen nahmen einen finsteren Ausdruck an. «Ich sage es euch zum allerletzten Mal», schalt er seine beiden Nichten. «Hört auf zu grinsen, Mädchen.»

Die Nichten erlebten Onkel ungewöhnlich schlecht gelaunt; sie wussten zwar nicht, womit er sein Geld verdiente, aber es war unübersehbar, dass er sich wegen seiner Arbeit Sorgen machte. Er schaltete die Jupiterlampen ein und richtete die Reflektoren so aus, dass das Scheinwerferlicht auf die Körper der engelhaften Geschöpfe fiel, die für ihn posierten. Er ging zu dem Stativ und spähte auf die Mattscheibe der Kamera. «Revolución, zum letzten Mal, leg den Arm um Axinjas Schulter und lehn dich gegen sie, damit eure Köpfe sich berühren. Genau so. Gut.»

Die beiden Mädchen starrten in die Kamera. «Nun knips endlich, Onkel», flehte Axinja. «Mir ist kalt.»

«Ja, mach schon, ich hole mir sonst noch den Tod», kicherte Revolución.

«So was braucht Zeit, Mädchen», erwiderte Starik. «Ich muss die Schärfe genau einstellen und dann noch einmal die Belichtung überprüfen.» Er beugte den Kopf und sah sich das Bild auf der Mattscheibe genau an; die Jupiterlampen hatten den nackten Körpern den rosa Farbton genommen, und nur noch die Augenhöhlen und Nasenlöcher und die knospenhaften Brustwarzen der Mädchen waren sichtbar. Er maß noch einmal die Belichtung, stellte sie an der Kamera ein, trat dann zur Seite und betrachtete die Mädchen genau. Sie blickten ins Objektiv, waren sich ihrer

Nacktheit quälend bewusst. Er wollte etwas Körperloses erschaffen, etwas, das sich nicht mit einer bestimmten Zeit und einem bestimmten Ort verbinden ließ. Er wusste, wie er sie ablenken konnte.

«Mädchen, stellt euch vor, ihr seid die unschuldige kleine Alice, die sich im Wunderland verirrt hat – versetzt euch einen Moment lang in ihre Zauberwelt.»

«Wie ist es denn wirklich im Wunderland?», fragte Axinja schüchtern.

«Ist es im sozialistischen Lager wie im Wunderland, Onkel?», wollte Revolución wissen. «Ist es ein Arbeiterparadies?»

«Es ist ein Paradies für kleine Mädchen», flüsterte Starik. Er konnte sehen, wie die Gesichter der beiden Nichten einen entrückten Ausdruck annahmen, als sie sich in die wunderliche Welt versetzten, in der jeden Augenblick das Weiße Kaninchen auftauchen konnte. Zufrieden drückte Starik den Auslöser. Er öffnete die Blende, um den verschwommenen Effekt zu erhöhen, und machte noch einige Aufnahmen. Schließlich sagte er missmutig: «Genug für heute. Bis zum Abendessen dürft ihr noch draußen spielen.»

Die Nichten, froh, seiner schlechten Laune zu entkommen, zogen sich ärmellose Baumwollhemden über den Kopf und stürmten Arm in Arm aus dem Raum. Starik schaltete die Jupiterlampen aus, spulte den Film zurück und steckte ihn in die Tasche. Tief in Gedanken versunken, ging er zurück in die Bibliothek und goss sich ein Glas Mineralwasser ein.

Was sollte er von Philby halten, fragte er sich. Eigentlich mochte er den Mann; Jewgeni hatte nach seinem Besuch bei ihm gesagt, der Engländer sei ein verbitterter Trunkenbold und könne schon von seiner psychischen Verfassung her kein Tripelagent sein. Andropow dagegen war absolut überzeugt, dass Philby von Angleton umgedreht worden war, dass er jetzt für die CIA arbeitete. Wie wäre es sonst zu erklären, so Andropows Argument, dass Philby nicht verhaftet worden war? Wieso hatte man ihn aus Beirut entwischen lassen, wo er als Journalist gearbeitet hatte, nachdem die Briten eindeutige Beweise gegen ihn in der Hand hatten? Starik spürte instinktiv, dass Angleton Philbys Flucht nur recht gewesen war; vielleicht hatte er dem Engländer seine drohende Verhaftung ja sogar irgendwie gesteckt, so dass Philby den MI6-Agenten im letzten Moment entkommen konnte. Schließlich wäre es sehr unangenehm für ihn geworden, wenn Philby aller Welt von seinen Lunchverabredungen mit dem amerikanischen Spionageabwehrchef im *La Niçoise* erzählt hätte, von all den Staatsgeheimnissen, die er dem Mann entlockt hatte, der doch Staatsgeheimnisse hatte schützen sollen. Als Philby 1963 nach Moskau gekommen war, hatte Starik wochenlang die Informationen überprüft, die der Engländer im Laufe der Jahre nach seinen regelmäßigen Treffen mit Angleton geschickt hatte. Sie schienen alle echt zu sein, was bedeutete ... ja, was bedeutete es? Wenn Angleton aus Philby tatsächlich einen Tripelagenten gemacht hätte, wäre er doch wohl so clever gewesen, ihn weiter mit echten Geheimnissen zu versorgen, damit der KGB keinen Verdacht schöpfte. Genau das machte Starik seit Jahren: Es gehört nun mal zu dem großen Spiel, falsche Überläufer mit richtigen Geheimnissen und richtige Überläufer mit falschen Geheimnissen auf die andere Seite zu schicken.

Starik trank einen Schluck Mineralwasser und schlüpfte durch die schmale Tür in der Holzvertäfelung in sein kleines Sanktuarium. Er öffnete den Wandsafe hinter dem Lenin-Porträt, nahm den altmodischen Karteikasten aus Eiche heraus, auf dessen Deckel in kyrillischer Schrift die Worte *Sowerscheno Sekretno* und CHOLSTOMER standen, und stellte ihn auf den kleinen Tisch. Er öffnete den Kasten und holte aus einer dicken Akte das Telegramm hervor, das ihm am Abend zuvor in die Apatow-Villa gebracht worden war. Der KGB-Resident in Rom informierte das Direktorat S über Gerüchte, die in italienischen Bankkreisen kursierten; der Patriarch von Venedig, Kardinal Albino Luciani, ging angeblich Berichten nach, dass die Vatikanbank, bekannt als *Institut für religiöse Werke*, in Geldwäschetransaktionen verstrickt sei. Luciani, der als Nachfolger von Papst Paul VI. gehandelt wurde, war offenbar darüber informiert worden, dass ein römischer Staatsanwalt seit vierzehn Jahren eine Geldwäscheoperation mit dem Decknamen CHOLSTOMER untersuchte, und er hatte zwei Priester, die sich mit Buchhaltung auskannten, beauftragt, die handschriftlichen Rechnungsbücher zu überprüfen, die im Archiv des *Instituts für religiöse Werke* Staub ansetzten.

Starik blickte besorgt von dem Telegramm auf. Zum Glück stammte einer der beiden Priester aus einer toskanischen Familie mit guten Beziehungen zur Kommunistischen Partei Italiens; der Resident in Rom, der eng mit den italienischen Kommunisten zusammenarbeitete, würde herausfinden können, was für Informationen die Priester an Albino Luciani schickten.

Falls der Patriarch von Venedig der Flamme zu nahe kam, musste er verbrannt werden. CHOLSTOMER durfte unter keinen Umständen gefährdet werden. Angesichts der in Amerika herrschenden Rezession und Inflation wollte Starik die Gunst der Stunde nutzen und KGB-Chef Andropow seinen Plan unterbreiten; falls er von ihm grünes Licht bekam, war die nächste Hürde das geheime, aus drei Mitgliedern bestehende Komitee des

Politbüros, das für die Prüfung von Geheimdienstoperationen zuständig war. Ende des Jahres, so Stariks Hoffnung, würde Genosse Breschnew CHOLSTOMER persönlich absegnen, und das Strategem, das Amerika in die Knie zwingen würde, konnte endlich in die Tat umgesetzt werden.

Stariks Gedanken schweiften zu Jewgeni Alexandrowitsch. Er bedauerte es zutiefst, ihm Heimaturlaub gegeben zu haben. Die tödliche Krankheit von Jewgenis Vater hatte Starik den Verstand vernebelt, ihn sentimental gemacht; er hatte seine letzte Schuld bei dem alten Tsipin, dessen Führungsoffizier er gewesen war, beglichen – Tsipins Asche war am Nachmittag in dem Birkenwald von Peredelkino verstreut worden. Jetzt war es höchste Zeit, dass Jewgeni wieder in die Kriegszone zurückkehrte. Und es war höchste Zeit, dass Starik sein Katz-und-Maus-Spiel mit dem angeschlagenen, aber nach wie vor gefährlichen James Jesus Angleton fortsetzte.

«Dass Katzen Fledermäuse atzen? Dass Fledermäuse Katzen atzen?», rezitierte er laut.

Er nahm sich vor, dass er dieses Kapitel den Mädchen vorlesen würde, wenn er sie am Abend ins Bett brachte.

4

WASHINGTON, D.C., DONNERSTAG, 4. JULI 1974

Der dunkle, mit kugelsicheren Scheiben ausgestattete Oldsmobile schlängelte sich durch den dichten Verkehr auf der Umgehungsstraße in Richtung Langley. Im Fond saß CIA-Direktor Bill Colby und las die über Nacht eingegangenen Meldungen. Die letzten Wochen waren äußerst unergiebig gewesen – Angleton kam bei seiner Vernehmung von Leo Kritzky nicht weiter, Jack McAuliffe hatte den sowjetischen Maulwurf im NSA noch immer nicht identifizieren können, und Manny Ebbitt förderte bei seinen wöchentlichen Treffen mit AE/PINNACLE nichts sonderlich Aufschlussreiches mehr zutage. Umso willkommener waren da gute Nachrichten. Colby versah eine Meldung von der Teheraner Filiale (sie berichtete, dass die islamisch-fundamentalistische Opposition im Iran äußerst schwach sei) mit seinen Initialen und legte sie auf den dünnen Stapel, der an Außenminister Kissinger weitergeleitet werden würde. Die Einschätzung aus Teheran untermauerte die jüngste Prognose vonseiten des DD/I, dass der prowestlich eingestellte iranische Monarch Mohammed Resa Schah Pahlewi noch bis ins nächste Jahrhundert hinein herrschen würde, dass die islamischen Fundamentalisten in absehbarer Zukunft weder die Stabilität im Persischen Golf noch die Öllieferungen in den Westen gefährden würden.

Das rote Telefon in der Konsole summte. Colby hob den Hörer ab. «Ja?» Er lauschte einen Moment. «Ich bin um Punkt acht an meinem Schreibtisch – er soll auf einen Sprung reinkommen.»

Kurz darauf schob Colby einen dampfenden Becher Kaffee über den Tisch zu Jack McAuliffe, *Chief of Operations* des DD/O Elliott Ebbitt. «Die Sache schien zuerst ziemlich simpel», sagte Jack. «Manny hat bei AE/PINNACLE nachgefragt. Irrtum ausgeschlossen. Der KGB-Resident hat eine Nachricht an den NSA-Maulwurf hinter dem Heizkörper in der

Herrentoilette vom Hotel *Jefferson* deponiert. Die Nachricht lautete: *Glückwunsch zum Zweiten Mann*.»

Colby blickte zum Fenster seines Büros im siebten Stock hinaus. Die Wälder Virginias erstreckten sich, so weit das Auge reichte. «Vielleicht wurde der zweite Sohn des Maulwurfs im Dezember und nicht im Januar geboren», gab Colby zu bedenken.

«Daran habe ich auch gedacht», erwiderte Jack. «Ich bin mit dem Leiter der Sicherheit sämtliche Mitarbeiter des NSA durchgegangen. Im Fort Meade sind zehntausend Leute dafür zuständig, Codes zu entwickeln und zu knacken. Von diesen zehntausend haben vierzehn im Januar einen zweiten Sohn bekommen, acht im Dezember, achtzehn im November.»

«Damit müssten Sie eigentlich weiterkommen –»

Jack schüttelte den Kopf. «Vergessen Sie nicht, was AE/PINNACLE Manny erzählt hat. Sämtliche Kontakte zwischen der Residentur und dem Maulwurf in Washington liefen über tote Briefkästen. Die persönlichen Treffen fanden statt, wenn der Maulwurf im Ausland Urlaub gemacht hat – Paris, Weihnachten '72; Kopenhagen, Weihnachten '73; Rom, Ostern dieses Jahres. Keiner von den Vätern eines zweitgeborenen Sohnes war zur fraglichen Zeit am fraglichen Ort.»

«Und wenn Sie umgekehrt vorgehen, vom Urlaubszeitpunkt und -ort?»

«Hab ich auch schon versucht. Fehlanzeige. Die halbe NSA-Belegschaft macht über Weihnachten Urlaub, die andere Hälfte Ostern, und die Sicherheitsleute haben keine systematische Übersicht, wo die Leute Urlaub gemacht haben. Wir brauchen den zweitgeborenen Sohn, um den Kreis einzuzuengen.»

«Was meint Elliott?»

«Ebby sagt, die Antwort liegt vermutlich direkt vor unserer Nase, wir müssen bloß das Problem von der richtigen Seite betrachten.»

«Gut. Bleiben Sie dran. Sonst noch was?»

«Ja, da ist noch was.» Jack räusperte sich.

«Raus mit der Sprache, Jack.»

«Es geht um Leo Kritzky –»

«Das habe ich mir gedacht.»

«Jim Angleton hat ihn jetzt seit fünf Wochen in der Mangel.»

Colby sagte kühl: «Ich kann genauso gut zählen wie Sie.»

«Wenn Angleton mal zu einer Besprechung der Sondereinheit erscheint, was in letzter Zeit selten vorkommt, fragen Ebby und ich ihn, wie das Verhör läuft.»

«Er erzählt Ihnen wahrscheinlich das Gleiche wie mir», sagte Colby unbehaglich.

«Er sagt, so was braucht Zeit. Er sagt, Rom wurde auch nicht an einem Tag erbaut. Er sagt, er ist überzeugt, dass AE/PINNACLE ein echter Überläufer ist, was bedeutet, dass Leo Kritzky SASHA ist.»

«Was soll ich Ihrer Meinung nach tun, Jack?»

«Setzen Sie ein Zeitlimit für die Vernehmung. Ich möchte nicht wissen, was Angletons Leute mit Leo anstellen. Wenn Sie ihn Angleton lange genug überlassen, gesteht er am Ende alles.»

Colby holte ein Kuvert aus seiner dicken Aktentasche und warf es vor Jack auf den Schreibtisch. «Jim hat Kritzky einem Lügendetektortest unterzogen.»

«So was kann man doch nicht mit jemandem machen, der seit fünf Wochen in einer Einzelzelle hockt. Der Mann ist ein Nervenbündel. Da schießt die Detektornadel doch schon durchs Dach, wenn er nur seinen vollständigen Namen nennt.»

«Hören Sie, Jack, Jim Angleton ist nun mal der Leiter der Gegenspionage. Die Gegenspionage hat die Aufgabe, sowjetische Infiltrationen in der *Company* aufzuspüren. Angleton glaubt, dass er eine Infiltration aufgespürt hat.»

«Und stützt sich allein darauf, dass SASHAs Nachname mit K beginnt, dass er Russisch kann, dass er zu einem bestimmten Zeitpunkt außer Landes gewesen ist. Das ist ziemlich dürftig. Obendrein hat sich AE/PINNACLEs Information, es gebe einen Maulwurf im NSA, nicht bewahrheitet. Wenn Letztere nicht stimmt, dann ist es durchaus möglich, dass Erstere auch falsch ist.»

Colby beäugte Jack über den Tisch hinweg. «Möchten Sie denn, dass sich die Information mit dem Maulwurf im NSA bewahrheitet?»

Die Frage verblüffte Jack. «Worauf wollen Sie hinaus?»

«Wenn Sie den NSA-Maulwurf aufspüren, heißt das, AE/PINNACLE ist echt. Wenn AE/PINNACLE echt ist, dann ist Leo Kritzky SASHA.»

«Verdammt, Mr. Colby, ich würde meinen rechten Arm dafür hergeben, dass im NSA kein Maulwurf sitzt. Aber wenn doch, dann mache ich den Mistkerl ausfindig. Verlassen Sie sich drauf.»

«Jack, wenn ich davon nicht überzeugt wäre, säßen Sie jetzt nicht in meinem Büro. Hören Sie, Angletons Verdacht gegen Kritzky stützt sich nicht nur auf die Informationen von AE/PINNACLE. Jim behauptet, er habe in der SASHA-Geschichte ein Muster entdeckt – eine lange Liste mit fehlgeschlagenen Operationen, eine kurze Liste mit geglückten Operationen, die Kritzkys Karriere förderlich waren. Er sagt, er sei Kritzky auch ohne AE/PINNACLEs Informationen auf der Spur gewesen.»

Jack schob den Becher Kaffee beiseite und beugte sich vor. «Jim Angleton ist auf Gespensterjagd, seit Philby als sowjetischer Agent enttarnt wurde. Er glaubt, die halbe politische Führung in der westlichen Welt besteht aus KGB-Agenten. Er hat die Sowjetabteilung der *Company* in seiner Jagd nach SASHA dezimiert. Wir wissen ja nicht mal, ob SASHA außerhalb von Angletons Kopf existiert.»

«Beruhigen Sie sich, Jack. Vielleicht ist AE/PINNACLE ein Falschinformant. Vielleicht hat Leo Kritzky eine weiße Weste. Vielleicht ist SASHA ein Hirngespinst von Angleton. Aber wir können das Risiko nicht eingehen, Jim Angletons Kassandrarufe nicht ernst zu nehmen.» Colby stand auf, Jack ebenfalls. Der Director sagte: «Spüren Sie den Vater des ‹Zweiten Mannes› auf, Jack. Oder bringen Sie mir Beweise, dass er nicht existiert.»

Im Korridor zog Jack frustriert die Schultern hoch. «Wie kann man beweisen, dass etwas nicht existiert?»

Die heiser geflüsterten Worte waren kaum hörbar. «Ich habe keine Erinnerung daran.»

«Dann will ich Ihr Gedächtnis auffrischen. Der russische Journalist wurde in Triest angeworben, auf einem Bauernhof in Österreich ausgebildet, dann nach Moskau zurückgeschickt. Keine ganze Woche später wurde er vor die Metro gestoßen –»

«Die Moskauer Dienststelle hat gemeldet, er sei betrunken gewesen.»

«Aha, jetzt fällt es Ihnen also doch wieder ein. Die Moskauer Dienststelle hat den Polizeibericht an uns weitergeleitet, der in der *Prawda* abgedruckt war; darin heißt es, der Tote habe einen hohen Alkoholpegel gehabt. Ein Journalist, der beim selben Radiosender arbeitete wie unser Mann, hat gesagt, er sei völlig nüchtern gewesen, als er am Abend zuvor von zwei Fremden abgeholt wurde. Am nächsten Morgen wurde sein Leichnam auf den Gleisen gefunden. Die Akte, in der die Anwerbung des Journalisten erwähnt wird, trägt Ihre Initialen. Und Sie wollen behaupten, das ist ein Zufall –»

«Ich habe seit Tagen ... keine Verdauung gehabt. Ich habe Bauchkrämpfe. Ich möchte einen Arzt –»

James Angleton blickte von seiner Akte auf, eine durchweichte Zigarette zwischen den Lippen. «Im August 1959 wurden zwei aus je sechs Leuten bestehende Taucherteams aus Taiwan geschnappt, als sie an der chinesischen Küste an Land gingen, und am nächsten Morgen erschossen. Erinnern Sie sich an den Vorfall?»

«Ich erinnere mich an den Vorfall, Jim. Genau wie beim letzten Mal, als Sie gefragt haben. Genau wie beim vorletzten Mal. Ich erinnere mich bloß nicht daran, dass ich den Operationsbefehl auf dem Weg zum DD/O mit meinen Initialen versehen habe.»

Angleton holte eine Fotokopie des Operationsbefehls hervor. «Kommen Ihnen die Initialen *LK* oben rechts in der Ecke bekannt vor?», fragte er, die Kopie hochhaltend.

Leo Kritzky schwankte auf seinem Stuhl, versuchte, sich zu konzentrieren. Die Augen schmerzten ihn, weil ihm die grellen Deckenlampen selbst dann noch durch die Lider brannten, wenn er sie geschlossen hatte. Er hatte einen struppigen Stoppelbart, und sein Gesicht war schmal und eingefallen. Sein Haar fing an, weiß zu werden, und löste sich in Büscheln, wenn er mit den Fingern hindurchfuhr. Die Haut an den Händen war wie Pergament. Die Gelenke taten ihm weh. Er spürte seinen Puls in der Schläfe pochen, er hörte ein schrilles Klingeln im rechten Ohr. «Ich kann nicht ... scharf sehen», rief er Angleton in Erinnerung. Vor Müdigkeit zitternd, biss Leo sich auf die Lippen, um das Schluchzen zu unterdrücken, das aus der Tiefe seines Körpers nach oben stieg. «Verdammt, Jim, seien Sie doch nachsichtig...»

Angleton wedelte mit dem Blatt vor Kritzkys Augen. «Strengen Sie sich an.»

Leo zwang seine Augen auf. Das *LK* wurde langsam scharf, ebenso andere Initialen. «Ich war nicht der Einzige, der den Operationsbefehl abgezeichnet hat.»

«Sie waren nicht der Einzige, der die einhundertfünfundvierzig Operationsbefehle abgezeichnet hat, die zur Folge hatten, dass Agenten verhaftet und vor Gericht gestellt und exekutiert wurden. Aber Ihre Initialen befanden sich auf allen hundertfünfundvierzig. War das auch alles Zufall?»

«Zwischen 1951 und heute haben wir rund dreihundertsiebzig Agenten verloren. Was bedeutet, dass mein Name» – Leo konnte nicht mehr rechnen, und seine Stimme erstarb – «mit einer ganzen Menge nicht verbunden war.»

«Ihr Name war mit zweihundertfünfundzwanzig nicht verbunden. Aber schließlich sind eine ganze Menge Papiere auch nicht durch Ihre Hände gegangen, weil Sie entweder noch zu weit unten auf der Karriereleiter standen oder nicht in der Stadt oder nicht informiert oder vorübergehend anderweitig im Einsatz waren.»

«Ich schwöre, ich sage die Wahrheit, Jim. Ich habe nie irgendjemanden an die Russen verraten. Nicht den russischen Journalisten, der in Moskau ums Leben gekommen ist. Nicht die Chinesen, die an der Küste ihrer Heimat geschnappt wurden. Nicht die Polin, die Mitglied des Zentralkomitees war.»

«Die Kubaner in der Schweinebucht haben Sie auch nicht verraten.»

«Gott, nein. Ich habe die Kubaner nicht verraten.»

«Sie haben den Russen nicht gesteckt, dass die Landung von Trinidad in die Schweinebucht verlegt worden war?»

Kritzky schüttelte den Kopf.

«Irgendwer hat es den Russen gesteckt, weil Castros Panzer und Artillerie nämlich schon warteten, als die Brigade an Land kam.»

«Der Generalstab hat die Möglichkeit nicht ausgeschlossen, dass Castros Truppen dort ein Manöver durchgeführt haben.»

«Mit anderen Worten, wieder ein Zufall?»

«Ein Zufall. Ja. Warum nicht?»

«Es hat im Laufe der Jahre eine Menge Zufälle gegeben», fuhr Angleton fort. «Zum Beispiel anno 1956. Da wurde der derzeitige DD/O Elliott Ebbitt *undercover* nach Budapest geschickt. Wenige Tage später wurde er von der ungarischen Geheimpolizei AVH festgenommen.»

«Er könnte durchaus von einem sowjetischen Spion innerhalb der ungarischen Widerstandsbewegung verraten worden sein.»

Angleton schüttelte den Kopf. «Der AVH-Oberst, der Elliott verhört hat, kannte sich ausgezeichnet in dessen Personalakte aus: Er wusste, dass Elliott in Frank Wisners Abteilung für Geheimoperationen war, er wusste, dass Elliott in der Frankfurter Filiale Agenten ausgebildet hat, die hinter dem Eisernen Vorhang abgesetzt wurden, er wusste sogar, dass Elliotts Vorgesetzter in der Frankfurter Filiale Anthony Spink hieß.»

Leo fiel das Kinn auf die Brust, und er riss es ruckartig wieder hoch.

«Sie sind einer der siebenunddreißig Offiziere, deren Initialen auf Unterlagen auftauchen, die mit Ebbitts Mission zu tun haben. Ich nehme an, Sie wollen das auch dem Zufall zuschreiben.»

Leo sagte schwach: «Was ist mit den anderen sechsunddreißig?», doch Angleton hatte schon umgeblättert und versuchte, seine eigene Handschrift zu entziffern. «Anfang November 1956 waren Sie dabei, als der DCI und der DD/O Präsident Eisenhower im Weißen Haus über die amerikanische Militärbereitschaft in Europa im Falle eines Krieges unterrichteten.»

«Ja, ich erinnere mich.»

«Was hat Eisenhower unseren Leuten gesagt?»

«Er hat gesagt, er wünschte bei Gott, den Ungarn helfen zu können, aber er könne es nicht.»

«Wieso?»

«Er und John Foster Dulles befürchteten, eine amerikanische Intervention würde einen Bodenkrieg auslösen, worauf wir nicht vorbereitet waren.»

«Es liegen uns zahlreiche Indizien dafür vor, dass das sowjetische Politbüro bezüglich einer Intervention gespalten und Chruschtschow unentschlossen war. Dann, aus heiterem Himmel, hat er sich für eine Intervention ausgesprochen. Der Grund dafür war nicht *zufällig* der, dass Sie Eisenhowers Bemerkung weitergeleitet haben, oder?»

«Ich habe den Russen rein gar nichts verraten», beteuerte Leo. «Ich bin kein russischer Spion. Ich bin nicht SASHA.»

«Das haben Sie schon beim Lügendetektortest abgestritten.»

«Ja. Und ich streite es auch jetzt ab.»

«Unsere Experten für Lügendetektortests haben festgestellt, dass Sie gelogen haben.»

«Dann irren sie sich, Jim.» Leo wedelte matt mit einer Hand, um den Zigarettenqualm zu vertreiben. «Ich bin aufgewühlt. Ich bin erschöpft. Ich weiß nicht mehr, ob wir Tag oder Nacht haben. Ich habe das Zeitgefühl verloren. Manchmal weiß ich nicht mehr, was ich kurz vorher zu Ihnen gesagt habe. Die Worte, die Gedanken entgleiten mir. Ich kann sie nicht mehr fassen. Ich muss schlafen, Jim. Bitte lassen Sie mich schlafen.»

«Sie brauchen mir nur die Wahrheit zu sagen, und ich mache das Licht aus und lasse Sie so lange schlafen, wie Sie möchten.»

Ein Funken Verbitterung blitzte auf. «Sie wollen gar nicht die Wahrheit. Sie wollen, dass ich Lügen zur Wahrheit erkläre. Sie brauchen mich als Rechtfertigung für all die Jahre, die Sie die *Company* schon auf der Suche nach SASHA umkrempeln. Sie haben noch nie einen Maulwurf aufgespürt, stimmt's? Aber während Ihrer Suche nach einem haben Sie über hundert Leuten aus der Sowjetabteilung die Karriere versaut.» Leo leckte sich getrocknetes Blut von den Lippen. «Sie kriegen mich nicht klein, Jim. Das hier kann bis in alle Ewigkeit so weitergehen.» Er blickte wild auf; von dem grellen Deckenlicht tränten ihm die Augen. «Ich weiß, Sie nehmen alles auf Band auf. Irgendwann wird irgendwer die Abschrift lesen. Am Ende wird man von meiner Unschuld überzeugt sein.»

Angleton blätterte weiter. «Erinnern Sie sich an den russischen Handelsattaché in Madrid, der uns den sowjetischen Chiffrierschlüssel zum Kauf angeboten hat, aber vor der Lieferung unter Drogen gesetzt und auf schnellstem Wege mit einer Aeroflot-Maschine nach Moskau geschafft wurde?»

Millie brachte Anthony ins Bett und ging dann nach unten ins Wohnzimmer, wo Jack sich gerade einen Whiskey eingoss. In letzter Zeit steuerte er schnurstracks auf die Bar zu, wenn er nach Hause kam. «Tut mir Leid», brummte er, weil er wieder einmal viel zu spät von der Arbeit gekommen war, um Anthony bei den Hausaufgaben zu helfen oder mit Millie etwas zu unternehmen.

«Sag nichts – lass mich raten: Du hattest wieder einen harten Tag», bemerkte Millie gereizt. Es stand ihm im Gesicht geschrieben, in den Sorgenfalten um die Augen. Am Mittag hatte sich Millie mit Elizabet zum Essen getroffen; Ebby war auch schon seit Wochen schlecht gelaunt, was die beiden Frauen das Schlimmste befürchten ließ. Anhand ihrer Beobachtungen spielten sie die verschiedenen Möglichkeiten durch: Einer oder beide Ehemänner waren entlassen worden oder sollten strafversetzt werden; eine wichtige Operation war fehlgeschlagen; ein Freund oder Kollege war tot oder lag im Sterben oder verfaulte irgendwo auf der Welt in einem kommunistischen Gefängnis. Das Schlimmste daran war für beide Frauen, dass sie mit ihren Männern nicht über deren Probleme sprechen konnten. Sobald sie das Thema anschnitten, machten sie dicht und flüchteten zur Hausbar.

«Jack», flüsterte Millie, als sie sich neben ihn auf die Couch setzte, «wie lange soll das noch so weitergehen?»

«Was?»

«Ach, hör auf. Irgendwas stimmt doch nicht. Hat es mit uns zu tun? Mit unserer Ehe?»

«Um Gottes willen, nein», sagte Jack. «Es hat nichts mit uns beiden zu tun. Es ist dienstlich.»

«Ist was Schlimmes passiert?»

«Was Schreckliches. Aber es ist besser, wenn du es nicht weißt, Millie. Du könntest sowieso nicht helfen», sagte Jack und kippte die Hälfte seines Whiskeys hinunter.

«Ehefrauen sind dafür da, ihren Männern zu helfen, wenn sie Probleme haben. Es tut schon gut, nur darüber zu sprechen. Versuch's doch mal.»

Sie sah, dass er mit sich rang. Er öffnete sogar den Mund, um etwas zu sagen. Doch dann legte er nur einen Arm um Millie und zog sie an sich. «Erzähl mir, wie dein Tag war», sagte er.

Millie lehnte den Kopf an seine Schulter. «Ich habe fast die ganze Zeit an einer Pressemitteilung über das Gesetz für Informationsfreiheit gearbeitet. Herrje, wenn der Kongress das verdammte Gesetz verabschiedet, kann die CIA sich vor Anträgen auf Akteneinsicht nicht mehr retten.»

Jack nahm einen Schluck aus seinem Glas. «Es war schon immer schwierig, die Notwendigkeit eines Geheimdienstes, seine Geheimnisse zu bewahren, mit dem Recht der Öffentlichkeit auf Information in Einklang zu bringen. Daran wird sich auch nichts ändern.»

«Du überraschst mich, Jack – ich hab gedacht, du wärst grundsätzlich gegen das Gesetz für Informationsfreiheit.»

«Solange es die nationale Sicherheit nicht tangiert, finde ich nichts Schlimmes dabei.»

«He, auf deine alten Tage wirst du noch richtig liberal.»

Jacks Blick wanderte zu einem gerahmten Foto an der Wand, das zwei Männer Anfang zwanzig zeigte; sie trugen ärmellose Trikothemden mit einem großen Y auf der Brust und posierten vor einem Rennruderboot. Eine dünne Frau in einem knielangen Rock und einem Männerpullover mit Uni-Emblem stand etwas abseits. In verblichener Druckschrift stand auf dem gezackten weißen Rand des Fotos, von dem ein Abzug auch bei Leo zu Hause an der Wand im Wohnzimmer hing: *Jack, Leo und Stella nach dem Rennen, aber vor dem Sündenfall.* «Ich glaube an unsere offene Gesellschaft», sagte Jack. «Ich kämpfe weiß Gott schon lange genug dafür. Ich glaube, dass jeder das Recht auf einen fairen Prozess hat. Ich glaube, jeder hat das Recht zu hören, was man ihm vorwirft, und seine Ankläger zur Rede zu stellen.»

Millie streichelte Jack den Nacken. «Sag schon, Jack, was ist los in eurem Laden?»

Er beschloss, das Thema zu wechseln. «Habt ihr noch immer Personalknappheit in der PR?»

Millie seufzte. «Geraldine ist in die Privatwirtschaft gegangen. Und Florence hat Mutterschaftsurlaub – stell dir vor, sie hat gestern einen Ultraschall machen lassen, und dabei ist rausgekommen, dass es ein Mädchen wird. Sie war enttäuscht – ihr Mann hätte lieber einen Jungen gehabt –, aber ich habe ihr gesagt, sie könne froh sein.»

Jack hörte kaum zu. «Wieso?», fragte er geistesabwesend.

«Ich spreche schließlich aus Erfahrung – es ist schon verdammt schwer, mit einem Mann zu leben, mit zwei Männern ist es doppelt schwer. Ich meine, zwei Männer unter ein und demselben Dach sind einer Frau allein schon zahlenmäßig überlegen –»

Jack starrte Millie plötzlich aufmerksam an. «Was hast du gerade gesagt?»

«Ich habe gesagt, zwei Männer im Haus sind einer Frau zahlenmäßig überlegen –»

«Zwei Männer sind der Frau zahlenmäßig überlegen?»

«Was ist los, Jack?»

«Und die zwei Männer, die der Frau zahlenmäßig überlegen sind – einer ist der Ehemann, und der andere ist der *erstgeborene* Sohn!»

«Ja, klar. Das sollte bloß ein Witz sein, Jack.»

«Wenn Florence einen Jungen zur Welt bringen würde, dann könnte ich ihr also eine Karte schicken mit dem Text ‹Glückwunsch zum Zweiten Mann›?»

«Ja, sicher. Wenn du ihren Mann als den ersten Mann zählst.»

Ebby war ganz nah dran gewesen: Die Antwort lag praktisch direkt vor seiner Nase, man musste bloß das Problem von der richtigen Seite betrachten. Jack sprang auf, schnappte sich sein Jackett und eilte zur Haustür.

«Wo willst du hin, Jack?»

«Ich muss den Ersten Mann finden.»

Adelle war mit ihrer Weisheit am Ende. In den letzten fünf Wochen hatte sie zwei Mal mit Director Colby gesprochen. Das erste Mal hatte er angerufen, um sich dafür zu entschuldigen, dass er Leo ohne Vorwarnung so überstürzt nach Asien abkommandiert hatte; er hatte sie gebeten, einen Koffer zu packen, den er von einem Wagen hatte abholen lassen. Dann waren drei Wochen ohne ein Wort von Leo verstrichen, und Adelle hatte Colby angerufen. Es bestehe kein Grund zur Sorge, hatte er ihr versichert. Leo gehe es gut, und er habe einen wichtigen Auftrag; mit Leos Hilfe, so Colby, werde hoffentlich bald eine äußerst brenzlige Angelegenheit geklärt. Es tue ihm Leid, dass er ihr nicht mehr sagen könne. Er zähle selbstverständlich auf ihre Diskretion; je weniger Leute wüssten, dass Leo nicht in der Stadt war, desto besser. Adelle hatte gefragt, ob sie ihrem Mann einen Brief zukommen lassen könne, und Colby hatte ihr ein Postfach genannt, an das sie schreiben könne, und ihr versprochen, sich umgehend zu melden, wenn er Neuigkeiten von Leo hatte.

Ihre beiden Briefe waren unbeantwortet geblieben.

Inzwischen waren fünf Wochen seit ihrer Rückkehr aus Frankreich vergangen, und sie hatte noch keine direkte Nachricht von Leo erhalten. Vanessa stellte immer häufiger Fragen; Daddy war noch nie einfach so verschwunden, sagte sie. In einer Woche feierte Philip Swett seinen achtzigsten Geburtstag, und Leo würde bei der großen Party nicht dabei sein. Vanessa, die ihren Vater über alles liebte, wirkte so besorgt, dass

Adelle sie schließlich einweihte; Leo sei mit einem ungeheuer wichtigen Auftrag nach Asien geschickt worden, erklärte sie ihr. Wieso sollte die *Company* den Leiter der *Sowjetabteilung* nach Asien schicken?, wandte Vanessa ein. Das sei doch unlogisch, oder? Nicht unbedingt, erwiderte Adelle. Sowjetrussland erstrecke sich nun mal bis nach Asien; aus der Zeitung wisse sie, dass es auf der Halbinsel Kamtschatka einen U-Boot- und Raketenstützpunkt gebe, der doch für die CIA von großem Interesse sein müsse.

Die Antwort stellte Vanessa zwar zufrieden, doch Adelle hatte das ungute Gefühl, dass Colby nicht aufrichtig zu ihr gewesen war. Also beschloss sie, ihren Vater zu bitten, sich um nähere Auskünfte über Leos Verbleib zu bemühen.

«Soll das heißen, du hast seit fünf Wochen nichts von deinem Mann gehört?», fragte Swett fassungslos, nachdem Adelle ihm das Problem geschildert hatte.

«Kein einziges Wort, Daddy.»

«Und dieser Colby hat gesagt, er hätte ihn nach Malaysia geschickt?», fragte Swett, der im Alter etwas schwerhörig geworden war.

«Nicht Malaysia, Daddy. Asien.»

«Meine Güte, der Sache geh ich auf den Grund», versprach er seiner Tochter und rief das Sekretariat von Henry Kissinger im Außenministerium an.

Kissinger rief kurz darauf zurück. «Phil, was kann ich für Sie tun?», fragte er.

Swett erläuterte ihm, dass sein Schwiegersohn Leo Kritzky, Leiter der Sowjetabteilung in Langley, wie vom Erdboden verschwunden sei und dass Colby seiner Tochter das Märchen aufgetischt habe, Kritzky sei auf einer Mission in Asien.

«Wo liegt das Problem?», wollte Kissinger wissen.

«Herrgott, Henry, der Bursche ist seit fünf Wochen verschwunden, und meine Tochter hat weder einen Brief noch einen Anruf von ihm bekommen, nichts.»

Kissingers Büro rief Swett am selben Nachmittag zurück. Ein Berater des Außenministers hatte in Langley nachgefragt. Kritzky sei offenbar im persönlichen Auftrag des DCI unterwegs. Die *Company* habe nähere Informationen verweigert und wünsche keine weiteren Erkundigungen.

Swett wusste, dass ihm eine Abfuhr erteilt worden war. Er würde sich diesen Colby vorknöpfen, wenn er ihm begegnete, nahm er sich vor. Schließlich hatte es einmal eine Zeit gegeben, in der Harry Truman ihm seine Reden zur Generalprobe vorgetragen, Dwight Eisenhower ihn um Rat gefragt und der junge John F. Kennedy sich bei ihm über den Irrsinn ausgelassen hatte, der CIA zu gestatten, eine Invasion von Kuba zu planen. Charles de Gaulle hatte das Problem richtig erkannt, bevor er vier Jahre zuvor gestorben war: Im Alter gehört man zum alten Eisen, hatte er gesagt. In einer Woche wurde Swett achtzig. Bald würde man ihn nicht mal mehr zurückrufen, wenn er jemanden anzurufen versuchte.

Philip Swett legte sich auf die Couch, um sein Nachmittagsschläfchen zu halten, und nahm sich vor, gleich danach seine Tochter anzurufen. Es war gut möglich, dass Kritzky wirklich in Asien war, wie Colby gesagt hatte; es war gut möglich, dass er rechtzeitig zu Swetts verdammter Geburtstagsparty zurück war. Wenn nicht, wäre Swett auch nicht traurig. Er fragte sich noch immer, was seine dickköpfige Tochter eigentlich an Kritzky fand. In letzter Zeit hatte sie Andeutungen gemacht, dass ihre Ehe nicht mehr ganz so gut lief. Na, wenn sie sich von dem jüdischen Burschen scheiden ließ, würde er jedenfalls keine Träne vergießen ...

Ein Faden Mondlicht stahl sich durch die Lücke zwischen den Vorhängen am Fenster und schnitt eine silberne Furche in die Bodendielen. Manny lag hellwach auf dem großen Bett und lauschte Nellies Atem, ein Ohr an ihren Rücken gepresst. Am Abend zuvor waren sie in einem kleinen französischen Restaurant in Georgetown gewesen und, angeheitert vom Beaujolais Nouveau, zu Nellie nach Hause geschlendert. Manny war stiller als sonst gewesen, und Nellie hatte genau gespürt, dass er mit den Gedanken woanders war. Ich könnte dich ablenken, hatte sie geraunt und sich an ihn geschmiegt. Und als sie sich die Spaghettiträger ihres schwarzen Minikleids von den Schultern streifte, war ihr das auch wirklich gelungen.

Hinterher hatte Nellie ihn gefragt: «Wieso?»

«Wieso was?»

«Wieso heute Abend? Wieso hast du mit mir geschlafen?»

«Ich habe endlich begriffen, dass das Ziel von Geschlechtsverkehr Intimität ist, und nicht umgekehrt. Aus Gründen, über die ich nicht reden darf, fand ich das plötzlich sehr wichtig – ich brauchte das Gefühl, einer guten Freundin nahe zu sein.»

«Manny, ich glaube, das ist das Netteste, was je ein Mann zu mir gesagt hat», hatte sie schon ganz verschlafen geflüstert. «Inzest ist eindeutig besser ... als Masturbieren.»

Jetzt, da sie schlief, musste Manny wieder an sein letztes Treffen mit

AE/PINNACLE am späten Nachmittag in Agathas Wohnung denken. Kukuschkin hatte nervöser als sonst gewirkt und war im Wohnzimmer auf und ab getigert, während er seine letzten Informationen lieferte.

- Die Moskauer Zentrale hatte den angeblich vom chinesischen Ministerpräsidenten Tschou En-lai stammenden und im Monat zuvor in einer afrikanischen Zeitung abgedruckten Brief gefälscht, in dem zum Ausdruck kam, dass Tschou die Kulturrevolution für einen politischen Fehler hielt.
- Der KGB finanzierte eine kostspielige, weltweite Kampagne zur Unterstützung der Ratifizierung des geänderten ABM-Vertrags, der den USA und der Sowjetunion je ein System zur Abwehr ballistischer Interkontinentalraketen erlaubte.
- Die Russen waren überzeugt, dass Nixons Behauptung, er habe das amerikanische biologische Waffenprogramm Ende der Sechzigerjahre gestrichen, gelogen war. Sie hatten daher ihr eigenes Programm vorangetrieben und waren jetzt in der Lage, ballistische Interkontinentalraketen mit Milzbrandbakterien und Pockenviren zu bestücken.
- Der KGB hatte die elektrischen Schreibmaschinen in der Moskauer US-Botschaft mit speziellen Wanzen ausgestattet, die alles, was geschrieben wurde, an einen Horchposten in der Nähe weiterleiteten.

«So, Manny, das wär's für diese Woche.»

«Läuft in der Botschaft alles normal?»

Kukuschkin hatte sich auf die Couch gesetzt und auf seine Uhr geschaut; er wollte wieder in der Botschaft sein, wenn seine Frau vom Zahnarzt zurückkam. «Ich glaube, ja.»

«Sie glauben es nur?»

«Nein. Ich kann es noch eindeutiger ausdrücken. Mir und meiner Frau erscheint alles normal.» Der Russe hatte ein schiefes Lächeln aufgesetzt.

«Ich freue mich, dass Sie sich meinetwegen Sorgen machen, Manny.»

«Falls irgendwas passiert ... falls ein Notfall eintritt, dann haben Sie ja den Rasierer mit den Zahlen auf dem Griff.»

Kukuschkin nickte müde; das hatten sie schon mehrmals durchgesprochen. «Ich drehe den Griff, bis die Zahlen Zwei und Drei an einer bestimmten Stelle sind, und wenn ich ihn dann gegen den Uhrzeigersinn drehe, öffnet sich unten eine versteckte Kammer mit einem Mikrofilm drin, auf dem steht, wie ich im Notfall in Washington und in Moskau Kontakt zu euch aufnehmen kann.»

«Stehen Sie nach wie vor auf gutem Fuß mit Ihrem Residenten Borisow?»

«Sieht so aus. Er hat mich gestern Abend zu einem Cognac in sein Büro eingeladen. Als ich ihm sagte, er sehe bedrückt aus, hat er auf die typisch russische Art gelacht – ein Lachen, in dem mehr Philosophie als Humor liegt. Er sagte, wir Russen kämen schon traurig auf die Welt. Er meint, das kommt vom russischen Winter und weil Russland so unendlich weit ist. Er sagt, wir haben Angst vor der unendlichen Weite, so wie Kinder vor der Dunkelheit – weil wir fürchten, irgendwo da draußen lauert das Chaos. Ich habe gesagt, das erklärt, warum wir uns mit Stalin abgefunden haben – aus Furcht vor Chaos, vor Anarchie verfallen wir ins andere Extrem: Wir schätzen Ordnung, auch wenn sie nicht auf Recht und Gesetz basiert.»

Manny hatte Kukuschkins Augen beobachtet, während er sprach; sie waren unverwandt auf seinen amerikanischen Freund gerichtet und blickten gequält. Der Nagel seines Mittelfingers war plötzlich nicht mehr über den Daumen geschnippt. Er hatte einen Seufzer ausgestoßen. War Kukuschkin der echte Überläufer, als der er sich ausgab, oder bloß ein meisterhafter Schauspieler?

Von der Antwort auf diese Frage hing Leo Kritzkys Schicksal ab.

Kukuschkin, als wollte er plötzlich sein Herz ausschütten, hatte weitergeredet. «Ich werde Ihnen etwas erzählen, das ich noch keiner Menschenseele erzählt habe, Manny. Nicht einmal meiner Frau. Es gab einen Kommunisten, sein Name war» – selbst jetzt, selbst hier hatte Kukuschkin aus reiner Gewohnheit die Stimme gesenkt – «Piotr Trofimowitsch Ishow, der in unserem Bürgerkrieg ein großer heldenhafter Kämpfer war und es zum Generaloberst gebracht hatte. Im Jahre 1938, ich war damals elf Jahre alt, verschwand Piotr Ishow spurlos – er kehrte einfach nach der Arbeit nicht in seine Wohnung zurück. Als seine wesentlich jüngere Frau, Sinaida, nach ihm suchte, erfuhr sie, dass ihr Mann verhaftet worden war, weil er zusammen mit Trotzki ein Mordkomplott gegen Stalin geschmiedet hatte. Es gab keinen Prozess – vielleicht weigerte er sich zu gestehen, vielleicht konnte er nicht mehr gestehen, weil man ihn halb tot geschlagen hatte. Wenige Tage später wurden Sinaida und Ishows ältester Sohn Oleg als Volksfeinde verhaftet und in ein Straflager in der Wüste Kara-Kum in Zentralasien deportiert. Dort nahm sich Sinaida das Leben. Dort starb Oleg an Typhus. Der jüngste Sohn, elf Jahre alt, wurde von einem entfernten Verwandten in Irkutsk adoptiert. Der Name des Verwandten war Klimow. Der Elfjährige bin ich, Manny. Ich bin der Sohn des Volksfeindes Ishow.»

Manny hatte das Geständnis als entscheidenden Wendepunkt in ihrem Verhältnis zueinander gedeutet. Er hatte Kukuschkins Handgelenk ergriffen. Der Russe hatte genickt, und Manny ebenfalls. Das Schweigen zwischen ihnen war bedrückend geworden. Manny hatte gefragt: «Warum erzählen Sie mir das erst jetzt?»

«Weil Sie erst jetzt ... mein Freund sind.»

Eines hatte Manny verwirrt. «Der KGB hätte Sie doch niemals angeworben, wenn er über Ihre Vergangenheit Bescheid gewusst hätte.»

«Mein Adoptivvater, Iwan Klimow, hat als Ingenieur in einer Flugzeugfabrik in Irkutsk gearbeitet. Nach dem Großen Vaterländischen Krieg wurde er nach Moskau versetzt und ist schließlich in die Nomenklatura aufgestiegen; er wurde Staatssekretär für Flugzeugbau im Rüstungsministerium. Er wusste, dass ich niemals in die Partei hätte eintreten oder eine Universität besuchen können, niemals einen wichtigen Posten bekleiden dürfen, wenn meine Geschichte herausgekommen wäre. Die Klimows hatten 1936 einen Sohn im gleichen Alter wie ich durch einen Autounfall verloren. Als sie nach Moskau versetzt wurden, gelang es ihnen mit Hilfe eines Neffen, der im Zentralen Standesamt in Irkutsk beschäftigt war, alle Spuren meiner Vergangenheit zu löschen. In Moskau hat Iwan Klimow mich als seinen ehelichen Sohn Sergei ausgegeben.»

«Mein Gott», hatte Manny geflüstert. «Was für eine Geschichte!»

Was ihn am meisten daran beunruhigte, war, dass niemand sie sich hätte ausdenken können.

Jack stand in der Telefonzelle auf dem Parkplatz des NSA-Gebäudes in Fort Meade, Maryland, und fütterte den Apparat mit Münzen. «Unser schlimmster Alptraum ist wahr geworden», sagte er zu Ebby. «Ich kann jetzt nicht mehr sagen – die Leitung ist nicht sicher. Ich bin um drei zurück. Trommle einen Kriegsrat zusammen. Alle von der Sondereinheit sollen kommen.»

Colby erschien als Letzter zu der Besprechung. «Entschuldigen Sie meine Verspätung», sagte er, als er Platz nahm. «Dringender Anruf aus dem Weißen Haus. Der indische Atomtest bringt sie auf Trab.» Er nickte Jack zu. «Legen Sie los.»

«Gentlemen, AE/PINNACLE hat ins Schwarze getroffen», begann Jack. «Die Russen haben tatsächlich einen Maulwurf im NSA.» Er bemerkte, wie sich ein schwaches Lächeln auf James Angletons Lippen abzeichnete. «Die Nachricht von der KGB-Residentur an den NSA-Maulwurf, *Glückwunsch zum Zweiten Mann*, haben wir jetzt von einer anderen Seite aus betrachtet.» Jack nickte Ebby zu. «Wenn man es so sieht, dass der Ehemann der *erste* Mann ist und der erstgeborene Sohn der *zweite* Mann, fügt sich eins ins andere. Im Januar sind dreiundzwanzig Mitarbeiter des NSA Vater geworden. Von diesen dreiundzwanzig Kindern waren siebzehn erstgeborene Söhne. Anhand der Unterlagen im NSA-Reisebüro und der Urlaubsterminpläne konnten wir feststellen, dass der Vater von einem dieser siebzehn Jungen Weihnachten '72 in Paris, Weihnachten '73 in Kopenhagen und Ostern dieses Jahres in Rom war. Das entspricht genau den Informationen, die AE/PINNACLE uns geliefert hat.»

«Wer ist es?», fragte Colby.

«Sein Name ist Raymond R. Shelton. Er ist achtundvierzig Jahre alt und für die Analyse von Abschriften abgefangener russischer Nachrichten zuständig –»

«Ausgerechnet», knurrte Colby.

Angleton hob seinen Bleistift, um Jacks Aufmerksamkeit auf sich zu lenken. «Haben Sie abgesehen von dem erstgeborenen Sohn und den unternommenen Reisen noch andere Beweise finden können?»

Ebby sagte: «Die Antwort lautet ja.»

Jack lieferte die Einzelheiten. «AE/PINNACLE hat ebenfalls erwähnt, dass der Maulwurf eine Schwäche für Frauen und Glücksspiel habe, was den Gedanken nahe legt, dass er mit seinem Gehalt beim NSA nicht ausgekommen ist und sich für Geld an die Russen verkauft hat.»

Colby sagte zu sich selbst: «Ich weiß nicht, was schlimmer ist – sich für Geld verkaufen oder weil man an den Kommunismus glaubt.»

«Vor vier Jahren», fuhr Jack fort, «hat Sheltons Frau die Scheidung eingereicht, wegen einer anderen Frau. Sie zog den Antrag schließlich zurück, weil sie sich wieder mit ihrem Mann versöhnt hatte. Die Sicherheitsleute sind damals hellhörig geworden und haben ein bisschen nachgeforscht; sie fanden heraus, dass Shelton, immer schick angezogen und als Frauenheld verschrien, tatsächlich nichts anbrennen ließ. Sie sind auch dahinter gekommen, dass er eine Vorliebe fürs Pokern hatte und an einem schlechten Abend schon mal bis zu hundert Dollar verlor. Shelton wurde gewarnt, dass man ihn feuern würde, wenn er das Glücksspiel nicht aufgab. Er bestritt irgendwelche Frauengeschichten und versprach, mit dem Pokern aufzuhören. Außerdem war seine Arbeit so wichtig, dass sein Abteilungsleiter ein gutes Wort für ihn einlegte.»

Colby fragte: «Wer außer den hier Anwesenden weiß noch über Shelton Bescheid?»

«Ich musste den Leiter der Sicherheit in Fort Meade einweihen», erwiderte Jack. «Ich habe ihm aber nicht erzählt, wie wir Shelton auf die Schliche gekommen sind.»

Angleton fragte: «Womit genau ist dieser Shelton eigentlich betraut?»

Jack erwiderte: «Er ist Leiter des Teams, das an einer der größten Abhöraktionen des NSA mitarbeitet, einer streng geheimen Operation mit dem Codenamen IVY BELLS.»

Ebby sagte: «Tut mir Leid, Jack – ich weiß nicht, worum es bei IVY BELLS geht.»

«Das wusste ich bis heute Morgen auch nicht», gab Jack zu. «Es geht darum, dass amerikanische Tiefseeboote eine Manschette an einem sowjetischen Unterwasserkommunikationskabel angebracht haben, das auf dem Grund des Ochotskischen Meeres liegt und militärisch wichtige Informationen nach Petropawlowsk zum Stützpunkt der sowjetischen Pazifikflotte leitet. Diese Manschette ist wahrscheinlich die derzeit raffinierteste Lauscheinrichtung überhaupt. Sie wickelt sich um das Kabel und fängt die elektromagnetische Abstrahlung elektronisch auf, ohne mit den eigentlichen Drähten in Berührung zu kommen. Wenn die Sowjets die Kabel heben, um sie zu warten, löst sich die Manschette und bleibt auf dem Meeresboden liegen. Der Recorder kann sechs Wochen lang militärische Daten aufzeichnen und wird dann von einem Tauchboot ausgetauscht. Die Daten werden im NSA entschlüsselt. Die Nachrichten sind zwar alt, aber voll mit Informationen über Tests mit ballistischen Raketen –»

«Die Raketen, die die Sowjets bei den Tests von der Halbinsel Kamtschatka abfeuern, landen im Ochotskischen Meer», warf Colby ein.

«Was bedeutet, dass die Meldungen, ob die Tests erfolgreich waren oder nicht, von unserer Manschette aufgefangen werden», sagte Ebby.

Manny meldete sich zu Wort. «Etwas kapier ich nicht. Wenn Shelton als Leiter des NSA-Teams, das für das IVY-BELLS-Material zuständig ist, ein sowjetischer Agent ist, dann heißt das doch, dass die Russen von der Manschette wissen – sie wissen, dass ihr Unterwasserkabel angezapft ist. Wieso machen sie es dann nicht dicht?»

Jack sagte: «Würdest du es dichtmachen, wenn du der KGB wärst?»

Mannys Mund klappte auf und wieder zu. «Ah, ich verstehe. Sie machen es nicht dicht, damit wir daraus keine Schlüsse ziehen und ihrem Maulwurf im NSA nicht auf die Schliche kommen.»

«Es hat noch einen weiteren Vorteil, wenn man weiß, dass das eigene Telefon abgehört wird», sagte Ebby. «Man kann Falschinformationen aussenden.»

Colby sagte: «Es ist durchaus denkbar, dass die Sowjets die Präzision ihrer Raketen oder die Erfolgsrate ihrer Tests etwas beschönigt haben. Wir werden jede einzelne abgefangene IVY-BELLS-Nachricht neu auswerten müssen.»

Manny sagte: «Wenn wir Shelton in Gewahrsam nehmen –»

Angleton fiel ihm ins Wort. «Eine Festnahme von Shelton kommt nicht in Frage.»

«Aber wie können wir denn einen sowjetischen Maulwurf weiter seelenruhig im NSA operieren lassen?», fragte Manny.

Jack half ihm auf die Sprünge. «Denk doch mal nach, Manny. Wenn wir Shelton hochnehmen, wird der KGB nachforschen, wie wir ihm auf die Schliche gekommen sind. Dann stoßen sie vielleicht auf unseren Überläufer, AE/PINNACLE. Außerdem ist es für uns von Vorteil zu wissen, dass sie über IVY BELLS im Bilde sind – so sehen wir, was sie uns verkaufen wollen, und haben somit Anhaltspunkte, wie es um ihr Raketenprogramm wirklich bestellt ist.»

«Eine klassische Pattsituation», bemerkte Angleton. «Die Russen wissen, dass wir ihr Unterwasserkabel angezapft haben, aber sie drehen den Hahn nicht zu, damit wir Shelton nicht auf die Spur kommen. Wir wissen von Shelton, aber wir lassen ihn weitermachen, damit sie AE/PINNACLE nicht auf die Spur kommen.»

«Ab jetzt», sagte Ebby, «müssen wir Sheltons Abteilung mit Falschinformationen füttern, die er an seine Führungsoffiziere weitergeben kann.»

Die Asche an Angletons Zigarette wurde bedrohlich lang, doch er war so sehr in die Diskussion vertieft, dass er es nicht merkte. Er schielte seine Kollegen über den Tisch hinweg an und erklärte: «Damit kommen wir wieder zu AE/PINNACLE und SASHA.»

Ebby sah rasch zu Jack hinüber und senkte dann den Blick.

Angleton sagte: «Ich nehme an, niemand hier im Raum bezweifelt, dass Kukuschkin seine Glaubwürdigkeit eindeutig belegt hat.»

Jeder wusste, was das bedeutete.

Jack sagte: «Mr. Colby, ich möchte mit Leo sprechen –»

«Auf keinen Fall», zischte Angleton. «Kritzky muss in absoluter Isolation bleiben, wir müssen ihn an den Rand der Verzweiflung bringen –»

Colby fragte Jack: «Was versprechen Sie sich davon?»

Jack überlegte. «Leo und ich kennen uns seit ewigen Zeiten. Ich kann ihn dazu bringen, seine Situation realistisch einzuschätzen –»

Ebby kam ihm zu Hilfe. «Wir müssen Leo eine Möglichkeit anbieten, wie er einer lebenslangen Gefängnisstrafe entgehen kann. Es geht nicht darum, ihn kleinzukriegen – sondern ihn umzudrehen. Wenn wir es geschickt anstellen, können wir aus einer Katastrophe einen Triumph machen – stellen Sie sich bloß vor, womit wir den KGB füttern können, wenn Leo für uns arbeitet.»

Angleton fing wie so oft an, laut zu denken. «Um ihn umzudrehen, müssen wir ihn überzeugen können, dass wir Beweise für seinen Verrat haben. Wir müssten ihm also von AE/PINNACLE erzählen. Und das widerspricht allen Regeln –»

«Genau deshalb würde es funktionieren», sagte Jack mit Nachdruck. Er sprach Angleton direkt an. «Jim, wenn wir uns an die Regeln halten, könnte sich das Verhör bis in alle Ewigkeit hinziehen. Wie damals bei Philby. Monatelang wurde er in die Mangel genommen. Von Leuten, die zu den Besten ihres Fachs zählten. Sie wussten, dass er schuldig war, aber solange er standhielt, solange er seine Unschuld beteuerte, konnten sie ihn nicht vor Gericht bringen, denn ohne Geständnis hatten sie bloß Indizien.»

«Es wäre einen Versuch wert», sagte Ebby zu Colby.

Angleton zog an seiner Zigarette. «Sehr ungewöhnlich», knurrte er. «Mir ist nicht wohl dabei.»

Colby blickte in die Runde. «Ich werde darüber nachdenken», sagte er schließlich.

Zuerst dachte Jack, man hätte ihn in die falsche Zelle gelassen. Der Mann, der da auf dem Boden auf einer Wolldecke saß, den Rücken gegen die gepolsterte Wand gelehnt, kam ihm fremd vor. Er sah aus wie einer der Überlebenden eines Konzentrationslagers, die er auf Fotos gesehen hatte: dünn, verhärmt, mit wilden Bartstoppeln und eingefallenen Wangen, so dass die leeren Augen übergroß und unendlich traurig wirkten. Er trug einen übergroßen Pyjama und nagte an der Unterlippe, die wund und blutig war. Der Mann hob eine zitternde Hand, um die Augen vor den drei nackten Glühbirnen abzuschirmen, die von der hohen Decke baumelten. «Neugierig, wie es in Angletons Kerkern aussieht, Jack?»

Jack stockte der Atem. «Leo, bist du das?»

Leos maskenhaftes Gesicht verzog sich zu einem schiefen Grinsen. «Ja, ich bin's, das heißt, was von mir übrig ist.» Er wollte sich hochhieven, ließ sich aber vor Erschöpfung wieder sinken. «Kann dir leider außer Wasser nichts anbieten. Du kannst einen Schluck haben, Jack, wenn es dir nichts ausmacht, aus der Kloschüssel zu trinken.»

Jack ging vor Leo in die Hocke und sah ihn an. «Allmächtiger Gott, ich hatte keine Ahnung ...» Er wandte den Kopf und starrte auf die Blechtasse auf dem Boden neben der Toilette. «Wir hatten alle keine Ahnung ...»

«Hättest es rausfinden können, Jack», sagte Leo mit Verbitterung in der

Stimme. «Hättest mich nicht in Angletons Krallen lassen dürfen. Ich habe Durchfall – ich mache das Klo mit der Hand sauber, damit ich anschließend daraus trinken kann.»

Jack versuchte, sich auf den Grund seines Kommens zu besinnen. «Leo, du musst mir zuhören – du musst hier nicht bis ans Ende deiner Tage verfaulen, auch nicht im Gefängnis.»

«Warum sollte ich ins Gefängnis gehen, Jack?»

«Wegen Hochverrats. Weil du dein Land verraten hast. Weil du für den Russen spioniert hast, den wir als Starik kennen.»

«Du glaubst das, Jack? Du glaubst, ich bin SASHA?»

Jack nickte. «Wir wissen es, Leo. Dir bleibt nichts anderes übrig, als endlich zu gestehen. Wenn du schon nicht an dich denkst, denk an Adelle. Denk an die Zwillinge. Es ist noch nicht zu spät –»

Schleim sickerte Leo aus einem Nasenloch. Mit einer lethargischen, langsamen Bewegung hob er den Arm und wischte sich mit dem Ärmel der schmutzigen Pyjamajacke über die Nase. «Woher willst du wissen, dass ich SASHA bin?», fragte er.

Jack ließ sich nach hinten auf den Boden sinken. Er spürte, wie kalt es in dem Raum war. «Wir haben einen russischen Überläufer», sagte er. «Wir haben ihm den Codenamen AE/PINNACLE gegeben. Ebbys Sohn Manny hatte Nachtwache, als der Russe sich das erste Mal gemeldet hat. Seitdem betreut Manny ihn.»

Leos Augen brannten sich in Jacks; ihm dämmerte, dass Jacks Besuch äußerst ungewöhnlich war; er war erstaunt, dass Angleton das zuließ. «Und dieser AE/PINNACLE hat mich namentlich identifiziert? Er hat gesagt, Leo Kritzky ist SASHA?»

«Er hat gesagt, SASHAs Nachname beginnt mit K. Er hat gesagt, SASHA spricht fließend Russisch.»

«Woher will er das alles gewusst haben?»

«Der Überläufer hat im Direktorat S in der Moskauer Zentrale gearbeitet, in der Abteilung, die für illegale –»

«Verdammt, ich weiß, was das Direktorat S ist.»

«Er war direkt diesem Starik unterstellt. Im September '72 hat er für Starik eine Reise nach Neuschottland vorbereitet, Starik wollte sich dort mit einem Agenten treffen.»

«Er hat gesagt, Starik wollte sich mit einem Agenten treffen?»

«Nein. Das haben wir vermutet. Wir haben vermutet, das Einzige, was Starik aus Russland locken würde, wäre ein persönliches Treffen mit seinem Agenten SASHA.»

«Und ich habe im September '72 in Neuschottland eine Radtour gemacht.»

«Ja, Leo.»

«Aber das kann doch nicht alles sein. Was habt ihr noch?»

«AE/PINNACLE hat vom KGB-Residenten erfahren, dass SASHA zwei Wochen lang nicht in Washington war, und zwar bis Sonntag, dem sechsundzwanzigsten Mai.»

«Und zufällig war ich genau in der Zeit in Frankreich.» Leos Lachen wurde zu einem erstickten Gurgeln. «Das ist alles?»

«Jesus Christus, reicht das nicht?»

«Ist euch nie der Gedanke gekommen, dass Starik einen falschen Überläufer mit falschen Informationen gefüttert haben könnte, um den Falschen ans Messer zu liefern?»

«Wieso sollte Starik dich ans Messer liefern, Leo?»

«Um von dem Richtigen abzulenken?»

Jack schüttelte den Kopf. «Angleton hat ein Profil erstellt, das sehr überzeugend ist –»

Leo brachte ein höhnisches Grinsen zustande. «Jede Operation, die erfolgreich war, sollte meiner Karriere förderlich sein. Jede, die gescheitert ist, ist gescheitert, weil ich sie verraten habe.»

«Es gibt zu viele Überlappungen, um an Zufälle zu glauben. Außerdem bist du bei Jims Lügendetektortest durchgerasselt. Haushoch.»

«Habt ihr mit eurem AE/PINNACLE auch einen Lügendetektortest gemacht?»

«Ach, hör doch auf, Leo. Du weißt genauso gut wie ich, dass wir mit einem Überläufer keinen Lügendetektortest in einem *safe house* machen können. Er wäre viel zu erregt, viel zu nervös, um genaue Ergebnisse zu erzielen. Wir holen das nach, sobald wir ihn rübergeholt haben.»

«Mit einem Überläufer in einem *safe house* könnt ihr keinen Lügendetektortest machen. Aber Angleton kann mit einem Gefangenen in einer Gummizelle, der aus dem Klo trinkt, eindeutige Ergebnisse erzielen?» Leo beugte sich vor. «Hör mir genau zu, Jack, ich sag dir jetzt was, das du dir merken solltest: Man wird mit AE/PINNACLE keinen Lügendetektortest machen. Er wird von einem Auto überfahren werden oder in einer dunklen Gasse überfallen oder unter irgendeinem hirnrissigen Vorwand, der halbwegs plausibel klingt, nach Mütterchen Russland zurückgeholt. Aber ein Lügendetektortest mit ihm findet nicht statt, weil er gar nicht rüberkommt. Er wird nicht rüberkommen, weil er ein Falschinformant ist, der Angleton überzeugen soll, dass ich SASHA bin.»

Jack schüttelte verzweifelt den Kopf. «Wenn du nicht SASHA bist, Leo, dann bedeutet das, dass SASHA noch immer irgendwo da draußen ist. Wenn dem so ist, wie erklärst du dir dann, dass AE/PINNACLE nicht schon längst kaltgestellt worden ist?»

«Jack, Jack, euer AE/PINNACLE ist nicht kaltgestellt worden, weil er ein Falschinformant ist und weil SASHA, wenn es ihn gibt, das *weiß*.»

«Leo, ich bin nicht hier, um mit dir zu diskutieren. Ich bin hier, um dir ein Angebot zu machen, wie du hier rauskommst.»

Leo flüsterte heiser: «Ich komme durch diese gepolsterte Tür da raus, Jack. Ich bin unschuldig. Ich bin nicht SASHA. Ich bin Leo Kritzky. Vierundzwanzig Jahre habe ich für die gute Sache gekämpft. Und das hier ist der Dank dafür –» Plötzlich begann er zu zittern. Er presste Daumen und Mittelfinger in die Augenwinkel und atmete schwer. «Es ist einfach unfair, Jack. So verdammt unfair. Irgendjemand muss mir doch glauben – irgendjemand muss doch glauben, dass euer Überläufer ein Falschinformant ist, der mich ans Messer liefern soll –»

Jack suchte nach den richtigen Worten. «Leo, ich darf dir nicht sagen wie, aber AE/PINNACLE hat seine Glaubwürdigkeit über jeden Zweifel erhaben bewiesen. Es ist absolut ausgeschlossen, dass er ein Falschinformant ist. Das heißt, seine Informationen über SASHA sind echt. Und sie weisen alle auf dich. Gib zu, dass du SASHA bist, Leo. Sag uns, was du denen in all den Jahren verraten hast, damit wir eine Schadensanalyse machen können. Und dann komm rüber auf unsere Seite. Wir machen dich zum Doppelagenten. Keiner von uns wird dir je verzeihen, keiner von uns wird dir je wieder die Hand geben. Aber du musst nicht ins Gefängnis, Leo. Adelle und die Zwillinge würden nicht erfahren, dass du dein Land verraten hast, wenn du es ihnen nicht erzählst. Wenn alles vorbei ist, kannst du dich irgendwo niederlassen, wo dich keiner kennt, und deinen Lebensabend verbringen.»

Mit großer Anstrengung erhob Leo sich und schlurfte, den Bund der Pyjamahose festhaltend, mit kleinen, unsicheren Schritten zur Toilette. Er sank auf die Knie, füllte die Blechtasse aus der Schüssel und befeuchtete sich die Lippen. Er blickte zu Jack hinüber. Dann trank er, ohne die Augen von ihm abzuwenden, langsam die Tasse leer, stellte sie auf den Boden und flüsterte durch seine wunden Lippen: «Scher dich zum Teufel, Jack.»

5

WASHINGTON, D.C., DIENSTAG, 30. JULI 1974

Und dann verschwand AE/PINNACLE plötzlich von der Bildfläche.
«Was soll das heißen, verschwunden?», wollte Jack wissen, als Manny ihn aus der Überwachungszentrale auf der Etage von Agatha Ept anrief.
«Er ist wie vom Erdboden verschluckt, Jack. Mehr kann ich im Augenblick nicht sagen.»
Jack war aufgebracht. «Was kannst du denn sagen?»
«AE/PINNACLE hat Ept am Freitag angerufen und ihr gesagt, er würde Montagabend zu ihr kommen. Ich hab mir eben den Mitschnitt des Telefonats angehört. Er hat gesagt, er würde sich freuen, wenn sie noch mehr von den Leckereien besorgen könnte, die sie ab und an im Patentamt mitgehen ließ. Das heißt, am Freitagmorgen war noch alles okay.»
«Wie klang er?»
«Nicht so, als würde ihm jemand eine Waffe an die Schläfe halten, wenn du das meinst. Er war angespannt – wer wäre das nicht an seiner Stelle –, aber er war nicht sonderlich aufgewühlt oder so.»
«Wann hast du ihn zuletzt getroffen?»
«Heute vor einer Woche. Wir haben früher Schluss gemacht, weil seine Tochter Fieber hatte und er möglichst schnell wieder zu ihr wollte.»
«Wirkte er normal?»
«Ja, Jack, absolut. Obwohl ‹normal› bei AE/PINNACLE eher nervöses Gespanntsein ist. Wir haben kurz miteinander geplaudert, während wir auf den Fahrstuhl warteten – er hat mir den neusten Breschnew-Witz erzählt, dann hat er gesagt, er werde Ept anrufen und ihr sagen, wann er wieder kommen kann.»
Jack fragte: «Wisst ihr, was er zwischen Dienstag und Freitag, als er Ept angerufen hat, gemacht hat?»
«Das FBI hat ihn auf Bildern der Überwachungskameras, wie er die

Botschaft betritt und wieder rauskommt, einmal am Mittwochnachmittag, einmal am Donnerstagmorgen. Beide Male war der Leiter des Konsulats bei ihm, Borisow, der KGB-Resident – sie haben ganz zwanglos miteinander geplaudert. Dann haben wir den Mitschnitt seines Telefonats mit Ept am Freitagmorgen, in dem er sagt, dass er am Montag zu ihr kommt. Von da an – keine Spur mehr von ihm.»

«Die Sache gefällt mir nicht, Manny», sagte Jack. «Bei all den Kameras und Beobachtern, wie kann da ein russischer Diplomat einfach so verschwinden?»

«Die Russen haben vor kurzem mehrere Limousinen mit getönten Scheiben gekauft – wir filmen sie, wie sie in die Tiefgarage fahren und wieder rauskommen, aber wir wissen nicht, wer drin sitzt. Gut möglich, dass AE/PINNACLE in einem dieser Wagen war.»

«Irgendeine Spur von seiner Frau oder seiner Tochter?»

«Nein. Seine Frau ist am Montagnachmittag auch nicht zu dem Termin mit dem Herzspezialisten erschienen. Er wollte noch ein EKG mit ihr machen. Sie hat den Termin nicht abgesagt.»

«Okay», sagte Jack. «Wenn AE/PINNACLE und seine Frau die Stadt verlassen haben, dann wahrscheinlich per Flugzeug, und wir müssten sie mit den Überwachungskameras am Flughafen aufgenommen haben. Ich setze die Techniker drauf an. Ich möchte, dass du dabei bist, wenn sie das Filmmaterial sichten – wenn einer Kukuschkin oder seine Frau darauf erkennen kann, dann du.»

Den Rest des Vormittags und den ganzen Nachmittag saß Manny im Vorführraum der *Company* und sah sich die Aufnahmen von den Überwachungskameras an: Menschen über Menschen, die Passagiermaschinen in alle Welt bestiegen. Etliche Male entdeckte Manny einen breitschultrigen Mann mit hellem Haar. Doch die Wiederholung in Zeitlupe ergab eindeutig, dass es nicht Sergei Kukuschkin war.

Zwischendurch rief er kurz Nellie an, um ihr zu sagen, dass sie heute Abend nicht mit ihm rechnen sollte. Inzwischen wohnte er mehr oder weniger bei ihr, obwohl er seine alte Wohnung noch nicht aufgegeben hatte, was Nellie ärgerte. Mich stören ja nicht die zwei Mieten, hatte sie ihm am Morgen beim Frühstück erklärt, sondern der Symbolwert; du willst dir ein Hintertürchen offen halten. Es dauert eben eine Weile, bis man sich richtig an Inzest gewöhnt, hatte er gekontert.

Als er die Aufnahmen vom Samstagnachmittag zur Hälfte durchhatte, fuhr Manny in seinem Sessel auf und rief dem Techniker zu: «Kann ich die letzten Meter noch mal sehen?» Manny beugte sich vor. Auf dem Bildschirm war ein Mann mit den breiten Schultern und dem kräftigen Oberkörper eines Ringers und zerzausten, hellen Haaren zu sehen, der sich in die Schlange vor einer skandinavischen Maschine nach Stockholm eingereiht hatte.

«Mein Gott», flüsterte Manny. Er stand auf und rief: «Machen Sie mir von dem Standbild ein paar Abzüge.» Eilig verließ er den Raum.

Die Sondereinheit, die für AE/PINNACLE zuständig war, versammelte sich um 17.55 Uhr in dem kleinen Büro auf dem Flur der Abteilung des DD/O. Außer Bill Colby saßen an dem Tisch: Elliot Ebbitt, Jack McAuliffe, Jim Angleton und Manny Ebbitt.

Colby studierte das grobkörnige Foto, das die Sicherheitsleute abgezogen hatten. «Sind Sie sicher, dass es AE/PINNACLE ist?», fragte er.

«Das ist Kukuschkin, ohne jeden Zweifel», versicherte Manny ihm.

«Ansonsten war kein Russe am Flughafen zu sehen», sagte Jack. «Wir können also davon ausgehen, dass er nicht gezwungen wurde, die Maschine zu besteigen.»

Ebby meldete sich zu Wort. «Ich habe mir den Filmausschnitt selbst angesehen. Kukuschkin hätte jederzeit einen Polizisten ansprechen und sagen können, er wolle politisches Asyl beantragen. Dass er es nicht getan hat, spricht für sich selbst – er ist aus freien Stücken an Bord der Maschine gegangen.»

Angletons teilnahmsloser Blick richtete sich auf den DD/O; er wusste natürlich, dass Elliott Ebbitt und seine Leute insgeheim hofften, dass AE/PINNACLE ein falscher Überläufer war, was bedeuten würde, dass Kukuschkins Informationen ebenfalls falsch waren und Leo Kritzky unschuldig. «Wissen wir, was AE/PINNACLE gemacht hat, als er in Stockholm gelandet ist, Elliott?», fragte Angleton.

Ebby zog eine Meldung vom Leiter der Stockholmer Dienststelle mit dem Stempel «Streng geheim» aus seiner Mappe. «Ein Russe, auf den die Beschreibung von AE/PINNACLE passt, wurde in der Transithalle des Stockholmer Flughafens gesichtet. Er hat zwei Flaschen Aquavit gekauft, bevor er am frühen Abend an Bord einer Aeroflot-Maschine nach Moskau ging.»

«Hört sich nicht an, als hätte er sich Sorgen gemacht, er könnte bei seiner Ankunft verhaftet werden», bemerkte Colby.

«Wir haben einen Hinweis darauf, dass seine Frau Elena Antonowa und seine siebeneinhalbjährige Tochter Ludmilla am Freitagnachmittag den regulären Aeroflot-Flug von New York nach Moskau genommen haben», sagte Jack. «Zwei Frauen namens Subina, anscheinend Mutter und Tochter, standen auf der Passagierliste – Subina ist Elena Antonowas Mädchenname. Manny ist der Einzige, der sie eindeutig erkennen könnte, aber er hatte noch keine Gelegenheit, sich die Aufnahmen der Überwachungskameras am Kennedy Airport anzusehen. Die Maschine ist zum Auftanken in Stockholm zwischengelandet, und die Passagiere wurden solange in die Lounge gebracht, wo's Kaffee und Kuchen gab. Eine Kellnerin erinnert sich an eine kleine, korpulente Frau mit kurzen Haaren und an ein schmächtiges Mädchen im Alter von sieben oder acht. Wir haben Fotos von Elena und Ludmilla nach Stockholm geschickt und warten noch auf Antwort.»

«Angenommen, auf Elena und Ludmilla saßen tatsächlich am Freitag in der Maschine nach Moskau», sagte Ebby, «haben wir irgendwelche Anhaltspunkte dafür, was sie zur Rückkehr bewogen hat?»

Jack und Manny schüttelten den Kopf. Angleton zog an seiner Zigarette und sagte: «Meine Leute sind auf eine Notiz in der sowjetischen Militärzeitung *Krassnaja Swesda* gestoßen, die vielleicht etwas Licht auf die Sache wirft.» Alle blickten Angleton gespannt an. «Die Meldung lautet, dass ein gewisser Generaloberst Maslow zum Kommandeur von Raketenbasen in Kasachstan ernannt worden ist, ein Posten, den Kukuschkins Schwiegervater, ein Generaloberst Subin, bekleidet hat», sagte er. «Subin ist, so die Mitteilung, wegen Krankheit beurlaubt worden. Da seine Dienstzeit offiziell erst in zweiundzwanzig Monaten abläuft, muss er schon ernsthaft krank sein, wenn man einen Nachfolger eingesetzt hat.»

Colby sagte: «Dann wäre es also möglich, dass Kukuschkins Frau und Tochter nach Moskau an sein Krankenbett zitiert wurden.»

«Es passt alles zusammen», erwiderte Angleton. «Wenn Kukuschkins Frau und Tochter Hals über Kopf zurückgeholt wurden, dann hatte er natürlich keine Zeit, ihre gemeinsame Exfiltration vorzubereiten.»

«Und er konnte ihre Abreise nicht verhindern, ohne Misstrauen zu erregen», warf Manny ein.

«Aber warum ist Kukuschkin dann auch so überstürzt nach Moskau geflogen?», fragte Colby.

«Seine Abreise war wirklich überstürzt», sagte Jack. «Er hat ja nicht mal den wöchentlichen Aeroflot-Direktflug abgewartet.»

«Vielleicht hat sein Schwiegervater das Zeitliche gesegnet», sagte Manny. «Vielleicht ist Kukuschkin zu Subins Beerdigung.»

Angleton sagte: «Ich lass meine Leute die Todesanzeigen und Nachrufe in sowjetischen Zeitungen durchsehen.»

Das Telefon auf einem Beistelltisch summte. Ebby nahm den Hörer ab, lauschte kurz, sagte «Danke» und legte wieder auf. «Du musst dir die Überwachungsaufnahmen aus New York nicht mehr ansehen», teilte Ebby seinem Sohn mit. «Die Kellnerin in der Lounge in Stockholm hat Kukuschkins Frau und Tochter eindeutig auf den Fotos erkannt.»

«Das könnte bedeuten, dass AE/PINNACLE in Moskau wohlauf ist», sagte Colby. «Das wäre eine Beruhigung.»

Manny klang alles andere als beruhigt: «Ich werde erst wieder ruhig schlafen, wenn AE/PINNACLE zurück in Washington ist und ich persönlich mit ihm gesprochen habe.»

Angleton schloss die Augen, als würde seine Geduld auf die schwerste Probe gestellt. «Wieso meinen Sie, dass er nach Washington zurückkommt?»

«Das nehme ich doch an –»

«Unserer Erfahrung nach holen die Russen ihre Diplomaten samt Familie nicht über den Atlantik, wenn deren Dienstzeit in weniger als sechs Monaten abläuft», erläuterte Angleton. «Aus rein finanziellen Erwägungen; der KGB hat die gleichen Etatprobleme wie wir. Kukuschkins Dienstzeit läuft Ende Dezember aus, also in fünf Monaten. Und vergessen Sie nicht, dass der KGB ihn für sein Desinformationsdirektorat vorgesehen hat. Ich glaube nicht, dass er sich diesmal vor dem Posten drücken kann.»

Jack wandte sich an Manny. «Hast du mit ihm besprochen, wie die Kontaktaufnahme mit ihm in Moskau im Notfall erfolgen soll?»

Manny nickte. «Wir haben einen ersten und einen zweiten Treffpunkt für den zweiten und vierten Dienstag eines jeden Monats vereinbart.»

Colby sagte: «Dann haben wir vierzehn Tage Zeit.»

Jack sagte: «Wie die Lage wirklich ist, wissen wir erst, wenn jemand mit Kukuschkin gesprochen hat.»

«Wir sollten einen von unseren Leuten in Moskau verständigen», sagte Colby.

Angleton schaltete sich wieder ein. «Wenn wir jemanden aus unserer Botschaft zu dem Treffen schicken, riskieren wir, dass Kukuschkin auffliegt.»

Jack war seiner Meinung: «Die Kontaktperson sollte von außen kommen. Und es sollte ein einmaliges Treffen sein.»

Manny und sein Vater tauschten Blicke aus. Ebby lächelte und nickte; sein Sohn war in den drei Monaten, in denen er die Kukuschkin-Exfiltration abwickelte, zu einem erfahrenen CIA-Offizier geworden. Als er

Manny jetzt über den Tisch hinweg beobachtete, war Ebby ungeheuer stolz auf ihn. Und er wusste, was Manny vorschlagen würde, noch ehe er den Mund öffnete.

«Als Kontaktperson komme nur ich in Frage», verkündete Manny.

«Da habe ich meine Bedenken», sagte Jack. «Die Kontaktperson könnte im Kerker der Lubjanka landen.»

Manny sagte eifrig: «Ich finde es einfach nahe liegend, dass *ich* mich mit ihm treffen muss. Entweder er erklärt sich bereit, in Moskau für uns zu arbeiten, oder er lässt sich von uns rausschleusen – wie auch immer, wir sind jedenfalls am Zug.»

Colby, der unruhig auf seinem Stuhl hin und her rutschte, warf Ebby einen Blick zu. «Er würde ein enormes Risiko eingehen.»

Ebby sagte: «Er ist mündig, Director, und außerdem ein verdammt guter Offizier der Sowjetabteilung, der fließend Russisch spricht.»

«Wir haben nur zwei Wochen, das reicht nicht, um ihm eine diplomatische Tarnung zu geben», gab Colby zu bedenken. «Ohne Immunität wäre er ungeschützt.»

«Wenn wir jemanden von außen schicken, dann spricht einiges dafür, dass wir jemanden nehmen, den Kukuschkin persönlich kennt und dem er vertraut», entgegnete Ebby.

Colby sammelte seine Notizen ein. «Ich werde drüber schlafen», erklärte er.

«Nur eine Frage», sagte Nellie mit zusammengekniffenen Augen, was nichts Gutes verhieß. «Du verreist, stimmt's?»

«Nur für eine Woche –»

«Du verreist für eine Woche, aber du kannst mich nicht mitnehmen, und du sagst mir nicht, wohin.»

Manny trat von einem Bein aufs andere.

«Du sagst mir nicht, wohin, weil es ein Geheimauftrag ist?»

«Stimmt.»

«Woher soll ich wissen, dass du dich nicht mit einer anderen aus dem Staub machst?»

«Hör schon auf, Nellie. Du bist die einzige Frau in meinem Leben.»

«Ist es gefährlich? So viel musst du mir wenigstens verraten.»

Manny nahm ihre Hand. «Hör zu, Nellie, wenn du in die *Company* einheiratest, dann musst du –»

«Wer sagt denn, dass ich in die *Company* einheirate?»

«Na ja, davon bin ich eigentlich ausgegangen, schließlich wohnen wir mehr oder weniger zusammen. Da liegt es doch nahe, dass wir irgendwann heiraten.»

«Heiraten? Du und ich?»

«So läuft das normalerweise. Ich heirate dich, und du heiratest mich.»

«Bist du bereit, deine Wohnung aufzugeben?»

Manny überlegte, hob die Augenbrauen und nickte.

Nellie neigte den Kopf und sagte: «Manny, soll das so was wie ein Heiratsantrag sein?»

Manny schien genauso überrascht wie Nellie. «Ich denke, das könnte man so sehen.»

Nellie legte sich eine Hand flach auf den Bauch und fiel nach hinten auf die Couch. «Tja, das ändert einiges», murmelte sie.

Manny setzte sich neben sie. «Ich hoffe doch, dass sich nichts ändert, wenn wir verheiratet sind», sagte er.

«Ich meine deine Reise. Ich habe da eine Theorie, Manny. Man ist eifersüchtig bei Dingen, die einem nicht gehören. Aber sobald sie einem gehören, kann man es sich leisten, nicht mehr eifersüchtig zu sein.»

«Ich glaube, ich kann dir nicht ganz folgen.»

Nellie beugte sich vor und küsste Manny leidenschaftlich auf den Mund. «Ich nehme deinen Antrag an», verkündete sie mit heiserem Flüstern. «Wann ist Hochzeit?»

«Ich reise Freitagnachmittag ab. Was ist das für ein Datum?»

«Der neunte.»

«Freitag, der neunte August. Das heißt, ich bin Freitag, den sechzehnten, zurück. Dann könnten wir am Wochenende zu einem Friedensrichter gehen und heiraten.»

Nellie, plötzlich außer Atem, sagte: «Du kannst wirklich umwerfend sein.» Sie überlegte. «Wenn wir in gut einer Woche heiraten, dann sind wir jetzt verlobt, nicht?»

«Würde ich auch sagen.»

«Und wenn wir jetzt verlobt sind, dann wäre es doch nur natürlich, dass du deiner Zukünftigen sagst, wohin deine Reise geht.» Als sie den Ausdruck in seinem Gesicht sah, musste sie lachen. «Sag nichts, lass mich raten: Die Frau eines *Company*-Mitarbeiters ...»

«... stellt keine ...»

«... dummen Fragen.»

Ein freudiger Schauer durchlief Leo Kritzky: *Er war nicht allein in seiner Zelle.*

Sein Zellengenosse war der Falter, der aus dem düsteren Korridor hereingeflattert war, als sich Angleton beim Hinausgehen auf der Türschwelle noch einmal umgedreht hatte, weil ihm eine letzte Frage eingefallen war. «Sie können sich nicht erinnern, dass *Kahn's Wine & Beverage* in der M Street Getränke zu Ihnen nach Hause geliefert hat?»

«Wie oft wollen Sie das noch fragen –» Leo sah das Flattern winziger Flügel, als der Falter, möglicherweise von den Glühbirnen an der Decke angelockt, an Angletons Knie vorbeiflog. Einen quälenden Moment fürchtete er, dass Angleton den Eindringling bemerken und die Wachen hereinrufen würde, damit sie dem Falter den Garaus machten, bevor Leo sich an seiner Gesellschaft erfreuen konnte. Um den Falter nicht zu verraten, konzentrierte er seinen Blick auf Angleton. «Um solche Dinge kümmert Adelle sich – Pizza, Lebensmittel, Getränke und so weiter. Ich habe sie nie gefragt, wo sie einkauft oder wo sie was bestellt. Ich hatte schon genug um die Ohren. Und ich kann mich auch nicht erinnern, irgendwelche Rechnungen von *Kahn's Wine & Beverage* bezahlt zu haben.»

«Sie haben vorsichtshalber die Bestellungen über den Mädchennamen Ihrer Frau laufen lassen, damit niemand dahinter kam, dass zwischen Ihnen und Kahns Lieferanten, einem Kontaktmann des KGB, eine Verbindung bestand.»

Am Rande seines Gesichtsfeldes sah Leo den Falter an der Wand über dem Klo landen. Er konnte es kaum erwarten, dass Angleton ging, um seinen Besucher gebührend zu begrüßen. «Auch das ist eine Unterstellung, die sich in das einfügt, was Sie glauben wollen», sagte Leo ungeduldig. «Das Problem ist nur, dass Ihre Unterstellungen nicht aufgehen. Sie haben nichts als Indizien, und das wissen Sie.»

«Meine Indizien, wie Sie sagen, beruhen auf unwiderlegbaren Beweisen eines glaubwürdigen Zeugen. Es gibt für Sie nur eine Möglichkeit, aus dieser Situation herauszukommen – geben Sie zu, dass Sie SASHA sind, und dann kooperieren Sie mit uns, um den Schaden, den Sie der *Company* zugefügt haben, wieder gutzumachen.» Angleton klopfte seine Jacketttasche ab, auf der Suche nach Zigaretten, drehte Leo den Rücken zu und verließ den Raum. Ein Wachmann verriegelte die Tür hinter ihm.

Einige Minuten lang blieb Leo auf der Wolldecke mit dem Rücken zur Wand sitzen. Er hatte den Verdacht, dass Angleton ihn durch das Guckloch in der Tür beobachtete, und er wollte den Falter nicht in Gefahr bringen. Schließlich glaubte er, dass die Luft rein war, und ließ den Blick zu dem Insekt schweifen. Es war das schönste Wesen, das Leo je gesehen hatte. Die Flügel hatten ein fein gezeichnetes lila-braunes Muster, und die langen, fedrigen Fühler ertasteten, wie ein Blindenstock, den Mikrokosmos dicht vor dem Kopf. Leos Stimmung stieg – für ihn war es ein Omen, ein Zeichen, dass jemand außerhalb dieses geheimen Gefängnisses und außerhalb von Angletons unmittelbarem Kreis von seiner Notlage wusste und ihm bald zu Hilfe kommen würde. Er hob grüßend eine Hand, um seinem Kameraden zu vermitteln, dass sie nicht nur dieselbe Zelle, sondern auch dasselbe Schicksal teilten.

In den Tagen darauf begab sich Leo immer wieder zu seinem Mitgefangenen, der mit endloser Geduld an der Wand klebte. Er flüsterte ihm aufmunternde Worte zu und beobachtete die Botschaften der Körpersprache des Falters. Halte durch, sei stark, schien er ihm zu sagen, sie würden beide der Zelle entrinnen.

Angleton entging die Veränderung seines Gefangenen nicht. Kritzky brachte ab und zu ein verschwörerisches Lächeln zustande, als verberge er ein köstliches Geheimnis, und die Wortgefechte mit Angleton bereiteten ihm offenbar geradezu Spaß. Leos Moral schien von Tag zu Tag zu wachsen. «Stimmt, manche Operationen, mit denen ich zu tun hatte, sind schief gelaufen», räumte er eines Morgens ein. «Aber Jim, das war doch bei Ihnen nicht anders, aber niemand verdächtigt Sie, ein sowjetischer Maulwurf zu sein.» Leo warf einen kurzen Blick auf den Falter und musste plötzlich lachen. Das Lachen wurde stärker, haltlos, bis ihm Tränen die Wangen hinabliefen. «Vielleicht –», sagte er, sich vor Lachen schüttelnd. «Vielleicht sollte das ja mal einer tun ... Ich meine, das wäre doch der größte Witz des Jahrhunderts, wenn James Jesus Angleton ... in Wirklichkeit SASHA wäre. Könnte doch sein, dass Sie das ganze Theater hier ... o Mann, ich krieg mich nicht mehr ein ... die Jagd auf SASHA nur veranstalten ... um von sich selbst abzulenken.» Leo hielt sich den Bauch vor Lachen und schnappte nach Luft. «Wäre das nicht ein Witz, Jim? Mein Gott, wäre das nicht zum Brüllen?»

6

AUF DEM WEG IN DIE SOWJETUNION, SAMSTAG, 10. AUGUST 1974

Die reguläre Freitagsmaschine der Aeroflot nach Moskau hatte wegen des hohen Start- und Landeaufkommens erst mit einer Dreiviertelstunde Verspätung abheben können. Fast alle der rund fünfzig Passagiere an Bord der Tupolew 144, die meisten Mitglieder von Mannys Touristengruppe, schliefen tief und fest. Manny, der in einem Russlandreiseführer geblättert hatte, stand auf und schlenderte zur Bar, wo er ein Sandwich und einen Plastikbecher Kwass bestellte.

«Was passiert denn jetzt wohl, wo Nixon abgedankt hat?», fragte der Steward, der ihn bediente. «Gibt's einen Putsch?»

Manny lachte. «Wohl kaum», sagte er. «Gerald Ford hat schon den Amtseid geleistet. So eine Übergangsregierung ist bei uns verfassungsmäßig geregelt.» Er biss in das Sandwich und fragte mit vollem Mund: «Was würde in Russland passieren, wenn Breschnew morgen abdanken würde?»

«Wieso sollte Genosse Breschnew abdanken?»

«Sagen wir, wenn er sich was Ähnliches geleistet hätte wie Nixon mit der Watergate-Affäre.»

Jetzt musste der Steward lachen. «So was wäre bei uns ausgeschlossen», sagte er dann ernst. «Da es keine politische Opposition gibt, müsste die Kommunistische Partei schon bei sich selbst einbrechen lassen. Sie kennen sich wohl nicht so gut aus mit der Sowjetunion – ist das Ihr erster Besuch?»

«Ja.»

«Wo genau kommen Sie her?»

«New York. Genauer gesagt, Manhattan. Noch genauer gesagt, Upper West Side.»

Die *Company* hatte Manny eine rundum abgesicherte Tarnidentität verschafft: Führerschein, Kundenkarte eines Supermarkts auf der Upper West

Side, American-Express-Travellerschecks und einen abgegriffenen, drei Jahre alten Pass mit Stempeln von Reisen nach England, Spanien und Mexiko, alles auf den Namen Immanuel Bridges. Sollte jemand nachforschen wollen, würde er einen Immanuel Bridges im Manhattaner Telefonbuch mit der Adresse Broadway Ecke 82nd Street finden, und wenn er die Nummer wählte, den Anrufbeantworter erreichen. Manny, der einmal ein Seminar in Betriebswirtschaftslehre absolviert hatte, würde sich als Unternehmensberater ausgeben, mit einem Büro in der Wall Street 44, wo eine freundliche Sekretärin allen Anrufern mitteilen würde, dass Mr. Bridges in Urlaub sei. Sollte jemand im Sekretariat von Yale nachfragen, würde er erfahren, dass ein gewisser Bridges, Immanuel, 1968 seinen Abschluss in Betriebswirtschaft gemacht hatte. Sogar die Mitgliedskarte des Fitnessstudios, die Manny in der Brieftasche hatte, war abgesichert; wenn jemand in dem Studio auf dem Upper Broadway anrief, würde er eine barsche Stimme sagen hören: «Moment – ich seh mal nach, ob er da ist.» Kurz darauf würde die Stimme wieder an den Apparat kommen. «Nein, er ist nicht da – aber ein Freund von Mr. Bridges sagt, er ist für eine Woche verreist.»

Um 12.25 Ortszeit setzte die Tupolew zum Landeanflug auf den Moskauer Flughafen Scheremetjewo an. Als die Maschine durch die Wolkendecke stieß, sah Manny auf der rechten Seite im Sonnenlicht etwas, das aussah wie ein Birkenteppich, und gleich darauf tauchte unter dem Rumpf die Landebahn auf.

Im Terminal reihte sich Manny in die Schlange vor der Passkontrolle ein. Eine grau uniformierte Frau mit schlecht blondiertem Haar, das sich auf ihrem Kopf türmte, und ausdrucksloser Miene, blätterte seinen Pass Seite für Seite durch, bevor sie eingehend das Foto inspizierte und ihm dann direkt in die Augen sah, um sich zu vergewissern, dass sie auch wirklich den abgelichteten Mann vor sich hatte. Ihr Blick huschte über Mannys rechte Schulter zu dem über und hinter ihm im Fünfundvierzig-Grad-Winkel angebrachten Spiegel, in dem sie seine Füße sehen konnte und der ihr verriet, ob er sich kleiner oder größer machte. Sie überprüfte die Körpergrößenangabe im Pass und blickte ihn dann erneut durch die Trennscheibe an. Manny wusste, dass auf ihrer Seite der Scheibe Zentimetermaße ins Glas geritzt waren, so dass sie die genaue Größe mit einem Blick feststellen konnte. Sie blätterte eine dicke Kladde durch, um zu sehen, dass sein Name nicht drin stand, stempelte dann den Pass und das Devisenformular, das er im Flugzeug ausgefüllt hatte, blickte nach rechts und forderte mit einem Nicken die nächste Person auf vorzutreten.

Manny wagte kaum zu atmen – er hatte die strenge sowjetische Grenzkontrolle passiert und befand sich im Bauch des Wales.

Den Rest des Samstags und den ganzen Sonntag wurde Manny mit seiner Touristengruppe von einer Sehenswürdigkeit zur nächsten gescheucht. Sie besichtigten die Kremlkirchen, die St.-Basil-Kathedrale am Roten Platz und das Lenin-Museum und standen dann in der endlosen Schlange, die an dem wächsernen Leichnam Lenins vorbeidefilierte.

Am Sonntagabend stand ein Besuch des Bolschoi-Theaters auf dem Programm, wo ihnen eine begeisternde Vorstellung von *Giselle* geboten wurde. Zu den Mahlzeiten wurden die Touristen ins Hotel *Metropole* gekarrt, wo sie unter einer Buntglaskuppel an Tischen speisten, die mit kleinen amerikanischen Fähnchen geschmückt waren.

Manny mischte sich unter die anderen seiner Gruppe (es waren etliche allein reisende Frauen dabei, die den einzigen Mann ohne Anhang mit offener Neugier betrachteten), wehrte persönliche Fragen mit vagen Antworten ab und hielt unentwegt Ausschau nach Anzeichen dafür, ob der KGB ihm besondere Aufmerksamkeit schenkte. Er wusste, dass alle Russen, die mit ausländischen Touristen zu tun hatten – die Busfahrer, die Reiseführer von Intourist, das Hotelpersonal –, dem KGB Meldung machten. Bevor er am Montagmorgen sein Zimmer verließ, prägte Manny sich die genaue Anordnung seiner Kleidungsstücke im Schrank ein und drapierte ein Haar auf dem Ärmel eines Jacketts. Sobald er am Nachmittag zurückkam, kontrollierte er, ob sich jemand an seinen Sachen zu schaffen gemacht hatte: Soweit er feststellen konnte, war alles unberührt.

Am Dienstagmorgen fiel ein leichter Regen, der die Straßen glänzen ließ. Gleich nach dem Frühstück machte die Touristengruppe sich mit einer Reiseführerin auf zum GUM am Roten Platz. «Die Gruppe muss unbedingt zusammenbleiben», rief die Reiseführerin nervös, als sie ihre amerikanischen Schützlinge schließlich vorbei an den in Hauseingängen lauernden Geldwechslern ins Kaufhaus scheuchte.

Manny hielt etwas Abstand zu den anderen und sprach einen der Geldwechsler an. «Zu welchem Kurs?», fragte er den bärtigen Mann, dem ein grellbunt gestreiftes Hemd aus der Jeans hing.

«Das Sechsfache vom offiziellen Kurs, drei Rubel für den Dollar», erwiderte der Mann, wobei er kaum die Lippen bewegte. Er beobachtete die Straße, hielt Ausschau nach Polizisten in Uniform oder Zivil, die eine Provision kassierten, wenn sie jemanden wie ihn in flagranti erwischten.

«Im Hotel bietet mir ein Kellner vier für den Dollar.»

«Dann nehmen Sie das Angebot an», riet ihm der Mann feixend. «Falls

Sie es sich anders überlegen, finden Sie mich bis mittags hier am GUM. Fragen Sie nach Pawlusha.»

Manny rechnete sich aus, dass die Gruppe inzwischen ein gutes Stück voraus war. «Ich überleg's mir, Pawlusha», sagte er und betrat dann durch die schwere Tür das Kaufhaus. Die letzten Amerikaner verschwanden eben einen der Gänge hinunter. Gemächlich schlenderte er hinterdrein, blieb hier und da stehen, um sich die ausgelegten Waren anzusehen, und fiel nach und nach immer mehr zurück. An einer Gabelung von zwei Gängen schaute er sich um, als hätte er die Orientierung verloren, und verschwand am Ende eines Seitengangs durch eine Tür. Er wartete, um zu sehen, ob jemand ihm folgte, ging dann einen weiteren Gang entlang und durch eine Tür, die als Notausgang auf eine kleine Straße hinter dem GUM führte. Er sah auf seine Uhr – ihm blieben noch Eineinviertelstunden bis zu seinem ersten verabredeten Treffen mit Kukuschkin im Puschkin-Museum. Er mischte sich unter eine Gruppe deutscher Touristen und schlenderte über den Roten Platz. Die Deutschen blieben stehen, um sich die Wachablösung am Grab des unbekannten Soldaten anzusehen. Dicht an der Kremlmauer entlang setzte Manny seinen Weg in südlicher Richtung fort. Als er den Borowistkaja-Turm am Ende der Mauer erreichte, überquerte er rasch den stark befahrenen Boulevard und tauchte hinunter in die Metrostation Borowistkaja an der Lenin-Bibliothek. An einem Automaten kaufte er zwei Fahrkarten – falls AE/PINNACLE nicht im Puschkin-Museum erschien, würde Manny mit der Metro zum zweiten Treffpunkt fahren. Er musste einmal umsteigen, und als er an der Station Kropotkinskaja unweit des Puschkin-Museums nach draußen in den Nieselregen trat, hatte er noch eine Dreiviertelstunde totzuschlagen. Um sich zu vergewissern, dass er nicht verfolgt wurde, streifte er durch ein Labyrinth nahezu menschenleerer Straßen hinter dem Museum, das er schließlich eine halbe Stunde später betrat. Er kaufte eine Eintrittskarte und ging durch die Ausstellungsräume. Dann und wann blieb er stehen, um einen Picasso oder Cézanne zu bewundern. Punkt zwölf betrat er den Raum mit Bildern von Bonnard und nahm die Werke eines nach dem anderen in Augenschein. Falls Kukuschkin kam, würden sie sich hier treffen.

Als der Russe um halb eins noch nicht aufgetaucht war, sah Manny sich in den angrenzenden Räumen um. Keine Spur von AE/PINNACLE. Um Viertel vor eins kam er zu dem Schluss, dass der erste Treffpunkt hinfällig war. Er ging zurück zur Metrostation Kropotkinskaja und fuhr mit dem zweiten Ticket in südlicher Richtung. An der Station Sportiwnaja stieg er aus und ging zum Kloster Nowodjewitschi, wo er der Umfriedungsmauer nach links folgte, bis er den Friedhof erreichte. Vom Haupteingang aus spazierte er über die Kieswege, blieb an dem einen oder anderen Grab stehen, um die Inschrift zu lesen. Er bemerkte zwei junge Pärchen, die ein Stück rechts von ihm am Grabstein von Stalins Frau Nadeschda Allilujewa standen. Manny ging an den Gräbern von Bulgakow, Stanislawski, Tschechow und Gogol vorbei und gelangte wieder auf den Hauptweg, der zum Eingang führte, schritt aber in die entgegengesetzte Richtung auf das Grab von Nikita Chruschtschow zu. Zwischen den Grabsteinen erspähte er drei Männer, die sich auf einem Parallelweg unterhielten, sowie zwei jüngere Männer, die, mit Papier und Kohlestiften bewaffnet, die Inschriften von einigen alten Gräbern kopierten. Keiner von ihnen schien von ihm Notiz zu nehmen. An Chruschtschows Grab blickte Manny auf die Büste des 1971 verstorbenen Politikers; sein rundes ukrainisches Bauerngesicht starrte in die Ferne, ein Hauch von Verbitterung in den Lachfältchen um die Augen.

«Er war der Erste, der die Verbrechen von Stalin öffentlich angeprangert hat», sagte eine Stimme. Erschreckt fuhr Manny herum. Sergei Kukuschkin tauchte hinter einem schwarzen Marmorgrabstein auf. Er trug einen hellen Regenmantel, seine Haare waren zerzaust und glänzten vom Regen, und er sah abgespannter aus, als Manny ihn in Erinnerung hatte. Er sagte: «Ich habe gewusst, dass *Sie* kommen würden, Manny. Danke dafür.»

«Was ist in Washington passiert, Sergei?»

«Als ich in unsere Wohnung zurückkam, waren meine Frau und meine Tochter beim Packen. Mein Schwiegervater hatte einen Schlaganfall gehabt und lag im Kremlhospital auf der Intensivstation. Ein Wagen von der Botschaft wartete schon, um sie zum New Yorker Flughafen auf die Freitagsmaschine zu bringen. Wenn wir die Abreise verschoben hätten, wäre das verdächtig gewesen. Am nächsten Morgen erhielt ich ein Telegramm vom Ersten Direktorat: Elenas Vater war vor ihrem Eintreffen gestorben, und man gab mir die Erlaubnis, sofort nach Moskau zur Beerdigung zu fliegen. Natürlich durfte ich auch diesmal nicht zögern. Mein Resident war sehr rücksichtsvoll – er hat persönlich die Ausgabe der harten Devisen für das Scandinavian-Airline-Ticket veranlasst –, also war ich überzeugt, dass auch er nicht misstrauisch geworden war. Ich hatte Angst, die Notfallnummer, die Sie mir gegeben haben, von der Botschaft aus anzurufen. Der Resident hat mich persönlich zum Flughafen begleitet. Nach dem Einchecken habe ich mich nicht getraut, ein öffentliches Telefon zu benutzen – es hätte ja sein können, dass man mich beobachten ließ.» Kukuschkin zuckte die Achseln. «Also bin ich nach Moskau geflogen.»

«Ist Ihnen seit Ihrer Rückkehr irgendetwas Ungewöhnliches aufgefallen?»

Kukuschkin schüttelte heftig den großen Kopf, als wollte er die letzten Zweifel zerstreuen, die er haben mochte. «Wir haben Zimmer in einem Hotel für durchreisende KGB-Offiziere bekommen. Die Beerdigung war zwei Tage nach meiner Ankunft. Der Leiter des Ersten Direktorats hat mich auf eine Tasse Tee in sein Büro eingeladen und mir mitgeteilt, dass er mich in die neue Abteilung D versetzen will. Kurzum, alles erschien mir normal, und meine anfänglichen Befürchtungen legten sich.»

Die beiden jungen Männer, die Inschriften kopierten, nahmen sich einen neuen Grabstein vor.

«Sie hatten Befürchtungen?»

«Ich bin ein Mensch, Manny. Auch ich sehe überall Gespenster. Aber ich habe mir gesagt, wenn die Geschichte mit dem Schlaganfall meines Schwiegervaters erfunden gewesen wäre, um mich zurück nach Moskau zu locken, hätten sie mich zusammen mit meiner Frau und meiner Tochter geholt und nicht danach.»

«Nicht unbedingt.»

«Wieso ‹nicht unbedingt›?», fragte Kukuschkin ungehalten.

«Sergei, betrachten wir die Situation mal nüchtern», sagte Manny.

«Ich betrachte sie nüchtern», brummte Kukuschkin.

«Wenn ein Verdacht gegen Sie bestand, mussten sie sich einen Plan überlegen, wie man Sie nach Moskau zurückholen könnte, ohne Ihr Misstrauen zu erregen. Hätte man Sie mit Frau und Tochter zurückgeschickt, hätten Sie für sich und Ihre Familie am Flughafen um politisches Asyl bitten können. Die Tatsache, dass sie euch drei getrennt zurückgeschickt haben –»

«Sie deuten das als schlechtes Omen?»

«Ich deute es gar nicht. Ich überlege nur, was für Möglichkeiten bestehen, Sergei.»

Kukuschkin dachte darüber nach. «Ich hasse Russland», verkündete er heftig. «Alle, denen ich hier begegne, reden voller Nostalgie über irgendetwas – die Revolution, den Krieg, den Schnee, das Zarenreich, ja sogar Stalin. Stellen Sie sich vor, Manny, selbst in der Lubjanka-Kantine sprechen die Leute noch mit gedämpfter Stimme von der guten alten Zeit.» Er blieb abrupt stehen und drehte sich zu Manny um. «Ich werde in Moskau nicht für euch spionieren, falls Sie deshalb hergekommen sind. Ich hab es schon in Washington kaum fertig gebracht. Hier steht es absolut außer Frage.»

«Ich bin nicht den weiten Weg gekommen, um Sie zu bitten, hier für uns zu arbeiten. Ich bin hier, weil wir Ihnen etwas schulden. Wir können Sie rausschmuggeln. Das wäre nicht unsere erste Exfiltration.»

«Aus Russland?»

«Von der Krim aus, wo Sie problemlos Urlaub machen können.»

«Und meine Frau und meine Tochter?»

«Die kommen natürlich mit.»

«Und die Schwester meiner Frau und ihr Sohn und ihre alte Mutter, die jetzt Witwe ist?»

Sie gingen weiter. «Wir könnten eine Maschine chartern», witzelte Manny trocken.

Keiner von beiden lachte.

Manny sagte: «Denken Sie gründlich darüber nach, Sergei. Es könnte Jahre dauern, bis Sie wieder einen Posten im Ausland bekommen.»

«Posten im Ausland sind heiß begehrt. Vielleicht kriege ich nie wieder einen.»

«Ich gebe Ihnen eine Telefonnummer, die Sie sich einprägen müssen. K 4-89-73. Wiederholen Sie sie.»

«K 4-89-73.»

«Wenn jemand abnimmt, husten Sie zwei Mal und legen wieder auf. Damit aktivieren Sie Treffen eins und zwei am zweiten und vierten Dienstag im Monat. Derjenige, der sich mit Ihnen trifft, wird eine Ausgabe des *Nowi Mir* unter dem Arm tragen und lediglich sagen, er sei ein Freund von Manny.»

Kukuschkin wiederholte die Telefonnummer noch zwei Mal. Dann fragte er, was Manny jetzt vorhabe.

«Ich bin nur gekommen, um mit Ihnen zu sprechen. Sobald ich kann, reise ich wieder ab.»

Die beiden kamen wieder auf den Weg, der zum Haupteingang des Friedhofs führte. Kukuschkin sagte: «Ich werde Elena erzählen, dass Sie von der Möglichkeit einer Exfil–» Er brach jäh ab. Manny folgte seinem Blick. Eine Schar Männer, einige in Uniform und mit Maschinenpistolen bewaffnet, andere in dunklen Anzügen, waren am Friedhofstor aufgetaucht. Die Uniformierten verteilten sich in beiden Richtungen auf den Nebenwegen, die Männer in Zivil kamen auf dem Hauptweg auf sie zu.

«Schnell», flüsterte Kukuschkin, «ich weiß, wo es eine Öffnung im Zaun gibt.»

Manny wirbelte herum und folgte dem Russen, der sich zwischen zwei Grabsteinen hindurchschlängelte. Hinter ihnen ertönte eine Stimme aus einem Megafon: «Halt, stehen bleiben. Der Friedhof ist umzingelt. Sie kommen hier nicht raus.» Das Blut in Mannys Schläfe hämmerte so laut, dass es das dröhnende Megafon fast übertönte. Als er nach links blickte, sah er die beiden jungen Männer, die Grabschriften kopiert hatten, auf sie zurennen, mit dunklen, metallisch glänzenden Gegenständen in den Händen. Die beiden Pärchen, die am Grab von Stalins Frau gestanden hatten, und die drei Männer, die sich unterhalten hatten, liefen parallel zu Manny und Kukuschkin, um ihnen vor dem Zaun den Weg abzuschneiden. Irgendwo auf dem Friedhof gab es Explosionen, Stückchen von einem Grabstein splitterten ab und trafen Manny am Arm. Vor sich sah er den schulterhohen, mit Efeu bewachsenen Zaun. Kukuschkin, der sich für einen Mann seiner Größe mit verblüffender Behändigkeit bewegte, sprintete auf eine Stelle zu, wo an einem verrosteten Pfosten eine schmale Lücke entstanden war. Er wollte sich eben hindurchzwängen, als auf der anderen Seite eine Reihe Soldaten mit Maschinenpistolen im Anschlag hinter den Büschen auftauchte. Kukuschkins Mund öffnete sich, als wollte er einen Schrei ausstoßen. Er drehte sich zu Manny um und sagte mit ausdrucksloser Stimme: «Das war's – jetzt erwartet mich die Hinrichtung.»

In dem unverwandten Blick des dünnen, mittelalten Mannes mit dem kahl geschorenen Schädel blitzte Selbstgefälligkeit auf, während ein allwissendes, hämisches Grinsen seine farblosen Lippen umspielte. «Wir haben gehört», sagte er, «dass ein festgenommener CIA-Offizier befugt ist, drei Fragen zu beantworten – nach seinem Namen, seinem Rang und der Nummer seines reservierten Parkplatzes in Langley.» Er trat neben Manny, der an einem großen Tisch saß, und blickte auf ihn herab. «Ihren Namen, zumindest den, den Sie dem Verräter Kukuschkin genannt haben, kenne ich. Ihren Rang – bei Ihrem Alter und aufgrund der Tatsache, dass man Sie mit dem Verräter Kukuschkin betraut hat – kann ich mir ungefähr denken. Aber wenn Sie mir bitte sagen würden, welche Nummer Ihr Parkplatz hat?»

Seltsamerweise fühlte Manny sich durch seine Festnahme in gewisser Weise befreit. Der schlimmste Fall war eingetreten – das war bedauerlich, aber es jagte ihm keine Angst mehr ein. Wie sein Vater damals in Ungarn merkte auch Manny jetzt, dass sich alles verlangsamt hatte: das Pochen des Bluts in seinen Schläfen, die Gedanken in seinem Kopf, die Rotation der Erde. Mit einem verkniffenen Lächeln blickte er zu dem Mann hoch. «Ich möchte mit jemandem von der amerikanischen Botschaft sprechen», verkündete er.

Eines der Telefone auf dem Tisch klingelte schrill. Der Russe kehrte zu seinem Platz zurück und nahm den Hörer ab. Er lauschte einen Moment lang, murmelte etwas und legte wieder auf. Er lehnte sich in seinem hölzernen Drehstuhl zurück, verschränkte die Hände hinter dem Kopf. Das Licht der Deckenlampe blitzte in seiner Nickelbrille wie ein Morsesignal. «Ich sage Ihnen etwas, das Sie bereits wissen», sagte der Russe. «Wenn man die Telefonnummer K 4-89-73 wählt, klingelt es in dem rund um die Uhr mit US-Marines besetzten Wachraum der amerikanischen Botschaft.»

Manny begriff, dass das Verhör eine unheilvolle Wendung genommen hatte. Die Telefonnummer konnte der Russe nur von Kukuschkin erfahren haben, was bedeutete, dass man Sergei zum Reden gebracht hatte. «Die Vereinigten Staaten und die Sowjetunion sind per internationalen Vertrag verpflichtet, Botschaftsangehörigen Zugang zu Staatsbürgern zu gewähren, die festgehalten werden –», setzte Manny an.

«Sie werden nicht festgehalten, mein Freund», sagte der Russe herablassend. «Sie sind in Untersuchungshaft wegen Spionage. Man wird Sie anklagen und wegen Spionage verurteilen. Der Staatsanwalt wird die Höchststrafe fordern. Ob Sie zum Tod durch den Strang verurteilt werden, hängt davon ab, inwieweit Sie mit unseren Ermittlungsorganen kooperieren.»

«Wenn Sie mir Angst einjagen wollen, ist es Ihnen gelungen», gab Manny zu. Er war fest entschlossen, den Unschuldigen zu spielen, nicht nur um seinetwillen, sondern auch für Kukuschkin. «Hören Sie, ich bin der, für den ich mich ausgebe. Wenn Sie sich die Mühe machen würden, Nachforschungen über Immanuel Bridges anzustellen, würden Sie sehen, dass ich die Wahrheit sage.»

Dem Russen schien das Spiel Spaß zu machen. «Erzählen Sie mir noch einmal, was Sie auf dem Friedhof zu suchen hatten.»

«Ich hatte meine Gruppe aus den Augen verloren, als wir das GUM besucht haben –»

Der Russe suchte in einer Akte. «Reiseunternehmen *Trailblazer*.»

«*Trailblazer*. Genau.»

«Was haben Sie gemacht, als Sie die Gruppe aus den Augen verloren hatten?»

«Um ehrlich zu sein, war ich nicht traurig. Die Reise war für meinen Geschmack viel zu durchorganisiert. Wir sind nicht ein einziges Mal mit ganz normalen Russen in Kontakt gekommen. Also habe ich mich entschlossen, den Rest des Tages etwas auf eigene Faust zu unternehmen. Ich bin mit der Metro zur Station Kropotkinskaja gefahren und ins Puschkin-Museum gegangen. Danach wollte ich mir die berühmten Gräber auf dem Friedhof

Nowodjewitschi ansehen – von Stalins Frau, von Bulgakow, Tschechow, Gogol.»

«Und Chruschtschow.»

«Genau. Chruschtschow.»

«Und da sind Sie zufällig mit einem Mann ins Gespräch gekommen, der am Grab von Chruschtschow vorbeiging. Und dieser Mann war ganz zufällig der Verräter Kukuschkin.»

Manny konterte: «Er hat kein Namensschildchen mit der Aufschrift ‹Verräter Kukuschkin› getragen. Er war lediglich jemand, der zufällig dort war, und wir haben ein bisschen geplaudert.»

«Worüber?»

«Als er merkte, dass ich Ausländer bin, hat er mich gefragt, wie es mir in der Sowjetunion gefällt.»

«Als er sah, dass die Polizei und die Miliz auf ihn zukamen, wollte er fliehen, und Sie sind mit ihm geflohen.»

«Versetzen Sie sich doch mal in meine Lage», bat Manny. «Ich plaudere mit einem wildfremden Mann. Dann sehe ich plötzlich eine Horde Bewaffneter auf uns zukommen, und der Fremde läuft davon. Ich habe gedacht, die wollten uns überfallen, also bin ich auch losgerannt. Woher sollte ich wissen, dass es Polizisten waren?»

«Sie und der Verräter Kukuschkin haben sich in Ihrer Sprache unterhalten?»

«Genau.»

«*Vy govorite po russki?*»

Manny schüttelte den Kopf. «Ich habe Russisch in Yale studiert. Aber nur ein Jahr. Ich verstehe das eine oder andere Wort, aber ich spreche kein Russisch.»

«Der Verräter Kukuschkin behauptet, Sie sprechen fließend Russisch.»

«Ich möchte mit jemandem von der amerikanischen Botschaft sprechen.»

«Mit wem von der Botschaft? Dem hiesigen CIA-Chef Trillby?»

Manny sah sich in dem Raum um, der im obersten Stockwerk der Lubjanka lag und mit funktionellen Holzmöbeln eingerichtet war. Der Wärter, der ihn aus der Zelle geholt hatte, ein Schrank von einem Mann, dem die blaue Uniform mindestens eine Nummer zu klein war, stand mit dem Rücken zur Wand und hatte die Arme vor der Brust verschränkt. Manny blickte erneut den Russen an und stellte sich dumm. «Ich kenne niemanden von der Botschaft mit Namen oder Rang, daher weiß ich nicht, wen Sie meinen.»

Der Russe nickte vor sich hin, als hätte Manny einen guten Witz gemacht. Die Sprechanlage summte. Die melodiöse Stimme einer Frau war zu hören. «Genosse Arkiangelski ist da.»

«Schicken Sie ihn herein», befahl der Russe. Er beäugte Manny über den Tisch hinweg, schüttelte den Kopf und lächelte wieder. «Das Spiel ist aus, mein Freund.»

Dann öffnete sich die Tür, und ein kleiner Mann in einem weißen Technikeroverall schob einen Trolley in den Raum. Darauf stand ein klobiges Tonbandgerät. Er wickelte das Kabel ab und steckte den Stecker in eine Wandsteckdose. Dann wandte er sich dem Russen zu, der sagte: «Spielen Sie ihm das Band vor.»

Der Techniker drückte eine Taste, und das Band setzte sich in Bewegung. Zunächst war der Ton gedämpft. Der Techniker drehte die Lautstärke auf und verstellte die Tonhöhe. Eine Stimme war zu vernehmen. Das gesamte Gespräch war auf Russisch.

«... trafen uns regelmäßig in der Wohnung von Agatha Ept, die im Patentamt arbeitete.»

«Was ist mit den Patenten, die Sie dem Residenten geliefert haben?»

«Die habe ich von Manny erhalten.»

«Hat er Ihnen Geld gegeben?»

«Nein. Er hat mir angeboten, meine Frau von einem Herzspezialisten behandeln zu lassen. Ich habe das Angebot angenommen –»

«Hat er Ihnen Geld versprochen, sobald Sie übergelaufen wären?»

«Es war von einer Entschädigung die Rede, aber das war nicht der Grund, warum ich –»

«Was waren Ihre Motive?»

Kukuschkin lachte bitter. «Auch die Amerikaner waren an meinen Motiven interessiert.»

«Sie haben die Frage nicht beantwortet.»

«Das System, unter dem wir leben, ist untauglich und korrupt, die Menschen, die in diesem System den Ton angeben, sind skrupellos. Sie sind nur an Macht interessiert.»

«Und diese absurden Gedanken haben Sie bewogen, Ihr Vaterland zu verraten?»

Kukuschkin murmelte irgendetwas Unverständliches.

«Natürlich haben Sie Ihr Land verraten. Sie haben seine Geheimnisse verraten, Sie haben die operativen Mitarbeiter verraten, die Ihr Land verteidigen, indem Sie sie der CIA ausgeliefert haben –»

«Spulen Sie das Band bis zu dem Treffen auf dem Friedhof vor», wies der Russe den Techniker an.

Manny sagte: «Wieso spielen Sie mir das vor? Ich verstehe kein einziges Wort.»

«Sie verstehen jedes Wort», entgegnete der Russe.

Der Techniker drückte die Vorlauftaste und behielt das Zählwerk im Auge. Als die gewünschte Stelle erreicht war, drückte er die Starttaste. Kukuschkins Stimme erklang mitten im Satz. «– Treffpunkt Nummer eins das Puschkin-Museum vereinbart, mittags, am zweiten und vierten Dienstag im Monat. Ich war etwas früher als verabredet dort, fand aber, dass zu viele Leute da waren. Manny kam zum Ausweichtreffpunkt, dem Grab von Nikita Chruschtschow auf dem Friedhof Nowodjewitschi. Es waren neun Leute dort, aber sie erschienen mir harmlos, daher beschloss ich, das Treffen durchzuführen.»

«Was hat der Amerikaner Ihnen erzählt?»

«Dass die CIA meine Frau und mich und unsere Tochter von der Krim aus der Sowjetunion herausschmuggeln würde.»

«Wie sollten Sie sich mit der CIA in Verbindung setzen, falls Sie das Angebot annehmen würden?»

«Ich sollte eine Telefonnummer in Moskau anrufen – K 4-89-73 –, zweimal husten und wieder auflegen. Das war das Zeichen dafür, dass ich entweder zum ersten oder zweiten vereinbarten Treffpunkt kommen würde.»

Der Russe machte eine Handbewegung, und der Techniker stoppte das Band, zog den Stecker heraus, rollte das Kabel auf und verließ mit dem Wagen den Raum.

«Wie Sie mit eigenen Ohren gehört haben, hat der Verräter Kukuschkin alles zugegeben», sagte der Russe zu Manny. «Er hat sich einverstanden erklärt, in dem Prozess, der in einer Woche beginnt, auf schuldig zu plädieren. Würden Sie jetzt gern in Ihrem Interesse eine offizielle Erklärung abgeben, die Sie vor der Höchststrafe bewahren wird?»

«Ja», sagte Manny. «Das sollte ich wohl tun.» Er sah, wie sich die Lippen seines Gegenübers zu einem höhnischen Lächeln verzogen. «Dreiundzwanzig.»

Die Augen des Russen blitzten triumphierend. «Aha, das muss die Nummer Ihres Parkplatzes in Langley sein.»

«Dreiundzwanzig ist die Nummer des für mich reservierten Parkplatzes zwei Querstraßen von Wall Street 44 entfernt», sagte er. «Wo ich arbeite, wenn ich nicht so blöd bin, als Tourist in die Sowjetunion zu reisen.»

Die Zeit im KGB-Gefängnis verstrich für Manny in einer Serie nebulöser und merkwürdig distanzierter Bilder. Er spürte eine Beklemmung, nicht weil er misshandelt wurde, sondern weil er nicht wusste, was ihn erwartete und wie die Sache für ihn ausgehen würde. Er bekam sogar anständig zu essen und durfte täglich duschen, bevor er wieder verhört wurde, manchmal bis in die frühen Morgenstunden; sobald er wieder in seiner Zelle war, durfte er sechs Stunden schlafen. Nach zwei Tagen führte man ihn in einen Raum, wo eine Miss Crainworth wartete, die sich als Mitarbeiterin der amerikanischen Botschaft auswies. Sie teilte ihm mit, dass der Außenminister den sowjetischen Botschafter in Washington zu sich zitiert und eine Erklärung für die Verhaftung eines amerikanischen Touristen verlangt habe. Die Russen, so Miss Crainworth, behaupteten, Manny sei ein CIA-Offizier, der nach Moskau geschickt worden war, um mit einem unlängst zurückgekehrten Diplomaten Kontakt aufzunehmen, der zu den Amerikanern überlaufen wollte. Die CIA habe energisch dementiert, einen Mitarbeiter namens Immanuel Bridges zu haben oder mit einem sowjetischen Diplomaten namens Kukuschkin in Kontakt gewesen zu sein. Miss Crainworth sagte, die Botschaft habe für Manny einen sowjetischen Anwalt engagiert.

Der Anwalt, dessen Name Robespierre Prawdin war, durfte am Abend für eine Stunde zu seinem Mandanten. Prawdin, ein nervöser Mann mit Mundgeruch, versicherte Manny, dass die sowjetische Justiz Milde walten lassen würde, wenn er zugäbe, wofür dem KGB Beweise vorlagen: dass er tatsächlich ein CIA-Agent war. Als Manny das weiterhin bestritt, sagte Prawdin: «Ich habe Kukuschkins Geständnis gelesen, das Sie belastet. Ich kann Ihnen zu einem milderen Urteil verhelfen, wenn Sie sich schuldig bekennen.»

Am nächsten Morgen wurde Manny aus dem Tiefschlaf gerissen, als gerade das erste Tageslicht durch ein schmales Fenster hoch oben in der Wand seiner Zelle drang. Er durfte sich rasieren und erhielt eine saubere Hose und ein frisches Hemd. Er setzte sich auf den Rand seiner Pritsche, wartete, dass die Wachen ihn holen kamen, starrte auf das kleine Guckloch, das ihn mit der Welt hoch über seinem Kopf verband, und lauschte auf das Gejohle von Häftlingen, die im Hof Fußball spielten.

Kurz darauf wurden Manny Handschellen angelegt, und man brachte ihn mit einem Lastenaufzug in eine Tiefgarage. Man bugsierte ihn in den Laderaum eines Lieferwagens, der durch dichten Verkehr zu einer weiteren Tiefgarage fuhr. Von dort führte man ihn über eine Treppe nach oben in einen Raum, wo man ihm die Handschellen abnahm und Kaffee und trockenes Gebäck anbot. Kurz darauf tauchten Prawdin und Miss Crainworth auf. Prawdin erklärte, sie seien im Gerichtsgebäude und dass Kukuschkins

Prozess jeden Augenblick beginnen werde; es könne sein, dass Manny als Zeuge aufgerufen würde. Prawdin nahm die Brille ab, hauchte die Gläser an und wischte sie mit seiner Krawatte sauber. Mannys Chancen, mit einer milden Strafe davonzukommen, so sagte er noch einmal, hingen davon ab, ob er mit der Staatsanwaltschaft kooperierte. Manny blieb bei seiner Geschichte. Miss Crainworth, die sichtlich überfordert war, blickte nur von einem zum anderen, als würde sie einem Pingpongspiel zuschauen.

Um fünf Minuten vor zehn wurde Manny in einen Raum geleitet, der sich wie ein Ballsaal ausnahm, riesig, mit einer hohen Decke, an der Kronleuchter funkelten, und mit weißen, reich verzierten Säulen vor hellblauen Wänden. Auf einer Seite standen Reihen von einfachen Holzbänken, auf denen Arbeiter saßen, die sich in ihrer Stadtkleidung nicht ganz wohl zu fühlen schienen. Einige zeigten mit den Fingern auf Manny, als er eintrat. Blitzlichter explodierten in sein Gesicht, während er in eine Bankreihe geführt wurde, die mit einem Messinggeländer umgeben war. Prawdin nahm vor ihm Platz. Miss Crainworth zwängte sich auf eine Bank in der ersten Reihe und klappte ein Notizbuch auf. Zwei Richter in dunklen Anzügen saßen hinter einem langen Tisch auf einem Podest. Um Punkt zehn erschien der Angeklagte durch eine schmale Seitentür. Kukuschkin, umgeben von KGB-Sicherheitsleuten, sah ausgezehrt und benommen aus. Sein Gesicht war ausdruckslos, die Augen müde und verquollen; er schloss sie immer wieder auffällig lange und erweckte den Eindruck eines Schlafwandlers. Er trug einen zerknitterten Anzug mit Krawatte, und seinen trippelnden Schritten nach zu urteilen, war er an den Knöcheln gefesselt. Einmal blickte er in Mannys Richtung, doch es war ihm nicht anzumerken, ob er ihn erkannte. Ein erzürntes Raunen erhob sich in den Zuschauerreihen, als Kukuschkin in die Anklagebank trat. Zum Schutz gegen die Blitzlichter legte er einen Unterarm über die Augen. Einer der Wärter packte sein Handgelenk und drückte den Arm nach unten. Der vorsitzende Richter, in schwarzer Robe und mit roter Filzmütze, betrat den Gerichtssaal. Alle im Raum erhoben sich. Manny wurde mit einem Stoß in den Rücken genötigt aufzustehen. Der Vorsitzende, ein weißhaariger Mann mit rot geränderten Augen und den Hängebacken eines Alkoholikers, nahm zwischen den beisitzenden Richtern Platz. «*Sadites poshalujsta*», rief der Gerichtsdiener. Die Zuschauer, die Anwälte und Gerichtsschreiber nahmen Platz. Die Sicherheitsleute, die den Angeklagten und Manny bewachten, blieben stehen. Der Staatsanwalt, ein junger Mann in einem maßgeschneiderten blauen Anzug, erhob sich und las die Anklage gegen Kukuschkin vor.

«Der Verräter Kukuschkin, angeklagt in der Strafrechtssache Nummer

18043, ist ein Opportunist», begann er mit vor Empörung triefender Stimme, «ein sittlich Verworfener, der sein Vaterland verraten hat. Er wurde von Agenten des imperialistischen Spionagedienstes angeworben, während er in der sowjetischen Botschaft in Washington Dienst tat. Dort beging er Landesverrat in der Absicht, die sowjetische Regierung zu stürzen und die Sowjetunion zu zerstören, damit der Kapitalismus wieder Fuß fassen könnte. Nach seiner Rückkehr nach Moskau wurde er dabei ertappt, wie er sich mit einem Agenten besagten imperialistischen Geheimdienstes traf. Angesichts der erdrückenden Beweislage hatte der Verräter Kukuschkin keine andere Wahl, als seine Verbrechen zuzugeben und ein Geständnis zu unterzeichnen.»

Manny beugte sich vor und tippte Prawdin auf die Schulter. «Was hat er gesagt?»

Prawdin drehte sich zu seinem Mandanten um und hauchte ihm seinen schlechten Atem entgegen, während er flüsterte: «Der Staatsanwalt hat gesagt, dass der Verräter Kukuschkin seine Verbrechen gestanden hat. Auch Ihnen bleibt nichts anderes übrig, wenn Sie Ihre Haut retten wollen.»

Der Staatsanwalt nahm Platz. Der Gerichtsdiener erhob sich und fragte: «Erklärt der Angeklagte sich für schuldig oder nicht schuldig?»

Kukuschkin stand auf. «Ich bekenne mich schuldig der Spionage, doch es war nicht meine Absicht, die Sowjetunion zu zerstören, damit der Kapitalismus wieder Fuß fassen kann. Meine Absicht war es, die Sowjetunion von der Unterdrückung durch eine herrschende Klasse zu befreien, die das Land wirtschaftlich ruiniert und die kommunistischen Ideale verzerrt.»

Der Staatsanwalt sprang auf und wedelte mit einer Ausfertigung von Kukuschkins Geständnis. «Wie kommt es dann, dass Sie in allen Anklagepunkten ein schriftliches Geständnis abgelegt haben?»

«Ich wurde dazu gezwungen.»

Die Zuschauer taten ihre Verblüffung hörbar kund. Der Staatsanwalt wandte sich an die Richter. «Angesichts dieses Widerrufs beantrage ich, die Verhandlung zu unterbrechen.»

«Stattgegeben», brummte der Vorsitzende.

Manny wurde wieder in den Warteraum geführt, wo ihm Kaffee und ein Sandwich mit irgendeiner undefinierbaren Wurst angeboten wurden. Zwei Stunden später saß er wieder im Gerichtsaal. Der Gerichtsdiener fragte Kukuschkin: «Erklärt sich der Angeklagte schuldig oder nicht schuldig?»

Kukuschkin hatte die Schultern hochgezogen und murmelte etwas. Der Vorsitzende wies ihn an, lauter zu sprechen. «Ich erkläre mich schuldig in allen Punkten. Ich gebe alles zu.»

Der Staatsanwalt sagte: «Was hatte dann Ihre Erklärung von vor zwei Stunden zu bedeuten?»

«Ich habe es nicht über mich gebracht, meine Schuld vor aller Öffentlichkeit zuzugeben», sagte Kukuschkin. «Ich wollte meinen Verrat in ein besseres Licht rücken. Hiermit übernehme ich die volle Verantwortung für mein kriminelles und verräterisches Verhalten.»

Der Staatsanwalt quittierte die Erklärung mit einem befriedigten Nicken. «Sie geben also zu, einem Agenten der *Central Intelligence Agency* Staatsgeheimnisse verraten zu haben?»

«Ja.»

«Geben Sie zu, sich mit besagtem Agenten an einem verabredeten Ort zu einer verabredeten Zeit in Moskau getroffen zu haben?»

«Ja.»

Der Vorsitzende schaltete sich ein. «Befindet sich der Agent der *Central Intelligence Agency*, mit dem Sie sich getroffen haben, in diesem Gerichtssaal?»

«Ja.» Kukuschkin hob einen Finger und zeigte auf Manny, ohne ihn anzusehen. «Er sitzt dort drüben.»

Der Staatsanwalt sagte: «Hochverehrtes Gericht, der Agent der *Central Intelligence Agency* ist nicht durch diplomatische Immunität geschützt und wird sich in einem gesonderten Prozess verantworten müssen. Der amerikanische Agent streitet ab, dass er nach Moskau geschickt worden ist, um den Verräter Kukuschkin dazu zu bewegen, sein perfides Verhalten in unserer Hauptstadt fortzusetzen. Er bestreitet darüber hinaus, des Russischen mächtig zu sein, obwohl unübersehbar ist, dass er dem hier Gesagten folgen kann, da er von einem Sprecher zum nächsten schaut.»

Der vorsitzende Richter wandte sich an Manny. «Kennen Sie den Verräter Kukuschkin?»

Prawdin drehte sich um und übersetzte für Manny die Frage, fügte dann in eindringlichem Flüsterton hinzu: «Das ist Ihre Chance, die Richter zu überzeugen, dass Sie die Wahrheit sagen. Der Verräter Kukuschkin hat sein Schicksal selbst besiegelt. Retten Sie sich.»

Manny stand auf. «Euer Ehren», sagte er. «Ich kenne den Angeklagten nicht. Ich bin Tourist. Ich hatte meine Gruppe aus den Augen verloren und wollte auf eigene Faust eine Besichtigungstour unternehmen. Auf dem Friedhof Nowodjewitschi bin ich dem Angeklagten zum ersten Mal in meinem Leben begegnet. Er hat mich in meiner Sprache angesprochen und mich gefragt, wie es mir in der Sowjetunion gefällt. Die Behauptung, ich wäre ein Agent der CIA, ist völlig aus der Luft gegriffen.»

Hinter dem Richter hatte eine ältere Frau Mannys Erklärung mitstenografiert und übersetzte sie jetzt ins Russische. Der Vorsitzende sagte: «Fürs Protokoll: Der Amerikaner bestreitet, ein Agent der CIA zu sein.» Er nickte dem Staatsanwalt zu. «Sie können Ihr Schlussplädoyer halten.»

Der Staatsanwalt erhob sich. «Ich ersuche das hohe Gericht, den Angeklagten schuldig zu sprechen, und beantrage die Todesstrafe. An dem Verräter Kukuschkin muss ein Exempel statuiert werden. Das Grab dieses verabscheuungswürdigen Verräters wird von Unkraut überwuchert werden. Doch auf uns und unser vom Glück gesegnetes Land wird weiter die Sonne scheinen. Wir werden weiter den Weg des Kommunismus beschreiten, der von allen schmutzigen Überbleibseln der Vergangenheit gesäubert wurde.»

Kukuschkins Verteidiger stand auf und wandte sich an die Richter. «Hohes Gericht, in Anbetracht des Geständnisses des Angeklagten Kukuschkin kann ich mich den Worten meines Kollegen im Großen und Ganzen nur anschließen. Ich bitte das Gericht jedoch zu berücksichtigen, dass der Angeklagte, wenn auch verspätet, ein volles Geständnis abgelegt hat, und zu einem gerechten Urteil zu gelangen.»

Fünfundzwanzig Minuten später kehrten die drei Richter in den Gerichtssaal zurück. Der Vorsitzende wies den Angeklagten an, sich zu erheben. «Möchten Sie noch etwas sagen, bevor ich das Urteil verkünde?»

Kukuschkin sagte mechanisch: «Mein persönliches Schicksal ist ohne Bedeutung. Was zählt, ist einzig und allein die Sowjetunion.»

Der Richter nahm seine rote Mütze ab und setzte sich eine schwarze auf. «Sergei Semjonowitsch Kukuschkin», intonierte er, «für Renegaten wie Sie haben die Menschen in der Sowjetunion nur tiefe Abscheu und Verachtung übrig. Tröstlich ist, dass Sie in unserer Gesellschaft ein vorübergehendes Phänomen darstellen. Sie sind allerdings ein deutliches Beispiel dafür, welche Gefahren nach wie vor in den Überbleibseln der Vergangenheit lauern und zu was sie sich auswachsen könnten, wenn wir sie nicht entschlossen und vorbehaltlos mit den Wurzeln ausreißen. Ich befinde Sie schuldig in allen gegen Sie erhobenen Anklagepunkten und verurteile Sie zum Tode durch Erschießen. Die Sitzung ist geschlossen.»

Die Zuschauer auf den Bänken beklatschten das Urteil begeistert. Kukuschkins ausdrucksloser Blick schweifte durch den Saal und ruhte einen flüchtigen Augenblick lang auf Manny. Der Hauch eines ironischen Lächelns umspielte seinen Mund. Einer der Wachleute tippte ihm auf den Arm. Kukuschkin drehte sich um, streckte die Hände vor, und Handschellen schnappten zu. Mit kleinen Schritten wegen der Fußfesseln schlurfte er aus der Anklagebank und verschwand durch die Tür.

Irgendwann in der frühmorgendlichen Stille wurde Manny aus einem unruhigen Schlaf gerissen, als sich eine Metalltür auf dem Korridor scheppernd schloss und Schritte vor seiner Zelle zu hören waren. Das Deckenlicht ging an. Ein Schlüssel drehte sich im Schloss, und Kukuschkin erschien an der Tür. Manny setzte sich auf der Pritsche auf und zog sich die Wolldecke unters Kinn. Noch immer an den Knöcheln gefesselt, betrat Kukuschkin langsam die Zelle und setzte sich ans Fußende der Pritsche.

«Hallo, Manny», krächzte er.

Manny wusste, dass das Gespräch abgehört, vielleicht sogar gefilmt wurde. Er wählte seine Worte mit Bedacht. «Wie ich höre, ist es nicht gut für Sie gelaufen. Ich möchte, dass Sie wissen ...» Seine Stimme brach ab.

Kukuschkins massige Schultern sackten nach unten. «Im Morgengrauen werde ich hingerichtet», sagte er.

Die Nachricht traf Manny wie ein Faustschlag. «Ich wünschte ... ich könnte irgendwas tun ...»

«Das können Sie.»

«Was?»

«Nicht für mich. Für Elena und meine Tochter –»

Manny sah die Qual in Sergeis Augen.

«In Sowjetrussland werden auch die direkten Angehörigen von Feinden des Volkes nicht verschont. Ich habe es natürlich abgestritten, aber sie gehen davon aus, dass meine Frau, sogar meine Tochter, von meinen ... Aktivitäten gewusst haben. Man will sie für fünfzehn Jahre in einen Gulag schicken. Mit ihrem kranken Herzen wird meine Frau das keine fünfzehn Tage überleben. Und meine Tochter wird den Verlust ihrer Mutter nicht überleben.»

«Ich verstehe nicht –»

«Hören Sie, Manny. Man hat mich hergeschickt, um Ihnen ein Geschäft vorzuschlagen. Es ist wichtig für die, in Anbetracht der internationalen Meinung, dass Sie öffentlich zugeben, ein CIA-Offizier zu sein.»

«Aber das bin ich nicht –»

Kukuschkin hob eine Hand. «Wenn Sie kooperieren, werden Elena und meine Tochter nicht bestraft werden. Ob es Ihnen gefällt oder nicht, das Schicksal der beiden liegt also in Ihren Händen.» Kukuschkin wandte den Kopf ab und biss sich auf die Unterlippe. Als er die Fassung wiedergewonnen hatte, sagte er: «Sie sind es mir schuldig, Manny. Und ich bitte Sie, diese Schuld zu begleichen. Ich flehe Sie an. Wenn Sie das für mich tun, kann ich ruhiger sterben, mit einem besseren Gewissen.»

Ein Wirrwarr von Gedanken und Gefühlen wirbelte Manny durch den

Kopf. Er blickte auf das Wrack eines Mannes, der zusammengesunken neben ihm saß. Dann nickte er elend. «Also schön», flüsterte er. «Ich werde tun, was getan werden muss.» Kukuschkin nickte und legte sich die flache Hand auf die Brust. «Ich danke Ihnen von ganzem Herzen», sagte er.

Manny blieb den Rest der Nacht wach, den Blick auf den Fensterschlitz oben in der Wand geheftet, angestrengt auf jedes noch so leise Ächzen oder Knirschen in dem gewaltigen Grab lauschend, das die Lubjanka darstellte. Er dachte an Leo Kritzky, allein in Angletons privatem Verlies; wenn es nach Manny ging, sollte Leo ruhig bis ans Ende seiner Tage im Gefängnis verfaulen. Das war die *Company* Kukuschkin schuldig. Als die Morgendämmerung in seine Zelle drang, hörte Manny, wie sich der Tod unten im Hof regte. Ein Karren auf eisenummantelten Rädern wurde in Position gerollt. Kurz darauf hörte man, wie sich eine Tür öffnete und ein Kommando Soldaten im Gleichschritt über die Pflastersteine marschierte. Ein Befehl hallte von den Steinwänden wider. Die Männer blieben stehen, stampften mit den Stiefeln auf und rammten die Gewehrkolben auf den Boden. Erneut wurden Befehle gebrüllt. Manny zog die Knie unters Kinn und hielt den Atem an. Unten im Hof wurden Gewehre durchgeladen. Eine Stimme, die Manny erst mit Verzögerung erkannte, schrie: «Sie sind es mir schuldig, Manny.» Eine Gewehrsalve krachte. Tauben flogen vom Dach des Gefängnisses auf und stoben in den aschfahlen Himmel. Als die Soldaten abmarschierten, hallte ein einziger Pistolenschuss wie ein Peitschenknall bis in Mannys Zelle. Der Karren rollte wieder über den Hof. Ein Wasserstrahl spritzte das Kopfsteinpflaster ab. Und dann vernahm Manny die erdrückendste Stille, die er je erlebt hatte.

Der Russe fragte, ob der Gefangene das aus dem Russischen übersetzte Geständnis lesen wolle, bevor er beide Fassungen unterschrieb. «Natürlich», sagte Manny. Er hielt das Blatt mit dem getippten Text ins Licht.

Ich, der Unterzeichnete, Immanuel Ebbitt, erkläre hiermit, dass die folgenden Sachverhalte den Tatsachen entsprechen. Erstens: Ich bin Mitarbeiter der amerikanischen *Central Intelligence Agency*. Zweitens: Ich war als CIA-Offizier für den sowjetischen Verräter Sergei Semjonowitsch Kukuschkin zuständig, der während seiner Dienstzeit als politischer Attaché in Washington zur amerikanischen Seite überlaufen wollte. Drittens: Ich wurde als Tourist getarnt nach Moskau geschickt, um dort mit dem Verräter Kukuschkin Verbindung aufzunehmen und ihn zu überreden, weiter für die CIA zu spionieren.

Manny überflog den Rest des Textes – er entsprach genau der russischen Fassung. Er hatte seine Verbindung zu Kukuschkin zugegeben, aber weder Informationen über Operationen noch die Namen von Offizieren und Agenten der CIA preisgegeben; nach dem Motto, wenig ist besser als gar nichts, hatte der KGB sich damit begnügt. Manny nahm den Füllfederhalter, der auf dem Schreibtisch bereitlag, und unterschrieb beide Fassungen. «Und wie geht's jetzt weiter?», fragte er.

«Jetzt bereiten wir den Prozess gegen Sie vor.»

«Ich hätte aber gern einen anderen Anwalt.»

«Genosse Prawdin ist einer der tüchtigsten Strafverteidiger in Moskau –»

«Ich stelle seine Tüchtigkeit nicht in Frage», sagte Manny. «Ich kann bloß seinen Mundgeruch nicht ertragen.»

7

WASHINGTON, D.C., SONNTAG, 8. SEPTEMBER 1974

Durch den Zigarettenqualm war Angleton nur noch undeutlich zu sehen. «Die *Prawda* hat ein Foto von dem Geständnis zusammen mit dem Artikel über die Hinrichtung des ‹Verräters Kukuschkin› abgedruckt», verkündete er. «Meine Leute haben die Unterschrift überprüft – sie sind überzeugt, dass es die von Manny ist.»

«Man muss ihn unter Drogen gesetzt haben», sagte Ebby. «Das ist die einzige Erklärung.»

Jack legte Ebby eine Hand auf die Schulter. «Es gibt noch andere Möglichkeiten», sagte er leise. «Es könnte sein, dass er ... gezwungen wurde. Mit körperlicher Gewalt. Oder er hat sich auf ein Geschäft eingelassen, das Geständnis für sein ...»

Jack brachte das Wort nicht über die Lippen. Angleton beendete den Satz für ihn. «Für sein Leben. Das wollten Sie doch sagen, nicht, Jack?»

«Danke für Ihre Unverblümtheit», sagte Ebby ruhig.

Angleton steckte sich wieder eine Zigarette zwischen die Lippen und zerknüllte die leere Packung. «Elliott, wie Sie neulich klargestellt haben, ist Ihr Sohn mündig – und er ist mit offenen Augen nach Russland gereist.»

«Stimmt», gestand Ebby ein. «Das Problem ist jetzt, wie wir ihn wieder rauskriegen – mit offenen Augen.»

Als der Amerikaner namens Immanuel Bridges nach dem Besuch des Kaufhauses GUM nicht zum Abendessen im Hotel *Metropole* erschienen war, hatte die Reiseleiterin von *Trailblazer* bei der US-Botschaft angerufen. In der Botschaft zeigte sich niemand über Gebühr beunruhigt; es kam öfters vor, dass ein amerikanischer Tourist vorübergehend verschwand. Einmal hatte sich ein Feuerwehrmann mit einer von den Prostituierten eingelassen, die in der Nähe des Kreml auf Freierfang waren, und war ein oder zwei Tage später wieder aufgetaucht, mit einem gewaltigen Kater und ohne Brieftasche. Dennoch hatte die Botschaft sich bei den nahe liegenden Stellen – bei der Miliz und in den Krankenhäusern – erkundigt. Als der Amerikaner am nächsten Morgen noch immer vermisst wurde, hatte die Botschaft das sowjetische Innenministerium und das State Department in Washington informiert, wo das Telegramm routinemäßig an die CIA weitergeleitet wurde. Sofort waren in Langley die Alarmglocken losgegangen, und die Sondereinheit Kukuschkin hatte sich gleich darauf in Ebbys Büro versammelt. Doch bislang hatten sie lediglich hypothetische Fragen. War es Manny gelungen, sich mit AE/PINNACLE zu treffen? War der KGB misstrauisch geworden und hatte Manny trotz aller Vorsichtsmaßnahmen beschatten können? Oder war der KGB irgendwie dahinter gekommen, dass Kukuschkin für die Amerikaner spionierte? War die Krankheit des Schwiegervaters eine Finte gewesen, um Kukuschkins Frau und Tochter und schließlich ihn selbst nach Moskau zurückzuholen, bevor die CIA die Familie in Sicherheit bringen konnte? Falls Kukuschkin tatsächlich verhaftet worden war, würde er beim Verhör zusammenbrechen? Würde er Manny belasten?

Zwei Tage nach Mannys Verschwinden erhielt die amerikanische Botschaft in Moskau vom sowjetischen Innenministerium die Nachricht, dass ein Amerikaner namens Immanuel Bridges wegen eines heimlichen Treffens mit einem sowjetischen Diplomaten festgenommen worden war. Elizabeth Crainworth (eine als Diplomatin getarnte CIA-Offizierin der Moskauer Dienststelle der *Company*) war ins Gefängnis Lubjanka geschickt worden, um mit dem Mann zu sprechen. Ohne zu wissen, dass sie es mit einem CIA-Agenten zu tun hatte (aus Sicherheitsgründen hatte man die Moskauer Dienststelle nicht informiert), berichtete sie anschließend, dass Bridges die Vorwürfe der Sowjets bestritt und weiterhin behauptete, er sei ein gewöhnlicher Tourist.

Associated Press hatte den Artikel in der *Prawda* über Kukuschkins Hinrichtung und den Abdruck von Mannys Geständnis aufgegriffen, was zur Folge hatte, dass die Öffentlichkeitsabteilung der *Company* mit Anrufen von Journalisten aus dem ganzen Land bombardiert wurde. Man verlangte eine Stellungnahme der CIA. Director Colby wurde durch einen Seiteneingang ins Weiße Haus geschleust, um einem wütenden Präsidenten Ford zu erklären, was sich die CIA dabei gedacht hatte, einen ihrer Offiziere ohne diplomatische Immunität in die Sowjetunion zu schicken.

In Langley rückten die älteren Agenten und Offiziere enger zusammen: Viele von ihnen boten Ebby moralische Unterstützung an, und Jack, Ebby und einige erfahrene Außendienstler suchten verzweifelt nach einer Lösung. Bei einem ihrer Treffen sprang Jack plötzlich auf. «Verdammt», rief er, «ich hab's. Wir tauschen Manny gegen jemanden aus, den der KGB haben will.»

«Gegen wen denn?», fragte Colby.

Ebby warf Jack einen Blick zu, dann sah er unsicher zu Bill Colby hinüber. «Na los, raus mit der Sprache, Elliott», drängte der Director.

«Wenn ich die Sache richtig sehe», sagte Ebby, «dann scheint außer Zweifel zu stehen, dass AE/PINNACLE ein echter Überläufer war, was bedeutet, dass seine Informationen echt waren.»

Jack sagte: «Es fällt mir nicht leicht, das zuzugeben, aber Jim hatte Recht – Leo Kritzky ist SASHA.»

Angleton folgte dem Gespräch mit schweren Lidern. «Moment mal», sagte er. «Jetzt begreife ich, worauf das hier hinausläuft. Die Antwort ist: nur über meine Leiche.»

Ebby wandte sich an Angleton. «Ich möchte Ihnen eine Frage stellen, Jim – haben Sie Leo kleingekriegt? Hat er zugegeben, dass er ein sowjetischer Agent ist?»

«Noch nicht.»

«Noch nicht», wiederholte Jack mit Blick auf Colby. «Jim hat Leo seit über drei Monaten in der Mangel, Director. Ich habe ihn vor kurzem besucht, und ich versichere Ihnen, er ist nicht in einem Luxushotel. Er trinkt aus der Kloschüssel. Wenn er jetzt noch nicht zusammengebrochen ist, dann wird er es auch nicht mehr. Er wird seine Unschuld beteuern, bis er in Jims privatem Kerker verfault.»

«Ich sehe, Sie sind kein Fliegenfischer», sagte Angleton träge. «Das überrascht mich nicht – Sie haben nicht die erforderliche Geduld. Verlassen Sie sich drauf, Kritzky wird zusammenbrechen. Am Ende brechen sie alle zusammen. Wenn es soweit ist, zapfe ich für die Gegenspionage eine Goldader an – dann erfahre ich, was er in all den Jahren verraten hat, die Identität des Führungsoffiziers, der als Starik bekannt ist, Einzelheiten der Operation mit dem Decknamen CHOLSTOMER –»

«Was machen Sie, wenn er nicht zusammenbricht?», wollte Jack von Angleton wissen.

Ebby sagte: «Sie haben nicht viele Möglichkeiten, Jim. Sie können ihn vor Gericht bringen – aber ohne Geständnis und ohne Schuldbekenntnis müssten Zeugen aufgerufen und *Company*-Geheimnisse preisgegeben werden. Natürlich könnten Sie ihn für den Rest seines Lebens hinter Schloss und Riegel behalten, was aber moralische und rechtliche Probleme

aufwerfen würde. Stellen Sie sich bloß mal vor, was das für einen Wirbel gibt, wenn jemand im Kongress oder die Presse die Geschichte an die große Glocke hängt: ‹CIA sperrt mutmaßlichen sowjetischen Maulwurf ohne fairen Prozess lebenslang ein.› Apropos Skandale, dagegen würde sich die Watergate-Affäre wie ein Verstoß wegen Falschparkens ausnehmen.»
Ebby wandte sich an Colby. «Der KGB dagegen könnte die Gelegenheit beim Schopf packen und Manny gegen Kritzky austauschen wollen –»
Colby schüttelte bedächtig den Kopf. «Wenn wir Kritzky den Sowjets ausliefern würden, was sollte sie daran hindern, ihn einer Horde westlicher Journalisten vorzuführen, um propagandistisches Kapital aus ihm zu schlagen? Er könnte weiterhin abstreiten, für die Russen gearbeitet zu haben, er könnte weiterhin sagen, er wäre widerrechtlich drei Monate lang unter unmenschlichen Bedingungen in einem CIA-Gefängnis eingesperrt gewesen. Seine Verbitterung und sein Zorn wären verständlich und würden erklären, weshalb er den Russen nun Geheimnisse verrät, die ich dem Kongress bislang vorenthalten konnte – die Identität unserer Agenten, Einzelheiten unserer laufenden Operationen, ganz zu schweigen von den Operationen, an denen er in den letzten dreiundzwanzig Jahren beteiligt war – Iran, Guatemala, Kuba, um nur einige zu nennen.» Der Director sah in Ebbys angespanntes Gesicht. «Damit eins klar ist – ich bin nicht grundsätzlich gegen den Austausch einer ihrer Leute gegen einen von unseren. Aber Kritzky kommt dafür nicht in Frage.»

Ebby stand auf, ging zum Fenster und starrte nach draußen. Colby fing an, seine Papiere einzusammeln. Jack fixierte Angleton über den Tisch hinweg. «Es gibt noch eine andere Möglichkeit», murmelte er.

«Und die wäre?», fragte Colby.

«Ich kenne noch jemanden, den wir gegen Manny austauschen könnten.»

Ein sehr dünner, schick gekleideter Mann Ende vierzig betrat die Herrentoilette in der Halle des Hotels *Hay-Adams* in der 16th Street. Er urinierte, wusch sich gründlich die Hände und trocknete sie mit einem Papierhandtuch. Vor einem der Spiegel nahm er seine dicke Brille ab, reinigte sie mit einem Taschentuch und setzte sie gemächlich wieder auf. Er rückte seine Fliege gerade und machte sich dann daran, mit einem Fingernagel Essensreste zwischen den Zähnen zu entfernen. Der Puertoricaner, der den Boden gewischt hatte, war mit seiner Arbeit fertig und verschwand mit Mop und Eimer, so dass der Mann jetzt allein im Toilettenvorraum war. Er ging zur mittleren Kabine, stieg auf den Klodeckel, griff in den Spülkasten und holte ein in ein Kondom gehülltes Päckchen hervor. Auf dem Weg zur Tür warf er das Kondom in den Abfalleimer und steckte das Päckchen in die Jacketttasche. Als er die Hotelhalle betrat, sah er sich einem halben Dutzend Männern gegenüber, die auf ihn warteten. Etwas abseits stand ein Kameramann, der die Szene filmte. Einer der Männer trat vor, zeigte einen Ausweis und eine Dienstmarke und stellte sich als FBI-Agent Sibley vor. Ein zweiter Agent legte dem Mann gekonnt Handschellen an. Hinter ihnen blieben Gäste und Angestellte des *Hay-Adams* stehen und gafften.

«Raymond Shelton, Sie sind festgenommen wegen des dringenden Verdachts, einen ausländischen Geheimdienst zum Schaden der Vereinigten Staaten mit geheimen Informationen zu beliefern», verkündete Sibley.

Shelton, der völlig verstört war, stotterte: «Das muss eine Verwechslung sein –»

Der FBI-Agent war sichtlich amüsiert. «Sie sind doch der Raymond W. Shelton, der bei der *National Security Agency* arbeitet?»

«Ja. Aber ich verstehe nicht –»

«Das werden Sie gleich.»

Vor laufender Kamera griff Sibley in Sheltons Tasche und nahm das Päckchen heraus. Er öffnete es und schüttete den Inhalt auf einen Tisch: ein Bündel Fünfhundert-Dollar-Scheine, vier Rollen Mikrofilme und ein leerer Zettel, den der Agent behutsam anfasste, um die Geheimschrift nicht zu verwischen, die sich darauf befinden könnte. Ein anderer Agent begann, Shelton seine Rechte vorzulesen: «Sie haben das Recht zu schweigen. Alles, was Sie sagen, kann gegen Sie verwendet werden ...»

Dichter Nebel hüllte die Havel ein, die Westberlin von dem in der sowjetischen Zone liegenden Potsdam trennte. Kurz nach Mitternacht kamen auf der Potsdamer Seite der Glienicker Brücke sieben Jeeps und ein schlammbespritzter Lkw mit den Sternen der Roten Armee auf den Türen angefahren. Der erste Jeep blinkte zweimal mit den Scheinwerfern. Auf der amerikanischen Seite der Brücke wurde das Signal erwidert. Russische Soldaten ließen die hintere Ladeklappe des Lkw herab, und ein großer, leicht gebeugt wirkender Mann in einem formlosen Regenmantel sprang auf die Straße. Der ihn begleitende russische Oberst blickte auf seine Armbanduhr, nickte dann zwei Soldaten zu, die sich rechts und links neben den Mann im Regenmantel stellten und mit ihm auf die Brücke gingen. Nach einem Viertel der Strecke blieben die beiden Soldaten stehen, und der Mann in Zivil ging weiter. Eine Gestalt kam von der anderen Seite auf ihn zu. Der Mann trug eine Brille mit dicken Gläsern. Die beiden Männer wurden langsamer, als sie einander auf der Brückenmitte passierten. Sie beäugten sich argwöhnisch und blieben stehen, um einige Worte zu wechseln.

«Sprechen Sie Russisch?», fragte der jüngere Mann.

Der zweite Mann, der ziemlich durcheinander zu sein schien, fuhr sich mit knochigen Fingern durch das schüttere Haar. «Nein.»

Der jüngere Mann lächelte unwillkürlich in sich hinein. «Na ja, Sie haben ja noch bis an Ihr Lebensende Zeit, es zu lernen, Sie Armer.»

Sobald der Mann mit Brille die sowjetische Seite erreichte, trat der russische Oberst auf ihn zu, um ihn zu begrüßen. «Willkommen in der Freiheit», rief er.

«Ich bin heilfroh, hier zu sein.»

Auf der amerikanischen Seite warteten ein Mann und eine junge Frau ungeduldig vor den aufgereihten Jeeps. Der Mann spähte durch ein Fernglas. «Ja, er ist es», sagte er.

Die Frau lief dem jungen Mann entgegen, der gerade von der Brücke kam. «Alles in Ordnung mit dir?», fragte sie atemlos und warf sich ihm in die Arme.

Die beiden umarmten sich lange. «Ja, mir geht's gut», sagte er.

Der Mann mit dem Fernglas trat zu ihnen. Die beiden Männer reichten sich die Hände und ließen lange Zeit nicht los. «Ich habe das elfte Gebot gebrochen», sagte der junge Mann.

«Es ist nicht deine Schuld», erwiderte der andere. «So überstürzt, wie sie ihn und seine Familie zurückgeholt haben, sieht das Ganze ziemlich geplant aus. Ich denke, sie waren misstrauisch geworden und haben uns ausgetrickst. Deine Mission war von vornherein zum Scheitern verurteilt.»

«Ich war für ihn verantwortlich, Dad. Und jetzt ist er tot. Jim Angleton hat Recht behalten – ich war zu unerfahren. Irgendwas muss ich falsch gemacht haben –»

Die drei gingen zu den Jeeps. «Ich weiß, wie du dich fühlst», sagte Ebby. «Auch mir ist es oft so ergangen. Das ist die schlimme Seite unseres Jobs.»

«Gibt es auch eine gute Seite?», fragte Nellie.

«Ja, die gibt's», entgegnete Ebby mit Nachdruck. «Wir machen einen schmutzigen Job, und meistens machen wir ihn richtig. Aber das klappt nun mal nicht immer.» Vom Fluss trieb Nebel heran. «Was uns bei der Stange hält», fügte er fast wie zu sich selbst hinzu, «ist die Überzeugung, dass eine Arbeit, die getan werden muss, auch mal schlecht getan werden kann.»

8

SANTA FE, SAMSTAG, 12. OKTOBER 1974

Jack nahm eine Frühmaschine von Dulles nach Albuquerque, mietete am Flughafen einen Wagen und fuhr nach Santa Fe. Er folgte, so gut es ging, der Wegbeschreibung, die der Zauberer ihm gegeben hatte, musste zweimal an einer Tankstelle nachfragen und fand schließlich die Bungalow-Anlage *East of Eden Gardens* im Osten der Stadt, am Rand eines Golfplatzes. Wie die Reklametafel an der Zufahrtsstraße glauben machte, erwartete einen das reinste Paradies, doch Jack beschlich der Verdacht, dass die Leute, die für die Werbung verantwortlich zeichneten, selbst nicht dort wohnten. Es war ihnen nicht zu verdenken. Bungalows aus falschen, merkwürdig versetzten Backsteinen verteilten sich auf dem Gelände, das von einem nüchternen Maschendrahtzaun mit Stacheldraht umgeben war, um die Latinos aus dem nahe gelegenen Española fern zu halten. Es hätte Jack nicht gewundert, wenn der Rasengürtel hinter dem Zaun mit Tretminen gespickt gewesen wäre. Der bewaffnete und uniformierte Wachmann, bei dem er sich am Haupttor ausweisen musste, hakte Jacks Namen auf einer Liste ab und sagte: «Ich habe eine Nachricht von Mr. Torriti für Sie. Wenn Sie nach elf und vor vier kommen, finden Sie ihn im Clubhaus.» Der Beschreibung des Wachmannes folgend, fuhr Jack über schmale Sträßchen, die nach verstorbenen Filmstars benannt waren, an einem nierenförmigen Swimmingpool vorbei.

«Jesus Christus, Harvey, ich wusste gar nicht, dass du mit Golf angefangen hast», sagte Jack, als er den Zauberer an der leeren Bar vor einem Scotch *on the rocks* sitzen sah.

«Hab ich auch nicht», erwiderte Torriti, während er mit weichen Fingern die Hand seines Lehrlings schüttelte und ihm einen freundschaftlichen Stoß gegen die Schulter gab. «Ich habe angefangen, in Golfclubs zu trinken. Wer hier einen Bungalow hat, ist automatisch Mitglied.

Mitglieder zahlen den ganzen Tag *Happy-hour*-Preise. Auch den ganzen Abend.»

Der Zauberer bestellte für Jack einen doppelten Scotch und noch einen für sich, und die beiden gingen mit ihren Drinks und einem Schälchen Oliven zu einem Tisch im hinteren Teil des menschenleeren Clubhauses.

«Wo sind die alle?», fragte Jack.

«Golf spielen», sagte Torriti grinsend. «Ich bin der Einzige hier, der keine Schläger hat.» Er deutete auf die Bungalows hinter dem nierenförmigen Pool. «Das hier ist eine Residenz für Ruheständler. Alles inklusive. Zimmerservice, man kann alles aus der Clubküche bestellen, wenn der Wasserhahn tropft, rufst du an, und ehe du aufgelegt hast, steht ein Handwerker vor der Tür. Ein halbes Dutzend Ehemaliger aus Langley wohnen hier; unsere Pokerrunde montagabends besteht nur aus Ex-*Company*-Leuten.»

«Abgesehen von Trinken und Pokern, wie vertreibst du dir hier am Ende der Welt sonst noch so die Zeit?»

«Das glaubst du mir nie.»

«Sag schon.»

«Ich lese Spionageromane», sagte Torriti. «Und wie läuft es bei dir so?»

«Kann nicht klagen», sagte Jack.

«Also, was führt dich nach Santa Fe? Erzähl mir nicht, du bist auf der Durchreise und willst nur ein bisschen quatschen. Das kauf ich dir nicht ab.»

Jack lachte. «Ich war neugierig, wie dem Boss der Berliner Basis das Rentnerdasein bekommt, Harvey.»

Torritis rot geränderte Augen tanzten vergnügt, als hätte er einen guten Witz gehört. «Das kann ich mir denken. Weshalb bist du noch hier?»

«Liest du Zeitung?»

«Brauch ich nicht. Alles, was meinen Ex-Arbeitgeber betrifft, kommt in den Nachrichten, und einer von meinen Pokerfreunden hält mich auf dem Laufenden.» Der Zauberer fischte einen Eiswürfel aus dem Glas und rieb sich damit über die Augenlider. «Das mit dem Typen von der NSA, den ihr gegen einen von uns ausgetauscht habt, hab ich mitbekommen, wenn du das wissen wolltest. In der Zeitung stand, er wäre ein Schreibtischhengst aus den unteren Chargen, aber ich bin nicht von gestern.»

Jack beugte sich vor und senkte die Stimme. «Er war Leiter einer Abteilung und für die Auswertung abgefangener russischer Nachrichten zuständig –»

«Was bedeutet, dass die Russen wussten, was wir abgefangen haben, was bedeutet, sie haben uns irgendwelchen Schwachsinn angedreht.»

Jack trank einen Schluck Scotch. «Aber sie wussten nicht, dass wir Bescheid wussten. Jetzt wissen sie's.»

«Wie seid ihr ihm auf die Schliche gekommen?»

«Durch jemanden aus der russischen Botschaft. Er wollte überlaufen, aber wir haben ihn überredet, bis zum Ende seiner Dienstzeit weiter für uns zu spionieren. Er hat uns zwei echte Brocken geliefert, Harvey – den NSA-Maulwurf und eine Reihe von Infos, mit denen Jim Angleton SASHA enttarnen konnte.»

Der Zauberer schüttelte beeindruckt den Kopf. «Wo liegt das Problem?»

«Wie kommst du darauf, dass es ein Problem gibt?»

«Sonst wärst du wohl nicht hier.»

«Irgendwas stört mich, Harvey. Ich dachte, wenn deine zuckende Nase noch funktioniert, könntest du mir vielleicht helfen herauszufinden, was.»

«Schieß los.»

«Wie ich schon sagte, Angleton hat SASHA mit Hilfe der Infos von dem potenziellen Überläufer enttarnen können. Er hatte uns gesagt, er wäre ihm sowieso dicht auf den Fersen gewesen, dass es nur eine Frage der Zeit war, bis er ihn eingegrenzt hätte. Die Infos von dem Russen hätten die Sache nur beschleunigt, sagt Angleton.»

«Nun spann mich nicht länger auf die Folter.»

Jack flüsterte jetzt. «Es ist Kritzky. Leo Kritzky.»

Torriti stieß einen Pfiff aus. «Der Chef der Sowjetabteilung! Donnerlittchen, wie bei Kim Philby, nur diesmal haben *wir* den Schlamassel am Hals.»

«Angleton hat Leo jetzt schon über vier Monate in der Mangel, aber er hat ihn nicht kleingekriegt. Leo beteuert seine Unschuld, und Angleton hat ihm noch kein Geständnis entlocken können.»

«Die Sache ist doch ganz einfach, Kumpel – alles hängt von eurem Informanten aus der russischen Botschaft ab. Macht mit ihm einen Lügendetektortest. Wenn er die Wahrheit gesagt hat» – Torriti zog die Schultern hoch – «eliminiert SASHA.»

«Wir können mit ihm keinen Lügendetektortest mehr machen», sagte Jack und erzählte, dass Kukuschkins Frau und Tochter plötzlich nach Moskau geflogen waren, weil sein Schwiegervater im Sterben lag, und dass Kukuschkin ihnen am Tag darauf gefolgt war.

«Ist der Schwiegervater gestorben?»

«Soweit wir wissen, ja. Es hat eine Beerdigung gegeben. Es hat einen Nachruf gegeben.»

Torriti winkte ab.

«Auch wir hatten so unsere Zweifel, Harv. Deshalb haben wir Kukuschkins Führungsoffizier nach Moskau geschickt, um mit ihm zu reden.»

«Ohne diplomatische Immunität.»

«Ohne diplomatische Immunität», gab Jack zu.

«Und er wurde hopsgenommen. Und dann hat er gestanden, dass er bei der CIA ist. Und dann habt ihr den NSA-Maulwurf gegen ihn ausgetauscht.»

Jack konzentrierte sich auf seinen Drink.

«Wer war der Führungsoffizier?»

«Elliott Ebbitts Sohn Manny.»

Torriti verzog das Gesicht. «Diesen Ebbitt hab ich nie leiden können, aber das tut hier nichts zur Sache. Was hat Manny erzählt, als er wieder hier war?»

«Er war bei Kukuschkins Prozess dabei. Er hat das Geständnis gehört. Er hat die Verurteilung gehört. Kukuschkin ist zu ihm in die Zelle gekommen und hat ihn gebeten, seine Familie zu retten, indem er sagt, dass er bei der CIA ist. So ist es zu Mannys so genanntem Geständnis gekommen – als Garantie dafür, dass Kukuschkins Frau und Tochter straffrei bleiben. Am frühen Morgen hat er gehört, wie Kukuschkin von einem Erschießungskommando exekutiert wurde –»

«Woher will er wissen, dass es dieser Kukuschkin war, der da exekutiert wurde?»

«Er hat noch etwas gerufen. Manny hat seine Stimme erkannt.»

Der Zauberer kaute auf einer Olive, spuckte den Kern in die hohle Hand und legte ihn in einen Aschenbecher. «Also, was stört dich daran, Kleiner?»

«Mein Magen. Weil ich umkomme vor Hunger.»

Torriti drehte sich zu der Latino-Frau um, die auf einem Hocker hinter der Kasse saß. «*Dos BLT's sobre tostado*, Schätzchen», rief er. «*Dos cervezas también.*»

Jack sagte: «Ich wusste gar nicht, dass du Spanisch kannst, Harvey.»

«Kann ich auch nicht. So, jetzt erzähl mir mal, wo dich wirklich der Schuh drückt.»

Jack spielte mit einem Salzstreuer, drehte ihn zwischen den Fingern. «Leo Kritzky und ich kennen uns seit ewigen Zeiten, Harv. Wir haben in Yale zusammengewohnt. Er ist der Patenonkel meines Sohnes, verdammt noch mal. Um es kurz zu machen, ich habe ihn in Angletons Kerker besucht. *Mother* lässt ihn da Wasser aus der Kloschüssel saufen.»

Der Zauberer schien unbeeindruckt. «Und?»

«Erstens: Er hat nichts zugegeben. Ich habe ihm einen Vorschlag gemacht, wie er nicht den Rest seines Lebens im Gefängnis schmoren müsste. Er hat gesagt, ich soll mich zum Teufel scheren.»

«Wenn du schon so viel Zeit und Geld geopfert hast, um hierher zu kommen, muss es noch ein Zweitens geben.»

«Zweitens: Leo hat etwas gesagt, das mir nicht mehr aus dem Kopf will. Er war absolut sicher, dass unser russischer Informant sich keinem Lügendetektortest unterziehen würde. Er hat gesagt, Kukuschkin würde entweder von einem Auto überfahren oder in einer dunklen Gasse überfallen oder unter irgendeinem plausibel klingenden Vorwand nach Moskau zurückgeholt werden. Aber er würde sich keinem Lügendetektortest unterziehen, weil er sich nie rüberholen lassen würde. Und zwar, weil er ein Falschinformant ist, der Angleton auf Kritzky hetzen soll, damit der echte SASHA ungeschoren bleibt. Und es ist alles genau so gekommen, wie Leo gesagt hat.»

«Ihr habt mit eurem Überläufer keinen Lügendetektortest machen können, weil er vorher zu einer Beerdigung nach Moskau geflogen ist. Danach wurde er verhaftet, zum Tode verurteilt und exekutiert.»

«Was denkst du, Harvey?»

«Tja, was denke ich?» Torriti überlegte. Dann legte er den Zeigefinger an die Nasenspitze. «Ich denke, die Sache stinkt.»

«Das denke ich auch.»

«Klar, dass du das denkst. Sonst wärst du nicht hier.»

«Was kann ich jetzt machen? Wie soll das angehen?»

Die Latino-Frau kam mit einem Tablett aus der Küche. Sie stellte die Sandwiches und die Biere auf den Tisch. Als sie gegangen war, nahm Torriti einen kräftigen Schluck Bier. Er fuhr sich mit einem Ärmel über die Lippen und sagte: «An deiner Stelle würde ich das Gleiche machen, was ich gemacht habe, als ich bei meiner Jagd auf Philby nicht weiterkam.»

«Und das wäre?»

«Setz dich mit dem Rabbi in Verbindung und schildere ihm dein Problem.»

«Ich wusste nicht, dass Ezra Ben Ezra noch unter den Lebenden weilt.»

«Er ist quicklebendig. Und er arbeitet noch, sein Hauptquartier ist ein *safe house* des Mossad am Rand von Tel Aviv. Hab ihn zuletzt vor acht Monaten gesehen, als er in Washington zu tun hatte – wir haben uns in Albuquerque getroffen, und er hat mich ausgehorcht, so gut es ging.» Der Zauberer nahm einen Bissen von seinem Sandwich, holte dann einen

Kugelschreiber hervor und schrieb eine Adresse und eine Telefonnummer auf ein Streichholzbriefchen. «Wenn ich dir einen Rat geben darf – es ist unhöflich, mit leeren Händen bei ihm aufzukreuzen.»
«Was soll ich ihm mitbringen?»
«Informationen. Und vergiss nicht, ihm *Schalom* vom Zauberer zu sagen.»
«Werd ich machen, Harvey.»

Die Mittagssonne brannte Jack im Nacken, als er sich einen Weg zwischen den Gemüseständen im Bezirk Nevei Tsedek nördlich von Jaffa bahnte, einem Viertel mit baufälligen Häusern, das um die Jahrhundertwende entstanden war, als sich die ersten jüdischen Siedler auf den Dünen des heutigen Tel Aviv niederließen. Er hatte die Ärmel seines schweißnassen Hemdes bis zu den Ellbogen hochgekrempelt, und sein Jackett baumelte schlaff an einem Zeigefinger über die rechte Schulter. Er überprüfte erneut die Adresse, die ihm der Zauberer aufgeschrieben hatte, und hielt Ausschau nach den Hausnummern an Geschäften und Türen. Schließlich wandte er sich an einen bärtigen Falafelverkäufer und sagte: «Ich suche Shabazi Street Nummer siebzehn, aber ich sehe an den Häusern keine Nummern.»
«Ich wünschte, ich hätte so gute Augen wie Sie», erwiderte der Falafelmann. «Erkennen zu können, dass die Häuser keine Nummern haben. Und das aus dieser Entfernung.» Er deutete mit der Nase auf ein Haus. «Nummer siebzehn ist das Betonhaus im Bauhaus-Stil mit dem antiquarischen Buchladen, da drüben, neben dem Schneider.»
«Danke.»
«Keine Ursache, Mister. Viel Vergnügen in Israel.»
Die dunkelhaarige junge Frau hinter dem Schreibtisch hob gleichmütig ihre Augen, als Jack den Buchladen betrat. «Vielleicht können Sie mir helfen», sagte er zu ihr. «Mir wurde gesagt, ich könnte Ezra Ben Ezra unter dieser Adresse finden.»
«Wer hat Ihnen das gesagt?»
«Ezra Ben Ezra, als ich ihn aus den USA angerufen habe.»
«Dann müssen Sie der Zauberlehrling sein.»
«Der bin ich.»
Die Frau schien amüsiert. «In Ihrem Alter müssten Sie es eigentlich schon zum richtigen Zauberer gebracht haben. Wie beschämend, ein Leben lang Lehrling zu sein. Der Rabbi erwartet Sie.» Sie drückte einen Knopf unter dem Schreibtisch. Zwischen zwei Bücherregalen öffnete sich

die Wand, und Jack trat durch die Lücke. Er stieg eine lange, schmale Betontreppe hinauf und gelangte direkt in den obersten Stock des Gebäudes, wo ein junger Mann mit Bürstenhaarschnitt gerade damit beschäftigt war, eine Uzi zu reinigen. Der Mann hob ein Handgelenk vor den Mund und flüsterte etwas, lauschte dann auf die Antwort, die blechern aus einem Mikro in seinem Ohr ertönte. Hinter ihm öffnete sich eine weitere Tür, und Jack gelangte in einen großen Raum mit Betonwänden und langen, schmalen Fensterschlitzen. Der Rabbi humpelte am Stock auf Jack zu, um ihn zu begrüßen.

«Wir sind uns mal in Berlin begegnet», sagte der Rabbi.

«Wie schmeichelhaft, dass Sie sich an mich erinnern», erwiderte Jack.

Ben Ezra deutete mit dem Stock auf ein Ledersofa und ließ sich selbst mühevoll auf einen Stahlstuhl mit gerader Lehne nieder. «Um die schreckliche Wahrheit zu sagen, ich kann mich nicht mehr so gut an Gesichter erinnern, aber ich vergesse niemals, wem ich mal einen Gefallen getan habe. Sie waren damals verantwortlich für einen Ostdeutschen mit dem Decknamen SNIPER, der sich als ein Physikprofessor namens Löffler entpuppte. Ha, ich sehe Ihnen am Gesicht an, dass ich den Nagel auf den Kopf getroffen habe. Löffler hat ein böses Ende genommen. Genau wie seine Kurierin RAINBOW.» Er schüttelte niedergeschlagen den Kopf. «Die jungen Leute heute wissen nicht mehr, dass Berlin ein Schlachtfeld war.»

«Es hat damals auf beiden Seiten des Eisernen Vorhangs viele Verluste gegeben», gab Jack zu. «Als wir uns in Berlin kennen lernten, waren Sie anders gekleidet –»

Ben Ezra wiegte bedächtig den Kopf. «Außerhalb von Israel kleide ich mich ultraorthodox. Das ist eine Art Verkleidung. Innerhalb von Israel kleide ich mich ultramodern, was meinen Geschäftsanzug erklärt. Kann ich Ihnen ein Glas frisch gepressten Mangosaft anbieten? Einen Jogurt vielleicht? Tee, mit oder ohne Eis?»

«Tee, mit, gern.»

«Gern», bestätigte Ben Ezra. «Zwei Tee, mit», brüllte er in den Nebenraum, wo etliche Leute an einem Küchentisch zu sehen waren. Hinter ihnen ratterten unermüdlich zwei Fernschreiber. Der Rabbi konzentrierte sich auf seinen amerikanischen Gast. «Also, was führt Sie ins Gelobte Land, Mr. Jack?»

«Ein Verdacht.»

«Das hat mir der Zauberer bereits am Telefon erzählt. Er hat gesagt, Sie hätten da ein ziemliches Problem.»

Eine dunkelhäutige junge Frau, ganz in Khaki gekleidet, stellte zwei

Gläser Tee mit klickenden Eiswürfeln darin auf den Couchtisch. Am Rand jedes Glases steckte eine Orangenscheibe. Sie sagte etwas auf Hebräisch, deutete auf ihre Armbanduhr und ging wieder. Ben Ezra kratzte sich nachdenklich das stopplige Kinn. Er nahm die Orangenscheibe vom Glas und saugte daran. «Vielleicht erzählen Sie dem Rabbi, was Ihnen so schwer im Magen liegt.»

Jack begann die Ereignisse bis zu dem plötzlichen Rückruf von Sergei Klimow (alias Kukuschkin) nach Moskau zu schildern. «Wir haben jemanden hinterhergeschickt, der mit ihm Kontakt aufnehmen sollte –»

«Aha, langsam dämmert's mir», sagte der Rabbi. «Das war dieser Witzbold ohne diplomatische Immunität. Euer Kontaktmann wurde festgenommen, Klimow-Kukuschkin vor Gericht gestellt und exekutiert, ihr habt euren Mann auf der Glienicker Brücke gegen den NSA-Maulwurf ausgetauscht.» Ben Ezra deutete auf den Eistee. «Trinken wir, bevor er warm wird.» Er hob sein Glas an die Lippen. «*L'chaim* – auf das Leben», sagte er und nahm einen geräuschvollen Schluck. «Sie denken, der Prozess und die Exekution dieses Klimow-Kukuschkin könnten fingiert gewesen sein?»

«Wir haben keinen Lügendetektortest mit ihm gemacht», antwortete Jack.

«Ich verstehe nicht, wie ich Ihnen helfen kann.»

«Hören Sie, Angleton ist überzeugt, dass Kukuschkin exekutiert wurde, weil er dann genauso echt ist wie die Informationen, die er uns gegeben hat. Ihr habt doch Möglichkeiten in Moskau, von denen wir nur träumen können. Ich habe mir gedacht, es könnte nicht schaden, sich die Sache noch einmal genauer anzusehen. Wenn Kukuschkin exekutiert wurde, dann muss es irgendwo ein Grab geben, dann muss es eine trauernde Ehefrau geben, die sich mit ihrer Tochter gerade so über Wasser hält.»

«Und wenn er nicht exekutiert wurde, wenn das Ganze reines Theater war, dann muss Klimow-Kukuschkin sich irgendwo weiter seines Lebens erfreuen.»

«Genau.»

«Wo sollte man Ihrer Meinung nach mit den Nachforschungen anfangen?»

«Kurz bevor die beiden festgenommen wurden, hat Kukuschkin unserem Mann erzählt, er wohne mit seiner Familie in einem Hotel, das für KGB-Offiziere reserviert sei, die sich vorübergehend in Moskau aufhalten.»

Runzlige Lider sanken über die vorquellenden Augen des Rabbi, während er sein Gedächtnis durchforstete. «Das müsste das *Alexejewskaja* sein, hinter der Lubjanka auf der Malenkaia-Lubjanka-Straße. Sie haben doch bestimmt Fotos von diesem Klimow-Kukuschkin und seiner Frau und seiner Tochter dabei, habe ich Recht?»

Jack zog ein Kuvert aus der Brusttasche. «Hier habe ich Kopien von Formularen, die ausländische Diplomaten bei ihrer Ankunft in Washington für das State Department ausfüllen müssen; ich habe noch ein paar Fotos beigelegt, die das FBI mit Tele aufgenommen hat. Wenn Ihre Leute etwas rausfinden, würde ich mich erkenntlich zeigen.»

Ben Ezra öffnete die Augen und richtete sie gespannt auf seinen Besucher. «Wie erkenntlich?»

«So viel ich weiß, ist einer der vom Mossad meist gesuchten Nazis Klaus Barbie –»

Die Stimme des Rabbi nahm einen zornigen Ton an. «Er war während des Krieges Gestapo-Chef in Lyon – Tausende von Juden hat er in die Vernichtungslager deportieren lassen. Der ‹Schlächter von Lyon›, wie er genannt wird, hat nach dem Krieg in Deutschland für die US-Armee gearbeitet. Dann ist er aus Europa geflohen und untergetaucht – wo, wissen wir nicht. Noch nicht.»

«Ich habe eine Akte in die Hände bekommen ... darin ist das lateinamerikanische Land erwähnt, in dem Barbie derzeit leben soll.»

Der Rabbi stellte seinen Stock auf den Boden und hievte sich hoch. «Sie wären nicht vielleicht zu einer Anzahlung für Dienste bereit, die Ihnen garantiert erwiesen werden?», fragte er.

Auch Jack erhob sich. «Barbie ist in Bolivien.»

Ben Ezra nahm ein Karteikärtchen und einen Kugelschreiber zur Hand und reichte beides Jack. «Schreiben Sie mir bitte eine Telefonnummer auf, unter der ich Sie in Washington erreichen kann, Mr. Jack. Sie hören von mir.»

Irgendwann nach Mitternacht schob eine grauhaarige Usbekin den Putzwagen durch die Doppeltür in die Halle des Hotels *Alexejewskaja*. Sie leerte die Aschenbecher in einen Plastikeimer und wischte sie mit einem feuchten Tuch aus, rückte die Stühle um die Cocktailtische gerade und polierte die Spiegel an den Wänden. Dann saugte sie die abgetretenen Teppiche in der Halle und schließlich hinter der Rezeption. Um nicht im Weg zu sein, ging der Nachtportier inzwischen wie üblich für eine Zigarettenlänge auf die Toilette. In den paar Minuten, die die Usbekin allein war, ließ sie den Staubsauger laufen, während sie den Holzkasten durchsah, in dem die Post gesammelt wurde, die den bereits abgereisten Hotelgästen nachgeschickt werden sollte. Im Nu fand sie das kleine Päckchen, das, wie man ihr gesagt hatte, in braunes Papier eingeschlagen und mit gelber Kordel verschnürt war. Das Päckchen, das ein Bote so spät gebracht hatte, dass es nicht mehr am selben Tag weitergeschickt werden konnte, war an Elena Antonowa Klimowa, Hotel *Alexejewskaja*, Malenkaia-Lubjanka-Straße, Moskau adressiert. Unten links hatte jemand auf das Päckchen geschrieben: «*Pereschlite Adressatu* – bitte nachsenden». «Hotel *Alexejewskaja*» war durchgestrichen und durch eine Adresse ersetzt worden, die nicht weit von der Metrostation Tschistye Prudy lag. Die Putzfrau schob das Päckchen in ihren Rockbund und staubsaugte weiter.

Sobald sie Feierabend hatte, brachte sie das Päckchen zu einem kleinen Laden für Gebrauchtkleidung in einer Seitenstraße im Arbat-Viertel. Mandel Orlew, der mit seinem jüngeren Bruder Baric den Laden betrieb, hatte in der typischen Bekleidung von KGB-Mitarbeitern – dunkler Anzug und dunkler Regenmantel – das Päckchen am Nachmittag zuvor im Hotel abgegeben. Erfreut, dass der Plan geklappt hatte, hatte er dann seine Aktentasche genommen, war mit der Metro zur Station Tschistye Prudy gefahren und zu Fuß zu der Adresse auf dem Päckchen gegangen. In einem kleinen Park mit Blick auf den Eingang des Hauses Ogorodnaja-Straße 12 setzte er sich auf eine Bank und nahm ein Buch aus seiner Aktentasche. In den folgenden Stunden kamen etliche Leute aus dem Haus oder gingen hinein, aber es war niemand dabei, auf den die Beschreibung von Klimow-Kukuschkin, seiner Frau Elena oder der Tochter Ludmilla passte. Als es schon dunkel wurde, löste Baric seinen Bruder Mandel ab und harrte noch bis nach zehn Uhr aus, als es ihm zu kalt wurde. Am nächsten und übernächsten Tag setzten die beiden Brüder abwechselnd die Überwachung fort. Erst am Morgen des vierten Tages wurden sie für ihre Geduld belohnt. Ein Zil mit Chauffeur hielt vor dem Haus, und ein Mann mit langen hellen Haaren und dem massigen Körper eines Ringkämpfers stieg aus dem Fond. Er schloss die Haustür auf und verschwand im Innern. Eine Dreiviertelstunde später kam er wieder heraus, gefolgt von einer kleinen, korpulenten Frau mit kurzem, grau meliertem Haar. Die beiden unterhielten sich einen Augenblick lang auf dem Bürgersteig, bis ein zierliches Mädchen von etwa acht Jahren aus dem Haus gelaufen kam. Die Eltern lachten fröhlich.

In dem Park rückte Mandel Orlew seine Aktentasche zurecht und drückte auf den Auslöser der Kamera, die sich unter der Klappe verbarg.

9

WASHINGTON, D.C., DONNERSTAG, 21. NOVEMBER 1974

Heftige Böen von der Chesapeake Bay peitschten die Bäume, gewaltige Wellen klatschten tosend an die Küste. Durch das Fenster seines Zimmers im zweiten Stock der Privatklinik beobachtete Leo Kritzky das Naturschauspiel. Seine Frau Adelle machte gerade auf der Kochplatte Wasser für den Kaffee heiß. «Du siehst schon viel besser aus», sagte sie, während sie den Bananenkuchen anschnitt, den sie gebacken hatte, und ihm ein Stück reichte. «Ein Unterschied wie Tag und Nacht.»

«Es kann nur noch bergauf gehen», erwiderte Leo.

«Erzählst du mir jetzt, was passiert ist?», fragte sie.

«Das haben wir doch schon alles durchgekaut», sagte Leo. «Ich kann nicht.»

Adelle blickte ihren Mann eindringlich an. Auch sie hatte gelitten, auch wenn das offenbar niemanden sonderlich interessierte. «Der Kongress hat heute das Gesetz für Informationsfreiheit gegen das Veto von Präsident Ford verabschiedet», sagte sie. «Das bedeutet, jeder Bürger der Vereinigten Staaten kann die CIA auf Herausgabe ihrer Geheimnisse verklagen. Aber mein Mann verschwindet für vier Monate und eine Woche spurlos, und als er wieder auftaucht, sieht er aus wie der leibhaftige Tod, und kein Mensch sagt mir, was passiert ist.»

Leo sagte: «So ist das nun mal, Adelle.»

Aus dem, was Jack gesagt – und was er nicht gesagt – hatte, hatte Adelle geschlossen, dass die *Company* für Leos Zustand verantwortlich war. «Das darfst du denen nicht durchgehen lassen», flüsterte sie.

Leo starrte zum Fenster hinaus und staunte darüber, dass Bäume so weit nach unten gebogen werden konnten, ohne zu brechen. Auch er war nicht gebrochen, obwohl er an manchen Tagen nahe daran gewesen war, das Geständnis zu unterzeichnen, das Angleton während der Verhöre stets auf dem Tisch liegen hatte; an dem Morgen, als er den Falter tot entdeckte, hätte er sich umgebracht, wenn er gewusst hätte, wie.

Es war auf den Tag einen Monat her, dass Jack und Ebby mit einem Arzt und einer Krankenschwester zu ihm in die Zelle gekommen waren, um ihn herauszuholen. «Du bist entlastet, alter Junge», hatte Jack bewegt gesagt. «Angleton und wir alle haben uns schrecklich geirrt.»

Ebby hatte Tränen in den Augen gehabt und nicht hinsehen können, als der Arzt Leo untersuchte. Die wenigen Haare, die er noch hatte, waren schmutzig weiß geworden, die blutunterlaufenen Augen lagen tief in den Höhlen, an Füßen und Bauch hatte er schorfige Ekzeme.

«Wo sind wir denn hier – bei der Gestapo?», hatte der Arzt gesagt, während er Leo den Puls fühlte. «Was habt ihr Kerle bloß mit ihm gemacht?»

Leo hatte für sie geantwortet. «Sie wollten die *Company* vor ihren Feinden verteidigen», hatte er leise gesagt. «Sie haben erst jetzt herausgefunden, dass ich kein Feind bin.»

«Man hat uns reingelegt», hatte Ebby bedrückt gesagt. «Wir müssen es irgendwie wieder gutmachen.»

Leo hatte Jack am Ärmel gezupft, während sie darauf warteten, dass die Krankenschwester einen Rollstuhl brachte. «Wie seid ihr drauf gekommen?», hatte er gefragt.

«*Du* bist drauf gekommen», hatte Jack gesagt. «Du hast prophezeit, dass unser Informant sich keinem Lügendetektortest unterziehen würde. Und so war es. Die Russen haben ihn unter einem Vorwand nach Moskau geholt, genau wie du vermutet hast. Dann haben sie ihn verhaftet, vor Gericht gestellt und exekutiert. Doch das Ganze war reines Theater, wie sich herausgestellt hat. Wir haben ermittelt, dass der Russe sich noch immer des Lebens freut, was bedeutet, dass er uns Falschinformationen untergeschoben hat. Aus irgendeinem Grund wollten sie, dass Angleton dich für SASHA hält.»

«Um ihn von der Spur des richtigen SASHA abzulenken», hatte Leo gemutmaßt.

«Vermutlich», hatte Jack zugestimmt.

«Und Angleton? Gibt er zu –»

«Seine Tage sind gezählt. Colby bietet ihm einen Posten als Dienststellenleiter an, um ihn aus Washington wegzukomplimentieren. Angleton klammert sich mit allen verfügbaren Kräften an die Gegenspionage. Aber er hat nicht mehr viele Verbündete.»

«Es ist nicht Angletons Schuld», hatte Leo gesagt.

Ebby hatte seinen Ohren nicht getraut. «Nach dem, was du durchgemacht hast, wie kannst ausgerechnet du –»

«Du selbst hast mehr als einmal gesagt, Eb, eine Arbeit, die getan werden muss, kann auch mal schlecht getan werden. Als Chef der Gegenspionage darf man keine Glacéhandschuhe tragen. Es ist ein dreckiger Job. Fehler sind unvermeidlich. Entscheidend ist, dass man keine Angst haben darf, welche zu machen.»

Jetzt, in seinem Zimmer der Privatklinik, goss Adelle dampfenden Kaffee in zwei Tassen. Sie reichte Leo eine, zog einen Stuhl heran und setzte sich neben ihn. «Ich wollte abwarten, bis es dir wieder besser geht», sagte sie. «Aber ich denke, wir müssen reden –»

«Worüber?»

«Über deine Einstellung. Jack hat durchblicken lassen, dass die Rechtsabteilung dir eine Entschädigung angeboten hat.»

«Jack sollte endlich lernen, den Mund zu halten.»

«Er und die anderen – sie sind ziemlich beeindruckt von deiner Einstellung. Offenbar hast du auf jeden Anspruch auf Entschädigung verzichtet.»

«Im Krieg werden immer wieder Soldaten aus Versehen durch die eigenen Truppen verwundet oder getötet. Ich habe noch nie gehört, dass jemand deshalb die Regierung verklagt hat.»

«Wir sind nicht im Krieg, Leo –»

«Da täuschst du dich aber gewaltig, Adelle. Du hast doch zum engen Mitarbeiterstab von Lyndon Johnson gehört, da müsstest du eigentlich wissen, dass da draußen ein Krieg tobt. Ich wurde durch eigene Truppen verwundet. Sobald ich wieder fit bin, kehre ich wieder in die Schlacht zurück.»

Adelle schüttelte ungläubig den Kopf. «Nach dem, was du durchgemacht hast – nach dem, was *die* dir angetan haben – nach dem, was die Mädchen und ich durchgemacht haben! –, weigerst du dich nach wie vor, die *Company* zu verlassen?» Sie blickte zum Fenster hinaus. Nach einer Weile sagte sie: «Nicht weit von hier haben wir unsere Flitterwochen verbracht.»

Leo nickte langsam. «Wir haben uns den Sonnenaufgang über der Chesapeake Bay angesehen ...»

«Unser gemeinsames Leben hat mit zwei Todesfällen begonnen – dein Hund und meine Katze. Und dann haben wir dem Tod den Rücken gekehrt und uns dem Leben zugewandt.» Ihr versagte die Stimme. «Es ist so viel auf einmal passiert ... mein Vater stirbt ... du verschwindest spurlos. Ich konnte nicht schlafen, Leo ... Ganze Nächte habe ich mich gefragt, ob du noch lebst, ob ich dich je wiedersehen würde. Über Wochen hatte ich das Gefühl, dass der Tod mir über die Schultern schaut. So kann es nicht weitergehen, Leo. Du musst dich entscheiden –»

«Adelle, du bist zu aufgewühlt. Lass uns Zeit –»

«Du musst dich entscheiden, Leo – die *Company* oder ich.»
«Bitte tu das nicht.»
«Ich bin fest entschlossen», sagte sie. «Ich wollte nur noch den richtigen Zeitpunkt abwarten.»
«Für solche Gespräche gibt es keinen richtigen Zeitpunkt.»
«Da hast du allerdings Recht. Also, Leo. Dann stelle ich dir jetzt eben die falsche Frage zum falschen Zeitpunkt. Wie lautet deine Antwort?»
«Ich werde die *Company* nicht verlassen. Es ist mein Job, und es ist das, was ich am besten kann – Amerika vor seinen Feinden beschützen.»
«Ich habe dich geliebt, Leo.»
Er registrierte die Vergangenheitsform. «Ich liebe dich noch immer.»
«Du liebst mich nicht. Und wenn doch, dann liebst du andere Dinge mehr.» Sie stand auf. «Du kannst das Haus behalten – ich ziehe in das Haus meines Vaters. Wenn du es dir anders überlegst ...»
«Das werde ich nicht – aber mit dem Herzen bin ich bei dir, Adelle. Bei dir und den Mädchen.»
«Dein Herz gehört vor allem deiner Arbeit – stimmt doch, oder, Leo?»
Sie nahm ihren Mantel vom Bett und ging zur Tür. Sie öffnete sie und sah sich noch einmal um. Sie betrachteten einander über die Kluft hinweg, die sie trennte. Hinter Leo rüttelte der Sturm wütend an den Fenstern. Als Leo sie nicht zurückhielt, drehte Adelle sich auf dem Absatz um und ließ ihre dreiundzwanzigjährige Ehe hinter sich.

Nellie, wunderschön in einem leuchtend gelben, eng anliegenden Kleid mit langen Ärmeln und hohem Kragen, stand bei Manny eingehakt, als der Friedensrichter die Heiratsurkunde mit Stempel und Unterschrift versah. «So, damit wäre alles erledigt», verkündete er. «Sie sind Mann und Frau. Möchten Sie vielleicht einen Lederrahmen für die Urkunde? Kostet zehn Dollar extra.»
«Gern», sagte Manny.
Nellie drehte sich strahlend zu ihrer Mutter und Ebby um, die hinter ihnen standen. Jack, Millie und ihr Sohn Anthony traten vor, um den Frischvermählten zu gratulieren. Ein halbes Dutzend Freunde von Manny aus der Sowjetabteilung, in Begleitung ihrer Frauen oder Freundinnen, gesellte sich dazu. Leo, der einen Tag die Klinik verlassen durfte, gab der Braut einen Kuss und schüttelte Manny die Hand. «Ich wünsche euch beiden ein langes und glückliches gemeinsames Leben», sagte er leise.
Elizabet rief: «Alle sind bei uns auf ein Glas Champagner und Kaviar eingeladen.»

«Ich werd mir mit Champagner einen antrinken», verkündete Anthony.

«Kommt nicht in Frage, junger Mann», sagte Jack.

Anthony, der vor seinem Patenonkel angeben wollte, entgegnete: «Du warst doch bestimmt auch mal betrunken, als du in meinem Alter warst.»

«Was ich mit vierzehn gemacht habe und was du mit vierzehn machst, sind zwei verschiedene Paar Schuhe», klärte Jack seinen Sohn auf.

Elizabet verteilte Säckchen mit Vogelfutter (auf Anweisung von Nellie, die gehört hatte, dass Reiskörner in Vogelmägen aufquollen und die Tiere daran sterben konnten), und die Frischvermählten wurden damit beworfen, als sie nach draußen kamen.

Die Hochzeitsgäste folgten in ihren Wagen hupend Mannys Pontiac, an dessen hinterer Stoßstange leere Blechdosen schepperten, zu Ebby und Elizabets Haus. Anthony, der im letzten Wagen neben Leo saß, beäugte das weiße Haar seines Patenonkels, das gerade anfing, wieder nachzuwachsen. «Dad hat gesagt, man hätte dich durch die Mangel gedreht, Leo», sagte der Junge. «Wie viel kannst du mir erzählen?»

Leo, den Blick konzentriert auf die Straße gerichtet, sagte: «Da hat Jack dir schon mehr erzählt, als ich dir erzählt hätte.»

«Ich brauche es nicht zu wissen, stimmt's?»

«Du machst Fortschritte, Anthony.»

«Na ja, schließlich will ich später auch mal zur *Company*, da kann ich mit dem Lernen nicht früh genug anfangen.» Er sah Leo eine Weile beim Fahren zu und sagte dann: «Die Eltern von ein paar aus meiner Klasse arbeiten in Langley. Manchmal treffen wir uns nach der Schule und tauschen Informationen aus. Natürlich passen wir auf, dass niemand was aufschnappen kann.»

Mit todernster Miene fragte Leo: «Sucht ihr auch das Zimmer nach Wanzen ab?»

Anthony war verblüfft. «Meinst du, das wäre notwendig?»

«Ich würde es dem KGB zutrauen, dass er die Sprösslinge abhört, um herauszufinden, was die Eltern im Schilde führen.»

«Macht ihr das denn auch in Moskau mit den Kindern von KGB-Leuten?» Anthony winkte ab. «Oh, tut mir Leid. Das brauche ich ja nicht zu wissen. Ich zieh die Frage zurück.»

«Und was für Informationen tauscht ihr so aus?»

«In der Zeitung stand, dass Manny gegen einen kleinen russischen Spion ausgetauscht wurde. Einer von uns hat aber mitbekommen, wie seine Eltern darüber gesprochen haben; sein Vater hat gesagt, der russische Spion wäre viel wichtiger, als die CIA behauptet.»

«Und worüber habt ihr sonst noch geredet?»

«Ein Mädchen in unserer Gruppe hat erzählt, ihr Vater ist Lügendetektorspezialist, und jemand mit dem Decknamen *Mother* hat ihn beauftragt, einen Lügendetektortest mit einem hochrangigen CIA-Offizier zu machen, den sie festgenommen haben und der in einer geheimen –»

Plötzlich wurde Anthonys Gesicht rot vor Verlegenheit.

«In einer geheimen was?»

Anthony fuhr mit gedämpfter Stimme fort: «In einer geheimen Zelle in Washington festgehalten wurde.»

«Und?»

«Und der Offizier hat weiße Haare bekommen, die ihm büschelweise ausgefallen sind –»

Eine Ampel vor ihnen sprang auf Rot, und Leo hielt an. Er blickte seinen Patensohn an. «Willkommen an der Grenze zwischen Kindheit und Erwachsensein. Wenn du später wirklich zur CIA willst, ist jetzt der Augenblick für dich gekommen, diese Grenze zu überschreiten. Geheimnisse zu bewahren ist nicht einfach, das ist das Problem. Manche geben Geheimnisse preis, um bei anderen Eindruck zu schinden. Wenn du lernst, Geheimnisse zu bewahren, hast du eine gute Chance, dass die CIA dich nimmt. Wir spielen in Langley keine Spielchen. Was du eben herausgefunden hast – braucht niemand zu erfahren.»

Anthony nickte ernst. «Meine Lippen sind versiegelt, Leo. Von mir erfährt keiner was. Das schwöre ich.»

«Schön.»

Ebby und Elizabet verteilten schon langstielige Gläser mit Champagner, als Leo und Anthony schließlich eintrafen. Leo nahm sich ein Glas und ein zweites für Anthony. Jack sagte: «He, Leo, er ist noch ein Kind – Alkohol ist noch nichts für ihn.»

«Er war ein Kind, als er zur Hochzeit gefahren ist», erwiderte Leo. «Auf dem Weg hierher ist er erwachsen geworden.»

«Auf das Hochzeitspaar», sagte Ebby und hob sein Glas.

«Auf das Hochzeitspaar», wiederholten alle im Chor.

Leo stieß mit Anthony an. Der Junge nickte, und die beiden tranken einen Schluck Champagner.

Später, als Manny gerade dabei war, eine weitere Flasche zu öffnen, kam Ebby aus seinem Arbeitszimmer nach unten. Er hatte ein kleines, in schlichtes Packpapier eingewickeltes Päckchen in der Hand und reichte es seinem Sohn. «Das ist mein Hochzeitsgeschenk für dich», sagte er. Vor den

Augen aller Gäste riss Manny das Papier ab, und zum Vorschein kam eine wunderschön gearbeitete Mahagonischatulle, die Ebby Jahre zuvor hatte anfertigen lassen. Manny öffnete die Schatulle. In den roten Filz eingepasst war ein britischer Webley-Revolver, in dessen poliertem Holzgriff das Jahr «1915» eingraviert war. Manny kannte die Geschichte der Waffe – es war der Revolver, den die jungen Albaner Ebby geschenkt hatten, bevor sie zu ihrer tödlichen Mission nach Tirana aufgebrochen waren. Er wog die Waffe in der Hand, blickte dann seinen Vater an. Elizabet, die von der Seite aus zusah, drückte sich den Handrücken an den Mund.

«Ich reiche sozusagen die Fackel an dich weiter», sagte Ebby.

Manny sagte: «Danke, Dad. Ich weiß, was die Waffe dir bedeutet. Ich werde nie vergessen, wo du sie herhast. Und ich werde sie stets in Ehren bewahren.»

Anthony flüsterte Leo zu: «Wo hat er denn die Knarre her, Leo?» Er sah das viel sagende Lächeln auf den Lippen seines Patenonkels und lächelte zurück. «Alles klar, vergiss, dass ich gefragt habe, ja?»

Leo fuhr auf dem Dolly Madison Boulevard in McLean, Virginia, vorbei an dem Schild «CIA – nächste rechts», das so häufig von Souvenirjägern stibitzt wurde, dass die *Company* es gleich dutzendweise nachbestellte, und bog dann an der nächsten Kreuzung ab. Am Pförtnerhäuschen hielt er an, kurbelte das Fenster runter und zeigte einem der Wachmänner seinen eingeschweißten CIA-Ausweis. (Leo hatte sich äußerlich so stark verändert, dass Jack ihm vorsichtshalber einen neuen Ausweis mit einem aktuellen Foto hatte ausstellen lassen.) Als er langsam die Zufahrtsstraße hinunterfuhr, sah er vor dem Haupteingang die Statue von Nathan Hale stehen (eine Idee von Director Colby) und steuerte dann auf die Tiefgarage zu, die für Abteilungsleiter und noch höherrangige Mitarbeiter reserviert war. Leo griff wieder nach seinem Ausweis, doch der Wachmann in seinem Häuschen winkte ab, als er den Leiter der Sowjetabteilung erkannte. «Schön, dass Sie wieder da sind, Mr. Kritzky», rief er über den Lautsprecher. «Der Director möchte, dass Sie umgehend in sein Büro kommen.»

Während Leo auf den privaten Aufzug des Director wartete, hörte er die Druckerpresse in einem Raum hinten in der Tiefgarage summen; auf dem Höhepunkt des Kalten Krieges war sie rund um die Uhr in Betrieb gewesen, um Geburtsurkunden, ausländische Pässe und Führerscheine sowie falsche Zeitungsausgaben und Propagandaflugblätter zu drucken. Als die Türen sich öffneten, betrat Leo den Aufzug und drückte den einzigen Knopf an der Metallleiste, woraufhin die Kabine sich in Bewegung setzte.

Er war tief in Gedanken, als der Aufzug vor der siebten Etage langsamer wurde, wo die Büros des Director lagen. Er war ein bisschen nervös, weil er nicht wusste, was ihn an seinem ersten Tag erwartete. Jack hatte ihn zwar darüber informiert, was für ein Unwetter sich wegen Angletons Brieföffnungsoperation HT/LINGUAL zusammenbraute; ein Reporter der *New York Times*, ein Mann namens Seymour Hersh, hatte Wind von der illegalen Sache bekommen, die zwanzig Jahre gelaufen war, bevor Colby sie 1973 endgültig einstellte, und es war jeden Tag damit zu rechnen, dass die Geschichte an die Öffentlichkeit kam. Alle in den oberen Etagen machten sich schon auf den großen Knall gefasst und auf dessen unvermeidliche Auswirkungen.

Die Fahrstuhltüren glitten auf. Leo hörte wogenden Applaus, und als er die Augen hob, sah er, dass ihm eine Überraschungsparty bereitet wurde. Colby, Ebby und Jack standen vor einem Meer aus Mitarbeitern, viele davon aus Leos Sowjetabteilung. Jacks Frau und Manny applaudierten etwas abseits und lächelten. Nur wenige von den Anwesenden wussten, wo Leo gewesen war, doch ein Blick auf den abgemagerten Mann, der aus dem Aufzug kam, musste wohl jedem klar machen, dass er die Hölle auf Erden hinter sich hatte. Er hatte so viel Gewicht verloren, dass ihm Hemd und Anzug lose am Körper hingen. Verdattert sah Leo sich um. Er entdeckte etliche bekannte Gesichter, doch Jim Angletons war nicht darunter. Leos Sekretärin und einige Frauen aus seiner Abteilung hatten Tränen in den Augen. Der Director trat vor und schüttelte ihm kräftig die Hand. Der Applaus verebbte. «Im Namen meiner Kollegen möchte ich Sie herzlich wieder in unserer Mitte willkommen heißen», sagte Colby. «Mit Ihrer Pflichterfüllung, Leo Kritzky, Ihrer Loyalität gegenüber der *Company*, Ihrer würdevollen Haltung in der schweren Zeit haben Sie für uns alle und für zukünftige Generationen von CIA-Offizieren hohe Maßstäbe gesetzt. Es liegt in der Natur der Sache, dass nur eine Hand voll der hier Anwesenden die Einzelheiten Ihres Martyriums kennt. Aber wir alle» – der Director deutete mit einem Armschwenk auf die Menge – «sind Ihnen zu unendlichem Dank verpflichtet.»

Erneut brandete Applaus auf. Sobald wieder Ruhe einkehrte, sprach Leo in die Stille hinein. Seine Stimme war heiser und leise, und alle mussten angestrengt lauschen, um ihn zu verstehen. «Als ich damals an Bord der *Company* kam – wir nannten sie noch *Cockroach Alley*, rund vierundzwanzig Jahre ist das jetzt her –, war ich von dem Gedanken beseelt, dem Land zu dienen, dessen Regierungsform für die Welt die beste Hoffnung zu verheißen schien. Als junger Mann hatte ich die Vorstellung, dass meine Arbeit hier so etwas wie eine Initiation sein würde oder dass ich an dramatischen Großtaten der Spionage oder Gegenspionage teilnehmen würde. Mittlerweile habe ich erkannt, dass es noch andere Arten gibt, meine Pflicht zu erfüllen, und dass sie nicht weniger wichtig sind, als in den Schützengräben des Spionagekrieges zu kämpfen. Wie schon der Dichter John Milton gesagt hat: *Es dient auch der, der nur verweilt und harrt.* Director, ich danke Ihnen für den herzlichen Empfang. So, jetzt möchte ich zurück an meinen Schreibtisch und mich wieder an den mühseligen Alltagskram machen, um den Kalten Krieg zu gewinnen.»

Der Applaus setzte wieder ein. Der Director nickte. Nach und nach verließ die Belegschaft den Raum. Schließlich waren nur noch Jack und Ebby da. Ebby schüttelte bloß bewundernd den Kopf. Jack öffnete den Mund, um etwas zu sagen, überlegte es sich dann anders und hob grüßend einen Finger. Er und Ebby machten sich auf den Weg in die Abteilung des DD/O im siebten Stock.

Leo holte tief Luft. Er war wieder zu Hause, und er war froh darüber.

Angleton stand da wie ein Junge, der zum Schulleiter zitiert worden war. «Was haben Sie diesem Hersh gesagt?», fragte er.

Colby war um seinen gewaltigen Schreibtisch herumgekommen, und die beiden Männer blickten einander jetzt dicht an dicht in die Augen. «Ich habe ihm gesagt, HT/LINGUAL war ein Spionageabwehrprogramm, mit dem ausländische Kontaktpersonen von amerikanischen Dissidenten aufgespürt werden sollten, dass es vom Präsidenten abgesegnet worden war und dass das ganze Brieföffnungsprogramm längst beendet worden ist.»

Angleton sagte verbittert: «Mit anderen Worten, Sie haben bestätigt, dass wir Briefe geöffnet haben.»

«Das brauchte ich gar nicht zu bestätigen», erwiderte Colby. «Hersh wusste es bereits.»

«Er hat nicht gewusst, dass es sich um ein Spionageabwehrprogramm gehandelt hat», fauchte Angleton. «Sie haben mich ans Messer geliefert.»

«Korrigieren Sie mich, wenn ich falsch liege, Jim, aber HT/LINGUAL ist auf *Ihrem* Mist gewachsen. *Ihre* Leute haben die Briefe geöffnet. *Ihre* Leute haben eine Kartei mit den Namen von 300 000 Amerikanern angelegt, die über einen Zeitraum von zwanzig Jahren Briefe in die Sowjetunion geschickt oder aus der Sowjetunion erhalten haben.»

«Wir hatten Grund zu der Annahme, dass der KGB mit seinen Agenten in Amerika auf dem gewöhnlichen Postweg kommuniziert hat. Wir wären doch blöd gewesen, wenn wir sie wegen ein paar alberner Gesetze ungehindert hätten schalten und walten lassen –»

Colby wandte sich ab. «Diese *albernen* Gesetze, wie Sie sie nennen, sind zufällig die Gesetze, die wir verteidigen, Jim.»

Angleton klopfte seine Taschen auf der Suche nach Zigaretten ab. Er fand eine und steckte sie sich zwischen die Lippen, war aber zu abgelenkt, um sie anzuzünden. «Es ist nicht vorstellbar, dass sich ein Geheimdienst, der für die Regierung arbeitet, an alle öffentlichen Anweisungen der betreffenden Regierung hält.»

Colby spähte zum Fenster hinaus auf die Landschaft von Virginia. Ein leichter Dunst schien von den Feldern aufzusteigen. Von seinem Büro im siebten Stock von Langley aus hatte es den Anschein, als würde die Erde schwelen. «Um eins klarzustellen, Jim. Die Aufgabe der Gegenspionage besteht darin, die russischen Geheimdienste zu infiltrieren und Überläufern Informationen zu entlocken. Für die Enttarnung von sowjetischen Maulwürfen innerhalb der CIA sind unsere Leute vom *Office of Security* zuständig. Und die machen ihre Sache gut. Also, wie viele Operationen führen Sie zurzeit gegen die Sowjets durch? Ich habe noch von keiner einzigen gehört. Sie hocken in Ihrem Büro, und mit Ausnahme von Kukuschkin schießen Sie jeden einzelnen sowjetischen Überläufer ab, den wir durch Glück oder durch gute Arbeit an Land ziehen. Und derjenige, den Sie nicht abschießen, entpuppt sich als ein Agent, der auf uns angesetzt wurde, um uns falsche Informationen unterzujubeln. Die Situation ist einfach untragbar.» Colby wandte sich wieder Angleton zu. «Die *Times* bringt übermorgen die Hersh-Story über Ihre inländische Spionageoperation. Das wird für uns kein Zuckerschlecken. Wir haben schon einmal darüber gesprochen, dass Sie Ihren Hut nehmen. Jetzt ist der Zeitpunkt gekommen, basta.»

Angleton riss sich die unangezündete Zigarette von den blutleeren Lippen. «Soll das heißen, Sie feuern mich?»

«Sagen wir, ich schicke Sie in den Ruhestand.»

Angleton strebte zur Tür, drehte sich dann wieder um. Seine Lippen bewegten sich, doch es kam kein Ton hervor. Schließlich brachte er heraus: «Philby und der KGB versuchen seit Jahren, mich zu zerstören – Sie machen sich zu deren Werkzeug.»

«Die Gegenspionage wird es weiterhin geben, Jim.»

«Sie begehen einen verheerenden Fehler, wenn Sie glauben, jemand anders könnte so ohne weiteres meine Arbeit machen. Um sich überhaupt ansatzweise im Sumpf der Gegenspionage zurechtzufinden, muss man erst mal elf Jahre lang alte Fälle studieren. Nicht zehn Jahre, nicht zwölf, sondern genau *elf.* Und wie gesagt, selbst dann ist man erst ganz am Anfang.» Colby wandte sich seinem Schreibtisch zu. «Wir werden tun, was wir können, um uns irgendwie ohne Sie durchzuwursteln, Jim. Danke, dass Sie so kurzfristig vorbeigeschaut haben.»

Die allwöchentliche Besprechung fand wie immer am Freitagmorgen um neun Uhr in dem kleinen Konferenzraum gegenüber von Colbys Büro unter Vorsitz des CIA-Chefs persönlich statt. Eingefunden hatten sich außer Ebby, Jack, Leo und Angleton die Leiter und führenden Mitarbeiter der verschiedenen Abteilungen. Der stellvertretende Chef der Abteilung für Politik und Psychologie skizzierte gerade ein grobes Porträt des libyschen Diktators Moamar al Gaddhaffi, der unlängst die weltweiten Rohölpreise durch Einschränkung der Ölexporte in die Höhe getrieben hatte. «Entgegen der weit verbreiteten Ansicht», sagte er, «halte ich Gaddhaffi nicht für psychotisch. Er hat eine Borderline-Persönlichkeitsstörung, was bedeutet, dass seine Verhaltensweisen zwischen verrückt und rational schwanken.»

«Nicht anders als bei so manchem von uns auch», witzelte der Director und erntete damit einen Lacher.

«Wenn der KGB eine psychologische Abteilung hat, dann hätte sie genau die gleiche Diagnose bei Nixon gestellt, als der 1970 in Kambodscha einmarschiert ist», sagte Leo, für den das die erste Besprechung seit seiner Rückkehr nach Langley war.

«Vielleicht die beste Voraussetzung für einen politischen Führer», warf Ebby ein. «So lässt sich nicht voraussagen, wie er sich in einer bestimmten Situation verhalten wird.»

Jack sagte: «Die Frage ist: Leiden die Gaddhaffis und Nixons an einer Borderline-Persönlichkeitsstörung – oder wollen sie nur den Eindruck erwecken?»

Der Director blickte am Kopfende des Tisches auf seine Uhr. «Diese interessante Frage müssen wir leider zurückstellen. Ich habe noch einen Punkt auf der Tagesordnung. Ich muss zu meinem großen Bedauern bekannt geben, dass Jim Angleton seinen Abschied eingereicht hat. Ich muss niemandem hier sagen, was er für die *Company* im Allgemeinen und für die Gegenspionage im Besonderen geleistet hat. Ich habe Jims Gesuch mit Bedauern angenommen. Aber er ist ein altes Schlachtross, und wenn jemand einen friedlichen Lebensabend verdient hat, dann er.»

Colbys Ankündigung stieß auf verblüfftes Schweigen. Ebby und Jack mieden es geflissentlich, einander anzusehen. Leo Kritzky starrte gedankenverloren zum Fenster hinaus. Der Director lächelte den Chef der Spionageabwehr an. «Möchten Sie ein paar Worte sagen, Jim?», fragte er.

Angleton, eine einsame und hagere Gestalt am traurigen Ende einer langen und glanzvollen Karriere, stand langsam auf. Geplagt von Migräne, legte er eine Hand an die Stirn. «Einige von Ihnen haben meinen Vortrag über das *Wesen der Bedrohung* schon öfters gehört. Für die, die ihn noch nicht kennen, gibt es keinen passenderen Schwanengesang.» Angleton räusperte sich. «Lenin hat einmal zu Felix Dserschinski gesagt: *Der Westen glaubt, was er glauben möchte, also werden wir ihm liefern, was er glauben möchte.*» Ohne die führenden Vertreter der *Company* anzublicken, fuhr Angleton fort. «Als ich in der Londoner Ryder Street arbeitete, habe ich gelernt, dass sich gefangene deutsche Agenten hervorragend dazu eigneten, die eigene Seite mit gezielten Falschinformationen zu füttern. Genau das machen die Sowjets seit Jahren mit dem Westen, und zwar mit einem raffiniert ausgelegten Netz aus eingeschleusten Agenten und als Überläufer getarnten Falschinformanten. Ich bin zu der Überzeugung gelangt, dass der Führer der britischen Labour Party, Hugh Gaitskell, der 1963 an *Lupus disseminatus* starb, von KGB-Spezialisten ermordet wurde. Der KGB benutzte das Lupus-Virus als Mordwaffe, um seinen Spion Harold Wilson an die Spitze der Labour Party zu bringen, damit er Premierminister werden konnte, was er zurzeit auch ist. Wilson, der vor seiner Wahl zum Regierungschef viele Reisen in die Sowjetunion unternommen hat, ist ein bezahlter Agent des KGB. Olof Palme, der derzeitige Ministerpräsident von Schweden, wurde während eines Besuchs in Lettland vom KGB angeworben. Willy Brandt, der bis Mai dieses Jahres westdeutscher Bundeskanzler war, ist ein KGB-Agent. Henry Kissinger ist eindeutig ein sowjetischer Agent. Alle diese Agenten haben eines gemeinsam: Sie sind Fürsprecher und Verteidiger der sowjetischen Entspannungsstrategie. Damit wir uns nicht missverstehen, Gentlemen, die Entspannung ebenso wie die von den Sowjets verbreiteten Märchen vom chinesisch-sowjetischen Bruch oder der Unabhängigkeit der italienischen Kommunistischen Partei von Moskau sind Teil eines Desinformationsplans, mit dem der Westen destabilisiert werden soll, der uns glauben machen soll, dass der Kalte Krieg gewonnen ist.»

Einige am Tisch blickten den Director beklommen an. Colby, der mit einer kurzen Abschiedsrede gerechnet hatte, brachte es nicht übers Herz, Angleton zu unterbrechen.

«Dubceks so genannter Prager Frühling», eiferte Angleton sich weiter, «war Teil dieser Desinformationskampagne; den Einmarsch der Warschauer Truppen 1968 in die Tschechoslowakei hatten Breschnew und Dubcek von vornherein geplant.» Der Chef der Gegenspionage wischte sich mit dem Handrücken über die trockenen Lippen. «Wenn die von mir skizzierten Tatsachen in unserem Geheimdienst nach wie vor auf höchster Ebene angezweifelt werden, dann ist das das Werk von SASHA, dem sowjetischen Maulwurf innerhalb der CIA, denn er hat die Beweise so manipuliert, dass viele hier Anwesende die offensichtliche Bedrohung nicht wahrhaben wollen. Und damit komme ich zu der gewaltigsten Intrige der Sowjets überhaupt. Sie hat das Ziel, die Wirtschaft der westlichen Industrienationen in eine derartige Krise zu stürzen, dass die Unruhe in der Bevölkerung letztlich zum Triumph von moskauorientierten Linksparteien führen wird. Hinter diesem langfristigen Plan des KGB, so meine Überzeugung, steckt niemand anders als der nahezu legendäre Führungsoffizier, der schon die Aktivitäten von Adrian Philby und heute die Aktivitäten von SASHA lenkt. Wir kennen nur seinen Decknamen Starik, was auf Russisch ‹der alte Mann› bedeutet. Der Plan sieht vor, Gelder aus dem Verkauf von sowjetischem Gas, Öl und Rüstungsmaterial abzuzweigen und auf Auslandskonten zu deponieren, damit sie für den Tag zur Verfügung stehen, an dem Starik mit dieser immensen Summe den Dollar attackieren wird. Ha, ich weiß genau, dass Sie das für weit hergeholt halten.» Angletons Lider begannen zu flattern. «Ich habe herausgefunden, dass der Patriarch von Venedig, Kardinal Albino Luciani, Berichte untersucht, denen zufolge Gelder auf die Vatikanbank eingezahlt und dann weiter auf verschiedene Auslandskonten transferiert werden. Die Geldwaschoperation trägt den russischen Decknamen CHOLSTOMER.»

Als würde er aus einem Trancezustand erwachen, öffnete Angleton die Augen und sprach schneller weiter. «Diese Informationen wurden mir allerdings nicht auf einem Silbertablett gereicht. Weit gefehlt. Ich verdanke sie der Tatsache, dass ich meine Aufmerksamkeit über Jahre auf Details gerichtet habe, denen sonst niemand Beachtung schenkt. Denn dafür bedarf es einer unendlichen Geduld ...»

Der Director erhob sich und sagte betont ruhig: «Danke, Jim.» Besorgt aussehend, drehte Colby sich um und verließ den Raum. Einer nach dem anderen folgte ihm, bis nur noch Leo und Angleton übrig waren.

«Ich weiß, dass Sie es sind», murmelte Angleton. Kummerfalten durchfurchten seine Stirn. «Ich sehe jetzt alles ganz klar – Sie sind wirklich SASHA. Starik hat Kukuschkin geschickt, damit er mir Informationen zuspielt, mit denen ich Sie enttarnen kann, weil er wusste, dass es nur noch eine Frage der Zeit war, bis ich Ihnen auf die Schliche gekommen wäre.

Dann hat Starik Kukuschkin in einem Scheinprozess zum Tode verurteilen und seine Exekution vortäuschen lassen, weil er ebenfalls wusste, dass wir der Sache nachgehen würden; wir sollten herausfinden, dass Kukuschkin noch am Leben war, womit Sie freikommen würden und meine Glaubwürdigkeit zerstört war. Der Plan war, mich zu ruinieren, bevor ich SASHA identifizieren konnte ... bevor ich CHOLSTOMER aufdecken konnte.»

Leo schob seinen Stuhl zurück, stand auf und sagte: «Ich trage Ihnen nichts nach, Jim. Alles Gute.»

Im roten Licht der Dunkelkammer wirkte Stariks Haut fluoreszierend – einen Augenblick lang hatte er das unheimliche Gefühl, dass seine Hände aussahen wie die des einbalsamierten Leichnams von Lenin im Mausoleum auf dem Roten Platz. Unter Stariks durchscheinenden Fingern kamen allmählich Einzelheiten auf dem Fotopapier in der Entwicklerschale zum Vorschein. Mit einer Zange nahm er den Abzug aus dem Bad und hielt ihn unter die rote Lampe. Das Foto war unterbelichtet, zu blass; die Details, die er erhofft hatte, waren kaum zu erkennen.

Die Arbeit in der Dunkelkammer hatte Starik wieder beruhigt. Wutentbrannt war er aus dem Kreml nach Hause gekommen und hatte sogar einer der Nichten einen Klaps gegeben, weil sie sich die Lippen geschminkt hatte. Leonid Iljitsch Breschnew, Generalsekretär der KP, hatte den Mut verloren und sich durch nichts mehr umstimmen lassen. Das erste Mal hatte Starik Breschnew im Jahr zuvor über CHOLSTOMER informiert. Der Generalsekretär war von der Akribie beeindruckt gewesen, mit der das Projekt über einen Zeitraum von zwanzig Jahren geplant worden war; ebenfalls beeindruckt hatte ihn, dass ungeheure Summen in harten Devisen mit unendlicher Geduld und in relativ kleinen Beträgen gehortet worden waren, um nicht die Aufmerksamkeit der westlichen Geheimdienste zu erregen. Das Potenzial von CHOLSTOMER hatte Breschnew ins Träumen gebracht, und er hatte sich ausgemalt, wie er dastehen würde, wenn die kapitalistischen Demokratien während seiner Amtszeit untergingen und der Sowjetsozialismus auf dem ganzen Globus triumphierte. Die Geschichtsbücher würden ihn auf eine Stufe mit Marx und Lenin stellen; Breschnew würde als der russische Herrscher gelten, der die Sowjetunion im Kalten Krieg zum Sieg geführt hatte.

Umso unverständlicher war seine jetzige Zurückhaltung. Starik hatte von seinem direkten Vorgesetzten, dem KGB-Vorsitzenden Juri Andropow, sowie vom Komitee der Drei, dem geheimen Politbüroausschuss, der Geheimdienstinitiativen politisch abklopfte, grünes Licht für das Projekt erhalten, woraufhin er sich an den Kreml gewandt hatte, um die letzte Hürde zu überwinden. Er hatte Breschnew mit kühler Leidenschaft seine Argumente vorgetragen. Die amerikanische Inflation war höher denn je, und die Verbraucher bekamen die schlechte Lage zu spüren: Zucker zum Beispiel hatte sich um das Doppelte auf zweiunddreißig Cent das Pfund verteuert. Der Dow Jones war von 1003 Punkten zwei Jahre zuvor auf 570 gesunken. Der drastische Preisanstieg beim Rohöl nach dem Krieg im Nahen Osten im Jahre 1973 (von 2,50 Dollar pro Barrel auf 11,25 Dollar) setzte der amerikanischen Wirtschaft besonders zu; ein Angriff auf den Dollar hätte gute Aussichten, die Krise zu beschleunigen und die Wirtschaft in eine Rezessionsspirale zu stürzen, von der sie sich nicht mehr erholen würde. Obendrein war der einzige Amerikaner, der die sowjetischen Absichten hätte aufdecken können, diskreditiert und in den Ruhestand geschickt worden. Die Voraussetzungen, CHOLSTOMER zu starten, könnten nicht günstiger sein.

Breschnew hatte in einem Korbrollstuhl gesessen, eine Wolldecke bis unter die Arme, einen kleinen Heizstrahler an den Füßen und einen pelzgefütterten Morgenmantel bis zum Hals zugeknöpft, und hatte sich geduldig angehört, was Starik zu sagen hatte. Dann hatte er langsam den massigen Kopf geschüttelt. Chruschtschow habe durch die Stationierung von Mittelstreckenraketen auf Kuba versucht, die Amerikaner zu destabilisieren, rief der Generalsekretär seinem Besucher in Erinnerung. Starik wusste so gut wie er, wie die Episode ausgegangen war. John Kennedy hatte sich bis an den Rand eines Krieges gewagt, und ein gedemütigter Chruschtschow hatte die Raketen wieder abziehen müssen. Das Politbüro – Breschnew in vorderster Front – hatte die entsprechenden Konsequenzen gezogen und Chruschtschow zwei Jahre später in den Ruhestand geschickt.

Breschnew hatte den Heizstrahler mit dem Fuß beiseite gestoßen und war mit dem Rollstuhl hinter seinem riesigen Schreibtisch hervorgekommen, auf dem sieben Telefone und ein klobiges englisches Diktafon standen. Seine buschigen Augenbrauen wölbten sich vor Konzentration und die Hängebacken zuckten nervös, als er Starik mitteilte, dass er nicht vorhabe, wie Chruschtschow zu enden. Er habe sorgfältig über CHOLSTOMER nachgedacht und sei zu der Überzeugung gekommen, dass ein wirtschaftlich geschwächtes Amerika auf einen Versuch, den Dollar zu attackieren, wie eine in die Enge getriebene Katze reagieren würde: Washington würde einen Krieg mit der Sowjetunion provozieren, um die amerikanische Wirtschaft zu retten. Schließlich, so hatte er Starik belehrt, habe der Große Krieg die amerikanische Wirtschaft aus der großen Depression nach dem Börsenkrach im Jahre 1929 gerettet. Wenn die Wirtschaft angekurbelt werden musste, so meinten die Amerika-Experten im Kreml, würden die Kapitalisten stets zum Mittel des Krieges greifen.

Breschnew hatte CHOLSTOMER nicht endgültig begraben. Vielleicht würde er in fünf oder sieben Jahren, wenn die Sowjetunion ihre Vergeltungsschlagkraft so weit ausgebaut hatte, dass sie die USA von einem Erstschlag abschrecken könne, das Projekt noch einmal überdenken. Jedenfalls war es von Vorteil, so einen Trumpf in der Hand zu haben, und wenn auch nur, um die Amerikaner daran zu hindern, die sowjetische Wirtschaft auf ähnliche Weise anzugreifen.

Starik stellte die Zeituhr des Vergrößerungsgeräts auf sieben Sekunden, belichtete das Fotopapier und tauchte es in den Entwickler. Augenblicke später kamen die Details zum Vorschein. Zuerst die Nasenlöcher, dann die Augen- und Mundhöhlen, schließlich die knospenden Brustwarzen. Starik nahm den Abzug heraus und legte ihn ins Fixierbad. Er betrachtete die Vergrößerung kritisch und war mit dem Resultat einigermaßen zufrieden.

Fotografieren und Geheimdienstoperationen hatten seltsamerweise vieles gemein. Bei beiden ging es darum, das Bild zu visualisieren, bevor man es machte, dann musste man versuchen, ein Ergebnis zu erzielen, das dem, was man sich vorgestellt hatte, möglichst nahe kam. Dazu bedurfte es unendlicher Geduld. Starik tröstete sich mit dem Gedanken, dass sich seine Geduld auch bezüglich CHOLSTOMER auszahlen würde. Breschnews Zeit würde irgendwann ablaufen. Er hatte zu Anfang des Jahres eine Reihe kleinerer Schlaganfälle gehabt und wurde seitdem rund um die Uhr ärztlich betreut. Andropow, Leiter des KGB und Mitglied des Zentralkomitees, hatte Starik bereits anvertraut, dass er sich als Breschnews Nachfolger sah. Und Andropow war ein glühender Befürworter von CHOLSTOMER.

Der erste Dezember-Schneesturm heulte draußen vor den Fenstern, als Starik sich am Abend auf das große Bett setzte, um den Nichten ihre Gutenachtgeschichte vorzulesen. Eine einzige Kerze brannte auf dem Nachttisch. Starik hielt die zerfledderte Seite in das flackernde Licht und las die letzten Zeilen eines weiteren Kapitels. «*Alice rannte ein Stück in den Wald hinein und blieb dann unter einem großen Baum stehen. ‹Hier kann sie mir nichts anhaben›, dachte sie, ‹dazu ist sie viel zu groß, als dass sie sich zwischen den Bäumen durchzwängen könnte. Wenn sie nur nicht so mit den Flügeln schlagen wollte – das bläst ja wie ein richtiger Wirbelwind durch den Wald ...›*»

Die Nichten, die sich eng aneinander kuschelten, seufzten wie aus einem Munde. «Bitte, bitte, lies noch was», flehte Revolución.

«Ja, Onkel, du musst noch was lesen, sonst können wir nicht schlafen vor Angst», sagte Axinya.

«Wenn du uns nichts mehr vorlesen willst», fiel die engelhafte blonde Tscherkessin mit ein, «dann musst du aber noch ganz lange bei uns bleiben.»

Starik wollte vom Bett aufstehen. «Tut mir Leid, aber ich muss noch Akten lesen», sagte er.

«Bleib, bleib, bitte bleib», riefen die Mädchen zusammen. Und sie klammerten sich verspielt an den Saum seines Nachthemds.

Lächelnd machte Starik sich frei. «Damit ihr müde werdet, Mädchen, müsst ihr tiefer in das Wunder von Alice' Wunderland eintauchen.»

«Wie sollen wir das denn machen, wenn du uns nichts mehr vorliest?», fragte Revolución.

«So schwierig ist das nicht», versicherte Starik ihnen. Er beugte sich über den Nachttisch und blies die Kerze aus, so dass es im Raum stockdunkel wurde. «So, jetzt versucht alle mal ganz fest, euch vorzustellen, wie die Flamme einer Kerze aussieht, nachdem die Kerze ausgeblasen wurde.»

«Ich kann sie sehen!», rief die blonde Tscherkessin.

«Ja, sie ist ganz schön», stimmte Revolución zu, «ich seh sie mit geschlossen Augen.»

«Die Flamme der ausgeblasenen Kerze sieht genau so aus wie das Licht eines Sterns in der Ferne, um den herum Planeten kreisen», sagte Axinya verträumt. «Einer von den Planeten ist ein Wunderland, wo kleine Nichten Spiegelkuchen essen und sich an Sachen erinnern, die in der übernächsten Woche passiert sind.»

ZWISCHENSPIEL

DER KALABRIER

Alice dachte schaudernd: «Nicht um alles hätte ich das für ihn ausrichten mögen!»

LEWIS CARROLL, *Alice hinter den Spiegeln*

CIVITAVECCHIA, DONNERSTAG, 28. SEPTEMBER 1978

Um sechs Uhr vierzig machten die Matrosen unter einem düsteren morgendlichen Himmel die Leinen los, und die *Wladimir Iljitsch* legte ab. Ein Pfiff ertönte, und die sowjetische Flagge am Heck wurde gehisst. Ein italienischer Schlepper zog den Frachter, der Fiat-Motoren, schwere Drehmaschinen und Kühlschränke geladen hatte, aus dem Hafen, warf dann die Trossen ab, und das Schiff glitt hinaus auf die offene See. Auf der Brücke, achtern vom Ruderhaus, stand eine schlanke Gestalt mit einem dünnen weißen Bart und sah zu, wie die italienische Küste sich in eine schwache Linie am Horizont verwandelte. Starik war seit Mitternacht auf den Beinen und hatte sich im Lagerhaus mit endlosen Tassen Espresso wach gehalten, während er darauf wartete, dass ihm der Bote die Nachricht überbrachte, dass die Bedrohung für CHOLSTOMER beseitigt worden war. Um siebzehn Minuten nach drei Uhr morgens hatte ein schmutziges Fiat-Taxi vor der Seitentür gehalten. Der Kalabrier, der deutlich hinkte, war ins Lagerhaus gekommen. Er hatte Starik zugenickt und gesagt: «*La cosa è fatta.*» Stariks Nichte Maria-Jesus, die halb Italienerin, halb Serbin war, hatte übersetzt: «Er sagt, die Sache ist erledigt.»

Aus den tiefen Taschen seines Dominikanerhabits holte der Kalabrier das kleine Metallkästchen mit der Spritze, das Glas mit den Resten vergifteter Milch, das Fläschchen, in dem Milch ohne Betäubungsmittel gewesen war, die Gummihandschuhe und den Dietrich und legte alles auf einen Tisch. Dann reichte er dem Russen eine braune Akte, auf deren Deckel das Wort CHOLSTOMER geschrieben stand. Starik winkte mit einem Finger, und das Mädchen übergab dem Kalabrier eine Segeltuchtasche, die eine Million Dollar in gebrauchten Scheinen enthielt. Der Kalabrier öffnete die Tasche und befühlte die Geldbündel, die jeweils mit einem dicken Gummiband zusammengehalten wurden. «Wenn Sie meine Dienste wieder benötigen», sagte er, «so wissen Sie ja, wie Sie mich finden.»

Während auf der *Wladimir Iljitsch* noch die Vorbereitungen zum Auslaufen getroffen wurden, legte ein kleines Fischerboot von einem Kai in der

Nähe ab und nahm Kurs auf Palermo. An Bord waren der Kalabrier und sein korsischer Taxifahrer. Starik spähte durch ein Fernglas und sah die beiden an Deck stehen; einer von ihnen schützte die Flamme eines Streichholzes mit der hohlen Hand, damit der andere eine Zigarette anzünden konnte. Das Radio im Ruderhaus spielte venezianische Mandolinenmusik, die plötzlich für eine wichtige Meldung unterbrochen wurde. Maria-Jesus übersetzte für Starik. Laut bislang unbestätigten Berichten habe Papst Johannes Paul I., aus seiner Zeit als Patriarch von Venedig unter seinem bürgerlichen Namen Albino Luciani bekannt, in der Nacht eine Herzattacke erlitten. Er habe die Sterbesakramente erhalten, was Anlass zu der Vermutung gab, dass der Papst nach nur vierunddreißigtägiger Amtszeit entweder tot sei oder im Sterben liege. Es hieß, Kardinäle aus ganz Italien seien bereits auf dem Weg zum Vatikan. Als das Radioprogramm fortgesetzt wurde, erklang ernste Trauermusik. Sobald die *Wladimir Iljitsch* abgelegt hatte, hob Starik erneut das Fernglas vor die Augen. Das Fischerboot war bereits weit entfernt; nur die Lichter an seinem Mast waren noch zu sehen. Plötzlich ertönte eine gedämpfte Explosion, nicht lauter als ein stotternder Motor kurz vor dem Anspringen. Durch das Fernglas sah Starik, wie der Mast zur Seite kippte und dann verschwand.

Starik sog die Seeluft ein, während er Maria-Jesus den Nacken kraulte. Wie sehnte er sich jetzt nach einer bulgarischen Zigarette; auf Anraten seines Arztes hatte er kürzlich das Rauchen aufgegeben. Er tröstete sich mit dem Gedanken, dass das Leben ja noch andere Freuden bot. Der Bote war im Meer bestattet, und der Papst, der aus seiner Absicht keinen Hehl gemacht hatte, den Geldwaschaktivitäten der Vatikanbank ein Ende zu bereiten, würde die Geheimnisse von CHOLSTOMER mit ins Grab nehmen.

V

SACKGASSE

«*Seht doch!*», *rief sie und deutete aufgeregt in die Ferne.*
«*Da läuft die Weiße Königin übers Land!*
Direkt aus dem Walde dort kam sie herausgeflogen –
wie schnell diese Königinnen doch rennen können!»
«*Es wird wohl wieder einmal ein Feind hinter ihr her sein*»,
sagte der König und drehte sich nicht einmal um dabei.
«*Davon wimmelt's in dem Wald dort drüben nur so.*»

LEWIS CARROLL, Alice hinter den Spiegeln

Foto: Die Schwarzweißaufnahme eines Amateurs, die es auf die Titelseiten der Weltpresse schaffte, zeigt zwei amerikanische Geiseln, die irgendwo in Afghanistan von Kommandant Ibrahim, dem legendären Anführer der fundamentalistischen Splittergruppe *Islamischer Dschihad* gefangen gehalten werden. Die junge Frau, eine bekannte Fernsehjournalistin namens Maria Shaath, betrachtet ihre Bewacher mit einem ungeduldigen Lächeln; einer ihrer Produzenten in New York sagte, sie habe ausgesehen, als hätte sie Angst, einen Abgabetermin zu verpassen. Neben ihr, den Rücken zu einem Plakat des Felsendoms in Jerusalem, steht der junge Amerikaner, der vom *Islamischen Dschihad* als CIA-Offizier identifiziert wurde und von dem die US-Regierung behauptet, er sei Attaché am amerikanischen Konsulat in Peschawar, Pakistan. Der Amerikaner starrt mit einem kühlen, sardonischen Grinsen in die Kamera. Beide Geiseln sehen nach Wochen der Gefangenschaft blass und müde aus.

1

PESCHAWAR, DONNERSTAG, 13. OKTOBER 1983

Auf dem sandigen Spielfeld neben dem riesigen Flüchtlingslager Kachagan war so viel Staub aufgewirbelt worden, dass die Zuschauer auf ihren Holzbänken zuerst das Hufgetrappel hörten, bevor sie die Pferde sahen. «Die Paschtunen nennen das Spiel *buzkashi* – wörtlich ‹Ziegen schnappen›», erklärte Manny. Er musste Anthony ins Ohr schreien, um sich beim Gejohle der Menge verständlich zu machen. Auf dem Feld rangen zwanzig Reiter wild durcheinander um irgendetwas, das auf den Boden gefallen war und das sie, tief herabgebeugt aus ihren Sätteln, an sich zu reißen versuchten. «Es ist quasi eine rauere Version von Polo», fuhr Manny fort. «Sie werfen eine kopflose Ziege aufs Feld. Alles ist erlaubt, nur keine Messer. Punkte kriegt die Mannschaft, der es als erste gelingt, die Ziege in einen markierten Kreis zu werfen.»

«Wie lange dauert das Ganze?», erkundigte sich Anthony, der gerade aus Islamabad eingetroffen war und noch den durchgeschwitzten Khakianzug trug, in dem er gereist war.

Manny musste lachen. «Das geht ohne Unterbrechung so lange, bis Pferde oder Reiter vor Erschöpfung zusammenbrechen.»

Anthony McAuliffe war dreiundzwanzig Jahre alt, groß, schlaksig, mit offenen, markanten Gesichtszügen und einem flammend roten Haarschopf, das Ebenbild seines Vaters Jack. Er blickte über das Feld zu den jungen Männern hinüber, die auf einem Holzzaun saßen, Joints weiterreichten (Manny hatte gesagt, dass es Joints waren) und ihr Team anfeuerten. Plötzlich kamen ihm die Uni, die Grundausbildung und die erste Zeit in Langley wie Geschichten aus einer anderen Welt vor. Hinter den Zuschauern ahmten halb nackte Kinder die berittenen Erwachsenen nach und stritten sich um ein totes Huhn. Jenseits des Spielfelds konnte Anthony endlose Reihen von Lehmhütten sehen. In Islamabad hatte man ihm gesagt, seit Beginn des *Dschihad* gegen die russischen Invasoren fast vier Jahre zuvor seien so viele Flüchtlinge über die Bergpässe aus Afghanistan gekommen, dass die internationalen Hilfsorganisationen es aufgegeben hatten, sie zu zählen.

Manny hatte wohl den Ausdruck auf Anthonys Gesicht gesehen. «Kulturschock ist heilbar», bemerkte er. «In einer Woche kommt dir das alles hier ganz normal vor.»

«Deswegen mache ich mir ja gerade Sorgen», entgegnete Anthony.

Einer von Mannys Leibwächtern, ein bärtiger Einheimischer in dicker Wollweste, der ein juwelenbesetztes Messer im Gürtel und eine zweiläufige Schrotflinte unter dem Arm trug, tippte auf seine Uhr. Manny führte Anthony vom Spielfeld weg Richtung Parkplatz. Der zweite Leibwächter, ein wahrer Riese mit schwarzem Turban, bildete die Nachhut. Mannys Fahrer, der mit einem Joint zwischen den Lippen hinter dem Lenkrad des alten Chevrolet zusammengesunken war, wurde wach. «Wohin, Chef?», fragte er.

«*Khyber-Tearoom* im Schmugglerbasar», sagte Manny, während er und Anthony sich auf den Rücksitz fallen ließen. Ein Leibwächter schob sich neben Manny, der andere auf den Beifahrersitz.

«Wo hast du denn die Jungs aufgelesen?», raunte Anthony. «In Hollywood?»

«Sie sind beide Afridis, der Stamm, der den Khyber-Pass kontrolliert», antwortete Manny. «Der mit dem Messer im Gürtel hat früher Russen die Gurgel durchgeschnitten.»

«Wieso bist du so sicher, dass er uns nicht auch die Gurgel durchschneidet?»

«Bin ich gar nicht.» Manny klopfte auf sein Schulterhalfter unter der Jacke. «Deshalb hab ich ja immer ‹Betsy› dabei.»

Der Fahrer scheuchte unablässig hupend Fahrräder, Rikschas und Eselskarren beiseite und bog auf die Grand Trunk Road Richtung Westen. Sie überholten einen alten deutschen Bus, über dessen Frontscheibe noch immer «Düsseldorf – Bonn» stand, und mehrere altersschwache Diesellastwagen. Manny deutete auf die Straße vor ihnen. «Der Khyber-Pass fängt zwanzig Kilometer weiter an – Darius' Perser, Alexanders Griechen, Tamerlans Tataren, Baburs Mogulen, alle haben sie ihn überquert.»

«Und jetzt sind wir an der Reihe», sagte Anthony.

An einem Kontrollpunkt hielten bewaffnete Infanteristen den Wagen an. Ein Soldat auf einem Pick-up am Straßenrand richtete sein Maschinengewehr auf den Chevrolet. «Pakis», murmelte Manny. «Sie kontrollieren die Straße, aber fünfzig Meter rechts und links davon hört ihre Befugnis auch schon auf. Dahinter haben die Bergstämme das Sagen.»

Ein pakistanischer Soldat, der mit seinem Schnurrbart und den langen Koteletten aussah wie ein britischer Feldwebel, bellte: «Ausweispapiere.»

Manny angelte ein paar glatte Zwanzig-Dollar-Scheine aus der Tasche und reichte sie durchs Fenster. Der Soldat nahm das Geld und zählte es gemächlich ab. Offensichtlich war er zufrieden, denn er salutierte und winkte den Wagen durch.

Der Schmugglerbasar war ein Labyrinth von kleinen Verkaufsständen, wo alles Erdenkliche feilgeboten wurde. Überall sah Anthony Zeugnisse des Krieges: Männer mit fehlenden Gliedmaßen humpelten an Holzkrücken, ein junges Mädchen winkte mit einem Armstumpf eine Riksha herbei. Jeeps mit bärtigen, Waffen schwingenden Mudschaheddin brausten Richtung Khyber-Pass und Afghanistan, Rettungswagen mit Verwundeten und Sterbenden rasten mit heulenden Sirenen zurück nach Peschawar. Auf einem freien Stück zwischen den Ständen boten Waffenhändler ihre Waren an. Es gab israelische Uzis und amerikanische M-1, die russische und die chinesische Version des AK-47 und alle möglichen Sorten Pistolen. Zwei Syrer hatten Maschinengewehre aus dem Zweiten Weltkrieg auf Strohmatten ausgelegt. Maultiere, bepackt mit grünen Munitionskisten, waren vor einem mit schlammigem Wasser gefüllten Trog angebunden. Afghanische Kämpfer mit umgehängten Sturmgewehren schlenderten durch den Basar, verglichen Waffen und feilschten um die Preise.

Der Chevrolet bog in eine mit Schlaglöchern übersäte Seitenstraße und holperte bis zu einem zweistöckigen Holzhaus; auf einem Schild über der Tür stand: «Letzter trinkbarer Tee vor dem Khyber-Pass». Manny signalisierte seinen Leibwächtern, beim Wagen zu bleiben. Er und Anthony gingen über eine schmale Brücke, die dem Geruch nach über einen Abwasserkanal führte. «Wir treffen uns hier mit dem Löwen von Panjshir, Ahmed Schah Massud», erklärte Manny. «Er ist ein Tadschike aus dem Panjschir-Tal, das sich von Kabul nach Norden bis an die tadschikische Grenze erstreckt. Seine Leute tragen die Hauptlast des Kampfes gegen die Russen – die sechs anderen Widerstandsgruppen sind zu sehr damit beschäftigt, sich gegenseitig zu bekämpfen.»

«Wieso liefern wir dann die Waffen nicht direkt an ihn?», fragte Anthony.

«Der pakistanische Geheimdienst, der ISI, hat sich die Verteilung amerikanischer Lieferungen unter den Nagel gerissen. Und im Grunde haben die ganz andere Interessen – die wollen, dass der Krieg mit einem fundamentalistischen Afghanistan endet, das ihnen gegen Indien den Rücken stärkt.»

«Ich merke schon, ich muss noch einiges lernen», sagte Anthony.

«Die *Company* muss noch einiges lernen», sagte Manny. «Ich hoffe, der Bericht, den du schreibst, wird ihnen in vielerlei Hinsicht die Augen öffnen.»

Drinnen hockte eine Frau in einer lakenähnlichen *Burka* vor einem offenen Holzfeuer, über dem verschiedene Kessel hingen. In einer Ecke bekam gerade ein afghanischer Kämpfer eine Zahnbehandlung von einem herumreisenden Zahnarzt. Ein Junge strampelte auf einem Standfahrrad und trieb so den Riemen für den Bohrer an, den der Zahnarzt in der Hand hielt. «Sieh zu, dass du hier keine Zahnschmerzen kriegst», warnte Manny. «Die Löcher werden nämlich mit Schrotkugeln gefüllt.»

Sie kletterten die enge Stiege in das Privatzimmer im ersten Stock hinauf. Zwei Leibwächter von Massud standen vor der Tür. Aus unerfindlichen Gründen grinsten die zwei bis über beide Ohren. Der Größere von ihnen hielt eine alte MP-44 in den Armen, der andere hatte eine riesige tschechische Pistole im Hosenbund stecken und hielt einen kleinen Bambuskäfig mit einem gelben Kanarienvogel in der Hand.

«Der Kanarienvogel ist das Frühwarnsystem des afghanischen Widerstands», erklärte Manny.

«Wogegen denn?»

«Der Vogel fällt beim ersten Hauch von der Stange, falls die Russen chemische oder biologische Waffen einsetzen.»

Massud, ein dünner, bärtiger Mann mit offenem Blick und einem engelhaften Lächeln, erhob sich, um die Leiter der CIA-Dienststelle in Peschawar zu begrüßen. «Manny, mein Freund», sagte er, reichte ihm die Hand und zog ihn ins Zimmer. Er deutete einladend auf die Teppiche, die überall verteilt waren. «Ich bin sehr froh, Sie wieder zu sehen.»

Manny begrüßte Massud auf Dari und wechselte dann die Sprache, damit Anthony dem Gespräch folgen konnte. «Ich möchte Ihnen meinen Kameraden Anthony McAuliffe vorstellen», sagte Manny. Massud nickte kurz, reichte ihm aber nicht die Hand. Als die Besucher auf den Teppichen Platz nahmen, trat ein junges Mädchen mit Kopftuch schüchtern näher und füllte zwei Blechtassen mit *Khawa*, dem wässrigen grünen Tee, der hier überall getrunken wurde.

Eine Viertelstunde lang machte Massud Smalltalk. Er berichtete Manny von Frontverschiebungen in Afghanistan, zählte Kämpfer auf, die seit ihrem letzten Treffen vor drei Monaten getötet oder verwundet worden waren, und beschrieb einen waghalsigen Angriff, den er gegen einen sowjetischen Luftwaffenstützpunkt geführt hatte, bei dem sie drei Hubschrauber in die Luft gejagt und einen russischen Oberst gefangen genommen hatten. Manny wollte wissen, was aus dem Russen geworden war. «Wir haben angeboten, ihn gegen zwei Mudschaheddin auszutauschen, die bei dem Angriff in Gefangenschaft geraten waren», sagte Massud. «Die Russen schickten sie uns lebend zurück, beide waren auf Packtiere geschnallt, und beiden hatte man die rechte Hand abgehackt.» Massud zuckte die Achseln. «Wir haben ihnen den Oberst im gleichen Zustand zurückgeschickt.»

Bei Einbruch der Dämmerung wurden an den Verkaufsständen Holzöfchen angezündet, und eine rußige Dunkelheit senkte sich über den Basar. Massud ließ sich noch eine Tasse Tee eingießen und kam dann zur Sache. «Ich habe folgendes Problem, Manny», begann er. «Die modernen Waffen, die ihr dem pakistanischen Geheimdienst schickt, landen bei der pakistanischen Armee, die dann ihre alte Ausrüstung an die Mudschaheddin weitergibt. In den letzten Monaten ist die Situation noch schlimmer geworden, weil die Russen neuerdings Erkundungsflugzeuge einsetzen, um die Feuerkraft ihrer Kampfhubschrauber zu dirigieren.»

«Es gibt tragbare Radargeräte, die die Hubschrauber frühzeitig anzeigen könnten.»

Massud schüttelte den Kopf. «Die fliegen in Baumhöhe durch die Täler und überfallen uns ohne Vorwarnung. Gegen ihre Panzerung können unsere Luftabwehrgeschütze, unsere Maschinengewehre nichts ausrichten. Radar nützt da auch nichts. Wärmegesteuerte Stinger-Raketen dagegen –» Er meinte die Boden-Luft-Raketen, die in einem Umkreis von drei Meilen Flugzeuge und Hubschrauber vom Himmel holen konnten.

Manny schnitt ihm das Wort ab. «Stinger-Raketen sind ausgeschlossen. Wir haben im Pentagon nachgefragt. Dort fürchtet man, die Raketen könnten nach Ende des Krieges islamischen Fundamentalisten in die Hände fallen.»

«Gebt sie mir, Manny, und die Fundamentalisten werden Afghanistan nicht beherrschen, wenn die Russen erst verjagt sind.» Massud beugte sich vor. «Die Gruppe, die die Russen verjagt, wird über die Zukunft Afghanistans entscheiden – falls die USA einen freien und demokratischen Staat wollen, müsst ihr mich unterstützen.»

«Eure Tadschiken sind eine Minderheit. Massud, Sie wissen ebenso gut wie ich, dass wir euch keine High-Tech-Waffen geben können, ohne das Gleichgewicht zwischen den verschiedenen Widerstandsgruppen zu stören.»

«Wenn keine Stinger», flehte Massud, «dann Schweizer Oerlikon-Geschütze – die haben die notwendige Feuerkraft, um russische Hubschrauber abzuschießen.»
«Die Oerlikon ist die falsche Waffe für den Guerillakampf. Die Munition ist teuer, die Geschütze selbst sehr empfindlich und wartungsintensiv. Unsere Fachleute sagen, die Oerlikon wäre nach dem Transport über den Khyber-Pass nicht mehr einsatzfähig.»
«Was bleibt dann noch?», fragte Massud.
«Konventionelle Waffen.»
«Und die konventionellste aller Waffen ist der Stellvertreter, der euren Krieg für euch kämpft.»
«Euer Land ist von den Russen besetzt. Es ist euer Krieg.»
«Die Sowjets bluten zu lassen liegt in eurem Interesse –»
«Haben Sie sonst noch was auf Ihrer Wunschliste?»
Massud hob resigniert die Hände und zog dann einen Zettel aus der Tasche seiner Wollhose. «Medikamente, vor allem Schmerzmittel und Antibiotika. Außerdem Prothesen – vorausgesetzt, euer Pentagon hat keine Angst, sie würden an den Körpern von Fundamentalisten landen, wenn die Russen verjagt sind.»
Manny machte sich Notizen in ein kleines Spiralheft. «Ich werde tun, was ich kann», sagte er.
Massud stand geschmeidig auf. «Ich auch, ich werde tun, was ich kann, Manny.» Er legte einen Arm um Mannys Schultern und zog ihn beiseite. «Ich habe gehört, dass der KGB-Resident in Peschawar, Fet, Kontakt zu fundamentalistischen Gruppierungen sucht. Warum, weiß ich nicht. Ich dachte, das würde Sie interessieren.»
Manny sagte nachdenklich: «Allerdings.»
Der Löwe von Panjschir wandte sich zu Anthony um und betrachtete ihn mit einem müden, freudlosen Lächeln. «Afghanistan war einmal ein unglaublich schönes Land», sagte er. «Mit dem Krieg ist es gleichsam von Wundbrand befallen. Neuankömmlingen fällt es schwer, etwas anderes zu sehen als nur diese Krankheit.» Plötzlich wurde das müde Lächeln lebhafter, und feine Lachfältchen bildeten sich in seinen Augenwinkeln. «Versuchen Sie es trotzdem.»
Anthony stand auf. «Das werde ich», versprach er.

Zurück in Peschawar, legten sie einen kurzen Zwischenstopp im festungsähnlichen amerikanischen Konsulat ein, wo Manny frisch eingegangene Meldungen durchsah, und fuhren dann direkt zum Hotel *Dean's*, dem

Treffpunkt für Peschawars Diplomaten und Journalisten. Der bewaffnete Paschtune neben dem Eingang, dessen Gesicht von Napalmnarben entstellt war, erkannte Manny und ließ ihn und Anthony durch. Die beiden saudischen Zivilisten hinter ihnen hielt er jedoch an, um ihre Pässe zu überprüfen. Manny ging durch die schäbige Halle ins Restaurant, ergatterte einen Tisch, von dem gerade drei Pakistani aufstanden, und bestellte gemischte chinesische Vorspeisen und zwei Bier. Die Vorspeisen brutzelten noch auf den Tellern, als sich eine junge Frau mit dunklem, männlich geschnittenem Haar unaufgefordert auf den freien Stuhl an ihrem Tisch setzte. Sie trug eine Khaki-Reithose, weiche Lederstiefeletten und ein langes, kragenloses Hemd, das bis zum Hals zugeknöpft war. Sie zupfte ein Stück Lammfleisch von einem Teller und steckte es sich in den Mund. «Was hat Massud dir gesagt, was ich nicht schon weiß?», erkundigte sie sich.

«Woher weißt du, dass ich Massud getroffen habe?», fragte Manny zurück.

Die junge Frau hob ihre dunklen Augen, in denen ein amüsiertes Lachen tanzte. «Ich hab's von einem Oberst der Fundamentalisten namens Osama Bin Laden gehört, als ich in der *Pearl Bar* einen verwässerten Whiskey getrunken habe.» Sie zog eine Packung *Lucky Strikes* aus der Tasche, und nachdem die beiden Männer abgelehnt hatten, steckte sie sich eine zwischen die Lippen und zündete sie mit einem kleinen, silbernen Feuerzeug an. «Hast du ihn schon mal getroffen?» Als Manny verneinend den Kopf schüttelte, sagte sie: «Das überrascht mich nicht. Er hasst den Westen genauso, wie er die Russen hasst – und Amerika symbolisiert für ihn den Westen. Ein bärtiger Typ, so um die dreissig, hager, mit Funken eisigen Charmes, wo andere Augen haben. Er organisiert die Geldmittel für einige der Mudschaheddingruppen, soll ein paar hundert Millionen von seinem Vater geerbt haben und hat große Pläne für ihre Verwendung. Ihr solltet euch seinen Namen merken.»

Manny warf Anthony einen viel sagenden Blick zu. «Darf ich vorstellen: Maria Shaath, die mehr Mumm hat als viele ihrer männlichen Kollegen. Sie hat mal mitten auf einem Schlachtfeld vor laufender Kamera gesagt: ‹Afghanistan ist ein Land, in dem bewaffnete Kinder mit gutem Gedächtnis das Unrecht wieder gutmachen wollen, das den Urgroßvätern ihrer Großväter angetan wurde.› Maria, das ist Anthony McAuliffe.»

Anthony sagte: «Ich habe Sie schon im Fernsehen gesehen.»

Maria richtete ihren offenen Blick auf Anthony. «Noch ein Spion?», fragte sie liebenswürdig.

Anthony räusperte sich. «Ich bin Attaché am amerikanischen Konsulat.»

«O ja, klar, und ich bin Maria Callas und singe demnächst am Khyber-Pass italienische Arien für die Mudschaheddin.» Sie wandte sich an Manny. «Er ist ja noch grün hinter den Ohren – erklär ihm, wo's langgeht.»

«Er soll einen Bericht über die Waffen-Pipeline schreiben – die Leute, die unsere Gehälter zahlen, wollen wissen, wie viel von dem Zeug, das sie an den pakistanischen Geheimdienst ISI schicken, auch wirklich bei den Leuten ankommt, die auf die Russen schießen.»

Maria nahm einen Schluck aus Anthonys Bierglas und wischte sich anschließend mit dem Handrücken über den Mund. «Die Reise hätte ich Ihnen ersparen können», sagte sie. «Die Antwort lautet: so gut wie nichts. Ladet mich zum Essen ein, und ihr dürft mich ausfragen.» Und sie lächelte gepresst.

«Afghanistan ist ein kompliziertes Land», sagte sie über ihren Teller mit *Chop Suey* hinweg. «Da kann man eine Ausgabe des *Playboy* gegen eine Flasche fünfzehn Jahre alten Scotch eintauschen, und man kann die Kehle durchgeschnitten bekommen, wenn man dabei erwischt wird, dass man mit den Füßen Richtung Mekka schläft. Faktisch sind da etliche einander überlappende Kriege im Gange: ethnische Kriege, Stammeskriege, Drogenkriege, Glaubenskriege, iranische Schiiten gegen afghanische Sunniten, Massuds Tadschiken gegen alle, saudische Wahhabiten gegen irakische Sunniten, Kapitalisten gegen Kommunisten, Pakistan gegen Indien.»

«Du hast was vergessen», sagte Manny. «Die afghanischen Freiheitskämpfer gegen die Russen.»

«Diesen Krieg gibt's auch, zugegeben, aber manchmal geht er in dem Durcheinander ein bisschen unter. Die Wahrheit ist doch, dass Amerikaner nur eine vage Vorstellung davon haben, worum es hier eigentlich geht, und oft genug aufs falsche Pferd setzen. Ihr müsst aufhören, nach schnellen Lösungen für langwierige Probleme zu suchen.»

«Wir werden ihnen jedenfalls keine Stinger-Raketen geben, falls du das meinst», beteuerte Manny.

«Und ob ihr das werdet», prophezeite Maria. «Irgendwann wird der Wunsch, sich für Vietnam zu rächen, stärker sein als die liebe Vernunft. Und wenn der Krieg dann vorbei ist, werden die Bin Ladens jede Waffe, die ihr ihnen gebt, gegen euch richten.»

Anthony fragte: «Was würden Sie denn machen, wenn Sie Präsident wären?»

«Erstens würde ich aufhören, Waffen an einen ehemaligen Peugeot-Verkäufer zu liefern, der von sich behauptet, ein Nachkomme des Propheten zu sein. Ich würde Splittergruppen die kalte Schulter zeigen, die einen perfekten islamischen Staat errichten wollen, und zwar nach dem Vorbild des Kalifats aus dem siebzehnten Jahrhundert.»

«Wollen Sie damit sagen, dass die russische Präsenz in Afghanistan das kleinere Übel ist?», wollte Anthony wissen.

«Ich will damit sagen, dass ihr die Voraussetzungen für die nächste Katastrophe schafft, indem ihr nach der schnellsten Lösung für die jetzige sucht. Ich will damit sagen: Habt einen langen Atem. Ich will damit sagen, die Reise ist erst dann vorbei, wenn man mit dem Kamel geschlafen hat.»

Manny verzog das Gesicht. «Mit einem Kamel zu schlafen ist aber ein hoher Preis.»

Maria klimperte mit ihren leicht asiatisch wirkenden Augen. «Probieren geht über studieren.»

Manny sagte: «Sprichst du aus Erfahrung?»

Maria entgegnete lachend: «... und du mich auch!» Dann stand sie auf, um von Hippolyte Afanasijewitsch Fet, dem KGB-Residenten, eine Tasse Kaffee zu schnorren. Fet war ein traurig wirkender Mann mittleren Alters mit eingefallenen Wangen, über den sich halb Peschawar wegen seiner unheimlichen Ähnlichkeit mit Boris Karloff amüsierte. Er aß an einem Ecktisch mit seiner sehr viel jüngeren und überaus attraktiven Gattin sowie zwei Männern aus seinem Stab zu Abend.

Eine Dreiviertelstunde später stieß Maria auf dem Hotelparkplatz wieder mit Manny und Anthony zusammen. «Kann ich mit euch zur University Town zurückfahren?», fragte sie.

«Natürlich», sagte Manny.

Die beiden Bodyguards quetschten sich neben den Fahrer und Maria nahm zwischen Manny und Anthony auf dem Rücksitz Platz. «Was hatte Boris Karloff denn so zu berichten?», erkundigte sich Manny.

«He, ich erzähl ihm ja auch nicht, was du mir sagst», erwiderte sie.

«Fragt er denn danach?»

«Na klar tut er das.»

Die Sonne verschwand gerade hinter dem Suleiman-Gebirgszug, als der Wagen westlich des Flughafens von der Jamrud Road abbog und durch die stillen, rasterförmig angelegten Straßen fuhr, die von Konsulaten und feudalen Wohnhäusern für ausländische Berater, pakistanisches Militär und afghanische Widerstandsführer gesäumt wurden. Die *Company* residierte in einer von hohen Mauern umgebenen Villa, die zwischen dem Wohnsitz eines paschtunischen Drogenhändlers und einem Lagerhaus voller Prothesen stand. Maria wohnte zusammen mit etlichen anderen Journalisten in einem Haus nur eine Straße weiter. An einer Kreuzung wurde der

Chevrolet langsamer, um einen Bus mit Schulkindern vorbeizulassen. Ein Schild am Straßenrand mahnte auf Englisch: «Fahrt vorsichtig und erbittet Hilfe von Allah dem Allmächtigen.»

«Es gibt zwei Sorten von Afghanistan-Kennern», sagte Maria. «Diejenigen, die weniger als sechs Wochen hier sind, und diejenigen, die mehr als sechs Monate hier sind.»

«Zu welcher Kategorie gehören Sie?», fragte Anthony.

Weiter vorne blockierte ein Ochsenkarren die Straße. Zwei Männer in langen Hemden und weiten Hosen mühten sich anscheinend mit einer gebrochenen Radachse ab. «Ich gehöre zur zweiten», erklärte Maria. «Ich bin seit sieben Monaten hier –»

Der Fahrer des Chevrolet blickte sich nervös um, als er zwanzig Meter hinter dem Karren hielt. «Das gefällt mir nicht», murmelte er. Der Bodyguard mit dem Turban zog eine .45er-Automatik aus dem Schulterhalfter. Hinter ihnen quietschten Bremsen. Drei Jeeps kamen rutschend zum Stehen und tauchten den Chevrolet in das Licht ihrer Scheinwerfer. «*Dacoit*», schrie der Fahrer. «*Bandit.*» Der Leibwächter mit dem Gewehr stieß die Tür auf, hechtete nach draußen auf den Boden, rollte sich einmal herum und feuerte aus beiden Läufen auf den nächsten Jeep. Einer der Scheinwerfer erlosch. Das Stakkato-Geratter einer Maschinenpistole durchschnitt die Nacht. Glas splitterte. Dunkle Gestalten umringten den Wagen. Der Fahrer wurde in die Brust getroffen und sackte über dem Lenkrad zusammen. Der Bodyguard mit dem Turban fiel nach rechts, so dass sein Körper halb aus der Tür hing. Auf der Straße trat ein Mann dem Leibwächter die Schrotflinte aus der Hand, rammte ihm eine Gewehrmündung in den Rücken und drückte ab. Der Leibwächter zuckte und blieb dann reglos liegen. Im Chevrolet zerrte Manny «*Betsy*» aus dem Schulterhalfter. Doch bevor er sie entsichert hatte, griffen schon Hände ins Wageninnere und rissen ihn vom Rücksitz. Bärtige Männer zerrten Anthony und Maria aus der anderen Tür und schleiften sie zu zwei Lastwagen mit Planen hinter den Jeeps. Einer der Angreifer beugte sich über den Turban tragenden Leibwächter, um sich zu vergewissern, ob er auch wirklich tot war. Der Leibwächter fuhr herum, hob seine Pistole und drückte ab. Eine Kugel vom Kaliber .45 zertrümmerte die Schulter des Angreifers. Ein anderer Mann trat dem Leibwächter mit voller Wucht gegen den Kopf, bückte sich dann und schlitzte ihm die Kehle mit einem rasiermesserscharfen türkischen Dolch auf. Die drei Gefangenen wurden auf die Ladefläche eines der Lastwagen gestoßen, und man fesselte ihnen mit Lederriemen die Hände auf dem Rücken. Stinkende Lederkapuzen wurden ihnen übergestülpt. Marias gedämpfte

Stimme erklang: «Ach du Scheiße, das hat mir gerade noch gefehlt.» Unter ihnen vibrierte das Fahrzeug, als der Fahrer das Gaspedal durchtrat und in eine Seitenstraße brauste. Wenige Minuten später holperten die beiden Laster auf eine unbefestigte Straße und rollten in Richtung Khyber-Pass.

Hippolyte Afanasijewitsch Fet schritt durch das Labyrinth des Meena-Basars zu dem Tätowierungsladen über dem pakistanischen Akupunkteur, der seine Dienste auf einem bunten Schild anpries: «Augen, Ohren, Nase, Hals & sexuelle Probleme». Zuerst stiegen die beiden Leibwächter die knarrende Treppe hinauf, um sich zu vergewissern, dass die Luft rein war. Erst dann folgte Fet und setzte sich in den roten Frisörsessel mitten im Zimmer, das nur von einer einzigen schwachen Glühbirne erhellt wurde. Schatten tanzten über die Strohmatten an den Holzwänden. Von draußen hörte man zwei Männer aus den Bergen, die im Haschischrausch in das Abwasserrinnsal am Straßenrand urinierten. Fet starrte das Telefon auf dem Tisch an, blickte dann auf die Uhr.

Ein Leibwächter sagte: «Vielleicht geht Ihre Uhr vor.»

«Vielleicht hat es nicht geklappt», sagte der andere von der Tür aus.

«Vielleicht solltet ihr eure Gedanken für euch behalten», knurrte Fet.

Drei Minuten nach Mitternacht klingelte das Telefon. Fet riss den Hörer ans Ohr. Eine Stimme am anderen Ende sagte mit deutlichem Akzent: «Ibrahim ist unterwegs nach Yathrib. Er ist nicht allein.»

Fet brummte: «Gut», und drückte mit dem Finger auf die Gabel. Sofort wählte er die Nummer des Dienst habenden Offiziers im sowjetischen Konsulat. «Ich bin's», sagte er bloß. «Schicken Sie die kodierte Meldung an die Moskauer Zentrale.»

Der Lastwagen war etwa drei Stunden lang einen steilen Berghang hinaufgefahren. Als die Sonne aufging, steuerte der Fahrer ihn auf eine Lichtung und stellte den Motor ab. Die Plane wurde zurückgeworfen, die Heckklappe geöffnet und die drei gefesselten Gefangenen auf den Boden gezerrt. Hände rissen ihnen die Lederkapuzen ab. Anthony atmete tief die frische Bergluft ein und sah sich um. Sie befanden sich offenbar in einem Guerillalager in den Bergen. Es war unmöglich zu sagen, ob sie noch in Pakistan waren oder die Grenze zu Afghanistan überquert hatten. Graublaue Gebirgszüge erstreckten sich hintereinander bis zum aschgrauen Horizont. Es kam Anthony so vor, als könnte man Jahrhunderte weit sehen, und das sagte er auch.

«Sie verwechseln Raum und Zeit», bemerkte Maria säuerlich.

«Ich dachte, das wäre so ziemlich dasselbe», beharrte Anthony.
«Zwei Seiten derselben Medaille», stimmte Manny zu.
«Genau», sagte Anthony. Überall im Lager waren Männer damit beschäftigt, Waffen und Munition auf Esel und Kamele zu laden. In der Nähe rauften sich kläffende Hunde um einen Knochen. Neben einem lang gestreckten Haus aus Lehmziegeln las ein bärtiger Mullah einigen Männern, die im Kreis um ihn herum auf dem Boden hockten, aus dem Koran vor.

Mit jaulendem Motor kam der zweite Lastwagen die Bergpiste heraufgeholpert und hielt an. Eine schlanke, geschmeidige Gestalt öffnete die Beifahrertür und stieg aus. Der Mann trug einen schwarzen Rollkragenpullover unter einem schmutzigen, knielangen afghanischen Umhang, eine dicke englische Kordhose, handgefertigte Schuhe und eine braune Paschtunenmütze, an der ein Amulett zum Schutz gegen Scharfschützen steckte. Seine Haut war hell, das Haar unter der Mütze lang und verfilzt, der kurze Bart mit Henna rot gefärbt. Er hatte die dunklen, stechenden Augen eines Jägers, und die tiefen Ringe darunter kamen nicht von zu wenig Schlaf. Zwischen den Fingern der linken Hand hielt er eine kleine Kette aus Elfenbeinperlen. Er trat auf die Gefangenen zu und blickte hinaus auf die Berge. «Vor fünf Jahren», sagte er mit dem hellen, weichen Akzent der Palästinenser, «stand ich auf diesem Berg und sah russische Panzer über die Straße dort im Tal rollen. Meine Männer und ich saßen den ganzen Morgen, den ganzen Nachmittag und den ganzen Abend hier auf den Steinen, und noch immer rollten die Panzer. Schließlich hörten wir auf zu zählen, so viele waren es. Viele der neuen Rekruten, die für den *Dschihad* aus den Bergen kamen, hatten noch nie ein Auto gesehen, doch Allah gab ihnen die Kraft, gegen Panzer zu kämpfen. Seit damals sind viele Panzer zerstört worden, und viele Mudschaheddin sind gestorben. Noch immer führen wir Krieg gegen die Panzer. Ich bin Kommandant Ibrahim. Ihr befindet euch auf meinem Territorium. Das pakistanische Gesetz liegt hinter uns, das afghanische Gesetz liegt vor uns. Hier ist *Paschtunwali* – das moralische Gesetz der Paschtunen – das höchste Gesetz, und ich bin sein Hüter.»

Vier Mudschaheddin trugen ihren Mitstreiter, der von dem Leibwächter angeschossen worden war, auf einer Trage zu dem Lehmziegelhaus. Seine zertrümmerte Schulter war mit einem blutgetränkten Tuch verbunden, und der Verwundete stöhnte vor Schmerzen. Ibrahim schöpfte mit einer rostigen Dose brackiges Regenwasser aus einer Pfütze, stützte den Kopf des Verwundeten und benetzte ihm die Lippen. Dann folgten er und die drei Gefangenen der Trage. Anthony duckte sich durch die niedrige Tür und betrat einen dunklen Raum, der nach Qualm und Haschisch roch. Ein halbes Dutzend blutjunger Guerillas hockte rauchend um einen Ofen. Zwei alte Männer versorgten den Verwundeten. Sie lösten behutsam den Verband und bestrichen das blutige Fleisch mit Honig. Die Gefangenen folgten Ibrahim in einen zweiten Raum. Hier schnitt ein Junge ihnen die Handfesseln durch, bedeutete ihnen, sich auf die mit Stroh gefüllten Kissen auf dem Boden zu setzen, und reichte jedem eine Schale mit kochend heißem Apfeltee. Ibrahim schlürfte gierig seinen Tee. Nach einer Weile brachte der Junge ein Kupfertablett mit Essen – die Gefangenen und Ibrahim bekamen ein Stück Fladenbrot und eine kleine Holzschale mit fettem Ziegenfleisch und klebrigem Reis. Ibrahim aß mit der linken Hand, und Manny fiel auf, dass er den rechten Arm kaum verwendete. Die Gefangenen warfen sich Blicke zu und aßen dann hungrig. Als Ibrahim seine Schale geleert hatte, rülpste er laut und lehnte sich dann gegen die Wand. «Während ihr bei mir seid», sagte er, «werdet ihr, soweit möglich, wie Gäste behandelt werden. Ihr solltet jetzt ruhen. Bald machen wir uns auf eine lange Reise.» Mit diesen Worten nahm Ibrahim seine Mütze ab, zog die Knie an und rollte sich auf zwei Kissen zusammen. Schon einen Moment später schien er tief und fest zu schlafen.

Maria zog einen Block aus der Tasche und begann, in kleiner Schrift etwas zu notieren. Manny fing Anthonys Blick auf, nickte zu den zwei kleinen Fenstern hinüber, die mit dickem Maschendraht versehen waren, und formte lautlos das Wort «Flucht» mit den Lippen. Dann lehnten sie sich beide gegen die Wand, aber an Schlaf war nicht zu denken. Aus dem Nebenraum drang das unaufhörliche Stöhnen des Verwundeten und von Zeit zu Zeit ein erstickter Schrei «*lotfi konin*».

Es war schon wieder dunkel, als einer der alten Männer, die den Verletzten verarztet hatten, ins Zimmer kam und Ibrahim am Ellbogen berührte. «Rahbar», sagte er und flüsterte dem Kommandanten etwas zu. Ibrahim setzte sich auf, zündete eine unangenehm riechende türkische Zigarette an, hustete kurz und folgte dem alten Mann aus dem Zimmer.

Man hörte den Verwundeten flehen: «*Khahesh mikonam, lotfi konin.*» Manny erklärte den anderen: «Er sagt: ‹Ich flehe dich an, erweise mir eine Freundlichkeit.›»

Ibrahims Stimme erklang: «*Ashadu an la ilaha illallah Mohammad rasulullah.*» Der Verwundete wiederholte mühsam einige der Worte. Einen Moment herrschte Stille. Dann hallte der helle Knall eines kleinkalibrigen Revolvers durch das Haus. Augenblicke später kam Ibrahim zurück in den Raum und setzte sich schwerfällig auf das Kissen.

«Er war ein tugendhafter Muslim», erklärte er. «Und jetzt ist er ein Märtyrer des Krieges. Gewiss verbringt er die Ewigkeit in Gesellschaft schöner Jungfrauen.»

Maria fragte von der anderen Seite des Raumes: «Und was passiert, wenn eine tugendhafte Muslimin stirbt?»

Ibrahim dachte über die Frage nach. «Auch sie kommt gewiss in den Himmel. Was danach ist, weiß ich nicht.»

Noch vor Tagesanbruch wurden die drei Gefangenen wachgerüttelt, und man brachte ihnen trockene Kekse und Blechtassen mit starkem Tee. Ibrahim erschien in der Tür. «Ihr werdet in diesem Raum eingesperrt bleiben, während wir unseren Kameraden bestatten», sagte er. «Danach beginnt unsere Reise.» Sobald er fort war und die Tür hinter sich verriegelt hatte, sprang Manny auf und ging zu einem der kleinen Fenster. Er sah vier Männer, die den in ein weißes Tuch gehüllten und auf einem Brett ausgestreckten Leichnam über die Lichtung trugen. In langer Zweierreihe folgten die Mudschaheddin, manche mit Gas- oder Taschenlampen in der Hand. Der Trauerzug verschwand über die Bergkuppe. Anthony rüttelte an der Tür, aber sie gab nicht nach. Maria flüsterte: «Was ist mit dem Maschendraht vor den Fenstern?»

Manny zerrte daran. «Der ist einzementiert», sagte er. «Wenn wir ein Messer oder einen Schraubenzieher hätten, könnten wir ihn vielleicht rausbrechen.»

Anthony entdeckte eine Sprühdose Insektenschutz in einer Ecke. «Geben Sie mir Ihr Feuerzeug», sagte er zu Maria.

Manny begriff sofort, was Anthony vorhatte. Er nahm das Feuerzeug und hielt die Flamme dicht vor das Drahtgeflecht. Anthony hob die Dose und sprühte den Insektenschutz direkt durch die Flamme. Eine Stichflamme schoss aus dem improvisierten Flammenwerfer, die den Draht allmählich schmelzen ließ. Als drei Seiten eines Rechtecks zerschmolzen waren, bog Manny das Drahtgeflecht nach außen.

«Du zuerst», sagte Anthony.

Manny wollte keine Zeit mit Debattieren verschwenden. Er hievte sich auf den Sims und schob den Oberkörper durch die kleine Öffnung. Scharfe Drahtspitzen zerrissen ihm die Kleidung und zerkratzten ihm die Haut. Anthony schob von hinten, und schließlich war Manny hindurch und fiel draußen auf die Erde. Als Nächste wollte Maria sich durch die Öffnung winden. Sie war schon halb draußen, als der Riegel vor der Tür zurückgeschoben wurde und Ibrahim im Türrahmen stand.

Anthony schrie: «Hau ab, Manny!»

Ibrahim schlug Alarm. Man hörte Männer über die Lichtung rennen, als die Mudschaheddin versuchten, Manny den Weg abzuschneiden. Rufe ertönten. Jeeps und Lastwagen brausten an den Rand der Lichtung und beleuchteten mit ihren Scheinwerfern die Felder, die sich bis zu einer Schlucht erstreckten. Schüsse fielen. Währenddessen ließ Maria sich wieder zurück in den Raum fallen. Ihre Schultern und Arme bluteten von zahllosen Kratzern. Ibrahim winkte ihnen mit einer Pistole, dass sie das Gebäude verlassen sollten, und trat dann hinter ihnen auf die Lichtung. Die Menschenjagd endete abrupt. Die Scheinwerfer der Jeeps und Lastwagen erloschen, und ein Mudschaheddin kam angelaufen, um Ibrahim leise etwas mitzuteilen. Dann gesellte er sich zu den anderen, die zum ersten Gebet des Tages niederknieten. Ibrahim sah Anthony an, während zwei seiner Männer den Gefangenen die Hände auf den Rücken fesselten. «Meine Kämpfer sagen mir, dass der entflohene Gefangene ganz sicher tot ist.» Er starrte über die betenden Mudschaheddin hinweg auf das schwache Licht, das gerade den höchsten Bergkamm aufleuchten ließ. «Das denke ich auch», fügte er hinzu, «aber Gott mag anders denken.»

2

WASHINGTON, D.C., MITTWOCH, 19. OKTOBER 1983

Das ist hanebüchener Unsinn, Senator», knurrte Director Casey ins Telefon. Er tauchte zwei Finger in den Scotch mit Soda und strich sich die letzten verbliebenen weißen Haarsträhnen nach hinten. «Wenn daran auch nur ein Fünkchen Wahrheit wäre, würde ich morgen meinen Rücktritt einreichen.» Er lauschte eine Weile, verzog die Lippen und schüttelte heftig den Kopf, wie der Senator es tat, wenn er dem Sonderausschuss für Geheimdienste vorsaß. «Hören Sie», sagte Casey schließlich, «alle Welt weiß, dass ich die Wahlkampagne des Präsidenten geleitet habe. Aber dieser Soundso von der *Washington Post* kann nicht ganz dicht sein, wenn er meint, ich leite die Kampagne zur Wiederwahl des Präsidenten von Langley aus.» Casey hielt den Hörer ein Stück von seinem Ohr weg und ließ den Senator weiterquasseln. Er kannte die Leier inzwischen zur Genüge: Die motivierende Kraft im Weißen Haus war die Popularität des Präsidenten; die Suche nach Popularität bestimmte die Politik; das bestgehütete Geheimnis im Kapitol war, dass Reagan und sein Führungsstab im Weißen Haus von Außenpolitik keinen Schimmer hatten; der Präsident hörte schlecht, so dass man nicht sicher sein konnte, wenn man ihn informierte, ob er auch alles mitbekam; er bezog nie richtig Stellung und sagte niemals Nein, immer nur *Ja, mal sehen* oder *Hört sich gut an, aber, äh,* wonach dann nichts mehr kam; Entscheidungen, wenn überhaupt welche getroffen wurden, durchliefen die ganze Hierarchie im Weißen Haus, und es war ungewiss, von wem sie eigentlich stammten; nach Meinung aller wäre es nicht verwunderlich, wenn in Wirklichkeit Nancy Reagan das Land regierte. Das Schreckliche war nur, dass das alles stimmte, was Casey dem Senator natürlich nicht sagen würde; Reagan hatte sich von dem Attentat vor zweieinhalb Jahren, als John Hinckley auf ihn geschossen und nur knapp das Herz verfehlt hatte, nie ganz erholt. «Dass er das Büro seines Stabschefs nicht mehr findet, ist dummes Gewäsch, Senator», sagte er, seinem alten Kumpel Ron stets die Treue haltend. «Reagan ist ein Mann, der das Gesamtbild im Auge hat, er ist über alles, was ich dem Weißen Haus zutrage, bestens informiert, bis hin zum Abschuss der koreanischen 747, die sich vor zwei Wochen in den sowjetischen Luftraum verirrt hat.»

Caseys Tochter Bernadette steckte den Kopf zur Tür herein und zeigte nach oben. Die Leute, die ihr Vater in seinem Arbeitszimmer erwartete, waren eingetroffen. «Senator, ich rufe Sie zurück, ich habe jetzt eine wichtige Besprechung.» Er lauschte noch einen Moment, murmelte dann «Verlassen Sie sich drauf» und legte auf. Zu seiner Tochter sagte er: «Sie sollen reinkommen.»

Ebby, Bill Caseys Stellvertreter, hatte Manny vom Flugzeug abgeholt, das auf dem Luftwaffenstützpunkt McGuire gelandet war, und seinen Sohn (nach einem hastigen Telefonat mit Nellie) auf schnellstem Weg zu dem neuen Haus des Director in der schicken Wohngegend nordwestlich von Washington gefahren. Als sie durch die drei Wohnräume gingen, sagte er zu Manny: «Kann sein, dass Jack auch kommt. Er hat fürchterliche Angst um Anthony – also falls du irgendwelche schauerlichen Details weißt, behalte sie bitte für dich. Wir müssen es ihm nicht noch schwerer machen, als es ohnehin ist.»

«Anthony war nicht verletzt», sagte Manny. «Es war einfach Pech, dass er und Maria Shaath nicht rechtzeitig durch das Fenster gekommen sind. Ich könnte mich noch immer dafür ohrfeigen, dass ich als Erster –»

«Keiner macht dir irgendwelche Vorwürfe, also hör auf, dir selber welche zu machen.» Sie betraten das Arbeitszimmer, und Casey erhob sich von einer Couch, um ihnen die Hand zu schütteln.

Casey bedeutete ihnen, in den Ledersesseln Platz zu nehmen. «Ich muss Ihnen nicht sagen, wie froh ich bin, dass Sie da rausgekommen sind», begann er. Er ließ sich wieder auf die Couch sinken und bat Manny, ihm seine Flucht zu schildern.

«Dass ich da rausgekommen bin, habe ich Anthony zu verdanken», sagte Manny und erzählte dann, wie Jacks Sohn eine Sprühdose zum Flammenwerfer umfunktioniert hatte, um ein Loch in den Maschendraht vor dem Fenster zu brennen. «Ich war schon durch und Maria Shaath auch schon halb draußen, als der Anführer der Guerillas –»

Casey, bekannt für sein fotografisches Gedächtnis, hatte das Telegramm gelesen, das Manny von Islamabad geschickt hatte. «Der sich Kommandant Ibrahim nennt?», warf er ein.

«Genau der. Sie hatten gerade den Mann beerdigt, der bei unserer Entführung angeschossen worden war, und Ibrahim kam zurück und schlug Alarm. In der Dunkelheit bin ich eine Schlucht runtergeklettert und auf der anderen Seite wieder hoch. Dann geriet ich in Scheinwerferlicht, und es fielen Schüsse. Ich hab die Arme hochgeworfen, als wäre ich getroffen, habe mich nach hinten über den Rand eines Abhangs fallen lassen und bin einfach nach unten gerollt. Danach bin ich drei Tage in die ungefähre Richtung der aufgehenden Sonne marschiert.»

Der DCI, ein gelernter Anwalt, der gegen Ende des Zweiten Weltkriegs beim OSS Abteilungsleiter gewesen war, liebte die abenteuerliche Seite der Geheimdienstarbeit. «Sie erzählen das, als wäre es das reinste Kinderspiel gewesen», sagte er und beugte sich vor. «Wie sind Sie an Nahrung und Wasser gekommen?»

«Wasser war kein Problem – es gab Flüsse und Bäche. Und was Nahrung anbelangt: Bevor ich nach Peschawar ging, habe ich noch einen Auffrischungskurs in Überlebenstraining gemacht, daher wusste ich, welche Wurzeln und Pilze und Beeren essbar sind. Drei Tage nach meiner Flucht habe ich ein Lagerfeuer gesichtet. Wie sich herausstellte, gehörte es zu einer Kamelkarawane von Afridis, die Schmuggelware von Afghanistan über den Khyber-Pass brachten. Ich hab ihnen die Fünfhundert-Dollar-Scheine gegeben, die ich in meinem Gürtel versteckt hatte, und ihnen noch mal so viel versprochen, wenn sie mich nach Peschawar bringen würden.»

Als Jack eintraf, musste Manny ihm die ganze Flucht noch einmal erzählen. DCI Casey, dessen Ungeduld legendär war, rutschte ungehalten hin und her. Jack fragte besorgt: «In welcher Verfassung war Anthony, als du ihn zuletzt gesehen hast?»

«Er ist bei der Entführung nicht verwundet worden, Jack», sagte Manny. «Er war in guter körperlicher Verfassung und klar bei Verstand.»

Casey sagte: «Soweit ich weiß, haben wir über einen Kommandanten Ibrahim nichts vorliegen.»

Jack sagte: «Im Zentralregister war jedenfalls nichts. Die Afghanistanabteilung im Außenministerium hat noch nie von ihm gehört. Die Leute von der Nationalen Sicherheit können auch nichts mit dem Namen anfangen.»

«Das heißt», sagte Ebby, «er ist einfach so aus dem Nichts aufgetaucht.»

«Abgesehen von der Beschreibung, die Manny uns gegeben hat, was wissen wir sonst noch über ihn?», fragte der Director.

«Er hat einen palästinensischen Akzent», sagte Manny. «Das könnte bedeuten, dass er im Nahen Osten aufgewachsen ist.»

«Vielleicht war er in einem Ausbildungslager der *Hisbollah* oder *Hamas*», sagte Jack. Er wandte sich an den Director. «Wir sollten bei den Israelis anfragen – die sind bestens über islamische Fundamentalisten bei den Palästinensern informiert.»

«Gute Idee», stimmte Casey zu. «Was ist mit dem Bericht von unserem Kalashi-Informanten?»

Jack, der sich an jeden Strohhalm klammern wollte, fragte hastig: «Was für ein Bericht?»

Ebby sagte: «Der ist gestern Nacht eingegangen. Wir haben einen Informanten bei den Kalashi, einem alten nichtmuslimischen Stamm, der in drei Tälern entlang der afghanischen Grenze lebt. Unser Informant sagt, ein Palästinenser namens Ibrahim habe Waffen nach Pakistan gebracht und sie in Peschawar verkauft. Angeblich hat Ibrahim alle zwei Monate diese Tour gemacht – hat Automatikwaffen in Dubai gekauft, ist dann über den Golf, hat den Iran mit Lastwagen durchquert und seine Ware auf Packtieren nach Pakistan und in die Stammesgebiete geschmuggelt.»

«Hat euer Informant eine Beschreibung von Ibrahim abgegeben?», fragte Jack.

«Das hat er, ja. Er sagt, dass Ibrahim groß und schlank ist, langes Haar hat und ein Amulett an der Mütze trägt, zum Schutz gegen Scharfschützen. Sein rechter Arm soll teilweise gelähmt sein –»

«Das ist Kommandant Ibrahim», sagte Manny aufgeregt. «Er hat alles mit der linken Hand gemacht. Den rechten Arm hat er gar nicht benutzt.»

«Das ist schon mal ein Anfang», sagte Casey. «Was hat der Informant sonst noch über diesen Ibrahim berichtet?»

«Er hat ihn als einen fanatischen Fundamentalisten beschrieben, der einen *Dschihad* kämpfen will», sagte Ebby. «Für die Amerikaner empfindet er nur unwesentlich weniger Abscheu als für die Russen.»

«Tja, jetzt hat er seinen *Dschihad*», warf Manny ein.

«Und damit kommen wir zu dem Fax, das im amerikanischen Konsulat in Peschawar eingegangen ist», sagte Casey knapp. Seine ausdruckslosen Augen musterten Ebby durch eine übergroße Brille. «Wissen wir mit Bestimmtheit, dass es von diesem Ibrahim stammt?»

«Das Fax scheint authentisch zu sein», sagte Ebby. «Es war in Blockschrift mit der Hand auf Englisch geschrieben. Es gab zwei grammatische Fehler und zwei Rechtschreibfehler, was darauf hindeutet, dass der Schreiber nicht englischer Muttersprache ist. Natürlich war es unmöglich, die Herkunft des Faxes zurückzuverfolgen. Es ist irgendwann nachts gekommen, und unsere Leute haben es am Morgen gefunden. Die Rede ist von drei Geiseln – zu diesem Zeitpunkt muss Manny schon geflohen sein, aber Ibrahim glaubte wahrscheinlich, sie hätten ihn getötet, und wollte das nicht an die große Glocke hängen. Aus seiner Sicht verständlich.»

«Sie wollen Stinger-Raketen», sagte Jack.

«Alle wollen Stinger-Raketen», warf Manny ein.

«Nicht jeder, der Stinger-Raketen will, hat Geiseln in seiner Gewalt», gab Jack bedrückt zu bedenken.

Casey sagte: «Ich bin absolut dafür, ihnen die Stinger zu geben – ich bin für alles, was die Russen bluten lässt –, aber die Bürokraten im Kreis des Präsidenten sind Hosenscheißer. Sie haben Angst vor einer Eskalation. Sie haben Angst, die Russen könnten böse werden.» Der Kopf des Director wackelte hin und her vor lauter Frust. «Wie kommt es bloß, dass wir den Kalten Krieg irgendwann immer mit einer Hand auf dem Rücken gefesselt kämpfen? Alles, was wir machen, muss haarklein den Buchstaben des Gesetzes entsprechen. Wann bekämpfen wir Feuer endlich mit Feuer? Die Contras in Nicaragua sind das beste Beispiel dafür. Ich habe ein paar kreative Ideen zu dem Thema, die ich Ihnen gerne unterbreiten würde, Ebby. Wenn wir ein kleines Sümmchen in die Hände kriegen könnten, ohne dass der Senatsausschuss für die Geheimdienste davon Wind bekommt –»

Das rote Telefon neben der Couch summte. Casey nahm den Hörer ab und hielt ihn sich ans Ohr. «Seit wann sind Sie zurück, Oliver?», fragte er. «Okay, sagen Sie mir Bescheid, sobald die Zahlung erfolgt ist. Dann überlegen wir uns, wie's weitergeht.» Er lauschte erneut. «Herrgott, nein – sagen Sie Pointdexter, der Präsident hat die Sache abgesegnet, es ist also nicht erforderlich, ihn über die Einzelheiten zu informieren. Wenn was schief läuft, muss er glaubhaft dementieren können, dass er etwas gewusst hat.» Casey schnaubte ins Telefon. «Wenn das passiert, geht es Ihnen an den Kragen, danach dem Admiral. Falls der Präsident der Presse noch einen Sündenbock liefern muss, bin ich als Nächstes dran.»

«Wo waren wir stehen geblieben?», fragte Casey, als er aufgelegt hatte. «Okay», sagte er, «wir zapfen unsere israelischen Kontakte an, um festzustellen, ob Kommandant Ibrahims palästinensischer Akzent uns irgendwie weiterbringt. Außerdem sollen die Leute, die Satellitenfotos deuten, mal sehen, ob sie was feststellen – in Ihrem Bericht, Manny, war die Rede von zwei Lastwagen mit Planen, einigen Jeeps und etwa sechzig islamischen Kämpfern. Wenn schon eine Schnecke auf einem Blatt eine Spur hinterlässt, dann müsste dieser Trupp ja wohl eine Spur durch Afghanistan hinterlassen. Um Zeit rauszuschlagen, soll die Dienststelle in Peschawar auf das Fax reagieren –»

«Sie sollen in der englischsprachigen *Times* in Islamabad eine Kleinanzeige aufgeben», sagte Jack.

«Wir werden mit den Kidnappern in Dialog treten, egal über wie viele Ecken. Sie sollen denken, wir wären bereit, die Geiseln mit Stinger-Raketen freizukaufen. Aber wir wollen Beweise, dass sie noch leben. Es kommt darauf an, sie so lange wie möglich hinzuhalten.»

Nellie räumte den Tisch ab und stellte das Geschirr in die Spüle. Manny füllte die Weingläser auf und trug sie ins Wohnzimmer. Er ließ sich auf die Couch sinken, körperlich ebenso erschöpft wie geistig. Nellie streckte sich aus, den Kopf auf seinen Oberschenkel gelegt. Von Zeit zu Zeit nahm sie ihr Weinglas vom Boden, hob den Kopf und trank einen Schluck. Im Radio röhrte eine neue Popsängerin namens Madonna Louise Ciccone einen Song, der allmählich zum Hit wurde. Er hieß *Like a Virgin*. «Der Typ vom Mossad hat sieben dicke Bände mit Verbrecherfotos rübergebracht», sagte Manny. «Ich hab mir so viele militante Fundamentalisten angeschaut, dass ich schon nicht mehr scharf sehen konnte.»

«Und? Hast du diesen Ibrahim gefunden?»

«Nellie.»

Nellie lachte höhnisch auf. «Hoppla, Entschuldigung. Ich glaube, ich bin nicht ganz bei Trost; ich habe doch tatsächlich gedacht, bloß weil mein gelegentlicher Liebhaber und abwesender Gatte von einem islamischen Irren entführt worden ist, würde er mich in *Company*-Geheimnisse einweihen, wie beispielsweise die Identität des fraglichen Irren. Ich meine, ich könnte ja glatt losziehen und es der *New York Times* erzählen.»

«Wir leben nach gewissen Regeln –»

«Es ist schon verdammt gut, dass ich dich liebe», sagte Nellie. «Und es ist verdammt gut, dass ich so froh über deine Rückkehr bin, dass ich keinen Streit anfangen will.» Sie gab sich redlich Mühe, aber sie war den Tränen nahe; sie war ständig den Tränen nahe, seit er wieder zu Hause war. «Ich hasse deine Scheiß-*Company*», stieß sie plötzlich hervor. «Ich hasse sie unter anderem auch deshalb, weil du sie liebst.»

Manny hatte Ibrahim tatsächlich in den Mossad-Büchern gefunden. Nach zwei Stunden und zwanzig Minuten war ihm ein Foto ins Auge gesprungen – Ibrahim war jünger und noch schlanker und trug das Haar kurz, aber er war unverkennbar. Seltsamerweise hatte dieser jüngere Ibrahim die Augen eines Gejagten – nicht die eines Jägers. Die Israelis identifizierten den Mann auf dem Foto als Hadsch Abdel al-Khouri und lieferten umgehend seine Biografie. Al-Khouri war im September 1944 im saudi-arabischen Djidda als jüngster Sohn eines jemenitischen Millionärs namens Kamal al-Khouri zur Welt gekommen. Seine Mutter war Kamals zweite Frau, die siebzehnjährige Tochter eines Paschtunen-Fürsten. Somit war er halb Saudi, halb Afghane. Kurz vor seinem zwanzigsten Lebensjahr, als er in Djidda die Universität besuchte, gab er sein Studium auf, nahm den Decknamen Abu Azzam an und ging nach Jordanien, um sich der al-Fatah anzuschließen. Einige Zeit später wurde er in Hebron von den Israelis wegen versuchten Mordes an einem Palästinenser, der angeblich für den israelischen Inlandgeheimdienst Shin Bet arbeitete, festgenommen und verbrachte zwei Jahre in einem entlegenen Negev-Gefängnis. Nach seiner Entlassung im Jahre 1970 brach er mit der PLO, weil er glaubte, dass Yassir Arafat bereit war, mit den Israelis zu verhandeln. Anfang der Siebzigerjahre verurteilte die PLO Abu Azzam in Abwesenheit zum Tode, weil er geschworen hatte, er werde Arafat und König Hussein von Jordanien töten. Er floh nach Bagdad, gründete den *Islamischen Dschihad* und organisierte eine Reihe von Terroranschlägen gegen israelische und arabische Ziele, darunter auch 1973 die Besetzung der saudischen Botschaft in Paris. Als die Sowjetunion 1979 in Afghanistan einmarschierte, nahm Abu Azzam erneut eine neue Identität an – von nun an nannte er sich Ibrahim – und verlagerte den *Islamischen Dschihad* in den Hindukusch östlich der afghanischen Hauptstadt Kabul. Mit den geschätzten hundert Millionen Dollar, die er von seinem Vater geerbt hatte, richtete er überall in der arabischen Welt geheime Rekrutierungs- und Ausbildungslager ein und knüpfte Kontakte zu anderen radikalislamischen Splittergruppen, die alle durch einen fanatischen Hass nicht nur auf die sowjetischen Invasoren, sondern auch auf die Amerikaner geeint wurden, weil sie islamische Krieger als Kanonenfutter missbrauchten. Für Ibrahim und die anderen war Verwestlichung gleich Säkularisierung, und sie verbanden damit einen Angriff auf die bestimmende Rolle des Islam für die kulturelle und politische Identität eines Landes. Vor allem Ibrahim schwebte für Afghanistan die Errichtung einer strengen Ordnung nach den Regeln des Korans vor, sobald die Sowjets geschlagen und der afghanische Krieg zu Ende war. Außerdem wollte er die regierende Herrscherfamilie in Saudi-Arabien stürzen. Falls das ölreiche Saudi-Arabien den Fundamentalisten in die Hände fiel, so Ibrahims Überlegung, würde der Islam – durch die Kontrolle der Ölfördermengen und des Preises – in einer starken Position sein, den Glauben gegen die westlichen Ungläubigen zu verteidigen.

Jack frohlockte, als er erfuhr, dass Manny Ibrahim identifiziert hatte.

«Himmel, bist du wirklich hundertprozentig sicher?», fragte er über eine sichere interne *Company*-Telefonleitung, und Manny konnte den erleichterten Seufzer hören, als er ihm sagte, es bestehe kein Zweifel. Jack rannte eine Etage tiefer in Millies Büro – sie war inzwischen die leitende Sprecherin der *Company* – und zog seine Frau hinaus auf den Gang, um ihr die gute Nachricht außer Hörweite ihrer Assistenten und Sekretärinnen mitzuteilen. «Es ist der erste Schritt in die richtige Richtung», erklärte er, schloss ihre feuchten Hände in seine großen Pranken und nickte eifrig, als wollte er sich selbst davon überzeugen, dass die Geschichte ein Happy End haben würde. Dank den Israelis, so flüsterte er, hatte die *Company* jetzt ein Foto des Entführers. «Ein streng geheimer Einsatzplan ist zu allen CIA-Stationen unterwegs, unterzeichnet von DCI William Casey persönlich und gegengezeichnet von meiner Wenigkeit Deputy Director/Operations John J. McAuliffe – das J. soll nur die Wichtigkeit betonen, normalerweise unterschreibe ich nie damit. Die *Company*, so heißt es darin, betrachtet die Identifizierung und schließlich die Infiltrierung der Rekrutierungs- und Ausbildungszentren des *Islamischen Dschihad* im Nahen Osten als höchste Priorität. Das Leben eines CIA-Offiziers steht auf dem Spiel. Man wird alle nur denkbaren Quellen mit Kontakten zu islamischen Gruppen anzapfen, man wird Himmel und Hölle in Bewegung setzen. Die Suche nach Kommandant Ibrahim und den beiden Geiseln hat Vorrang vor allen anderen anstehenden Operationen.»

«Was denkst du, Jack?», fragte Millie. Sie sah ihm die Anspannung an, und sie wusste, dass sie nicht viel besser aussah. «Besteht die Chance, dass Anthony lebend da raus kommt?»

«Ich verspreche es, Millie ... ich schwöre es ...»

Millie wisperte: «Ich weiß, du wirst es schaffen, Jack. Ich weiß es, weil es keine Alternative gibt, mit der wir beide leben könnten.»

Jack nickte heftig. Dann drehte er sich um und eilte von der Frau davon, deren Augen mehr Qual verrieten, als er ertragen konnte.

Jack hatte Ebby nach Feierabend abgefangen. Sie saßen in einer Ecke des geräumigen Büros des stellvertretenden Director im siebten Stock, beide einen Scotch in der Hand, und unterhielten sich leise. In Jacks zusammengekniffenen Augen lag ein Hauch Verzweiflung, ebenso in seiner bleiernen Stimme. «Ich habe zufällig einen Bericht von den Israelis in die Hände bekommen, in dem es darum geht, wie die Russen mit einer Geiselsituation verfahren sind», sagte er. «Drei sowjetische Diplomaten wurden von einem *Hisbollah*-Kommando in Beirut entführt. Der KGB hat nicht lange gefackelt, sondern seinerseits jemanden aus der Familie eines *Hisbollah*-Führers entführt und seine Leiche zurückgeschickt; dem Toten hatte man seine Hoden in den Mund gestopft und ihm einen Zettel an die Brust genagelt – stell dir vor, *genagelt* –, mit der Nachricht, den *Hisbollah*-Führern und ihren Söhnen würde das Gleiche blühen, wenn die drei Sowjets nicht freigelassen würden. Binnen Stunden wurden die drei Diplomaten nicht weit von der sowjetischen Botschaft unversehrt wieder auf freien Fuß gesetzt.» Jack beugte sich vor und senkte die Stimme. «Hör zu, Ebby, wir wissen, wer der Entführer ist – dieser Ibrahim hat doch bestimmt Brüder oder Vettern oder Onkel –»

Betretene Stille trat ein. Ebby studierte seine Schnürsenkel. «Wir sind nicht der KGB, Jack», sagte er schließlich. «Ich bezweifle, dass unsere Wächter vom Senatsausschuss uns das durchgehen lassen, wenn wir die gleichen Taktiken anwenden.»

«Wir müssten es ja nicht selbst machen», sagte Jack. «Wir könnten jemanden drauf ansetzen – Harvey Torriti kennt bestimmt ein paar Leute, die dafür in Frage kämen.»

Ebby sagte: «Ich weiß, dass du eine Scheißangst hast, Jack. Aber der Schuss würde nach hinten losgehen. Die CIA ist jetzt schon eine bedrohte Spezies. Ich werde so etwas auf keinen Fall absegnen.» Er blickte Jack eindringlich an. «Und ich werde auch nicht zulassen, dass mein DD/O das absegnet.» Ebby stand müde auf. «Du musst mir dein Wort geben, dass du nichts Verrücktes unternimmst, Jack.»

«Ich wollte bloß Dampf ablassen.»

«Wir kennen uns eine Ewigkeit. Gibst du mir dein Wort?»

Jack blickte auf. «Ja, ich gebe dir mein Wort, Ebby.»

Der stellvertretende Director nickte. «Dieses Gespräch hat nie stattgefunden, Jack. Bis morgen.»

Im improvisierten Fitnessstudio der *Company* in Langley joggte Tessa auf dem Laufband. «Ich laufe lieber hier unten», erklärte sie ihrer Zwillingsschwester Vanessa, «auf der Straße atmet man doch bloß Autoabgase ein.»

Vanessa war IBM-Programmiererin und im Vorjahr von der *Company* eingestellt worden, um das Suchsystem der Computer auf den neusten Stand zu bringen. Sie lag flach auf dem Rücken und stemmte Gewichte. «Und, was gibt's Neues in der Welt der Spionageabwehr?», fragte sie.

Eine untersetzte Frau im Trainingsanzug mit einem Handtuch um den Hals, die erste Dienststellenleiterin in der Geschichte der CIA, schaltete das zweite Laufband ab und ging Richtung Dusche. Tessa wartete, bis sie außer Hörweite war. «Also, ich bin da auf was echt Interessantes gestoßen», sagte sie und erzählte es ihrer Schwester in aller Ausführlichkeit.

Tessa arbeitete seit ihrem Universitätsabschluss 1975 bei der Spionageabwehr der CIA, zum einen, weil sie die Tochter von Leo Kritzky war, Jack McAuliffes derzeitigem Leiter der Abteilung für Geheimoperationen, zum anderen wegen ihres glänzenden Examens. Ihre Aufgabe war es, die Mitschriften englischsprachiger Radiosendungen aus der Sowjetunion nach möglichen Mustern oder Wiederholungen, nach zusammenhanglos klingenden Formulierungen oder Sätzen zu durchforsten. Die CIA ging nämlich davon aus, dass der KGB über diese Sendungen regelmäßig mit seinen Agenten in Amerika kommunizierte. «Vor sieben Monaten», sagte sie, «habe ich die Mitschriften einer Quizsendung bekommen, die Radio Moskau über Kurzwelle ausstrahlt. Die erste Sendung war im Sommer 1950.»

Vanessa setzte sich auf. «Jetzt erzähl mir nicht, dass du tatsächlich eine codierte Botschaft entdeckt hast», sagte sie.

«Ich hab was entdeckt», sagte Tessa. Sie blickte auf den Schrittzähler, und als sie sah, dass sie fünf Meilen gelaufen war, schaltete sie das Laufband ab und setzte sich neben ihre Schwester. «Du weißt doch noch, wie toll ich als Kind *Alice im Wunderland* und *Alice hinter den Spiegeln* gefunden habe. Ich hab die Bücher so oft gelesen, dass ich sie fast auswendig konnte. Also, am Ende jeder Quizsendung wird eine Zeile aus einem englischen Klassiker zitiert, und der Kandidat muss erraten, woraus das ist. In den dreiunddreißig Jahren, die es die Sendung inzwischen gibt, haben sie vierundzwanzigmal Zitate von Lewis Carroll verwendet. Die sind mir natürlich gleich aufgefallen, weil das so ziemlich die einzigen Fragen waren, die ich hätte beantworten können.»

Vanessa sagte: «Mir ist nicht ganz klar, wie du solche Zitate decodieren willst –»

«In der NSA-Schule hab ich sowjetische und osteuropäische Codierungssysteme studiert», sagte Tessa. «Manche KGB-Codes sind schlichte Erkennungszeichen – besondere Sätze, die den Agenten auf etwas anderes in der Sendung aufmerksam machen, das für ihn bestimmt ist.»

«Okay, nur mal angenommen, die vierundzwanzig Zitate aus *Alice im Wunderland* oder *Alice hinter den Spiegeln* sollten den Agenten auf etwas aufmerksam machen», sagte Vanessa. «Dann ist doch die Frage, worauf?»

«Direkt nach den Zitaten wird immer die Gewinnzahl der Lotterie bekannt gegeben», sagte Tessa.

«Wie viele Stellen?»

«Zehn.»

«So viele Stellen wie eine Telefonnummer mit Vorwahl.» Vanessa dachte kurz nach. «Aber die Gewinnzahl selbst kann wohl keine Telefonnummer sein – das wäre zu durchsichtig.»

«In der NSA-Code-Schule», sagte Tessa, «haben wir gelernt, dass ostdeutsche Agenten in Westdeutschland amerikanische Zehn-Dollar-Scheine bekamen – sie haben die Seriennummer auf dem Schein von der Gewinnzahl abgezogen, um eine Telefonnummer herauszubekommen.»

Vanessa blickte verwirrt. «Du hast gesagt, es hat vierundzwanzig Zitate von Lewis Carroll gegeben – wenn du richtig liegst, heißt das, dass es über einen Zeitraum von dreiunddreißig Jahren vierundzwanzig Gewinnzahlen gegeben hat, die sich in vierundzwanzig Telefonnummern umrechnen ließen. Aber wieso sollte ein russischer Agent andauernd neue Telefonnummern bekommen?»

Tessa sagte: «Der KGB verlangt von Kontaktpersonen, dass sie ständig in Bewegung bleiben. Und so kann der Agent sich mit einer Kontaktperson in Verbindung setzen, die immer wieder ihre Telefonnummer ändert.»

«Hast du deinem Boss schon davon erzählt?»

«Ja, hab ich. Er meint, das könnte auch reiner Zufall sein. Und selbst wenn nicht, hält er es jedenfalls für unmöglich, mit Hilfe einer Gewinnzahl auf eine Telefonnummer zu kommen, weil es unendlich viele Möglichkeiten für die Geheimzahl gibt.»

Vanessa sagte: «He, Computer können mit unendlich vielen Möglichkeiten rechnen. Lass es mich mal versuchen.»

Vanessa, die dabei war, einen IBM-Großrechner zu programmieren, blieb nach der Arbeit länger im Büro, um mit den fraglichen vierundzwanzig Gewinnzahlen herumzuspielen. Sie erkundigte sich bei der CIA-Bibliothekarin und erfuhr, dass die amerikanischen Vorwahlen Anfang der Fünfzigerjahre eingeführt worden waren, etwa zu der Zeit, als das Quiz erstmals gesendet wurde. Also begann sie mit der Annahme, dass die zehnstellige Gewinnzahl eine zehnstellige Telefonnummer verbarg, die eine niedrige Vorwahl hatte, wie alle Orte an der Ostküste. Sie begann mit der ersten Gewinnzahl nach einem *Alice*-Zitat am 5. April 1951: 2056902023. Sie ließ eine Reihe von Gleichungen durch den Computer laufen und fand heraus, dass man, wenn man eine achtstellige Geheimzahl, die mit einer Drei und einer Null begann, von der Gewinnzahl subtrahierte, mit ziemlich hoher Wahrscheinlichkeit eine Telefonnummer mit der Vorwahl für Washington erhielt, wo, wie die beiden Schwestern vermuteten, eine Kontaktperson wohnen würde. Wenn Vanessa achtstellige Zahlen mit einer Drei und einer

Null am Anfang von den anderen dreiundzwanzig Gewinnzahlen abzog, erhielt sie jedesmal Zahlen, die mit der Washingtoner Vorwahl 202 anfingen.

Das Ergebnis war hypothetisch – aber die statistische Wahrscheinlichkeit, dass es sich um einen reinen Zufallstreffer handelte, war verschwindend gering.

Wenn die Geheimzahl mit einer Drei und einer Null anfing, blieben jedoch noch immer sechs Stellen, die ungeklärt waren. Dieses Problem trieb Vanessa fast eine Woche lang zur Verzweiflung.

Dann saß sie eines Abends mit ihrem Freund in einem chinesischen Restaurant zwei Querstraßen von der Wohnung entfernt, die sich die beiden Schwestern teilten. Vanessas Freund ging zur Kasse, um mit seiner Visa-Card zu zahlen, und bat sie, etwas Trinkgeld auf den Tisch zu legen. Vanessa zog zwei Ein-Dollar-Scheine aus ihrem Portemonnaie und strich sie glatt. Noch immer schwirrte ihr der Kopf von den Unmengen an Zahlen, die der Computer in den letzten zehn Tagen ausgespuckt hatte. Als sie die Geldscheine betrachtete, schienen die Seriennummern vom Papier zu schwimmen. Sie schüttelte den Kopf und sah erneut hin. Ihr fiel wieder ein, dass Tessa erzählt hatte, ostdeutsche Spione hätten die Seriennummern von amerikanischen Zehn-Dollar-Scheinen verwendet, um Telefonnummern zu ermitteln. Die erste Moskauer Gewinnzahl war am 5. April 1951 gesendet worden, also musste der sowjetische Agent einen Zehn-Dollar-Schein gehabt haben, der vor diesem Datum gedruckt worden war. Natürlich! Sie musste doch bloß herausfinden, welche Seriennummern von Ende des Krieges bis April 1951 in Umlauf waren, und sie in den Computer eingeben.

Gleich am nächsten Morgen rief Vanessa im Finanzministerium an und ließ sich einen Termin für den Nachmittag geben. Der zuständige Beamte erklärte sich bereit, ihr gleich eine Liste der Serien zusammenstellen zu lassen, die von 1945 bis April 1951 in Umlauf waren.

Am selben Abend schaute ihr eine aufgeregte Tessa über die Schulter, während Vanessa die Liste durchsah, bis sie auf eine Serie stieß, die mit der verräterischen Drei-Null-Kombination begann. Im Jahre 1950 waren Zehn-Dollar-Scheine im Wert von 67 593 240 Dollar gedruckt worden, deren Seriennummern mit einem Buchstaben begann, gefolgt von 3089, gefolgt von vier anderen Zahlen und einem weiteren Buchstaben.

Zurück an ihrem Großrechner, begann Vanessa mit den Anfangszahlen 3089 zu arbeiten; als sie 3089 von der ersten Gewinnzahl abzog, erhielt sie eine Washingtoner Vorwahl mit dem Beginn einer Telefonnummer, die es in den frühen Fünfzigerjahren gegeben hatte: 202 601. Und das wiederum ergab lediglich 9999 Telefonnummern, die zu überprüfen waren.

«Wir suchen jemanden», rief Tessa ihrer Schwester in Erinnerung, «der eine Telefonnummer mit den Anfangszahlen 202 601 hatte und in der Woche nach dem 5. April 1951 aus seiner Wohnung oder seinem Haus ausgezogen ist.» Tessa tänzelte fast vor Begeisterung. «Jesus heiliger Christ», sagte sie. «Meinst du wirklich, das funktioniert?»

Die Suite im zweiten Stock des Kremls war in eine regelrechte Klinik umfunktioniert worden. Rund um die Uhr waren Ärzte und in Hämodialyse ausgebildetes Pflegepersonal im Einsatz, es gab ein in Amerika hergestelltes Blutreinigungsgerät, eine so genannte künstliche Niere, um akutes Nierenversagen zu behandeln. Juri Wladimirowitsch Andropow – der ehemalige sowjetische Botschafter in Budapest zur Zeit des Ungarnaufstands 1956, Leiter des KGB von 1967 bis 1982, seit dem Tod von Leonid Breschnew im Jahre 1982 Generalsekretär der Kommunistischen Partei und unangefochtener Kopf der Sowjetunion – war der einzige Patient in dieser Klinik. Der neunundsechzigjährige Andropow war seit zehn Monaten an der Macht und litt unter einer chronischen Nierenerkrankung. Nur eine regelmäßige Hämodialyse hielt ihn noch am Leben. Todkrank (die Ärzte gaben ihm höchstens noch sechs Monate), blass, ausgezehrt und schnell ermüdend, saß Andropow im Bett, eine Heizdecke bis zum Hals hochgezogen. «Ich bin dieses Gemecker satt», sagte er zu Starik. «Unsere ordenbehängten Militärs erzählen mir jeden Tag, dass der Krieg zu gewinnen ist. Dass es nur darauf ankommt, trotz der Verluste weiter energisch vorzugehen. Und dann kommt der KGB und erzählt mir dasselbe wie immer: dass der Krieg in Afghanistan nicht zu gewinnen ist.» Er schüttelte enerviert den Kopf und blickte dann auf die gelbe Terminkarte. «Hier steht, Sie haben um einen Termin gebeten, um über CHOLSTOMER zu sprechen.»

«Das Dreierkomitee des Politbüros ist unentschieden, Juri Wladimirowitsch», erklärte Starik. «Ein Mitglied ist dafür, eines dagegen, eines unentschlossen.»

«Und wer ist dagegen?», erkundigte sich Andropow.

«Genosse Gorbatschow.»

Andropow kicherte. «Michail Sergejewitsch faselt in letzter Zeit nur noch davon, dass *glasnost* und *perestroika* notwendig sind, als ob das die Zaubermittel zur Lösung all unserer wirtschaftlichen Probleme wären.» Er signalisierte einem Krankenpfleger mit einer Handbewegung, den Raum zu verlassen. Kaum waren sie allein, sagte er zu Starik: «Helfen Sie meinem Gedächtnis bei Ihrem CHOLSTOMER-Projekt ein bisschen auf die Sprünge.»

«Seit Mitte der Fünfzigerjahre hat der KGB aus den Gewinnen unserer staatlichen Gasgesellschaft GazPRom sowie aus Rüstungs- und Ölverkäufen Gelder abgeschöpft. Wir haben heimlich so genannte Scheinfirmen in verschiedenen Steuerparadiesen gegründet – auf der Isle of Man, auf Jersey und Guernsey, in der Schweiz und in der Karibik. Normalerweise ist eine Scheinfirma im Besitz von zwei anderen Gesellschaften, die wiederum –»

Andropow winkte lustlos ab. «Ich versteh schon.»

«Derzeit kontrollieren wir über diese Scheinfirmen etwa dreiundsechzig Milliarden US-Dollar. Das Beste an CHOLSTOMER ist, dass diese Dollars auf New Yorker Banken liegen, die jedoch nicht in der Lage sind, den eigentlichen Besitzer des Geldes zu identifizieren. Nun wechseln Tag für Tag in New York zwischen fünf- und sechshundert Milliarden US-Dollar den Besitzer – und zwar auf dem so genannten Spotmarkt, das heißt, dass diese Verkäufe sofort ausgeführt werden.»

«Wie wollt ihr denn den amerikanischen Dollar unterminieren, wenn ihr bloß über einen Bruchteil dieser sechshundert Milliarden verfügt?»

«Wir denken, wenn wir geschickt vorgehen, wenn wir also in großen Zeitschriften weltweit Artikel über die Schwäche des Dollars platzieren und dann den Markt dementsprechend manipulieren, wird der unerwartete Verkauf von dreiundsechzig Milliarden bei Menschen und Institutionen – bei Spekulanten, Versicherungsgesellschaften, Privatbanken, Rentenfonds und vor allem bei den europäischen und asiatischen Zentralbanken Panik auslösen. Wir schätzen, dass die Panikverkäufe das Zehnfache der ursprünglichen dreiundsechzig Milliarden ausmachen werden, dass also rund sechshundert Milliarden Dollar auf den Markt geworfen werden – und das zusätzlich zu den regulären Dollarverkäufen an diesem Tag. Das wird unweigerlich einen Schneeballeffekt auslösen. Natürlich wird die amerikanische Zentralbank, die *Federal Reserve Bank*, intervenieren und Dollars kaufen, um die US-Währung zu stützen. Aber wir rechnen damit, dass diese Intervention zu spät kommt und zu schwach sein wird, um den Dollar abzufangen. Wir schätzen, dass siebzig Prozent der Fremdwährungsguthaben in den Zentralbanken von Japan, Hongkong, Taiwan und Malaysia in Dollars geführt werden; dabei handelt es sich um eine Summe von etwa eintausend Milliarden. Neunzig Prozent davon werden in Form von US-Schatzanleihen und -wechseln gehalten. Wir haben einflussreiche Agenten in Schlüsselpositionen in diesen Zentralbanken und einen deutschen Agenten in der Umgebung von Kanzler Helmut Kohl. Beim ersten Anzeichen eines Absturzes des US-Dollars werden unsere Agenten ihre jeweiligen Zentralbanken bedrängen, zum Schutz vor weiteren Verlusten zwanzig Prozent ihrer US-Schatzanleihen zu verkaufen. Von diesem Moment an würde zusätzlich zum Sturz des Dollars auch noch der amerikanische Anleihemarkt zusammenbrechen, und das wiederum würde an der Wall Street Panik auslösen; es ist damit zu rechnen, dass der Dow Jones ins Bodenlose fällt. Die europäischen Aktienmärkte würden ihm folgen. Europäer mit Dollar-Guthaben würden panikartig verkaufen und amerikanische Anleihen abstoßen.»

Andropows rechtes Augenlid zuckte. «Können Sie die langfristigen Auswirkungen von CHOLSTOMER auf den Hauptgegner abschätzen?»

«Als Reaktion auf den Zusammenbruch des Anleihemarktes würden die Zinssätze in den USA, in Europa und Asien in die Höhe schnellen. Die Preise würden steigen, was bedeutet, dass amerikanische Unternehmen im In- und Ausland weniger verkaufen können, so dass das amerikanische Handelsdefizit dramatisch ansteigt. Die Folge wären Inflation, wirtschaftliche Rezession, rapider Anstieg der Arbeitslosigkeit. Das Chaos in der amerikanischen Wirtschaft hätte selbstverständlich auch politische Nebenwirkungen, vor allem in Frankreich und Italien, wo starke kommunistische Parteien Alternativen aufzeigen könnten, um ihre Länder von der wirtschaftlichen Vorherrschaft der Amerikaner zu befreien und sie enger an den Sowjetblock zu binden. Westdeutschland, Spanien und die skandinavischen Länder würden sich ihnen vermutlich anschließen, um nicht isoliert zu werden.»

Es klopfte leise an der Tür. Ein junger Pfleger rollte ein Metallwägelchen ans Bett. «Zeit für Ihre Vitamine, Genosse Andropow», sagte er. Der Generalsekretär zog die Decke vom linken Arm und schloss die Augen. Der Pfleger schob ihm den Ärmel hoch und setzte ihm geschickt eine Spritze. Als der Pfleger den Raum verlassen hatte, hielt Andropow die Augen weiter geschlossen. Starik fragte sich schon, ob er vielleicht eingeschlafen sei, doch da blickte Andropow ihn an und sagte: «Seit sechs Monaten grübele ich über die so genannte *Strategic Defense Initiative* des amerikanischen Präsidenten nach – von der Presse *Star Wars* getauft. Ich habe nie geglaubt, dass Reagan ernsthaft meint, er könnte Satelliten im Weltraum stationieren, die sämtliche feindliche Raketen mit Laserstrahlen abschießen. Und das brachte mich zu dem Schluss, dass er eins von zwei Motiven hat. Entweder er meint, eine Eskalation des Wettrüstens würde uns zwingen, gewaltige Summen aufzubringen, um mit den Amerikanern Schritt zu halten, was nicht nur unsere ohnehin schon schwierige wirtschaftliche Lage, sondern auch die Macht und das Ansehen unserer Partei weiter schwächen würde.»

Andropow blickte sein Gegenüber starr an, und es schien, als hätte er den Faden verloren.

«Und das zweite Motiv, Juri Wladimirowitsch?», half Starik ihm.

«Ja, das zweite Motiv ... das ich für das wahrscheinlichere halte, ist, dass Reagans *Star-Wars*-Gerede vom letzten März das amerikanische Volk psychologisch auf den Nuklearkrieg vorbereiten sollte, genauer gesagt, auf einen amerikanischen nuklearen Erstschlag gegen die Sowjetunion.»

Erschrocken blickte Starik auf und sah, dass die Augen des Generalsekretärs unverwandt auf ihn gerichtet waren. «Der Militärische Nachrichtendienst», sprach Andropow kaum hörbar weiter, «hat ein NATO-Chiffriersystem geknackt und herausgefunden, dass vor Ende dieses Jahres unter der Bezeichnung ABLE ARCHER 83 eine geheime NATO-Übung geplant ist. Angeblich soll der Abschuss von Nuklearwaffen geübt werden. Ich denke, dass diese so genannte NATO-Übung eine Tarnung für den atomaren Erstschlag der imperialistischen Mächte sein könnte.»

«Wenn das wahr ist –»

«Es wäre die schlimmste aller Möglichkeiten», sagte Andropow, «aber ich glaube, dass Reagans imperialistischer Ehrgeiz, noch verstärkt durch seine Haltung, uns als das Reich des Bösen zu sehen, um mit seinen Worten zu sprechen, diese Schlussfolgerung rechtfertigt.» Andropows rechte Hand kam unter der Decke hervor. Er beugte sich zum Nachttisch hinüber und kritzelte unbeholfen die Worte «Befürwortet und genehmigt» und seinen vollen Namen auf die Vollmacht mit der Kennzeichnung 127/S-9021, die Starik vorbereitet hatte. «Ich bin mit CHOLSTOMER einverstanden», erklärte er in rauem Flüsterton. «Ich befehle Ihnen, vor Ende November mit der Operation zu beginnen.»

Der Kopf des Generalsekretärs sank matt auf das Kissen. Starik sagte leise: «Das werde ich, Juri Wladimirowitsch.»

3

IRGENDWO IN AFGHANISTAN, SONNTAG, 23. OKTOBER 1983

Ibrahims Trupp bestand aus etwa sechzig Mann. Sie zogen nachts weiter, manchmal zu Fuß, manchmal auf Eseln, gelegentlich auf Lastwagen. Wohin sie auch kamen, überall boten Bauern ihnen Unterkunft an und teilten mit ihnen die wenigen Lebensmittel, die ihnen nach dem Durchzug der Russen noch geblieben waren. Alle erkannten Ibrahim, und er schien Dutzende mit Namen zu kennen. Die Gruppe verließ den Weg, sobald die ersten silbergrauen Sonnenstrahlen die Gipfel der hohen Berge ringsherum in düstere Silhouetten verwandelten. Streng bewacht von Mudschaheddin, wurden Anthony und Maria schmale Pfade entlanggeführt, die mit weiß gebleichten Steinen markiert waren. Über unwegsames Gelände erreichten sie schließlich eines der halb verlassenen, halb zerstörten kleinen Dörfer, die an den steilen Hängen klebten. Jedes Dörfchen hatte eine Moschee, umgeben von den Steinhäusern, die die russischen Luftangriffe überstanden hatten, und von dem Schutt derjenigen, denen weniger Glück beschieden gewesen war. In den Gemeinschaftsräumen loderte in rußgeschwärzten Kaminen ein Feuer. Kalender mit Fotos von der Kaaba in Mekka oder dem Felsendom in Jerusalem hingen an den nackten, verputzten Wänden neben dem *Mihrab* – der Nische, die die Richtung nach Mekka anzeigte. Zur Erfrischung gab es Pistazien und *nabidth*, ein schwach alkoholisches Getränk aus Trauben oder Datteln mit Wasser, die man in irdenen Krügen gären ließ.

Eines Morgens, nach einem besonders anstrengenden Nachtmarsch, stellte ein Junge eine Schüssel, deren Inhalt wie Innereien aussah, vor Maria auf den Tisch. Sie verzog das Gesicht und schob die Schüssel beiseite. Als Ibrahim sie deshalb verspottete, konterte Maria – die in Beirut bei ihrem libanesisch-amerikanischen Vater aufgewachsen war – mit einem alten arabischen Sprichwort: «*Yom asal, yom basal*» – «Heute Honig, morgen Zwiebeln.»

Ibrahim, der leicht aufbrauste, wenn er meinte, der Islam würde verspottet, zischte sie an: «Was wisst ihr Westler schon von Zwiebeln? Hier hat schon jeder irgendwann einmal schwer gelitten.»

In der Hoffnung, Ibrahim irgendwelche biografischen Informationen entlocken zu können, fragte Anthony: «Sprechen Sie aus persönlicher Erfahrung?»

Ibrahims Blick verfinsterte sich, und er starrte zum Fenster hinaus. «Es war Mitte der Siebzigerjahre», begann er. «Da wurde ich in Teheran vom iranischen SAVAK verhaftet, weil sie irrtümlich glaubten, ich würde für den irakischen Geheimdienst arbeiten. Das Furchtbare dabei war, dass ich die Antworten auf ihre Fragen nicht kannte und deshalb drei Tage und Nächte gefoltert wurde. Noch heute spüre ich manchmal, wie die Zangen die Nerven in meinem rechten Arm zerquetschen und der Schmerz mir ins Gehirn schießt, und dann muss ich die Lippen zusammenpressen, um nicht aufzuschreien.» Schweißperlen traten auf Ibrahims Oberlippe, und er nahm einen Schluck *nabidth*. «Ich lebe mit der Erinnerung an rasende Schmerzen», sagte er. «Aber glaubt mir, ich hege keinen Groll gegen die Iraner. An ihrer Stelle hätte ich das Gleiche getan. Ich *war* schon an ihrer Stelle, hier in Afghanistan, und ich *habe* das Gleiche getan. Als ich die SAVAK-Leute von meiner Unschuld überzeugt hatte, wurden sie wieder zu meinen Kameraden im Kampf gegen Imperialisten und Ungläubige.»

Am Abend des zehnten Tages führte Ibrahim seinen Trupp und die beiden Gefangenen zu einem Fluss tief unten in einem Tal. Ein verrosteter russischer Panzer lag am Ufer, halb im Wasser. Zu zweit und zu dritt überquerten die Mudschaheddin den reißenden Fluss in einem Bambuskäfig, der an einem dicken Draht hing und von Hand gezogen wurde. Auf der anderen Seite angekommen, ging es im schwachen Licht des Mondes einen steilen Bergpfad hinauf. Stunden später erreichten sie eine schmale Schlucht, die sie in ein lang gestrecktes Felsental führte. Das Gelände wurde zunehmend breiter und ebener. Sie kamen durch kleine Ansammlungen von geduckten Steinhäusern, deren Dächer mit Schlingpflanzen überwuchert waren. In den Ruinen einer Moschee sah man veraltete Luftabwehrgeschütze, über die Tarnnetze gebreitet waren. Im frühmorgendlichen Dämmerlicht traten Männer mit Petroleumlampen aus den Häusern und winkten Ibrahim zu. Schließlich erreichte die Gruppe ein von einer Lehmmauer umringtes Grundstück, auf dem in der Mitte eine Moschee mit Minarett stand und eine Reihe von Lehmhäusern sich an die steile Felswand lehnten. Rauch drang aus den Schornsteinen, fast so, als hätte man Ibrahim und seine

Krieger erwartet. Eine junge Frau erschien an der Tür von einem der Häuser. Als Ibrahim ihr etwas zurief, schlug sie die Augen nieder und verbeugte sich tief vor ihm. Zwei kleine Kinder lugten hinter ihr hervor.

«Wir haben Yathrib erreicht», teilte Ibrahim seinen Gefangenen mit. Er zündete eine Petroleumlampe an und führte sie dann auf den Speicher eines der Häuser. «Hier werdet ihr bleiben, bis die Amerikaner bereit sind, uns Raketen im Austausch für eure Freilassung zu liefern. Ihr erhaltet täglich Essen, Tee, Trink- und Waschwasser. Die Schüssel hinter dem Vorhang in der Ecke dient als Toilette. Es wird euch an nichts fehlen.»

«Außer an unserer Freiheit», warf Maria verächtlich ein.

Ibrahim überhörte ihre Bemerkung. «Morgens und nachmittags dürft ihr eine Stunde unter Bewachung auf dem Grundstück spazieren gehen. Wenn ihr das Heulen einer Sirene hört, heißt das, dass russische Flugzeuge oder Hubschrauber gesichtet wurden, und ihr müsst Deckung suchen. Ich wünsche euch einen erholsamen Schlaf.» Er sah Anthony eindringlich an. «Morgen werden wir mit deiner Vernehmung beginnen», sagte er leise. «Bereite dich darauf vor.» Mit diesen Worten stieg Ibrahim die Leiter hinunter und schloss die Falltür hinter sich.

Anthony sah zu Maria hinüber. Ihr kragenfreies Hemd war schweißnass und klebte ihr am Körper. Sie streifte ihre Stiefel ab und streckte die Beine aus. Unvermittelt gab sie ihre harte professionelle Haltung auf, die sie bislang aufrechterhalten hatte, und sagte aus heiterem Himmel: «Wir machen uns was vor, wenn wir uns einbilden, wir kämen hier lebend wieder raus.»

Anthony betrachtete die tanzende Flamme der Petroleumlampe. Ibrahims Ankündigung, dass er vernommen werden sollte, war ihm unter die Haut gegangen. Er musste daran denken, was Ibrahim gesagt hatte, nachdem er von seiner Folter durch den iranischen Geheimdienst erzählt hatte. *An ihrer Stelle hätte ich das Gleiche getan. Ich war schon an ihrer Stelle, hier in Afghanistan, und ich habe das Gleiche getan.* Anthony fragte sich, wie viel Schmerzen er wohl ertragen konnte, bevor er zusammenbrach, bevor er zugab, dass er bei der CIA war, und ihnen alles verriet, was er über die Operationen der *Company* in Pakistan und Afghanistan wusste.

Wieder blickte er zu Maria hinüber, und als er sah, wie niedergeschlagen sie war, versuchte er, sie aufzuheitern. «*Der Mensch ist mit unheilbarer Hoffnung geschlagen*», zitierte er und lächelte dann verlegen. «An der Uni gab's einen Professor für Literatur, der immer gesagt hat, ein paar Zeilen von Ogden Nash auswendig zu können wäre ein gutes Mittel, um bei Frauen Eindruck zu schinden.»

Sie lächelte schwach. «Willst du bei mir Eindruck schinden, Anthony?»

Er zuckte die Achseln.

Sie schüttelte den Kopf. «Falls wir je hier rauskommen –»

«Nicht *falls*. Wenn wir hier rauskommen.»

«*Wenn* wir hier rauskommen, fangen wir noch mal ganz von vorne an. Du wirst Ogden Nash zitieren, und ich werde entsprechend beeindruckt sein, und dann sehen wir weiter.»

Als Ibrahim am nächsten Morgen auf die beiden Gefangenen beim Spaziergang zukam, folgte ihm ein bartloser junger Mann. Er trug eine schmutzige weiße Kappe, in seinem Hosenbund steckte ein Dolch, und er hatte eine AK-47 über die Schulter gehängt. Ein Kanarienvogel, mit einem kurzen Faden an einem Bein festgebunden, saß auf seinem Arm.

Anthony hatte den jungen Mann schon während ihrer langen Fahrt durch die Berge immer in Ibrahims Nähe gesehen und ihn den «Schatten» getauft. «Wieso brauchen Sie in Ihrem eigenen Dorf einen Leibwächter?», fragte er jetzt.

«Er ist nicht hier, um meinen Leib zu bewachen», erwiderte Ibrahim. «Er ist hier, um dafür zu sorgen, dass ich meinen Feinden nicht lebend in die Hände falle.» Er deutete mit dem Kinn zu einem flachen Gebäude am Rand des Grundstücks. «Komm mit.»

Maria und Anthony blickten sich besorgt an. Anthony versuchte ein Lächeln, dann folgte er Ibrahim und seinem Schatten zu dem Haus. Als er durch die Tür trat, befand er sich in einem weiß getünchten Raum, in dem ein langer schmaler Holztisch und zwei Stühle standen. Drei von Ibrahims jungen Kämpfern lehnten lässig an der Wand, Tücher so hoch über das Gesicht gezogen, dass nur ihre Augen zu sehen waren. Ibrahims Schatten schloss die Tür und stellte sich neben einen Eimer voll Schnee, der früh am Morgen von den Bergen geholt worden war. Ibrahim setzte sich auf einen der Stühle und bedeutete Anthony, auf dem anderen Platz zu nehmen. «Hast du irgendwelche besonderen Kennzeichen an deinem Körper?», fragte er seinen Gefangenen.

«Seltsame Frage.»

«Beantworte sie. Hast du irgendwelche Tätowierungen oder Narben oder Muttermale?»

Anthony nahm an, dass Ibrahim der Welt beweisen wollte, dass der Diplomat Anthony McAuliffe wirklich in seiner Gewalt war. «Keine Tätowierungen. Keine Narben. Ich habe ein Muttermal – in Form eines Kreuzes auf meinem rechten kleinen Zeh.»

«Zeig es mir.»

Anthony zog Schuh und Socke aus und hielt den Fuß hoch.

Ibrahim beugte sich vor und betrachtete das Muttermal. «Ausgezeichnet. Wir werden dir den Zeh amputieren und ihn an deine CIA-Dienststelle in Kabul schicken.»

Alles Blut wich aus Anthonys Lippen. «Sie machen einen bösen Fehler», stieß er hervor. «Ich bin nicht bei der CIA. Ich bin Diplomat –»

Ibrahims Schatten zückte den rasiermesserscharfen Dolch und näherte sich dem Tisch. Zwei der Kämpfer traten hinter den Gefangenen und hielten ihm die Arme fest.

Anthony begann in Panik zu geraten. «Was ist denn aus dem viel beschworenen moralischen Gesetz der Paschtunen geworden?», schrie er.

Ibrahim sagte: «Eben deshalb haben wir Schnee aus den Bergen geholt. Wir haben keine Narkosemittel, deshalb werden wir den Zeh mit Schnee betäuben. So amputieren wir auch die Gliedmaßen verwundeter Kämpfer. Du wirst nicht viel Schmerz spüren.»

«Um Gottes willen, nein –»

«Uns bleibt keine andere Wahl», sagte Ibrahim.

Der dritte Kämpfer holte den Eimer herbei und stieß Anthonys nackten Fuß in den Schnee. Ibrahim kam um den Tisch herum. «Glaub mir, sobald es überstanden ist, wirst du stolz darauf sein. Ich rate dir, dich nicht gegen das Unausweichliche zu wehren – das würde die Amputation bloß schwieriger machen, für uns und für dich.»

Anthony flüsterte mit heiserer Stimme: «Lasst mich los.»

Ibrahim musterte seinen Gefangenen, dann nickte er den beiden Männern zu, die seine Arme festhielten. Ganz langsam und vorsichtig lockerten sie ihren Griff. Anthony holte tief Luft. Tränen standen ihm in den Augen, als er den Blick abwandte und sich fest in den Ärmel biss. Als es vorbei war, drückte Ibrahim selbst einen Lappen auf die offene Wunde, um die Blutung zu stillen. «*El-hamdoulillah*», sagte er. «Du könntest ein Muslim sein.»

Fünf Tage später, als Ibrahims Gefangene gerade ihren Morgenspaziergang machten – Anthony ging humpelnd an einer behelfsmäßigen Krücke –, trieben zwei Beduinen eine Reihe von Maultieren, mit Holzkisten beladen, durch das Haupttor. Ein dunkelhäutiger Mann mit einem langen Spitzbart, einer verspiegelten Sonnenbrille und einer Baseballmütze auf dem Kopf, unter die er hinten ein Taschentuch geklemmt hatte, um den Nacken vor der Sonne zu schützen, folgte ihnen. Die Männer begannen sofort, ihre Ware abzuladen. Binnen Minuten hatten sie ein ganzes Sortiment an Waffen auf Matten ausgebreitet: chinesische Sturmgewehre, amerikanische

Waffen aus dem Zweiten Weltkrieg, deutsche Maschinenpistolen und grüne Minen zur Panzerabwehr mit amerikanischen Kennnummern. Ibrahim trat, gefolgt von seinem Schatten, aus einem der Steinhäuser vor der Felswand und unterhielt sich mit dem dunkelhäutigen Mann. Es wurde Tee gebracht, und die beiden ließen sich auf einer Matte nieder, um Preise und die Währung auszuhandeln, in der die Ware bezahlt werden sollte. Schließlich wurden sie handelseinig und reichten einander die Hände. Als der Waffenhändler aufstand, bemerkte er die beiden Gefangenen, die ihnen aus einiger Entfernung zuschauten, und er schien sich bei seinem Gastgeber nach ihnen zu erkundigen. Ibrahim blickte herüber und sagte dann etwas, das den Waffenhändler veranlasste, in Anthonys Richtung zu schauen und auf die Erde zu spucken.

«Ich glaube, Ibrahims Besucher mag uns nicht», sagte Anthony zu Maria.

«Er sieht aus wie ein *Falascha*», sagte Maria. «Ich würde zu gerne wissen, was ein äthiopischer Jude so weit weg von zu Hause zu suchen hat.»

Die Frau, die mit einem starken osteuropäischen Akzent sprach, hielt Eugene wieder mit unwichtigem Geplauder so lange am Telefon wie nur eben möglich. Er müsse verstehen, sagte sie, dass seine Anrufe die einzigen Lichtblicke in ihrem ansonsten trostlosen Leben seien. Sie habe nur ihren Freund Silvester und sei ansonsten ganz allein auf der Welt. Wenn dann das Telefon klingelte und sie Eugenes Stimme hörte, ja, dann sei das so, als ob die Sonne kurz durch die Wolken brechen würde und man blinzeln müsse, um nicht vom Licht geblendet zu werden. Ach je, nein, es mache ihr nichts aus, dass sie sich nach jedem Anruf eine neue möblierte Wohnung suchen müsse. Im Laufe der Jahre sei das mehr oder weniger Routine geworden. Und sie wisse ja, wie wichtig es für Eugenes Sicherheit sei, dass er sie nie zweimal unter derselben Nummer anrief. Danke der Nachfrage, ja, es ging ihr einigermaßen gut, unter den gegebenen Umständen ... Womit sie sagen wollte, sie war ja nun nicht mehr die Jüngste, und von der Strahlenbehandlung bekam sie Schwindelanfälle und Übelkeit, und ihre Verdauung ließ natürlich auch zu wünschen übrig, wegen des Darmtumors, obwohl die Ärzte ihr versicherten, dass Krebsgeschwülste bei alten Menschen nur sehr langsam wuchsen ... Ach, sie erinnerte sich noch an eine ferne Vergangenheit, als Männer ihr sagten, sie sei außergewöhnlich attraktiv, aber sie erkannte sich selbst nicht mehr wieder, wenn sie die gezackten und vergilbten Fotos in ihrem Album betrachtete – ihr Haar hatte die Farbe von Zement angenommen, ihre Augen waren tief in die Höhlen gesunken, sie war sogar kleiner geworden. Dass er gefragt hatte, machte ihr gar nichts aus; ganz im Gegenteil, Eugene war der Einzige, der ein persönliches Interesse an ihr zeigte ... Er sollte sie bitte nicht missverstehen, sie erwartete keine Orden, aber eingedenk ihrer jahrzehntelangen treuen Dienste wäre ein kleines Wort der Anerkennung, nur dann und wann mal, doch wohl nicht zu viel verlangt gewesen ... Ach ja, sie mussten wohl zur Sache kommen. Ihr war aufgetragen worden, Eugene zu sagen, dass sein Mentor ihn bitte, ein persönliches Treffen mit SASHA zu organisieren ... je eher, desto besser ... Er würde verstehen, wieso, wenn er das Material aus SILKWORM eins sieben holte ... Sie kam wieder ins Plaudern. Wie sehr sie doch hoffte, dass er immer gut auf sich aufpasste ... Bitte noch nicht auflegen, da war noch etwas. Sie wusste ja, dass es keinesfalls im Bereich des Möglichen lag, aber sie hätte ihn so gerne mal getroffen, nur ein Mal, nur ein einziges Mal; sie hätte ihn gern auf die Stirn geküsst, so wie ihren Sohn, bevor die Nazischweine ihn ins Todeslager abtransportiert hatten ... Eugene müsse ihr verzeihen, sie habe wirklich nicht weinen wollen ... Er wollte sie sehen! Wie schön, sie könnten sich spätabends in einem Drugstore treffen und an der Theke einen Tee trinken ... Ach, wenn er das organisieren könnte, sie wäre ihm ewig dankbar. Sie sei ja so allein ... Eine Woche würde es ungefähr dauern, bis sie die nächste Wohnung gefunden hatte, so dass er sie hier wieder anrufen konnte ... Sie würde neben dem Telefon sitzen und auf seinen Anruf warten ... Ja, ja, auf Wiederhören, mein lieber Junge.

Sie kamen aus unterschiedlichen Richtungen und trafen sich zwischen der 9th und 10th Street unter der Statue von Robert F. Kennedy. «Es gab Leute in der *Company*, die Champagnerflaschen geköpft und gefeiert haben, als er erschossen wurde», erinnerte sich SASHA, während er zu Bobby hinaufblickte, der 1968 in einer Hotelküche in Los Angeles von einem Palästinenser ermordet worden war.

«Du hast ihn gekannt, nicht?», fragte Eugene.

Die beiden Männer wandten sich von der Statue ab und schlenderten die Straße hinunter. «Ich glaube nicht, dass ihn überhaupt jemand gekannt hat», sagte SASHA. «In verschiedenen Phasen seines Lebens scheint er verschiedene Rollen gespielt zu haben. Zuerst war er der Schwarze Robert, Jack Kennedys Mann fürs Grobe. Nach dem Attentat auf JFK war er der trauernde Patriarch des Kennedy-Clans. Und als er schließlich selbst Präsident werden wollte, wurde er zum leidenschaftlichen Streiter für die Armen.»

«Vom Schwarzen Robert zum Heiligen Bobby», sagte Eugene.

SASHA musterte seine Kontaktperson. «Was ist dein Geheimnis, Eugene? Du scheinst überhaupt nicht älter zu werden.»

«Das liegt an den dauernden Adrenalinstößen», scherzte Eugene. «Jeden Morgen frage ich mich, ob ich die nächste Nacht in meinem Bett oder auf einer Gefängnispritsche verbringe.»

«Solange wir auf der Hut sind und unsere Arbeit ganz genau machen, passiert uns nichts», beruhigte SASHA ihn. «Starik muss mir ja was ziemlich Wichtiges zu sagen haben, wenn du die Mühe auf dich nimmst –»

«Du meinst, *das Risiko*.»

SASHA lächelte schwach. «– das Risiko auf dich nimmst, dich persönlich mit mir zu treffen.»

«Stimmt. Es geht um deine letzten Antworten auf Stariks Anfrage vom 22. September – du hast Ende September und in der ersten Oktoberwoche Meldungen in toten Briefkästen hinterlegt. Genosse Andropow ist absolut sicher, dass er die Situation korrekt analysiert hat. Er war erbost, als Starik deine Meldungen an ihn weitergeleitet hat – er hat sogar schon gemutmaßt, du wärst von der CIA umgedreht worden, um der Zentrale Falschinformationen zu übermitteln. Das war für ihn die einzige mögliche Erklärung dafür, dass du ABLE ARCHER 83 nicht als Tarnung für einen atomaren Erstschlag der Amerikaner bestätigt hast.»

SASHA wurde ärgerlich: «Es steht wirklich schlimm um uns, wenn Andropow jetzt der Chefanalyst für Geheimdienstinformationen ist.»

«He, ich bin bloß der Bote. Versteh doch, Genosse Andropow ist davon überzeugt, dass die Amerikaner einen Präventivschlag planen. Jetzt wo die letzten Vorbereitungen für CHOLSTOMER laufen, ist es doch verständlich, dass Andropow und Starik den genauen Zeitpunkt des amerikanischen Angriffs erfahren –»

SASHA blieb abrupt stehen. «Von einem amerikanischen Präventivschlag kann keine Rede sein», beteuerte er. «Das Ganze ist völliger Blödsinn. Ich kann kein Datum liefern, weil es keins gibt. Wenn ein Präventivschlag geplant wäre, wüsste ich davon. Andropow ist ein Panikmacher.»

«Starik meint doch nur, dass du zu kategorisch bist. Er fragt, ob du nicht vielleicht melden könntest, dass dir Pläne für einen Präventivschlag nicht *bekannt* sind, anstatt zu sagen, dass es sie gar nicht gibt. Schließlich könnte das Pentagon ja einen solchen Schlag planen und die CIA nicht davon in Kenntnis setzen –»

SASHA setzte sich wieder in Bewegung. «Versteh doch, das ist einfach ausgeschlossen. Die Russen haben mobile Vergeltungsschlagseinrichtungen auf Plattformwagen der Eisenbahn – zwölf Züge mit Atomraketen, die auf einem Schienennetz von dreihunderttausend Meilen unterwegs sind. Ohne Echtzeit-Satellitenaufklärung könnte das Pentagon die niemals alle bei einem Erstschlag ausschalten. Und die Leute, die die Satellitenfotos auswerten, kommen von der CIA.» SASHA schüttelte den Kopf. «Wir haben einen Vertreter in dem Komitee, das Ziele auswählt und die Zielliste auf dem neusten Stand hält. Wir berechnen, wie viele sowjetische Sprengköpfe jeweils gerade abschussbereit sind. Und kein Mensch hat an diesen Berechnungen irgendein ungewöhnliches Interesse gezeigt.»

Ein korpulenter Mann mit zwei Hunden an der Leine überholte sie. Eugene behielt den Autoverkehr in der Pennsylvania Avenue im Auge. «Ich weiß nicht, was ich dir sagen soll», stellte er schließlich fest. «Starik will natürlich nicht, dass du irgendwelche Geschichten erfindest, um den Generalsekretär zu erfreuen. Andererseits würde es ihm manches erleichtern –»

«Weißt du eigentlich, was du da sagst, Eugene? Herrgott noch mal, wir kennen uns jetzt schon eine Ewigkeit. Und auf einmal bittest du mich, meine Berichte zu frisieren ...»

«Starik bittet dich, deine Berichte etwas diskreter zu formulieren.»

«In einem anderen Leben», sagte SASHA, «werde ich mal ein Buch über Spionage schreiben und den Romanautoren vor Augen führen, wie das wirklich abläuft. Rein theoretisch sind du und ich und der Resident gegenüber dem Hauptgegner nämlich gewaltig im Vorteil – westliche Gesellschaften, ihre Regierungen und sogar ihre Geheimdienste sind offener und leichter zu durchdringen als unsere. Aber in der Praxis sind wir gewaltig im Nachteil, und das hat selbst James Angleton in seinen besten Zeiten sich nicht klar gemacht. Unsere politischen Köpfe fungieren als Nachrichtenanalysten. Und unsere Agenten vor Ort haben Angst, ihren Führungsoffizieren irgendwas zu melden, das den Vorurteilen der politischen Führung widerspricht; und selbst wenn wir unseren Führungsoffizieren Bericht erstatten, werden die ganz sicher nicht ihre Karriere aufs Spiel setzen, indem sie den festgefahrenen Ansichten der Politiker widersprechende Meldungen nach oben weitergeben. Wir haben ein strukturelles Problem, weil die Geheiminformationen, die nach oben gehen, meistens dazu dienen, Fehleinschätzungen zu untermauern, anstatt sie zu korrigieren.»

«Und was soll ich Starik nun sagen?», fragte Eugene.

«Sag ihm die Wahrheit. Sag ihm, es gibt nicht die Spur eines Beweises dafür, dass Amerika einen nuklearen Erstschlag gegen die Sowjetunion plant.»

«Wenn Andropow das glaubt, könnte es sehr gut sein, dass er CHOLSTOMER stoppt.»

«Wäre das denn so schlimm?», fragte SASHA. «Wenn CHOLSTOMER gelingt, verlieren Abermillionen kleiner Leute ihre gesamten Ersparnisse.» Nach einer Weile sagte er: «Vor langer Zeit hast du mir mal erzählt, was Starik an dem Tag zu dir gesagt hat, als er dich angeworben hat. Weißt du noch?»

Eugene nickte. «Das werde ich nie vergessen. Er hat gesagt, wir würden die Genialität und Großzügigkeit des menschlichen Geistes fördern. Dieser Gedanke treibt mich heute noch an.»

SASHA blieb erneut stehen und betrachtete seinen Kameraden im Kampf gegen Imperialismus und Kapitalismus. «Dann verrat mir mal eins, Eugene: Was hat CHOLSTOMER damit zu tun, die Genialität und Großzügigkeit des menschlichen Geistes zu fördern?»

Eugene schwieg einen Moment. «Ich werde an Starik weiterleiten, was du gesagt hast – ABLE ARCHER 83 ist keine Tarnung für einen atomaren Präventivschlag.»

SASHA fröstelte unter seinem Mantel und schlug den Kragen hoch. «Verdammt kalt heute Nacht», sagte er.

«Das kannst du laut sagen», gab Eugene ihm Recht. «Was ist mit CHOLSTOMER? Du sollst nach wie vor überwachen, welche Vorbereitungen die *Federal Reserve Bank* zum Schutz des Dollars trifft. Was machen wir damit?»

«Wir denken darüber nach.»

Eugene lächelte seinen Freund an. «Also gut. Wir denken darüber nach.»

Tessa brachte vor lauter Aufregung keinen zusammenhängenden Satz mehr heraus, daher sprach Vanessa die meiste Zeit. Tessas direkter Vorgesetzter, ein trübsinniger Veteran der Gegenspionage namens Moody, hörte mit angestrengter Konzentration zu, während sie ihm ungeduldig alles erklärte. Sie hatten mit den Gewinnzahlen, unterschiedlichen Telefonnummern und der Seriennummer auf einem Zehn-Dollar-Schein gearbeitet. Tessa merkte, dass Mr. Moody überfordert war. «Wenn man mit der Vorwahl 202 beginnt», sagte sie, «und dann diese Zahl von der Gewinnzahl abzieht, die am 5. April 1951 gesendet wurde, dem Tag mit dem ersten Lewis-Carroll-Zitat, dann bekommt man eine Zehn-Dollar-Schein-Seriennummer, die mit einer Drei und einer Null beginnt. Verstehen Sie?»

«Ich weiß nicht recht», gestand Moody. Aber Vanessa redete einfach weiter. Mit einer Drei und einer Null am Anfang bekam sie auch bei den anderen dreiundzwanzig Gewinnzahlen, die Radio Moskau jeweils im

Anschluss an ein Lewis-Carroll-Zitat gesendet hatte, immer die Vorwahl 202 heraus. Und das konnte doch nun unmöglich ein Zufall sein.»

«So weit, so gut», murmelte Moody – einer der letzten Überlebenden aus der Ära Angleton –, aber seine zusammengekniffenen Augen verrieten, dass er große Mühe hatte, mit den Zwillingen Schritt zu halten.

«Okay», sagte Vanessa. «1950 wurden Zehn-Dollar-Scheine im Wert von 67 593 240 Dollar gedruckt, bei denen die Seriennummer mit einer Drei und einer Null begann, gefolgt von einer Acht und einer Neun.»

Moody kritzelte drei, null, acht, neun auf seinen Block.

Vanessa sagte: «Als wir die 3089 von der ersten Gewinnzahl abzogen, erhielten wir eine Telefonnummer, die mit 202 601 anfing – in den frühen Fünfzigerjahren eine ganz normale Washingtoner Nummer.»

Tessa sagte: «Und dann haben wir die 9999 möglichen Telefonnummern überprüft, die mit 202 601 anfingen.»

«Wonach haben Sie dabei gesucht?», fragte Moody, noch immer völlig verständnislos.

«Das ist doch klar, oder?», meinte Vanessa. «Wenn Tessa richtig liegt und die Zitate aus *Alice im Wunderland* und *Alice hinter den Spiegeln* den sowjetischen Agenten auf die Gewinnzahl hinweisen sollen und wenn die Gewinnzahl eine verschlüsselte Telefonnummer ist, dann bedeutet die Tatsache, dass die sich dauernd ändert, nichts anderes, als dass die Kontaktperson dauernd die Wohnung wechselt.»

Moody musste zugeben, dass das vernünftig klang. Wenn der kontaktierte Agent wichtig genug war, verlangte der KGB, dass Kontaktpersonen nach jeder Kontaktaufnahme umzogen.

«Wir haben also nach jemandem gesucht», fuhr Vanessa fort, «dessen Telefonnummer mit 202 601 anfing, der kurz nach dem 5. April 1951 umgezogen war.»

Tessa sagte: «Wir haben Tage gebraucht, um jemanden zu finden, der überhaupt wusste, wo die alten Unterlagen der Telefongesellschaft lagerten. Schließlich haben wir sie in völlig verstaubten Kisten in einem völlig verstaubten Kellerraum gefunden. Wir fanden heraus, dass es einhundertsiebenundzwanzig Anschlüsse gab, die mit der Nummer 202 601 anfingen und die in der Woche nach dem 5. April 1951 abgemeldet wurden.»

«Ab da war es dann kinderleicht», sagte Vanessa. «Wir haben alle hundertsiebenundzwanzig Telefonnummern von dieser ersten Gewinnzahl abgezogen, so dass wir hundertsiebenundzwanzig mögliche achtstellige Seriennummern für den Zehn-Dollar-Schein des Sowjetagenten herausbekamen. Dann haben wir uns die zweite Gewinnzahl nach einem Lewis-

Carroll-Zitat vorgenommen und alle hundertsiebenundzwanzig Seriennummern davon abgezogen. Mit den so ermittelten hundertsiebenundzwanzig neuen Telefonnummern sind wir zurück zu den Telefonunterlagen marschiert und haben *eine* davon wieder gefunden, und zwar für eine Wohnung, die von derselben Person angemietet worden war, die auch schon auf der ersten Liste gestanden hatte.»

Tessa kam um den Schreibtisch herum und ging neben Moodys Sessel in die Hocke. «Die Seriennummer auf dem Zehn-Dollar-Schein des Agenten lautet 30892006, Mr. Moody. Fünf Tage nachdem Radio Moskau die zweite codierte Gewinnzahl gesendet hatte, zog diese Person schon wieder um.»

Vanessa sagte: «Wir haben diese Seriennummer bei sämtlichen Gewinnzahlen getestet, die von Radio Moskau nach einem *Alice*-Zitat gesendet wurden. Wir haben sie von der jeweiligen Zahl abgezogen, und jedes Mal führte die daraus resultierende Telefonnummer zu einer Wohnung, die von ein und derselben Frau gemietet worden war. Und diese Frau ist jedes Mal innerhalb von etwa einer Woche nach der Sendung umgezogen.»

«Also ist die Kontaktperson eine Frau!», rief Moody.

«Eine Frau polnischer Abstammung namens» – Tessa zog eine Karteikarte aus der Jackentasche – «Aida Tannenbaum. Wir haben uns ihre Einbürgerungspapiere beschafft. Sie ist eine jüdische Auschwitzüberlebende, ist nach dem Zweiten Weltkrieg aus Polen in die Vereinigten Staaten emigriert und wurde 1951 amerikanische Staatsbürgerin. Sie wurde 1914 geboren, somit ist sie neunundsechzig Jahre alt. Sie scheint nie einer regelmäßigen Arbeit nachgegangen zu sein, und man weiß nicht, woher sie das Geld für die Miete hat.»

Vanessa sagte: «In den letzten zweiunddreißig Jahren ist sie sechsundzwanzigmal umgezogen. Mit Hilfe der zuletzt gesendeten Gewinnzahl haben wir herausgefunden, dass sie derzeit in der 16th Street wohnt. Falls sie bei dem Muster bleibt, wird sie in den nächsten zwei oder drei Tagen ausziehen.»

Allmählich dämmerte Mr. Moody, was die Zwillinge da entdeckt hatten. «Sie zieht, etwa eine Woche nachdem sie von dem sowjetischen Agenten in Amerika kontaktiert worden ist, in eine neue Wohnung», sagte er.

«Genau», sagte Tessa.

Vanessa fiel ein: «Wenn sie umgezogen ist, müssen wir nur die Telefongesellschaft bitten, uns sofort zu verständigen, falls jemand namens Aida Tannenbaum einen neuen Anschluss beantragt ...»

Tessa führte den Gedanken für sie zu Ende: «Oder abwarten, bis Radio Moskau wieder ein Carroll-Zitat sendet, dann die Seriennummer von der Gewinnzahl abziehen –»

Moody schüttelte ganz benommen den Kopf. «– und schon haben wir ihre neue Telefonnummer, die der russische Agent dann anrufen wird.»

«Richtig.»

«Perfekt.»

«Mir scheint», sagte Moody, «dass Sie beide da eine ganz außerordentliche Entdeckung gemacht haben. Ich muss Ihnen ausdrücklich Befehl erteilen, diese Information an niemanden weiterzugeben. Und mit *niemanden* meine ich *niemanden, ohne jede Ausnahme.*»

Sobald die Zwillinge gegangen waren, begann Moody, der wie sein alter Mentor Angleton für sein fotografisches Gedächtnis berühmt war, in seinem großen Aktenschrank herumzukramen, bis er auf eine ungewöhnlich dicke Akte stieß, auf der «Kukuschkin» stand. Moody war Mitglied des vierköpfigen Teams gewesen, das auf Angletons Anweisung hin die von Kukuschkin gelieferten Informationen überprüft hatte. Jetzt blätterte er das Dossier durch und suchte aufgeregt nach der Passage, die ihm eingefallen war. Nach einer Weile dachte er schon, seine Phantasie wäre mit ihm durchgegangen, doch dann fiel sein Blick plötzlich auf den Absatz, um den es ihm ging. Kukuschkin – von dem sich zwar herausgestellt hatte, dass er ein russischer Agent war, der aber doch ein gewisses Maß an echten Informationen geliefert hatte, um glaubwürdig zu wirken – hatte berichtet, dass die für SASHA zuständige Kontaktperson nicht in Washington war, sondern auf Heimaturlaub. Der Rückruf nach Moskau war dieser Kontaktperson durch eine Frau übermittelt worden, die auf freier Basis für die Washingtoner Residentur arbeitete.

Eine Frau, die für die Washingtoner Residentur arbeitete!

Anders ausgedrückt: SASHA war so wichtig, dass eine Kontaktperson allein nicht ausreichte; der KGB hatte einen Unterbrecherkontakt zwischen der Residentur und der Kontaktperson zu SASHA eingebaut. War es möglich, dass die Kritzky-Zwillinge zufällig auf diesen Unterbrecherkontakt gestoßen waren? Er würde Aida Tannenbaums Telefon vom FBI anzapfen lassen, nur für den unwahrscheinlichen Fall, dass SASHAs Kontaktperson doch noch einmal anrief, bevor die Frau umzog. Und der neue Anschluss würde selbstverständlich auch abgehört werden.

Aufgeregt griff Moody zum internen Telefon und wählte eine Nummer. «Hier ist Moody von der Spionageabwehr», sagte er. «Verbinden Sie mich bitte mit Mr. Ebbitt ... Mr. Ebbitt, hier ist Moody von der Spionageabwehr. Ich weiß, es ist etwas ungewöhnlich, aber ich rufe Sie direkt an, weil ich hier etwas habe, worüber Sie umgehend unterrichtet werden sollten ...»

4

WASHINGTON, D.C., MONTAG, 7. NOVEMBER 1983

Zwei Männer in weißen Overalls mit dem Aufdruck *Con Edison* auf dem Rücken zeigten dem Verwalter des Mietshauses an der 16th Street, nicht weit vom Antioch College, ihre Ausweise. In dem Gebäude wohnten etliche Studenten, manchmal zu zweit oder zu dritt zusammen. Die alte Frau mit dem starken osteuropäischen Akzent in 3B hatte gekündigt, so sagte der Verwalter. Sie wollte zu ihrer bettlägerigen Schwester ziehen, die dringend Hilfe benötige; die alte Frau – sie hieß Mrs. Tannenbaum – war offenbar nicht sonderlich verärgert, dass sie die zwei Monatsmieten Kaution verlieren würde, die sie an die Immobilienfirma gezahlt hatte. Nein, so der Verwalter, sie lebte nicht allein; sie teilte sich die möblierte Wohnung mit jemandem namens Silvester.

Mit Stablampen suchten die beiden Techniker nach der Stelle, wo das Telefonkabel in den Keller mündete, und folgten ihm dann an der Wand entlang zu dem Verteilerkasten neben einem mit Maschendraht abgetrennten Raum, in dem Kinderwagen und Fahrräder standen. Der kleinere der beiden Männer öffnete einen Werkzeugkoffer und nahm das Kabel mit der Klemme heraus. Der andere Mann schraubte die Abdeckung des Verteilerkastens ab. Die einzelnen Anschlüsse waren säuberlich mit den Wohnungsnummern versehen. Er berührte die Leitung von 3B, fuhr mit der Fingerspitze daran entlang und löste den Draht von den anderen. Dann befestigte er die Klemme an der Leitung; das Gerät zapfte ein Telefon an, ohne den eigentlichen Draht zu berühren, weshalb es schwierig aufzuspüren war. Die beiden Männer klemmten einen kleinen, batteriebetriebenen Sender zwischen einen Stahlträger und die Decke, führten das Kabel, das mit der Klemme verbunden war, hinter einem Rohr hindurch und stöpselten das Ende in den Sender. Sie schlossen eine Drahtantenne an und befestigten sie mit Klebeband an der Seite des

Stahlträgers. Dann aktivierten sie den Sender und drückten den «Test»-Knopf.

In dem weißen Lieferwagen mit der Aufschrift Slater & Slater Radio-TV zeigte eine Empfangsnadel «Kontakt» an. Die beiden FBI-Agenten in dem Fahrzeug, das ein Stück die Straße hinunter vor einem Hydranten stand, signalisierten einander mit erhobenem Daumen, dass alles zur Zufriedenheit klappte. Von nun an würden alle Telefonate, die in Wohnung 3B geführt wurden, von dem Sender im Keller zu dem weißen Lieferwagen übertragen, wo sie aufgezeichnet und auf schnellstem Wege zu dem Kommandoposten gebracht wurden, der mit FBI-Agenten und Moodys Leuten von der Gegenspionage besetzt war.

Der Präsident war besonders stolz auf sein Langzeitgedächtnis. «Ich weiß noch, äh, wie dieser grauhaarige alte Sergeant uns neue Rekruten angesehen hat», sagte er gerade, «und dann hat er uns angebrüllt, na, wie Sergeants eben neue Rekruten anbrüllen: ‹Was ich euch jetzt sage, sage ich nur *ein* Mal – aber ich rate euch, schreibt es euch gut hinter die Ohren. Wenn ihr aus dem Bordell kommt, habt ihr euch als Erstes gründlich zu waschen, ihr wisst schon, wo. Und mit „wo" meine ich nicht ‹unter der Dusche›.»

Reagan, der sich gern für einen verhinderten Komiker hielt, grinste seine Zuhörer an, die schließlich brav die erwartete Reaktion zeigten. Er lachte noch leise vor sich hin, als sein Chefberater James Baker den Kopf zur Tür hereinstreckte und rief: «Sie sind gerade vorgefahren.» Er bedachte seine Mitarbeiter mit einem scharfen Blick. «Ihr habt fünf Minuten, bis ich sie reinführe.» Mit diesen Worten war er wieder verschwunden.

«Äh, wer wollte jetzt noch mal kommen?», fragte Reagan arglos.

Ein junger Mitarbeiter holte eine Karteikarte hervor und begann rasch, den Präsidenten zu informieren. «Bill Casey mit zwei seiner Spitzenleute. Zunächst einmal sein stellvertretender Director, Elliott Ebbitt, genannt Ebby. Sie sind ihm schon einige Male begegnet.»

«Hab ich, äh, ihn Elliott oder Ebby genannt?»

«Ebby, Mr. President. Der zweite ist sein DD/O Jack McAuliffe. Er ist eine CIA-Legende, weil er damals mit den Exilkubanern in der Schweinebucht an Land gegangen ist.»

«Mit den Exilkubanern in der Schweinebucht an Land gegangen», wiederholte Reagan.

«McAuliffes Sohn Anthony ist der CIA-Offizier, der in Afghanistan als Geisel festgehalten wird, zusammen mit der Journalistin Maria Shaath.»

Reagan nickte mitfühlend. «Der Vater muss sehr, äh, besorgt sein.»

«Sie wissen ja, dass dem Sohn ein Zeh amputiert wurde, der an die CIA-Dienststelle in Kabul geschickt worden ist.»

«An die Sache mit dem Zeh kann ich mich erinnern», sagte Reagan freundlich. «Sie haben ihn anhand eines Muttermals identifiziert.»

«Die CIA-Leute kommen zu Ihnen», sagte ein anderer Berater, «weil sie herausgefunden haben, wo dieser Kommandant Ibrahim die Geiseln festhält. Sie möchten die Zustimmung des Präsidenten zu einem Kommandounternehmen, um die Geiseln zu befreien.»

Bill Clark, der Nationale Sicherheitsberater des Präsidenten, trat zu Reagan, der in dem riesigen Ledersessel hinter dem wuchtigen Mahagonischreibtisch irgendwie verloren wirkte. Fotos von Nancy und ihm und von einigen seiner Lieblingspferde waren auf dem Schreibtisch verteilt. «Es gibt Argumente für und wider ein solches Kommandounternehmen», sagte Clark. «Das von Präsident Carter, um die Geiseln im Iran zu befreien, scheiterte. Es gab Tote, und Carter wurde von der Presse scharf attackiert. Andererseits haben die Israelis in Entebbe mit einem Kommandounternehmen Erfolg gehabt, und die ganze Welt hat ihnen applaudiert.»

Ein anerkennendes Lächeln machte sich auf Reagans sonnengebräuntem Gesicht breit. «Daran erinnere ich mich. Das war ein tolles Ding damals.»

Es klopfte, dann kam Baker herein und trat zur Seite, um die drei Männer vorbeizulassen. Reagan sprang auf und ging den Männern entgegen. Freundlich drückte er Caseys Hand. «Bill, wie geht's Ihnen?» Ohne auf eine Antwort zu warten, reichte er Caseys stellvertretendem Director Ebbitt die Hand. «Ebby, freut mich, Sie wieder zu sehen», sagte er. Dann wandte er sich Jack McAuliffe zu und ergriff dessen Hand. «Sie sind also der berühmte Jack McAuliffe. Ich hab, äh, schon viel von Ihnen gehört – Ihr Ruhm eilt Ihnen voraus. Sie sind damals mit den Exilkubanern in der Schweinebucht an Land gegangen.»

«Es ehrt mich, dass Sie sich daran erinnern, Mr. President.»

«Amerikaner vergessen ihre Helden nicht.» Er zog Jack zur Couch und bedeutete auch den anderen, Platz zu nehmen. Die Berater drängten sich hinter dem Präsidenten.

«Ich hab von der Sache mit dem Zeh und dem Muttermal gehört – Sie müssen sehr besorgt sein», sagte er zu Jack.

«Mehr als nur besorgt, Mr. President», sagte Jack. «Dieser Kommandant Ibrahim droht damit, ihm noch mehr Zehen abzuschneiden, falls die Verhandlungen –» Er konnte nicht weitersprechen.

In Reagans Blick lag aufrichtiges Mitleid. «Jeder Vater in Ihrer Situation wäre krank vor Sorge.»

«Mr. President», sagte Bill Casey, «wir sind hergekommen, weil es neue Entwicklungen im Geiseldrama gibt.»

Reagan sah Casey an und schien voll konzentriert.

«Unser KH-11 hat –»

Der Präsident lehnte sich zu einem Berater zurück, der sich vorbeugte und ihm ins Ohr flüsterte: «Sir, KH-11 ist ein Aufklärungssatellit.»

«Unser KH-11 hat einige erstaunliche Fotos geliefert. Mit deren Hilfe konnten wir die Entführergruppe quer durch Afghanistan verfolgen. Sie befinden sich jetzt in einer Art Bergfestung, gut zweihundert Meilen im Landesinnern.» Casey nahm ein Schwarzweißfoto aus einem Ordner und reichte es Reagan. «Wir haben eine Tageslichtaufnahme von Maria Shaath und Jacks Sohn Anthony, wie sie über das Gelände gehen.»

«Ich kann zwar zwei Figuren erkennen, aber woher wissen Sie so genau, äh, dass es die Geiseln sind?»

«Bei der einen Person handelt es sich um eine Frau, was wir an der Brustform erkannt haben. Und da beide nicht wie die Einheimischen gekleidet sind, gehen wir davon aus, dass sie aus dem Westen stammen.»

Reagan gab das Foto zurück. «Ich verstehe.»

Ebby schaltete sich ein. «Mr. President, wir haben zusätzliche Informationen, die bestätigen, dass Anthony McAuliffe und Maria Shaath tatsächlich dort festgehalten werden. Wir haben unsere israelischen Freunde gebeten, einen als Waffenhändler getarnten Agenten dort hinzuschicken. Das ist vor vier Tagen geschehen. Der Bericht des Mossad kam heute Morgen. Der Waffenhändler hat mit eigenen Augen zwei Gefangene gesehen und anschließend anhand von Fotos, die wir den Israelis gefaxt haben, McAuliffe und Maria Shaath identifiziert.»

«Mr. President», sagte Casey, «währenddessen haben wir Zeit rausgeschunden, indem wir mit diesem Ibrahim per Fax verhandelt haben. Wie Sie wissen, wollte er ursprünglich hundertfünfzig Stinger-Raketen haben. Wir haben ihn auf fünfzig drücken können.»

Reagan schüttelte missbilligend den Kopf. «Ich verstehe nicht, warum Sie so knauserig sind», sagte er. «Meiner Meinung nach ist Afghanistan der richtige Krieg zum richtigen Zeitpunkt. Ich habe Jim Baker gesagt, dass das, äh, Geld, das ihr Jungs für die Freiheitskämpfer lockergemacht habt, *Peanuts* war.» Der Präsident wiederholte das Wort *Peanuts*. Die anderen im Raum wagten nicht, einander anzublicken. Reagan schlug sich aufs Knie. «Verdammt, in Vietnam sind fünfundachtzigtausend Amerikaner getötet worden. In Afghanistan kommt die Revanche.»

Der Sicherheitsberater hustete in eine Hand, und Reagan blickte ihn an.

«Mr. President, Sie haben vor einiger Zeit gesagt, der Schuss könnte nach hinten losgehen, wenn wir den islamischen Fundamentalisten Stinger-Raketen liefern, da nicht auszuschließen ist, dass die Fundamentalisten nach dem Abzug der Russen aus Afghanistan die Raketen gegen den Westen richten. Vielleicht würden Sie die jetzige Entscheidung gern noch einmal überdenken –»

«Tja, ich, äh, möchte auf keinen Fall erleben, dass die Kommunisten davonkommen.»

«Ich habe diese Bedenken nie so recht verstanden», sagte Casey in der Hoffnung, den Präsidenten zu beeinflussen. Er vermied es, Baker anzusehen, den er im Verdacht hatte, hinter seinem Rücken über ihn herzuziehen. «Wenn wir den Mudschaheddin Stinger-Raketen in die Hände geben», fügte Casey hinzu, «wäre das für die Russen ein schwerer Schlag –»

«Wir könnten natürlich die Stinger-Frage noch einmal von der Nationalen Sicherheit genau abklopfen lassen», sagte Baker zu dem Präsidenten. «Aber ich wüsste nicht, was sich geändert haben sollte, seit Sie zu dem Schluss gekommen sind, die Sache sei zu riskant.»

«Wir scheuen uns nicht, Risiken einzugehen», sagte Reagan, nach einer Formulierung suchend, die allen Standpunkten entgegenkam. «Andererseits möchten wir auf gar keinen Fall, dass die Islamisten die Raketen gegen uns richten, wenn der Krieg, äh, vorbei ist.»

Baker, der Reagans Termine organisierte und alles kontrollierte, was auf dessen Schreibtisch gelangte, kam der letzte Satz des Präsidenten wie gerufen. «Bis der Präsident seine Meinung ändert», instruierte er seine Mitarbeiter, «lassen wir die Stinger-Entscheidung offen.»

Casey zuckte die Achseln; wieder eines von den internen Geplänkeln verloren, die im Umfeld des entscheidungsunfähigen Präsidenten ausgefochten wurden. «Jetzt, wo wir mit Sicherheit wissen, wo die Geiseln sind», sagte er leise, «würden wir mit Ihnen gern die Möglichkeit eines Kommandounternehmens zu ihrer Befreiung sondieren.»

Jack erklärte ernst: «Mr. President, wir hatten daran gedacht, die Operation an die Israelis zu übergeben. Zu diesem Zweck haben wir bereits beim stellvertretenden Direktor des Mossad angefragt, Ezra Ben Ezra, der gemeinhin der Rabbi genannt wird –»

Reagan blickte verwundert. «Das ist ja gelungen – ein Rabbi als stellvertretender Direktor des Mossad!»

«Die Israelis», sprach Jack rasch weiter, «haben eine Elitetruppe namens *Sayeret Matkal* – die haben damals auch die Sache in Entebbe durchgeführt, Mr. President.»

«Ich, äh, weiß von der Geiselbefreiung in Entebbe», sagte Reagan.

«Unser Plan sieht vor», sagte Ebby, «dass wir uns bereit erklären, im Austausch für die Geiseln fünfzig Stinger-Raketen zu liefern. Dann würden etwa ein Dutzend Männer der israelischen Einheit – Juden, die in arabischen Ländern aufgewachsen sind und aussehen wie Araber –»

«Und perfekt Arabisch sprechen», warf Jack ein.

«Das Team von *Sayeret Matkal* würde also mit einer Reihe Packpferde reingehen», erklärte Ebby weiter, «und den Entführern die Stinger-Raketen bringen, die jedoch unbrauchbar gemacht wurden. Sobald sie auf Ibrahims Gelände sind –»

Baker unterbrach ihn. «Was verlangen die Israelis dafür?»

Casey sagte an Reagan vorbei zu Baker: «Sie sind bereit, uns zu helfen, wenn sie als Gegenleistung Zugang zu KH-11-Fotos von ihren Nachbarn im Nahen Osten erhalten.»

Die Berater starrten auf das Muster im Teppich. Baker nickte. Clark kaute nachdenklich auf der Unterlippe. Schließlich sagte der Präsident sehr bedächtig: «Tja, das, äh, klingt doch alles ganz interessant, Jungs.»

Später, als sie draußen auf den Wagen der *Company* warteten, der sie abholen sollte, wandte Jack sich an Casey. «Herrgott, Bill, wir haben nicht mal eine Antwort gekriegt.»

Casey lächelte wissend. «Wir haben eine Antwort.»

Ebby sagte: «Falls wir eine Antwort bekommen haben, dann ist mir das entgangen.»

«Wir haben doch alle gehört, dass er die Idee interessant fand, oder? Das ist seine Art, ja zu sagen.»

Ebby konnte nur noch den Kopf schütteln. «Das ist eine verflucht seltsame Art, Regierungsgeschäfte zu führen.»

Beim ersten Klingeln riss Aida Tannenbaum den Hörer von der Gabel. «Ja?»

Als niemand antwortete, wurde Aida nervös. Sie wusste, wer da am anderen Ende ins Telefon atmete. «Sind Sie das, Gene?», flüsterte sie. «Wenn ja, bitte, bitte melden Sie sich.»

«Ich bin's», sagte Eugene schließlich. Seine Stimme klang gepresst. Ihm war offensichtlich nicht wohl in seiner Haut. «Ich hatte doch versprochen, dass ich wieder anrufe.»

«Lieber Junge», sagte Aida, «ich wusste, dass Sie es tun würden.»

«Es verstößt zwar gegen alle Regeln, aber ich werde es machen – wir treffen uns auf einen Drink, wenn Sie möchten.»

«Wo?», fragte sie ungeduldig. «Wann?»

«Wie wär's mit der Bar vom *Barbizon* an der Connecticut Avenue? Um elf, wenn Ihnen das nicht zu spät ist.»

«Das *Barbizon* um elf», sagte sie. «Darf ich Silvester mitbringen?»

Eugenes Stimme wurde hart. «Wenn irgendjemand bei Ihnen ist, komme ich nicht.»

«Mein guter, guter Gene. Silvester ist doch meine Katze.»

Er lachte verlegen. «Ach so ... dann bringen Sie Silvester ruhig mit. Das ist dann unser Erkennungszeichen – ich werde nach einer Frau Ausschau halten, die eine Katze dabeihat. Und Sie schauen sich nach einem übergewichtigen Mann mittleren Alters um, mit rotblondem Haar, der eine Ausgabe von *Time* unter dem linken Arm trägt –»

«Auch ohne die Zeitschrift würde ich Sie sofort erkennen. Dann bis heute Abend?»

«Bis heute Abend.»

Eugene durchquerte die Halle und ging auf die vogelhafte Frau zu, die ganz hinten an einem kleinen Tisch saß. Sie war gekleidet wie die Frauen in alten Schwarzweißfilmen: auf dem silbrigen Haar ein Hütchen mit schwarzem Spitzenschleier, der über ihre Augen fiel, eine taillierte Kostümjacke mit wattierten Schultern über einem Satinrock, der fast bis zu den Füßen in warmen Winterschuhen reichte. Ihre Augen tränten, ob aufgrund ihres Alters oder vor Rührung, konnte er nicht sagen. In einem Korb neben ihr saß eine alte Katze mit räudigem Fell.

«Ich weiß nicht mal Ihren Namen», sprach Eugene sie an.

«Ich aber Ihren, mein lieber Eugene.»

Eine knochige Hand in weißem Spitzenhandschuh streckte sich ihm entgegen. Eugene ergriff sie, und in Erinnerung an das, was er als kleiner Junge von seiner Mutter über gute Umgangsformen gelernt hatte, verneigte er sich und hauchte einen Kuss auf den Handrücken. Dann zog er seinen Mantel aus und setzte sich ihr gegenüber.

«Ich nehme einen Daiquiri», sagte die Frau zu ihm. «Ich habe 1946 einen getrunken, kurz nach meiner Ankunft in Amerika.»

Eugene winkte dem Kellner und bestellte einen Daiquiri und einen doppelten Cognac. Die alte Frau hielt sich an der Tischkante fest. «Mein Name», sagte sie, «ist Aida Tannenbaum.»

«Es ist mir eine Ehre, Ihre Bekanntschaft zu machen, Mrs. Tannenbaum», erwiderte Eugene und meinte es absolut ehrlich. Er kannte nur wenige Menschen, die so viel für die Sache getan hatten wie diese Frau.

Der Kellner stellte die Getränke auf den Tisch und schob die Rechnung unter den Aschenbecher. Eugene sagte: «Das ist also Silvester.»

Aida hob den Schleier mit einer Hand an und nippte an dem Daiquiri. Sie schluckte, verzog das Gesicht und schüttelte sich leicht. «Ach du je, so stark hatte ich den Daiquiri gar nicht in Erinnerung. Ja, das ist Silvester. Silvester, sag Eugene Guten Tag.» Sie beugte sich zu Eugene vor und senkte die Stimme. «Ich habe Anweisung, allein zu leben, und deshalb habe ich nie was von Silvester erzählt. Ich habe ihn Anfang der Siebzigerjahre auf der Feuertreppe einer der Wohnungen, die ich gemietet hatte, gefunden. Sie glauben doch nicht, dass sie was dagegen hätten, oder?»

«Nein. Ich denke, das geht in Ordnung.»

Sie schien erleichtert. «Erzählen Sie mir von sich, Eugene. Wie kommt es, dass ein Amerikaner – ich höre Ihrem Akzent an, dass sie von der Ostküste stammen, vermutlich New York – sich für die Sache engagiert ...»

«Man hat mich davon überzeugt, dass ich dazu beitragen könnte, die Genialität und die Großzügigkeit des menschlichen Geistes zu fördern.»

«Genau das tun wir, mein lieber Junge. Natürlich weiß ich nicht, was es mit den Botschaften auf sich hat, die ich an Sie weitergebe, aber Sie sind ein sozialistischer Streiter an vorderster Front.»

«Das sind Sie auch, Aida Tannenbaum.»

«Ja.» Ihre Augen wurden trübe. «Ja. Obwohl ich zugeben muss, dass ich müde bin, Eugene, müde und erschöpft. Ich habe mein ganzes Leben an den verschiedensten Fronten gekämpft. Vor dem Krieg waren einige der Überzeugung, nur die Gründung eines zionistischen Staates in Palästina könnte die Juden schützen, aber ich war auf der anderen Seite – ich war überzeugt, die Ausbreitung des Sozialismus würde den Antisemitismus ausradieren und die Juden schützen, und so habe ich mich dem Kampf unter Führung des großen Jossif Stalin angeschlossen. Wenn ich ein religiöser Mensch wäre, was ich nicht bin, würde ich ihn bestimmt für einen Heiligen halten. Während des Krieges habe ich gegen die Faschisten gekämpft. Nach dem Krieg –» Sie nahm einen Schluck von ihrem Daiquiri und schüttelte sich wieder, als der Alkohol ihr in der Kehle brannte. «Nach dem Krieg konnte ich es kaum fassen, noch am Leben zu sein. Um was Sinnvolles aus dem bisschen Leben zu machen, das mir geblieben war, schloss ich mich jenen an, die der Entfremdung und dem Kapitalismus den Kampf angesagt hatten. Ich tat es zum Gedenken an meinen Sohn, den die Nazis ermordet haben. Sein Name war Alfred, Alfred Tannenbaum, nur sieben Jahre ist er alt geworden. Natürlich glaube ich nicht ein Wort von dem, was alles über Stalin erzählt wird – ich bin absolut sicher, dass es sich dabei um kapitalistische Propaganda handelt.»

Drei junge Männer in Anzügen und eine junge Frau, alle leicht beschwipst, betraten die Halle. Sie debattierten, ob sie sich an die Bar oder an einen der Tische setzen sollten. Die Bar gewann. Sie stellten ihre Aktenkoffer ab, rutschten auf die Barhocker und bestellten recht laut ihre Drinks. Eugene musterte die Neuankömmlinge einen Moment lang, dann wandte er sich wieder Aida zu. «Sie sind das, was die Amerikaner eine unbesungene Heldin nennen würden. Die wenigen Menschen, die wissen, was Sie leisten, bewundern Sie dafür.»

«Vielleicht, vielleicht auch nicht.» Aida tupfte sich eine Träne aus dem Augenwinkel. «Ich hab eine Wohnung in der Corcoran Street Nummer siebenundvierzig gemietet, nicht weit von der Johns-Hopkins-Universität. Morgen ziehe ich ein. Ich wohne gerne in Häusern, in denen Studenten leben – die sind immer so nett zu Silvester. Und oft gehen sie auch für mich einkaufen, wenn ich mich zu schlecht fühle, um auf die Straße zu gehen.» Sie brachte ein angestrengtes Lächeln zustande. «Vielleicht könnten wir uns dann und wann mal wieder treffen.»

«Das wäre vermutlich keine gute Idee. Wir dürfen das Risiko nicht noch einmal eingehen.»

«Wenn sie uns in all den Jahren nicht aufgespürt haben, dann jetzt bestimmt nicht mehr», sagte sie.

«Trotzdem –»

«Ein Mal alle sechs Monate, vielleicht? Oder auch nur ein Mal im Jahr?» Aida seufzte. «Was wir tun, wie wir es tun, ist so schrecklich einsam.»

Eugene lächelte sie aufmunternd an. «Sie haben wenigstens Silvester.»

«Und Sie, mein lieber Junge. Wen haben Sie?» Als er stumm blieb, griff sie über den Tisch und legte ihre Hand auf seine. Sie war so zerbrechlich, so leicht, dass er hinsehen musste, um sich zu vergewissern, dass sie ihn berührte. Sie zog die Hand zurück, holte einen dünnen Kugelschreiber aus ihrer Tasche und kritzelte eine Telefonnummer auf die Innenseite eines Streichholzbriefchens. «Wenn Sie Ihre Meinung ändern, bevor» – sie lachte leise – «bevor unsere Freunde eine neue Gewinnzahl senden, können Sie mich unter dieser Nummer erreichen.»

Draußen pfiff ein kalter Wind. Aida trug einen Stoffmantel mit künstlichem Fellbesatz. Eugene wollte ihr ein Taxi herbeiwinken, doch sie sagte, sie würde lieber zu Fuß gehen. Sie stopfte ein dickes Tuch in den Korb um Silvester und knöpfte ihren Mantel bis zum Hals zu. Eugene streckte ihr die Hand entgegen, aber sie hob den Arm, schob ihre dünnen Finger in seinen

Nacken und zog seinen Kopf mit einer liebevollen Geste zu sich herunter, um ihn sacht auf den Mund zu küssen. Dann wandte sie sich rasch ab und schritt davon.

Sobald sie außer Sicht war, nahm Eugene das Streichholzbriefchen aus der Tasche und zerriss es in zwei Teile. Eine Hälfte warf er in den Rinnstein, die andere in einen Mülleimer zwei Querstraßen weiter.

Er würde Aida Tannenbaum nie wieder sehen.

Bill Casey saß in einer Konferenz, in der sich Wirtschaftsexperten der CIA und Kollegen von außerhalb um einen Konsens über die Einschätzung der Lage in der Sowjetunion bemühten, und langweilte sich zu Tode. Die Meinungen über das sowjetische Pro-Kopf-Einkommen waren geteilt, die CIA-Fraktion stellte es auf eine Stufe mit dem von Großbritannien, während die andere errechnet hatte, dass es ungefähr so hoch war wie das von Mexiko. Während die Experten beider Lager einander zur Bekräftigung ihrer jeweiligen Standpunkte Statistiken um die Ohren schlugen, unterdrückte Casey einen Gähnanfall nach dem nächsten und blickte teilnahmslos zum Fenster hinaus. Es war dunkel geworden, und die Lampen, die den Sicherheitszaun von Langley erhellten, gingen flackernd an. Casey wusste etwas, das die Zahlenakrobaten nicht wussten: Die CIA hatte Anzeichen dafür festgestellt, dass die sowjetische Wirtschaft tatsächlich stagnierte, beschönigte aber weiterhin die Wachstumsrate, um Reagans Leute zu beschwichtigen, die fuchsteufelswild wurden, wenn jemand auch nur die Möglichkeit in Erwägung zog, dass die sowjetische Wirtschaft und die sowjetischen Militärausgaben auf dem absteigenden Ast sein könnten. Wer zur Mannschaft gehörte, so Reagans Leute, stellte die Logik der Entscheidung des Präsidenten nicht in Frage, den B-1-Bomber zu bauen oder zwei Schlachtschiffe aus dem Zweiten Weltkrieg wieder in Dienst zu stellen oder eine Flotte von sechshundert neuen Schiffen zu finanzieren: Militärisch war die Sowjetunion uns dicht auf den Fersen, und wir mussten unseren Vorsprung mit gigantischen Summen sichern. Ende der Diskussion.

«Die Sowjetunion», so argumentierte jetzt einer von den unabhängigen Wirtschaftsexperten, «ist ein Obervolta mit Raketen.» Er wedelte mit einer Broschüre in der Luft. «Ein französischer Analyst hat das hier dokumentiert. Die Zahl der Frauen, die in der Sowjetunion im Kindbett sterben, ging seit der bolschewistischen Revolution zurück. Dann, Anfang der Siebzigerjahre, erreichte die Statistik den Tiefststand und wurde von da an mit jedem Jahr schlechter, bis die Russen schließlich kapierten, wie aufschlussreich die Statistik war und sie nicht mehr publik machten.»

«Was hat denn eine Statistik über die Anzahl von Frauen, die im Kindbett sterben, mit der Analyse der sowjetischen Militärausgaben zu tun?», knurrte ein *Company*-Analyst über den Tisch hinweg.

Elliott Ebbitt, Caseys rechte Hand, erschien in der Tür und winkte den Director heraus. Heilfroh über die Unterbrechung ging Casey nach draußen.

«Ich dachte, Sie wären bestimmt gern dabei», erklärte Ebby ihm, während sie über den Gang schritten. «In der SASHA-Geschichte hat es einen Durchbruch gegeben.»

Moody von der Gegenspionage wartete mit zwei FBI-Agenten im kleinen Konferenzraum. Casey bedeutete ihnen loszulegen und ließ sich in einen Sessel fallen.

Moody kam gleich zur Sache. «Director, dank der hervorragenden Arbeit von Leo Kritzkys Töchtern haben wir die Mittelsperson zwischen der sowjetischen Residentur und der Kontaktperson zu SASHA identifiziert.»

«Woher wissen Sie so genau, dass es die Kontaktperson zu SASHA ist?»

Moody erklärte, dass Kukuschkin die Information geliefert hatte. «Kukuschkin war zwar auf uns angesetzt», sagte er, «aber er hat uns richtige Informationen geliefert, um uns glauben zu machen, er wäre ein echter Überläufer. Es sieht ganz so aus, als ob das mit der Frau als Mittlerin und der Kontaktperson stimmt.»

Der FBI-Agent, auf dessen Namensschild «A. Bolster» stand, fuhr fort: «Wir wissen nicht genau, wieso, aber diese Mittelsperson, eine alte Polin namens Aida Tannenbaum, hat sich gestern Abend im *Barbizon Terrace* mit der Kontaktperson getroffen.»

Casey nickte bedächtig. «Woher wissen Sie, dass diese Tannenbaum nicht einfach nur einen Bekannten getroffen hat?»

Bolster sagte: «Wir hören ihr Telefon ab. Die Person, die sie früher am Abend anrief, hat gesagt: ‹Es verstößt zwar gegen alle Regeln, aber ich werde es machen – wir treffen uns auf einen Drink, wenn Sie möchten.›»

Moody schaltete sich wieder ein: «Es war zwar sehr kurzfristig, aber wir haben es geschafft, ein Team in die Halle zu bringen, als das kleine Tête-à-Tête gerade in vollem Gange war. Einer von unseren Leuten hatte im Aktenkoffer ein Richtmikrofon versteckt. Die Aufnahmequalität war nicht sehr gut, aber wir haben trotzdem eine Mitschrift ihrer Unterhaltung.»

Moody reichte dem Director zwei Seiten herüber und las dann aus seiner eigenen Kopie vor: «Wir hören, wie er sagt: ‹Sie sind das, was die Amerikaner eine unbesungene Heldin nennen würden. Die wenigen Menschen, die wissen, was Sie leisten, bewundern Sie dafür.› Und darauf antwortet sie:

‹Vielleicht, vielleicht auch nicht. Ich hab eine Wohnung in der Corcoran Street Nummer siebenundvierzig gemietet, nicht weit von der Johns-Hopkins-Universität. Morgen ziehe ich ein. Ich wohne gerne in Häusern, in denen Studenten leben – die sind immer so nett zu Silvester. Und oft gehen sie auch für mich einkaufen, wenn ich mich zu schlecht fühle, um auf die Straße zu gehen. Vielleicht könnten wir uns dann und wann mal wieder treffen.›»

«Wer ist Silvester?», fragte Casey.

Der zweite FBI-Agent, F. Barton, antwortete: «Wir glauben, das ist die Katze der Frau.»

Jack McAuliffe erschien mit besorgtem, grimmigem Blick in der Tür. Er war drüben im Pentagon gewesen, um die Vorbereitungen für den Angriff des Kommandounternehmens auf Ibrahims Hauptquartier abzustimmen, und war außer sich, weil man ihm nicht genug Hubschrauber genehmigen wollte. «Director, Ebby, Gentlemen», sagte er und setzte sich auf einen freien Platz neben Moody, «was hab ich da gehört? In Sachen SASHA gibt es einen Durchbruch?»

Während Moody den DD/O im Flüsterton rasch auf den Stand der Dinge brachte, sagte Ebby: «Director, wenn man das Telefongespräch und die Unterhaltung an der Bar zusammennimmt, ist davon auszugehen, dass die Polin und die Kontaktperson sich entgegen allen Regeln persönlich getroffen haben.»

Bolster sagte: «Wir haben die Kontaktperson mit zwölf Fahrzeugen überwachen lassen – sechs Pkw, drei Taxis, zwei Lieferwagen, ein Abschleppwagen –, die sich abgewechselt haben. Die Kontaktperson hat ein Taxi angehalten und hat sich zum Farragut Square bringen lassen, von dort ist er weiter mit dem Bus zum Lee Highway, wo er in einen anderen Bus umgestiegen und die Broad Street hoch zu Tysons Corner gefahren ist. Die letzte halbe Meile ist er zu Fuß gegangen, zu einer Wohnung über der Garage eines Privathauses –»

Barton sagte: «Als er aus dem *Barbizon Terrace* kam, hat er ein Streichholzbriefchen zerrissen und die Schnipsel verstreut. Unsere Leute haben sie eingesammelt – die Telefonnummer von der Wohnung, in die die Polin heute eingezogen ist, stand darauf.»

Casey, wie immer ungeduldig, fragte barsch: «Wer ist die Kontaktperson?»

Moody sagte: «Er hat unter dem Namen Gene Lutwidge eine Wohnung gemietet.»

Bolster warf ein: «Wir haben Lutwidges Telefonanschluss angezapft.

Und wir haben eine fünfzigköpfige Spezialeinheit gebildet. Er wird rund um die Uhr beschattet. Mit ein bisschen Glück ist es nur eine Frage der Zeit, bis er uns zu eurem berühmten SASHA führt.»

Casey fragte: «Was macht der Mann beruflich?»

Barton sagte: «Er hat jedenfalls keinen normalen Bürojob, falls Sie das meinen. Die Leute in seiner Nachbarschaft glauben, dass er eine Art Schriftsteller ist –»

«Hat Lutwidge denn irgendwas veröffentlicht?», wollte Casey wissen.

«Wir haben das in der *Library of Congress* überprüft», sagte Barton. «Unter dem Namen Lutwidge findet man nur *Alice im Wunderland* und *Alice hinter den Spiegeln* –»

«Die sind doch von Lewis Carroll», sagte Casey.

«Lewis Carroll war das Pseudonym von Charles Lutwidge Dodgson», erklärte Bolster.

«Haben Sie *Dodgson* gesagt?» Moody schrie die Frage beinahe.

Alle starrten ihn an. Bolster sagte: «Wissen Sie etwas, das wir wissen sollten?»

Moody nickte. «1961 – das war vor Ihrer Zeit, Archie – hat das FBI einen Mann namens Kahn verhaftet, der in Washington einen Getränkeladen hatte. Ihr habt damals auch eine junge Frau festgenommen, die für ihn arbeitete, sie hieß Bernice Soundso. Die beiden waren amerikanische Kommunisten, die in den Untergrund gegangen waren und die Infrastruktur für den sowjetischen Agenten lieferten, der als Kontaktperson zwischen Philby und seinem Führungsoffizier fungierte. Wir glauben, dass dieselbe Kontaktperson SASHA betreut hat, nachdem Philby nicht mehr einsatzfähig war. Bei der Durchsuchung des Getränkeladens fand das FBI Beweise: Chiffriercodes, Mikrofilme, ein Microdot-Lesegerät, jede Menge Bargeld und einen Kurzwellenempfänger, alles unter einer losen Bodendiele versteckt. Die Kontaktperson witterte Lunte und konnte untertauchen, bevor man sie schnappte. Ihr Deckname damals war *Eugene Dodgson*.»

Casey erkannte den Zusammenhang. «Dodgson, Lutwidge. Die Lewis-Carroll-Zitate aus Moskau. Irgendwer im KGB ist ein richtiger Fan von *Alice im Wunderland*.»

Bolster fragte Moody: «Wissen Sie noch, wie dieser vermeintliche Dodgson aussah?»

«Im FBI-Bericht wurde er als etwa einunddreißigjähriger Weißer beschrieben. Das war 1961, wohlgemerkt, damit wäre er heute Anfang fünfzig. Er war mittelgroß, kräftig, rotblondes Haar. In euren Akten müssten noch Fotos von ihm sein, aus den Wochen, als er unter Beobachtung stand.»

Bolster zog ein Foto aus einem Umschlag und schob es Moody über den Tisch zu. «Das hier wurde mit Teleobjektiv aus einem Lieferwagen aufgenommen, als Lutwidge unter einer Straßenlampe durchging. Die Qualität ist zwar hundsmiserabel, aber man kann doch ungefähr erkennen, wie er aussieht.»

Moody studierte das Foto. «Mittelgroß, anscheinend helles Haar. Wenn das der Mann ist, den wir als Dodgson kannten, ist sein Haar dünner geworden, und um die Taille herum hat er zugelegt.»

Moody reichte das Foto an Ebby weiter, der sagte: «Seit das FBI ihn als kräftig bezeichnet hat, sind zweiundzwanzig Jahre vergangen. Wir haben alle um die Taille herum zugelegt.»

«Entscheidend ist», witzelte Casey, «dass man nicht ums Hirn herum zulegt.»

Ebby gab Jack das Foto, der sich seine Lesebrille aufsetzte und dann das Foto studierte. Der Unterkiefer klappte ihm runter, und er stammelte: «Das gibt's doch nicht ...»

Ebby fragte: «Was gibt's nicht?»

«Erkennen Sie den Mann?», wollte Moody wissen.

«Ja ... Vielleicht ... Das kann nicht sein ... Ich bin nicht sicher ... das Bild sieht ihm ähnlich, aber er hat sich verändert ...»

«Wir haben uns alle verändert», bemerkte Ebby trocken.

«Wem sieht es ähnlich?», hakte Casey nach.

«Das werden Sie nicht glauben, aber der Mann sieht aus wie der russische Austauschstudent, mit dem ich in Yale zusammengewohnt habe. Er hieß Jewgeni Tsipin. Sein Vater hat bei den Vereinten Nationen gearbeitet ...»

Moody wandte sich an Casey. «Der Tsipin, der in den Vierzigerjahren bei den Vereinten Nationen gearbeitet hat, war ein KGB-Agent.» Er fixierte Jack. «Wie gut hat Ihr russischer Kommilitone Englisch gesprochen?»

Jack, noch immer ganz verwirrt, blickte von dem Foto auf. «Jewgeni war in Brooklyn zur Schule gegangen – er hat gesprochen wie ein echter New Yorker.»

Moody sprang auf und ging um den Tisch. «Das wäre eine Erklärung –», sagte er aufgeregt.

«Wofür?», fragte Casey.

«Der Eugene Dodgson, der in Kahns Getränkeladen gearbeitet hat, sprach Englisch wie ein Amerikaner – ohne jeden russischen Akzent. Aber

Jim Angleton hat nie ausgeschlossen, dass er Russe sein könnte, der aus irgendwelchen Gründen perfekt Englisch sprach.»

Kopfschüttelnd vor Verblüffung, glotzte Jack das Foto an. «Er könnte es wirklich sein. Andererseits könnte es jemand sein, der so aussieht wie er.» Er stockte. «Aber ich kenne jemanden, der es wissen wird», sagte er.

5

**TSCHERJOMUSKI BEI MOSKAU,
SAMSTAG, 12. NOVEMBER 1983**

Bitte, Onkel, lies doch schneller», flehte die kleine blonde Ossetin, als Starik aus dem Konzept kam und den Absatz noch einmal von vorne begann. Geistesabwesend streichelte Starik das seidige Haar der neu eingetroffenen Nichte aus der Inneren Mongolei; selbst jetzt noch, mit fast siebzig Jahren, rührte ihn die Unschuld der Schönheit, die Schönheit der Unschuld. Hinter seinem Rücken griff die Ossetin der Lettin unter das Unterhemd und kniff ihr in eine Brustwarze. Das Mädchen kreischte erschrocken auf. Starik drehte sich verärgert zu der Lettin um. «Aber sie hat mich in die Brust gekniffen», jammerte das Mädchen und zeigte auf die Missetäterin.

«So was tut man nicht», grollte Starik.

«War doch bloß ein Scherz –»

Die Hand des Onkels holte aus und traf die Kleine hart ins Gesicht. Seine langen Fingernägel, eckig geschnitten, wie es die Bauern taten, zerkratzten ihr die Wange. Blut quoll hervor. Vor Furcht schluchzend, zog die Ossetin ihr Baumwollunterhemd aus und drückte es sich auf die Striemen. Einen Moment lang traute sich niemand, etwas zu sagen. Dann drang die gedämpfte Stimme des vietnamesischen Mädchens unter dem Nachthemd des Onkels hervor. «Was ist denn da draußen los?»

Starik rückte seine Brille zurecht, wandte sich wieder dem Buch zu und las den Abschnitt zum dritten Mal. «‹*Seht doch!*›, *rief Alice und deutete aufgeregt in die Ferne.* ‹*Da läuft die Weiße Königin übers Land! Direkt aus dem Wald dort kam sie herausgeflogen – wie schnell diese Königinnen doch rennen können!*› ‹*Es wird wohl wieder einmal ein Feind hinter ihr her sein*›, *sagte der König und drehte sich nicht einmal um dabei.* ‹*Davon wimmelt's in dem Wald dort drüben nur so.*›»

Stariks Stimme verklang, und er räusperte sich, weil er einen Frosch im

Hals hatte. Seine Augen verschleierten sich, und er konnte nicht weiterlesen. «Genug für heute», schnarrte er und zog die kleine Vietnamesin unter seinem langen Nachthemd hervor. Er rutschte vom Bett, tappte mit nackten Füßen zur Tür und verließ das Zimmer, ohne auch nur «Schlaft schön, Mädchen» zu sagen. Die Nichten sahen ihm nach, blickten sich dann verwundert an. Das Schluchzen der Ossetin hatte sich in einen Schluckauf verwandelt, den die anderen Mädchen zu verjagen versuchten, indem sie spitze Schreie ausstießen und schreckliche Grimassen schnitten.

Im Refugium seiner Bibliothek goss Starik sich einen großen bulgarischen Cognac ein und setzte sich damit auf den Boden, den Rücken gegen den Safe gelehnt. Von allen Passagen, die er den Mädchen vorgelesen hatte, beunruhigte ihn diese am meisten. Denn Starik – er sah sich als den Ritter mit den sanften blauen Augen und dem gütigen Lächeln und der Rüstung, die vor der untergehenden Sonne hell aufleuchtete – erkannte die schwarzen Schatten des Waldes, aus dem die Weiße Königin herausgelaufen war, und sie machten ihm Angst. *«Es wird wohl wieder einmal ein Feind hinter ihr her sein»*, sagte der König und drehte sich nicht einmal um dabei. *«Davon wimmelt's in dem Wald dort drüben nur so.»* Starik hatte den Feind, der im Wald lauerte, längst erkannt: Es war nicht der Tod, sondern Versagen.

Als er noch jünger war, hatte er mit ganzem Herzen geglaubt, dass er, wenn er den guten Kampf nur lange genug kämpfte, unausweichlich Erfolg haben werde. Doch inzwischen war dieses Sendungsbewusstsein verschwunden, und an seine Stelle war die dunkle Vorahnung getreten, dass der Triumph nicht einmal im Bereich des Möglichen lag. Die russische Wirtschaft stand kurz vor dem Zusammenbruch, ganz zu schweigen von dem gesellschaftlichen Gefüge und der Partei selbst. Geier wie dieser Gorbatschow lauerten schon darauf, sich an den Kadavern zu weiden. Die sowjetische Vormachtstellung in Osteuropa bröckelte überall. In Polen gewann *Solidarnosc* immer mehr an Boden, in der DDR hielten sich die reformfeindlichen «Betonköpfe», wie man sie nannte, nur noch mit letzter Kraft an der Macht.

Es war offensichtlich, dass die Genialität, die Großzügigkeit des menschlichen Geistes durch die Habgier des ungezügelten *Homo economicus* verdrängt werden würden. Wenn es überhaupt noch einen Trost gab, dann lag er in der Gewissheit, dass er, Starik, das kapitalistische Gebäude niederreißen würde, auch wenn der Sozialismus unterging. Es war die Zeit der Götterdämmerung, die letzte Genugtuung für jene, die gekämpft und doch nicht gesiegt hatten.

Andropow hatte die Augen geschlossen gehabt und durch eine Sauerstoffmaske geatmet, als Starik ihn am frühen Nachmittag besuchte. Der Generalsekretär hatte gerade wieder eine Hämodialyse an der künstlichen Niere hinter sich. Pfleger kümmerten sich um ihn, nahmen seinen Puls, überprüften den Tropf, trugen ihm Rouge auf die bleichen Wangen auf, damit die nachmittäglichen Besucher nicht merkten, dass sie einen Halbtoten vor sich hatten.

«Juri Andropow», hatte Starik geflüstert. «Sind Sie wach?»

Andropow hatte ein Auge geöffnet und kaum merklich genickt. «Ich bin immer wach, auch wenn ich schlafe», hatte er unter der Sauerstoffmaske gemurmelt. Auf einen Wink von ihm hatten alle Pfleger den Raum verlassen.

Denn Andropow wusste, warum Starik gekommen war. Er wollte den Generalsekretär ein letztes Mal unterrichten, bevor das Startsignal für CHOLSTOMER erteilt wurde. Alles war bereit.

Schwer atmend, zog Andropow sich die Maske vom Gesicht und begann, Fragen zu stellen: Hatte der KGB irgendwelche Beweise dafür finden können, dass Amerika einen nuklearen Erstschlag gegen die Sowjetunion plante? Wenn ja, was waren das für Beweise?

Wie Starik inzwischen sehr wohl wusste, war das Schicksal von CHOLSTOMER eng mit Andropows Vermutung verknüpft, dass das NATO-Manöver ABLE ARCHER 83 als Tarnung für den Präventivschlag dienen sollte. Falls den Generalsekretär Zweifel an den feindlichen Absichten der Amerikaner befielen, würde er – wie schon Breschnew vor ihm – einen Rückzieher machen. Und deshalb tat Starik etwas, was er in den dreiundvierzig Jahren, die er Spione führte, noch nie getan hatte: Er fälschte den Bericht eines seiner Agenten vor Ort.

«Genosse Andropow, ich habe hier die Antwort von SASHA auf Ihre letzten Anfragen.» Er hielt ein beschriebenes Blatt hoch, wissend, dass der Generalsekretär zu schwach war, um es selbst zu lesen.

In Andropows Augen flammte etwas von seinem alten Kampfgeist auf; Starik meinte, noch einmal den unbeugsamen Botschafter zu sehen, der den Ungarnaufstand niedergeschlagen und später den KGB mit eiserner Hand geführt hatte.

«Was meldet er?», wollte der Generalsekretär wissen.

«Das Pentagon hat von der CIA Echtzeit-Satelliten-Aufklärungsbilder von unseren zwölf Zügen mit Atomraketen angefordert. Der Generalstab will darüber hinaus eine aktualisierte Einschätzung der sowjetischen Raketenabschussbereitschaft. Sie wollen vor allem wissen, wie lange wir brauchen, um Atomraketen abzuschießen, sobald ein amerikanischer Angriff entdeckt und der Befehl zum Gegenangriff gegeben wird.»

Andropow verlor die letzte Hoffnung, dass seine Analyse von Reagans Absichten falsch gewesen war. «SASHAs Informationen haben sich bislang immer als korrekt erwiesen ...»

«Noch etwas», sagte Starik. «Wir haben ein Telegramm an die amerikanischen Abschussbasen für Mittelstreckenraketen in Europa dechiffriert, mit dem Inhalt, dass alle Urlaubsanträge für die Zeit ab dem fünfundzwanzigsten November abschlägig beschieden werden. Das NATO-Manöver ABLE ARCHER 83 ist um zwei Wochen vorverlegt worden und soll jetzt am ersten Dezember um drei Uhr morgens beginnen.»

Andropow presste sich die Sauerstoffmaske auf Mund und Nase. Das Atmen schien all seine Kraft zu erfordern. Schließlich nahm er die Maske von den bläulichen Lippen. «Die einzige Hoffnung, einen atomaren Holocaust zu verhindern, liegt darin, dass CHOLSTOMER sie *psychologisch* destabilisiert. Wenn das kapitalistische System um sie herum zusammenbricht, verlieren Reagan und seine Leute vielleicht die Nerven.» Er wischte sich mit dem Handrücken Schleim von den Lippen. «Tun Sie's», keuchte er schließlich. «CHOLSTOMER ist unsere letzte Hoffnung.»

Von seinem Tisch hinten im Restaurant des Hotel *Dean's* aus behielt Hippolyte Afanasijewitsch Fet, der mürrische KGB-Resident, die CIA-Offiziere im Auge, die am ersten Tisch in der schäbigen Hotelhalle Bier tranken. Die Amerikaner sprachen leise, lachten jedoch ausgelassen – so ausgelassen, dass man nie auf die Idee gekommen wäre, dass jenseits des Khyber-Passes, nur eine halbe Autostunde entfernt, ein Krieg tobte. Um halb acht teilten die Amerikaner die Rechnung unter sich auf, zählten Rupien auf den Tisch und schoben geräuschvoll ihre Stühle zurück, um zu gehen. Fets Tischgenossen – der leitende Dechiffrierer der Residentur und ein Militärattaché am sowjetischen Konsulat – machten ein paar hämische Bemerkungen über das Benehmen von Amerikanern im Ausland. Amerikaner erkannte man auf Anhieb, sobald sie einen Raum betraten, meinte der eine. Sie taten immer so, als ob ihnen das Land gehöre, in dem sie gerade waren, pflichtete der andere ihm bei. Fet sagte, die werfen mit Rupien nur so um sich, als würden sie sie im Hinterzimmer der CIA-Dienststelle drucken. Vielleicht tun sie das ja, meinte der Militärattaché, und alle drei Russen mussten lachen. Fet entschuldigte sich, um zur Toilette zu gehen. «Lassen Sie die Rechnung bringen und zahlen Sie schon mal, aber geben Sie nicht so viel Trinkgeld wie die Amerikaner – die Pakistaner berechnen sowieso schon zu viel», wies er seinen Mitarbeiter an.

Fet schlenderte durch das Restaurant zur Halle. Er ging an der Tür zur Herrentoilette vorbei nach draußen und auf den Parkplatz hinter dem Hotel. Die Amerikaner stiegen gerade in ihre beiden Chevrolets. Fet schritt auf die Beifahrerseite des einen Wagens und bedeutete dem amtierenden Dienststellenleiter, das Fenster herunterzukurbeln.

«Wen haben wir denn da?», bemerkte der Amerikaner. «Boris Karloff persönlich. Haben Sie vielleicht irgendwelche Staatsgeheimnisse anzubieten, Fet?»

«Das habe ich in der Tat.»

Der Amerikaner grinste noch immer, aber seine Augen blickten plötzlich interessiert. Er gab den anderen ein Zeichen, und alle stiegen wieder aus und umringten den Russen. Zwei von ihnen entfernten sich ein paar Schritte und behielten den Parkplatz im Auge.

«Okay, Fet, worum geht's?», fragte der Dienststellenleiter.

«Ich möchte überlaufen. Aber ich lasse mich nicht dazu überreden, als Überläufer an Ort und Stelle zu bleiben. Entweder ich komme jetzt mit oder überhaupt nicht.» Er klopfte auf seine Jacketttaschen, in denen dicke Umschläge steckten. «Ich habe die gesamte Korrespondenz des letzten Monats zwischen der Zentrale und der Residentur in der Tasche. Und ich habe viele andere Geheimnisse im Kopf – Geheimnisse, die euch überraschen dürften.»

«Und was ist mit Ihrer Frau?», fragte einer der Amerikaner. «Der wird's schlecht ergehen, wenn Sie abhauen.»

Ein böses Lächeln erschien auf Fets eingefallenem Gesicht, so dass er noch mehr wie Boris Karloff aussah. «Meine Gattin hat mir gestern Abend eröffnet, dass sie sich in den jungen Leiter unseres Konsulats verliebt hat, ein richtiges Arschloch. Sie hat mich um die Trennung gebeten. Die soll sie kriegen, und zwar eine, die sie ihr Lebtag nicht vergisst.»

«Ich glaube, er meint es ernst», sagte einer der Amerikaner.

«Ich meine es sehr ernst», versicherte Fet.

Der Dienststellenleiter wog Für und Wider ab. Aus der Küche des Restaurants war zu hören, wie einer der chinesischen Köche einen anderen schrill auf Mandarin anschrie. Schließlich kam der Amerikaner zu einem Entschluss. Falls Langley ihren dicken Fisch aus irgendeinem Grund nicht haben wollte, konnten sie Fet ja immer noch zurück in den Teich schmeißen. «Schnell, steigen Sie ein», sagte er zu Fet.

Sekunden später donnerten die beiden Chevrolets vom Parkplatz in die Saddar Road und fuhren mit hoher Geschwindigkeit durch die Stadt zum festungsähnlichen amerikanischen Konsulat.

Eingewickelt in eine Schaffelljacke, ein Sindhi-Tuch wie einen Schal um den Hals gewickelt, saß Maria Shaath über den groben Holztisch gebeugt und kritzelte im schimmernden Licht der einzigen Kerze neben sich Fragen auf einen Notizblick. Ab und zu blickte sie auf und starrte in die gelbblaue Flamme, während sie sich geistesabwesend mit dem Radiergummi des Bleistifts sanft über die Oberlippe strich. Sobald ihr neue Fragen einfielen, beugte sie sich über den Block und schrieb weiter.

Anthony und Maria waren am Vormittag über das Gelände geschlendert, als Ibrahim aus seinem Haus gekommen war. Die Luft war schneidend, in den Bergen schneite es, was eine erhebliche Sichtbeeinträchtigung für die russischen Hubschrauber bedeutete, die sich angeblich durch das Labyrinth von Tälern kämpften. In der kleinen Siedlung weiter unten zogen zwei hagere Jungen eine bucklige Kuh einen Sandweg entlang. Einige fundamentalistische Kämpfer, die von einer Drei-Tage-Patrouille zurückkehrten, die langen Hemden, die langen Bärte und die pelzgefütterten Jacken staubbedeckt, kamen hintereinander die Straße hochmarschiert, die Kalaschnikows locker über die Schulter gelegt. Aus einem versteckten Steinbruch, in dem Schießübungen stattfanden, hallte der Klang von hohlen metallischen Trommelschlägen. Vor dem großen Tor, das das Grundstück sicherte und tagsüber geöffnet war, saß ein alter Mann mit einer Plastiksonnenbrille zum Schutz gegen Funken und schliff Messer an einem Steinrad, das von einer in eine *Burka* gehüllten Frau gedreht wurde.

«Sie sind ein bemerkenswerter Mann», hatte Maria zu Ibrahim gesagt und ihn eindringlich angesehen. «Ich würde gern ein Interview mit Ihnen machen.»

«Ein Interview?»

«Na ja, das ist mein Beruf. Sie haben doch hier alle möglichen Geräte – Sie könnten doch bestimmt auch eine Fernsehkamera auftreiben.»

Ibrahim wirkte interessiert. «Und was für Fragen würden Sie mir stellen wollen?»

«Zum Beispiel, wo Sie herkommen und wo Sie hinwollen. Ich würde Sie nach Ihrer Religion, Ihren Freunden, Ihren Feinden fragen. Ich würde Sie fragen, warum Sie gegen die Russen kämpfen und was Ihr nächster *Dschihad* sein wird, wenn die Russen abgezogen sind.»

«Wie kommen Sie darauf, dass es wieder einen *Dschihad* geben wird?»

«Sie lieben den heiligen Krieg, Kommandant Ibrahim. Das steht Ihnen ins Gesicht geschrieben. Waffenruhe, Frieden – so etwas langweilt Sie. Ich kenne Leute wie Sie. Sie ziehen von einem Krieg in den nächsten, bis sie haben, was sie sich wünschen –»

«Da Sie mich so gut kennen, was wünsche ich mir denn Ihrer Meinung nach?»

«Sie wollen ein Märtyrer werden.»

Marias Worte hatten Ibrahim amüsiert. «Und was haben Sie mit der Aufnahme vor, wenn ich mich zu einem Interview bereit erkläre?», hatte Ibrahim gefragt.

«Sie könnten das Band in meine Redaktion in Peschawar schicken lassen. Innerhalb von höchstens vierundzwanzig Stunden würde es dann in New York ausgestrahlt – und in null Komma nichts würde es um die ganze Welt gehen.»

«Ich werde drüber nachdenken», hatte Ibrahim gesagt. Und mit seinem Leibwächter zwei Schritte hinter sich war er an dem Messerschleifer vorbei vom Grundstück gegangen und in Richtung der Baracken am Rande der Siedlung verschwunden.

Maria hatte zu Anthony gesagt: «Immerhin, er hat nicht Nein gesagt, stimmt's?»

Bei Einbruch der Dunkelheit hatte Ibrahim Maria ausrichten lassen, er sei zu dem Interview bereit, das um Mitternacht auf dem Dachboden stattfinden sollte. Er hatte ihr ebenfalls bestellen lassen, worüber er auf keinen Fall sprechen würde: Fragen zu seiner wahren Identität und seiner Vergangenheit waren ebenso tabu wie alles, was Hinweise zum Standort seines Lagers oben in den Bergen enthalten könnte. Als Maria und Anthony kurz vor Mitternacht die Leiter hinunterkletterten, war die Gemeinschaftsküche in ein einfaches Studio verwandelt worden. Zwei Scheinwerfer, die von einem Generator draußen vor dem Haus versorgt wurden, waren auf die beiden Stühle vor der Kochstelle gerichtet. Ein bartloser junger Mann mit einer Leica in der Hand bedeutete den beiden Gefangenen, sich vor ein Plakat des Felsendoms zu stellen, und machte dann von ihnen ein paar Aufnahmen. (Eines dieser Fotos erschien einige Tage später auf den Titelseiten der Weltpresse.) Maria blickte mit einem ungeduldigen Lächeln in die Kamera; sie wollte endlich mit dem Interview beginnen. Anthony brachte ein beklommenes Grinsen zustande, das später von manchen Journalisten als sardonisch bezeichnet wurde. Schließlich erschien Ibrahim in einem kunstvoll bestickten, knöchellangen weißen Gewand an der Tür und setzte sich auf einen der Stühle. Sein langes Haar war nach hinten gekämmt und im Nacken zusammengebunden, sein kurzer, hennagetönter Bart war gestutzt. Ein bärtiger Mudschaheddin mit einer dicken Brille stellte an einer plumpen chinesischen Kamera auf einem selbst gemachten Holzstativ die Schärfe ein. Maria zog sich das Sindhi-Tuch über die Schultern und nahm auf dem zweiten Stuhl Platz. Ein rotes Licht oben auf der Kamera ging an. Maria blickte ins Objektiv. «Guten Abend. Ich bin Maria Shaath, und ich sende Ihnen einen Beitrag von irgendwo in Afghanistan. Mein Gast – besser gesagt, mein *Gastgeber*, denn ich bin sein Gast, genauer gesagt, seine Gefangene – ist Kommandant Ibrahim, der Führer des Kommandos, das mich zusammen mit dem amerikanischen Diplomaten Anthony McAuliffe auf einer Straße in Peschawar, Pakistan, entführt hat.» Sie wandte sich Ibrahim zu und bedachte ihn mit einem arglosen Lächeln. «Kommandant, ich bin etwas unschlüssig, wie ich das Interview beginnen soll, da Sie mir strikte Auflagen gemacht haben, worüber Sie reden wollen –»

«Ich möchte zunächst einmal einen Irrtum korrigieren. Anthony McAuliffe gibt sich nur als amerikanischer Diplomat aus, denn in Wahrheit ist er ein CIA-Offizier, der zum Zeitpunkt seiner ... Ergreifung für die CIA-Station in Peschawar tätig war.»

«Auch wenn es stimmt, was Sie sagen, so ist nach wie vor unklar, warum Sie ihn entführt haben. Ich dachte, die amerikanische *Central Intelligence Agency* unterstützt islamische Fundamentalistengruppen wie die Ihre im Krieg gegen die sowjetische Besatzungsmacht in Afghanistan.»

Ibrahims Finger kneteten die Perlenschnur in seiner Hand. «Die amerikanische *Central Intelligence Agency* schert sich einen Dreck um Afghanistan. Sie liefert den islamischen Fundamentalisten veraltete Waffen für den Kampf gegen den sowjetischen Feind, genau wie die Sowjets den Nordvietnamesen Waffen für den Kampf gegen den amerikanischen Feind in Vietnam geschickt haben.»

«Wenn die Situation umgekehrt wäre, wenn Sie gegen die Amerikaner kämpfen würden, würden Sie dann von der Sowjetunion Hilfe annehmen?»

«Ich würde sogar vom Teufel Hilfe annehmen, um den *Dschihad* fortsetzen zu können.»

«Falls es Ihnen gelingt, die sowjetischen Besatzer zu verjagen –»

«Das wird es –»

Maria nickte. «Also schön, wird der Krieg dann vorbei sein, wenn es Ihnen gelungen ist?»

Ibrahim beugte sich vor. «Unser Kampf richtet sich gegen den Kolonialismus und den Säkularismus, beides Feinde des Islam und des islamischen Staates, den wir in Afghanistan und in anderen Teilen der muslimischen Welt errichten werden. Der Krieg ist erst dann zu Ende, wenn wir den Kolonialismus und den Säkularismus mit Stumpf und Stiel ausgerottet und ein muslimisches Gemeinwesen auf der Basis des reinen Glaubens – des

Islam – des Propheten, den ihr Abraham und den wir Ibrahim nennen, etabliert haben. Grundlage eines solchen Staates, in dem die Prinzipien des Koran und das Vorbild des Boten Mohammed gelten, würde die vollkommene Unterwerfung unter Gott sein. Daran glaube ich.»

Casey und sein Stellvertreter Ebby standen, einen Drink in der Hand, vor dem großen Fernsehapparat im Büro des Director im siebten Stock von Langley und sahen sich das Interview an.

Auf dem Bildschirm blickte Maria auf ihre Notizen. «Erlauben Sie mir, Ihnen ein paar persönliche Fragen zu stellen. Sind Sie verheiratet?»

«Ich habe zwei Frauen und drei Söhne. Ich habe außerdem etliche Töchter.»

Casey ließ die Eiswürfel in seinem Glas klicken. «Ein Wunder, dass der Mistkerl seine Töchter überhaupt erwähnt.»

Maria fragte: «Was ist Ihr Lieblingsfilm?»

«Ich habe noch nie einen Kinofilm gesehen.»

«Er will sich wohl als islamischen Heiligen hinstellen», spöttelte Casey.

«Welche politischen Figuren bewundern Sie am meisten?»

«Noch lebende oder tote?»

«Sowohl als auch. Historische sowie noch lebende Figuren.»

«Unter den historischen bewundere und respektiere ich den Boten Mohammed – er war nicht nur ein heiliger Mann, sondern er hat auch ein heiliges Leben geführt, er war ein mutiger Krieger und hat die islamischen Truppen bei der Eroberung von Nordafrika, Spanien und Teilen Frankreichs geführt. Von den historischen Figuren bewundere ich auch Moses und Jesus, beides Propheten, die den Menschen das Wort Gottes gebracht haben, aber nicht gehört wurden. Eine hohe Achtung habe ich auch vor dem Sultan von Ägypten, Saladin, der die ersten Kolonialisten besiegt hat, diese Kreuzfahrer, als sie die heilige Stadt Jerusalem besetzten.»

«Ein Jammer, dass er einen von unseren Leuten in der Gewalt hat», sagte Casey. «Der Bursche hat das Zeug dazu, es den Russen so richtig zu zeigen.»

Auf dem Bildschirm fragte Maria: «Und welche noch lebenden Figuren bewundern Sie?»

«Sie ist wirklich eine gut aussehende Frau», sagte Reagan, der zusammen mit seinem Sicherheitsberater Bill Clark im ersten Stock des Weißen Hauses vor dem Fernseher saß. «Wie heißt sie noch mal?»

«Maria Shaath», sagte Clark. «Dieser Ibrahim ist derjenige, der meint, wir wären bereit, Shaath und den Burschen von der CIA gegen fünfzig Stinger einzutauschen.»

«Die Frage nach den noch lebenden Figuren», sagte Ibrahim jetzt zu Maria, «ist schwieriger.»

«Wieso?»

«Weil es noch fünfzig bis hundert Jahre dauert, ehe man die richtige historische Perspektive hat, um ermessen zu können, was eine Führungspersönlichkeit geleistet hat.»

«Messen Sie die Geschichte in so großen Zeiträumen?»

«Ich messe sie in Jahrhunderten.»

«Versuchen Sie's», drängte Maria. «Nennen Sie diejenigen, die Ihnen im Moment einfallen.»

Ibrahim lächelte schwach. «Ich bewundere Gaddhaffi, weil er sich von den Kolonialmächten nicht hat einschüchtern lassen. Ich achte Saddam Hussein vom Irak und Hafis al-Assad von Syrien aus den gleichen Gründen. Auf der anderen Seite verachte ich König Hussein von Jordanien und Ägyptens Mubarak und die ganze königliche Familie von Saudi-Arabien, weil sie dem kolonialen und säkularen Westen nicht die Stirn geboten haben. Sie haben sich sogar vom säkularen Westen vereinnahmen lassen. Sie sind Agenten des Säkularismus in der islamischen Welt geworden.»

Reagan fragte: «Wie, äh, hab ich mich noch mal in der Stinger-Sache entschieden, Bill?»

«Sie hielten es für einen Fehler, islamische Fundamentalisten wie diesen Ibrahim mit Stinger-Raketen zu beliefern. Deshalb ist an den Raketen, die wir mit dem israelischen Stoßtrupp schicken werden, der Zündmechanismus demontiert worden.»

«Sie sprechen ständig von Kolonialismus und Säkularismus», sagte Maria im Fernseher. «Was ist mit dem Marxismus?»

«Ich hasse den Marxismus!», murmelte Reagan vor sich hin.

«Marxismus ist so schlimm wie Kapitalismus», erwiderte Ibrahim. «Marxismus ist Kolonialismus in einer säkularen Verpackung.»

Reagan horchte auf. «Tja, ein Marxist ist er jedenfalls nicht!», befand er.

«Allerdings nicht», stimmte der Sicherheitsberater zu.

«Eigentlich haben wir doch nichts zu verlieren, wenn wir ihn mit, äh, Stinger beliefern, schließlich benutzt er sie gegen die Marxisten», sagte Reagan.

«Das sehen etliche Senatoren genau so», bemerkte Clark.

Reagan blickte seinen Sicherheitsberater mit besorgter Ernsthaftigkeit an. «Wollen Sie damit sagen, es würde, äh, im Kongress gut ankommen, wenn wir den afghanischen Freiheitskämpfern Stinger liefern?»

«Das könnte ich mir gut vorstellen», räumte Clark ein.

«Tja, vielleicht sollten wir uns diese Stinger-Sache doch noch einmal durch den Kopf gehen lassen», sagte Reagan. «Damit will ich nicht sagen, dass wir ihnen Stinger geben sollten. Andererseits, wenn sie damit russische Flugzeuge abschießen ... Hmmmm.»

Leo Kritzky kehrte gerade aus Baltimore zurück, wo er persönlich Hippolyte Fet vernommen hatte, der inzwischen in einem *safe house* der *Company* untergebracht war. Als Leo spätabends in die Einfahrt zu seinem Haus in Georgetown einbog, sah er dort zu seiner Verwunderung einen wohl bekannten grauen Plymouth stehen. Jack saß auf dem Fahrersitz und hatte das Radio auf einen Sender eingestellt, der stündlich die neusten Nachrichten brachte. Beide Fahrer stiegen gleichzeitig aus. «Jack», sagte Leo. «Was machst du denn um diese Zeit hier?»

«Ich brauche dringend was zu trinken», stöhnte Jack, als sie zur Haustür gingen. Heimlich musterte er seinen alten Yale-Kommilitonen und Ruderkameraden. Körperlich hatte Leo Angletons drakonische Inquisition von vor neun Jahren gut überstanden. Sein Haar war wieder gewachsen, er war nicht mehr hager, sondern wirkte schlank und kräftig. Wenn seine Qualen Spuren hinterlassen hatten, dann in Leos dunklen Augen, die noch immer gehetzt blickten, und heute Abend mehr denn je, so kam es Jack zumindest vor. «Du siehst aus, als könntest du auch einen kräftigen Schluck gebrauchen, mein Alter.»

«Da sind wir beide hier genau richtig», sagte Leo. Er schloss die Tür auf, machte das Licht an und ging schnurstracks zur Bar. «Was kann ich dir anbieten, Jack?»

«Whisky, pur. Und nicht zu knapp.»

Leo füllte zwei Gläser mit *Glenfiddich*. «Irgendwas Neues über den Stoßtrupp?», fragte Leo und reichte Jack ein Glas.

«Sie sind über den Nameh-Pass rüber, nördlich vom Khyber.» Jack runzelte die Stirn. «Jetzt ziehen sie durch die Berge und halten Funkstille, also werden wir erst wieder was hören, wenn sie Ibrahims Berggipfel erreicht haben.»

«Wann ist es so weit?»

«Schwer zu sagen, wie lange sie mit den Packtieren brauchen. Wir rechnen mit mindestens fünf, höchstens acht Tagen.»

«Muss schwer sein für Millie», vermutete Leo.

«Schwer ist untertrieben», sagte Jack. «Andererseits, wenn es gut ausgeht –»

«Das wird es, Jack.»

«Ja, das sage ich mir selbst auch die ganze Zeit, aber so ganz überzeugt bin ich noch nicht.» Er trank einen Schluck.

Leo winkte Jack zum Sofa, ließ sich müde in einen Schaukelstuhl sinken und nippte nachdenklich an seinem Whisky. «Dieser Fet –»

«Ach ja, nach dem wollte ich dich schon gefragt haben. Was hat er denn Schönes mitgebracht?»

«Wir haben ja noch keinen Detektortest mit ihm gemacht, deshalb können wir noch nicht sagen, ob er uns nicht jede Menge Mist erzählt. Andererseits –»

«Ja?»

«Er behauptet, die Führungsspitze des KGB sei bereit, Afghanistan abzuschreiben. Innerhalb des KGB wird diese Information streng geheim gehalten. Die halten den Krieg für verloren – es ist nur noch eine Frage der Zeit und weiterer Verluste, bis das sowjetische Militär das auch kapiert und sich überlegt, wie der Krieg beendet werden kann.»

«Donnerwetter! Wenn das stimmt –»

«Fet behauptet, er habe Befehl gehabt, Kontakte zu verschiedenen radikalislamischen Splittergruppen aufzunehmen. Der KGB denkt schon an die Zeit nach dem Krieg, wenn die Fundamentalisten in Afghanistan an der Macht sind und ihr Augenmerk woandershin lenken. Fet sagt, beim KGB sei man der Meinung, man könne sich den Amerikahass der Fundamentalisten nutzbar machen und ihn gegen die amerikanischen Interessen im Nahen Osten richten.» Leo runzelte nachdenklich die Stirn; irgendetwas schien ihn sichtlich zu beunruhigen. «Die sind weit zynischer, als ich gedacht hatte.»

«Wenn Fet sagt, er sollte Kontakt zu Fundamentalisten aufnehmen, was heißt das genau?»

«Das heißt, dass Fet und der KGB zu dem Schluss gekommen sind, dass Ibrahim ein Hoffnungsträger ist. Das heißt, dass sie Manny und mein Patenkind Anthony beschattet haben. Das heißt, dass sie Ibrahim gedrängt haben, sie zu entführen – Maria Shaath saß nur zufällig mit im Auto – und sie gegen Stinger-Raketen auszutauschen, die Ibrahims Chancen erheblich erhöhen, am Ende führender Kopf der Fundamentalisten zu werden.»

«Aber mit den Stinger-Raketen werden russische Kampfhubschrauber abgeschossen», sagte Jack.

«Wie Fet gesagt hat, ist das der kurzfristige Preis, und der KGB ist bereit, ihn zu zahlen. Wenn die Fundamentalisten Stinger-Raketen in die Hände bekommen, so haben Fets Vorgesetzte ihm erklärt, lässt sich das sowjetische Militär eher davon überzeugen, dass der Krieg nicht zu gewinnen ist. Und je eher der Krieg endet, desto eher werden die Fundamentalisten den Blick auf den Nahen Osten richten, wobei der KGB hinter den Kulissen die Fäden in der Hand hält und seine Aufmerksamkeit den saudischen Ölfeldern zuwenden kann.»

Beide konzentrierten sich eine Zeit lang auf ihre Drinks, und jeder hing seinen Gedanken nach. Schließlich blickte Leo zu seinem alten Freund hinüber. «Wann verrätst du mir endlich, weshalb du wirklich so spät noch hier aufgekreuzt bist?», fragte er.

Jack schüttelte sorgenvoll den Kopf. «Ich möchte dir ein Foto zeigen.»

«Was denn für ein Foto?»

«Gut, dass du sitzt», sagte Jack. Er zog das Foto aus der Brusttasche und gab es seinem Freund. Leo setzte seine Lesebrille auf und hielt das Foto ins Licht.

Jack sah, wie seinem Freund der Atem stockte. «Dann ist es also Jewgeni», flüsterte Jack.

«Wo hast du das her?», fragte Leo.

«Das haben wir deinen Töchtern zu verdanken», sagte Jack, und er erklärte, wie Tessa und Vanessa die Telefonnummer der alten Polin ermittelt hatten, die als Mittlerin zwischen dem KGB und einem Mann fungierte, der sich Gene Lutwidge nannte. «Ich hab mich schon immer gefragt, was wohl aus unserem russischen Mitbewohner geworden ist», sagte Jack. «Jetzt wissen wir's.»

Leo atmete unregelmäßig und schaukelte vor und zurück. Das Foto von Jewgeni hatte ihn offensichtlich erschüttert.

«Ich konnte es erst selbst nicht glauben», sagte Jack. «Das FBI hat eine fünfzigköpfige Sondereinheit auf Jewgeni angesetzt. Wenn wir geduldig abwarten, führt er uns zu SASHA. Wenn es zu lang geht, schnappen wir ihn uns und pressen es aus ihm heraus.» Jack beugte sich vor. «Du kannst mächtig stolz auf Tessa und Vanessa sein ... He, Leo, alles in Ordnung?»

Leo nickte nur. «Vanessa hat mir erzählt, dass sie irgendwas Wichtiges rausgefunden haben, aber sie durfte mir keine Einzelheiten sagen. Ich hätte mir denken können, dass es um Jewgeni geht ...»

Jack fragte verwundert: «Wieso hättest du dir das denken können?»

Leo stand schwerfällig auf, warf das Foto auf den Schaukelstuhl und stapfte zur Bar. Er bückte sich und kramte nach irgendwas in einem Schrank dahinter. Dann richtete er sich wieder auf und goss sich noch einen Whisky ein. Als er sich diesmal setzte, nahm er auf der Couch Jack gegenüber Platz.

Leos sorgenvolle Augen fixierten seinen ältesten Freund. Er hatte einen Entschluss gefasst: Ab jetzt gab es kein Zurück mehr. «Stierkämpfer und Romanautoren würden das jetzt den Augenblick der Wahrheit nennen», sagte er. Seine Stimme war zu sanft; sie klang bedrohlich. «Jewgeni muss euch nicht zu SASHA führen», sprach er weiter. «Du sitzt ihm gegenüber.»

Jack wollte aufspringen, als plötzlich eine Automatikpistole in Leos Hand erschien. Einen Moment lang konnte Jack nicht mehr klar sehen, und sein Hirn war außerstande, den gedanklichen Tumult zu verarbeiten, der in ihm tobte. Verwirrt sank er zurück auf die Couch. «Verdammt, du würdest mich nicht erschießen.» Mehr fiel ihm nicht ein.

«Täusch dich nicht in mir», warnte Leo. «Ich würde dich mit einem Schuss verwunden. Ich habe nicht vor, den Rest meines Lebens im Gefängnis zu schmoren.»

«*Du bist SASHA!*» Erst jetzt dämmerte es Jack, dass es kein Witz oder Traum war. «Jim Angleton hatte damals also doch Recht!»

«Tu uns beiden einen Gefallen und halte die Hände so, dass ich sie sehen kann», befahl Leo. Er warf ein Paar Handschellen neben Jack auf die Couch. «Leg dir eine ums rechte Handgelenk. Keine abrupten Bewegungen – jetzt setz dich auf den Boden, mit dem Rücken gegen die Heizung. Okay, mach die andere Handschelle am Heizungsrohr fest. Gut.» Leo setzte sich auf die Couch, auf der Jack gesessen hatte. «Jetzt können wir reden, Jack.»

«Wie hast du das geschafft – wie hast du die ganzen Lügendetektortests überstanden?»

«Beruhigungsmittel. Ich war absolut entspannt, ich hätte denen erzählen können, ich bin eine Frau, und der Zeiger hätte nicht ausgeschlagen. Der einzige Test, bei dem ich versagte, war in Angletons Kerker – und das konnte ich mit der langen Haft erklären.»

«Du Mistkerl!», fauchte Jack. «Du hast alle verraten, dein Land, deine Frau, deine Töchter, die *Company*. Du hast *mich* verraten, Leo – als du das Wasser aus dem Klo getrunken hast, Herrgott, ich bin drauf reingefallen. Ich dachte wirklich, du wärst unschuldig. Dein alter Kumpel Jack hat die Sache nämlich nicht auf sich beruhen lassen, nachdem Kukuschkin angeblich hingerichtet worden war. Ich war es, der alles daran gesetzt hat herauszufinden, ob der Bursche vielleicht doch noch lebt.»

«Ich war einfach auf der anderen Seite, Jack. Weißt du noch, wie ich nach meiner Haftzeit aus dem Fahrstuhl kam und ihr mich alle begrüßt habt? Da hab ich gesagt, dass ich dem Land diene, dessen Regierungssystem die größte Hoffnung für die Welt verkörpert. Das war nicht gelogen. Dieses Land, dieses Regierungssystem, das ist die Sowjetunion.»

Die Atmosphäre schien plötzlich zu knistern, so heftig waren ihre Gefühle, fast so, als würde ein Liebespaar sich trennen. «Und wann hast du angefangen, dein Land zu verraten, Leo?»

«Ich habe mein Land nie *verraten*, ich habe für eine bessere Welt gekämpft. Meine Bindung an die Sowjetunion reicht zurück bis Yale. Jewgeni war damals kein KGB-Agent, als er mit uns zusammenwohnte, aber wie alle Russen im Ausland war er ein inoffizieller Talentsucher. Er erzählte seinem Vater von mir – und der *war* KGB-Agent. Er hat ihm erzählt, dass meine Familie während der Weltwirtschaftskrise alles verloren hatte, dass mein Vater vor Verzweiflung von der Brooklyn Bridge gesprungen ist, dass ich von meinem Vater den alttestamentarischen Glauben übernommen hatte, dass das, was man besitzt, den Bedürftigen geraubt worden ist.»

«Und dann?»

«Jewgenis Vater hat den New Yorker Residenten verständigt, der wiederum eine amerikanische Kommunistin namens Stella Bledsoe beauftragte, mich anzuwerben.»

«Deine Freundin Stella!» Jack blickte zu dem gerahmten Schwarzweißfoto an der Wand, das 1950 nach dem Ruderwettkampf zwischen Harvard und Yale aufgenommen worden war. Er konnte die Inschrift nicht entziffern, aber da er selbst sie geschrieben hatte, erinnerte er sich an den Text: *Jack & Leo & Stella nach dem Rennen, aber vor dem Sündenfall.* Jetzt sagte er verächtlich: «Ich weiß noch, wie Stella in jener Nacht in mein Zimmer geschlichen kam –»

«Sie hat sich in dein Zimmer geschlichen und mit dir gevögelt, damit ich einen plausiblen Grund hatte, mit ihr Schluss zu machen. Die Moskauer Zentrale wollte mehr Abstand zwischen Stella und mir, für den Fall, dass das FBI ihre Verbindung zu den Kommunisten entdeckte.»

Jack zerrte wütend an seiner Fessel. «Was war ich doch für ein Vollidiot, dass ich dir vertraut habe.»

«Stella riet mir damals, ich sollte mich bemühen, in die Rudermannschaft aufgenommen zu werden. Die Zentrale wusste nämlich, dass Coach Waltz ein Talentsucher für die neue CIA war. Den Rest kennst du ja, Jack. Du warst dabei, als er uns angeworben hat.»

Jack blickte abrupt auf. «Was ist mit Adelle? War sie auch *geplant*?»

Leo wandte sich ab. «Adelle ist der Teil der Geschichte, bei dem ich mich am unwohlsten fühle», gab er zu. «Die Zentrale wollte, dass ich ins Washingtoner Establishment einheirate, um meine Karriere voranzutreiben und um noch weitere Informationsquellen aufzutun. Die Residentur hat Adelle mehr oder weniger ausgesucht, weil sie für Lyndon B. Johnson arbeitete, aber auch weil ihr Vater reich und mächtig war und im Weißen Haus verkehrte. Man hat dafür gesorgt, dass unsere Wege sich kreuzten.»

«Aber ihr habt euch doch zufällig beim Tierarzt kennen gelernt», erinnerte sich Jack.

Leo nickte traurig. «Sie sind in Adelles Wohnung eingebrochen und haben ihre Katze aus dem Fenster geworfen. Ich habe mir einen alten Hund aus dem Tierheim besorgt und ihm Rattengift zu fressen gegeben, damit er krank wurde. Dann bin ich zu ihrem Tierarzt, weil ich wusste, dass Adelle mit ihrer Katze kommen würde. Wenn das nicht geklappt hätte, wäre uns eine andere Möglichkeit eingefallen, wie ich ihr über den Weg hätte laufen können.»

Jack schüttelte fassungslos den Kopf. «Du tust mir fast Leid, Leo.»

«Die Wahrheit ist, dass ich mich dann doch in sie verliebt habe», sagte Leo. «Und meine Töchter sind mein ein und alles ...» Dann stieß er heftig hervor: «Ich habe nie auch nur einen Penny genommen, Jack. Ich habe meinen Hals für den Frieden riskiert, für eine bessere Welt. Ich habe kein Land verraten – meine Loyalität gilt größeren Zusammenhängen ... einer internationalen Sicht der Dinge.»

«Nur der Vollständigkeit halber, Leo, erklär mir doch bitte diese AE/PINNACLE-Farce. Kukuschkin war ein falscher Überläufer – aber war es nicht etwas riskant, dich zu beschuldigen, du wärst SASHA? Wir hätten ihm glauben können.»

«Ganz einfach», sagte Leo. «Angleton war dabei, seinen Kreis von Verdächtigen immer mehr einzuengen. Er hat die gescheiterten und die geglückten Operationen überprüft und alle Mitarbeiter, die damit zu tun hatten. Mein Name tauchte allzu häufig auf. Die Zentrale – oder genauer gesagt, mein Führungsoffizier – fand, dass Angleton allmählich gefährlich wurde, also hat er AE/PINNACLE inszeniert, um Angleton dazu zu bringen, mich offen zu beschuldigen. Kukuschkin wäre so oder so als falscher Überläufer demaskiert worden, auch wenn du nicht die Israelis eingeschaltet hättest. Sobald Kukuschkins Glaubwürdigkeit zerstört war, hatte Angleton nichts Konkretes mehr in der Hand und war blamiert bis auf die Knochen – für uns sozusagen zwei Fliegen mit einer Klappe.»

«Was willst du jetzt machen, Leo? Jewgeni wird rund um die Uhr beobachtet. Du kannst nicht fliehen.»

«Ich werde fliehen, und Jewgeni auch. Es gibt Notfallpläne für den Fall, dass wir auffliegen. Wir brauchen bloß ein bisschen Vorsprung, und den bekomme ich dank deiner Handschellen. Morgen früh rufe ich Millie an und sage ihr, wo du bist.»

«Das ist dann also das Ende», sagte Jack verbittert.

«Nicht ganz. Da ist noch was, Jack. Ich werde dir jetzt ein paar Geheimnisse verraten.» Leo musste unwillkürlich lächeln, als er die Skepsis in Jacks Augen sah. «Die Sowjetunion zerfällt. Ohne die Ölexporte und die globale Energiekrise wäre die Wirtschaft vermutlich schon vor Jahren zusammengebrochen. Der Kalte Krieg geht seinem Ende entgegen. Aber es gibt Leute auf meiner Seite, die möchten, dass er mit einem Knalleffekt endet. Und damit wäre ich beim Thema CHOLSTOMER –»

«Es gibt also ein CHOLSTOMER! Angleton hatte schon wieder Recht.»

«Ich will dir noch was verraten, Jack. Ich hatte von Anfang an Bedenken, was CHOLSTOMER betrifft, aber ich wusste nicht, was ich machen sollte, bis ich heute mit Fet gesprochen habe. Als ich erfuhr, dass der KGB vorhat, Stinger-Raketen in die Hände von Leuten zu spielen, die damit auf russische Piloten schießen werden ... ganz zu schweigen von seiner Mitwirkung bei der Entführung meines Patenkindes –» Leo flüsterte mit schmerzverzerrtem Gesicht: «Für mich ist das, als hätte der KGB Anthonys Zeh abgeschnitten, Jack. Das war der letzte Tropfen. Es reicht. Und jetzt pass auf.»

Jack fand allmählich seinen Sinn für Humor wieder. «Ich werde wie gefesselt an deinen Lippen hängen.»

«Andropow stirbt, Jack. Wie ich höre – sowohl aus *Company*-Quellen als auch von Starik – ist der Generalsekretär nicht immer bei klarem Verstand –»

«Du meinst, er hat sie nicht mehr alle beisammen.»

«Er hat durchaus helle Momente. Aber manchmal geht die Phantasie mit ihm durch, und sein Blick auf die Welt wird krumm und schief. Im Augenblick hat er so eine Phase. Andropow ist davon überzeugt, dass Reagan und das Pentagon einen nuklearen Erstschlag gegen die Sowjetunion planen –»

«Das ist doch absurd», sagte Jack heftig.

«Ich habe Meldungen nach Moskau geschickt, dass das nicht stimmt. Aber ich glaube, dass meine Berichte frisiert worden sind, um Andropows Paranoia neue Nahrung zu geben.»

«Woher willst du das wissen?»

«Aufgrund der Anfragen aus der Zentrale – sie erkundigen sich nach ABLE ARCHER 83, sie wollen wissen, ob das Pentagon die CIA vielleicht über einen geplanten Präventivschlag nicht unterrichtet. Ich habe gesagt, dass das völlig ausgeschlossen ist, aber sie stellen immer wieder dieselben Fragen. Sie meinen, dass ich irgendwas übersehe, dass ich noch genauere Nachforschungen anstellen soll.»

«Welche Rolle spielt CHOLSTOMER dabei?», fragte Jack.

«CHOLSTOMER ist Moskaus Antwort auf ABLE ARCHER 83. Da Andropow glaubt, dass die USA am ersten Dezember einen Präventivkrieg beginnen, hat er Starik ermächtigt, das Startsignal für CHOLSTOMER zu geben – sie haben vor, den Markt mit Dollars zu überschwemmen und letztlich den Zusammenbruch der amerikanischen Wirtschaft herbeizuführen.»

«Ich bin kein Wirtschaftsexperte», sagte Jack, «aber sie bräuchten schon ein gigantisches Sümmchen, um den Markt so zu beeinflussen.»

«Das haben sie», sagte Leo. «Seit Jahrzehnten schafft Starik harte Devisen beiseite. Er hat etwas mehr als sechzig Milliarden Dollar, und obendrein hat er einflussreiche Agenten in vier Schlüsselländern, die ihre Zentralbanken bedrängen werden, US-Schatzanleihen zu verkaufen, sobald der Dollar abstürzt. Wenn es soweit ist, soll ich die Reaktion der *Federal Reserve Bank* und die Bewegungen auf dem Anleihemarkt beobachten. Die Sache könnte außer Kontrolle geraten – je tiefer der Dollar absackt, desto mehr Menschen werden in Panik ihre Dollars und US-Schatzanleihen verkaufen. Zumindest hofft Starik das.»

«Kannst du die einflussreichen Agenten identifizieren?»

«Nein. Aber ich weiß, in welchen Ländern sie arbeiten. Unsere Dienststellen –»

Ein wehmütiges Lächeln zeigte sich auf Jacks Gesicht. «*Unsere?*»

Leo grinste zurück. «Ich habe zu lange ein Doppelleben geführt. *Eure* Dienststellen müssten herausfinden können, wer in den jeweiligen Ländern Einfluss bei der Zentralbank hat und als möglicher sowjetischer Agent in Frage kommt.»

«Und wenn wir nicht ganz sicher sind», sagte Jack, «können wir die drei oder vier Hauptkandidaten ja einfach neutralisieren. So läuft das doch beim KGB, nicht?»

Leo fuhr auf: «Sei nicht so verdammt selbstgerecht, Jack! *Eure* Dienststellen haben die Geheimpolizei in Vietnam ausgebildet, in Argentinien, in der Dominikanischen Republik, in Chile, im Irak – die Liste ist lang. *Ihr* habt einfach so getan, als wäre nichts, wenn *eure* Kunden ihre politischen Gegner verhaftet und gefoltert und ermordet haben. Bei der ‹Operation Phönix› in Vietnam, mit den Tigerkäfigen auf der Insel Con Son, sind zwanzigtausend Vietnamesen getötet oder verkrüppelt worden, bloß weil sie verdächtigt wurden – nur *verdächtigt*, Jack! –, kommunistenfreundlich zu sein.»

«Die *Company* hat Feuer mit Feuer bekämpft –», sagte Jack trotzig.

«*Feuer mit Feuer!*», wiederholte Leo verächtlich. «*Ihr* habt ganze Armeen von Agenten finanziert und ausgerüstet und dann im Stich gelassen – die Kubaner in Miami, die Khambas in Tibet, die Meos in Laos, die Montagnards in Vietnam, die Nationalchinesen in Burma, die Ukrainer in Russland, die Kurden im Irak.»

Jack entgegnete sehr leise: «Du bist nun wirklich der Allerletzte, der sich moralisch aufs hohe Ross schwingen sollte.»

Leo stand auf. «Ich habe dich, seit wir uns kennen, bewundert, Jack. Noch bevor du in der Schweinebucht mit an Land gegangen bist, warst du für mich ein Held – und dabei war es gleichgültig, dass wir auf verschiedenen Seiten standen.» Leo zuckte müde die Achseln. «Es tut mir Leid, Jack.» Er presste die Lippen aufeinander und nickte kurz. «Es tut mir Leid, dass unsere Freundschaft so enden muss ...»

«Du solltest deinen Vorsprung besser nutzen», sagte Jack nur.

«Stimmt.» Leo holte eine kleine Reisetasche aus einem Schrank, dann schaltete er das Radio ein und drehte es laut. «Noch eins, Jack», rief er von der Tür aus. «Meine russischen Freunde werden nicht publik machen, dass ich übergelaufen bin, nicht, wenn ich es verhindern kann – ich möchte die Zwillinge und meine Exfrau schützen. Und ich habe der Moskauer Zentrale nichts von dem israelischen Kommandounternehmen erzählt. Ich hoffe bei Gott, dass die Befreiung gelingt.»

Jack brachte es nicht über sich, SASHA zu danken; er wäre daran erstickt. Aber er hob die freie Hand, um diesen letzten Gefallen zu würdigen.

Der magere schwarze Junge in dem engen roten Overall, über dessen Brusttasche «Latrell» aufgestickt war, schüttelte nachdrücklich den Kopf. Nein, es konnte kein Irrtum sein, beteuerte er. Ausgeschlossen. Er blätterte den Packen Bestellungsformulare durch und fand schließlich, was er suchte. «Hier, Mister», sagte er. «Eine *Napolitana* ohne Oliven. Bestellt für: Ihre Hausnummer, Wohnung über der Garage am Ende der Einfahrt, das sind Sie doch, oder?»

«Das bin ich», gab Jewgeni zu. «Welcher Name steht denn auf der Bestellung?»

Der Junge hielt das Formular ans Licht. «Dodgson», sagte er. «Sind Sie Dodgson?»

Jewgeni schnappte kurz nach Luft, dann nahm er die Pizza entgegen.

«Wie viel macht das?»
«Fünf fünfzig.»

Jewgeni zahlte und gab dem Jungen Trinkgeld. Er schloss die Tür und lehnte sich mit dem Rücken dagegen, bis das Pochen in seiner Brust nachließ. Eine Pizza für Dodgson, der Name, den Jewgeni vor zweiundzwanzig Jahren abgelegt hatte, war SASHAs Alarmsignal. Es bedeutete das Ende der Welt. Es bedeutete, dass die Amerikaner irgendwie die für SASHA zuständige Kontaktperson identifiziert hatten. Vermutlich wurde er von FBI-Agenten beschattet, sein Telefon abgehört. Allmählich begann Jewgenis Verstand wieder halbwegs ruhig zu arbeiten. Logisch denken, beschwor er sich. Sie hatten ihn noch nicht verhaftet, was ein gutes Zeichen war – sie hofften wohl, dass er sie zu SASHA führen würde. Was wiederum bedeutete, dass sie nicht wussten, wer SASHA war. Und den Schluss zuließ, dass das schwache Verbindungsglied zwischen der Washingtoner Residentur und Jewgeni lag: Aida Tannenbaum.

Glücklicherweise hatte SASHA von der Entdeckung erfahren und Jewgeni auf die einzig mögliche Art gewarnt. Okay. Als Nächstes musste er so tun, als ginge er schlafen – die Jalousien sollte er halb offen lassen, damit jeder eventuelle Beobachter sah, dass er völlig arglos war.

Jewgeni schnitt ein Stück Pizza ab und zwang sich, es zu essen, während er sich den Schluss eines Films im Fernsehen ansah. Er zog seinen Pyjama an, putzte sich die Zähne, machte das Licht in den anderen Zimmern aus und ging in das kleine Schlafzimmer. Er setzte sich ins Bett und tat eine Viertelstunde lang so, als lese er noch ein bisschen. In Wahrheit verschwammen ihm die Buchstaben vor den Augen, und das Pochen in der Stirn ließ ihn kaum einen klaren Gedanken fassen. Er gähnte, legte das Buch weg, zog seine Armbanduhr auf und stellte den Wecker. Dann tappte er zum Fenster und ließ die Jalousie ganz herunter. Als er wieder im Bett war, schaltete er die Nachttischlampe aus.

In der Dunkelheit kamen ihm die nächtlichen Geräusche von draußen überlaut vor. Etwa alle Viertelstunden hörte er den Bus von der Broad Street, zwei Querstraßen weiter. Irgendwann nach Mitternacht nahm er wahr, wie ein Garagentor geöffnet wurde und ein Auto losfuhr. Kurz vor halb eins rief der Nachbar von nebenan seinem Hund zu, er solle doch endlich sein Geschäft erledigen, zum Donnerwetter noch mal. Jewgeni lag reglos da, bis der Leuchtzeiger des Weckers auf drei Uhr vorrückte. Dann zog er sich leise an, behielt aber die Schuhe in der Hand und ging auf Socken ins Bad. Er betätigte die Klospülung, für den Fall, dass die Wohnung abgehört wurde – und während das Wasser rauschte, öffnete er ein kleines Fenster, das auf das Schrägdach des Geräteschuppens hinter der Garage ging, und schob sich hinaus. Er schlich vorsichtig bis zum Rand und kletterte das Spalier an der Schuppenwand hinunter. Unten angekommen, zog er seine Schuhe an, blieb im Schatten hocken und lauschte. Die Nacht war kalt; nach jedem Atemzug stieß er eine kleine Dampfwolke aus. Schließlich erhob Jewgeni sich und ging im Schatten des hohen Holzzauns, der die Grenze zum Nachbargrundstück bildete, bis zum Ende des Gartens. Dort kletterte er über den Zaun und schob sich seitlich durch einen engen Gang zwischen zwei Garagen. Auf halber Höhe tastete er nach dem beschädigten Ziegelstein, zog ihn heraus, griff in den Hohlraum und nahm das in mehrere Plastiktüten eingewickelte Päckchen heraus.

Zwanzig Minuten später trottete Jewgeni irgendwo in der Broad Street in einen Drugstore, der die ganze Nacht geöffnet hatte. Er bestellte einen Kaffee und ging nach hinten zu den Münztelefonen. Er hatte Aidas neue Telefonnummer weggeworfen, aber die Anschrift behalten: Corcoran Street Nummer 47. Er rief die Auskunft an und ließ sich die Nummer geben. Er wählte und hörte das Rufzeichen. Nach mehrmaligem Klingeln meldete sich eine atemlose Aida.

«Wer ist denn da?», wollte sie wissen.

Jewgeni wusste, dass ihr Telefon abgehört wurde. Aber das spielte keine Rolle, wenn er nicht so lange mit ihr sprach, dass sein Anruf zurückverfolgt werden konnte. Nichts spielte mehr eine Rolle. «Ich bin's, Aida.»

Er hörte ein ängstliches Keuchen. «Es muss etwas Schlimmes passiert sein, dass Sie um diese Zeit anrufen», flüsterte Aida.

«Ja. Es ist etwas Schlimmes passiert.»

«Oh!»

«Ich muss auflegen, bevor sie den Anruf zurückverfolgen.»

«So schlimm also?»

«Sie sind eine wunderbare Lady, eine großartige Kämpferin, eine Heldin. Ich habe große Hochachtung vor Ihnen.» Jewgeni wollte noch nicht auflegen. Inbrünstig sagte er: «Ich wünschte, ich könnte irgendetwas für Sie tun.»

«Das kannst du. Leg rasch auf. Flieh, mein lieber Junge. Rette dich. Und vergiss mich nicht, ich werde dich auch nicht vergessen.»

Aida legte auf. Jewgeni lauschte einige Sekunden lang auf das Freizeichen, dann hängte er den Hörer ein und stakste mit unsicheren Schritten zurück zur Theke, wo sein Kaffee wartete. Er sah auf die Armbanduhr. Er musste noch zweieinhalb Stunden totschlagen, bevor er sich mit SASHA an der vereinbarten Stelle traf.

Eigentlich hätte Aida verängstigt sein müssen, doch das einzige Gefühl, das sich bei ihr einstellte, war Erleichterung. Nach all den Jahren war es endlich vorbei. Sie klemmte einen Stuhl unter den Wohnungstürknauf und ging durch den Flur in die enge Küche. Sie klemmte einen Stuhl unter den Küchentürknauf, stopfte den Spalt unter der Tür mit Zeitungspapier zu und drehte am Herd die vier Gasbrenner und den Backofen auf. Sie hob Silvester aus dem Korb, setzte sich an den kleinen Tisch und begann, seinen Nacken zu kraulen. Sie lächelte, als die alte Katze schnurrte. Sie meinte, irgendwo unter ihrem Fenster einen Wagen anhalten zu hören. Es erinnerte sie an die Nacht, als die Gestapo das Lagerhaus gestürmt hatte, in dem der kommunistische Untergrund eine Druckerpresse stehen hatte, und man ihr ihren lieben, lieben Sohn Alfred aus den Armen gerissen hatte. Hatte sich gerade der Fahrstuhl ächzend in Bewegung gesetzt, oder bildete sie sich das nur ein? Sie war furchtbar müde. Fäuste trommelten gegen ihre Wohnungstür. Sie legte den Kopf auf den Arm und versuchte, sich an das Bild ihres Sohnes zu erinnern, aber sie sah immer bloß ihren geliebten Jewgeni, wie er ihr einen Kuss auf die Hand hauchte.

Mit lautem Krachen flog die Wohnungstür auf.

Mit Genugtuung dachte Aida, dass sie endlich keine Zeit mehr hatte, und griff nach der Streichholzschachtel.

6

YATHRIB, FREITAG, 18. NOVEMBER 1983

Die Kamele – drei von ihnen mit Proviant, Trinkwasser und Munition, die fünfundzwanzig anderen mit langen Holzkisten beladen – suchten sich ihren Weg durch den reißenden Fluss. Die zwölf schwer bewaffneten arabischen Kameltreiber hatten ein Tau von dem verrosteten russischen Panzer zu einem Baum am anderen Ufer gespannt und sich in regelmäßigen Abständen an dem Tau entlang aufgestellt, um sofort zur Stelle zu sein, falls ein Kamel ausglitt. Am anderen Ufer angekommen, machten die Männer Mittagspause. Die praktizierenden Muslime in der Gruppe verbeugten sich Richtung Mekka und begannen zu beten. Die nicht praktizierenden kochten grünen Tee in einem ramponierten Topf über dem kleinen Feuer. Sie aßen Fladenbrot, Hummus und rohe Zwiebeln. Falls einer von ihnen die beiden Paschtunen bemerkt hatte, die sie von einem Felsen weit oben durch Ferngläser beobachteten, so sagte er es jedenfalls nicht. Nach dem Essen machten es sich die meisten von ihnen bequem, dösten oder rauchten. Nach knapp einer Stunde erhob sich der Anführer, ein schlanker Ägypter in Khakifelduniform und mit verspiegelter Sonnenbrille, und trieb mit lauten arabischen Rufen die Kamele zusammen. Als alle Tiere – jedes an das jeweils vordere gebunden – in einer Reihe aufgestellt waren, schwangen die Treiber ihre Birkenruten, und die Karawane machte sich an den steilen Anstieg. Nach mehreren Stunden gelangten sie an die schmale Schlucht. Während sie gerade eine weitere Gebetspause einlegten, kamen zwei Paschtunen und ein Iraker durch die Schlucht geritten. Der Iraker begrüßte die Männer auf Arabisch und plauderte mit dem Anführer, während die Paschtunen wahllos einige Kisten aufbrachen – in jeder befand sich eine funkelnagelneue Stinger-Rakete. Zufrieden führten die Paschtunen die Männer mit den Kamelen durch die Schlucht. Als der Weg breiter und flacher wurde, kamen sie an halb verfallenen Weilern vorbei. Gegen

Sonnenuntergang erreichten sie am Ende des Pfads das von einer Mauer umgebene Grundstück, auf dem sich das Minarett aus Lehmziegeln über der Moschee erhob. Der Muezzin rief gerade die Gläubigen zum Abendgebet. Aus den Steinhäusern vor der schroffen Felswand traten Paschtunen. Manche gingen zur Moschee, die anderen eilten herbei, um sich die Stinger-Rakete anzusehen, die auf eine Armeedecke gelegt worden war.

Ibrahim, der eine Schaffelljacke und seine Paschtunenmütze mit dem Amulett trug, kam hinzu. Mit freudigem Lächeln begrüßte er den ägyptischen Anführer und versicherte ihm, dass er und seine Leute, so lange sie wollten, willkommene Gäste im Lager seien. In ausladendem Arabisch bedankte sich der Anführer für die Gastfreundschaft und sagte, er werde bemüht sein, sie nicht zu missbrauchen. Ibrahim entgegnete, aber nein, Gastfreundschaft müsse doch gerade missbraucht werden, um ihre Wahrhaftigkeit und den Geist zu ermessen, aus dem heraus sie entboten wurde.

Dann gesellte er sich zu seinen Kämpfern, die sich um die Rakete drängten. Sie waren wie Kinder, die ein neues Spielzeug inspizierten. Vorsichtig berührten sie die Rakete, die russische Flugzeuge und Hubschrauber zerstören würde. Keiner bemerkte, dass einer der Araber in der zunehmenden Dämmerung das große Flügeltor am Eingang des Grundstücks schloss. Die anderen nahmen ihre Automatikwaffen von der Schulter und verteilten sich beiläufig auf beiden Seiten der Gruppe, die sich um die Rakete drängte. Einige von ihnen schlenderten zu einem Trog hinüber, der vor der Tür zur Moschee stand. Zwei andere spazierten auf das Haus zu, in dem Ibrahims Gefangene untergebracht waren.

Plötzlich sog Ibrahim witternd die eisige Luft durch die Nase und blickte sich langsam um. Ihm fiel auf, dass das große Flügeltor, das normalerweise offen stand, geschlossen worden war. Er blinzelte in die Dämmerung und sah, dass die Araber sich auf dem Gelände verteilt hatten. Leise sagte er etwas zu seinem Schatten, der sofort hinter ihn trat und die Finger um den Dolch schloss. Nach und nach bemerkten auch die anderen Paschtunen Ibrahims Unruhe und spähten in die schattenhafte Dämmerung.

Plötzlich ertönte das unverkennbare Flattern von Hubschrauberrotoren. Ibrahim schrie eine Warnung, und im selben Augenblick eröffneten die Araber das Feuer. Einer der ersten Schüsse traf Ibrahim in die Schulter, so dass er herumwirbelte und in die Arme seines Schattens sank. Mit wilden Flügelschlägen riss der gelbe Kanarienvogel sich los und flog davon, die Leine hinter sich herziehend. Von oben erhellten grelle Scheinwerfer das Gelände, als die Hubschrauber steil nach unten sanken. Bordgeschütze spien Feuer. Ein Hubschrauber landete in einer Staubwolke, der andere schwebte über der Moschee und bombardierte den Weiler unterhalb des Geländes und den Pfad, der von dort heraufführte, mit Phosphorgranaten. Die Mudschaheddin, die aus der Staubwolke flohen, wurden von Gewehrsalven niedergemäht. Der ägyptische Anführer hatte sich hingekniet und schoss ruhig und präzise auf die Paschtunen, die aus der Moschee quollen. Dann schrie er in hebräischer Sprache neue Befehle und lief auf den niedergestreckten Ibrahim zu. «Fasst ihn lebend!», rief jemand auf Englisch.

Der Schatten zückte das Messer, beugte sich über Ibrahim und blickte ihm fragend in die Augen. «Denk an deinen Schwur», flehte Ibrahim. Wieder ratterte Maschinengewehrfeuer – in Ibrahims Ohren klang es wie ein ferner Trommelwirbel, der seine Ankunft im Paradies ankündigte. Bald würde er zur Rechten des Propheten sitzen. Er sah den Propheten Ibrahim, wie er seinem Sohn das Opfermesser an die Kehle setzt. Die Vision erinnerte ihn daran, was er zu tun hatte. Leise murmelte er: «*Khahesh mikonam, lotfi konin.* – Ich flehe dich an, erweise mir eine Freundlichkeit», packte das Handgelenk des Leibwächters mit seiner gesunden Hand und zog die rasiermesserscharfe Klinge sacht hinab zu seiner Halsschlagader.

Als die ersten Schüsse gefallen waren, hatte Anthony Maria Shaath in eine Ecke des Dachbodens gezogen, auf dem sie gefangen gehalten wurden. Kurz darauf stürmten Leute in den Raum unter ihnen. «Das ist ein Kommandounternehmen», sagte Anthony. «Aber wer wird zuerst hier sein – Ibrahim oder die anderen?» Jemand stellte eine Leiter gegen die Wand und kam herauf. Anthony packte den kleinen Kohleofen und sprang hinter die Falltür, als sie aufgestoßen wurde. Ein Mann erschien, den Finger am Abzug einer israelischen Uzi, das Gesicht verhüllt. Anthony schwang den Kohleofen über den Kopf und wollte ihn schon auf den Eindringling schmettern, als der in akzentfreiem Englisch sagte: «Hat hier vielleicht jemand Lust auf einen Hubschrauberflug nach Pakistan?»

In der von hohen Mauern umgebenen Villa der *Company* in Peschawar saß ein junger Funker am Empfangsgerät, das auf eine ganz bestimmte Frequenz eingestellt war. Seit einer Woche hörten er und seine Kollegen rund um die Uhr immer nur atmosphärisches Rauschen. Jetzt jedoch drang plötzlich eine menschliche Stimme durch das Hintergrundgeräusch, die einen einzigen Satz wiederholte.

«Er hat mir Ohrringe versprochen. Ich wiederhole. Er hat mir Ohrringe versprochen.»

Der Funker fuhr mit dem Finger die Liste von Codes herunter, bis er den

Satz fand. Dann rannte er den Gang hinunter und streckte den Kopf ins Büro des Dienststellenleiters, der Manny Ebbitt seit der Entführung vertrat. «Die Hubschrauber haben eine Erfolgsmeldung gefunkt», rief er aufgeregt. «Sie sind auf dem Rückflug.»

«Chiffrieren Sie die Meldung und schicken Sie sie nach Washington», befahl sein Chef und lehnte sich erleichtert zurück. Gott sei Dank, die Israelis hatten es geschafft. Da würden in Langley aber die Champagnerkorken knallen.

Und auf die Mudschaheddin, die den Zugriff der Israelis überlebt hatten, wartete noch eine andere Überraschung. Wenn sie nämlich versuchten, die Stinger-Raketen einzusetzen, würden sie feststellen, dass der Zündmechanismus ausgebaut worden war, womit die Raketen eigentlich nur Schrottwert hatten.

Sie trafen sich bei Tagesanbruch in der Baptistenkirche in der 16th Street. Es waren nur noch drei andere Frühaufsteher da, als Jewgeni neben Leo auf der letzten Bank Platz nahm. Einen Moment lang sagte keiner von beiden ein Wort. Dann flüsterte Leo heiser: «Wir haben immer gewusst, dass es irgendwann enden würde.»

«Es war ein langer Kalter Krieg», sagte Jewgeni. Er musste an Aida Tannenbaum denken.

Leo griff nach unten, öffnete die Reisetasche zwischen seinen Füßen und reichte Jewgeni ein kleines Paket. «Das hatte ich seit Jahren im Schrank – Verkleidungsutensilien der *Company*. Wir werden als Geistliche fliehen – da drin sind schwarze Hemden, weiße Kragen, ein Bärtchen für mich, ein grauer Vollbart für dich, Perücken, Brillen. Dein eigener Bruder würde dich nicht wieder erkennen.»

«Mein eigener Bruder hat mich kaum wieder erkannt, als ich auf Heimaturlaub in Moskau war», bemerkte Jewgeni. Er zog einen Umschlag aus der Mantltasche. «Pässe, Führerscheine und Bargeld», sagte er.

«Wir ziehen uns in der Sakristei um», sagte Leo. «Wenn wir Glück haben, konzentriert die *Company* sich bei der Suche auf meinen Chevrolet. Wir fahren mit der U-Bahn zum Greyhound-Terminal, nehmen einen Bus bis Baltimore, dann den Zug nach Buffalo, wo wir die Grenze nach Kanada überqueren. Ich hab eine Notfalladresse in Toronto. Da können wir bleiben, bis sie uns auf einem Frachter rausschmuggeln.»

«Was hast du mit deinem Auto gemacht?», fragte Jewgeni.

«Das hab ich im Parkhaus am Flughafen abgestellt. Bis sie das finden, sind wir längst über alle Berge.»

Jewgeni fragte: «Irgendeine Ahnung, wie sie uns auf die Spur gekommen sind?»

Leo sah keine Notwendigkeit, seine Töchter zu erwähnen, und antwortete nur knapp: «Sie sind deiner polnischen Freundin auf die Spur gekommen.»

Jewgeni schlug sich mit der flachen Hand gegen die Stirn. «Sie hat so sehr gebettelt, dass wir uns nur ein einziges Mal treffen –»

«Geschehen ist geschehen. Sie haben ein Foto von dir gemacht. Jack hat dich wieder erkannt. Er ist zu mir gekommen und hat es mir gezeigt.»

«Was hast du mit Jack gemacht?»

«Mit Handschellen an die Heizung gefesselt.»

«Aber wenn er dir das Foto zeigen wollte», flüsterte Jewgeni, «hatte er doch keinen Verdacht, dass du SASHA bist.»

«Ich hab's ihm gesagt», erwiderte er. «Ich hatte einfach keine Lust mehr.»

«Da steckt doch bestimmt mehr dahinter ...»

«Reagan und das Pentagon planen keinen atomaren Erstschlag, Jewgeni», erklärte Leo müde. «Andropow täuscht sich. Und ich will nicht erleben, wie Starik und Andropow die ganze Welt ins Unglück stürzen.»

«Du warst von vornherein gegen CHOLSTOMER. Das hab ich dir angemerkt.»

«Der Kalte Krieg geht zu Ende, und unsere Seite verliert ihn. Die Sowjetwirtschaft steht vor dem Zusammenbruch. CHOLSTOMER ist einfach sinnlos – Staaten ins wirtschaftliche Chaos zu stürzen, die Dritte Welt zurück ins Mittelalter zu stoßen, zig Millionen Menschen Leid zuzufügen. Wozu? Ich begreife das nicht.»

«Unsere Seite war die Bessere», sagte Jewgeni ausdruckslos. «Wir sind die Guten, Leo. Ich glaube noch immer, dass das sozialistische System trotz all seiner schrecklichen Fehler ein besseres Modell für unseren Planeten ist als alles, was der Westen zu bieten hat. Der Kapitalismus ist in sich dekadent – er appelliert an das Schlechte im Menschen.»

Leo sah Jewgeni aus brennenden Augen an. «Hast du nie Zweifel gehabt?»

«Nur ein Mal», gab Jewgeni zu. «Als ich mich mit Philby in Gettysburg getroffen habe, um ihm zu sagen, dass er abhauen soll. Er hat sich geweigert. Er meinte, solange er kein Geständnis ablegt, könnten sie ihm kein Haar krümmen. Das waren seine Worte. Ihm kein Haar krümmen. Der Satz ist mir nicht mehr aus dem Kopf gegangen. Er hat eine Frage aufgeworfen, die ich einfach nicht stellen wollte, weil ich Angst vor der Antwort hatte.»

«Beantworte sie jetzt.»

«Das System, für das Philby spioniert hat, hätte keine Probleme gehabt, jemandem wie Philby ein Geständnis zu entlocken», gestand Jewgeni.

«Das System, für das Philby spioniert hat, hätte gar kein Geständnis gebraucht, um ihn in einen Keller der Lubjanka zu schleifen und mit Genickschuss zu erledigen», sagte Leo.

«Die sozialistische Revolution war vom ersten Tag an von Feinden umgeben», sagte Jewgeni. «Es war ein Kampf auf Leben und Tod gegen skrupellose Gegner –»

Leo fiel ihm ins Wort. «Wir haben uns zu viele Entschuldigungen zurechtgelegt. Wir rechtfertigen die eigenen Fehler und verdammen die unserer Widersacher.» Er sah auf seine Armbanduhr. «Bald ist es taghell; für eine Abschlussanalyse haben wir noch den Rest unseres Lebens Zeit. Wir müssen los.»

«Ja», sagte Jewgeni. Und bitter fügte er hinzu: «*Sa uspech naschego besnadjoshnogo dela!*»

Mit einem fatalistischen Nicken übersetzte Leo ihren alten Kampfruf: «Auf den Erfolg unseres hoffnungslosen Unterfangens!»

Am späten Vormittag rief Leo von einer öffentlichen Telefonzelle in Baltimore aus Millie an.

«Ich bin's, Leo.»

«Ach Leo, hast du's schon gehört –?»

«Was denn?»

«Ebby hat mich vor zehn Minuten angerufen. Die Hubschrauber sind in Peschawar gelandet. Anthony ist in Sicherheit.» Leo merkte, dass ihr die Stimme versagte. «Es geht ihm gut, Leo», fügte sie zittrig hinzu. «Er kommt nach Hause.»

«Das ist ja wunderbar. Ich liebe euren Jungen. Ich bin so froh, dass er außer Gefahr ist. Eins kann ich dir sagen, und ich hoffe, dass du dich in den kommenden Tagen daran erinnerst: Ich glaube, das ist der glücklichste Augenblick meines Lebens.»

«Du bist ihm immer ein guter Patenonkel gewesen, Leo.»

Leo sagte: «Da bin ich nicht so sicher –», aber Millie fiel ihm ins Wort und redete aufgeregt weiter.

«Komisch ist bloß, dass kein Mensch weiß, wo Jack steckt. Ich habe gedacht, er wäre über Nacht in Langley geblieben, um dort auf Nachricht zu warten, aber Ebby hat gesagt, da ist er nicht. Meinst du, ich muss mir Sorgen machen?»

«Nein, musst du nicht. Deshalb rufe ich eigentlich auch an – Jack hat bei mir zu Hause übernachtet. Er ist immer noch da.»

«Dann hol ihn doch mal schnell ans Telefon.»

«Ich rufe nicht von zu Hause aus an.»

«Wo steckst du denn? He, was ist los, Leo?»

«Ich werde dir jetzt etwas sagen. Danach ist es sinnlos, mir irgendwelche Fragen zu stellen, weil ich sie nicht beantworten werde.»

Millie lachte unsicher. «Du klingst ja furchtbar geheimnisvoll.»

«Sobald ich aufgelegt habe, rufst du Ebby an. Sprich mit keinem anderen, nur mit Ebby. Sag ihm, dass Jack in meinem Haus ist. Er ist nicht verletzt, aber er ist mit Handschellen an die Heizung gefesselt.»

«Leo, hast du was getrunken? Was ist denn los?»

Leo sagte geduldig: «Es ist besser, du weißt es nicht, Millie.»

«Jack wird's mir schon verraten.»

«Nein, bestimmt nicht. Wahrscheinlich niemand. Ich muss los. Pass gut auf dich auf. Und auf Jack. Leb wohl, Millie.»

Jack sah sich den Poststempel auf dem Brief an, der drei Tage zuvor in Baltimore aufgegeben worden war und den die Zwillinge erst jetzt erhalten hatten. «Was, um Gottes willen, meint er denn damit?», fragte Vanessa. Sie warf ihrer Schwester einen Blick zu und schaute dann wieder Jack an. «Wieso geht er nach Russland? Und warum will Dad, dass wir zuerst dir den Brief zeigen?»

Jack räusperte sich. «Ich bin froh, dass ihr beide sitzt», sagte er. «Euer Vater –» Es kam ihm selbst so ungeheuerlich vor, dass er neu ansetzen musste. «Es sieht so aus, dass Leo für die Sowjetunion spioniert hat.»

Vanessa schnappte nach Luft. Tessa flüsterte: «Das ist nicht wahr. Du bist wahrscheinlich nicht im Bilde, Jack – die haben dir nichts gesagt. Er ist bestimmt mit einem Auftrag nach Russland geschickt worden –»

Jack schüttelte elend den Kopf. «Er ist nicht nach Russland *geschickt* worden, er ist geflohen. Wenn er durchkommt – und ich versichere euch, wir versuchen alles, um ihn aufzuhalten –, wird er dort um politisches Asyl bitten.» Jack sank resigniert auf einen Stuhl den Mädchen gegenüber. «Leo hat's mir selbst vor vier Tagen gesagt.»

Tessa fragte fassungslos: «Wie hat Dad so was bloß tun können? Du bist sein ältester und bester Freund, Jack. Erklär's uns.»

«Er hat jedenfalls nicht für Geld spioniert, Tessa. Ich denke, man könnte sagen, er war ein Idealist – nur dass seine Ideale andere waren als die, die für uns selbstverständlich sind.»

Vanessa sagte: «Wenn das alles wahr ist –»

«Das ist es leider.»

«Wenn das bekannt wird –»

«Wenn es in die Zeitungen kommt –», fügte Tessa hinzu.

«Es kommt nicht in die Zeitungen, wenn es nach uns geht. Deshalb wollte Leo ja auch, dass ihr mir den Brief zeigt. Was die *Company* anbelangt, so ist Leo Kritzky nach dreißigjährigem treuem Dienst in den Ruhestand gegangen und hat sich irgendwohin zurückgezogen. Versteht ihr, wir möchten unsere schmutzige Wäsche nicht in aller Öffentlichkeit waschen. Wenn die Kritiker der *Company* im Kongress mitbekommen, dass der ehemalige Leiter der Abteilung Sowjetrussland ein russischer Maulwurf war, dann machen die Hackfleisch aus uns, budgetmäßig und auch sonst. Wir haben schon genug Probleme, die Öffentlichkeit davon zu überzeugen, dass wir gebraucht werden.»

Plötzlich kam Tessa ein Verdacht. «Hängt Dads Flucht irgendwie mit den Telefonnummern zusammen, die wir aus den russischen Gewinnzahlen ermittelt haben?»

«Absolut nicht. Das eine hat mit dem anderen nichts zu tun.»

«Schwöre es, Jack», verlangte Tessa.

Jack zögerte keine Sekunde. «Ich schwöre es.» Er konnte förmlich den Zauberer hören, damals in der Berliner Basis, wie er beim Grab seiner Mutter schwor, dass SNIPER und RAINBOW nicht Teil der Kontrastbrei-Meldungen gewesen waren, die er verschickt hatte, um Philby zu entlarven ... Wie mühelos einem Spion doch Lügen über die Lippen kamen! «Ihr habt mein Wort», fügte er jetzt hinzu. «Mein Ehrenwort.»

Tessa schien erleichtert. «Gott sei Dank. Das wäre schwer zu verkraften gewesen.»

Vanessa sah ihre Schwester an und erklärte ganz ruhig: «Ich glaube, ich hasse ihn.»

«Nein, du hasst ihn nicht», sagte Tessa. «Du bist wütend auf ihn und auf dich, weil du ihn noch immer liebst.» Ein schmerzliches Lächeln erschien auf Tessas Gesicht. «Es ist, als wäre er gestorben, Vanessa. Wir werden um ihn trauern.»

Tränen strömten Vanessa über die Wangen. «Nichts wird mehr so sein, wie es mal war.»

Jack starrte aus dem Fenster. «Für keinen von uns», murmelte er.

Reagans Schauspielerinstinkte erwachten, als er die Fernsehkameras sah. Geschickt dirigierte er Anthony und Maria Shaath durch das *Oval Office* und baute sich so auf, dass die Scheinwerfer die Schatten unter seinen Augen verschwinden ließen. «Wenn man gut ausgeleuchtet wird, kann einen das um zehn Jahre jünger machen», sagte er zu niemandem Bestimmten. Blinzelnd sah er sich im Raum um. «Würde bitte jemand die Vorhänge zuziehen?», rief er. «Wir kriegen zu viel Licht von hinten.» Er wandte sich seinen Besuchern zu. «Solange gedreht wird», sagte er zu ihnen, «sollten Sie mich ansehen, und, äh, immer schön lächeln, während wir plaudern.» Er drehte sich zu den Kameras. «Alles klar, Jungs, los geht's.» Er nahm Marias Hand in seine und rief mit dieser zutiefst ehrlichen und leicht atemlosen Stimme, die das ganze Land so liebte: «Wir Amerikaner lieben nun mal Geschichten mit Happy End, vor allem, äh, wenn es dabei um unsere Landsleute geht.»

«Können wir noch einen Take machen, Mr. President?», rief einer von den Fernsehjournalisten.

«Klar. Sagt mir, wenn ihr so weit seid.»

«Es sind zu viele Leute im Raum», beklagte sich der Produzent. «Das lenkt ab.»

Der Pressesprecher des Präsidenten scheuchte ein paar Sekretärinnen und einen der beiden Männer vom Secret Service aus dem *Oval Office*.

«Okay, Mr. President. Action.»

Reagans Augenwinkel warfen Falten, und ein verkrampftes Lächeln erhellte sein markant attraktives Gesicht. «Wir Amerikaner lieben nun mal Geschichten mit Happy End, vor allem, äh, wenn es dabei um unsere Landsleute geht.»

«Großartig!»

«Prima.»

«Alles im Kasten», erklärte der Produzent.

«Danke, dass ihr gekommen seid», sagte Reagan zu dem Fernsehteam und geleitete Anthony und Maria zur Tür.

Bill Casey traf sich mit Reagan in dem kleinen Zimmer neben dem *Oval Office*, in das sich der Präsident nach Fototerminen zurückzog. «Glückwunsch, Bill», sagte Reagan. «Ihre Leute haben bei der Geiselbefreiung großartige Arbeit geleistet. Wie ich höre, sind die, äh, Umfrageergebnisse für mich um sechs Punkte gestiegen.»

«Bill Clark ist hergekommen, um Sie über diese CHOLSTOMER-Geschichte zu informieren», erklärte James Baker, der Stabschef im Weißen Haus, dem Präsidenten.

Der Sicherheitsberater sagte: «CHOLSTOMER ist der Codename für den Plan der Sowjets, die US-Währung und unsere Wirtschaft zu destabilisieren.»

Reagan forderte Casey mit einer Handbewegung auf fortzufahren.

«Wie Sie wissen, Mr. President, hat die CIA Informationen über CHOLSTOMER zusammengetragen, so dass es keine Überraschung für uns war. Am Stichtag war die *Federal Reserve Bank* gut vorbereitet und hat sofort Stützungskäufe getätigt, als es Anzeichen für einen großen Dollarverkauf auf dem Devisenmarkt gab. Wir wussten, dass die Russen nur über dreiundsechzig Milliarden Dollar verfügten, daher war es für unsere Zentralbank ein Leichtes, das aufzufangen. Die eigentliche Gefahr lag ja in den möglichen Panikverkäufen, falls Fondsmanager und Zentralbanken und ausländische Institutionen den Eindruck bekommen hätten, der Dollar wäre im freien Fall. Wichtig war auch, dass wir die Bereitschaft der *Federal Reserve Bank*, den Dollar zu stützen, und ihre nahezu unbegrenzten Mittel dazu in den Medien publik gemacht haben. Demzufolge kam es nicht zu den Panikverkäufen, auf die die Russen gesetzt hatten.»

Reagan nickte ernst. «Es kam also nicht zu, äh, Panikverkäufen.»

«Zudem wussten wir, dass einflussreiche Sowjetagenten in den Zentralbanken von Japan, Hongkong, Taiwan und Malaysia sowie ein Wirtschaftsberater im Umfeld des westdeutschen Kanzlers ihre Banken zu einem Ausverkauf amerikanischer Schatzanleihen bewegen sollten. Es ist uns gelungen, diese Agenten zu neutralisieren. Einer wurde wegen sexueller Belästigung einer Minderjährigen festgenommen, die anderen wurden überredet, einen längeren Urlaub zu nehmen. Alle fünf, so möchte ich hinzufügen, werden demnächst arbeitslos sein. Abschließend können wir feststellen, dass sich Andropows Plan, unsere Währung und Wirtschaft zu destabilisieren, als Sackgasse erwiesen hat.»

Reagan kniff die Augen zusammen. «Sie meinen, Andropow persönlich steckt hinter dieser, äh, CHOLSTOMER-Sache?»

«Wir vermuten, dass der KGB nicht ohne ausdrückliche Anweisungen des Generalsekretärs gehandelt hätte», sagte Casey.

«Hmmmmm.» Reagan war sichtlich verärgert. «Da könnte ich richtig wütend werden, wenn ich daran denke, dass dieser Andropow die Unverfrorenheit besessen hat, unsere Währung anzugreifen.»

Casey witterte Morgenluft. «Andropow müsste mal daran erinnert werden, dass man die Regierung Reagan nicht ungestraft angreift.»

Reagan blickte finster. «Mein Vater hat immer gesagt, Zorn ist bitter, Rache ist süß.»

Casey erkannte seine Chance. «Ganz genau, Mr. President. Wir könnten Andropow da treffen, wo er am verwundbarsten ist –»

James Baker war aufgesprungen. «Jetzt mal ganz langsam, Bill.»

«Wir sollten nichts überstürzen», pflichtete Bill Clark bei.

Doch Reagans Aufmerksamkeit war geweckt. «Wo ist Andropow denn verwundbar?», fragte er.

«In Afghanistan. Wenn wir Ibrahims Freiheitskämpfer mit Stinger-Raketen versorgen würden, wäre das für Andropow sehr unangenehm.»

«Dieser Ibrahim ist ja kein Marxist», sinnierte Reagan. «Und Andropow ist einer.»

«Ibrahim ist tot», warf Bill Clark ein, doch der Präsident hörte gar nicht hin.

«Das Beste daran ist», sagte Casey unbeirrt, «dass wir die Stinger nicht mehr erst liefern müssen. *Die haben sie ja schon.* Es fehlen nur noch die Zündmechanismen, die wir ausgebaut haben.»

«Sie sollten das ganz vorsichtig abwägen, Mr. President», sagte James Baker unbehaglich.

«Es wäre eine großartige Möglichkeit, uns für Vietnam zu rächen», sagte Casey beschwörend. «Da haben wir über neunhundert Flugzeuge verloren, viele davon durch russische SAMs.»

Reagan stützte das Kinn in die Hand. «Wenn man mal alles bedenkt», sagte er langsam nickend, «könnte Bill da wirklich richtig liegen.»

Der Präsident blickte zu Baker und Clark hinüber. Beide sahen weg. Casey hatte sie ausmanövriert, und das wussten sie.

«Wenn das Ihre Meinung ist, Mr. President –», sagte Clark.

Casey, der seit Monaten versuchte, die Mudschaheddin mit Stinger-Raketen zu versorgen, bedachte Baker und Clark mit seinem berühmten ausdruckslosen Blick. «Die Details können Sie beide getrost mir überlassen.»

Und noch bevor irgendwer etwas sagen konnte, hatte er das Zimmer verlassen.

Ein frischer Wind fegte das Laub über die Pennsylvania Avenue vor dem Weißen Haus, als Anthony leicht humpelnd mit Maria zu einem französischen Restaurant ging.

«Na, was für einen Eindruck hattest du von unserem Präsidenten?», fragte er.

Maria schüttelte den Kopf. «Er wirkt wie ein Komparse, der den Präsidenten spielt, und nicht wie der richtige Präsident. Er spult ein Programm ab, er sagt Dialogzeilen auf, die für ihn geschrieben worden sind. Gott allein weiß, wie da drin überhaupt noch Entscheidungen getroffen werden. Und was meinst du?»

Statt einer Antwort rezitierte Anthony:

«Ob nun gewählt oder ernannt,
Er hält sich für von Gott gesandt,
Und weil das gesalbte Haupt so trieft,
Ihn keiner in die Finger kriegt.»

«Wo hast du das denn her?», fragte Maria lachend.

«Ogden Nash.»

Sie stellte sich ihm in den Weg. «Anthony McAuliffe, versuchst du, bei mir Eindruck zu schinden?»

«Könnte man wohl so sagen. Ist es mir gelungen?»

Das Lächeln verschwand von ihrem Gesicht, und ihre Augen wurden sehr ernst. «Ich glaube ja», sagte sie.

James Angleton hatte den Kragen des abgetragenen Mantels hochgeschlagen und einen mottenzerfressenen Kaschmirschal um den hageren Hals geschlungen. Er rollte seinen Stuhl zurück, um die Sonne nicht in die Augen zu bekommen. «Musste ja irgendwann passieren», sagte er mit brüchiger Stimme. «Zu viele Schachteln Zigaretten am Tag über zu viele Jahrzehnte hinweg. Hab das Rauchen schließlich aufgegeben, auch die Trinkerei, aber es war zu spät. Lungenkrebs, haben sie mir gesagt. Jetzt kriege ich Schmerzmittel, die mit jedem Tag ein wenig an Wirkung verlieren.» Er rollte den Stuhl näher an Ebby heran, der seinen Mantel ausgezogen und die Krawatte gelockert hatte und jetzt auf einem kaputten Korbstuhl Platz nahm. «Das Komische ist, dass man sich an den Schmerz gewöhnt. Irgendwann weiß man nicht mehr, wie es ohne war.» Angleton drehte seinen Rollstuhl erst nach links, dann nach rechts. «Ich bin viel hier drin», sagte er. «Die Hitze, die Feuchtigkeit, irgendwie hilft es mir zu vergessen.»

«Was vergessen?», fragte Ebby.

«Den Schmerz. Wie sehr ich Zigaretten und Alkohol und Adrian Philby vermisse. Die große Jagd nach dem Maulwurf. Die AE/PINNACLE-Informationen, die auf SASHA hindeuteten. All die Fehler, die ich gemacht habe, und das waren nicht wenige, wie Sie ja wissen.»

Ebby ließ den Blick durch das Gewächshaus wandern, das ganz hinten in Angletons Garten stand. Blumentöpfe, Pflanzengefäße, Gartengeräte, Arbeitstische aus Bambus und Korbmöbel waren in einer Ecke wild übereinander getürmt. Einige Scheiben im Dach waren bei dem Hagelsturm im letzten Winter kaputtgegangen und nicht repariert worden. Die Sonne hatte das etwa halbe Dutzend der Orchideen verbrannt, die noch auf dem

Boden herumstanden. Die Erde in den Töpfen sah pulvertrocken aus. Offensichtlich kümmerte sich niemand mehr um sie.

«Nett, dass Sie mal vorbeischauen», nuschelte Angleton. «Ich bekomme nicht mehr viel Besuch von *Company*-Leuten. Ehrlich gesagt, gar keinen. Ich glaube, die neue Generation weiß nicht mal mehr, wer *Mother* ist.»

«Ich war der Meinung, dass jemand von uns herkommen sollte, um es Ihnen zu sagen.»

«Was denn?»

«Dass Sie die ganze Zeit über Recht hatten, Jim. Der KGB hatte tatsächlich einen Maulwurf im Innern der *Company*. Und Sie haben ihn identifiziert, aber keiner wollte Ihnen glauben. Als sich herausstellte, dass AE/PINNACLE nach seiner angeblichen Hinrichtung doch noch am Leben war, wurde Ihr Verdächtiger freigelassen.»

Zum ersten Mal blickte Angleton seinen Besucher an. «Kritzky!»

Ebby nickte.

«Habt ihr ihn erwischt?»

«Er ist geflohen, wie schon Philby und Burgess und Maclean.»

Angletons Unterlippe bebte. «Ich habe gewusst, dass es Kritzky war – habe es ihm auch mitten ins Gesicht gesagt. Eins muss man ihm lassen, Mumm hatte der Bursche, seinen Bluff so lange durchzuziehen, bis ihr alle ihn geschluckt habt. Den Unschuldigen zu spielen. Mumm hatte er wirklich.»

«Sie hatten auch noch in einer anderen Sache Recht, Jim. Es hat tatsächlich einen sowjetischen Plan gegeben, unsere Währung zu unterminieren und die Wirtschaft zu ruinieren, und der Codename dafür war CHOLSTOMER.»

«CHOLSTOMER», stöhnte Angleton. Er hob eine Hand an den von Migräne geplagten Kopf. «Davor habe ich auch gewarnt. Einer meiner größten Fehler – ich habe so oft und vor so viel gewarnt, dass meine Glaubwürdigkeit dabei vor die Hunde gegangen ist. Wenn ich mal Recht hatte, wollte keiner mehr auf mich hören.»

Ebby sagte: «Tja, ich dachte, Sie sollten das wissen. Ich dachte, das sind wir Ihnen schuldig.»

Beide Männer wussten nicht mehr, was sie noch sagen sollten. Schließlich fragte Ebby: «Wie soll's jetzt mit Ihnen weitergehen, Jim? Kann man denn gar nichts mehr machen, gegen Ihren –»

«Es geht nicht mehr weiter. Hier ist Endstation, Schluss, aus. Ich werde allein in den Wald gehen und das Ende meines Lebens selbst bestimmen, wie ein Apache.» Angleton zog den Mantel enger um den ausgezehrten

Körper, schloss die Augen und fing an zu summen. Es klang wie ein indianischer Todesgesang.

Er schien nicht zu bemerken, dass Ebby seinen Mantel nahm und ging.

VI

SCHLUSSBILANZ

... ob das Spiel zu Ende sei, dachte sie, dass würde gewiss keine zu anstößige Frage sein. «Bitte, könnte ich wissen –», begann sie mit einem zaghaften Blick zur Schwarzen Königin.

LEWIS CARROLL, *Alice hinter den Spiegeln*

Foto: Ein Polaroidfoto von Jack McAuliffe und Leo Kritzky beim Spaziergang am sonnenüberfluteten Rheinufer in Basel. Jack, dessen Kosakenschnurrbart und gelichtetes Haar vom Wind zerzaust sind, trägt Brille, khakifarbene Safarijacke und Hose, Leo, das Gesicht schmal und abgespannt, Anorak und Schirmmütze. Beide Männer sind so ins Gespräch vertieft, dass sie die Fotografin zuerst nicht bemerkten, die vor ihnen auftauchte und sie ablichtete. Leo reagierte wütend. Jack beruhigte ihn und kaufte der Fotografin den Schnappschuss ab. Leo wollte das Foto zerreißen, aber Jack hatte eine andere Idee. Er nahm einen Stift und schrieb quer über das Bild: «Jack und Leo vor dem Rennen, aber nach dem Sündenfall», und schenkte es Leo zur Erinnerung an ihre Begegnung, die ihre letzte sein sollte.

1

MOSKAU, DONNERSTAG, 28. FEBRUAR 1991

Leo Kritzky konnte sich einfach nicht an den russischen Winter gewöhnen. Er hatte sieben Jahre und acht Winter gebraucht, um zu begreifen, wieso. Es lag weniger an den arktischen Temperaturen oder an dem schmutzigen Schnee, der sich vor schmutzigen Häusern türmte, oder an der dicken Schicht aus schwarzem Eis auf den Gehwegen oder an den riesigen Schornsteinen, die kalkweißen Rauch in das ewige Zwielicht spuckten, oder an der Feuchtigkeit zwischen den Doppelfenstern seiner Wohnung, wodurch die Scheiben unaufhörlich beschlagen waren und er sich vorkam wie von der Außenwelt abgeschnitten. Nein, es lag eher an der erbarmungslosen Trostlosigkeit der Menschen – die grimmigen Gesichter von Rentnern, die an den Straßenecken Rasierklingen feilboten, die Leere in den Augen der Prostituierten, die sich in Metrostationen verkauften, um ihre Kinder zu ernähren, die Resignation in der Stimme der Taxifahrer, die auch nach fünfzehn Stunden Arbeit pro Tag nicht wussten, ob das Geld für die Reparatur ihrer altersschwachen Autos reichte.

Noch zweiunddreißig Tage bis zum ersten April, sagte Leo sich, als er mit vorsichtigen Trippelschritten über den vereisten Taganskaja-Platz ging. Vor sich sah er den Handelsclub in der Bolschaja Kommunistitscheskaja, wo schicke Neureiche in nobler Atmosphäre unter sich waren. Es war nicht zu übersehen, denn davor parkten vorschriftswidrig etwa zwei Dutzend funkelnagelneue BMW oder Mercedes, mit laufendem Motor, damit es die breitschultrigen Bodyguards, die auf den Vordersitzen dösten, schön warm hatten. Leo betrat den Club, gab seinen Dufflecoat (ein Geburtstagsgeschenk von Tessa) an der Garderobe ab und ging zum Empfang, wo er höflich, aber bestimmt gebeten wurde, sich auszuweisen. Sobald auf einem Computerbildschirm überprüft worden war, dass sein Name auf einer Liste stand, sagte ein Angestellter in einem weißen Jackett zu ihm: «*Gospodin*

Tsipin erwartet Sie in den Privatbädern, Tür Nummer drei», und führte ihn dann über einen frisch gestrichenen Korridor zu dem Raum.

Jewgeni, ein durchnässtes Badetuch um die Hüften gewickelt, saß auf einer Holzbank und schlug sich mit einem Birkenzweig auf den Rücken. «Wo bleibst du denn?», rief er, als er Leo sah.

«Die Vychino-Krasnopresnenskaja-Linie war für eine halbe Stunde unterbrochen», erwiderte Leo. «Ein Mann soll vor einen Zug gefallen sein.»

Jewgeni schnaubte. «Das hier ist Gorbatschows Russland», sagte er. «Gut möglich, dass er gestoßen wurde.»

«Du warst doch mal ein unerschütterlicher Optimist», sagte Leo. «Hat Russland aus dir einen unverbesserlichen Zyniker gemacht?»

«Ich habe dreißig Jahre für den Kommunismus gekämpft», sagte Jewgeni, «dann bin ich in ein Russland heimgekehrt, das von Gaunern regiert wird.» Das Lächeln auf Jewgenis Lippen unterstrich seine Ernüchterung nur noch. «Schön, dich wieder zu sehen nach so langer Zeit.»

«Ich freue mich auch, Jewgeni.»

Verlegenheit schlich sich ein. «Wenn ich gewusst hätte, dass du mit der Metro kommst», sagte Jewgeni, «hätte ich dich mit einem meiner Wagen abholen lassen.»

«*Einem meiner Wagen?*», fragte Leo. Schamhaft drehte er Jewgeni den Rücken zu und zog sich aus, reichte dann seine Sachen dem Angestellten, der ihm ein weißes Badetuch gab, das er sich rasch um die Hüften schlang. «Wie viele Wagen hast du denn?»

Jewgeni, der während seiner sieben Jahre in Moskau zugenommen hatte, füllte zwei Gläser mit eisgekühltem Wodka. «*Nasdorowje*», sagte er und leerte sein Glas in einem kräftigen Zug. «Persönlich gehört mir nicht mehr als das Hemd am Leib. Andererseits hat meine Organisation mehrere BMW, ein paar Volvos und einen Ferrari, dazu noch die Apatow-Villa in der Nähe des Dorfes Tscherjomuski. Beria hatte dort eine Wohnung bis zu seiner Exekution im Jahre 1953, Starik hat da gewohnt und gearbeitet, bis er krank wurde; in der holzgetäfelten Bibliothek im ersten Stock hat er mich damals angeworben. Ich habe die Villa für eine Million Rubel dem Staat abgekauft, fast geschenkt bei der jetzigen Inflation.» Jewgeni spitzte die Lippen. «Also, wo hast du die ganze Zeit gesteckt, Leo? Ich hab gehört, du hättest dich nach unserer Rückkehr in Gorki niedergelassen, doch als ich deine Adresse rausgefunden hatte, warst du schon wieder umgezogen. Vor zwei Jahren hat mir ein Freund erzählt, du würdest auf einem Hausboot an der Endstation der Linie Retschnoi Woksal wohnen – ich habe ein paar Mal einen Fahrer hingeschickt, aber es war nie jemand da. Ich dachte schon, du hättest vielleicht die Stadt verlassen, oder das Land. Schließlich hat mir ein alter Kollege vom KGB verraten, an welche Adresse dein Pensionsscheck geschickt wird: Frunsenskaja-Ufer – Nummer fünfzig, Eingang neun, Wohnung dreihundertdreiundsiebzig.»

Leo sagte leise: «Ich musste so einige Geister austreiben. Ich bin mehr oder weniger ein Einsiedler geworden – ein Einsiedler in einer Großstadt voller Einsiedler.»

Jewgeni wickelte sich aus dem Badetuch und zog Leo in die Sauna. Die Hitze brannte Leo in der Kehle, als er einatmete. «Ich bin so was nicht gewohnt – glaub nicht, dass ich das lange aushalte.»

Jewgeni, dessen Gesicht puterrot wurde, goss eine Kelle kaltes Wasser auf die heißen Kohlen. Zischend erfüllte Dampf die trockene Luft. «Du gewöhnst dich dran», flüsterte er. «Es geht darum, genug Hitze im Körper zu speichern, damit man die Wintermonate übersteht.»

Leo verließ die Sauna, als die Sanduhr durchgelaufen war. Jewgeni folgte ihm, und beide stiegen sie in ein gekacheltes Becken. Das Wasser war so eisig, dass Leo die Luft wegblieb. Als sie später, eingehüllt in trockene Tücher, auf der Bank saßen, schob der Angestellte einen Handwagen mit *zakuski* herein – Hering, Kaviar, Lachs und eine Flasche eiskalten Wodka.

«Ich weiß nicht, ob ich mir das von meiner KGB-Pension leisten kann», sagte Leo.

«Du bist mein Gast», rief Jewgeni ihm in Erinnerung.

«Wie bist du so reich geworden?», fragte Leo.

Jewgeni blickte seinen Freund an. «Willst du das wirklich wissen?»

«Und ob. Dauernd sehe ich diese Typen in dicken Schlitten, mit Ledermänteln, am Arm eine Blondine. Ich bin neugierig, wie sie das machen.»

«Es ist kein Staatsgeheimnis», sagte Jewgeni. «Nach meiner Rückkehr hat mir die Moskauer Zentrale einen Job in der USA-Abteilung des Ersten Direktorats verschafft, aber ich habe rasch gemerkt, dass das nichts für mich ist. Als Gorbatschow 1985 auf der Bildfläche erschien, habe ich beschlossen, auf eigene Faust mein Glück zu versuchen. Das Mekka des freien Unternehmertums muss wohl in all den Jahren auf mich abgefärbt haben. Ich habe für einen Spottpreis ein heruntergekommenes Schwimmbad mit Turnhalle gemietet und daraus ein Fitnesscenter für die neureichen Russen gemacht. Mit dem Gewinn habe ich ein Informationscenter für ausländische Investoren eröffnet. Mit dem Gewinn daraus habe ich eine Finanzzeitung gegründet. Dann habe ich meine Geschäfte ausgeweitet. Ich habe in Sibirien Rohstoffe ge- und verkauft und dafür Fertigprodukte importiert – Videorecorder aus Japan, Computer aus Hongkong, Bluejeans aus den USA. Sag mir, wenn ich dich langweile.»

«Im Gegenteil.»

«Die Videorecorder und Computer und Bluejeans habe ich mit Riesengewinn in Russland verkauft. Die ganze Zeit über hatte ich praktisch vom Rücksitz eines Wagens aus gearbeitet und in einer relativ kleinen Mietwohnung hinter dem Kreml gewohnt. Ich brauchte eine größere Wohnung und Büroräume, deshalb habe ich die Apatow-Villa gekauft. Damit waren alle Probleme gelöst. Heute kommen Leute zu mir, die irgendwelche Ideen umsetzen wollen, und ich gebe ihnen Startkapital, wofür sie mich mit fünfzig Prozent am Geschäft beteiligen. Außerdem gründe ich gerade eine Privatbank. Ich nenne sie *Große Russische Handelsbank*. Diese Woche öffnen wir unsere Pforten, mit Zweigstellen in Leningrad, Kiew und Smolensk und auch in Berlin und Dresden, um im internationalen Bankwesen mitzumischen.» Jewgeni nahm sich einen Kräcker mit Hering darauf und spülte ihn mit Wodka hinunter. «Aber jetzt erzähl mal, wie es dir ergangen ist, Leo.»

Leo lachte spöttisch auf. «Da gibt es nicht viel zu erzählen. Nach meiner Ankunft hat die Zentrale mich mehrere Jahre auf Eis gelegt. Die Adresse in Gorki war fingiert – sie sollte die CIA in die Irre führen, falls sie mich suchen ließ, was sie natürlich nicht gemacht hat. Der KGB hat mich mit Fragen gelöchert, man wollte meine Einschätzung zu Mitgliedern des Senats oder des Repräsentantenhauses hören, und wenn der Präsident eine Rede hielt, sollte ich zwischen den Zeilen lesen. Erst als mit Gorbatschow Informationen freier zugänglich wurden, haben sie das Interesse an meiner Meinung verloren –»

«Und die CIA hat nie zugegeben, dass du ein Maulwurf gewesen bist?»

Leo schüttelte den Kopf. «Damit hätten sie nichts gewonnen, sondern alles verloren. Für die Presse wäre das ein gefundenes Fressen gewesen, Köpfe wären gerollt, der Etat wäre gekürzt worden, vielleicht wäre die CIA sogar aufgelöst worden.»

«Hörst du ab und zu was von deiner Familie?»

Leo antwortete zunächst nicht. «Entschuldigung – was hast du gesagt?»

«Deine Familie, die Zwillinge – hast du noch Kontakt zu ihnen?»

«Die beiden Mädchen haben die *Company* verlassen nach meinem ... Ausscheiden. Meine Exfrau ist dem Alkohol verfallen – an einem Winterabend hat sie sich sinnlos betrunken, und ein Farmer hat am nächsten Morgen ihre schneebedeckte Leiche auf einem Hügel in Maryland gefunden, nicht weit von der Stelle, wo wir an dem Tag, als wir uns kennen lernten, meinen Hund und ihre Katze begraben hatten. Vanessa gibt mir für alles die Schuld, was in gewisser Weise auch stimmt, und sie hat geschworen, mich nie wieder zu sehen. Sie hat geheiratet und einen kleinen Sohn, womit ich Großvater wäre. Ich habe ihr geschrieben und ihr gratuliert, aber sie hat nicht geantwortet. Tessa schreibt in Washington für *Newsweek* über Geheimdienste. Sie hat einen Journalisten geheiratet und sich nach drei Jahren wieder scheiden lassen. Sie schreibt mir etwa einmal im Monat und hält mich auf dem Laufenden. Ich habe sie gebeten, mich zu besuchen, aber sie sagt, sie ist noch nicht so weit. Ich hoffe, dass sie eines Tages vor meiner Tür steht.» Leo schnappte nach Luft. «Ich vermisse die beiden ...»

Sie konzentrierten sich auf die *zakuski*. Jewgeni füllte die Gläser erneut mit Wodka. «Wie sieht dein Privatleben aus?», fragte er Leo.

«Ich lese viel. Ich habe mich mit einer Frau angefreundet, die Kinderbücher illustriert – sie ist Witwe. Wir unternehmen viel zusammen. Bei schönem Wetter machen wir lange Spaziergänge. Ich kenne Moskau inzwischen sehr gut. Ich lese jeden Tag die *Prawda* und informiere mich, was Gorbatschow sich wieder Neues ausgedacht hat.»

«Was hältst du von ihm?»

«Gorbatschow?» Leo dachte einen Moment lang nach. «Er hat allerhand bewirkt – schließlich hat er als Erster das kommunistische Establishment kritisiert, die Macht der Partei eingeschränkt und demokratische Institutionen geschaffen. Aber mir ist nicht ganz klar, ob er die Partei auf lange Sicht reformieren oder abschaffen will.»

«Die Parteibonzen wollen, dass so lange alles beim Alten bleibt, bis sie den Ruhestand antreten», sagte Jewgeni. «Die brauchen ein Büro, in das sie morgens gehen können.»

«Wenn Gorbatschow bloß ein besserer Menschenkenner wäre», sagte Leo. «Er umgibt sich mit reformfeindlichen Leuten, denen ich nicht traue – zum Beispiel dem KGB-Vorsitzenden Krjutschkow.»

«Verteidigungsminister Jasow, Innenminister Pugo – denen würde ich auch nicht über den Weg trauen», sagte Jewgeni. «Für mich, für die neue Unternehmerschicht ist Gorbatschow der Garant für wirtschaftliche Reformen. Wenn er gestürzt wird, wirft das Russland um fünfzig Jahre zurück.»

«Jemand sollte ihn warnen –»

«Er ist gewarnt worden. Ich habe gehört, dass Boris Jelzin ihn ausdrücklich auf die Möglichkeit eines Staatsstreiches hingewiesen hat, aber Gorbatschow kann Jelzin nicht ausstehen und glaubt nichts, was von ihm kommt.»

«Gorbatschow weiß nicht, wer seine wirklichen Freunde sind», sagte Leo.

«Tja, man kann nicht gerade behaupten, dass wir nicht in faszinierenden Zeiten leben», erklärte Jewgeni leise lachend. Er hob sein Glas und stieß mit Leo an. «*Sa uspech naschego besnadjoshnogo dela!*»

Leo lächelte. Einen Augenblick lang wirkte er fast glücklich. «Auf den Erfolg unseres hoffnungslosen Unterfangens!»

Später, auf der Straße, winkte Jewgeni seinen Wagen herbei. Ein Stück weiter fuhr ein BMW los und hielt vor ihnen. Ein kräftiger Mann mit einer bläulichen Narbe über die ganze Wange sprang vom Beifahrersitz und hielt die hintere Tür auf.

«Kann ich dich irgendwo absetzen?», fragte Jewgeni.

«Ich geh lieber zu Fuß», sagte Leo. «Ein bisschen Bewegung tut mir ganz gut.»

«Ich hoffe, wir sehen uns wieder», sagte Jewgeni.

Leo studierte das Gesicht seines Freundes. «Was ich dich noch fragen wollte – bist du verheiratet?»

Jewgeni schüttelte den Kopf. «Es gab da mal jemanden – aber seitdem ist viel Zeit vergangen und viel geschehen.»

«Vielleicht ist es ja noch nicht zu spät. Weißt du, wo sie jetzt ist?»

«Ich lese ab und zu was in der Zeitung über sie – sie gehört zu den Reformern um Jelzin. In gewissen Kreisen, bei den Reformern, beim KGB, ist sie dadurch ziemlich bekannt.»

«Melde dich bei ihr.»

Jewgeni trat gegen einen Reifen seines Wagens. «Sie würde mir nicht mal Guten Tag sagen.»

«Man kann nie wissen, Jewgeni.»

Als Jewgeni aufblickte, war sein Mund zu einem traurigen Lächeln verzogen. «Ich weiß es.»

«Auf die Ringstraße», wies Jewgeni den Fahrer an. «Da ist um diese Zeit nicht so viel Verkehr.»

Er lehnte sich in das Leder des Sitzes zurück und betrachtete die schäbigen Autos und schäbigen Busse und schäbigen Gebäude, die am Fenster vorbeiglitten. An einem Rotlicht hielt der BMW neben einem Saab mit Chauffeur, einem Bodyguard auf dem Beifahrersitz und zwei kleinen Jungen im Fond. Beim Anblick der Kinder holte Jewgeni eine Flut von Erinnerungen ein. Wie oft waren er und sein Bruder Grinka, als sie klein waren, mit dem blank geputzten Wolga ihres Vaters zur Datscha in Peredelkino gebracht worden. Mein Gott, dachte er, wo sind all die Jahre geblieben? Wenn er sich morgens rasierte, passierte es ihm manchmal, dass er das Gesicht anstarrte, das ihn da aus dem Spiegel anblickte. Es kam ihm nur vage bekannt vor, wie ein entfernter Verwandter von der Seite der Tsipins, mit der hohen Stirn, den zusammengekniffenen Augen und dem kräftigen Kinn seines Vaters. Wie war es möglich, dass er jetzt zweiundsechzig Jahre alt war? Auch Leo, der immer jünger ausgesehen hatte, als er tatsächlich war, sah man an, dass die Jahre nicht spurlos an ihm vorbeigegangen waren. Aber Jewgeni fand von sich selbst, dass er richtig alt geworden war.

Vorn im BMW schimpften Jewgenis Fahrer und der Bodyguard auf Gorbatschow. Sie ärgerten sich weniger über die wirtschaftlichen oder politischen Reformen als über die *suchoi sakon* – die «trockenen Gesetze», die er erlassen hatte, ein Alkoholverbot am Arbeitsplatz, um die Produktion anzukurbeln. Auf Gorbatschows Anweisung hin waren Wodkafabriken geschlossen und Weinanbaugebiete in Georgien und Moldawien untergepflügt worden. «Unter Breschnew», erinnerte sich der Fahrer, «kostete die Halbliterflasche Wodka drei Rubel zweiundsechzig. Der Preis ging nie rauf und ging nie runter, nicht eine Kopeke. Man benutzte nicht mal das Wort Wodka – man fragte einfach noch einer Dreizweiundsechzig, und jeder wusste, was gemeint war. Heute können sich die Arbeiter in den Fabriken nicht mal Wodkaersatz leisten –»

Jewgeni fragte im Scherz: «Wie übersteht ein Russe denn überhaupt den Tag ohne Wodka?»

Der Bodyguard, der eine bläuliche Narbe im Gesicht hatte, drehte sich nach hinten um. «Sie brauen sich selbst ihren Wodkaersatz, Jewgeni Alexandrowitsch», sagte er.

«Sag ihm das Rezept», forderte der Fahrer ihn auf.

«In Afghanistan haben wir einhundert Milliliter *Shigulew*-Bier, dreißig Milliliter Shampoo der Marke *Sadko der reiche Kaufmann*, siebzig Milliliter pakistanisches Antischuppenshampoo und zwanzig Milliliter Insektenabwehrmittel zusammengemixt. Das Ergebnis war ein fürchterlicher Fusel, aber das Zeug lenkte wenigstens vom Krieg ab. Man musste es schnell runterkippen, damit man sich nicht die Kehle verätzte.»

Der Fahrer rief über die Schulter: «Ich hab einen Freund in der Miliz, der sagt, die Jugendlichen essen mittlerweile Schuhcremebrote.»

«Was ist denn ein Schuhcremebrot?», fragte Jewgeni.

«Man schmiert sich Schuhcreme auf eine dicke Scheibe Weißbrot –»

«Wenn man Weißbrot kriegt», spottete der Bodyguard.

«Man lässt sie fünfzehn Minuten liegen, bis das Brot den Alkohol aus der Schuhcreme aufgesaugt hat. Dann streicht man möglichst viel von der Schuhcreme wieder ab und isst das Brot. Es heißt, vier Scheiben genügen, um den Tag halbwegs heiter zu überstehen.»

Der Bodyguard warf erneut einen Blick nach hinten. «Braune Schuhcreme soll am besten sein», fügte er hinzu.

«Danke für den Tipp», sagte Jewgeni trocken.

Die beiden Männer auf den Vordersitzen grinsten. Jewgeni beugte sich vor und tippte dem Fahrer auf den Arm. «Hinter der Ampel rechts – die Klinik ist dann am Ende der Straße.»

Die Privatklinik des KGB war ein schmuddeliges, vierstöckiges Backsteingebäude mit einem Wintergarten auf dem Dach. Die beiden Aufzüge in der riesigen, kuppelförmigen Eingangshalle waren außer Betrieb, also nahm Jewgeni die Treppe in den dritten Stock. Zwei Frauen, dick eingepackt in zwei Pullover, die sie übereinander angezogen hatten, und mit Gummistiefeln an den Füßen, wischten den Korridor mit dreckigem Wasser. Jewgeni klopfte an die Tür, an der ein Zettel mit der Aufschrift «Shilow, Pawel Semjonowitsch» klebte, öffnete sie und blickte hinein. In dem Zimmer – mit einem Metallbett, einem Nachttisch, Wänden, an denen die senfgelbe Farbe abblätterte, einer Toilette ohne Deckel und zwei Fenstern ohne Jalousien oder Rollos und mit schlierigen Scheiben – war niemand. Jewgeni weckte die Krankenschwester, die am Ende des Korridors an einem Schreibtisch döste. Sie fuhr mit einem lackierten Daumennagel eine Liste entlang und deutete mit dem Kinn Richtung Dach. «Er ist oben, im Wintergarten», sagte sie missmutig.

Etwa dreißig ehemalige KGB-Mitglieder, allesamt alt und krank, saßen auf einer Seite des Wintergartens – auf der anderen Seite zog es durch die Scheiben, die bei einem Hagelschauer im Winter zuvor zu Bruch gegangen und nicht repariert worden waren. Jewgeni entdeckte Starik zusammengesackt in einem Rollstuhl, den dünnen weißen Bart auf der Brust, die Augen geschlossen. Eine alte Wolldecke mit Spuren von getrocknetem Erbrochenem war ihm bis zu den Knöcheln gerutscht, und niemand hatte sich die Mühe gemacht, ihn wieder damit zuzudecken. An einer provisorisch hinten am Rollstuhl befestigten Stange hing ein Tropf, dessen transparenter Schlauch durch einen Schlitz in Stariks Sweatshirt zu seiner Brust führte.

Jewgeni betrachtete den Mann im Rollstuhl. Wer immer für die Pflegepatienten verantwortlich war, er hatte ihm den letzten Rest Würde geraubt, seit er im Monat zuvor in die Klinik eingeliefert worden war. Starik trug eine verblichene rote Trainingshose und ein verdrecktes weißes Sweatshirt. Wie zum Spott auf seine ruhmreichen Dienste für sein Vaterland waren ihm vier Orden an die Brust geheftet. Jewgeni erinnerte sich, dass er angesichts seines sterbenden Vaters keinerlei Emotionen empfunden hatte, doch die hinfällige tolstoische Gestalt Stariks löste selbst jetzt noch Gefühle in ihm aus.

Jewgeni ging neben dem Rollstuhl in die Hocke und zog seinem Mentor die Wolldecke bis unter die Arme. «Pawel Semjonowitsch», flüsterte er.

Stariks Augen öffneten sich. Er blickte seinen Besucher verwirrt an. Seine Kinnlade zitterte, als er ihn erkannte. «Jewgeni Alexandrowitsch», nuschelte er durch eine Ecke seines halb gelähmten Mundes. Jeder Atemzug wurde von einem gequälten Röcheln begleitet.

«Geht es Ihnen besser?», fragte Jewgeni, und noch während er es sagte, wurde ihm bewusst, wie dumm die Frage war.

Starik nickte, murmelte aber Nein. «Das Leben ist eine Qual ... seit sie mir rund um die Uhr dieses französische Medikament geben, habe ich keinen Appetit mehr ... kann nicht essen ... vom Essensgeruch wird mir übel.»

«Ich spreche mit dem Direktor –»

«Das ist nicht das Schlimmste.» Zwischen den Sätzen stieg ein widerwärtiges Gurgeln aus Stariks Kehle. «Erwachsene Frauen waschen mich ... rasieren mich ... wechseln mir die Windeln ... wischen mir den Hintern ab... Frauen, die einmal im Monat baden und *menstruieren* ... ihre Körpergerüche sind unerträglich.» Eine Träne quoll aus einem seiner blutunterlaufenen Augen. «Die Nachtschwester ist eine *shid* ... sie nennt sich ... Abramowna ... Ach, wo ... wo sind bloß meine Mädchen hin?»

«Man hat sie ins Waisenhaus gebracht, als Sie krank wurden.»

Starik umklammerte Jewgenis Handgelenk und neigte sich seinem Besucher zu. «Ist der Kalte Krieg noch im Gange?»

«Er nähert sich seinem Ende», sagte Jewgeni.

«Wer wird als Sieger hervorgehen?»

«In den Geschichtsbüchern wird stehen, dass der Hauptgegner, Amerika, den Kalten Krieg gewonnen hat.»

Erschreckt packte Starik Jewgenis Handgelenk noch fester. «Wie ist das möglich? Wir haben doch jede Schlacht gewonnen ... Philby, Burgess, Maclean, Kritzky – endlose Liste.» Starik schüttelte bestürzt den ausgemergelten Kopf. «Tolstoi wird sich im Grab umdrehen ... Der Kommunismus, von den Juden verraten.» Er schnappte nach Luft. «Der Kalte Krieg mag zu Ende gehen ... aber es gibt noch ein Finale. In Tolstois Geschichte dient der Tod des Pferdes CHOLSTOMER einem Zweck – die Wölfin und ihre Jungen ernähren sich von seinem Kadaver. Auch wir werden uns von dem ernähren, was von CHOLSTOMER übrig ist. Entscheidend ist, dass wir –»

Sein Atem versagte, und einen Moment lang keuchte er beängstigend. Jewgeni wollte schon nach einem Arzt rufen, doch dann gewann Starik die Kontrolle über sich zurück. «Entscheidend ist, über den Kommunismus hinauszublicken ... Nationalismus und Reinigung zu sehen ... die Juden ein für allemal loszuwerden ... zu Ende bringen, was Hitler begonnen hat.» Stariks Augen loderten zornig. «Ich habe Kontakt zu Leuten ... ich habe ihnen deinen Namen genannt, Jewgeni Alexandrowitsch ... jemand wird sich bei dir melden.» Starik verließ die Kraft, und er sank zurück in seinen Rollstuhl. «Erinnerst du dich ... an Tolstois letzte Worte?»

«*Die Wahrheit – sie bedeutet mir viel*», murmelte Jewgeni.

Starik blinzelte mehrmals, so dass Tränen über seine pergamentsspröden Wangen liefen. «Das ist eine gute Losung ... wer immer sie ausspricht ... kommt mit meinem Segen zu dir.»

Jewgeni, der in seinem Armani-Dreiteiler wie ein Schweizer Bankier aussah, arbeitete sich durch den Saal.

«Schön, dass Sie kommen konnten, Archip», sagte er zu einem Wirtschaftsexperten von der Zentralbank und drückte ihm die Hand. Er senkte die Stimme. «Wie entschlossen ist Gorbatschow, den Rubel zu stützen?»

«So lange er kann», lautete die Antwort. «Das große Fragezeichen ist die Inflation.»

«Glückwunsch, Jewgeni Alexandrowitsch», rief ein groß gewachsener Mann, aus dessen Jacketttasche der Wirtschaftsteil einer zusammengefalteten *Iswestja* lugte. «Mein Vater und ich wünschen Ihnen viel Erfolg mit Ihrer neuen Bank.»

«Danke, Fedja Semjonowitsch», sagte Jewgeni. «Schade, dass Ihr Vater nicht hier ist. Ich würde mich gern mit Ihnen beiden darüber unterhalten, was wir im Bereich Devisenservice für Import-Export-Firmen anzubieten haben.»

Kellnerinnen schlängelten sich mit Tabletts voller Kaviar-Kanapees durch das Gedränge in dem Ballsaal, den Jewgeni für den Nachmittag gemietet hatte. Jewgeni nahm ein Glas Champagner von der langen Tafel und blickte sich um. Vor den schweren geschlossenen Vorhängen an einem der hohen Fenster hielten zwei elegante Frauen in tief ausgeschnittenen Cocktailkleidern Hof, im Halbkreis umgeben von Männern.

Jewgeni erkannte die Ältere der beiden – sie war die Frau des berüchtigten Pressebarons Pawel Uritzki. Er ging zu ihr, beugte sich vor und streifte ihren Handrücken mit den Lippen. Dann gab er der anderen Frau und den Männern die Hand. «Wir sind der einhelligen Meinung», sagte einer von ihnen zu

Jewgeni, «dass Russland nur mit kräftigen Investitionsspritzen aus dem Ausland überleben kann. Die Frage ist, wie wir angesichts der unsicheren politischen Lage und der schwachen Währung Kapital anziehen können –»

«Gorbatschow ist für die Situation verantwortlich», sagte die ältere Frau kategorisch. «Wir brauchen eine eiserne Hand am Ruder ...»

«Mathilde würde uns am liebsten wieder zurück in die Breschnew-Ära befördern», sagte einer der Männer lachend.

«Sogar noch weiter zurück, in die Stalin-Ära», entgegnete die Frau. «Die Leute vergessen heute gern, dass die Wirtschaft unter Stalin funktioniert hat. Die Regale in den Läden waren voll. Niemand musste hungern. Wer arbeiten wollte, konnte arbeiten.»

«Zugegeben, in Moskau musste niemand hungern», sagte ein Mann. «Aber auf dem Land sah die Sache anders aus.»

«Unter Stalin gab es keine Uneinigkeit», sagte ein anderer. «Heutzutage gibt es zu jedem Thema zwanzig verschiedene Meinungen.»

«Es gab keine Uneinigkeit», warf Jewgeni ein, «weil die Gulags voller Dissidenten waren.»

«Ganz genau», sagte die ältere Frau, die Jewgeni missverstanden hatte. Sie richtete ihre intelligenten Augen auf ihn. «Man erzählt sich, Jewgeni Alexandrowitsch, dass Sie in Amerika für den KGB spioniert haben. Ist da was dran?»

«Es ist kein Geheimnis, dass ich viele Jahre Tschekist war», erwiderte er. «Sie werden Verständnis dafür haben, dass ich Ihnen nicht verraten kann, was genau ich gemacht habe, und wo.»

«Dann erzählen Sie uns doch stattdessen, wie man heutzutage eine Bank eröffnen kann», sagte die jüngere Frau.

«So schwierig ist das nicht», entgegnete Jewgeni mit einem Augenzwinkern. «Als Erstes muss man Leute überzeugen, dass man hundert Millionen amerikanische Dollar besitzt. Alles Weitere ist ein Kinderspiel.»

«Oh, Sie sind ein Schlingel», sagte die ältere Frau. «Jeder weiß, dass Sie viel mehr als hundert Millionen amerikanische Dollar besitzen.»

Ein junger russischer Geschäftsmann zog Jewgeni beiseite. «Was halten Sie von den Gerüchten, dass ein Staatsstreich gegen Gorbatschow geplant ist?», wollte er wissen.

«Ich habe natürlich auch davon gehört», sagte Jewgeni. «Und wenn Sie und ich davon gehört haben, darf man wohl annehmen, dass auch Gorbatschow davon gehört hat. Michail Sergejewitsch mag ja vieles sein, aber dumm ist er nicht. Ich gehe davon aus, dass er Vorsichtsmaßnahmen getroffen hat.»

Später, als die Gäste sich nach und nach verabschiedeten, wandte sich die Frau des Pressebarons noch einmal an Jewgeni. «Jewgeni Alexandrowitsch, mein Mann würde Sie gern kennen lernen. Offenbar haben Sie und er einen gemeinsamen Freund, der in höchsten Tönen von Ihnen spricht.»

«Es wäre mir eine Ehre, die Bekanntschaft Ihres Mannes zu machen.»

Mathilde nahm eine Visitenkarte aus ihrer kleinen bestickten Handtasche und reichte sie Jewgeni. Auf der Rückseite waren eine Adresse in Perchuschowo, einem Dorf nicht weit von Moskau, ein Datum Ende Februar und eine Uhrzeit geschrieben. «Sie sind zu einer kleinen Diskussionsrunde eingeladen, nur ein paar Freunde und Kollegen meines Mannes» – die Frau zeigte den Hauch eines Lächelns – «zum Thema Tolstoi. Unser gemeinsamer Freund, der so begeistert von Ihnen spricht, hat gesagt, Tolstoi habe Sie in Ihrer Jugend stark beeinflusst.»

Jewgeni hielt den Atem an. Er hatte angenommen, Stariks Gerede von einer Losung wäre das wirre Gefasel eines halb verrückten alten Mannes gewesen. Er murmelte mit Mühe: «Ich staune, wie viel Sie über mich wissen.»

Der Hauch des Lächelns verschwand von den geschminkten Lippen der Frau. «Mein Mann hat gehört, Sie seien einer der wenigen Menschen, die sich an die letzten Worte von Tolstoi erinnern: *Die Wahrheit – sie bedeutet mir viel.* Bedeutet Ihnen die Wahrheit auch viel, Jewgeni Alexandrowitsch?»

«Allerdings.»

«Dann werden Sie in meinem Mann und seinen Freunden Gleichgesinnte finden.»

Zimmer SH219 im *Hart Office Building*, wo der Gemeinsame Sonderausschuss von Repräsentantenhaus und Senat für die Geheimdienste tagte, galt als das sicherste Büro in einer Stadt, in der Sicherheit groß geschrieben wurde. Die Tür führte in ein Foyer, das von bewaffneten Polizisten bewacht wurde. Der Konferenzsaal war praktisch innerhalb eines Raumes aufgehängt, so dass Wände, Fußboden und Decke nach Wanzen abgesucht werden konnten. Im Innern standen mauvefarbene Stühle um einen hufeisenförmigen Tisch. An einer Wand hing eine Weltkarte. Elliott Winstrom Ebbitt II., seit Bill Caseys Tod im Jahre 1987 CIA-Director, hatte kaum Platz genommen, als der Angriff auch schon losging.

«Guten Morgen, Director», sagte der texanische Vorsitzende des Senatsausschusses mit einem Lächeln, das niemanden täuschen konnte; der Senator war in der Woche zuvor von der *New York Times* dahin gehend zitiert worden, dass es einigen Kongressmitgliedern nicht unlieb wäre, wenn die CIA völlig neu strukturiert würde. «Um Ihre kostbare Zeit nicht über Gebühr in Anspruch zu nehmen», begann er, «werde ich nicht um den heißen Brei herumreden.» Er spähte durch seine Brille auf seine Notizen und richtete seinen schläfrigen Blick auf den Director. «Es ist kein Geheimnis, dass einige Kongressmitglieder stinksauer sind, Ebby. Vor fast zwei Jahren hat der letzte russische Soldat Afghanistan verlassen. Aber es ist mir noch immer unerklärlich, was die CIA sich dabei gedacht hat, den islamischen Fundamentalisten Stinger-Raketen zu liefern. Jetzt, wo wir Saddam Hussein in Grund und Boden bombardieren, ist es gut möglich, dass die Iraker mit diesen Stinger-Raketen unsere Flugzeuge abschießen.»

Ebby sagte: «Ich möchte Sie daran erinnern, dass die Lieferung von Stinger-Raketen eine Entscheidung des Präsidenten war –»

«Auf Caseys Empfehlung hin», warf ein Kongressabgeordneter aus Massachusetts ein. «Sehr wahrscheinlich hat er Reagan dazu überredet.»

«Wie viele Stinger haben die noch, und was unternehmen Sie, um sie zurückzubekommen?», fragte ein anderer.

«Wir schätzen, an die dreihundertfünfzig, und wir bieten einhunderttausend Dollar pro Stück für die Rückgabe –»

Der Vorsitzende strich sich mit einer schwungvollen Handbewegung die weiße Haarmähne aus der Stirn. «Im Schmuggler-Basar in Peschawar kriegt man für eine Stinger vermutlich mehr. Jedenfalls, Ebby, dem Kongress reißt allmählich der Geduldsfaden. Die Geheimdienste kosten den Steuerzahler an die achtundzwanzig Milliarden Dollar im Jahr. Und das bedeutendste Ereignis seit dem Ende des Zweiten Weltkriegs – ich rede von dem Untergang des Sowjetreichs – kommt für uns aus heiterem Himmel. Verdammt, die CIA hat uns nicht mal eine Woche im Voraus informiert.»

Ein Senator aus Maine blätterte in einer Akte und sagte dann: «Mr. Ebbitt, vor zwei Monaten haben Sie persönlich in diesem Raum gesagt, und ich zitiere – ‹es ist mit hoher Wahrscheinlichkeit davon auszugehen, dass die sowjetische Wirtschaft im Jahre 1991 stagnieren oder einen leichten Rückgang verzeichnen wird.›»

«Ein leichter Rückgang, das kann man wohl sagen!», spottete der Vorsitzende. «Die Berliner Mauer ist im November '89 gefallen; Gorbatschow hat die osteuropäischen Satellitenstaaten einen nach dem anderen vom Haken gelassen, und wir sitzen hier um achtundzwanzig Milliarden ärmer und erfahren von diesen weltbewegenden Ereignissen aus der Zeitung.»

«Gentlemen, wir bewegen uns inzwischen in die richtige Richtung», sagte Ebby, «aber Rom wurde auch nicht an einem Tag erbaut, und die CIA lässt sich nicht in ein, zwei Jahren erneuern. Auf lange Sicht brauchen wir frisches Blut, und wie Sie wissen, Gentlemen, ist das mein oberstes Anliegen. Dass wir uns kein genaues Bild von der Führung der Sowjetunion machen können, hängt auch damit zusammen, dass Sie im Kongress seit Jahren die CIA drängen, die Zahl der Geheimoperationen zurückzuschrauben. Wir führen heute rund ein Dutzend Programme im Jahr durch, in den Fünfziger- und Sechzigerjahren waren es Hunderte. Diese Politik hat unter anderem zur Folge, dass wir in Moskau keine Mitarbeiter haben, die uns sagen können, was Gorbatschow und seine Leute vorhaben. Und was die Stagnation der sowjetischen Wirtschaft betrifft, so verfügt Gorbatschow selbst erst seit zwei, drei Jahren über einigermaßen präzise Statistiken, und der Vorwurf, dass wir etwas nicht wissen, das Gorbatschow selbst nicht weiß, erscheint mir doch ziemlich ungerechtfertigt. Rückblickend wissen wir, dass er, sobald er wusste, wie schlimm es um die Planwirtschaft bestellt war, die einzige Lösung in einem Übergang zur marktorientierten Wirtschaft gesehen hat. Wie rasch er diesen Schritt vollziehen will und wie weit er dabei gehen wird, weiß Gorbatschow vermutlich selbst noch nicht genau.»

«Und wie schätzt die *Company* seine Chancen ein, den drastischen Niedergang der Sowjetwirtschaft aufzuhalten?», fragte ein republikanischer Kongressabgeordneter.

«Es ist davon auszugehen, dass sich die Lage eher verschlechtert als verbessert», erwiderte Ebby. «In Russland gibt es Personen, Gemeinden, Organisationen, Fabriken, sogar ganze Städte, die rein wirtschaftlich betrachtet überflüssig sind. Aber diesen Überschuss loszuwerden ist sowohl ein soziales wie ein wirtschaftliches Problem. Ein weiteres Problem ist es, die gestiegenen Erwartungen der Arbeiter zu erfüllen – die Bergleute im Kusbass oder im Donez-Kohlenbecken, um nur ein Beispiel zu nennen, wollen in der Apotheke nicht mehr bloß Gläser mit Blutegeln sehen. Es bleibt abzuwarten, ob Gorbatschow mit seinem Gerede von *perestroika* und *glasnost* ihre Ansprüche wird befriedigen können. Es bleibt abzuwarten, ob er den maßgeblichen Kreisen Dampf machen kann – dem KGB, dem Militär und dem, was noch von der Kommunistischen Partei übrig ist, die fürchtet, dass Gorbatschow sie wegreformieren will. Es bleibt abzuwarten, ob die Revolution – und es wird eine Revolution geben, Gentlemen – von unten oder von oben kommen wird.»

«Was halten Sie von den Gerüchten über einen Putsch, von denen in der Presse zu lesen ist?», wollte der Vorsitzende wissen.

«Gewisse Leute in der sowjetischen Führung würden die Uhr anscheinend gern zurückdrehen», erwiderte Ebby. «Offen gesagt, wissen wir nicht, wie ernst die Gerüchte zu nehmen sind.»

«Aber dem muss auf jeden Fall nachgegangen werden», sagte der Vorsitzende mit Bestimmtheit. «Gibt es hinter den Kulissen eine Clique, die Gorbatschow stürzen will? Wenn ja, wie stark ist sie? Wird das Militär sie unterstützen? Wie können wir Gorbatschow unterstützen? Und was ist von den Gerüchten zu halten, dass der KGB Unsummen in fremden Währungen irgendwo im Westen gehortet hat?»

«Wir haben vage Hinweise darauf, dass beträchtliche Summen sowjetischen Kapitals in ausländischen Devisen auf deutsche Banken transferiert werden», bestätigte Ebby. «Verantwortlich für diese Transaktionen ist angeblich jemand im Zentralkomitee – seine Identität ist nach wie vor ungeklärt. Wer die Befehle erteilt und welchem Zweck das Geld dienen soll, muss noch ermittelt werden.»

«Was für eine Rolle spielt Ihrer Meinung nach Jelzin dabei?»

«Jelzin nimmt Gorbatschow aus einer anderen Richtung aufs Korn», sagte Ebby. «Die beiden Männer können einander nicht ausstehen – und zwar seit Gorbatschow Jelzin 1987 aus dem Politbüro vertrieben hat. Jelzin greift Gorbatschow offen an, weil er die Reformen verlangsamt. Ich denke, es lässt sich mit einiger Sicherheit sagen, dass Jelzin, der seit Mai letzten Jahres Präsident des russischen Parlaments ist und über eine starke Machtbasis verfügt, sich als logischen Nachfolger Gorbatschows sieht. Wir vermuten, dass er nichts dagegen hätte, wenn Gorbatschow kaltgestellt würde, solange er ihn nicht selbst kaltstellen muss.»

«Das hieße, dass Jelzin sich gegen den KGB und das Militär und die reformfeindlichen Parteibonzen stellt», warf jemand ein.

«Er hat mehr Feinde, als ihm gut tut», bestätigte Ebby.

In der letzten Dreiviertelstunde entspann sich eine Diskussion darüber, ob Saddam Hussein nach seiner vernichtenden Niederlage im Golfkrieg in der Lage wäre, chemische oder biologische Waffen einzusetzen. Als die Versammlung sich um die Mittagszeit auflöste, gestanden selbst die Kritiker der *Company* Ebby zu, dass er die aktuellen Ereignisse im Griff hatte und alles in seiner Macht Stehende tat, um aus der CIA eine Organisation zu machen, die der weltpolitischen Lage nach dem Kalten Krieg gewachsen war.

«Wie ist es gelaufen?», fragte Jack später im Büro seines Chefs.

«Den Umständen entsprechend», antwortete Ebby seinem Deputy Director.

«Soll heißen?»

«Es heißt, dass die Dumpfköpfe im Kongress einfach nicht begreifen, wo unsere Grenzen sind. Sie geben achtundzwanzig Milliarden im Jahr aus und meinen, nicht genug für ihr Geld zu bekommen.»

«Vielleicht haben sie ja gar nicht so Unrecht, Ebby», sagte Jack. «Gegen die kolumbianische Drogenmafia oder islamische Terroristen oder russische Waffenhändler zu kämpfen, rechtfertigt noch lange nicht die achtundzwanzig Milliarden Dollar, die wir jedes Jahr bekommen. Sieh es doch mal so: Wie sollen wir die besten und cleversten Leute anwerben, wenn unser Erzfeind ein Land wie Kuba ist?»

«Hast du eine andere Idee, was wir machen sollen?»

«Das habe ich allerdings.» Jack stand auf, ging zur Tür, die einen Spaltbreit offen stand und trat sie zu. Dann setzte er sich hinter Ebby auf die Fensterbank.

Ebby schwenkte seinen Drehstuhl herum und blickte Jack an. «Lass hören.»

«Ich habe schon einmal darüber nachgedacht, als Anthony in der Gewalt der afghanischen Fundamentalisten war. Unsere Situation war damals genauso ausweglos, wie sie es jetzt ist. Uns sind die Hände gebunden, weil der Kongress uns kontrolliert, den Etat kürzt und auf die Finger schaut. Nehmen wir zum Beispiel diese Gorbatschow-Geschichte – selbst wenn wir wüssten, was da läuft, wären uns die Hände gebunden, wir könnten nichts dagegen machen.»

«Ich glaube, es ist besser, wenn wir dieses Gespräch nicht führen –»

«Aber wir führen es, und wir könnten etwas machen.»

«Was meinst du damit?»

«Willst du es wissen? Wir könnten Torriti vortasten lassen. Ezra Ben Ezra leitet noch immer den Mossad – er könnte bestimmt sein Scherflein zu einem Unternehmen beitragen, das dafür sorgt, dass Gorbatschow an der Macht bleibt und die jüdische Emigrantenflut aus Russland nicht abebbt.»

Ebby erwiderte sarkastisch: «Sein Scherflein zu einem Unternehmen beitragen – aus deinem Mund klingt es richtig poetisch, fast legal.»

«Die Unmengen Dollar, die die Russen in Deutschland horten – wenn wir an einen Teil des Geldes rankämen, wäre das Unternehmen finanziell unabhängig und nicht auf Mittel angewiesen, die der Kongress bewilligt.»

«Casey hat das versucht, als er Waffen an die Iraner verkauft hat, um mit dem Geld die *Contras* zu unterstützen. Ich muss dich wohl nicht daran erinnern, dass die Sache für ihn nach hinten losging.»

«Wir sind doch eine Schattenorganisation, Ebby. Ich schlage ja bloß vor, dass wir auch im Schatten operieren.»

Ebby seufzte. «Hör zu, Jack, wir haben in denselben Kriegen gekämpft, wir haben die gleichen Narben davongetragen. Aber du bist gewaltig im Irrtum. Nur weil der Feind keine Skrupel hat, ist das keine Rechtfertigung dafür, dass die *Company* keine Skrupel kennt. Wenn wir die Kriege mit ihren Mitteln führen, verlieren wir, selbst wenn wir gewinnen. Verstehst du das nicht?»

«Nach meinem Verständnis heiligt der Zweck die Mittel –»

«Das ist eine sinnlose Phrase, wenn man die Mittel nicht in jedem Fall abwägt. Was für ein Zweck? Was für Mittel? Und wie stehen die Chancen, dass ein bestimmtes Mittel einen bestimmten Zweck erfüllt?»

«Wenn wir nicht bald einen Erfolg vorweisen, dann machen sie die *Company* dicht», sagte Jack.

«Dann soll es eben so sein», sagte Ebby. «Wenn du weiter für mich arbeiten willst, dann zu meinen Bedingungen. Ein Unternehmen, wie du es vorschlägst, kommt nicht in Frage, solange ich hier den Laden leite. Und ich nehme meine Verantwortung sehr ernst. Ist das klar, Jack?»

«Sonnenklar, Ebby. Von deinem Standpunkt aus hast du Recht. Aber du musst dringend an deinem Standpunkt arbeiten.»

2

PERCHUSCHOWO, FREITAG, 19. APRIL 1991

«Uns liegen eindeutige Beweise vor», sagte der KGB-Vorsitzende Wladimir Krjutschkow, «dass es der amerikanischen CIA gelungen ist, Agenten in den engsten Kreis um Gorbatschow einzuschleusen.»

Verteidigungsminister Marschall Dimitri Jasow, ein stumpfer, sturer alter Haudegen mit bulligem Gesicht, der am Ende des Tisches saß, rief: «Wir brauchen Namen.»

Krjutschkow kam der Aufforderung sofort nach und nannte fünf Personen, die bekanntlich zum engsten Mitarbeiterkreis des Generalsekretärs gehörten. «Jeder Idiot sieht doch, dass Gorbatschow von der CIA manipuliert wird – die Amerikaner planen, zuerst unsere Regierung, dann unsere Wirtschaft und Forschung zu sabotieren. Letztendlich geht es ihnen darum, die Kommunistische Partei zu vernichten, den Sozialismus niederzuwalzen und die Sowjetunion als eine Weltmacht zu eliminieren, die in der Lage ist, die amerikanische Arroganz im Zaum zu halten.»

Die achtzehn Männer und Frauen, die an dem langen Tisch im Garten saßen, lauschten bestürzt. Mitten unter ihnen saß Jewgeni. So viele Prominente wie hier hatte er zuletzt bei Fernsehübertragungen von der Parade am Ersten Mai gesehen. Ab dem Vormittag waren die ersten Limousinen an der stattlichen, aus Holz erbauten Datscha am Rand des Dorfes Perchuschowo vorgefahren. Die Gäste hatten in einem überheizten Raum mit Kachelofen ein Glas Punsch getrunken und geplaudert, während sie auf die Nachzügler warteten. Schließlich hatten sich alle warm angezogen – der letzte Schnee war geschmolzen, aber die Luft noch immer kühl – und waren hinaus in den Garten gegangen, für den Fall, dass die Datscha abgehört wurde. Wladimir Krjutschkows Gäste nahmen an dem langen Tisch unter einer Gruppe Tannen ihre Plätze ein. Jenseits der Bäume erstreckte sich der Rasen bis hinunter zu einem großen See, auf dem junge Leute mit kleinen Segelbooten eine Regatta fuhren. Ab und zu wehte vergnügtes Gekreische den Hügel herauf. Wenn man durch die Bäume nach links schaute, sah man, dass bewaffnete Wachmänner an dem Elektrozaun entlangpatrouillierten, der das Grundstück umgab.

Mathilde, die Jewgeni direkt gegenübersaß, lächelte ihm komplizenhaft zu und drehte sich dann zur Seite, um ihrem Gatten Pawel Uritzki etwas ins Ohr zu flüstern. Er war ein ernster Mann, der aus seiner tiefen Aversion gegen Juden keinen Hehl machte. Jetzt nickte er und wandte sich Krjutschkow zu, der am Kopfende des Tisches saß. «Wladimir Alexandrowitsch, was Sie uns da eben über die Spione im engsten Kreis um Gorbatschow eröffnet haben, könnte der Tropfen sein, der das Fass zum Überlaufen bringt. Es ist *eine* Sache, nicht mit Gorbatschow einverstanden zu sein, wie wir alle, und ihm den Vorwurf zu machen, dass er die sozialistischen Bruderstaaten Osteuropas im Stich lässt; ihn dafür zu kritisieren, dass er auf unsere bolschewistische Geschichte spuckt; ihm die Schuld dafür zu geben, dass er überstürzt Wirtschaftsreformen in die Wege leitet, ohne die geringste Ahnung zu haben, wohin er das Land führt. Es ist jedoch etwas völlig anderes, ihn anzuklagen, der Handlanger der CIA zu sein. Haben Sie mit dem Generalsekretär darüber gesprochen?»

«Bei unseren regelmäßigen Besprechungen habe ich mehrere Ansätze gemacht, ihn zu warnen», erwiderte Krjutschkow. «Jedes Mal ist er mir ins Wort gefallen und hat das Thema gewechselt. Anscheinend will er nicht hören, was ich zu sagen habe. Und die wenigen Male, wo ich tatsächlich etwas länger reden konnte, hat er ungläubig abgewinkt.»

«Wissentlich oder unwissentlich verkauft Gorbatschow die Sowjetunion an den Teufel», warf Mathilde mit Inbrunst ein.

«Das Land steht vor einer Hungerkatastrophe», vermeldete Ministerpräsident Walentin Pawlow vom anderen Ende des Tisches. «Die Wirtschaft ist nur noch ein heilloses Chaos. Niemand führt irgendwelche Aufträge aus. Fabriken haben Produktionsausfälle, weil ihnen das Rohmaterial fehlt. Die Bauern können nicht ernten, weil keine Ersatzteile für Traktoren da sind.»

«Unsere geliebte Heimat geht vor die Hunde», bestätigte der für die sowjetischen Bodentruppen verantwortliche General Walentin Warennikow. «Die Steuern sind derart hoch, dass kein Geschäftsmann sie mehr aufbringen kann. Rentner, die ihr ganzes Leben für den Kommunismus gearbeitet haben, können sich von ihrer kargen Rente nicht einmal mehr Tee kaufen.»

Einer der Apparatschiks des Außenministeriums, Fjodor Lomow, der

Urenkel eines berühmten alten Bolschewiken, der nach der Revolution von 1917 der erste Volkskommissar für die Justiz gewesen war, meldete sich zu Wort. «Wie allgemein bekannt ist, haben die jüdischen Architekten den Puschkin-Platz so angelegt, dass der große Puschkin mit dem Rücken zum Kino Rossija stand. Die Symbolik ist niemandem entgangen.» Lomow, ein Mann mit aufgedunsenem Körper und gelben Alkoholflecken in seinem schneeweißen Ziegenbart, sprach weiter. «Die *shids* und Zionisten sind verantwortlich für Rockmusik, Drogensucht, AIDS, Lebensmittelknappheit, Inflation, den Verfall des Rubels, Pornografie im Fernsehen, ja sogar für den Unfall im Kernkraftwerk von Tschernobyl.»

Und so ging es weiter; die Verschwörer (wie Jewgeni sie insgeheim bezeichnete) machten ihrem Unmut und ihren Ängsten Luft. Die Emotionen überschlugen sich, und manchmal, wenn mehrere durcheinander redeten, musste Krjutschkow sie wieder zur Ordnung rufen.

«Gorbatschow ist ein Lügner, er hat uns weisgemacht, er wolle nur ein bisschen an der Parteistruktur herumverbessern, aber in Wirklichkeit will er sie zerstören.»

«Die böswillige Verspottung aller staatlichen Institutionen ist an der Tagesordnung.»

«Ich spreche aus Erfahrung – die Staatsgewalt hat auf allen Ebenen das Vertrauen der Bevölkerung verloren.»

«Die staatlichen Kassen sind leer – die Regierung zahlt die Solde fürs Militär und die Pensionen regelmäßig mit Verspätung.»

«Die Sowjetunion ist im Grunde unregierbar geworden.»

«Gorbatschows Entscheidung, die sowjetischen Truppen aus Afghanistan abzuziehen, war für das Militär eine Demütigung.»

«Die drastischen Kürzungen im Militärhaushalt und der klägliche Rest-Etat haben uns in eine schlechte Position gegenüber den Amerikanern nach ihrem Hundert-Stunden-Sieg im Golfkrieg gebracht.»

Krjutschkow blickte in die Runde und sagte mit ernster Stimme: «Die einzige Lösung sehe ich darin, den Ausnahmezustand auszurufen.»

«Dem wird Gorbatschow niemals zustimmen», hielt Pawel Uritzki entgegen.

«In dem Fall», fuhr Krjutschkow fort, «müssen wir ihm die Entscheidung abnehmen. Ich bitte alle, die dafür sind, die Hand zu heben.»

Neunzehn Hände schossen in die Höhe.

Vom See her drang der Schrei eines Jungen herauf, dessen Boot gekentert war. Die anderen kamen aus allen Richtungen mit ihren Booten herbei und fischten ihn aus dem Wasser.

«Wenn es an der Zeit ist, unser Projekt zu starten», sagte Uritzki, «dürfen wir nicht zimperlich sein, wenn dabei Leute über Bord fallen.» Er zog viel sagend die Augenbrauen hoch. Einige am Tisch lachten leise.

Später, als die Gäste sich verabschiedeten und zu ihren Wagen gingen, nahm Krjutschkow Jewgeni beiseite. «Wir haben einen gemeinsamen Freund, der eine hohe Meinung von Ihnen hat», sagte der KGB-Chef. «Über Ihre Arbeit in der Zentrale bin ich informiert, bei einem kleinen Kreis von Kollegen genießen Sie einen legendären Ruf.»

«Ich habe nur meine Pflicht getan, Genosse Vorsitzender.»

Krjutschkow gestattete sich ein humorloses Lächeln. «Seit Gorbatschow an der Macht ist, werden es immer weniger, die noch den Begriff *Genosse* benutzen.»

Er bugsierte Jewgeni ins Badezimmer und drehte die beiden Wasserhähne voll auf. «Einer von uns – ein führender Funktionär, der im Zentralkomitee für die Finanzen zuständig ist – hat im Laufe der Jahre erhebliche Summen ausländischer Devisen nach Deutschland transferiert und sie mit Hilfe eines Devisenbeschaffers in Dollars und Gold umgewandelt. Falls wir Gorbatschow ausbooten und den Ausnahmezustand ausrufen, brauchen wir immense Summen, um unsere Bewegung zu finanzieren. Sobald wir Erfolg haben, müssen wir in den größeren Städten umgehend die Regale der Lebensmittel- und Spirituosenläden füllen, um zu beweisen, dass wir das gorbatschowsche Chaos beseitigen können – wir machen die Grundnahrungsmittel und vor allen Dingen Wodka billiger. Außerdem schicken wir den Rentnern, die seit Monaten kein Geld mehr erhalten haben, die ausstehenden Renten. Dafür brauchen wir eine sofortige Kapitalspritze.»

Jewgeni nickte. «Jetzt verstehe ich, warum ich eingeladen wurde –»

«Ihre *Große Russische Handelsbank* hat eine Zweigstelle in Deutschland, soviel ich weiß.»

«Sogar zwei. Eine in Berlin, eine in Dresden.»

«Ich frage Sie jetzt ganz offen – können wir auf Ihre Hilfe zählen, Genosse?»

Jewgeni nickte energisch. «Ich habe nicht das ganze Leben für den Kommunismus gekämpft, um jetzt zuzusehen, wie ein Reformer ihn zugrunde richtet, der vom Hauptgegner manipuliert wird.»

Krjutschkow ergriff mit beiden Händen Jewgenis Hand und blickte ihm tief in die Augen. «Der für die Finanzen verantwortliche Funktionär im Zentralkomitee heißt Iswolski. Nikolai Iswolski. Prägen Sie sich den Namen ein. Iswolski wird sich in den nächsten Tagen mit Ihnen in Verbindung setzen. Er wird als Verbindungsmann zwischen Ihnen und dem deutschen Devisenbeschaffer fungieren – mit ihm gemeinsam werden Sie die Rückführung der Gelder über Ihre Bank abwickeln. Wenn es soweit ist, werden Sie die Gelder für unsere gemeinsame Sache zur Verfügung stellen.»

«Ich freue mich, wieder dabei zu sein», sagte Jewgeni, «und ich bin stolz, wieder mit Gleichgesinnten dafür zu kämpfen, Schaden von der Sowjetunion abzuwenden.»

Am nächsten Tag ging Jewgeni auf einen Drink in die Pianobar des *Monolith Club*, wo sich die neue Elite traf und Aktienempfehlungen und Tipps für Kapitalanlagen im Ausland austauschte. Während er über das Treffen in Perchuschowo nachdachte und sich fragte, auf was er sich da eingelassen hatte und was er unternehmen sollte – irgendwie musste er Gorbatschow warnen –, tauchte ein feminin wirkender Mann mit durchscheinenden Augenlidern und einer Kinnpartie wie aus Porzellan an der Tür auf. In dem altmodischen Anzug aus Synthetik mit breitem Revers und ausgebeulter Hose wirkte er inmitten der Stammgäste, die englischen Flanell mit italienischem Schnitt bevorzugten, äußerst fehl am Platz. Jewgeni fragte sich, wie der *Homo sovieticus*, denn so hatte er ihn spontan getauft, es wohl an den Türstehern vorbei geschafft hatte. Der Mann spähte durch die Schwaden von Zigarrenrauch in der dämmrigen Bar, als wäre er mit jemandem verabredet. Als sein Blick auf Jewgeni fiel, der an einem kleinen Tisch in der Ecke saß, öffnete er den Mund, als hätte er gefunden, was er suchte. Er durchquerte den Raum und sagte: «Sind Sie Jewgeni Alexandrowitsch Tsipin?»

«Kommt darauf an, wer das wissen will.»

«Ich bin Iswolski, Nikolai.»

Jewgeni bedeutete Iswolski, Platz zu nehmen, und fragte: «Möchten Sie was trinken?»

«Ich trinke niemals Alkohol», erwiderte Iswolski mit einer gewissen Selbstgefälligkeit, als fühlte er sich aufgrund seiner Abstinenz moralisch überlegen. «Ein Glas Tee vielleicht.»

Jewgeni winkte dem Kellner, formte mit dem Mund das Wort *tschai* und wandte sich wieder seinem Gast zu. «Mir wurde gesagt, Sie arbeiten im Zentralkomitee –»

«Wir müssen diskret sein – die Wände hier haben angeblich Ohren. Jemand mit einer bedeutenden Position in der politischen Führung hat mich angewiesen, Kontakt mit Ihnen aufzunehmen.»

Eine Tasse Tee und eine Porzellanschale mit italienischem Würfelzucker wurden vor Iswolski hingestellt. Er steckte sich eine Hand voll Zuckerwürfel in die Tasche, beugte sich vor und blies auf seinen Tee, um ihn abzukühlen. «Ich habe den Auftrag», fuhr er mit leiserer Stimme fort, während er nervös seinen Tee umrührte, «Ihnen mitzuteilen, dass ein deutscher Staatsbürger in den kommenden Monaten beträchtliche Summen US-Dollar bei der Dresdner Filiale Ihrer Bank einzahlen wird.»

«Wie ist sein Name?»

«Es genügt, wenn er für Sie der Devisenbeschaffer ist.»

«Wenn Sie mir mit dem Geld vertrauen, können Sie mir doch wohl sagen, wie der Devisenbeschaffer heißt.»

«Es ist keine Frage des Vertrauens, Genosse Tsipin, sondern der Sicherheit.»

Jewgeni nickte mit überzeugender Professionalität, so hoffte er zumindest.

Iswolski zog einen Stift aus der Brusttasche seines Jacketts und schrieb akkurat eine Moskauer Telefonnummer auf eine Serviette. «Das hier ist eine Privatnummer, an die ein Anrufbeantworter angeschlossen ist, den ich tagsüber immer wieder abhöre. Sie brauchen lediglich eine banale Nachricht zu hinterlassen – zum Beispiel, dass ich mir eine bestimmte Fernsehsendung anschauen soll; ich werde Ihre Stimme erkennen und mich mit Ihnen in Verbindung setzen. Fürs Erste sollten Sie Ihre Filiale in Dresden anweisen, ein Konto auf Ihren Namen zu eröffnen. Dann teilen Sie mir Ihre Kontonummer mit. Wenn es soweit ist, dass wir die auf Ihrem Konto eingegangenen Summen zurückführen möchten, teile ich Ihnen mit, wann genau Sie sie an die Hauptgeschäftsstelle Ihrer Bank transferieren sollen.»

Iswolski hob die Tasse an die Lippen und prüfte behutsam, ob der Tee genügend abgekühlt war. Zufrieden mit dem Ergebnis trank er ihn in einem langen Schluck, als wollte er seinen Durst löschen. «Ich danke Ihnen für Ihre freundliche Einladung, Genosse Tsipin», sagte er. Und ohne einen Handschlag oder ein Wort des Abschieds stand der *Homo sovieticus* auf und strebte zur Tür.

Leo Kritzky lauschte aufmerksam, als Jewgeni ihm von seinem Besuch bei Starik und dem Treffen mit den Verschwörern in Perchuschowo erzählte. «Ich hatte Starik gar nicht ernst genommen», gab Jewgeni zu. «Ich dachte, er deliriert – das ganze Gerede über Juden und Reinigung und Neuanfang. Aber ich habe mich geirrt. Sein Leben hängt an einem seidenen Faden – genauer gesagt am Tropf –, und er schmiedet Intrigen.»

Leo pfiff durch die Zähne. «Was du da erzählst, ist ein Hammer.»

Jewgeni hatte Leo tags zuvor am späten Abend aus einer Telefonzelle angerufen, um mit ihm ein Treffen zu vereinbaren. «Ich muss dich sehen. Morgen früh, wenn möglich», und so hatten sie sich auf Jewgenis Vorschlag hin nicht weit vom Grab des unbekannten Soldaten an der Kremlmauer getroffen. Jetzt schlenderten sie an Blumenständen und einer Gruppe Touristen vorbei.

«Was hältst du von der Sache?», fragte Leo.

«Das Treffen in Perchuschowo war keine Diskussionsgruppe», sagte Jewgeni. «Krjutschkow plant die Machtübernahme. Er ist ein akribischer Mann, und er zieht ganz langsam die Schlinge um Gorbatschows Hals zu.»

«Deine Liste mit Verschwörern liest sich wie das *Who's Who* der politischen Spitze. Verteidigungsminister Jasow, der Pressebaron Uritzki, Innenminister Pugo, General Warennikow, Lomow vom Außenministerium, der Vorsitzende des Obersten Sowjets Lukjanow, Ministerpräsident Pawlow.»

«Und nicht zu vergessen, Jewgeni Tsipin», sagte Jewgeni mit einem nervösen Grinsen.

«Sie wollen über deine Bank riesige Geldsummen aus Deutschland transferieren, um den Putsch zu finanzieren –»

«Und um die Läden zu füllen. Die Verschwörer sind raffiniert, Leo. Wenn sie rasch die Macht übernehmen, mit wenig oder ohne Blutvergießen, und die Massen mit kosmetischen Verbesserungen bestechen, kommen sie wahrscheinlich damit durch.»

Leo blickte seinen Freund an. «Auf wessen Seite stehen wir?», fragte er halb im Scherz.

Jewgeni lächelte grimmig. «Wir haben die Seiten nicht gewechselt. Wir sind für die Kräfte, die die Genialität und Großzügigkeit des menschlichen Geistes fördern, wir sind gegen reaktionären Nationalismus und Antisemitismus und gegen alle, die den demokratischen Reformen in Russland Steine in den Weg legen. Kurzum, wir sind auf der Seite Gorbatschows.»

«Was erwartest du von mir?»

Jewgeni hakte sich bei Leo ein. «Es ist möglich, dass Krjutschkow mich beobachten lässt. Könnte sein, dass mein Telefon abgehört wird. Vielleicht hat man meine Mitarbeiter bestochen, damit sie über meine Aktivitäten Bericht erstatten.»

Leo begriff, worauf Jewgeni hinauswollte. «All die Jahre warst du mein Verbindungsmann. Jetzt willst du das Blatt umdrehen.»

«Du kannst dich freier bewegen –»

«Vielleicht beobachten sie uns jetzt, in diesem Moment», sagte Leo.

«Ich habe ein paar profimäßige Vorsichtsmaßnahmen getroffen, bevor ich zum Grab des unbekannten Soldaten gekommen bin.»

«Also schön. Nehmen wir an, ich kann mich freier bewegen. Um was zu tun?»

«Zunächst einmal denke ich, dass du alles, was ich dir erzählt habe – das geheime Treffen in Perchuschowo, die Liste mit den Teilnehmern – deinen ehemaligen Freunden bei der CIA stecken solltest.»

«Um das zu erreichen, brauchst du doch nur einen anonymen Brief an die Moskauer Dienststelle der CIA zu schicken –»

«Wir müssen davon ausgehen, dass der KGB die CIA-Dienststelle abhören lässt. Wenn die Amerikaner über meinen Brief sprechen, kommt der KGB mir im Handumdrehen auf die Spur. Nein, jemand muss direkt mit den Spitzenleuten der *Company* in Washington sprechen. Und dieser Jemand bist logischerweise du. Dir werden sie glauben, Leo. Und wenn sie dir glauben, können sie möglicherweise Gorbatschow überzeugen, dass es Zeit ist, den Stall auszumisten, die Verschwörer festzunehmen. Die CIA hat einen langen Arm – vielleicht können sie hinter den Kulissen agieren, um die Verschwörung zu vereiteln.»

Leo kratzte sich am Ohr, dachte über Jewgenis Vorschlag nach.

«Natürlich darfst du ihnen nicht verraten, woher du deine Informationen hast», fügte Jewgeni hinzu. «Sag ihnen bloß, dass du einen Maulwurf im Kreis der Verschwörer hast.»

«Angenommen, ich mache mit. Das heißt aber nicht, dass du deshalb nicht doch erst versuchen solltest, direkt mit Gorbatschow zu sprechen –»

«Ich bin dir einen Schritt voraus, Leo. Ich kenne da eine Person, der ich vertrauen kann, die eng mit Jelzin zusammenarbeitet. Vielleicht kann ich über sie etwas erreichen.»

Die beiden Männer blieben stehen und sahen einander an. «Ich habe gedacht, das Spiel wäre vorbei», sagte Leo.

«Es ist nie zu Ende», sagte Jewgeni.

«Sei um Gottes willen vorsichtig.»

Jewgeni nickte. «Es wäre doch wohl zu albern, wenn ich Amerika überlebt habe und dann in Russland draufgehe.»

Auch Leo nickte. «Zu albern und zu absurd.»

Das Auditorium, eine zugige Fabrikhalle, wo sich Arbeiter einst langatmige Vorträge über die Schönheiten der Diktatur des Proletariats anhören mussten, war zum Bersten voll. Studenten saßen im Schneidersitz auf dem

Boden oder standen dicht gedrängt an den Wänden. Auf einem niedrigen Podest, unter einem einzigen Strahler an der Decke, stand eine schlanke Frau mit kurzen dunklen Haaren und sprach in ein Mikrofon. Ihre melodiöse Stimme ließ sie jünger klingen, als sie mit ihren neunundfünfzig Jahren war. «Als sie von meiner Kartei erfuhren», sagte sie, «als sie herausfanden, dass ich die Namen von Stalins Opfern sammelte, verschleppten sie mich in einen überhitzten Raum in der Lubjanka und machten mir klar, dass ich eine Gefängnisstrafe riskierte ... oder Schlimmeres. Das war im Jahre 1956. Danach erfuhr ich, dass ich als gesellschaftlich gefährliches Element gebrandmarkt worden war. Und wieso? Weil ich mit meiner Dokumentation über Stalins Verbrechen – meine Kartei umfasst mittlerweile zweihundertfünfundzwanzigtausend Fälle, und ich habe erst die Oberfläche angekratzt – drohte, die Geschichte denjenigen zurückzugeben, denen sie gehört, nämlich dem Volk. Wenn die Kommunisten die Kontrolle über die Geschichte verlieren, landet ihre Partei, um es mit Trotzki zu sagen, im Mülleimer der Geschichte.»

Tosender Applaus brandete auf. Als der Lärm wieder abebbte, fuhr die Rednerin fort.

«Michail Gorbatschow ist eine führende Kraft bei der Rückgabe der Geschichte an das Volk – keine leichte Aufgabe, wenn man bedenkt, dass unsere Nation nie eine Reformation, eine Renaissance, eine Aufklärung durchlebt hat. Seit er 1985 an die Macht kam, hat das Fernsehen Dokumentarfilme nicht nur über Stalins brutale Kollektivierung der Landwirtschaft Anfang der Dreißigerjahre gezeigt, sondern auch über die gnadenlosen sogenannten Säuberungen Mitte der Dreißigerjahre, in denen Millionen von Menschen teils ohne Prozess exekutiert oder in die Gulags geschickt wurden.»

Die Rednerin nahm einen Schluck Wasser. Die Zuschauer waren totenstill. Sie stellte das Glas wieder ab und sah auf, ließ den Blick über die Gesichter schweifen, bevor sie mit leiserer Stimme weitersprach. Die Studenten lauschten angestrengt, um ihre Worte zu verstehen.

«Das alles ist die positive Seite von Gorbatschows Regierung. Es gibt aber auch eine negative. Wie viele Reformer scheut Gorbatschow sich, dem Weg zu folgen, den Logik und gesunder Menschenverstand und eine unvoreingenommene Geschichtsbetrachtung weisen würden. Gorbatschow sagt, dass Stalin eine Verirrung war – eine Abweichung von der leninistischen Norm. Blödsinn! Wann geben wir endlich zu, dass Lenin das Genie des Staatsterrors war? Als die Bolschewiken 1918 die Wahl verloren, löste Lenin die demokratisch gewählte Konstituierende Versammlung auf. 1921 begann er systematisch mit der Liquidierung der politischen Gegner, zunächst außerhalb, schließlich innerhalb der Partei. Was er schuf, war eine Partei, die sich der Ausmerzung abweichender Meinungen und der physischen Vernichtung Andersdenkender verschrieb. Dieses leninistische Modell hatte Stalin geerbt.» Die Stimme der Frau wurde noch leiser; die Zuhörer wagten kaum zu atmen. «In diesem System wurden Gefangene so schlimm misshandelt, dass sie auf Tragen vor die Erschießungskommandos gebracht werden mussten. In diesem System wurde dem Schauspieler Meyerhold der linke Arm gebrochen, bevor man ihn zwang, mit dem rechten ein Geständnis zu unterschreiben. In diesem System wurde der Lyriker Ossip Mandelstam nach Sibirien verbannt, und zwar für das Verbrechen, ein Gedicht über Stalin, das alles andere als ein Loblied war, verfasst und öffentlich vorgetragen zu haben. In diesem System wurden meine Eltern ermordet und ihre Leichen zusammen mit denen von neunhundertachtundneunzig anderen, die am selben Tag exekutiert wurden, zur Einäscherung ins Kloster Donskoi gekarrt.» Die Rednerin wandte den Blick ab, um sich zu sammeln. «Mir selbst ist bisher jeder Zugang zu den sowjetischen Archiven verwehrt worden, in denen Geheimakten gelagert sind. Aber ich habe Grund zu der Annahme, dass dort an die sechzehn Millionen Akten über Festnahmen und Exekutionen liegen. Solschenizyn schätzt, dass dem Stalinismus *sechzig* Millionen Menschen zum Opfer gefallen sind.»

Die Frau brachte ein tapferes Lächeln zustande. «Meine lieben Freunde, es wartet einiges an Arbeit auf uns.»

Nach einem Augenblick der Stille setzte stürmischer Beifall ein, der gleich darauf durch rhythmisches Füßestampfen noch verstärkt wurde. Scharenweise eilten die begeisterten Zuhörer nach vorn und umringten die Rednerin. Als der Saal sich schließlich leerte, näherte Jewgeni sich dem Podium, wo die Frau gerade ihre Notizen in einer abgegriffenen Aktentasche verstaute. Sie blickte auf und erstarrte.

«Bitte entschuldige, dass ich so plötzlich hier auftauche –» Jewgeni schluckte schwer und setzte neu an. «Wenn du bereit bist, mit mir zu sprechen, wirst du verstehen, dass es für mich und auch für dich gefährlich hätte sein können, wenn ich dich zu Hause angerufen hätte. Deshalb war ich so frei –»

«Wie viele Jahre ist es her?», unterbrach sie ihn im Flüsterton.

«Es war gestern», erwiderte Jewgeni mit Gefühl. «Ich war unter einem Baum im Garten der Datscha meines Vaters in Peredelkino eingeschlafen. Du hast mich geweckt – deine Stimme war gestern so klangvoll wie heute: ‹Eigentlich mag ich den Sommer nicht besonders.›»

Er stieg aufs Podium und trat nahe an sie heran. Sie wich zurück, verunsichert durch die Intensität in seinem Blick. «Du raubst mir wieder den Atem, Jewgeni Alexandrowitsch», gestand sie. «Wie lange bist du schon wieder im Lande?»

«Sechs Jahre.»

«Wieso hast du sechs Jahre gebraucht, um zu mir zu kommen?»

«Als wir das letzte Mal miteinander gesprochen haben – ich habe dich von einer Telefonzelle aus angerufen –, hast du mir zu verstehen gegeben, dass es besser wäre, zumindest für dich, wenn wir uns nie wieder sehen.»

«Und was hat dich bewogen, dich über das Verbot hinwegzusetzen?»

«Ich habe Artikel in den Zeitungen über dich gelesen – ich habe im Fernsehen ein Interview von dir mit Sacharow gesehen –, ich weiß, dass du eng mit Jelzin zusammenarbeitest, dass du zu seinem Beraterstab gehörst. Deshalb habe ich mich über das Verbot hinweggesetzt. Ich habe sehr wichtige Informationen, die Jelzin erreichen müssen, und über ihn Gorbatschow.»

Von der Tür des Saales rief der Hausmeister: «*Gospodina* Lebowitz, ich muss abschließen.»

Jewgeni sagte mit drängender Stimme: «Bitte. Ich bin mit dem Wagen da. Lass uns irgendwo hinfahren, wo wir reden können. Ich verspreche dir, du wirst es nicht bereuen. Ich übertreibe nicht, wenn ich sage, dass das Schicksal von Gorbatschow und der demokratischen Reform davon abhängen könnte, dass du dir anhörst, was ich zu sagen habe.»

Asalia Isanowa nickte misstrauisch. «Also auf.»

An einem kleinen Tisch am Fenster eines Cafés nicht weit von der Lomonosow-Universität dachte Asa darüber nach, was Jewgeni ihr eben erzählt hatte. Es war nach Mitternacht, aber draußen auf der Straße herrschte noch dichter Verkehr, und das Rauschen der vorbeifahrenden Autos hörte sich an, als würde die Stadt stöhnen. «Und du bist wirklich sicher, dass Jasow dabei war?», fragte Asa. «Das wäre ein richtiger Dolchstoß – er war ein Niemand, bevor Gorbatschow ihn zum Verteidigungsminister gemacht hat.»

«Ich bin absolut sicher – ich hatte ihn schon von Fotos in der Zeitung erkannt, bevor jemand ihn mit Minister ansprach.»

«Und Oleg Baklanow, Vizechef des sowjetischen Verteidigungsrates? Und Oleg Schenin vom Politbüro?»

«Baklanow hat sich mir in der Datscha persönlich vorgestellt, bevor wir alle in den Garten gingen. Er hat mir gezeigt, wer Schenin ist.»

Asa las die Liste mit Namen, die sie auf der Rückseite eines Briefumschlags notiert hatte, noch einmal durch. «Das ist schrecklich beängstigend. Wir wussten natürlich, dass irgendwas im Busch ist. Krjutschkow und seine KGB-Freunde haben keinen Hehl daraus gemacht, was sie von Gorbatschow halten. Aber wir hätten nie gedacht, dass sich so viele mächtige Leute an einem Komplott beteiligen würden.» Sie blickte auf und musterte Jewgeni, als würde sie ihn zum ersten Mal sehen. «Sie waren ganz sicher, dass sie dich für ihre Sache gewinnen würden –»

«Ich habe für den KGB im Ausland gearbeitet. Sie gehen davon aus, dass jeder, der sich um den KGB verdient gemacht hat, gegen Reformen und für die Wiederherstellung der alten Ordnung ist. Außerdem sind so gut wie alle, die eine Privatbank aufgemacht haben, Gangster, die keine politische Orientierung haben und sich nur von Gier leiten lassen. Die Verschwörer brauchen jemanden, dem sie vertrauen können und der das Geld zurückführt, das sie in Deutschland gehortet haben. Und man hat mich empfohlen –»

«Wer?»

«Jemand, der in KGB-Kreisen eine Legende ist, aber dir nichts sagen würde.»

«Es ist sehr mutig von dir, dass du zu mir gekommen bist. Wenn sie dahinterkommen –»

«Deshalb möchte ich, dass niemand erfährt, auch nicht Boris Jelzin, von wem du die Informationen hast.»

«Aber dann sind sie nicht so glaubwürdig.»

«Sag nur, dein Informant ist jemand, den du sehr lange kennst und dem du vertraust.» Jewgeni lächelte. «Nachdem ich dich so enttäuscht habe, vertraust du mir, Asa?»

Sie dachte über die Frage nach. Dann nickte sie fast widerwillig. «Am Anfang hast du in mir Hoffnungen geweckt – und dann hast du sie zerstört. Ich habe Angst, wieder zu hoffen. Und doch –»

«Und doch?»

«Kennst du das Buch von Nadeshda Mandelstam über ihren Mann Ossip? Es ist voller Hoffnung. Auch ich brauche die Hoffnung wie die Luft zum Atmen.»

Jewgeni blickte auf die Rechnung und legte das Geld auf den Tisch. «Ich bringe dich nicht nach Hause – wir dürfen nicht riskieren, dass man uns zusammen sieht. Ich melde mich bei dir, wie wir es verabredet haben. Weißt du noch, wie?»

«Du rufst mich zu Hause oder bei der Arbeit an und sagst, du möchtest

Soundso sprechen, und nennst einen Namen mit Z. Ich sage, dass es unter dieser Nummer niemanden mit dem Namen gibt. Du entschuldigst dich und legst auf. Genau eine Stunde und fünfzehn Minuten nach deinem Anruf gehe ich an der Nordseite des Novi Arbat entlang in westlicher Richtung. Irgendwann hält ein Taxi neben mir, der Fahrer kurbelt die Scheibe runter und fragt, ob er mich irgendwo hinfahren kann. Wir feilschen kurz über den Preis. Dann steige ich hinten ein. Der Fahrer des Taxis bist du.»

«Jedes Mal, wenn wir uns treffen, verabreden wir etwas Neues für das nächste Treffen. Wir müssen höllisch aufpassen.»

«Du hast offenbar Erfahrung in solchen Sachen.»

«Ich bin ein Meister auf dem Gebiet.»

Asa sagte: «Es gibt noch vieles an dir zu entdecken, Jewgeni Alexandrowitsch.» Sie spürte, dass das Gespräch zu ernst geworden war, und bemühte sich um einen heiteren Ton. «Ich wette, du hast den Mädchen den Kopf verdreht, als du jung warst.»

«Ich hatte in der Kindheit keine Freundin, wenn du das meinst.»

«Ich hatte nie eine Kindheit.»

«Vielleicht, wenn das alles hier vorüber ist –»

Sie errötete und hob die Hand, um ihn zu bremsen, bevor er den Satz zu Ende sprechen konnte.

Er lächelte. «Wie du hoffe auch ich entgegen aller Hoffnung.»

Boris Jelzin befand sich auf vertrautem Gebiet. Er gab gerne Interviews, weil er dann über sein Lieblingsthema sprechen konnte: sich selbst. Gerade erzählte er der britischen Journalistin ausführlich von seiner Kindheit in der Region Swerdlowsk, seinem Aufstieg zum leitenden Kommissar von Swerdlowsk und schließlich zum Vorsitzenden der Moskauer KP. Er schilderte sein Zerwürfnis mit Gorbatschow drei Jahre zuvor. «Ich hatte gerade einen Besuch in Amerika hinter mir», sagte er. «Sie sind dort mit mir in einen Supermarkt gegangen, und ich wollte meinen Augen nicht trauen, als ich die endlosen Regale voll gestopft mit unzähligen Produkten sah. Mir sind die Tränen gekommen. Mir wurde bewusst, dass wir es mit all unserer Ideologie nicht geschafft hatten, unsere Regale zu füllen. Bedenken Sie, das war zu Beginn der *perestroika*, und unsere Kommunistische Partei war über jede Kritik erhaben. Aber auf einer Versammlung des Zentralkomitees bin ich aufgestanden und habe die Partei kritisiert; ich habe gesagt, wir hätten den falschen Weg eingeschlagen, ich habe Gorbatschows Reformen als unzureichend kritisiert, ich habe ihm nahe gelegt, zurückzutreten und die Macht dem Kollektiv der Republikführer zu übertragen. Gorbatschow ist blass vor Zorn geworden. Für mich war es der Anfang vom Ende der Zusammenarbeit mit ihm. Er ließ mich aus dem Zentralkomitee und dem Politbüro hinauswerfen. Alle meine Freunde wussten, was es geschlagen hatte, und ließen mich fallen. Ich war kurz vor einem Nervenzusammenbruch. Meine Rettung waren meine Frau und meine beiden Töchter Lena und Tanja, die mir Mut gemacht haben, für meine Überzeugung zu kämpfen. Gerettet hat mich auch, dass ich 1989 zum Mitglied des Obersten Sowjets und letztes Jahr zum Parlamentspräsidenten gewählt wurde.»

Die Journalistin machte sich eifrig Notizen von dem, was Asa übersetzte. Jelzin, in Hemdsärmeln, warf einen Blick auf seine Armbanduhr. Die Journalistin verstand den Wink, erhob sich und dankte Jelzin für seine kostbare Zeit. Asa brachte sie zur Tür und trat dann wieder an Jelzins Schreibtisch. «Boris Nikolajewitsch, ich würde gern mit Ihnen einen kleinen Spaziergang im Hof machen.»

Jelzin begriff, dass sie mit ihm über etwas Heikles sprechen wollte. Sein Büro wurde zwar einmal in der Woche nach Wanzen durchsucht, doch da diese Arbeit von KGB-Leuten erledigt wurde, hatten seine Mitarbeiter es sich zur Gewohnheit gemacht, wichtige Themen draußen im Hof des Weißen Hauses zu besprechen. Jelzin warf sich ein Jackett über die massigen Schultern und ging mit Asa durchs Treppenhaus nach unten ins Erdgeschoss, von wo sie in den Hof gelangten. Ein großes Thermometer zeigte an, dass der Winter sich endgültig verabschiedet hatte, doch nach mehreren Stunden in den überheizten Büros des Weißen Hauses fühlte sich die Luft noch ziemlich frisch an. Jelzin zog die Jacke enger um den dicken Hals, Asa schlang sich ihr usbekisches Schultertuch um den Kopf.

«Was ist so wichtig, dass Sie es mir nicht oben erzählen konnten?»

«Ich habe einen alten Bekannten, der viele Jahre für den KGB gearbeitet hat – im Ausland. Er ist heute ein erfolgreicher Unternehmer und hat eine von den Privatbanken eröffnet, die zurzeit in Moskau wie Pilze aus dem Boden schießen. Wegen seiner KGB-Vergangenheit und seiner Bank wurde er von der Frau des Pressebarons Uritzki zu einem geheimen Treffen in einer Datscha am Rand des Dorfes Perchuschowo eingeladen.»

Jelzin, der dafür bekannt war, sich Unmengen scheinbar nutzloser Informationen merken zu können, sagte: «Krjutschkow hat eine Datscha in Perchuschowo.»

Asa erzählte, was sie von Jewgeni über das Treffen erfahren hatte. Sie holte den Briefumschlag hervor, auf dem sie die Namen der Teilnehmer notiert hatte, und las die Liste vor. Sie erwähnte Krjutschkows Vorschlag, den Ausnahmezustand ausrufen zu lassen, und dass alle dafür gestimmt hätten.

Jelzin blieb abrupt stehen und betrachtete den Himmel, als könnte er den Wolkengebilden entnehmen, was die Zukunft bringen würde. «Und wer ist Ihr alter Bekannter?», fragte er Asa, die Augen noch immer auf den Himmel gerichtet.

«Ich musste ihm versprechen, seinen Namen nicht zu nennen. Und er möchte, dass Sie es für sich behalten, dass Sie die Informationen von mir haben.»

«Ich werde die Warnung natürlich an Gorbatschow weitergeben, aber er wird sie nicht ernst nehmen, wenn ich die Informationsquelle nicht nennen kann; er wird denken, ich wollte bloß einen Keil zwischen ihn und die Parteitreuen treiben.»

Asa sagte: «Aber Sie glauben doch, was ich Ihnen erzählt habe, nicht wahr, Boris Nikolajewitsch?»

Jelzin nickte. «Ehrlich gesagt, ich bin ziemlich überrascht, wie viele und welche hochrangigen Leute sich den Putschisten angeschlossen haben, aber ich habe nicht den geringsten Zweifel, dass Krjutschkow Gorbatschow verdrängen würde, wenn er könnte. Man darf nicht vergessen, dass Krjutschkow an der Planung des Angriffs der Roten Armee auf Budapest 1956 und auf Prag 1968 beteiligt war. Er gehört fraglos zu den Erzkonservativen, die denken, dass sich mit der richtigen Dosis Gewalt zum richtigen Zeitpunkt am richtigen Ort der Geist wieder in die Flasche zurückrufen lässt.» Jelzin seufzte. «Selbstverständlich werde ich Ihren Namen nicht erwähnen, wenn ich Gorbatschow warne. Aber Sie müssen mit Ihrem Bekannten in Verbindung bleiben. Seine Kollaboration wird in den kommenden Wochen und Monaten von entscheidender Bedeutung sein.»

Die Reden nach dem Diner nahmen kein Ende; russische Bürokraten ließen sich, wenn sie einen bestimmten Alkoholpegel erreicht hatten, gern von Emotionen mitreißen. Das Staatsbankett im Kreml fand zu Ehren von Walentina Wladimirowna Tereschkowa statt, der russischen Kosmonautin, die als erste Frau im Weltall gewesen war.

«Walentina Wladimirowna», sagte der Leiter der Raumfahrtbehörde, während er sich mit einem Taschentuch die Schweißperlen von der glänzenden Stirn tupfte, «hat der ganzen Welt vor Augen geführt, was sowjetischer Mut, sowjetische Technologie und Ideologie im unaufhörlichen Kampf um die Eroberung des Weltraums leisten kann. Auf Walentina Wladimirowna», rief der Redner und hob sein Glas in ihre Richtung.

Die Gäste an dem hufeisenförmigen Bankettisch standen auf und hielten ihre Gläser in die Höhe. «Auf Walentina Wladimirowna», riefen sie im Chor, bevor sie den bulgarischen Champagner hinunterstürzten.

Asa, ganz am Ende des Tisches, betrachtete das von Alkohol und der stickigen Luft gerötete Gesicht der Tereschkowa. Asa selbst nippte nur an ihrem Champagner, wenn wieder einmal ein Toast ausgesprochen wurde, aber trotzdem war sie schon leicht benebelt. Sie versuchte, sich vorzustellen, wie es sein mochte, eingezwängt in einer Kapsel in die Erdumlaufbahn geschossen zu werden. Sicher brachte das Erfahrungen mit sich, die das Leben veränderten, wenn man sie überstand; danach konnte nichts mehr so sein wie zuvor. Vielleicht lag es an der späten Stunde – die Kremluhr hatte gerade Mitternacht geschlagen – oder an der schlechten Luft oder dem Alkohol, aber Asa wusste plötzlich, dass die seltenen Begegnungen, die sie im Lauf ihres Lebens mit Jewgeni gehabt hatte, ihr Leben verändert hatten. Rückblickend erkannte sie, dass sie ihrem ersten und einzigen Ehemann niemals die Chance gegeben hatte, dem Vergleich standzuhalten, als sie von Scheidung sprach. Aber welchem Vergleich? Dem Vergleich mit dem überwältigenden Erlebnis, wenn zwei Seelen sich vereinen und dann zwei Körper miteinander verschmelzen und die Frau sich nicht hinterher betrogen vorkommt?

Noch mehr Reden und Trinksprüche folgten. Asa sah, dass Boris Jelzin, der mit der Faust ein Gähnen unterdrückte, aufstand, ans Kopfende des Tisches ging, hinter die Tereschkowa trat und ihr etwas ins Ohr flüsterte, was sie zum Lachen brachte. Jelzin tätschelte ihr die Schulter und schlenderte dann weiter zu Gorbatschows Platz. Er beugte sich hinab und sagte etwas, das Gorbatschow sich scharf auf seinem Stuhl umwenden ließ. Jelzin deutete mit dem Kopf in eine Ecke des Saals. Gorbatschow überlegte, stand auf und folgte ihm mit sichtlichem Widerwillen dorthin. Asa beobachtete, dass Jelzin einige Minuten lang eindringlich auf Gorbatschow einsprach. Der Generalsekretär hörte unbewegt zu, den Kopf zur Seite geneigt, die Augen beinahe geschlossen. Einmal stieß Jelzin Gorbatschow mehrmals mit dem Zeigefinger gegen die Schulter, um einen Punkt seiner Rede zu unterstreichen. Als Jelzin zum Ende gekommen war, öffnete Gorbatschow die Augen; es war ihm deutlich anzusehen, dass er wütend war. Das große Muttermal auf seiner Stirn schimmerte rot. Mit ruckartigen Kopfbewegungen knurrte er eine barsche Antwort. Dann drehte er sich abrupt um und ging zu seinem Platz zurück.

Jelzin sah ihm nach, suchte den Blickkontakt mit Asa und hob resigniert die Schultern.

3

BASEL, SAMSTAG, 15. JUNI 1991

«Ich war nicht sicher, ob du kommen würdest.»
«Fast wäre ich auch nicht gekommen. Ich habe es mir zwanzigmal wieder anders überlegt, bevor ich den Flug gebucht habe, und zwanzigmal, bevor ich an Bord der Maschine gegangen bin.»
«Tja, jedenfalls freu ich mich, dich zu sehen, Jack.»
Feuchte Luft wehte vom Rhein herüber und zerzauste Jack McAuliffe die Reste seines einst prächtigen Schnauzbarts und die fahlroten Haarsträhnen, während er seinen Begleiter durch die Sonnenbrille taxierte. Leo, dem in Gegenwart seines ehemaligen Freundes und CIA-Kollegen sichtlich unbehaglich zu Mute war, sah blass und dünn und übermüdet aus; er hatte nicht mehr richtig schlafen können, seit Jewgeni ihm von dem drohenden Putsch erzählt hatte. Jetzt schlug er den Kragen seines Anoraks hoch und zog sich die Schirmmütze über die Ohren, während er blinzelnd zusah, wie zwei Achter mit Steuermann über die Oberfläche des Flusses glitten.
«Ich fand Rudern toll», sagte Jack. Einen Augenblick lang mussten die beiden Männer an das letzte Rennen auf der Thames und den Triumph über Harvard denken. «Ich habe die Blasen an den Händen und die stechenden Schmerzen an der Rippe genossen, die ich ein paarmal gebrochen hatte», fügte Jack hinzu. «Da wusste man, dass man lebendig war.»
Die schwachen Rufe der Steuermänner, die die Ruderschläge zählten, trieben mit der Brise zu ihnen herüber. Leo lachte. «Coach Waltz hat immer gesagt, Rudern sei eine Metapher für das Leben.» Mit einem wehmütigen Lächeln wandte er sich Jack zu. «So ein Schwachsinn – Rudern war keine Metapher für das Leben, es war ein Ersatz. Beim Rudern musste man nicht an das Leben denken. Doch sobald man aufhörte, lauerte die Realität im Hinterhalt.»

Die beiden Männer schlenderten weiter am Ufer des Rheins entlang. «Und was war deine Realität, Leo?»

«Stella. Und ihr sowjetischer Führungsoffizier, der mir meine erste Lektion in Chiffriercodes und toten Briefkästen erteilte und mir die Anweisung gab, mich in Waltz' Nähe zu halten, weil er Talentsucher für die *Company* war.»

«Hat der Mistkerl tatsächlich *Company* gesagt?»

Leo lächelte düster. «Er hat sie *glawni protiwnik* genannt, was im Russischen ‹Hauptgegner› heißt.» Er ging eine Weile schweigend weiter. Dann sagte er: «Das alles ist Schnee von gestern.»

«Absolut nicht, Kumpel. Nur weil du dich Offizier schimpfst, bist du noch lange kein Gentleman. Du bist und bleibst ein mieser Verräter.»

«Wann geht es endlich in deinen Schädel, dass ich niemanden verraten habe? Ich habe die ganze Zeit für meine Seite gekämpft.»

«Ach hör doch auf, du hast für den Stalinismus gekämpft.»

«Lass doch endlich gut sein.»

Jack ließ nicht locker. «Ich nehme an, sie haben dir einen Orden verliehen, als sie dich zurückgeholt haben.»

«Sogar zwei, wenn du's genau wissen willst.»

Die beiden Männer funkelten einander zornig an. Jack blieb stehen. «Hör zu, du hast um das Treffen hier gebeten. Wenn du es abblasen willst, von mir aus.»

Leo war noch immer wütend. «Ich soll dir Informationen geben.»

«Schieß los, und wir gehen wieder getrennte Wege.» Jack senkte das Kinn und blickte Leo über den Rand seiner Sonnenbrille an. «Du warst verdammt sicher, dass wir dich nicht einkassieren und außer Landes schleusen, wenn du in der Schweiz aufkreuzt, nicht?»

«Wem willst du was vormachen, Jack? Wenn ihr mich zurückholen würdet, müsstet ihr erklären, warum ihr die Aufsichtskomitees des Kongresses vor siebeneinhalb Jahren nicht über mich informiert habt.»

«Du hast an alles gedacht.»

Leo schüttelte den Kopf. «Nein, weiß Gott nicht. Ich habe nicht damit gerechnet, dass Adelle auf einem Hügel in Maryland ihren Rausch ausschlafen würde.»

«Ein paar von uns waren auf ihrer Beerdigung», sagte Jack.

«Für die Zwillinge muss es ...»

«Ja. Sie waren traurig und verbittert und beschämt, alles zusammen.» Leos Brust hob und senkte sich. Jack gab etwas nach. «Alles in allem», sagte er, «haben deine Töchter sich tapfer gehalten.»

Plötzlich stellte sich ein Stück vor ihnen eine Touristenfotografin in Positur, hob eine Polaroid-Kamera ans Auge und drückte auf den Auslöser. Leo schritt auf die Frau zu und fasste sie am Arm. «Was fällt Ihnen ein?», rief er.

Die Fotografin, eine dünne, junge Frau in Jeans und verwaschenem Sweatshirt, riss sich wütend los. Leo wollte ihr die Kamera entreißen, doch die Frau war schneller. Jack eilte herbei und packte Leo am Kragen seines Anoraks. «Krieg dich wieder ein, Kumpel», rief er. Zu der Fotografin, die vor den beiden zurückwich, sagte er: «Wie viel?»

«Normalerweise zehn Franken. Für Sie und Ihren verrückten Freund das Doppelte.»

Jack nahm einen Schein aus der Brieftasche und hielt ihn der Frau hin. Sie riss ihn ihm aus den Fingern, warf ihm das Foto vor die Füße und machte sich davon. «Scheiß-Amis», rief sie über die Schulter.

Jack hob das Foto auf und betrachtete es. Leo sagte: «Verbrenn es.»

«Ich hab eine bessere Idee», sagte Jack. Er holte einen Stift hervor, schrieb quer über das Foto «Jack und Leo vor dem Rennen, aber nach dem Sündenfall» und reichte es Leo.

Leo konnte sich nur allzu gut an das Original erinnern. «Noch eine Erinnerung an unsere Freundschaft», sagte er sarkastisch.

«Unsere Freundschaft hat vor langer Zeit aufgehört», entgegnete Jack. «Das ist eine Erinnerung an unsere letzte Begegnung.»

Die zwei betraten ein Café und gingen in die verglaste Veranda, die ein Stück über den Fluss hinausragte. Jack hängte seine Safarijacke über eine Stuhllehne und nahm Leo gegenüber an einem kleinen Tisch Platz. Er bestellte einen Kaffee, Leo einen doppelten Espresso. Sobald die Kellnerin das Gewünschte gebracht hatte und wieder außer Hörweite war, sagte Jack: «Also, kommen wir zur Sache.»

Leo beugte sich über den Tisch und sagte mit leiser Stimme: «Ich habe Grund zu der Annahme –» und erzählte Jack von der Verschwörung, die gegen Gorbatschow im Gang war.

Als Leo geendet hatte, lehnte Jack sich zurück und schaute blicklos auf den Fluss. «Das alles kannst du doch nur wissen, wenn du einen Informanten im Kreis der Verschwörer hast», sagte er schließlich.

Leo zuckte die Achseln.

«Du willst mir also nicht sagen, wer er ist.»

«Oder sie.»

Jack brauste auf. «Lass die Spielchen, Leo.»

«Das sind keine Spielchen. Ich habe eine Informationsquelle, aber die

CIA ist die letzte Organisation, der ich sie verraten würde. Zu meiner Zeit hatte der KGB euch infiltriert. Soweit ich weiß, ist das immer noch der Fall. Und der KGB-Chef ist der führende Kopf der Verschwörung.»

«Was soll ich mit deinen Informationen machen? Zur *New York Times* gehen und sagen, ich kenne jemanden, der jemanden kennt, der behauptet, Moskau steuert auf eine Katastrophe zu?»

«Wir haben gedacht –»

«Wir?»

«Ich habe gedacht, ihr könntet zunächst mal den Präsidenten informieren, und der Präsident könnte Gorbatschow warnen. Vielleicht macht es ja Eindruck auf ihn, wenn er von George Bush hört, dass ein Putsch geplant ist.»

«Ihr müsstet Gorbatschow doch vor Ort viel besser warnen können.»

«Jelzin versucht das seit Monaten. Zunächst sehr allgemein, aber jetzt habe ich gehört, dass er konkret geworden ist, das heißt, er hat ihm von geheimen Treffen erzählt und Namen genannt. Das Problem ist, dass Gorbatschow Jelzin nicht über den Weg traut.» Leo drehte seine Espressotasse unaufhörlich auf dem Untertasse. «Gehe ich fehl in der Annahme, dass die Vereinigten Staaten großes Interesse daran haben, dass Gorbatschow an der Macht bleibt?»

«Das kenne ich ja gar nicht von dir – dass du das Interesse der Vereinigten Staaten im Sinn hast.»

Leo wahrte die Beherrschung. «Beantworte die Frage.»

«Die Antwort liegt auf der Hand. Gorbatschow ist uns lieber als Jelzin, und Jelzin ist uns lieber als Krjutschkow und seine KGB-Spezis.»

«Dann unternehmt was, verdammt noch mal.»

«Ich wüsste nicht, was wir machen können, außer Gorbatschow zu warnen. Im Gegensatz zu den Leuten, für die du gearbeitet hast, schalten wir niemanden einfach aus.»

«Was ist mit Salvador Allende in Chile? Was ist mit General Abd al-Karim Kassem im Irak?»

«Die Zeiten sind vorbei», beteuerte Jack.

«Das muss nicht so sein. Als die *Company* Castro eliminieren wollte, hat sie den Zauberer engagiert, um die Sache von freien Mitarbeitern erledigen zu lassen. Es ist wichtig, Jack – es hängt viel davon ab.»

«Der Zauberer säuft sich in *East of Eden Gardens* ins Grab.» Er sah, dass Leo fragend die Augen verengte. «Das ist eine Wohnanlage für Senioren in Santa Fe.»

Leo nahm einen Schluck Espresso, der inzwischen kalt geworden war, was er nicht zu bemerken schien. «Was ist mit dem Devisenbeschaffer? Wenn die Putschisten Gorbatschow nicht beim ersten Versuch entmachten können, haben sie immer noch die Gelder in Dresden. Damit können sie jede Menge Ärger machen.»

Jacks Miene hellte sich auf. Er hatte offenbar eine Idee. «Also schön, ich lasse mir was einfallen. Nenn mir einen Treffpunkt in Moskau. Sagen wir achtzehn Uhr Ortszeit heute in einer Woche.»

«Ich werde mit niemandem aus eurer Moskauer Filiale reden – die Botschaft ist total verwanzt.»

«Ich hatte eigentlich daran gedacht, jemanden von außerhalb zu schicken.»

«Kennt sich die Person in Moskau aus?»

«Nein.»

Leo überlegte kurz, nannte dann einen Ort, den jeder finden musste.

Sie standen auf. Jack warf einen Blick auf die Rechnung, die unter dem Aschenbecher steckte, und legte das Geld auf den Tisch. Die beiden Männer verließen das Café und schauten auf den Fluss. Die Achter waren verschwunden; nur ein graues Ruderboot mit zwei Anglern war auf dem grauen Wasser zu sehen. Leo streckte Jack die Hand entgegen. Jack blickte darauf und schüttelte langsam den Kopf. «Ich werde dir nicht die Hand geben, Kumpel. Weder jetzt noch irgendwann sonst.»

Sie starrten sich an. Leo sagte leise: «Ich bedaure es noch immer, Jack. Das mit unserer Freundschaft. Aber nicht, was ich getan habe.» Mit diesen Worten drehte er sich um und ging davon.

Die Füße auf den Schreibtisch gelegt, Daumen unter die Hosenträger geklemmt, hörte Ebby sich an, was Jack zu sagen hatte. Dann dachte er darüber nach und fragte: «Glaubst du ihm?»

«Ja.»

Der DCI war noch nicht überzeugt. «Zu unserem immer währenden Kummer hat er seine Fähigkeit, uns zu täuschen, mehr als genug bewiesen», rief er seinem Stellvertreter in Erinnerung.

«Ich wüsste nicht, was er davon hätte», sagte Jack. «Er hat für den KGB gearbeitet – mag sein, dass er als eine Art Berater noch immer bei ihnen auf der Gehaltsliste steht. Wie Philby damals, nachdem er nach Moskau geflohen war. Ich wüsste also nicht, warum er uns von einer KGB-Intrige gegen Gorbatschow erzählen sollte, es sei denn –»

«Es sei denn, was?»

«Ich habe mir auf dem ganzen Rückflug das Hirn zermartert, was er für

Motive haben könnte», sagte Jack. «Ich sehe das so: Leo Kritzky ist zum Teil aufgrund seiner Herkunft, zum Teil aufgrund dessen, was seinem Vater widerfahren ist, zum Teil wegen seiner Minderwertigkeitsgefühle auf die utopische Rhetorik des Marxismus reingefallen, wie viele andere auch, und er hat sich aus einer Art falsch verstandenem Idealismus für den Kampf gegen den Kapitalismus anwerben lassen. Als er jedoch in die Sowjetunion kam, musste er feststellen, dass das Land alles andere als ein Arbeiterparadies ist. Man kann sich seine Desillusionierung vorstellen – all die Jahre an vorderster Front, ein Verrat nach dem anderen, und wofür? Um eine stalinistische Diktatur zu unterstützen, auch wenn Stalin nicht mehr am Leben war, die ständig von Gleichheit faselte und dann still und leise jeden zum Schweigen brachte, der behauptete, dass der König in schäbiger Unterwäsche durch die Straßen stolzierte.»

«Kritzky fühlt sich also schuldig. Willst du das damit sagen?»

«Er fühlt sich hintergangen, auch wenn er es nicht ausspricht. Und Gorbatschow ist für ihn die letzte Hoffnung, dass er sein Leben lang vielleicht doch für etwas Lohnenswertes gekämpft hat.»

«Mit anderen Worten, Kritzky sagt die Wahrheit.»

«Ganz sicher.»

«Könnte es sein, dass die Verschwörer ihn eingeweiht haben – weiß er daher, was er weiß?»

«Unwahrscheinlich. Zunächst mal, Leo war KGB-Agent, aber vermutlich kein KGB-Offizier, ebenso wenig, wie Philby einer war, was bedeutet, dass er nie wirklich dazugehörte.»

«Und er ist Ausländer.»

«Und er ist Ausländer, genau. Im Hinterkopf müssen die KGB-Leute immer noch an die Möglichkeit denken, dass man ihn umgedreht hat.»

«Wer versorgt Kritzky denn dann mit Informationen über die Verschwörung?»

«Keine Ahnung», sagte Jack. «Wir können aber davon ausgehen, dass es jemand ist, der allergrößtes Vertrauen zu ihm hat.»

«Also schön. Wir haben echte Informationen. Ich gehe also damit zu George Bush und sage, Mr. President, gegen Gorbatschow ist ein Putsch geplant. Hier sind die Namen von ein paar der Verschwörer. Bush war in den Siebzigerjahren Director der CIA, er wird mich also nicht fragen, woher wir die Informationen haben, weil er weiß, dass ich es ihm nicht sagen würde. Wenn er es glaubt – ein großes WENN –, dann kann er Gorbatschow höchstens einen Brief schreiben. ‹Lieber Michail, mir sind da Informationen in den Schoß gefallen, die ich gerne an dich weitergeben möchte, blablabla.›» Ebby schwang die Füße auf den Boden, hievte sich aus dem Drehstuhl, kam um den Schreibtisch herum und lehnte sich dagegen. «Hast du eine Idee, was wir sonst noch machen könnten, Jack?»

Jack mied den Blick seines Freundes. «Ehrlich gesagt, nein, Ebby. Wie du immer sagst, uns sind mehr oder weniger die Hände gebunden.»

Jack sah in dem schwarzen Notizbüchlein nach, das er stets bei sich hatte, zog dann das abhörsichere Telefon über den Schreibtisch heran und wählte eine Nummer. Es meldete sich eine Zentrale, die ihn zum Clubhaus durchstellte. Der Barkeeper bat ihn, kurz am Apparat zu bleiben. Er musste lange warten, was bedeutete, dass der Zauberer tief ins Glas geschaut hatte. Als Torriti sich schließlich meldete, klang seine Stimme lallend. «Fällt Ihnen nichts Besseres ein, als mich bei meiner Lieblingsbeschäftigung zu stören?», fragte er angriffslustig.

«Ich kann mir denken, was das für eine Beschäftigung ist», entgegnete Jack.

«Na, wer hätte das gedacht! Wenn das nicht der unverdrossene Kämpfer McAuliffe höchstpersönlich ist! Was liegt an, Freundchen? Ist der Zauberlehrling mal wieder mit seinem Latein am Ende? Muss der gute alte Zauberer ihm aus der Patsche helfen?»

«Hast du was zum Schreiben, Harvey?»

Jack hörte den Zauberer rülpsen, dann den Barkeeper um einen Stift bitten. «Schieß los», röhrte Torriti ins Telefon.

«Worauf schreibst du?»

«Meine Handfläche, Kumpel.»

Jack nannte ihm die Nummer seiner sicheren Leitung und bat Torriti, sie noch einmal vorzulesen. Wundersamerweise hatte er sie gleich richtig notiert.

«Schaffst du es bis zu einer Telefonzelle in Santa Fe?»

«Schaffe ich es bis zu einer Telefonzelle in Santa Fe?»

«Wieso wiederholst du die Frage, Harvey?»

«Um mich zu vergewissern, dass ich sie richtig verstanden habe.»

«Okay, trink eine Kanne starken Kaffee, nimm eine kalte Dusche, und wenn du stocknüchtern bist, such dir eine Telefonzelle und ruf die Nummer an, die ich dir gegeben habe.»

«Was ist für mich drin?»

«Ein bisschen Abwechslung von deinem eintönigen Rentnerdasein. Die Chance, eine Rechnung zu begleichen.»

«Mit wem?»

«Mit den Bösen, Harvey, für den ganzen Dreck, mit dem sie dich all die Jahre beworfen haben.»
«Ich bin dabei, Kumpel.»
«Hab ich mir gedacht, Harv.»

Es war schon dunkel, als Jack und Millie in der Klinik eintrafen. Anthony, ein strahlendes Lächeln auf dem Gesicht, wartete in der Eingangshalle auf sie, in der einen Hand einen Strauß langstieliger Rosen, in der anderen eine Kiste Zigarren.

«Es ist ein Junge», rief er aufgeregt. «Genau zweitausendsiebenhundertzwanzig Gramm schwer. Wir streiten uns noch, ob er Emir nach ihrem Vater oder Leon, nach meinem, nun ... nach meinem Patenonkel heißen soll.»

«Wie geht's Maria?», fragte Millie.

«Erschöpft, aber selig», sagte Anthony, als er mit ihnen zum Treppenhaus ging. «Sie hat sich großartig gehalten. Der Kleine kam mit offenen Augen raus, hat einen Blick auf die Welt geworfen und angefangen zu brüllen. Vielleicht wollte er uns damit was sagen, was meinst du, Dad?»

«Das Lachen kommt noch», versprach Jack.

Maria, inzwischen Moderatorin beim Fernsehen, saß im Bett und stillte das Neugeborene. Während sie und Millie darüber rätselten, mit wem der Kleine die größte Ähnlichkeit hatte, trat Jack, den der Anblick einer stillenden Frau verlegen machte, den Rückzug in den Korridor an, um sich eine von den Zigarren seines Sohnes anzuzünden. Anthony leistete ihm Gesellschaft.

«Wie läuft die Arbeit in deinem Laden?» fragte Jack seinen Sohn.

Drei Jahre zuvor hatte das State Department, das von Anthonys Erfahrungen in Afghanistan beeindruckt gewesen war, ihn von der *Company* abgeworben, um ihm die Leitung einer streng geheimen Operation zur Überwachung islamischer Terroristengruppen anzuvertrauen. «Das Weiße Haus macht sich große Sorgen wegen Saddam Hussein», sagte er.

«Für uns ist die Sache der reinste Drahtseilakt», sagte Jack. «Niemand weiß genau, was wir mit Saddam machen sollen, und weder das State Department noch das Weiße Haus helfen uns weiter.»

«Das passt», sagte Anthony. «Sie würden ihn gern loswerden, aber sie haben Angst, dass der Irak ohne ihn auseinander bricht, was den iranischen Fundamentalisten in der Region freie Hand geben würde.» Anthony blickte seinen Vater neugierig an. «Warst du Anfang der Woche verreist, Dad? Ich habe dich ein paarmal angerufen, aber von deiner Sekretärin nur den üblichen Spruch zu hören bekommen, du wärst außer Haus, aber du hast nicht zurückgerufen.»

«Ich musste in die Schweiz, um mit jemandem zu sprechen.»

«Schon kapiert.»

«Was hast du schon kapiert?»

«Dass ich keine weiteren Fragen stellen soll.»

Jack musste lächeln. «Ich beantworte dir eine davon – aber du musst es für dich behalten. Nicht mal Maria darf es erfahren. Das heißt, Maria schon gar nicht. Es hätte uns gerade noch gefehlt, dass Journalisten herumschnüffeln, weil sie eine Story wittern.»

Anthony lachte. «Ich kann schweigen wie ein Grab.»

Jack senkte die Stimme. «Ich habe mich in der Schweiz mit deinem Patenonkel getroffen.»

Anthony machte große Augen. «Du hast dich mit *Leo* getroffen? Wieso? Wer hat das Treffen angeleiert? Was hat er erzählt? Wie geht's ihm? Wie lebt er?»

«Beruhige dich», sagte Jack. «Ich kann dir nur sagen, dass es ihm einigermaßen gut geht. Ich weiß ja, wie sehr du an ihm gehangen hast.»

«Wie ist er aus Russland rausgekommen?»

«Keine Ahnung. Vielleicht mit seinem russischen Pass nach Sofia oder Prag und dann mit einem falschen westlichen Pass weiter in die Schweiz – die kriegt man zurzeit in Moskau nachgeworfen.»

«Dann wollte er also nicht, dass der KGB von seinem Treffen mit dir erfährt.»

«Da weißt du mehr als ich, Anthony.»

«Dad, das wäre das allererste Mal, dass ich mehr wüsste als du.»

«Schmeicheleien ziehen bei mir nicht.»

«Siehst du ihn wieder?»

«Nein.»

«Nie wieder?»

«Nie wieder.»

«Hat er gesagt ... dass er irgendwas bereut?»

«Das mit Adelle tut ihm Leid. Und dass er die Zwillinge nicht sieht.» Jack nahm seine Brille und massierte sich mit Daumen und Mittelfinger den Nasenrücken. «Ich vermute, es tut ihm Leid, dass er dreißig Jahre seines Lebens für die falsche Seite gekämpft hat.»

«Hat er das angedeutet?»

«Nein.»

«Wie kommst du dann darauf?»

«Man kann nicht in der Sowjetunion leben – erst recht nicht, wenn man vorher in den Vereinigten Staaten gelebt hat – und nicht begreifen, dass es die falsche Seite ist.»

Anthony blickte seinen Vater eindringlich an, und er sah den Schmerz in seinen Augen. «Er hat dich sehr verletzt, nicht?»

«Er war mein Steuermann, als ich in Yale gerudert habe. Er war mein bester Freund. Er war mein Trauzeuge, und er ist der Patenonkel meines Sohnes. Verdammt – ich habe den Kerl geliebt, Anthony. Und ich hasse ihn dafür, dass er unsere Freundschaft verraten hat, von seinem Land mal ganz zu schweigen.»

Anthony packte seinen Vater fest am Arm und tat etwas, das er seit seiner Kindheit nicht mehr getan hatte. Er gab ihm einen Kuss auf die Wange. «An Leo habe ich gehangen», sagte er leise. «Aber dich liebe ich, Dad. Du bist einfach toll.»

Auf zwei Stöcke gestützt und mit sichtlichen Schmerzen bei jedem Schritt, näherte sich Ezra Ben Ezra, in Geheimdienstkreisen als der Rabbi bekannt, dem Zaun. Harvey Torriti trat zu ihm, und die beiden betrachteten die Ruine der ausgebombten Frauenkirche. «Im Februar '45 haben alliierte Bomberverbände Dresden in ein brennendes Inferno verwandelt», sagte der Rabbi nachdenklich. «Die Deutschen haben die Stadt wieder aufgebaut, nur diese Ruine haben sie als Mahnmal stehen lassen.»

«Und was empfindet ein Jude, wenn er dieses Mahnmal sieht?», fragte der Zauberer seinen alten Kampfgenossen.

Der Rabbi überlegte. «Genugtuung empfindet er. Ha! Du hast vielleicht Mitgefühl erwartet. Oder schlimmer noch, Vergebung. Das Mahnmal erinnert mich an die Millionen Opfer der Konzentrationslager. Es erinnert mich daran, dass die Kirchen nichts unternommen haben, um diese Todesfabriken zu stoppen. In der Tora findet sich eine Formel, die Opfern eine Gebrauchsanweisung liefert, um emotional zu überleben. *Auge um Auge, Zahn um Zahn, Brandmal um Brandmal.*»

Ben Ezra drehte sich mit Mühe um und ging zurück zu dem schwarzen Mercedes, der von Mossad-Agenten umringt war, die die Dächer der Häuser auf der anderen Straßenseite im Auge behielten. Torriti tat es in der Seele weh, wie sein Freund sich mit den Stöcken abquälte. «Es tut mir so Leid, dass deine Hüften dir derartige Schmerzen bereiten», sagte er.

«Der physische Schmerz ist nichts im Vergleich zu dem psychischen. Wie viele Menschen kennst du, die in einem Land leben, das es in fünfzig Jahren vielleicht nicht mehr gibt? Aber genug davon. Warum bin ich hier?»

«Du bist hier», sagte der Zauberer, «weil Israel Monat für Monat fünfzehntausend Juden aus der Sowjetunion bekommt. Du bist hier, weil du nicht willst, dass dieser Strom versiegt. Und das würde er, wenn Gorbatschow von einer Bande erzkonservativer Nationalisten und Antisemiten gestürzt wird.»

Der Rabbi lauschte aufmerksam, als Torriti ihm die Einzelheiten des geplanten Putsches gegen Gorbatschow schilderte, und stellte zwischendurch gezielte Fragen. Warum hatte die CIA sich nicht direkt an den Mossad gewandt? Wie war die Tatsache zu deuten, dass der Zauberer, der doch seinen wohlverdienten Ruhestand genoss, wieder mobilisiert worden war? Hatte die *Company* oder einer ihrer Mitarbeiter etwa eine Operation im Sinn, die außerhalb ihrer legalen Möglichkeiten lag?

«Ha!», schnaubte Ben Ezra. «Hab ich's mir doch gedacht – wie weit außerhalb der Legalität?»

Die beiden Männer erreichten die Limousine, und der Rabbi ließ sich mit beträchtlicher Anstrengung auf den Rücksitz sinken, bevor er erst das eine, dann das andere Bein ins Innere schwang. Der Zauberer stieg auf der anderen Seite ein. Die Mossad-Agenten blieben draußen, mit dem Rücken zum Wagen, und taxierten durch dunkle Sonnenbrillen die Passanten und vorbeifahrenden Autos.

Der Rabbi (der in wenigen Monaten in den Ruhestand gehen würde; sein Nachfolger an der Spitze des Mossad war bereits ernannt) seufzte. «Also, noch mal im Klartext», sagte er. «Wir sollen einen Deutschen aufspüren, den du nur als den *Devisenbeschaffer* kennst, und ihn neutralisieren.»

«Das ist der Anfang, ja.»

«Wir sollen einen Fuß in die Tür der Dresdner Filiale der *Großen Russischen Handelsbank* setzen, um an die Gelder ranzukommen, die der Devisenbeschaffer möglicherweise dort gehortet hat.»

«Ein hübsches Sümmchen», sagte Torriti.

«Was nennst du ein hübsches Sümmchen?»

«Irgendwas zwischen dreihundert und fünfhundert Millionen.»

«Dollar?»

«Hätte ich mich aus meinem süßen Rentnerdasein reißen lassen, wenn es Yen wären?»

Der Rabbi verzog keine Miene. «Wenn es mir gelingt, die Bank zu plündern, machen wir halbe-halbe; mein Anteil geht in einen Fonds zur Finanzierung der Auswanderung sowjetischer Juden via Österreich nach Israel, dein Anteil geht auf eine Reihe geheimer Schweizer Nummernkonten.»

Einer der Mossad-Agenten klopfte an die Scheibe und zeigte auf seine Armbanduhr. Ben Ezra drohte ihm väterlich mit dem Finger. Der Agent wandte sich frustriert ab und schnarrte etwas in ein winziges Mikro an der Innenseite seines rechten Handgelenks. «Diese neue Generation ist einfach viel zu ungeduldig», sagte Ben Ezra zu Torriti. «Sie verwechselt Aktion mit Bewegung. Zu meiner Zeit habe ich wochenlang Häuser in Berlin überwacht, und das nur in der Hoffnung, einen der Deutschen auf Israels Fahndungslisten zu Gesicht zu bekommen, Harvey. Wo waren wir?»

«Da, wo wir schon immer waren, mein Freund», sagte Torriti mit einem rauen Lachen. «Wir überlegen, wie wir die Welt vor sich selbst retten können. Da ist noch etwas, das du für mich tun kannst, Ezra.»

«Ich habe mir schon gedacht, dass da noch was kommt.»

«Ich habe läuten hören, dass es in Moskau eine Unterwelt gibt – eine Art Russenmafia. Wenn sie auch nur annähernd mit der Mafia in Amerika vergleichbar ist, könnte ich mir denken, dass da auch ein paar Juden mitmischen. Und dass du mich mit einem von ihnen in Verbindung bringen kannst.»

«Was genau suchst du, Harvey?»

«Ich suche einen russischen Gangster jüdischer Überzeugung, der mit anderen russischen Gangstern zu tun hat, die keine Scheu haben, sich die Hände schmutzig zu machen.»

«Schmutzig im Sinne von blutig?»

«Ganz genau.»

Nach seinem jahrzehntelangen Kampf gegen das «Reich des Bösen» aus der Ferne war Harvey Torriti schließlich im Herzen der Finsternis gelandet. Vom Moskauer Flughafen war er zum Kutusowski-Prospekt gefahren, wo er sich im Hotel *Ukraine*, einem von Stalins schauerlichen Ungetümen mit tausend Zimmern, unter dem Namen T. Harvey, Vertreter für landwirtschaftliche Maschinen aus Moline, Illinois, einquartiert hatte. Er bestellte sich eine Flasche Scotch, die eineinviertel Stunden später gebracht wurde, goss sich ein angeschlagenes Wasserglas randvoll ein und begann seine Besichtigungstour des Sozialismus im Badezimmer.

Die Klobrille aus dünnem Plastik blieb nur oben, wenn man sie mit einem Knie festhielt. Der einst durchsichtige Duschvorhang war vergilbt. Auf dem rissigen Waschbecken lag das kleinste Stück Seife, das der Zauberer je gesehen hatte. Die Armaturen von Waschbecken und Badewanne funktionierten zwar, doch aus den Hähnen ergoss sich mit einem beunruhigend menschlichen Gurgeln eine fäkalbraune Brühe, die nur entfernt

Ähnlichkeit mit Wasser hatte. Das Bett in seinem Zimmer hatte ein so kurzes Laken, dass es sich nicht unter die Matratze stecken ließ; die Matratze selbst hatte auffällige Ähnlichkeit mit einem Motocrossgelände. Wenn man den Fernseher einschaltete, kam nur Schnee, an der Decke hing eine umgedrehte Glasschüssel, die als Urne für eingeäscherte Insekten diente, und im Kleiderschrank war das reinste Nichts. Keine Stange, kein Bügel. Kein Haken oder Regalbrett. An einer Wand, neben einem Schreibtisch, in dessen Schubladen nichts als Schimmel war, stand ein kleiner Kühlschrank, der eine ausgesprochen große und ausgesprochen tote Wasserwanze beherbergte. Torriti, auf allen vieren, suchte vergeblich nach etwas, das auch nur annähernd wie ein Elektrokabel aussah und vom Kühlschrank zu einer Steckdose führte; er vermutete, dass das der Grund für die mangelnde Kühltätigkeit des Gerätes war. (Am Ende spülte er die Wasserwanze nach drei Anläufen im Klo hinunter und benutzte den Kühlschrank zum Lagern seiner Socken und Unterwäsche.) An der Tür des Zimmers hingen Anweisungen auf Englisch und Russisch, was im Falle eines Brandes zu tun war; eine Reihe von Pfeilen zeigte dem um sein Leben bangenden Gast, wie er durch das Labyrinth von in Flammen stehenden Fluren zu einer Feuerschutztür fand. Ohne die Karte in der Hand – ein Ding der Unmöglichkeit, weil sie hinter Plexiglas an die Tür festgeschraubt war – war jede Flucht ausgeschlossen.

«Ich habe die Zukunft gesehen», brummte Torriti laut, «und sie verlangt Arbeit!»

Der Zauberer hatte seine ersten Eindrücke noch nicht ganz verdaut – konnte das wirklich der sozialistische Prototyp sein, der angedroht hatte, die westlichen Demokratien (um Chruschtschow zu zitieren) zu «begraben»? –, als er hinaus in den kühlen Moskauer Abend trat.

Nach alter Gewohnheit – der KGB mochte ja demoralisiert sein und einen mickrigen Etat haben, aber *es gab ihn noch* – verschwand er zwischen zwei Gebäuden auf dem Arbat und wartete im Schatten hinter einem Abfallbehälter, um zu sehen, ob er verfolgt wurde, stapfte dann durch ein Labyrinth aus kleinen Sträßchen voll mit Wellblechgaragen, bis er auf einen breiten Boulevard kam. Er trat auf die Straße, hob einen Zeigefinger, und fast im selben Moment hielt mit kreischenden Reifen ein Privatwagen neben ihm. Torriti hatte Mühe, seine Leibesfülle durch die hintere Tür des Fiat zu zwängen, und sobald er es geschafft hatte, holte er den Zettel mit der kyrillisch notierten Adresse und einen Zehn-Dollar-Schein hervor. Der Fahrer, ein junger Mann mit Aknenarben im Gesicht, erwies sich als russischer Kamikaze; er riss Torriti Zettel und Geldschein aus den Fingern und brauste wie von der Tarantel gestochen durch den dichten Verkehr. Torriti, eingekeilt auf dem Rücksitz, schloss die Augen und kämpfte gegen die in ihm aufsteigende Übelkeit. Nach einer halben Ewigkeit hörte er Bremsen quietschen und spürte, wie der Wagen rutschend zum Stehen kam. Er stieß die Tür auf, ging mit einer Behändigkeit von Bord, die auf Panik zurückzuführen war, und roch verbranntes Gummi in der Luft. Es dauerte einige Sekunden, bis er wieder festen Boden unter den Füßen spürte. Dann zog er sich einen mottenzerfressenen Schal fester um den Hals und ging in Richtung der strahlenden Lichter des Parks für Kultur und Erholung, eines riesigen Vergnügungszentrums am Rand der Stadt, wo im Winter ganze Straßenzüge überflutet wurden, damit die Leute dort kilometerweit eislaufen konnten.

Noch im Frühling, wenn das Eis geschmolzen war, so hatte man Torriti erzählt, standen am Rand der Straßen große Tonnen, in denen Feuer loderten. Dem Zauberer schmerzten die Füße, als er schließlich zum vierten Feuer von rechts watschelte. Ein paar Jogger und Rollschuhläufer standen drumherum und wärmten sich die Hände, während sie, fröhlich plaudernd, einen Flachmann kreisen ließen. Ein dünner, mittelgroßer Mann mit Anorak und Schirmmütze kam von der Straße zu der Tonne und hielt die Hände über das Feuer. Kurz darauf blickte er Torriti eindringlich an. Dann drehte er sich um und ging weiter. Der Zauberer zog einen Flachmann aus der Jackentasche und stärkte sich mit einem Schluck billigen Whiskey. Innerlich aufgewärmt, schlenderte er gemächlich hinter dem Mann im Anorak her. Schließlich holte er ihn zwischen einigen pechschwarzen Kiefern ein.

«Sind Sie das, Kritzky?», fragte Torriti.

Der Tonfall ärgerte Leo. «Sie haben sich nicht verändert», entgegnete er.

«Und ob ich mich verändert habe, Freundchen. Fetter. Älter. Klüger. Einsamer. Nervöser. Mehr Angst vorm Sterben. Weniger Angst vor dem Tod.»

«Ich sehe Sie noch vor mir in Ihrer Glanzzeit», sagte Leo. «Ich weiß noch, wie Sie Bobby Kennedy irgendeine Geheimmeldung, die über den Ticker gekommen war, aus der Hand gerissen haben – das war kurz nach der Schweinebucht-Geschichte. Ich weiß noch, wie Sie ihm gesagt haben, er könnte Sie mal.»

«Das war ein großer Fehler», gab Torriti zu.

«Wieso?»

«Bobby war ein Mistkerl, na schön, aber er war kein russischer Spion. Sie dagegen wohl. Wahrscheinlich war ich da schon nicht mehr ganz auf der Höhe, dass ich das nicht gesehen habe. Ich hätte *Ihnen* sagen sollen, Sie können mich mal.»

«Tja. Und jetzt sind wir hier.»

«Jetzt sind wir hier.»

«Trinken Sie noch immer von morgens bis abends?»

«Lügen Sie noch immer von morgens bis abends?»

Leo rang sich ein unglückliches Lächeln ab. «Behandeln Sie Ihre Informanten immer so?»

«Mein Lehrling hat gesagt, Sie hätten Kontakt zu einem Maulwurf im Kreis der Gorbatschow-Verschwörer. Er hat gesagt, ich soll Sie melken. Er hat nichts davon gesagt, dass ich mit Ihnen ins Bett steigen soll.»

Leo trat näher an den Zauberer heran und gab ihm einen alten Briefumschlag mit einer Einkaufsliste auf der einen Seite. «Hier sind noch sieben weitere Namen, zusätzlich zu denen, die ich Jack gegeben habe», sagte er. «Sie stehen auf der Innenseite des Umschlags mit Zitronensaft geschrieben. Sie gehen mit einem Bügeleisen drüber –»

Torriti war pikiert. «Ich bin nicht von gestern. Ich habe schon mit der Methode gearbeitet, bevor Sie für die Russen spioniert haben.»

«Einer der neuen Verschwörer ist der Kommandeur der Eliteeinheit in der Rjasan-Luftlandedivision», fuhr Leo unbeirrt fort. «Ein weiterer ist der Kommandeur der Dserschinski-Abteilung des KGB. Außerdem haben die Verschwörer Verbindung zu reaktionären nationalistischen Gruppierungen in ganz Europa aufgenommen. Zum Beispiel zu einer Gruppe in Madrid, die sich 21. August nennt. Ebenso zur *Front National* von Le Pen sowie zu Splittergruppen in Deutschland, Italien, Österreich, Serbien, Kroatien, Rumänien und Polen. Es ist geplant, diese Gruppen finanziell zu unterstützen, sobald sämtliche Gelder auf die Dresdner Filiale der *Großen Russischen Handelsbank* transferiert wurden. Ziel ist es, eine Welle internationaler Unterstützung für den Staatsstreich gegen Gorbatschow zu inszenieren. Gorbatschow soll als Stümper hingestellt werden, der Russland in den Ruin treibt, und der Putsch soll als patriotischer Versuch dastehen, das Land wieder auf die Beine zu bringen. Wenn in ganz Europa Stimmen laut werden, die in dieselbe Kerbe schlagen, kommt die Öffentlichkeit vielleicht zu dem Schluss, dass da etwas dran ist.»

Der Zauberer zerknüllte den Briefumschlag und steckte ihn in die Tasche. «Wo, wann treffen wir uns wieder?», wollte er wissen.

«Wo wohnen Sie?»

Torriti nannte ihm das Hotel.

«Als was haben Sie sich ausgegeben?»

«Ich bin Handelsvertreter, mit einem Koffer voller Prospekte über landwirtschaftliche Maschinen. Wenn ich nicht gerade trinke, versuche ich, jemanden aufzutreiben, der amerikanische Traktoren importieren möchte.»

Leo überlegte einen Moment. «Schön. Wenn ich meine, dass wir uns treffen müssen, lasse ich Ihnen eine Flasche Scotch aufs Zimmer bringen, mit einer Nachricht, in der ich mich für das Prospektmaterial bedanke. Die Nachricht wird mit Tinte geschrieben sein. Zwischen den Zeilen schreibe ich mit Zitronensaft, wann Sie mich wo finden können.»

Im Vergleich zum Hotel *Drushba* nahm sich das *Ukraine* wie das *Ritz* aus, dachte der Zauberer, als er durch die Spiegeltür in die schäbige Halle trat: matte Spiegel an den Wänden und Fenstervorhänge, die von der Decke bis zum Boden reichten und bestimmt vor der Revolution aufgehängt und seitdem nicht mehr gereinigt worden waren. Verblichen wäre geschmeichelt ausgedrückt. Ein Alptraum für jeden Gast mit einer Stauballergie. Auf dem Weg zur Rezeption vollführte Torriti einen Slalom zwischen Aschenbechern hindurch, die vor allem Möglichen außer Asche überquollen. «Ich suche jemanden», sagte er zu der platinblonden Frau, die Passnummern in ein Hauptbuch übertrug.

Einige Männer saßen verstreut in der Hotelhalle herum. Sie waren alle identisch gekleidet: knöchellange Ledermäntel mit Gürtel, schwarze Schuhe mit dicker Sohle und dunkle Filzhüte mit schmaler Krempe. Sie sahen aus, als wären sie zu einem Casting von Torritis Lieblingsfilm *Der öffentliche Feind* mit James Cagney aus dem Jahre 1931 bestellt worden. «Spricht hier jemand Englisch?», rief Torriti.

Die platinblonde Frau an der Rezeption antwortete. «Nicht.»

«Wie soll ich jemanden um Auskunft bitten, wenn niemand Englisch spricht?», fragte der Zauberer entnervt.

«Lernen Sie Russisch», schlug sie vor. «Könnte in Russland nützlich sein.»

«Aber Sie sprechen doch Englisch!»

«Nicht.»

«Wieso hab ich bloß das Gefühl, ich falle durch den Spiegel in Alice' Wunderland?», sagte Torriti zu niemand Speziellem. «Ich suche jemanden», sagte er dann zu der Frau.

Sie hob die dick geschminkten Augen. «Egal wen Sie suchen», erwiderte sie, «er ist nicht hier.»

Dem Zauberer fiel ein, dass man in einer Irrenanstalt am besten geduldig auf die Insassen einging. «Ich suche jemanden namens Rappaport. Endel Rappaport», erklärte er.

«*Job twoju mat*», rief einer von hinten.

Die Platinblonde übersetzte. «Er sagt, *fick deine Mutter*.»

Die anderen im Raum lachten. Torriti begriff, dass man ihn reizen wollte, und wenn er sich reizen ließ, würde er niemals zu Endel Rappaport kommen, also zähmte er seine Wut und zwang sich, mit zu lachen.

«Rappaport ist ein jüdischer Name», meldete sich eine andere Stimme in der Lobby.

Torriti vollführte auf einem Absatz eine Pirouette und sah sich nach dem Sprecher um. «Ach ja?», fragte er unschuldig.

Der Mann, ein dunkelhaariger Riese mit asiatischen Augen, kam über den abgewetzten Teppich auf ihn zu. «Wer schickt Sie zu Endel Rappaport?»

«Wir haben einen gemeinsamen Freund. Ein Rabbi, obwohl er seine Brötchen schon lange nicht mehr als Rabbi verdient.»

«Name?», wollte der Mann wissen.

«Ezra.»

«Ist Ezra sein Vor- oder Nachname?»

Torriti behielt eine ausdruckslose Miene. «Sowohl als auch.»

«Vierte Etage», sagte der Mann und deutete mit einer ruckartigen Kopfbewegung zu dem altersschwachen Aufzug neben der altersschwachen Treppe.

«Welches Zimmer?»

«Alle Zimmer», sagte die Blondine. «Er hat die Etage gemietet.»

Torriti ging zu dem Aufzug, öffnete die Gittertür, trat ein und drückte den Elfenbeinknopf mit der Nummer vier. Irgendwo in den Tiefen des Gebäudes sprang ein Motor ächzend an. Der Aufzug ruckte mehrmals, ohne dass etwas geschah, und fuhr dann unendlich langsam nach oben. Zwei Männer warteten im vierten Stock. Einer von ihnen öffnete die Gittertür. Der andere tastete den Zauberer ausgesprochen professionell ab, bevor er seinem Partner zunickte, der daraufhin einen Schlüssel aus der Tasche zog und eine gepanzerte Tür öffnete.

Torriti betrat einen geräumigen, hell erleuchteten Raum, der mit finnischen Importen eingerichtet war; Stahlstühle waren um einen Stahltisch gruppiert. Zwei schlanke Männer mit wachsamen asiatischen Augen lehnten an einer Wand. Ein kleiner, elegant gekleideter Mann mit feinem weißen Haar sprang von einem der Stühle auf und verbeugte sich tief vor Torriti. Seine Augen, nur halb geöffnet, blickten den Besucher eindringlich an.

«Ihre Legende eilt Ihnen voraus, Mr. Torriti», sagte er. «Ben Ezra hat mir erzählt, wer Sie früher waren. Leute wie meinesgleichen begegnen Leuten wie Ihresgleichen nicht alle Tage. Bitte nehmen Sie Platz», sagte er, mit einem Nicken auf einen Stuhl deutend. «Womit kann ich Ihnen eine Freude machen?»

Torriti ließ sich schwerfällig auf einen der finnischen Stühle nieder und stellte fest, dass er überraschend bequem war. «Mit einem Glas», sagte er.

Endel Rappaport, der wohl auf die achtzig zuging, sagte etwas in einer seltsamen Sprache und zeigte mit einem kleinen Finger auf einen Schrank; es war der einzige Finger, der ihm an der rechten Hand geblieben war, wie Torriti bemerkte. Einer der Männer an der Wand öffnete den Schrank, der voll mit Spirituosenflaschen und Gläsern war. Er brachte ein Kelchglas. Der Zauberer zog seinen Flachmann aus einer Innentasche und goss sich einen kleinen Scotch ein. Rappaport, der seine verstümmelte Hand tief in der Tasche seines Blazers vergraben hatte, kehrte zu seinem Platz am Kopfende des Tisches zurück. «Ein Freund von Ben Ezra –», sagte er und winkte mit seiner intakten Hand, um anzudeuten, dass es sich wohl erübrigte, den Satz zu beenden. «Was erhoffen Sie sich in Ihren schönsten Träumen von mir?»

Torriti warf einen raschen Blick auf die Bodyguards an der Wand. Rappaport spitzte die Lippen, was ihn gnomenhaft wirken ließ. «Meine Schutzengel sind Uiguren», informierte er den Zauberer. «Sie sprechen nur Türkisch.»

«In meinen schönsten Träumen sehe ich, dass Sie acht oder zehn Leute für mich umbringen lassen.»

Rappaport zuckte nicht einmal mit der Wimper. «Eine solche Direktheit nötigt mir Respekt ab. In Russland drücken sich die Menschen unbestimmter aus. Also: Derzeit liegt der Preis dafür, jemanden umbringen zu lassen, zwischen fünfzehn- und fünfundzwanzigtausend amerikanischen Dollar, je nachdem.»

«Wovon hängt es ab?»

«Wie wichtig die Person ist, was wiederum darauf schließen lässt, wie stark sie wahrscheinlich beschützt wird.»

Der Zauberer fragte nur halb im Scherz: «Da Sie Jude sind und ich ein Freund des Rabbi – kriege ich da keinen Rabatt?»

«Mit dem Honorar, das ich von Ihnen verlange, werde ich diejenigen bezahlen, denen es mehr als gleichgültig ist, dass ich Jude bin und Sie vom Rabbi geschickt wurden», sagte Rappaport ruhig. «*Mein* Honorar werde ich direkt mit Ben Ezra abrechnen.»

Torriti wurde nicht recht schlau aus Rappaport. Wie konnte aus einem so offensichtlich vornehmen Mann ein Boss der Moskauer Unterwelt werden? Er kam zu dem Schluss, dass es hilfreich wäre, mehr über seinen Gastgeber zu erfahren. «Man hat Sie schon mal in der Mangel gehabt», bemerkte er. «Ich hab die Finger gesehen.»

«Sie haben das Fehlen von Fingern gesehen. Wie eigentümlich Sie sich ausdrücken – ja, man hat mich in der *Mangel* gehabt. Wenn man Russland verstehen will, muss man wissen, dass der normale russische Antisemit nur entfernt mit dem westlichen Antisemiten verwandt ist. Hier reicht es nicht, Juden zu schikanieren, indem man sie aus Musikschulen oder Wohnungen oder Städten oder sogar aus dem Land vertreibt. Hier ist man erst zufrieden, wenn man eine Axt wetzen und sie dir persönlich ins Fleisch schlagen kann.» Rappaport wollte weiterreden, doch dann winkte er mit seiner intakten Hand ab; auch dieser Satz musste nicht beendet werden. «Jetzt zu Ihrer Bitte: Sie haben doch bestimmt eine Liste?»

Torriti holte eine Ansichtskarte hervor. Einer der Leibwächter nahm sie entgegen und brachte sie Rappaport, der sich das Foto ansah, die Karte umdrehte und die auf der Rückseite aufgelisteten Namen überflog. «Sie sind ein seriöser Mann mit einem seriösen Anliegen», sagte er. «Erlauben Sie mir, einige Fragen zu stellen.»

«Nur zu.»

«Müssen die Leute auf der Liste gleichzeitig getötet werden, oder würde es genügen, sie über einen Zeitraum von Tagen oder Wochen auszuschalten?»

«Ein Zeitraum von Minuten wäre kein Problem.»

«Ich verstehe.»

«*Was* verstehen Sie?»

«Ich verstehe, dass all die Leute auf Ihrer Liste in einer Weise miteinander verbunden sind, über die ich nur Mutmaßungen anstellen kann.»

«Tun Sie sich keinen Zwang an.»

«Es handelt sich sehr wahrscheinlich um Verbündete in einem Komplott. Und Sie möchten vermeiden, dass der Tod von einem von ihnen die anderen warnt, dass auch ihr Leben in Gefahr ist. Sie möchten sie ausschalten, um das Komplott zu verhindern.»

«Sie sehen aber schrecklich viel in einer Liste von Namen.»

«Ich sehe noch mehr.»

«Und das wäre?»

«Dass Sie zu mir kommen und nicht zu einer anderen einflussreichen Person, dass Sie mit dem Segen von Ezra Ben Ezra kommen, was nur bedeuten kann, dass das fragliche Komplott für den Staat Israel äußerst unangenehm wäre. Und äußerst unangenehm für Israel wäre einzig und allein, wenn der Emigrantenstrom russischer Juden nach Israel versiegen würde, wodurch der jüdische Staat in demographischer Hinsicht gegenüber seinen palästinensischen Nachbarn auf Dauer im Nachteil wäre.»

Der Zauberer war beeindruckt. «Das alles entnehmen Sie einer kleinen Liste!»

«Ich habe nur die Oberfläche angekratzt. Da Michail Gorbatschow die Politik unterstützt, die die Auswanderung russischer Juden ermöglicht, muss das Komplott zum Ziel haben, ihn aus seiner Machtposition zu entfernen. Kurzum, es geht um einen Putsch gegen die derzeitige Regierung, und die amerikanische CIA und der israelische Mossad versuchen, ihn im Keim zu ersticken, indem sie die Drahtzieher ausschalten lassen.»

«Da wissen Sie mehr als ich.»

Endel Rappaport winkte erneut mit seiner intakten Hand; die Bemerkung des Zauberers war so absurd, dass sie keiner Gegenrede bedurfte. «Eine letzte Frage: Möchten Sie, dass die Todesfälle wie Selbstmord oder wie Unfälle aussehen?»

«Da bei Selbstmord und Unfall keine Nachforschungen angestellt werden, die zu Ihnen und schließlich zu mir führen könnten, wäre das eine oder das andere angeraten. Sie haben da völlig freie Hand.»

«Lassen Sie mich eine Nacht darüber schlafen», sagte er zu Torriti. «In Anbetracht der Namen, in Anbetracht der Bitte, die Todesfälle wie Unfälle oder Selbstmord aussehen zu lassen, dürften die Kosten pro Kopf eher bei hunderttausend Dollar liegen als bei fünfundzwanzigtausend. Zwei, sogar drei Namen auf der Liste werden noch teurer sein. So um die Viertelmillion amerikanische Dollar. In allen Fällen soll die Zahlung in bar auf Schweizer Konten erfolgen, die Kontonummern nenne ich zu gegebener Zeit. Eine Hälfte von jeder Zahlung ist fällig nach mündlicher Zustimmung des Ausführenden, die zweite Hälfte nach Erfüllung des Vertrags. Kann ich davon ausgehen, dass die genannten Summen sowie die Bedingungen für Sie akzeptabel sind?»

«Können Sie, können Sie.»

«Sie logieren im Hotel *Ukraine*, Zimmer 505, wenn ich mich nicht irre?»

«Ich sehe Sie allmählich in einem neuen Licht», gestand der Zauberer.

«Wie ich höre, ist es ein unkomfortables Hotel.»

Torriti schmunzelte. «Es gibt bessere.»

Rappaport erhob sich, und Torriti tat es ihm gleich. «Die Gerüchte über eine internationale jüdische Verschwörung sind wahr», sagte Rappaport.

«Der Rabbi hat mir das Gleiche vor vielen Jahren in Berlin gesagt», erwiderte der Zauberer. Er erinnerte sich an Ben Ezras Worte: *Es gibt eine internationale jüdische Verschwörung, Gott sei Dank. Es ist eine Verschwörung zur Rettung der Juden.* «Damals habe ich ihm geglaubt. Heute glaube ich Ihnen.»

Rappaport verbeugte sich wieder aus der Taille. «Seien Sie versichert, dass ich mich mit Ihnen in Verbindung setze, sobald ich etwas Konkretes sagen kann.»

4

DRESDEN, DONNERSTAG, 1. AUGUST 1991

Der Devisenbeschaffer, ein Mann im mittleren Alter mit einem Schnurrbart wie eine Zahnbürste und einem Toupet, das in dem Gerangel bei seiner Entführung abgefallen war, bewahrte die Fassung. Er war in einem unterirdischen Lagerraum einer verlassenen Fleischverpackungsfabrik am Rand der Stadt an einen gewöhnlichen Küchenstuhl gefesselt. Zwei grelle Lampen schienen ihm ins blutleere Gesicht, so dass die Haut an den Wangen, die kreuz und quer mit feinen, roten Äderchen durchzogen waren, durchscheinend aussah. Er war schon so lange an den Stuhl gebunden, dass er jedes Zeitgefühl, jedes Gefühl in Armen und Beinen verloren hatte. Als er mit ausgemachter Höflichkeit bat, die Toilette benutzen zu dürfen, erntete er vonseiten seiner Entführer spöttische Bemerkungen in einer Sprache, die er nicht verstand. Schließlich verlor er die Kontrolle über seine Körperfunktionen und ließ, Entschuldigungen murmelnd, der Natur freien Lauf. Die Gerüche schienen die jungen Männer, die ihn abwechselnd in die Mangel nahmen, nicht zu stören. Von Zeit zu Zeit presste ein Arzt ihm ein Stethoskop an die Brust und horchte einen Moment lang aufmerksam, bevor er mit einem Nicken die Fortsetzung des Verhörs gestattete. «Bitte glauben Sie mir, ich weiß nichts von Geldern, die auf eine hier ansässige russische Bank transferiert werden», beteuerte der Gefangene. «Das muss eine Verwechslung sein.»

Der Rabbi, der das Verhör in einem Büro in einem oberen Stockwerk über die Sprechanlage verfolgte, wurde allmählich ungeduldig. Es war zehn Tage her, seit seine Leute den jüdischen Buchhalter, der in der Dresdner Filiale der *Großen Russischen Handelsbank* arbeitete, für ihre Zwecke hatten einspannen können; fünf Tage, seit der Kassierer ihn über die täglichen Einzahlungen von Summen zwischen fünf und zehn Millionen Dollar auf ein besonderes Konto informiert hatte; zwei Tage, seit der Rabbi herausgefunden hatte, dass das Geld von einer deutschen Privatbank überwiesen wurde, und so dem Devisenbeschaffer, dem Leiter der Bank, auf die Spur gekommen war. Jetzt, da das Verhör sich hinzog, äußerte sich der Arzt vorsichtig, als Ben Ezra von ihm wissen wollte, ob die Gefahr bestand, dass der Gefangene ihnen wegsterben könnte. «Achtzehn Stunden Stress ist selbst für ein gesundes Herz eine lange Zeit», sagte der Arzt. «Er macht zwar einen absolut gefassten Eindruck, aber sein Herz schlägt allmählich schneller, was darauf schließen lässt, dass er nicht so ruhig ist, wie es den Anschein hat. Ein Herzinfarkt wäre nicht auszuschließen.»

«Wie viel Zeit haben wir noch?»

Der Arzt zuckte die Achseln. «Da bin ich genauso überfragt wie Sie.»

Die Antwort ärgerte Ben Ezra. «Nein. Sie sind der Fachmann. Deshalb sind Sie hier.»

Der Arzt ließ sich nicht einschüchtern. «Wenn Sie auf der sicheren Seite bleiben wollen, lassen Sie ihn eine Nacht schlafen und machen Sie morgen früh weiter.»

Der Rabbi wog die Alternativen ab. «*Beseda*», sagte er widerwillig. «So soll es geschehen.»

«Dieses Haus birgt für mich viele Erinnerungen», sagte Jewgeni. Er ließ den Blick über die Landschaft schweifen, die vom Dach der Apatow-Villa aus zu sehen war. «Als ich das erste Mal hier war – das war, bevor wir uns auf der Datscha-Party meines Vaters kennen gelernt haben –, hatte ich gerade meinen Universitätsabschluss in Amerika in der Tasche und keinen Schimmer, was ich mit meinem Leben anfangen sollte.»

«Weißt du's jetzt?», fragte Asa mit ihrer üblichen Direktheit.

Jewgeni lächelte. «Ja.»

Sie erwiderte sein Lächeln. «Es schmerzt mich, lieber Jewgeni, wenn ich an all die Jahre denke, die wir vergeudet haben.»

Er legte ihr einen Arm um die Schultern und zog sie an sich. «Wir holen die verlorene Zeit nach.»

«Wir können die verlorene Zeit nicht nachholen», sagte sie. «Wir können höchstens hoffen, nicht noch mehr Zeit zu verlieren.»

Sie schlenderte hinüber zur südöstlichen Ecke des Daches. Jewgeni folgte ihr. «Dort, wo die Mietshäuser und die Müllverwertungsanlage stehen», sagte er, «war mal ein kleiner Birkenhain.» Er schirmte die Augen mit einer Hand ab. «Und da hinter den Feldern war mal ein geheimer Flugplatz. Dort ist meine Maschine gelandet, als ich aus Amerika nach Hause kam. Der Flugplatz ist vor fünf Jahren geschlossen worden.» Jewgeni hielt sich an der Balustrade fest und blickte hinab zum Eingang der dreistöckigen Villa. «Als ich das erste Mal die Kieseinfahrt hochkam, spielten zwei kleine Mädchen auf einer Wippe – sie waren die Nichten des Mannes, den ich hier besucht habe.»

«Der Mann in der Klinik?», fragte Asa. «Der Mann, über den du nicht reden willst?»

Jewgeni, der tief in Gedanken zum Horizont blickte, gab keine Antwort.

«Mir ist heiß», sagte Asa unvermittelt. «Komm, wir gehen wieder in den Raum, der klimatisiert ist.»

In der holzgetäfelten Bibliothek im ersten Stock gab Jewgeni ihr ein Glas eisgekühltes Mineralwasser. Asa nahm ein besticktes Taschentuch aus einer kleinen Handtasche, tauchte es zur Hälfte in das Glas und betupfte sich damit den Nacken. «Können wir hier sicher reden?»

«Ich lasse die Räume regelmäßig nach Wanzen absuchen.»

«Was hat das Treffen ergeben?»

«Walentin Warennikow – Befehlshaber der sowjetischen Bodentruppen – hat berichtet, dass die Dserschinski-Division des KGB zusammen mit Einheiten der Kantemirow-Division und dem Taman-Garderegiment wichtige Stellen in der Stadt besetzen wird – den Fernsehturm Ostankino, Zeitungsredaktionen, Brücken, Bahnhöfe, Kreuzungen an den Hauptverkehrsadern, die Universität –, und zwar am ersten September. Zur gleichen Zeit dringen im Schutz der Nacht Einheiten der Rjasan-Luftlandedivision in Moskau ein, um nötigenfalls Widerstandsnester auszuheben. Der KGB hat zweihundertfünfzigtausend Paar Handschellen gehortet, Formulare für dreihunderttausend Haftbefehle drucken und zwei Stockwerke im Gefängnis Lefortowo räumen lassen und die Gehälter verdoppelt. Verteidigungsminister Jasow und Innenminister Pugo drängen auf einen früheren Termin für den Putsch – sie halten Mitte August für günstiger, wenn Gorbatschow auf der Krim Urlaub macht. Doch Krjutschkow und General Warennikow haben eingewandt, dass ein früherer Termin als der erste September größere Risiken birgt, da nicht genug Zeit für logistische Vorbereitungen und taktische Befehle wäre. Außerdem benötigt der deutsche Devisenbeschaffer mehr Zeit, um die Gelder über Banken in Deutschland und Österreich auf meine Bank in Dresden zu schleusen, damit ich sie nach Moskau transferieren und den Verschwörern zur Verfügung stellen kann.»

«Dann findet der Putsch also am ersten September statt», sagte Asa finster.

«Du musst Jelzin warnen», sagte Jewgeni. «Er muss Verbindung zu den Kommandeuren aufnehmen, die vielleicht regierungstreu sind.»

«Es ist gefährlich, potenzielle Kräfte auf ihre Unterstützungsbereitschaft abzuklopfen. Die Leute könnten in Panik geraten. Die Verschwörer könnten Wind davon bekommen und die Regierungstreuen verhaften lassen. Abgesehen von vereinzelten Panzereinheiten und Gruppen von Afghanistan-Veteranen ist Boris Nikolajewitsch ganz und gar nicht sicher, wen er zur Verteidigung des Weißen Hauses mobilisieren kann.»

«Er muss das Volk mobilisieren», sagte Jewgeni.

«Ja, das Volk, auf alle Fälle. Das Volk ist unsere Geheimwaffe, Jewgeni. Die Menschen wissen, dass es Boris Nikolajewitsch mit der Erneuerung Russlands ernst ist. Er nimmt die Wahlen im Juli ernst – zum allerersten Mal in unserer tausendjährigen Geschichte haben die Russen in freien Wahlen einen Präsidenten gewählt. Wenn die Krise kommt, werden die Russen sich daran erinnern, wie Jelzin sich bei seiner Amtseinführung von Patriarch Alexi feierlich hat segnen lassen.»

«Ich hoffe, du hast Recht, Asa. Ich hoffe, Jelzin behält die Nerven und kneift nicht gleich, wenn's brenzlig wird.»

Der Zauberer kaufte sich eine Fahrkarte, zwängte sich durch das Drehkreuz und trat vorsichtig auf die Rolltreppe, die hinab zur Arbatsko-Pokrowskaja-Linie tief unter der Erde führte.

Auf dem Bahnsteig ließ er sich mit dem Menschenfluss treiben, der zu den Zügen strömte. Auf halbem Wege entdeckte er Leo Kritzky am verabredeten Ort. Er saß auf einer Kunststoffbank und las die englischsprachige *Moscow News*. Er blickte auf, als ein Zug einfuhr. Seine Augen glitten über die massige Gestalt des Zauberers hinweg, als würde er ihn nicht kennen. Eins musste Torriti ihm lassen; sosehr er ihn auch verabscheute, der Mann war ein Profi. Kritzky stand auf, warf die Zeitung in einen Abfalleimer, ging mit raschen Schritten zum Zug und sprang hinein, als die Türen sich bereits schlossen. Torriti fischte die Zeitung aus dem Abfalleimer und überflog die Schlagzeilen, während er auf den nächsten Zug wartete. *Handels- und Kreditbank wegen Verdachts der Geldwäsche angeklagt. Gorbatschow verbringt Sommerurlaub auf der Krim.* Als der Zug einfuhr, drängte Torriti inmitten der Menschenmenge zu den Türen.

Der Zauberer stieg mehrmals um, achtete darauf, stets als Letzter aus- und einzusteigen. Eine weitere Rolltreppe brachte ihn schließlich wieder auf die Straße, wo er in einem Spielwarengeschäft verschwand und durch eine Hintertür in eine Gasse gelangte, die in eine andere Straße führte. Er winkte ein Taxi heran und fuhr zurück ins Hotel *Ukraine*. In seinem Zimmer schloss er sich im Badezimmer ein, riss das obere rechte Viertel von

Seite vier ab und erwärmte es über einer nackten Glühbirne. Sekunden später erschien ein mit Zitronensaft geschriebener Text.

> Tag X ist der 1. September. General Warennikow, Befehlshaber der Bodentruppen, plant vom KGB-Komplex in Maschkino aus, die Dserschinski-Division des KGB, Einheiten der Kantemirow-Division und des Taman-Garderegiments sowie der Rjasan-Luftlandedivision zwecks Kontrolle strategischer Punkte in Moskau einzuschleusen. Gorbatschow soll unter Hausarrest gestellt werden, während die Verschwörer den Notstand ausrufen und die Kontrolle über die Regierungsorgane übernehmen. Es muss dringend etwas geschehen, bevor es zu spät ist.

Torriti schrieb die Nachricht auf einen winzigen Zettel, den er in seinem linken Schuh versteckte. Das abgerissene Zeitungsstück verbrannte er in einem Aschenbecher und spülte die Asche in der Toilette hinunter. Dann verließ er das Hotel, ging zu einer Telefonzelle um die Ecke und wählte die Nummer, die der Rabbi ihm für den Fall gegeben hatte, dass er sich dringend mit den Israelis in Dresden in Verbindung setzen musste.

Eine Frau meldete sich. «*Pashalista?*»

«Ich habe gehört, Sie verkaufen seltene Perserteppiche zu günstigen Preisen», sagte Torriti.

«Von wem haben Sie die Information?»

«Von jemandem namens Ezra.»

«Ezra, der Gute. Er vermittelt uns von Zeit zu Zeit Kunden. Kommen Sie doch vorbei, und wir zeigen Ihnen Perserteppiche, bei denen Ihnen das Herz übergeht. Haben Sie meine Adresse?»

«Ja, die habe ich.»

Torriti hängte den Hörer ein, genehmigte sich einen stärkenden Schluck aus dem fast leeren Flachmann, stellte den Kragen seines zerknautschten, abgetragenen Sakkos hoch und machte sich auf den Weg zum Arbat.

Der Rabbi zog mit einem seiner Gehstöcke das Kästchen der Sprechanlage näher heran, damit er jedes Wort mitbekam. Er hielt den Atem an und lauschte, doch er hörte nur Totenstille. Dann erfüllte ein Mark und Bein durchdringendes Wimmern den Raum, wie nur unerträgliche Schmerzen es hervorrufen können. Ben Ezra zuckte zusammen: Er musste sich in Erinnerung rufen, dass der Zweck nun mal die Mittel heiligte, dass der Zweck, Hunderttausenden von Juden weiterhin die Auswanderung aus Russland zu ermöglichen, die Folter eines Mannes rechtfertigte, der an einer Verschwörung beteiligt war, die der Emigration ein Ende bereiten wollte.

Wie lautet die geheime Kennnummer, die Zugang zu dem Konto ermöglicht?

Als der Devisenbeschaffer nicht sogleich antwortete, ertönte ein leises Summen wie von einem Rasierapparat über den Lautsprecher. Dann detonierten Worte wie eine Serie Feuerwerkskörper.

Bitte-nicht-bitte-aufhören-ich-rede-ja!

Es reicht, sagte eine Stimme. *Schalt das Ding aus.*

Das Summen erstarb.

Unter Schluchzen und Wimmern folgten die Zahlen. *Sieben-acht-vier-zwei*, dann das Wort *Wolke*, dann *neun-eins-eins*.

Der Rabbi notierte die Zahlen und das Wort auf einen Block. Sieben-acht-vier-zwei, dann Wolke, dann neun-eins-eins. Er holte tief Luft und blickte auf. Es galt in der Welt der Spionage als Tatsache, dass jeder früher oder später zusammenbrach. Ben Ezra wusste von Juden, die während einer Mission geschnappt worden waren und strikte Anweisung hatten, möglichst lange durchzuhalten, damit die anderen aus ihrem Netzwerk fliehen konnten; manchmal hatten sie der Folter zwei, zweieinhalb Tage standgehalten, manchmal waren sie früher zusammengebrochen. Der eigene Sohn des Rabbi war Mitte der Siebzigerjahre in Syrien gefasst worden und hatte nach vierunddreißig Stunden Folter geredet – woraufhin man ihn gewaschen hatte, ihm einen weißen Pyjama angezogen und ihn an einem grob zusammengehämmerten Galgen aufgehängt hatte. Der Deutsche hatte mehr erduldet als die meisten; sein Zorn auf Juden hatte seine Schmerzen zum Teil gelindert. Aber er war zusammengebrochen. Jetzt musste sich zeigen, ob die Zahlen stimmten – und wenn ja, wovon der Rabbi ausging, mussten sie die Gelder des Devisenbeschaffers auf die verschiedenen Schweizer Bankkonten umleiten und Jack McAuliffe die verabredete Meldung senden, dass die Schmutzarbeit getan war.

Alles Weitere lag beim Zauberer.

Ben Ezra hatte die Nachricht des Zauberers am Abend zuvor erhalten: Der Putsch war für den 1. September geplant. Von einem abhörsicheren Telefon in einem *safe house* des Mossad aus hatte der Rabbi sogleich Jack McAuliffe in Washington verständigt; als zusätzliche Vorsichtsmaßnahme hatte er die Botschaft verklausuliert. Unser gemeinsamer Freund, so hatte Ben Ezra gesagt, erinnert uns daran, dass wir unsere Bewerbungen bis zum ersten September einreichen müssen, sonst haben wir keine Hoffnung auf ein Stipendium; das ist der letzte Termin. Der erste September, hatte Jack am anderen Ende der Leitung erwidert, ist ziemlich knapp, um von acht oder zehn wichtigen Personen in Moskau eine Empfehlung zu erhalten; glaubt unser gemeinsamer Freund, er kann uns vor dem endgültigen Termin mit diesen Leuten in Verbindung bringen? Er hat alle Hebel in Bewegung gesetzt, hatte der Rabbi geantwortet. Er rechnet damit, die acht oder zehn Empfehlungen spätestens in der letzten Augustwoche parat zu haben. Das wird ziemlich eng, hatte Jack entgegnet; irgendeine Möglichkeit, die Sache zu beschleunigen? Empfehlungen von acht oder zehn Leuten in mehr oder weniger derselben Zeit zu bekommen ist kompliziert, hatte Ben Ezra Jack zu bedenken gegeben. Und aus nahe liegenden Gründen muss es gleich beim ersten Mal klappen, eine zweite Chance haben wir nicht. Okay, hatte Jack widerwillig gesagt, ich bin mit der letzten Augustwoche einverstanden. Jetzt, da er an einem Tisch in dem Büro im obersten Stock der Fleischfabrik saß, drehte der Rabbi die Gegensprechanlage um und stöpselte das Kabel aus. Er spähte durch die dicken Gläser seiner Brille, die Augen glasig von dem Schmerz, der sein ständiger Begleiter war, und sah in dem hinten offenen Gehäuse eine kleine, rot-schwarze Spinne über so feine Fäden tanzen, dass sie mit bloßem Augen nicht zu erkennen waren. Die Spinne, die in der Luft zu hängen schien, erstarrte, als Ben Ezra einen der Fäden mit dem Daumennagel berührte. Sie wartete mit endloser Geduld, während sie erwog, ob die Vibrationen, die sie wahrgenommen hatte, Gefahr signalisierten. Schließlich wagte sie eine zögerliche Bewegung, krabbelte dann flink über das unsichtbare Netz und verschwand in der sicheren Höhle der Sprechanlage.

Ben Ezras knochentrockene Lippen verzogen sich. Seine Zeit ging zu Ende. Bald würde auch er über ein unsichtbares Netz krabbeln, ganz langsam, die Hüften mit jedem schmerzhaften Schritt vor und zurück schiebend, und in der sicheren Höhle des Landes verschwinden, das Gott der Herr den Nachfahren Abrahams geschenkt hatte.

Die Sirene auf dem Wachturm des KGB-Komplexes im Dorf Maschkino ertönte wie immer um Punkt zwölf Uhr mittags. In dem kleinen, klimatisierten Besprechungsraum im ersten Stock des Gebäudes starrte der KGB-Chef Wladimir Krjutschkow grimmig zum Fenster hinaus. Hinter ihm leierte die Stimme von Fjodor Lomow, Apparatschik im Außenministerium, der aus der Akte vorlas, die ein Kurier zusammen mit Fotos am Vormittag gebracht hatte.

Die Israeli-Abteilung des Zweiten Direktorats ließ seit längerer Zeit ein jüdisches Ehepaar überwachen, das in einem kleinen Laden in einer

Seitenstraße vom Arbat orientalische Teppiche verkaufte und in der Vergangenheit für den israelischen Mossad geheime Wohnungen besorgt und Nachrichten übermittelt hatte. Das Überwachungsteam hatte in einer leer stehenden Wohnung schräg gegenüber von dem Teppichladen Posten bezogen und fotografierte systematisch jeden, der den Laden betrat. Die Fotos wurden dann abends entwickelt und am nächsten Morgen zur Israeli-Abteilung des Zweiten Direktorats gebracht. Als die Fotos an diesem betreffenden Morgen noch ausgewertet wurden, war Juri Sukhanow, der griesgrämige Leiter des Neunten Direktorats, der zum Kern der Verschwörer um Krjutschkow gehörte, mit einem beunruhigenden Foto hereingekommen, das der Dresdner Resident per Kurier an die Moskauer Zentrale geschickt hatte. Es zeigte einen alten Mann, der an zwei Stöcken zu einer von Bodyguards umringten Limousine ging. Dresden hatte den alten Mann unter Vorbehalt als Ezra Ben Ezra identifiziert, den berüchtigten Rabbi und seit sieben Jahren Leiter des israelischen Mossad. Neben ihm ging eine korpulente Gestalt, die die Dresdner Residentur nicht hatte identifizieren können – aber Sukhanow, ein erfahrener KGB-Offizier, dessen illustre Karriere Mitte der Fünfzigerjahre in der Karlshorst-Residentur in Ostberlin begonnen hatte, hatte ihn auf der Stelle erkannt: Der Mann neben Ben Ezra war kein anderer als der alte Freund des Rabbi, der legendäre ehemalige Chef der Berliner CIA-Basis, H. Torriti alias der Zauberer. Die Fragen, die natürlich allen auf den Lippen brannten, waren: Warum traf sich der Mossad-Chef mit Harvey Torriti in Dresden? Hatte ihr Treffen möglicherweise etwas mit den Geldern zu tun, die der Devisenbeschaffer auf die Dresdner Filiale der *Großen Russischen Handelsbank* transferierte? Oder schlimmer noch, mit dem plötzlichen Verschwinden des Devisenbeschaffers?

Während das Thema noch erörtert wurde, fiel Sukhanows Blick auf den Drahtkorb, in dem die Fotos von nicht identifizierten Personen abgelegt wurden. Geistesabwesend hatte er die Aufnahmen durchgesehen, die sich darin befanden, und plötzlich eine ins Licht gehalten. «Wo habt ihr das Foto her?», hatte er aufgeregt gefragt. Der Dienst habende Offizier erklärte, es sei tags zuvor von dem Team geschossen worden, das ein jüdisches Ehepaar überwache, das ab und zu für den Mossad Aufträge erledige. «Aber das ist doch derselbe Mann, der mit dem Rabbi in Dresden fotografiert wurde! Der Amerikaner Torriti», hatte der Leiter des Neunten Direktorats gerufen. Sukhanow war nicht wohl bei dem Gedanken, dass Torriti erst in Dresden und dann in Moskau war – es konnte nur bedeuten, dass die CIA, ohne ihre Moskauer Dienststelle zu informieren, einen alten Profi in die sowjetische Hauptstadt geschmuggelt hatte. Und das konnte wiederum nur bedeuten, dass die Amerikaner von dem geplanten Putsch Lunte gerochen hatten.

Auf schnellstem Weg waren deshalb die Fotos von Ben Ezra und Torriti in Dresden und Torriti in Moskau zum KGB-Komplex in Maschkino befördert worden. Krjutschkow war verständigt worden, der eiligst einen Kriegsrat einberufen hatte. Lomow, der immer noch aus der Akte vorlas, kam schließlich zum Ende. Verteidigungsminister Jasow, der gemeinsam mit Innenminister Pugo ursprünglich auf Mitte August als Termin für den Staatsstreich gedrängt hatte, sprach sich in Anbetracht der neusten Informationen für eine Vorverlegung des Datums aus. Auch General Warennikow hielt, wenn auch zögernd, Mitte August unter den gegebenen Umständen für den folgerichtigen Termin. Der Leiter des Neunten Direktorats, dessen Agenten Gorbatschow in den ersten Stunden des Staatsstreichs unter Hausarrest stellen sollten, erinnerte daran, dass ihnen nicht viel Zeit blieb, da der Generalsekretär bis zum zwanzigsten in seiner Sommerresidenz auf der Krim weilte.

Alle Augen richteten sich auf Krjutschkow, der noch immer zum Fenster hinausschaute. Unvermittelt wandte er sich um und verkündete mit ausgesprochen finsterer Miene, dass auch er für die Vorverlegung des Putsches sei, obwohl er keine Möglichkeit sehe, bis dahin alle Vorbereitungen abzuschließen.

«Wie wär's mit dem neunzehnten August?», fragte Krjutschkow.

«Einverstanden», sagte Verteidigungsminister Jasow. Die anderen stimmten mit einem Nicken zu.

«Dann wäre das also beschlossene Sache», sagte Krjutschkow. «Heute in einer Woche rufen wir den Ausnahmezustand aus, stellen Gorbatschow unter Hausarrest und übernehmen die Regierung.»

Um seine chronische Angst zu vertreiben, erkundete Leo Kritzky den ganzen Nachmittag über die schmalen Sträßchen hinter dem Kreml, in denen es von orthodoxen Kirchen nur so wimmelte. Mit den Jahren war er vom Aussehen her so russisch geworden, dass ihn nicht einmal mehr die kleinen Gauner, die Ausländern auflauerten, um Dollars zu kaufen oder Kaviar zu verkaufen, eines zweiten Blickes würdigten. Er trank irgendwo eine Tasse Tee und reihte sich dann in die Schlange vor einer Apotheke, um eine Flasche polnischen Hustensaft zu besorgen, die er anschließend seiner Freundin, die seit längerem an einer schlimmen Bronchitis laborierte, in die Wohnung brachte. Er blieb eine halbe Stunde bei ihr und sah sich die

Zeichnungen an, die sie für ein Kinderbuch gemacht hatte, und nahm dann die Metro zurück zum Frunsenskaja-Ufer. Während er schwankend dastand, eine Hand an einem Halteriemen, und der Zug durch einen Tunnel ratterte, fiel sein Blick auf etwas, das er für ein Relikt aus siebzig Jahren Kommunismus hielt: eine kleine Metalltafel am Ende des Wagens mit der eingravierten Aufschrift «Oktoberrevolution». Er fragte sich, wie vielen Leuten diese Erinnerung an alte Zeiten wohl noch auffiel und wie viele von denen, die sie bemerkten, wohl noch an die Verheißung der Oktoberrevolution glaubten. Er selbst kannte Tage, an denen er dachte, es wäre vielleicht besser, von vorn anzufangen, dann wieder gab es Tage, an denen er versuchte, gar nicht darüber nachzudenken.

Am Frunsenskaja-Ufer Nummer 50, Eingang 9, angekommen, nahm er die Treppe in den zweiten Stock. Der Hausmeister hatte die kaputte Glühbirne am Ende des Flurs vor seiner Wohnung Nummer 373 noch immer nicht ausgewechselt. Als er sich vorbeugte, um den Schlüssel ins Schloss zu stecken, rief eine aufgeregte Frauenstimme aus der Dunkelheit: «Entschuldigung, Sie können mich wohl nicht zufällig verstehen, oder?» Als Leo nicht gleich reagierte, seufzte die Frau. «Hab ich mir gedacht – wär ja auch zu schön gewesen.»

Leo blinzelte in die Dunkelheit. «Doch, ich –»

«Gott sei Dank», entfuhr es der Frau erleichtert. Sie trat aus dem Schatten und näherte sich Leo. «Verzeihen Sie, aber Sie wissen nicht vielleicht, wo hier Leo Kritzky wohnt?»

Leos Gesicht erstarrte. «Wer sind Sie?», fragte er. Er hob die Fingerspitzen an eine Wange und spürte nur tote Haut.

Die Frau trat näher und musterte Leo. Er hörte, wie sie nach Luft schnappte. «Daddy?», flüsterte sie mit der ängstlichen Stimme eines Kindes.

«Tessa? Bist du das?»

«Ach, Daddy», stöhnte sie. «Ich bin's. Ja, ich bin's.»

Leo spürte, wie alles von ihm abfiel: Zeit, Ort, Reue, Kummer. Er breitete die Arme aus, und Tessa sank schluchzend hinein.

5

BEI FOROS AUF DER HALBINSEL KRIM, MONTAG, 19. AUGUST 1991

Als sich der riesige, insektenhafte Armeehubschrauber dem Landeplatz näherte, sah Jewgeni die Kirche von Foros mit ihrem Zwiebelturm auf den Granitklippen und tief unten die Brandung gegen die zerklüftete Küste tosen. Gleich darauf kam Michail Gorbatschows Anwesen auf den Felsen mit weitem Blick über das Schwarze Meer in Sicht. Neben dem dreistöckigen Haupthaus gab es ein Quartier für Bedienstete und Sicherheitsleute, ein separates Gästehaus, einen überdachten Swimmingpool, ein Kino und sogar eine lange Rolltreppe zu dem Privatstrand unterhalb des Anwesens. Sobald der Hubschrauber gelandet war, wurde die Delegation aus Moskau – Juri Sukhanow vom KGB, General Warennikow, Oleg Baklanow vom Verteidigungsrat, Oleg Schenin vom Politbüro, Gorbatschows persönlicher Assistent und Personalchef Waleri Boldin, Jewgeni Tsipin als Vertreter des mächtigen Banksektors – auf schnellstem Weg in offenen Jeeps zum Haupthaus gefahren. Als die Gruppe durch die ganz in Marmor gehaltene Eingangshalle eilte, flüsterte der Chef der hier zuständigen Sicherheitsabteilung Sukhanow zu, dass er, wie befohlen, Gorbatschows acht Telefon- und Faxleitungen um halb fünf unterbrochen hatte. «Als ich ihm mitgeteilt habe, dass er unangemeldeten Besuch bekommt, hat er zum Telefonhörer gegriffen, um sich zu erkundigen», berichtete der Offizier. «Da hat er gemerkt, dass die Leitungen tot sind. Sogar die Direktleitung zum Oberbefehlshaber, über die er es anschließend probiert hat. Er hat wohl sofort begriffen, was los ist, denn er ist kreidebleich geworden und hat seine Familie zusammengerufen – seine Frau Raissa Maximowna, seine Tochter, seinen Schwiegersohn. Sie sind jetzt alle im Salon. Raissa ist ganz besonders mitgenommen – ich hab gehört, wie sie irgendwas über die Bolschewiken gesagt hat, die die Romanows nach der Oktoberrevolution ermordet haben.»

Die Delegation trat durch die Doppeltür in den Salon; Gorbatschow und seine Familie standen mitten im Raum. Der Generalsekretär starrte mit mühsam beherrschtem Zorn erst seinen Personalchef Boldin und dann die anderen an. «Wer hat euch geschickt?», fragte er mit eiskalter Verachtung.

«Das für den Ausnahmezustand ernannte Staatskomitee», erwiderte Sukhanow.

«Ich habe ein solches Komitee nicht ernannt», konterte Gorbatschow. «Wer gehört ihm an?»

Jewgeni trat vor und reichte Gorbatschow ein Blatt Papier, auf dem die Namen der Mitglieder des Ausnahmezustandskomitees standen. Der Generalsekretär setzte seine Brille auf und blickte auf die Liste. «Krjutschkow! Jasow – mein Gott, bevor ich ihn zum Verteidigungsminister gemacht habe, war er ein Niemand! Pugo! Warennikow! Uritzki!» Gorbatschow schüttelte angewidert den Kopf. «Glauben Sie im Ernst, die Menschen sind so willenlos, dass sie jedem Diktator folgen?»

General Warennikow sagte: «Sie haben nur eine Wahl, Michail Sergejewitsch. Entweder Sie unterzeichnen die Ausnahmezustandsverordnung oder Sie treten zurück.»

Gorbatschow blickte Raissa an, und als er sah, dass sie zitterte, legte er ihr eine Hand auf die Schulter. An die Delegation gewandt, sagte er: «Niemals werde ich eine solche Verordnung mit meiner Unterschrift legalisieren.»

Mit kaum hörbarer Stimme fragte Raissa ihren Mann: «Jelzin – steht er auch auf der Liste?»

Sukhanow sagte: «Jelzin wird festgenommen werden.»

Gorbatschow und seine Frau sahen sich in die Augen. Ihnen war bewusst, dass sie unter Umständen vor einem Erschießungskommando landen würden. Mit ruhiger Stimme sagte Gorbatschow zu der Delegation: «Ihr seid Abenteurer und Verräter. Ihr werdet das Land in den Ruin treiben. Nur diejenigen, die nichts aus der Geschichte gelernt haben, können die Rückkehr zum Totalitarismus anstreben. Ihr treibt Russland in den Bürgerkrieg.»

«Hier gibt es nichts mehr zu tun», stellte Sukhanow fest. Er trat auf Gorbatschow zu und hielt ihm die Hand hin; der Generalsekretär und der Chef des Neunten Direktorats waren seit Jahren miteinander befreundet. Jetzt blickte Gorbatschow auf die Hand hinunter und wandte sich mit einem verächtlichen Schnauben ab. Sukhanow zuckte die Achseln und ging vor den anderen her aus dem Zimmer.

Als sie wieder im Hubschrauber saßen, zog Baklanow eine Cognacflasche aus einem Lederetui und füllte für jeden einen kleinen Plastikbecher. Nachdem sie einen Schluck getrunken hatten, rief Warennikow über den Lärm der Rotorblätter hinweg: «Eins muss man ihm lassen: Jeder andere hätte diese Verordnung unterschrieben.»

Sukhanow schloss die Augen. «Jetzt kommt es darauf an, Jelzin zu isolieren», rief er. «Ohne Gorbatschow und ohne Jelzin ist die Opposition führerlos.»

Jewgeni gab ihm Recht. «Jelzin», sagte er gedankenverloren, «ist der alles entscheidende Faktor.»

Weit nach Mitternacht war Jewgeni wieder in Moskau und rief Asa von einer Telefonzelle am Flughafen aus an. Mit einem vorher abgesprochenen Codewort bestellte er sie zu einem vereinbarten Treffpunkt. Als er zu der Garage in der kleinen Straße hinter ihrem Haus kam, wartete sie schon auf ihn, und sie fielen einander in die Arme. Aufgeregt erzählte er ihr, was passiert war: Die Putschisten hatten den Tag des Aufstands vorverlegt; er war mit nach Foros geflogen; Gorbatschow wurde in seinem Ferienhaus gefangen gehalten. Marschall Jasow würde sämtliche Militäreinheiten in Alarmbereitschaft versetzen. Binnen Stunden würden Panzer und Kampfgruppen strategische Positionen in Moskau besetzen. Anschließend sollte bekannt gegeben werden, dass Gorbatschow einen Schlaganfall erlitten und sein Amt niedergelegt hatte und dass die Regierungsgewalt sich jetzt allein in den Händen des Staatskomitees für den Ausnahmezustand befand.

Asa nahm die Neuigkeiten ruhig auf. Es kam ja nicht unerwartet, sagte sie, nur der frühe Zeitpunkt war eine Überraschung. Sie wollte sich das Auto eines Nachbarn leihen und auf der Stelle zu Boris Nikolajewitsch fahren, um ihn zu warnen. Jelzin würde sich ganz bestimmt im Weißen Haus verbarrikadieren und von dort aus versuchen, die demokratischen Kräfte zum Widerstand aufzurufen. Falls die Telefonleitungen im Weißen Haus nicht gekappt wurden, konnte Jewgeni sie vielleicht über die Geheimnummer von Jelzins Büro erreichen, die sie ihm gegeben hatte. In der Dunkelheit legte sie ihm sanft eine Hand in den Nacken. «Pass gut auf dich auf, Jewgeni Alexandrowitsch», sagte sie.

Asa steuerte den kleinen Lada durch die menschenleeren Straßen der Hauptstadt. Sie bog auf den Kutusowski-Prospekt und fuhr aus Moskau hinaus Richtung Ussowo, wo Boris Jelzin seine Datscha hatte. Als sie an einer roten Ampel hielt, spürte sie plötzlich, wie der Boden unter den Rädern des Wagens vibrierte. Es war wie die Vorboten eines Erdbebens. Sie hörte das Rumpeln im selben Moment, wie sie die Ursache des Lärms sah. Eine lange Kolonne Panzer, die in Richtung Moskauer Innenstadt rollten, kam in Sicht, in jedem Geschützturm ein Soldat mit Lederhelm und Schutzbrille. Mit einem Mal verschmolz das Zittern der Erde mit dem Rhythmus von Asas Herzschlag; der Putsch, bis eben noch mehr oder weniger ein abstrakter Begriff, war durch den Anblick der Panzer schmerzhafte Wirklichkeit geworden.

Kurz vor dem Dorf Ussowo bog Asa in eine schmale, unbefestigte Straße und hielt vor einem von Mauern umgebenen Grundstück. Sie klopfte an das Fenster des Wachhauses, in dem zwei junge Soldaten dösten. Einer von ihnen erkannte sie und öffnete rasch das Tor.

«Sie sind ja früh auf den Beinen», sagte er.

«Ich wollte aus Moskau raus sein, bevor die Straßen verstopft sind», erwiderte sie.

Asa parkte den Wagen neben der aus Holz und Backsteinen gebauten Datscha und ging über die Veranda zur Hintertür. Im Wald um das Haus herum war noch kein Vogelgezwitscher zu hören. Sie nahm den Ersatzschlüssel aus seinem Versteck unter einem Geranientopf, schloss die Tür auf und betrat die Küche. Über die Holztreppe stieg sie ins obere Stockwerk und klopfte leise an die Tür am Ende des Flurs. Als sich nichts rührte, klopfte sie lauter. Eine unwirsche Stimme rief: «Wer zum Teufel ist denn da?»

«Boris Nikolajewitsch, ich bin's, Asa Isanowa. Ich muss dringend mit Ihnen sprechen.»

Auf dem Flur gingen Türen auf, und Jelzins Töchter Lena und Tanja spähten verängstigt aus ihren Zimmern. «Was ist passiert?», fragte Tanja, die jüngere von beiden.

Jelzin, der sich rasch eine Hose über sein Nachthemd gezogen hatte, öffnete die Tür des Zimmers. «Geht wieder ins Bett», rief er seinen Töchtern zu. «Kommen Sie rein», sagte er zu Asa. Er wusste, dass sie keine guten Nachrichten brachte. Er deutete auf einen Stuhl, zog einen zweiten heran und setzte sich ihr gegenüber. «Sie haben also was von Ihrem Informanten gehört?», fragte er.

Asa nickte. «Ich habe mich gegen halb zwei mit ihm getroffen», sagte sie und erzählte, was sie von Jewgeni erfahren hatte. «Die Panzer rollen schon durch Moskau», fügte sie hinzu.

Jelzin fuhr sich mit drei dicken Fingern durch das graue Haar und starrte grübelnd auf den Boden. Dann schüttelte er mehrmals den Kopf, als würde er mit sich selbst argumentieren. «Wie sind Sie hergekommen?», fragte er.

«Ich hab mir von einem Nachbarn das Auto geliehen.»

Er blickte zur Seite, mit nachdenklicher Miene; Asa kannte ihn genug, um zu wissen, dass er verschiedene Szenarien durchspielte. «Ich muss unbedingt ins Weiße Haus», sagte er schließlich. «Ich bin sicher, dass der KGB mich festnehmen lassen will. Moskau ist bestimmt schon mit Straßensperren abgeriegelt. Wenn ich in meiner Limousine mit Leibwächtern zurückfahre, werde ich natürlich erkannt. Wenn ich mit Ihnen fahre, habe ich vielleicht eine Chance, durch die Kontrollen zu kommen. Es könnte gefährlich sein – sind Sie bereit, das Risiko einzugehen?»

«Ja, Boris Nikolajewitsch.»

«Sie sind eine mutige Frau, Asalia Isanowa.»

Jelzin sprang auf und schaltete ein kleines Radio ein. Es lief eine Aufnahme von *Schwanensee*, was ein schlechtes Zeichen war; in schwierigen Zeiten änderten sowjetische Sender stets das Programm und spielten *Schwanensee*. Dann unterbrach ein Sprecher die Musik und las mit vor Nervosität zitternder Stimme eine aktuelle Meldung vor: «Michail Gorbatschow hat aus gesundheitlichen Gründen seine Ämter niedergelegt. In dieser schweren und kritischen Stunde hat das Staatskomitee für den Ausnahmezustand die Regierung übernommen, um die große Gefahr abzuwenden, die unser Vaterland bedroht.» Lena und Tanja kamen hereingestürzt. Jelzin bedeutete ihnen, leise zu sein. «Die Reformpolitik, die Michail Gorbatschow auf den Weg gebracht hat, um die dynamische Entwicklung des Landes zu sichern», fuhr die Stimme im Radio fort, «hat in eine Sackgasse geführt. Das Land versinkt im Sumpf der Gewalt und Gesetzlosigkeit. Millionen von Menschen verlangen Maßnahmen gegen die sich ausbreitende Kriminalität und himmelschreiende Unmoral.»

Jelzin schaltete das Radio aus. «Millionen von Menschen verlangen die Demokratisierung, keine neue Diktatur des Proletariats», erklärte er. Er zog das Nachthemd über den Kopf und legte sich dann eine kugelsichere Weste an. Er streifte sich ein weißes Hemd über, befestigte die Hosenträger, schlüpfte in ein braunes Jackett und steckte eine Pistole ein. Dann lief er auf den Flur, rief seine Töchter und sagte ihnen, sie sollten ihre Mutter in der Stadtwohnung anrufen. «Das Telefon wird bestimmt abgehört», warnte er. «Sagt nur, ich hätte alles im Radio gehört und würde mit dem Auto nach Swerdlowsk fahren. Sonst nichts.»

Draußen zog eine auffällig große Sternschnuppe eine feurige Bahn durch den Großen Bären. «Wünscht euch was», forderte Jelzin seine Töchter auf. Er selbst war zwar kein religiöser Mensch, doch er glaubte an das Schicksal; seines würde sich jetzt erfüllen. Er blickte hinauf in den wolkenlosen Augusthimmel und wünschte sich etwas, ging dann zu Asas Lada und setzte sich auf den Beifahrersitz.

«Papa, du musst die Ruhe bewahren», sagte Lena, bevor sie die Tür schloss. «Vergiss nicht, jetzt hängt alles von dir ab.»

Das Klingeln riss Jack McAuliffe aus dem Tiefschlaf. Benommen tastete er nach dem Telefon auf dem Nachttisch. Millie war schneller.

«Ja?»

«Wer ist am Apparat?»

Aus langer Gewohnheit murmelte sie: «Ich seh mal nach, ob er da ist.»

Sie drückte die Sprechmuschel ins Kissen und flüsterte: «Es ist der Dienst habende Offizier von Langley, Jack. Bist du da?»

Jack brummte: «Wo soll ich mitten in der Nacht sonst sein außer im Bett neben meiner Frau.» Er nahm den Hörer entgegen und knurrte: «McAuliffe am Apparat.»

Schlagartig wach, setzte Jack sich auf und wechselte den Hörer ans andere Ohr. «Ach du lieber Himmel, wann ist die Meldung gekommen? ... Okay, schicken Sie eine Sofortmeldung an die Moskauer Dienststelle mit der Anweisung, dass alle Mitarbeiter sich von den Straßen fern halten sollen, bis die Lage sich stabilisiert. Nicht, dass von unseren Leuten jemand getötet wird, falls es zu Schießereien kommt. Zweitens, spüren Sie Director Ebbitt auf – er ist auf einem Segeltörn irgendwo vor Nantucket. Wenn Sie ihn nicht über Funk erreichen, schalten Sie die Küstenwache ein. Verständigen Sie auch den DD/O Manny Ebbitt. Er soll umgehend in den Lagebesprechungsraum kommen. Ich bin in einer Dreiviertelstunde da.»

Jack tastete im Dunkeln nach dem Lichtschalter. Die plötzliche Helligkeit blendete ihn, und er bedeckte sich die Augen mit dem Unterarm, während er den Hörer auflegte. «In Russland ist die Hölle los», sagte er zu Millie. «Leo hat sich geirrt. Die verdammten Verschwörer haben ihren Putsch zwölf Tage früher gestartet. Die russische Armee ist in Moskau einmarschiert. Gorbatschow ist entweder tot, oder er steht auf der Krim unter Arrest.»

«Vielleicht komm ich besser mit, Jack, und kümmere mich um die Pressemitteilungen – die *Washington Post* rennt uns in ein paar Stunden die Tür ein, weil sie wissen will, warum wir den Präsidenten nicht frühzeitig vor einem Putsch gewarnt haben.»

«Wie üblich können wir denen nicht sagen, dass wir das getan haben.» Er blickte Millie an – sie sah noch genauso verführerisch aus wie an dem Tag, als er sie im *Cloud Club* zum ersten Mal gesehen hatte. «Hat dir schon mal jemand gesagt, wie schön du bist?», fragte er.

«Ja, *du*.» Sie streckte die Hand aus und strich ihm den zerzausten Schnurrbart mit den Fingerspitzen glatt. «Sag es mir noch einmal, vielleicht glaub ich es dann ja allmählich.»

«Glaub es», sagte er. «Es ist die reine Wahrheit.» Mit besorgtem Gesicht schob er sich aus dem Bett. «Verdammte Russen», stöhnte er. «Wenn dieser Putsch gelingt, befördert er sie schnurstracks zurück in die bolschewistische Eiszeit.»

Auf der Couch im Wohnzimmer schlief Tessa so fest, dass sie weder von Leos Wecker noch von der Toilettenspülung wach wurde. Erst als ihr der Duft von frisch aufgebrühtem Kaffee in die Nase drang, öffnete sie ein Auge.

«Aufstehen», rief Leo aus der Küche, «wir müssen früh los, wenn wir nach Sagorsk wollen.»

Leo und Tessa hatten Moskau bereits gründlich abgegrast; sie hatten den Kreml besichtigt, die St.-Basil-Kathedrale auf dem Roten Platz, das Kaufhaus GUM, das Kloster Nowodjewitschi samt Friedhof (wo Manny Ebbitt auf den Monat genau siebzehn Jahre zuvor geschnappt worden war), das Puschkin-Museum. Leos Energie schien trotz seiner vierundsechzig Jahre schier unerschöpflich, während Tessa, siebenunddreißig, am Abend todmüde ins Bett fiel.

«Noch drei Tage», sagte Leo jetzt, während er ein aufgebackenes Brötchen mit Butter bestrich und es seiner Tochter reichte.

«Ich komme wieder, Daddy.»

«Ehrlich?»

«Das weißt du doch. Vielleicht kann ich beim nächsten Mal ja auch Vanessa überreden ...» Sie sprach den Satz nicht zu Ende.

«Das wäre schön», sagte Leo leise. «Das wäre sehr schön.»

Das Telefon im Wohnzimmer klingelte, und Leo stand auf, um an den Apparat zu gehen. Tessa hörte ihn mit aufgeregter Stimme sprechen, als von der Straße ein tiefes Grollen heraufdrang. Sie ging zum offenen Fenster, und als sie die Gardine beiseite schob und hinausblickte, verschlug es ihr den Atem: Eine lange Kolonne monströser Panzer rumpelte das Frunsenskaja-Ufer hinab.

Hinter ihr schrie Leo jetzt in den Hörer. «Und wieso zwölf Tage früher, verdammt? Damit sind Torritis Pläne womöglich zum Scheitern verurteilt.»

Unten auf der Straße teilten sich die Panzer in kleinere Formationen auf und rollten in verschiedene Richtungen. Zwei blieben zurück auf einer Kreuzung, die Geschützrohre drehten sich, als suchten sie ein Ziel.

Leo sagte im Hintergrund: «Woher wollen die wissen, dass Jelzin nach Swerdlowsk geflohen ist?» Dann: «Ohne Jelzin haben die demokratischen Kräfte keine Führung.» Gleich darauf kam er in die Küche und trat zu Tessa ans Fenster.

«Was ist denn los, Daddy?», fragte sie ängstlich.

Leo schüttelte angewidert den Kopf, betrachtete die Panzer auf der Straße und sagte: «Der Putsch hat begonnen.»

Tessa holte ihre Nikon, setzte ein Teleobjektiv auf und machte Aufnahmen von den beiden Panzern auf der Straßenkreuzung. Um die Fahrzeuge herum hatte sich eine Menschentraube gebildet, und man schien heftig mit den Soldaten in den Geschütztürmen zu diskutieren. «Komm, wir gehen runter», sagte Tessa und packte ein paar Filme und die Kamera in ihre Umhängetasche.

«Es wäre klüger, wenn wir hier oben blieben.»

«Daddy, ich arbeite für ein amerikanisches Nachrichtenmagazin. Ich verstecke mich doch nicht im Schrank, wenn da draußen ein richtiger Staatsstreich im Gang ist.»

Leo blickte wieder zum Fenster hinaus; auch er war neugierig, was passierte. «Na schön, solange keine Schüsse fallen, können wir wohl einen Blick riskieren.»

Aus allen Häusern strömten Menschen auf die Straße, als Leo und Tessa hinaus in die strahlende Augustsonne traten. An Straßenecken stand man zusammen und tauschte Informationen aus. Die Gruppe um die beiden Panzer wurde zunehmend größer. «Fahrt zurück in eure Kaserne», rief eine Stimme.

«Wir führen nur Befehle aus», erwiderte ein junger Offizier, doch er wurde niedergebrüllt.

«Wie könnt ihr bloß auf eure eigenen Leute schießen?», fragte eine Frau mit einem kleinen Kind auf dem Arm.

«Wir schießen ja auf niemanden», erklärte der Offizier, sichtlich aufgewühlt.

Tessa umkreiste die Menschenmenge und schoss ein Foto nach dem anderen. Sie legte einen neuen Film ein, zog dann ihren Vater am Ärmel Richtung Kremlmauer. An einer anderen Kreuzung hatten sich Soldaten im Kreis um zwei Laster und einen Jeep postiert, die Kalaschnikows im Anschlag. Drei junge Mädchen in kurzen Röcken steckten Rosen in den Lauf von Gewehren, was die Umstehenden bejubelten. Am Kremlturm holte ein Soldat die russische Trikolore an einem Fahnenmast ein und hisste stattdessen die Flagge mit Hammer und Sichel. Einem bärtigen Mann im Rollstuhl liefen bei dem Anblick die Tränen über die Wangen. Ein halbwüchsiger Junge hatte ein Kofferradio auf einen Hydranten gestellt und drehte die Lautstärke auf. «... Soldaten und Offiziere der Armee. Vergesst in dieser schwierigen Stunde der Entscheidung nicht, dass ihr einen Eid geleistet habt und eure Waffen nicht gegen eure Landsleute richten dürft. Die Tage der Verschwörer sind gezählt. Die gewählte Regierung ist im Weißen Haus und voll funktionsfähig. Unser Volk, das so viel gelitten hat, wird erneut die Freiheit finden, für alle Zeit. Soldaten, ich bin überzeugt, dass ihr in dieser tragischen Stunde die richtige Entscheidung treffen werdet. Die Ehre russischer Waffen wird nicht mit dem Blut des Volkes besudelt werden.»

Leo zog seine Tochter zu sich und sagte atemlos: «Jelzin ist nicht nach Swerdlowsk geflüchtet! Das ist eine Rundfunkübertragung aus dem Weißen Haus. Es besteht immer noch ein Funken Hoffnung.»

«Was ist das Weiße Haus, Daddy?»

«Das russische Parlamentsgebäude an der Moskwa.»

«Dann nichts wie hin.»

Um sie herum wurden Stimmen laut. «Zum Weißen Haus», rief jemand aufgeregt. Wie von einem Magneten angezogen, strömten die Menschen in Richtung Arbat, der breiten Straße, die zur Kalinin-Brücke und der Moskwa führte. Die Menge, die zum Fluss marschierte, wurde unablässig dichter, und als das weiße Parlamentsgebäude am Ende des Arbat in Sicht kam, war sie auf Tausende angeschwollen. Inmitten des wogenden Menschenstroms hatte Leo das Gefühl, in einem Strudel gefangen zu sein, aus dem es kein Entrinnen gab.

Am Weißen Haus gaben Veteranen des Afghanistankriegs, erkennbar an Teilen ihrer alten Uniform, den Studenten Hilfestellung beim Barrikadenbau. Einige kippten Autos und einen Linienbus um, andere fällten Bäume oder schleppten Badewannen von einer Baustelle in der Nähe heran, wieder andere brachen Pflastersteine aus der Straßendecke. Auf den zehn Panzern, die im Halbkreis um das Weiße Haus gruppiert waren, saßen die Soldaten und schauten rauchend zu, ohne einzuschreiten. Plötzlich, kurz nachdem die Glocken der Stadt zur Mittagsstunde geläutet hatten, brandete ein Jubelgeschrei auf, das immer lauter wurde. «Sieh mal», schrie Leo und zeigte auf die Eingangstür des Parlamentsgebäudes. Die massige Gestalt eines großen Mannes mit grauem Haar war auf der obersten Stufe zu sehen, die Arme hoch über den Kopf gereckt, die Finger der rechten Hand zu einem V gespreizt. «Das ist Jelzin», rief Leo seiner Tochter ins Ohr.

Tessa kletterte auf die Motorhaube eines Autos und machte einige Aufnahmen, kämpfte sich dann durch die Menge, um besser sehen zu können.

Leo folgte ihr. Jelzin kam die Treppe des Weißen Hauses herab und stieg auf einen Panzer. Die Menschen verstummten. Journalisten hielten Mikrofone hoch. «Bürger Russlands», dröhnte seine Stimme über die Köpfe der Demonstranten hinweg, «die Verschwörer versuchen, den demokratisch gewählten Präsidenten des Landes zu entmachten. Was sich hier abspielt, ist ein Staatsstreich konservativer Verfassungsgegner. Wir erklären daher alle Entscheidungen und Verordnungen dieses Staatskomitees für ungesetzlich.»

Jelzins kurze Ansprache erntete stürmischen Applaus. Er kletterte von dem Panzer herunter und plauderte mit einem Offizier des Taman-Garderegiments, der erstaunlicherweise zackig salutierte. Übers ganze Gesicht strahlend, bahnte Jelzin sich einen Weg durch die Menge seiner Anhänger, die ihm auf den Rücken schlugen und die Hand drückten, bis er die Treppe des Weißen Hauses erklommen hatte und im Gebäude verschwand.

Die Motoren der zehn Panzer heulten auf und schwarze Rauchwolken quollen in die Luft. Völlig verdattert sahen die Menschen zu, wie die Geschützrohre sich vom Parlamentsgebäude wegdrehten, und brachen in Freudengeheul aus, als sie begriffen, dass die Panzer nach Jelzins Ansprache das Weiße Haus nicht mehr bedrohten, sondern verteidigten.

Im weiteren Verlauf des Nachmittags strömten noch Abertausende auf den Platz um das Parlamentsgebäude, so dass die Soldaten die Konterrevolution, wie manche inzwischen sagten, in geregelte Bahnen lenken mussten. Die Barrikaden wuchsen höher und höher. Studenten mit Motorrädern wurden losgeschickt, um Nachrichten über Truppenbewegungen in der Stadt einzuholen.

Irgendwann fielen Tessa die Antennen auf dem Dach des Weißen Hauses auf. «Meinst du, die Telefone funktionieren noch?», fragte sie Leo.

«Die über Satellit wahrscheinlich schon.»

«Wenn ich an ein Telefon rankäme, könnte ich meine Redaktion in Washington anrufen und einen aktuellen Lagebericht durchgeben.»

«Versuchen wir's», sagte Leo.

Sie drängten sich durch die Menge, bis sie zu einem Seiteneingang kamen, der von Veteranen mit Maschinengewehren bewacht wurde. Leo erklärte, dass Tessa eine amerikanische Journalistin sei. Einer der Wächter studierte ihren Presseausweis, dann wurden sie durchgelassen.

Sie eilten über die Korridore, auf denen hektische Betriebsamkeit herrschte, hoch in den zweiten Stock, wo eine Frau in einem der Räume an einem Faxgerät stand. Nachdem sie ihr Anliegen erläutert hatten, führte die Frau sie in ein kleines Büro mit einem Telefon auf einem Schreibtisch. «Die Leitung funktioniert noch», sagte sie. «Wenn Sie nach Amerika durchkommen, halten Sie die Leitung offen. Sollten wir angegriffen werden, schließen Sie sich ein und berichten Sie der Welt, was passiert.»

Die Frau wandte sich zum Fenster und schaute gedankenverloren hinaus. «Ich mag den Sommer nicht besonders», sagte sie. «Dieser ist keine Ausnahme.» Sie blickte Leo an. «Wie heißen Sie?»

«Kritzky», erwiderte er. «Das ist meine Tochter.»

«Ich heiße Asalia Isanowa Lebowitz. Wir rechnen jeden Augenblick mit einem Angriff. Wir sind knapp an Leuten. Wollen Sie uns unterstützen?»

«Natürlich.»

Leo ließ Tessa in dem Büro zurück und ging hinunter in die Eingangshalle, wo eine Kiste mit Waffen und Munition auf dem Boden stand. Er nahm sich eine Kalaschnikow und einen Patronengurt und gesellte sich zu einem beleibten Mann, der mit einer AK-47 in den Händen an der Tür Wache stand.

«Wissen Sie überhaupt, wie das Ding da funktioniert?», fragte der Mann.

«Nicht so richtig», erwiderte Leo.

«Ich zeig's Ihnen.»

In einen Aluminiumklappstuhl gezwängt, eine leere und eine halb volle Flasche Scotch in Reichweite neben sich auf dem Boden, schaute Harvey Torriti von der Dachterrasse aus gemütlich zu, was sich am anderen Flussufer auf den Straßen rund um das Weiße Haus abspielte. Mit einem Fernglas bewaffnet, war er am späten Nachmittag mit dem Aufzug in den neunundzwanzigsten Stock des Hotel *Ukraine* gefahren und hatte sich die letzte Treppe hochgeschleppt. Moskau war abgekühlt, seit die Sonne am Horizont im Dunst untergetaucht war und die Stadt sich in ein friedliches Lichtermeer verwandelt hatte. Erst als der Zauberer durch das Fernglas geschaut hatte, war ihm die Szene bedrohlicher erschienen. An der Rezeption hatte er nur vage Informationen über die Vorgänge erhalten. Rentner, die gegen die Inflation protestierten, war er beruhigt worden.

Wenn man den britischen Journalisten in der Halle Glauben schenkte, mussten es an die fünfzigtausend Rentner sein, die sich um das Weiße Haus versammelt hatten und allem Anschein nach die Nacht dort verbringen wollten. Durch das Fernglas konnte Torriti Dutzende von Lagerfeuern erkennen, um die sich die Menschen scharten. Das Licht der Flammen erhellte schattenhafte Gestalten, die Schreibtische und Parkbänke auf die bereits hohen Barrikaden schichteten.

Torriti genehmigte sich noch einen Drink. Künstlerpech – in einigen Tagen hätte sein gnomenhafter Freund Rappaport wahrscheinlich seinen Vertrag erfüllt und die führenden Köpfe des Aufstandes ausgeschaltet. Ohne Verschwörer kein Putsch. Der Zauberer fragte sich, was sie bewogen haben mochte, den Tag X nach vorn zu verlegen. Das würde er wohl nie erfahren. Egal – manchmal gewann man, manchmal verlor man, am Ende glich sich das halbwegs aus.

Er hob das Fernglas wieder an die rot geränderten Augen. In der Nähe des Kreml, in den Lenin-Hügeln, schlängelten sich auf den breiteren Straßen lange Reihen von abgedunkelten Scheinwerfern in die eine oder andere Richtung. «Panzer», murmelte der Zauberer vor sich hin. Er fragte sich, wo Leo Kritzky in diesem Augenblick war. Vermutlich hatte er sich in seiner Wohnung eingeschlossen, um den Sturm vorbeiziehen zu lassen. Plötzlich schoss dem Zauberer durch den Kopf, dass er hier auf dem Dach vielleicht nicht sicher war – Ebbitt hatte ihm einmal erzählt, dass die sowjetischen Panzer beim Einmarsch in Budapest 1956 die unteren Stockwerke von Häusern beschossen hatten, so dass die oberen auf die unteren krachten. Torriti hatte Ebbitt damals in Berlin falsch eingeschätzt – mein Gott, das war eine Ewigkeit her! –, der Bursche war doch ein feiner Kerl. Und mit russischen Panzern kannte Ebbitt sich aus – schließlich hatte er das Fiasko in Budapest hautnah miterlebt. Aber das Hotel *Ukraine* mit all seinen Ausländern drin würden die Panzer bestimmt nicht angreifen. Sie würden das Weiße Haus drüben aufs Korn nehmen. Aber dafür müssten sie erst unzählige Menschen niederwalzen.

Würden die Generale und KGB-Verschwörer einen Rückzieher machen, wenn russisches Blut vergossen wurde? Würden die Demonstranten auf den Straßen die Flucht ergreifen, wenn die Situation aus den Fugen geriet?

Von tief unten auf den Straßen drang undeutliches Geschrei herauf. Torriti hievte sich aus dem Stuhl, trottete zur Brüstung und drehte das Ohr in die Richtung des Geräusches. Worte schienen mit dem kühlen Luftstrom vom Fluss herüberzutreiben. *Ross* und noch irgendwas. *Rossija!* Genau. *Rossija! Rossija!*, erscholl es durch die Straßen und hallte zu ihm herauf. *Rossija! Rossija! Rossija!*

Torriti kratzte sich das Gesäß. Die besten Jahre seines Lebens hatte er für den Kampf gegen dieses *Rossija* vertan, und jetzt war er hier, hoch oben auf einem Moskauer Dach, betrank sich und hoffte inständig, dass es überlebte.

Asalia Isanowas Nerven lagen blank. Abgesehen von gelegentlich etwas Schlaf auf einer Couch war sie die ganze Zeit auf den Beinen, um Jelzins eindringlichen Appell zum Widerstand gegen den Putsch bis in die entferntesten Winkel des riesigen Sowjetreichs zu faxen. Und ihre Mühe trug erste Früchte: Von überallher trafen Loyalitätsbekundungen ein. Kolchosen im Kaukasus, regionale Dumas in Zentralasien, sogar Veteranengruppen auf der weit entfernten Halbinsel Kamtschatka erklärten per Telex ihre Unterstützung. Jelzin selbst jubelte, als Asa ihm die Nachricht brachte, dass sich in Swerdlowsk hunderttausend Menschen versammelt hatten und gegen den Putsch protestierten. Jetzt, am zweiten Abend des Staatsstreiches, schossen die Gerüchte ins Kraut. Panzereinheiten sollten den Befehl erhalten haben, die Zugangswege zum Weißen Haus zu räumen. Elitetruppen des KGB hatten angeblich auf einem Luftwaffenstützpunkt bei Moskau Hubschrauber bestiegen. KGB-Chef Krjutschkow, so hieß es, habe in der Lubjanka eine Konferenz einberufen und seinen Leuten ein Ultimatum gestellt: Die Konterrevolution sollte binnen vierundzwanzig Stunden niedergeschlagen werden. Asa trat an ein offenes Fenster, um ein wenig frische Luft zu schnappen. Vor dem Weißen Haus waren Demonstranten damit beschäftigt, Möbel zu zerkleinern, um mit dem Holz die Lagerfeuer eine weitere Nacht lang in Gang zu halten. Auf einer provisorischen Bühne wechselten sich Regierungsfunktionäre an einem Mikrofon ab, um die Moral der Konterrevolutionäre zu heben. Dann trat der Dichter Jewgeni Jewtuschenko ans Mikrofon. Seine durchdringende Stimme, die jedem Russen vertraut war, hallte aus den Lautsprechern an Laternenmasten über den Platz. «*Njet!*», rief er.

Russland wird nicht wieder
für endlose Jahre auf die Knie fallen.
Bei uns sind Puschkin, Tolstoi.
An unserer Seite steht das ganze erwachte Volk.
Und das russische Parlament,
wie ein verwundeter Marmorschwan der Freiheit,
verteidigt vom Volk,
schwimmt in die Unsterblichkeit.

Der Jubel klang Asa noch in den Ohren, als das Telefon auf ihrem Schreibtisch klingelte. Sie eilte hin und riss den Hörer von der Gabel. «Ja, ich bin's», sagte sie. «Ich dich auch ... Ich kann dir gar nicht sagen, wie froh ich bin. Ich hab nur Angst, dass jemand dich erwischt, wenn du anrufst ... Wenn das alles vorbei ist, mein Liebster ... Ja, ja, aus ganzem Herzen, ja ... Wann soll das passieren? ... Bist du sicher, dass es nur ein Test ist, dass sie nicht zum Angriff blasen? ... Und sie haben keinen Verdacht? ... Ich bete, dass du Recht hast. Pass gut auf dich auf. Ruf mich an, wenn du etwas Neues weißt. Sieh dich vor ... Ich hoffe, es wird alles gut. Leg jetzt auf, bitte ... Dann leg ich eben für dich auf. Bis bald.»

Asa zwang sich aufzulegen und ging dann den Flur hinunter zu Jelzins Kommandozentrale. Boris Nikolajewitsch, die Haare zerzaust, die Augen vor Müdigkeit rot gerändert, tigerte auf und ab, während er einer erschöpften Sekretärin eine weitere Erklärung diktierte. Er brach mitten im Satz ab, als er Asa bemerkte. Sie nahm ihn beiseite und berichtete ihm rasch, was sie von ihrem Informanten erfahren hatte. Jelzin rief einen von den Veteranen zu sich und teilte ihm die Information mit. Der Offizier eilte hinunter in die Kantine, die zum Schlafsaal umfunktioniert worden war, und erläuterte einer Gruppe von Helfern die Situation. Drei Panzer hätten den Befehl erhalten, eine Barrikade auf dem Garten-Ring einzureißen, um die Verteidigungsbereitschaft der Konterrevolutionäre zu testen. Es sei äußerst wichtig, dass Jelzins Anhänger ihre Entschlossenheit zum Widerstand demonstrierten. Der Offizier rief nach Freiwilligen. Sieben Studenten, sechs Veteranen und ein älterer Mann, der vor der Kommandozentrale Wache gestanden hatte, hoben die Hand.

Die Freiwilligen stopften sich die Taschen mit Munition voll und griffen sich etliche Kartons mit improvisierten Molotow-Cocktails. Dann organisierten sie in der Tiefgarage drei Taxis, die sich vorsichtig durch die Menschenmassen auf dem Platz schoben, bevor sie in Richtung Innenstadt fuhren. Vom Arbat bogen sie auf den Ring und brausten zu der Barrikade. Es war eine halbe Stunde vor Mitternacht, und die Zahl der Verteidiger war beträchtlich geschrumpft, weil viele gegangen waren, um etwas Schlaf nachzuholen. Nur eine Hand voll Studenten und Studentinnen hielten die Stellung. Der Offizier verteilte die Molotow-Cocktails und postierte seine Freiwilligen ein Stück vor der Barrikade auf beiden Seiten der Straße.

Um Mitternacht kamen drei Panzer in Sicht und näherten sich der Barrikade, der Asphalt knirschte unter ihren schweren Ketten. Als sie in Höhe der Verteidiger waren, die sich in kleinen Seitenstraßen vom Ring versteckt hatten, blies der Veteranen-Offizier schrill auf einer Trillerpfeife. Von beiden Straßenseiten huschten dunkle Gestalten auf die Panzer zu, in der Hand Weinflaschen, aus denen ein brennender Docht ragte. Die Panzerfahrer waren offenbar mit Nachtsichtgeräten ausgerüstet, denn die Gefechtstürme schwangen augenblicklich zur Seite, und ratterndes Maschinengewehrfeuer setzte ein. Die ersten beiden Studenten wurden niedergemäht, bevor sie ihre Molotow-Cocktails werfen konnten. Die anderen Kämpfer eröffneten aus den Seitenstraßen das Feuer, um die Aufmerksamkeit der Panzerschützen auf sich zu lenken. In dem Tohuwabohu hasteten zwei weitere Verteidiger auf den Ring. Der erste gelangte nahe genug an den führenden Panzer heran und schleuderte seinen Molotow-Cocktail gegen die Ketten, so dass der Panzer zur Seite schwenkte und gegen einen Hydranten prallte. Der Schütze im Turm wurde nach vorn geschleudert, und sein Maschinengewehr rutschte ihm aus den Händen. Im selben Augenblick schlich sich der zweite Kämpfer tief geduckt von hinten an den Panzer heran, kletterte hinauf und warf seinen Molotow-Cocktail in die offene Luke. Eine Stichflamme loderte auf, gegen die sich die Silhouette des Kämpfers abhob. Der Veteranen-Offizier schrie: «Mach, dass du wegkommst!» Der Mann drehte sich um und wollte von dem brennenden Panzer springen – zu spät. Der Schütze im zweiten Panzer eröffnete das Feuer, und von Kugeln durchsiebt, fiel der Kämpfer nach hinten gegen den brennenden Turm. Die Munition im Panzer begann zu explodieren, als der Körper des Kämpfers seitlich am Fahrzeug hinunter auf die Straße rutschte. Das Rauschen eines Funkgeräts im zweiten Panzer drang durch die Nacht. Die Fahrer der beiden übrig gebliebenen Panzer ließen die Motoren aufheulen und traten den Rückzug an. Von der Barrikade und aus den Seitenstraßen erhob sich Jubelgeschrei.

Der Test war bestanden.

Die Freiwilligen brachten die Leichen ihrer drei Kameraden zum Vorplatz des Weißen Hauses, wo sie so gut es ging vom Blut gereinigt und mit Blumen bedeckt aufgebahrt wurden. Die Veteranen erwiesen den Toten ihren Respekt, und ein orthodoxer Priester in vollem Ornat legte jedem von ihnen ein kleines Holzkreuz auf die Brust.

Tessa schlief tief und fest an einem Schreibtisch, den Kopf auf die Arme gelegt, als Asalia Isanowa sie wachrüttelte.

«Hat der Angriff begonnen?», fragte Tessa, als sie Asalias tränennasse Wangen sah.

«Dein Vater», sagte Asa so leise, dass Tessa nicht sicher war, ob sie sie richtig verstanden hatte.

«Mein Vater?»

«Auf dem Ring hat es einen Angriff gegeben ... drei Panzer ... Freiwillige von uns haben sie aufgehalten ... drei von ihnen wurden getötet. Dein Vater ist einer von ihnen.»

Tessa war wie betäubt. «Ich muss ihn sehen», flüsterte sie.

Als Tessa neben dem Leichnam ihres Vaters niederkniete, verstummten die Menschen auf dem dunklen Platz. Zuerst hatte sie Angst, ihn zu berühren, weil sie fürchtete, ihm noch mehr weh zu tun. Leos Brust war völlig zerfetzt. Das Gesicht, das aussah, als wäre es in vierundzwanzig Stunden um zehn Jahre gealtert, war verquollen und farblos. Die Augen waren geschlossen. Und doch wirkte er auf Tessa so, als hätte er endlich so etwas wie Frieden gefunden.

Sie nahm ihm das Kreuz von der Brust und reichte es dem Priester. «Er war kein Christ», sagte sie. «Er war auch kein richtiger Jude. Er war –» Ihre Stimme versagte. Doch dann fand sie die Worte, die sie ihm zu schulden meinte. «Er war ein ehrenhafter Mann, der getan hat, was er für richtig hielt.»

Als der Kriegsrat, der unter Krjutschkows Leitung in der Lubjanka tagte, eine Pause einlegte, ging Jewgeni in die Kantine, um sich einen Happen zu essen zu holen. Auf dem Weg zurück zum Sitzungssaal kam er an der offenen Tür eines Büros vorbei, in dem ein KGB-Oberst den Piratensender der Konterrevolutionäre eingeschaltet hatte und fleißig mitschrieb. Jewgeni wurde hellhörig und blieb stehen.

«… gelang es unseren Freiheitskämpfern, die Panzer aufzuhalten. Drei von unseren Leuten ließen dabei ihr Leben. Wir ehren die Helden Dmitri Komar, Ilja Kritschewski und Leon Kritzky –»

Jewgeni fragte verdutzt: «Ist da eben der Name Kritzky gefallen?»

Der Oberst blickte auf seine Notizen. «Leon Kritzky. Ja. Kennen Sie den?»

«Ich kenne jemanden namens Kritzky», sagte Jewgeni und schaltete schnell, «aber sein Vorname ist nicht Leon. Und mein Kritzky ist gegen Jelzin.»

Jewgeni ging rasch auf die Herrentoilette und spritzte sich kaltes Wasser ins Gesicht. Er beugte sich weit nach vorn, bis er mit der Stirn den Spiegel berührte. Wie hatte das bloß passieren können? Wie war es möglich, dass Leo, der dreißig Jahre lang für den sozialistischen Staat sein Leben aufs Spiel gesetzt hatte, ein Opfer des Ausnahmezustandskomitees geworden war? Er hätte doch einfach nur in seiner Wohnung zu bleiben brauchen. Was zum Teufel hatte ihn bloß getrieben, in seinem Alter eine Barrikade zu verteidigen?

Leos absurder Tod rüttelte Jewgeni auf. Er richtete sich auf, betrachtete sich im Spiegel und meinte flüchtig, eine Totenmaske zu sehen. Plötzlich konnte er ganz klar denken.

Er wusste, was er tun musste, um Leos Tod zu rächen.

Jewgeni holte seinen Wagen aus der Tiefgarage und fuhr durch verlassene Straßen zur Privatklinik des KGB. Als er durch die Drehtür mit dem angelaufenen Hammer-und-Sichel-Emblem darüber in die Eingangshalle trat, wurde ihm bewusst, dass er sich nicht erinnern konnte, wie er hierher gekommen war. Zu dieser frühen Morgenstunde hielt nur ein alter, halb blinder Portier in der Eingangshalle Wache. Er berührte seine Mütze, als er den Schatten eines Mannes bemerkte, der auf dem Weg zur Treppe war.

«Darf ich Ihren Namen erfahren?», rief er. «Ich muss alle Besucher eintragen.»

«Osolin», sagte Jewgeni.

Wie ein Traumwandler erreichte Jewgeni die Tür am Ende des Flurs im dritten Stock. Der Zettel mit der Aufschrift «Shilow, Pawel Semjonowitsch» klebte noch immer daran. Jewgeni trat ein. Gelbliches Licht von der Straße malte Flecken an die Decke. In der Dunkelheit vernahm er das Surren einer elektrischen Pumpe und das mühsame Atmen der gespenstischen Gestalt in dem Metallbett. Jewgeni trat näher und blickte auf den abgemagerten Körper unter dem fleckigen Leintuch hinunter. Kleine Luftblasen schienen in Stariks Kehle zu zerplatzen, während die Flüssigkeit aus dem Tropf in seine Brust sickerte.

So also hatte Tolstoi ausgesehen, als er ausgestreckt auf einer Holzbank im Astapowo-Bahnhof lag, den dünnen Bart verfilzt von Schleim und ausgehustetem Blut, über ihn gebeugt der entsetzte Bahnhofsvorsteher Osolin, der flehentlich betete, dass das berühmte Fossil eines Mannes lange genug am Leben bleiben würde, um woanders zu sterben. Starik bewegte sich, und ein Stöhnen kam aus seinem geöffneten Mund. Er musste gespürt haben, dass jemand an seinem Bett stand, denn er streckte die knochigen Finger aus und schlang sie um Jewgenis Handgelenk.

«Bitte», keuchte er. «Sag mir ... ist das Spiel vorüber?»

«Sosehr Sie sich auch bemüht haben, es in Gang zu halten, es geht zu Ende, Pawel Semjonowitsch. Ihre Seite verliert.»

Starik stemmte sich auf einen Ellbogen und starrte mit irren Augen auf die abblätternde Farbe an der Decke. «Siehst du es?», rief er.

«Was?»

«Die Schwarze Königin! Sie läuft in den Wald, wo die Dinge keinen Namen haben. *Schneller! Schneller, bevor es dich fängt!*» Erschöpft sackte Starik zurück auf die Matratze.

Jewgeni griff nach unten und tastete nach dem Stromkabel, das mit der kleinen Pumpe verbunden war. Er fand es und riss es aus der Steckdose.

Das Summen der Pumpe brach abrupt ab, und in der Totenstille war nur noch das gurgelnde Keuchen des Mannes zu hören, dessen Lunge sich jetzt unaufhaltsam mit Flüssigkeit füllte. Wenn die Krankenschwester am Morgen kam, um nach Starik zu sehen, würde er längst tot sein. Schon jetzt ging sein Atem schwerer. Als er wieder sprach, von der Schwarzen Königin faselte, erklang zwischen jedem Wort ein hohles, metallisches Röcheln, wenn er angestrengt Luft einsog.

Jewgeni wich vom Bett des Ertrinkenden zurück, drehte sich um und eilte aus der Klinik.

Jelzin hatte seit Anfang des Putsches kein Auge zugetan. Physisch und psychisch ausgelaugt, ließ er sich in einen Sessel sinken und konzentrierte sich, so gut er konnte, auf Asas Mund, während sie berichtete, was sie im letzten Telefonat von ihrem Informanten in der Lubjanka erfahren hatte. Krjutschkow drängte auf einen Angriff, um noch in derselben Nacht die Entscheidung herbeizuführen. Folgende Strategie war geplant: Noch vor Tagesanbruch würden die Protestierenden vor dem Weißen Haus mit Wasserwerfern und Tränengas auseinander getrieben werden, dann würden Eliteeinheiten des KGB und Fallschirmjäger vordringen und die Türen des Gebäudes mit Granatwerfern sprengen. Zum selben Zeitpunkt würden Hubschrauber Soldaten auf dem Dach absetzen, die das Gebäude nach Jelzin durchkämmen sollten; falls Jelzin sich der Festnahme widersetzte, sollten sie ihn töten. Wenn alles nach Plan verlief, müsste das Ganze in wenigen Minuten vorbei sein.

Jelzin ließ die Informationen auf sich wirken. Er murmelte irgendwas davon, dass es ein Gottesgeschenk sei, einen Spion im Zentrum des Putsches zu haben. Dann rief er die Veteranen und setzte sie ins Bild. Nach kurzer Beratschlagung erteilte Jelzin seine Befehle. Auf dem Platz vor dem Weißen Haus sollten Eimer mit Wasser bereitgestellt werden, damit die Demonstranten Tücher fürs Gesicht nass machen konnten, um sich gegen das Tränengas zu schützen. Die Barrikaden sollten verstärkt und weitere Molotow-Cocktails verteilt werden, um die Wasserwerfer aufzuhalten. Auf das Dach des Weißen Hauses sollten umgehend Büromöbel geschafft werden, um den Hubschraubern die Landung zu erschweren. Jelzin selbst würde sich mit seinen leitenden Beratern in einem unterirdischen Bunker verschanzen. «Die Flamme des Widerstandes brennt, solange ich am Leben bin», sagte er müde.

Indessen meldeten sich auf der Sitzung am ovalen Tisch in der Lubjanka zunehmend kritische Stimmen zu Wort. Einige von den Truppenkommandeuren, die mit der Niederschlagung der Konterrevolution betraut worden waren, äußerten ihre Bedenken:

«Wie sollen unsere Hubschrauber auf einem Dach landen, auf dem sich Möbel türmen?»

«Was, wenn Jelzin in dem Chaos die Flucht gelingt?»

«Wir müssen jeden schlimmsten Fall in Erwägung ziehen. Was passiert, wenn wir zigtausend Verteidiger töten und Jelzin trotzdem nicht ergreifen?»

«Was, wenn Jelzin in den Ural fliegt und seine Drohung wahr macht, ein Schattenkabinett aufzustellen?»

«Und wenn unsere Truppen sich weigern, auf die Menschen an den Barrikaden zu schießen? Was dann?»

«Oder noch schlimmer, wenn der Angriff unserer Truppen zurückgeschlagen wird?»

Da sich das Blatt zu wenden drohte, versuchten die Anführer des Putsches verzweifelt zu retten, was zu retten war, sahen sie doch, dass die derzeitige Pattsituation den Konterrevolutionären in die Hände spielte; solange das Weiße Haus nicht eingenommen war, würde die Menge Jelzin unterstützen. Und wenn Jelzin sich behauptete, müssten alle, die auf der Seite des Putsches waren, nicht nur um ihre Karriere, sondern auch um ihr Leben bangen.

Ein General, der den Sturmangriff aufs Weiße Haus zunächst befürwortet hatte, sagte verunsichert: «Ich weiß nicht – wenn das schief geht, ist der Ruf der Armee für immer dahin.»

«Die Parteiführung zieht den Schwanz ein, wenn die Dinge nicht so laufen, wie sie sollten – der Krieg in Afghanistan ist dafür das jüngste Beispiel», klagte ein anderer Kriegsheld.

Pressebaron Uritzki sagte beschwörend an die Stabsoffiziere gewandt, dass Gorbatschow und Jelzin, wenn sie an der Macht blieben, den Militäretat drastisch beschneiden würden, was einer Demütigung der einst stolzen Sowjetarmee gleichkäme. Gorbatschows Militärberater Marschall Achromejew stellte klar, dass es zu spät für einen Rückzieher sei, sie müssten den Putsch zu Ende bringen, wenn auch nur, um die Glaubwürdigkeit der Armee zu erhalten.

«Es gibt etwas Wichtigeres als Glaubwürdigkeit – das ist der Respekt der Massen», warf ein älterer Offizier ein. «Wenn wir auf unsere Brüder und Schwestern in den Straßen schießen, verlieren wir ihre Achtung.»

Ein ranghoher Kommandeur stand auf und strebte angewidert zur Tür. «Die wollen die Armee mit Blut beschmieren. Ich jedenfalls mache beim Sturm auf das Weiße Haus keinesfalls mit.»

Ein hoch dekorierter Luftwaffenkommandeur stimmte zu. «Ich weigere mich kategorisch, meine Hubschrauber loszuschicken. Sie müssen sich schon einen anderen suchen, der den Befehl erteilt.»

Je mehr die Debatte in gegenseitigen Vorwürfen ausuferte, desto stärker hatte Jewgeni, der vom Fenster aus zusah, den Eindruck, dass das Militär dem Putsch die weitere Unterstützung versagte. Als die Stimmung schließlich auf dem Nullpunkt angelangt war, tauchten Wodkaflaschen auf dem Tisch auf, und die Putschisten begannen, sich sinnlos zu betrinken. Jewgeni verließ den Raum und schlich sich in eines der Büros. Er machte die Schreibtischlampe an, nahm den Hörer des Telefons ab und wählte eine Nummer. Als sich Asa schließlich meldete, konnte er kaum den Triumph in seiner Stimme unterdrücken.

«Jelzin kann schlafen gehen», sagte er. «Sie haben den Angriff abgeblasen ... Nein, die Rädelsführer wollten das Risiko eines Blutbades eingehen, aber das Militär hat sich quer gestellt ... Ich glaube, es ist vorbei. Ohne die Armee kriegen die Putschisten die Massen nicht in den Griff. Jelzin hat gewonnen ... Ich kann es selbst noch gar nicht richtig fassen. In ein paar Stunden geht die Sonne über einem neuen Russland auf. Dann wird nichts mehr so sein wie vorher ... Treffen wir uns bei –» Jewgeni erstarrte, als er ein schwaches Echo im Hörer vernahm. «Ist da noch jemand in der Leitung?», fragte er leise ... «Keine Sorge. Wahrscheinlich war es nur Einbildung. Wir treffen uns am frühen Abend bei dir ... Ja. Für mich auch. Wir werden die Zeit verlangsamen, damit jede Sekunde für uns eine Ewigkeit währt.»

Als er Asa auflegen hörte, hielt Jewgeni den Hörer weiter ans Ohr gepresst. Zwanzig Sekunden vergingen. Dann klickte es ein zweites Mal in der Leitung; Jewgeni stockte der Atem. Vielleicht sah er wirklich Gespenster; vielleicht waren solche Geräusche ja ganz normal oder hingen mit der Zentrale zusammen. Er machte die Lampe aus und verließ das Büro. Im Vorzimmer blieb er kurz stehen, damit seine Augen sich an die Finsternis gewöhnten. Er hörte Stoff rascheln und spähte angestrengt ins Dunkle; jemand stand an der Tür.

Eine Frauenstimme, bebend vor aufgestauter Wut, zischte: «Also Sie waren es, Jewgeni Alexandrowitsch, Sie haben uns an die Konterrevolution verraten.»

Er erkannte die Stimme – sie gehörte Mathilde, der Frau von Uritzki.

Das Deckenlicht ging an, und sie trat auf ihn zu. In der Hand hielt sie einen metallischen Gegenstand.

«Es ist uns nicht entgangen, dass die Konterrevolutionäre offenbar über jeden unserer Schritte Bescheid wussten. Mein Mann hat Krjutschkow gewarnt, dass wir einen Verräter in unserer Mitte haben, doch er hat das nicht ernst genommen. Er war überzeugt, dass Jelzin klein beigeben würde, wenn er erst begriff, wie hoffnungslos seine Position war.»

«Er hat sich verrechnet», sagte Jewgeni.

«Sie sich auch!»

Mathilde machte noch einen Schritt auf ihn zu, hob den Gegenstand in ihrer Faust und zielte damit auf Jewgenis Stirn. Da erst dämmerte ihm, was sie in der Hand hielt, und er erkannte, dass es für ihn keine Zeit mehr geben würde, die er verlangsamen konnte. «Auf den Erfolg», stammelte er, «unseres hoffnungslosen –»

Ganz Moskau geriet in einen Freudentaumel. Lange Konvois von Panzern und Truppentransportern schoben sich über die Boulevards zur Stadt hinaus, bejubelt von Menschen, die den sichtlich erleichterten Soldaten Nelken und Rosen zuwarfen. Vor dem Gebäude des Zentralkomitees skandierten Tausende von Demonstranten «Nieder mit der Partei, nieder mit dem KGB», während kommunistische Funktionäre durch Seiteneingänge das Weite suchten und, wie sich rasch herumsprach, Apparatschiks in den Büros mit einem Berg von Unterlagen die Reißwölfe fütterten, um belastendes Material zu vernichten. Als die Nachricht übers Radio kam, dass Jelzin eine Verfügung vorbereitete, mit der die Kommunistische Partei ihrer Macht enthoben werden sollte, tanzten die Menschen euphorisch auf den Straßen. In Parks und auf Plätzen wurden die Denkmäler bolschewistischer Führer umgestoßen, und vor der Lubjanka hob ein Kran die riesige Statue von Felix Dserschinski vom Sockel. Köstliche Minuten lang baumelte Dserschinski, der grausame Pole, der 1917 die Tscheka, die Vorläuferin des verhassten KGB, gegründet hatte, an dem Drahtseil um seinen Hals, während die Menge aus vollem Hals jubelte.

Inmitten der ausgelassen Menschen, die den Sieg von etwas, das sie kaum verstanden, und die Niederlage von etwas, das sie nur zu gut verstanden, feierten, wanderte Asa wie in Trance durch die Straßen, wo sie, wie es die Zeitungen später nannten, «die Exekution der Exekutoren», miterlebte. Doch nicht einmal das konnte für sie die qualvolle Leere erträglicher machen, die sie bis ans Ende ihres Lebens empfinden würde.

Nur der Gedanke, dass sie einen Weg finden würde, die Zeit zu beschleunigen, gab ihr einen gewissen Trost.

Der Uigure kontrollierte das Treppenhaus im Hotel *Ukraine* und signalisierte Endel Rappaport, dass die Luft rein war. Rappaport ging als Erster hinein und hielt dem Zauberer die Tür auf. «Hier können wir reden», sagte er zu Torriti, als die dicke Tür hinter ihnen zufiel.

«Wer ist das?», fragte der Zauberer, während er den kleinen, schlanken Russen, der an der Wand lehnte, von oben bis unten musterte; der elegant gekleidete Mann Anfang vierzig war eindeutig keiner von Rappaports Uiguren.

Rappaport lachte leise. «Wladimir ist ein Geschäftsfreund aus Dresden.»

«Hallo Wladimir», sagte Torriti.

Wladimir verzog keine Miene.

Rappaport fragte Torriti: «Wann geht Ihr Flug?»

«Heute Nachmittag.»

Rappaport, in einem Blazer mit Goldknöpfen und in der Hand einen Spazierstock, dessen goldener Knauf die Form eines Hundekopfes hatte, wedelte mit seinem kleinen Finger vor dem Gesicht des Zauberers. «Das Land, das Sie verlassen, ist nicht mehr das Land, in das Sie eingereist sind.»

«Das kann man wohl sagen», gab Torriti zu. «Jelzin wird Gorbatschow in den Ruhestand schicken und die Kommunistische Partei zerstören, so weit, so gut. Die große Frage ist nur, was kommt stattdessen?»

«Alles wird besser sein als das, was wir hatten», entgegnete Rappaport.

«Tja, Sie müssen hier leben, mein Freund, nicht ich.»

Rappaport räusperte sich. «Kommen wir zum Geschäft.» Als Torriti dem Russen an der Wand einen Blick zuwarf, sagte Rappaport: «Sie können ungeniert sprechen – ich habe vor Wladimir keine Geheimnisse.»

«Also kommen wir zum Geschäft», sagte der Zauberer.

«Ich möchte Sie wissen lassen, dass meine Geschäftspartner großen Wert darauf legen, das Richtige zu tun. Aufgrund der Tatsache, dass die Verträge *vor* den aktuellen Ereignissen erfüllt werden sollten, sind sie bereit, die Verträge zu lösen und das auf Schweizer Konten eingezahlte Geld zurückzuführen.»

Die Wangen des Zauberers bebten belustigt. «Bei uns zu Hause sagt man ‹lieber spät als gar nicht›», erwiderte er.

«Verstehe ich Sie richtig, Mr. Torriti? Sie wünschen nach wie vor, dass die Verträge erfüllt werden?»

«Betrachten Sie es doch mal von meiner Warte aus, mein Freund. Meine Klienten möchten um jeden Preis verhindern, dass Jelzin nächstes Jahr um diese Zeit von denselben Gaunern in die Pfanne gehauen wird.»

Der gnomenhafte Russe blickte den Zauberer an. «Sie sind ein seltenes Exemplar, Mr. Torriti.» Er streckte eine Hand aus, und der Zauberer schüttelte sie schlaff.

«Es ist ein Vergnügen, mit Ihnen Geschäfte zu machen, Endel. Ich darf Sie doch Endel nennen? Nur mache ich mir Sorgen, was *Ihre* Vergütung angeht. Es würde mir gar nicht behagen, wenn Sie bei all Ihrer Mühe zu kurz kämen.»

«Ihre Sorge rührt mich, Mr. Torriti. Aber ich kann Sie beruhigen, ich stehe in Kontakt mit dem Rabbi, der mit jemandem in Kontakt steht, der als der Devisenbeschaffer bezeichnet wird –»

Torriti war verdutzt. «Sie wissen von dem Devisenbeschaffer?»

Endel Rappaports dicke Lippen verzogen sich zu einem verlegenen Grinsen. «Mein Freund Wladimir hat die finanziellen Aktivitäten des Devisenbeschaffers in Dresden für mich ausgekundschaftet. Ein Drittel von dem, was der Rabbi vom Devisenbeschaffer erhält, landet auf Schweizer Konten, die ich kontrolliere.»

«Ein Drittel von dem, was der Rabbi erhält, ist eine hübsche Stange Geld. Was haben Sie damit vor?»

Das Grinsen in Rappaports Gesicht gefror. «Bevor sie mir die Finger abgeschnitten haben, wollte ich Geiger werden. Seitdem kann ich keine Musik mehr hören. Ich werde das Geld verwenden, um abzurechnen.»

«Mit wem?»

«Mit Russland.»

«Tja, ich bin froh, dass sich unsere Wege im Kalten Krieg nicht gekreuzt haben. Ihr vorzeitiger Tod hätte mich schwer belastet.»

Rappaports Stirn legte sich gequält in Falten. «Dito. Ich wünsche Ihnen eine gute Reise, wohin Sie auch gehen mag.»

«Nach Hause», sagte Torriti. «In ein irdisches Paradies für Golfer und Alkoholiker.»

Rappaports Augen funkelten vergnügt. «Es erübrigt sich wohl zu fragen, in welche Kategorie Sie fallen.»

«Ja, das tut es wohl.»

In den Polizeiakten wurden die Todesfälle offiziell allesamt als Unfall oder Selbstmord eingestuft.

Nikolai Iswolski, der Finanzexperte des Zentralkomitees, der Parteigelder an den Devisenbeschaffer in Deutschland geschleust hatte, fiel eines Abends vom Dach eines Moskauer Mietshauses, während er frische Luft schnappte. Eine schrullige alte Frau im Nachbarhaus gab später gegenüber der Polizei an, sie habe vier Männer auf dem Dach gesehen, kurz bevor sie den Schrei hörte. Da sie in der Nachbarschaft ständig herumerzählte, auf den Dächern würden Spanner ihr Unwesen treiben, wurde ihre Aussage mit Vorsicht behandelt und der Tod als Unfall deklariert.

Der Pressebaron Pawel Uritzki und seine Frau Mathilde wurden zu Hause in ihrer Garage erstickt in ihrem BMW aufgefunden; ein Gartenschlauch führte vom Auspuff in das Rohr der Lüftung unter der Motorhaube. Die Besatzung des Rettungswagens gab an, dass es in der Garage stark nach Chloroform gerochen hatte, was die herbeigerufenen Polizisten allerdings nicht bestätigen konnten und daher im offiziellen Bericht nur am Rand vermerkt wurde. An den Leichen wurden keinerlei Spuren festgestellt, die auf einen Kampf hindeuteten. Ein Abschiedsbrief wurde nicht gefunden. Pawel Uritzki war einer der Drahtzieher des Putsches gewesen, dessen Scheitern ihn sehr mitgenommen hatte. Mathilde wurde mit der Erschießung des Bankiers Tsipin in Zusammenhang gebracht und hatte angeblich panische Angst vor einer Strafverfolgung. Der Tod des Ehepaars Uritzki wurde als Doppelselbstmord eingestuft und die Akte geschlossen.

Boris Pugo wurde zu Hause tot aufgefunden; Nachbarn hatten die Polizei gerufen, weil sie meinten, einen Schuss gehört zu haben. Der Innenminister saß zusammengesackt am Küchentisch mit einer gewaltigen Schusswunde im Kopf; eine großkalibrige Pistole, die ihm offenbar aus der Hand geglitten war, lag auf dem Fußboden. In einem Abschiedsbrief an seine Familie standen die Zeilen: *Verzeiht mir. Es war alles ein Fehler.* Pugos Schwiegervater wurde in einem Schrank kauernd entdeckt; er murmelte Unzusammenhängendes von einem Mordkommando. Da er einem psychiatrischen Gutachten nach an *Dementia* litt, wurde Pugos Tod als Selbstmord eingestuft.

Gorbatschows Militärberater Marschall Achromejew wurde erhängt in seinem Büro entdeckt. Mitarbeiter sagten aus, sie hätten gehört, im Büro des Marschalls seien Möbel verrückt worden und Gegenstände zu Boden gefallen. Da Achromejew nach dem gescheiterten Putsch in den Ruhestand versetzt worden war, hätten sie lediglich angenommen, er würde seine persönlichen Sachen zusammenpacken. Der Abschiedsbrief des Marschalls lieferte eine weitere Erklärung für die Geräusche: «Mein Selbstmord will nicht auf Anhieb gelingen. Der erste Versuch ist gescheitert – das Seil ist gerissen. Ich versuche es erneut. Mein Alter und alles, was ich getan habe, geben mir das Recht, aus dem Leben zu scheiden.»

Fjodor Lomow, Funktionär im Außenministerium und einer der Rädelsführer des Putsches, floh aus Moskau, um seiner Verhaftung zu entgehen, und wurde nie wieder gesehen. Er hinterließ einen Brief, in dem es hieß, das Einzige, was er bedauere, sei, dass der Staatsstreich gegen Gorbatschow gescheitert war. Am Ufer der Moskwa, ein Stück stromaufwärts von der Hauptstadt, wurde später ordentlich gefaltete Kleidung gefunden, die als die von Lomow identifiziert wurde. Der Fluss wurde abgesucht, doch Lomows Leichnam blieb unauffindbar; sein Verschwinden wurde in der Polizeiakte als «Badeunfall» vermerkt.

Die Zeitungen berichteten von weiteren mysteriösen Todesfällen: zwei in St. Petersburg, dem ehemaligen Leningrad (die Männer, die in dem Wagen über eine Klippe stürzten, waren KGB-Generale und hatten geplant, den Bürgermeister seines Amtes zu entheben und im Namen des Staatskomitees für den Ausnahmezustand die Kontrolle in der Stadt zu übernehmen); einer auf der Krim (ein ranghoher KGB-Offizier vom Neunten Direktorat und Befehlshaber der Einheit, die Gorbatschow in Foros unter Arrest gestellt hatte, war bei der Explosion einer Gasflasche in der Küche ums Leben gekommen); einer im Militärbezirk im Ural (ein Armeegeneral, der auf der Höhe des Putsches dem KGB den Befehl erteilt hatte, Juden «zusammenzutreiben», wurde auf offener Straße überfallen und erstochen).

Alarmiert durch die Serie von tödlichen Unfällen und Selbstmorden, beschlossen die Behörden, die sich in Untersuchungshaft befindenden Drahtzieher des Putsches, die prominentesten unter ihnen KGB-Chef Krjutschkow und Verteidigungsminister Jasow, rund um die Uhr zu bewachen.

Da alle Augen auf Russland gerichtet waren, fiel nur wenigen die kleine Meldung auf, die Dresdner Zeitungen brachten: Jogger hatten die Leiche des Devisenbeschaffers entdeckt, der sich unter einer Elbbrücke erhängt hatte. In der Innentasche seiner ordentlich gebügelten Anzugsjacke befand sich ein getippter und unterschriebener Abschiedsbrief, in dem er seine Frau und seine drei Kinder um Verzeihung bat. Er erklärte, dass er sich das Leben nehmen wolle, weil er Gelder nach Russland geschleust hatte, um den gescheiterten Putsch zu unterstützen, und sich der Bestrafung entziehen wolle. Im Polizeibericht hieß es, dass der Devisenbeschaffer keine Angaben gemacht habe, auf welche russische Konten die Gelder geflossen seien, und dass nur wenig Hoffnung auf Klärung der Sachlage bestehe. Das Geld jedenfalls hatte sich in Luft aufgelöst.

Der Zauberer und sein Lehrling überquerten die Fußgängerbrücke am Ende des Genfer Sees und gingen in ein Gartenlokal. Als die Kellnerin kam, fragte Jack: «Was trinkt man hier, wenn man Grund zum Feiern hat?»

«Champagner», sagte sie, ohne zu zögern.

«O nein, bloß keinen Champagner», jammerte Torriti. «Von dem Zeug krieg ich Blähungen.»

«Zwei Gläser Champagner», sagte Jack zu der Kellnerin. Als Torriti das Gesicht verzog, sagte Jack: «Du trinkst schon so lange billigen Fusel, dass du Champagner für das reinste Elixier halten wirst. Außerdem verdient das Unternehmen eine stilvolle Einweihung.»

Torriti nickte widerwillig. «Nicht jeder marschiert in eine Schweizer Bank und stellt fest, dass er 147 Millionen Dollar auf seinem Geheimkonto hat. Als du aufgestanden bist, um zu gehen, dachte ich schon, der Banker-Clown im Dreiteiler wollte dir die Schuhe ablecken.»

«Da ist so viel Geld, dass es mir schon gar nicht mehr wie Geld vorkommt», sagte Jack zu seinem Freund.

«Eigentlich hatte ich gedacht, der Devisenbeschaffer in Dresden hätte noch sehr viel mehr gehortet. Bist du sicher, dass Ezra Ben Ezra nicht mehr eingesteckt hat, als ihm zusteht?»

«Der Rabbi hat seine Auslagen in Rechnung gestellt. Erstens das Honorar für deinen Mafia-Freund in Moskau –»

«Der einzigartige Endel Rappaport wird Mütterchen Russland für jeden abgeschnittenen Finger ordentlich bluten lassen.»

«Er hat einen Anteil bekommen. Ein anderer landete in der Tasche eines schattenhaften Individuums, das die Karriere eines wenig bekannten KGB-Oberstleutnants namens Wladimir Wladimirowitsch Putin befördern soll. Der fragliche Russe arbeitete in Dresden mit Putin zusammen und kannte sich gut genug aus, um von der Beute des Devisenbeschaffers einiges abzusahnen, ehe der Rabbi seine Hand darauf legen konnte.»

«Komisch, als ich mich das letzte Mal mit Rappaport getroffen habe, hatte er einen Russen namens Wladimir dabei.»

«Der Rabbi sagt, dieser Putin hat den KGB am Tag nach Beginn des Putsches gegen Gorbatschow verlassen und ist dann im Föderalen Sicherheitsdienst, dem Nachfolger des KGB, aufgetaucht.»

«Sehr geschickt», bemerkte Torriti. «Putin.» Er schüttelte den Kopf. «Nie von ihm gehört.»

«Wart's ab», sagte Jack. «Mit rund hundertfünfzig Millionen in der Tasche wird er irgendwann auf der Bildfläche auftauchen.»

Die Kellnerin stellte die Champagnerkelche auf den Tisch und klemmte die Rechnung unter den Aschenbecher. «Auf die Schweizer Banken», sagte Torriti und nippte schaudernd an seinem Getränk.

«Auf das Unternehmen», sagte Jack. Er trank sein Glas in einem Zug halb leer. «Weißt du was, Harvey, ich fühle mich, wie Rockefeller sich gefühlt haben muss, als er seine Stiftung gegründet hat. Mein großes Problem ist nur, dass ich nicht weiß, wofür ich die rund sieben Millionen verwenden soll, die das Konto jedes Jahr abwirft.»

«Lies die Zeitungen und stifte was für gute Zwecke.»

«Wie würdest du ‹gute Zwecke› definieren?»

Torriti erwiderte mit äußerster Ernsthaftigkeit: «Zum Beispiel für verdiente Leute, die Leute umlegen, die es verdient haben.»

Torriti lächelte, und Jack fragte: «Was ist?»

«Schon komisch, dass Kritzky so den Löffel abgegeben hat. Aber wenn du meine Meinung hören willst: er hat bekommen, was er verdient hat.»

Jack blickte auf den See, ohne ihn wahrzunehmen. Er hörte wieder Leos Stimme. *Ich bedaure es noch immer, Jack. Das mit unserer Freundschaft. Aber nicht, was ich getan habe.* «Er wollte die Welt reparieren», sagte Jack. «Er hatte nicht begriffen, dass sie gar nicht kaputt ist.»

Torriti sah, dass sein Lehrling eine Aufmunterung brauchte. «Nicht, dass du dir was drauf einbildest, aber ich bin stolz auf dich. Und das ist mein voller Ernst. Du bist wirklich gut.»

«Ich hatte einen hervorragenden Lehrer.»

Torriti nahm sein Glas. «Auf dich und mich, Kumpel, die letzten Mohikaner des Kalten Krieges.»

«Die letzten Mohikaner des Kalten Krieges», stimmte Jack zu.

Für Jacks offizielle Abschiedsfeier im siebten Stock in Langley hatte die *Company* alle Register gezogen. An einer Wand hing eine überdimensionale Vergrößerung des *Time*-Fotos von Jacks Rettung aus dem Schlauchboot vor der Schweinebucht, und die übrigen Wände hatte man – was Jack ziemlich peinlich war, aber Millie entzückte – mit den auf Posterformat vergrößerten geheimen Widmungen geschmückt, die zu seinen zahlreichen Orden gehörten («... für außergewöhnlichen Mut ... höchste Tradition des Geheimdienstes ... eine Ehre für das Land und die *Company*»). Nachdem Manny und einige andere eine Laudatio gehalten hatten, trat Ebby ans Mikrofon. «Ein CIA-Offizier hat natürlich durchaus das Recht, sich aus dem aktiven Dienst zurückzuziehen, wenn er stramm auf die fünfundsechzig zugeht», richtete der DCI das Wort an mehrere Hundert versammelte Männer und Frauen, «erst recht, wenn er vierzig Jahre lang engagiert für die Freiheit eingetreten ist. Aber mit Jack verlieren wir mehr als jemanden, der stellvertretender Direktor der CIA ist. Wir verlieren das Herz, die Seele, das Hirn, die Erfahrung und den Instinkt eines Kriegers, der in allen Schlachten gekämpft hat, von Ostberlin über Kuba bis zum vereitelten Putsch in Russland. Er hat nicht nur überlebt und sich Ruhm und Ehre verdient, sondern er hat uns alle gelehrt: ‹Einmal auf die Bretter geschickt ist kein Kampf.› Viel Glück, Jack, und alles Gute für die Zukunft.»

Tosender Applaus brandete auf. Millie eilte zu Jack und drückte ihm einen Kuss auf den Mund. Elizabet und Nellie und Manny umringten ihn. Anthony und Maria umarmten ihn herzlich.

Und dann floss der Alkohol in Strömen.

«Wie ist die Sitzung mit dem Sonderausschuss gelaufen?», fragte Jack, als es ihm gelang, Ebby unter vier Augen zu sprechen.

«Sie haben es uns widerwillig als Verdienst angerechnet, dass es uns gelungen ist, den Präsidenten dazu zu bringen, Gorbatschow vor dem Putsch zu warnen, auch wenn die Warnung auf taube Ohren gestoßen ist», sagte Ebby. «Sie haben sich auch nach dir erkundigt, Jack. Ich habe erzählt, du würdest eine private Sicherheitsberaterfirma mit dem Namen «Das Unternehmen» aufmachen. Sie wollten wissen, wer dich finanziert.» Ebby hob sein halb leeres Whiskeyglas und stieß mit Jack an. «Wer finanziert dich denn eigentlich, alter Knabe?»

«Klienten», sagte Jack.

«Du hältst dich in der Sache ganz schön bedeckt.»

«Ein Sicherheitsberater muss sich bedeckt halten, wenn er glaubwürdig sein will», gab Jack zurück.

«Ist was dran», sagte Ebby. «Heute auf der Sitzung ist was Eigenartiges passiert – unsere Wachhunde vom Kongress haben mich nachdrücklich darauf hingewiesen, dass uns politische Morde durch einen Erlass von 1976 untersagt sind. Und dann kamen sie immer wieder auf die Serie von Unfällen und Selbstmorden in Russland nach dem Putsch zu sprechen – sie haben mehrmals gefragt, ob ich irgendwas darüber wüsste.»

«Was hast du gesagt?»

«Die Wahrheit, Jack. Ich habe ihnen gesagt, ich hätte darüber in der Zeitung gelesen. Ich habe ihnen versichert, dass die *Company* bei so etwas nicht die Finger im Spiel hat, solange ich am Ruder bin.» Ebby legte den Kopf schräg und taxierte seinen Freund. «Es könnte nicht sein, dass du was über diese Todesfälle weißt, was du mir noch nicht erzählt hast, Jack?»

«Aber nein», erwiderte er, durch und durch der Lehrling des Zauberers. «Ich schwöre es beim Grab meiner Mutter.»

NACHSPIEL

ANATOMIE EINER INFILTRATION

«Schnickschnack, mein Kind!», sagte die Herzogin.
«Alles hat seine Moral, man muss nur ein Auge dafür haben.»

LEWIS CARROLL, *Alice hinter den Spiegeln*

VIENNA, VIRGINIA, SONNTAG, 6. AUGUST 1995

Hoch über der Stadt trieb eine lang gezogene Federwolke so träge vor dem Großen Bären vorbei, dass es aussah wie ein Film in Zeitlupe. In einer menschenleeren Straße entlang des Nottoway Park in Fairfax County, Virginia, eine Meile Luftlinie von der Stadt Vienna entfernt, beobachtete ein breitschultriger Mann in den Fünfzigern, der bei seinen russischen Kontaktleuten nur unter dem Decknamen Ramon bekannt war, die Gegend durch ein Prismenfernglas, mit dem man im Dunkeln sehen konnte. Seit Mitternacht saß er reglos auf dem Rücksitz seines Isuzu und behielt die Straßen und Wege im Auge. Gelegentlich erspähte er jemanden, der seinen Hund ausführte, dann ein Paar, das sich die ganze Zeit stritt, schließlich eine angetrunkene, torkelnde Frau unbestimmten Alters auf Stöckelschuhen, deren Klacken laut durch die stille Sommernacht hallte. Dann wieder Totenstille. Kurz nach zwei Uhr morgens sichtete er den dunklen, viertürigen Ford, in dem zwei Männer saßen. Der Wagen fuhr langsam vorbei und verschwand in einer Seitenstraße. Zehn Minuten später tauchte er aus einer anderen Richtung wieder auf. Als er das vierte Mal vorbeikam, hielt er am Bordstein der Old Courthouse Road, nicht weit vom Haupteingang des Parks. Die Scheinwerfer erloschen. Geraume Zeit blieben die beiden Männer im Ford sitzen. In regelmäßigen Abständen zündete sich einer von ihnen eine neue Zigarette an der Glut der letzten an. Um Viertel vor drei stiegen die Männer schließlich aus und gingen durch den Park zu der Holzbrücke. Der rauchende Mann blieb mit dem Rücken zur Brücke stehen und hielt Wache. Der andere bückte sich rasch und zog einen grünen Abfallsack aus Plastik aus einem Versteck unter der Brücke und schob eine Einkaufstüte aus Papier in den Spalt. Auf dem Rückweg zu ihrem Wagen rissen die beiden Männer das weiße Klebeband ab, das vertikal über einem Fußgängerschild angebracht war (das Zeichen, dass Ramon bereit war, das Paket in Empfang zu nehmen), und ersetzten es durch einen horizontalen Klebestreifen (das Zeichen, dass der tote Briefkasten beliefert worden war). Dann schauten sie sich ein letztes Mal um, stiegen in den Wagen und fuhren davon.

Ramon wartete noch zwanzig Minuten. Er spionierte inzwischen seit zehn Jahren für die Russen und wusste seit langem, dass dieser Augenblick der einzig Gefährliche war. Seine russischen Kontaktmänner hatten keine Ahnung, wer er war. Aufgrund der Dokumente, die er lieferte, dachten sie wohl, dass er in der Gegenspionage bei der CIA arbeitete; sie würden nie auf die Idee kommen, dass er in Wahrheit beim FBI arbeitete. Das bedeutete, dass die Amerikaner, auch wenn sie einen Maulwurf oder einen Überläufer in hoher Position enttarnten, von den Russen niemals seine Identität erfahren würden, denn die Russen *kannten sie nicht*. Er selbst bekleidete in seiner Abteilung einen so hohen Rang, dass er Zugang zu Computercodes und Akten hatte, die ihn frühzeitig warnen würden, falls irgendwer den Verdacht hegte, dass ein amerikanischer Maulwurf beim FBI für die Russen arbeitete.

Ramon, der als alter Hase seines Fachs akribisch zu Werke ging, hatte die Operation von allen Seiten gründlich ausgelotet. Die einzige Möglichkeit, dass er geschnappt werden könnte, bestand beim Abholen des Geldes aus dem toten Briefkasten, und deshalb nahm er sich so viel Zeit, den Park zu beobachten, bevor er zur Tat schritt.

Damals, Mitte der Achtzigerjahre, als er seine ersten Abfallsäcke mit Geheimnissen lieferte, war Geld das ausschlaggebende Motiv gewesen. Die Menschen um ihn herum – seine Kommilitonen vom College, seine Nachbarn, Anwälte und Börsenmakler, denen er auf Cocktailpartys begegnete – bezogen riesige Gehälter plus Prämien am Jahresende und Aktienoptionen. Von dem, was Ramon verdiente, kamen er und seine Familie zwar gut über die Runden, aber es hätte nie und nimmer gereicht, um die drei Kinder, die er bereits hatte, und das vierte, das unterwegs war, später studieren zu lassen, geschweige denn, ein einigermaßen sorgloses Leben zu führen, wenn er pensioniert wurde. Es sei denn, er ließ sich etwas einfallen, wie er sein Einkommen aufbessern konnte. Und so kam er auf die Idee, den Hauptgegner des Staates, Russland, mit Geheimnissen zu beliefern. Er studierte gründlich die Akten von früheren Maulwürfen, um ja nicht in die gleichen Fallen zu tappen, die letztlich zu ihrem Sturz geführt hatten. Er achtete darauf, seinen Lebensstil nicht zu verändern, um die Sicherheitsexperten nicht misstrauisch zu machen. Er fuhr sein Auto, solange es hielt, wohnte weiter in demselben kleinen Haus in Virginia und machte immer so günstig Urlaub wie möglich. Seltsamerweise merkte er nach den ersten Lieferungen an die Russen, dass Geld nicht die einzige Befriedigung war. Es verschaffte ihm einen ungeheuren Kitzel, das System zu schlagen; sein Adrenalinspiegel stieg gewaltig, wenn er die Gegenspionageabteilung austrickste, die ja ins Leben gerufen worden war, um Leuten wie ihm das Handwerk zu legen. Sein eintöniger Bürojob, der hauptsächlich aus monotoner Routine, langweiligem Papierkram und einer rigiden Hackordnung bestand, erschien ihm plötzlich wesentlich faszinierender.

Ramon spürte das Blut in den Schläfen pulsieren, als er aus dem Wagen stieg. Auf leisen Gummisohlen näherte er sich der Brücke, ging dann in die Hocke und zog die Papiertüte aus dem Spalt. Er konnte die Bündel Geldscheine, gebrauchte Zwanziger und Fünfziger, die mit einem Gummiband zusammengehalten wurden, durch das Papier fühlen; es mussten insgesamt fünfzigtausend Dollar sein, die Bezahlung für die Lieferung des letzten Monats, die auch die Identität von zwei russischen Diplomaten, die in Washington stationiert waren und für die CIA spionierten, enthalten hatte. Sobald er wieder in seinem Wagen war, stopfte er die Papiertüte unter das Armaturenbrett hinter das Radio und ließ den Motor an. Während er durch die leeren Straßen nach Hause fuhr, spürte er, wie das Pochen im Kopf nachließ, und einer befreienden Gelassenheit wich.

Er konnte sich nichts vormachen, er war ein Adrenalin-Junkie geworden; das doppelte Spiel war jetzt für ihn das einzige, das sich zu spielen lohnte.

Kurz vor fünf Uhr morgens fuhr ein Rettungswagen langsam die Rampe des *Veterans Administration Hospital* am San Pedro Drive in Albuquerque, New Mexico, hinunter. Hinter dem Lenkrad eines Mietwagens, der auf einem für Ärzte reservierten Parkplatz stand, saß Jack McAuliffe und beobachtete, wie sich das Tor automatisch hob. Als die Rücklichter des Rettungswagens in der Tiefgarage verschwanden, stieg er aus, sprintete die Rampe hinab und schaffte es gerade noch, unter dem sich schließenden Tor durchzukommen. Zwischen geparkten Autos hindurch ging er zu einer verschlossenen Tür, schob ein dünnes Metallplättchen in den Rahmen und zog es nach unten, bis das Schloss aufsprang. Das Schloss zu knacken, verschaffte ihm ungeheure Genugtuung; so etwas hatte er nicht mehr getan, seit er damals von S. M. Craw Management in die Freuden des Handwerks eingeführt worden war. Zwei Stufen auf einmal nehmend, stieg er hinauf in den dritten Stock. Außer Atem stützte er sich auf das Geländer, um zu verschnaufen; der Körper war stärker gealtert, als der Verstand zugeben wollte. Er vergewisserte sich, dass die Luft rein war, und eilte dann den Korridor hinunter zum Personalumkleideraum, der sich genau dort befand, wo die Krankenschwester gesagt hatte. Er nahm sich eine weiße Hose und einen Kittel aus dem Wäschekorb und zog die Sachen über. Zusätzlich ließ er noch ein Stethoskop von einem Haken an der Wand mitgehen und hängte es sich um den Hals. Gleich darauf ging er hinunter in den zweiten Stock und trat durch die Tür des Saals, den die *Company* für ehemalige Offiziere und Agenten hier unterhielt. Auf einem Schild an der Tür stand in roten Lettern: «Kein Zutritt für Besucher».

Aus den Augenwinkeln sah Jack, dass eine Krankenschwester am anderen Ende des Saals in seine Richtung blickte, als er sich dem dritten Bett in dem durch Trennwände unterteilten Raum näherte. Er tat so, als würde er das Krankenblatt an der Trennwand studieren, trat dann an das Bett und fühlte dem Patienten den Puls. Harvey Torriti, der in seinem Spitalhemd wie ein gestrandeter Wal aussah, öffnete ein feuchtes Auge und dann das andere. Er schniefte erfreut, als er seinen Besucher erkannte.

«Herrje, Harvey, wie bist du denn hier gelandet?», flüsterte Jack.

«Bei den vielen Schmerztabletten, die ich nehme, hatten sie Angst, ich könnte *Company*-Geheimnisse ausplappern», sagte Torriti. «Also haben sie mich zum Tod in dieser Veteranenklinik verurteilt. Nur engste Familienangehörige haben Besuchserlaubnis. Und da ich keine Familie habe, kriege ich auch keinen Besuch.» Der Anblick seines Lehrlings hatte den Zauberer sichtlich aufgemuntert. «Wie bist du an den Wachleuten vorbeigekommen?»

«Habe ich von meinem Meister gelernt», sagte Jack und beugte sich ganz nah über Torritis Gesicht. «Und wie geht's dir, Harvey?»

«Was soll ich sagen, Kleiner? Nicht berauschend. Ich schlafe abends hundemüde ein und wache morgens todmüde auf. Seien wir ehrlich, ich pfeife aus dem letzten Loch. Ich denke, ich werde hier den Löffel abgeben.»

«Heutzutage können Ärzte wahre Wunder –»

Torriti winkte mit einer schlaffen Hand ab. «Verscheißer mich nicht, Kumpel. Du kannst einem sterbenden Mann keinen Stuss mehr verkaufen, dafür kennen wir uns viel zu lange.» Er drehte den Kopf, um sich zu vergewissern, dass die Krankenschwester noch außer Hörweite war. «Du hast nicht zufällig eine kleine Stärkung dabei, um einem alten Freund über die Schwelle des Todes zu helfen?»

«Zufällig doch.»

Jack holte den Flachmann mit billigem Whiskey hervor. Torritis Miene erhellte sich, als sein Lehrling ihm den Kopf anhob und den Flachmann an die Lippen setzte. Der Alkohol brannte. Ein Röcheln stieg Torriti aus der Kehle, als er Luft einsog, um das Feuer zu löschen. «Genau, was der Arzt verordnet hat», murmelte er, während er zurück auf das Kissen sank. «Ich vermute, du hast das über die beiden russischen Diplomaten gelesen, die als CIA-Spione aufgeflogen sind und erschossen wurden.»

«Was ist mit ihnen, Harvey?»

«Du musst stockblind sein, wenn du das nicht siehst, Kleiner. Man kann *einen* Maulwurf aufstöbern, aber gleich zwei auf einmal – da hat meine Nase gezuckt. Wenn du die Einschätzung eines alten Hasen hören willst, das bedeutet, die Russen haben uns irgendwo einen Maulwurf ins Nest gesetzt, vermutlich in der Gegenspionage, da er über die beiden Diplomaten Bescheid wusste, die wir umgedreht haben.»

«Der Kalte Krieg mag ja vorbei sein, aber das große Spiel geht weiter», sagte Jack.

«Liegt in der Natur des Menschen», brummte Torriti. «Solange der *Homo politicus* adrenalinsüchtig ist, spionieren Spione weiter.» Der Zauberer öffnete vor Schmerzen den Mund und holte tief Luft. Als der Schmerz sich gelegt hatte, sagte er: «Ich lese ab und an was über Endel Rappaport in der Zeitung.»

«Ich habe seinen Namen nie gesehen –»

«Sie erwähnen ihn nie namentlich. Sie reden bloß von der einheimischen Russenmafia, wenn sie mal wieder ein Bankensyndikat oder ein Ölkartell übernommen hat. Ich verfolge auch, was über diesen Wladimir Putin so berichtet wird. Falls du es noch nicht weißt, was ich bezweifle, er ist stellvertretender Bürgermeister von St. Petersburg. In Kreisen, die sich über solche Sachen auf dem Laufenden halten, heißt es, er stehe Jelzin nahe, habe eine steile Karriere vor sich und einen obszön reichen Gönner.» Der Zauberer riss gespielt die Augen auf. «Über dich lese ich auch so einiges, Jack.»

«Über *mich*?»

«Ich bin nicht von gestern, Kleiner. Ab und zu verbuchen die Guten einen Sieg, und ich denke mir, dass dein Unternehmen dahinter stecken könnte. Die Ermordung des Drogenzars in Kolumbien, das Verschwinden des kommunistischen Journalisten in Ägypten, die Bombe, die unter dem Auto von dem Neonazi in Österreich hochgegangen ist. Hast du noch immer das Geld in der Schweiz?»

«Schweigen ist Gold, Harvey.»

Torritis Gedanken wanderten in die Vergangenheit. «Ich weiß noch genau, wie du damals in der Berliner Basis aufgekreuzt bist. Ich weiß noch genau, wie wir uns mit dem armen Hund Wischnewski in der geheimen Wohnung über dem Kino getroffen haben – du warst eine richtige Zirkusnummer, Jack, noch grün hinter den Ohren und mit einer Kanone hinten im Hosenbund. Nimm's mir nicht übel, aber ich war nicht sicher, ob du überleben würdest.»

«Dank dir, Harvey, habe ich überlebt. Dank dir haben wir was bewirkt.»

«Glaubst du wirklich, Jack? Ich sage mir auch immer, dass wir was bewirkt haben. Verdammt, so etwas wie der Kalte Krieg muss doch eine Moral haben. Was hätte das alles sonst für einen Sinn gehabt?»

«Dass die Guten die Bösen besiegen, das war der Sinn», sagte Jack leise.

Der Zauberer schnaubte. «Wir haben aber auch ganz schön viel Mist gebaut.»

«Immerhin nicht so viel wie die anderen. Deshalb haben wir gewonnen.»

«Mir ist nach wie vor schleierhaft, wie die verdammten Sowjets so lange haben durchhalten können.»

«Russland war kein Land», sagte Jack. «Es war eine Metapher für eine Idee, die sich in der Theorie gut anhörte, aber in der Praxis jede Menge Fehler hatte. Und fehlerhafte Symbole sind schwerer zu besiegen als fehlerhafte Länder. Aber am Ende haben wir sie geschafft.»

Torritis entzündete Augenlider schlossen sich. Jack sagte aufgeregt: «Jesus H. Christ, Harvey, du wirst mir doch hier nicht hopsgehen. Warte wenigstens, bis ich weg bin.»

Ein schwaches Grinsen zeigte sich auf den Lippen des Zauberers. Mit Mühe öffnete er die Augen und sagte:

«Jesus H. Christ, ich frag mich immer, was eigentlich das ‹H› bedeutet.»

«Das ist doch wie bei den Mittelinitialen», sagte Jack. «Die bedeuten gar nichts, machen sich aber gut. ‹H› wie das J bei Jack J. McAuliffe. Wie das S bei Harry S. Truman.»

Torriti hustete ein kratziges Lachen. «Da sagst du was, Kumpel. Genau wie das I in CIA – bedeutet gar nichts, macht sich aber gut.»

Jack musste ein letztes Mal lachen. Er konnte sich nicht vorstellen, dass er je wieder lachen würde. «Da könntest du durchaus Recht haben, Harv.»